Rebecca Ryman

Wer Dornen sät

Roman

Aus dem Amerikanischen von
Manfred Ohl und Hans Sartorius

Fischer Taschenbuch Verlag

In liebender Erinnerung an meinen Mann:
Gegangen, aber immer nah

Limitierte Sonderausgabe
Veröffentlicht im Fischer Taschenbuch Verlag,
einem Unternehmen der S. Fischer Verlag GmbH,
Frankfurt am Main, März 2005

Die amerikanische Originalausgabe erschien unter dem Titel
›The Web of Illusion‹ im Verlag St. Martin's Press, Inc., New York

Deutsche Erstpublikation bei Krüger,
ein Verlag der S. Fischer Verlag GmbH, Frankfurt am Main
Druck und Bindung: Clausen & Bosse, Leck
Printed in Germany
ISBN 3-596-50825-8

Nordindien
im Juli 1857

In einem Wald auf einer Lichtung
in der Nähe von Kanpur.

Prolog

Ein junger englischer Hauptmann des Heeres sitzt in einer halb zerstörten Hütte an einem improvisierten Schreibtisch. Seine Uniform ist zerrissen, er hat die fleckige Jacke nicht zugeknöpft, und die schweißverklebten hellen Haare sind ungekämmt. Aus dem angespannten Gesicht spricht deutlich große Erschöpfung. Die unbewegte, feucht-schwüle Luft unter den tief hängenden dicken Monsunwolken wird durch die aufdringlichen Fliegenschwärme noch drückender und unerträglicher. Ein ebenso heruntergekommener zweiter englischer Offizier, ein Leutnant, kommt durch ein großes Loch in der Mauer, als sei es eine Tür. Er geht zu der umgedrehten Holzkiste, auf der sein Vorgesetzter sitzt und schreibt. Seine Augen richten sich langsam auf die unordentlich in einer Ecke liegenden Papiere und Gegenstände. Aus Langeweile blättert er in dem Stapel und liest ein oder zwei Seiten. Dann greift er nach einem Taschenmesser mit einem Holzgriff. Unbewegt blickt er auf die Gravur: ›Paradies, Weihnachten 1854‹. Er betrachtet sich auch die silberne Taschenuhr und die Uhrkette und öffnet den Uhrdeckel. Als er das Monogramm ›J. R.‹ entdeckt, runzelt er die Stirn und lächelt, dann klappt er den Deckel zu und legt die Uhr zurück. Schließlich räuspert er sich, um auf sich aufmerksam zu machen. Der Hauptmann schreibt weiter, ohne ihn zu beachten.

»Sir . . .?« Der Leutnant will nicht länger schweigen, denn ihm kommt ein Gedanke. Er zögert allerdings noch, ihn auszusprechen.

Einen Augenblick lang hängen die unausgesprochenen Worte greifbar in der Luft. Der Hauptmann legt den Kopf schief und fragt schließlich den Leutnant: »Haben Sie ihn sich angesehen?«

»Ja, Sir.«
»Und, *ist* er es?«
»Zweifellos, Sir. Ich bin mir völlig sicher«, antwortet der Leutnant, ohne zu zögern.
»Ein Irrtum ist ausgeschlossen?«
»Jawohl, Sir.«
Der Hauptmann lächelt zufrieden und greift nach seiner Schreibfeder. Der Jüngere schweigt nachdenklich. Nach einer Weile räuspert er sich wieder.
»Soll ich ihn abnehmen lassen, Sir?«
»Nein.« Der Hauptmann sieht nicht auf. »Lassen Sie ihn hängen.«
»Es wird schwer sein, heute nacht die Raubtiere fernzuhalten, Sir. Außerdem werden die Leute immer aufsässiger.«
»Man muß sie nicht fernhalten. Sie sollen ihren Teil an der Beute bekommen.«
Der Leutnant sieht seinen Vorgesetzten erschrocken an, dann schluckt er heftig, als müsse er gegen Übelkeit ankämpfen. »Und die Leute, Sir?«
Der Hauptmann zuckt mit den Schultern. »Ihr Zorn ist unwichtig. Sie sollen auch nicht zu kurz kommen.« Er schreibt weiter.
Der Leutnant ringt stumm mit sich, dann legt er entschlossen beide Hände auf den Tisch. »Aber Sir, das Ziel ist erreicht! Was können wir durch diese ... unnötige Provokation bewirken?« Er wartet auf eine Antwort; als keine kommt, spricht er entschlossen weiter. »Mit Verlaub, Sir, aber selbst unsere Leute sind der Meinung, genug ist genug. Schließlich wollen wir nicht noch einen weiteren Aufstand riskieren. Wenn Sie meine Meinung hören wollen, Sir, ich bin ...«
»Ich habe Sie nicht um Ihre Meinung gefragt, Tom. Lassen Sie ihn hängen.«
Der Leutnant wird nach dieser deutlichen Zurechtweisung rot und schweigt. Der Hauptmann achtet nicht auf ihn und schreibt weiter. Der Jüngere zuckt die Schultern, geht zu einer Öffnung in der Wand, wo früher ein Fenster war, und blickt unzufrieden hinaus. Als der Hauptmann schließlich das Schweigen bricht, klingen seine Worte sehr viel freundlicher.

»Sie haben England noch nicht lange verlassen, Tom?«
Der Leutnant dreht sich um. »Nein, Sir, vor acht Monaten...«
»Wenn ich mich richtig erinnere, waren Sie in Sandhurst?«
»Ja, Sir.«
Der Hauptmann lacht leise. »Ich nehme an, auf dem Lehrplan stand nicht, wie man gegen Rebellen und Frauenmörder kämpft.«
Der Leutnant kaut auf der Unterlippe und schweigt.
»Ich verspreche Ihnen, Tom, in diesem gottverlassenen Land werden Sie noch viele ungewöhnliche Lektionen erhalten. Vor allem müssen Sie die Grundregel des Überlebens lernen: ›Unter wilden Tieren muß man selbst zu einer Bestie werden.‹« Er legt die Schreibfeder auf den Tisch, trocknet sorgfältig mit einem Löschblatt die Tinte und ordnet die beschriebenen Seiten. »Ich denke, auch Sie haben von Bibighar gehört und von den Befehlen, die General Neill ausgegeben hat.«
Der Sarkasmus ist so beißend, daß der Leutnant beschämt den Kopf sinken läßt. »Ich weiß, Sir.«
»Wir brauchen ein abschreckendes Beispiel, Tom. Und je wichtiger der Fall, desto wirkungsvoller ist die Lektion, die wir ihnen erteilen.«
Der Leutnant hebt den Kopf, als habe er vor, sich zu verteidigen. Er öffnet den Mund, überlegt es sich dann aber anders und schweigt.
Der Hauptmann wendet sich wieder seinem Bericht zu und verbessert einige Stellen. Der junge Leutnant stößt einen langen Seufzer aus und tritt anscheinend resigniert wieder an das Fenster. Als der Hauptmann mit seinem Bericht zufrieden ist, steht er auf. Er reckt sich und gähnt. Dann tritt er neben den Leutnant.
Auf der mit Abfällen übersäten Lichtung sitzen Bauern schweigend auf der verdorrten Erde vor einem großen Bobaum. Ein paar Sepoys laufen ziellos mit gezogenen Schwertern durch die Menge. Die verschlossenen Gesichter sind ausdruckslos, aber aus den wachsamen Augen spricht Verwirrung und vielleicht noch etwas anderes, das aber nicht so leicht in Worte zu fassen ist. Der riesige, saftig grüne Baum steht im Gegensatz zu dem ausgetrockneten Land hinter dem Waldrand. Alle blicken nach oben.

An einem Ast ist ein Mann aufgehängt.
Die fast nackte Leiche schaukelt leicht im Wind. Die glasigen Augen in dem entstellten Gesicht starren ins Leere. Neben dem improvisierten Galgen halten zwei Sepoys Wache. Sie sind ebenso erschöpft und unzufrieden wie ihre Kameraden. Streunende Hunde schnappen gierig, aber erfolglos nach den baumelnden Füßen des Gehängten, die nicht in ihrer Reichweite hängen. Ein paar Wildschweine warten in sicherer Entfernung. Über den weit ausladenden Ästen kreisen unter dem metallisch grauen Monsunhimmel Geier mit langen Hälsen. Sie stoßen ungeduldig hungrige Schreie aus. Auch sie hoffen wie die Wildschweine auf einen Anteil an der Beute.
Ein Windstoß treibt süßlichen Verwesungsgestank zum Fenster herüber. Der Hauptmann verzieht angewidert das Gesicht und muß sich beinahe übergeben. Der Leutnant greift schnell nach einem schmutzigen Taschentuch und drückt es auf die Nase. Einer der Sepoys hebt entschlossen das Schwert und geht auf den Hingerichteten zu, um ihn abzuschneiden. Er bleibt nach wenigen Schritten jedoch stehen und blickt unsicher über die Schulter zu dem Fenster, wo die beiden Offiziere stehen. Der Hauptmann legt vielsagend die Hand auf die Pistole an seiner Hüfte. Der Sepoy zögert einen Augenblick, läßt das Schwert wieder sinken und geht zögernd und sichtlich verärgert in die andere Richtung.
Die beiden englischen Offiziere blicken eine ganze Weile stumm auf die Szene draußen. Schließlich kehrt der Hauptmann, noch immer schweigend, zu seinem Platz zurück und zieht unter der Holzkiste eine Flasche hervor. Spöttisch lächelnd prostet er dem Erhängten draußen zu und trinkt. Er wischt sich mit dem Handrücken den Mund und hält dem Leutnant die Flasche hin. Der junge Mann zögert, aber als der Hauptmann ihn noch einmal mit einem ungeduldigen Nicken zum Trinken auffordert, greift er nach der eigenen Feldflasche, die an seinem Gürtel hängt, und trinkt. Es ist nur billiger Schnaps, aber er trinkt durstig und schnell. Noch immer lächelnd holt der Hauptmann eine angerauchte Zigarre aus der Tasche, steckt sie wieder an und raucht mit sichtlichem Vergnügen. Ohne jede Gefühlsregung blickt er dabei auf die Lichtung hinaus.

»Haben Sie Angst, Tom? Machen Sie sich Gedanken über Vorwürfe, womöglich sogar über Vergeltungsmaßnahmen?«

Der Leutnant fährt sich mit der Zungenspitze über die aufgesprungenen Lippen. »Sir, man sagt, daß er zusammen mit dem Nana Sahib großen Einfluß hatte...«

»Es wird keine Vorwürfe geben, Tom, und auch keine Vergeltungsmaßnahmen. Sein Einfluß, wie groß er auch gewesen sein mag, ist nicht mehr von Bedeutung. Wir haben die braunen Feiglinge in die Flucht geschlagen. Natürlich wissen wir, daß der Nana Sahib der Anführer dieser Ratten ist.« Er lacht, aber sein Lachen klingt alles andere als fröhlich. »Sie sagen, daß er sich umbringen und in den Fluß stürzen wird.«

Der Leutnant blickt noch immer beunruhigt auf den Erhängten. »Ich weiß, Sir, aber das hier ist trotzdem ein Rätsel...«

»Ich finde, es ist weniger ein Rätsel als ein *Wunder.* Man könnte auch sagen Manna! Und als solches ein Geschenk des Himmels ...« Er lacht, wird aber schnell wieder ernst. Mit zusammengekniffenen Augen sagt er dann: »Soweit es uns angeht, Tom, wurde er in völliger Übereinstimmung mit den letzten Befehlen hingerichtet. *Noch* haben wir Krieg, mein lieber, vom Gewissen geplagter Freund, vergessen Sie das nicht! Und ich behaupte, von jetzt an wird in diesem verfluchten Land *immer* Krieg sein. Denken Sie daran, Tom, auch wenn Ihnen fromme Gedanken eine Illusion vorspiegeln.« Er holt Luft und fährt mit schneidender Stimme fort. »Er war der Drahtzieher des Massakers. Schon deshalb sind die Hinrichtung und der Preis auf seinen Kopf gerechtfertigt.«

Der Leutnant läßt seufzend den Kopf sinken. Dann fragt er: »Sie wollen ... die Belohnung fordern, Sir?«

»Nicht *ich*, Tom«, erwidert der Hauptmann freundlich. »*Wir!*« Er gönnt sich ein angedeutetes Lächeln und freut sich über die Verlegenheit des Jüngeren. »Auch die Hälfte von fünftausend Pfund ist eine beachtliche Summe, finden Sie nicht auch, Tom? Ich würde sagen, es ist mehr als genug, um auch das hartnäckigste schlechte Gewissen beiseite zu schieben ...« Der Leutnant kann das unwillkürliche Leuchten in seinen Augen nicht verbergen. Als der Hauptmann

es sieht, lacht er leise, tritt zu ihm und legt ihm väterlich die Hand auf die Schulter. »Es ist ein blutiger Krieg, Tom.« Seine Worte klingen jetzt verschwörerisch. Dem Leutnant fließen die Tränen, die er nicht länger zurückhalten kann, über das Gesicht. Sein Vorgesetzter klopft ihm begütigend auf den Rücken und trinkt noch einmal ausgiebig aus der Flasche. »Wenn Sie Tränen vergießen, Tom, dann vergießen Sie die Tränen für jene, die Ihr Mitleid verdienen. Ich denke dabei an die bedauernswerten und unschuldigen Opfer von Satichowra Ghat und an die Toten in dem Brunnen vor Bibighar. Um *sie* müssen Sie weinen, Tom, denn es sind unsere Landsleute, unser Fleisch und Blut, unsere Verwandten, aber nicht um ihn ...« Haßerfüllt spuckt er aus dem Fenster. »Nicht um diesen ... *Mischling*!« Nur mit Mühe gelingt es ihm, ruhig weiterzusprechen. »Er war ein Feind, Tom. Er war der Handlanger des Nana Sahib und hat mit ihm diese unvorstellbaren Verbrechen ausgeheckt. *Sein* verruchter Kopf hat sich all das Grauenhafte ausgedacht, Tom. Haben Sie das bereits vergessen?«
Der Leutnant hebt den Kopf, beißt sich auf die Unterlippe und starrt aus dem Fenster. »Nein, Sir.« Er weicht dem Blick seines Vorgesetzten aus.
Der Hauptmann reibt sich das unrasierte Kinn. Seine Augen funkeln boshaft. »So oder so, sie alle haben ihren Anteil an Satichowra Ghat und an den unmenschlichen Ausschreitungen von Bibighar! Das dürfen Sie nicht einen einzigen Augenblick vergessen, Tom. Sie können mir glauben, kein einziger dieser angeblich treuen braunen Hunde dort«, er weist mit dem Kopf verächtlich nach draußen, »würde nur eine Sekunde zögern, Ihnen oder mir ein Messer in den Leib zu stoßen, wenn er die Möglichkeit dazu hätte.«
Der Leutnant blickt unsicher auf seine Stiefel. »Vielleicht haben Sie recht, Sir, aber Samuels hat gesagt, daß in Bibighar ...«
»Samuels ist tot, Tom.«
Wieder füllen sich die Augen des Leutnants mit Tränen. »Ich weiß, Sir ...«, flüstert er. »Aber er war mein Freund, Sir. Er ...«
»Samuels war auch ein Mischling, Tom«, erklärt der Hauptmann mit zynischer Gehässigkeit. »Und deshalb kaum ein Mann, der *Ihre* Freundschaft verdiente, Tom.« Der Hauptmann blickt dem jungen

Leutnant direkt in die Augen, um sich zu vergewissern, daß seine Anspielung verstanden worden ist. »Muß ich Sie daran erinnern, Tom, was wir Engländer von diesen Mischlingen halten?« Er durchbohrt den jungen Mann, der sich verlegen zur Seite dreht, mit seinen Blicken. »Ein Mischling ist von Natur aus verschlagen und boshaft und verdient das Vertrauen der Weißen nicht. Jeder Engländer *verabscheut* einen Mischling, Tom, besonders, wenn er ...«, seine Stimme klingt leise, aber gefährlich, »... gelogen hat, um Karriere zu machen.« Der Leutnant bekommt es mit der Angst zu tun. Seine Zungenspitze berührt unsicher die trockenen Lippen. »Ich ... weiß nichts, Sir«, flüstert er kaum hörbar.
»Wirklich nicht, Tom?« Er hebt die Stimme nicht, aber es klingt wie ein Peitschenhieb, als er aus dem Fenster deutet und sagt: »Er *war* einer der fünf brutalen Mörder von Bibighar, Leutnant. Und die Vorsehung in ihrer wundersamen Unberechenbarkeit hat uns beide dazu auserwählt, ihn zu bestrafen. Über alles andere müssen Sie sich keine Gedanken machen, Tom.« Er preßt zornig die Lippen zusammen. »Es steht alles in meinem Bericht, Tom, in *unserem* Bericht! Ich rate Ihnen, sich *jedes Wort* dieses Berichts mit der *allergrößten* Sorgfalt einzuprägen. Sollten Sie in Versuchung geraten, sich vor dem Untersuchungsausschuß bequemerweise an nichts mehr zu erinnern, dann würde das Ihrer weiteren Karriere im britischen Heer sehr schaden. Habe ich mich klar und deutlich ausgedrückt, Tom?«
Der Leutnant wird blaß, schließt die Augen und ballt die Fäuste. Ein Schauer läuft durch seinen Körper. Unfähig zu sprechen, nickt er nur.
»Gut.« Der Hauptmann nimmt noch einen Schluck aus der Flasche. Die beiden Männer bleiben schweigend am Fenster stehen. Jeder überläßt sich den eigenen Gedanken. Schließlich stößt der Hauptmann laut und lange den Atem aus. Seine Augen blicken in weite Ferne, vielleicht sogar in eine andere Dimension.
»Sie war erst neunzehn ...«
Der Leutnant reagiert nicht auf den leise ausgesprochenen Gedanken.
»Wir wollten in einem halben Jahr heiraten.«

Der Leutnant wischt sich den Schweiß von der Stirn. Offensichtlich ist er über den Themenwechsel erleichtert. »Das habe ich gehört, Sir...«

»Wirklich?«

»Ja ... Samuels hat in der Kaserne darüber gesprochen, Sir...«

Das Gesicht des Hauptmanns bleibt ausdruckslos. »Worüber hat Samuels noch in der Kaserne gesprochen, Tom?«

»Es war nur belangloses ... Gerede, Sir.« Der junge Mann zieht sich nervös an den Fingern.

»Was war dem belanglosen Gerede zu entnehmen, Tom?« fragt der Hauptmann. Der Leutnant bekommt es wieder mit der Angst zu tun und wird rot. »Also was?«

»Das ... das ist alles schon lange her, Sir«, murmelt er mit trockener Kehle. »In Kalkutta...«

»Lange?« Der Hauptmann runzelt die Stirn. »Nein, das stimmt nicht, Tom. Es war *gestern*.« Der Leutnant sieht seinen Vorgesetzten verwirrt an, dann blickt er unsicher auf den Gehängten draußen. »Sie verstehen mich nicht, Tom.«

»Nein, Sir.«

»Das ist nicht wichtig, Tom. Eines Tages, wenn Sie so lange in diesem verfluchten Land gewesen sind wie ich, werden Sie mich verstehen. Dann werden Sie verstehen, worum es bei all dem wirklich geht.« Er deutet aus dem Fenster. »Es geht um göttliche Gerechtigkeit, Tom!« Er leert die Flasche und wirft sie aus dem Fenster. Sie zersplittert mit lautem Klirren auf dem harten Boden. Er hebt den Kopf und richtet sich hoch auf. Dann sagt er schneidend, und es klingt wie ein Befehl: »Lassen Sie ihn heute nacht dort hängen, Tom. Wenn diese braunen Bettler morgen früh noch immer da sind, dann sollen sie ihn haben. Wenn nicht, dann können ihn meinetwegen die Schweine fressen.« Er will die Angelegenheit damit abschließen, aber ihm fällt noch etwas ein, und er hebt den Zeigefinger. »Natürlich mit Ausnahme des Kopfs. Auch wenn er entstellt ist, die Behörden müssen das *Gesicht* dieses verdammten Mischlings sehen!«

Kalkutta

1871

Erstes Kapitel

Maja Raventhorne blickte nachdenklich durch den Fliegendraht des Fensters im englischen Küchenhaus auf den Garten. Hier, auf der Rückseite des großen Anwesens, schimmerte der Fluß wie ein wolkiger Opal im verschlafenen Morgen und wurde bereits vom ersten mattgoldenen Glanz der langsam aufgehenden Sonne zärtlich gestreichelt. Das Wasser war morgendlich glatt und sauber. Die sanften Wellen der noch verträumten Strömung konnte man beinahe nicht wahrnehmen. Der Wind zögerte im Bann der nächtlichen Kühle und der aufziehenden Hitze des Tages, verweilte einen Augenblick und überdachte stumm den Schlachtplan für den bevorstehenden Tag. Der Morgen war noch herausfordernd frisch; am Flußufer intonierten die Menschen ihre morgendlichen Mantras und beendeten eilig die Waschungen, bevor die Sonne in ihrer vollen heißen Majestät zum Angriff überging. Wie eine Jägerin zog das weiche Buttergelb verstohlen über den östlichen Horizont und pirschte sich mit der Gier eines Raubtiers an den errötenden Morgen heran. Schon sehr bald würde jede Erinnerung an die morgendliche Kühle verschwunden sein. Nur das vertraute Gold würde bleiben und einen ersten Frühlingstag mit erdrückender Hitze bringen ...

Während Maja aus dem Fenster blickte, kreisten ihre Gedanken weder um den langsam zum Leben erwachenden Hooghly noch um die gnadenlosen Absichten der Sonne, die diese mit den bemitleidenswerten Einwohnern der Stadt haben mochte. Maja dachte nur an englische *Muffins*.

Als ihr Blick auf das kümmerliche Ergebnis fiel, das sich ihr so enttäuschend auf dem ganzen Backblech darbot, mußte sie sich mißmutig eingestehen, daß ihr erster Versuch, englische Muffins zu backen, kein überzeugender Erfolg war. Das eine, von dem sie ein Stückchen gekostet hatte, erinnerte eindeutig an zähes Leder. Nichts wies darauf hin, daß die anderen besser schmecken würden. Natürlich lag es an dem Mehl. Leider hatte sie sich überreden lassen, das Mehl bei dem einheimischen Händler zu kaufen. Hätte sie nur nicht auf Ah Ling gehört, der nur zu faul gewesen war, den langen Weg in die Stadt zu machen. Sie hätte ihrem Gefühl trauen und Sheba zu Mr. Bartons Lebensmittelgeschäft schicken sollen. Dort zahlte man zwar etwas mehr, bekam dafür aber auch allerbeste importierte englische Qualität.

»Was meint ihr zwei, was sollen wir jetzt tun?« fragte sie die beiden hübschen, schwarz-weiß und braun gefleckten englischen Setter, die vor der Hintertür saßen und sie neugierig und abwartend ansahen. »Wir können Christian Pendlebury *unmöglich* dieses Zeug anbieten. Was soll er von mir, von uns allen denken?«

Die Hunde winselten und scharrten mit den Vorderpfoten, aber sie äußerten keine erkennbare Meinung. Maja seufzte und stellte die ersten Anzeichen einer bei ihr seltenen Panik fest. Irgendwie mußte die Lage noch vor dem Nachmittag gerettet werden. Glücklicherweise blieb genug Zeit, um das zu schaffen. Wäre ihre Mutter zu Hause und ansprechbar gewesen, hätte sie mit ihrem üblichen Einfallsreichtum vermutlich eine annehmbare Lösung gefunden. Aber da Olivia ungewöhnlich früh zur Clive Street gefahren war und Anthony, ihr Zuckerbäcker, noch immer krank im Bett lag, blieb ihr keine andere Wahl, als sich Rat bei Sheba, der Haushälterin, zu holen, die zwar immer nur das Beste wollte, in dieser höchst prekären Lage jedoch keine große Hilfe sein würde.

Maja schob energisch den kurzen Anflug von Panik beiseite, ignorierte Ah Lings kaum unterdrückte Schadenfreude und das freche Kichern des Küchenjungen und verließ auf der Suche nach der Haushälterin das Küchenhaus. Sugar und Spice folgten ihr aufgeregt bellend in der Hoffnung auf einen morgendlichen Ausflug.

Sie würde die Haushälterin natürlich im Dhobi-Haus hinter den Ställen an der Rückseite der Dienstbotenwohnungen finden, wo sie sich seit neuestem zu jeder Tages- und manchmal auch Nachtzeit aufhielt. Als Maja die Koppel erreichte, sah sie Abdul Mian am Eingang des Stallgebäudes. Sie zögerte kurz und überlegte, ob sie sich einen kleinen Umweg leisten konnte. Sie hätte sich zu gern nach *Cavalcades* Zustand erkundigt. Aber sie ließ sich dann doch nicht von ihrem eigentlichen Ziel ablenken. Abdul Mian war zuverlässig, und sie konnte sich auf sein Wissen und seine Erfahrungen verlassen. Vermutlich hatte er bereits mit der richtigen Behandlung begonnen. *Cavalcade* konnte warten, die Muffins jedoch nicht.

Als sie den Weg zum Dhobi-Haus fortsetzte, konnte sie sich bereits die Szene vorstellen, die sie in dem großen Schuppen mit dem Steinboden, wo die täglichen Wäscheberge des Haushalts landeten, erwartete. Ein Fremder, der zufällig zu diesem Schuppen gekommen wäre, hätte durchaus den falschen Eindruck haben können, daß dort ein feierliches religiöses Ritual stattfand. Der Schuppen war bis zum letzten Platz mit andächtigen Zuschauern gefüllt. Alle Augen richteten sich ehrfürchtig auf einen kleinen freien Platz in der Mitte des Raums.

Zu den Anwesenden gehörte der Dhobi mit seinem Helfer und allen Familienangehörigen, beide Ajas, der Hausdiener, die Wasserträger, die gesamte Familie des Gärtners, alle drei Punkahwallahs, die auf dem Weg zu ihren Pflichten im Haupthaus waren, viele Kinder der Dienstboten aus den Nachbarhäusern, einige mit ihren Eltern, Onkeln und Tanten, und auch ein paar Spaziergänger vom Uferdamm, die neugierig herbeigeeilt waren, um zu sehen, was hier los sei. Alle blickten in stummer Ehrfurcht auf das Prunkstück in der Mitte – ein großes, hölzernes tonnenförmiges Ding mit vier Metallfüßen und einer Öffnung oben. Quer über der Öffnung befanden sich parallel hintereinander zwei Walzen mit einem ganz normalen Griff. Sheba stand neben der Tonne und drehte eifrig den Griff, wobei sie etwas atemlos ihr Tun erläuterte. Sie erklärte den Vorgang und den Sinn ihrer Arbeit mit der Inbrunst eines Pfarrers, der seiner Gemeinde ein Gottesgeschenk anpreist, das ihnen ein glückliches und langes Leben garantiert.

Die Waschmaschine mit Schleuder war erst im letzten Monat aus New York eingetroffen und die erste ihrer Art in Kalkutta. Shebas

Leben kreiste seitdem um dieses Wunder, das im Viertel der Weißen unvermeidlich zum Tagesgespräch wurde. Sogar die hochnäsigen Damen von nebenan, Mrs. und Misses Anderson, die es ansonsten sehr wohl verstanden, die Familie Raventhorne zu ignorieren, konnten der Versuchung nicht widerstehen und baten um eine Vorführung der Wundermaschine, von der es hieß, durch sie sei in unzähligen Häusern auf dem amerikanischen Kontinent das mühevolle Waschbrett ausrangiert worden.

»Nun ja, das Waschen der Wäsche *wird* dadurch einfacher«, mußte auch Mrs. Anderson zögernd der wortkargen Sheba eingestehen, die von der Ehre des Besuchs überwältigt war. »Wenn man aber alle Arbeit aus dem Alltag verbannt, was sollen dann die vielen *Dienstboten* noch tun? Sie machen sich ohnehin bereits auf unsere Kosten ein schönes Leben.«

Insgeheim fühlte sich Mrs. Anderson jedoch in ihrem Stolz getroffen. Sie schrieb sofort ihrer Schwester nach Boston und bat sie, diese wundersame Waschmaschine zu kaufen und mit dem nächsten Dampfschiff nach Kalkutta zu schicken. »Schließlich«, so fand sie und erläuterte das auch ihrem Mann, »erwartet man von *diesen* Raventhornes natürlich nichts anderes als Wichtigtuerei der übelsten Art!« Sie machte eine Pause und hob nachdrücklich die Augenbrauen, damit er ihre Anspielung auch wirklich verstand. »Aber es ist unbedingt nötig, daß die *englischen* Häuser der Stadt nicht zurückstehen. Hier geht es um die nationale Ehre!«

»*Das* wohl kaum!« Lucas Anderson las die neueste Ausgabe der *Times of India*, die gerade aus Bombay eingetroffen war. Er bemühte sich darum, seinem Einwurf jede erdenkliche Schärfe zu nehmen. »Wenn Britanniens Ehre von importierten amerikanischen Absonderlichkeiten abhängt, dann können wir das ganze verfluchte Reich gleich vergessen und nach Hause fahren!«

»Darum geht es nicht, Lucas!« erwiderte seine Frau erregt. »Die Einheimischen könnten glauben, daß wir Engländer es uns nicht *leisten* können, eine schlichte amerikanische Waschmaschine zu importieren!« Ihr Mann dachte, das sei durchaus möglich, aber mit großer Klugheit verzichtete er darauf, es auch zu äußern.

Verständlicherweise waren die zwei Dhobis die einzigen Dienstboten der Raventhornes, die nicht so begeistert über die importierte Neuheit urteilten, denn schließlich hatte die viel gepriesene Absonderlichkeit ihr Reich unwiderruflich erobert. Sie ahnten die Bedrohung ihrer bis dahin gesicherten Existenz und Daseinsberechtigung im Haus der Raventhornes. Deshalb lehnten sie es entschieden ab, mit dem Eindringling etwas zu tun zu haben, und beobachteten mißtrauisch und verächtlich die täglichen Darbietungen aus sicherer Entfernung.

»Wenn dieses *Ding* einen Hemdkragen besser wäscht als *ich*«, erklärte der alte Dhobi mit finsterer Miene, »werde ich keine Wäsche mehr waschen, sondern die Straße fegen.«

Sheba ließ sich nur widerstrebend von dem faszinierenden Spielzeug im Waschhaus weglocken, aber sie beugte sich schließlich Majas nachdrücklichen Bitten und folgte ihr in die Küche. Dort musterte sie das Kuchenblech mit den wenig appetitlichen Muffins, schnalzte mit der Zunge und schüttelte mißbilligend den Kopf. Der Tadel galt aber nicht nur den Muffins, sondern auch dem grinsenden Koch und dem frechen Küchenjungen. Sie brach ein Stück von dem Gebäck ab und kaute langsam darauf herum.

»Und?« fragte Maja. »Wie schmeckt es?«

»Eigentlich nicht so schlecht«, erklärte die Haushälterin mit gespielter Zuversicht. »Vielleicht können wir ein paar der besten mit Honig, Sahne und gehackten Walnüssen zu einer Art indischem *Trifle* umfunktionieren ...«

»Nein, das können wir nicht!« rief Maja entsetzt. »Christian Pendlebury ist vermutlich an den besten und raffiniertesten *Trifle* gewöhnt, den die Köche in England machen. Wir wollen nicht, daß er uns hier für Barbaren hält. Schließlich ist das sein erster Besuch in der Stadt.«

Die Haushälterin nickte ernst. »Ja, dann sollten wir vielleicht eine Schachtel von Mrs. Watkins Erdbeermarmeladetörtchen kaufen. Sie sind immer frisch. Das sagen selbst die pukka Memsahibs.«

»Vielleicht ...« Maja schien der Vorschlag jedoch nicht zu überzeugen. »Dann will Mrs. Watkins wissen, *wer* zum Tee kommt, warum

und woher. Die alte Klatschbase wird tausend Fragen stellen. Du kennst sie ja. Außerdem ...«, da Maja leicht errötete, drehte sie sich schnell zur Seite, »... möchte ich, daß wir Mr. Pendlebury etwas anbieten, das er nicht erwartet, etwas, das ihn an zu Hause erinnert, etwas *Englisches*, damit er nicht glaubt, daß wir hier alle Affen sind, die vor kurzem noch auf den Bäumen saßen.«
Sheba hätte am liebsten darauf hingewiesen, daß Erdbeermarmeladetörtchen ebenso englisch seien wie Muffins, aber sie schwieg. Wenn Maja sich etwas in den Kopf gesetzt hatte, ließ sie nicht mit sich reden. Eindeutig hatte sie sich in etwas hineingesteigert. Das war für die ruhige und verschlossene Maja außergewöhnlich und mußte mit Vorsicht behandelt werden. »Wenn du deine Mutter bittest, wird sie vielleicht etwas Amerikanisches für dich backen. Ich denke etwa an überbackene Apfelringe...«
»Wer weiß, wann Mutter aus dem Kontor zurückkommt. Außerdem kann niemand sagen, in welcher Verfassung sie sein wird, und deshalb wäre es *töricht*, sich auf ihre Hilfe zu verlassen. Warum muß Anthony gerade heute Fieber haben! Er hätte doch genausogut nächste Woche krank werden können!«
Da es zu diesem Thema nichts zu sagen gab, schwieg Sheba. Nach langem Hin und Her wurde schließlich beschlossen, mit frischem Mehl noch ein zweites Blech Muffins zu versuchen. Diesmal sollte jedoch das beste englische Mehl besorgt werden, das man bei Mr. Barton kaufen konnte.
»Und wenn die auch nicht schmecken?« fragte Maja noch immer zweifelnd. »Vielleicht war ja nicht das Mehl an dem schlechten Ergebnis schuld, sondern etwas anderes...«
»Dann müssen wir eben doch die Erdbeermarmeladetörtchen von Mrs. Watkins kaufen«, erwiderte Sheba energisch. »Und wenn sie dann keine mehr hat, müssen wir uns mit Rasgollas begnügen.«
»Nein, unter keinen Umständen Rasgollas! Christian ist gerade erst angekommen und hat noch nie indische Süßigkeiten gegessen. Und wenn er sie kennt, dann findet er sie bestimmt ungenießbar. Die meisten Pukka-Engländer finden sie übersüß, klebrig und schrecklich ungesund. Das stimmt natürlich.« Sie verzog das Gesicht, um zu

unterstreichen, wie widerlich Rasgollas seien. »So, und dann die Appetithäppchen. Ich habe eine Liste gemacht. Natürlich werden wir Gurkensandwiches anbieten, aber mit hauchdünn geschnittenen Gurkenscheiben. Ah Ling kann das gut. Deshalb werden wir das ihm überlassen. Dann müssen wir uns zwischen Dosenkrabben und Thunfischpasteten entscheiden. Vielleicht machen wir auch beides. Ich werde Mutter fragen, ob ich ihre importierten Vorräte benutzen kann. Wir haben auch noch die Dosen mit Austern, die uns Grandma Sally zu Weihnachten geschickt hat. Vielleicht könnten wir ...« Sie schwieg und runzelte die Stirn. »Wenn ich es mir recht überlege, besser nicht. Austern sind nicht jedermanns Geschmack. Samir hatte Weihnachten welche gegessen und ist beinahe krank geworden. Statt dessen könnten wir vielleicht ...« Noch immer laut denkend, drehte sie sich um und ging auf den Hof hinaus. Sheba folgte ihr langsam. Inzwischen machte sie sich wirklich Gedanken um Maja. Sie war wie verwandelt.

Es verging noch mehr als eine Stunde, bis nach vielen Änderungen und noch mehr Diskussionen die lukullischen Häppchen beschlossen waren, die zu dem ach so lebenswichtigen Tee gereicht werden sollten. Sheba beschloß schließlich, eine bis dahin unbeantwortete Frage zu stellen. Maja mochte vielleicht darüber zornig werden, aber dieses Thema mußte angesprochen werden. »Mr. Pendlebury einladen ist ja ganz gut«, sagte sie ruhig, »aber glaubst du wirklich, daß er auch ... *kommen* wird?«

Maja blieb mit ausdruckslosem Gesicht stehen. Dann lächelte sie. Es war ein verträumtes und schüchternes Lächeln. »Ja, er wird kommen«, hauchte sie. »Ich weiß es. Er wird bestimmt kommen.« Für den Bruchteil einer Sekunde flammte ein Licht in ihren außergewöhnlich dunklen blauen Augen auf und erlosch wieder.

»Diese Pukkas sagen vieles, was sie nicht meinen, Kleines«, erwiderte Sheba besorgt. »Außerdem wird dein Bruder diese Einladung nicht billigen.«

»Amos ist verreist«, sagte Maja schnell. »Er wird frühestens übermorgen zurück sein. Außerdem ist es mir völlig gleichgültig, ob er einverstanden ist oder nicht. *Mutter* hat keine Einwände, da ich auch

Samir eingeladen habe. Obwohl Samir in Gesellschaft hoffnungslos langweilig ist. Und natürlich kommt auch Grace.« Sie ballte plötzlich die Hände und rief wütend: »Mein Gott, warum eigentlich soviel Aufhebens um nichts! Es kommen doch nur ein paar Leute zum Tee, und es geht nicht um ein Staatsbankett mit dem Vizekönig!« Sie wollte aus dem Zimmer stürmen, blieb aber plötzlich stehen. »Sheba, hör endlich auf, mich ›Kleines‹ zu nennen. Diese verniedlichenden Floskeln sind albern und lächerlich. Du weißt genau, daß ich das nicht leiden kann!« Den Tränen nahe rannte sie hinaus.

Der Ausbruch überraschte Sheba nicht, aber sie staunte über die heftigen Gefühle und hatte wie immer das größte Mitgefühl für ihren Schützling. Natürlich war sie verwirrt, und wie ungerecht, daß Maja ohne eigenes Verschulden all das durchmachen mußte!

Sheba arbeitete bei den Raventhornes, seit Amos zwei Jahre alt und Maja noch nicht geboren war. Sie hatte die Kinder versorgt und wie ihre eigenen gehütet. Sheba hatte alle ihre Sorgen geteilt und im Verlauf der Jahre die tragischen Ereignisse miterlebt – zuerst in Hawaii und dann wieder hier in Kalkutta. Sie hatte beobachtet, wie die Kinder zu unterschiedlichen Persönlichkeiten heranwuchsen, und sie war stolz über ihre Entwicklung als Erwachsene. So sehr sie Amos auch liebte, Maja hatte sie ganz besonders ins Herz geschlossen. Sheba verstand Maja vielleicht besser als ihre Mutter. Es machte ihr großen Kummer, daß Maja in letzter Zeit völlig durcheinander war und immer unsicherer wurde. Gottlob würde man Maja bald ihrer Verantwortung entziehen, denn sie sollte in die sicheren Arme ihrer Großmutter zurückkehren. Wenn das Kind erst einmal in Kalifornien war, würde sich alles ändern. In Amerika war alles anders – auch die Menschen. Sheba seufzte und schüttelte noch einmal den Kopf. Dann erinnerte sie sich an ihre unterbrochene Vorführung der Waschmaschine, und ihre Laune besserte sich schlagartig. Der Gedanke an die Berge ungewaschener Wäsche und die staunenden Zuschauer setzte sie augenblicklich in Bewegung, und so eilte sie über den Rasen zum Dhobi-Haus.

*

»Zehntausend Spindeln und hundert Webstühle bedeuten eine große Verantwortung«, sagte Ranjan Moitra, Sorgenfalten zeigten sich auf seiner sonst glatten Stirn. »Es wird eine große finanzielle Belastung mit hohen Risiken sein. Wer andererseits bei der Versteigerung das höchste Angebot macht, wird zweifellos der erste Besitzer einer Baumwollspinnerei in Nordindien werden.« Er machte eine Pause und griff nach einer zusammengefalteten bengalischen Zeitung, mit der er erfolgreich eine dicke Fliege erschlug, die summend die Teetasse auf seinem Schreibtisch umschwirrte. »Vielleicht *könnte* sich die Expansion für Trident gut auswirken, oder aber sie ist ein gravierender Fehler.« Er schwieg wieder. Diesmal wartete er etwas länger auf eine Antwort. Als sie schwieg, sprach er nicht weiter, lehnte sich in seinem Sessel zurück und blickte aus dem Fenster zur Mole, wo die *Ganga* entladen wurde. Moitra wußte, daß sie ihm nicht mehr zuhörte. Er wartete eine Weile, und als immer noch keine Antwort kam, sagte er leise: »Mrs. Raventhorne ...?«
Moitra mußte ihren Namen zweimal wiederholen, erst dann schien ihn Olivia zu hören. Sie blinzelte verwirrt und lächelte entschuldigend. »Tut mir leid, Ranjan Babu, meine Gedanken haben sich wieder einmal verselbständigt.« Sie zwang sich zu einem schuldbewußten Lachen, trank ein paar Schlucke Tee aus der Tasse, die neben ihr stand, und beugte sich vor. »Zehntausend Spindeln und hundert Webstühle haben Sie gesagt?« Olivia gab sich Mühe, den Anschein von Interesse zu erwecken. »Das klingt, als sei das sehr viel. Wird jemand in der Lage sein, die Kapazität voll zu nutzen und dabei noch einen guten Gewinn zu erzielen?«
Moitra hob beide Hände. »Wer kann das sagen? Master Amos glaubt, daß *wir* es mit einer besseren Führung des Unternehmens und ausländischen Fachleuten schaffen können.«
»Aber Sie sind nicht so sicher?«
Er überlegte sich die Antwort, dann sagte er: »Nein. Ich bedaure sagen zu müssen, daß ich alles andere als sicher bin. Unsere Erfahrungen beruhen auf der Dampfschiffahrt, wir haben Lagerhäuser und exportieren Tee, den wir auf unseren Plantagen anbauen. Auf allen diesen Gebieten werden wir noch immer als erfolgreiche Pio-

niere anerkannt ... *trotz* der Schwierigkeiten in der Vergangenheit.« Er erlaubte sich ein bescheidenes und entschuldbar stolzes Lächeln. »Deshalb bin ich nicht davon überzeugt, daß wir uns auf dem Gebiet der Baumwollverarbeitung behaupten können ... noch dazu in *Kanpur*.« Er sah sie vielsagend an. »Wenn Sie deshalb vielleicht mit Master Amos reden würden...«

Olivia schüttelte den Kopf. »Nein, Ranjan Babu, das wäre nicht richtig. Amos ist kein Kind mehr. Er hat lange genug mit Ihnen zusammengearbeitet und besitzt alle Voraussetzungen, um seine eigenen Entscheidungen zu treffen. Er scheint über die Baumwollverarbeitung wirklich sehr ernsthaft nachgedacht zu haben. Wenn die Investition ein Fehler ist, dann wird es *sein* Fehler sein. Er muß die Möglichkeit haben, diesen Fehler zu begehen.«

»Der Fehler könnte uns ganz schön teuer zu stehen kommen, Madam.«

Olivia lächelte insgeheim über Moitras prinzipielle Vorsicht. »Dann können wir nur hoffen, daß er daraus lernen wird«, erwiderte sie liebenswürdig. »Man muß Kindern die Freiheit lassen, sich auf ihre Weise zu entwickeln, Ranjan Babu. An diesen Grundsatz haben sich mein Vater und mein Mann immer gehalten. Und was die möglichen Verluste angeht ...« Sie hob die Schultern. »Die können wir uns leisten. Kein Preis ist zu hoch für eine Lektion durch Fehler.« Sie stand auf und ging zum Fenster. Auf der Trident-Mole unten herrschte das übliche geordnete Durcheinander. Eine Weile blickte sie schweigend auf das Treiben und fächelte sich mit einem Palmblatt das Gesicht.

Schließlich fragte Olivia: »Denken Sie wirklich ernsthaft daran, die *Ganga* zu verkaufen, Ranjan Babu?«

Er holte tief Luft und mußte seufzend zur Kenntnis nehmen, daß Olivia nicht länger an dem Thema Baumwollverarbeitung interessiert war. Sie schien völlig vergessen zu haben, daß sie sich deshalb mit ihm so früh im Trident-Kontor verabredet hatte. Natürlich hatten sie schon einmal über die Baumwollspinnerei gesprochen, bevor Master Amos nach Kanpur gereist war. Aber Moitra war nicht so sicher, ob sie sich noch daran erinnerte. Olivia vergaß in letzter Zeit so viel.

Vielleicht war es verständlich, aber es war auch traurig. Als Olivia im Handelshaus Farrowsham gearbeitet hatte, galt sie als die klügste, mutigste und bestimmt kühnste Geschäftsfrau Kalkuttas. Außerdem war sie in jeder Hinsicht einmalig gewesen. Aber seitdem war so viel geschehen ... so viel! Moitra beschloß, im Augenblick das Thema der Baumwollspinnerei auf sich beruhen zu lassen.
»Wir denken darüber nach. Vermutlich wäre es das Praktischste, Madam«, antwortete er vorsichtig. »Man sieht dem Schiff inzwischen sein Alter an. Es fährt nicht mehr wirtschaftlich. Die Instandhaltungskosten steigen von Tag zu Tag.« Er räusperte sich, und es klang wie eine Entschuldigung. »Die *Ganga* ist schließlich dreiundzwanzig Jahre alt ... ein Jahr älter als Master Amos! Man kann nicht mehr abstreiten, daß sie unrentabel ist.«
»Wen meinen Sie mit ›wir‹?«
»Master Amos und mich.«
»Aha.«
Auch Amos? Die *Ganga* unrentabel?
Stumm wiederholte Olivia in Gedanken diese Formulierung, die in aller Unschuld einen so wichtigen Teil ihres Lebens zu den Akten legte.
Hättest du ebenso entschieden, Jai? Hättest du je daran gedacht, die *Ganga*, das Wunder ihrer Zeit, von der du einst gesagt hast, sie sei ›Kunst in Bewegung‹, das geliebte Schiff, stummer Zeuge unserer verschlungenen und auch so vielschichtigen Schicksale, auszurangieren?
Moitra ahnte, was Olivia durch den Kopf ging, und konnte ihren Schmerz beinahe spüren. Er stand schnell auf und trat neben sie ans Fenster. »Madam, nicht Herzlosigkeit führt uns zu solchen Überlegungen«, sagte er leise und bedrückt. »Die *Ganga* ist ein stolzes Symbol unserer Vergangenheit. Aber diese Vergangenheit kann nicht wiederkehren oder zurückgeholt werden. Das vermag nur die Erinnerung. Jetzt müssen wir versuchen, einen Punkt zu erreichen, an dem wir aufhören zurückzublicken, weil an diesem Punkt die Gegenwart und die Zukunft beginnen. Wir müssen damit anfangen, uns abzufinden.«

Sie sah ihn aus traurigen Augen an. Sie wußte nicht, ob er ahnte, wie sehr sie dieses Wort mittlerweile haßte, das sie so oft hörte. »Ranjan Babu, haben Sie diesen magischen Punkt bereits erreicht? Können Sie sich je abfinden, obwohl Sie alles wissen, was geschehen ist?«

Von schmerzlichen Gefühlen erfaßt, vermochte er nicht sofort zu antworten. Er wollte ihr sagen, daß es keinen Tag, keine Minute gab, in der er nicht an den Sarkar dachte, in der er nicht über die schreckliche Ungerechtigkeit der weißen Kolonialisten empört war, denn er konnte die Vorstellung nicht ertragen, daß sie nach all den vielen Jahren an seiner Treue zweifelte oder über ihn enttäuscht war. Dem Sarkar hatte er die Würde seiner hohen Stellung bei Trident zu verdanken. Der Sarkar hatte ihm seine Freundschaft und brüderliche Liebe angeboten. Durch ihn war er zu einem *Menschen* geworden!

Moitra ließ sich jedoch von seiner Klugheit leiten, unterdrückte seine Gefühle und behielt seine Gedanken für sich. Er konnte und wollte Olivia nicht ermutigen, in der Vergangenheit zu verweilen. Deshalb erklärte er so entschlossen, wie er das in diesem Augenblick wagen konnte und mußte: »Aber es ist geschehen! Unsere Vergangenheit kann nicht mehr rückgängig gemacht werden. Deshalb ist es bestimmt töricht und selbstzerstörerisch, sich nicht damit abzufinden!«

Er schwieg und fragte sich beklommen, ob er seine Grenzen überschritten hatte. In all den Jahren, seit Olivia nach Indien zurückgekommen war, hatte sie heldenhaft darum gekämpft, das Geschehene ungeschehen zu machen. Das war unmöglich! Aber er hatte nie gewagt, in solcher Offenheit mit ihr darüber zu sprechen. Moitra stellte jedoch fest, daß seine Befürchtungen unbegründet waren, denn Olivia hatte ihm wieder einmal nicht zugehört und hing ihren eigenen Gedanken nach. Aus irgendeinem Grund war Olivia an diesem Morgen besonders melancholisch. Moitra verstand nicht, warum. In letzter Zeit hatte es oft so ausgesehen, als gehe es ihr sehr viel besser und sie sei weit eher bereit, sich mit der Wirklichkeit abzufinden. Aber ihre Stimmungen waren rational nicht zu ergrün-

den. Wie von den Wellen in einem Fluß wurde sie von ihren Stimmungen nach oben getragen und wieder nach unten gerissen.
Seufzend ging Moitra zu seinem Sessel zurück. Sein Blick glitt über die hinter Glas stehenden Modelle der Trident-Dampfschiffe – der einzige Schmuck in seinem Büro. Normalerweise löste dieser Anblick selbst heute noch bei ihm ein gewisses Prickeln aus, eine Art Begeisterung. Seit die *Ganga* von den besten Schiffsbauern Amerikas entworfen und gebaut worden war, hatten sie viele Dampfschiffe gekauft. Selbst bei der Konkurrenz galt die Trident-Flotte noch immer als die schnellste und beste, die modernste und zuverlässigste östlich des Mittelmeers. Jetzt fühlte sich Moitra jedoch unerklärlicherweise entmutigt, und die Erinnerung an die Erfolge der Vergangenheit konnte seine gute Laune nicht wiederherstellen.
Insgeheim teilte er Olivias Gefühle. Die *Ganga* war achtundvierzig in Kalkutta das erste kommerziell genutzte Dampfschiff gewesen. Der Sarkar hatte es geliebt. Es war sein ganzer Stolz gewesen, und in den schweren und bedrückenden Jahren zu Beginn der fünfziger Jahre war er auf der *Ganga* mit seiner Familie nach New York gefahren. Wie unwirtschaftlich das Schiff jetzt auch sein mochte, es war und blieb die Erinnerung an den aufsehenerregenden Triumph des Sarkar über die Engländer. Er hatte sie mit ihren eigenen Waffen geschlagen. Die *Ganga* konnte man nie ersetzen, aber: Gefühle und Geschäft dürfen sich nie vermischen, hatte ihm der Sarkar immer eingeschärft. Trotzdem konnte Moitra das Schamgefühl nicht loswerden, weil er das alternde Schiff verschrotten wollte.
Er schwieg eine Weile und beobachtete Olivia, die weiterhin wie eine Schlafwandlerin aus dem Fenster blickte. Der in die Ferne gerichtete Blick ihrer Augen verriet, daß sie den Kontakt mit der Gegenwart verloren und sich in sich selbst zurückgezogen hatte. Mit fünfundvierzig war sie noch immer eine schöne Frau. In den kastanienbraunen Haaren zeigten sich nur vereinzelte graue Haare. Sie war groß und schlank. Ihre Gestalt wirkte jugendlich wie eh und je und stand in einem traurigen Gegensatz zu dem glatten ovalen Gesicht, das von den schrecklichen Tragödien ihres Lebens über-

schattet war. Möglicherweise war die Quelle ihrer Kraft, die Substanz, unwiederbringlich verloren. Ihre verblüffende Vitalität hatte früher faszinierend aus den strahlenden goldbraunen Augen geleuchtet …

Ja, sie hat sich in den letzten Jahren wirklich sehr verändert, dachte Moitra bekümmert. Aber wie hätte es auch anders sein können? Olivia hatte furchtbar gelitten, mit ganzer Kraft gekämpft und so viel und so viele verloren! Sein Atem zitterte, als er sich vorbeugte, die Hände faltete und ungeduldig seine vergeblichen Erinnerungen beiseite schob. Ohne Rücksicht auf die möglichen Folgen und auf ihr Mißfallen mußte er zu Ende bringen, worüber er angefangen hatte zu sprechen. Früher oder später mußte es einmal gesagt werden. Besser jetzt, wo er noch den Mut dazu besaß, als später, wenn er diesen Mut vielleicht nicht mehr aufbringen würde.

Aber noch ehe er etwas sagen konnte, brach Olivia das Schweigen. »Vielleicht haben Sie recht, Ranjan Babu«, erklärte sie zu seiner Überraschung. Sie ging zum Schreibtisch zurück und nahm ihm gegenüber Platz. »Die Vergangenheit läßt sich nicht rückgängig machen.« Sie öffnete ihre Handtasche und zog einen Briefumschlag heraus, der, wie Moitra sah, das Siegel des Vizekönigs trug. »Diesen Brief hat man mir gestern morgen gebracht. Sie werden zu Ihrer Zufriedenheit feststellen, daß Lord Mayo Ihre Ansicht vollkommen teilt.«

Die Bitterkeit in ihrer Stimme schmerzte ihn, auch wenn er ahnte, was in dem Brief aus dem Amt des Vizekönigs stand. Trotzdem demonstrierte er großes Interesse beim Lesen. Die in schwülstige bürokratische Rhetorik eingebettete Aussage war kurz, unpersönlich und entsprach ganz Moitras Erwartungen. Unterzeichnet hatte ein Untergebener aus dem Amt, der Mrs. Olivia Raventhorne davon in Kenntnis setzte, daß Seine Exzellenz ihr Ersuchen vom 30. Januar 1871 sorgfältig überprüft habe. Da jedoch keine neuen wichtigen und unwiderlegbaren Fakten zum Fall des (verstorbenen) Mr. Jai Raventhorne vorgebracht worden waren, sehe sich die indische Regierung Ihrer königlichen Majestät leider zu der Feststellung veranlaßt, es gebe keinen berechtigten Grund, den Fall neu aufzurollen. Mrs. Olivia Raventhorne werde deshalb davon in Kenntnis gesetzt, daß die oben genannte Akte unwiderruflich geschlossen sei und keine weiteren Bittschriften in dieser Angelegenheit entgegengenommen würden.

Moitra faltete den Brief sorgfältig und schob ihn in den Umschlag zurück. Das also war der Grund für Olivias übergroße Niedergeschlagenheit an diesem Morgen! Der kalte bürokratische Ton des Briefs einerseits und eine maßlose Enttäuschung andererseits machten ihn wütend. Olivia hatte etwas Besseres verdient, etwas weit Besseres. Ranjan Moitra war stolz darauf, dieser außergewöhnlichen Amerikanerin seit zwei Jahrzehnten zu dienen. In der langen Zeit war sie ihm so vertraut wie eine Schwester geworden. Wie auch immer, das Schicksal war von Anfang an nie fair zu ihr gewesen. Was konnte sie denn von der gefühllosen britischen Krone erwarten? Die Sahibs hatten den Sarkar immer gehaßt, nach der Sepoy-Meuterei noch viel mehr. Warum sollte sich an dieser Haltung etwas ändern, nachdem so viele bösartige offizielle Lügen verbreitet worden waren, um den Haß zu rechtfertigen? Moitra unterdrückte seine Empörung, denn er hielt es für klüger zu schweigen, anstatt ihren Kummer mit banalen höflichen Floskeln noch zu vergrößern.

Olivia legte niedergeschlagen den Handrücken auf die Augen. Die Niederlage war so groß, daß ihr nicht einmal Tränen helfen konnten. »Ein angemessener Nachruf für Ihren Sarkar, finden Sie nicht auch, Ranjan Babu? Eine seelenlose Akte, eine *geschlossene* Akte, die in einem staubigen Regal abgelegt wird, um sich dort in Staub aufzulösen.« Sie lachte, und es klang verzweifelt. »Aber Sie haben recht, ich kann nicht mehr kämpfen. Ich habe mich verausgabt, meine Kraft ist versiegt, ich muß mich schließlich geschlagen geben. Und ich bin müde, o ja, so müde...«

Es erschütterte Moitra zutiefst, sie so ohne Hoffnung zu sehen. »Es tut mir wirklich leid ...«, begann er, verstummte jedoch wieder. Nein, es tat ihm überhaupt nicht leid! Das heißt, er mußte sich dazu zwingen, kein Mitleid zu empfinden. Er mußte erleichtert sein – erleichtert über diesen kalten, überheblichen Brief, der endgültig die Tür zu einer Wiederaufnahme des Verfahrens zuschlug und damit für sie die unerträgliche Zeit des Wartens beendete. Manchmal war Grausamkeit notwendig, um zu helfen und um zu heilen. Dreizehn Jahre waren lange genug, um gegen Ereignisse anzukämpfen, die nicht rückgängig gemacht werden konnten, wie demütigend ihre Folgen auch sein mochten. Olivia würde ihm sehr fehlen, wenn sie endgültig nach Amerika aufbrach. Sie war ein ebenso wichtiger und unverzichtbarer Teil seines Lebens, wie es der Sarkar gewesen war. Abgesehen von seinen Gefühlen war es für sie das beste. Sie mußte jetzt die Vergangenheit begraben und mit ihr das ganze Unheil. Sie mußte in ihrem Land unter ihren Menschen ein neues Leben anfangen. Zumindest mußte sie das zum Wohl ihrer Kinder tun.

Ihre Kinder ...

Moitra richtete sich auf, als er sich an das Gespräch mit William Donaldsons Bürovorsteher erinnerte, das er gestern bei einem Routinebesuch im Kontor von Farrowsham geführt hatte. Sollte er Olivia berichten, was derzeit in den Büros von Farrowsham erzählt wurde? Es war bis jetzt nur ein Gerücht, und deshalb beschloß er zu schweigen. Sie hatte genug Sorgen, und es wäre herzlos gewesen, ihre Niedergeschlagenheit noch zu vergrößern. Außerdem würde sie alles noch früh genug erfahren. Die Vergangenheit würde sie auf eine andere Weise schnell genug einholen ...

Moitra erhob sich stumm, um Olivia die Tür seines Büros zu öffnen. Er wollte sie durch die großen Räume im Trident-Haus zur Clive Street begleiten, wo ihre Kutsche wartete.

Auf der Straße setzte der übliche morgendliche Verkehr der Droschken und Reiter ein. Kalkuttas Kaufleute waren auf dem Weg zu ihren Arbeitsplätzen in dem ständig wachsenden Geschäftsviertel. Überall herrschte das übliche Chaos. Zwei hochbeladene Handkarren waren zusammengestoßen. Die Ladung lag auf der Erde. Die beiden Männer, die den Unfall verursacht hatten, stritten lautstark miteinander, während ein gelangweilter Polizist tatenlos danebenstand. Bettler streckten die Hände nach den eilenden Fußgängern aus – Weiße, Inder, Armenier, Perser, Afghanen, Portugiesen, Chinesen und Juden. Die meisten trugen ihre bunten Trachten. Die Ärmsten der

Armen, darunter auch viele Kinder, wetteiferten um Almosen. Ihre heiseren Stimmen durchdrangen den Lärm. Sie klopften auf die nackten, hungrigen Bäuche, als seien es Trommeln, um auf sich aufmerksam zu machen.

Olivia nahm aus ihrer Geldbörse eine Handvoll Münzen und drückte sie einem hinkenden Jungen in die Hand, der ihr, sehr zum Verdruß des Kutschers, den Schlag aufhielt. Hätte Olivia das Bettelkind nicht mit ihrer Gunst geschützt, hätte der Mann den Jungen bestimmt davongejagt.

Die Engländer auf der Straße sahen Olivia neugierig an. Einige lächelten flüchtig und blickten dann schnell und verlegen in die andere Richtung. Ein paar zogen sogar ihre Hüte, gingen aber eilig weiter und hofften, daß ihr Gruß von den Passanten nicht bemerkt worden war. Die bengalischen Kaufleute – sie waren ein komischer Anblick in den langen Socken und englischen Schuhen unter den makellos weißen Dhotis – blieben jedoch stehen und verneigten sich in traditioneller Weise mit gefalteten Händen, um Olivia ihre Achtung zu erweisen.

Moitra wußte nicht, ob Olivia von all dem etwas bemerkte, denn sie schien mit ihren Gedanken bereits woanders zu sein. Er blickte nachdenklich und besorgt der davonrollenden Kutsche nach. Wie würde sie reagieren, wenn sich das Gerücht bewahrheiten sollte, das er bei Farrowsham gehört hatte?

Noch wichtiger war allerdings, wie Master Amos reagieren würde.

*

Maja betrat auf Fußspitzen das Zimmer. Wegen der glühend heißen Sonne draußen waren die schweren Vorhänge zugezogen. Im Schlafzimmer war es fast dunkel. Das rhythmische Quietschen des Punkha klang wie das traurige Zirpen eines Vogels, der sich im Zimmer verirrt hatte. Trotz der tatkräftigen Bemühungen des Punkhawallah, der verschlafen in einer Ecke hinter der Balkontür saß und den Fächer bewegte, war die Luft verbraucht und die Schwüle erstickend. Maja hatte nie verstehen können, weshalb ihre Mutter es ablehnte, sich in einem der Fenster einen Luftkühler anbringen zu lassen. Sie schüttelte seufzend den Kopf und ging zum Fenster. Dann zog sie heftig die schweren dunkelgrünen Samtvorhänge zurück, die sie nicht leiden konnte, und öffnete die Fensterläden. Sofort strömte warme, aber frische Luft ins Zimmer, und die frühe Nachmittagssonne tauchte alles in ein helles Licht. Die schlafende Gestalt in dem Himmelbett regte sich jedoch noch immer nicht.

Maja sah sich einen Augenblick im Zimmer um. Überall lagen achtlos hingeworfene Kleidungsstücke. Unter dem Bett entdeckte sie ein Paar Sandalen. Der Schreibtisch stand offen. Bräunlich verblaßte Photographien in schweren Silberrahmen standen auf dem oberen Bord. Es waren Familienbilder von einem fernen und vergessenen Strand – sorglos lächelnde Gesichter, konserviert in einem Augenblick unzerstörbaren Glücks, die nichts von den Tragödien ahnten, die in der Zukunft auf sie warteten. Besonders ein Gesicht zog ihren Blick auf sich und ließ sie nicht los. Es war ein stolzes, hübsches Gesicht, es schien Amos zu sein und war doch nicht Amos. Es war fremd und doch nicht vergessen, tot und doch immer lebendig. Sie löste sich energisch von unbeweglichen, silbergrauen Augen und legte das Bild mit der Vorderseite nach unten auf den Schreibtisch. Auf einem Stapel alter Tageszeitungen lag eine Ausgabe von *Equality*. Sie las unwillkürlich die ersten Sätze des Leitartikels: »Die Lage der Eurasier in Indien kann man am besten mit den Tasten eines Klaviers vergleichen. Weder schwarz noch weiß sind sie, die Eurasier, die Zwischenräume zwischen den Tasten. Dieser Spalt, ohne jede Gestalt und Form, wenn man so will, das amorphe *Nichts*, ist das Wesen des Eurasiers, der ein Gefangener der kulturellen Dualität ist, die Indien beherrscht.«

Der Leitartikel machte Maja wütend, und sie warf die Zeitung in den Papierkorb. Eine Staubwolke stieg auf. Sie mußte husten, und ihr Unwillen richtete sich gegen die Aja ihrer Mutter, die vor der Tür lag und schnarchte. Das faule Ding hatte wieder einmal nicht ordentlich Staub gewischt. Wenn Mutter sich doch nur endlich einmal um das Haus und die Dienstboten kümmern würde! Maja blieb zögernd neben dem Schreibtisch stehen, holte die Zeitung mit einem Schulter-

zucken aus dem Papierkorb und legte sie mißmutig wieder auf den Schreibtisch.
Dann ging sie zu dem großen Bett und beugte sich über die bewegungslose Gestalt unter dem weißen Laken. Nachdenklich musterte sie das schlafende Gesicht. Bevor dieser unselige Brief eingetroffen war, schien es ihrer Mutter sehr viel besser zu gehen. Sie war fast wieder so normal wie früher gewesen.
Normal ...
Das Wort ließ sie bitter lächeln. Konnte ihre Mutter überhaupt normal sein? Maja hatte sie nie anders als im aussichtslosen Kampf gegen die Gewalten eines höchst unnormalen Schicksals kennengelernt. Der Brief war nur eine neue gute Entschuldigung, um ihre Gedanken nach innen zu richten und stundenlang selbstvergessen auf diesen verwünschten Steinstufen am Fluß zu sitzen. Sie würde nicht mehr essen, nicht mehr schlafen und immer weiter in die Vergangenheit eintauchen.
»Mutter?« rief sie leise. Als sie keine Antwort erhielt, legte sie die Hand leicht auf die dichten kastanienbraunen Haare. Sie waren feucht vom Schweiß, aber sie waren schön, märchenhaft schön. Majas Blick wurde freundlicher.
Rapunzel, Rapunzel, laß dein Haar herunter ...
In dem von Maja so geliebten Märchen war ihre Mutter für sie immer die Prinzessin gewesen, an deren langen Haaren der Prinz jede Nacht zu ihr in den Turm kletterte, wo sie gefangengehalten wurde ... Maja erinnerte sich unwillkürlich an die längst vergangene Kindheit und mußte lächeln. Zögernd fuhr ihre Hand langsam über die seidigen Haare.
Olivia schreckte plötzlich aus dem Schlaf, sie richtete sich auf und blickte sich benommen und erschrocken um. »Ja? Was ... was ist los?«
Maja legte ihr beruhigend die Hand auf die Schulter. »Nichts ist los, Mutter. Es tut mir leid, wenn ich dich erschreckt habe.« Ihr Gesicht nahm schnell wieder den üblichen teilnahmslosen Ausdruck an. »Es ist beinahe vier. Willst du nicht aufstehen und dich anziehen?«
Olivia setzte sich auf. Noch immer war sie im Bann des Traums, in

dem ihre Gedanken wie in einem riesigen Spinnennetz eingesponnen waren. Sie suchte mit geschlossenen Augen in den Schluchten ihres Bewußtseins und bemühte sich, die flüchtigen Bilder eins nach dem anderen zurückzuholen, denn sie wollte nur ungern auf sie verzichten.

Der warme Sand in Hawaii wärmte ihr die Fußsohlen. Er war weiß wie Puderzucker. Das Meer lockte blau und grün, aber es war kalt und gefährlich, und sie wußte, es würde sie verraten. In der Ferne, weit hinter den grünen Bergen, den Sandelholzwäldern und dem süßen Duft der Früchte hörte sie die kriegerischen Trommeln und den Geschützdonner. Sie mußte schreien, um den Lärm zu übertönen.

›Die Welt braucht nicht noch mehr Helden, Jai! Die Welt kommt auch ohne dich aus!‹

Er lächelte, lächelte unbesorgt und schüttelte nur den Kopf. Er antwortete in dem sanften, beruhigenden und überzeugenden Ton, den sie inzwischen so sehr fürchtete.

›Ja, das kann sie. Ich weiß es‹, antwortete er. ›Aber ich muß die Trommeln und die Geschütze zum Schweigen bringen. Ich muß gehen, ich muß gehen, ich muß gehen ...‹

Und er ging rückwärts in das Meer. Sie sah, wie er mit den Wellen verschmolz, mit dem Himmel, der Sonne und dem Wind. Sie wußte, daß er nicht mehr ihr gehörte. Sie wußte, daß er nie mehr zu ihr zurückkommen würde ...

Der Traum war so lebendig, daß sie eine Weile langsam hin und her schwankte. Sie befand sich an der unsichtbaren Grenze zwischen Wachen und Schlafen. Ihre Haut war feucht vor Angst und wurde naß vom Salz des heimtückischen Meeres.

»Mutter ...?«

»Ja«, murmelte sie, ohne die Augen zu öffnen. »Ja, ich bin wach, mein Kind. Ich wußte nicht, daß es schon so spät ist ...«

»Du hast wieder Laudanum genommen ...«

Olivia griff nach dem Laken und wischte sich damit den Schweiß vom Gesicht. Sie nickte.

»Du hast mir versprochen, es nicht tagsüber zu nehmen!«

»Ja, ich weiß. Aber ich konnte nicht schlafen, und ich war so müde, so *müde* ...« Sie ließ den Kopf sinken und verbarg das Gesicht hinter dem Laken.
Maja ließ sie los. Was half es schon? Einen Augenblick lang hätte sie am liebsten geweint.
Gott, wann wird das alles endlich aufhören? Wird es jemals aufhören ...?
Sie biß sich heftig auf die Unterlippe, schluckte und ging zur anderen Seite des Zimmers, wo der große zweitürige Mahagonikleiderschrank ihrer Mutter stand. »Sie werden bald hier sein. Du solltest aufstehen und dich anziehen.« Olivia gähnte und öffnete die Augen. Sie versuchte verzweifelt, ihre Gedanken unter Kontrolle zu bringen. Einen Augenblick starrte sie ausdruckslos auf ihre Tochter, die vor dem bodenlangen Spiegel der Schranktür stand und sich kritisch betrachtete. »Findest du das richtig für diesen Anlaß, Mutter? Ist es nicht zu ... auffallend?«
Olivia gab sich einen Ruck, zog die Sandalen mit den schmalen Lederriemchen an und verließ das Bett. »Meinst du wirklich, es sei ein *Anlaß*, mein Kind?« fragte sie mit gerunzelter Stirn und unterdrückte mit Mühe ein zweites Gähnen. »Ich finde das Kleid sehr hübsch ... sehr hübsch«, wiederholte sie, ohne eine Antwort abzuwarten, denn sie hatte die Frage bereits vergessen.
»*Hübsch*!« Maja stellte sich vor die Badezimmertür, auf die Olivia verschlafen zuging. »*Sieh mich an, Mutter*!« rief sie, umfaßte mit beiden Händen ihre Arme und schüttelte sie. »Sag nicht einfach das erstbeste, das dir in den Kopf kommt. Du hast überhaupt noch nicht gesehen, was ich trage!«
Verwirrt sank Olivia auf den Hocker vor ihrem Toilettentisch. »Wieso, natürlich habe ich ...« Sie schwieg und blinzelte. Das Schlafmittel und der Traum machten sie noch immer benommen. Es gelang ihr nur mit Mühe, ihre Tochter anzusehen. Sie versuchte, sich zu konzentrieren, und legte die Hand über die Augen, um sie vor dem hellen Sonnenlicht zu schützen. »Habe ich dieses blaue Organdykleid schon einmal gesehen? Es ist doch blau, oder?«
»Ja, es ist blau. Die Zwillinge haben es mir im letzten Jahr genäht. Ich

habe es bereits *zweimal* getragen. Einmal zum Seva Sangh-Konzert. *Erinnerst* du dich?«

»Natürlich erinnere ich mich!« Olivia drehte sich auf dem Hocker herum, massierte die Stirn mit den Fingerspitzen und betrachtete sich im Spiegel. Die Augen waren verquollen, die Haare verschwitzt und ungekämmt. Sie sah schrecklich aus. »Hast du gesagt, daß du ihn gestern am Landungssteg kennengelernt hast?«

»Ja. Er ist mit der *Ganga* angekommen. Ich habe es dir gestern abend erzählt.«

»Ach, richtig.« Olivia nahm den Kamm und fuhr damit langsam durch die langen Haare. Dabei verzog sie angestrengt das Gesicht. »Und Grace war dabei?«

»*Ja*, Mutter! Grace und ich waren zum Abendspaziergang am Strand und haben zufällig Mr. Twining getroffen. Er war gekommen, um Mr. Pendlebury zu begrüßen. Als die Barkasse am Landungssteg anlegte, hat er uns beiden Mr. Pendlebury vorgestellt.«

Olivia beobachtete Maja im Spiegel und bemerkte erst jetzt überrascht die leicht geröteten Wangen, die unruhigen Finger und das Strahlen in den blauen Augen, die normalerweise verschlossen und abweisend waren. Außerdem hatte sich Maja sogar das Gesicht gepudert! Olivia seufzte stumm. »Clarence Twining kennt also die Pendleburys?«

»Er weiß, wer die Pendleburys sind. Als Polizeipräsident wird er dafür bezahlt, alles über jeden zu wissen, der hier eintrifft. Das hat er mir selbst gesagt. Lord Mayos Sekretariat hatte ihn aufgefordert, Mr. Pendlebury bei seiner Ankunft behilflich zu sein. Offenbar ist Mr. Pendleburys Vater ein Baron und Mitglied des Indienrats in London. Sie haben ein Anwesen in Buckinghamshire und ein Stadthaus am Berkeley Square. Seine Mutter genießt in der Gesellschaft hohes Ansehen. Ich meine Christian Pendleburys Mutter. Sie widmet sich aktiv der Förderung der Künste. Wie Mr. Twining sagt, sind die Einladungen zu ihren musikalischen und literarischen Soireen sehr gefragt.« Der stolze Unterton ihrer Worte war Maja nicht bewußt.

»Hat dich das an ihm beeindruckt?« fragte Olivia unwillkürlich, bedauerte die Frage jedoch sofort.

Maja wurde rot. »Nein! Das hat mich natürlich nicht *beeindruckt*! Ich habe nur wiederholt, was Mr. Twining erzählt hat.«
»Ach so. Macht er in Indien Ferien?«
»Nein. Er ist ein Beamtenanwärter. Wenn er seine verschiedenen Lehrgänge absolviert hat, wird er irgendwo in die Provinz versetzt.« Sie kam der nächsten Frage ihrer Mutter zuvor und fügte mit leichtem Sarkasmus hinzu: »Die Möglichkeit zu einem so langen Gespräch entstand, weil Mr. Pendleburys Gepäck nicht aufzufinden war. Mr. Twining hatte einige Mühe, es schließlich doch noch an Land schaffen zu lassen.«
»Er ist also ein Beamtenanwärter!« stellte Olivia offenbar wenig begeistert fest.
»Das klingt nach Kritik!«
»Man kann kaum Kritik an der Elite der jungen Männer Englands üben, mein Kind«, erwiderte Olivia trocken. »Im Gegenteil! Man sagt, wer die Prüfungen für den zivilen Beamtendienst in Indien besteht, sei außergewöhnlich begabt.« *Und ist außergewöhnlich gefragt!* Das sagte sie aber nicht laut. »Hat er dir deshalb gefallen?«
Maja ärgerte sich über die Fragen ihrer Mutter und zuckte mit den Schultern. »Er war nett und hat sich gut mit uns unterhalten. Er schien sich auf das Sprachstudium am Fort Williams College zu freuen und auf den Dienst in Indien. Er sagte, daß er in Kalkutta kaum jemanden kennt und sich auf neue Bekanntschaften freut. Deshalb dachte ich ...« Sie brach mit einer gereizten Geste ab.
»Oh, ich freue mich, daß du ihn zum Tee eingeladen hast, mein Kind! Jeder hat die Pflicht, Neuankömmlinge hier gastfreundlich willkommen zu heißen.« Sie legte die Haare sorgfältig zu einem Knoten zusammen und steckte sie am Hinterkopf fest. Mit einem Kamm, den sie unten in den Knoten schob, gab sie der Frisur einen festen Halt. »Was ist heute ... Mittwoch?«
»Ja.«
»Kyle wollte einige Akten abholen, die Amos ihm versprochen hat. Er muß sie nach Lucknow mitnehmen.«
»Kyle ...?« Ein kalter Schauer lief Maja über den Rücken. *O Gott! Doch nicht Kyle ... und ausgerechnet heute!*

Olivia sah sie im Spiegel kopfschüttelnd an. »Er will doch nur ein paar Akten holen, Kind«, erklärte sie freundlich.
»Sag ihm ab, oder laß ihm die Akten bringen. Ich könnte es nicht ertragen, wenn er ... wenn sie ...« Maja biß sich auf die Lippen.
Olivia holte tief Luft. »Also gut.« Einen Augenblick konzentrierte sie sich auf die Frisur, an die sie letzte Handgriffe legte, dann fragte sie beiläufig, etwas zu beiläufig: »Wäre es nicht klüger gewesen, Mr. Pendlebury Zeit zu lassen, sich hier einzuleben, bevor du ihn einlädst?«
Maja drehte sich abrupt um und ging zum Fenster. Unten im Garten wässerte der Mali die Blumenrabatten und mit großen kühlen Fontänen den jadegrünen Rasen. Die leuchtend gelben Goldregensträucher begannen gerade zu blühen. »Warum?« fragte sie leise. »Soll er die Möglichkeit haben, zuerst alles zu hören, was man in der Stadt über uns redet?«
»Er wird es früher oder später ohnedies hören.«
Maja verschränkte die Arme über der Brust und sah ihre Mutter mit kalten, vorwurfsvollen Augen an. »*Dann* werden wir feststellen, ob Mr. Pendlebury wirklich Format hat, Mutter.«
Olivia kämpfte mit ihrer Bitterkeit, die sie nicht ganz verbergen konnte. »Mein Kind, ich möchte *nur*, daß du nicht ...«
»Mach aus der Sache nicht mehr, als sie wirklich ist!« fiel ihr Maja schnell ins Wort. »Ich habe ihn nur eingeladen, weil er hier in Kalkutta niemanden kennt. Außerdem schien er irgendwie ... anders zu sein.«
Olivia stand auf und drückte Maja an sich. »Verzeih mir die Fragen, mein Kind«, flüsterte sie. »Ich stelle sie nur, weil du mir so sehr am Herzen liegst.« Überwältigt von Liebe, Trauer und Selbstvorwürfen, freute sie sich über die sanfte Berührung der Jugend, die sie in all ihrer Frische, all ihrer Hoffnung und Sehnsucht an ihrer Wange spürte.
Maja erwiderte die Umarmung nur flüchtig. Ihr Kinn zitterte. Sie schloß die Augen und preßte die Zähne auf die Unterlippe, um die Tränen zurückzuhalten.

Olivia strich ihr zärtlich über die Haare. »Alles wird gut sein, wenn wir erst auf dem Schiff sind und nach Amerika fahren. Das verspreche ich dir, Maja.« Ihre Augen brannten. Sie legte das Gesicht an die Wange ihrer Tochter und unterdrückte ein Schluchzen. »Wäre dein Vater hier, dann würde unser Leben anders sein ... *völlig anders*! Er würde...«

»Aber er ist doch da!« rief Maja heftig. »Er ist immer da. Wo auch immer wir sind, er wird uns ständig begleiten, Mutter!«

Olivia hielt sie fest. »Wenn das so ist, dann sollten wir dankbar sein«, erwiderte sie zitternd. »Wir müssen seine Gegenwart als einen Segen ansehen, als eine Quelle der Kraft, als eine Inspiration, ja, als Inspiration! Dein Vater hat uns geliebt, Maja! Er hat uns alles gegeben, was wir haben. Er hat uns zu dem gemacht, was wir sind. Das darfst du nie vergessen, mein Kind, *nie*! Wir...«

»Und was sind wir, Mutter?« Maja löste sich kalt und abweisend aus Olivias Armen und trat so weit zurück, daß ihre Mutter sie nicht mehr erreichen konnte. »Abgesehen davon, daß wir *Parias* sind!« Ihre Lippen waren schmal und blaß. »Weißt du es? Weiß es jemand von uns? Werden wir je herausfinden, wer wir sind ...?« Ohne eine Antwort abzuwarten, verließ sie das Zimmer. Olivia wollte sie zurückrufen, aber sie brachte keinen Ton hervor. Es gab keine Antworten auf Majas Fragen.

Olivia starrte auf die Tür, die sich hinter ihrer Tochter schloß. Sie war verzweifelt. Mit einem Seufzer ließ sie sich auf den Hocker sinken und verbarg das Gesicht in den Händen.

Amos hat recht. Sie wird in Amerika bessere Aussichten haben! Jai, wir haben ihr die Kindheit genommen. Wir haben ihr die Unschuld eines Kindes nicht zugestanden, sondern ihr eine Vergangenheit aufgezwungen, mit der sie nichts zu tun hat und die sie nicht verstehen kann. Jai, wird sie mir und dir das jemals verzeihen können? Schütze sie, Geliebter, wo auch immer du sein magst und was für ein Wesen du auch sein magst. Sie ist so einsam, so verletzt und eine leichte Beute des Unheils ...

*

»Ich habe ihr gesagt, daß sie sich irrt! Wie kann sie von einer wohltätigen Einrichtung erwarten, daß man für *entzündete Fußballen* zahlt! Sie ist doch deshalb nicht notleidend, oder?« Marianne Lubbocks runde, gerötete Wangen glühten vor Empörung und bekamen fast denselben Farbton wie die kunstvolle Pyramide ihrer gefärbten Haare. »Es gibt in der Chitpur Road ganz in der Nähe unseres Heims einen sehr guten Fußpfleger. Und ich weiß, daß er wirklich nicht zuviel verlangt, weil ich mich höchstpersönlich nach seinen Preisen erkundigt habe.«

»Ja, vielleicht können wir das auf unserer nächsten Versammlung besprechen«, sagte Olivia leicht verlegen. Sie gab Francis, dem Diener, ein Zeichen, den Gästen noch einmal die Platte mit den Appetithäppchen zu reichen. »Vielleicht braucht sie zusätzlich noch etwas Geld, denn jetzt ...«

»Zusätzlich Geld?« rief Marianne aufgebracht. »Als ob *Joycie Crum* zusätzlich Geld brauchen würde! Wenn man bedenkt, was sie alles herausgeholt hat aus ihrem reichen ...«

»Wir werden später darüber reden!« unterbrach Olivia sie energisch und warf einen besorgten Blick auf Maja. Marianne hatte wirklich ein Herz aus Gold, aber leider auch die Begabung, im unpassendsten Augenblick ohne Rücksicht auf Verluste heikle Dinge zur Sprache zu bringen. »Bestimmt interessieren sich weder Mr. Pendlebury noch Samir für die Probleme unserer kleinen Seva Sangh. Noch ein Sandwich, Samir? Mir ist aufgefallen, daß Sie erst eins probiert haben. Dabei weiß ich, daß Sie Gurke mit französischem Senf besonders mögen.«

Der schüchterne junge Bengale, der allein in einer Ecke saß und versuchte, sich hinter seiner goldenen Brille zu verstecken, errötete. »Oh ja, danke ...«

Er nahm schnell ein Sandwich von der Platte, die Francis ihm hinhielt, und widmete sich dann dem Kauen mit der Hingabe eines Soldaten, der einen Befehl ausführt.

Christian Pendlebury zwang sich mit sichtlicher Mühe, die Augen von Maja zu wenden. Er fühlte sich am zweiten Tag in einem fremden Land überraschend wohl in der Gesellschaft von Fremden in einem fremden Haus, auch wenn es unvorstellbar heiß war. So unauffällig wie möglich betupfte er mit einem gefalteten Taschentuch die schweißbedeckte Stirn und griff nach einer Thunfischpastete, als Francis ihm die Platte reichte. Er rutschte auf dem Stuhl etwas nach vorne. »Im Gegenteil, Mrs. Raventhorne«, widersprach er mit einem bemerkenswert charmanten Lächeln. »Ich interessiere mich sehr für alles, was mit Kalkutta zu tun hat. Das kann ich Ihnen versichern, denn ich weiß sehr wenig. Übrigens, was ist eigentlich die Seva Sangh?«

Maja saß in dem großen Wohnzimmer neben Grace Lubbock am Fenster zum rückwärtigen Garten und erlaubte sich in diesem Augenblick ein erstes vorsichtiges, aber stolzes Resümee. Ihr spontaner Eindruck von Christian Pendlebury hatte sie nicht getäuscht. Er hatte nicht nur Wort gehalten und war zum Tee erschienen, sondern er war sogar pünktlich um halb fünf gekommen. Seitdem sprach alles dafür, daß er ein echter Gentleman war. Er verhielt sich höflich und freundlich ohne die verlogene Anmaßung oder Herablassung, die viele Pukkas zur Schau trugen. Wenn man von der geschwätzigen Marianne Lubbock absah, die in ihrer schrecklich gewöhnlichen Aussprache daherredete und ein wirklich geschmackloses Kleid trug, verlief der Tee sehr erfreulich. Selbst Mutter gab sich Mühe. Natürlich konnte Maja von Glück reden, daß Amos noch verreist war, denn sie wußte aus Erfahrung, wie taktlos ihr Bruder bei gesellschaftlichen Anlässen sein konnte. Der Gedanke an Kyle bereitete ihr wieder flüchtig Unbehagen. Hatte Mutter wirklich dafür gesorgt, daß ihm die Akten durch einen Boten gebracht worden waren, oder hatte sie es vergessen? Bei Gott, sie hätte es nicht ertragen, wenn Kyle plötzlich hier aufgetaucht wäre, solange Christian Pendlebury noch im Haus war ...

»Es ist für ihn zu heiß hier drinnen«, flüsterte ihr Grace hinter dem Fächer zu. »Meinst du nicht, er würde sich im Garten am Fluß wohler fühlen?«

Maja schob den Gedanken an Kyle beiseite und nickte. Sie hätte selbst daran denken sollen. »Ja, gehen wir hinunter zum Fluß, wenn alle gegessen haben und Mutter uns entläßt.« Sie stand auf und öffnete das Fenster. Die blaßblauen Spitzenvorhänge bauschten sich, und der kühle Südwind drang in das Zimmer und unterstützte die Bemühungen des Punkhawallahs, der eifrig den großen Fächer an der Decke bewegte. Christian Pendlebury lächelte Maja dankbar an, und sie erwiderte zufrieden das Lächeln.

»Die Seva Sangh? In unserem Fall ist es eine wohltätige Gesellschaft«, erklärte Olivia, der das verliebte Lächeln nicht entgangen war. »Frei übersetzt bedeutet ›seva‹ dienen und ›sangh‹ ist eine Gruppe. Ein paar von uns haben eine Ausbildungsstätte und ein Wohnheim für hilfsbedürftige Frauen gegründet, die mittellos sind. Anfangs haben wir nur Eurasierinnen aufgenommen, weil sie in Indien am wenigsten unterstützt werden. Aber inzwischen ist das keine Bedingung mehr.«

»Demnach ist das eine lokale Einrichtung?«

»Ja, wir...«

»Gewiß doch!« erklärte Marianne stolz. »Unsere liebe Olivia hat ihr großes Anwesen in Chitpur unserer Seva Sangh zur Verfügung gestellt. Die Gebäude standen leer, seit ... hm ... ja ...« Sie schwieg verlegen und blickte Olivia hilfesuchend an.

»Ja, es war für alle ein glücklicher Umstand, die Gebäude auf diese Weise nutzen zu können.« Olivia half Marianne mit ihrer Antwort geschickt aus der peinlichen Situation. »Bei unserer Arbeit kann man nicht genug Raum zur Verfügung haben.«

»Und in was unterrichten Sie die jungen Frauen?« Christian beugte sich mit großem Interesse vor.

»Sie sind natürlich nicht alle jung. Sie lernen bei uns, was ihnen später eine Stellung einbringen kann, oder was eine zusätzliche Einnahmequelle bieten wird.«

Er wirkte überrascht. »Die Geschäftsleute in Kalkutta haben keine Vorbehalte, Frauen zu beschäftigen? In England ist das leider ganz anders.«

»Oh, viele denken hier noch genauso wie Ihre Landsleute in England, obwohl das nicht sehr weitsichtig ist.« Ja, er ist anders, dachte Olivia, aber er wird sich ändern. Alle ändern sich. Ich möchte nur wissen, wie viel ihm Clarence Twinings bereits erzählt hat ...

»Grace ist ausgebildete Krankenschwester und die Sekretärin unserer Sangh.« Marianne Lubbock hatte sich von ihrer Verlegenheit erholt und griff entschlossen wieder in das Gespräch ein. Ihre Augen leuchteten so vielsagend, daß ein Junggeselle, der um seinen Wert wußte, die Anspielung nicht überhören würde. »Ich bin sicher, Grace würde Ihnen nur allzu gern unsere beiden Einrichtungen zeigen, wenn Sie Zeit haben, Mr. Pendlebury. Nicht wahr, Grace?«

»Ja, Mama.« Grace senkte sittsam die Augen. Dann stand sie auf und machte einen Knicks in Christians Richtung, da sie nicht wußte, was von ihr erwartet wurde.

»Sie haben *zwei*?« fragte Christian. Er lächelte verlegen und wurde ebenfalls rot. »Sie haben noch eine wohltätige Einrichtung?«

»Du meine Güte, nein, im Gegenteil!« Marianne lachte geschmeichelt. Sie sprach mit einem leichten Akzent, der ihre indisch-portugiesischen Eltern verriet. »Mein Mann und ich haben eine Möbelfabrik. Wir entwerfen und produzieren geschnitzte Möbel im chinesischen Stil für den Export nach Europa und Amerika. Meine Vorfahren kommen aus Europa. Um genauer zu sein, aus Portugal, aber mein Mann«, sie machte eine kleine Pause, um der Ankündigung die richtige Wirkung zu sichern, »stammt wie Mrs. Raventhorne aus den Vereinigten Staaten von Amerika.«

Unausweichlich mußten einige Augenblicke darauf verwandt werden, Christians Neugier hinsichtlich des neuen und unerwarteten Aspekts im Leben der Raventhornes zu befriedigen. Ja, sie sei in Amerika geboren und dort aufgewachsen, erwiderte Olivia. Wo? Vorwiegend in Kalifornien. Mr. Twining hatte etwas von Hawaii erwähnt, sagte Christian. Gab es auch dorthin verwandtschaftliche Beziehungen? Olivia versuchte, ihren Unmut nicht zu zeigen, und nickte nur. Sie beantwortete seine Fragen so gut wie möglich, ließ Maja dabei aber nicht aus den Augen. Sie überlegte fieberhaft, wie sie das Thema wechseln könnte. Schließlich kam ihr Marianne unwissentlich mit einer Bemerkung über hawaiianisches Sandelholz zu Hilfe, und sie konnte das Gespräch mühelos wieder auf die Möbelherstellung lenken. Das Angebot, Christian Pendlebury das Fabrikgelände der

Lubbocks zu zeigen, wurde wiederholt und löste bei ihm gedämpfte Bereitschaft aus. Olivia sah, daß Marianne nachhaken wollte und daß Samir immer tiefer in seinem Sessel versank und bald darunter verschwinden würde. Geistesgegenwärtig beschloß sie, das Gespräch in völlig andere Bahnen zu lenken.

»Samirs Vater gehört zu den aufgeklärten Arbeitgebern, von denen ich gesprochen habe, Mr. Pendlebury«, sagte sie mit einem nachdrücklichen Blick auf den schüchternen jungen Mann. »In seinen breit gefächerten geschäftlichen Unternehmungen beschäftigt er sehr großzügig auch Frauen. Samirs Mutter gehört zu meinen besten Freundinnen und ist ein sehr aktives Mitglied unserer Sangh. Samir dagegen«, Olivia sah ihn so lange an, daß er ihr nicht ausweichen konnte, »scheint sich mehr für sein Studium als für die Geschäfte zu interessieren. Habe ich recht? Er studiert englische Literatur und Geschichte am Presidence College. Samir und meine beiden Kinder waren schon in der Schule befreundet.«

»Wirklich!« Christian freute sich, wieder einen Vorwand zu haben, Maja anzulächeln. Dann reagierte er höflich auf den dezenten Hinweis der Gastgeberin, stand auf, ging durch das Zimmer und setzte sich neben Samir. »Wie viele Jahre wird Ihr Studium noch dauern, Mr. Go... Go...?«

»Goswami. Samir Charan Goswami.« Samir erhob sich und neigte den Kopf. Dabei stieß er gegen einen kleinen Tisch mit einer Blumenvase. Tisch und Vase schwankten bedrohlich. Samir sah wie gelähmt zu, aber gnädigerweise blieb der Tisch stehen, und die Katastrophe war um Haaresbreite vermieden. »Ich bin im letzten Jahr«, erwiderte er fast unhörbar und strich die Falten seines makellos weißen Dhotis glatt. Über der einen Schulter lag auf der beigefarbenen Kurta, die am Hals kunstvoll bestickt war, ein sorgfältig gefalteter Schal aus Tussahseide. Neben ihm, an den Sessel gelehnt, stand ein eingerollter schwarzer Regenschirm. Er war das vollkommene Abbild des intellektuellen bengalischen Adligen.

»Wie viele Jahre dauert das Studium? Leider bin ich mit dem indischen Bildungssystem noch nicht vertraut.« Christian lächelte ungezwungen und schämte sich nicht seiner Unwissenheit. »Bei uns zu

Hause scheint vieles völlig anders zu sein. Wie gelingt es Ihnen hier eigentlich, mit so vielen Sprachen zurechtzukommen?«
Samir schluckte, aber er konnte kaum den Fragen ausweichen, ohne unhöflich zu erscheinen. »So viele ... sind es nicht. Wir ... sprechen meist Englisch und Ben... Bengali, aber nicht ... nicht alle ...« Er hatte sich hoffnungslos in den Worten verstrickt und brach ab. Flehend blickte er zu Maja in der Hoffnung auf Hilfe, aber sie übersah geflissentlich seine Not. Samir holte Luft und versuchte es noch einmal. »Am College wird nur Englisch und Bengali unterrichtet.« Als er die Antwort erfolgreich gegeben hatte, griff er schnell nach einem Muffin, das er eigentlich nicht essen wollte, und schob es in den Mund, um keine weiteren Fragen beantworten zu müssen.
Er ist wirklich *unmöglich*, dachte Maja kopfschüttelnd. Er benimmt sich wie ein Kind und ist so *gauche*.
»Was erwartet er denn von einem Pukka-Engländer?« flüsterte sie Grace zu. »Daß er als Nachtisch bengalische Brahmanen frißt?«
Grace kicherte und verbarg das Gesicht hinter ihrem Fächer, aber Christian ließ sich nicht beirren. Er stellte Samir sofort die nächste Frage und wartete geduldig auf die Antwort, bis Samir sein Muffin gegessen hatte. Als Samir schließlich antwortete und ihn über einige andere Aspekte des Studiums in der Stadt aufklärte, entspannte sich Samir soweit, daß er sogar ein vorsichtiges Lächeln wagte.
Sehr viel später, nachdem Grace sie mit englischen Liedern unterhalten hatte, zu denen Maja sie am Flügel begleitete, und Christian Pendlebury sich pflichtbewußt mit jedem unterhielt, nachdem viele Fragen gestellt und beantwortet waren, um sein großes Interesse nach mehr Wissen über Indien zu stillen, richtete er seine Aufmerksamkeit wieder auf Olivia.
»Hawaii erscheint uns auf den britischen Inseln noch immer als eine Art fernes Paradies.« Er lächelte. »Deshalb würde ich gern wissen, warum Sie dort waren. Wäre es unhöflich, Sie danach zu fragen?«
Olivia seufzte stumm und wünschte wieder, Maja hätte noch eine Weile gewartet, ehe sie ihn zum Tee einlud. Wenn er schon einige Zeit in Kalkutta gewesen wäre, hätte er nicht so viele Fragen stellen müssen – wenn er dann überhaupt noch gekommen wäre! Trotzdem ließ sie sich

nicht aus der Ruhe bringen. Das leichte Zögern vor ihrer Antwort war kaum zu bemerken. »Aber nein. Mein Vater, meine Stiefmutter und ihre zwei Söhne haben eine Zeitlang dort gelebt.«

Er nickte. »Ich weiß nur wenig über die Insel, aber ich habe gehört, daß Honolulu inzwischen der wichtigste Hafen mit den modernsten und besten Werften im Pazifik ist.«

»Ja, das denke ich auch.« Olivia erwiderte sein Lächeln und verbarg damit die Leere, die sich bereits wieder in ihr ausbreitete. »Ich bin leider nicht mehr auf dem laufenden, Mr. Pendlebury. Wir haben Honolulu vor über dreizehn Jahren verlassen, und nach dem Tod meines Vaters ist meine Stiefmutter mit ihren beiden Söhnen nach Kalifornien zurückgekehrt.«

»Dreizehn Jahre!« rief Marianne Lubbock übertrieben erstaunt und legte ihre manikürte Hand auf den Busen. »Wie doch die Zeit vergeht! Ich hatte für meine Gracie und deine Maja einen Tag nach eurer Ankunft zu einer gemeinsamen Geburtstagsfeier geladen, denn du warst zu ... oh!« Sie brach erschrocken ab und legte die Hand auf den Mund.

»Ja, ich erinnere mich«, fuhr Olivia schnell fort. »Es ist so, als sei es gestern gewesen ...«

Maja stand plötzlich auf. Sie war blaß geworden und bekam feuchte Hände. Schweigend machte sie sich daran, Sheba beim Abräumen zu helfen.

O Gott, hoffentlich erkundigt er sich jetzt nicht nach Vater. Nicht jetzt ... noch nicht ... nie!

Selbst wenn im Raum plötzlich eine gewisse Spannung entstand, schien Christian nichts davon zu bemerken. Auch er stand auf und wollte ganz selbstverständlich helfen, das Geschirr abzuräumen. Als er gerade die nächste möglicherweise unerwünschte Frage stellen wollte, griff Sheba ein. Sie lief zu Christian und nahm ihm die Schüssel mit den eingelegten Shrimps aus der Hand. »Aber nein, bitte! Das sollen Sie doch nicht tun!« rief sie entsetzt. »*Sie* nicht ...!«

Verblüfft wich Christian einen Schritt zurück. »Oh, tut mir leid, ich wollte nur ...« Unsicher und verlegen hob er mit rotem Gesicht beide Hände.

Olivia sah ihre Haushälterin leicht vorwurfsvoll an und lachte, um Christian aus der Verlegenheit zu helfen. »Sheba ist der Ansicht, daß Hausarbeiten nicht zu den Pflichten eines Gentleman gehören. Ich muß nicht betonen, daß mein Sohn Amos ihre Theorie aus ganzem Herzen teilt.« Sie stand auf und sagte zu Maja: »Wäre es jetzt nicht an der Zeit, daß du mit Grace und dem jungen Gentleman in den Garten gehst? Am Fluß ist es bestimmt kühler und angenehmer. Vielleicht möchte Mr. Pendlebury auch die Ställe sehen, bevor es zu dunkel wird, um einen Blick auf die Pferde zu werfen. Mrs. Lubbock und ich müssen noch ein paar Dinge besprechen, die die Seva Sangh betreffen, ehe Mr. Lubbock sie abholt.«
»Pferde?« Christian strahlte. »Ich würde die Pferde wirklich gern sehen.«
»Meine Tochter züchtet seit einiger Zeit Pferde«, erklärte Olivia. »Sie hat bereits beachtliche Erfolge auf einem Gebiet, auf dem, wie Sie sich vorstellen können, große Konkurrenz herrscht.«
»Pferdezucht ...?« Vor Überraschung sank er in seinen Sessel zurück. »Wie ungewöhnlich! Ja, dann möchte ich die Ställe unbedingt sehen, Miss Raventhorne. Zu Hause auf unserem Gut züchten wir auch Pferde – welch ein Zufall!«
In Christians Überraschung mischte sich offensichtlich große Bewunderung, und Maja errötete. »Ich führe Sie sehr gern durch die Ställe«, sagte sie mit einem Anflug von Schüchternheit. »Am besten kann man die Pferde natürlich bei Tageslicht sehen«, fügte sie hinzu. »Aber wenn wir uns beeilen, ist es vielleicht noch hell genug.«
Unter dem Vorwand, ein Taschentuch zu holen, verzögerte sie jedoch bewußt den Aufbruch. Als sie schließlich die Ställe erreichten, zündete Abdul Mian gerade die Laternen an, und es war bereits zu dunkel, um viel zu sehen. Sie stellte den alten grauhaarigen Stallmeister Christian vor, der ihm die Hand entgegenstreckte. Abdul Mian zögerte, warf mit gerunzelter Stirn einen Blick auf seine schwieligen Hände und wischte sie an dem langen Hemd sauber, bevor er dem Fremden unsicher die Hand reichte. Samir und Grace kannten die Ställe und hatten es deshalb vorgezogen, direkt auf dem Fußpfad zum Fluß hinunter zu gehen.

»Wie viele Pferde haben Sie?« fragte Christian und spähte neugierig in die Dunkelheit.
»Drei Hengste, sieben Stuten und drei Fohlen. Ich habe mit der Zucht erst vor zwei Jahren begonnen und kann sie nur langsam vergrößern. Zwei Araber-Jährlinge sollen nächste Woche aus Bombay eintreffen. Abdul Mians Sohn hat sie für mich bei der Pferdeversteigerung gekauft. Sein Vetter ist ein Jambaaz aus Nadsch.«
»Ein ... was?«
»Ein Pferdehändler aus einer arabischen Stadt. Sie bringen jedes Jahr Pferde zu den Auktionen.« Sie trat in *Cavalcades* Box, kniete sich neben den braunen Wallach und betastete vorsichtig seine rechte Flanke. Der Braune gehörte Amos und war sein Lieblingspferd. Er hatte Maja gebeten, dafür zu sorgen, daß die häßliche Scherpilzflechte bei seiner Rückkehr aus Kanpur abgeheilt sei. Der Wallach schien sich über den sanften Druck ihrer Finger zu freuen, er wieherte, senkte den Kopf und schnupperte an ihren Haaren.
Christian stand vor der Box und beobachtete sie. Er hörte, wie Maja leise mit dem Pferd sprach, und staunte über das selbstverständliche Einvernehmen mit dem Tier. »Sie können zweifellos gut mit Pferden umgehen, Miss Raventhorne«, sagte er bewundernd. »Jetzt verstehe ich, weshalb Sie sich für eine so ... ungewöhnliche Aufgabe entschieden haben.«
»Ich finde sie eigentlich nicht ungewöhnlich. Es gibt in Indien viele Züchter. Schließlich brauchen alle Pferde zum Reiten.«
»Ich meinte ungewöhnlich für eine ... Dame. Ich könnte mir vorstellen, daß es in Indien nicht viele Pferdezüchterinnen gibt!«
»Ach so. Vermutlich haben Sie recht.« Sie schob *Cavalcade* ein Zuckerstückchen ins Maul. Sie war mit dem Fortgang der Heilung zufrieden und trat wieder zu Christian. »Meine Mutter hat auf Großvaters Ranch in Kalifornien Pferde gezüchtet, bevor sie ... ich meine als junge Frau. Wahrscheinlich habe ich mein Interesse an Pferden von ihr geerbt. Sie hat den Stall hier begonnen und meinem Bruder und mir alles über Pferde beigebracht, was wir wissen. Man sagt, sie hat den besten Sitz, den man bei einer Frau sehen kann.« Maja hatte das Kinn stolz gehoben.

»Und Ihr Vater? Ist er auch Pferdeliebhaber?«
Maja gab vor, die Frage nicht gehört zu haben, wandte sich schnell Abdul Mian zu und gab ihm eine Anweisung. Ohne Christian die Möglichkeit zu lassen, die Frage zu wiederholen, lief sie aus dem Stallgebäude. »Gehen wir zu den anderen am Fluß!« rief sie über die Schulter zurück. »Hier ist es zu dunkel, um etwas sehen zu können.«
Christian folgte leicht verwirrt. Aber er wiederholte die Frage nicht.
Der Sommerabend war erstaunlich mild. Der Fluß schimmerte. Dafür sorgten die letzten verblassenden Sonnenflecken, die wie orangerote Farbtupfer auf dem Hooghly tanzten. Ein paar Flußschiffer kehrten nach der schweren Tagesarbeit langsam zu ihren Dörfern am Flußufer zurück. Das rhythmische Eintauchen ihrer Ruder klang in der Stille des Abends wie der dumpfe Klang einer riesigen Trommel. Es war eine so angenehme Stimmung nach der Hitze des Tages, daß eine Zeitlang keiner etwas sagte. Sie liefen zufrieden gemeinsam über den Uferdamm und atmeten erleichtert die frische Luft, die der Südwind ihnen vom Golf von Bengalen zutrieb. Vor den verschiedenen Gebäuden, die zu dem Anwesen der Raventhornes gehörten, standen Frauen und Kinder der Dienstboten und sahen ihnen nach. Ein Hahn, der aus dem Hühnerlauf eines Nachbarn stammte, rannte aufgeregt mit den Flügeln schlagend am Ufer entlang und wurde unter lautem Gebell von Sugar und Spice verfolgt. Auf dem Gelände nebenan sahen sie über die Akazienhecke Diener in weißer Livree geschäftig hin und her eilen, da ihr Herr bald von der Arbeit zurückkommen würde. Maja warf einen Blick über die Schulter zurück zu den Andersons, ihren Nachbarn. Sie hoffte, daß die drei Klatschbasen wie üblich hinter dem Schlafzimmerfenster im ersten Stock saßen und alles genau beobachteten. Maja lächelte zufrieden und freute sich über ihren Triumph.
»Sie haben ein sehr schönes und eindrucksvolles Haus, Miss Raventhorne. Der Blick auf den Fluß ist wirklich hinreißend.« Christian blieb stehen und betrachtete die Reihe der großen Herrenhäuser, die hinter den dichten Bäumen und Büschen am Ufer nur teilweise zu

sehen waren. »Ich habe schon in England gehört, wie gut man in Kalkutta lebt. Es scheint wirklich eine Stadt der Paläste zu sein.«
»Nicht allen geht es so gut, Mr. Pendlebury.« Samir hatte seine Scheu inzwischen überwunden und freute sich sogar über die Gelegenheit, sein Englisch einmal bei einem richtigen Engländer anwenden zu können. Die Aussprache der amerikanischen und englischen Händler und Kapitäne, mit denen sein Vater Geschäfte machte, war für seine Ohren so unverständlich, daß er sich oft fragte, ob diese Männer wirklich englisch sprachen! »Viele, und meist sind es die Einheimischen, bleiben sehr arm.«
»Ja, auch das habe ich gehört«, sagte Christian. »Ich glaube, die englischen Handelsmagnate sind die größten Angeber, wenn es um den Luxus ihrer Häuser geht.« Er brach eine kleine weiße Blüte ab, atmete den Duft ein und sah Samir an. »Jasmin?«
»Ja.«
Maja sah mit leichter Eifersucht, wie gut sich die beiden Männer plötzlich verstanden. »Vielen reichen Indern geht es auch nicht gerade schlecht«, mischte sie sich spöttisch ein. »Einige bengalische Familien zum Beispiel haben mehrere Häuser, darunter auch sehr luxuriöse Bagan Baris, Häuser mit Obstgärten. Sie beschäftigen über hundert Dienstboten und nicht weniger als ein *Dutzend* Köche in ebenso vielen Küchen. Das stimmt doch, Samir?«
Samir war langsam rot geworden. »Der Grund dafür ist die Tradition, nicht Angeberei«, murmelte er verlegen, aber er war nicht beleidigt.
»Es gab einmal eine Zeit, da war es Tradition, daß Witwen auf den Scheiterhaufen ihrer Ehemänner verbrannt wurden!« rief Grace, und ihre großen Kuhaugen wurden noch größer. »Habe ich recht, Maja?«
Christian lachte. »Es gab einmal eine Zeit, da wurden in Europa und Amerika sogenannte Hexen verbrannt«, erwiderte er unbeeindruckt. »Es ist traurig, aber wahr, keine Gesellschaft hat den Aberglauben für sich gepachtet.« Sie erreichten die Stufen, die zum Fluß führten. Als Christian sie sah, stieß er einen freudigen Ruf der Überraschung aus und lief hinunter.

Maja wollte kein Thema erörtern, das den wundervollen Frieden des Abends stören konnte, zuckte nur mit den Schultern, griff nach der Hand von Grace und ging mit ihr ebenfalls die Stufen zum Wasser hinunter. Sie schloß die Augen, hob das Gesicht zum immer dunkler werdenden Himmel und fuhr sich mit den Fingern durch die langen offenen Haare, die das erstaunlich schöne Gesicht vollendet umrahmten. Stumm überließ sie sich Christians Gegenwart und konnte nur mühsam der Versuchung widerstehen, nach seiner Hand zu greifen. Er war so einfühlsam und wirklich attraktiv. Seine ungewöhnliche Haltung und seine vielen neuen Gedanken verwirrten sie. Aber sie spürte, es würde ihm gefallen, wenn sie ihre eigenen Ansichten vertrat und mit ihm darüber beim nächsten Zusammentreffen sprach, zu dem es bestimmt kommen würde! In einem plötzlichen Glücksgefühl sah sie ihn an. Er stand am Rand der Stufen – dem Lieblingsplatz ihrer Mutter. Maja klopfte mit der Hand auf den Stein, um Grace den Platz an ihrer Seite anzubieten.
»Sprechen wir von etwas anderem«, schlug sie vor und sah Christian lächelnd an. »Es wäre nicht richtig, Sie bei Ihrer ersten Einladung in Kalkutta mit unerfreulichen Dingen zu langweilen.«
Der Anblick ihrer vollkommenen Schönheit nahm ihn gefangen. In seinem ganzen Leben hatte er noch keinen so faszinierenden Menschen getroffen. »Ich kann mir nicht vorstellen, daß es etwas in Kalkutta gibt, das mich langweilen könnte.« Er atmete heftig und mußte sich Mühe geben, daß seine Worte nicht zu leidenschaftlich klangen. »Mir fällt es schwer zu glauben, daß sich jemand in einer so farbigen und vielschichtigen Stadt langweilen kann.«
Maja sah seine Erregung, die er zu verbergen suchte. Als ihre Blicke sich wieder trafen, erlebte sie ein so wunderbares Hochgefühl, daß es ihr den Atem nahm. »Erzählen Sie uns etwas über England, Mr. Pendlebury«, sagte sie schnell und verbarg ihre Verwirrung mit einem zweiten betörenden Lächeln. »Ist Buckinghamshire weit von London entfernt?«
Aus dem Schlafzimmerfenster im ersten Stock entdeckte Melody Anderson die Gruppe am Flußufer und griff schnell nach dem Opernglas. Sie blickte einen Augenblick lang hindurch, dann rief sie mit

zusammengepreßten Lippen ihrer Schwester zu: »Melanie, sieh dir das an! Sie hat sich schon wieder einen geangelt, aber ich kann nicht erkennen, wer es ist. Vielleicht kannst du es ja sehen...«

Melanie sprang aus dem Bett, lief zum Fenster und riß ihrer Schwester das Opernglas aus der Hand. »Oh, der sieht ja noch besser aus! Ich kann mich nicht erinnern, ihn schon einmal gesehen zu haben. Wer das wohl sein mag? Vermutlich ist er gerade erst nach Kalkutta gekommen.«

»Bestimmt. Glaubst du, er ist Engländer?«

Melanie ließ das Opernglas sinken und sah ihre Schwester kopfschüttelnd an. »Natürlich ist er Engländer. Glaubst du, sie würde ihn so umschwirren, wenn er das nicht wäre?«

Melody legte eine Locke um einen Finger und kämmte sie zu einem Löckchen. »Sie gibt nicht auf...«

Melanie setzte das Opernglas wieder an die Augen und richtete es auf das Flußufer. »Ja, er sieht wirklich gut aus! Glaubst du, wir könnten uns als Vorwand für einen zweiten inoffiziellen Besuch noch einmal die Waschmaschine ansehen?«

»Warum? Er wird bestimmt am nächsten Sonntag beim Polospiel sein, wenn er neu hier ist. Wir werden Mr. Illingworth bitten, daß er ihn uns vorstellt.« Sie steckte das Löckchen behutsam an den richtigen Platz. »Sie wird natürlich nicht da sein.«

»Natürlich nicht ...«, wiederholte Melanie. Die beiden Mädchen sahen sich an und lachten.

Olivia stand im Nachbarhaus in ihrem Arbeitszimmer ebenfalls am Fenster und blickte nachdenklich in Richtung Fluß. Eine senkrechte Falte teilte ihre Stirn.

»Maja ist heute ungewöhnlich ... lebhaft.« Auch Marianne Lubbock runzelte die Stirn und folgte Olivias Blick. »Ich frage mich, ob es klug war ...«, sie sprach den Satz nicht zu Ende und blickte besorgt ihre Freundin an.

»Nein«, murmelte Olivia bekümmert. »Es war nicht klug.«

»Ach, laßt doch das Mädchen in Ruhe!« rief Hal Lubbock von seinem Lehnstuhl am anderen Ende des Zimmers. »Warum sollte sie nicht einmal ein bißchen Vergnügen haben...«

»Sei still!« ermahnte ihn seine Frau ärgerlich. »Du hast keine Ahnung, worüber wir sprechen.«
Er hob gutmütig beide Hände und lachte fröhlich. »Stimmt, aber das habe ich nie.«
Es war spät geworden, bis sich die Gäste schließlich unter vielen Dankesworten für die Gastfreundschaft der Raventhornes verabschiedet hatten. Samir war zögernd als erster gegangen, denn er mußte noch zu seinem Tutor. Grace wollte mit ihren Eltern einen Krankenbesuch machen. Beim Abschied am Tor waren Maja und Christian kurze Zeit allein – abgesehen von dem Hausburschen, der Christians wenig eindrucksvollen Rotbraunen am Zügel hielt. In den kurzen Augenblicken des unerwarteten Alleinseins fragte Christian: »Reiten Sie jeden Morgen aus, Miss Raventhorne?«
»Wenn möglich, ja. Ich achte darauf, daß die Pferde regelmäßig und gründlich bewegt werden.«
Es entstand eine Pause, die Maja nicht abkürzte, denn sie wußte, was er dachte. Sie wagte kaum zu atmen.
»Ich ... hm, überlege ... ob ...«
»Ja ...?«
»Ja ..., ob ich Sie vielleicht morgens einmal begleiten darf? Wissen Sie, ich habe auch eine Leidenschaft für Pferde, Miss Raventhorne, obwohl ich mir hier noch kein richtiges Pferd gekauft habe. Dies da ist nur für eine Woche gemietet.«
Ihr Gesicht verriet nichts von dem klopfenden Herzen. Maja ging zu dem Rotbraunen und streichelte ihm die Nüstern. »Er scheint gehorsam zu sein. Aber wenn wir zusammen ausreiten, dann brauchen Sie ganz bestimmt ein besseres Pferd.«
»Das weiß ich. Heute morgen habe ich die Verhandlungen abgeschlossen und einen wirklich starken und großen dunkelbraunen Hengst gekauft. Leider werde ich ihn erst in der übernächsten Woche bekommen.«
»Vielleicht können Sie inzwischen eines meiner Pferde reiten«, sagte sie unbeschwert. »Es wäre gut, bei einem Ritt gleich zwei Pferde zu bewegen. Ich reite ganz früh, beim ersten Morgengrauen. Würde Ihnen das passen?«

»Bestens! Meine Sprachkurse fangen erst um elf an.« Er strahlte. »Ihre Araber kommen nächste Woche?«

»Ja.«

»Es wäre mir eine große Ehre, ihren Stall bei Tageslicht zu sehen und etwas über die Zuchtmethoden in Indien zu erfahren. Natürlich«, fügte er schnell hinzu, »werde ich Mrs. Raventhorne offiziell um die Erlaubnis bitten, Sie wieder besuchen zu dürfen. Ach, übrigens ...« Er wollte aufsitzen, zögerte aber noch. »Ich habe von einer einheimischen Süßigkeit gehört, einer bengalischen Spezialität ... Rasgolla, wenn ich nicht irre.«

Maja rümpfte die Nase. »Ja, aber sie ist sehr fett und schrecklich süß«, erwiderte sie pikiert.

»Nun ja, aber es ist eine Spezialität dieser Gegend«, rief er fröhlich und schwang sich in den Sattel. »Meine Ehre verlangt es, daß ich sie zumindest einmal versuche ... vielleicht unter Ihrer Anleitung?«

Christian Pendlebury hatte zwei ihrer Muffins gegessen. Zweifellos hatten sie ihm geschmeckt. Trotzdem war Maja erleichtert, daß Sheba seine letzte Bemerkung nicht gehört hatte.

Zweites Kapitel

Wie Amos nicht anders erwartet hatte, fand er sie auf den Stufen am Fluß. »Was machst du hier ganz allein, Mutter? Es ist beinahe Mitternacht.« Er sprach leise, denn er wußte sehr wohl, was sie tat.

»Nachdenken.« Olivia lächelte ihn an. Sie freute sich, daß er zurück war. »Ich denke nur nach.«

Er gab ihr einen Kuß auf die Stirn und ließ sich dann müde am anderen Ende der Stufe auf den Stein fallen. »Worüber?«

»Ich habe das Wasser beobachtet und mich gefragt, warum es nachts so viel schneller zu fließen scheint. Glaubst du, es ist eine optische Täuschung?«

»Ich weiß nicht. Ich habe noch nie darüber nachgedacht.« Er gähnte belustigt. »Dein Fehler ist es, Mutter, daß du zuviel denkst.«

Olivia seufzte. »Ja, das stimmt wohl. Aber du solltest mir nicht das einzige Vergnügen mißgönnen, das mir geblieben ist. Wir hatten dich schon zum Abendessen zurückerwartet. Hast du gegessen?«

»Nein. Sheba hat mir gesagt, daß du auch nichts gegessen hast. Du hättest nicht auf mich warten sollen.« Er streckte die Beine und schüttelte die Müdigkeit aus den Armen und Handgelenken. »Der Zug hatte Verspätung. Ein Wagen war entgleist, und wir mußten warten, bis die Strecke wieder befahrbar war.« Er lehnte sich bequem zurück und verschränkte die Arme hinter dem Kopf. »Es ist verblüffend, wie die Eisenbahn dort oben im Norden alles verändert hat, Mutter. Hätte ich es nicht mit eigenen Augen gesehen, ich würde es nicht glauben. Kanpur ist völlig verändert, und die Neubauten sind wirklich bemerkenswert. Erinnerst du dich noch daran, wie zerstört und trostlos die Stadt kurz nach dem Aufstand war?«

»Ja, ich weiß.« Sie lächelte und fragte sich, wie viele Erinnerungen er aus dieser Zeit hatte. Schließlich war er damals noch ein Kind gewesen. Aber sie wollte seine Begeisterung nicht dämpfen und erwiderte nichts. Er sprach weiter, und seine schönen grauen Augen leuchteten aufgeregt im kühlen dunstigen Sternenlicht. Sie drehte sich etwas zur Seite, um ihn besser sehen zu können, und freute sich über seinen Anblick. Sie konnte seine Erregung beinahe auf der Zunge schmekken.

Er sitzt mir gegenüber wie du, Jai, ... damals in der Nacht, als wir uns kennenlernten. Jene Nacht, die jetzt spurlos in den dunkelblauen Höhlen der Erinnerung verschwunden ist. Es war hier auf diesen Stufen unter diesem Himmel mit denselben Sternen als Zeugen. Er gleicht dir so sehr, Jai, und ist doch nicht derselbe. Wie du ist er ein Junge ohne Kindheit, der viel zu früh gezwungen wurde, ein Mann zu werden. Aber ich weiß, du hättest deine Freude an ihm. Jai, du wärst stolz auf deinen Sohn ...

»Mutter? Hörst du mir zu?« fragte er vorsichtig.

»Ja.« Sie bemühte sich, ihre Gedanken auf ihn zu richten. »Erzähl mir mehr über das, was du in Kanpur gesehen hast. Ranjan Babu sagt, du seist sehr zuversichtlich.«

»Ich bin mehr als zuversichtlich, Mutter. Ich bin begeistert!« Er richtete sich auf und beugte sich vor, denn er wollte unbedingt, daß sie ihm wirklich zuhörte. »Kanpur wird bestimmt das neue industrielle Zentrum im Norden. Die Stadt platzt aus allen Nähten, Mutter! Die Spinnerei wird noch vor Ende des Jahres versteigert werden. Den Gerüchten nach gibt es Meinungsverschiedenheiten unter den Mitgliedern des Aufsichtsrats, und einige werden bestimmt ausscheiden. Sutherland kann nicht allein weitermachen. Er wird verkaufen müssen. Unter einer neuen Leitung kann die Spinnerei Gewinne erzielen. Davon bin ich jetzt überzeugt.« Er war aufgesprungen und lief erregt auf den Stufen hin und her. »Du hättest die Berge von Baumwollballen sehen sollen, die noch immer in der Stadt liegen. Es ist seltsam, daß Kanpur seine Wiedergeburt dem amerikanischen Bürgerkrieg verdanken sollte.« Er lachte über diese Ironie des Schicksals. »Da die amerikanischen Baumwollexporte so drastisch zurückgegangen sind, ruft man in Lancashire nach Ersatz, und plötzlich sind die Engländer gezwungen, unsere indische Baumwolle zu kaufen, damit ihre Spinnereien nicht stillstehen. Findest du nicht auch, das ist die ausgleichende Gerechtigkeit des Himmels?« Er lachte wieder und konnte vor Erregung kaum ruhig stehenbleiben. »Deshalb glaube ich wirklich, daß dort eine Goldmine auf uns wartet.«

»Du wirst gut ausgebildete Männer brauchen und noch bessere Verwalter, wenn ein Unternehmen florieren soll, das überhaupt nichts mit unseren Kenntnissen zu tun hat.« Sie achtete darauf, daß ihre Worte nicht wie Kritik klangen. »Ich weiß, du hast mit Hal Lubbock gesprochen. Er war am Mississippi im Baumwollgeschäft, aber seit mehr als zwanzig Jahren hat er weder eine Baumwollplantage noch eine Spinnerei gesehen.«

»Das weiß ich, Mutter. Mir ist sehr wohl bewußt, daß ich viel lernen muß, sehr viel. Was wissen wir bei Trident schon über die Herstellung von Handtüchern, Khakidrill und Zeltleinwand? Wir werden auf den Rat von Fachleuten hören müssen, gute Geschäftsführer einstellen und vielleicht sogar ein oder zwei aus Europa holen, die unsere Leute anlernen, die modernen Webstühle zu bedienen. Aber ...« Er schlug sich mit der Faust auf die Handfläche, um seine Worte zu unterstreichen. »Ich möchte das tun, Mutter. Ich muß es tun! Ich möchte etwas, das mir gehört, nur mir, anstatt ...« Er hielt inne und blickte bebend vor Ehrgeiz auf den dunklen Fluß.

Sie sagte nichts, denn sie verstand seinen Wunsch und teilte seinen leidenschaftlichen jungen Traum. Wieder einmal empfand sie Schuldgefühle darüber, diesen nicht noch mehr mit ihm zu teilen, aber der plötzliche Sprung, mit dem er seine Kindheit hinter sich ließ, verwirrte sie zu sehr. Olivia blickte zum nächtlichen Himmel hinauf und suchte dort die Sicherheit der Kontinuität. Zumindest dort oben hatte sich nichts verändert und würde sich nichts verändern ... Jahr um Jahr, Jahrtausend um Jahrtausend. Sie konnte mit geschlossenen Augen die Sternbilder sehen. Es waren alte Freunde in der großen Zahl bekannter Gesichter. Die Stimmen und Geräusche der Nacht, der Dunst über dem Wasser, die verführerischen Düfte der gefährlichen Königin der Nacht, das Rascheln der Blätter im harmonischen

Einklang mit dem Chor der Zikaden, die zärtlichen Liebkosungen des Windes – all das waren lebendige Erinnerungen, auf die sie sich immer verlassen konnte und die ihr in der tröstlichen Anonymität der Nacht Kraft schenkten. Mit den Fingerspitzen strich sie über das Wasser zu ihren Füßen. Es war kalt und ein guter Freund. Amos hatte aufgehört zu reden. Entweder hing er Gedanken nach, die so persönlich waren, daß er sie nicht aussprechen wollte, oder er wußte, daß sie ihm nicht mehr zuhörte.

Sie fragte: »Hast du daran gedacht, dich mit Oberst Bradbury zu treffen?«

»Ja«, antwortete er und versank wieder in Schweigen.

»Und?« Olivia beugte sich vor. »Hat er sich Zeit genommen, mit dir zu sprechen?«

»Er hat mich nicht empfangen.« Amos setzte sich wieder. »Maja hat mir von dem Brief aus dem Sekretariat des Vizekönigs erzählt. Man kann also nichts mehr tun.«

»Vielleicht würde noch ein Besuch in Bithur ...«

»Warum, Mutter? Du weißt, es wäre vergebliche Mühe.«

»Einerseits ja, vielleicht, aber ...«, sie holte tief Luft. »Ich werde das Gefühl nicht los, daß die Antwort, die wir suchen, mit diesem Ort in Zusammenhang steht.«

»Es gibt in Bithur niemanden mehr, mit dem wir sprechen könnten, Mutter«, erinnerte Amos sie geduldig. »Alle, die etwas mit dem Nana Sahib zu tun hatten, sind entweder tot oder weggezogen. Von dem Palast ist kaum noch ein Stein zu sehen. Wir haben uns schon vor Jahren mit eigenen Augen davon überzeugt. Bithur ist nur noch ein staubiges Dorf wie Tausende andere auch. Der Nana Sahib mag einmal die treibende Kraft hinter dem Aufstand gewesen sein, aber inzwischen kann sich kaum noch jemand daran erinnern, wie dieser Teufel von einem Mann überhaupt aussah!«

»Wenn er ein Teufel war, weshalb hat sich dein Vater dann mit ihm verbündet? Es muß doch einen Grund gegeben haben ...«

»Mutter, fangen wir nicht wieder von vorne damit an!« unterbrach sie Amos und seufzte müde. »Niemand weiß, weshalb er sich mit dem Nana Sahib verbündet hat, und niemand wird es je erfahren. Jetzt zählt nur, wie die Geschichte über sie beide urteilt.« Bitter fügte er hinzu: »Und wir wissen, wie!«

»Du weißt sehr wohl, daß die Geschichte sich irrt«, erwiderte Olivia heftig. »Die Geschichte muß unter allen Umständen korrigiert werden!«

»Wie soll das geschehen, Mutter?« Die Frage klang ungeduldig. »Wie oft sollen wir uns noch im Kreis bewegen? Wir haben jedes Dorf in der Umgebung von Kanpur aufgesucht, jeden Mann, jede Frau, jedes Kind und jeden Beamten befragt. Wir haben jeden Hinweis gelesen, der im Zusammenhang mit diesem Fall in irgendeiner Zeitung erschienen sein könnte. Und was ist das Ergebnis? Eine Reihe widersprüchlicher Aussagen ... und dieser schamlose Bericht in den Akten der Engländer. Aber wir haben nicht ein Wort widerlegen, geschweige denn als Lüge zurückweisen können.«

»Aber wenn wir mit diesen beiden Männern persönlich sprechen und sie fragen könnten ...«

»Warum?« fragte er, und es klang plötzlich abweisend. »Was könnte dabei herauskommen? Glaubst du wirklich, sie würden ihre Aussagen ändern, damit uns gedient ist? Stell dir vor, wir würden sie ausfindig machen, und dann ...« Er brach ab.

Ihre Hände waren kalt geworden. »Und dann?«

Er gab keine Antwort, wandte stumm den Kopf ab.

Sie schloß die Augen. Der dumpfe Schmerz erfaßte wieder ihr Herz.

Er ist von deiner Unschuld nicht überzeugt, Jai. Nicht einmal er! Selbst dein Sohn Amos zweifelt an deiner Unschuld! Kannst du je Frieden finden? Kann es für mich je Frieden geben ...?

»Und was dann, Amos?« wiederholte sie enttäuscht.

»Um Himmels willen, Mutter«, murmelte er. Aber er hatte nicht den Mut, seine Gedanken auszusprechen. »Wir haben dreizehn Jahre unseres Lebens mit dem Versuch zugebracht, diese Frage zu beantworten. Ist das nicht genug?«

»Dein Vater war unschuldig«, erklärte Olivia mit der Hartnäckigkeit, die ihr zur Gewohnheit geworden war. »Er verdient, daß seine Unschuld bewiesen wird.«

Amos seufzte stumm. Sie hatten über dieses Thema schon oft gesprochen. Er kannte bereits im voraus jedes Wort, das sie sagen würde. In dem kurzen Schweigen stieg der ohnmächtige Haß auf seinen Vater wieder in ihm auf. Dieser Mann wollte nicht weichen, nicht einmal im Tod. Er kontrollierte, manipulierte, herrschte, entstellte ihre Gedanken, befleckte, jawohl *befleckte* auch die gewöhnlichste Beziehung. Dieser Mann hatte sie alle zu Unberührbaren gemacht.

Aber wie immer verflog sein Aufbegehren schnell, und er schämte sich.

»Natürlich hat er das verdient, Mutter. Aber ohne Beweise sind uns die Hände gebunden. Wir brauchen einen stichhaltigen Beweis!«

»Ich habe den Beweis. Er liegt hier in meinem Herzen!« rief sie. »Er liegt in den Herzen all jener Menschen, die ihn kannten und liebten! Frage dein Herz, Amos. Kannst du wirklich glauben, was man deinem Vater vorwirft?«

»Vor dem Gesetz, Mutter, haben Instinkte und Gefühle keinen Wert! Sie können nicht als Beweise gelten«, erwiderte er verzweifelt.

»Wenn man das Vertrauen in die Gerechtigkeit nicht verliert, wird der Beweis sich einstellen. Man muß danach suchen. Eines Tages wird er gefunden werden.«

»Wir haben dreizehn Jahre gesucht. Wie lange sollen wir noch mit dem Kopf gegen die Wand anrennen? Vertrauen und Glauben können Fakten nicht ersetzen – klare, unbestreitbare Fakten, die durch Zeugen bestätigt und von Dokumenten erhärtet werden. Selbst der kluge und einflußreiche Arvind Singh hat nicht mehr zutage fördern können als wir. Falls es noch mehr Wissenswertes gibt, so haben die Engländer sehr deutlich zum Ausdruck gebracht, daß wir es nie erfahren werden.« Er setzte sich neben sie. »Laß es dabei bewenden, Mutter«, bat er leise. »Laß es dabei bewenden! Das Leben ist nicht zu Ende. Wir können und dürfen nicht im dunklen, freudlosen Schatten einer falschen Hoffnung leben!«

»Ja«, erwiderte sie entmutigt und niedergeschlagen. »Ja, du hast recht.«

Sie lehnte sich an seine Schulter und spürte die starke, liebevolle Wärme. Wie sollte sie ihm klarmachen, daß die Hoffnungslosigkeit ihr Leben war, und es nie mehr etwas anderes für sie geben würde?

Es hätte ihn verwundet, und er würde sich schrecklich betrogen fühlen.
»Dieser Engländer«, fragte Amos plötzlich, »der hier zu Besuch war. Wer ist das?«
»Engländer?« Im ersten Augenblick wußte sie nicht, von wem er sprach, aber dann erinnerte sie sich. »Ach, du meinst Christian Pendlebury...«
»Ist das sein Name? Sheba sprach von einem englischen Lord. Ha, Lord!« Er lachte bitter. »Für Sheba ist jeder Engländer ein Lord.«
»Er ist Beamtenanwärter und neu hier in Kalkutta. Maja hat ihn zum Tee eingeladen.« Schnell fügte sie hinzu: »Sie hatte auch Samir, Marianne und Grace eingeladen.«
»Wenn er neu hier ist, wo hat Maja ihn dann kennengelernt?«
»Am Strand, als er mit der *Ganga* eintraf.«
»Was will er von ihr?« Selbst in der Dunkelheit spürte sie seine Mißbilligung.
»Seine Familie züchtet Pferde in England. Er scheint sich für die Zuchtmethoden hier in Indien zu interessieren.«
»Mach ihm keine Hoffnungen«, erwiderte Amos entschieden. »Du weißt, wie Maja hinter den verdammten Pukkas her ist. Ich habe keine Lust auf das nächste Melodram.«
»Wenn er erst einmal hier in die Gesellschaft eingeführt ist, wird er bestimmt auf weitere Besuche bei uns verzichten«, sagte Olivia, und es klang traurig. »Wie auch immer, mach dir keine Sorgen, wir werden bald abreisen. Wenn alles gutgeht im Juni.« Sie wechselte schnell das Thema. »Da wir von der *Ganga* reden. Willst du dich wirklich von dem Schiff trennen?«
»Würde es dich traurig machen?«
»Das weißt du genau.«
Mein lieber Sohn, auf diesem Schiff bist du gezeugt worden ... in einer Nacht, die vom Zauber der Liebe verklärt war. In dieser Nacht wurden für viele Menschen die Weichen gestellt. Weißt du das, Amos? Nein, natürlich nicht. Wie könntest du es wissen! Du weißt so vieles noch nicht und wirst es vielleicht auch nie erfahren ...

Er lachte plötzlich und küßte sie auf die Wange. »Tut mir leid, ich habe es nicht so gemeint. Nein, ich werde die *Ganga* nicht verkaufen. Kyle hat einen ausgezeichneten Plan für das Schiff. Ich bin sicher, er wird deine Zustimmung finden.«

Sie atmete erleichtert auf. »Wirklich?«

»Im Augenblick ist es nur eine Idee. Wir müssen noch über die Einzelheiten sprechen, wenn Kyle aus Lucknow zurückkommt. Wir möchten das Projekt auf der Derozio-Versammlung bekanntgeben.«

Er stand auf und klopfte sich den Staub von der Hose. »Ich denke, du willst vor deiner Abreise noch nach Kirtinagar fahren.«

Kirtinagar! Wie schön wäre es, eine Weile aus Kalkutta zu entfliehen. Doch der Abschied von den geliebten Freunden Kinjal und Arvind Singh würde sehr schwer werden! Taruns Frau erwartete ihr zweites Kind, und vielleicht würde auch Tara da sein. Der Maharadscha, die Maharani und ihre Kinder waren für Olivia wie die eigene Familie.

»Ja«, antwortete sie mit einem traurigen Lächeln. »Ja natürlich. Ich kann nicht ohne einen letzten Besuch dort abreisen.«

Er gähnte und rieb sich müde die Augen. »Es ist spät, Mutter. Wir gehen besser zurück und essen etwas, bevor ich auf der Stelle einschlafe.«

Oben auf den Stufen blieb Amos stehen, stemmte die Hände in die Hüften und erklärte entschlossen: »Ich werde die Spinnerei kaufen, Mutter!«

Olivia sah seine Silhouette und mußte schlucken. Sie hätte ebensogut seinem Vater gegenüberstehen können. »Ja, ich weiß.«

»Ich möchte der Mann sein, der im Norden die erste erfolgreiche Baumwollspinnerei hat.« In seiner Stimme lag soviel Leidenschaft, daß es Olivia weich ums Herz wurde. Sie liebte ihn und konnte ihn sehr gut verstehen.

Weißt du noch, Jai? Damals in Hawaii, als er sieben wurde? Er sagte zu dir: ›Vater, ich möchte der erste Junge sein, der ein großes Surfboard hat!‹ Du hast ihn lachend hochgehoben, in die Luft geworfen und geantwortet: ›Du willst in allem der erste sein, wie dein Vater! Gut so, mein Sohn. Dein Wunsch soll in Erfüllung gehen. Morgen wirst du dein erstes großes Surfboard bekommen!‹

»Du wirst sie kaufen, mein Sohn!« flüsterte sie, von Erinnerungen überwältigt. »Du wirst wie dein Vater sein ... in allem der erste!«

»Mutter!« Er schüttelte leicht gereizt den Kopf. »Warum denkst du bei mir immer sofort an Vater?« Es war ein sanfter, resignierter Vorwurf. »Er hatte seine Art, die Dinge zu tun, und ich habe meine.«

Ohne eine Antwort abzuwarten, ging er weiter.

Bei dem hervorragenden Essen – Ah Ling hatte mit großer Hingabe die Lieblingsgerichte von Amos vorbereitet: Shrimpcurry in Kokosnußmilch gekocht und *aloo makallah*, ganze Kartoffeln, knusprig braun gebraten – schwärmte Amos wieder von Kanpur. Olivia hörte ihm aufmerksam zu und achtete darauf, daß ihre Gedanken nicht abschweiften. Amos wollte so schnell wie möglich nach Kanpur zurück. Er mußte noch viele Dinge überprüfen.

»Ich würde am liebsten auf der Stelle fahren, aber ich kann nicht. Ich muß auf Kyle warten, damit wir alle Punkte klären, die auf der Derozio-Versammlung zur Sprache kommen sollen. Nach allem, was im Umlauf ist und worüber Kyle geschrieben hat, müssen wir mit praktischen Dingen weitermachen, sonst ist alles wieder einmal nur Gerede, ein neues Tamasha. Leonard Whitney will uns helfen. In seiner Position ist er ein guter Verbindungsmann, außerdem ist er ein ausgezeichneter Organisator.«

Olivia lächelte nachdenklich in die Nacht. »Manchmal erinnert er mich an deinen Vater...«

»Wer, Whitney?« Er sah sie überrascht an.

»Nein, Kyle. Er brennt vor Leidenschaft und hat so viele offene Wunden und noch mehr unterdrückten Zorn!«

»Manchmal unterdrückt er ihn nicht!« erwiderte Amos trocken.

Sie lachte. »Ja, ich weiß. Ich habe seinen letzten Leitartikel gelesen. Dein Vater hätte sich darüber gefreut.«

»Die Behörden denken anders! Es gibt bereits Gerüchte über eine Verschärfung der Pressezensur. Sie werden *Equality* vielleicht verbieten, wenn Kyle nicht vorsichtiger ist.«

»Wirklich? Das wäre eine Schande«, sagte Olivia nachdenklich.

»Habe ich dir eigentlich jemals erzählt, was er mir einmal über die Bastarde der Engländer gesagt hat? Ich meine dein Vater.«

»Nein«, erwiderte Amos. Das war gelogen, denn sie hatte es ihm bereits mehrmals erzählt.

»Er sagte, in Amerika tragen Rinder das Brandmal auf dem Hintern, in Indien hat der Bastard der Engländer sein Mal im Gesicht. Entspricht das nicht der Wahrheit?«

»Ja, das stimmt. Kyle weist darauf in seinem Leitartikel hin!« Er schob den Teller weg und verschränkte die Arme. »Wir stimmen in vielen Dingen überein, ich meine, Kyle und ich, aber in ebenso vielen Dingen sind wir unterschiedlicher Meinung. Wir haben dieselben Ziele, aber unsere Mittel sind so gegensätzlich wie Feuer und Wasser.«

»Er ist wie dein Vater«, sagte Olivia leise. »Kyle ist ein Mann der Leidenschaften, und er hat das zwanghafte Bedürfnis, diese Leidenschaften auszuleben. Sein Herz gehört den Unterdrückten, Amos. Er versetzt sich in ihre Lage.«

»Ja, ich weiß. Ich zweifle nicht an seinen Motiven, nur an seinen Methoden. Manchmal macht er mir wirklich ... angst.«

Maja kam in diesem Augenblick im Morgenmantel schlaftrunken ins Eßzimmer und hörte gerade noch das letzte Wort. In der einen Hand hielt sie eine Haarbürste. Sie griff nach einem Stuhl und setzte sich gähnend. Olivia sah sie überrascht an. »Ich dachte, du hättest bereits gegessen, mein Kind.«

»Ich habe gegessen. Ich wollte wachbleiben, um mit Amos über *Cavalcade* zu sprechen, aber dann bin ich doch beim Lesen eingeschlafen.« Sie nahm sich ein paar Weintrauben aus der Obstschale und aß sie langsam. »Ihr wollt mir doch nicht weismachen, daß es etwas gibt, wovor der große Amos Raventhorne *Angst* hat.«

»Du hast nicht alles gehört«, erwiderte er. »Wir sprechen über Kyle.«

»Oh.« Sie sah ihren Bruder merklich kühler an und schob spöttisch die Unterlippe vor. »Weshalb solltest du Angst vor Kyle haben? Er ist anmaßend, überheblich und skrupellos, aber man muß ihn wohl kaum fürchten!«

»Ich wollte sagen ... ach, vergiß es!« Er legte die Serviette auf den

Tisch und stand auf. »Du würdest doch nicht verstehen, worum es geht.«
»Ich verstehe sehr wohl, worum es geht. Kyle möchte alles zerstören, was aus England kommt. In erster Linie natürlich die Engländer, und du möchtest nur ein paar Dinge zerstören. Habe ich recht?«
»Mehr als nur ein paar Dinge«, erwiderte Amos lächelnd. Er ließ sich nicht reizen. »Auch wenn du anderer Meinung bist. Jedenfalls bin ich jetzt für eine politische Diskussion zu müde. Also, wie geht es meinem Pferd? Geht es ihm besser, oder hat es deine Pflege nicht überlebt?«
»Zu deiner Information, *Cavalcade* ist fast wieder gesund«, erklärte sie stolz. »Ich habe in der letzten Woche beinahe jede Nacht bei ihm verbracht, als es ihm nicht so gut ging. Stimmt doch, Mutter?«
»Schon gut, es war nicht ernst gemeint.« Er legte ihr dankbar die Hand auf die Schulter. »Kann ich morgen mit ihm ausreiten?« Er zog eine Pfeife aus dem Gürtel und zündete sie an.
»Nein. Du mußt ihn noch ein paar Tage schonen. Die Flechte ist abgeheilt, aber ein Sattel könnte die Entzündung wieder auslösen.«
»Ist Rafiq mit den Arabern gekommen?«
»Ja. Du kannst sie dir morgen ansehen. Vielleicht reitest du sie, bis *Cavalcade* völlig gesund ist.«
»Hat man sie auf Spat untersucht?«
»Ja, aber ich habe Abdul Mian gebeten, auch ...«
Während die beiden über Pferde sprachen, betrachtete Olivia ihre Kinder schweigend und dachte lächelnd nach.
Jai, du würdest nicht glauben, wie unterschiedlich dein Sohn und deine Tochter sind. Doch in ihrer Unterschiedlichkeit sind sie beide auch wieder ganz wie du. Obwohl sie sich das nie eingestehen würden ...
Das Gespräch war locker; Olivia stellte allerdings eine gewisse Vorsicht im Verhalten ihrer Tochter gegenüber ihrem Bruder fest. Natürlich war der Grund nicht schwer zu erraten. Amos wiederholte seine Frage nach Christian Pendlebury nicht. Als sie etwas später draußen auf der Veranda saßen und auf den Kaffee warteten, richtete sich

Amos plötzlich auf und rief: »Ach, ich hätte es beinahe vergessen. Es tut mir schrecklich leid ...«

»Was denn?« fragte Olivia erschrocken, und Maja, die auf der Rattanliege lag und sich die Haare bürstete, hielt verblüfft inne.

»Nichts, nur ...« Er runzelte die Stirn. »Ich bin in Kanpur auf etwas Seltsames gestoßen. Es tut mir leid, ich hätte es schon früher erwähnen sollen.«

»Heraus damit«, sagte Maja, »ehe wir vor Neugier sterben!«

Sie mußten jedoch noch warten, weil Francis mit dem Kaffeetablett erschien und es auf dem Glastisch vor Olivia abstellte. Es war eine ruhige, warme Nacht. Die staubigen Wipfel der Bäume wurden vom Mondlicht gestreift. An den schwach brennenden Leuchtern saßen Geckos und warteten geduldig auf flatternde Beute. In der endlosen Stille der Nacht schien sogar der duftende Jasmin am Geländer erwartungsvoll zu lauschen. Schließlich verneigte sich der Diener und ging.

Amos sagte: »Erinnert ihr euch an die letzte Anzeige vor ein paar Monaten in den Zeitungen im Norden?«

Olivia schenkte den Kaffee aus, aber ihre Hand zitterte plötzlich so stark, daß ein paar Tropfen auf die Glasplatte fielen. »Ja. Hat sich jemand gemeldet?«

Er nickte. »Ein Ehepaar mit Namen Pickford, offenbar eine bekannte Kaufmannsfamilie aus Kanpur. Sie haben sich auf die Herstellung von Lederwaren spezialisiert, und in der großen Einkaufsstraße gehört ihnen ein gut geführtes Warenhaus. Mrs. Pickford hat rein zufällig und erst ziemlich spät unsere Anzeige gesehen und hat Kasturi Ram, unserem Agenten in Kanpur, der die Anzeige unter seinem Namen aufgegeben hat, eine Nachricht zukommen lassen.«

Olivia reichte ihren Kindern die Tassen und hörte gespannt zu. »Hast du die Pickfords besucht?«

»Ja, natürlich. Ich habe ihnen geschrieben und mich für den nächsten Abend angemeldet. Sie haben sofort geantwortet und mich sehr freundlich zu einem Glas Sherry eingeladen. Ich habe Mr. und Mrs. Pickford kennengelernt, und auch ihre Tochter Rose. Sie waren aufgeschlossen und sehr verständnisvoll.«

Olivia fuhr sich mit der Zungenspitze über die Lippen, die plötzlich sehr trocken waren. »Und was haben sie gesagt? Kennen sie jemanden, der als Informant in Frage kommt?«
»Na ja, das ist das Seltsame daran. Sie haben nicht wirklich etwas dazu zu sagen, aber sie haben mir eine recht eigenartige Geschichte erzählt. Ich wußte nicht, was ich davon halten sollte.« Er trank ein paar Schlukke Kaffee. »Sie scheinen eine Frau zu kennen, eine Engländerin, die sie regelmäßig im Abstand von ein paar Wochen besucht hat. Den Namen, den richtigen Namen dieser Frau, die sich Sitara Begum nannte, kennen sie nicht. Die Frau erzählte den Pickfords, sie sei mit einem Afghanen, einem Teppichhändler, verheiratet. Die Pickfords wußten nicht, wo die Frau wohnt, denn sie hatte ihnen nie ihre Adresse gegeben, aber sie vermuten, daß sie in einem muslimischen Viertel der Stadt lebt, denn sie kam immer in der traditionellen Burka.«
»Wo haben die Pickfords sie kennengelernt? Wissen sie etwas über ihre englische Familie?« Olivias Stimme zitterte.
»Nein, sie wissen nichts. Die Frau war immer sehr zurückhaltend. Diese Sitara Begum erschien ungefähr vor einem Jahr in ihrem Geschäft, um etwas für ihr Kind zu kaufen ... ach ja, sie hat ein Kind. Das hat sie den Pickfords erzählt. An jenem Tag war Miss Rose Pickford im Geschäft. Da noch nie zuvor eine Kundin in einer Burka zu ihnen gekommen war, denn zu ihnen kommen meist Engländer, unterhielt sich Miss Pickford mit der Frau. Sie sprach englisch mit Akzent und behauptete, sie sei Eurasierin. Schließlich erklärte sie, sie sei Engländerin, aber mehr wollte sie nicht sagen. Nach dem Einkauf blieb sie noch im Geschäft und sah sich um. Die beiden Frauen unterhielten sich eine Weile, und die Engländerin erkundigte sich bei Miss Pickford nach ihrem Zuhause und ihrem Leben. Miss Pickford war von der Frau fasziniert, die viele Fragen stellte und irgendwie traurig und verloren wirkte. Sie war sehr gerührt und neugierig, mehr über sie zu erfahren. Ganz spontan lud sie diese geheimnisvolle Engländerin nach Hause ein, die sich offensichtlich sehr über diese Einladung freute. Sie verabredeten sich für die folgende Woche. Nach dem ersten Besuch erschien die Frau ziemlich regelmäßig alle paar Wochen.«

»Aber während dieser Besuche müssen die Pickfords doch bestimmt mehr über die geheimnisvolle Frau erfahren haben!« rief Olivia ungeduldig. »Was hat sie gesagt? Worüber hat sie mit ihnen gesprochen?«

Maja stand auf, kniete sich neben Olivia und legte ihr beruhigend die Hand auf den Arm. »Amos, nun sag endlich, Amos, was die Frau erzählt hat!«

»Schon gut, schon gut ... das kommt noch! Aber nicht das, was sie gesagt hat, ist von Bedeutung, denn sie hat nie viel geredet, was gewisse Rückschlüsse zulassen würde, sondern ihr Verhalten, das sehr merkwürdig war. Sie bat darum, einige von Mrs. Pickfords Kleidern sehen zu dürfen, und nach ein oder zwei weiteren Besuchen war sie so mutig, darum zu bitten, während ihres Besuchs eines der Kleider tragen zu dürfen. Mrs. Pickford hatte nichts dagegen, und daraus wurde ein regelmäßiges Spiel. In europäischer Kleidung taute die Engländerin auf. Sie lachte, sie schien richtig glücklich zu sein und unterhielt sich zwanglos über alltägliche Dinge, aber sie achtete stets darauf, nichts über ihre Vergangenheit preiszugeben. Nach ein oder zwei Stunden zog sie sich wieder um und ging. Jeder Besuch verlief mehr oder weniger ähnlich.«

»Und das ist alles ...?«

»Ja. Mrs. Pickford fragte einmal, ob sie in Indien noch eine Familie habe. Die Frau sagte, ja, aber sie wünsche diese Familie nicht zu sehen. Dann begann sie zu weinen. Aus Taktgefühl wurde das Thema nie wieder zur Sprache gebracht. Die Pickfords wollten die geheimnisvolle Engländerin nicht mit persönlichen Fragen in Verlegenheit bringen.«

»Hatten sie den Eindruck, daß man die Frau gegen ihren Willen dort festhielt, wo immer sie lebte?« fragte Maja.

»Nein. Sie schien zufrieden und konnte ohne Schwierigkeiten kommen und gehen. Sie äußerte sich sogar öfter keineswegs unfreundlich über ihren Mann. Sie ließ durchblicken, daß er mit Teppichen gute Geschäfte macht, und aus dem Auftreten und den Gesprächen schlossen die Pickfords, daß die Engländerin in durchaus guten Verhältnissen lebte.«

Olivia runzelte die Stirn. »Du hast gesagt, sie sei zu den Pickfords gekommen. Haben die Besuche aufgehört?«
»Vor sechs Monaten erschien sie plötzlich nicht mehr. Die Pickfords haben keine Adresse und waren der Ansicht, sie sollten keine Nachforschungen anstellen. Die Frau hatte so großen Wert darauf gelegt, ihre Anonymität zu wahren, und sie respektierten das, welche Gründe sie dafür auch haben mochte. Die geheimnisvolle Engländerin schien großen Gefallen an den Besuchen zu finden, und als einfühlsame Menschen beschlossen die Pickfords, die Sache auf sich beruhen zu lassen, bis ... Mrs. Pickford unsere Anzeige sah.« Amos gähnte müde und streckte sich. »Ich habe einen Brief hinterlassen, in dem ich diese Frau bitte, dir zu schreiben, falls sie je wieder Kontakt zu den Pickfords aufnimmt. Natürlich nur, wenn sich herausstellen sollte, daß es deine Cousine ist.«
Olivia traten die Tränen in die Augen. »Amos ...«
»Ach, Mutter«, sagte Maja. »Mach dir nicht schon wieder falsche Hoffnungen. Du bist oft genug enttäuscht worden.«
»Das wollte ich auch sagen!« Amos nickte. »Du weißt selbst, wie viele Engländerinnen seit der Sepoy-Meuterei vermißt werden. Man hat von ihnen nie wieder etwas gehört. Diese Frau könnte auch eine exzentrische Abenteurerin sein, die in einer Phantasiewelt lebt. Wer kann beweisen, daß sie wirklich die Wahrheit gesagt hat? Wir müssen einfach abwarten. Ich habe Kasturi Ram gebeten, mit Mr. und Mrs. Pickford in Kontakt zu bleiben und mir sofort ein Telegramm zu schicken, wenn die geheimnisvolle Engländerin wieder auftauchen sollte.« Er stand auf. »Gute Nacht ... ich muß jetzt wirklich schlafen gehen.« Er küßte Olivia auf die Wange und klopfte seiner Schwester liebevoll auf die Schulter. »Ach, übrigens ...« Er sah die beiden nicht an. »Ich habe den Pickfords gesagt, mein Name sei Amos Thorne. Ich dachte, das könnte gewisse Probleme vermeiden.«
Olivia reagierte nicht darauf. Was sollte sie sagen? Maja blickte unverwandt auf einen Gecko an der Wand, der sich an einen Nachtfalter heranpirschte und ihn mit der langen, schnellen Zunge zielsicher fing.
Sie nahm eine Serviette und entfernte damit die Kaffeeflecken von

der Glasplatte. Schweigend gab sie dann ihrer Mutter einen Gutenachtkuß, nahm das Tablett und ging ins Haus.
Noch spät in der Nacht schrieb Olivia, die vor lauter Vermutungen und Hoffnungen nicht schlafen konnte, Kinjal einen Brief.
»Amos hat aufregende Nachrichten aus Kanpur mitgebracht. Es hat sich jemand auf unsere Anzeige gemeldet! Eine Engländerin, die *vielleicht* meine Cousine ist (obwohl die Wahrscheinlichkeit nicht sehr groß ist), lebt irgendwo in Kanpur als eine Muslimin. Diese überraschende Wendung ist für mich so aufregend, daß ich Kalkutta im Augenblick auch nicht für einen Tag verlassen möchte, denn es könnten neue Nachrichten eintreffen. Bis ich über diese geheimnisvolle Engländerin mehr erfahren habe, werde ich keine ruhige Minute mehr haben. Deshalb muß ich leider den lange geplanten Besuch wieder einmal verschieben. Ich bin darüber ebenso enttäuscht wie Du es sein wirst. Andererseits wird niemand besser als Du den Ernst der Lage verstehen und mir verzeihen. Ich möchte Dir, liebste Freundin, jedoch versichern, daß ich unter keinen Umständen das Land verlasse, ohne Dich und Arvind Singh noch einmal gesehen zu haben.
Kinjal, stell Dir das nur vor! Was würde ich dafür geben, wenn meine geliebte Estelle nach all den vielen Jahren zu mir zurückkehren würde...«

*

»Also gut«, sagte Olivia und fügte sich in das Unvermeidliche. »Ich werde mir die entzündeten Fußballen ansehen, und dann werden wir entscheiden, was zu tun ist.«
Die große, hagere Joycie Crum humpelte zu dem Stuhl und setzte sich schwerfällig. Ihre schnurgeraden Lippen wurden noch dünner. Anklagend hob sie die Füße. »Bitte! Soll ich dafür zahlen? Soll ich deshalb in der Gosse enden?«
»Nein, natürlich nicht! Wir wollen nicht, daß du wieder auf die Straße mußt.«
Olivia unterbrach den hysterisch weinerlichen Vorwurf und überhörte das unwirsche Schnauben von Marianne Lubbock, die im Büro der Seva Sangh an einem anderen Schreibtisch saß. »Beruhige dich,

Joycie, wir werden für eine Behandlung sorgen.« Aufmerksam betrachtete sie die geschwollenen und nicht allzu sauberen Füße. »Ja, sie sind wirklich sehr entzündet ...« Mit einem triumphierenden Blick auf Marianne lehnte sich Joycie zurück, verschränkte die Arme vor der flachen Brust und blickte vorwurfsvoll in die Welt. »Was sagt denn unser Dr. Humphries dazu?« fragte Olivia.

Joycie stieß einen abfälligen Laut aus. »Ich soll diesen Stümper mit einem Messer an meine Füße lassen? Dann kann er mich gleich umbringen!« rief sie empört. »Ich soll diesem dummen kleinen...«

»Charles ist vielleicht jung«, unterbrach sie Olivia schnell, bevor Joycies Zorn ausuferte. »Aber er ist ein ebenso freundlicher und fähiger Arzt wie sein Vater vor ihm.« Nach einem Blick auf Joycies Gesicht, das sich vor Zorn rötete, seufzte Olivia und gab nach. »Also gut. Wieviel verlangt der Fußpfleger?«

Während sie über die Behandlung und die Kosten sprachen, beruhigte sich Joycie nicht. Sie hatte die schmalen Augenbrauen wie einen gefiederten Pfeil vor einem tödlichen Schuß zusammengezogen. Joycie war eine unverheiratete Frau in den mittleren Jahren mit blaßblauen Augen und strähnigen blonden Haaren, die ihr in den Nacken fielen. Vermutlich waren Augen- und Haarfarbe das Erbe ihres weißen Vaters, den sie nie kennengelernt hatte. Die fleckige braune und faltige Haut erinnerte an altes Pergament und war das Erbe ihrer Mutter, einer Tamilin, einer Näherin aus Madras. In ihrer Jugend, so erzählte man, war Joycie Crum eine Schönheit gewesen und lange die Geliebte eines reichen Nawabs im Norden, der ihr versprochen hatte, sie zu seiner dritten Frau zu machen. Aber dazu war es nie gekommen. Als Joycie eines Tages von ihrem jährlichen Sommeraufenthalt in den Bergen von Simla zurückkehrte, fand sie eine attraktivere Favoritin im königlichen Bett. Joycie schickte man zu den Dienstboten auf der Rückseite des Palastes. Der Nawab starb bald danach. Aus Angst vor möglichen Ansprüchen hatten seine Kinder Joycie kurz darauf einfach davongejagt.

Mittellos und tief verwundet hatte Kyle Hawkesworth sie nach Kalkutta gebracht und dafür gesorgt, daß sie einen Platz in Olivias Frauenheim fand. Ihr früher märchenhaftes Leben hatte eine Zeitlang Stoff für alle möglichen Gerüchte geboten. Einige behaupteten, sie habe Kinder gehabt, die der Nawab als unerwünschte Bastarde wie neugeborene Katzen ersäuft hatte. Andere sagten, trotz ihrer beharrlich beteuerten Armut besitze Joycie versteckten Schmuck, den ihr der Nawab geschenkt habe, darunter auch der berühmte Roshanara-Rubin, der ursprünglich vom persischen Schah stammte. Joycie war zwar eine sehr reizbare Frau mit vielen Eigenarten, aber sie war auch eine bemerkenswert gute und geschickte Näherin, eine Begabung, die sie offenbar von ihrer Mutter hatte. Ihre Stickereien waren so sauber und fein, daß viele ihre Muster und Motive für Malerei hielten. Deshalb wurde sie von den ehrgeizigen Memsahibs sehr geschätzt, die ihr regelmäßig Aufträge erteilten. Dadurch hatte sie ein bescheidenes, aber gesichertes Einkommen.

Während die heikle Frage der entzündeten Fußballen, und wer die Bezahlung der Behandlung übernehmen sollte, geklärt wurde, erschien Abala Goswami, Samirs Mutter, mit einer jungen, kleinen und dünnen bengalischen Frau. Sie war nervös, sah sich unsicher um und wirkte völlig verschüchtert. »Sie sagt, sie würde es gern tun, aber sie hat Angst davor«, erklärte Abala mit einer so entschlossenen Stimme, daß ihre Worte von den Wänden widerhallten. »Was meinst du?«

Olivia lehnte sich zurück und lächelte. »Du hast die Frage selbst beantwortet, Abala. Wenn sie Angst hat, dann ist das ein guter Grund zu warten.«

»Aber es kann doch nichts dabei sein, wenn sie sich an unserem Protestmarsch beteiligt!« Abala setzte sich seufzend und wischte sich mit einem Zipfel des Sari das Gesicht ab. Dann drückte sie ungeduldig die dichten schwarzen, aber widerspenstigen Haare zurecht. »Vor allem deshalb, weil sie die Ziele unserer Organisation unterstützt.«

»Ich glaube, wir sollten schrittweise vorgehen. Aber das muß Sarojini selbst entscheiden. Sie kennt ihren Vater besser als wir.« Olivia wandte sich der jungen Frau zu, die stumm und mit gesenkten Augen vor ihr stand. »Also Sarojini, was glaubst du?«

Die junge Frau ließ den Kopf noch tiefer hängen und umklammerte

unsicher den schlichten weißen Sari. »Ich werde das tun, was Sie beide sagen«, murmelte sie kaum hörbar.
Olivia seufzte. »Du wirst nicht das tun, was wir sagen, Sarojini, du wirst deine eigene Entscheidung treffen. Wenn du entschlossen bist, dann mußt du natürlich an dem Protestmarsch teilnehmen. Aber überlege es dir gut, bevor du deinen Vater noch mehr reizt.«
Sarojini schwieg, während Abala ungeduldig auf die Tischplatte trommelte. »Vielleicht hast du recht, Olivia«, sagte sie schließlich. »Es ist vermutlich vernünftiger, nur ein Problem anzugehen, obwohl Brahmo Samaj wie alle gesellschaftlichen Reformgruppen mehr Frauen wie Sarojini in ihren Reihen haben sollte. Also gut!« Für sie war die Entscheidung gefallen. »Schritt für Schritt! Vor allem darfst du dir deinen unmöglichen Vater nicht noch mehr zum Feind machen. Gut!« Sie sah Olivia an. »Sollen wir jetzt zu dem Nebengebäude gehen? Die städtischen Beamten sind inzwischen gnädigerweise eingetroffen, und wenn es uns gelingt, sie zu überreden, ihren Bericht rechtzeitig abzugeben, dann können wir es kaufen und das Dach vor dem Einsetzen des Monsuns reparieren, damit der Schaden nicht noch größer wird. Es kann jeden Tag über unseren Köpfen zusammenbrechen.«
»Ja, natürlich. Ich möchte nur die Angelegenheit mit Joycie klären. Ich komme gleich.« Aber es dauerte noch eine Weile, bis Olivia schließlich das Büro verlassen konnte. Als Joycie Crum sich endlich triumphierend mit dem erforderlichen Geld auf den Weg zur Fußbehandlung machte, erschien die Leiterin des Heims. Alle nannten sie ›Didi‹ oder ›große Schwester‹. Die Frau, die die Musikinstrumente reparierte, hatte sich die Hand verletzt, als sie eine Tabla stimmte, und war nicht in der Lage, die Arbeit zu beenden. Wer konnte einspringen? Zwei in Frage kommende Frauen waren anderweitig beschäftigt, und die Instrumente wurden dringend für eine Veranstaltung gebraucht.
Olivia sah Didi erstaunt an. »Ist denn Mrs. Chalcott heute nicht da? Ich dachte, sie würde sich um die Reparatur von Instrumenten kümmern.«
»Nein. Sie hat Ihnen eine Nachricht hinterlassen. Haben Sie die Nachricht nicht bekommen?«

»Eine Nachricht? Ach ja ... natürlich. Tut mir leid, das hatte ich vergessen.« Olivia suchte unter den Papieren auf dem Schreibtisch, fand die Nachricht und lächelte. »Mrs. Chalcott ist mal wieder unterwegs. Diesmal fährt sie in den Himalaja, um Kindheitserinnerungen aufzufrischen. Ich wünschte, ich hätte die Energie, um halb so viel zu reisen wie sie. Also ... noch einmal, wo liegt das Problem?«

Nachdem Didi mit einer befriedigenden Lösung das Zimmer verlassen hatte, erschien eine Assamesin. Die Frau in mittleren Jahren schwankte unter dem Gewicht eines riesigen Tontopfs, der mit goldenen Bändern, Ziermünzen und gemalten Ornamenten verziert war. Das Gefäß war für eine Hochzeitszeremonie bestellt worden. Die Frau wollte, daß Olivia für ein zweites Tongefäß die Entscheidung zwischen zwei Entwürfen traf, und das nahm ebenfalls viel Zeit in Anspruch. Marianne saß mit Grace im Nebenzimmer über den monatlichen Abrechnungen. Marianne wollte von Olivia eine Entscheidung, wozu die Spende eines anonymen Gönners verwendet werden sollte – entweder für Holz, um einen zweiten Büroschrank bauen zu lassen, oder als Rücklage für Dr. Humphries' Ausgaben in der Ambulanz des Heims.

Beinahe eine Stunde war vergangen, als sich Olivia schließlich auf den Weg ins Nachbargebäude machte. Selbst unterwegs wurde sie ständig aufgehalten. Ein hübsches Mädchen, das als Fünfjährige von ihrem betrunkenen Vater brutal verletzt worden war, kam humpelnd aus einem Unterrichtszimmer und fragte, ob die Pukka-Memsahib die angekündigten Bücher zum Binden gebracht habe. Am Ende des Gangs saßen die Zwillinge. Sie hatten helle Haut und braune Haare. Unter ihren geschickten Händen drehten sich die Singer-Nähmaschinen. Vier davon waren im letzten Jahr aus Amerika importiert worden, um die Schneiderei zu modernisieren. Als Olivia vorüberging, erhoben sie sich, verneigten sich höflich und zeigten ihr lächelnd ihre Arbeit zur Begutachtung. Die Zwillinge freuten sich über Olivias Bewunderung und Zustimmung und gingen dann wieder fröhlich ans Werk – ein rosa und weißes Konfirmationskleid, das sie nach einem englischen Schnittmuster nähten.

Die Zwillinge waren taub und hatten deshalb nie sprechen gelernt.

Ihrem Aussehen nach waren sie eindeutig Eurasierinnen, die man schließlich in das Heim gebracht hatte. Bis dahin hatten sie sich durch Betteln und Prostitution in der Nähe der Kidderpore-Docks durchgeschlagen. Da sie weder hören, sprechen, lesen oder schreiben konnten, wußte niemand etwas über Eltern oder Verwandte. Man kannte nicht einmal ihre Namen. Olivia hatte sie Eunice und Bernice getauft. Die Zwillinge fühlten sich in der neuen Umgebung sehr wohl und hatten sich bald im Heim eingelebt. Sie besaßen äußerst geschickte Finger und eine schnelle, natürliche Auffassungsgabe. Sie lernten durch praktische Beispiele. In den zwei Jahren im Heim in Chitpur wurden sie so zu erstklassigen Näherinnen. Sie konnten nach Schnittmustern arbeiten, mochten sie auch noch so kompliziert oder neu sein.

Wie immer empfand Olivia eine wohltuende Freude und Zufriedenheit angesichts der vielen Erfolge im Heim. Sie hatte die Organisation auf Anregung von Abala und Kali Charan Goswami ins Leben gerufen. Das war zwei Jahre nach ihrer Rückkehr nach Kalkutta gewesen. Das leerstehende und traurig vernachlässigte Anwesen in Chitpur war nichts als ein Geisterhaus gewesen, in dem eine Vergangenheit lebte, die nie zurückkehren würde. In diesem Haus hatte Jai einst gewohnt. Wie die *Ganga* war das Haus für Olivia ein trostbringender Freund, der stumme Zeuge ihres verwirrenden Schicksals, und sie konnte den Gedanken nicht ertragen, es zu verkaufen. Aber die Vorstellung, dort zu wohnen, solange ihre Trauer und die Wunden noch frisch waren, erschien ihr ebenso unerträglich. Deshalb war der Vorschlag, daraus ein Heim für mittellose Eurasierinnen zu machen, eine ideale Lösung gewesen.

Die zunehmende Bildung der indischen Frauen hatte dazu geführt, daß im Lauf der Jahre viele ähnliche Einrichtungen in der Stadt entstanden. Einige wurden von indischen Gruppen geleitet, andere von christlichen Missionen oder hinduistischen Reformbewegungen wie die Brahmo Samaj. Es gab jedoch auch Organisationen von einflußreichen Frauen der reichen bengalischen Familien und der liberalen, aufgeklärten bengalischen Radschas. Engländerinnen übernahmen notwendige karitative Aufgaben, wie zum Beispiel Suppenküchen und kostenlose Ambulanzen im Rahmen unabhängiger Gruppen oder lokaler Kirchen. Ein Journalist aus Liverpool hatte bei einem Besuch – sehr unfreundlich, wie Olivia fand – geschrieben: »In dieser Zeit scheint Philanthropie in Kalkutta die große Mode zu sein und vor allem ein gesellschaftliches Vergnügen.«

Alle, die in der Jai Raventhorne-Seva Sangh arbeiteten und mit ihren Leistungen die Organisation zu dem gemacht hatten, was sie jetzt war, betrachteten das weder als gesellschaftliches Vergnügen, noch taten sie es, weil es Mode war. Obwohl der zur Verfügung stehende Platz im Grunde nicht ausreichte, die Schlafräume, Klassenzimmer und Werkstätten überfüllt waren, suchten ständig verzweifelte und mittellose Frauen bei ihnen Zuflucht. Das lag zum Teil daran, daß die amerikanischen Handelsbeziehungen der Raventhornes die beste und modernste Ausbildung ermöglichten, aber auch daran, daß geduldige und fachkundige Lehrkräfte zur Verfügung standen. Olivia brachte es nie über sich, eine in Not geratene Frau einfach wegzuschicken. Irgendwie wurden alle untergebracht, und sie erlernten im Chitpur-Heim Fähigkeiten, mit denen sie Geld verdienen konnten. Seit der Gründung waren dem Gebäude zwei Stockwerke hinzugefügt worden. Außerdem hatten sie auf dem Gelände mehrere Nebenhäuser errichtet, um die bestehenden Arbeitsbereiche zu vergrößern. Doch da sie praktisch täglich um Hilfe angesprochen wurden, reichte der vorhandene Platz trotzdem nicht mehr aus. Deshalb hatte Kali Charan Babu Verhandlungen in die Wege geleitet, um ein leerstehendes Nachbarhaus zu erwerben.

Die Seva Sangh direkt hinter dem Chitpur-Basar war ein schöner Ort. Es gab viele hohe, kühle Räume, weiträumige Innenhöfe und ein großes Gelände. Überall wurde hier fleißig gearbeitet. In der Nachbarschaft genoß die Seva Sangh hohes Ansehen. Die Einheimischen achteten nicht nur die Raventhornes, viele erkannten auch den großen Wert, den die Organisation mit ihren Zielen verfolgte. In den einst leerstehenden Räumen hörte man jetzt das Lachen der Frauen, die in ihrem Leben bislang kaum Anlaß zum Lachen gehabt hatten. An den Abenden gab es Musik; die Glöckchen der Tänzerinnen ertönten zum Klang der jahrelang unbenutzten Instrumente. Und so konnten auch die singen und tanzen, die zwar geboren worden waren, aber kein Zuhause hatten und deren Eltern nichts von ihnen wissen wollten. Durch Einfallsreichtum und Fleiß gelang es in der Seva Sangh, denen Selbstbewußtsein und Menschenwürde zu geben, deren Leben aussichtslos gewesen war ...

... so aussichtslos wie mein Leben, dachte Olivia.

Die Organisation war für sie eine Lebensader geworden, der beste Fluchtweg aus der Wirklichkeit einer rücksichtslosen, strafenden Welt, als sie in der Verzweiflung über den Verlust ihres Mannes mit dem Gedanken an Selbstmord spielte, als sie kein Interesse am Leben mehr aufbringen konnte. Umgeben von Frauen, die wie sie die unvorstellbaren Tiefen der Verzweiflung kennengelernt hatten, war sie wie der Phönix aus der Asche wieder in das Leben zurückgekehrt. Deshalb fühlte sich Olivia hier gewissermaßen wie zu Hause.

»Das Leben darf nicht aus Bedauern, Selbstvorwürfen und dem Blick in die Vergangenheit bestehen!« hatte Abala sie oft ermahnt. »Man sollte sich täglich dankbar vor Augen führen, welche Segnungen es einem schenkt.«

Nach so vielen Jahren war der schneidende Schmerz stumpf geworden und nur noch eine ständige schwere Last, die sie immer begleiten würde. Aber Olivia fand Kraft und Hoffnung durch die Frauen ihrer Organisation. In einem Haus, in dem Jai gelebt und sie geliebt hatte, fühlte sie seine Anwesenheit in jedem Stein, in jeder Säule und sogar in der Luft der Räume und Gänge. Das Gefühl wurde manchmal so stark und seine Anwesenheit war so spürbar, daß sie sich umdrehte und nicht glauben wollte, daß seine grauen Augen nicht auf sie gerichtet waren. Mit ihm an ihrer Seite – und auch daran würde und sollte sich nie etwas ändern – wurde das Gefühl des Alleinseins erträglicher. So geschah es auch jetzt. Olivia fühlte sich wieder geliebt und beschützt in der tröstlichen Umarmung seiner schattenhaften Nähe.

Geliebter, du bist nicht tot, sondern mir nur vorausgegangen ...

*

Eine Woche nach Christian Pendleburys Besuch brachte man Olivia seinen förmlichen Brief. Sie war überrascht, denn sie hatte nicht erwartet, von ihm überhaupt noch einmal etwas zu hören, und wenn, dann nicht so schnell. Ihre Gedanken kreisten um Estelle, die Belange der Organisation und um ihre Depressionen; deshalb hatte sie Christian so gut wie vergessen.

»Hat er bei seinem Besuch angedeutet, daß er wiederkommen möchte?« fragte sie Maja beschämt und schuldbewußt angesichts ihrer Vergeßlichkeit.

»Ja.«

»Du hast mir davon nichts gesagt.«

Maja zuckte mit den Schultern. »Du hättest es doch vergessen. Außerdem hatte er das nur so nebenbei erwähnt, und ich habe nicht weiter darauf geachtet.«

Das eigene schlechte Gewissen bewog Olivia, die offensichtliche Lüge ihrer Tochter nicht zu hinterfragen. Sie klopfte unruhig mit dem Finger auf den Brief und sagte dann impulsiv: »Sei vorsichtig, mein Kind ... er ist noch sehr ... naiv und weiß nichts von den bösartigen Seiten der Gesellschaft hier.«

»Du willst damit sagen, er weiß noch nichts von uns. Ich könnte mir denken, daß er inzwischen alles gehört hat, was es zu hören gibt.« Ihre Stimme klang unbewegt, das Gesicht verriet nichts von ihren Gefühlen. »Wie auch immer, sein Interesse gilt unseren Pferden und Zuchtmethoden. Er möchte mir helfen, die Tiere zu bewegen, weil er leidenschaftlicher Reiter ist. Aber um zur Sache zu kommen. Hast du etwas dagegen, wenn er morgens mit mir ausreitet?«

»Nein.« Olivia seufzte, denn sie hatte nicht den Mut, ihre Gedanken zu äußern. »Aber Amos wird nicht glücklich darüber sein.«

»Amos ist nicht mein Vater«, erwiderte Maja zornig. »Er lebt sein Leben, so wie es ihm gefällt. Ich sehe nicht ein, warum mir nicht dasselbe Recht zusteht wie ihm.«

»Niemand will dir deine Freiheit nehmen! Ich bitte dich nur darum, ... vorsichtig zu sein.«

»Vorsichtig mit Christian Pendlebury?« fragte sie lachend.

Nein, wollte Olivia sagen. Sei vorsichtig mit deinen Wünschen!

Aber das sagte sie nicht. »Denk an die gefährlichen und bösartigen Zungen. Er ist ein netter junger Mann und weiß wirklich nichts von Kalkutta. Ich möchte nicht, daß er sich durch Unwissenheit seine Karriere verbaut.«

»Seine Karriere ist seine Sache!« erklärte Maja und wurde rot. »Darum muß er sich kümmern, nicht ich.«

»Richtig, aber ich mache mir auch darüber Gedanken, daß du wieder in eine Lage geraten könntest, in der du ... nun ja ... enttäuscht wirst. Außerdem bleibt nicht viel Zeit, bis wir nach Amerika fahren.«

»Mach aus einer Mücke keinen Elefanten, Mutter! Es steht wirklich nicht zur Debatte, ob ich enttäuscht sein werde oder nicht.« Sie drehte sich um und ging zur Tür. Dort blieb sie stehen und fragte: »Sag mal ehrlich, hast du dich um böse Zungen und mögliche Enttäuschungen gekümmert, als du mit Vater auf und davon bist, obwohl du noch mit einem anderen Mann verheiratet warst? Und hat Vater sich darum gekümmert?« Ehe Olivia eine Antwort geben konnte, war Maja gegangen.

Olivia mußte gegen ihren Zorn ankämpfen. Wie konnte Maja es wagen, darüber zu sprechen? Wie konnte sie es wagen? Am liebsten wäre sie ihrer Tochter auf der Stelle gefolgt, um sie für die Frechheit zu bestrafen. Aber die Wut verflog schnell.

Maja hatte recht. Natürlich hatte sie recht! Man konnte schlecht Verhaltensregeln für sich aufstellen und von den eigenen Kindern erwarten, daß sie anderen folgten. Weder Jai noch sie hatten diese gesellschaftliche Heuchelei gebilligt. Sie hatten sich bewußt dazu entschlossen, keine Rücksicht auf die öffentliche Meinung zu nehmen. Wie sollte sie da ihre Tochter dazu bringen, sich anders zu verhalten? Aber das Eingeständnis, daß Maja ein Recht auf Beantwortung ihrer Fragen hatte, und seien sie auch noch so verletzend und ungehörig, verstärkte nur ihre Niedergeschlagenheit. In dieser gedrückten Stimmung mußte sie seltsamerweise an einen Mann denken, den sie noch nicht einmal kennengelernt hatte. Es war der jähzornige und uneinsichtige Vater ihres verängstigten Schützlings Sarojini. Plötzlich hatte Olivia für seine Vorurteile ein gewisses Verständnis.

O Gott, wie schwer ist es doch, der Vernunft zu folgen, wenn es um die eigenen Kinder geht!

*

Am Abend konnte Olivia nicht länger dem inneren Druck ausweichen. Sie öffnete die Schublade in ihrem Schrank und nahm die verschnürten Briefe von Estelle heraus, die sie ihr vor vierzehn Jahren aus Kanpur geschrieben hatte. Nach allem, was sie von Amos gehört hatte, fühlte sie sich verpflichtet, sie noch einmal zu lesen, um vielleicht einen winzigen Hinweis zu finden, der ihr damals entgangen war.

Während sie sich ins Gedächtnis rief, was Amos erzählt hatte, beschäftigte sie unbewußt etwas, aber trotz aller Bemühungen gelang es ihr nicht, den Finger darauf zu legen.

Ein zweites, dünnes Bündel mit einem roten Band versetzte ihrem Herzen einen Stich, aber sie ließ es liegen. Es waren die letzten Briefe Jais an sie in Hawaii, mit dem letzten Photo, das ihr Vater von Jai gemacht hatte, bevor er im November 1856 auf der *Ganga* nach Kalkutta zurückgekehrt war. Olivia betrachtete das verblaßte Bild. Jai lachte. Die grauen Augen sahen sie liebevoll, zuversichtlich und voller Hoffnung an. Sie ahnten nichts von dem Unheil, das ihn bereits mit unsichtbaren Schleiern einhüllte. Neben den Briefen lag das kleine Kästchen mit der silbernen Taschenuhr. Ihr Vater hatte Jai die Uhr mit den auf der Rückseite eingravierten Initialen geschenkt. Das Taschenmesser mit dem Holzgriff war ein Weihnachtsgeschenk von ihr, ein Jahr bevor sie auf der *Ganga* durch den Pazifik fuhren. Das silberne Medaillon an der Kette, das Jai und ihr so viel bedeutet hatte, war trotz unermüdlicher Nachforschungen nie gefunden worden. Vermutlich hatte es jemand gestohlen.

Aber was machte das schon, da Jai den Anhänger nicht mehr tragen konnte?

Diese wenigen Dinge waren alles, was ihr von Jai und seinen letzten Gedanken geblieben war. In den Briefen teilte er mit ihr seine leidenschaftlichen Hoffnungen, seine Verzweiflung, die schrecklichen Ängste, den Zorn und die unerträgliche Pein. Sie hatte die Briefe

unzählige Male gelesen und versucht, anhand der Worte Einzelheiten zu rekonstruieren, die Licht auf den wichtigsten Abschnitt seines Lebens werfen würden. Sie hatte verzweifelt versucht, zwischen den Zeilen zu lesen, um Zusammenhänge herzustellen und die Lücken zu füllen. Sie schob einfachen Worten geheimnisvolle Bedeutungen zu, aber die Rekonstruktionen blieben bestenfalls konturenhaft und vermittelten nur einen undeutlichen Eindruck vom Ende seines Lebens. Die Lücken würden sich nie mehr schließen und in der Vergangenheit versinken. Es war größte Ironie des Schicksals für Olivia, daß ihr das Wissen um seinen Tod und die wenigen entscheidenden Wochen davor versagt blieb, obwohl sie alles daran gesetzt hatte, jeden Aspekt und jede Nuance seines tragisch kurzen, stürmischen Lebens kennenzulernen. Auch das war eine grausame List der bösen Kräfte, die ihnen zuerst einen Geschmack des vollkommenen Glücks schenkten, es ihnen aber raubten, bevor sie Zeit hatten, es auf Dauer in ihr Leben zu integrieren.
Gedanken an Jai, an Estelle, an Tante Bridget und Onkel Josh, an Arthur Ransome und Freddie – ja, auch an den armen, lieben Freddie! – und an die ersten Jahre in Kalkutta drängten sich ihr ungestüm wieder auf. Olivia hatte diese Menschen alle verloren. Die Erinnerung führte sie an den Abgrund, in den sie gestürzt waren. Olivia sah nur noch Tote, die brutal aus dem Leben gerissen worden waren. Auch Estelle gab es nicht mehr. Olivia hatte auch nach ihr gesucht. Aber nichts wies darauf hin, daß ihre Cousine noch lebte. Damals waren viele Engländerinnen durch den heimtückischen Verrat des Nana Sahib ermordet worden. Warum sollte ausgerechnet Estelle das Massaker überlebt haben?
Olivia blätterte in den Briefen und legte die letzten beiseite, um einen möglichen Anhaltspunkt zu entdecken. Sie hatte diese aufrüttelnden und quälenden Briefe schon lange nicht mehr gelesen, denn sie fürchtete die Bilder, die sie heraufbeschworen. Aber die Geschichte von der geheimnisvollen Engländerin ließ Olivia nicht zur Ruhe kommen. So machte sie sich darauf gefaßt, die Briefe in der vertrauten kindlichen Handschrift, die gespickt waren mit Zitaten und Ausrufezeichen und aus denen die reine Lebensfreude sprach, wieder einmal zu

sehen. Olivia nahm sich vor, dabei an die vielen Enttäuschungen der Vergangenheit zu denken und nicht wieder neue Hoffnungen zu wekken. Vor ihr lagen die letzten Nachrichten ihrer Cousine, auch sie das unschuldige Opfer eines Verbrechens, nur weil sie zum falschen Zeitpunkt am falschen Ort gewesen war.
›Meine liebe Oli‹, begann der Brief vom 11. Januar 1857, ›wie sehr haben wir uns heute gefreut, als unser liebster Jai nach so unerträglich langer Zeit endlich (!) zurückkehrte. Er ist schokoladenbraun, gesund und sozusagen vollgesogen von Hawaiis Sonne und Meer. Ich habe auf der Stelle Deine vielen Briefe verschlungen und alle Nachrichten über die Kinder, die ich unbedingt sehen möchte. Deine Reisen auf der *Ganga* durch den Pazifik und die Südsee in den vergangenen Jahren (die Du mit erbarmungsloser Ausführlichkeit schilderst, um meine Eifersucht zu wecken!) sind auch für mich ein besonders kostbarer Schatz. Ebenso wichtig sind natürlich die ersten Nachrichten von Eurem Leben in Honolulu. Nach dem Mittagessen zeigte er uns die neuesten Photos von Dir, den Kindern und Deiner Familie, die Du uns geschickt hast. Die Kinder sind inzwischen schon so groß, und Amos ist natürlich (!) noch immer der zweite Jai. Aber wem gleicht Deine Maja? Jai sagt, sie habe ein Engelsgesicht (als ob ich das nicht selbst sehen würde!) und, wenn ich ihm glauben kann, dann hat sie wenig von Dir, mit Ausnahme der wundervollen kastanienbraunen Haare und (wie er bedauernd eingesteht!) Deiner unbändigen Willenskraft, obwohl sie noch nicht einmal *vier* ist. Er behauptet, ihre Augen seien so blau, daß sie in der Sonne beinahe violett wirken. Von wem könnte sie das wohl haben – von Mama oder von mir? (Sagen wir, von uns beiden!) Wie Jai sagt, wirst Du mit den Kindern vielleicht nachkommen, wenn es Onkel Sean gesundheitlich wieder besser geht. Er sieht auf dem Bild schrecklich mitgenommen und hinfällig aus, und ich war wirklich sehr traurig, als Jai erzählte, daß sein Asthma immer schlimmer wird, und seine Kräfte so schnell nachlassen. Ich hoffe auf seine Gesundung und auf Deine baldige Rückkehr! Ich kann es kaum erwarten, meine liebste Oli. Wie sehr habe ich Euch beide vermißt – vor allem Dich! Jai scheint beschäftigt zu sein, aber, so möchte ich zu Deiner Beruhigung hinzufügen, sehr

zufrieden über seine Rückkehr und so besessen von seinen Plänen wie eh und je.‹
Es folgten Beschreibungen von Burra Khanas und sportlichen Ereignissen im Kanpur-Tent Club und über Johns Arbeit im Versorgungslager, in dem Artillerie und Munition zusammengezogen wurden. Außerdem schrieb sie über General Wheeler, den Sepoys und Offiziere offenbar gleichermaßen verehrten. Im letzten Absatz stand: ›In Beantwortung Deiner Fragen: Ja, es liegen wirklich merkwürdige und unerfreuliche Dinge in der Luft. Alle reden über die Unzufriedenheit der Sepoys, aber John glaubt nach wie vor felsenfest, daß alles nur Propaganda von Unruhestiftern ist. Gott sei Dank, *seine* Leute empfinden nur Zuneigung für ihn, und das ist sehr beruhigend.
Jai war sehr oft in Bithur, das ist etwa zwölf Meilen von hier entfernt. Dort hat der Nana Sahib (einige nennen ihn auch den Pascha, obwohl die Engländer ihm offiziell nicht erlaubt haben, diesen Titel zu führen, und das macht ihn so *problematisch*) seinen wunderbaren Palast. Er ist zweifellos ein höchst seltsamer Gentleman, aber auch sehr (!) großzügig zu allen, die er ins Herz geschlossen hat. Man erzählt, daß er bei einem seiner Festessen einmal allen anwesenden Damen Kaschmirstolen und Diamantschmuck überreichen ließ! Kannst Du Dir vorstellen, wie diese glücklichen Frauen beneidet wurden (vor allem von Deiner, wie immer Dich liebenden Estelle!)?‹
Am 7. Februar schrieb Estelle: ›Jonathan hatte gestern seinen fünften Geburtstag. Der Indianerkopfschmuck, den Du ihm geschickt hast, ist wirklich komisch. Er schläft sogar damit! Wenn er schon schreiben könnte, würde er Dir bestimmt persönlich dafür danken wollen. Er sieht Papa sehr (!) ähnlich. Es ist einfach verblüffend. Gott sei Dank sieht er nicht wie Johns Vater aus. Wäre das nicht schrecklich? Ich schicke Dir ein Bild von der Geburtstagsfeier. Du kannst Dir also selbst eine Meinung bilden.‹
Der Brief vom 3. März war überschäumend. ›Ich kann es kaum erwarten, Dir zu berichten, liebste Oli, daß auch wir (!) gestern abend zu einem von Nana Sahibs Festessen geladen waren! Es war wirklich ein exzentrisches, aber ein königlich verschwenderisches Dinner, zu

dem auch viele andere Engländer eingeladen waren. Sein Palast in Bithur mit all diesen ausgefallenen Dingen sieht wie ein Auktionshaus aus! Die Tafel war (mindestens!) dreißig Fuß lang, und es gab die ausgefallensten Gerichte. Die Suppe wurde in einer Zinnschale, die wie ein Fisch aussah, serviert. Als Löffel gab man uns eine halbierte Teetasse (!). An Stelle von Servietten, die zum feinen Damasttischtuch hätten passen müssen, reichte man uns kleine rauhe (!) Handtücher, und den Rotwein tranken wir aus Champagnergläsern. Johns Bier (vorbildlich gekühlt!) brachte man in einem Becher aus billigstem Blech. Leider gab es diesmal keine Kaschmirstolen oder Diamanten für die Damen! Aber in seiner großen Güte bot der Nana Sahib einem neuverheirateten englischen Paar für die Hochzeitsreise eine Kutsche und eine Suite in seinem Palast an. Ist das nicht phantastisch?!

Trotz Johns Optimismus spüre ich, daß sich etwas zusammenbraut. Jai ist natürlich *unmöglich* wie immer und will einfach nichts sagen. Ich habe den Verdacht, daß er sich mehr engagiert, als er uns wissen lassen möchte. Du weißt ja, daß er grundsätzlich die Anwesenheit der Engländer in Indien ablehnt.

Es gibt noch immer viel Ärger um diese blödsinnigen neuen Enfield-Gewehre, mit denen man die Soldaten bewaffnen will. Es heißt, die Patronen seien mit Schweine- und Rinderfett eingerieben, und weder Hindus noch Muslime sind bereit, sie anzufassen, und erst recht nicht, damit zu schießen. Viele sagen jedoch, die Gewehre seien lediglich ein Vorwand. Der wahre Grund der Unzufriedenheit, so heißt es, sei die Annexion von Oudh im letzten Jahr durch General Outram und die Absetzung des Herrschers. Seine Paläste in Lucknow und sein ganzes Eigentum sind beschlagnahmt worden, erzählt man, und all die vielen tausend Gefolgsleute mit ihren Familien sind angeblich mittellos davongejagt worden. Offenbar kommt die Mehrzahl unserer Sepoys aus Oudh. Durch die Annexion haben sie Gesicht und Status bei ihren Leuten verloren. Gerüchte, daß diese Sepoys einen Aufstand planen, reißen nicht ab, und die Rebellion kann *jederzeit* ausbrechen.

Trotzdem sagt John noch immer, es sei nichts zu befürchten, obwohl auf den Burra Khanas über nichts anderes mehr geredet wird. Es ist kaum noch auszuhalten! Jai widerspricht John, und es kommt zu heftigen (!) Diskussionen. Jai möchte, daß ich Kanpur mit Jonathan verlasse und nach Kalkutta ziehe. Aber John lacht ihn aus und findet die Idee absurd. Er sagt, Jai schlage unnötigerweise Alarm. Es gebe keine Unzufriedenheit, und in unserem wunderbaren und friedlichen Kanpur sei nicht das Geringste zu befürchten! Aber ich bin mir da nicht so sicher. Ich habe Kanpur früher gehaßt. Weißt Du noch? Vielleicht hat mich damals mein Instinkt vor den abscheulichen Dingen gewarnt, die sich hier noch ereignen werden. Wir werden sehen.‹

Estelles Briefe von März und April klangen zwar noch immer unbeschwert und sorglos, aber die wachsenden Ängste waren herauszuhören. Am 12. Mai schrieb sie: ›Es gibt *schreckliche* Nachrichten aus Mirat – man sagt, der Aufstand sei im Gang! Am 24. April, glaube ich, haben sich fünfundachtzig Sepoys der 3. Leichten Kavallerie geweigert, die neuen Patronen zu benutzen. Man nahm ihnen die Uniformen ab und brachte sie hinter Schloß und Riegel. Als Vergeltung für diese Demütigung, so sagt man, haben vorgestern, am Sonntag, *alle* eingeborenen Infantristen, die Leichte Kavallerie, die Artillerie zu Pferd und zu Fuß, *sogar* die 6. Dragoner die Waffen ergriffen und rebellieren gegen ihre Offiziere! Es hat ein furchtbares Blutbad, Plünderungen und Brandstiftungen gegeben. Die Rebellen marschieren jetzt nach Delhi, so hören wir. Aber niemand glaubt, daß sie beabsichtigen, Kanpur anzugreifen. Trotzdem habe ich *solche* Angst, Olivia ...‹

›Heute ist der Geburstag unserer Königin.‹ Der Brief vom 24. Mai begann etwas fröhlicher. ›Das muß einfach gefeiert werden! Ganz Kanpur ist aus dem Häuschen, und ich gestehe, ich auch. Du weißt, wie gerade in letzter Zeit das Leben für uns so bedrückend gewesen ist, nachdem sich so viele Sepoy-Regimenter dem Aufstand angeschlossen haben. Die Feier heute abend soll unsere Gedanken wenigstens eine Zeitlang etwas ablenken. Es gibt jedoch kein Läuten der Kirchenglocken und keine Salutschüsse. General Wheeler hat solche Demonstrationen strikt verboten, um allen Mißverständnissen vorzubeugen. Es wäre wirklich schrecklich (!), wenn die Sepoys glauben würden, daß wir angreifen und das Feuer eröffnen, während wir unsere Curries und Kebabs essen?! Stell Dir nur vor, was das unseren Nerven antun würde, ganz zu schweigen den Soufflés der armen Gastgeberinnen!

Jai kam mitten in der Nacht auf einen kurzen Besuch. Er besteht darauf, daß ich mit Jonathan sofort nach Kalkutta aufbreche, aber John will immer noch nichts davon hören. Es kam zu einer heftigen Auseinandersetzung! Ich gestehe, daß ich jetzt wieder ängstlich bin. Den meisten hier geht es nicht anders. Niemand weiß, was geschehen wird. Mirat ist zerstört, so erzählt man, aber bis jetzt gibt es in Kanpur noch keine Anzeichen einer Meuterei. Wie lange wird diese Ungewißheit noch anhalten?‹

Estelles Brief vom 26. Mai sprach noch deutlicher von ihrer Unruhe. General Wheeler war schließlich von der drohenden Gefahr überzeugt und hatte verspätet angeordnet, eine Verschanzung zu bauen, wo gefährdete Zivilisten und die Familienangehörigen der Militärs im Fall einer Belagerung Zuflucht finden sollten. ›Aber gleichzeitig‹, so schrieb sie, ›verläßt sich der General für den Schutz des *Schatzamts*, wo zur Zeit ungeheure Steuersummen liegen, voll und ganz auf den Nana Sahib! Selbst John ist inzwischen schockiert und verwirrt. Aber sowohl General Wheeler (dessen indische Frau, so sagt man, derselben Kaste angehört wie der Nana Sahib!) als auch Mr. Hillersden, unser Richter, scheinen dem Nana Sahib *völlig* zu vertrauen. Ist das nicht töricht, solange dieser Mann wirklich kein Verbündeter ist? Ich habe den Verdacht, daß sogar *Jai* inzwischen von dem Nana Sahib enttäuscht ist. Er spricht nicht darüber, aber so wie ich ihn kenne, *spüre* ich seine Enttäuschung und seinen Zorn.‹

Estelles Brief vom 29. Mai begann mit der schrecklichen Nachricht: ›Die Engländer haben eine Belohnung auf Jais Kopf ausgesetzt! Sie wollen demjenigen, der ihn tot oder lebend gefangennimmt, fünfzigtausend Rupien zahlen – ist das nicht schrecklich? In Kanpur wächst die Spannung, und die Stille ist inzwischen *äußerst* explosiv – warten, warten, *warten*, bis etwas geschieht! John verbreitet Zuversicht, aber er kann die wachsende Sorge nicht länger verbergen. Jeder weiß jetzt, daß Jai zu den Aufständischen gehört – oh, Olivia, ich habe schreckliche Angst um ihn. John ebenfalls! Ich weiß, in jedem Sepoy-Regiment gibt es einen verborgenen Judas, der um den Preis bedeutungslos gewordener Treue gierig auf leichte Beute hofft. John trifft täglich auf diese Verräter. Unsere Regierung versucht, Trident, die Schiffe und Jais Besitz in Kalkutta zu beschlagnahmen, aber Ranjan Moitra kämpft verbissen dagegen. Jai lacht nur darüber und sagt, ich soll mir keine Sorgen machen, als sei ich immer noch ein *Kind* – das macht mich so wütend! Jai war zweimal (!) in zwei Tagen hier. Er kommt nur noch nachts, um John nicht in Verlegenheit zu bringen (da sie jetzt Feinde sind. Ist das nicht ein *Witz*?). Er sagt, er sei gekommen, um uns – Jonathan und mich – wegzubringen, aber trotz aller Befürchtungen bleibt John bei seinem Entschluß, sich nicht von seiner Familie trennen zu lassen. Jai wirkt jetzt sehr seltsam, als sei er *wahnsinnig* oder außer sich vor Zorn! Ich weiß nicht, was ich davon halten soll. Trotz allem liebe ich ihn wirklich, auch wenn er nur mein Halbbruder ist. Er ist und bleibt der einzige Bruder, den ich je haben werde. Wie kann ich ihn nicht lieben? Oh, liebste Oli, manchmal habe ich den Eindruck, die Welt sei völlig aus den Angeln geraten!‹

Estelles vorletzter Brief stammte vom 31. Mai. Er begann mit täuschender Unbeschwertheit. ›Ich schreibe Dir aus der Verschanzung. Wir haben den Befehl, uns hier Tag und Nacht aufzuhalten. Das ist wirklich sehr unangenehm. Kannst Du Dir vorstellen, wie alle Männer, Frauen und Kinder dicht zusammengedrängt auf einer offenen Veranda schlafen, ohne jede Privatsphäre? Wenn die Lage nicht so ernst wäre, könnte es wirklich sehr komisch sein. Der alte Mr. Martin vom Postamt *besteht* auf seiner Nachtmütze und langen Unterhosen, sogar bei nächtlichen Wachen mit seinem Gewehr! Unser armer, lieber Kaplan Mr. Turner hat vor Angst den Verstand verloren und läuft splitterfasernackt herum. Aber unsere Lage ist so absurd, daß niemand auf ihn achtet, nicht einmal Miss Pomfrey, die ihn unter normalen Umständen mit ihrem Regenschirm handgreiflich zur Vernunft gebracht hätte und dann in Ohnmacht gefallen wäre. Mrs. Nightingale, unsere gefeierte lustige Witwe (erinnerst Du Dich, ich

habe von ihr im letzten Jahr geschrieben!) kann nicht länger verheimlichen, was wir immer vermutet haben. Sie trägt künstliche Einlagen für ihren Busen. Ist das nicht komisch?!
In Lucknow haben sie wie in Mirat alle Häuser der Engländer niedergebrannt. Ich frage mich, liebste Oli, ob wir uns je wiedersehen werden ...? Einige glauben noch immer, der Nana Sahib sei unsere einzige Hoffnung. Seine Truppen bewachen das Depot zusammen mit General Wheeler. Viele sind jedoch davon überzeugt (John allerdings nicht!), daß er tatsächlich unser Freund und Verbündeter ist (ich meine der Nana Sahib, nicht der General, der wirklich großartig ist!), aber ebenso viele mißtrauen ihm. Wenn er nicht vertrauenswürdig wäre, hätte Jai sich ihm nicht angeschlossen! Aber Jai steht auch auf der Seite der Sepoys und Rebellen! O Gott, ich verstehe nichts mehr, Olivia! Es ist alles so verwirrend! Wir haben wenig Lebensmittel und Wasser. Es ist drückend heiß. Nachts kann man kaum schlafen, und Jonathan schreit die ganze Zeit. Glücklicherweise ist John zu unserem Schutz in der Verschanzung stationiert. So sind wir wenigstens zusammen. Bin ich ein Feigling, weil ich solche Angst habe? Ist dies das Ende unserer Welt? Wie immer unser Schicksal sein wird, liebste Oli, ich hoffe, daß Dein ängstlicher kleiner Stern es ertragen kann ...‹
Dann herrschte viele qualvolle Monate lang Schweigen.
Estelles letzte Nachricht erreichte Olivia erst beinahe ein Jahr später zusammen mit den persönlichen Dingen von Jai. Es war ein zusammenhangloser Brief in einer beinahe unleserlichen Handschrift auf einem zerfetzten Blatt Papier. Die Nachricht trug kein Datum. In Anbetracht der folgenden Ereignisse mußte Estelle den Brief jedoch entweder am oder kurz vor dem 26. Juni 1857 geschrieben haben. Es war vermutlich die letzte Nachricht aus der Verschanzung vor dem Ende. Es war schon schmerzlich genug, daß der Brief nicht an sie, sondern an Jai gerichtet war, aber die traurigen Umstände, durch die er schließlich in Olivias Hände geriet, machten ihn noch bedrückender. Es war Olivia nur deshalb gelungen, die Worte auf dem zerfetzten Blatt zu entziffern, weil das, was später geschah, inzwischen bereits Teil der tragischen Geschichte war. Warum hatte Jai auf den

Hilferuf seiner Schwester nicht reagiert? War er dort gewesen? War er nicht dort gewesen ...?

›Endlich ist es ...!‹ begann der Brief. ›... Kapitulation ... Gier. Die Belagerung soll ... morgen ... na Sahib ... Satichow ... und Befreiung! Zu sp ... zu ... o Gott, Jai ... komm ... bitte. Ich flehe Dich a... John ist to... bete für uns ... Jai, bitte, *komm* ...‹

Olivia legte den Brief auf den Tisch. Sie konnte nicht weiterlesen. Estelles verzweifelte Lage, die unerträglichen Ängste, die wachsende Verzweiflung und die unbeantwortete Bitte um Hilfe auf dem leblosen Blatt Papier überwältigten sie. Olivia spürte in diesen Worten den erbarmungslosen Tod. Sie sah wieder Bibighar vor sich, die Stufen von Satichowra Ghat und den Fluß, der sich vom Blut rot färbte ...

O mein Gott, wie konnten sie nur glauben, daß du an dem Massaker beteiligt warst, Jai ...?

Olivia wurde übel. Mit zitternden Fingern griff sie nach dem verblaßten Photo, das aus einem Brief herausgerutscht war. Es zeigte John, Estelle und Jonathan vor einem Tisch mit Geburtstagsgeschenken. Im Zimmer hingen Luftballons und Luftschlangen. Alle lächelten glücklich. Die Gesichter waren unscharf, aber die Vorstellungskraft füllte die mangelnde Deutlichkeit. Olivia sah ihre Cousine. Sie war rundlich, hübsch und wie immer übermütig. Der Spott blitzte ihr aus den Augen, und Olivia hörte Estelles unvergeßliches Lachen voller Freude und Lebenslust, und wie immer war es ansteckend!

Die Tränen traten Olivia in die Augen. Ihre Hände waren eiskalt. Hastig legte sie die Briefe wieder in den Schrank. Sie eilte aus dem Zimmer und in dem schweigenden schlafenden Haus die Treppe hinunter, durch die Hintertür nach draußen und hinunter zum Fluß. Wieder einmal überwältigte sie der Kummer. Sie konnte die Last der Erinnerungen nicht ertragen. Erst an den Stufen blieb sie stehen und stützte sich zitternd auf die niedrige Mauer. Sie rang keuchend nach Luft; dann sank sie auf eine der Stufen, legte den Kopf auf die Knie und weinte, als sei ihr Herz noch einmal gebrochen.

Später – sehr viel später, als die Eulen bereits schwiegen und die Frösche und Zikaden verstummt waren, verwandelte sich der Kummer in schmerzstillende Gefühllosigkeit. Olivia lehnte sich erschöpft zurück. Über ihr wölbte sich der friedliche Nachthimmel, der sich beinahe sichtbar zu drehen schien, und seine kühle samtige Umarmung schenkte ihr Trost. Der zärtliche Wind beruhigte sie wie ein Kinderlied. Sie wurde müde und wäre beinahe eingeschlafen, aber plötzlich richtete sie sich auf und war wieder hellwach. Etwas Unbedeutendes, aber Wichtiges in Estelles vorletztem Brief zuckte ihr blitzartig durch den Kopf. Wie ein Nadelstich hatte es sie unbewußt seit der Rückkehr ihres Sohnes aus Kanpur gequält.

Einen Augenblick lang dachte sie über den außergewöhnlichen Zufall nach. Dann wurde ihr das volle Ausmaß ihrer Entdeckung bewußt, und sie begann am ganzen Leib zu zittern. Sie wollte unter keinen Umständen nach Kanpur zurückkehren, aber jetzt wußte sie, daß sich genau das nicht vermeiden lassen würde.

»Nach Kanpur?« Amos schüttelte ungläubig den Kopf, als sie ihn am nächsten Morgen beim Frühstück über ihren Entschluß informierte. »Nach *Kanpur* ...? Mutter, weißt du, was du sagst?«

»Ja. Ich muß es tun! Ich muß dorthin. Ich bin jetzt fast sicher, daß die geheimnisvolle Engländerin meine Cousine Estelle ist.«

Er sah sie verblüfft an. »Aber wieso, Mutter? Die Frau hat nichts gesagt oder getan, was zu dieser Schlußfolgerung führen könnte!«

»Das war nicht nötig. Sie hat sich unabsichtlich verraten ... nicht den Pickfords, sondern mir.« Olivias goldene Augen strahlten, wie Amos es in den letzten Jahren nur selten einmal gesehen hatte. »Paß auf, *Sitara* bedeutet *Stern*, und das ist auch die wörtliche Übersetzung von *Estelle*!«

Er begann zu lachen. »Mutter! Und darauf beruht dein Beweis?«

»Nein. Sie hat sich in ihrem letzten Brief an mich selbst so bezeichnet. Sie schreibt: ›Dein ängstlicher kleiner Stern.‹ Damit bezog sie sich auf einen Spitznamen, den wir beide lange für sie benutzten.«

Amos war nicht zu überzeugen. »Ich finde, deine Logik sehr kühn. Aber selbst wenn wir annehmen, daß diese Frau zufälligerweise Tante Estelle ist, warum hat sie in all den vielen Jahren keinen Kontakt zu uns aufgenommen? Nach all dem, was ich von dir weiß, seid ihr doch eng befreundet gewesen.«

Olivia schüttelte den Kopf. »Ich weiß es nicht. Das heißt, vielleicht weiß ich es sehr wohl. Im Augenblick können wir nur davon ausgehen, daß Estelle ..., wenn es Estelle ist, gute Gründe für ihr Schweigen hat. Wie auch immer, ich muß die Wahrheit herausfinden, Amos!«

»Ja. Aber bitte sei auf eine neue Enttäuschung gefaßt!«

»Natürlich. Es wäre töricht, es nicht zu sein.«

»Ich kann allerdings erst im nächsten Monat, nach der Derozio-Versammlung nach Kanpur zurück. Es gibt hier zu viele Dinge zu besprechen.«

»Im nächsten Monat?« Olivia schüttelte den Kopf. »Amos, wie soll ich so lange warten? Ich möchte auf der Stelle, *heute* aufbrechen ...!«

»Bitte sei doch vernünftig, Mutter. Du weißt, ich kann die Stadt jetzt nicht verlassen. Die Versammlung ist sehr wichtig. Es ist undenkbar, daß ich nicht dabei bin. Das ist völlig ausgeschlossen.«

»Aus deiner Sicht ist das richtig. Ich kann durchaus allein fahren.«

»Allein?« Er war entsetzt. »Nach Kanpur ...?«

Olivia wußte, daß er schockiert sein würde und eine heftige Auseinandersetzung unausweichlich war. Trotz seiner Einwände gelang es ihr jedoch, ihn schließlich zu überzeugen, und sie einigten sich auf einen Kompromiß. Sie würde ohne Amos nach Kanpur fahren, aber in Begleitung von Francis, dem alten Diener, ihrer Aja und Hari Babu, dem vertrauensvollen Assistenten aus dem Büro. In Kanpur sollten ihr Agent Kasturi Ram und Hari Babu sie überall hin begleiten. Olivia ließ sich darauf ein, war aber insgeheim entschlossen, ihre eigenen Wege zu gehen.

»Bleib bitte keinen Tag länger als nötig«, sagte Amos beschwörend.

»Nein.«

»Wenn diese Frau nicht deine Cousine ist, komm bitte sofort zurück.«

»Ja.«

»Mir wäre es trotzdem lieber, du würdest warten, Mutter.«

»Ich weiß, aber ich kann nicht warten. Ich muß fahren, ich *muß* einfach! Das bin ich Estelle schuldig. Und noch mehr, ich bin es deinem Vater schuldig.«

Drittes Kapitel

Es gibt Tage im Leben, so sollte Christian Pendlebury später einmal denken, die man einfach nicht vergessen kann. Solche Tage sind nicht nur ungewöhnlich im üblichen Sinn des Wortes, sondern auf seltsame Weise bleiben sie in der Erinnerung als Zeiten, die einen besonderen Zauber besitzen. An dem ersten wundervollen Morgen, als er mit Maja ausritt, wußte er instinktiv, daß dieser Tag ein besonderes Licht auf das Rätsel seines Lebens warf. In den kommenden Jahren würde dieser Tag wie ein Leuchtturm aus seinem indischen Schicksal herausragen – unabhängig davon, welche Wendungen und Richtungen dieses Schicksal nehmen würde. Es war ein Morgen, der anbrach, um alle Ewigkeiten zu überdauern.

Sie waren viele Meilen Seite an Seite geritten. Die Stadt lag weit hinter ihnen. Sie flogen über Felder, durchquerten Wälder und ließen Ufer hinter sich zurück. Der morgendliche Lavendelwind trug sie vorwärts unter den Rufen seltsamer tropischer Vögel, die er noch nie in seinem Leben gesehen hatte. In der vergangenen Woche hatte er sich viele Dinge ausgedacht, die er ihr sagen würde. Aber noch mehr bewegten ihn die Fragen, die er ihr stellen wollte. Als es schließlich soweit war, und sie atemlos und verschwitzt, aber erschöpft und zufrieden unter einem blühenden Gulmoharbaum saßen, und die Sonne den Wald erstrahlen ließ, kamen ihm nur bedeutungslose Banalitäten über die Lippen. Seltsamerweise schienen ihn die Worte im Stich zu lassen, als er ihr, auf den Ellbogen gestützt, gegenüberlag und sie mit gesenkten Lidern betrachtete. Die Vollkommenheit ihrer Nähe stieg ihm in den Kopf. Noch nie war er einer Frau begegnet, in deren Gesellschaft Schweigen so angenehm war.

Während er wortkarg und von Staunen überwältigt dort lag, hatte er plötzlich das Gefühl, nichts sei wirklich. Er war umschlossen von einer Traumwelt, in der es nur sie beide gab. Er fühlte sich orientierungslos, aber paradoxerweise wundervoll lebendig. Alle seine Sinne waren außergewöhnlich offen und aufnahmefähig. Der Grasteppich war noch nie so grün und so lebendig gewesen, der Gesang der Vögel so beredt. Er konnte jeden Halm, jedes Blütenblatt der wildwachsenden Blumen wahrnehmen und spürte, wie sie sich glücklich dem Licht der Sonne öffneten. Am Himmel spielten Regenbogen, die so strahlten, daß er glaubte zu erblinden. Als er die Augen schloß, mußte er über sich selbst lächeln. Das Summen der Bienen, das Flattern der Schmetterlinge, das kaum hörbare Zischen des blauen Eisvogels, der ein Insekt jagte, die akrobatischen Sprünge der Affen – alles klang in seinen Ohren wie der Gesang von Engeln. Es waren Hymnen der Freude, zu denen der Wald erwachte und die Nymphen tanzten. Seine Nase vermochte mit erstaunlicher Deutlichkeit die zarten Düfte einzeln zu riechen, die an diesem kühlen, denkwürdigen Morgen in der Luft schwebten, damit er sie nie vergessen würde.

Aber das größte Wunder, das er mit geschlossenen Augen in allen Einzelheiten vor sich sah, war Maja – ihr wunderschönes, porzellanfeines ovales Gesicht, die von der Sonne geküßten und vom Wind zerzausten dichten Haare, der glatte, lange Alabasterhals, den sie mit so königlicher Würde hielt und der ihn an einen Schwan denken ließ. Ohne die Augen zu öffnen, sah er die winzigen Schweißperlen auf ihrer Stirn, die leuchtenden dunkelblauen Augen unter den langen Wimpern, die seltsam wachsam blieben und auf etwas zu warten schienen! Wenn Christian etwas störte, dann war es die distanzierende Zurückhaltung dieser Augen unter dem undurchdringlichen Gitter der Wimpern und das Geschick, mit dem sie ihre größten Geheimnisse vor Eindringlingen schützten. Er fühlte sich ausgeschlossen und nicht völlig akzeptiert. Die süße Folter der Ungewißheit entlockte ihm ein Seufzen. Er schloß wieder die Augen und begnügte sich mit dem inneren Bild der korallenroten Lippen, der weichen Rundungen ihres biegsamen, schlanken Körpers, der zarten Finger, die über das

Gras fuhren. Ja, sie erinnerte ihn an einen Schwan, der in geschmeidiger Anmut und schimmernder Pracht unerreichbar über das Wasser glitt und dessen Schönheit ernst und unwandelbar blieb.

Natürlich konnte sie ausgezeichnet reiten! Sie saß wie ein Mann auf ihrem Araber. Die schlanke, jungenhafte Figur wurde durch die engsitzende Hose und eine scharlachrote Reitjacke kühn unterstrichen. Christian mußte sich eingestehen, daß ihm dieser Anblick den Atem verschlagen hatte. Noch nie hatte er eine Frau in Männerkleidung gesehen, außer vielleicht auf der Bühne. Aber dann freundete er sich mit diesem Anblick an, fühlte sich bezaubert und war hingerissen. Diese Kleidung machte sie noch begehrenswerter und seltsamerweise noch weiblicher.

»Sei vorsichtig, mein unschuldiger, unwissender Freund«, hatte ihn Lytton Prescott mit überlegenem Lächeln gewarnt. »Sie hatte einmal mit ihren kleinen scharfen Krallen einen dummen Jungen vom 49. gefangen. Er hieß Maynard, und man sagt, er habe ihretwegen den Verstand verloren. Er begann zu trinken, geriet in schlechte Gesellschaft und schließlich in echte Schwierigkeiten. Für den armen Teufel war es wirklich eine Tragödie, das kann ich dir sagen. Er wurde schließlich ohne eigene Schuld beinahe aus dem Heer entlassen. Glücklicherweise hatte Maynard einen Onkel, der General ist. Dank seiner Beziehungen wurde er nicht degradiert, sondern nur versetzt.« Er verzog das Gesicht zu einer Grimasse. »Sie entspricht nicht deinen oder meinen Maßstäben und auch nicht den indischen. Schon ihre Mutter hat sich über alle Normen hinweggesetzt, von ihrem Vater ganz zu schweigen. Denk dran, sie ist eine Eurasierin und deshalb ohne Frage *non grata*!«

Der letzte Satz war natürlich ein Schock für ihn gewesen. Da er nichts über ihre ungewöhnliche Herkunft gewußt hatte, war er wirklich aufgerüttelt gewesen. Maja sah eindeutig nicht wie eine Eurasierin aus, aber wie sahen Eurasier eigentlich aus? Er hatte in England keine Eurasier kennengelernt. Für eine Weile war er verzweifelt, nicht nur wegen Majas Abstammung, sondern noch mehr, weil er erfuhr, wer ihr Vater gewesen war. Kein Wunder, daß sie an dem ersten Nachmittag, als er seinen Namen erwähnt hatte, so tat, als hätte sie seine

Frage überhört. Aber dann setzte sich Christian entschlossen über alle Enthüllungen hinweg. Seine Erinnerungen an Maja halfen ihm dabei, und bei der Aussicht auf einen Morgenritt an ihrer Seite waren alle Einwände schlagartig vergessen. Christian wußte nur noch, wie sie ihn auf dem Landungssteg angesehen hatte, und er dachte an das scheue, rätselhafte Lächeln am Fluß, als ihr Gesicht im goldenen Abendlicht der untergehenden Sonne überirdisch gestrahlt hatte. Allein der Gedanke daran machte ihn schwach, und sein Atem ging schneller. Er drehte Lytton schnell den Rücken zu, damit der seine leidenschaftlichen Gefühle nicht bemerkte. Aber Christian wußte in diesem Augenblick mit unfehlbarer Klarheit: Wer auch immer Maja Raventhorne sein oder nicht sein mochte, die Vorstellung, sie nicht wiederzusehen, konnte er nicht ertragen.

Völlig versunken in seine Gedanken und in dem Versuch, den Morgen erstaunlicher Erfahrungen richtig einzuordnen, seufzte Christian noch einmal.

»Sollen wir zurückreiten?« fragte Maja und bewegte sich zum ersten Mal. Sie lag auf dem Rücken, kaute auf einem Zweig, hatte die langen Beine zwanglos ausgestreckt und beobachtete eine kleine, dicke schwarze Spinne, die in den Ästen ein zartes Netz wob. »Möchten Sie vielleicht mit mir frühstücken, nachdem Sie sich die Pferde angesehen haben?« Glücklich über diese unerwartete Einladung zögerte Christian dennoch. »Wäre sie hier, würde Mutter sich über Ihren Besuch bestimmt freuen«, fügte Maja schnell hinzu, denn sie ahnte den Grund seines Zögerns. »Aber sie ist gestern nach Kanpur abgereist.«

Er stand auf und klopfte einen Grashalm von seiner Reithose. »Ja, dann nehme ich die Einladung dankend an. Ich freue mich darauf, Ihren Bruder kennenzulernen. Ich möchte ihm ein Kompliment machen für den ausgezeichneten Service, den er den Passagieren der *Ganga* bietet.«

Maja lächelte und erwiderte nichts. Sie war froh, daß Amos auf dem Schiff übernachtet hatte, um die *Ganga* an diesem Morgen für notwendige Reparaturen zur Werft zu bringen. Sie warf Christian einen übermütigen Blick über die Schulter zu, stieg auf die Apfelschimmel-

stute, trieb sie sanft mit den Sporen zum Galopp und verschwand auf dem gewundenen Waldweg.
Sie erreichten atemlos und schweißbedeckt die roten Backsteinstallungen, die im ersten Morgenlicht feurig aufglühten. Auf einer der größeren Koppeln spielten zwei Fohlen miteinander. Mit ihren spindeldürren Beinen sprangen sie munter auf der Wiese herum. Ein paar der Pferde standen im saftigen grünen Gras am Fluß und in einer kleineren Koppel hinter einem weißen Holzzaun. Ein Stallbursche ließ einen jungen Hengst an der Longe laufen.
Mit bemerkenswerter Geschwindigkeit brachte man ihnen aus dem Haupthaus Gläser mit eiskaltem Sorbet. Maja warf die Reitmütze auf den Stuhl und schüttelte die Haare aus. Wie ein schimmernder Wasserfall fielen sie ihr über den Rücken. Müde, aber gleichzeitig wunderbar angeregt setzte sich Christian auf einen umgedrehten Eimer und trank durstig und in großen Schlucken. Er hörte zu, wie sie sich auf hindustanisch mit Rafiq Mian, dem Sohn des Stallmeisters, unterhielt, der vor wenigen Tagen aus Bombay zurückgekommen war. In zwei nebeneinanderliegenden Boxen standen die neuerworbenen Araber – ein herrlicher grauer Hengst und eine rötlichgraue Stute. Mit den langen peitschenähnlichen Schweifen schlugen sie nach den Fliegen und schnaubten unruhig in der neuen Umgebung. Die Stute hatte einen trockenen Husten. Maja holte aus einem Schrank eine Blechdose, nahm etwas heraus und gab es dem Pferd.
»Der Husten gefällt mir nicht«, sagte sie über die Schulter. »Ich glaube, sie hat sich erkältet. Der Zug von Bombay braucht eine Ewigkeit bis hierher, und die Pferde sind in den Waggons dem ganzen Kohlenstaub und dem Fahrtwind ausgesetzt.«
»Sind das selbstgemachte Hustenpillen?«
»Ja. Nach einem von Mutters alten Rezepten aus Sacramento. Vier Unzen Asant, zwei Unzen Natron und zwei Unzen Rohrzucker. Es wirkt immer.«
Als sie sich auf den Boden hockte und auf die Hufe der Stute deutete, sagte Abdul Mian etwas.
»Was meint er?« fragte Christian neugierig, denn er wollte sich natürlich nichts entgehen lassen.

»Er sagt, der Vorderteil des Hufs steht weder nach innen noch nach außen. Und so soll es auch sein. Einige Araber, die importiert werden, haben eine schlecht entwickelte Vorderhand, aber das kann man nicht immer auf den ersten Blick sehen. Glücklicherweise ist Rafiq beim Kauf ebenso vorsichtig und aufmerksam wie sein Vater. Wir müssen also keine besonderen Hufeisen anfertigen lassen.«
Christian staunte darüber, wie der alte Stallmeister das Pferd mit der Hand abrieb. Er bewegte die Finger dabei mit solcher Geschicklichkeit, daß die Stute vor Zufriedenheit leise wieherte.
»Gibt es in Indien kein richtiges Handwerkszeug zur Pferde- und Stallpflege?« fragte er. »In England haben wir unterschiedliche Striegel, Kämme, Bürsten, Schwämme, Ledertücher, Besen, Gabeln und Tücher zum Abreiben.«
Maja lächelte ihn an. »Abdul Mian schwört auf Massage mit der Hand. Er meint, das fördert die Blutzirkulation und, wie Sie sehen können, gefällt den Pferden das Reiben mit den Fingern. Er sagt, in Arabien benutzt niemand die vielen Hilfsmittel, die Sie in Europa haben.«
Christian nickte zustimmend. Er war so beeindruckt, daß er nicht daran dachte, die englischen Methoden der Pflegepflege zu verteidigen. Die Pferde machten alle einen ausgezeichneten Eindruck und waren äußerst gepflegt. »Kann man auf den Auktionen in Bombay wirklich erstklassige Pferde erwerben?«
»O ja! Man kann natürlich auch betrogen werden, wenn man nicht aufpaßt. Aber die große Auswahl bietet gute Möglichkeiten, das Beste zu wählen.«
»Waren Sie schon auf solchen Auktionen?«
»Einmal. Mutter hat mir im letzten Jahr die Möglichkeit verschafft, mit einem sehr guten Freund, mit Mr. Lubbock, dem Vater von Grace, nach Bombay zu fahren. Wir kamen mit drei sehr guten Pferden zurück.« Sie hob stolz den Kopf. »Der eine Hengst hat am Anfang des Monats das erste Ballygunge-Hindernisrennen gewonnen.«
»Sie schicken Ihre Pferde auf Rennen?« fragte er überrascht.
Maja zuckte die Schultern. »Hin und wieder. Ich bin eigentlich keine

Spielernatur, obwohl die Prämien nicht zu verachten sind. Ich ziehe es vor, meine Pferde an andere zu verkaufen, die sie auf den Rennen laufen lassen, denn dann werden die Tiere gut versorgt. Mutter ist der Ansicht, der Stall sollte jetzt anfangen, sich durch Einkünfte selbst zu tragen.«

»Wird das gelingen?«

»Im kommenden Jahr wäre es bestimmt möglich, wenn ich Indien nicht verlassen würde.«

»Verlassen?« wiederholte er erschrocken. »Wohin wollen Sie?«

»Nach Amerika, zu meinem Großvater in Kalifornien.«

»Für immer?«

»Vielleicht.« Sie blickte zur Seite. »Wenn es mir dort gefällt ...«

Christian war entsetzt. Wenn sie ihn verlassen würde, dann nahm sie das Licht der ganzen Welt mit sich. »Wann fahren Sie denn?«

Sie lächelte und freute sich über seinen Kummer, denn es gelang ihm nicht, die große Enttäuschung zu verbergen. »Nicht vor Ende Juni.«

»Oh ...« Er atmete erleichtert auf. Bis dahin konnte noch viel geschehen. Seine Hoffnung erwachte wieder, und beinahe hätte er sie nach Chester Maynard gefragt, aber dann überlegte er es sich anders. Er kannte sie noch nicht gut genug. Sie hätte eine solche Frage bestimmt für unverschämt und unverzeihlich anmaßend gehalten.

Er stand auf und ging durch die Stallgassen. Alle Boxen waren sauber, der Stall war gut gelüftet, und ihm fiel anhand der Fütterungspläne auf, mit welcher Sorgfalt sie das Futter für die Tiere zusammenstellte. »Wie kann man wissen, ob ein Tier einmal ein gutes Rennpferd sein wird, wenn man auf den Auktionen kauft?« fragte er. Die Antwort interessierte ihn zwar nicht sonderlich, aber er wollte sie sprechen hören. Lytton hatte behauptet, Eurasier hätten einen ›Chi-chi-Akzent‹, aber wenn Majas Aussprache ›Chi-chi‹ war, dann lag darin viel Kraft. »In Doncaster und Newmarket hat jedes Pferd, das verkauft wird, einen Stammbaum.«

Maja reagierte sofort abwehrend. »Ja, aber trotz all dieser langen und eindrucksvollen Stammbäume werden von tausend Vollblütern nur *zwei* Sieger, und auch das nur, wenn man Glück hat.«

»Ich gebe zu, es gehört immer eine Portion Glück dazu, ein erfolgreiches Rennpferd zu züchten. Aber ohne Stammbaum braucht man bestimmt noch mehr Glück!«
»Diese Pferde haben vielleicht kein Dokument als Stammbaum«, erwiderte Maja, »aber die Byculla-Auktionen sind die größten in ganz Asien, und sie finden im hellen Sonnenlicht statt. Es gibt keine dunklen Ecken, in denen man die Schwächen der Pferde verbergen könnte. Man kann alles sehen und sich ausgiebig mit den angebotenen Tieren beschäftigen.«
»Beschäftigen?« Er hob skeptisch die Augenbrauen. »Und so können Sie ein Rennpferd entdecken, das einmal Champion sein wird?«
»Nein, natürlich nicht!« Sie schüttelte ärgerlich den Kopf. »Sie haben Jockeys, die die Pferde traben und galoppieren lassen, wenn man will. Ernsthafte Interessenten dürfen ein Pferd vor dem Kauf auch selbst reiten.« Stolz legte sie die Hand auf die Nüstern einer schwarzweißen Stute. »*Sheherazade* zum Beispiel ist eine Meile in nur einer Minute und fünfzig Sekunden gelaufen, als ich sie in Bombay im letzten Jahr prüfen ließ. Sie wird in der nächsten Woche an den Stall des Aga Khan verkauft. Sie soll dann in Puna und Bangalur Rennen laufen.« Sie sah ihn herablassend an. »Soviel zu Ihren Stammbäumen!«
Christian machte die Diskussion großes Vergnügen. Majas Wangen hatten sich gerötet, und er fand, sie sah hinreißend aus. Er ließ deshalb nicht locker. »Aber Sie haben selbst gesagt, es ist mehr Glückssache als das Ergebnis gezielter Zucht.«
Maja konterte mit einer ungeduldigen Frage. »Aber darf man sich bei einem Araber nicht ebenso irren wie bei einem sorgfältig gezüchteten Vollblüter?«
»Vielleicht.« Christian wiegte nachdenklich den Kopf, denn er wollte das Gespräch noch nicht beenden. Er ging zu einer Box und betrachtete kritisch einen der Neuzugänge. »Ist bei so kleinen Tieren die Möglichkeit nicht noch geringer, einen Rennsieger zu züchten?«
»Keineswegs!« rief sie. »Wie ich sehe, müssen Sie noch viel über Araber lernen, Mr. Pendlebury!« Sie schob sich die Haare aus der Stirn. Es war eine so verführerische Geste, daß Christian beinahe das

Herz überging. »Sie sind vielleicht klein, aber erstaunlich ausdauernd und temperamentvoll. Erst vor kurzem hat ein Offizier der 18. Husaren ein persisches Kavalleriepferd mit einem Stockmaß von kaum mehr als vierzehn Handbreit über achthundert Meilen geritten. Auf der Strecke mußte ein Fluß überquert werden, und der Mann hatte Gepäck dabei, das zweiundzwanzig Kilogramm wog. Finden Sie nicht auch, daß das ein Rekord ist?« Sie hatte die Hände in die Hüfte gestemmt und sah ihn mit blitzenden Augen an.

»Vielleicht ...«, entgegnete er betont unbeeindruckt. »Bei jeder Regel gibt es Ausnahmen!« Sie hob fassungslos die Hände und drehte sich gereizt um. »Aber Miss Raventhorne«, sagte er und genoß das Spiel, denn endlich hatte er ein Thema gefunden, um sie etwas aus der Reserve zu locken. »Glauben Sie wirklich, daß die Araber mit unseren Vollblütern gleichzusetzen sind? In England behaupten manche Leute, daß Araber ...«, er hob die Schultern und lächelte entschuldigend, um anzudeuten, daß er diesen Standpunkt nicht teilte, »im Grunde nur gewöhnliche ... Nutzpferde sind.«

»Viele vertreten diesen lächerlichen Standpunkt nicht! Ich habe in Ihren Pferdezeitschriften Beurteilungen gelesen, nach denen die Araber als sehr gute und einzigartige Rennpferde eingestuft werden! Ich finde, es ist einfach eine Sache des persönlichen Geschmacks.«

Dagegen konnte Christian kaum etwas einwenden, aber noch ehe er Maja zustimmte, erschien Sheba am Stalltor. »Es ist Zeit für das Frühstück, Missy Maja«, sagte sie vorwurfsvoll. »Soll der arme Lord Sahib verhungern?«

Bei Räucherlachs, Schinken und Eiern und großen Frühstückstassen mit frisch gemahlenem brasilianischen Kaffee wollte Christian sie mit noch mehr Fragen bestürmen, aber Maja schüttelte nur lachend den Kopf. »Es sieht ganz so aus, als könnten wir nur über Pferde sprechen! Wenn Sie jetzt alle Fragen stellen, worüber sollen wir uns dann das nächste Mal unterhalten?«

»Ich kann mir nicht vorstellen, daß uns einmal der Gesprächsstoff ausgehen wird!« erklärte er voll Überzeugung. »Ich weiß so wenig und möchte soviel über ...«, er hätte beinahe gesagt ›über Sie wissen‹, aber er tat es nicht, »... über alles wissen.«

»Nein, nein«, sagte sie energisch. »Es war sehr unhöflich von mir, daß ich Ihnen nicht auch einige Fragen gestellt habe: zum Beispiel, wie ist Ihre Unterkunft in Kalkutta? Haben Sie etwas Angenehmes gefunden, und gefällt es Ihnen dort?«
Er zuckte die Schultern und aß mit größtem Appetit. Maja freute sich, daß sie ein echtes englisches Frühstück hatte vorbereiten lassen.
»Es geht so. Ich teile mir eine Wohnung mit zwei anderen Beamtenanwärtern. Aber ich kann nicht im Ernst behaupten, daß unser Leben im Augenblick besonders aufregend wäre. Wir scheinen so wenig zu tun, das wirklich von Bedeutung ist.«
»Ach! Aber der Sprachunterricht und das Studium müssen Sie doch bestimmt völlig in Anspruch nehmen?«
»Kaum.« Er schüttelte unzufrieden den Kopf. »Unser Tagesablauf ist so banal, daß ich mich schäme, darüber zu reden. Man hat mir allerdings gesagt, daß alle Beamtenanwärter diese Art Ausbildung durchlaufen müssen, um sich auf die Sprachprüfungen und die juristischen und verwaltungstechnischen Examen vorzubereiten.« Sie gab ihm noch eine Portion Rührei und freute sich über seinen Appetit. Im stillen bewunderte sie das scharfkantige, gut proportionierte Gesicht mit den klaren, forschenden Augen, die ohne jede Falschheit waren. Er erzählte ihr von seinem Tagesablauf und seinen Lebensgewohnheiten. In diesem Vertrauensbeweis lag eine seltsame Intimität und eine so erregende Erwartung, daß ihr ein Schauer über den Rücken lief.
»Wir stehen ziemlich früh auf ... so etwa um fünf. Dann trinken wir noch im Morgenmantel Tee auf einem Balkon mit Blick auf die Bow Bazaar Street. Jeder wird von seinem persönlichen Khidmatgar bedient. Mein Bursche hat nur ein Auge, heißt Karamat und ist bestimmt der durchtriebenste Kerl weit und breit! Er hat den Kauf meines Pferdes in die Hand genommen. Bestimmt verdient er dabei nicht schlecht. Karamat hält es für seine Pflicht, mir beim Baden und beim Ausziehen und Anziehen zu helfen. Er bringt mir die Schuhe, wäscht mir die Haare, säubert mir die Finger- und die Fußnägel ... wenn ich es ihm erlauben würde, müßte ich mich auch nicht mehr selbst rasieren.« Verlegen lächelnd hob er die Hände. »Ich muß ge-

stehen, ich schäme mich dafür, wie sehr ich in den wenigen Wochen, seit ich hier bin, umsorgt werde!«

»Nun ja, für einen künftigen englischen Beamten im höheren Dienst ist das in Ordnung«, erwiderte Maja.

Er sah sie von der Seite an, da er nicht wußte, ob sie sich über ihn lustig machte, aber Maja hatte es wirklich ernst gemeint. »Ach, da fällt mir gerade ein ...« Er hielt die Gabel in der Luft und lehnte sich vor. Er hatte sich plötzlich an eine der Fragen erinnert, die er ihr stellen wollte. »Hätten Sie mir erlaubt, eines Ihrer Pferde zu kaufen, wenn ich rechtzeitig darüber gesprochen hätte?«

Sie antwortete ohne Zögern: »Nein. Ich halte nichts davon, an Freunde zu verkaufen.« Sie wurde rot. »Das heißt ... ich hoffe natürlich, daß wir Freunde werden...«

Der verwirrende Blick der leuchtend blauen Augen und die rosig glühenden Wangen brachten ihn völlig aus der Ruhe. »Aber ... na ... natürlich!« stieß er stotternd hervor. »Es, hm, es ... wäre mir eine große Ehre, Ihr Freund zu sein, Miss Raventhorne.« In seiner Freude hätte er am liebsten nach ihrer Hand gegriffen, die auf dem Tisch lag, aber sie zog die Hand schnell zurück. Die eurasische Haushälterin stand in einer Ecke des Frühstückszimmers und achtete mit strengem Blick darauf, daß die Grenzen des Anstands gewahrt wurden. Ein überstürztes Vorpreschen zu diesem frühen Zeitpunkt einer völlig offenen Beziehung wäre für alle peinlich und nicht nur unklug, sondern geradezu katastrophal gewesen. Schnell schob er die Gabel in den Mund und kaute. Dann fuhr er mit einem verlegenen Lächeln in seinem Bericht fort.

»... nach dem Tee und einem flüchtigen Blick in die Zeitung reiten wir um sechs entweder zusammen oder mit jemandem, den wir uns aussuchen.« Er hielt inne, lächelte und trank einen Schluck Kaffee. »Nachdem wir uns rasiert, gebadet und für den Tag angezogen haben, kommen meist Freunde oder Kollegen vorbei. Das ist ein guter Grund, um noch mehr Tee zu trinken und das Frühstück so lange wie möglich auszudehnen. Wir rauchen, unterhalten uns, tauschen Neuigkeiten aus und lesen die Zeitung. Das dauert so bis zehn. Der Sprachunterricht beginnt um elf und dauert etwa zwei Stunden.

Dann machen wir bei den verschiedensten Familien Besuche. Ich habe immer noch nicht alle kennengelernt. Gewöhnlich ergibt sich daraus eine Einladung zum Mittagessen. Das Essen hier ist so reichhaltig, daß man sich ohne Nachmittagsruhe begraben lassen kann. Entweder stirbt man vor Hitze, an dem vielen Essen oder beidem. Abends gehen wir in den Club, spielen Karten oder Billard, trinken an der Bar eisgekühltes Bier, und es wird über alles geredet. Wenn wir uns besonders stark fühlen, spazieren wir am Strand entlang. Dabei ist es besonders anstrengend, alle paar Minuten den Hut zu ziehen, um die Damen zu grüßen. Wenn die Sonne untergeht, zieht man sich wieder um, und das nächste opulente Essen wartet ... meist bei einer Burra Khana, vier- oder fünfmal in der Woche. Damit sind alle anderen Aktivitäten ausgeschlossen, und man kann nur noch ins Bett sinken. Und an den Sonntagen ist es noch schlimmer, wenn das überhaupt möglich ist.« Er machte eine entschuldigende Geste. »Man hat uns erklärt, daß es unsere Pflicht ist, zum Früh- oder Spätgottesdienst in der Kirche zu erscheinen, um ›ein gutes Beispiel zu geben‹.« Er verdrehte die Augen und blickte zur Decke. »Den Rest des Feiertags dürfen wir sündigen, etwa bei Kricket oder Polo auf dem Maidan oder an der Club-Bar. Wenn wir unsere Kräfte jedoch für die Anforderungen der nächsten Woche aufsparen wollen, dann bleiben wir im Bett liegen oder vergnügen uns mit Wetten über Dinge, die uns in den Kopf kommen. Oh, das hätte ich beinahe vergessen!« Er hob den Zeigefinger. »Bei all diesen Anstrengungen müssen wir hin und wieder auch noch lernen, aber die meisten scheinen das Studium nicht so ernst zu nehmen.« Er lächelte bitter und wirkte niedergeschlagen. »Sie sehen, ich bin nicht gerade ein genialer Mann, Miss Raventhorne, und wenn Sie wollen, können Sie sich jetzt über mich lustig machen.« Christian hatte es ihr leichtgemacht, aber er wußte, wenn sie ihn verspotten würde, wäre er verwundet.

Sie tat es nicht. Sie hatte ihm gespannt zugehört und war fasziniert von den Einzelheiten des Koloniallebens, das sie nur aus der Ferne beobachten konnte. »Vielleicht sind Sie jetzt noch nicht voll ausgelastet«, sagte sie ernst. »Aber ich denke mir, wenn Sie erst einmal in den ländlichen Provinzen Dienst tun, wo die Umstände nicht so einfach sind, dann werden Sie körperlich und geistig so gefordert sein, wie Sie es sich jetzt wünschen. Ich bin sicher, dann werden Sie sehnsüchtig an diese sorglosen Tage zurückdenken.«

Er strahlte. »Um Ihnen die Wahrheit zu sagen, Miss Raventhorne, ich kann meine erste Aufgabe kaum erwarten! Auf dem Land muß so viel getan werden, deshalb kann ich meine Ungeduld nicht bezähmen. Ich wäre lieber heute als morgen unterwegs, als hier zum Nichtstun verurteilt zu sein ...« Er hielt inne, denn ihm wurden plötzlich die Folgen bewußt, die eine Versetzung aus Kalkutta nach sich ziehen würde. Sein Eifer schwand, und er schwieg betroffen. So langweilig und überflüssig sein Leben im Augenblick auch sein mochte, wenigstens war Maja Raventhorne in der Nähe! Wenn er seine erste Stelle antrat, würde sie nach Amerika fahren, und dann sahen sie sich nie wieder. Das schien ein so trauriges Ende für eine vielversprechende Begegnung, daß er völlig ratlos war.

In dem bedrückten Schweigen überließ sich auch Maja ihren unausgesprochenen Gedanken, aber in ihr stiegen andere Fragen auf. Wohin würde man ihn schicken? Wann? Würde sie ihn wiedersehen? Würde eine junge Pukka-Mem vielleicht plötzlich sein Interesse wekken und ihn ihr wegnehmen? Gab es möglicherweise bereits eine solche Frau, die er bei den gesellschaftlichen Einführungsbesuchen, den festlichen Burra Khanas, Kricket- und Poloturnieren kennengelernt hatte, von denen sie strikt ausgeschlossen war? Oder würde er sich bei den Spaziergängen am Strand auf die Flirts einlassen, die schnell zu heftigen Leidenschaften aufflammten und unabänderlich vor den Traualtar führten? Maja blickte, gepackt von Eifersucht, ohnmächtigem Zorn und Verzweiflung auf die Sonnenflecken, die den Mahagonitisch noch mehr glänzen ließen, und fühlte sich bereits verstoßen und vergessen. Ihr stummer Haß richtete sich gegen die namenlosen, gesichtslosen, anonymen Rivalinnen, die ihr Christian stehlen würden. Diese Pukka-Engländerinnen würden erreichen, daß er die glühenden Blicke, das unschuldige Vertrauen, die stillen Träume, Hoffnungen und noch unklaren und uneingestandenen Sehnsüchte nicht mehr auf sie richtete.

Tränen traten ihr in die Augen, die sie nicht mehr zurückhalten konnte. Deshalb stand sie unter dem Vorwand, ein Buch zu holen, das ihm gefallen würde, schnell auf. Als Maja mit dem dicken Band über Araber zurückkehrte, hatte sie die absurden Phantasievorstellungen überwunden, die Panik unter Kontrolle, und ihre Unnahbarkeit war wieder hergestellt. Wenn Christian ihren Kummer bemerkt hatte, dann zog er es vor, darüber hinwegzugehen.
Er stellte auch keine Frage oder machte eine Bemerkung darüber, daß Amos nicht zum Frühstück erschienen war.
Er brachte jedoch das Thema zur Sprache, das Maja am meisten fürchtete, wenn auch erst im letzten Augenblick beim Abschied, und wie immer sehr taktvoll. »Ich weiß das über Ihren Vater«, sagte er ruhig. »Es tut mir wirklich leid. Ich möchte aber, daß Sie wissen, es ... ist nicht wichtig.«
Mehr sagte er nicht und ritt davon.

*

Kanpur.
Stadt der Toten.
Friedhof meines Lebens, meiner Liebe, meines Herzens ...
»Versprich mir, daß du nicht zu der Verschanzung gehst, Mutter«, hatte Amos noch gesagt, als er sie am Bahnhof verabschiedete.
»Ja.«
»Versprich auch, daß du dich nicht um ein Gespräch bei Oberst Bradbury oder einem anderen englischen Beamten in Kanpur bemühen wirst!«
»Ja, ich verspreche es.«
»Und versprich mir, daß du nicht in die Nähe des Ghat, des Bibighar oder jener Lichtung gehen wirst. Das vor allem, Mutter. Das mußt du mir unbedingt versprechen!«
Sie hatte genickt und war gerührt gewesen über seine Sorge um sie. Dummer Junge, dachte er wirklich, sie wäre dazu in der Lage ...?
Er hatte auch dafür gesorgt, daß Francis genug Trinkwasser und Essen für unterwegs dabei hatte. Außerdem brachte der Bahnhofsmeister eine Kiste Eis in das Abteil, um die Temperatur zu senken. Es gab

genug frisches Obst, und die Aja hatte den Lesestoff nicht vergessen, den Amos für seine Mutter auf der langen Fahrt zusammengestellt hatte.

Trotz ihrer tiefen Abneigung gegen Kanpur, dem Inbegriff all ihrer Alpträume, mußte Olivia beim Anblick der wiederaufgebauten Stadt staunen. Das neue Stadtbild war bewundernswert, und alles Vergangene war mit gründlicher Verachtung der Geschichte beseitigt worden. So erinnerte nichts mehr an die endlosen Reihen geplünderter Häuser mit eingeschlagenen, rußgeschwärzten Fenstern. An ihrer Stelle standen hübsche englische Wohnhäuser mit gepflegten Vorgärten, die aussahen, als seien sie geradewegs aus Kent, Devon oder einem Vorort von London hierher versetzt worden.

Vor dreizehn Jahren waren das Rathaus, das Depot, das Theater, die Christ Church, das Gericht und viele andere Wahrzeichen nur noch Ruinen gewesen. Kaum eine Brücke war noch benutzbar, alle Eisenbahneinrichtungen hatten die Rebellen bewußt zerstört. In den dunkelsten Stunden des Aufstands lag auf den Straßen der Stadt die Habe der Engländer, die aus Häusern und Geschäften geraubt worden war. Nach dem Aufstand war der Geist der Stadt gebrochen und das Leben im blutgetränkten Boden begraben gewesen. Alles war restlos vernichtet.

Wie durch ein Wunder war Kanpur jedoch wieder zum Leben erwacht. Aus den Trümmern entstand irgendwie neuer Mut, um ein neues Leben, neue Hoffnungen und Unternehmen in Gang zu setzen. Jetzt sah man überall neuerrichtete Gebäude, ordentlich geschnittene Hecken und gepflegte Gärten. Die Straßen und Wege waren gepflastert, und es gab viele neue Einkaufsstraßen mit florierenden Geschäften, von Menschen wimmelnde Marktplätze, wo einmal Basare gewesen waren. Unter der Leitung einer klugen und umsichtigen Verwaltung waren hygienische Schlachthäuser und ein neuer Getreidemarkt am Collectorganj entstanden. Außerdem sorgte die Stadtreinigung für die wirksame Beseitigung von Abfällen. Es gab öffentliche Toiletten, und die Abwässer von Kanpur wurden in drei ausgemauerten Kanälen weit vor die Stadt geleitet. Überall sah man Parks und Spielplätze.

Ja, Wohlstand, Modernisierung und ehrgeizige Pläne für die Zukunft gaben den Ton an. Waren aus Europa füllten die Auslagen der Geschäfte, in die sich die Kunden drängten. Wie früher konnte sich die Stadt rühmen, daß eine englische Braut ihre Aussteuer und alle Dinge des Haushalts am Ort erwerben konnte und nichts aus England kommen lassen mußte. Kaum etwas, was ein guter englischer Haushalt brauchte, fehlte. Zu den beneidenswerten Transportwegen gehörte der Dampfschiffverkehr auf dem Ganges nach Allahabad und auf den Kanälen. Auf der Grand Trunk Road aus Kalkutta verkehrten regelmäßig Dak Gharries und brachten die Post aus der Hauptstadt oder aus anderen Orten. Das Wunder des elektrischen Telegraphen verband Kanpur noch enger mit den Großstädten des Landes. Aber die Lebensader von Kanpurs Industrie war natürlich die ostindische Eisenbahn.

Die Stadt schien den grauenhaften Massenmord aus dem kollektiven Gedächtnis gelöscht zu haben. Den Sommer von 1857 schien es nie gegeben zu haben.

Olivia empfand heftigen Neid und Bitterkeit. So oder so, sie alle waren Überlebende des Sepoy-Aufstands. Den anderen hatte man das Recht zugebilligt, in Ehren zu überleben; ihr und ihren Kindern hatte man genau das verweigert.

Warum ...?

»Kanpur ist besonders berühmt für sein Obst«, sagte David Pickford, während seine Frau und seine Tochter den Gast aus Kalkutta bewirteten. »Man findet unsere Guajavas, Zimtäpfel und Melonen auf vielen Märkten des Landes, bestimmt auch in Kalkutta.«

»Natürlich«, erwiderte Olivia höflich. »Ich liebe besonders Ihre Lychees. Sie sind viel größer und saftiger als die aus unserer Gegend.«

Adelaide Pickford seufzte. »Unsere verwüstete Stadt ist wirklich wiedergeboren worden, Mrs. Thorne. Wir haben allen Grund, Gott dafür zu danken.«

»Ja, das kann ich sehen.«

Die Pickfords wußten natürlich nicht, daß Olivia eigentlich nicht ›Thorne‹ hieß.

David Pickford griff nach einer Platte mit Sandwiches und bestand darauf, daß Olivia eins nahm. »In weniger als einem Jahrzehnt sind wir das größte Zentrum des Lederhandels im Land geworden«, berichtete er stolz. Er erwähnte allerdings nicht, daß er an der Spitze dieser Wachstumsbranche stand. Das wußte Olivia bereits von Kasturi Ram. »Ich glaube, Ihr Sohn Amos sieht das richtig. In ein paar Jahren kann Kanpur neben Bombay die Baumwollhauptstadt von Indien werden.«

Die Pickfords hatten Olivia ebenso freundlich empfangen wie Amos. In ihrer Unsicherheit und Nervosität war Olivia für die Zwanglosigkeit dankbar. Offensichtlich hatten sie sich ernsthaft und teilnahmsvoll mit ihrem Problem beschäftigt und boten Olivia jede erdenkliche Hilfe bei der Suche nach ihrer vermißten Cousine an.

Olivia hatte Päckchen mit Tee aus der Raventhorne-Plantage in den Bergen von Assam mitgebracht. Das Geschenk wurde mit größerer Freude und Begeisterung entgegengenommen, als es ihrer Meinung nach verdiente. Mrs. Pickford ließ auf der Stelle Tee zubereiten, und alle drei machten Olivia große Komplimente über das Aroma und die goldgelbe Farbe. Während der Unterhaltung im gemütlichen Wohnzimmer mit Blick auf den sehr gepflegten Rasen und bunte Blumenbeete um einen Springbrunnen, erfuhr Olivia mehr über diese Familie. David und Adelaide Pickford waren beide in Indien geboren. Ihre Familien lebten bereits seit drei Generationen hier im Norden. Mr. Pickfords Großvater war Zahlmeister bei der Schiffslinie der Ostindischen Gesellschaft gewesen, sein Vater Generalquartiermeister in der Delhi Field Force der britischen Armee. Mrs. Pickfords Familie trieb Handel mit Natron, Färberdisteln und Talg. Inzwischen führte einer ihrer Brüder das Unternehmen in Lucknow. Im Gegensatz zu den üblichen Gepflogenheiten englischer Familien hatten sie ihre Kinder zur Ausbildung nicht nach England geschickt. Ihre Tochter Rose hatte die Schule eines Nonnenklosters in Lucknow besucht, und ihre beiden Söhne La Martiniere. Glücklicherweise stellten sie Olivia nur wenige persönliche Fragen. Sie wußte nicht, ob es aus Höflichkeit geschah oder weil sie durch Amos schon informiert worden waren. Olivia sah jedoch, daß die Pickfords freundliche und ehrliche Leute waren. Sie hätte diese Menschen nur ungern belogen.

Auf ein diskretes Zeichen der Hausherrin erschien der Diener mit einer neuen Kanne Tee. »So, Mrs. Thorne«, erklärte Mrs. Pickford energisch, gab einen Löffel Zucker in den Tee und rührte ihn um. »Ich denke, Sie warten ungeduldig darauf, über das eigentliche Thema Ihres Besuchs zu sprechen. Deshalb wollen wir nicht länger die Zeit mit geselligem Plaudern verbringen.« Sie hob den Kopf und sah ihren Mann an. »David, wolltest du nicht um fünf bei Archie Bainbridge sein?«

David Pickford zog seine Taschenuhr und rief: »Natürlich ... natürlich!« Er stand auf. »Da ich bei den Damen offenbar *de trop* bin, wird man mich bestimmt nur zu gerne entschuldigen.« Der große, breitschultrige Mann hatte ein herzliches Wesen und klare, gutmütige Augen. Er lachte und war keineswegs beleidigt, daß seine Frau ihn hinauskomplimentiert hatte. »Archie Bainbridge ist unser Arzt. Wir spielen einmal die Woche Backgammon, und wenn ich ihn nicht gewinnen lasse, rächt er sich, indem er mir viel zu hohe Arztrechnungen schickt.« Er lachte und fügte dann ernst hinzu: »Ich hoffe, daß wir uns wiedersehen, Mrs. Thorne. Gleichgültig, ob Sie in dieser Sache unsere Hilfe benötigen oder nicht, was immer wir für Sie tun können, wird geschehen. Ich wünsche Ihnen einen schnellen Erfolg.«

Olivia dankte ihm gerührt und dachte: Wenn Amos in Kanpur gute Freunde sucht, dann kann er von Glück reden, diese Familie zu kennen.

Als ihr Mann gegangen war, setzte sich Adelaide Pickford neben Olivia auf das Sofa. »David ist wirklich ein Schatz«, sagte sie mit verschwörerischem Lächeln, »aber Männer sind in gewissen Situationen einfach lästig.«

Sie war eine kräftige Frau. Das ehrliche Gesicht wurde durch ein unerwartet strahlendes Lächeln äußerst sympathisch. Ihre Tochter Rose dagegen war zierlich und blaß und hatte feine goldblonde Haare und ernste Augen. Sie reichte Olivia eine Tasse Tee und setzte sich auf einen Stuhl ihr gegenüber.

»Rose hat die meiste Zeit mit Sitara Begum verbracht, wenn sie uns besuchte, Mrs. Thorne«, erklärte Mrs. Pickford. »Ich glaube, es ist deshalb das beste, wenn *sie* Ihnen alles von Anfang an erzählt. Ich bin sicher, Ihr Sohn hat Ihnen bereits das berichtet, was er von uns weiß, aber es ist möglich, daß er unbeabsichtigt etwas vergessen hat, das sich als nützlich herausstellen kann.«

»Ja, dafür wäre ich sehr dankbar«, erwiderte Olivia eifrig. »Ich brauche so viele Einzelheiten wie möglich, Miss Pickford.«

Unter der gelegentlichen Mithilfe ihrer Mutter begann Rose ihren Bericht. Dabei legte sie größten Wert auf Genauigkeit und hatte sich sogar einige Punkte aufgeschrieben. Olivia hörte mit gespannter Aufmerksamkeit zu und stellte nur hin und wieder Fragen. Zu ihrer Enttäuschung führte das aber nicht zu neuen wichtigen Erkenntnissen. Es gab keine Enthüllungen, auch keine vergessenen Einzelheiten oder verborgenen Anhaltspunkte, und Olivia wußte am Ende nicht mehr über die wahre Identität von Sitara Begum als zuvor. Die geheimnisvolle Engländerin war bei ihren Gesprächen sehr vorsichtig gewesen und hatte nur das gesagt, was man von ihr wissen sollte. Olivia mußte sich unglücklich eingestehen, daß Amos bereits alles berichtet hatte, was es zu berichten gab.

Sie unterdrückte ihre Enttäuschung und zog aus der Handtasche ein Bild von Estelle, das sie ihr nach Jonathans fünftem Geburtstag geschickt hatte. Die Gesichter waren verblaßt, unscharf und kaum zu erkennen. »Ich weiß nicht, ob Ihnen das helfen kann. Aber sieht Sitara Begum dieser Frau ähnlich? Entdecken Sie eine Ähnlichkeit, obwohl das Bild so schlecht ist? Leider habe ich keine andere Aufnahme meiner Cousine.«

Mutter und Tochter betrachteten das Photo genau. »Schwer zu sagen«, erklärte Mrs. Pickford schließlich mit gerunzelter Stirn. »Die Gesichter sind so verschwommen, daß ich mich nicht festlegen möchte. Was meinst du, mein Kind?«

Rose ging mit dem Photo zum Fenster und hielt es ins Licht. Dann schüttelte sie den Kopf. »Tut mir leid«, erklärte sie ohne Zögern. »Ich sehe überhaupt keine Ähnlichkeit! Natürlich war Sitara Begum sehr viel älter, außerdem sehr viel rundlicher, und sie hatte eine andere Frisur. Wann wurde das Photo gemacht?«

»Vor ungefähr vierzehn Jahren, ein paar Wochen, bevor sie in den Befestigungsanlagen Schutz suchen mußten.«
Rose hob hilflos die Hände und lächelte mitfühlend. Dann gab sie Olivia das Bild zurück. »Mrs. Pickford, haben Sie in all den Jahren in Kanpur nie jemanden getroffen, der Sturges heißt? John war hier Major beim Ersten Infantrieregiment, als ... als das alles geschah. Der Mädchenname seiner Frau, meiner Cousine, war Estelle Templewood. Ihr Sohn, der kleine Junge auf dem Bild, hieß Jonathan.«
Mrs. Pickford schüttelte bedauernd den Kopf. »Nein, leider nicht. Ihr Sohn hat diese Namen bereits erwähnt, aber wir erinnern uns nicht, sie schon einmal gehört zu haben. Wir sind erst ein Jahr nach dem Aufstand von Lucknow nach Kanpur gezogen. Es herrschte damals noch ein großes Chaos in der zerstörten Stadt. Niemand wußte, wohin es jemanden verschlagen hatte. Die Listen der Toten, die das Militär führte, wurden ständig ergänzt. Die Gerüchte überschlugen sich, und es war unmöglich, die Tatsachen von Mutmaßungen zu trennen. Außerdem waren natürlich die meisten englischen Offiziere und Zivilisten ...« Sie sprach nicht zu Ende und schwieg bekümmert. Erst nach einer Weile fuhr sie fort. »Nur weil Kanpur Menschen brauchte, die bereit waren zu helfen, meinte David, daß wir unseren Teil dazu beitragen sollten, der grausam dezimierten Bevölkerung zur Seite zu stehen.« Sie schwieg und fragte dann: »Hat Ihre Cousine mit ihrer Familie ebenfalls Schutz in den Verteidigungsanlagen gesucht?«
»Ja.« Olivia brachte es nicht über sich, mehr zu sagen, aber sie hatte wenigstens ihre Stimme unter Kontrolle.
»Was für ein Unmensch ist dieser Nana Sahib gewesen!« rief Adelaide Pickford plötzlich. »Wie konnte er sich nur selbst in einem so grausamen Krieg zu diesen ... diesen Dingen hinreißen lassen ... !«
Es gab natürlich keine Antwort auf diese Frage und wahrscheinlich würde es sie auch nie geben. Aber Olivia dachte voll Beklemmung: Hoffentlich kommt jetzt nicht die Sprache auf das Massaker am Fluß. Deshalb fragte sie schnell: »Hat diese Sitara Begum nie ihren Sohn mitgebracht?«

»Nein nie, aber wie ich Ihnen gesagt habe, sprach sie von dem Kind als Munna. Ich bin sicher, sie hat nie einen Sohn erwähnt, der Jonathan heißt.«
»Haben Sie eine Vorstellung, wie alt dieser Munna sein könnte? Wenn Jonathan noch lebt, dann wäre er jetzt neunzehn.«
»Oh, das Kind, von dem sie erzählte, war sehr viel jünger! Als sie das erste Mal in unserem Geschäft erschien, wollte sie ein englisches Stofftier kaufen.«
»Und sie hat nie von einem anderen Zuhause oder einer anderen Familie gesprochen?« Olivia wußte, sie drehten sich im Kreis, aber sie wollte einfach nicht aufgeben.
»Nein, wir haben sie einmal danach gefragt, wie Sie wissen, aber sie geriet so in Erregung und war so bekümmert, daß wir nie wieder darüber sprachen.«
»Sie sagen, Estelle Sturges ist Ihre Cousine?« fragte Adelaide Pickford.
»Ja. Unsere Mütter waren Schwestern.«
»Ihr Sohn hat gesagt, Sie seien in Amerika geboren und aufgewachsen?«
»Ja.«
»Und Sie haben englische Eltern?«
»Meine Mutter war Engländerin. Estelles Mutter war Lady Bridget Templewood. Mein Vater war Ire. Estelles Eltern haben mich nach Indien eingeladen.« Sie blickte traurig in die Tasse. »Estelle und ich waren sehr gute Freundinnen. Sie ist zwar vier Jahre jünger als ich, aber wir waren eher wie Schwestern als Cousinen. Wir ... wir haben einen sehr wichtigen Teil unseres Lebens miteinander verbracht ...« Sie schwieg, bevor die Gefühle sie überwältigten. »Ich verstehe, daß diese Sitara Begum ihre wahre Identität nicht preisgeben will. Bestimmt hat sie gute Gründe dafür. Ich möchte unter keinen Umständen ihr Leben durcheinanderbringen, aber ...«, Olivia kämpfte mit den Tränen. »Ich muß Gewißheit haben. Ich muß es wissen. Wie könnte ich sonst Ruhe finden?«
Adelaide Pickford griff teilnahmsvoll nach Olivias Händen und drückte sie. Auch Rose war sichtlich bewegt. »Vergessen wir nicht, daß Sitara

Begum einen Grund hatte, unsere Gesellschaft zu suchen«, erklärte sie. »Bestimmt hatte sie Sehnsucht nach ihrem früheren Leben. Sie wollte die Kleider von früher tragen und ihre eigene Sprache sprechen. Wer weiß, vielleicht möchte Sitara Begum, daß man sie jetzt ausfindig macht. Vielleicht möchte sie erkannt werden!«

»Dann müßte sie mir doch nur schreiben!« rief Olivia. »Warum hat sie das nicht getan? Warum haben ihre Besuche aufgehört? Es muß dafür Gründe geben!«

»Ich kann Ihnen die zweite Frage nicht beantworten«, sagte Adelaide Pickford nachdenklich. »Aber die Antwort auf Ihre erste Frage könnte sein ..., und ich sage das in Ihrem eigenen Interesse, daß sie nicht Ihre Cousine ist.«

Olivia zuckte zusammen, schloß die Augen und ließ niedergeschlagen den Kopf hängen. »Ja natürlich, Sie haben recht. Das darf ich nicht vergessen ...«

»Wenn sie allerdings Estelle ist«, meinte Rose, »könnte das Schweigen auf gewisse Grenzen zurückzuführen sein, die ihr zur Gewohnheit geworden sind. So viele Jahre hat sie den Kontakt zu Ihnen nicht aufgenommen, und jetzt weiß sie nicht, wie das Eis zu brechen wäre. Vielleicht besucht sie uns nicht mehr, weil sie Kanpur verlassen hat und nach Peshawar zurückgekehrt oder in eine andere Stadt gezogen ist.«

Olivia nickte und lächelte dann Rose an. Diese junge Frau war so wohltuend in ihrem Wesen wie eine frische Bergquelle. Sie hatte eine klare, angenehme Stimme und besaß offenbar eine unendliche Geduld. Selbst nach dem langen Gespräch war nicht eine Spur von Ungeduld zu bemerken. Rose gehörte eindeutig zu den Frauen, in deren Gesellschaft man sich wohl fühlte.

»Ja, es gibt noch viele andere Möglichkeiten.« Olivia seufzte. »Bis zum heutigen Tag ist das Schicksal so vieler Menschen noch unbekannt. Estelles Name steht jedenfalls auf keiner der Listen von identifizierten Toten, obwohl kein Zweifel daran besteht, daß sie auch am Ghat war. Nur diese Ungewißheit läßt mich die Hoffnung nicht aufgeben.«

Das Thema war erschöpft, und es gab nichts mehr dazu zu sagen.

Nach ein paar Minuten höflicher Unterhaltung verabschiedete sich Olivia. Sie bedankte sich herzlich bei den Pickfords und versprach, sie wieder zu besuchen. In der Kutsche, die für die Dauer ihres Aufenthalts gemietet worden war, warteten Hari Babu und Kasturi Ram.

Ein Suchen im dunklen? ... Ein vergebliches Unterfangen? ... Vielleicht!

Trotzdem war Olivia seltsamerweise hoffnungsvoller als in den vergangenen Jahren. Sie stand vor einer Herausforderung und mußte ein Rätsel lösen. Sie war dazu entschlossen. Sie gab sich nicht geschlagen, noch nicht! Sie würde Kanpur nicht verlassen, bis sie das Geheimnis dieser Frau, die sich Sitara Begum nannte, aufgedeckt hatte, ganz gleichgültig, wer sie sein mochte!

*

Das Büro hinter dem Stall war ein heller Raum und sehr bequem mit gepolsterten Stühlen eingerichtet. An den Fenstern hatte es grün lakkierte Bambusläden, die Schutz vor der gleißenden Nachmittagssonne boten. In einem Bücherschrank stand hinter Glastüren eine eindrucksvolle Sammlung über Pferdezucht und -haltung. An den weiß gestrichenen Wänden hingen Photos siegreicher Rennpferde, eine Landschaftsaufnahme mit den schneebedeckten Gipfeln des Himalaja und ein Gruppenbild an einem Strand. Christian sah zwei Frauen mit Kindern. Er erkannte Maja, die auf dem Schoß ihrer Mutter saß. Ein Junge mit dunklen lockigen Haaren stand daneben. Es mußte Amos sein. Christian fand kein Bild von Jai Raventhorne, aber das war nicht weiter verwunderlich.

Auf einem schön gearbeiteten französischen Sekretär lagen Papiere und Aktenordner. In einer glänzenden Messingvase standen gelbe Sommerrosen. Unverkennbar verbrachte Maja hier viel Zeit. Diese Vermutung bestätigte sie später. Hier empfing sie interessierte Käufer, erledigte die anfallende Büroarbeit, besprach die Pflege ihrer Pferde mit den Stallburschen und überließ sich ihren Träumen ...

»Wovon?« wollte er wissen und hoffte, etwas mehr über die persönlichen Seiten ihres Lebens zu erfahren.
Aber sie lächelte nur, schüttelte den Kopf und wollte es ihm nicht sagen. »Ach, dies und das ... nichts Wichtiges«, antwortete sie ausweichend.
Er blätterte in den Unterlagen, die sie ihm zeigte, und bewunderte die professionelle Ordnung. Übersichtlich waren alle wichtigen Angaben wie Futterpläne, besondere Merkmale, medizinische Untersuchungen, Verkäufe, Übungszeiten und eine Vielzahl wichtiger Einzelheiten in einem System von Verweisen zusammengestellt. Christian war beeindruckt. Maja war fleißig und nahm ihre Arbeit ernst. Das gefiel ihm. Nicht viele der jungen Engländerinnen, die er seit seiner Ankunft in Kalkutta kennengelernt hatte, schienen zu mehr als einer belanglosen Unterhaltung fähig zu sein. Sie trafen sich in den Salons, stöhnten über das Wetter und klagten darüber, in einem Land gefangen zu sein, dem sie kaum eine positive Seite abgewinnen konnten und für das sie kein Interesse aufbrachten..
Maja dagegen konnte ihm auf seine vielen Fragen kluge und genaue Antworten geben. Auch sie stellte ihm Fragen, denn sie war so wissensdurstig wie er. Er hörte ihr aufmerksam zu und antwortete ebenso ernsthaft, aber in Gedanken war er nicht bei der Sache. Sie wäre wütend, dachte er mit schlechtem Gewissen, wenn sie ahnte, wie oberflächlich er ihre ausführlichen Erklärungen aufnahm und wie unüberlegt er ihre Fragen nach England und seinem Leben dort beantwortete. Aber Maja umgab eine Aura, ein Zauber, der ihn in das Reich der Phantasie entführte und mit seiner Wahrnehmung der Wirklichkeit ein unberechenbares Spiel trieb. Seine Worte begannen gerade töricht und unzusammenhängend zu klingen, als glücklicherweise Rafiq Mian erschien, der eine Frage hatte. Christian hörte nicht, worum es ging, aber er war aus einer peinlichen Situation gerettet.
Als sie den Stall verließen, blieb Christian vor einer der Boxen stehen. »Was tut er denn da ...?« rief er verblüfft, denn der seltsame Anblick brachte ihn endgültig in die Wirklichkeit zurück.
Abdul Mian hockte auf dem Boden und hatte die Hände auf die

Hinterbeine des neuerworbenen Hengstes gelegt. Er rührte sich nicht und hielt die Augen geschlossen. Nur seine Finger bewegten sich und betasteten das Kniegelenk des Pferdes, als sei es ein Musikinstrument.

»Er vergleicht die Gelenke der Hinterbeine, um festzustellen, ob der Hengst Spat hat. Rafiq hat ihn natürlich schon gründlich untersucht, aber sein Vater möchte sich noch einmal vergewissern.«

»Er kann Spat durch *Fühlen* diagnostizieren?«

»Ja. Seine Fingerspitzen ertasten jede unnatürliche Knochenveränderung an den Gelenken. Sein Vater, so sagt Abdul Mian, war darin ein noch größerer Experte, aber er war auch völlig blind.« Christian glaubte ihr nicht, aber er lächelte nur schweigend.

An der Koppel, wo die Fohlen und zwei Stuten grasten, brachte ihnen ein Diener hohe Gläser mit gekühlter süßer, schaumiger Buttermilch. Ein leichter Wind vom Fluß strich über das Gras und trieb ihnen die vielen geheimnisvollen Düfte des indischen Frühlings zu. Das farbenfrohe Ufer wirkte irgendwie friedlich und wohltuend ländlich. Das samtig olivgrüne Gras der Weiden, die Mangobäume, die die ersten kleinen Früchte angesetzt hatten, und die hohen, weiß blühenden Jasminbüsche vor den Stallungen trugen zu der idyllischen Atmosphäre bei. Christian hatte sich noch nie so glücklich und zufrieden gefühlt.

»Fließt durch Ihr Anwesen in Buckinghamshire auch ein Fluß?« wollte Maja wissen, als sie seine Zufriedenheit bemerkte.

»Nicht gerade ein Fluß, aber eine Art Bach bildet eine Grundstücksgrenze.«

»Können Sie darin schwimmen?«

Er lächelte. »Meistens ist es zu kalt zum Schwimmen, aber manchmal im Hochsommer wird es richtig heiß und dann kann man auch ins Wasser.«

»Ich schwimme sogar im Winter im Fluß«, sagte sie stolz. »Aber nur bei Dunkelheit, wenn mich niemand sieht.«

»Wirklich?« Er staunte, denn der Hooghly war sehr breit und tief. »Unsere englischen Winter sind sehr viel kälter als der Winter in Bengalen. Viele Gewässer sind monatelang zugefroren.«

»Wie entsetzlich!« Sie schüttelte sich. »Aber in den englischen Häusern gibt es große offene Kamine, wo man riesige Holzscheite verbrennen kann, nicht wahr?«
»Ja, das stimmt.«
»Ich habe gehört, daß die Engländer vor den Feuern sitzen, Kastanien rösten und Gruselgeschichten erzählen.«
Er lachte. »Manchmal...«
»Es muß seltsam sein, wenn sich die Landschaft viermal im Jahr, in jeder Jahreszeit völlig verändert.«
Ihre unschuldigen Fragen amüsierten und entzückten ihn. »Ja, ich habe darüber nie nachgedacht. Der Wechsel der Jahreszeiten gehört einfach zum englischen Leben.«
Sie stand auf und warf den Hunden Stöcke zum Apportieren zu. »Da wir von Jahreszeiten reden, ist im Winter in London nicht die Ballsaison? Ich habe in Zeitschriften und Romanen darüber gelesen. Es heißt, daß dann die Londoner Gesellschaft erst richtig zum Leben erwacht.«
Er zuckte mit den Schultern. »Mag sein. Natürlich gilt das nur für Leute, die so etwas mögen.«
»Sie nicht?« fragte sie erstaunt.
Er leerte das Glas und leckte sich den Schaum von der Lippe, dann bückte er sich und pflückte etwas Klee. Er ging zum Zaun und hielt ihn der Stute auf der ausgestreckten Hand hin. Die Stute musterte ihn mißtrauisch, senkte den Kopf und wieherte. Dann trabte sie auf ihn zu und fraß den Klee aus seiner Hand.
»Nicht besonders...«, antwortete er schließlich. »Unsere Burra Khanas zu Hause sind ebenso langweilig wie hier. Das können Sie mir glauben! Leider habe ich hier noch zu viele Verpflichtungen, um die Einladungen absagen zu können, ohne unhöflich zu wirken. Aber zu Hause meide ich diese Art Unterhaltung wie die Pest.«
»Auch die Abendgesellschaften Ihrer Eltern?« fragte Maja.
»Nein, natürlich nicht.« Er lachte verlegen. »Das sind die Ausnahmen. Das bin ich meiner Mutter schuldig. Wenn ich mich drücken würde, wäre sie böse auf mich.«
»Ja, das kann ich verstehen«, murmelte Maja neiderfüllt. Sie schlen-

derten eine Weile schweigend am Ufer entlang. Schließlich sagte er: »Ich glaube nicht, daß eine so intelligente junge Frau wie Sie an diesen ewigen langweiligen Festen Vergnügen finden kann!«

Sie legte den Kopf schief und ließ den Wind in ihren Haaren spielen.

»Das kann ich nicht beurteilen«, sagte sie und blickte nachdenklich auf den Hooghly. »Ich werde nie eingeladen...«

Er schämte sich wegen seines *faux pas* und blieb verwirrt stehen, weil er nicht wußte, was er sagen sollte, um den Fehler wiedergutzumachen. Dann rettete sie die Lage. »Aber wenn sie so schrecklich sind, wie Sie sagen«, fügte sie lächelnd hinzu, »dann habe ich vermutlich wenig verpaßt.«

Er atmete erleichtert auf und dachte über eine unpersönliche Frage nach, um nicht wieder etwas zu sagen, das die nächste Peinlichkeit heraufbeschwor. Es dauerte ein paar Minuten, bis sich die ungezwungene Heiterkeit wieder einstellte, und dann mußte er sich verabschieden.

Diesmal wurde er nicht zum Frühstück eingeladen. Christian überlegte, ob es daran lag, daß er sie mit seiner unbesonnen dummen Bemerkung beleidigt hatte, oder weil ihr Bruder im Haus war. Maja schien bewußt alles daranzusetzen, daß er Amos Raventhorne nicht kennenlernte. Christian fragte sich nicht zum ersten Mal: warum nur?

*

Olivia erfuhr, daß die meisten Teppichhändler entweder aus Kaschmir oder Afghanistan kamen, beziehungsweise gute Verbindungen zu den nordwestlichen Provinzen hatten, wo das Teppichknüpfen und -weben eine lange Tradition hatte. In den nächsten Tagen schickte sie Kasturi Ram und Hari Babu zu allen bekannten Teppichhändlern in Kanpur, um sich nach einem mit einer englischen Frau, die Sitara Begum hieß, zu erkundigen. Die beiden kamen erfolglos zurück. Sie hatten jedoch den Eindruck, daß der Name Sitara Begum durchaus bekannt sei, aber aus irgendeinem Grund keiner der Befragten bereit war, etwas über sie, ihren Mann oder ihre Familie zu sagen. Kasturi Ram berichtete Olivia, sobald der Name gefallen sei, würden die Betreffenden nicht nur verschlossen, sondern sichtlich feindselig. Ein Händler hatte den bedauernswerten Hari Babu ohne jede Erklärung gewaltsam aus dem Haus befördert! Deshalb hatten die beiden sich auch nicht in die Mohollas gewagt, in die Viertel, in denen hauptsächlich Moslems aus Kaschmir und Afghanistan lebten, weil sie fürchteten, dort noch unerfreulichere Reaktionen hervorzurufen.

Olivia war enttäuscht, aber nicht überrascht. Für die Feindseligkeit gab es einen verständlichen Grund. Es war bekannt, daß die Reiter des Peshwa während des Aufstands Engländerinnen entführt hatten. Einige dieser Frauen waren vergewaltigt und getötet worden. Man hatte die Leichen später gefunden und identifiziert. Andere jedoch waren verschwunden, und ihr Schicksal blieb bis zum heutigen Tag unbekannt. Ein paar hatten sich in die Familien ihrer Entführer eingegliedert, weil sie sich schämten, zurückzukehren. Wieder andere, die von der englischen und der indischen Gesellschaft gleichermaßen ausgestoßen worden waren, wurden Prostituierte oder hatten Selbstmord begangen.

Die britischen Behörden hatten nach dem Aufstand gedroht, jeder, der eine Engländerin gegen ihren Willen in seinem Haus festhalte, werde verhaftet und hingerichtet. Der Aufstand war schon lange vorüber, aber die Brutalität der Rebellen, die Frauen und Kinder niedergemetzelt und damit die ebenso grausame Rache der Engländer heraufbeschworen hatten, war auf beiden Seiten nicht vergessen. Noch immer fürchtete die Bevölkerung Repressalien der Behörden, gleichgültig, ob eine Engländerin mit einem Inder freiwillig oder gegen ihren Willen zusammenlebte.

Olivia saß in ihrem Hotelzimmer und dachte über verschiedene Möglichkeiten ihres Vorgehens nach, als sie eine Nachricht von Adelaide Pickford erhielt.

Es war ein klarer, sonniger Tag. Am tiefblauen Himmel zogen duftige weiße Wolken dahin, die der warme Wind spielerisch in alle erdenklichen Formen brachte. Vor dem Hotel vollführten zur Belustigung der Passanten zwei braune Affen zum Klang einer Trommel drollige

Purzelbäume und Sprünge. Olivia überlegte, ob sie die Hilfe der Polizei in Anspruch nehmen sollte. Oder wäre es klüger, in eine Burka gehüllt die Moslemviertel selbst aufzusuchen?
Den Gedanken an die Polizei verwarf sie sofort. Die Inder der unteren Mittelklasse mißtrauten jeder Art Uniform. Nach dem Aufstand war ihr Vertrauen noch mehr gesunken. Einen indischen Basar von rücksichtslosen Polizeibeamten durchsuchen zu lassen, würde den Zorn aller Einwohner hervorrufen und jede Hoffnung auf Erfolg endgültig zunichte machen. Andererseits wären Erkundigungen in der Menge, die sich in den Gassen drängte, nicht nur eine Anstrengung, die ihre Kräfte überstieg, sondern würden vermutlich ebenfalls Mißtrauen wecken und Feindseligkeiten heraufbeschwören, die sie vermeiden wollte.
Nach langem Überlegen faßte Olivia jedoch einen Entschluß. Wenn sie die Möglichkeit hatte, die Nachforschungen selbst in die Hand zu nehmen, dann würde sie es tun. Sie schob alle Bedenken energisch beiseite. Bei dem Gedanken an eine praktische Aufgabe fühlte sie sich wieder wohler.
In diesem Augenblick betrat Francis das Zimmer und übergab Olivia den Brief von Mrs. Pickford.
›Liebe Mrs. Thorne, endlich haben wir doch noch ein wenig Glück!‹ begann das Schreiben. ›Unser Diener, Aziz Rasul, hat sich an etwas erinnert, das ich Ihnen sofort mitteilen muß. Der langsame Mann hat es erst heute morgen erwähnt, sonst hätte ich ihn schon früher zu Ihnen geschickt, und Ihnen wäre bestimmt viel Mühe erspart geblieben.
Bitte lassen Sie uns die Ergebnisse (wenn es welche gibt) wissen, die Aziz Rasuls Erinnerung zutage fördert. Mein Mann, Rose und ich wünschen Ihnen Erfolg und hoffen, daß die Nachricht des Dieners Ihnen bei der langen Suche helfen wird.
Mit herzlichen Grüßen und den besten Wünschen verabschiede ich mich und bitte, den formlosen Brief zu entschuldigen. Aber ich möchte, daß Sie auf der Stelle informiert werden. Ihre Adelaide Pickford.‹
Aziz Rasul wartete geduldig und für den, wie er glaubte, wichtigen Anlaß förmlich gekleidet, während Olivia das Schreiben zweimal las.

»Ich glaube, Sie haben mir etwas zu sagen, Aziz Rasul.« Ihr Mund war vor Aufregung trocken geworden.

»Ja, Memsahib.« Der Diener verneigte sich ehrerbietig.

»Nun?«

Der alte Mann räusperte sich. »Die Memsahib wird mir freundlicherweise meine Anmaßung vergeben, aber an jenem Nachmittag habe ich zufällig das Gespräch mit meiner Missy Sahib und Memsahib gehört.« Er räusperte sich noch einmal, strich den langen grauen Bart glatt und blickte höflich auf den Boden. »Es geht um diese Dame, die Sitara Begum ...«

»Ja?«

»Ja, die ehrwürdige Memsahib wird es nicht wissen, obwohl meine Memsahib und die Missy Sahib sich jetzt wieder gut daran erinnern ... Beim letzten Besuch der Sitara Begum war ihre Tonga, mit der sie immer kam, unerklärlicherweise verschwunden. Deshalb mußte der Mali ihr eine andere holen.« Olivia wartete. Sie wagte nicht, den alten Mann mit einer Frage zu unterbrechen, der sich offenbar sehr darum bemühte, ihr alle Einzelheiten jenes Nachmittags zu berichten.

»Der zweite Tonga-Wallah war zufällig ein Verwandter von mir, der zweite Vetter mütterlicherseits der ersten Frau meines Sohnes. Er ist erst vor kurzem aus Agra zurückgekommen, wo sein Onkel väterlicherseits in der Nähe des Gemüsemarkts ein Friseurgeschäft hat.« Olivia wartete immer ungeduldiger, während Aziz Rasul ungerührt und umständlich die Familienzugehörigkeit und die geschäftlichen Verbindungen des zweiten Vetters der ersten Frau seines Sohnes darlegte, ehe er wieder zum Thema kam.

»Er hat die Sitara Begum an jenem Nachmittag nach Hause gebracht. Deshalb, so meine ich, muß er wissen, wo sie wohnt!« Seine Augen leuchteten triumphierend. »Wenn Sie mich etwa eine Stunde entschuldigen wollen, Memsahib, könnte ich ohne weiteres die Adresse von ihm erfahren. Wenn er allerdings mit seiner Tonga unterwegs ist, dann muß ich warten, bis er zurückkommt. Er wohnt ungefähr fünf Meilen hinter dem alten Depot auf dem Weg nach Bithur.«

Das war wirklich außergewöhnliches Glück!

»Ja, ja, Aziz Rasul. Nehmen Sie meine Kutsche und fahren Sie zu ihm, wo immer er auch wohnen mag! Bitte machen Sie sich auf den Weg!« Olivia konnte ihre Freude kaum verbergen. »Hari Babu wird Sie begleiten. Und bitte, kommen Sie so schnell wie möglich zurück!«

Als der alte Diener sich schließlich nach langem Reden voll Begeisterung mit Hari Babu auf den Weg gemacht hatte, um den zweiten Vetter der ersten Frau seines Sohnes mütterlicherseits nach der Adresse zu fragen, ließ sich Olivia zur Feier des Tages aus dem Weinkeller des Hotels die beste Flasche Sherry bringen. Der edle spanische Tropfen tat ihren angespannten Nerven gut und half ihr, der Aufregung besser Herr zu werden. Als Aziz Rasul wie versprochen nach einer Stunde zurückkam, war sie nicht nur sehr viel entspannter, sondern glücklich.

Das Glück (für Olivia, nicht für den jungen Tonga-Wallah) wollte es, daß Aziz Rasuls zweiter Vetter der ersten Frau seines Sohnes eine Entzündung am Gesäß hatte. Deshalb konnte er im Augenblick seinem Beruf nicht nachgehen. Er lag zu Hause auf dem Bauch, stöhnte vor Schmerzen und wurde von den Frauen umsorgt. Es folgten wenig erheiternde Beschreibungen der Entzündung und ihrer erfolgreichen Behandlung. Dann erklärte Aziz Rasul, der junge Mann kenne die Adresse der Begum Sahiba nicht. Aber ihr Haus befinde sich irgendwo im Labyrinth des Eingeborenenviertels. Der Tonga-Wallah hatte die Sitara Begum zur Kreuzung Cowrie Basar und Allahabad Road gebracht. Auf ihren Wunsch war sie an einem Geschäft ausgestiegen, das einem Parfümeriehändler gehörte.

»Es ist nicht viel«, meinte Aziz Rasul. »Aber mehr konnte der zweite Vetter der ersten Frau meines Sohnes mir nicht sagen.« Als er ihr Gesicht sah, fügte er hinzu: »Ich hoffe, die Memsahib ist deshalb nicht zu sehr enttäuscht.«

Olivia versicherte ihm, daß sie nicht enttäuscht sei, und bedankte sich vielmals bei dem alten Mann. Sie gab ihm ein großzügiges Bakschisch, das er mit wortreichen Einwänden und großer Dankbarkeit entgegennahm. Als er gegangen war, sank Olivia niedergeschlagen in den Sessel. Konnte eine so ungenaue Angabe ihr in dem verwirrenden Basar helfen, das Haus der geheimnisvollen Engländerin ausfindig zu machen?

Viertes Kapitel

Amos war sehr überrascht, als er den Brief von Christian Pendlebury erhielt, in dem dieser um ein Gespräch bat.

»Warum zum Teufel will er mich plötzlich kennenlernen?« murmelte Amos, als er in seinem Büro in der Clive Street saß und auf Pendlebury wartete. »Mir fällt nichts ein, was unser Leben miteinander verbindet!«

Kyle Hawkesworth hob belustigt die Augenbrauen. »Wirklich nicht?«

Amos wurde rot und schwieg.

Es gab natürlich eine sehr bedeutsame Angelegenheit, die sie beide betraf. Aber Amos brachte es nicht über sich, mit Kyle darüber zu sprechen – dabei wußte Kyle, wenn überhaupt jemand, bestens, worum es eigentlich ging. Inzwischen begannen in der ganzen Stadt bei den Engländern, den Indern und Eurasiern Gerüchte über Maja Raventhorne und den neu eingetroffenen Beamtenanwärter aus England zu kursieren. Auch Amos wußte, daß Maja bemerkenswert viel Zeit mit Christian Pendlebury verbrachte. Sie ritten jeden Morgen zusammen aus, verbrachten Stunden im Stall, wo sie angeblich über Pferde sprachen, spazierten am Fluß entlang oder liefen durch den Banyan-Wald in Shibpur auf der anderen Seite des Hooghly. Natürlich bot das Anlaß zu Klatsch, und darüber ärgerte sich Amos, so wie er sich darüber ärgerte, daß Maja es bewußt vermied, ihm diesen Pendlebury vorzustellen. Mit seiner gewohnten Geduld hatte er jedoch eine Aussprache mit Maja vermieden, während ihre Mutter in Kanpur war. Die Heimlichtuerei seiner Schwester wurmte ihn zwar, doch er wußte aus der Vergangenheit, wenn Maja sich etwas in den

Kopf gesetzt hatte, dann ließ sie sich nicht so leicht davon abbringen. Sie wollte auch nicht aus der vorausgegangenen Affäre lernen. Diese Halsstarrigkeit ärgerte ihn am meisten. Er hatte nichts gegen Christian Pendlebury, das gab Amos offen zu. Nach allem, was er über seinen familiären Hintergrund und seine Ausbildung wußte, zweifelte Amos nicht daran, daß Pendlebury ein vollkommener Gentleman war. Aber er war auch ein Pukka, ein Angehöriger der erbarmungslosen Kolonialgesellschaft und ein ahnungsloser Fremder in Kalkutta. Seine wahren Absichten hatte er noch nicht enthüllt, und Amos traute weder den Pukkas noch ihren Absichten. Er wußte auch, daß das emotionale Gleichgewicht seiner Schwester sehr labil war.

»Pendlebury«, murmelte Kyle und fuhr sich nachdenklich über das Kinn. »Mit diesem Mann muß man rechnen.«

»Du hast Christian Pendlebury bereits kennengelernt?« fragte Amos überrascht.

»Nein, ich spreche von seinem Vater. Er war ein Direktor der Ostindischen Kompanie und sitzt jetzt im Indienrat. Er war früher auch einmal Stellvertretender Kommissar in Oudh.«

»Oudh? Willst du damit sagen, er war während des Aufstands in Lucknow stationiert?«

»Ja.« Kyle verzog den Mund zum Anflug eines Lächelns, während er nachdenklich auf einen Punkt irgendwo hinter dem Kopf von Amos blickte. »Jasper Montague Pendlebury«, murmelte er. »Ein Mann mit vielen Seiten...«

Es lag etwas in seinem Ton, das Amos aufhorchen ließ. »Du kennst ihn?«

»Kennen?« Kyle streckte die langen Beine aus, legte sie auf den Teetisch und zog eine Pfeife aus dem Gürtel. »Ja, so könnte man sagen. Andererseits kannte damals in Lucknow jeder Jasper Pendlebury, wenn nicht persönlich, dann doch vom Hörensagen. Unter anderem wußte man, daß er eine besondere Vorliebe für die klassischen indischen Künste hatte und eine heftige Abneigung gegen die nicht-weiße Presse. Einmal peitschte er persönlich den Herausgeber einer in Urdu erscheinenden Lokalzeitung aus, der etwas behauptet hatte, was Pendlebury für unverschämt hielt.« Kyle zündete an seiner Schuhsohle ein Streichholz an, setzte damit die Pfeife in Brand und blies bald darauf zarte Rauchringe in die Luft. »Eine Woche später vernichtete ein mysteriöses Feuer die Räume der Zeitung, aber gegen den Täter wurde nie Anklage erhoben.«

»Ja dann«, sagte Amos kopfschüttelnd, »kannst du froh sein, daß der Mann weit weg in London sitzt und du nicht in seiner Schußlinie bist ... oder sollten wir lieber sagen, er nicht in deiner?«

»Dankbarkeit in diesem Augenblick könnte etwas voreilig sein, mein Freund«, bemerkte Kyle trocken. »Es heißt, Pendlebury sei ein Platz im Kronrat des Vizekönigs angeboten worden. Wenn er annimmt, und ich kann mir kaum vorstellen, daß er ablehnt, wird er schneller in der Schußlinie sein, als du dir vorstellst!«

»Macht dir das Sorgen?«

Kyle dachte nach. »Nein«, erwiderte er nach einer kurzen Pause. »Nicht besonders.«

Amos hielt es nicht für angebracht, an Kyles Wissen zu zweifeln. Seine Informanten hatten ihre Ohren überall, natürlich auch in dem neuen Telegraphenamt, das eine direkte Verbindung für private und amtliche Nachrichten zwischen Kalkutta und London ermöglichte. Leonard Whitney, zum Beispiel, saß strategisch günstig im Allerheiligsten des Vizegouverneurs von Bengalen.

»Ich wollte nur, sein unglückseliger Sohn hätte nicht das Bedürfnis, mich kennenzulernen!« schimpfte Amos. »Ich möchte nichts mit ihm zu tun haben. Das müßte ihm sein Verstand doch eigentlich sagen!«

Der große, breitschultrige Kyle erhob sich langsam vom Sofa und klopfte die Pfeife in einem runden Aschenbecher aus. »Keine Angst, vermutlich will er nur eine Spende für eine ihrer Wohltätigkeitsveranstaltungen«, sagte er sarkastisch und sammelte einige Papiere ein, die auf dem Schreibtisch lagen. »Die Pukkas wissen, daß Trident bei entsprechenden Anlässen sehr großzügig sein kann. Und für Engländer hat *Geld* keine Farbe.«

Amos stieß einen unterdrückten Fluch aus. Diese Bemerkung trug nicht dazu bei, seine Laune zu bessern.

»Ich muß gehen.« Kyle legte die Papiere in den Aktenordner. »Die Muse ruft – die Setzer und die Gläubiger ebenfalls. Dieser Schwachkopf Grinstead hat die politischen Karikaturen auf der letzten Seite wieder einmal völlig durcheinandergebracht, und ich darf den Nachmittag mit Korrekturen zubringen.«

Amos sank das Herz, als er sah, daß Kyle gehen wollte. Er zögerte einen Augenblick, fragte dann aber: »Kyle ...?«

»Nein.« Kyle kam der Frage zuvor. »Ich muß arbeiten, und meine Anwesenheit wird hier wohl kaum eine Hilfe sein ... worum immer es auch gehen mag.«

»Woher weißt du das?«

Kyle sah ihn skeptisch an. »Es rührt mich, daß du meine Fähigkeit, häusliche Krisen zu lösen, offenbar so hoch einschätzt. Aber leider bin ich der falsche Mann. Ich habe nicht die leiseste Ahnung, wie du mit der Lage fertig werden willst ... wenn es wirklich so etwas wie eine Lage ist. Gnädigerweise hat mir das Schicksal das schwere Kreuz einer Familie erspart, und ich sehe keinen Grund dafür, daß ich das Kreuz eines anderen tragen sollte – auch wenn es das deine ist.«

»Es wäre mir trotzdem lieber, du würdest bleiben«, murmelte Amos, »und sei es auch nur als moralische Stütze.«

Kyle war bereits an der Tür. Er blieb stehen und dachte einen Augenblick angestrengt nach. Mit charakteristischer Entschlossenheit schloß er die Tür wieder und kam zurück. »Also gut, wenn du darauf bestehst. Es mag lehrreich sein, zu hören, was der junge Mann zu sagen hat. Aber ich warne dich, du weißt, ich habe keine Geduld mit den Pendleburys dieser Welt.«

»Ja, das weiß ich.« Amos war sichtlich erleichtert. »Trotzdem wäre ich dankbar, dich einfach hier zu haben.« Seine klaren blaßgrauen Augen wirkten wieder bedrückt. »Wenn dieser Bursche es wagt, meine Schwester zu erwähnen, könnte ich vielleicht in Versuchung geraten, ihm die Zähne einzuschlagen, und das wäre nicht ratsam und angebracht. Findest du nicht auch?«

Amos hätte sich deshalb keine Sorgen machen müssen. Christian Pendlebury erwähnte Maja nicht. Sein Besuch hatte nichts mit ihr zu tun ... das heißt nicht direkt.

»Soviel ich weiß, sind Sie der Gründungspräsident der Ostindischen Henry Derozio-Gesellschaft?« fragte Christian, nachdem die üblichen Begrüßungsformalitäten vorüber waren.
Amos bekam große Augen. Er hätte nicht verblüffter sein können. Selbst Kyles geübt zur Schau getragene Gleichgültigkeit veränderte sich. »Ja, das stimmt.«
»Die Gesellschaft ist gegründet worden, um die Beschäftigungsaussichten der jungen Eurasier zu verbessern. Habe ich recht?«
»Ja.« Amos blickte verwirrt zu Kyle. Der stand hochmütig am Fenster und schwieg hartnäckig. Er gab sich keine Mühe, an dem Gespräch teilzunehmen, aber er hörte aufmerksam zu.
»Dem Rundschreiben entnehme ich, daß auf der Versammlung einige wichtige zukünftige Programme der Gesellschaft besprochen werden sollen.«
»Ja«, sagte Amos zum dritten Mal und noch verwunderter. Er beugte sich vor. »Darf ich fragen, Mr. Pendlebury, wo Sie das Rundschreiben gesehen haben? Ich kann mir nicht vorstellen, daß Sie in den gesellschaftlichen Kreisen verkehren, an die es gerichtet ist!«
Pendlebury überging die Anspielung. »Einer unserer eurasischen Tutoren in Fort William, er heißt Cecil Trevors, hat es mir gezeigt, und ich habe es mit großem Interesse gelesen.« Er schwieg, als ein Diener in Livree ein Tablett mit Tee und Gebäck hereinbrachte. Mochte der Besucher auch nicht willkommen sein, der Anstand verlangte, daß die Regeln der Gastfreundschaft beachtet wurden. Der Diener füllte die Tassen mit blaßgoldenem Orange Pekoe, bot sie der Reihe nach an, und dann auch das Gebäck, das Christian allerdings ablehnte.
Nach diesen Förmlichkeiten fuhr Christian fort: »Ich bin gekommen, weil ich Sie um Erlaubnis bitten will, die Versammlung Ihrer Gesellschaft am nächsten Samstag besuchen zu dürfen.«
Amos ließ sich sein Staunen nicht anmerken. »Warum?« fragte er mit unverhülltem Mißtrauen. »Welches Interesse können Sie an einer Gesellschaft für Eurasier haben?«
»Mein Interesse ist rein theoretisch. Ich habe seit meiner Ankunft über dieses Thema einiges erfahren und bin entsetzt über meine Un-

wissenheit in Hinblick auf eine Gemeinschaft, zu deren Entstehen in Ihrem Land wir Europäer beigetragen haben.«

Pendlebury gab sich offen, höflich und, abgesehen von einer gewissen Förmlichkeit, völlig natürlich. Aber vielleicht weil sein Besucher so ungezwungen war und er nicht, wuchs bei Amos die Ablehnung. *Rein theoretisch!* dachte er wütend. Von wegen! Der Mann war in Maja verliebt, und deshalb entdeckte er plötzlich sein Mitgefühl für Eurasier!

Trotzdem unterließ es Amos, seine Empörung zu artikulieren. Es wäre unverzeihlich gewesen, seine Schwester in ein Gespräch hineinzuziehen, das nichts mit ihr zu tun haben mochte. Aber noch ehe er etwas sagen konnte, schaltete sich Kyle ein.

»In anderen Worten, Ihr plötzlicher Wissensdurst entspringt dem Bedürfnis, das englische Gewissen zu entlasten.« Er schob die Hände tief in die Taschen und trat zu ihnen.

Auch diesmal wehrte Christian die Herausforderung geschickt ab. »Wenn Sie es so ausdrücken wollen«, stimmte er freundlich zu. »Aus welchem Grund auch immer, ich würde wirklich gern etwas über Ihre Gemeinschaft erfahren. Wenn Menschen ihre Sorgen bei einer Versammlung aussprechen und wenn man etwas über mögliche Lösungen erfährt, ist das ein guter Ausgangspunkt.« Er richtete sich auf und blickte beide abwechselnd an. »Ich verstehe Ihr Mißtrauen. An Ihrer Stelle würde es mir vermutlich nicht anders gehen. Aber ich möchte betonen, daß ich Ihnen die Wahrheit gesagt habe. Ich habe keine anderen Gründe für meine Bitte, bei Ihrer Versammlung anwesend sein zu dürfen.«

Amos spürte, wie Kyles Feindseligkeit wuchs. Da er wußte, wie schnell sein Freund die Beherrschung verlieren konnte, sagte er betont liebenswürdig: »Ich freue mich über Ihr Interesse, Mr. Pendlebury, aber bedauerlicherweise haben aus verschiedenen Gründen nur Mitglieder Zutritt zu unseren Versammlungen.« Das entsprach natürlich nicht ganz der Wahrheit, aber es war eine gute Ausrede. Wenn Pendlebury nicht auf den Kopf gefallen war, dann würde er die Antwort richtig verstehen.

Aber möglicherweise wollte Christian sie nicht verstehen, denn er

sagte: »Vielleicht könnte ich als Gast teilnehmen oder als ein neutraler, interessierter Beobachter? Bestimmt werden auch Nichtmitglieder anwesend sein, zum Beispiel indische Sympathisanten und Freunde.«
Damit hatte er natürlich recht.
»Sympathisanten und Freunde, ja, aber keine *Pukkas*, Mr. Pendlebury!« antwortete Kyle, bevor Amos etwas sagen konnte. »Wenn wir eine Ausnahme machen, schaffen wir einen Präzedenzfall. Und das müssen wir aus verständlichen Gründen vermeiden.«
»Sie glauben also nicht, daß ein *Pukka*, wie Sie die Engländer nennen, auch ein Sympathisant oder Freund sein kann?« fragte Christian ruhig.
»Darum geht es nicht«, sagte Kyle mit einem feindseligen Blick. »Es geht um die Motivation.«
Christian ließ sich noch immer nicht herausfordern und lächelte. »Gut. Das habe ich verstanden. Wenn es so ist, was wäre notwendig, damit ich ein Mitglied Ihrer Gesellschaft werden kann?«
Kyle hob verblüfft die Augenbrauen, und Amos war sichtlich verwirrt. »Sie wollen Mitglied einer *braun-weißen* Gesellschaft werden, Mr. Pendlebury?« fragte Kyle gespielt schockiert. »Was würden Ihre Landsleute dazu sagen?«
Diesmal hatte Kyle ins Schwarze getroffen, und Christian wurde rot. Amos lehnte sich zurück und seufzte innerlich resigniert. Das Gespräch war ihm entglitten, wie so oft, wenn Kyle in Fahrt geriet. Der Engländer begann ihm fast leid zu tun. Er war so rührend aufrichtig, so naiv, und er begriff überhaupt nichts.
Christian schwieg mit rotem Gesicht und sichtlich verlegen einige Augenblicke. Seine Gedanken kehrten zum Tagesanfang zurück.
»Du willst auf eine Versammlung der Braun-Weißen?« Patrick Illingworth, einer der Mitbewohner in Christians Unterkunft, hatte in gespieltem Entsetzen die Hände über dem Kopf zusammengeschlagen, als sie nach dem Aufstehen wie üblich auf dem Balkon zusammen Tee tranken. »Selbst im Dienst der großen Liebe erscheint mir das etwas übertrieben! Was willst du damit erreichen? Willst du uns alle ins Unglück stürzen?«

Lytton hatte wie üblich noch etwas besonders Abfälliges anzumerken. »Na schön, sie hat dein Herz in Flammen gesetzt, armer Lothario. Das ist nicht weiter schlimm. Mischling oder nicht, sie ist verführerisch. Aber deshalb mußt du doch nicht gleich auch noch Kopf und Verstand verlieren!«

»Ich möchte wissen, wie sie denken«, hatte Christian, der bereits bedauerte, daß er das Thema überhaupt zur Sprache gebracht hatte, entschlossen erwidert. »Wir haben sie zu dem gemacht, was sie sind. Sollten wir nicht auch einen Teil der Verantwortung für ihr Wohlergehen übernehmen?«

»Ach, sei doch nicht so schrecklich verlogen und scheinheilig!« Patrick gab sich keine Mühe, seinen Ärger zu verbergen. »Wieso glaubst du, sie erwarten, daß wir uns um ihr Wohlergehen kümmern? Außerdem gehören zwei dazu, um sie zu *machen*. Und jeder weiß, daß die Frau der dunklen Rasse sich nicht gerade dagegen wehrt, die Beine breit zu machen, um ...«

»So etwas zu sagen ist gemein, unverschämt und unerträglich!« Christian war außer sich vor Wut. »Du meinst, sie sind gut genug, um mit ihnen zu schlafen, aber nicht, um sie zu heiraten?« Er verließ wütend den Balkon. Seine Kameraden sahen ihm völlig verblüfft nach. Natürlich hatte er nicht beabsichtigt, es so auszudrücken. Aber als Christian zerknirscht darüber nachdachte, war es zu spät, um seine Bemerkung zurückzunehmen.

Als er sich jetzt an das Gespräch erinnerte, überkam ihn der Zorn von neuem, aber er ließ sich nichts anmerken. »Ja, ich weiß, daß sie das nicht billigen würden«, gab er offen zu. »Viele unter uns sind rücksichtslos, schlecht informiert und stecken voller Vorurteile, aber viele sind auch anders. Nicht jeder Engländer ist ein herzloser Feind, und Vorurteile sind nicht das alleinige Vorrecht von Engländern. Aber um auf das zurückzukommen, was ich gesagt habe«, fuhr er schnell fort, um keinen Vorwand für eine neue Diskussion zu liefern. »Welche Voraussetzungen braucht man, um Mitglied Ihrer Gesellschaft zu werden?«

Kyle legte den Kopf etwas zur Seite. »Wollen Sie das wirklich wissen, Mr. Pendlebury?«

»Ja, natürlich.«
»Erstens müßten Sie für eine Wiedergeburt sorgen, und das dann zweitens auf der falschen Seite.«
Christians Reaktion war heftig. Er wurde blaß und schwieg ein paar Sekunden. Dann stand er ruhig auf. Er wahrte jedoch seine Würde und ging nicht auf die Beleidigung ein. »Ich habe Ihre Artikel in *Equality* aufrichtig bewundert, Mr. Hawkesworth«, sagte er leise mit unsicherer Stimme. »Ich habe Sie für einen außergewöhnlich intelligenten Mann gehalten, ganz sicher für intelligent genug, um, unabhängig von der Hautfarbe, Freunde von Feinden unterscheiden zu können. Es würde mich sehr enttäuschen, wenn ich feststellen müßte, daß ich mit meinem Urteil vorschnell war. Ich danke Ihnen, daß Sie mir Ihre Zeit geopfert haben.« Er verneigte sich leicht vor beiden und verließ den Raum, ohne ihnen die Hand zu geben.
Als die Tür sich hinter ihm geschlossen hatte, stützte Amos den Kopf in beide Hände und stöhnte. »Mußtest du wirklich so abweisend sein, Kyle?«
Kyle zuckte die Schultern und nahm den Ordner vom Sofa. »Er war herablassend und anmaßend. Ich fand das unerträglich.«
»Im Gegenteil, er war vernünftig, höflich und kam offensichtlich mit den besten Absichten.«
»Gott schütze uns vor allen mit guten Absichten!« höhnte Kyle, der zunehmend wütender wurde. »Ich kämpfe lieber gegen Wölfe als gegen Engländer im Schafspelz! Der Mann ist ein Narr.«
»Vielleicht, aber du mußtest ihn doch wirklich nicht so vor den Kopf stoßen!« Amos blickte ihn aufmerksam an. »Was ist denn plötzlich in dich gefahren?«
Kyle wollte die nächste bissige Bemerkung machen, aber dann überlegte er es sich anders. Er schüttelte den Kopf, entspannte sich und begann zu lachen. Das kam bei ihm sehr selten vor. Die Heiterkeit verlieh seinem kantigen Gesicht plötzlich einen völlig unerwarteten Charme. Selbst Amos, der Kyles bester Freund war, kannte diesen Aspekt von Kyle Hawkesworth nicht.
»Schon gut, schon gut!« Kyle fuhr sich mit den Fingern durch die dichten, ungekämmten Haare. Sie waren dunkelbraun und hatten

helle Strähnen, was ungewöhnlich und nicht unattraktiv war. »Ich gebe zu, daß ich mich schlecht benommen habe. Ich hatte dich gewarnt. Etwas an diesen frommen, höflichen, stets gelassenen und ehrlichen guten Menschen reizt mich. Ich finde sie unerträglich.«
Amos stand auf, trat neben ihn ans Fenster und legte ihm den Arm um die Schultern. »Was wir beide unerträglich finden, hat nichts mit seiner Bitte zu tun, an der Versammlung teilnehmen zu dürfen.«
»Wirklich nicht?« fragte Kyle wieder finster. »Es hat genau damit zu tun, mein Freund, und mit nichts anderem!« Achselzuckend fügte er hinzu: »Aber wie du willst. Es ist so oder so nicht von Bedeutung.«
Amos verschränkte die Arme vor der Brust. »Vielleicht hast du recht, aber was kann schon geschehen, wenn er kommt?«
»Nichts, nur ermutigst du damit junge arrogante Pukkas, in Zukunft scharenweise zu unseren Versammlungen zu kommen, um uns zu stören.«
»Ich glaube, dieses Risiko können wir eingehen«, erwiderte Amos. »Wir sind nicht gerade Schwächlinge.«
Kyle zuckte nur mit den Schultern. Die Angelegenheit interessierte ihn nicht mehr. »Das liegt ganz bei dir, Amos. Ich werde ohnedies nicht auf der Versammlung sein.«
Amos seufzte. »Willst du es dir nicht noch einmal überlegen?«
»Nein. Wir haben einen ziemlich umfassenden Plan für das Ausbildungsprojekt. Die fehlenden Einzelheiten können wir ergänzen, wenn es soweit ist. Ich habe keine Lust, mir das selbstgerechte Jammern und Klagen dieser Schwächlinge anzuhören, die vor Selbstmitleid zerfließen. Du weißt, dann werde ich noch unleidlicher als gewöhnlich.«
»Ich hatte gehofft, daß du die Versammlung mit einer Rede eröffnen würdest, Kyle. Du könntest vielleicht eines der anderen Projekte erwähnen, über die wir sprechen ...«
»Nein!« Die Entschlossenheit ließ Amos sofort verstummen. »Diese Pläne müssen unter allen Umständen zwischen dir, Whitney und mir ausdiskutiert werden. Ich habe die Aufgabe übernommen, die notwendigen Geldmittel aufzutreiben. Es ist absolut unsinnig, darüber

in der Öffentlichkeit zu sprechen, bevor wir wenigstens einen Teil dessen erreicht haben, was dazu erforderlich ist.«

»Aber wie willst du diese unglaublichen Summen überhaupt auftreiben, Kyle?«

»Das ist mein Problem. Im Augenblick mußt du dich damit zufrieden geben.«

Amos bedrängte ihn nicht weiter, denn er wußte, es hatte keinen Sinn. Er betrachtete nachdenklich das verschlossene Gesicht und die undurchdringlichen Augen, hinter denen ungeahnte Tiefen lagen. Er wußte, daß Kyle Hawkesworth seine emotionale Unabhängigkeit und Zurückgezogenheit schätzte, und hatte dafür großes Verständnis. So eng ihre Freundschaft auch war, er hatte gelernt, Kyle mit größter Vorsicht zu behandeln. Er stellte zum Beispiel niemals Fragen über Kyles Rolle bei der schrecklichen Maynard-Affäre, obwohl er vermutete, daß Kyle mehr darüber wußte, als er ihm sagen wollte. Amos hatte auch nie versucht, den Grund für Kyles seltsame Ablehnung seiner Schwester herauszufinden – oder weshalb sie ihn ebensowenig leiden konnte!

»Wie wird Maja wohl reagieren, wenn sie erfährt, daß Pendlebury darum gebeten hat, an der Versammlung teilnehmen zu dürfen?« fragte er besorgt, denn diese Frage beschäftigte ihn, seit Christian Pendlebury diese eigenartige Bitte gestellt hatte.

Kyle blieb auf seinem Weg zur Tür stehen und erwiderte kühl: »Ich habe keine Ahnung. Und es ist mir, mit Verlaub, auch gleichgültig. Was deine Schwester tut oder wie sie reagiert, hat absolut nichts mit mir zu tun.« Er dachte kurz nach und lächelte dann kaum merklich. »Wenn ich es mir recht überlege, Amos«, sagte er langsam, »habe ich eigentlich nichts dagegen, daß Christian Pendlebury zur Versammlung kommt. Im Gegenteil, ich finde, es ist eine gute Idee. Er könnte als Katalysator nützlich sein.«

Amos blickte zur Tür, hinter der Kyle verschwunden war, und rieb sich verblüfft das Kinn.

Als Katalysator ...?

Was soll das nun wieder heißen? Amos wußte wenig über die Motive, die das Räderwerk von Kyles erstaunlich unzugänglichem Bewußtsein in Bewegung hielten. Aber er wußte genug über seine Methoden, und deshalb hatte er plötzlich ein sehr ungutes Gefühl.

*

Die Information von Aziz Rasul war zwar sehr ungenau gewesen, doch Olivia fand, sie müsse der Sache nachgehen. Sie machte sich allerdings keine großen Hoffnungen, auf Grund der vagen Angabe das Haus von Sitara Begum im Labyrinth des Cowrie Basars zu finden.

Aber sie erlebte eine angenehme Überraschung. Die Information des alten Dieners erwies sich als völlig ausreichend.

»Hinter dem Kurzwarengeschäft von Jamir Ahmed die erste Straße rechts. Es muß das vierte Haus links sein. Es hat eine grüne Haustür. Sie können es nicht verfehlen.« Der bärtige Besitzer der Parfümerie an der Ecke des Cowrie Basars, den Olivia auf hindustani und gut getarnt in der schwarzen Burka um Auskunft gebeten hatte, betrachtete die unbekannte Frau ohne besondere Neugier. »Aber leider ist sie nicht länger die Frau von Azhar Khan«, fügte er traurig hinzu. »Allah hat den Mann der Begum Sahiba im vergangenen Oktober zu sich genommen.«

Deshalb hat Estelle (es muß Estelle sein!) die Pickfords nicht mehr besucht! Seltsam, daß trotz der langen Trennung ihr Schicksal gewissermaßen ähnlich wie das meine verlief. Sie waren beide zum zweitenmal Witwen geworden!

Mit jedem Schritt, der Olivia tiefer in den Cowrie Basar führte und der grünen Haustür näherbrachte, wuchs ihre Überzeugung, daß ihre Suche diesmal nicht vergebens sein würde. Sitara Begum und ihre Cousine Estelle waren bestimmt ein und dieselbe Person.

An der Straßenecke, wo Olivia nach rechts abbiegen mußte, drängten sich viele Menschen. Akrobaten gaben eine Vorstellung. Ein Schwertschlucker nahm die Aufmerksamkeit der Zuschauer gefangen. Er hielt die tödliche Waffe am Griff und schob sie langsam durch den Mund in die Kehle. Jedesmal, wenn er ein weiteres Stück der Klinge schluckte, durften sich die Zuschauer in der ersten Reihe vergewissern, daß kein Trick im Spiel war. Olivia konnte ihre Ungeduld kaum zügeln, aber sie mußte warten, denn die Menge ließ sie nicht vorbei. Schließlich zog der Mann das Schwert wieder aus seinem Hals und zeigte den Zuschauern triumphierend, daß er sich bei dem Kunststück nicht verletzt hatte. Alle klatschten Beifall und bestaunten ihn lautstark. Ein paar Leute gingen weiter, und ehe das nächste Kunststück begann, drängte sich Olivia schnell in eine Lücke und bog in die gesuchte Seitenstraße ein.

Das vierte Haus hatte tatsächlich eine grüne Haustür. Sie stand offen. Das Backsteinhaus machte einen gepflegten Eindruck. Es hatte drei Stockwerke und stand in einem Viertel, in dem vor allem Moslems wohnten. Olivia war froh, daß sie sich allein auf den Weg hierher gemacht hatte. Kasturi Ram und Hari Babu hatten natürlich protestiert, aber sie war fest geblieben. Fremde Männer in einer strenggläubigen Gegend, in der alle Frauen verschleiert gingen, hätten bestimmt unerwünschtes Aufsehen erregt. Sie wußte, daß Amos ihre Kühnheit entschieden mißbilligt hätte. Aber sie glaubte sich ihrem Ziel endlich so nahe, daß sie alle Vorsicht beiseite schob. Mit klopfendem Herzen blieb sie eine Weile vor dem Haus stehen und machte sich Mut. Und wenn diese Sitara Begum nicht Estelle war und sie sich lächerlich machte? Wenn dieser Ausflug auch nur in eine Sackgasse führte, die ihr nicht weiterhalf?

Olivia klopfte an die offene Tür und wartete. Im Haus regte sich nichts. Vielleicht hatte niemand das Klopfen bei dem Lärm der Schausteller an der Straßenecke gehört? Olivia schlug noch einmal mit der flachen Hand gegen die Tür. Als sich daraufhin immer noch nichts regte, spähte sie vorsichtig hinein und trat mutig in das Haus.

Wie in den meisten traditionellen indischen Häusern befand sich im Innern ein offener, mit Steinen gepflasterter Hof. Olivia stellte im ersten Augenblick nur fest, daß es in dem Innenhof angenehm kühl war. Die dicken Vorhänge an den Fenstern im oberen Stockwerk waren zugezogen. Vor einem Fenster hing ein großer Messingkäfig mit einem grünen Papagei. Ein einfaches, mit Rohrgeflecht bezogenes Bettgestell stand an einer der Innenhofwände.

Plötzlich kam ein Mann die Treppe herunter. Er trug eine weite Baumwollhose, ein knielanges Hemd und einen braunen Turban. Der gepflegte Spitzbart war mit Henna rot gefärbt. Der Mann war etwa vierzig Jahre alt. Als er die Fremde bemerkte, blieb er überrascht stehen. Instinktiv berührte er mit der Hand die Stirn.
»Us-salaam-alaikum.«
»Wah-laikum-salaam.« Olivia erwiderte den Gruß, ohne das schwarze Tuch vom Gesicht zu nehmen. »Ich suche Sitara Begum, die Witwe von Azhar Khan, dem Teppichhändler. Ich glaube, sie wohnt in diesem Haus«, sagte Olivia auf hindustani.
Auch wenn sie fließend sprach, so verriet der Akzent doch die Ausländerin. Der Mann wurde sofort mißtrauisch. »Wer sind Sie und warum wollen Sie die Begum Sahiba sprechen?«
»Ich bin eine Freundin aus Kalkutta.«
»Und was wollen Sie?«
»Der Besuch ist rein persönlich.«
Er blickte sie abweisend an. »Sie sind im falschen Haus. Es gibt hier keine Sitara Begum.«
»Aber man hat mir gesagt...«
»Das war ein Irrtum.«
»Das glaube ich nicht.« Olivia wollte sich nicht abwimmeln lassen. »Ich bestehe darauf, Sitara Begum zu sprechen, denn ich glaube, sie wird hier gegen ihren Willen festgehalten.«
»Gegen ihren Willen?« Er starrte sie eher überrascht als erschrocken an. »Wer hat Ihnen solche Lügen erzählt?«
»Das ist nicht von Bedeutung. Es ist jedoch von Bedeutung, daß Sie mich daran hindern wollen, die Begum Sahiba zu sprechen. Ich sehe mich gezwungen, die Polizei davon in Kenntnis zu setzen.«
Bei dieser Drohung wurde er blaß. Er fuhr sich mit der Zunge über die Lippen. »Die Polizei? Was hat die Polizei mit Sitara Begum zu tun? Sie wird hier nicht gegen ihren Wi ...« Er brach ab und erkannte zu spät die Falle, in die er geraten war. Der immer lauter werdende Streit hatte inzwischen die Aufmerksamkeit der anderen Hausbewohner auf sich gezogen. Es schienen viele Menschen hier zu leben. Im ersten Stock bemerkte Olivia neugierige Augen, verschlei-

erte Gesichter und aufgeregtes Flüstern. Der Mann schüttelte den Kopf und erklärte energisch: »Das ist mein Haus, und ich werde nicht erlauben ...«

»Ach, Mazhar, spiel dich doch nicht so auf. Du weißt genau, daß du hier nichts zu verbieten oder zu erlauben hast!« Die Stimme kam von der Treppe. »Es mag vielleicht dein Haus sein, aber ich habe hier das Sagen!« Die Stimme kam näher, und eine Frau erschien. »Natürlich wohnt Sitara Begum hier, und natürlich wird sie den geehrten Gast aus Kalkutta empfangen.«

Noch ehe sich Olivia von ihrem Staunen erholen konnte, stand die Frau vor ihr, die sie so lange und vergeblich gesucht hatte. Olivia sah sie fassungslos und mit großen Augen an; ihr fehlten die Worte.

Estelle ...?

Olivia war wie gelähmt. Der Mann erwiderte etwas, aber die Frau schickte ihn mit einer ungeduldigen Bewegung weg. Mit finsterer Miene, aber ohne zu widersprechen, verließ er das Haus durch die noch immer offene grüne Haustür.

Die Frau kam näher. Sie trug einen weiten schwarzen Kaftan und um den Kopf einen dichten schwarzen Schleier, der nur wenig von ihrem Gesicht erkennen ließ. Ein paar orangerote Haarsträhnen quollen unter dem schwarzen Tuch hervor. Sie musterte Olivia mit ausdruckslosem Gesicht; ihre blauen Augen blieben völlig unbewegt. Nach einem Augenblick sagte sie noch immer auf urdu: »Das brauchst du nicht mehr.« Sie trat neben Olivia und schob ihr die Burka von Kopf und Schultern. »Im Haus ist kein anderer erwachsener Mann.« Ein junger Diener erschien mit einem Stuhl, den er Olivia anbot. Die Frau gab ihm stumm einen Befehl. Er brachte das Bettgestell herbei und stellte es neben den Stuhl. Von einer Wäscheleine, die in einer Ecke des Innenhofs gespannt war, nahm er eine schwarzweiße Decke und legte sie über das Gestell. Die Frau sagte nichts und verzog keine Miene. Als der Diener fertig war, gab sie Olivia ein Zeichen, sich zu setzen. Olivia hatte den Schock noch nicht verwunden und sank auf den Stuhl, bevor ihre Beine sie nicht mehr trugen. Die Frau setzte sich nach indischer Sitte mit gekreuzten Beinen auf die Decke. Die Bespannung knarrte unter ihrem Gewicht. Es war alles so verrückt und wie in ihren seltsa-

men Träumen, daß Olivia einfach nicht an die Wirklichkeit dieser Situation glauben konnte.
»Estelle ...?« fragte sie leise mit zitternder Stimme.
Die Frau lächelte. Es war ein seltsames Lächeln – verschlagen und spöttisch. Sie reagierte nicht auf die geflüsterte Frage. Statt dessen rief sie in gutem Urdu und nicht in dem sehr viel gebräuchlicheren Hindustani, das den Engländern vertrauter war, über die Schulter jemandem zu, Tee und Palmblätterfächer zu bringen. Sie schimpfte laut, weil bisher noch niemand daran gedacht hatte.
»Munna?« Sie rief einen schüchternen, etwa zwölfjährigen Jungen herbei, der sich hinter einer Säule versteckte. »Komm her und gib deiner lieben Khala aus Kalkutta einen Kuß. Sie ist deine einzige Tante von Ammas Seite. Ich habe dir gesagt, daß sie eines Tages hierher kommen wird ...«
Der Junge kam verlegen näher, gab aber Olivia wohlerzogen einen Kuß auf die Wange. Hinter ihm erschien ein ungefähr achtjähriges Mädchen mit dunklen Augen. Sie trat ängstlich vor Olivia, blickte zu Boden und wagte nicht, etwas zu sagen.
»Und das ist meine kleine Razia.« Die Frau zog das Mädchen in die Arme und drückte es. »Ihre Mutter, meine Schwägerin, wurde etwa vor vier Jahren von Allah zu sich genommen. Sie hatte die Pocken, deshalb habe ich das Kind adoptiert. Na komm schon, Liebes, schenke der schönen Dame wenigstens ein Lächeln. Nein?« Sie lachte und streichelte dem Mädchen zärtlich die Wange. »Wo bleibt ihr denn alle?« Sie blickte kopfschüttelnd nach oben. »Miriam? Fatima? Hamid, oh Hamid! Bei Allah, wo seid ihr denn? Was habt ihr denn für Manieren? Kommt her! Kommt auf der Stelle herunter! Ihr solltet euch schämen! Behandelt man so einen hohen Gast, der eigens aus Kalkutta gekommen ist, um uns zu besuchen?«
Unter Kichern und Flüstern kamen die Gerufenen langsam die Treppe herunter – alte Frauen, Mädchen, Kinder und eine Frau mit einem Säugling in den Armen. Es waren auch zwei schlaksige Jugendliche darunter. Alle trugen leuchtend bunte Kleider. Sie bildeten einen Halbkreis um Olivia und sahen sie neugierig an. Die Frauen legten immer wieder schnell die Hände auf den Mund, um ihr ner-

vöses Lachen zu unterdrücken. Dann wurden sie nacheinander vorgestellt, Namen wurden genannt und unverständliche verwandtschaftliche Beziehungen erklärt. Jemand reichte Olivia eine Tasse Tee; eine andere Frau bot ihr klebrige Süßigkeiten mit geröstetem Sesam an, eine dritte fächelte ihr im Rücken Luft zu. Ein kleiner Junge wollte Olivia auf den Schoß klettern, aber er wurde schnell von einer Frau am Ohr gezogen. Als er laut zu weinen begann, nahm ihn eine junge Frau mit dicken, ölig glänzenden Zöpfen ärgerlich auf den Arm und trug ihn davon.

Olivia starrte wie gebannt auf die Frau, die auf dem Bettgestell saß. Mechanisch setzte sie die Tasse an die Lippen und trank, ohne etwas zu schmecken. Sie sah nichts und sie hörte nichts. Für sie gab es nur diese Frau. Der junge Diener brachte Betelblätter in einem kunstvoll getriebenen Silbergefäß, das er vor der Frau auf den Boden stellte. Das dekorative Gefäß hatte verschiedene Fächer für unterschiedliche Gewürze. Einige schienen zu fehlen. Als die Frau mit geübten Fingern die Betelblätter zu einem Kegel wickelte und mit Gewürzen füllte, schimpfte sie mit dem Jungen. Schließlich steckte sie erwartungsvoll seufzend die Blätter in den Mund und schob sie zufrieden schmatzend von einer Seite zur anderen.

Dabei redete sie unablässig. Ohne in Olivias Richtung zu blicken, erzählte sie in einem hohen Singsang von Menschen und Ereignissen, die für Olivia entweder bedeutungslos oder unverständlich waren. Die schnellen Worte kamen wie ein Wasserfall über die vom Betel befleckten Lippen und umsummten Olivia wie ein Wespenschwarm. Die Gesichter, die sie anstarrten, verschwammen vor ihren Augen. In dem klaustrophobisch engen Innenhof drehte sich ihr alles im Kopf. Ihr Magen rebellierte, und ihr wurde übel.

Wer waren alle diese seltsamen Menschen und die fremden Kinder? Was tat Estelle, ihre Estelle Templewood Sturges, hier in diesem Haus inmitten der fremden Gesichter? Estelle ...? Nein, das war nicht Estelle! Wie konnte sie in dieser grotesken, dicken Frau mit den vielen Ringen an den Fingern und den breiten Füßen, dem mit Henna gefärbten Haar und den Fettwülsten am Hals, dem Betelsaft auf den häßlichen, lachenden Lippen ihre Estelle sehen?

Olivias Nasenflügel zitterten unter dem Ansturm der Gerüche – o Gott, diese Gerüche nach Hammelcurry, Safran, Rosenöl, Schweiß, Jasminöl, Abwasser und den vielen Menschen! Abscheu erfaßte sie, vor Entsetzen verschlug es ihr den Atem. Ihre Augen nahmen nichts mehr wahr. In ihrer Panik öffnete sie den Mund, um etwas zu sagen, aber noch bevor sie ein Wort über die Lippen brachte, sagte die Frau: »Olivia, geh wieder nach Hause.« Diesmal sprach sie englisch. Die Stimme klang plötzlich erschreckend vertraut. Sie klang noch genau wie vor zwei Jahrzehnten. Aber der Ton war abweisend und verächtlich. »Du kannst die Antwort auf deine Frage mitnehmen – nein, ich bin nicht Estelle, und ich werde es nie mehr sein. Ich bin Sitara Begum.«

Die nicht wiederzuerkennende Gestalt ihrer Cousine war für Olivia ein Schock gewesen, aber der Klang der vertrauten, geliebten Stimme aus dem Mund der korpulenten Frau war wie ein Schlag ins Gesicht. Olivia stand auf. Sie rang nach Luft und wäre beinahe gestürzt. Jemand stützte sie am Arm, aber sie schüttelte die hilfreiche Hand entsetzt ab. »Tut mir leid ... ich ...!« Sie wußte nicht, was sie sagte, und dachte nur daran zu fliehen. »Tut mir leid ...«

Estelle stand ebenfalls auf. Ihre leuchtend blauen Augen waren eiskalt. »Warum bist du gekommen, Olivia?« fragte sie unbewegt. »Du hättest nicht kommen sollen.«

Olivia griff nach der Burka und erreichte irgendwie die grüne Haustür. Dort blieb sie einen Augenblick stehen und warf einen letzten entsetzten Blick über die Schulter zurück. Wieder sah sie Estelle verschlagen und spöttisch lächeln. Mit der Zunge sammelte sie den Betelsaft im Mund und spuckte ihn geschickt in die offene Abwasserrinne, ohne dabei den Blick von Olivia zu nehmen. Dann berührte sie mit einer Hand die Stirn und verneigte sich übertrieben tief. »Khuda hafiz, meine liebste Oli. Möge Allah dich immer beschützen.«

Olivia wurde beinahe ohnmächtig. Die Übelkeit würgte sie. Sie drehte sich um und lief auf die Straße.

*

Zu der Versammlung der neugegründeten Ostindischen Henry Derozio-Gesellschaft waren so viele Leute gekommen, daß nicht genug Stühle da waren. Viele standen bereits an den Seiten, während immer noch mehr Leute kamen – Ehepaare, Gruppen und Familien.
Amos staunte und freute sich über die Reaktion auf seine Einladung. Noch mehr Genugtuung verschaffte ihm das Erscheinen so vieler wichtiger Persönlichkeiten. Er sah viele bekannte eurasische Gesichter – Ingenieure der Ostindischen Eisenbahn, Flußlotsen und Beamte der Hafenverwaltung, eine Gruppe aus dem Telegraphenamt, Eisenbahnpersonal, einen ehemaligen stellvertretenden Chef der Stadtverwaltung von Kalkutta und hohe städtische Beamte. Angestellte von Trident waren ebenso gekommen wie Schullehrer, Tutoren, Zollbeamte, eine Reihe Journalisten, Intellektuelle und eine große Gruppe Studenten der verschiedenen Institute. Im Publikum befanden sich auch Frauen, darunter Joycie Crum mit einem auffallenden rosa Hut. In der ersten Reihe entdeckte er zu seiner großen Freude Kali Charan Goswami mit seiner Frau und seinem Sohn, die Lubbocks, einen Sanskritprofessor vom Presidency College und Dayananda Babu, einen bekannten Heilpraktiker, den Trident manchmal bei medizinischen Notfällen zu Rate zog.
Christian Pendlebury staunte ebenfalls über die Anwesenden, obwohl er noch immer zu fremd war, um die Menschen richtig einschätzen zu können. Von seinem eurasischen Tutor Cecil Trevors (er saß in der zweiten Reihe und hatte ihn nicht gesehen) wußte Christian, daß Henry Derozio ein bekannter eurasischer Dichter, Journalist und Pädagoge gewesen war. Er hatte in seiner Zeit auch als Reformer und unermüdlicher Kämpfer für die Rechte der Eurasier gegolten.
Christian saß in einer Ecke an der Rückwand der Halle und versuchte, möglichst wenig aufzufallen, um keine unnötige Neugier zu wecken. In der ersten Reihe stand jemand auf und winkte ihm zu. Er erkannte Grace Lubbock, die zwischen ihrer Mutter und ihrem, wie er vermutete, amerikanischen Vater saß. Verlegen erwiderte er den Gruß und hoffte, daß die Lubbocks nicht die Aufmerksamkeit auf ihn lenken würden, bevor die Versammlung begonnen hatte.
Christian sah sich neugierig um. War er der einzige Pukka hier? Er

lächelte. Wie schnell er sich an diese Ausdrucksweise gewöhnte. Wenn er die Gesichter betrachtete, erschien ihm das unwahrscheinlich, aber er wußte, Europäer ließen sich oft nur schwer von Mischlingen unterscheiden, und in dieser Gesellschaft praktisch überhaupt nicht. Die dunklen Gesichter waren zwar in der Überzahl, aber er bemerkte viele andere mit heller Haut, blonden Haaren und blauen Augen. Sie wären in einer englischen Gesellschaft nicht weiter aufgefallen. Christian wußte jedoch, daß in Kalkuttas sehr rassen- und hautfarbenbewußter Kolonialgesellschaft eine bemerkenswert tüchtige ›Schnupperbrigade‹ am Werk war, wenn es um Eurasier ging. Diese Schnupperexperten, so sagte man, entdeckten selbst den kleinsten Anteil von braunem Blut, selbst wenn jemand noch so europäisch aussah. Hatte man den Betreffenden entlarvt, gab es keinen Pardon, und die Strafe kam schnell und gnadenlos. Christian fand das schrecklich, aber er konnte wenig dagegen tun, außer innerlich empört zu sein.

Deshalb hatte er sich sehr gefreut, als er am Vormittag eine Nachricht von Amos erhielt. Sie war so kurz, daß es beinahe an Unhöflichkeit grenzte, erfüllte ihren Zweck aber völlig: Wenn Christian noch immer den Wunsch habe, zur Versammlung der Derozio-Gesellschaft zu kommen, dann möge er das tun.

Christian fand Amos Raventhorne sympathisch. Sie waren ungefähr gleichaltrig, und er war schließlich Majas Bruder. Christian dachte traurig daran, daß sie unter anderen Umständen bestimmt Freunde hätten sein können. Wieder einmal fragte er sich voll Unbehagen, wie Maja darauf reagieren würde, daß er ohne ihr Wissen eine Begegnung mit ihrem Bruder herbeigeführt hatte. Aber er schob seine Befürchtungen beiseite. Früher oder später wäre es ohnehin zu dieser Begegnung gekommen. Es war bestimmt unwichtig, wer sie herbeigeführt und unter welchen Umständen sie stattgefunden hatte.

Der Fall Kyle Hawkesworth schien Christian sehr viel problematischer zu sein. Trotzdem mußte er sich eingestehen, daß ihn dieser seltsame Mann trotz seiner unverhüllten Feindseligkeit und dem unverzeihlichen Mangel an Höflichkeit faszinierte. Natürlich mochte sein Eindruck von den Artikeln in *Equality* beeinflußt sein. Die Kraft seiner Sprache war so groß, daß seine Persönlichkeit und sein Wissen deutlich in den klar formulierten Gedanken erkennbar waren. Christian sah sehr wohl, daß Kyle Hawkesworth jemand war, den man unmöglich ignorieren konnte, ob man ihn nun ablehnte oder nicht. Er wußte instinktiv, daß ihre Wege sich wieder kreuzen würden, auch wenn er sich nicht vorstellen konnte, wie und unter welchen Umständen. Trotzdem fand er den Gedanken, Kyle Hawkesworth wiederzubegegnen, erstaunlich erfreulich.

Von Trevors hatte Christian noch einiges über Hawkesworth erfahren. Wie viele Eurasier und Inder war Hawkesworth ein Gegner der englischen Präsenz in Indien – das machte er in seinen Artikeln unmißverständlich deutlich. Er kämpfte um eine Verbesserung der Lage der beträchtlich gewachsenen Gemeinschaft der Eurasier. Dieser Aufgabe widmete er seine ganze Kraft. Sein Lebensstil, so sagte Trevors, sei provokativ. Er gab sich keine Mühe, etwas zu verbergen, und kümmerte sich nicht um die öffentliche Meinung. Paradoxerweise gab Hawkesworth jedoch wenig über sein Innenleben preis. Man wußte wenig über seine Herkunft. Er war vor einigen Jahren aus Lucknow nach Kalkutta gekommen, um am Presidency College seine Examen in Wirtschaftswissenschaften und englischer Literatur abzulegen. Danach war er geblieben. Es gab Gerüchte über seine Anfänge in Lucknow, aber er hatte es nie für nötig befunden, etwas zu leugnen oder zu bestätigen. Es war alles im Grunde auch belanglos. Unter den Eurasiern gab es viele Menschen wie Kyle Hawkesworth: Der Vater war unbekannt, ihre Herkunft lag im dunklen. Diese ungebundenen, nicht einzustufenden Leute lebten ohne eine klar definierte Identität in den Randzonen zweier Kulturen. Trevors hatte einmal mit bitterem Humor zu Christian gesagt: »Wir müssen uns wenigstens um Stammbäume keine solchen Gedanken machen wie bei Hunden und Pferden!«

Würde Hawkesworth an diesem Abend eine Rede halten? Christian fand diese Aussicht mehr als interessant. Trotz seiner Feindseligkeit besaß er eine besondere Ausstrahlung und war ein leidenschaftlicher Intellektueller mit einem instinktiven Gespür für Worte. Sein Beitrag würde zweifellos provozierend und anklägerisch sein, aber bestimmt auch sehr anregend. Christian sah sich in der Halle um, aber er entdeckte Kyle Hawkesworth nicht. Der erste Redner wurde angekündigt. Es war ein pensionierter Bahnhofsvorsteher. Er hieß Sydney Tavistock und wurde von jemandem namens Leonard Whitney vorgestellt.

»Wenn man hört, wie die Leute reden«, begann Mr. Tavistock mit trockener, müder Stimme und beißendem Sarkasmus, »könnte man glauben, daß wir Inder oder Eurasier, wenn man das besser findet, auf dem Subkontinent ein neues Phänomen sind. Seit Alexander dem Großen und seinen Griechen gibt es hier Eurasier in großer Zahl. Vielleicht mag es einige überraschen, daß vor noch nicht allzu langer Zeit, bevor die Überlandstrecke und der Suezkanal für eine Zunahme der weißen Bevölkerung in Indien sorgten, es in diesem Land mehr von *uns* gab als jene, die uns in der Hoffnung verleugnen, man brauche uns nur lange genug zu ignorieren, damit wir eines Tages still und ohne Aufsehen von diesem Subkontinent verschwinden.« Die Bemerkung löste ein paar Lacher aus, auf die Mr. Tavistock jedoch nicht reagierte. Er sprach weiter. »Ich möchte Sie alle daran erinnern, daß es eine Zeit gab, in der Mischehen nichts Ungewöhnliches waren. Kinder aus solchen Verbindungen mußten nicht durch eine Heirat sanktioniert werden, Eurasier wurden nicht stigmatisiert, wie das heute mit größter Verachtung geschieht. Aber seit den Anfängen der Kolonialzeit hat sich vieles geändert. Die Ungerechtigkeiten gegen unsere Gemeinschaft haben zugenommen und nehmen unangefochten immer noch zu. In unserem Jahrhundert, vor allem nach der Sepoy-Meuterei, übersteigen die Diskriminierungen jedes menschliche Maß. Warum? Aus welchem Grund?« Seine Stimme nahm an Kraft und Lautstärke zu. »Viele Jahre haben wir Seite an Seite mit den Engländern gegen ihre Feinde gekämpft. Wir haben ihre Katastrophen zu unseren gemacht, vor allem 1857, als der Subkontinent von Haß und Krieg gespalten war. Wir haben ihre Hoffnungen, Ziele und Unternehmungen geteilt und haben uns auch ihre Gier nach immer mehr Reichtum zu eigen gemacht – ja, auch das!« Er machte eine Pause und unterstrich seine Worte, indem er auf das Pult schlug.

»Wir haben den Engländern die Märkte aufgebaut, wir haben ihre Heere vergrößert, als ihnen die Niederlage drohte. Mit unserer Arbeitskraft hat die englische Regierung in Indien Straßen gebaut, die Schiffsverbindungen erweitert, das Eisenbahnnetz aufgebaut, gefährliches Land vermessen, um Postwege und Telegraphenverbindungen zu schaffen. Wir garantieren die Funktion ihrer Häfen, Eisenbahnen, Telegraphen und Zollstationen. Wir haben die ersten Lehrer ihrer Sprache an indischen Schulen gestellt. Wir waren die ersten und vielleicht die einzigen, die freiwillig schwierige und gefährliche Arbeiten in den entferntesten Winkeln des Landes durchführten, wo weder Engländer noch Inder wagten, einen Fuß hinzusetzen. Und wie werden wir heute für unsere Treue, unsere Arbeit, für unsere Bemühungen, unsere Erfolge, unser Blut, unseren Schweiß und unsere Tränen belohnt?«

»Mit nichts ... nichts!« rief die Menge im Chor und stampfte auf den Boden. Auch Christian klatschte Beifall, denn die Liste der berechtigten Vorwürfe erfüllte ihn mit Empörung.

Von den folgenden Reden waren viele leidenschaftlich, andere rechtfertigend oder nur melodramatisch, und manche bestanden im wesentlichen aus langatmigen Wiederholungen oder Aufzählungen persönlicher Klagen. Einige Redner machten den Indern schwere Vorwürfe, deren vom Kastendenken bestimmte Heuchelei noch grausamer war und die in ihrer Ablehnung der Eurasier noch rücksichtsloser vorgingen als die Engländer. Ein paar sprachen wie Verräter; sie behaupteten, die Rettung der Eurasier liege in unbedingtem Gehorsam und Ehrerbietung gegenüber der weißen Rasse, die unbestritten das Recht besitze, ihr kollektives Geschick zu bestimmen.

Auf diese Weise erfuhr Christian zu seinem Entsetzen, daß Eurasier in der britischen Armee keine Offiziere werden konnten und nur in den unteren Rängen Dienst tun durften. Es war nicht erlaubt, eurasische Waisenkinder zur Ausbildung nach England zu schicken, damit sie dort nicht Engländer heiraten würden und so die Herrenrasse verunreinigten. Für indische Waisen galt dies jedoch nicht. Da viele in die Fußstapfen ihrer bekannten oder unbekannten Väter traten, hielten sich die meisten Eurasier für Christen. Für sie galt weder

das Zivilrecht der Hindus noch das der Mohammedaner, und eine eigene Gesetzgebung hatten sie nicht. Kein Gesetz ordnete ihre Ehen, gab ihren Kindern einen rechtlichen Status, regelte die Vererbung von Grundbesitz, bestimmte die Erbfolge oder ermöglichte ihnen, ihren Besitz durch ein Testament zu vererben. Sie mußten sich mit den Nachteilen beider Länder, Indien und England, abfinden, ohne daß ihnen auch die Vorzüge zugestanden worden wären.
Ein ängstlicher Beamter der Stadtverwaltung schlug vor, dem Vizekönig, Lord Mayo, eine Bittschrift zu übergeben und eine zweite Ausfertigung nach Westminster zu schicken, damit die Königin sie auch tatsächlich erhielt. Jemand forderte Schulen und Colleges ausschließlich für Eurasier. Die jungen Hitzköpfe verlangten, sich in aller Offenheit der englischen Herrschaft zu widersetzen und die Institutionen zu zerstören, von denen Eurasier ausgeschlossen waren. Welche Lösungen auch immer vorgeschlagen wurden, alle Redner waren sich darin einig, daß eine gefährliche Verschwörung im Gang sei, um die schwer arbeitende, loyale eurasische Gemeinschaft ehrenhafter Möglichkeiten zu berauben, ihren Lebensunterhalt zu verdienen. Es gab viele, die die Grenzen von Vorurteil und Verfolgung überwunden hatten, aber erst nach langen und harten Kämpfen und unter großen Schwierigkeiten.
»England ist unser Vaterland und Indien unser Mutterland!« rief der vorletzte Redner, dessen Ausführungen Christian besonders erschütternd fand. »Wir haben Vettern und Cousinen, Halbbrüder und Halbschwestern in zwei Kontinenten, die uns beide verschlossen sind. Die unselige Allianz von Europäern und Indern hat eine wahrhaft infame Verschwörung gegen uns in Gang gesetzt. In der angeblichen Suche nach Fairneß und Gerechtigkeit überläßt der Engländer alle Arbeiten, die er nicht selbst tun will, den Indern. Wenn Sitze in der Regierung zu vergeben oder das Amt eines Richters zu besetzen ist, wenn die *indische* Meinung gefragt ist, dann wenden sie sich an die Inder. Sind wir denn keine Inder, Kinder dieses Bodens, dieses Landes? In den letzten Jahren ist es üblich geworden, daß unsere armen Mütter und wir selbst von unseren Vätern verleugnet werden. Nicht nur verleugnet, sondern im Stich gelassen, wie Mischlings-

hunde, die sich ihr Essen auf den Müllplätzen suchen müssen. Wir haben keine Unterkünfte, kein Geld und keine Ausbildung, um unser Leben auch in Zukunft zu bestreiten. Das größte Paradox der englischen Gesellschaft besteht darin, daß der Engländer in der Öffentlichkeit alle Frauen verachten muß, die nicht dieselbe Hautfarbe haben wie seine Mutter, seine Ehefrau oder seine Schwester! Aber heimlich – und das wissen wir alle hier sehr gut – darf er sich rücksichtslos über diese Regel hinwegsetzen! Wenn der Engländer den Gedanken verabscheut, eine indische Frau an seinem Tisch zu sehen, warum verabscheut er nicht auch die Vorstellung, sie in seinem Bett zu haben? Ist das nicht der Inbegriff der Heuchelei?! Und wir, die unglückseligen Folgen seines verlogenen Dualismus, sind die unschuldigen Opfer. Der Engländer will seine Schande verbergen und findet nichts dabei, uns nackt und schutzlos dem Zorn zweier Gesellschaften zu überlassen, denen unsere Existenz peinlich ist. Beide würden es vorziehen, wenn wir tot wären.«
Christian teilte den Zorn der Zuhörer, den diese Rede bewirkte. Die Anwesenden klatschten, johlten und buhten, und er mit ihnen. Zum ersten Mal in seinem Leben empfand er etwas, was er noch nie zuvor erlebt hatte: Er schämte sich und fühlte sich gedemütigt, weil er ein passiver Mitverursacher dieser ungerechten Lage war. Das unbekannte, unbequeme Gefühl führte dazu, daß er sich auf eine merkwürdige Weise persönlich entehrt vorkam.
Am Ende der Versammlung trat schließlich Amos Raventhorne an das Rednerpult. Christian wartete gespannt auf seine Rede und spürte sofort, daß sie sich in Ton, Absicht und Inhalt von den anderen unterscheiden würde. Dem Erben der einflußreichsten eurasischen Familie Kalkuttas brachte man natürlich große Achtung entgegen. Darüber hinaus bewunderte man ihn und schätzte seine ausgewogene Meinung, sein Urteilsvermögen und seine vorbildliche Haltung. Jai Raventhorne war einst eine tragende Säule der Gemeinschaft gewesen, aber sein Sohn stand ihm darin in nichts nach. Und wenn Ungerechtigkeit das Thema des Abends war, so hatte niemand mehr unter den Engländern zu leiden als die Familie Raventhorne. Kaum stand Amos am Rednerpult, wurde es still im Saal. Niemand

wollte sich ein Wort entgehen lassen, denn diese Rede, so ahnten alle, würde der Höhepunkt sein.

Amos begann mit einem Zitat aus einer Rede, die ein Dr. Alexander Duff vor sechs Jahren vor den Abgeordneten in Edinburgh gehalten hatte. »›Wir haben erfahren, daß Rückständigkeit und Zerfall die Lage der ostindischen Gemeinschaft bestimmen. Das mag sein. Aber ist das ein Grund, daß es so bleiben muß? Wenn man dieser Gemeinschaft bessere Umstände schafft, dann werden sich der beklagenswerte Vorgang und ihre Lage möglicherweise auf der Stelle zum Besseren wenden.‹« Nach diesen Worten legte er das Blatt auf das Pult und sprach ohne Vorlage weiter.

»Für mich ist die wichtigste Formulierung dieser Aussage: *bessere Umstände*. Auf den Punkt gebracht ist dies das Ziel unserer Gesellschaft. Wenn die Engländer im Laufe von drei Jahrhunderten nichts für uns getan haben, wie können wir dann erwarten, daß sie jetzt etwas für uns tun werden? Warum unternehmen wir nicht selbst etwas, um einen Ausgleich für das zu schaffen, was die Engländer unterlassen haben? Es ist nicht meine Absicht, die großartigen Bemühungen der Gemeinschaft herabzuwürdigen, die uns die bestehenden karitativen Institutionen und Bildungseinrichtungen gebracht haben. Ich möchte auch die persönlichen und beruflichen Leistungen jener würdigen, die aus kleinen Anfängen in verantwortungsvolle Positionen aufgestiegen sind und beachtliches Können besitzen. Aber wenn wir an die allgemeine bedauerliche Lage der Eurasier in Indien denken, können wir nicht zufrieden sein. Wir müssen uns eingestehen, daß all diese Bemühungen nicht genügen!

Noch immer brauchen wir dringend praktische Ausbildung, eine Berufsberatung und Betreuung, damit unsere jungen Männer und Frauen Fähigkeiten erwerben können und mit diesem Können entsprechende Arbeitsplätze erhalten. Wir brauchen mehr technische, landwirtschaftliche, gewerbliche Colleges und nicht nur Institutionen, auf denen man die drei Rs lernt ohne die Garantie eines vernünftigen Arbeitsplatzes. Deshalb hat unsere Gesellschaft als erstes Projekt einen Plan ausgearbeitet, der, wie wir hoffen, dazu beitragen wird, den beklagenswerten Zustand zu verbessern, vielleicht sogar zu beenden, in dem sich unsere Gemeinschaft zur Zeit befindet.«

Er machte eine kleine Pause. Die Erwartung im Saal stieg. »Einige unserer älteren Mitglieder werden sich vielleicht daran erinnern, daß 1828 die damalige Regierung und die Ostindische Gesellschaft planten, aus der *Princess Charlotte of Wales*, einem Schiff der Ostindischen Kompanie, eine Schule der Handelsmarine zu machen. Sie werden sich auch erinnern, daß man den Plan aus dem einen und anderen Grund nicht durchführte und schließlich wieder aufgab, obwohl mehrere Versicherungsgesellschaften ihre finanzielle Unterstützung zugesagt hatten.« Amos schwieg und holte tief Luft. »Wir, die Gründer dieser Gesellschaft, glauben, daß es an der Zeit ist, den Plan wieder aufzugreifen und dafür zu sorgen, daß er diesmal verwirklicht wird.«

Ein Murmeln verbreitete sich im Saal, aber es gab keine Zwischenrufe.

»Im Namen von Trident und mit der vollen Unterstützung meiner Familie schlage ich eine Stiftung vor, die dieses Projekt wieder aufgreifen soll, um jungen Eurasiern praktische Navigationsfähigkeiten zu vermitteln. Trident wird der Stiftung als Startkapital zweihunderttausend Rupien zur Verfügung stellen. Verschiedene europäische und indische Handelsgesellschaften, mit denen wir Geschäftsverbindungen haben, wollen das Projekt entweder mit Geld oder auf praktische Weise unterstützen.« Das Murmeln wurde lauter, und einige Zuhörer begannen, Beifall zu klatschen.

Amos hob die Hand. »Unsere Marineschule wird hochqualifizierte Lehrer haben, darunter einen Professor vom Royal College of Engineering am Coopers' Hill in England und drei Lehrkräfte von amerikanischen Universitäten und Industrieunternehmen. Die anderen sollen von unseren Hochschulen stammen. Wir werden die beste Ausrüstung zur Verfügung stellen, die für eine praktische Anleitung notwendig ist. Sie wird auf unsere Kosten aus Amerika importiert werden.« Er schwieg einen Augenblick. »Viele werden sich jetzt fragen, wie wir ohne ein Schiff eine Marineschule ins Leben rufen wollen!

Mit großer Freude kann ich heute sagen, daß Trident beabsichtigt, das Dampfschiff *Ganga* für das Projekt zu stiften.« Die Zuschauer staunten und begannen zu klatschen, aber Amos bat mit einer Geste wieder um Ruhe. »Einige der Anwesenden werden vielleicht wissen, daß mit der *Ganga* in diesem Land das Zeitalter der Dampfschiffahrt begann. Sie war der erste Klipper in Indien, der 1848 mit einer Kohleturbine ausgerüstet war. Das Schiff wurde von Amerikas führendem Schiffsarchitekten der damaligen Zeit, Willis Hall Griffiths, im Auftrag meines verstorbenen Vaters gebaut. Die Marineschule und das praktische Ausbildungszentrum sollen an Bord der *Ganga* ihre Arbeit aufnehmen. Wir danken der Hafenverwaltung von Kalkutta für eine permanente Anlegestelle auf dem Hooghly.« Er trank einen Schluck Wasser und wischte sich mit dem Taschentuch die Stirn trokken, denn inzwischen war es in der überfüllten Halle unangenehm heiß geworden. Niemand brach das Schweigen, alle warteten gespannt auf das Ende der Rede.

»Ich möchte Sie daran erinnern«, fuhr Amos fort, »wenn dieses Projekt zu verwirklichen ist, dann haben wir das meinem verstorbenen Vater zu verdanken. Ihm gebührt die Anerkennung. Sein Pioniergeist, sein Mut, seine aufopfernden Bemühungen für unsere Gemeinschaft, sein erstaunlicher Erfolg trotz aller Widerstände ermöglichen es Trident, stolzer Wohltäter unserer Gemeinschaft zu sein. Ich stehe hier lediglich als der Abgesandte meines Vaters und ich spreche nur in seinem Namen. Zu Ehren eines Mannes, der sich nie seiner mittellosen Anfänge auf den Straßen dieser Stadt schämte, der stolz darauf war, ein Eurasier zu sein, ein Mann, dem in einer grotesken Verdrehung der Gerechtigkeit grausam das Leben geraubt wurde und dessen Name immer ein Schandfleck auf der rotweißblauen Fahne unserer imperialen Herrscher sein wird, übergebe ich dieses Schiff den Eurasiern von Kalkutta und taufe es stolz auf den neuen Namen *S. S. Jai Raventhorne . . .*«

Die Zuhörer gerieten aus dem Häuschen! Der Jubel hallte wie Donner durch den Saal. Der Lärm der Begeisterung dauerte an, und niemand versuchte, ihm Einhalt zu gebieten. Bewegt und mitgerissen fiel auch Christian in den Beifallssturm ein. Das war wirklich eine edle Geste, das Beispiel für vorbildlichen Dienst an der Gemeinschaft! Nie zuvor hatte er eine so inspirierende Versammlung erlebt. Er war aufrichtig froh, gekommen zu sein, und er war Amos dankbar, daß er ihn schließlich doch noch eingeladen hatte!

Die Leute verließen ihre Plätze. Viele gingen zum Rednerpult, andere strebten dem Ausgang zu. Christian wollte dem Gedränge an den Türen zuvorkommen und verließ langsam und mit gesenktem Kopf den Saal, da er Begegnungen mit Bekannten unbedingt vermeiden wollte. Aber an der Tür erwartete ihn Grace mit ihren Eltern. Noch ehe er das recht begriffen hatte, schüttelte ihm ein Mann kräftig die Hand und versetzte ihm einen freundschaftlichen Schlag auf den Rücken, daß er beinahe zu Boden gegangen wäre.

»Es freut mich wirklich, Ihre Bekanntschaft zu machen, mein Junge!« Hal Lubbock drückte ihm die Hand so lange, bis Christian glaubte, sie würde ihm abfallen. »Meine Frau und meine Tochter haben mir schon viel von Ihnen erzählt. Aber wir sind wirklich erstaunt darüber, Mr. Pendlebury, Sie hier zu sehen. Wer hätte gedacht, daß Sie sich für ein paar Eurasier interessieren?«

Frau und Tochter nickten und warteten auf eine Antwort. Christian wurde rot. Er stotterte etwas, aber Lubbock unterbrach ihn sofort wieder, lud ihn herzlich zum Essen ein und zu einer Führung durch die Möbelfabrik. »Sie sind jederzeit willkommen, mein Junge, jederzeit!« Damit blieb Christian glücklicherweise eine Erklärung erspart.

Christian hatte in den vergangenen Wochen viel gelernt. Zu den wichtigsten Lektionen gehörte es (und das galt für alle Junggesellen), rechtzeitig, ehe es zu spät war, ein gewisses Leuchten in den Augen energischer Mütter mit unverheirateten Töchtern zu entdecken. Christian sah dieses Leuchten jetzt in Marianne Lubbocks Augen. Erschrocken beschloß er, den herzlichen Einladungen auf keinen Fall nachzukommen. Er mußte den Lubbocks unter allen Umständen aus dem Weg gehen. Er bedankte sich höflich, versprach, sich bald zu melden, und machte sich schleunigst davon.

Andere Dinge beschäftigten ihn jedoch mehr. Die Informationen und seine Empörung versetzten ihn in große Erregung. Er mußte unbedingt allein sein, um die widersprüchlichen Eindrücke zu ordnen. Vieles bekümmerte ihn, aber noch mehr verstand er nicht. Tief in Gedanken versunken ging er zu einer einsamen Stelle am Fluß, um in Ruhe nachdenken zu können. Diesmal hatte er den Eindruck, daß der Tag nicht nutzlos vertan war.

*

Olivia saß die ganze Nacht, eingehüllt in die Dunkelheit, in ihrem Hotelzimmer und blickte aus dem Fenster. Sie konnte nicht schlafen. Sie hörte weder den stündlichen Ruf ›Khabardar! Khabardar!‹ des Nachtwächters auf dem Hotelgelände noch das traurige Heulen der Schakale, die im dichten Dschungel am Ufer des Ganges nach Nahrung suchten. Sie bemerkte auch nicht den Gang der Gestirne am Nachthimmel, die sich auf einen neuen Tag zubewegten. Tränenlos überließ sie sich ihrem stummen Leid und der Dunkelheit und versuchte, ihr unerklärliches Verhalten zu begreifen.

Was ist nur in mich gefahren? Warum bin ich so grausam, so unverzeihlich beleidigend zu Estelle gewesen ...?

Die Pickfords hatten sie gewarnt. Sie hatte sich die Sitara Begum vorstellen können. Nichts, was sich ihr in dem Haus darbot, war eine völlige Überraschung gewesen. Und doch, nach all den vielen Jahren der Suche nach ihrer geliebten Estelle hatte sie ihr den Rücken zugekehrt. Ihr Tun war ungeheuerlich und abscheulich gewesen. Sie hatte ihre Cousine von sich gestoßen und sie verurteilt, noch ehe sie Estelle angehört hatte! Das konnte sie sich nicht verzeihen. Verwirrt von ihrem außergewöhnlichen Verhalten, von Schuld- und Reuegefühlen geplagt, flehte sie ihre Cousine stumm um Verzeihung an und hoffte inständig, daß ihre Worte sie irgendwie erreichen würden ...

Als es Mitternacht war, verordnete sich Olivia noch eine weitere Strafe. Sie öffnete den Koffer und holte unter ihren Kleidern einen Ordner hervor. Er war dick und abgenutzt und trug auf dem Umschlag einen offiziellen Stempel. Sie hatte den Ordner viele Jahre, seit ihrem letzten Besuch in Kanpur nicht geöffnet. Das mußte sie auch nicht. Jedes Wort der Dokumente darin war wie mit Säure unauslöschlich und unvergeßlich in ihr Gedächtnis eingeätzt. Trotzdem folterte sie sich damit, alle Unterlagen von Anfang bis Ende noch einmal zu lesen.

Als die tintenblauen Finger des Morgens die schwarzen Schatten der Nacht beiseite schoben, legte sie den Ordner wieder in den Koffer. Sie nahm ein Bad, zog ein frisches Leinenkleid an und bestellte ein leichtes Frühstück mit Melonenscheiben, Lychees und Kaffee, noch bevor Kasturi Ram oder Hari Babu erscheinen, sie aus ihrer Konzentration reißen und ihre Pläne für den Tag durchkreuzen konnten, schrieb sie ihnen eine kurze Notiz, die sie im Empfang hinterlegte. Sie reagierte nicht auf die fragenden Blicke von Francis und ihrer Aja, verzichtete auf die Mietdroschke und ließ statt dessen aus dem Basar eine Tonga kommen.

Dann tat sie genau das, was sie Amos versprochen hatte, nicht zu tun. Sie machte sich auf den Weg zu den Wällen.

Es war ein ungewöhnlich windiger Tag. Die Böen waren noch feucht vom nächtlichen Regen, den sie nicht wahrgenommen hatte. Am blaßblauen Himmel stand hinter grau geränderten Wolkentürmen eine zitronengelbe Sonne. Das bedeutete noch mehr Regen – ›Mango-Schauer‹ sagten die Einheimischen dazu. Die staubigen Straßen waren vorübergehend sauber gewaschen. Kinder mit dicken Bäuchen planschten lärmend in den strudelnden Abwasserrinnen, die Abfälle zum Fluß schwemmten. Ein Barbier kauerte am Straßenrand und beugte sich mit einem gefährlich aussehenden Rasiermesser über das Ohr eines Kunden. Er tat es mit so großer Hingabe, daß es aussah, als meditiere er. Obst- und Gemüseverkäufer feilschten mit lauten hohen Stimmen und ausladenden Bewegungen mit ihren Kunden um Preise. Die Tonga holperte unbeirrt auf der großen Allahabad-Straße entlang. Der junge Kutscher hatte lockige Haare und sang im Rhythmus der klappernden Hufe ein Lied von der Liebe, von Sommerregen und Zuckerrohrfeldern.

Die traurigen Ruinen der Verteidigungsanlagen waren zerfallen, verlassen, unsagbar häßlich und wirkten nach dreizehn Jahren noch trostloser. Es war das bedrückende Mausoleum all jener, die hinter diesen Wällen Schutz gesucht hatten. Sie waren von den Treffern der

Kanonen zerfetzt und unter den Angriffen einer einundzwanzigtägigen Belagerung eingestürzt. Zurück blieb das stummes Zeugnis der Rolle, die sie tapfer, aber völlig unzulänglich bei dem Aufstand gespielt hatten. Überall lag Geröll, die Grabsteine der vielen Opfer. Eine ehemalige Veranda wirkte wie ein zahnloser Mund, der sich vor Überraschung geöffnet hatte, als es bereits zu spät war. Ein paar streunende Hunde suchten im Schutt nach etwas Freßbarem. Sie warfen Olivia mißtrauische Blicke zu und schlichen ohne zu bellen davon, als würden sie ihr Bedürfnis verstehen, allein zu sein. Etwas weiter weg lehnte der junge Tonga-Wallah mit gekreuzten Armen an einem Rad und fragte sich, was um alles in der Welt die Memsahib in dem schrecklichen Geröll suchte.
Olivia wußte nicht, wonach sie suchte. Sie war nur einmal hier gewesen, vor langer Zeit. Noch einmal zu kommen, war unerträglich, aber sie mußte es tun, wie groß auch der Schmerz war, wie quälend die Trauer, wie grausam die Erinnerungen. Als Teil der Sühne, die sie sich auferlegt hatte, mußte sie auch das ertragen. Sie ging durch die zerfallenen Bogen der Veranda und versuchte vergeblich, etwas wiederzuerkennen. Sie kniete nieder und nahm eine vergessene Patronenhülse in die Hand. Für sie waren die Mauern der unheimlichen Ruine mit Bildern übersät, bis in alle Ewigkeit erstarrte Phantome. Sie hörte Stimmen, die stumm in ihrem Kopf widerhallten – die Stimmen der geliebten Menschen, die für immer verstummt waren.
Major Sturges stand auf der Veranda der Kaserne unter einem Bogen und sprach mit seiner Frau, als er von einer Kanonenkugel getroffen wurde. Er stürzte zu Boden und war auf der Stelle tot.
Olivia dachte an die offiziellen Berichte und die Briefe der Augenzeugen. Sie blieb stehen und quälte sich mit der grausamen Litanei des Todes und der Zerstörung. Dann bestieg sie wieder die Tonga und ließ sich zu dem anderen Ort ihrer Alpträume bringen.
Der Tonga-Wallah sah sie kopfschüttelnd an. »Satichowra Ghat? Aber dort gibt es nichts mehr, Memsahib, außer den Dhobis!«
Sie runzelte die Stirn. »Nichts?« wiederholte sie, ohne sich bewußt zu sein, daß sie ihre Gedanken laut aussprach. »O nein, Sie irren sich. Alles und alle sind dort.«

Er zuckte die Schultern und trieb das kleine braune Pferd mit der Peitsche an. Dabei dachte er: Sie ist verrückt, wie so viele dieser merkwürdigen Memsahibs. Nun ja, für ihn war das ein Glück, denn sie hatte ihm dreimal soviel bezahlt wie jeder vernünftige Mensch es getan hätte.

Nach längeren Verhandlungen über die Bedingungen der Übergabe wurde die Belagerung der Verteidigungsanlagen eingestellt. Der Nana Sahib unterzeichnete am 26. Juni 1857 einen Vertrag, in dem die Räumung des Ghat, flußtüchtige Schiffe mit Verpflegung und für die Überlebenden der Angriffe Sicherheit auf der Fahrt nach Allahabad zugesagt wurden.

Es war nicht schwer, dem Weg der unglückseligen Prozession von Elefanten, Kutschen, Ochsenkarren und Reitern, der humpelnden, stolpernden Männer, Frauen und Kinder in blutbefleckten und zerrissenen Kleidern zu folgen. Ihre Augen wirkten erschöpft, aber sie richteten sich voll Hoffnung auf Befreiung nach vorne. Unter den zermürbten Überlebenden sah Olivia auch Estelle – die umschwärmte, verwöhnte, temperamentvolle, bezaubernde Estelle, der das Leben Liebe und Luxus verhieß. Ihre leuchtend blauen Augen waren vor Entsetzen aufgerissen. An der Hand hielt sie ihren Sohn Jonathan.

Am Gath hatte sich eine große Menge versammelt, um den Zug zu sehen, der aus den Verteidigungsanlagen kam. Als die Überlebenden durch das flache Wasser wateten und in die Bambusboote kletterten, setzten die Schiffer die Schilfdächer der Boote in Brand. In wenigen Sekunden standen die Boote in Flammen. Nur wer noch die Kraft dazu hatte, sprang in den Fluß. Die Verwundeten und Schwachen kamen in den Flammen um. Das Feuer war offenbar das Signal für die Truppen auf beiden Seiten des Flusses. Die Männer des 2. Kavallerieregiments, die die Überlebenden zum Fluß eskortiert hatten, eröffneten zuerst das Feuer. Vier Kanonen schossen auf die vierzig Boote. Das Massaker begann. Als es vorüber war, lebte kein einziger englischer Mann mehr. Unter den ersten Toten waren General Wheeler und seine Familie. Sie wurden von seinen eigenen Leuten in Stücke gehackt. Ungefähr achtzig Frauen und Kinder überlebten das Gemetzel. Man brachte sie mit ei-

nigen anderen in ein Haus, das als Bibighar bekannt ist und nicht weit von Satichowra Ghat stand.

Eingeschlossen in das Eis der Erinnerung, verwehrte Olivia dem Bewußtsein die Kraft der Gefühle, Gedanken und Fragen, trat aus sich heraus, kehrte in die Vergangenheit zurück und beobachtete die groteske Parade von einst, die Gestalten ihrer Träume und die Gespenster ihrer Nächte. Versunken in den Anblick der erschreckenden Phantome war sie doch losgelöst von ihnen und distanziert. Sie ging langsam am Ufer entlang dem schaurigsten all ihrer nächtlichen Alpträume entgegen: Bibighar!

Man hielt die Überlebenden des Massakers am Fluß und einige andere – insgesamt 206 Frauen und Kinder – dreizehn Tage im Bibighar gefangen. Eine Frau mit dem Namen Begum versorgte sie. Man gab ihnen einmal täglich eine Mahlzeit aus Linsen und Fladenbrot. Die Gefangenen mußten auf Bambusmatten auf dem Boden schlafen. Der Nana Sahib und sein Vertrauensmann Azimullah Khan hatten ihr Hauptquartier in der Nähe. Es war Mohameds Hotel. Täglich gaben sie Anweisungen über das Schicksal der Gefangenen im Bibighar.

Am zwölften Tag der Gefangenschaft erhielt der Nana Sahib die Nachricht vom bevorstehenden Eintreffen von General Havelock mit seinen Truppen. Am nächsten Morgen überbrachte die Begum den Wachen, es waren Männer der 6. Indischen Infanterie und einige des 1. Regiments, am Bibighar seine Befehle. Sie sollten alle Frauen und Kinder töten. Entsetzt weigerten sich die Wachen, den Befehl auszuführen. Die Begum kam später mit fünf Außenseitern zurück – der eine war ein Eurasier, dessen Name später von einem Augenzeugen identifiziert wurde. Die fünf Männer betraten mit gezogenen Schwertern den Bibighar. Hinter geschlossenen Türen wurden alle Frauen und Kinder niedergemetzelt. Sie warfen die Opfer, selbst wenn sie noch Lebenszeichen von sich gaben, in den Brunnen oder in den Fluß.

Vierzehn Jahre später war der Brunnen zugeschüttet worden. Ein Kreuz und die Marmorstatue eines Engels erinnerten an das Geschehen. Der Gedächtnispark am Brunnen, wie das große Areal jetzt genannt wurde, wirkte wie ein Paradies der Farben, des Friedens und der Ruhe. Hier standen hohe grüne Bäume, und nichts mehr erinnerte an die Brutalität und Grausamkeit von damals. Aber irgendwo, weit, weit weg verbarg sich unter dem Blumenduft, dem frisch gemähten Gras und den glänzenden Maulbeeren zwischen den dunkelgrünen Blättern der blutige Geruch des Todes. Das Sterben der Kinder lastete als Fluch auf dieser Erde, die mit ihrem Blut und ihren Leichen unauslöschlich geschändet worden war.

Ein Junge, der der Beschreibung nach Jonathan Joshua Sturges hätte sein können – aber die Vermutung konnte nicht mit absoluter Sicherheit bestätigt werden –, wurde von einem der Männer vor das Haus geschleppt. Sein Mörder trennte ihm mit dem Schwert die Arme vom Körper und warf das noch lebende und schreiende Kind zu den anderen in den Brunnen.

Das Schicksal seiner Mutter, Mrs. Estelle Sturges, bleibt ungeklärt. Man vermutet, daß sie am Gath oder im Bibighar getötet wurde. Augenzeugen berichten, daß ein paar Frauen, darunter auch General Wheelers jüngste Tochter, von den Reitern des Nana Sahib vergewaltigt wurden. Es ist jedoch nicht zweifelsfrei bezeugt, daß sich Mrs. Estelle Sturges darunter befand.

Olivia spürte einen klopfenden Schmerz; er wuchs und wurde so stark wie ein Sturm der Angst und Pein. Mit einem Schrei drückte sie die Hände fest auf die Ohren, um das Wehklagen und die Todesschreie nicht mehr hören zu müssen, die ihren Kopf zu sprengen schienen. Sie preßte die Augen zusammen, um die blutigen Gestalten nicht sehen zu müssen, die von allen Seiten auf sie einstürmten, und rannte wie von Sinnen aus dem Park, ohne darauf zu achten, in welche Richtung sie lief.

Abgesehen von ein paar Wäscherinnen und Dorfkindern, die Ball spielten, war das Flußufer in der feuchten Hitze des Mittags menschenleer. Olivia lief zu den einsamen Stufen, die zum Wasser führten. Die Luft über dem Fluß war still, kühler und unbefleckt. Die kleinen Wellen schlugen rhythmisch und verspielt gegen die Steine. Die dichten grünen Bobäume breiteten ihre Äste wie einen Schirm über sie. Ein langes schmales Flußboot, das an Bug und Heck von je einem Bootsmann mit der Ruderstange gesteuert wurde, glitt schnell durch das Wasser. Einer der Männer grüßte und fragte, ob sie mitgenommen werden wolle. Sie gab keine Antwort. Er lachte und lenkte das Boot wieder ins tiefe Wasser. Wie harmlos alles war, wie täuschend friedlich und unschuldig, als ob diese Stufen und das murmelnde Wasser, die grünen Bäume und das Ghat nie Zeugen der Ereignisse vor vierzehn Jahren gewesen wären.

O Gott, wie konnten sie glauben, Jai, daß du zu den Urhebern dieses Grauens gehörst, daß du an diesem frevelhaften Massaker mitgewirkt hast ...

Die Schleusentore öffneten sich. Die aufgestaute Strömung rauschte gurgelnd durch die abgesperrten Bahnen von Olivias Körper. Vor Schmerz sank sie zu Boden. Unter den fassungslosen Blicken des Tonga-Wallah, der Wäscherinnen und der Dorfkinder, die an der Ufermauer standen, lag Olivia auf den Steinstufen und weinte. Sie weinte für alle, die nie wieder in dieses Leben zurückkommen würden, um alle, die zurückgekommen waren und lieber gestorben wären, und um jene, die wie Estelle aus der eigenen Welt verbannt waren und im Überlebenskampf gefährlich auf Messers Schneide in einer anderen Welt lebten.

Als am Horizont im Westen das letzte Orange des Tages aufflammte, das Sonnenlicht verblaßte und der Himmel dunkelblau wurde, als die ersten Regentropfen fielen, wusch sich Olivia das Gesicht im Fluß. Die Rückkehr in die Vergangenheit als Akt der Sühne hatte ihr Gleichgewicht wiederhergestellt. Indem sie Seite an Seite mit Estelle die letzten Schritte gegangen war, mit ihr den Todeskampf geteilt hatte, fand sie die gefährdete Vernunft wieder und konnte klar denken. Dadurch, daß sie Estelle grausam zurückstieß, hatte sie sich erlaubt, vieles zu vergessen. Diesen Fehler würde sie nicht noch einmal begehen. Müde, erschöpft und zu keinen weiteren Gefühlen mehr fähig, war sie ihrer Cousine plötzlich wieder sehr nah. Diese Nähe brachte ihr Heilung. Es war eine Katharsis, eine Art Wiedergeburt.

Im Hotel warteten der höchst besorgte Kasturi Ram und Hari Babu. Von Amos war ein Telegramm eingetroffen. Sie las es, und ihre Augen füllten sich mit Tränen. Er hatte der *Ganga* und seinem Vater große Ehre gemacht. Er hatte sie doch nicht enttäuscht. Sie beruhigte die

beiden Männer mit einer schnell ausgedachten Geschichte über die Ereignisse des Tages, lehnte es ab, zu Abend zu essen, und ging sofort auf ihr Zimmer. In dieser Nacht würde sie lange, tief und traumlos schlafen.
Morgen, das wußte sie, erwartete sie noch einmal ein schmerzlicher Tag. Vielleicht würde er aber auch die lange erwartete Belohnung bringen.

Fünftes Kapitel

Der Junge konnte höchstens elf oder zwölf sein. In der einen Hand hielt er einen einfachen, selbstgemachten Feuerwerkskörper und in der anderen eine Schnur, die bedrohlich rot glühte. Neben ihm stand ein Ziegenbock, der an ein Eisen gekettet war, das in dem steinigen, unebenen Boden steckte. Der Ziegenbock hatte große, traurige Augen und ein schmutzig graues Fell mit braunen Flecken. Ein anderer, etwa gleichaltriger Junge hielt ihn am Hals fest. Unter großem Gelächter und Geschrei wurde der Feuerwerkskörper angezündet. Der Junge, der den Ziegenbock festhielt, schob ihm beide Hände ins Maul, so daß er es weit öffnen mußte. Neben der Abwasserrinne vor dem Lebensmittelladen auf der anderen Seite der engen Gasse kauerte der Ladenbesitzer und bearbeitete seine Zähne mit einem Zedrachzweig. Er sah den beiden Jungen gelangweilt zu, während er auf Kunden wartete. Der Basar füllte sich langsam mit den morgendlichen Käufern und Passanten, die eilig ihren unterschiedlichen Zielen zustrebten. Niemand achtete auf die beiden Jungen oder machte sich Gedanken über den bösen Streich mit dem armen Tier.

In dem Augenblick, als der Junge den zischenden Feuerwerkskörper dem Ziegenbock in den Hals stecken wollte, schnellte die schmale schwarze Lederschnur einer Reitpeitsche durch die Luft, wickelte sich um sein Handgelenk und riß es zurück.

»Halt! Wie kannst du es wagen, ein hilfloses Tier so zu quälen?!«

Der Junge fuhr mit aufgerissenen Augen zusammen und starrte auf eine verschleierte Memsahib, die die Reitpeitsche in der Hand hielt und fließend hindustani sprach. Der vergessene Feuerwerkskörper explodierte plötzlich mit einer schwarzen Rauchwolke und starkem Schwefelgeruch. Mit einem Aufschrei ließ der Junge ihn los, aber er hatte sich bereits die Hand verbrannt. Der Feuerwerkskörper hüpfte knatternd und qualmend vor seinen Füßen herum, bis er schließlich in die Abwasserrinne fiel und mit einem letzten Zischen verstummte. Der Ziegenbock sprang aufgeregt von einer Seite auf die andere, versuchte sich loszureißen und stieß blökende Laute aus. Der Junge schlug die Hände vor das Gesicht. Die Peitsche fesselte sein Handgelenk noch immer. Der andere Junge nutzte die Gelegenheit und floh schnell um die nächste Straßenecke.

Nach einem kurzen überraschten Schweigen brach in der Gasse ein Höllenlärm aus. Niemand wußte genau, was geschehen war. Der Junge begann zu weinen, preßte die verbrannte Hand auf die Brust, ein Mann und eine Frau kamen unter Flüchen, Schreien und Geheul aus einer Tür gelaufen. Einige Passanten, die nichts mit einer Sache zu tun haben wollten, die sie nichts anging, senkten die Köpfe und eilten weiter; andere jedoch waren neugierig. Sie wollten wissen, was geschehen war, und blieben stehen. Im Handumdrehen versammelte sich um den Jungen, die Ziege und die unbekannte verschleierte Memsahib eine Menschenmenge.

Maja löste ruhig die Peitschenschnur vom Handgelenk des Jungen. Ohne die Menge, die wütenden Rufe des Mannes und der Frau – vermutlich waren es die Eltern des Jungen – zu beachten, nahm sie seine verbrannte Hand und betrachtete sie. »Was deiner Hand geschehen ist, wäre im Magen der Ziege geschehen«, sagte sie ärgerlich. »Du kommst mit dem Leben davon, die Ziege wäre unter schrecklichen Qualen gestorben. Macht dir so ein grausames Spiel wirklich Freude?«

Der Junge riß die Hand zurück, sah sie wütend an und lief weinend ins Haus. Der Vater, ein kräftiger Mann mit nackter, behaarter Brust, der nur ein Lunghi trug, näherte sich ihr drohend. Hinter ihm folgte schreiend, jammernd und fluchend seine Frau. Als der Mann feindselig näher kam, roch Maja den billigen Alkohol, den er getrunken hatte.

»Du hast kein Recht, mein Kind zu schlagen, Memsahib«, stieß er lallend hervor. Seine blutunterlaufenen Augen starrten auf das Gesicht hinter dem Schleier. »Er hat dir nichts getan.«
Die Menge wich zurück. Der betrunkene Mann war niemandem geheuer. Maja blieb jedoch mutig stehen. »Ich habe ihn nicht geschlagen«, erwiderte sie. »Ich habe ihn lediglich daran gehindert, ein unschuldiges Tier zu Tode zu quälen.«
»Die Ziege gehört mir ...«
»Das gibt dir nicht das Recht, sie zu quälen!« Maja drehte sich um und sah die Menge verächtlich an. War denn kein einziger Mann in der Nähe, um diese Grausamkeit zu verhindern? »Ihr seid doch nicht alle so herzlos wie diese Leute und ihre Kinder!« Man hörte leises Gemurmel, ein paar Männer blickten verschämt zur Seite, aber niemand ergriff das Wort. Maja sah wieder den Betrunkenen an. »Ich gehe diesen Weg oft. Wenn ich deinen Sohn noch einmal bei einer so barbarischen Tat erwischen sollte, dann werde ich ihn und dich der Polizei melden. Hast du das verstanden?«
»Wollen Sie mir drohen, Memsahib?« fragte er leise. Die rotgeränderten Augen begannen gefährlich zu funkeln. Er trat noch einen Schritt näher. »Niemand wird es wagen, Barkat Khan zu drohen, Memsahib, auch nicht eine weißhäutige Pukka!«
»Sie ist keine Pukka Mem, du Dummkopf«, rief der Lebensmittelhändler und drängte sich in die erste Reihe der Zuschauer. »Sie ist nur ein Mischling!«
Spöttisches Lachen ertönte. Der Betrunkene machte noch einen Schritt auf Maja zu. Sie richtete sich starr auf. Unter dem Schleier stieg ihr die Röte ins Gesicht. Ihre Hand umfaßte den Griff der Peitsche fester. Sie ignorierte den Betrunkenen und drehte sich um. »Tut mir leid, aber ich habe nicht richtig gehört, was Sie gesagt haben«, sagte sie zu dem Mann, der die unverschämte Bemerkung gemacht hatte. Sie holte Luft und fuhr mit kalter Ruhe fort: »Würden Sie es bitte wiederholen?« Unmißverständlich hob sie die Peitsche, bereit zuzuschlagen, wenn der Mann es wagen sollte, den Mund zu öffnen.
»Nein!«

Das Wort erklang hinter Maja wie ein Pistolenschuß. Ehe sie reagieren konnte, packte sie jemand am Handgelenk, und eine zweite Hand umfaßte ihren Ellbogen. Verblüfft drehte sie sich um und blickte in das wütende Gesicht von Kyle Hawkesworth.

»Was zum Teufel hast du vor?« fragte er leise. »Willst du einen Aufstand entfesseln?« Mit festem Griff zog er sie davon.

Maja versuchte wütend, sich zu befreien. »Dieser Mann hat gesagt...«

»Ich habe gehört, was er gesagt hat. Komm mit, bevor du in größere Schwierigkeiten gerätst, als selbst ein so verwöhntes Ding wie du es verdient.«

»Nein! Ich muß diesen frechen, unverschämten Kerlen eine Lektion...«

»Mach dich nicht noch mehr lächerlich!« Er riß ihr die Peitsche aus der Hand und zog sie schnell um die nächste Ecke. Dann sah er sie an. »Wenn du zusammengeschlagen werden willst, warum forderst du sie nicht kurz und bündig dazu auf? Ich glaube, sie würden dir den Gefallen tun. Ich jedenfalls würde es.«

»Laß mich los, Kyle!« keuchte sie mit zusammengebissenen Zähnen. »Wie wagst du es, dich in etwas einzumischen, womit du nichts zu tun hast!«

»Wenn dieser Betrunkene dich auch nur berührt hätte, dann hätten *alle* mit den Folgen etwas zu tun, leider auch ich.«

Er drehte ihr den Arm auf den Rücken und zwang sie, weiterzugehen. »Weißt du nicht, daß es in diesem Basar von Opiumhöhlen und Alkoholschmugglern nur so wimmelt? Es ist gefährlich für eine Frau, ohne Begleitung hierher zu kommen! Was hast du überhaupt hier zu suchen?«

»Das hat nichts mit dir zu tun«, fauchte sie mit glühenden Wangen. Aber sie sah ein, daß es zwecklos war, sich in der Öffentlichkeit gegen ihn zu wehren, denn er besaß einfach mehr Kraft als sie. Deshalb entschloß sie sich, trotzig zu schweigen, und ließ sich ohne weitere Einwände von ihm aus der Gefahrenzone bringen.

Er sagte nichts mehr, bis sie den Basar verlassen und eine übelriechende, feuchte Gasse erreicht hatten. Wie überall roch es nach verschwitzten Menschen; räudige Hunde stöberten in den Abfällen, und überall lagen Berge von fauligem Gemüse, auf dem Scharen von Fliegen herumkrochen, und es wimmelte von Ratten und Schaben. Zu beiden Seiten der Gasse standen halb verfallene hohe Gebäude, die das Sonnenlicht aussperrten. Normalerweise wäre Maja entsetzt gewesen, aber ihr Zorn ließ die Umgebung verblassen, und sie nahm kaum etwas von den Häßlichkeiten wahr.

Kyle schien sich in der Gegend offenbar sehr gut auszukennen, wenn man die Zahl der Gassen und Gäßchen bedachte, durch die er sie führte, bis sie Manik Babus Ghat an der großen Uferstraße erreichten. In ihrer Wut achtete Maja nicht darauf, wohin sie gingen, bis er schließlich wieder in eine Seitenstraße einbog und vor einem Tor mit einer kurzen Einfahrt stehenblieb. Als er das Tor öffnete, ließ er sie los, und sie blickte sich zum ersten Mal wirklich um.

Sie erschrak, als ihr Bewußtsein die völlig fremde Umgebung und – in aller Deutlichkeit – die Identität ihres Begleiters registrierte. Maja war alarmiert: Sie wußte nicht, wo sie sich befand, und das mit einem Mann, den sie ablehnte und dem sie mißtraute. Sie hatte sich lange von diesem gefährlichen Mann ferngehalten und verspürte nicht den geringsten Wunsch, jetzt oder in Zukunft mit ihm zusammenzusein.

»Wo ... wo sind wir?« fragte sie nervös.

»Was glaubst du wohl?« erwiderte er ungnädig. »Hier wohne ich. Meinetwegen kannst du hier warten, bis ich jemanden schicke, der deine Kutsche holt. Ich hoffe, du hattest wenigstens soviel Vernunft, mit einer Kutsche zu kommen?«

Sie sah ihn finster an. »Natürlich. Ich bin an der Ecke Harinath Dewan Street ausgestiegen.«

»Steht sie noch dort?«

»Ja, aber ich kann sie ohne weiteres selbst finden.«

»Indem du durch noch mehr Basare gehen mußt ... ekelhafte indische Basare, die du so abscheulich findest?«

»Ich ... ich kann mich um mich selbst kümmern«, murmelte sie trotzig.

»Ja, das habe ich bemerkt!« Er öffnete das Tor und trat zur Seite, um sie eintreten zu lassen. Sie zögerte, und er fluchte leise. »Geh hinein, verdammt noch mal! Ich habe nicht den ganzen Tag Zeit, auf dich zu warten. Mir ist offen gesagt völlig gleichgültig, was mit dir geschieht, aber ich habe eine gewisse Verantwortung deinem Bruder gegenüber.«

Sie kochte vor Wut und starrte ihn schweigend an. Er war unerträglich, aber leider hatte er recht. Sie konnte schlecht draußen auf der Straße auf ihre Kutsche warten. Der Gedanke daran, durch noch mehr stinkende Basare zu gehen, war ebenso unerträglich. Unter diesen Umständen blieb ihr keine andere Wahl, als seine Gastfreundschaft in Anspruch zu nehmen. Sie holte tief Luft, rauschte ohne ein Wort des Widerspruchs an ihm vorbei und ging über die Auffahrt zum Haus.

Maja mochte völlig gefaßt wirken, aber insgeheim war sie verblüfft. Irgendwie hatte sie nie daran gedacht, daß ein entwurzelter unsteter Mann wie Kyle Hawkesworth wie normale Menschen in einem ganz normalen Haus leben könnte! Es erschien ihr unvorstellbar, daß Kyle sich irgendeinem der üblichen, normalen Maßstäbe durchschnittlicher Menschen unterordnen sollte. An ihm war etwas Geheimnisvolles und Unergründliches, das ihn von allen anderen Menschen unterschied. Er schien beinahe das mythische dritte Auge zu besitzen, das nach dem Glauben der Hindus bestimmte Menschen in die Lage versetzte, materielle Barrieren zu überwinden und jedem tief ins Bewußtsein zu blicken. Maja wußte nur allzu gut, daß er rücksichtslos bis zum äußersten ging. Er war falsch und nachtragend, und sie konnte nichts Gutes an ihm entdecken.

»So, und jetzt sag mir, was wolltest du ganz allein in diesem Basar?«

Sie saßen in einer Art Wohnzimmer, das nur mit den notwendigsten Dingen eingerichtet war. Durch ein Fenster sah man in der Ferne den Fluß. Es gab offenbar mehr Räume im hinteren Teil des Hauses. Zwei geschlossene Türen wiesen darauf hin. Kyle hatte einen Diener damit beauftragt, den Wagen von der Harinath Dewan Street zu holen, und hatte sich inzwischen so weit beruhigt, daß er zumindest den Anschein von Höflichkeit erweckte.

Maja war mit Kyle seit vielen Jahren nicht mehr allein gewesen, nicht mehr seit dem Zwischenfall auf der *Ganga*. Damals hatte sie sich geschworen, nie wieder allein mit ihm zu sein. Und seine Machenschaften in letzter Zeit ... nun, das würde sie ihm nie verzeihen!
Sie sah ihn mißtrauisch an und rieb sich mit den Fingerspitzen ihr rechtes Handgelenk. »Ich habe dir doch gesagt, das geht dich ...« Sie verstummte und zuckte mit den Schultern. Was war schon dabei? »Ich wollte zu dem Sattler im Simly-Basar. Er macht die besten Halfter in Kalkutta.«
Ohne daß sie es bemerkte, hatte jemand eine Tasse Kaffee neben sie gestellt. Jetzt sah sie einen etwa zwanzigjährigen jungen Mann mit hellen Augen und hellbraunen Haaren. Er stand am anderen Ende des Zimmers und wartete auf weitere Befehle. In seiner Nähe lagen ein rotes Kinderwägelchen aus Holz mit einer Schnur, einem Kreisel und zwei viel benutzte Stoffpuppen mit ungekämmten schwarzen Haaren. Maja staunte. Das Spielzeug wirkte völlig unpassend in dem spartanisch weiß gestrichenen Raum und im Zusammenhang mit Kyle. Sie blickte einen Augenblick neugierig auf die Sachen.
»Trink, bevor er kalt wird«, sagte Kyle im Befehlston. Er machte eine kaum wahrnehmbare, ungeduldige Bewegung. Der Diener räumte schnell das Spielzeug zusammen und verließ damit das Zimmer.
Maja griff nach der Tasse und trank. »Hast du hier auch deine Drukkerei?« fragte sie, aber nicht aus Interesse, sondern um das Schweigen zu brechen. Sie hatte sich in seiner Gegenwart nie wohl gefühlt und tat es auch jetzt nicht.
»Ja.« Mehr sagte er nicht.
Sie verzog das Gesicht. »Warum schreibst du eigentlich so aufrührerische Artikel in deiner Zeitung?«
»Aufrührerisch?« Er hob die Augenbrauen. »Was Rebellion ist, hängt ganz davon ab, auf welcher Seite des Zauns man sich befindet.«
»Ich stehe weder auf der einen noch auf der anderen Seite!«
»Nein?«
»Nein!« Sein abschätzender Blick machte sie wütend. »Für mich gibt es nur meine Seite. Ich finde deine unmöglichen Verleumdungen unreif und beleidigend.«

»Das ist deine Sache.« Er zuckte gleichgültig mit den Schultern, beugte sich vor und fragte unvermutet: »Erinnerst du dich noch daran, was ich dir einmal vor fünf Jahren gesagt habe?«
»Nein.«
Er lächelte, denn er wußte, daß sie sich sehr wohl daran erinnerte. Ihre Antwort bewies, daß sie es nicht vergessen konnte, wie sehr sie sich auch darum bemühen mochte. Damals hatte Maja gelernt, Kyle zu fürchten, aber natürlich hätte sie sich lieber die Zunge abgebissen, als das zuzugeben.
»Nun ja.« In seiner typischen unvermittelten Art kam er auf das vorherige Thema zurück. »Schlägst du immer mit der Peitsche um dich, wenn du auf die Straße gehst?«
»Ich habe nicht um mich geschlagen! Ich wollte nur zum Sattler.«
»Gehst du immer allein zum Sattler?«
»Nein, natürlich nicht! Aber Abdul Mian mußte Futter kaufen, und sein Sohn ...« Sie brach mitten im Satz ab. Warum sollte sie sich wie ein kleines Kind ausfragen lassen? Sie war ihm keine Erklärungen schuldig. Er mußte sich bei ihr entschuldigen für sein schlechtes Benehmen in der Vergangenheit! Aber sie konnte sich seinem durchdringenden Blick nicht entziehen. »Ich ... ich brauche die Halfter ...«, murmelte sie schließlich. Er hatte sie wieder einmal aus der Fassung gebracht.
»Wenn du schon ohne Begleitung durch die Basare gehen mußt, würde ich dir zu einem Mindestmaß an Selbstbeherrschung raten.«
Sie wandte den Blick entschlossen von seinen Augen ab. »Was hätte ich denn tun sollen?« fragte sie und blickte aus dem Fenster. »Hätte ich zulassen sollen, daß sie die Ziege auf diese barbarische Weise umbringen?«
»Ja. Ein Gewaltausbruch unter den Einheimischen hätte viele Tote bedeutet.«
»Einfach wegsehen wäre unverantwortlich gewesen.«
»Es wäre das kleinere Übel gewesen.«
»Der Mann hat mich beleidigt!« Sie zwang sich, ihn wieder anzuse-

hen. »Hätte ich das deiner Meinung nach einfach hinnehmen sollen?«
»Er hat dich nicht beleidigt. Er hat die Wahrheit gesagt. Für ihn bist du ein Mischling.«
»Er hatte kein Recht, mich ...« Sie sprach nicht weiter. Ihr Zorn war verraucht. Sie ließ die Schultern hängen. Plötzlich fehlten ihr die Worte. Zu ihrem Entsetzen traten ihr Tränen in die Augen. Sie stand auf, ging zum Fenster und drehte Kyle den Rücken zu. Lieber wäre sie gestorben, als zuzulassen, daß er ihre Tränen sah. »Er hatte kein Recht, das zu sagen«, flüsterte sie verzweifelt. Sie preßte die Augen zusammen, ballte die Hände und blieb regungslos stehen. »O Gott, wie ich dieses verfluchte Land hasse!« Ihre Kehle war wie zugeschnürt. »Es ist unmenschlich, herzlos und durch und durch ... barbarisch!«
Er reagierte nicht, aber irgendwie gelang es ihm, selbst schweigend seine Verachtung auszudrücken. Erschrocken über ihren impulsiven Ausbruch biß sie sich auf die Lippen. Sie drehte sich nicht um. Sie wollte ihn nicht ansehen. Aber sie spürte seine verhaßten, alles sehenden Augen im Rücken. Er kannte ihre innersten Gedanken, ihre geheimsten Hoffnungen, Ängste und Sorgen. Sein Blick war ein erschreckendes Eindringen in ihre Persönlichkeit. Wie immer fühlte sie sich in Kyles Gegenwart entlarvt und entblößt. Sie verschränkte zitternd die Arme über der Brust und schimpfte auf den Kutscher, der so lange brauchte, um hierher zu kommen. Sie wollte so schnell wie möglich den gefährlichen, wissenden Augen von Kyle entfliehen.
Natürlich verzichtete er nicht darauf, ihre Äußerung mit einer abfälligen Bemerkung zu kommentieren. Er lachte spöttisch. »Und wo suchst du die Befreiung aus diesem barbarischen Land?« fragte er leise und trat neben sie ans Fenster. »In Amerika ... oder in den Armen von Christian Pendlebury?«
Sie hätte ihm am liebsten eine Ohrfeige gegeben, aber sie beherrschte sich. Je mehr sie von ihren Gefühlen preisgab, desto mehr spielte sie ihm in die Hände. Sie unterdrückte den Zorn, der ihr den Verstand zu rauben schien, entfernte sich von ihm und setzte sich wieder. Sie konterte seine Unverschämtheit mit einem gelassenen Lächeln.

»Welche Möglichkeiten mir auch offenstehen, sie haben kaum etwas mit dir zu tun!«

»Wie es das Schicksal so will, irrst du dich. Sie haben etwas mit mir zu tun ... vor allem Christian Pendlebury.«

»Vor allem ...?«

Maja stockte der Atem. Sein Ton war so nachdrücklich, so bedeutungsvoll, daß ihr ein Schauer über den Rücken lief. »Weshalb solltest du dir Gedanken über Christian Pendlebury machen?« fragte sie und versuchte, das leichte Zittern ihrer Stimme zu unterdrücken, was ihr aber nicht ganz gelang. »Schließlich gehört er einer Rasse an, die du verachtest.«

»Du irrst, ich verachte nicht die Rasse, sondern nur einige ihrer Art. Es gibt auch andere, deren Gegenwart in unserer Mitte ich mit uneingeschränktem Beifall begrüße.«

Sie sah ihn kopfschüttelnd an.

»Du glaubst mir nicht? Auch wenn es vielleicht unwahrscheinlich klingt, einige Engländer haben in unserer Gesellschaft eine äußerst heilsame Funktion!« Er lächelte plötzlich – es war ein unehrliches, verschlagenes Lächeln. »Ich spreche natürlich nicht von den Chester Maynards dieser Welt, sondern von anderen.«

Der Name ließ Maja erstarren. Sie wurde rot. Das Gespräch hatte eine gefährliche Wendung genommen. Sie war entsetzt, daß eine Grenze überschritten worden war, die sie lange gegen jeden Eindringling geschützt hatte. Sie war Kyle bewußt aus dem Weg gegangen, weil sie wußte, selbst wenn sie sich zwang, eine Auseinandersetzung mit ihm zu vermeiden, würde er sie in seiner infamen Perversität schließlich doch irgendwie provozieren. Und bei jedem Wortgefecht mit ihm würde sie verlieren und sich erniedrigen. Er würde nicht nur jede Schuld leugnen, sondern behaupten, von seiner Niederträchtigkeit überhaupt nichts zu wissen, und sie mit seiner besonderen Art von Verachtung demütigen – eine Kunst, die er hervorragend beherrschte. Deshalb war sie entschlossen, sich unter allen Umständen zusammenzunehmen und sich nicht noch einmal gehenzulassen. Aber sie beging einen taktischen Fehler. Sie hätte die letzte Bemerkung auf sich beruhen lassen sollen. Aber ihre Wut ließ das nicht zu.

»Chester war ein echter Gentleman. Das wirst du nie sein, Kyle!« erwiderte sie heftig.
»Ein Gentleman? Daß ich nicht lache!« Er war aufrichtig amüsiert. »Werden kleine Gauner und Betrüger inzwischen als Gentlemen bezeichnet?«
»Du hast ihn dazu getrieben, das Geld zu stehlen, um seine Schulden bei Mooljee zu bezahlen!«
Sie konnte die Bemerkung nicht unterdrücken; es war eine unfreiwillige Reaktion auf seinen Hohn. Doch damit hatte sie die Büchse der Pandora geöffnet, obwohl sie sich geschworen hatte, das unter allen Umständen zu vermeiden. Jetzt standen sie sich von Angesicht zu Angesicht gegenüber: die Kampflinie war gezogen. Und plötzlich war es ihr gleichgültig. Die Konfrontation erschien ihr wichtig. Sie würde ihn zwingen, seine schändliche Rolle bei der schmutzigen Affäre zuzugeben.
»Ihn dazu getrieben ...?« Kyles Überraschung war so verlogen wie empörend. »Aber, aber Maja ... nur eine wirklich unglückliche Julia, die schon bereit ist, das tödliche Gift zu trinken – und die bist du weiß Gott nicht! –, könnte sich das in Anbetracht der Umstände einreden!«
»Aber du hast diese Umstände doch geschaffen, um Chester zu fangen!«
Er hob sarkastisch die Augenbrauen. »Man kann deinen Chester kaum mit einem Zirkusaffen vergleichen, der abgerichtet ist, ein Kunststück vorzuführen! Wenn er so unvorsichtig war, ein Lakh aufs Spiel zu setzen, dann war seine Gier daran schuld.«
»Du sprichst von einem Lakh Rupien, also immerhin zehntausend Pfund, als sei es eine Kleinigkeit!« Seine Gefühllosigkeit erschütterte sie. »Er hat ein Lakh aufs Spiel gesetzt, weil du seine Schwächen ausgenutzt und ihn mit scheinheiligen Versicherungen dazu verleitet hast.«
»Maynard hat nur aus einem Grund gespielt ... weil er es wollte.«
»Er hat gespielt, weil du dafür gesorgt hast, daß er es tat. Du hast ihn in diese Spielhöllen im Bow-Basar gebracht. Du hast ihn ermutigt,

Geld von diesem Blutsauger Mooljee zu leihen, und dann hast du...«

»Jeder findet früher oder später die Stufe, auf die er gehört«, sagte Kyle ruhig, lehnte sich an das Fenstersims und sah sie an. »Maynards Stufe war eben nur sehr viel tiefer als die der meisten.«

»Nicht so tief wie deine, Kyle!« rief sie.

Er zuckte nur die Schultern. Das Gespräch langweilte ihn.

Majas Atem ging schwer, und sie sah ihn haßerfüllt an. Eine wichtige Frage mußte er ihr trotzdem noch beantworten. Sie zwang sich, seine unerträgliche Selbstgefälligkeit zu ignorieren und sagte: »Eins möchte ich trotzdem wissen. Welchen Grund hattest du, Chesters Karriere in Indien mit deinen üblen Tricks zu ruinieren?«

Er hob die Augenbrauen. »Mit meinen Tricks? Du schmeichelst mir! Ich habe mir keine Tricks einfallen lassen.«

»Gewiß, Chester war schwach, aber...«

»Chester war ein Opportunist und ein Schurke!« Er sagte das ohne Erregung. »Und das weißt du ganz genau.«

»Alle machen mich für das Geschehene verantwortlich. In Wirklichkeit hast du ihn bewußt ruiniert. Ich möchte wissen, warum!«

»Chester Maynard hat sich selbst ruiniert. Er hat das bekommen, was er verdient«, sagte er und beendete das Thema mit einer knappen abfälligen Geste. Als er sie ansah, funkelten seine Augen. »Dir geht es doch nicht um das Ende von Chesters Karriere. Das war dir völlig gleichgültig. Du kannst nicht verwinden, daß sich deine großartigen Hoffnungen in Luft aufgelöst haben. Dachtest du wirklich, er würde dich heiraten?«

»Ja!« rief sie, so empört und gedemütigt, daß sie alle Vorsicht vergaß. »Ja, ja, ja ...!«

Kyle schwieg und musterte sie kalt mit zusammengekniffenen Augen. »Wenn es so ist, dann muß ich mich korrigieren. Ihr habt beide bekommen, was ihr verdient!« Seine Augen wurden zu Schlitzen. »Chester Maynard hätte dich so wenig geheiratet, wie Christian Pendlebury es tun wird.«

Sie rang nach Luft. »Wie kannst du es wagen, zu behaupten...«

»Ich behaupte nichts. Ich weiß es. Aber ...«, er hob die Hand und

ließ sie nicht zu Wort kommen, »ich gebe zu, dein Christian Pendlebury scheint ein anständigerer Mensch zu sein als Maynard.«
Maja erschrak, als ihr klar wurde, was diese Bemerkung implizierte.
»Du kennst Christian Pendlebury?«
»Ja.«
Er drehte sich um und schob die Bambusjalousie zur Seite. Mit unverhüllter Ungeduld beugte er sich aus dem Fenster und hielt nach ihrem Wagen Ausschau. Er hatte genug von ihr und der Auseinandersetzung. Von der Kutsche war nichts zu sehen, und sie hörte ihn leise fluchen.
Maja schluckte und zwang sich zu der Frage: »Wo?«
»Im Büro deines Bruders.«
Maja blieb regungslos stehen und schwieg. Sie atmete kaum. Chester Maynard war vergessen. Ihr Herz tat weh. Christian war hinter ihrem Rücken zu Amos gegangen? Beinahe hätte sie noch eine Frage gestellt, aber sie fürchtete seinen Hohn und schwieg. Sie stieß den Atem aus, den sie angehalten hatte, aber es gelang ihr, sich so gut zu beherrschen, daß ihr Gesicht unbewegt blieb.
»Ach ...«
Auf der Straße hörte man endlich die Kutsche. Maja wäre vor Erleichterung beinahe in Tränen ausgebrochen. Die letzte Information bestürzte sie, und sie wurde das schreckliche Gefühl nicht los, daß Kyle ahnte, wie sehr. Sie wollte etwas über die Umstände der Begegnung wissen, aber sie wollte auch keinen Augenblick länger in der Nähe dieses Mannes sein, der keinerlei Skrupel kannte. Sie lief durch die Haustür zum Tor, wo der Kutscher wartete. Kyle folgte ihr etwas langsamer, mit auf dem Rücken verschränkten Händen.
Als er am Tor stand, bot er ihr den Anblick verletzter Unschuld. »Nicht ein Wort des Dankes für eine freiwillige Heldentat, die dir vielleicht den hübschen Kopf gerettet hat?«
Sie blieb auf den Stufen des Wagens stehen und sah ihn giftig an. »Nicht ein Wort der Entschuldigung«, erwiderte sie ebenso sarkastisch, »für die diabolischen Machenschaften, mit denen du Chester Maynard ... und mich verfolgt hast?«
»Entschuldigung ... für eine im Grunde weitere freiwillige Helden-

tat? Chester Maynard war ein skrupelloser Abenteurer, und das weißt du genau!«
»Und du bist ein anmaßender, skrupelloser ... Bastard. Leider weißt du das nicht!«
»Wirklich?« Er lachte. »Abgesehen davon, haben wir vieles, was uns verbindet!«
»Uns verbindet? Dich und mich, Kyle?« Ihr unfreiwilliges Lachen klang spöttisch. »Das kann nicht dein Ernst sein ...!«
»O doch!« Er lächelte nicht mehr. Er umfaßte den Torpfosten mit beiden Händen und warf ihr einen Blick zu, den sie in seiner ganzen Tragweite nicht verstand. »Wir beide haben ein sehr begründetes Interesse an Christian Pendlebury!«

*

Diesmal war die grüne Tür verschlossen. Olivia klopfte zweimal, aber nichts regte sich. Sie fürchtete plötzlich, daß niemand zu Hause sein könnte. Vielleicht waren sie alle verreist, und es würde ihr nicht möglich sein, sich mit Estelle auszusöhnen und sie um Verzeihung zu bitten.
Olivia mußte ihr unbedingt die eine Frage stellen, die ihr Leben überschattete.
Endlich hörte sie, wie ein Riegel zurückgeschoben wurde. Die Tür ging auf, und eine Frau ließ sie wortlos in den kleinen Vorraum eintreten, der zum Innenhof führte. Dort saß in den Strahlen der morgendlichen Sonne, die durch den Fliegendraht eines Fensters fielen, Estelle mit gekreuzten Beinen auf dem Bettgestell und hatte das Kästchen mit den Betelblättern vor sich. Es schien beinahe, als habe sie sich seit dem letzten Mal überhaupt nicht bewegt. Olivia atmete erleichtert auf. Estelle erhob sich langsam und umständlich. Sie schien keineswegs überrascht zu sein.
Einen Augenblick standen sie sich schweigend gegenüber und sahen sich an. Dann fielen sie sich in die Arme.
»Ich wußte, daß du zurückkommen würdest.« Olivia drückte Estelle fest an sich, die zitternd flüsterte: »Ich habe auf dich gewartet.«

Olivia drückte ihre Wange an die ihrer Cousine und brach in Tränen aus. »Verzeih mir, liebste Estelle, bitte, verzeih mir...«

»Es gibt nichts zu verzeihen.«

»Aber ja doch! Ich war...«

»Psst! Wir haben Zeit, später miteinander zu reden.«

»O Estelle, du weißt nicht, wie sehr du mir gefehlt hast. Ich hätte dich so gebraucht!«

»Und ich dich, meine liebste Oli«, murmelte Estelle traurig und ließ ihre Tränen ungehindert fließen.

Sie umarmten sich lange und weinten stumm. Sie konnten das Wiedersehen noch nicht richtig begreifen, versuchten zu verstehen, daß sie wieder zusammen waren, und fühlten sich von der Last der Erinnerungen erdrückt, denn plötzlich verdichteten sich zwanzig turbulente Jahre und wurden zum Hier und Jetzt. Sie schluchzten, bis keine Tränen mehr flossen. Um sie herum stand in ehrfurchtsvollem Schweigen und mit ernsten Gesichtern Estelles Familie. Die Lippen der Frauen zitterten, sie schluchzten erstickt, und auch ihnen liefen die Tränen über die Wangen. Schließlich trat Estelle zurück, Olivia und sie sahen sich an, lächelten, lachten und trockneten sich gegenseitig die Tränen ab. Noch immer lachend sanken sie nebeneinander auf Estelles Platz. Sie hielten sich an den Händen, waren glücklich und für kurze Zeit von allen Sorgen befreit.

Estelles Familie ließ sich von der Heiterkeit anstecken. Alle lachten und lächelten, drängten sich um die beiden, kicherten und redeten aufgeregt durcheinander. Noch einmal stellte Estelle sie einzeln Olivia vor, und wieder fühlte sie sich von der Gastfreundschaft überwältigt. Doch diesmal war sie nicht verwirrt und abgestoßen, sondern dankbar, daß man ihr verzieh und sie bereitwillig aufnahm.

Olivia hatte importierte Bonbons, Pralinen und bunte Lutscher für die Kinder mitgebracht, Photographien von der Familie, und für Estelle an ganzes Sortiment Toilettenartikel sowie hübsche Geschenke für alle Frauen der großen Familie. Diener wurden beauftragt, die Päckchen von der Tonga zu holen, die unter dem wachsamen Auge des Parfümeriebesitzers auf der Hauptstraße wartete.

Kichernd und lachend wurden die Päckchen geöffnet und die Geschenke bewundert. Die Familienphotos machten die Runde und wurden neugierig betrachtet und kommentiert. Nachdem die klebrigen Finger und Münder der laut protestierenden Kinder gesäubert worden waren, saßen die Frauen der Familie schließlich im Halbkreis auf dem Boden um das Bettgestell herum. Es gab gekühlte grüne Mangolimonade und Kuskus. Unter gutmütigem Kichern und Späßen überschütteten die Frauen Olivia mit Fragen über die fremde Welt, aus der sie kam. Jemand fragte, ob Amerika größer sei als Kanpur, und eine andere Frau, ob es weiter entfernt sei als Peshawar. Wieder eine andere wollte wissen, weshalb englische Sahibs nicht wie die Inder jeden Tag badeten. Sie verstanden auch nicht, daß die Engländer so unsaubere Tiere wie Schweine essen konnten und nicht krank davon wurden und starben. Eine junge Frau bat Olivia scheu darum, ihre Beine sehen zu dürfen, denn sie hatte gehört, daß Firanghi Mems keine Beine hätten. Olivia lachte und zog das Kleid bis zu den Knien hoch. Die Frauen blickten staunend auf ihre Beine und kugelten sich vor Lachen. Sie äußerten sich neidisch über das elegante Leinenkleid unter der Burka, bewunderten die Sandalen mit den hohen Absätzen und lobten Olivias bemerkenswert gutes Hindustani. Andächtig berührten sie ihre dichten Haare und staunten über ihre schimmernde Farbe, obwohl Olivia sie nicht mit Henna färbte.

»So, jetzt ist es aber genug!« erklärte Estelle schließlich lachend. Sie steckte sich noch ein Betelblatt in den Mund und betupfte sich genußvoll mit dem englischen Lavendelparfüm, das Olivia ihr geschenkt hatte, die Stirn. Dann schob sie energisch die Kinder beiseite, die auf dem Bettgestell herumkrochen. »Werden wir unserem lieben Gast etwas Richtiges zu essen anbieten, Miriam Bibi, damit sie uns nicht vergißt, oder soll meine Cousine verhungern?«

Eine schlanke, grauhaarige Frau sprang mit einem lauten Entsetzensschrei auf und eilte ins Haus. Mehrere andere Frauen folgten ihr. Olivia stellte fest, daß Estelles Schwager nicht zu sehen war. Hatte sie ihn für die Dauer ihres Besuchs wieder aus dem Haus geschickt?

Überrascht wurde Olivia auch bewußt, daß sie für die Frauen eine Ausländerin war, Estelle dagegen galt fraglos als eine der ihren. Sie erfüllten ihr jeden Wunsch, als sei es ein Befehl. Estelle war offensichtlich die Matriarchin der Familie und führte das Regiment. Die anderen Frauen wandten sich an sie, um alles mit ihr zu besprechen, sie suchten bei ihr Rat und erwarteten selbst in den unbedeutendsten häuslichen Dingen ihre Entscheidung.
Beim Mittagessen saßen sie mit gekreuzten Beinen auf Binsenmatten und Kissen. Es gab köstliches Biryani-Huhn, am Spieß gebratene Lammkoteletts mit Kräutern und süße Nudeln. Die Kinder fächelten ihnen Luft zu, und die Frauen umsorgten und bedienten sie liebenswürdig und herzlich. Estelle sprach bei dem Essen nur über familiäre Dinge und erzählte von dem Eisenbahnunglück, bei dem ihr Mann vor einigen Monaten ums Leben gekommen war. Nach Ablauf der Trauerzeit von einem Jahr würde es eine Hochzeit geben. Estelle berichtete stolz, daß sie die Ehe arrangiert hatte, die finanzielle Last für die Hochzeitszeremonien und Festlichkeiten tragen werde. Sie klagte über die schlechten Leistungen ihres Sohnes in der Schule, über Razias chronische Magenbeschwerden und über die ebenso chronische Arbeitsunlust ihres Schwagers. Deshalb war sie auch gezwungen gewesen, das Geschäft in die Hand zu nehmen und es hinter ihrem Schleier so gut wie möglich zu führen.
Bei all dem erwähnte Estelle mit keinem Wort ihr früheres Leben, und sie erkundigte sich auch nicht nach Olivias Alltag in Kalkutta. Während Olivia schweigend ihrer Cousine zuhörte, die ausschließlich Urdu sprach, machte sich in ihr das Gefühl der Unwirklichkeit wieder breit. So sehr sie sich auch bemühte, sie konnte diese Estelle nicht mit der Estelle in Verbindung bringen, die sie aus Kalkutta kannte. Es war eher so, als spiele jemand, der ihrer Cousine ähnlich sah, in einer ausgefallenen Verkleidung in einem Melodrama Estelle. Diesmal vergaß Olivia jedoch nicht die schreckliche Tragödie im Leben ihrer Cousine und gab sich als schweigende Zuhörerin zufrieden.
Nach dem Mittagessen, als sie wundervoll starken türkischen Kaffee tranken, wechselte Estelle plötzlich ins Englische. »Komm«, sagte sie. »Laß uns zum Fluß hinuntergehen. Dort sind wir ungestört. Es gibt

so vieles, so vieles, worüber wir reden müssen.« Als sie Olivias Erleichterung bemerkte, beugte sie sich vor und gab ihr einen Kuß. »Nicht alles ist so, wie es scheint, Olivia«, sagte sie leise. »Manchmal muß man Illusionen schaffen, um zu überleben.«

In einiger Entfernung von der Stadt mieteten sie ein Ruderboot, entfernten sich damit etwas vom Ufer und ließen das grüne Wasser über die Fingerspitzen laufen. Hamid, Mazhar Khans etwa zwölfjähriger Sohn, der sie bis zum Fluß begleitet hatte, wartete mit dem Tonga-Wallah auf ihre Rückkehr. Es war ein stiller Nachmittag. Die Luft war erfüllt von den Gerüchen der Erde. Es wehte ein warmer böiger Wind. Eine Zeitlang schien es einfach, so zu tun, als hätte es die vergangenen zwanzig Jahre nie gegeben, als seien sie noch immer jung und nicht vom Leben gezeichnet.

Estelle sprach wieder Englisch – das lag vielleicht daran, daß sie frei von den Zwängen war, die in ihrer konservativen einheimischen Familie herrschten. Olivia begann unbeschwert von gemeinsamen Freundinnen zu berichten, von Burra Khanas, die einst so wichtig für ihre Cousine gewesen waren, und sie erinnerten sich an den unvergeßlichen Ball, den Estelles Eltern gegeben hatten, um ihre einzige Tochter in die Gesellschaft einzuführen. Sie sprachen über Estelles Eltern, über den längst verstorbenen Arthur Ransome, der in Nordbengalen im Dschungel neben seinem Freund Joshua Templewood begraben worden war, über den Maharadscha und die Maharani von Kirtinagar und die verschiedenen Freundinnen in Kalkutta, von denen Estelle unzertrennlich gewesen war.

Olivia erzählte Estelle von den Jahren in Hawaii, nachdem sie mit Jai, Amos und Sheba 1851 auf der *Ganga* das Land verlassen hatte. Es war eine sorglose und glückliche Zeit gewesen. Sie waren den Spannungen und Turbulenzen in Indien entflohen. Olivias Vater und Sally hatten Jai vorbehaltlos akzeptiert und auch keine Einwände gegen die Beziehung, obwohl sie damals noch nicht verheiratet waren. Als Großeltern freuten sie sich über Amos, ihren ersten Enkel, und waren stolz auf ihn. Dann sprach Olivia auch über ihr Leben nach der Rückkehr und der schmerzlichen gesellschaftlichen Ächtung. Sie berichtete von Amos und Maja, von den schweren Jahren in Kalkutta, während die beiden heranwuchsen, und von den erstaunlichen Unterschieden ihrer Kinder.

»Sie haben beide sehr viel von Jai, aber das wollen sie nicht hören. Amos ist groß und zieht die Aufmerksamkeit auf sich. Mit seinen tiefschwarzen Haaren und blaßgrauen Augen ist er Jais Ebenbild. Das hast du von Anfang an gesagt, erinnerst du dich noch? Aber in seinem Wesen ähnelt er sehr viel mehr meinem Vater – er ist zurückhaltend, nachdenklich und ausgeglichen. Und Maja ...« Olivia machte eine Pause und seufzte. »Wie du an den Photos gesehen hast, hat Maja mit uns beiden keine Ähnlichkeit. Sie ist sehr unabhängig und selbständig. Du hast mich in einem deiner Briefe gefragt, von wem sie die blauen Augen hat. Wenn ich jetzt deine Augen sehe, dann denke ich, die hat sie von dir! In ihrem Wesen hat sie etwas von mir, aber sehr viel mehr von Jai. Manchmal gleicht sie ihm so sehr, daß es mich erschreckt. Sie ist unkonventionell, rebellisch, übertrieben verschlossen und entsetzlich nachtragend.«

Olivia hatte gehofft, mit ihrem Bericht bei Estelle eine Reaktion oder Anteilnahme hervorzurufen, aber darin sah sie sich getäuscht. Estelle hörte zwar aufmerksam zu, aber abgesehen von einigen Bemerkungen und Fragen blieb sie verschlossen. Ihre Augen verrieten größte Wachsamkeit und eine leichte Verwirrung. Es schien ihr schwerzufallen, sich an die Leute, Orte und Ereignisse zu erinnern, von denen Olivia redete. All das schien nicht mehr Teil ihrer Welt zu sein.

Jetzt fragte sie kopfschüttelnd: »Warum bist du nach Indien zurückgekommen?«

»Warum? Ich wollte Jai finden«, antwortete Olivia ohne Zögern. »Ich hatte keine Ahnung, was ... was ihm zugestoßen war. Erst nach unserer Rückkehr Anfang 1858 habe ich es erfahren. Ich hatte seit Juli des Vorjahres nichts mehr von ihm gehört, und Arvind Singh, Kinjal und Onkel Arthur ebenfalls nicht. Ich war außer mir vor Angst und Sorge. Ja, ich wollte nicht zurückkommen, aber ich hatte das Gefühl, daß ich es mußte. Ich hatte das Gefühl, daß Jai mich braucht.« Sie verzog schmerzlich den Mund und sagte bitter: »Aber er brauchte weder meine Hilfe noch die eines anderen.«

Einen Augenblick schwieg sie mit geschlossenen Augen und dachte an grausam leere Tage, in denen sie hatte lernen müssen, ohne ihn zu leben. Sie erinnerte sich an die Nächte voller Alpträume, in denen sie all das gequält hatte, was sie ihm nicht mehr sagen konnte, all die Dinge, die er nicht mehr sehen würde, die fehlenden Zärtlichkeiten, die ungelebten Tage, die sie nicht mehr teilen konnten. Er würde seine Kinder nicht heranwachsen sehen. Ihm war die Anteilnahme an ihren kleinen und großen Freuden der Kindheit verwehrt, gerade ihm, der nie eine Kindheit gehabt hatte. Er war tot, sein Leben war wie eine Flamme ausgelöscht. Es blieben nur verschwommene Erinnerungen, mit denen sie sich in den folgenden Jahren begnügen mußte. Er war gestorben, und sie war zurückgeblieben in der Zwangsjacke eines Lebens, das ohne ihn keinen Sinn für sie hatte. Olivia empfand es als die größte aller Ironien, daß Jai nur so wenige Jahre gelebt hatte und so lange tot sein würde, eine Ewigkeit lang und bis an das Ende aller Zeiten …

»Und nachdem du wieder hier warst, hast du dich zum Bleiben entschlossen«, murmelte Estelle. Es war keine Frage, sondern eher eine staunende Bemerkung.

Olivia öffnete die Augen und seufzte. »Nein, ich habe mich nicht zum Bleiben entschlossen«, erwiderte sie abwehrend. »Wie immer in meinem Leben treffen die Umstände die Entscheidung. Ungeklärte Dinge mußten erledigt werden … noch immer ist nicht alles erledigt. Ich bleibe auch, weil meine Kinder in beide Welten gehören. Ich habe kein Recht, ihnen das indische Erbe ihres Vaters vorzuenthalten. Das bin ich Jai schuldig.« Olivia fand es nicht notwendig, hinzuzufügen, daß dieses Erbe ihre Tochter allmählich in immer größere Konflikte stürzte und daß die ungeklärten Dinge sich nie klären lassen würden. Es hätte Estelle ohnedies nicht interessiert.

Natürlich mußte sie auch über Freddie Birkhurst sprechen. Der Gedanke an Freddie und die tragisch gescheiterte Ehe weckte in Olivia immer große Schuldgefühle. »Freddie hat mich geliebt und beschützt. Ich konnte ihm nie etwas dafür geben.«

Etwas löste ein Echo bei Estelle aus, und sie erwiderte plötzlich engagiert: »Du hast ihm etwas gegeben, was er nur von sehr wenigen Frauen bekommen hätte, Olivia!«

»Ja, aber es war nicht genug, Estelle!« sagte Olivia bedrückt. »Es war nicht genug.«
Estelle lächelte und fragte: »Lebt Lady B noch? Weißt du etwas von ihr? Erinnerst du dich noch an ihren außergewöhnlichen Appetit?« Estelle hatte Freddies Mutter den Spitznamen Lady B gegeben. Jetzt lachte sie, und bei dem so lange vermißten Lachen traten Olivia Tränen in die Augen.
»Ja, ich höre hin und wieder von ihr«, antwortete sie und unterdrückte die Tränen. »Sie ist inzwischen beinahe achtzig, aber ich glaube, noch immer im Vollbesitz ihrer Kräfte, und lenkt die Geschicke von Farrowsham. Sie haben eine Rekordernte Gerste, schreibt sie, und die Molkerei blüht. Sie haßt die englischen Winter und würde liebend gern in die tropische Wärme zurückkehren. Aber wie sie sagt, ist der Wille noch immer stark, der Körper macht allerdings nicht mehr mit.« Ein Eisvogel tauchte nicht weit vom Boot entfernt ins Wasser und flog kurz darauf mit einer zappelnden Beute im Schnabel wieder davon. »Freddie war bereits tot, als Jai und ich nach Hawaii fuhren, aber wir wußten es nicht.«
»Ach!« Estelle sah sie überrascht an. »Du hast mir das nie geschrieben.«
»Nein. Warum auch? Der Brief von Lady Birkhurst, in dem sie mir seinen Tod mitteilte, ist uns um die halbe Welt gefolgt und erreichte uns erst ein Jahr später in Honolulu.« Sie lachte leise, aber es klang bitter. »Auch eine Ironie meines Lebens. Jai und ich hätten ein Jahr früher heiraten können. Ich hätte mir die große Geste, meine Ehrbarkeit zu opfern, sparen können!«
Estelle sah sie neugierig an. »Bedauerst du es?«
»Nein! Niemals. Hätte ich es nicht getan, hätte ich ihn ein Jahr weniger für mich gehabt, und das wäre noch unerträglicher gewesen.«
»Ich habe oft an deine Kinder gedacht, Olivia«, sagte Estelle, und zum ersten Mal klang ihre Stimme traurig. »Ich habe Maja nie gesehen, und Amos war erst zwei, als ich mit ...« Sie brach verlegen ab.
»... als du mit Alistair nach England gefahren bist.« Olivia lächelte.

»Wie du siehst, kann ich seinen Namen aussprechen, ohne mir dabei auf die Zunge zu beißen!« Sie schüttelte den Kopf und hob das Kinn. »Ich habe geschworen, daß Alistair nie etwas mit meinem Leben zu tun haben würde. Das ist nicht der Fall, und wird auch nie geschehen.«

Innerlich aufgewühlt von all den Erinnerungen, griff Olivia nach den Rudern und trieb das Boot mit kräftigen, energischen Schlägen in die Strömung. Das Boot schoß vorwärts und näherte sich schnell dem gegenüberliegenden Ufer. In der Flußmitte ließ sie die Ruder sinken, lehnte sich zurück und atmete heftig. Einen Augenblick schwiegen sie beide. Jede war in die eigene innere Welt versunken. Dann holte Olivia tief Luft und lenkte ihre Gedanken entschlossen in eine andere Richtung. Estelle schuldete ihr eine Erklärung. Die Zeit dazu war gekommen.

»Estelle«, fragte sie ruhig. »Warum hast du in all den Jahren nie den Kontakt zu mir aufgenommen?«

Estelle blickte zur Seite. Es dauerte eine Weile, bis sie antworten konnte. »Ich denke, nach deinem ersten Besuch kennst du die Antwort. Ich konnte den Gedanken nicht ertragen, von dir abgewiesen zu werden, gerade von dir. Und instinktiv hast du das getan!«

Mit einem gequälten Aufschrei setzte sich Olivia neben ihre Cousine und umarmte sie. »Ich war völlig überrascht und nicht richtig vorbereitet ... Ich kann mir das nie verzeihen!« Sie drückte Estelle fest an sich. »Aber du weißt doch, wie nah du mir stehst, Estelle. Du hast mir gefehlt wie ein amputiertes Bein. Mir ist wirklich alles egal, solange du nur lebst, solange du gesund und glücklich bist, und wenn wir wieder zusammensein können.« Sie ließ Estelle los und sah sie an. »Bist du glücklich, Estelle ... wirklich glücklich?«

»Glücklich?« fragte Estelle verwundert und dachte über das Wort nach, als hätte sie es nie gehört. »Ich weiß nicht. Ich weiß es wirklich nicht. Glück, Trauer, Liebe, Haß ...« Sie zuckte mit den Schultern. »Diese Worte haben für mich keine Bedeutung mehr. Ich kann deine Frage nicht beantworten. Aber wenn du mich fragst, ob ich unglücklich bin, dann antworte ich: Nein. Ich bin nicht unglücklich. Warum sollte ich unglücklich sein?« Es klang trotzig. Sie senkte den Kopf und strich die Falten des schwarzen Kaftans mit solcher Hingabe glatt, als sei das von allergrößter Bedeutung. »Ich habe ein Zuhause, eine Familie, Kinder und eine Identität. Ich gehöre zu einer Welt, in der ich Selbstachtung haben kann und in der ich akzeptiert werde. Ich bin dankbar, daß ich jeden Morgen in der Sicherheit meines eigenen Hauses aufwache und abends in dem Bewußtsein schlafen gehe, daß ich beschützt bin. Ich habe genug, um dankbar zu sein, und ich habe der Gnade Allahs viel zu verdanken.« Sie schüttelte den Kopf und richtete die blauen Augen auf Olivia. »Ich bin nicht unglücklich. Ich bin zufrieden.«

Die nüchterne Feststellung schmerzte Olivia. »Wenn du zufrieden bist, weshalb hast du dann die Pickfords besucht?« fragte sie unverblümt. »Lag es nicht daran, daß dir das Leben und die Menschen fehlen, zu denen du wirklich gehörst?«

»Du hast mich also durch die Pickfords gefunden!«

»Ja.«

Estelle sah sie beunruhigt von der Seite an, aber sie wich Olivias Blick aus. Sie überließ sich wieder ihren Gedanken und bewegte die dicken Finger unruhig im Schoß.

»Warum habe ich die Pickfords besucht?« wiederholte sie schließlich Olivias Frage. »Ich habe oft darüber nachgedacht, aber ich weiß es eigentlich nicht. Vielleicht hast du recht. Es war schön, hin und wieder mit ihnen zusammenzusein, und sei es auch nur, um mich meinen Illusionen hinzugeben. Ich kann es wirklich nicht erklären.« Ungeduldig griff sie nach einem kleinen silbernen Kästchen, das sie in der Handtasche trug, und holte daraus ein Betelblatt, das sie kaute, als wolle sie damit die sichtbaren Zeichen einer Identität verstärken, die plötzlich zu verblassen drohte.

Olivia ließ die Sache auf sich beruhen. Es war nicht weiter wichtig, denn sie hatten sich wenigtens wiedergefunden! Sie griff wieder nach den Rudern. Diesmal ruderte sie zum Ufer zurück, von dem sie aufgebrochen waren. Das gleißende Licht des Nachmittags war bereits dem abendlichen Gold gewichen. Die Umrisse der braunen Schlammbänke auf beiden Seiten des Flusses wurden weicher. Ein paar Spaziergänger machten ihre abendliche Runde. Unter einem grünen Baum saß ein Mann und spielte auf einer einfachen Holzflöte. Der Wind rauschte leise im dichten Laub am Fluß. Im abendlichen Licht wirkte alles rosig und idyllisch. Das grasbewachsene Ufer, an dem sie das Boot verließen, sah einladend aus. Arm in Arm schlenderten die beiden Cousinen auf ein kleines Wäldchen zu, das mehr Schutz zu bieten schien als das offene Flußufer. Dort setzten sie sich auf zwei nebeneinanderstehende Baumstümpfe.

Es war Zeit, eine andere Lücke zu füllen – die schmerzlichste von allen. Olivia faßte sich ein Herz, um über das eine Thema zu sprechen, das sie beide bisher nicht angeschnitten hatten. Aber es mußte geschehen.

Sie mußten über Bibighar sprechen.

»Sie haben ihn gehängt.« Olivia griff nach einem langen Zweig, der auf dem Boden lag. »Sie haben Jai im Juli 1857 gehängt. Sie sagen, er sei ein Verräter gewesen, ein Komplize des Nana Sahib. Sie machen ihn für das Massaker des Bibighar verantwortlich.« Ihr Gesicht war totenblaß geworden. Sie starrte auf einen Sonnenfleck vor ihren Füßen.

»Ja.«

»Du warst im Bibighar.«

»Ja.«

»Du warst dort dreizehn Tage.«

»Ja.« Estelles Stimme wurde immer leiser. Jetzt war sie kaum noch zu hören.

Das wachsende Gefühl der Angst ließ ihre Hände zittern. So viele Jahre hatte sie in Erwartung auf diesen Augenblick gelebt, aber jetzt erfaßte sie Entsetzen bei der Vorstellung, was er bringen mochte. Sie ballte die Hände zu Fäusten und stellte schließlich die entscheidende Frage.

»War Jai im Bibighar ...?«

Estelles Haut war aschgrau geworden. Ihre Augen wirkten kalt. »Ich erinnere mich nicht.«

Olivia umklammerte die Hände ihre Cousine. »Ich habe so lange darauf gewartet, dich wiederzusehen, um dir diese Frage zu stellen, Estelle. Es ist die wichtigste Frage meines Lebens! Du bist die einzige

Überlebende des Bibighar, die ich kenne. Nur du kannst mir die Antwort geben. Bitte, liebste Estelle, hilf mir ...!« Voll Hoffnung, voll Verzweiflung und Angst wagte sie kaum noch zu atmen. Ihre Stimme klang heiser und trocken, als sie schließlich unter größter Überwindung hervorstieß: »Sie behaupten in ihrem Bericht, daß Jai als der Eurasier in Bibighar identifiziert wurde, daß er einer der Mörder war, die ... die Frauen und Kinder niedergemetzelt haben. Sag mir, ist es wahr, Estelle? Sag es mir ...!« In ihrer Erregung umklammerten ihre Hände Estelle so fest, daß die Fingernägel sich in die Haut ihrer Cousine bohrten und eine blutige Spur hinterließen.
Ohne die Miene zu verziehen, löste Estelle sehr konzentriert einen Finger nach dem anderen und zog ihre Hände dann zurück. »Ich weiß nichts mehr über ... über diesen Ort.« Ihre Stimme klang leblos, ihre Worte so monoton, als habe sie ein Papagei gesprochen. Ihre Augen waren völlig ausdruckslos geworden.
Olivia ließ die Arme hängen. Mit einem enttäuschten Aufschrei schlug sie die Hände vor das Gesicht. »Verzeih mir, meine arme, liebste Estelle, daß ich die Wunden wieder aufreiße. Verzeih mir, daß ich so grausam bin, aber du bist die einzige Hoffnung, Jais Namen von der Schuld zu befreien. Du hast ihn in den letzten Monaten seines Lebens gesehen. Er hat dir seine letzten Gedanken anvertraut, seine Ängste, seine Absichten. Seine Briefe an mich waren leider so ungenau und ohne die wichtigsten Informationen. Ich habe nicht gewußt, was er wirklich tat oder dachte. Vielleicht wollte er mich nicht beunruhigen. Estelle, er war dein Halbbruder. Ihr habt einen gemeinsamen Vater. Du hast ihn ebenso geliebt wie er dich!« Olivia faßte Estelle an den Schultern und zwang sie, den Kopf zu heben und sie anzusehen. »Denk an deinen Bruder, denk an seine beiden Kinder, Estelle, bitte versuche, dich zu erinnern ... versuche es ...!«
»Ich ... kann nicht!« Estelle wich der Berührung aus. Sie begann zu zittern.
»In jenen dreizehn Tagen«, fuhr Olivia hartnäckig fort, »hat Jai dich besucht. Hatte er vor, dich vor dem Massaker zu retten, von dem sie behaupten, daß er es geplant habe? Wenn es wirklich so war, hat er dann nicht versucht, wenigstens dich zu retten? Du warst seine ge-

liebte Schwester, und er hatte dich bereits vorher gewarnt ... Sag mir Estelle, hast du ihn im Bibighar gesehen? War er überhaupt dort?«
»Ich bin nicht Estelle!« Sie wich weiter vor ihr zurück. »Ich bin Sitara Begum ...«
»Hör mich an ...!«
»Nein!« Estelle sprang mit überraschender Beweglichkeit auf. Ihr Gesicht war vor Entsetzen verzerrt. »Ich weiß nichts!« schrie sie. »Ich weiß nicht, was Estelle dort widerfahren ist ... ich bin Sitara Begum! Laß Estelle um John Sturges und um Jonathan trauern. Warum sollte ich es tun? Sie bedeuten mir nichts!« Sie schlug sich mit der flachen Hand auf die Brust. Ihr Atem ging stoßhaft und gequält. »Estelle ist hinter den Verteidigungswällen gestorben. Estelle ist an jenem Tag im Bibighar gestorben. Kannst du das nicht verstehen?« Sie brach in lautes, heftiges Schluchzen aus und lief vor Olivia davon. Sie floh hinter einen Vorhang aus hängenden Banyan-Wurzeln am anderen Ende des Wäldchens.
Erschrocken über die Heftigkeit von Estelles Reaktion sank Olivia auf den Baumstumpf. Sie wußte nicht, was sie unternehmen sollte. Dann bekam sie es mit der Angst zu tun und folgte Estelle. Ihre Cousine stand vor einem großen Baum und hatte die Arme um den Stamm geschlungen. Ihr Körper zuckte unter den Schluchzern. Olivia blieb hilflos und von Mitgefühl überwältigt stehen. Sie kam sich schuldig vor und wollte Estelle in die Arme schließen, aber sie wußte, in diesem Augenblick war sie ihr entzogen. Entmutigt ging sie langsam zu dem Baumstumpf zurück, setzte sich und wartete unglücklich darauf, daß die Qual vorüberging.
Die Schreie und lauten Stimmen hatten ein paar Spaziergänger aufmerksam werden lassen. Sie blickten fragend zum Wäldchen, aber als alles wieder still wurde, lachten sie und gingen weiter. Sie glaubten, es handle sich nur um den bedeutungslosen Streit zweier Frauen. Olivia blieb stumm sitzen und blickte auf den Flötenspieler. Der Gedanke, daß sie ungewollt Estelles Leid wiederbelebt hatte, war unerträglich. Ungewollt? Nein, nicht ungewollt, sondern bewußt! Aber wie sonst sollte sie Antwort auf die entsetzliche Frage bekommen?

Als der Sturm der Gefühle in Estelle vorübergezogen war, ging sie zu dem Platz zurück, wo Olivia saß. Mit einem tiefen Seufzen sank sie vor ihr ins Gras und zog die Knie unter das Kinn. Ihre Wangen waren noch feucht von den Tränen, aber sonst wies nichts auf den inneren Aufruhr hin, der sie noch vor kurzem überwältigt hatte. Sie schwiegen beide. Dann begann Estelle zu sprechen.

»Du hast dir große Mühe gegeben, mich zu finden, Olivia. Ich glaube, du hast das Recht, wenigstens etwas von dem zu wissen, was mir widerfahren ist.« Ihre Stimme klang tonlos. Sie sah Olivia nicht an. »Ich bin eine Wiedergeburt. Damals am Fluß ist Estelle gestorben, und Sitara Begum wurde geboren. Azhar Khan war Sepoy in der 2. Kavallerie und gehörte zu denen, die uns am Ghat niedermachen sollten. Er hat mich gerettet, obwohl mir das damals kaum bewußt war. Ich verdanke ihm mein Leben . . . alles.« Jetzt sah sie Olivia an, aber ihr Gesicht blieb ausdruckslos. »Vom . . . Bibighar weiß ich nichts mehr. Ich kann dir nicht helfen . . . tut mir leid.«

Die Enttäuschung war so groß, daß Olivia stumm sitzen blieb. Niemand würde ihr eine Antwort auf jene Frage geben können. Sie würde die quälende Ungewißheit nie loswerden. Sie würde auch die Zweifel ihrer Kinder nicht beseitigen und ihnen sagen können, daß ihr Vater unschuldig war. Und ihre eigenen Zweifel? Die hatte es nie gegeben.

Sie klammerte sich an ihre letzte Hoffnung und bat Estelle: »Komm mit mir nach Kalkutta zurück . . . wenigstens für eine Weile.«

Estelle schien sie nicht gehört zu haben. »Azhar Khan hat meine Wunden behandelt«, fuhr sie tonlos fort. »Er hat mich gesund gepflegt und mich ins Leben zurückgeholt. Er hat mich in sein Dorf in den Bergen nahe von Peshawar gebracht. Dort verbrachten wir zwei Jahre. In dieser Zeit haben mich seine alten Eltern und seine beiden ersten Frauen mit großer Freundlichkeit behandelt. Sie haben mir geholfen, mich wieder als Menschen zu achten. Sie gaben mir eine neue Identität, eine neue Lebensweise und einen neuen Glauben . . . eine völlig neue Welt. Dann kehrte Azhar mit mir nach Kanpur zurück. Er widmete sich seinem Teppichgeschäft, und seitdem wohne

ich hier.« Sie sah Olivia an. »Es ist die einzige Welt, die ich kenne und in der ich leben kann.«
»Dann können wir nie wieder zusammensein«, murmelte Olivia. »Willst du mir das sagen?«
»Ja. Wir können nie wieder zusammensein ... nicht auf die Art, an die du denkst. Du verwirrst mich, Olivia. Du zwingst mich, an Vergessenes aus einem früheren Leben zu denken. Aber ich habe dieses Leben hinter mir gelassen, und manchmal frage ich mich, ob es dieses Leben je gegeben hat. Unsere Welten sind weit voneinander entfernt, Olivia. Sie haben keine Berührungspunkte. Nichts verbindet sie miteinander.«
»Unsere gegenseitige Liebe verbindet sie!« rief Olivia tief verletzt. »Willst du auch das leugnen?«
In Estelles Augen glänzten Tränen. »Nein! Daran wird sich nie etwas ändern ... nie!« Ihre Stimme klang zum ersten Mal lebhaft und eindringlich. »Verstehst du nicht, Olivia, ich kann niemals zurückkehren. Du wirst mich vielleicht wieder aufnehmen, aber werden es die anderen tun?« Sie schüttelte den Kopf und wischte sich mit dem Schleier die Tränen aus den Augen. »Die Menschen hier gehören zu mir. Mit ihnen fühle ich mich verbunden. Bei ihnen kann ich mich normal verhalten.«
»Du lebst in einer fremden Wirklichkeit und deshalb schaffst du dir deine eigenen Illusionen!« erklärte Olivia.
»Ja. Aber die Pickfords werden dir erzählt haben, daß meine Illusionen harmlos sind. Wenn ich sie brauche, dann helfen sie mir.«
»Und du willst den Rest deines Lebens hier verbringen?«
Estelle zuckte die Schultern. »Ja. Mein Schwager möchte mich heiraten.«
»Und hast du dich dazu bereit erklärt?«
»Mazhar ist ein Kind und faul, aber er ist ein guter Mann. Auch er wird gut und freundlich zu mir sein. Nur darauf kommt es jetzt noch an ... auf Freundlichkeit. Ja, ich werde ihn im nächsten Jahr heiraten.«
Sie lächelte plötzlich. Aus ihrem Gesicht sprachen schlichtes Vertrauen, Frieden, Hoffnung und Zufriedenheit. Dieses Lächeln sprach

von vielerlei. Es war so beredt und unschuldig, daß es Olivia den Atem verschlug. Mit diesem Lächeln schien ihr Estelle alles zu sagen, was gesagt werden mußte.

Olivia hatte die innere Beweglichkeit ihrer Cousine schon immer bewundert. Sie besaß die erstaunliche Gabe, die größten Überraschungen und ungewollten Wendungen in ihrem Leben zu meistern. Im Gegensatz zu ihr besaß Estelle immer die Fähigkeit, sich anzupassen. Sie nahm Korrekturen vor, schloß Kompromisse, verhielt sich pragmatisch und vernünftig. Sie machte das Beste aus dem Schlimmsten und blickte nach vorne und nicht zurück. Auch wenn ihre Tragödie noch so dicht unter der Oberfläche lag, sie hatte wirkungsvolle Mechanismen der Verteidigung geschaffen, eine schützende Decke und eine Möglichkeit des Überlebens. Da sie nicht mit der Vergangenheit leben konnte, hatte sie durch eine rationale Operation alles Unerwünschte amputiert. Sie hatte getan, was in ihren Kräften stand, um die Dämonen zu fesseln und die Ungeheuer von sich abzulenken. Wenn sie unvermutet wieder auftauchten, wurden sie geschickt und schnell vertrieben wie die Schmerzen einer Migräne, die man mit einer Aspirintablette bekämpfte.

Olivia richtete sich auf und sah ihre Cousine staunend an. Ja, sie war eine Wiedergeburt, ein Wesen, das am Ende einer teuflischen Verstrickung einen Neuanfang gewagt hatte.

»Wirst du die Pickfords wieder besuchen?« fragte sie niedergeschlagen und mit schwerem Herzen, bevor sie in ihre Tongas stiegen.

»Nein ... vielleicht. Ich weiß es nicht.« Die Unsicherheit ließ Estelle rot werden. »Aber wenn ... wenn du sie siehst, dann grüße sie sehr herzlich von mir. Ich bin ihnen sehr dankbar ..., daß sie dich zu mir geführt haben.«

»Werde ich dich wiedersehen?«

Estelle blickte zu Boden. »Möchtest du das?«

»Ja, das möchte ich. Du solltest das wissen und nicht so verletzende Fragen stellen!«

Einen Moment schwieg Estelle. Dann breitete sie die Arme aus und drückte Olivia zum letzten Mal an sich. »Ich werde nie wieder nach Kalkutta kommen«, flüsterte sie ihr ins Ohr. »Das kann ich nicht. Aber hier werde ich immer für dich dasein, meine liebe Oli, immer.« Olivia sah ein, daß Estelle ihr nicht mehr versprechen konnte.

*

Olivia konnte Kanpur unmöglich verlassen, ohne die Pickfords noch einmal zu besuchen. Sie waren zwar sehr freundlich und mitfühlend, doch es fiel Olivia schwer zu entscheiden, wieviel sie ihnen sagen sollte. Die Pickfords führten ein einfaches und unkompliziertes Leben, und sie waren schließlich Engländer! Würden sie in der Lage sein, die merkwürdigen und verschlungenen Wendungen in Estelles Leben zu verstehen?

David Pickford war an dem Vormittag im Geschäft, als Olivia seine Frau und Tochter besuchte. Sie wurde sehr herzlich empfangen. Die beiden waren von Olivias Nachricht begeistert und freuten sich über den Erfolg, an dem auch sie ihren Anteil hatten. Als sie mit ihrem Gast auf den Rasen hinausgingen, wo unter blühenden Goldregensträuchern neben dem Springbrunnen ein Tisch stand, übermittelte Olivia ihnen Estelles Grüße.

»Ihre Cousine war bestimmt sehr überrascht, Sie zu sehen«, sagte Rose Pickford, »aber wir haben gehofft, daß sie nicht aus der Fassung geraten würde. War das Wiedersehen so, wie Sie es sich erhofft hatten?«

»O ja. Sie hat sich sehr gefreut«, versicherte Olivia. »Wir haben viele Stunden miteinander verbracht und konnten über alles sprechen, was uns bewegt. Estelles große Familie hat mich ebenso freundlich willkommen geheißen wie sie. Leider ist Azhar Khan, ihr Mann, vor ein paar Monaten gestorben.«

»O wie traurig für sie!« rief Adelaide Pickford. »Wir hatten immer den Eindruck, daß sie ihren Mann wirklich liebte.«

Aziz Rasul, der Diener, brachte auf einem Tablett Kaffee und Appetithäppchen. Da er bei der Suche nach Estelle eine so wichtige Rolle gespielt hatte, schien es nur richtig, daß er die freudige Nachricht vom glücklichen Wiederauftauchen von Sitara Begum erfuhr. Er strahlte, dankte Allah und verneigte sich mehrmals. Er hatte eine Nachricht für Rose, die sich sofort entschuldigte und ins Haus ging.

»Der Vikar bereitet für den nächsten Sonntag eine Wohltätigkeitsveranstaltung vor«, erklärte Mrs. Pickford. »Offenbar schickt er seinen Hilfspfarrer, um die alten Kleider zu holen, die Rose für einen der Verkaufsstände versprochen hat.«

»Estelle ist in Trauer«, sagte Olivia und nahm den Faden ihres Gesprächs wieder auf. »Deshalb hat sie die Besuche bei Ihnen so plötzlich abgebrochen ...« Da sie nicht wußte, wie sie für all die anderen Dinge, die erklärt werden mußten, die richtigen Worte finden sollte, schwieg sie.

Adelaide Pickford schenkte den Kaffee ein und unterbrach das Schweigen nicht. Erst nachdem sie ihre Pflichten als Gastgeberin erledigt hatte, setzte sie sich und legte Olivia die Hand auf den Arm. »Sie müssen nicht mehr erklären. Das ist alles zu schmerzlich. Wir haben von Anfang an geahnt, aus welchem Grund Ihre Cousine den Kontakt zu ihren Verwandten nicht aufgenommen hat. Wir haben unsere Vermutungen nicht geäußert, weil das unverzeihlich anmaßend gewesen wäre, bevor Sie es selbst herausgefunden hatten.«

Olivia sah sie überrascht an. Mrs. Pickford lächelte. Sie bückte sich und nahm eine dunkelblaue Haube aus ihrem Nähkorb, an der sie gerade arbeitete. »Liebe Mrs. Thorne, wer den Aufstand erlebt hat, den kann nur noch wenig schockieren. Damals in den Tagen der Zerstörung und Grausamkeit, als unser Leben am seidenen Faden hing und der nächste Morgen eine Ewigkeit entfernt zu sein schien, war jeder seinem eigenen Druck, seinen eigenen Zwängen ausgesetzt, wenn er überleben wollte.«

»Ja, das kann ich mir vorstellen ...«, murmelte Olivia.

»Wirklich?« Adelaide Pickford legte die Näharbeit zur Seite. »Kurz bevor wir während des Aufstands alle in der Residenz von Lucknow Zuflucht suchten, erschien eines Tages ein Trupp Männer in unserem Haus, um uns zu überfallen und das Haus in Brand zu setzen. Wie so oft damals, wenn Gefahr drohte, waren alle Dienstboten spurlos verschwunden. David und unsere beiden Söhne waren auch nicht da, also waren Rose und ich allein. Rose hatte einmal zufällig gesehen, daß David seine Pistole in seiner Schreibtischschublade im Arbeitszimmer aufbewahrte. Sie hatte noch nie im Leben eine Waffe angerührt, geschweige denn benutzt. Als sie sah, wie der Anführer der Gruppe die Haustür aufriß und mich bedrohte, lief sie unbemerkt in das Arbeitszimmer und holte die Pistole.

»Und sie hat die Männer damit in die Flucht gejagt?« fragte Olivia staunend.

»O nein!« Mrs. Pickford griff wieder nach der Haube. »Sie hat die Pistole entsichert und dem Mann mitten in die Stirn geschossen. Die anderen flüchteten. Rose war damals erst sechs Jahre alt.« Sie wies auf die Platte. »Noch ein Mandelplätzchen, Mrs. Thorne?« Abgesehen von einem leichten Zittern in der Stimme schien die Erinnerung Mrs. Pickford nicht weiter zu erregen. »Sehen Sie, Mrs. Thorne, damals waren wir der Ansicht, daß wir nicht das Recht haben, ein Urteil zu fällen. Und das, so meinen wir, gilt auch heute noch.«

Olivia schwieg lange, aß das Mandelplätzchen und trank den aromatischen südindischen Kaffee. Ein Mali kauerte in dem hübsch angelegten Garten vor den Rosen und jätete Unkraut. Die Rosen waren mit Blüten übersät und verbreiteten einen wundervollen Duft. In der wohltuenden Stille hörte man das beruhigende Summen der Bienen.

»Ich glaube«, brach Olivia schließlich das Schweigen, »Sie sollten etwas über mich wissen, Mrs. Pickford.« Sie hatte sich spontan entschlossen, dieser ehrlichen Frau die Wahrheit zu sagen. »Ich heiße nicht Thorne, sondern Raventhorne. Vermutlich ist Ihnen dieser Name nicht unbekannt. Man hat mir gesagt, daß er während des Aufstands in aller Munde war. Ich bin Jai Raventhornes Witwe, und Amos ist unser Sohn. Bei seinem ersten Besuch hier wählte Amos das Pseudonym für den Fall, daß Sie wie viele andere seinen richtigen Namen für zu anrüchig halten würden.« Olivia sprach ohne Zögern. Wenn in ihrer Stimme eine gewisse Bitterkeit lag, so war sie doch beherrscht. Sie griff nach ihrer Handtasche und wollte aufstehen. »Ich bitte Sie, dieses Versteckspiel zu entschuldigen, Mrs. Pickford. Ich schäme mich, dazu gegriffen zu haben, da Sie uns so liebenswürdig Ihre Freundschaft und Hilfe angeboten haben.«

Adelaide Pickford reagierte auf Olivias Worte mit Schweigen. Sie schien völlig in ihre Arbeit versunken zu sein. Dann legte sie die Nadeln auf den Tisch und faltete die Hände im Schoß.

»Wir wußten, daß Sie Mrs. Raventhorne sind.«
»Sie ... haben es gewußt?«
»Du meine Güte, ja! Sehen Sie, David war von Ihrem Sohn nach dem ersten Besuch sehr beeindruckt. Er wollte mehr über ihn und seine Familie erfahren und hat unsere Agenten in Kalkutta um Auskunft gebeten. Es war nicht schwer, die Wahrheit herauszufinden. Ihr Name ist in der Tat sehr bekannt und ganz bestimmt nicht nur aus dem Grund, den Sie befürchten.« Sie lachte leise. »Sie sehen also, wir haben beide ein wenig Versteck gespielt, und so muß sich keiner beim andern entschuldigen.«
Olivia war verwirrt, aber nicht nur, weil die Pickfords Bescheid über sie wußten, sondern wegen der Gelassenheit, mit der sie die ganze Sache hinnahmen. »Ich ... ich weiß nicht recht ... was ich sagen soll ...« Olivia war gerührt und sehr erleichtert.
Langsam erhob sie sich.
»Ach, Sie müssen nichts sagen!« Adelaide Pickford erhob sich ebenfalls und drückte Olivia beide Hände. »Ich meine das wirklich, was ich Ihnen gesagt habe. Es steht uns nicht zu, über irgendeinen Menschen ein Urteil zu fällen und zu entscheiden, was falsch und was richtig ist.«
Olivia traten die Tränen in die Augen. »Gott ist mein Zeuge, Mrs. Pickford«, stieß sie mit erstickter Stimme hervor. »Ich weiß, daß mein Mann unschuldig ist ...«
Mrs. Pickford drückte ihre Hände fester. »O mein Gott, wie schrecklich müssen Sie leiden!« Sie sah sie verständnisvoll und voll Mitgefühl an. »Seine Unschuld wird ans Licht kommen, Mrs. Raventhorne. Gott kennt die Wahrheit, aber wie ich sehe, kennt Ihr Herz sie auch. Gottes Wege sind manchmal unverständlich.« Sie lächelte und fügte fröhlich zwinkernd hinzu: »Ich finde, Sie sollten auch weiterhin an die Sprache Ihres Herzens glauben. Dann gibt es bestimmt weniger Mißverständnisse.«
Olivia beugte sich spontan vor und gab Adelaide einen Kuß auf die Wange. Es war ein Segen, diese Familie als Freunde gewonnen zu haben. Leute wie die Pickfords waren in der Tat wie das Gold dieser Erde.

Sechstes Kapitel

Die unfreiwillige Begegnung mit Kyle beunruhigte Maja mehr, als sie sich eingestehen wollte. Der Gedanke daran ließ sie nicht mehr los. Normalerweise schlief sie nach Erledigung der Aufgaben im Haus und der täglichen Pflichten in den Ställen tief und fest. Aber in der Nacht nach dem Zusammentreffen wollte der Schlaf nicht kommen, wie sehr sie auch versuchte einzuschlafen. Über den wolkenverhangenen Himmel jagte ein bedrohlicher Nordwestwind. Der Halbmond verbarg sich hinter einer dichten Wolkenwand, und im Schlafzimmer wurde es völlig dunkel. In der Schwärze der Nacht bekam die ungewollte Begegnung noch bedrohlichere Aspekte. Majas Gedanken überschlugen sich, und ihrer Phantasie waren keine Grenzen gesetzt. Als sie schließlich genug davon hatte, sich in der schwülen Luft schlaflos unter den Laken herumzuwerfen, und ihr das Summen der Moskitos vor dem schützenden Fliegenfenster immer mehr auf die Nerven fiel, stand sie auf, wusch sich das Gesicht mit kaltem Wasser und ging hinunter in die Küche. Dort wollte sie eine Tasse Zitronentee trinken, um ihre Lebensgeister wieder zu wecken.

Was für ein Interesse hat Kyle an Christian Pendlebury ...?

In der kleinen Küche neben dem Frühstückszimmer stellte sie den Wasserkessel auf das Feuer und ging auf die rückwärtige Veranda hinaus. Am anderen Ende lagen Spice und Sugar zusammengerollt und schliefen friedlich. Das Quietschen der Fliegentür weckte sie. Sie reckten sich und winselten. Maja streichelte sie beide und befreite sie von der Kette. Sie waren schlagartig munter und sprangen übermütig in den Garten. Die unheimliche vormorgendliche Stille, die wie ein schwarzer Schleier über der Erde lag, begann sich langsam zu heben.

Der böige Wind war frisch und kühl. Die nächtlichen Regenschauer hatten die Luft gereinigt. Es würde bald hell werden. Dann war es Zeit für den morgendlichen Ausritt mit Christian. Der Wasserkessel begann zu pfeifen, und Maja lief in die Küche zurück.

Maja hielt die heiße Tasse in beiden Händen, trank mit kleinen Schlucken und starrte in die Nacht. Unruhig lief sie auf der Veranda hin und her. Unbedeutende Einzelheiten des Abenteuers am Vortag fielen ihr wieder ein. Die Nachwirkungen ließen sich einfach nicht abschütteln, und sie wurde ein Gefühl der Bedrohung nicht los. Natürlich quälte sie die eine Frage mehr als alles andere:

Was kann Kyle von Christian wollen ...?

Die Frage verstärkte ihre latente Angst vor Kyle. Dieser Mann war ein Zerstörer, für den Anarchie und Vernichtung etwas völlig Natürliches waren. Trotz seiner Behauptungen zweifelte Maja nicht daran, daß er Chester Maynards Ruin sorgfältig geplant und ohne jede Rechtfertigung aus reiner Bosheit herbeigeführt hatte. Jetzt schien er sich ebenso grundlos mit unsauberen Absichten Christian zuzuwenden. Warum ...?

Ihr Bruder bewunderte Kyle, aber sie hatte ihn nie verstanden. Ihr war es auch nicht gelungen, einen Blick hinter die hermetisch verschlossene Fassade seines unergründlichen Bewußtseins zu werfen. Sie zweifelte nicht daran, daß Kyle alles nach genauer Überlegung tat, und aus selbstsüchtigen Motiven! Welche Absicht lag also hinter seinem Interesse an Christian?

Die Hunde stürmten auf die Veranda, schüttelten das nasse Fell und ließen sich zufrieden zu Majas Füßen auf den Boden fallen. Sie tätschelte ihnen die Köpfe, lehnte sich zurück und atmete tief die wundervollen Gerüche der nassen Erde ein. Aber die Erinnerung legte ihr noch andere Fragen vor, die sie nicht einfach beiseite schieben konnte. Das Spielzeug zum Beispiel. Das ging sie natürlich nichts an. Kyles Sünden waren ihr völlig gleichgültig. Aber sein Unbehagen darüber, daß sie das Spielzeug gesehen hatte, weckte ihre Neugier. Sie fand es sehr interessant, daß es ein Geheimnis geben mochte, eine etwas menschlichere Seite an ihm, daß sein Leben auch dunkle Ecken und Abgründe hatte, die er der Welt nicht zeigen wollte. Maja hatte zwar erklärtermaßen kein Interesse an Kyle, aber sie mußte sich eingestehen, daß es sehr aufregend wäre, diese dunkle Seite seines Wesens näher zu beleuchten.

Die Wanduhr schlug einmal die halbe Stunde. Es war halb fünf. Bald würde das erste Licht im Osten auftauchen. An diesem Morgen war sie mit Christian an der Brücke über den Tolly Nullah verabredet. Er hatte den Wunsch geäußert, einmal den großen Besitz der Nachfahren des Tippu-Sultans in Tollygunge zu erkunden. Hinter den hohen Mauern lagen auch ausgedehnte und besonders schöne Wälder. Bei dem Gedanken an Christian runzelte Maja die Stirn, und sie wurde rot.

Nach ihren Berechnungen hatte Christian ihren Bruder bereits vor einer Woche in seinem Büro aufgesucht. Seitdem war sie jeden Morgen mit ihm ausgeritten. Wenn er das gewollt hätte, wäre mehr als genug Zeit gewesen, ihr von dem Besuch zu erzählen.

Warum hat er das nicht getan? Warum hat Amos nichts gesagt?

Zu ihrem noch größeren Ärger hatte sie von Grace Lubbock erfahren, daß Christian auf der Versammlung der Derozio-Gesellschaft gewesen war. Auch davon hatten weder er noch Amos ihr etwas gesagt. Gab es da einen Zusammenhang? Warum sollte Christian eine Versammlung von Leuten besuchen, mit denen er absolut nichts zu tun hatte?

Christians plötzliche Heimlichtuerei verletzte Maja. Sie verstand auch nicht, weshalb er ihren Bruder überhaupt kennenlernen wollte. War der Grund dafür sein Interesse an der Derozio-Gesellschaft? Hatte es etwas mit ihr zu tun? Die Sache wurde noch beunruhigender, weil Kyle Zeuge der Begegnung von Christian mit ihrem Bruder gewesen war.

Als im Osten der Himmel hell wurde, kam der Mann mit der Milch vom Kuhstall, und im Haus wurde es langsam lebendig. Maja war inzwischen noch gereizter als am Abend zuvor.

Sie wollte die Sache an diesem Morgen bei Christian zur Sprache bringen.

Christian sah sofort, in welch schlechter Stimmung Maja war, als sie auf die Tolly-Brücke zu galoppierte und absaß. Ihr Gesicht war so weiß wie eine Maske, und ihre Augen blickten ihn kalt und unbeweglich an. Er ahnte den Grund sofort, und ihm sank das Herz. Er hatte in der vergangenen Woche natürlich Gewissensbisse gehabt. Als er sah, daß der Augenblick der Wahrheit gekommen war, entschloß er sich mit strategischer Klugheit, den Angriff zu wagen, bevor sie ihn in die Defensive bringen konnte.

»Ach übrigens, ich wollte es Ihnen schon längst sagen«, begann er nach der üblich höflichen Begrüßung. »Ich habe in der letzten Woche zufällig Ihren Bruder kennengelernt.«

Maja Gesicht wurde noch unbewegter. »Zufällig ...?«

Unter ihrem anklagenden Blick konnte Christian nicht lügen. »Ich hatte ihn um ein Treffen in seinem Büro gebeten. Ich wollte ihn um Erlaubnis bitten, an der Versammlung der Derozio-Gesellschaft am vergangenen Samstag teilnehmen zu dürfen.«

Sie atmete auf. Ihre Vermutung war also richtig gewesen. Trotzdem fand sie es falsch, ihn so einfach davonkommen zu lassen. »Und das haben Sie mir schon die ganze Zeit sagen wollen?«

»Nun ja ... ja...« Er schwieg. »Wenn Sie die Wahrheit wissen wollen, nein! Ich hatte eigentlich vor, es Ihnen nicht zu sagen. Ich hatte das Gefühl, daß Sie aus irgendeinem Grund mein Zusammentreffen mit Ihrem Bruder nicht wünschten.«

»Und warum sagen Sie es mir jetzt?«

»Ich hatte natürlich das Naheliegendste nicht bedacht. Wenn ich es Ihnen nicht sagte, würde es Amos natürlich tun. Wie ich sehe, hat er es getan.«

Sie korrigierte seine Vermutung nicht.

»Ich ... ich hoffe, ich habe Sie nicht beleidigt, Miss Raventhorne ... Maja ...« Mit plötzlicher Kühnheit griff er nach ihrer Hand und drückte sie an die Lippen. »Ich muß gestehen, daß ich manchmal vielleicht unbedacht bin, aber ich würde Sie nie, niemals absichtlich verletzen wollen!«

Er sah sie so bekümmert, so schuldbewußt und reuevoll an, daß sie ihm auf der Stelle alles verzieh. Seine entwaffnende Unschuld und Offenheit waren einfach unwiderstehlich.

»Nein, ich war nicht beleidigt, sondern nur neugierig ... vielleicht auch etwas verwirrt.« Sie zog ihre Hand zurück. Das Versprechen, das in dieser ersten Berührung lag, versetzte sie in Erregung. »Ich verstehe nicht so recht, welches Interesse Sie an der Derozio-Gesellschaft haben können.«

»Oh, ich habe ein großes Interesse an dieser Gesellschaft«, erwiderte er ernst und sah sie noch immer besorgt an. »Jemand wie Ihr Bruder, der sich für die weniger Glücklichen einer Gemeinschaft einsetzt, für die wir die Verantwortung tragen, sollte in seinen Bemühungen unterstützt werden. Ich bewundere seine Absichten ... ich meine, die Absichten Ihres Bruders und natürlich auch die von Kyle Hawkesworth.«

»Ach!« Sie drehte sich um und ging zum Rand des Nullah. Dort ließ sie die Reitpeitsche über das hohe Gras zischen. Eine Wolke von Löwenzahnsamen stieg auf und wurde vom Wind erfaßt und davongetragen. »Gehörte Kyle zu den Rednern?«

»Leider nicht. Ich war sehr gespannt darauf, was er sagen würde, aber er war nicht auf der Versammlung.«

Beinahe hätte sie ihn vor Kyle gewarnt, aber sie biß sich rechtzeitig auf die Lippen. Kyles Absichten waren noch immer unklar. Eine ungebetene Bemerkung von ihr wäre voreilig und würde sie vermutlich unglaubwürdig erscheinen lassen. Sie fragte statt dessen: »Hat die Versammlung Ihre Erwartungen erfüllt?«

»O ja! Der Plan Ihres Bruders hat mich besonders beeindruckt. Es ist großartig, was er im Namen Ihres Va ... im Namen von Trident tun möchte.«

»Sie meinen die Marineschule auf der *Ganga*?«

»Ja, es ist ein visionäres und pragmatisches Projekt, von dem viele großen Nutzen haben werden. Meinen Sie nicht auch?«

Maja zuckte mit den Schultern. »Ja, vermutlich. Auf jeden Fall wird meine Mutter froh sein, daß das Schiff auch in Zukunft zu etwas gut sein wird.«

Sie setzte sich auf einen großen Stein am Ufer und blickte in das grüne Wasser des Nullah. »Eurasier glauben, die Welt schulde ihnen etwas«, sagte sie verächtlich. »Aber nicht, weil sie es verdienen, sondern nur deshalb, weil sie sind, was sie sind.«

Das ›sie‹ anstelle des ›wir‹ überraschte Christian. Es klang wie eine Warnung. Das Thema war gefährlich. Um nicht noch einmal auf tükkisches Glatteis zu geraten, trat er den Rückzug an. »Man könnte sagen, die Welt schuldet ihnen zumindest die Voraussetzungen, um ein anständiges Leben zu führen.«

»Entweder schuldet sie das allen oder niemandem.«

Die Zeit, die sie miteinander hatten, war kurz, und es gab noch so vieles andere, worüber sie reden mußten. Maja verzog angewidert das Gesicht und beendete das Thema. Sie bestieg die Fuchsstute und zwang ihn damit, ihr zu folgen. Als das Pferd in Galopp fiel, rief sie über die Schulter zurück: »Wenn ich gewußt hätte, daß Sie meinen Bruder kennenlernen wollen, dann hätte ich Sie ihm längst vorgestellt.«

Wie an jedem Morgen mit Maja war auch diesmal für Christian alles vollkommen. Die Wächter am Tor zum Besitz des Tippu-Sultans waren freundlich und erlaubten ihnen nach einem großzügigen Bakschisch, das Gelände zu durchstreifen. Hinter den hohen Bäumen und Büschen verborgen lag das prächtige Haupthaus, in dem noch immer einige Angehörige des verstorbenen Herrschers wohnten.

Maja und Christian sprachen nicht mehr über die Derozio-Versammlung.

Aber als sie später in der Nähe der Ställe der Raventhornes entspannt im Gras saßen, reizte er sie bewußt mit einem Thema, weil er wieder einmal erleben wollte, wie ihr die Röte in das bezaubernde Gesicht stieg.

»Also gut, ich gebe zu, daß die Araber die besten Pferdezüchter der Welt sind«, erwiderte Christian auf eine Bemerkung von Maja. »Aber in dem Buch, das Sie mir neulich geliehen haben, steht, daß sie übertrieben auf die Reinheit der Rasse bedacht sind. In anderen Worten, sie halten nichts davon, die Rasse durch Einkreuzungen zu verbessern.«

»Ja, das stimmt.«

»Und was meinen Sie?« fragte er und drückte das gekühlte Glas mit Melonensaft gegen die Schläfe.

Sie überlegte einen Augenblick, dann sagte sie: »Ich habe nichts dagegen. Ich billige Experimente, um etwas Unerwartetes, vielleicht sogar Einmaliges hervorzubringen. Ich glaube, durch die Kreuzung von besonders ausgewählten Pferden mit nachweisbar erstklassiger Erbsubstanz können bessere und schnellere Pferde gezüchtet werden. Der australische Waler zum Beispiel ist bei den Indern ebenso geschätzt wie bei den Arabern und wurde sehr erfolgreich in indische Rassen eingekreuzt.« Sie runzelte die Stirn und zog eine Grimasse. »Aber Sie haben natürlich recht. Abdul Mian hält von Kreuzungen überhaupt nichts. In diesem Punkt können wir uns nicht einigen. Er glaubt, es kommt nur auf die Reinheit der Rasse an und findet, daß sie unter allen Umständen gewahrt werden muß.«

Christian leerte das Glas und leckte sich den rosa Schaum von der Oberlippe. Er legte sich auf den Rücken und kreuzte die Hände unter dem Kopf. »In England gibt es in dieser Hinsicht ebenfalls unterschiedliche Meinungen. Mein Vater zum Beispiel stimmt den Arabern zu. Ich muß gestehen, er hat mit seinen Kurzhornrindern und Leicesterschafen durch Inzucht gute Ergebnisse erzielt.«

»Aber Sie sind nicht seiner Meinung?«

»Nein. Im letzten Jahrhundert wurden Windhunde mit Bulldoggen gekreuzt, und daraus sind erstaunliche Rassen entstanden. Ich kenne Züchter, die das heute noch tun und ebenso bemerkenswerte Erfolge erzielen.«

Maja blickte in den Himmel und schloß die Augen. Eine Windbö kam über den Fluß und fuhr ihr in die Haare. Sie legte schützend beide Hände auf den Kopf. »Dann sind Sie mehr für Kreuzungen und weniger für Inzucht?« rief sie über das Rauschen des Windes hinweg.

»Aber ja! Ich finde die übertriebene Bedeutung, die wir in England dem zumessen, was wir anmaßend als reinrassig gelten lassen, wirklich lächerlich. Ich bin wie Sie der Meinung, daß Kreuzungen zu besseren Ergebnissen führen. Zum Beispiel ...« Er brach plötzlich ab, denn in Majas Augen trat ein eindringlicher und herausfordernder Ausdruck, der ihn wie ein Pfeil durchbohrte, so daß er den Blick nicht abwenden konnte. Ihm wurde schlagartig bewußt, daß sie nicht mehr über Pferde sprachen ...

»Zum Beispiel bei Menschen?«
Sie hatte das leise gesagt, so leise, daß der Wind die Worte davontrug. Aber Christian, der sich wie immer in ihrer Gegenwart weit von der Wirklichkeit entfernt hatte, hörte sie mit dem unfehlbaren sechsten Sinn, und sie drangen tief in sein Herz. »Ja«, stieß er hoffnungslos verliebt hervor. »O ja, tausendmal ja...«

*

Viele im Dienst der indischen Regierung begrüßten die neue Telegraphenverbindung zwischen London und Kalkutta, deren Kabel durch das Rote Meer verlief, Sir Bruce McNaughton jedoch nicht. Im Gegenteil, als Vizegouverneur von Bengalen hatte er viele und berechtigte Gründe, diese Neuerung mehrmals täglich aus ganzem Herzen zu verwünschen. Seit der Inbetriebnahme des Telegraphen im Vorjahr und der Einweihung des Suezkanals – ein gutes Beispiel für die Gerissenheit der Franzosen – vor zwei Jahren verging kein Tag mehr, an dem sein Schreibtisch nicht mit Nachrichten bombardiert wurde. Sie betrafen die dümmsten, banalsten und nichtigsten Dinge, die sich die aufgeblasenen Kretins in Whitehall, die sich für Indienkenner hielten, ausdachten. Die Kabelverbindung ermöglichte die Übermittlung einer Nachricht von London nach Kalkutta via Teheran in weniger als zwei Stunden. Dieses Novum schien alle in Whitehall völlig aus dem Häuschen gebracht zu haben. Die Folge davon war, daß er und andere Beamte des östlichen Reichs im Dienst Ihrer Königlichen Majestät Opfer einer besonders verruchten Form bürokratischer Geschwätzigkeit wurden.
Wie lästig früher Whitehalls autokratische Forderungen auch gewesen waren, man konnte damit leben. Es hatte beruhigend viele Wochen gedauert, bis die Nachrichten aus beiden Richtungen eintrafen. Wurde man mit einer Anordnung konfrontiert, der man nicht nachkommen wollte, stellte man lange und komplizierte Fragen. Man wußte, es würden Monate vergehen, bis die Antworten auf dem Schreibtisch lagen. Nach demselben Rezept konnten noch mehr Fragen gestellt werden, um die Sachen entsprechend hinauszuzögern.

Dann waren ein oder zwei Jahre vergangen, und wenn man seine Karten richtig auszuspielen wußte, war die Anordnung entweder vergessen oder der unangenehme Minister bereits gestorben.
Sir Bruce war schon lange in Indien. Er hatte seine Ausbildung in Hailesbury, der Niederlassung der Ostindischen Kompanie in England, erhalten und seine Laufbahn in Indien als Sekretär im Dienst der Kompanie begonnen. Sir Bruce trauerte der Ostindischen Kompanie nach. Er hatte seine Berufung als jüngstes Mitglied des Aufsichtsrats der größten und erfolgreichsten Handelsgesellschaft der Welt zwar durch Manipulation erreicht, aber diese Ehre war, verdammt noch mal, mehr als gerechtfertigt gewesen. Er hatte in vielen trostlosen Regionen der Provinz gedient, wo andere, die weniger einsatzbereit waren als er, nicht hingehen wollten. Wo immer er auch gewesen war, Sir Bruce hatte aus der Notwendigkeit eine Tugend gemacht, und das mit einer Geschicklichkeit, über die er manchmal selbst staunte. Ja, die Arbeit für die Gesellschaft hatte ihm gefallen. Die lukrativen Nebeneinkünfte, die zu seinen hohen Stellungen gehörten, noch viel mehr.
Die Politiker hatten für das Ende der Ostindischen Kompanie gesorgt, und damit gleichsam über Nacht Sir Bruces äußerst luxuriöses Leben mit vielen Einnahmequellen und Vorrechten ruiniert. Von diesem Schlag hatte er sich nie wieder erholt. Er war davon überzeugt, daß es ein Akt heimtückischer Rache gewesen war, eine persönliche Demütigung der Angestellten der Gesellschaft. Das hatte ihn wütend und bitter gemacht. Zu den Dingen, die man ihm anbot, um ihn zu beschwichtigen, gehörte auch sein gegenwärtiges hohes Amt. Aber all das vermochte sein tief verwundetes Ego nicht zu besänftigen.
Trotzdem war Sir Bruce bis zum letzten Jahr nicht unzufrieden mit dem Amt gewesen. Als Vizegouverneur standen ihm noch immer viele materielle Privilegien zu. Seine Frau genoß den einzigartigen gesellschaftlichen Rang der ersten Dame von Bengalen und nach der Vizekönigin der zweiten im ganzen Land. Nur seinem Einfluß hatte er es zu verdanken, daß für seine einzige Tochter Arabella – leider ein wenig hübsches Kind, das bereits ihre Blüte hinter sich hatte und

noch unverheiratet war – endlich eine äußerst wünschenswerte Partie in greifbare Nähe gerückt war. Durch die Heirat würde sie einen Titel bekommen, ein Anwesen in Glamorganshire und eine ansehnliche Leibrente. Gewiß, vor dem verfluchten Suezkanal und dem Telegraphen, die sein ruhiges Leben zerstört hatten, gab es viele Dinge, die seinen Reichtum gemehrt hatten.
Aber jetzt sorgte der Telegraph dafür, daß Whitehall buchstäblich vor den Toren von Kalkutta stand. Der Zugriff des Parlaments war zu einem Würgegriff geworden. Im Augenblick führte er einen heftigen Kampf mit dem für die Justiz zuständigen Mitglied des Kronrats, der sich im Augenblick zu einem Besuch in England befand. Sir Bruce vertrat mit Nachdruck den Standpunkt, in Regierungsfragen sei die Meinung der Einheimischen nicht zu beachten. Der Kronrat für Justiz widersprach ihm. »Im Augenblick kennen wir bedauerlicherweise die politischen Ansichten der Einheimischen nur durch die Babus«, schrieb er in einer wortgewaltigen, sieben Seiten umfassenden Stellungnahme, die telegraphisch übermittelt worden war, was Sir Bruce für einen eindeutigen Mißbrauch von Steuergeldern hielt. »Diese Babus sind nur unzureichend gebildet und äußern vielleicht deshalb in der einheimischen Presse geradezu aufwieglerischen Unsinn. Es ist die erklärte Meinung des Ministers für Indien und seiner Ratskollegen, daß jene einheimischen Intellektuellen, die englisch sprechen, und die einheimische englischsprachige Presse aufgefordert und ermutigt werden, den englischen Standpunkt zu vertreten, um uns zu helfen, der Allgemeinheit die erheblichen Vorzüge nahezubringen, die den Einheimischen durch die englische Herrschaft und das zivilisierte englische Gesetz entstehen.«
Als Sir Bruce den Bericht noch einmal las, den sein persönlicher Sekretär Leonard Whitney zusammen mit anderem ähnlichen Schwachsinn auf seinen Schreibtisch gelegt hatte, mußte er der Versuchung widerstehen, den ganzen Stapel in den Papierkorb zu werfen. Statt dessen lehnte er sich zurück, zündete sich eine Zigarre an und machte ein finsteres Gesicht.
Der Hinweis des Ministers auf ›aufwieglerische‹ Artikel traf bei ihm einen Nerv, der nach all den Jahren besonders empfindlich war. Er

suchte unter den Papieren und fand schließlich die neueste Ausgabe von *Equality*. Er legte das Blatt auf den Tisch und überflog noch einmal den Leitartikel. Dabei verzog er vor Widerwillen den Mund. Er las den Artikel so schnell, als müsse er eine bittere Medizin in einem einzigen Schluck hinunterwürgen, um so ihren schlechten Geschmack zu mindern. Der Tenor des Artikels interessierte ihn weniger, auch wenn das unverschämte Geschwätz über die scheinheilige britische Gerechtigkeit noch gehässiger als üblich war. Die letzten Absätze jedoch blieben Sir Bruce im Hals stecken und ließen sich nicht ohne weiteres überfliegen.

›Ein kalter Wintermorgen in einer Stadt im Distrikt Sind, noch vor der Sepoy-Meuterei. Ein Mann, ein Weber, steht vor dem Richter. Ihm wird Betrug in mehreren Fällen vorgeworfen. Es geht um eine Summe von mehreren tausend Pfund. Der Mann hat in einem schriftlichen Geständnis alle Anklagepunkte bestätigt. Der Prozeß ist deshalb im Handumdrehen zu Ende. Der Angeklagte wird zu fünfzehn Jahren verschärfter Haft verurteilt. Der Weber überlebt die Gefangenschaft nicht. Nach zwei Jahren ist er tot. Sein Tod blieb wie sein unbedeutendes Leben unbemerkt und unbetrauert – wenn man von seiner Familie absieht.

Die Geschichte des Webers ist wenig bemerkenswert, ein Routinefall und eine alltägliche Begebenheit bei der Anwendung der Kolonialgesetze. Es hat Hunderte von solchen Fällen gegeben, und es werden ihm zweifellos noch Hunderte folgen. Da der Mann angeklagt und verurteilt wurde, hat man der britischen Gerechtigkeit wieder einmal treu und aufrichtig gedient.

Das wäre richtig, wenn es da nicht eine kleine, störende Einzelheit gäbe. Der Angeklagte, dem diese grausame Strafe auferlegt wurde, war unschuldig und hat das Verbrechen nicht begangen, das ihm zur Last gelegt wurde. Das Geständnis war das Ergebnis eines üblen Tricks. In den angenehm stummen Annalen der Bürokratie bleibt seine Unschuld bis zum heutigen Tag jedoch unerwähnt.

Wie war es möglich, daß die bewußte Täuschung des Gerichts im englischen Utopia unbemerkt und ungesühnt bleiben konnte? Wäre es möglich, daß die Binde über den Augen der britischen Justitia nicht ganz so fest sitzt, wie das immer behauptet wird? Sind die Waagschalen in der Hand der Göttin vielleicht nicht ganz so im Gleichgewicht, wie man glaubt? Oder liegt es daran, daß alle, die in diesem Land durch die hallenden Gänge der Macht schreiten, die Gesetze nicht beachten müssen, die sie, angeblich im Dienste ihrer Untertanen, in Kraft gesetzt haben?‹

Sir Bruce lehnte sich zurück. Er zog an der Zigarre, blickte zur Decke und dachte nach. Er konnte seine Erregung nicht leugnen. Warum, in Gottes Namen nach all den Jahren ...? Nein, nicht warum, sondern *wie*?!

Konnte es sein, daß seine Reaktion auf diese wenigen Absätze möglicherweise übertrieben war? Spielte seine Phantasie ihm einen Streich? Die Worte dieses Mannes waren jedoch merkwürdig, sehr merkwürdig.

›... die hallenden Gänge der Macht ...‹

Auf wen wagte dieser unverschämte Wicht anzuspielen? Ein ›Weber‹? War das lediglich ein Zufall? Sir Bruce stand auf und trat ans Fenster. Gedankenverloren bewunderte er den großen gepflegten Rasen und freute sich über den Reichtum und die Macht, die dieser Rasen andeutete. Er faltete die Hände über dem dicken Bauch und dachte nach.

Er mußte herausfinden, worauf dieser verfluchte Kerl anspielte. Wäre nicht der streitsüchtige Kronrat für Justiz gewesen, hätte er das Skandalblatt schon längst verboten und das gefährliche Haupt der Schlange zermalmt, als es zum ersten Mal auftauchte. Dieser verdammte Gerüchtemacher! Wie konnte er es wagen, anständige Engländer mit seinen schmutzigen Anschuldigungen zu verleumden! Sir Bruce überließ sich eine Weile seinem stillen Zorn, der sich schließlich etwas legte. Im Grunde war es reine Zeitverschwendung, sich mit dieser ärgerlichen, aber unbedeutenden Angelegenheit zu beschäftigen. Trotzdem mußte er herausfinden, weshalb Hawkesworth sich entschlossen hatte, die Sache jetzt zur Sprache zu bringen. Es waren doch schon so viele Jahre vergangen ... Sir Bruce würde keine Ruhe finden, bis er dahintergekommen war. Aber wie sollte das geschehen? Er war auf keinen Fall bereit, sich soweit zu erniedrigen, diese widerliche Ratte in sein Büro kommen zu lassen! Er mußte einen Vorwand finden, einen stichhaltigen Vorwand. Vielleicht konnte er diesen schwachsinnigen Bericht über das Vertragssystem im Indigohandel in Nordbengalen dazu benutzen, das seit Monaten verstaubte und übersetzt werden mußte ...

Er ging an seinen Schreibtisch zurück, schob *Equality* unter einen Stapel Korrespondenz und läutete heftig das Glöckchen. Im nächsten Augenblick öffnete sich die Tür, und sein persönlicher Sekretär trat ein.

»Ach, Whitney ...« Die Promptheit, mit der Whitney erschien, brachte Sir Bruce aus der Fassung. Um seine Verwirrung zu verbergen, griff er nach dem ersten Blatt Papier, das vor ihm lag. »Ich habe mir diese neuesten infantilen telegraphischen Mitteilungen angesehen und kann beim besten Willen nicht erraten, was gemeint ist. Hier zum Beispiel«, er hielt das Blatt hoch und versuchte, laut zu lesen. »Btt infm eb Buglw fr Pndlbr bezbr ist.« Er durchbohrte Whitney mit einem scharfen Blick. »Ich fürchte, Whitehall hat in seiner unseligen Begeisterung für alles Einheimische beschlossen, uns von jetzt an in einem lokalen Dialekt zu schreiben. Diese seltsame Ansammlung von Konsonanten könnte zum Beispiel die diplomatische Ehrerbietung vor einem esoterischen Glauben der Einheimischen an die Unberührbarkeit von Konsonanten sein. Oder ist der Telegraph von einer neu gegründeten Rechtschreibe-Reformliga übernommen worden?«

Leonard Whitney zeigte keine Reaktion auf den Zynismus. Zwei Jahre im Büro von Sir Bruce hatten ihm geholfen, das ausdruckslose Gesicht zu einer Art Kunstform zu verfeinern. Er war inzwischen an die sarkastische Ausdrucksweise und an den Jähzorn seines Dienstherrn gewöhnt. Er räusperte sich lediglich höflich. »Weder noch, Sir. Die Schreibfehler beruhen auf der Unerfahrenheit unserer Telegraphisten, die mit dem neuen System elektrisch übermittelter Nachrichten noch nicht richtig vertraut sind.«

»Ach so! Ja dann erlaube ich mir die Frage, ob Sie vielleicht so freundlich sind, das für mich zu übersetzen? Meine eigenen Englischkenntnisse reichen dazu bedauerlicherweise nicht aus.«

Whitney griff stumm nach dem Blatt Papier, das Sir Bruce ihm entgegenhielt. »Es ist eine Anfrage nach dem Bungalow in Garden Reach, dem Wohnsitz des neuen Kronrats für Finanzen, Sir Jasper Pendlebury. Jemand in Whitehall möchte wissen, ob das Haus bezugsfertig ist. Wie uns bekannt ist, steht Sir Jaspers Ankunft in Kalkutta unmittelbar bevor.«

Sir Bruce verzog mißmutig das Gesicht. »Aha. Abgesehen davon, daß ich die Grundsteuern eintreiben muß, um die Schatzkammern der Krone noch mehr zu füllen, erwartet man von mir, daß ich auch noch die Pflichten eines verdammten Hausmeisters übernehme! Wofür zum Teufel wird denn Lord Mayos überbesetztes Sekretariat bezahlt?«

Whitney verzog keine Miene. »Mir ist nicht bekannt, welche Pflichten das Sekretariat hat, Sir Bruce, aber ich könnte es herausfinden, wenn Sie das wünschen.«

Sir Bruce dachte mißtrauisch über die Bemerkung und Leonard Whitneys unschuldiges Gesicht nach. Er glaubte eine Spur Unverschämtheit darin zu entdecken, aber er konnte nicht den Finger darauf legen. Er mochte Leonard Whitney nicht. Er verstand ohnehin nicht, daß jemand, der so braun wie die schlechteste Braunkohle war, die Kühnheit besitzen konnte, einen so ausgesprochen christlichen Namen wie Leonard Whitney zu tragen. Leider war der Mischling ein äußerst fähiger Mann und beherrschte auf Grund seiner ausgezeichneten Ausbildung durch irische Jesuiten die englische Sprache ungewöhnlich gut. Ohne diese Qualifikation wäre ein lausiger Eurasier nicht im Büro des Vizegouverneurs geduldet worden. Sir Bruce machte kein Geheimnis daraus, daß er Eurasier verachtete und ihnen grundsätzlich mißtraute. Sie waren keiner Seite zur Treue verpflichtet und buhlten doch mit allen. Je brauner das Gesicht, so glaubte Sir Bruce fest, desto dunkler das Herz.

»Na und? Haben Sie sich den Bungalow angesehen?«

»Ja, Sir. Er ist in gutem Zustand und kann jederzeit bezogen werden. Die Maler haben in der letzten Woche die Arbeiten innen und außen abgeschlossen. Die Dekorateure bringen gerade neue Vorhänge an. Die Bäder sind mit englischen Armaturen modernisiert worden, und in allen großen Wohnräumen hat man Luftkühler angebracht. Das angemessene Personal wird gerade eingestellt, und man hat einen Flügel gekauft.«

»Einen Flügel?«

»Ja, Sir. Wie Sie sich aus einer früheren Nachricht erinnern, hat Lady Pendlebury ausdrücklich einen Flügel angefordert. Ich glaube, Ihre Ladyschaft beabsichtigen während ihres Aufenthalts hier, musikalische Soireen zu geben. Sie ist natürlich selbst eine ausgezeichnete Pianistin.«

Sir Bruce runzelte die Stirn. »Woher um Himmels willen wissen Sie das alles?«

»Daher, Sir.« Whitney deutete anklagend auf den Stapel ungelesener Nachrichten auf dem Schreibtisch. »Und natürlich aus dem Gerede im Regierungssitz, Sir.«

»Aha! Gut, dann sorgen Sie dafür, daß die Rechnung für den Flügel an Lady Pendlebury persönlich gerichtet wird. Ich sehe nicht ein, daß die Regierung die Launen und Einfälle der verdammten Frauen eines jeden Tom, Dick oder Jasper bezahlen soll!«

»Jawohl, Sir. Wie Sie wünschen, Sir.« Whitney verneigte sich und wollte gehen.

»Einen Augenblick, Whitney, noch etwas ...«

Der Sekretär blieb in der offenen Tür stehen. »Ja, Sir?«

»Kommen Sie herein, Mann! Kommen Sie herein. Soll ich über die ganze verfluchte Länge eines Polofelds mit Ihnen reden?« Er wartete, bis Whitney die Tür geschlossen hatte und wieder vor seinem Schreibtisch stand. »Ich stelle fest, daß ich einige sehr gute Übersetzungen aus dem Bengalischen ins Englische brauche«, erklärte er dann energisch. »Ich traue den Sprachfähigkeiten dieser grünen Babus bei uns nicht. Können Sie mir jemanden nennen, der beide Sprachen gleichermaßen gut beherrscht?«

Whitney dachte einen Augenblick nach. »Sir, es gibt einen Professor am Presidency College, der ...«

»Ersparen Sie mir diese Akademiker, Whitney! Ich möchte eine Übersetzung, die jedermann verstehen kann, und keine gottverdammte Doktorarbeit!«

»Ja, Sir.« Er dachte noch einmal nach. »Sir, ich könnte Nachforschungen anstellen, wenn ich etwa eine Woche Zeit dazu hätte...«

»Ich kann keine Woche warten!« Sir Bruce schlug mit der Faust auf einen Ordner. »Es geht um dringende, streng geheime Regierungsdokumente. Ich möchte, daß sie sofort übersetzt werden.«

»Sofort?« wiederholte Whitney. »Sir, ich bezweifle...«

Sir Bruce legte die Finger gegeneinander und schloß die Augen, als denke er nach. Mit zusammengebissenen Zähnen trieb er Whitney an. »Na los, Mann, überlegen Sie! Machen Sie einen Vorschlag! Wir brauchen einen außergewöhnlich gebildeten Mann ... jemanden, der englisch und natürlich bengalisch schreiben kann. Sagen wir ein ...« Er holte tief Luft und schoß den Pfeil ab. »Ein Journalist zum Beispiel?«

Whitney grübelte, und plötzlich hellte sich seine Miene auf. »Sir, ein Name fällt mir gerade ein ...« Er zögerte, runzelte die Stirn und wirkte plötzlich sehr unsicher.

»Ja?« Sir Bruce sah ihn mit funkelnden Augen an. »Wer ist es?«

Whitney verlagerte das Gewicht von einem Fuß auf den anderen. »Ich bedaure sagen zu müssen, daß dieser Name nicht in hohem Ansehen steht, Sir.«

»Überlassen Sie das mir, Whitney. Nennen Sie mir nur den Namen!«

»Sir, ich denke an ... an Kyle Hawkesworth, Sir ...« Er lächelte schwach und entschuldigend, als habe er etwas gesagt, das in anständiger Gesellschaft nicht ausgesprochen werden durfte.

»Hawkesworth ... Hawkesworth ...« Mit nachdenklicher Miene und geschlossenen Augen tat Sir Bruce alles, um sich den Anschein zu geben, er denke nach. »Der Name kommt mir irgendwie bekannt vor, aber...«

»Er ist der Herausgeber einer Wochenzeitschrift, Sir.«

Sir Bruce kniff die dichten Augenbrauen zusammen und spielte Entsetzen. »Ach, Hawkesworth! Sie sprechen von diesem Halunken, der all das lächerliche Zeug in diesem miesen Blatt schreibt ... wie heißt es noch? Dieser unverschämte Mischling! Entschuldigung, Whitney, ich wollte Sie nicht beleidigen.«

»Schon verstanden, Sir«, erwiderte Whitney ein Spur kühler. »Die Zeitung heißt *Equality*, Sir. Wenn ich mich nicht irre, liegt eine Ausgabe vor Ihnen auf dem Tisch unter den archäologischen Ausgrabungsberichten.« Mit einer leichten Verbeugung griff er nach dem Stapel und zog die Zeitschrift hervor. »Ich bedaure aufrichtig, den Namen genannt zu haben, Sir. Außerdem bezweifle ich, daß Mr. Hawkesworth eine solche Aufgabe übernehmen würde.«
Sir Bruce blickte nachdenklich auf das Tintenfaß. »Ist er gut?«
»Der Beste, Sir. Er hat seine Examen in Englisch und Bengalisch an der Universität von Kalkutta mit Auszeichnung bestanden. Außerdem hat er...«
»Wie auch immer«, unterbrach ihn Sir Bruce ernst. »Wir werden unter keinen Umständen einen Mann ermutigen, der Anarchie und Volksverhetzung zu seinem Beruf gemacht hat, nicht wahr, Whitney?«
»Gewiß nicht, Sir!« erwiderte Whitney erschrocken.
»Es widerstrebt mir wirklich.«
»Gewiß, Sir. Dann werde ich versuchen, einen...«
»Allerdings ...« Sir Bruce hob streng den Zeigefinger und unterbrach seinen Sekretär. »Ich bin allerdings der Meinung, es wäre höchst unmoralisch, wenn meine persönlichen Ansichten mich an der Durchführung meiner beruflichen Pflichten nach bestem Können hindern würden.«
»Hm, gewiß, Sir«, murmelte Whitney verwirrt.
»Rufen Sie ihn!«
Whitney bekam große Augen. »Kyle Hawkesworth, Sir?«
»Ja, ja. Holen Sie ihn. Ich möchte ihn am Montag morgen um zehn Uhr hier in meinem Büro sehen. Sorgen Sie dafür, daß er nicht zu spät kommt. Sie wissen doch, Unpünktlichkeit kann ich auf den Tod nicht ausstehen.« Whitney drehte sich, noch immer verblüfft, um und wollte gehen. »Ach, noch etwas, Whitney...«
Er blieb stehen. »Ja, Sir?«
»Der Flügel ... wenn ich so darüber nachdenke, schicken Sie Lady Pendlebury die Rechnung doch nicht. Jasper ist schwierig, eigensinnig und vor allem nachtragend. Ich glaube, es wäre kaum im Sinne guter Diplomatie, ihn auf die falsche Weise zu reizen.«

»Wie Sie wünschen, Sir.« Whitney verneigte sich, öffnete die Tür und ging hinaus in den Korridor.
Dort verschwand die Miene kontrollierter Ehrerbietung. Er lächelte zufrieden. Kyle hatte recht behalten – wie üblich! Der falsche, aufgeblasene alte Kerl hatte den Köder, die Leine und den Schwimmer geschluckt.

*

»Ich kann sie nicht mehr erreichen, Kinjal«, sagte Olivia. »Sie befindet sich in einer anderen Welt.«
»Estelle ist nicht die erste Engländerin, die einen Inder geheiratet hat!« rief Kinjal. »Und ich möchte behaupten, sie wird auch nicht die letzte sein. Die beiden Welten schließen sich doch nicht gegenseitig aus.«
»Estelle ist aber der Ansicht.« Seit Olivia Kanpur verlassen hatte, konnte sie die Niedergeschlagenheit nicht abschütteln. Auch jetzt war sie untröstlich. »Die Umstände haben Estelles gegenwärtige Haltung weit mehr beeinflußt als diese Ehe. Nun ja, vielleicht hat sie sogar recht! Kannst du dir vorstellen, daß die Gesellschaft in Kalkutta sie nach allem, was geschehen ist, wieder aufnimmt? Und das nach der Sepoy-Meuterei, die beide Seiten völlig intolerant gemacht hat?« Kinjal versuchte nicht, die rhetorische Frage zu beantworten. Bei der Erinnerung an das letzte Gespräch mit ihrer Cousine wurde Olivia wieder neidisch, und sie sagte: »Estelle hat sich mit ihrem Schicksal abgefunden. Vielleicht kann ich das eines Tages auch.«
Trotz der tiefen und schmerzlichen Wunde, die der Abschied von Estelle hinterlassen hatte, war Olivia unendlich froh, in Kirtinagar bei Arvind Singh und Kinjal zu sein. Von Kanpur war sie nach Kalkutta zurückgekehrt, aber nur lange genug geblieben, um Amos und Maja von ihrem Erfolg zu berichten. Dann war sie, von ihrer inneren Unruhe getrieben, in diese kleine Oase der Ruhe geflohen, um in der wohltuenden Gesellschaft dieser beiden Menschen Trost zu suchen, die über die letzten zwei Jahrzehnte ihre besten Freunde geblieben waren.
»Dann war also Sitara Begum tatsächlich Tante Estelle!« Amos hatte

staunend den Kopf geschüttelt, als sei er noch immer nicht völlig überzeugt. »Ich muß zugeben, ich habe weit weniger daran geglaubt als du. Aber es freut mich, daß ich mich geirrt habe.«
»Wird sie nach Kalkutta zurückkommen?« hatte Maja gefragt.
»Nein.«
»Wie? Sie will in Kanpur bleiben, unter diesen Bedingungen und bei diesen Leuten?« Maja machte kein Hehl aus ihrem Staunen.
»Sie hat offenbar nichts gegen die Bedingungen einzuwenden, und diese Leute sind für sie jetzt ihre Familie. Estelle scheint mit dem neuen Leben zufrieden zu sein.«
Maja hatte sich vor Entsetzen geschüttelt und geschwiegen.
Auch wenn die Erleichterung groß war, daß die vermißte Tante endlich gefunden worden war, konnte Olivia von ihren Kindern nicht erwarten, daß sie Verständnis für Estelles Entscheidung hatten. Estelle Templewood Sturges war für beide eine unwirkliche Gestalt aus der Vergangenheit ihrer Mutter und gehörte zu den vielen unbekannten Gesichtern. Maja hatte Estelle nie gesehen. Für sie war diese Tante nur ein Name. Beide wußten natürlich, daß ihr Vater Jai Raventhorne der uneheliche Sohn einer Assamesin und Estelles Vater Joshua Templewood war. Olivia vertrat die Ansicht, daß ihre Kinder ein Recht hatten, alles zu erfahren, und deshalb hatte sie ihnen die ungeschminkte Wahrheit über die seltsame Kindheit und Jugend ihres Vaters bereits erzählt, als sie noch zur Schule gingen. Amos hatte damals ein paar Fragen gestellt und sich damit zufriedengegeben. Maja reagierte kaum auf das, was ihre Mutter erzählte, aber insgeheim fand sie es faszinierend, daß trotz aller Verirrungen ihres Vaters, *sein* Vater ein adliger Pukka gewesen war. Seitdem hatten sie über dieses Thema aber nur sehr selten gesprochen.
Während des kurzen Aufenthalts in Kalkutta stellte Olivia ihrer Tochter keine Fragen nach Christian Pendlebury. Aber das, was sie von Amos erfuhr, bereitete ihr große Sorgen.
Jetzt war sie also wieder einmal in Kirtinagar und saß mit Kinjal in ihrer Lieblingslaube im Garten der Maharani. Die Jasminbüsche verströmten einen betörenden Duft und auch die Kräuter im Kräutergarten. Vor ihnen lag der See, den die bezaubernd zarten blaßblauen

Wasserhyazinthen und riesige Lotusblätter bedeckten, zwischen denen die großen rosa und weißen Blüten mit ihren wächsernen Blütenblättern aufragten. Am See stand auch Kinjals Tempel, den ein funkelnder Dreizack krönte. Darüber breitete ein uralter Banyanbaum seine verschlungenen Äste aus. Hier betete sie täglich zu der Muttergöttin Durga. Vor einem einfachen, weiß getünchten Gebäude saßen auf einer niedrigen Backsteinterrasse geschickte Dienerinnen aus dem Palast um eine heilige Tulsipflanze, die sie als Opfergabe für die Göttin vorbereiteten. Ihre flinken Finger ordneten auf den großen silbernen Platten Blumen, Früchte, Öllampen und runde Süßigkeiten, die mit zerstoßenem Kardamom bestreut waren und von der Göttin gesegnet werden sollten. Später würde man sie an die Kinder der Dienstboten verteilen. Die große Rasenfläche war von hohen Casuranihecken umgeben. Zedrach- und die feuerroten Gulmoharbäume standen in einzelnen Gruppen auf dem Rasen. Pfauen stolzierten majestätisch über das saftige Grün. Ihre lauten Schreie standen in krassem Gegensatz zu der atemberaubenden Schönheit ihrer märchenhaften Federn.

Nur hier in Kirtinagar spürte Olivia den wahren Geist und die Seele Indiens. Hier flossen die Quellen noch klar und rein. Die fein gewobenen Fäden des Schicksals waren stark, widerstandsfähig und doch sichtbar und nachvollziehbar. Hier gab es die Kontinuität der Kultur und die Harmonisierung der natürlichen Elemente, die in schönem Einklang sanfte Melodien spielten. Im Gegensatz zu Kalkutta und anderen von Europäern okkupierten Städten herrschte hier eine Ruhe, in der alles zu einer zarten, angenehmen Atmosphäre beitrug. Die Erde brachte die Kreisläufe des Lebens ohne künstliche Eingriffe hervor und schuf schöne Formen. An keinem Ort in Indien fühlte sich Olivia auf so wundersame Weise entspannt. In diesem kleinen Fürstentum, das sich hinter grünen bewaldeten Bergen versteckte und inmitten weiter, fruchtbarer Ebenen lag, trugen menschliche Wärme und eine mitfühlende Natur zur Heilung, Erbauung und zu seelischer Bereicherung bei.

Sie sprachen über ihre Kinder. Tarun, Arvind Singhs Thronerbe, befand sich auf einer Reise in eine abgelegene Berggegend des Reiches, wo ungesetzliche und alarmierende Rodungen stattgefunden hatten. Seine Frau befand sich in Westindien in der Nähe von Bombay und erwartete dort die Geburt ihres zweiten Kindes. Tara war inzwischen Mutter zweier Töchter und würde im nächsten Monat aus dem Reich ihres Mannes im Norden nach Kirtinagar zu Besuch kommen. Olivia erzählte Kinjal von der Derozio-Gesellschaft, die Amos gegründet hatte, und von seinem ehrgeizigen Plan, die *Ganga* als Marineschule für Eurasier zu benutzen. Auch von seinem leidenschaftlichen Wunsch, die erste Baumwollspinnerei in Nordindien zu betreiben.

»Wie schnell sie heranwachsen, und wie schnell die Jahre vergehen!« rief Kinjal lachend. »Mir ist, als sei es erst gestern gewesen, daß wir auf ihre Geburt gewartet haben!«

»Nur weil die Zeit so schnell vergeht, können wir überleben, Kinjal. Kannst du dir vorstellen, wie unser Leben sein würde, wenn jeder Tag eine Ewigkeit wäre?«

Kinjal kannte ihre Freundin inzwischen sehr gut, und ihr entging nicht der bittere Unterton. Das machte sie traurig. »Du und Maja, ihr werdet bald nach Kalifornien fahren«, erinnerte sie Olivia und versuchte sie damit aufzumuntern. »In wie vielen Wochen soll die Reise beginnen?«

»Wir beabsichtigen, Ende Juni zu fahren.«

»Es wird für dich eine Erleichterung sein, endlich den Staub dieses herzlosen Landes abzuschütteln. Das hast du dir doch immer gewünscht!«

Olivia seufzte leise. »Ja ... das habe ich mir immer gewünscht.«

»Es wird dir guttun, mit Sally, ihren Söhnen und deren Familien zusammenzusein, Olivia. Dann kannst du die Tränen und alle Bitterkeit vergessen. Vor allem wird Maja die Möglichkeit haben, in einer neuen Umgebung ein neues Leben zu beginnen.« Sie sah ihre Freundin mitfühlend an. »Ich kann ihre Enttäuschung verstehen und das Gefühl der Demütigung. Es überrascht mich nicht, daß sie der Heuchelei einer zweigeteilten Gesellschaft entfliehen will, die ihr noch weniger gegeben hat als dir. In Amerika werden sich ihr neue Horizonte öffnen. Für sie wird es wirklich eine neue Welt sein.«

Olivia legte sich in das weiche, kühle Gras und blickte hinauf zum dunkelblauen Himmel, an dem ein paar zarte Wolken hingen. Sie dachte an Kalifornien, und das nur allzu vertraute Heimweh überkam sie. O Gott, was würde sie nicht dafür geben, wieder in Sacramento und zu Hause zu sein!

»Ja, vielleicht...«

»Vielleicht ...?«

Kinjal beugte sich fragend vor. »Ich spüre, daß du noch immer zögerst, und ich verstehe nicht, warum. Amos steht auf eigenen Beinen und nimmt sein Schicksal selbst in die Hand. Maja ist ebenso ungeduldig wie du, das Land zu verlassen. Was hält dich also noch hier?«

Olivia setzte sich auf und legte die Arme um die Knie. »Ich habe so ein Gefühl, vielleicht eine Art Intuition, die mir sagt, daß Maja am Ende doch nicht abreisen will.«

»Ach?« Kinjal war überrascht. »Als sie das letzte Mal hier war, sagte sie mir, daß sie alles tun würde, um aus Kalkutta zu fliehen!«

»Ja, aber seitdem haben sich die Dinge auf eine unvorhergesehene Weise entwickelt...«

Sie erzählte Kinjal von Christian Pendlebury.

Es hatte nie Geheimnisse zwischen ihr und Kinjal gegeben. So wie Arvind Singh der beste Freund Jais gewesen war, so war Kinjal seit Olivias Ankunft in Kalkutta ihre beste Freundin. Während aller Höhen und Tiefen in Olivias stürmischem Leben hatte ihre Freundschaft nie gelitten. Wie verzweifelt Olivia auch manchmal gewesen war, Kinjal hatte sie nie im Stich gelassen, sie immer unterstützt und ihr Zuneigung geschenkt.

Als Olivia schwanger wurde, noch bevor sie Jai heiraten konnte, war sie in ihrer Panik und Angst zu Kinjal geflohen. In Kirtinagar, weit weg von den skandalsüchtigen Klatschbasen Kalkuttas, war Amos während der kurzen und traurigen Ehe mit Freddie Birkhurst geboren worden. Die beiden guten Freunde hatten Jai und sie in Hawaii mit Nachrichten über das gefährlich brodelnde Indien versorgt. Olivia war nach ihrer Rückkehr vor dreizehn Jahren mit ihren beiden Kindern aus Kalkutta nach Kirtinagar gekommen, nachdem sie völlig gebrochen und verstört die Wahrheit über das Schicksal ihres geliebten Jai erfahren hatte. Olivia fragte sich oft, wie sie ohne diese selbstlosen Freunde all das hätte überleben sollen, was dieses teuflische Land ihr an Leid und Tragödien beschert hatte.

»Was für ein Mann ist dieser junge Engländer?« fragte Kinjal.

»Ein Mann, wie man ihn sich nicht besser wünschen kann!« antwortete Olivia ohne Zögern. »Er ist charmant, hat gute Manieren und kommt aus einer politisch angesehenen Familie, die reich und kultiviert ist. Er hat in Oxford studiert und sein Examen mit Auszeichnung gemacht und die Prüfungen für den Staatsdienst in London ohne die geringsten Schwierigkeiten bestanden. Zweifellos liegt in Indien eine glänzende Zukunft vor ihm. Von Amos weiß ich, daß sein Vater in den Kronrat des Vizekönigs berufen worden ist. Er wird für die Finanzen zuständig sein.«

Kinjal betrachtete ungläubig Olivias versteinertes Gesicht. »Aber das alles macht ihn doch sehr viel geeigneter als Mr. Maynard!«

»Genau das«, erwiderte Olivia bitter, »ist das Problem.«

Eine Dienerin eilte herbei. Das lange, weite Kleid reichte bis zu den Fußknöcheln. Die Glasglöckchen klingelten leise. Der persönliche Diener Seiner Hoheit hatte soeben Nachricht gegeben, daß Seine Hoheit aus der Empfangshalle gekommen sei und ihnen bald hier am See Gesellschaft leisten werde. Die Dienerinnen holten sofort weitere Teppiche und Sitzkissen. In eine Schale mit glühender Holzkohle wurde Duftharz gestreut, um die Moskitos zu vertreiben. Die Dienerinnen entzündeten hinter den Büschen Petroleumlampen, die die versteckte Laube in ein sanftes Licht tauchten. Arvind Singhs persönlicher Diener erschien mit einem Tablett, auf dem Kristallkaraffen mit Sherry und Glenmorangie – dem Lieblingswhisky des Maharadschas –, ein Eiskühler und die Hooka mit all den vielen Zutaten standen. Die Unterhaltung mußte unterbrochen werden, denn Kinjal entschuldigte sich und eilte in den Tempel, um die abendlichen Rituale durchzuführen, bevor ihr Mann sich zu ihnen gesellte.

Ein paar Minuten später kam Arvind Singh über den Rasen geschlendert. Er wirkte ausgeruht und frisch in den blütenweißen Baumwoll-

kurta und Dhoti, die entsprechend der Tradition makellos gestärkt und gefältelt waren.
Olivia wußte, daß er erstaunlich bescheiden war und jede vulgäre Zurschaustellung von Reichtum und Macht entschieden ablehnte. Aber trotz seiner natürlichen schlichten Art ging etwas Königliches von ihm aus. Seine Haltung verriet einen Mann, der zum Herrscher geboren war. Er widmete seine ganze Kraft dem Wohlergehen seines Volkes, modernisierte die öffentlichen Einrichtungen in Kirtinagar, verbesserte den Abbau der Kohle, um für den Staat die größtmöglichen Gewinne zu erwirtschaften. Die langen Stunden unermüdlicher Arbeit des Maharadscha wurden gut belohnt. In Kalkutta wußte man sehr wohl, daß Kirtinagar eines der am besten regierten Fürstentümer Indiens war. Und die Briten hielten es aus mehreren Gründen für ratsam, seine Unabhängigkeit nicht anzutasten.
Während Whisky und Sherry in die Gläser gegossen und die Holzkohle in der Hooka auf die richtige Temperatur gebracht wurde, unterhielt der Maharadscha Olivia mit den absonderlichen Geschichten, die zu seinem Alltag gehörten. Zum Beispiel hatte ein Bauer in einem der abgelegenen Dörfer seine Frau gegen zwei Kühe eingetauscht. Wie sich später herausstellte, war die eine Kuh krank. Jetzt wollte der Mann seine Frau wiederhaben und die Kühe zurückgeben, aber der andere war damit nicht einverstanden. In einem der neuen Schächte der Kohlegrube hatte man den labyrinthischen Bau einer Königskobra entdeckt. Einige Bergleute verlangten nun, daß der Schacht verschlossen und der Bau geschützt werde. Andere dagegen waren weniger abergläubisch und wollten die Kobra töten, das Gelege zerstören und die Arbeit wie geplant fortsetzen.
Olivia lachte. »Du meine Güte, wie kannst du alle diese Streitfälle schlichten? Dazu braucht man die Weisheit eines Salomon!«
»Ich besitze offenbar die Weisheit eines Salomon«, erwiderte er trokken und reichte ihr ein Glas Sherry. »Oder das, was ich im Lauf der Jahre von dir gelernt habe ... guten, amerikanischen Menschenverstand.«
Sie lachten entspannt und zufrieden und beließen es im Augenblick bei dem harmlosen Plaudern. Die anderen Themen, über die sie spre-

chen und diskutieren mußten, konnten warten. Darüber waren sie sich unausgesprochen einig.
Nach den Ritualen kam Kinjal und setzte sich zu ihnen auf die Teppiche. Jetzt kam Olivia auf das Thema zu sprechen, das sie die ganze Zeit über beschäftigte.
»Lord Mayo lehnt es ab, Jais Fall wieder aufzurollen. Er wird keine weiteren Bittschriften entgegennehmen. Da ihm mein Gesuch durch dich übermittelt wurde, vermute ich, daß man dich davon ebenfalls in Kenntnis gesetzt hat.«
»Ja.« Arvind Singh griff ruhig nach dem silbernen Mundstück der Wasserpfeife, die leise blubberte. Eine Weile sagte er nichts, dann seufzte er tief. »Der Vizekönig ist der Ansicht, daß ihm die Hände gebunden sind, da eindeutige Beweise für Jais Unschuld fehlen.« Er verzog das Gesicht. »Ich bezweifle, daß selbst unsere Kohle noch länger als Anreiz dienen kann.«
»Das fürchte ich auch.« Hätte Olivia sich nicht bereits mit dieser Tatsache abgefunden, wie Ranjan Moitra ihr geraten hatte, dann wäre sie jetzt enttäuscht gewesen. So aber empfand sie nur eine seltsame Erleichterung darüber, daß alles vorüber war – auch wenn sie verloren hatte. Nein, nicht sie hatte verloren, sondern die anderen.
Wegen der großen Bedeutung des Kohlebergwerks für die Eisenbahn und die Dampfschiffahrt hatte Arvind Singh im Lauf der Jahre einen beachtlichen Einfluß bei den britischen Machthabern gewonnen. Da die Engländer immer mehr Kohle brauchten, als die Bergwerke in Raniganji liefern konnten, behandelten sie Arvind Singh mit größter Zuvorkommenheit. Seinen Einfluß hatte der Maharadscha besonders gut in dem administrativen Chaos nutzen können, das nach der Sepoy-Meuterei herrschte. Er benutzte ohne Scheu seine Kohle als Druckmittel und verlangte Einsicht in die geheimen und umfangreichen Militärberichte und Akten, die den Aufstand betrafen. Arvind Singh war ebenso entschlossen wie Olivia, Jais Unschuld zu beweisen. Er wollte die eklatante Ungerechtigkeit der Justiz anprangern, die dem Leben seines Freundes ein so frühes Ende gesetzt hatte. Der Maharadscha hatte Spione und Vertrauensleute nach Bithur geschickt, um die Dienerschaft im Palast des Nana Sahib zu befragen, er hatte sich

mit Generälen getroffen und Olivias viele verzweifelte Gesuche an hohe Beamte weitergeleitet. Und so hatte er auch ihr letztes Schreiben persönlich dem derzeitigen Vizekönig übergeben.
Auch während der gefährlichen Tage des Aufstands, als ganz Nordindien mit der Gewalt eines Vulkans explodierte und er wußte, daß auf Jais Kopf eine Belohnung ausgesetzt war und daß er wie der Nana Sahib gesucht wurde, hatte Arvind Singh seinen Freund nicht im Stich gelassen. Er hatte ihm Schutz in Kirtinagar angeboten, wo die englische Gerichtsbarkeit keinen Zugriff hatte. Arvind Singh und Kinjal unterstützten Olivia rückhaltlos in ihrer Überzeugung, daß Jai die Verbrechen nicht begangen hatte, für die er gehängt worden war. Deshalb war es für Arvind Singh mehr als eine bittere Enttäuschung, daß alle Bemühungen zu so wenig Erfolg geführt hatten. Selbst jetzt, nachdem der Sepoy-Aufstand kaum mehr als Geschichte war, die man in die staubigen Akten und verschlossenen Schränke verbannte, und wo bereits soviel vergessen war, gab Arvind Singh die Hoffnung nicht auf, das Geheimnis der letzten Tage von Jai Raventhornes Leben zu enträtseln, denn er wußte, daß sie alle Antworten geben würden. Zum ersten Mal in all den Jahren sah Olivia, daß auch der Maharadscha kaum noch Hoffnung hatte, sich geschlagen geben mußte und bereit schien, den Kampf aufzugeben.
Kinjal brach das lange, gemeinsame Schweigen. »Welch eine Ironie«, sagte sie mit einem traurigen leisen Lachen, »Jais Tod soll offenbar ebenso ein Geheimnis bleiben, wie es sein Leben gewesen ist!«
»Nein«, sagte Olivia und nickte. »Das Geheimnis seines Todes ist ein noch größeres Geheimnis. Jais Leben konnten wir wenigstens wie eine Zwiebel Schicht um Schicht bloßlegen. Aber jetzt scheint es weder Schichten noch einen Kern zu geben, sondern nur ein absolutes Nichts, wohin wir uns auch wenden.«
So viele ungelebte Jahre und ein so unverdienter Tod. So viele belastete Schicksale. Was für ein Sinn liegt hinter all dem?
Olivia war so niedergeschlagen wie lange nicht mehr.
Arvind Singh trank seinen Whisky langsam und in winzigen Schlukken. »Es gibt Berichte, nach denen wieder einer aufgetaucht ist«, bemerkte er unvermittelt.

»Wieder einer?« wiederholte Olivia.
Eine verschleierte Dienerin brachte ihnen frisch geröstete Kichererbsen. Arvind Singh nahm eine Handvoll, legte den Kopf zurück und schob sie in den Mund. »Es ist wieder jemand aufgetaucht, der behauptet, der Nana Sahib zu sein.«
»Ach?« Olivia griff nach den Kichererbsen, aber als sie die Worte des Maharadscha hörte, lief ihr ein kalter Schauer über den Rücken. Einen Augenblick lang hielt sie die Luft an.
Allgemein vertrat man die Ansicht, der Nana Sahib sei im September 1859 im Dschungel von Nepal an Sumpffieber gestorben – also zwei Jahre nach dem Sepoy-Aufstand. Trotzdem hatte bis jetzt niemand seinen Tod zweifelsfrei belegen können. So verwunderte es nicht, daß im Laufe der letzten zehn Jahre immer wieder Männer auftauchten, die erklärten, der Nana Sahib und frühere Radscha von Bithur zu sein. Wie gering die Aussicht auf einen Erfolg auch sein mochte, Arvind Singh hatte sich mit jedem einzelnen dieser Männer getroffen, in der Hoffnung, etwas mehr über Jai Raventhorne zu erfahren. Leider hatte sich bis jetzt jedesmal herausgestellt, daß es Schwindler waren.
»Wieder nur ein Hochstapler?« fragte Kinjal.
»Oder einer seiner arbeitslosen Doppelgänger.«
Olivia sah ihn fragend an. »Ach ja, das hatte ich ganz vergessen. Zu seinem Gefolge gehörten mehrere Männer, die ihm ähnlich sahen.«
»Jeder Herrscher hat solche Doppelgänger«, erklärte Arvind Singh.
Olivia richtete sich auf. »Auch du?«
»Aber ja doch! Wieso glaubst du, daß nicht einige meiner angeblich treuen Untertanen mich in den Himmel schicken würden, wenn sie dazu die Möglichkeit hätten?«
Olivia wußte, daß Arvind Singh nichts lieber tat, als sie zu necken, und deshalb erwiderte sie lachend: »Ich glaube einfach nicht, daß es einen anderen so gutaussehenden Mann gibt, der dich glaubwürdig vertreten könnte!«
»So sehr ich mich über dieses Kompliment auch freue, so muß ich

doch sagen, es stimmt nicht.« Arvind Singh lachte leise. »Erinnerst du dich zum Beispiel an die Dassera-Prozession hier im vergangenen Jahr?«

»Ja, natürlich. Wir saßen auf einem Elefanten und du auf einem anderen direkt vor uns.« Sie dachte nach. »Ja, es gab unterwegs eine Art Zwischenfall. Einer der Elefanten hat versucht durchzugehen.«

»Weil jemand einen Pfeil auf ihn geschossen hat, denn er glaubte, daß es mein Elefant sei.«

»Und war er es nicht?«

»Der Elefant gehörte mir, aber ich saß nicht darauf.«

»Wieso? Ich habe dir doch noch zugewinkt, und du hast zurückgewinkt. Du schienst ...« Sie brach ab. »Willst du mir sagen, das bist nicht du gewesen?«

»Richtig.« Er lachte herzlich. »Wir hatten gehört, daß ein unzufriedener Stammesangehöriger mich während der Dassera-Feiern töten wollte. Man riet mir, das Risiko, durch eine unkontrollierbare Menschenmenge zu reiten, nicht einzugehen. Ich habe mich widerwillig gebeugt.« Er zwinkerte mit den Augen. »Du siehst also, wie leicht sich das Auge von dem täuschen läßt, was es erwartet zu sehen.«

Olivia blickte Kinjal noch immer nicht ganz überzeugt an, aber die Maharani nickte. Dann fragte sie: »Und was ist mit den armen Männern, die dich verkörpern? Glauben sie, es lohne sich, dafür umgebracht zu werden?«

»Ihre Frauen sind ganz bestimmt dieser Meinung, wenn sie an das Geld denken, das sie bekommen. Als Witwen werden sie noch sehr viel besser bezahlt.«

»Du scheinst damit keine Schwierigkeiten zu haben«, sagte Olivia. »Offenbar ist es eine sehr gute Vorsichtsmaßnahme, jederzeit eine Reihe Doppelgänger griffbereit zu haben.«

Das heitere Wortgeplänkel dauerte noch eine Weile. Erst später kamen sie auf das zurück, was Olivia insgeheim am meisten beschäftigte. Sie fragte den Maharadscha: »Du glaubst doch auch, daß der Nana Sahib tot ist, oder?«

»Ja, ich glaube, er ist tot.«

Kinjal entging die leichte Unsicherheit im Ton ihres Mannes nicht.

»Aber ...?«
Arvind Singh schüttelte abwehrend den Kopf. »Ich glaube, wir haben Olivia schon genug Sorgen gemacht...«
»Nein.« Sie griff nach seiner Hand. »Ich möchte unbedingt hören, welche Gedanken dir gerade durch den Kopf gegangen sind.«
»Es sind keine neuen Gedanken«, erwiderte er freundlich, »sondern alte Gedanken, die mich wieder beschäftigen. Ich bin überzeugt, daß der Nana Sahib tot ist, aber ich denke immer wieder darüber nach, wie und wo er gestorben ist.« Er nahm sich noch eine Handvoll Kichererbsen. »Und dann ist da diese höchst geheimnisvolle Akte, eine geschlossene Akte. Ich frage mich nicht, was darin steht, sondern was nicht darin steht. Aber mehr noch ...«, seine Stimme wurde zu einem Flüstern, »frage ich mich, warum es in all den dicken Akten über den Sepoy-Aufstand keinen einzigen Hinweis darauf gibt, wo mein Freund Jai Raventhorne begraben wurde.«

*

»Und was machen Sie beruflich, junger Mann?« fragte der Amerikaner und hob die Hand. »Nein, antworten Sie nicht, lassen Sie mich raten. Tee? Jute?« Er beugte sich über die Tafel und kniff die Augen zusammen. »Ich sage Tee. Ja, eindeutig, Tee! Für mich haben Sie den unverkennbaren Blick eines Teeplantagenbesitzers, der gerade erst ins Land gekommen ist.«
Christian lachte. »Ich bin Beamter«, sagte er entschuldigend. »Das heißt, das werde ich sein, wenn ich in Kürze in der Provinz meine erste Aufgabe erhalte.«
Der Amerikaner zog überrascht die Augenbrauen hoch. »Bei Gott, mich laust der Affe, Sir, ich kann es nicht glauben!« Er lachte und schlug sich auf die Schenkel, aber er war keineswegs verlegen, weil er so völlig falsch geraten hatte. »Er sieht noch viel zu sehr nach einem Greenhorn aus, um die ganze Last des Reichs auf den zarten jungen Schultern zu tragen, finden Sie nicht auch, Goswami?«
Christian wurde rot. Er wußte nicht recht, ob das ein Kompliment war oder nicht.

Kali Charan Goswami, der als Gastgeber am Kopfende der langen Tafel saß, lachte. »Mr. Pendlebury ist Beamtenanwärter und erst vor kurzem aus England hier angekommen«, erklärte er dem Amerikaner, einem Geschäftspartner und Kapitän aus Philadelphia. »Er ist ein Freund meines Sohnes. Stimmt doch, Samir?«

Samir saß neben seiner Mutter am anderen Ende der Tafel, die im westlichen Stil mit weißem irischen Leinen, englischem Porzellan, Silberbesteck und wertvollen Waterfordgläsern gedeckt war. Er wurde bis über beide Ohren rot und nickte schüchtern. Seine beiden Schwestern Minali und Barnali saßen sich etwas weiter entfernt gegenüber. Sie hielten sich die Servietten vor den Mund und kicherten, als sie die Verlegenheit ihres Bruders sahen. Ihre Mutter runzelte mißbilligend die Stirn.

Der Gastgeber warf einen Blick über die prächtige Tafel, betrachtete voll Stolz seine Gäste und fand, der Abend sei ganz bestimmt ein Erfolg. Er war mit seiner Frau, den beiden Töchtern und den vielen Dienstboten höchst zufrieden, denn ihren gemeinsamen Bemühungen war das alles zu verdanken. Die Tafel war makellos gedeckt; sie wurden hervorragend und unauffällig bedient. Die Gerichte waren abwechslungsreich, maßvoll gewürzt und einfach köstlich. Kali Charan Goswami hielt sich viel darauf zugute, ein weltoffener Mann zu sein. Er wußte, daß er in der Geschäftswelt und von den Bengalen sehr beneidet wurde, weil er einen Rang erreicht hatte, der es ihm erlaubte, sich gesellschaftlich auf eine Ebene mit den weißen Ausländern zu stellen. Außerdem stand er in dem Ruf, ein großzügiger Gastgeber von Geschmack und Kultur zu sein. Auch das bereitete ihm große Genugtuung. Zur Zeit war davon die Rede, daß die Regierung beabsichtige, ihn in das indische Repräsentantenhaus zu berufen.

Kali Charan Babus Großvater hatte im vergangenen Jahrhundert das äußerst erfolgreiche Familienunternehmen, ein Handelshaus, gegründet. Sie hatten sich auf den Handel mit Amerika spezialisiert und fungierten als Agentur für verschiedene amerikanische Unternehmer, von denen sich einige an diesem Abend unter seinen Gästen befanden. An der Tafel saßen außerdem einheimische Würdenträger, zwei

Anwälte, ein eurasischer städtischer Amtsleiter und ein paar Besucher aus der Provinz. Abgesehen von Abala Goswami und ihren beiden Töchtern saß nur noch eine andere Dame an der Tafel. Es war die eher unscheinbare Frau eines amerikanischen Kapitäns, die nur wenig zu sagen hatte, aber über jede Bemerkung ihres Mannes in schrilles Lachen ausbrach, auch wenn es dabei um nichts Komisches ging.

Der reiche und erfolgreiche Kali Charan Babu war ein Mann mit liberalen Ansichten, und er vertrat energisch den Standpunkt, daß gesellschaftliche Reformen notwendig seien. Er unterstützte aktiv radikale Ideen wie zum Beispiel die Wiederheirat einer Witwe, Frauenbildung und gleiche Erbrechte für Söhne und Töchter. Sein Vater hatte ähnliche Ansichten gehabt, und zu seinen persönlichen Freunden hatten zukunftsorientierte bengalische Reformisten gehört wie Vidyasagar, Ram Mohun Roy und Keshub Chandra Sen. Er hatte mit Begeisterung die Gründung der Brahmo Samaj begrüßt, einer Bewegung, die es sich zur Aufgabe machte, hinduistische Gewohnheiten und Glaubensvorstellungen zu ändern, die viele Liberale für überholt hielten.

Manchmal bekümmerte es Kali Charan Babu, daß die älteren und konservativeren Mitglieder seiner großen Familie seine modernen Ideen kategorisch ablehnten. Seine ältere Schwester Sarala zum Beispiel war noch als Kind auf tragische Weise Witwe geworden. Sie hätte seine Gedanken eigentlich am besten verstehen müssen, aber sie gehörte zu seinen entschiedensten Gegnern. Und das schmerzte ihn sehr. Trotz der starken Opposition in der eigenen Familie hatte er sich eigensinnig geweigert, den Aktivitäten seiner Frau Abala Grenzen zu setzen. Er war ungeheuer stolz darauf, daß sie unter den Bengalinnen als eine Pionierin galt. Manche bewunderten Abala, andere verurteilten sie, aber hinter geschlossenen Fensterläden wurde sie allgemein von den weniger glücklichen Frauen beneidet, die autoritäre Männer, Väter und Brüder in ihren Häusern eingesperrt hielten.

Als junge unverheiratete Frau hatte ihr ungewöhnlich weitsichtiger Vater ihr erlaubt, zusammen mit den Söhnen am Privatunterricht teilzunehmen. Ihr Mann, der ebenso weitsichtig war wie ihr Vater, hatte ihre Ausbildung weiterhin gefördert. Sie wurde deshalb die erste Frau, der man erlaubte, die Aufnahmeprüfung an der Universität von Kalkutta abzulegen. Kali Charan Babu unterstützte die akademische Laufbahn seiner Frau ebenfalls und riet ihr, ein Buch über sich und ihre Familie zu schreiben. Zur großen Empörung nicht nur seiner Familienmitglieder, sondern der traditionsbewußten bengalischen Gesellschaft insgesamt befürwortete er es auch, daß sie sich als Gast und Gastgeberin frei unter seinen Freunden und Geschäftspartnern bewegte. Sie aß Speisen, die nicht von Brahmanen gekocht worden waren, und hielt sich nicht an das traditionelle Gebot des Fleischverzichts. Ihre beiden Töchter Minali und Barnali besuchten englische Sprachschulen und fühlten sich wie ihre temperamentvolle Mutter in einer kosmopolitischen Gesellschaft zu Hause.

Christian hatte viel von dieser Familie und ihrer Geschichte erfahren, als der junge und schüchterne Samir bei ihm in der Wohnung erschien, um Christian zu dieser Burra Khana einzuladen. Christian freute sich ungemein, die fortschrittliche Familie Goswami kennenzulernen. Maja hatte sich jedoch entschlossen, Samirs Einladung nicht anzunehmen. »Ich war schon mit Amos und Mutter auf ihren Burra Khanas«, erklärte sie verächtlich. »Sie sind alle schrecklich langweilig, und es kommen die uninteressantesten Gäste, die man sich vorstellen kann. Die Amerikaner sind alle dick, ungehobelt und laut. Die Inder erscheinen wie eitle Pfauen in Fräcken und auffallenden Halstüchern und sehen einfach lächerlich aus.«

Christian fand Majas Äußerungen nicht sehr freundlich, aber er war entschlossen, sich die Freude an diesem Abend dadurch nicht nehmen zu lassen.

Es war Christians erster Besuch bei einer bengalischen Familie. Er hätte das natürlich Samir niemals gesagt, aber er fand es enttäuschend, daß die Goswamis ihre Gäste auf westliche Art bewirteten. Er hatte sich vorgestellt, man würde mit gekreuzten Beinen auf dem Boden sitzen und nach traditioneller Art mit den Fingern von Platten essen oder noch exotischer von Bananenblättern wie bei den Festen der Einheimischen. Die Speisen waren – abgesehen von den europäi-

schen Gerichten – erfreulicherweise bengalisch. Es gab reichlich in sehr aromatischem Senföl gekochten Fisch und viele seltsame Gewürze. Alles war scharf und ungewöhnlich, aber es hatte ihm sehr gut geschmeckt. Da er noch keine indischen Frauen kannte, beeindruckten ihn Samirs wortgewandte Mutter und Schwestern. Sie unterhielten sich mühelos auf englisch und bengalisch über alle Themen, die derzeit in Europa die Gemüter bewegten.
Christian war auch enttäuscht darüber, daß sie an diesem Abend in dem riesigen, herrschaftlichen Haus der Goswamis im europäischen Flügel saßen. Er hatte viel über die traditionellen indischen Möbel gelesen, über die kostbaren Seiden und Brokate, die Kunstgegenstände aus geschnitztem Elfenbein und Silber und über märchenhafte Jalousien aus Pfauenfedern. Die Räume, in die man sie geführt hatte, waren in einer eher verwirrenden Mischung aus französischen Tapisserien, belgischen Lüstern, Chippendale- und georgianischen Möbeln, italienischen Marmorstatuen und unbedeutenden englischen Ölgemälden eingerichtet. All das stand in einer Art Durcheinander zusammen und war weder europäisch noch indisch. Er bemerkte jedoch, daß Samir und seine Familie sehr stolz darauf waren. Deshalb bewunderte er es und achtete sorgfältig darauf, sie nicht durch eine Bemerkung zu verletzen.
»Was kommt jetzt?« flüsterte er Samir nach dem Essen zu, als sich alle erhoben.
»Jetzt kommen die Natsch-Tänzerinnen!« antwortete Samir und lächelte geheimnisvoll.
»Natsch-Tänzerinnen?« Christians Staunen löste lautes Lachen aus, in das er leicht verlegen einstimmte.
Sie zogen die Schuhe am Eingang des Saals aus, in dem die Vorführung stattfinden sollte, und setzten sich auf große Polster, die mit blendend weißen Leinentüchern bezogen waren, und lehnten sich an Samtkissen. In der Mitte des Saals lagen kostbare persische Seidenteppiche für die Tänzerinnen. Christian war dankbar, als sich Samir und seine jüngere Schwester Barnali neben ihn setzten, denn er kannte sonst niemanden von der Gesellschaft. Dann wartete er gespannt auf den Beginn der Vorführung.

Barfüßige Diener in Livree boten den Gästen in Mokkatassen türkischen Kaffee an, europäische Liköre, Havannazigarren und Tüten mit Betelblättern unter Gold- oder Silberlamé. Rauchringe der Zigarren und die Düfte von Weihrauch stiegen in die Luft. Aus dem Nebenzimmer, das mit einem goldenen schleierartigen Vorhang abgetrennt war, hörte man das leise Läuten der Tanzglöckchen und das Stimmen von Instrumenten.
Die Zuschauer verstummten, und Musiker mit Saiteninstrumenten und Flöten traten vor den Vorhang, wo sie sich aufreihten und eine leise Melodie anstimmten. Christian dachte, es sei eine Art Ouvertüre. Dann erschien eine Natsch-Tänzerin, der Star des Abends. Sie schwebte mit der Leichtigkeit eines Wassergeistes durch eine Tür in den Saal. Sie trug ein Gewand aus leuchtend rotgoldener Seide, wie Christian es noch nie gesehen hatte. Sie verneigte sich tief und begrüßte die Zuschauer mit anmutigen Salaams und einem verführerischen, koketten Lächeln. Dann ließ sie sich auf ein Kissen in der Mitte des Teppichs nieder und begann zu singen. Sie hatte eine schöne Stimme und begleitete den getragenen Gesang mit langsamen, schwebenden Bewegungen ihrer zarten Hände, die mit Gold und dunklen Hennamustern geschmückt waren.
Trotz seiner zunehmenden Vertrautheit mit dem Histustani fiel es Christian sehr schwer, die Worte ihrer Lieder zu verstehen. Barnali flüsterte ihm Übersetzungen zu und sagte, es seien Ghazals, Liebeslieder des berühmtesten Urdudichters, dem letzten Mogulherrscher Bahadur Shah Zafar, den die Engländer nach dem Sepoy-Aufstand entmachtet und ins Exil nach Burma verbannt hatten. Christian stellte zu seiner Überraschung fest, daß die Zuschauer applaudierten und ständig Bemerkungen machten, wenn ihnen ein Ausdruck oder eine schwierige Passage der Lieder besonders gut gefiel. Er mußte insgeheim lächeln. Wenn jemand bei den musikalischen Soireen seiner Mutter so etwas gewagt hätte, wäre sie nicht nur hysterisch geworden, sondern hätte den Störenfried sofort aus dem Haus werfen lassen, und er hätte es nie wieder betreten dürfen!
Auf den Gesang folgten temperamentvolle Tänze zweier anderer Tänzerinnen zum Klang von zwei Trommeln, die immer lauter und

schneller geschlagen wurden. Christian verstand zwar wenig von den komplizierten Sprüngen und weit ausholenden Armbewegungen, aber unwillkürlich ließ er sich vom Rhythmus, der Atmosphäre, der Sinnlichkeit und Leidenschaft der Tänzerinnen anstecken und mitreißen. Der Tanz endete mit einer Folge atemberaubender Drehungen und Pirouetten. Die beiden erhielten großen Applaus, und Christian stimmte begeistert ein. Dann bewarfen die Anwesenden die Natsch-Tänzerinnen und die Musiker mit einem wahren Schauer von Geldscheinen, Goldmünzen und sogar einigen Schmuckstücken. Christians Beine waren nach den langen Stunden auf dem Boden verkrampft und schmerzten. Er erhob sich schwankend, und da er nicht abseits stehen wollte, warf er auch eine Goldguinee in die Mitte.

Es war inzwischen beinahe drei Uhr morgens. So sehr ihm auch alles gefiel, was er gesehen und gehört hatte, er war doch erleichtert, daß er endlich nach Hause gehen konnte. Die Luft im Saal war abgestanden vom Zigarrenrauch. Einige Gäste lärmten und lachten laut – nach den beachtlichen Mengen Alkohol war das nicht weiter verwunderlich. Andere lagen bereits tief schlafend auf den Polstern. Noch ganz im Bann des Abends erfuhr Christian zu seinem Entsetzen, daß der amerikanische Kapitän die Tänzerinnen mit an Bord seines Schiffs genommen hatte. Alles in allem war es ein wundervoller Abend gewesen. Auch wenn sein Kopf nach dem Ansturm auf seine Sinne schmerzte und seine Lungen sich nach frischer Luft sehnten, fühlte sich Christian seltsam leicht und unbeschwert.

Samir bestand auf einer letzten Tasse *Irish Coffee* auf der Veranda seines Schlafzimmers. Das heiße Getränk war wunderbar belebend. Zufrieden mit sich und der Welt trank Christian langsam und genußvoll den Kaffee, atmete tief die nächtliche Luft ein, lehnte den Kopf an die weichen Kissen des Rattansessels, auf dem er saß, und streckte die Beine aus.

»Maja liebt Sie sehr.«

Samir machte diese Bemerkung ganz unvermittelt. Christian richtete sich überrascht auf und wurde rot. »Oh, hm ... wirklich? Nun ja, hm, ich ... hm ...« Da er nicht wußte, was er darauf sagen sollte, begann er zu stottern.

»Ja. Ich hoffe, Sie werden ihre Liebe erwidern, Christian«, sagte Samir ernst und ohne jedes Lächeln. »Ich wäre sehr betrübt, wenn Maja noch einmal verletzt werden würde. Das verdient sie nicht.«
Dieses sehr persönliche Gespräch machte Christian völlig verlegen, und er suchte verzweifelt nach Worten. »Hm ... nein, natürlich nicht ...« Er räusperte sich, angenehm überrascht und gleichzeitig auch peinlich berührt. »Ich ... ich weiß, sie ist ... mit Ihnen ... befreundet ...«
»Sie ist keine Freundin«, erwiderte Samir schlicht. »Sie ist mein Leben ...«
Er beugte sich vor, und ein Mondstrahl traf sein Gesicht. Er war verzweifelt.

Siebentes Kapitel

Die Standuhr mit den schönen Intarsien, die in Sir Bruce McNaughtons Büro stand, schlug zehn. Als der letzte Schlag verklang, klopfte es, und Leonard Whitney erschien in der Tür.

»Mr. Kyle Hawkesworth, Sir.«

Sir Bruce war inmitten der schweren Möbel nicht sofort zu sehen. Er stand am anderen Ende des Raums und beugte sich über einen Tisch. Er zog langsam und mit großer Sorgfalt die vielen Uhren auf, die beinahe alle freien Plätze im Zimmer schmückten. Im Augenblick richtete Sir Bruce seine Aufmerksamkeit auf eine reich ornamentierte und vergoldete bronzene Planetenuhr. Beschäftigt wie er war, schenkte er Kyle nur einen kurzen Blick. Mit einer kurzen Geste entließ er Whitney und bedeutete seinem Besucher, am Erkerfenster Platz zu nehmen. Von dort hatte man den besten Blick auf den mit großer Sorgfalt angelegten und gepflegten Garten.

Whitney verneigte sich. Kyle ging zu der ihm angewiesenen Sitzecke und nahm auf einem weich gepolsterten Sofa Platz. Er legte seine Aktenmappe auf den Teetisch, der vor ihm stand, kreuzte die langen Beine und wartete. Er lächelte kaum merklich.

»Eine höllische Arbeit, daran zu denken, sie alle an den richtigen Tagen aufzuziehen«, bemerkte Sir Bruce.

»Ja, Sir.«

»Man kann sich nicht drücken, verstehen Sie. Man muß verhindern, daß man Rost ansetzt. In diesem verdammten Klima setzt natürlich alles Rost an.«

»Richtig.«

»Verstehen Sie etwas von Uhren?«

»Nein, Sir.«
»Das hier ist eine französische.« Der Stolz des Sammlers lag in seiner Stimme, die unbeschwert und etwas belehrend klang. »Jahrhundertwende. Sie schlägt den Monat, hat eine Federvorfallhemmung, und das Orrery-Planetarium zeigt die relativen Positionen von Sonne, Mond und Erde im Jahreslauf. Außerdem hat sie einen Jahres- und Tageskalender auf dem Zifferblatt.« Er richtete sich auf und deutete mit dem Zeigefinger auf vier vergoldete Figuren unter der Uhr. »Die vier Jahreszeiten ... wirklich ein schönes Stück ... wirklich schön.«
Kyle Hawkesworth sagte nichts. Er wußte, eine Bemerkung wurde von ihm nicht erwartet. Die umständliche Erklärung diente nur dazu, Sir Bruce Zeit zu geben, um sich ein Bild von ihm zu machen. Kyle merkte, daß Sir Bruce hinter der selbstsicheren Fassade nervös war. Er griff nach der englischen Morgenzeitung, die auf dem Teetisch lag, schlug sie auf und erlaubte sich, hinter der Zeitung noch etwas mehr zu lächeln.
Der Morgen versprach, interessant zu werden.
Sir Bruce hatte seine Arbeit beendet und säuberte sich mit einem weißen Taschentuch sorgfältig jeden einzelnen Finger. Dann trocknete er die Schweißtropfen auf seiner Stirn. Schließlich ging er zum anderen Ende des Raums und zog energisch an der Klingelschnur. Mit erstaunlicher Geschwindigkeit erschien ein Diener in der Tür.
»Sag diesen verdammten Punkhawallahs, sie sollen sich ein bißchen bewegen, *juldee, juldee*! Oder ich werde dafür sorgen, daß ihnen ihr braunes Fell gegerbt wird, *thik hai*?« Der Diener verneigte sich und wartete auf mögliche weitere Befehle. Sir Bruce wollte gerade eisgekühlte Limonade verlangen, als er an den Grund dachte, der ihn dazu veranlaßt hatte, diesen Kyle Hawkesworth hierher zu bestellen, und schickte den Diener hinaus. Je mehr man diese eurasischen Aufsteiger verwöhnte, desto schneller vergaßen sie ihren Platz.
Als der Vizegouverneur von all diesen Anstrengungen etwas außer Atem auf Kyle zuging, erhob er sich höflich. Er wartete, bis Sir Bruce schwerfällig in dem Sessel ihm gegenüber Platz genommen hatte, und

setzte sich dann wieder. Sir Bruce zog die buschigen Augenbrauen zusammen und musterte ihn mißbilligend.
»Bevor wir beginnen, Hawkesworth, muß ich Ihnen sagen, daß ich Ihre Zeitschrift für Gift halte, für reines *Gift*! Glauben Sie nicht, daß ich dieses Blatt jemals lese. Und wenn ich nicht die Pressefreiheit auch in diesem barbarischen Land achten würde, hätte ich Ihre Zeitschrift schon vor vielen Monaten verboten.«
Kyle reagierte auf diese Worte mit einem leichten Neigen des Kopfes. Er öffnete die Aktenmappe, entnahm ihr ein Exemplar der letzten Ausgabe von *Equality* und legte es auf den Teetisch. »Angesichts Ihrer Achtung vor der Pressefreiheit, Sir, sind Sie vielleicht so freundlich, diese Ausgabe einmal zu lesen. Sie enthält einiges, was von persönlichem Interesse für Sie sein könnte.«
Die runden Augen von Sir Bruce, die hinter den rotgeränderten Hautwülsten fast verschwanden, wurden kurz größer, und sein Mund wurde plötzlich trocken. Er vermied es bewußt, auch nur einen Blick auf die Zeitschrift zu werfen. »Hat Whitney Ihnen gesagt, weshalb ich Sie hierher bestellt habe?«
»Nein, Sir.«
»Ich denke da an einen Auftrag für Sie. Die Sache ist streng geheim.« Er warf Kyle einen fragenden Blick zu, vermied es aber, ihn direkt anzusehen. »Ungeachtet der subversiven Gerüchte, mit denen Sie Ihr Blatt füllen, hat Whitney mir berichtet, daß Sie englisch und bengalisch ausgezeichnet beherrschen. Er hat Sie als Übersetzer empfohlen. Das ist natürlich der einzige Grund, weshalb Sie heute hier sind.«
»Whitney ist sehr freundlich«, murmelte Kyle. Er machte ein entsprechend bescheidenes Gesicht und blickte auf die Spitzen seiner Schuhe. »Es gibt da allerdings ein kleines Problem, Sir.«
»Ja?«
»Im Augenblick bin ich nicht in der Lage, Aufträge anzunehmen.«
Sir Bruce musterte ihn einen Augenblick und wirkte leicht überrascht. Er wußte nicht, wie er sich auf ungefährliche Weise dem Thema nähern konnte, das zur Sprache kommen mußte. »Es ist ein

Auftrag, der Ihnen großes Ansehen bringen würde, Hawkesworth!« rief er und ließ ihn dabei nicht aus den Augen. »Sie sollten sich geehrt fühlen, daß man Sie gerufen hat!«
»Ich fühle mich geehrt, Sir!« versicherte ihm Kyle lächelnd. »Zu meinem Bedauern muß ich jedoch sagen, daß mich im Augenblick ein anderes ... hm ... Projekt voll in Anspruch nimmt, da die notwendigen Vorarbeiten sehr aufwendig sind.«
Sir Bruce blickte auf ein Bild, das links von Kyle an der Wand hing, und nutzte das, um seinen Besucher von der Seite nachdenklich zu mustern. Bildete er sich das nur ein oder lag wirklich etwas Drohendes in Hawkesworths Ton? Er zögerte für den Bruchteil einer Sekunde und fragte dann unvermittelt: »Ein Artikel?«
»Ja.«
»Für Ihr Blatt?«
»Nein.«
Sir Bruce atmete auf und lächelte mit höflichem Interesse, aber seine Knopfaugen blieben wachsam. »Erlauben Sie mir die Frage, worum es bei diesem Projekt geht?« Ihm juckte es in den Fingern, das Lächeln aus diesem überheblichen Gesicht zu vertreiben. Er hätte diesen Bastard am liebsten mit einem Tritt aus dem Zimmer befördert, aber er wußte sehr wohl, daß ihm im Augenblick die Hände gebunden waren. Erst mußte er herausfinden, was der Kerl überhaupt wußte.
Kyle lehnte sich zurück und betrachtete seine Fingernägel. »Ich bereite die Veröffentlichung einer Untersuchung vor, die sich mit dem illegalen Diamantenhandel beschäftigt, der vor der Sepoy-Meuterei zwischen einem bestimmten Distrikt von Sind und den Diamantenminen im Fürstentum Panna blühte.«
Sir Bruce stockte der Atem. Es kostete ihn allergrößte Mühe, sich nichts anmerken zu lassen. Aber irgendwie gelang es ihm, ganz ruhig zu fragen: »Mit welchem besonderen ... Aspekt dieses Handels werden sich Ihre Untersuchungen beschäftigen?«
Kyle stand auf, ging langsam zu einer großen, schmalen Standuhr und betrachtete die merkwürdige Uhr mit sichtlichem Interesse. Sie hatte die Form eines goldenen Globus, der auf einem Sockel stand und von

einem Pfeil durchbohrt wurde. »Ach, sie kommt aus Amerika. Dann ist sie wohl aus neuerer Zeit?«
»Ja. Das Uhrwerk befindet sich im Globus«, erwiderte der Vizegouverneur, ohne nachzudenken, aber der trockene Hals machte seine Worte fast unverständlich.
»Und der Schlüssel?«
»Man zieht sie auf, indem man den Pfeil dreht.« Sir Bruce wurde es flau im Magen. Er richtete sich mühsam auf. »Auf welchen Asp...?«
»Ach ja? Wie ungewöhnlich! Wer hätte gedacht, daß die unzivilisierten Amerikaner zu solchen Finessen in der Lage sind!« Kyle schüttelte bewundernd den Kopf, ging ohne Eile zu seinem Platz zurück und setzte sich wieder. »Verzeihen Sie, Sir Bruce. Was wollten Sie noch wissen? Ach ja ... welcher Aspekt? Nun ja, ich finde es höchst interessant, auf welche Weise die Diamanten, die rechtmäßiges Eigentum des Maharadscha waren, damals ihren Weg in verschiedene Taschen fanden, die kein Recht darauf hatten.« Er runzelte die Stirn und schien sich plötzlich an etwas zu erinnern. »Wenn ich mich nicht irre, Sir Bruce, dann waren Sie Anfang der fünfziger Jahre in diesem Distrikt als Kollektor tätig...«
Langsam wich alle Farbe aus dem hochroten Gesicht des Vizegouverneurs. Seine Hände waren heiß und wurden schweißnaß. Die Stimme versagte ihm. Unbeholfen suchte er nach einer Zigarre, die er nicht rauchen wollte, aber er brauchte etwas, um seine Hände zu beschäftigen, und zündete sie umständlich an. Er inhalierte tief und fand die Stimme wieder.
»Ja.«
»Ja, dann könnten Sie vielleicht einen Beitrag zu meiner Untersuchung leisten«, sagte Kyle fröhlich. »Angesichts Ihrer Beteiligung an diesen Vorgängen wären Ihre Erinnerungen für mich von größter Bedeutung.«
Das blutleere Gesicht von Sir Bruce war wie aus Stein gehauen, aber seine Gedanken überschlugen sich. Der Kerl bluffte. Er wußte nichts, *nichts*! Wie konnte er etwas wissen ...? Törichterweise hätte er Hawkesworth beinahe gefragt, ob er an einen besonderen Fall

denke, aber er unterdrückte die verhängnisvolle Frage im letzten Augenblick. Er unterdrückte auch seine Erregung und gab sich den Anschein von Desinteresse. »Ich hatte natürlich nichts mit diesen Vorgängen zu tun«, erklärte er hölzern. »Aber soweit ich mich erinnere, waren vor allem Gujeratis von Surat im Diamantengeschäft. Ich konnte die Händler nie voneinander unterscheiden, denn offen gestanden sehen für mich alle Einheimischen gleich aus.«

»Ja, natürlich.« Kyle lächelte. »Aber vielleicht wird das Ihre Erinnerung auffrischen.« Er zog einen Briefumschlag aus der Mappe und legte ihn auf den Tisch.

Nervös beugte sich Sir Bruce vor, nahm den Umschlag und zog das Photo eines hellhäutigen Jungen heraus, der ängstlich in die Kamera blickte. Sir Bruce starrte erschrocken auf das Bild.

Das konnte nicht wahr sein ... oder doch?

Er fuhr sich mit der rosa Zungenspitze über die Lippen und blickte Kyle durchdringend an. »Wer ... wer zum Teufel ist das?«

Kyle lehnte sich scheinbar gelangweilt zurück, ließ Sir Bruce aber nicht aus den Augen. Dann beugte er sich vor, nahm Sir Bruce das Photo ab, schob es in den Umschlag und legte ihn zurück in die Mappe. »Der Junge heißt Martin Weaver. Er ist der Sohn von Daniel Weaver, ein Eurasier, der 1856 in Ihrem Distrikt zu fünfzehn Jahren verschärfter Haft verurteilt wurde ... für ein Verbrechen, das er nicht begangen hatte.«

Sir Bruce schloß die Augen, und ein Schauer ließ den mächtigen Leib erzittern. Hawkesworth weiß alles!

Mit großer Anstrengung erhob er sich aus dem Sessel und ging zum Fenster. Der Anblick des grünen Rasens, der ihm normalerweise soviel Freude bereitete, ließ ihn diesmal unberührt. Er sah ihn kaum. Mit zitternden Fingern riß er das Fenster auf und atmete tief die frische Luft ein.

Nein, tröstete er sich tapfer, Hawkesworth wußte nichts, er ahnte nur etwas. Er hatte keine Beweise!

»Wo ist der Junge jetzt?«

»An einem Ort, wo er nicht so leicht ausfindig gemacht werden kann.«

In plötzlicher Wut drehte sich Sir Bruce herum und fluchte leise. »Sie können meinetwegen zum Teufel gehen, Hawkesworth!« knurrte er und wischte sich die dicken Schweißtropfen von der Stirn. »Glauben Sie, jemand wird Ihnen nach so vielen Jahren diese ... diese Phantasiegeschichten glauben? Weaver hat einen ordentlichen Prozeß bekommen. Sie haben keinen Beweis, ich wiederhol keinen Beweis für das Gegenteil, abgesehen vielleicht von den Hirngespinsten seiner Familie!«

»Sie erinnern sich also an die Familie!« Kyle lachte leise, aber dann wurde er wieder ernst. »Gewiß, ich habe keinen Beweis. Aber Sie, Sir Bruce, sollten besser als jeder andere wissen, daß es wirkungsvolle Ersatzmittel für einen Beweis gibt!« Er streckte die Beine aus. »Zum Beispiel einen Verdacht, der als winziges Samenkorn in den richtigen Boden gelegt wird, und den Kalkuttas erstaunliche Gerüchteküche zum Keimen und schließlich zum Blühen bringt.« Er ließ seine Worte wirken, stand auf und durchquerte den Raum.

»Ha! Ich habe eine vollkommen einwandfreie Rechnung über den Verkauf ...«, begann der Vizegouverneur erregt, brach aber dann ab. Warum zum Teufel sollte er in die Defensive gehen? Er schuldete dieser unverschämten Ratte keine Erklärungen!

Kyle schien auf die begonnene, aber dann doch ausbleibende Erklärung nicht zu achten. Er trat an das Erkerfenster. »Sie haben einen phantasievoll angelegten Garten, Sir Bruce«, bemerkte er im Plauderton, während er auf das große Gelände mit den vielen leuchtenden Farben blickte. »Wie ich höre, überwacht Miss Arabella persönlich die Pflege.«

Zum zweiten Mal erfaßte Sir Bruce Panik. Bei der unerwarteten Erwähnung seiner Tochter wurde ihm flau im Magen. Er wagte nicht, etwas zu sagen, sondern blickte nur wütend und schwitzend auf das Panorama vor dem Fenster und wartete.

Kyle ging zu den dekorativ angeordneten Bildern an der Wand und betrachtete besonders aufmerksam Daniels Kupferstich der Chowringhee Road aus dem späten achtzehnten Jahrhundert. »Wie ich höre, ist es Lady McNaughton nach mehreren Fehlschlägen schließlich gelungen, Miss Arabellas Heirat zu arrangieren.« Er verneigte sich in ironischer Ergebenheit. »Erlauben Sie mir, der erste Gratulant zu sein. Ich hoffe aufrichtig, daß keine unvorhergesehenen dunklen Wolken am blauen Himmel der jungen Leute aufziehen und das künftige Eheglück beeinträchtigen.«

Jeder Muskel von Sir Bruce spannte sich, jedes einzelne Haar auf seinem Nacken sträubte sich. Er schien nicht mehr in der Lage, die Luft, die er ruckhaft einatmete, auszuatmen.

Es wäre entsetzlich für Arabella, wenn in diesem kritischen Augenblick sein Name in einen Skandal verwickelt werden würde. Was würde Clementine dazu sagen, wenn die Verbindung womöglich nicht zustande kommen sollte, an der sie so lange und mit soviel Hingabe gearbeitet hatte?

Bei dem Gedanken an das doppelte Unheil brach er beinahe zusammen. »Um Himmels willen, kommen Sie zur Sache, Hawkesworth!« rief er außer sich, von Angst geschüttelt. »Genug von diesen verfluchten Anspielungen. Was zum Teufel wollen Sie mir sagen?«

»Zwei Dinge, Sir Bruce.« Kyle sah ihn belustigt an. »Erstens frage ich mich, ob Ihr zukünftiger Schwiegersohn und seine Eltern Miss Arabellas Aussteuer als ausreichende Entschädigung ansehen würden, wenn sie erfahren, daß die Braut nicht neunzehn ist, wie auf der veränderten Geburtsurkunde steht, sondern beinahe siebenundzwanzig, wo doch der Bräutigam gerade erst zarte dreiundzwanzig ist?«

»Allmächtiger. Wie um alles in der ...?«

»Und zweitens ...«, Kyle überhörte den kehligen Aufschrei, »liegt mir die Aussage eines indischen Bankiers vor, über den Sie regelmäßig illegal Geld auf ein Bankkonto in London überweisen, das einer gewissen verheirateten Dame von bislang untadeligem Ruf gehört, die am Eaton Square wohnt.«

Sir Bruce wurde es übel. Er machte den vergeblichen Versuch, die hängenden Schultern zu heben und seine Selbstkontrolle wiederzugewinnen. Es gelang ihm trotz mehrerer Anläufe nicht. Er starrte mit offenem Mund aus dem Fenster. Als er schließlich das Schweigen brach, klang seine Stimme tonlos und war kaum hörbar. »Sollten Sie daran denken, diese ... Übersetzungen zu übernehmen, dann werde ich Ihnen eine stattliche Summe dafür zahlen.«

»Ach!« Kyles Gesichtsausdruck veränderte sich leicht, als er den Vizegouverneur betrachtete. Belustigung und Höflichkeit verschwanden, und sein Gesicht wurde hart. Die scharf geschnittenen Züge machten es unnachgiebig. »Wie stattlich?« fragte er kalt.
Langsam ging Sir Bruce zu seinem Sessel zurück und versank in dem weichen Polster. Er versuchte, seinen Zorn und Haß zu unterdrükken.
»Tausend Pfund.«
Kyle lachte verächtlich. »Tausend Pfund! Sie müssen mich wirklich für einen Dummkopf halten, Sir Bruce. Sie haben mit dem unglückseligen Daniel Weaver in Jacobadad ein sehr viel lukrativeres Geschäft gemacht ... fünftausend!«
Sir Bruce wurde blaß. »Verflucht ... seien Sie verflucht!«
»Sie finden, der Preis ist zu hoch für eine ... Übersetzung, die Ihnen bereits erstaunlich hohe Gewinne eingebracht hat?«
Sir Bruce schäumte, aber er brachte kein Wort hervor.
»Sollte das Geld bezahlt werden, soll auch die Angelegenheit der Daniel Weaver-Diamanten endgültig erledigt sein. Außerdem wird der Ruf der guten Dame, die noch immer am Eaton Square wohnt, unangetastet bleiben.«
Sir Bruce stieß einen unterdrückten Schrei aus und sprang mit ungeahnter Beweglichkeit aus dem Sessel. »Hinaus!« schrie er außer sich vor Wut. »Hinaus!«
Kyle zuckte mit den Schultern. »Gerne, wenn Sie das wünschen.« Ohne Eile nahm er die Aktenmappe und ging zur Tür. »Daniel Weaver und seine Familie haben einen hohen Preis für die Beziehung zu Ihnen bezahlt, Sir Bruce«, sagte er ruhig und blieb mit der Hand auf der Türklinke stehen. »Eigentlich müßte ich Ihnen den Hals umdrehen für das Leid, das Sie diesen Menschen angetan haben. Aber im Grunde bin ich ein Pragmatiker, und deshalb bin ich bereit, die Sache mit einer Entschädigungssumme aus der Welt zu schaffen.« Sein angedeutetes Lächeln verschwand, und seine Augen wurden zu drohenden Schlitzen. »Die Hochzeit Ihrer Tochter soll in der zweiten Oktoberwoche in der St. Johns Church stattfinden. Das gibt Ihnen genug Zeit, es sich noch anders zu überlegen. Sollten Sie das nicht

tun, dann kann ich Ihnen versichern, daß die Hochzeit *nicht* stattfindet, denn ich werde persönlich dafür sorgen, daß jeder Aspekt Ihres unsauberen wertlosen Lebens ans Licht gebracht wird. Guten Tag.«
Die Tür fiel hinter Kyle ins Schloß, und Sir Bruce sank in ohnmächtiger Wut in den Sessel zurück. Dieser hinterhältige Bastard, dieser verdammte Mischling, diese Ausgeburt der Hölle! Er stöhnte und schlug die Hände vor das Gesicht. Sein großer, massiger Körper zitterte. Er hätte die verfluchte Frau umbringen sollen, als er noch die Möglichkeit dazu hatte ...!
Draußen im Gang wartete Leonard Whitney auf Kyle.
»Und?«
»Fünftausend.«
»Hat er zugestimmt?«
»Er wird es tun.« Kyles Augen funkelten. »Bei Gott, er wird es tun!«

*

Es war Sonntagmorgen, zwei Tage nach Goswamis Burra Khana. Samir wollte unbedingt genauer wissen, wie Christian auf den Abend reagiert hatte. Deshalb erschien er frühmorgens bei den Raventhornes, weil er wußte, daß Maja und Christian jeden Morgen zusammen ausritten. Christian war noch immer peinlich von dem Gespräch berührt, mit dem der Abend für ihn geendet hatte, aber Samir schien keineswegs verlegen zu sein. Wie immer wirkte er still und in sich gekehrt. Aber er sah Christian klar und offen an.
Da Maja wußte, daß Amos bereits nach Kanpur unterwegs war, und ihre Mutter erst am nächsten Tag aus Kirtinagar zurückkommen würde, hatte sie Christian zum Frühstück in das Wohnzimmer im Erdgeschoß gebeten. Samirs plötzliches und unerwartetes Auftauchen, als sie sich gerade zu Kaffee und amerikanischen Pfannkuchen mit Ahornsirup setzen wollten, brachte sie leicht aus der Fassung. Es blieb ihr keine andere Wahl, als Samir mit soviel Freundlichkeit, wie sie aufbringen konnte, ebenfalls zum Frühstück einzuladen. Er nahm ohne Zögern an.

Eine Weile unterhielten sie sich über belanglose Dinge, sprachen über die Burra Khana und erzählten Maja angeregt von einigen komischen Ereignissen. Schließlich legte Christian Messer und Gabel auf den Tisch und stützte die Ellbogen auf.
»Darf ich Ihnen eine Frage stellen, die Sie vielleicht als unhöflich empfinden?« fragte er Samir.
Samir schüttelte den Kopf. »Nein, ich werde Sie keineswegs für unhöflich halten. Bitte fragen Sie.«
»Mir ist an dem Abend aufgefallen, daß trotz der liberalen Ansichten Ihrer Eltern außer Ihrer Mutter und Ihren Schwestern keine anderen indischen Frauen anwesend waren.«
Samir dachte über Christians Frage lange nach. Schließlich sagte er: »Es ... gibt gewisse Essensvorschriften, an die sich einige Frauen in unserer Familie noch immer halten.«
»Ach ja! An dem Tag, als wir uns kennenlernten, wollten Sie mir diese Vorschriften erklären, aber wir wurden unterbrochen. Wenn ich mich recht erinnere, sprachen Sie von der Notwendigkeit mehrerer Küchen.«
Samir konnte sich noch gut an das Gespräch erinnern und fühlte sich geschmeichelt, daß Christian es auch nicht vergessen hatte. Er wußte allerdings, daß Maja sehr wenig von diesem Thema hielt, und sah sie deshalb fragend an. »Ist es nicht zu früh für ein so ernsthaftes Gespräch?« fragte er mit einem unsicheren Lächeln. »Vielleicht sprechen wir ein anderes Mal darüber, ich meine, wenn wir ...«
»Nein, es ist nicht zu früh«, erklärte Christian. »Es gibt keine bessere Zeit für ein ernstes Gespräch, als wenn der Kopf noch ausgeruht und klar ist. Habe ich recht, Maja?« Ohne ihre Antwort abzuwarten, griff er wieder nach Messer und Gabel und schnitt ein Stück von seinem Pfannkuchen ab. »Also?«
Nach einem entschuldigenden Blick in Majas Richtung begann Samir glücklich mit seinen Erklärungen. »Traditionelle Tabus sind der Grund dafür, daß wir mehr als eine Küche brauchen. Verstehen Sie, die männlichen Mitglieder einer Hindufamilie essen vielleicht Fleisch, aber die Frauen nicht. Deshalb müssen die Speisen für die verschiedenen Familienmitglieder in verschiedenen Küchen zuberei-

tet werden. Der Koch für die Männer darf durchaus Mohammedaner sein, weil er vielleicht sehr gute Fleischgerichte kochen kann. Aber für die Vegetarierinnen müssen Hinduköchinnen kochen. Das gilt auch für orthodoxe Besucher und andere Mitglieder des Haushalts. Für die Witwen einer Familie ...« Er wurde unsicher und brach ab.

»Für die Witwen einer Familie ...?« fragte Christian und übersah Majas betont gelangweilte Miene.

»Ja, für die verwitweten Frauen und die orthodoxen Alten, für die mein Vater sorgt, dürfen nur Brahmanen – Männer oder Frauen – kochen. Sie bereiten besondere Gerichte für die Fastentage und als Beigabe bei den Mahlzeiten der Familie zu.«

»Gerichte für die Fastenzeit?« fragte Christian und lachte. »Ist das nicht ein Widerspruch in sich?«

»Nein, an Ekadashi, dem ersten Tag im Mondkreislauf der Hindus, sollen hinduistische Witwen nur traditionelle Speisen essen ...« Da er Majas Ansicht dazu kannte, blickte er verlegen auf seinen Teller.

Sie nutzte die Gelegenheit zu einem Angriff. »In Indien, Mr. Pendlebury«, unterbrach sie Samir verächtlich, »zwingen die Männer die Witwen ihrer Familie, seien sie nun jung oder alt, an jedem Ekadashi-Tag zu fasten. Es ist verrückt, ein grausamer Aberglaube, um sie dafür zu strafen, daß sie keine Männer mehr haben, als seien sie schuld daran, daß ihre Männer tot sind!«

»Nein, das stimmt nicht ganz!« widersprach Samir mit Nachdruck. »Ich gebe zu, viele unserer Sitten sind für Frauen sehr hart, aber du weißt sehr wohl, Maja, daß wir zu denen gehören, die diese Sitten nicht billigen. Aber die Witwen bestehen darauf, diese barbarischen Gebräuche zu befolgen. Tante Sarala zum Beispiel ...« Er sah Christian hilfesuchend an und hoffte, er werde ihn verstehen. »Sie ist die älteste Schwester meines Vaters und war erst sechzehn, als ihr Mann an der Cholera starb. Hätte mein Vater sie nicht mit Gewalt daran gehindert, wäre sie auf den Scheiterhaufen ihres Mannes gestiegen und hätte sich mit ihm verbrennen lassen. Bis heute hat sie ihm nicht verziehen, daß er ihre Verherrlichung als eine Sati unterbunden hat, denn das wäre es für sie gewesen!«

Das angeregte Gespräch dauerte noch eine Weile, bis Samir mit großem Bedauern erklärte, er müsse sich verabschieden, weil sein Tutor ihn zu einer Privatstunde in englischer Prosodie erwartete.
Christian hatte Majas wachsenden Unmut sehr wohl bemerkt, und er war darüber verwundert. Als sie allein waren, wollte er sich entschuldigen. »Ich habe offenbar etwas getan, das Ihnen mißfällt«, sagte er reuevoll. »Ich weiß zwar nicht genau, was, aber wenn ich mir unwissentlich etwas habe zuschulden kommen lassen, bitte ich um Verzeihung.«
Sie sah ihn gereizt an. »Weshalb tun Sie immer, als seien sie so ungeheuer an allen indischen Dingen interessiert? Das ist so ... übertrieben, so ... so scheinheilig und unehrlich!«
»Unehrlich?« Christian war verblüfft und verletzt. »Es interessiert mich wirklich! Ist es unnatürlich, wenn man sich für alle Aspekte einer Umgebung interessiert, in der man sich befindet, vor allem dann, wenn sie einem fremd ist?«
»Ja, es ist unnatürlich! Keiner der anderen Puk... Engländer schert sich einen Dreck um diese fürchterliche Umgebung. Weshalb sollten ausgerechnet Sie es tun?«
»Das entspricht nicht ganz der Wahrheit«, erklärte Christian. »Ich kenne viele Engländer, die sich für Indien interessieren. Sie sind wie ich der Meinung, daß sie versuchen sollten, etwas über ein Land zu lernen, wenn sie den Rest ihres Lebens dort verbringen wollen.«
»Den Rest ihres Lebens ...?« Maja sah ihn mit großen Augen an. »Sie wollen für den Rest Ihres Lebens in Indien bleiben?«
Ihre Frage verwirrte ihn. »Natürlich ... nichts anderes bedeutet es, indischer Beamter zu werden!« Als er ihren ungläubigen Blick sah, sagte er erklärend: »Man legt die Prüfungen ab, weil man die wohlüberlegte Entscheidung getroffen hat, nach bestem Können in Indien zu leben und zu arbeiten!«
Maja sah ihn kopfschüttelnd an. An diesen, ihr völlig unverständlichen Aspekt von Christians Beamtenlaufbahn hatte sie noch nicht gedacht, obwohl sie einsah, daß sie das hätte tun müssen. »Sie wollen England für immer den Rücken kehren, um in Indien zu bleiben und zu arbeiten?« fragte sie leise.

»Hm ... ja. Dafür habe ich mich entschieden.« Er lachte kurz, und um die Situation zu entspannen, sagte er betont heiter: »Ich kann Ihnen versichern, an meiner Stelle hätten Sie genauso gehandelt. Das Wetter ist entsetzlich und das englische Essen ebenfalls! Sie dürfen mir glauben, ich kann von Glück sagen, daß ich aus England geflohen bin!«

»Oh!«

Maja sagte sonst nichts. Sie war fassungslos. Irgendwie hatte sie übersehen, daß der indische Beamtendienst in der Tat eine lebenslange Verpflichtung bedeutete. Gleichzeitig mußte sie sich eingestehen, daß ihre unbeabsichtigte Reaktion anmaßend und unangebracht gewesen war. Plötzlich schämte sie sich. Warum sollte sie sich Gedanken darüber machen, wo Christian Pendlebury den Rest seines Lebens verbrachte? Um ihre Verlegenheit zu überspielen, machte sie schnell einen Vorschlag, der ihr gerade in den Kopf kam. »Haben Sie vielleicht Lust, sich mein Photoalbum anzusehen?«

Christian war damit mehr als einverstanden und sehr erleichtert darüber, daß der Sturm ohne größeren Schaden vorübergezogen war. Er freute sich darauf, einen Blick in das Leben der Raventhornes werfen zu können. Würde sie ihm vielleicht ein Bild ihres Vaters zeigen und von ihm sprechen?

Maja holte das Album und setzte sich neben ihn ans Fenster. Der rückwärtige Garten lag ihr zu Füßen, und sie hielt das aufgeschlagene Album im Schoß. Im Bann der plötzlichen Nähe, verdrängte Christian augenblicklich die vorausgegangene Meinungsverschiedenheit, ja er vergaß in seinem großen Glück alles andere. Damit sie ihm die Bilder besser erklären konnte, mußten sie noch enger zusammenrükken. Der Duft ihres Parfüms umspielte bei jeder Bewegung seine Nase. Wenn er noch etwas nach links rücken würde, konnte er ihren nackten Arm fühlen. Ihre Stimme zu hören, den warmen Hauch ihres Atems auf der Wange zu spüren, während ihre Köpfe sich beinahe berührten, und sie die ordentlich sortierten Photos betrachteten, ließen sein Herz schneller schlagen. Seine Hände wurden kalt und feucht.

Nur mit größter Mühe gelang es ihm, sich auf ihre Erklärungen zu konzentrieren. Dies war Großmutter Sally, die zweite Frau ihres Großvaters, mit ihren zwei Söhnen Dane und Dirk, ihren Frauen und Kindern. Das war Bucktooth, ein alter Rodeo-Reiter, der ihrer Mutter das Reiten beigebracht hatte und das Wissen über Pferde. Er war schon so alt, daß er im Rollstuhl sitzen mußte. Dies war das Farmhaus in Sacramento, wo Großvater O'Rourke gelebt hatte. Hier war ihre Mutter aufgewachsen, und wenn sie nach Amerika fuhren, dann würden sie dort wohnen.

Es gab Bilder von Feldern und Weiden, von Ferien und Picknicks mit Freunden, und zu jedem wußte Maja viel zu erzählen. Die Familienlitanei dauerte noch eine Weile an, während sie die Seiten umblätterte, aber Jai Raventhorne wurde nicht erwähnt. Es gab auch keine Photos von ihm in ihrem Photoalbum. Selbst in seinem verliebten Zustand war Christian enttäuscht. Er verstand die Ablehnung nicht, die sie ihrem toten Vater offensichtlich entgegenbrachte. Lag es daran, daß er die Engländer verraten hatte, oder daran, daß er ein Eurasier war?

Natürlich hatte Christian nicht den Mut, diese Frage zu stellen, obwohl seine Neugierde sehr groß war.

»Wollen Sie noch immer nach Amerika fahren?« fragte er traurig, als sie die letzte Seite des Albums erreichten. »Sie haben einmal davon gesprochen ...«

»Ja.« Maja klappte das Album zu, stand auf und stellte es in das Bücherregal zurück. »Warum nicht?«

»Warum nicht ...«, wiederholte er zerknirscht. Er war ihr noch nie so nahe gewesen. Ihre Absicht, Indien zu verlassen, machte sie plötzlich noch sehr viel begehrenswerter. Er spürte den verwegenen Drang, alle Vorsicht zu vergessen, sie in die Arme zu nehmen, sie nach Herzenslust zu küssen, bis sie außer Atem geriet. Schon der Gedanke ließ seine Lippen zittern, aber natürlich tat er nichts dergleichen. Was wäre, wenn sie empört reagieren würde? Dazu hätte sie schließlich das Recht. Wenn sie ihn davonschicken würde und ihn nie mehr wiedersehen wollte? Er unterdrückte ein enttäuschtes Stöhnen; es war eine Folter, die niederen Instinkte unter Kontrolle zu halten, die ihm das Blut in den Kopf trieben, und ihm schwindelte.

Er konnte nicht verstehen, warum er in ihrer Gegenwart immer den Kopf verlor und die Wirklichkeit sich verflüchtigte. Er konnte sich nicht mehr vorstellen, daß er gelebt hatte, bevor er sie kennenlernte. Er konnte sich kaum an die Gesichter seiner Eltern erinnern! Er fühlte sich wie von einer geheimnisvollen Droge betäubt, die auch sein Denkvermögen beeinträchtigte. Aber seine körperlichen Sinne lebten auf und erreichten eine ungeahnte Schärfe. Sie war so anders als alle Menschen, die er kannte. Er konnte sie kaum als Persönlichkeit ausloten, verstand nicht ihre vielen Widersprüche. Sie war ihm unbegreiflich, rätselhaft, und sie verzauberte ihn.

Um den Verstand nicht völlig zu verlieren, zwang er seine Gedanken in eine andere Richtung und begann mit noch größerer Leidenschaft, Rechtfertigungen für seine Entscheidung in Indien zu bleiben vorzubringen. Er spürte sehr wohl, daß sie anderer Meinung war als er, aber er wollte sie unter allen Umständen überzeugen.

»Ich möchte die Menschen in diesem Land verstehen«, sagte er. »Ich möchte dazu beitragen, etwas von der Bitterkeit gutzumachen, die die Sepoy-Meuterei zurückgelassen hat. Ich möchte den Menschen in den Dörfern beweisen, daß nicht alle Engländer Ungeheuer sind. Ich möchte Indien dienen, und zwar in der großen Tradition, die so viele andere vor mir begründet haben.«

»Ja, ich verstehe ...«, murmelte sie, ohne etwas zu verstehen. Dieser Engländer verwirrte sie mit seinem Engagement für Indien. Er unterschied sich sehr von allen anderen, die sie kennengelernt hatte. Ihr war nichts wichtiger, als ihn wirklich zu verstehen. »Aber die Beamten in der Provinz haben Pflichten und Aufgaben, die hart und mühsam sind. Und es gibt dort wenig Bequemlichkeiten, die das Leben angenehm machen ...«

»Ich suche keine Bequemlichkeiten!« Er schob ihren Einwand energisch beiseite. »Ich möchte etwas tun dürfen, damit man sich an mich erinnert wie an Henry Lawrence, Bartle Frere und Gordon Lumsdale, ganz besonders an Gordon Lumsdale und an ... an meinen Vater.« Sein Gesicht schien von innen heraus zu strahlen. »Ich möchte Eisenbahnstrecken bauen, Kanäle, hygienische Dak-Bungalows, Schulen, Krankenhäuser und Postgebäude. Ich will Wälder pflanzen, saubere Brunnen bohren und die Straßen sicherer für die Reisenden machen. Ich möchte ein englischer Beamter sein, dem die Menschen als Freund vertrauen können, weil er für sie nur das Beste will.« Er hielt atemlos inne und sah sie mit einer Art verzweifeltem Trotz an. »Ich möchte die Grenzen meiner Fähigkeiten erproben. Ich möchte gefordert werden!«

Maja erschrak vor der Leidenschaft, mit der er seine Ziele artikulierte. »Du meine Güte, und das wollen Sie alles in einem Leben erreichen?«

»Warum nicht?« Aus seinen Augen leuchtete das Feuer missionarischer Entschlossenheit, den Kampf mit der Welt aufzunehmen. »Andere haben es erreicht!«

»Aber ich habe gehört, daß die Pflichten bei einer ersten Stellung nichts als unglaublich langweilige Routine sind!« rief sie.

Das brachte ihn schlagartig in die Wirklichkeit zurück, und er sagte mit einem tiefen Seufzer: »Ja, aber wenn man Glück hat, dauert das nicht lange.« Es klang ziemlich kleinlaut.

Sie erkannte, daß sie seinen Schwachpunkt getroffen hatte, und fuhr eifrig fort: »Es heißt, daß Sie nichts anderes zu tun haben, als endlose Berichte zu schreiben, von einem staubigen Dorf zum anderen zu reiten, belanglose Streitfälle schlichten müssen, in der glühenden Sonne langwierige Landvermessungen vornehmen und über Abgaben und Hypotheken verhandeln sollen. Abends müssen Sie dann mit dem, was Ihnen an Kraft noch geblieben ist, gegen Moskitos kämpfen und gegen die schrecklichen Schaben und Termiten, weil Sie in quietschenden Feldbetten und löchrigen Zelten unter freiem Himmel schlafen. Entsetzlich!« Sie verzog den Mund und schüttelte sich.

Damit war Christian gezwungen, den nackten Tatsachen noch deutlicher ins Auge zu sehen, und er ließ den Kopf hängen. »Am Anfang, ja ... vermutlich. Wenn man allerdings anfängt, die Leiter zu erklimmen, dann werden die Möglichkeiten erheblich besser.«

»Aber es kann viele Jahre dauern, bis man oben angekommen ist ...«

Er seufzte noch einmal. »Ja«, sagte er traurig. »Man muß eben lernen, Geduld zu haben.«

Sie waren seit dem Ausritt am frühen Morgen zusammen. Inzwischen rückte das Mittagessen näher. Nur ungern sah er ein, daß es Zeit war, sich zu verabschieden. Er hatte die Andersons bereits vor den Kopf gestoßen, als er es ablehnte, sie am Vormittag in die Kirche zu begleiten. Wenn sie ihn zufällig bei ihren Nachbarn, den Raventhornes, sehen sollten, würden sie ihm das sehr verübeln. Patrick, der sich mit Melody Anderson angefreundet hatte, wäre natürlich wütend auf ihn. Außerdem hatte er Lytton versprochen, mit ihm Kricket im Club zu spielen, und er mußte sich auf den Hindustani-Unterricht am nächsten Morgen vorbereiten.

»Im Star Theater ist am nächsten Samstagabend eine Vorstellung«, sagte Maja plötzlich, als sie ihn zum Tor begleitete. Auch sie wollte ihn nur ungern gehen lassen. »Eine englische Truppe wird eine musikalische Revue aufführen. Eine Freundin meiner Mutter, Mrs. Edna Chalcott, war so freundlich, Karten zu bestellen.« Sie schlug die Augen nieder und errötete. »Hätten Sie Lust, uns zu begleiten?«

Weder Maja noch Christian hatten bis jetzt darüber gesprochen, einmal zusammen in der Öffentlichkeit zu erscheinen. Sie erschrak über ihren eigenen Mut, fand an dem Gedanken aber auch großen Gefallen. Mit Mrs. Chalcott als Anstandsdame bestand kein Risiko, sich später von Amos oder ihrer Mutter Vorwürfe anhören zu müssen. Die Andersons würden bestimmt auch unter den Zuschauern sein, und das konnte den Abend nur zu einem noch größeren Erfolg machen.

»Oh, ich ... ich würde nur zu gern«, stammelte Christian und wurde rot, weil er sich freute und gleichzeitig auch ärgerte. »Nur zu gern ..., aber ich habe bereits versprochen, den nächsten Samstagabend mit Mr. Hawkesworth zu verbringen.«

Maja zuckte zusammen. »Mit Kyle?«

»Ja. Er hat mich eingeladen und möchte mir seine Druckerei zeigen. Anschließend soll es bei ihm zu Hause Tee geben. Er schien sich nur den Samstag freinehmen zu können, und ich habe bereits zugesagt.«

Maja ahnte nichts Gutes. »Bei ihm ... zu Hause?«

»Ja. Ich hatte ja erzählt, daß ich Mr. Hawkesworth bei Ihrem Bruder im Büro kennengelernt habe. Ich ... ich hatte ihm bei dieser Gelegenheit gesagt, daß ich seine Artikel sehr bewundere. Es ist sehr freundlich von ihm, das nicht vergessen zu haben. Deshalb lädt er mich zum Tee ein und will mir seine Druckerei zeigen.« Christian stand das Bedauern deutlich im Gesicht geschrieben. »Wenn ich allerdings gewußt hätte, daß ...«

»Ach, das ist nicht weiter wichtig.« Maja machte gute Miene zum bösen Spiel und lächelte. »Es wird noch andere Gelegenheiten geben.«

Nachdem Christian gegangen war, stand sie auf den Stufen vor dem Haus und dachte nach. Ein kalter Schauer lief ihr über den Rücken, und sie verschränkte fröstelnd die Arme, obwohl die Mittagssonne heiß vom Himmel schien. Kyle bemühte sich offenbar sehr um Christian Pendlebury.

Was für ein Interesse hat er an Christian?

*

»Kussowlee wäre ein Paradies ohne diese abscheulichen Blutegel«, sagte Edna Chalcott anklagend. »Jedesmal, wenn wir nach einem Ausflug in den Bergen zurückkamen, mußten wir stundenlang diese ekelhaften Biester von Armen und Beinen und den Kleidern lesen. Aber das Wetter dort ist himmlisch. Überall an den Hängen wachsen Walnußbäume und Wildblumen. Wir haben uns von den Blutegeln nicht abhalten lassen und waren den ganzen Tag im Freien, ohne mitten im Sommer einen Hitzschlag zu riskieren!«

»Ihr habt im Internat gewohnt?« Olivia sah Edna zum ersten Mal nach ihrer Rückkehr aus Kirtinagar und hörte voll Staunen ihren Bericht von der aufregenden Reise. Diesmal hatte sie ihre Wanderlust auf eine nostalgische Pilgerreise in die Berge nördlich von Simla geführt, wo sie vor vielen Jahren an dem berühmten, von Henry Lawrence gegründeten Internat unterrichtet hatte.

»Aber ja! Ich würde immer nur dort wohnen.« Edna nickte zufrieden mit dem grauen Kopf. »Das Internat ist inzwischen natürlich sehr viel größer geworden als zu meiner Zeit. Sie haben jetzt über vierhundert

Schüler, eine gotische Kirche in grauem Stein und mit Zedernholzstühlen. Außerdem gibt es ein getrenntes Haus für die Mädchen. Es ist auch aus grauem Stein. Simla ist natürlich wundervoll wie immer, abgesehen von den entsetzlichen W's und F's.«
Olivia lachte. Sie hatte schon lange nicht mehr gehört, daß jemand von Wanzen und Flöhen nur die Anfangsbuchstaben nannte. »Ich wünschte, ich könnte auch so unbeschwert reisen wie du, Edna«, sagte sie nachdenklich. »Du hast von Indien mehr gesehen als ich.«
»Das Land war ja auch etwas freundlicher zu mir als zu dir«, sagte Edna mitfühlend. »Aber du könntest mich doch das nächste Mal begleiten!« Sie lächelte, und ihre glücklichen blauen Augen strahlten. »Man sagt, der Winter ist die beste Jahreszeit für einen Urlaub in Nilgiris. Wir könnten dort bestimmt viel Spaß haben!«
»Ja, ein Urlaub mit dir würde mir gefallen«, sagte Olivia, und es klang wehmütig. »Wer weiß, vielleicht im nächsten Jahr, wenn ich aus Amerika zurückkomme ... das heißt, wenn ich je zurückkomme!«
»Du meinst wohl«, bemerkte Edna lachend, »wenn du überhaupt nach Amerika fährst!«
Olivia seufzte. »Ja, auch das.«
Edna wollte noch etwas sagen, als Didi, die Heimleiterin, herbeieilte. »Dieser Mann ist wieder da«, flüsterte sie und blickte aufgeregt zur Tür.
»Welcher Mann?« fragte Olivia.
»Sarojinis Vater.«
»O Gott.« Olivia sank das Herz. »Ich fürchte, es gibt Ärger.«
»Laß ihm ausrichten, daß du nicht da bist«, riet Edna. »Oder Abala soll mit ihm sprechen. Sie versteht es gut, den Leuten den Kopf zurechtzurücken.«
»Ich habe ihn schon einmal weggeschickt. Er war hier, bevor ich nach Kanpur gefahren bin. Er wird nur noch mißtrauischer und unangenehmer werden, wenn ich mich wieder verleugnen lasse.« Olivia verzog das Gesicht. »Früher oder später muß ich mich ihm stellen. Warum also nicht gleich?« Zu Didi sagte sie: »Ist Mrs. Goswami mit ihrem Unterricht fertig?« Didi nickte. »Also gut. Führen Sie den

Herrn in das Besucherzimmer und bitten Sie Mrs. Goswami und Sarojini, ebenfalls dorthin zu kommen.«
»Dann alles Gute. Ich muß zu meinen Schülerinnen.« Edna griff nach ihrer Stofftasche, ohne die man sie niemals sah, und drückte Olivia mitfühlend die Hand. »Schade, daß Maja nun doch nicht am Samstag mit zu der Revue kommt. Wie ich höre, soll alles wirklich komisch sein, wenn auch teilweise ein wenig frech.« Sie zögerte und fügte dann doch hinzu: »Ich glaube, ich sollte dir sagen, daß Maja mich um Erlaubnis gebeten hatte, ihren jungen Freund mitbringen zu dürfen.«
»Christian Pendlebury?«
»Ja. Ich hatte nichts dagegen. Du warst noch in Kirtinagar, aber ich wußte, du wärst einverstanden gewesen, wenn Maja in angemessener Begleitung ist.«
Olivia schüttelte den Kopf. »Wie kann ich Einwände gegen etwas haben, worüber bereits die ganze Stadt spricht!« bemerkte sie trokken. »Hat er die Einladung angenommen?«
»Nein, er hat offenbar andere Pläne für diesen Abend, deshalb hat auch Maja jetzt abgesagt.«
»Ach!« Olivia preßte die Lippen zusammen. »Glaubst du, er hat kalte Füße bekommen?«
Edna wiegte den Kopf bedächtig hin und her. »Nein, nein, das glaube ich nicht. Wenn er nach all den Gerüchten und dem Klatsch nicht den Rückzug angetreten hat, dann würde ihm auch ein gemeinsames Auftreten in der Öffentlichkeit nicht viel ausmachen.« Sie sah Olivia besorgt an. »Ich habe Maja schon so oft gesagt, sie müßte viel mehr gleichaltrige Freundinnen haben. Soweit ich weiß, trifft sie sich kaum mit jemandem außer mit Grace, und das auch nur selten.«
»Ja, ich weiß.« Olivia zog einen Kamm aus der Handtasche. »Aber Maja hört nicht auf einen guten Rat, Edna. Das muß ich dir wohl kaum sagen. Sie tut nur das, was sie für richtig hält.« Sie kämmte sich flüchtig, blickte in den Spiegel und verzog das Gesicht.
»Das liegt wohl am Alter«, erwiderte Edna lächelnd. »In diesem Alter haben sie die merkwürdigsten Vorstellungen.«
»Bei Maja hat es nichts mit dem Alter zu tun«, sagte Olivia nachdenk-

lich. »Ihre Seele ist vergiftet, so wie es auch bei Jai war. Ich fürchte, das Gift wird nicht weichen, ohne seine Wirkung getan zu haben.«

Edna schüttelte sich und sagte lachend: »Ich danke allen meinen guten Sternen, daß ich nicht noch einmal jung sein muß!«

Olivia mußte gegen ihren Willen auch lachen. »Da stimme ich dir zu!«

Edna Chalcott wirkte ansteckend fröhlich. Deshalb war sie von allen Lehrerinnen im Frauenheim in Chitpur die beliebteste. Als Kind war sie mit ihren Eltern aus Wales gekommen. Ihr Vater arbeitete beim indischen Zoll. Entgegen den üblichen Gepflogenheiten ging sie in Indien zur Schule und heiratete einen Mann, der bei der Ostindischen Kompanie eine hohe Stellung hatte. Sie war erst Anfang Dreißig, als ihr Mann bei einem Schiffsunglück auf dem Fluß tragisch ums Leben kam. Das war jetzt beinahe zwanzig Jahre her. Edna blieb in Indien, obwohl ihre Eltern bereits tot und ihre Brüder und Schwestern schon lange nach England zurückgekehrt waren. Ihr Mann hatte ihr ein gutes Einkommen hinterlassen und ein zweistöckiges Haus in der Dharamtalle Street. Sie vermietete Zimmer, um ihren ›Flucht-Etat‹, wie sie das nannte, aufzustocken. So konnte sie ihrer Reiselust frönen. Edna kam bereits als Lehrerin in das Frauenheim, als es noch nicht voll einsatzbereit war. Sie war eine der zuverlässigsten Helferinnen und inzwischen eine gute und enge Freundin von Olivia und, wie sie sagte, für Maja und Amos die ›Patentante emeritus‹. Leider hatte sie keine Kinder, denn Edna war eine geborene Mutter.

Olivia verabschiedete sich an der Tür mit einem letzten Winken von Edna, schob die bedrückenden Gedanken an ihre Tochter energisch beiseite und eilte die Treppe hinunter.

Sie kannte Sarojinis Vater nicht, aber nach allem, was sie gehört hatte, war er jähzornig, selbstbewußt und äußerst hartnäckig. Gott sei Dank würde Abala ihr in dieser schwierigen Situation zur Seite stehen.

Der Mann erwartete sie mit unverhohlener Ungeduld im Besucherzimmer. Er war groß, absolut korrekt gekleidet und hatte das Auftreten eines Patriziers. Das überraschte Olivia, denn sie hatte einen weit weniger gebildeten Mann erwartet. Das Gespräch würde demnach noch schwieriger werden.

»Ich bin Nalini Chander, Sarojinis Vater und von Beruf Anwalt«, stellte er sich knapp, aber trotzdem höflich vor. »Ich bin gekommen, um meine Tochter mit nach Hause zu nehmen.« Er richtete seinen strengen Blick auf die junge Frau, die durch die Tür kam und sich ängstlich hinter Olivia stellte.

»Bitte nehmen Sie doch Platz.« Sie deutete auf einen Sessel und winkte Sarojini neben sich auf das Sofa. Abala war noch nicht da. Bei schwierigen Fragen, die Kasten, religiöse Sitten und Traditionen betrafen, mit denen das Frauenheim hin und wieder in Konflikte geriet, war Abala Goswami mit ihren liberalen Standpunkten und ihrem Wissen eine unschätzbare Hilfe.

»Wenn Sarojini mit Ihnen kommen möchte, kann sie das gerne tun.«

Der Besucher hatte sie auf englisch angesprochen. Olivia antwortete auf bengali. Wenn ihn das überraschte, so zeigte er es nicht, doch er wechselte ebenfalls ins Bengalische.

»Wenn Sarojini mit mir kommen *möchte*?« Er lächelte und hob die Augenbrauen. »Sarojinis Wunsch hat bestimmt wenig damit zu tun. Ich bin ihr Vater. Habe ich nicht das Recht, mein Kind nach Hause zu holen, wenn ich das möchte?«

»Sarojini ist wohl kaum ein Kind, Nalini Babu«, erklärte Olivia mit ebenso betonter Höflichkeit. »Sie ist erwachsen und in der Lage, Entscheidungen zu treffen.«

Ein Anflug von Zorn zeigte sich in den dunklen, arroganten Augen. »Wieso kommen Sie zu dem Schluß, daß jemand, der in seinem Leben nie auch nur die kleinste Entscheidung getroffen hat, plötzlich dazu in der Lage ist, die volle Verantwortung für sein Leben zu übernehmen?«

Zu Olivias großer Erleichterung erschien in diesem Augenblick Samirs Mutter. Das enthob sie der unangenehmen Aufgabe, dem Mann eine scharfe Antwort zu geben. Die nächsten Augenblicke vergingen mit der Begrüßung. Wie sich herausstellte, kannte Sarojinis Vater Kali Charan Goswami und erklärte, er bewundere Goswamis kaufmännische Fähigkeiten und sehe in ihm den Besten der indischen Kaufleute in Kalkutta. Abala nahm das Kompliment mit einem ungeduldigen Kopfnicken entgegen. Dann ging es wieder um Sarojini.

Abala sah Sarojini an und fragte: »Möchtest du zu deinen Eltern zurückkehren, Sarojini?« Nach kurzem Zögern und ohne den Blick zu heben schüttelte die junge Frau den Kopf.

Ihr Vater war über die stumme, aber eindeutige Antwort erbost und hatte Mühe, seine Ruhe zu bewahren. Abala nutzte diesen Augenblick zu ihrem Vorteil. »Sarojini ist aus freiem Willen zu uns gekommen, Nalini Babu«, sagte sie freundlich. »Wie Sie wissen, war sie gezwungen gewesen, als sechste ... oder sogar siebte Frau eines Mannes zu leben, der doppelt so alt ist wie sie.«

»Sie macht ihrer Familie und ihrer Gemeinschaft Schande, weil sie dem Mann davongelaufen ist, den sie geheiratet hat.« Seine Stimme klang kalt. Bei jedem Wort stieß er mit dem Stock auf den Boden.

»Sie haben diese Ehe arrangiert, Nalini Babu.« Auch in Abalas Augen lag ein gewisses Funkeln. »Sie haben Ihre Tochter ohne ihre Zustimmung verheiratet, als sie noch nicht einmal fünfzehn war. Wenn sie sich veranlaßt sah, dem Mann davonzulaufen und bei uns Zuflucht zu suchen, dann geschah das, weil sie nicht sicher sein konnte, von ihrer eigenen Familie aufgenommen zu werden.«

Er stand auf, trat ans Fenster und kehrte ihnen den Rücken zu. »Wollen Sie bestreiten, daß eine hinduistische Frau ihrem Mann treu sein muß?«

»Ihr Mann ist gestorben. Sie hat keine Kinder. Als Witwe wurde sie von den anderen Frauen ihres Mannes und ihren Schwägern mißhandelt. Sie ist davongelaufen, weil sie geschlagen wurde und um ihr Leben fürchtete.«

»Es ist ihr Karma ...«

»Als eine Sklavin zu leben und irgendwann totgeprügelt zu werden?«

Er gab keine Antwort. Abala versuchte es mit ihren Überredungskünsten. »Bestimmt lieben Sie Ihre Tochter und wollen, daß sie glücklich ist, Nalini Babu. Sie hat bereits elf unverdiente Leidensjahre hinter sich. Glücklicherweise ist Sarojini noch jung genug, um ...«

»Nein!« Er drehte sich um und rief wütend: »Ich habe gehört, daß dieses Heim verabscheuungswürdige und anstößige Dinge fördert. Ich bin gekommen, um mich davon zu überzeugen, daß diese Gerüchte nicht der Wahrheit entsprechen. Aber ich sehe, daß es nicht so ist.« Er drehte sich wieder um, verschränkte die Arme und drückte die Hände unter die Achselhöhlen. »Sarojini ist eine Hindu-Witwe der Brahmanenkaste. Sie kann und wird die Erlaubnis zu einer Wiederheirat nicht erhalten. Mir wäre lieber, sie hätte sich auf dem Scheiterhaufen ihres Mannes verbrannt und wäre eine Sati, als durch eine sündige zweite Ehe Schande über ihre Gemeinschaft zu bringen.«

Olivia und Abala sahen sich kopfschüttelnd an.

»Sarojini ist sechsundzwanzig«, erklärte Olivia. »Wenn es ihr Wunsch ist, hat sie vor dem Gesetz das Recht zu einer Wiederheirat. Als Anwalt ist Ihnen das sicher bekannt. Wenn sie bis jetzt keine Entscheidungen getroffen hat, dann liegt das nur daran, daß ihr das nie erlaubt worden ist.«

Er drehte sich um und sah sie herausfordernd an. »Es bestehen große Unterschiede zwischen Ihrem Christentum und unserem orthodoxen hinduistischen Glauben, Mrs. Raventhorne!« Er holte Luft und sagte dann eisig: »Ich finde es unklug von einer Fremden, sich in die Lebensweise einzumischen, die wir in unserem Land für richtig halten.«

»Das Gesetz über die Wiederheirat von Witwen wurde 1856 auf Wunsch indischer Reformer verabschiedet!«

»Indische Reformer ...! Wir gottesfürchtigen Brahmanen erlauben nicht...«

»Ich bin ebenfalls eine Brahmanin, Nalini Babu«, unterbrach ihn Abala energisch. »Ich und ganz bestimmt auch jeder anständige Mensch kann einen Standpunkt nicht akzeptieren, der die Ausbeutung und Erniedrigung von Frauen gutheißt. Dabei ist es völlig gleichgültig, welcher Religion er entspringt. Es enttäuscht mich zu hören, daß Sie als Jurist und gebildeter Bhadralok offenbar anderer Meinung sind.«

Sein Gesicht wurde rot vor Zorn. »Gerade weil ich gebildet bin, kann ich Ihre Absichten nur mit Entsetzen und Abscheu zur Kenntnis nehmen!« Er wollte noch etwas hinzufügen, überlegte es sich aber anders und wechselte mit einer verächtlichen Handbewegung das Thema. »Aber kommen wir zur Sache, anstatt Zeit mit einer sinnlosen Debatte zu verschwenden. Ich habe meine Meinung und Sie haben ihre. Mir geht es im Augenblick darum, daß meine Familie durch dieses Komplott in eine Sache hineingezogen werden soll, die wir unter keinen Umständen billigen können!«

»Wohl kaum ein Komplott!« Olivia griff nach Sarojinis zitternder Hand und drückte sie. »Sarojini hat ohne unsere Einmischung beschlossen, wieder zu heiraten, und diesmal den Mann ihrer Wahl. Sie hat uns gesagt, daß Sie die erste Heirat bewußt arrangiert haben, um sie von dem Mann zu trennen, zu dem sie schon früh eine große Zuneigung gefaßt hatte.«

Ohne auf Olivia zu achten, stellte er sich vor das Sofa und sprach zum ersten Mal direkt zu seiner Tochter. »Ist das wahr, Sarojini?« fragte er drohend.

Wieder drückte Olivia ermutigend die Hand der zitternden jungen Frau. Sarojini nickte.

»Wie kannst du es wagen, uns, deine Familie in den Augen unserer Gemeinschaft herabzusetzen, du unverschämtes, selbstsüchtiges Ding?« Sein Zorn kannte keine Grenzen. »Dieser Kerl gehört noch nicht einmal unserer Kaste an! Er ist nichts als Abschaum ... ein ... ein ganz gemeiner, ehrloser Opportunist!« Er rang nach Luft.

Olivia sah Abala an. Sie nickten sich zu und erhoben sich beide.

»Sarojini«, sagte Olivia. »Ich glaube, es ist nur fair, wenn dein Vater die Möglichkeit hat, mit dir unter vier Augen zu sprechen.«

Die junge Frau flehte stumm, ihr das zu ersparen, aber Olivia schüttelte den Kopf.

»Nein, wenn du eine Überzeugung hast, dann mußt du auch den Mut aufbringen, danach zu handeln. Du schuldest deiner Familie zumindest Ehrlichkeit.« Dann sagte sie ernst zu Nalini Chander: »Es wäre klug und verständnisvoll von Ihnen, die Wünsche Ihrer Tochter zu akzeptieren, Nalini Babu. Wenn Sie jedoch«, sie hob die Stimme, »versuchen sollten, Sarojini einzuschüchtern oder sie mit Gewalt von

hier wegzubringen, dann bleibt uns keine andere Möglichkeit, als in Sarojinis Namen bei den zuständigen Behörden Anklage zu erheben.«
Draußen im Hof stand ein kleiner Brunnen mit klarem kühlem Wasser. Olivia beugte sich darüber und trank ein paar Schlucke. Ihr Mund war völlig trocken, aber sie war froh, daß die unangenehme Auseinandersetzung vorüber war – zumindest im Augenblick. Sie ließ die Augen nicht von der Tür des Besucherzimmers, für den Fall, daß Sarojini um Hilfe rufen würde. Trotz aller Bildung und Ehrbarkeit war Nalini Chander ein Mann, der auch vor Gewalt nicht zurückschrecken würde, um seine Tochter zu zwingen, sich ihm zu fügen.
»Ich fürchte, wir werden Sarojini an einen sicheren Ort bringen müssen, wenn er ihr droht«, sagte Abala besorgt. »Er genießt großes Ansehen in seiner Gemeinschaft, und die meisten orthodoxen Hindus sind entschieden gegen eine Wiederheirat von Witwen.«
»Das ist durchaus verständlich«, erwiderte Olivia. »Man kann nicht durch ein Gesetz etwas außer Kraft setzen, was über Jahrhunderte hinweg Gültigkeit hatte. Man kann nur hoffen, daß er seine Tochter genug liebt, um seine Vorurteile zu überwinden.« Ihre Worte klangen aber wenig überzeugt.
»Ich traue ihm nicht«, sagte Abala. »Das Gesetz ist zweischneidig. Wenn es um religiöse Dinge geht, dann hüten sich sogar Richter davor, etwas zu verurteilen, was sie persönlich für radikal und subversiv halten. Wenn wir Sarojini vor ihrem Vater schützen müssen, kannst du dir dann vorstellen, wo sie in Sicherheit wäre?«
»Ja, wir könnten sie nach Kirtinagar schicken. Ich habe bereits mit der Maharani gesprochen. Sie ist verschwiegen und hat Verständnis für Sarojinis Problem. Außerdem wird sie dafür sorgen, daß ihr nichts geschieht.«
Abala Goswami schüttelte noch immer erregt den Kopf. »Warum nur machen Eltern ihre Kinder zu Opfern der eigenen Heuchelei?« rief sie. »Oh, wie ich diese Verlogenheit hasse, die sich der Tradition bedient, um die eigene Feigheit zu tarnen!«

*

Die Druckerei, die sich in einem labyrinthischen alten Gebäude mit hohen Räumen befand, hatte einst einem Nilkothi, einem Indigopflanzer, gehört, erzählte Kyle Hawkesworth seinem Besucher. Auf den Wänden und dem Steinboden sah man noch immer die vielen blauen Flecken. Sie waren verblaßt, weil man sie in den vergangenen Jahrzehnten bestimmt oft abgewaschen und geschrubbt hatte. Christian fand, daß sogar in der Luft ein blauer Dunst lag und für eine ernste, aber keineswegs unangenehme Atmosphäre sorgte.
Während Kyle seinen Besucher durch die Druckerei führte, erklärte er ihm ausführlich die vielen zeitaufwendigen Vorgänge bei der Herstellung einer Wochenzeitschrift, die ohne viel Geld auskommen mußte. Mehrmals fragte er Christian nach seiner Meinung und hörte ihm aufmerksam und konzentriert zu. Christian konnte nicht leugnen, daß ihm das Interesse, das Kyle an ihm hatte, und die Ernsthaftigkeit, mit der er seine Äußerungen aufzunehmen schien, schmeichelte. Er führte das und die Einladung zum Tee auf den Wunsch seines Gastgebers zurück, sich für seine Unhöflichkeit bei ihrer ersten Begegnung zu entschuldigen. Christian fand das sehr anständig. Trotzdem war er wachsam und rechnete jeden Augenblick mit einer Spitze oder einer feindseligen Bemerkung. Abgesehen von einigen verständlichen Seitenhieben auf Christians Landsleute und die allgemeine Schwerfälligkeit der britischen Bürokratie kam jedoch nichts dergleichen. Kyle war freundlich, offen und relativ höflich.
Die Druckerei war in Anbetracht der geringen finanziellen Mittel bescheiden eingerichtet. Trotzdem entgingen Christian das Engagement und die Einsatzbereitschaft der Leute nicht. Er sah die eifrigen Gesichter, das eingespielte und geschickte Vorgehen und die stille, aber tatkräftige Hingabe, mit der sie sich ihren unterschiedlichen Aufgaben widmeten, ohne auf den Besucher zu achten. Hinter der bescheidenen Fassade verbarg sich eine unsichtbare, aber doch deutlich spürbare Kraft. Christian sah in der radikalen und herausfordernden Zeitschrift, die sich der eurasischen Sache annahm – ein Thema, das den Briten ebenso verabscheuenswert wie suspekt erschien – etwas Edles, das weit über die nackten Wände und die veraltete Druckerei hinausging.

»Wir benutzen zum Drucken die Stereotypie.« Kyle deutete auf eine große Maschine, die rhythmisch klapperte und knackte. »Wie Sie sehen, werden die Druckplatten auf die Zylinder montiert.« Kyle hatte Christian erzählt, daß er die Einrichtung mit allem Zubehör von einer dänischen Mission in Serampur gekauft hatte. Man hatte dort eine neuere Anlage aus Europa importiert und ihm die alte zu einem sehr günstigen Preis überlassen.
Hinter einer Holzwand stellten zwei Männer Schrifttypen her, um die zu ersetzen, die beim Drucken zerbrachen. Ein Setzer saß in der Nähe. Er hielt in der linken Hand den Winkelhaken und wählte mit der rechten die erforderlichen Buchstaben aus, die er dann im Setzkasten anordnete. Christian sah fasziniert zu, wie flink und konzentriert der Mann seine schwierige Aufgabe verrichtete. Er hatte insgesamt sechs oder sieben Arbeiter gesehen. Dem Äußeren nach waren es alle Mischlinge.
»Es ist eine schrecklich langsame Methode des Setzens«, sagte Kyle. »Aber im Augenblick gibt es keine andere. Im Ausland experimentiert man mit Zeilengießmaschinen und Maschinenschriftsatz, aber es wird bestimmt noch lange dauern, bis wir hier so etwas einsetzen können.« Kyle schien jedoch an der technischen Entwicklung weniger Interesse zu haben. Auch Christian hörte seinen Erklärungen nur mit halbem Ohr zu und war mehr mit den eigenen Gedanken beschäftigt. Obwohl er den Setzer ansah, musterte er Kyle aus dem Augenwinkel. Er versuchte, diesen rätselhaften Mann zu verstehen, denn er hoffte, durch ihn besser in das ›Bewußtsein‹ des eurasischen Indien eindringen zu können, das ihn so sehr beschäftigte.
Christian hatte von seinem Tutor Trevors erfahren, daß Hawkesworth seine Zeitschrift selbst finanzierte. Er lehnte jede finanzielle Unterstützung ab, auch die seines besten Freundes Amos Raventhorne. Woher das Geld kam, war ein Rätsel, denn man wußte allgemein, daß Hawkesworth nicht reich war. Das Herausgeben einer Zeitschrift, wie klein sie auch sein mochte, verschlang jedoch sehr viel Geld.
Als sie den Rundgang beendet hatten und den hellen, sonnenbeschienenen Hof betraten, der die Druckerei von der Wohnung trennte,

machte Christian eine Bemerkung über die eigenartige Atmosphäre in dem riesigen Druckereigebäude.
»Ja, man sagt, daß es hier spukt«, erwiderte Kyle. »Der Indigopflanzer, ein Holländer, soll angeblich regelmäßig hier auftauchen und seine unsichtbaren Indigovorräte überprüfen. Und das, behauptet man, sei auch der Grund dafür, weshalb die blauen Flecken auf Wänden und Böden nicht verschwinden.«
»Ach?« Christian lächelte spöttisch. »Sind Sie diesem Gespenst schon einmal begegnet?«
»Nein, aber einige der Arbeiter.«
Etwas in Kyles Antwort ließ Christian aufhorchen. »Glauben Sie an Gespenster, Mr. Hawkesworth?« fragte er unsicher.
Kyle blieb ernst. »Aber natürlich! Sie nicht?«
Christian war auf diese Frage nicht gefaßt und wußte immer noch nicht, ob Kyle sich nicht einen Spaß mit ihm erlaubte. »Nun ja, ich weiß nicht so genau ...«
»Sie sollten es wissen«, sagte Kyle noch immer ernst. »Gespenster gehören sehr wohl zur Wirklichkeit unseres Alltags, Mr. Pendlebury. Besonders in Indien haben Tote grundsätzlich das Recht zurückzukommen, um alte Sünden zu rächen, wenn sie das für richtig halten.«
Während Christian noch versuchte, diese letzte Bemerkung irgendwie einzuordnen, deutete Kyle auf den Boden und stampfte mit dem Fuß auf. »Hier gab es früher einen geheimen unterirdischen Gang, der das Lagerhaus mit dem Hooghly verband. Es heißt, daß ein Schmuggler den Gang im achtzehnten Jahrhundert gegraben hat, um seine Konterbande zu verstecken.«
»Haben Sie den Gang gefunden?« fragte Christian staunend.
»Nein. Er ist inzwischen zugeschüttet und nicht mehr begehbar. Kommen Sie.« Er legte seinem Gast die Hand auf den Arm. »Gehen wir ins Haus. Dann können wir uns bei einer Tasse Tee weiter unterhalten. Wir müssen noch über vieles reden.«
Gespenster, geheime Gänge, Schmuggler! Was kommt jetzt wohl?
Das Abenteuer schien wirklich gerade erst anzufangen. Im Grunde überraschte ihn das nicht. So hatte sich Christian Indien immer vorgestellt.

Die schlichte Wohnung von Kyle schien ganz seinem exzentrischen Wesen zu entsprechen. Christian konnte den Menschen hinter den vielen Gesichtern noch nicht erkennen. Aber das würde ihm im Lauf der Zeit bestimmt gelingen. Kyle war ein Rebell und ein Kämpfer, aber das störte Christian nicht. Aus der allgemein langweiligen und gesetzten Kolonialgesellschaft Kalkuttas ragte Kyle Hawkesworth klar und richtungsweisend heraus. Deshalb setzte Christian große Erwartungen in die Bekanntschaft, die bestimmt sehr inspirierend sein würde.

Sie tranken Tee und aßen viele ungewöhnlich schmeckende indische Köstlichkeiten in einem Raum, der vermutlich Kyles Arbeitszimmer war. Wie in dem Wohnzimmer, das sie durchquert hatten, gab es auch hier nur wenige Möbelstücke. Auf einem übergroßen Mahagonischreibtisch türmten sich Akten, Papiere und Bücher. Bücherschränke mit Glastüren nahmen zwei Wände ein und waren vom Boden bis zur Decke mit Büchern gefüllt. An einem Ende standen sich eine Sitzecke mit Rattansesseln und ein schmiedeeiserner Tisch mit einer Marmorplatte gegenüber. Die Dienstboten brachten ihnen auf Platten weit mehr, als zwei Personen essen konnten.

Trotz der spartanischen Einrichtung wirkten die Räume durch eine verblüffende Ordnung irgendwie wohnlich. Abgesehen von dem überladenen Schreibtisch stand alles in der Wohnung so richtig angeordnet, als habe eine Frau hier ihre Hand im Spiel. Das überraschte Christian. Er hätte Kyle nicht für einen so pedantisch ordentlichen Menschen gehalten. Seine Kleidung wirkte lässig und war eher in Hinblick auf ihre Bequemlichkeit gewählt als auf das Diktat der Mode. Er trug eine dunkelbraune Kordhose und dazu eine passende, an den Ellbogen leicht abgeschabte Jacke über einem gestreiften Hemd. Die rosa Seidenkrawatte schien Kyle ihm zu Ehren zu tragen. Christian fühlte sich geschmeichelt. Kyles unübliche Haarfarbe, dunkelbraun mit helleren Strähnen, ließ Christian an außergewöhnliche geologische Schichten in einem Fels denken. Solche Haare hatte er noch nie gesehen, und sie verstärkten den Eindruck des Unkonventionellen, den Kyle machte. Normalerweise waren sie eher zerzaust, und er hatte die Gewohnheit, sich mit ungeduldigen Fingern durch

die dichten Haare zu fahren, anstatt sich zu kämmen. Aber an diesem Tag hatte er sie glatt und ordentlich aus der hohen Stirn gebürstet, und sie kräuselten sich im Nacken – vielleicht noch eine Konzession an seinen Gast.
Christian hätte am liebsten eine Reihe persönlicher Fragen gestellt, aber das wagte er natürlich nicht. Von Trevors wußte er, daß Kyle Junggeselle war. Er lebte allein, hatte junge Eurasier als Dienstboten, denen er Arbeit und Unterkunft gab. Er war temperamentvoll und attraktiv und lebte bestimmt nicht enthaltsam, obwohl er die Vorstellung energisch ablehnte, nach der Pfeife einer Ehefrau und einer bösen Schwiegermutter zu tanzen. Er wurde von Frauen aller Hautfarben – schwarz, weiß, gelb, braun und gemischt – umschwärmt und gab sich keine Mühe, seine häufigen Amouren geheimzuhalten, auch wenn das seinem Ruf noch mehr schadete. In einer Stadt mit der Mentalität eines Dorfes konnte es nicht ausbleiben, daß sein Privatleben den bösen Zungen Nahrung gab und allgemein bekannt war.
Die deutlichen Zeichen weiblicher Fürsorge in Kyles Haus beschäftigten Christian. Auf der Fensterbank stand eine kleine Vase mit Fuchsien. Ein vermutlich selbst geknüpfter Wandteppich und eine Brokatpuppe hingen an einer polierten Messingvorhangstange. Die Bücher in den Schränken waren nach Größe ordentlich sortiert. Rosenöl verbreitete einen angenehmen Duft im Raum, der makellos sauber und gepflegt war. Entweder hatte Kyle das Glück, außerordentlich fleißige und geschickte Dienstboten zu haben, oder hier ging eine Frau ein und aus, die ihren Zukünftigen energisch auf die ›Pfeife‹ vorbereitete, nach der er schließlich doch tanzen würde. Bei diesem Gedanken mußte Christian lächeln.
Einer der Diener bot ihm aufmerksam die Platte noch einmal an, und Christian nahm sich ein Samosa. Er fühlte sich mittlerweile entspannt und genoß die großzügige Gastfreundschaft sichtlich.
»Schreiben Sie hier Ihre Artikel?« fragte er und dachte beinahe neiderfüllt daran, daß aus den vielen Papieren auf dem Schreibtisch vermutlich der nächste aufsehenerregende und kämpferische Leitartikel entstehen würde. Wie alle seine Artikel würde er bei den verschiedenen Gemeinschaften in der Stadt wieder Empörung oder

Zustimmung hervorrufen und in Clubs und auf den zahllosen Burra Khanas heftig diskutiert werden. Beim letzten Kricket-Turnier auf dem Maidan, bei dem Christian als Schlagmann für eine Fort William Elf eine eindrucksvolle Leistung geboten hatte, mußten zwei junge Zuschauer, die sich über den letzten Leitartikel von Kyle handgreiflich stritten, mit Gewalt getrennt und vom Platz geführt werden.

»Hier und überall«, antwortete Kyle. »Man schreibt mit dem Kopf und nicht unbedingt mit der Feder.«

»Ja, natürlich ...« Christian dachte einen Augenblick nach und fragte dann vorsichtig: »Glauben Sie das mit Ihren Artikeln zu erreichen, was der Name der Zeitschrift suggeriert?«

»Gleichheit?« Kyle zuckte die Schultern. »Darum bemühen muß man sich jedenfalls!«

»Aber die Herrschenden werden nicht so ohne weiteres nachgeben, auch wenn Sie sich noch so sehr bemühen! Das zumindest habe ich den schockierenden Fakten entnommen, die auf der Versammlung der Derozio-Gesellschaft vorgetragen wurden.«

»Selbst eine hohe und dicke Mauer besteht nur aus einzelnen Steinen.«

Kyle antwortete erstaunlich freundlich und unbekümmert. Christian nutzte die Offenheit und fragte: »Und das bedeutet?«

»Es bedeutet, daß jede kompakte Einheit aus einzelnen Komponenten besteht, die weniger kompakt sind.«

»Aber nach allem, was ich auf der Versammlung gehört habe«, entgegnete Christian ernst, »ist das Gesetz für die Fortdauer der Ungerechtigkeiten verantwortlich. Eine Veränderung der Lage zum Besseren würde eindeutig durchgreifende Maßnahmen erfordern.«

»Richtig. Deshalb müssen wir uns auf die Gesetzesmacher konzentrieren.«

»Wie?«

Kyle lachte. »Haben Sie schon einmal erlebt, wie bei einer Shikar ein Tiger im Dschungel erlegt wird?«

»Nein.«

»Man schlägt in einem großen Umkreis Trommeln und treibt den Tiger in die Ecke seiner Wahl. Dort wird er dann erlegt.«

»Und Sie glauben, man kann die Machthaber durch *Worte* in die Ecke treiben?« fragte Christian mit einem ungläubigen Lachen.
»Wie sonst?« Kyle hob die Hände. »Ich habe keine anderen Waffen.« Er schwieg und fügte dann hinzu: »Abgesehen vielleicht von ...« Aber er sprach den Satz nicht zu Ende.
»Abgesehen von ... was?«
Kyle beugte sich vor. »Haben Sie auf der Derozio-Versammlung nicht noch etwas bemerkt? Ich meine, ein sehr seltsames Paradox?«
Christian runzelte die Stirn und wartete.
Kyle legte die Finger aneinander und blickte zur Decke. »Vergessen Sie nicht, mein Freund, die Eurasier hassen die Engländer, aber ihre Gedanken kreisen wie besessen nur um dieses Volk. Sie mögen schimpfen, fluchen, flehen, toben, anklagen, entschuldigen, bewundern oder ihnen lediglich nach dem Mund reden, die Engländer bleiben im Mittelpunkt ihres Daseins. Finden Sie das nicht seltsam?«
»Hm ja ... jetzt, da Sie es sagen. Ist diese Besessenheit nicht selbstzerstörerisch?« fragte er nachdenklich.
Kyle richtete sich kerzengerade auf. Seine Augen funkelten. »Unterschätzen Sie nicht den Wert einer Besessenheit, mein Freund«, sagte er leise. »Es ist eine emotionale Navigationshilfe, ein Leuchtturm könnte man sagen, der dem Leben eine Richtung gibt, und sie ist eines der wenigen Dinge, die einem ganz allein gehören. Für einen Eurasier ist sie eine Lebenskraft, ohne die er verloren, ziellos und völlig verunsichert wäre. Diese Besessenheit ist seine größte Kraft und in der nüchternen Analyse vielleicht auch seine größte Schwäche.« Er lehnte sich zurück und lächelte. »Sehen Sie, jetzt ist es mir gelungen, Sie völlig zu verwirren ...«
»Ja, völlig!« Christian schüttelte den Kopf und lächelte ebenfalls. »Sagen Sie, haben Sie schon immer so gut mit Worten umgehen können? Ich meine, schon als Kind?«
Kyle erwiderte achselzuckend. »Wer weiß? Ich hatte nicht die Möglichkeit, das festzustellen.«
»Aber Ihre Eltern müssen doch gesehen haben, daß ...«
»Eltern?« unterbrach ihn Kyle belustigt. »Heutzutage können Eurasier nicht einmal damit rechnen, eine Mutter oder einen Vater zu

haben. Wer als Eurasier behaupten wollte, Eltern zu haben, würde als äußerst unverschämt und anmaßend gelten! Man könnte sogar sagen, daß einige von uns in der Tat das Ergebnis einer Jungfernzeugung sind.«

Christian wurde rot. »Entschuldigen Sie. Tut mir wirklich leid ...« Er schämte sich über seinen gedankenlosen Fauxpas; der beißende Sarkasmus war seine verdiente Strafe.

»Entschuldigen Sie sich nicht.« Kyle machte eine wegwerfende Geste und reichte ihm eine Platte mit süßem weißen Kuchen aus Sahne und Nüssen. Er schmeckte vorzüglich. »Es muß für Sie sehr schwer sein, sich in einer Lage zurechtzufinden, die für Sie völlig neu ist. Da wir aber gerade von Eltern reden«, er legte den Kopf schief. »Bestimmt freuen Sie sich darüber, daß Ihre Eltern bald in Kalkutta sein werden?«

Christian war erleichtert über den Themenwechsel und erkundigte sich nicht danach, woher Kyle diese Information hatte, die noch nicht allgemein bekannt war. Von Trevors wußte er, daß Hawkesworth zwar alle Politiker verachtete, aber auch Mittel und Wege besaß, sich über alles, was in Regierungskreisen geschah, bestens zu informieren.

»Ja.«

Kyle überging die unverkennbar geringe Begeisterung, die aus seiner Antwort sprach. Er griff nach der Teekanne, die ein Diener auf einem Tablett gebracht hatte, und beschäftigte sich damit, die Teetassen zu füllen. Es sah irgendwie ungeschickt aus, aber Kyle tat es mit großer Konzentration. Er hatte die Augenbrauen zusammengezogen und blickte weder nach rechts noch links. Nachdem er Milch und Zucker hinzugefügt und den Tee umgerührt hatte, entfernte er sorgfältig mit einer Serviette zwei braune Teetropfen, die auf die weiße Marmorplatte gefallen waren. Er erzählte, daß der Tee aus den Bergen von Darjeeling stammte, wo ein Freund sich damit beschäftigte, Tee anzubauen, und reichte Christian die Tasse. Die bevorstehende Ankunft von Christians Eltern schien im Augenblick vergessen.

»Weshalb haben Sie sich entschlossen, in den indischen Verwaltungsdienst einzutreten?«

Christian trank einen Schluck und nickte anerkennend. Der Tee schmeckte ausgezeichnet. »Mein Vater war während der fünfziger Jahre in Indien. Mich haben die Geschichten fasziniert, die er uns erzählte. Sie schienen ... aus einer anderen Welt zu kommen und hatten überhaupt nichts mit unserem langweiligen, engstirnigen und absolut vorhersehbaren Leben zu tun. Ich habe alle Zeitungen regelrecht verschlungen, die er uns aus Indien schickte. Es wurde für mich zu einer Zwangsvorstellung, und das ist es immer noch, dieses geheimnisvolle Indien kennenzulernen, seine uralte Kultur zu verstehen und mich auf den ... den Herzschlag des Landes einzustimmen.« Er lehnte sich zurück und lachte verlegen. Es war ihm peinlich, daß er sich so von seiner Begeisterung hatte hinreißen lassen.

Kyle lächelte über die naive Aufrichtigkeit seines jungen Freundes. »Und Ihre Eltern waren mit dieser Entscheidung einverstanden?«

Christian verzog den Mund und blickte in die Teetasse. »Mein Vater ja, aber meine Mutter hatte sich in den Kopf gesetzt, daß ich mich um eine Stelle in Whitehall, möglicherweise in dem neuen Indienministerium bewerben sollte.«

»Und das hätte Ihnen nicht gefallen?«

»Nein, auf keinen Fall!« erklärte Christian entschieden. »Ich wollte persönlich hier sein und nicht zehntausend Meilen entfernt sitzen und offiziellen Blödsinn verzapfen.«

Kyle lachte. »Sie hatten nie die Möglichkeit, Indien zu besuchen, während Ihr Vater hier war, oder später, nachdem er wieder in England war?«

»Nein. Das hätte ich mir sehr gewünscht. Aber Mama wollte auf keinen Fall, daß meine Ausbildung in Eton und später das Studium in Oxford unterbrochen würden. Sie glaubte natürlich, ich sei viel zu jung für die Härten des Lebens in den Tropen. Das glaubt sie immer noch.« Er zog eine Grimasse. »Ich denke, Sie kennen besser als jeder andere die Unwissenheit und die Vorurteile, auf denen die englische Einstellung beruht, wenn es um diesen Subkontinent geht. Seit der Sepoy-Meuterei ist das noch viel schlimmer geworden.«

Kyle hob die Augenbrauen leicht, aber er schwieg.

Christian hing einen Augenblick seinen Gedanken nach, dann fügte er hinzu: »Ich weiß noch sehr genau, wie entsetzt ich war, als ich schließlich las, was in den englischsprachigen Zeitungen zu Hause und hier über den Aufstand geschrieben wurde. Einige der Artikel, besonders die über das Massaker in Kanpur stellen alles in den Schatten, was Herbert und Marat zur Zeit der Französischen Revolution geschrieben hatten. Aber viele Engländer haben das, was gedruckt wurde, als völlig richtig akzeptiert. Ich habe Hetzschriften gelesen, in denen alle Weißen in Indien aufgefordert wurden, jeden Hindu und jeden Moslem als Rebellen und potentiellen Verräter umzubringen, als habe Indien – wie Trevelyan gesagt hat – nur einen Kopf und aller Hanf im Land sollte zu Stricken für den Galgen benutzt werden.« Seine Empörung war echt. »Und dann sind sie so unverschämt zu behaupten, Ihre Artikel seien Volksverhetzung!«
Kyle nickte, aber er blieb erstaunlich abwartend und zurückhaltend. »Und all das, was Sie gelesen haben, konnte Ihren Entschluß, nach Indien zu kommen, nicht ins Wanken bringen?«
»Nein.« Christian preßte die Lippen zusammen. »Im Gegenteil, ich fühlte mich nur bestärkt.«
Kyle nickte wieder und sagte ernst: »Bei jedem Zermürbungskrieg gibt es Falschmeldungen auf beiden Seiten.«
»Ja, aber...«
Kyle hob die Hand und unterbrach ihn. »Es gibt auch immer erstaunlich mutige Männer, die solche Lügen anprangern. Männer wie zum Beispiel ....« Er stand auf und ging zum Bücherschrank. Nach kurzem Suchen kehrte er mit einem schmalen Band zurück, den er vor Christian auf den Tisch legte. »... Edward Leckey.«
Christian nahm das Buch in die Hand und las den Titel: *Fictions connected with the Indian Outbreak of 1857 exposed*. Es war 1859 erschienen. »Wer war Leckey, ein Eurasier?«
»Nein, er war Engländer, offensichtlich ein mutiger Mann, der auf sein Gewissen hörte. Er hat die Lügner auf beiden Seiten entlarvt, darunter auch viele seiner Landsleute. Ein Zeitgenosse Leckeys, den er unbarmherzig bloßstellt, ist der ehrwürdige Graf von Shaftesbury.«

»Ach? Etwa der Shaftesbury, der sich so leidenschaftlich für die Armen in England eingesetzt hat?«

»Derselbe.«

Christian lachte leise. »Wie ist Leckey mit solchen unverblümten Enthüllungen davongekommen?«

»Der arme Mann hat die höchste Strafe bekommen, die die englische Justiz verhängen kann!«

»Mein Gott, haben sie ihn gehängt?«

»Nein. Sein Club hat ihn ausgestoßen.«

Christian legte den Kopf zurück und lachte aus vollem Hals. Aber das Thema war ihm zu wichtig, und er wurde schnell wieder ernst. »Gut, ich bin mir darüber im klaren, daß es auf beiden Seiten Lügen und Exzesse gegeben hat. Ich stelle mir vor, daß es natürlich viele Engländer und Einheimische gab, die den Verstand nicht verloren hatten und klug und besonnen geblieben sind. Aber Sie werden mir zustimmen, daß unsere provokative Politik die Gewalttätigkeiten erst ausgelöst hat.«

»Ach ...«

Der Ausruf schien von Christian eine Erklärung zu verlangen, und er gab sie geschmeichelt. »Diese Enfield-Gewehre zum Beispiel, die unerträgliche Arroganz vieler britischer Offiziere und letztendlich die tragische Annexion von Oudh ...« Er brach ab, denn plötzlich hatte er das unangenehme Gefühl, etwas gesagt zu haben, was er nicht hatte aussprechen wollen. »Es kam damals zu einer Reihe von Fehlern ...«, murmelte er mit rotem Gesicht, stellte die Tasse ab und wischte sich den Mund mit der Serviette. Dann beugte er sich vor. »Ich möchte Ihnen eine Frage stellen.«

»Bitte.«

»Ich würde gerne etwas mehr über Jai Raventhorne erfahren.«

»Ah! Diese Frage habe ich erwartet. Nun, was würden Sie gerne wissen?«

»Nach den Unterlagen der Militärabteilung der indischen Regierung wurde er wegen seiner ... Beteiligung an dem Massaker in Kanpur gehängt.«

»Sagen wir, er wurde gehängt, ja.«

Christian dachte einen Augenblick darüber nach. »Sagen Sie mir ehrlich, war Ihrer Meinung nach die ... Anklage berechtigt?«

»Er wurde nie angeklagt und deshalb auch nie verurteilt. Er wurde einfach gelyncht.«

Christian wurde vor Schreck blaß. »War er schuldig?«

Kyles Ton hatte sich verändert. Er sprach nicht mehr freundlich und ruhig. Seine Augen funkelten gefährlich. »Wenn es Hochverrat ist, einen fremden Räuber aus dem Land zu jagen, dann ja, dann war Jai Raventhorne schuldig! Wenn nicht, dann war er ein Mann von außergewöhnlichem Mut und ein Mann, der seiner Überzeugung treu geblieben ist. Dann war er ein Märtyrer, der sein Leben für seine Überzeugung geopfert hat.«

Christian war betroffen von der Leidenschaft, mit der Kyle gesprochen hatte. »Sie bewundern Jai Raventhorne für seine Tat?«

»Ich bewundere Jai Raventhorne als Persönlichkeit. So gesehen, bewundere ich ihn mehr als jeden anderen vor und nach ihm.«

»Aber der Nana Sahib war ein Ungeheuer, ein Unmensch!« erklärte Christian ebenso leidenschaftlich. »Angeblich hat ihn Raventhorne mit Waffen unterstützt. Wie erklären Sie sich das?«

»Dafür habe ich keine Erklärung ... andere auch nicht. Das ist das große Geheimnis von Jai Raventhorne. An dem Tag, an dem dieses Rätsel gelöst wird, wird seine Unschuld ans Licht kommen.«

»Sie sind also davon überzeugt, daß er an dem Massaker unschuldig ist?«

»Absolut! Tausende andere Inder und auch viele Ihrer Landsleute glauben, daß Raventhorne zu einem so barbarischen Verbrechen nicht fähig war. Nicht nur die Familie Raventhorne kämpft darum, seine Unschuld zu beweisen, sondern seine ganze Gefolgschaft. Und diese Gefolgschaft verehrt ihn als einen Helden seines Volks. Es gibt viele, die beinahe alles daransetzen würden, um Jai Raventhornes Unschuld zu beweisen.«

»Sie auch?«

»Ja.« Kyle hatte ohne Zögern geantwortet. »Ich würde mein Leben dafür riskieren.«

Christian sah ihn neugierig an. »Kannten Sie ihn persönlich?«

»Nein. Aber ich habe ihn mehrmals in Lucknow gesehen und ich kannte seinen Ruf. Kaum jemand eurasischer und britischer Herkunft kannte seinen Ruf nicht. Das ist selbst heute noch so. Und außerdem kenne ich natürlich Amos und seine Familie schon seit einigen Jahren.«
Christian blickte auf seine Schuhe und bewegte sich unruhig in seinem Sessel. »Einige ..., die Jai Raventhorne nahestehen, glauben nicht an seine Unschuld«, murmelte er, ohne Kyle anzusehen.
Kyle lächelte belustigt. »Wenn Sie von Maja Raventhorne sprechen«, erwiderte er trocken, »ja, sie vertritt offen den Standpunkt, daß ihr Vater schuldig ist.«
Christian wurde über und über rot. »Aber warum war er nicht schuldig, konnte nicht schuldig sein, wie Sie sagen?«
»Die Engländer glauben an seine Schuld«, erwiderte Kyle verächtlich. »Und andere auch. Unter anderem seine Tochter. Für sie ist die britische Gerechtigkeit heilig und so unantastbar wie der Keuschheitsgürtel einer Jungfrau.«
»Aber Sie können nicht leugnen, daß Raventhorne mit dem Nana Sahib gemeinsame Sache gemacht hat. Und Sie können die Aussage der beiden Offiziere nicht entkräften, die ihn gefaßt und in der Nähe des Ghat hingerichtet haben. Diese Aussage befindet sich in den Akten.«
»Jai Raventhorne war ein Patriot!« erwiderte Kyle ebenso heftig. »Er tat das, was seiner Meinung nach richtig war.« Er durchbohrte Christian mit seinen plötzlich sehr wachen Augen. »Genau das hat Ihr Vater in Oudh auch getan!«
Christian richtete sich unwillkürlich auf, und seine Augen wurden groß. Nach einem kurzen Schweigen sagte er etwas steif: »Ich stimme vielleicht nicht in allen politischen Fragen mit meinem Vater überein, Mr. Hawkesworth, aber trotzdem bewundere ich ihn, denn er ist ehrlich und mit seiner Aufgabe verwachsen. Ich weiß, daß mein Vater nichts getan hat, was man als unehrenhaft bezeichnen könnte! Er war mit General Outram an der Absetzung des Herrschers von Oudh beteiligt, denn er betrachtete es als seine Pflicht, die Befehle auszuführen.«

»Aber natürlich!« rief Kyle und lehnte sich zurück. »Ihr Vater ist als ein Mann von unantastbarer Integrität bekannt! Welche Bedenken und Einwände man auch immer gegen die Annexion des Staates Oudh und die Absetzung seines Herrschers haben mag, so wird doch niemand leugnen, daß Ihr Vater als Stellvertretender Kommissar seine Aufgaben mit beispiellosem Pflichtbewußtsein erfüllt hat.«
Das unerwartete Kompliment verblüffte und verwirrte Christian. »Ich habe jedenfalls immer diesen Standpunkt vertreten, wie unklug das ganze Vorgehen auch war...«
Kyle füllte Christians Tasse und schob seine Entschuldigung beiseite. »Ich bewundere Ihren Vater, Christian ..., wenn ich Sie so nennen darf! Sein Wissensdurst war und ist vielleicht immer noch unstillbar. Ich habe gehört, daß er während seiner Zeit in Lucknow östliche Philosophie studiert hat. Später hat er sogar Sanskrit und Persisch unterrichtet, um seine eigenen Sprachkenntnisse zu vervollkommnen.« Er bot Christian noch einmal von den Süßigkeiten an. »Vielleicht noch eine Lady Canning?»
Christian überlegte kurz und nickte dann. »Lady Canning!« Er lachte. »Ist das nicht ein seltsamer Name für eine Süßigkeit?«
»Ja. Eine Bengalin hat es erfunden, als ihr Mann zur Zeit des Aufstands Vizekönig war.«
Es entstand ein kurzes Schweigen, während Christian nachdenklich das Stückchen aß. »Ich finde, die Süßigkeiten hier sind nicht zu fett und nicht zu süß«, sagte er und dachte an Majas Äußerung. »Ich finde sie einfach köstlich. Was haben Sie noch gesagt?«
»Ich sprach über die bemerkenswerte Vielfalt der ungewöhnlichen Leistungen Ihres Vaters. Abgesehen von seiner Lehrtätigkeit war er in den intellektuellen Kreisen von Lucknow für seine Kenntnisse auf dem Gebiet der indischen Kunst bekannt. Ich weiß, daß er am Hof von Oudh häufiger Gast bei Darbietungen von klassischer Musik und Tanz war ..., natürlich bevor Nawab Wajid Ali Shah entmachtet und aus dem Land geschickt wurde.«
Christian fragte erstaunt: »Wieso wissen Sie soviel über meinen Vater?«
Kyle lächelte. »Ihr Vater war eine bedeutende öffentliche Erschei-

nung und in Lucknow ebenso bekannt wie General Outram und später Henry Lawrence. In der Hauptstadt von Oudh kann es nur wenige Menschen geben, die nicht von Jasper Montague Pendlebury gehört haben, dem vornehmen, kultivierten und attraktiven Beamten der Ostindischen Kompanie.« Er stand auf, holte eine Messingdose von seinem Schreibtisch und bot Christian eine Zigarre an. Christian lehnte höflich ab. Kyle wählte eine Zigarre und setzte sich wieder. »Ihr Vater ist von vielen bewundert worden, auch von mir.«

Christian schüttelte den Kopf. »Aber ich dachte, Sie halten prinzipiell alle Engländer für Eindringlinge und Aggressoren!«

Kyle zündete die Zigarre an und rauchte mit sichtlichem Genuß. »Lieber Freund, sie sind Eindringlinge und Aggressoren, daran gibt es keinen Zweifel! Welche Rechtfertigung Sie auch immer anführen wollen, die britische Präsenz in diesem Land ist eine Invasion und eine Einmischung. So gesehen, schätze ich Leute wie Jai Raventhorne, der sein Leben dafür gab, Indien von der weißen Geißel zu befreien. Und es gibt bestimmt vieles an Ihren Landsleuten, was ich mit Entschiedenheit ablehne. Aber bei allem Abscheu vor Ihrem Volk gibt es gleichzeitig Dinge, die ich bewundere. Die Engländer besitzen soviel, was uns fehlt – einen angeborenen Sinn für Disziplin, Aufgeschlossenheit für Bildung und Wissen, einen praktischen Sinn für Geschichte, ein leidenschaftliches Streben nach Ordnung, und sie sind fair – wenn es nicht einem der ihren schadet. Der kollektive Drang, der eigenen Persönlichkeit Ausdruck zu verleihen, hat die englische Sprache anschaulich und offen gemacht. Diese Sprache hat die schönste und wertvollste Literatur hervorgebracht. Und schließlich haben die Engländer mit einer nahezu genialen Fähigkeit das Verfolgen und die Verwirklichung vorurteilsfreier Eigeninteressen zu einer vollendeten Kunstform gemacht.« Er legte den Kopf schief und musterte Christian durch den blauen Zigarrenrauch. »All das kann man wohl kaum *nicht* bewundern, mein Freund. Auch der überzeugteste Nationalist muß das anerkennen.«

»Und was hat mein Vater mit all dem zu tun?« fragte Christian.

Kyle legte den Kopf gegen die Sessellehne und blies langsam Rauchringe in die Luft. Sie schwebten wie überirdische Tänzerinnen durch die

Luft und lösten sich fast unmerklich auf. »Inmitten der derben, mittelmäßigen und erbärmlichen Masse, lieber Christian, gibt es ein paar wenige Engländer, denen es gelungen ist, die Grenzen der Vorurteile zu durchbrechen. Sie haben sich über die Allgemeinheit erhoben und das Joch des gesellschaftlich Trivialen, des bedrückend Konventionellen und Stereotypen abgeschüttelt. Ich glaube, daß Ihr Vater zu diesen Wenigen gehört. Er ist ein Pukka und ein Gentleman.«
Christian war überwältigt und konnte im ersten Augenblick nichts sagen. Um seine Verlegenheit wegen der unvermuteten Komplimente über seinen Vater zu überdecken, fragte er schnell: »Kyle, können Sie mir sagen, was Pukka eigentlich bedeutet? Ich kenne mittlerweile so viele Erklärungen, daß ich völlig verwirrt bin.«
Kyle lachte leise. »Ja, es ist schwer, dieses Wort zu definieren. Pukka bedeutet: Jemand, der unbedeutend und klein ist, den man aber nicht festlegen kann. Es gibt aber viele Interpretationen. Wörtlich bedeutet pukka reif, wie beispielsweise Obst. Aber auch stark oder fest, zum Beispiel ein Steinhaus im Gegensatz zu einer schilfgedeckten Hütte. Dann könnte man es auch als gründlich oder vollständig übersetzen, im weitesten Sinn sogar mit vollkommen.«
»Und deshalb bezeichnen so viele die Engländer als Pukkas?« fragte Christian verwundert.
»Leider nein.« Kyle schüttelte belustigt den Kopf. »Wenn damit Engländer gemeint sind, dann wird das Wort noch vielschichtiger. Ursprünglich sagte man pukka Sahib zu einem Firanghi im Gegensatz zu einem Eurasier. Heutzutage klingt es eher weniger freundlich. Es ist einer der Begriffe, die durch die Umgangssprache ohne jede logische Erklärung eine herabsetzende Färbung angenommen haben.« Er stand auf. »Wenn ich anfangen wollte, Ihnen die Vieldeutigkeiten des indischen Englisch zu erklären, dann müßten wir uns ein halbes Jahr Zeit nehmen, aber die haben weder Sie noch ich.«
Christian erkannte, daß der Besuch zu Ende ging, und stand ebenfalls auf, obwohl er sich wünschte, daß ein so anregender Abend noch länger gedauert hätte. Er warf einen letzten Blick auf das Buch von Edward Leckey, das noch immer aufgeschlagen auf dem Tisch lag.

»Nehmen Sie es mit, wenn Sie wollen«, sagte Kyle, als er Christians Blick bemerkte. »Ich glaube, es wird Ihnen gefallen.« Er deutete auf die vollen Bücherschränke. »Möchten Sie sich vielleicht noch etwas anderes ausleihen?«
Diesem Angebot konnte Christian nicht widerstehen.
Bald darauf verabschiedete er sich mit einem Stapel Bücher. Er verließ seinen faszinierenden Gastgeber nur ungern und bedankte sich aufrichtig. »Ich würde gerne wiederkommen, wenn ich darf, und wenn Sie noch einmal Zeit für ein Gespräch haben. Da Sie meinen Vater offenbar so sehr bewundern, möchten Sie ihm vielleicht vorgestellt werden, wenn er hier ist?«
»Ja«, antwortete Kyle ruhig. »Nichts würde mich mehr freuen.« Dann legte er den Kopf schief und sagte etwas, das Christian wirklich sehr merkwürdig fand. »Seien Sie vorsichtig, mein Freund. Sie gehen einen gefährlichen Weg und Sie sind dafür nicht gut gerüstet.«
Als Christian über den Uferdamm zu seiner Wohnung zurückging, wiederholte er in Gedanken mehrmals diese unverständlichen Abschiedsworte. Er konnte nichts damit anfangen und verdrängte sie schließlich aus seinem Kopf. Nach dem langen Gespräch mit Kyle beschäftigten ihn noch viele Dinge. Insgesamt war es ein wunderbar anregender und faszinierender Besuch gewesen. Am meisten freute sich Christian über Kyles Äußerungen über seinen Vater. Die bevorstehende Ankunft seiner Eltern in diesem wichtigen Augenblick seines Lebens war für Christian nicht so einfach. Er verehrte und liebte seinen Vater. Trotz der oft unterschiedlichen Standpunkte in der Kolonialpolitik war Jasper Pendlebury in seinen Augen ein Vorbild für alle Tugenden im Staatsdienst, die Christian selbst einmal zu verkörpern hoffte. Deshalb hatte ihn Kyles Beurteilung so beeindruckt, und er nahm sie für bare Münze.
Christian sollte leider erst sehr viel später erkennen, daß er das nicht hätte tun sollen.

Achtes Kapitel

Der erste Anblick des Suezkanals war wirklich beeindruckend. Selbst Sir Jasper, ein Mann von wenigen Worten und noch weniger Gefühlen, versank in tiefes, respektvolles Schweigen, als die *Greenock Belle* in Begleitung der beiden Lotsenboote so mühelos in die Kanalöffnung zwischen Ägypten und dem Sinai glitt wie ein warmes Messer durch Butter. Hinter ihnen lagen Europa, das Mittelmeer und Port Said, vor ihnen Ismailia, Port Suez und dann das Rote Meer. Auf der Fahrt nach Osten erwarteten sie die großen Wellen des Indischen Ozeans. Es war schon eine Art Wunder, beinahe über Nacht vom Westen in den Orient zu gelangen!

Die Sonne war noch nicht lange aufgegangen. Die langgezogenen rosa Wolkenbänke am östlichen Himmel verrieten noch nichts von ihren Absichten für den Tag. Auf beiden Seiten des Kanals erstreckten sich endlose Flächen mit glitzerndem Sand, die von Dattelpalmen gesäumt wurden. Die Palmblätter wiegten sich in der böigen Kühle der frühmorgendlichen Wüstenwinde. Es sah aus, als wollten sie den vorbeigleitenden Klipper begrüßen. Die staunenden Dorfbewohner – sie waren noch nicht an das Wunder einer künstlichen Wasserstraße gewöhnt, die es den Schiffen erlaubte, buchstäblich durch den Sand von einem Meer ins andere zu fahren – standen in langen wehenden Gewändern am Ufer, winkten und gestikulierten aufgeregt und riefen ihnen Willkommens- und Abschiedsgrüße zu.

Constance Pendlebury holte tief Luft und schloß die Augen. Sie liebte den Salzgeschmack auf der Zunge und überließ sich der frischen, belebenden Luft, die ihre Lungen füllte. In den Musikzirkeln von ganz Europa sprach man nur noch davon, daß der Khedive von

Ägypten Guiseppe Verdi beauftragt hatte, eine Oper zur Eröffnung des Suezkanals zu komponieren. Die Uraufführung sollte am Ende des Jahres im Opernhaus von Kairo stattfinden. Während sie durch die Wiege der Zivilisation fuhren, durch die wilde und in ihrer Einsamkeit unvergleichlich schöne Landschaft, die Schatzkammer biblischen Geschehens, erschauerte Constance Pendlebury bei dem Gedanken an die musikalische Genialität und Majestät von Verdi in der Wüste, in *dieser* Wüste! Hinter geschlossenen Augen hörte sie die Noten der Musik, die vielleicht noch nicht einmal komponiert war, als beseligende Klänge zur ewigen Verklärung der wundersamen Vergangenheit über die uralten Sanddünen schweben und tanzen, um im meisterhaften Höhepunkt zu den Fanfaren der triumphalen Siege menschlicher Schöpferkraft zu jubilieren.

»Das allein«, murmelte sie tief bewegt, »ist die Reise nach Indien schon wert.« Ihre Vision von der Oper war so lebendig, Verdis entstehende Arien erfüllten ihre Ohren mit so überirdischer Musik, daß ihr Tränen in die Augen traten.

»Aber, aber ...« Sir Jasper, der nicht weit von ihr entfernt an der Reling stand, hatte ihr bebendes Flüstern gehört und sagte leicht vorwurfsvoll: »Indien wird dir sehr viel mehr zu bieten haben. Du kannst das Land nicht so leichthin abtun! Vergiß nicht, ich spreche aus persönlicher Erfahrung. Habe ich nicht recht, Kapitän Carthew?« Die letzten Worte richtete er an den beleibten Kapitän, der zu ihnen an die Reling trat, um sie wie jeden Morgen zu begrüßen und sich zu vergewissern, daß die wichtigsten Passagiere an Bord mit allem zufrieden waren.

»Indien? O ja!« Der Kapitän nickte zustimmend, blickte mit zusammengekniffenen Augen nach Osten und zwirbelte den langen Bart. »Indien ist meine zweite Liebe. Und sie ist temperamentvoll und steckt immer voller Überraschungen!« Er lachte gutmütig. »Wenn ich mich vom Meer verabschiede, dann werde ich mir im Nilgiris ein kleines Haus kaufen und mich am Busen von Mutter Natur der höchsten Form der Zufriedenheit überlassen. Ja, ja, das ist mein Ziel!« Er strahlte über beide Backen, als seien die Freuden der Zukunft bereits Gegenwart.

»Und was ist Ihre erste Liebe, Kapitän, wenn das keine zu persönliche Frage ist?« erkundigte sich Lady Pendlebury amüsiert.
»Mein Schiff natürlich, M'am!« Er schlug auf das glänzende Messing der Reling und legte die dicken, über und über tätowierten Arme darauf. »Mein alter Schatz, die *Belle*. Der beste Teeklipper der Flotte.«
»O ja!« Sir Jasper nickte und zog mit der gepflegten Hand den großen Feldstecher aus seinem Lederetui. »Ihr Schiff hat im letzten Jahr gegen fünf Konkurrenten das große Tee-Rennen gewonnen!«
»Jawohl, Sir! Mit fünfzehnhundert Tonnen Tee, dem ersten und besten des Jahres, haben wir siebenundneunzig Tage von Futschou bis London gebraucht.« Er brummte zufrieden, und seine Seehundaugen richteten sich stolz auf die blitzenden Kieferndecks des schottischen Neunhundert-Tonnen-Klippers, die tagtäglich von den zahllosen Laskaren makellos sauber geschrubbt wurden. »Und die Besitzer der Ladung in Mincin' Lane hatten fünfhundert Guineen als Preis für den ersten ausgesetzt, der die Märkte in Liverpool mit dem neuen Tee beliefert!«
»Ach ja? Das muß Ihnen aber einen großen Gewinn gebracht haben!« Sir Jasper betrachtete durch den Feldstecher die Landschaft, die vom Schiff aus zweifellos faszinierend aussah.
»Gewiß doch! Sixpence mehr für ein Pfund. Das konnte keiner der Konkurrenten überbieten!«
»Wie ich höre, soll es von diesem Jahr an keine Tee-Rennen mehr geben ...«, sagte Sir Jasper, während der Butler den Frühstückstisch unter der Markise vorbereitete, die das Privatdeck vor der Kabine des Besitzers überspannte, die von den Pendleburys belegt wurde.
»Das habe ich auch gehört. Wirklich schade. Dieser verfluchte Kanal, mit Verlaub, M'am, läutet das Ende der alten Windjammer ein. Niemand muß mehr mit der Kohle geizen. Zeit und Geld werden zur neuen Währung. Deshalb sind die Dampfschiffe eindeutig im Vorteil.«
»Wirklich sehr schade!« Sir Jasper nickte nachdenklich. »Mir werden die alten Windjammer, wie Sie die Segelschiffe nennen, ebenso fehlen wie Ihnen, Kapitän. Es schmerzt, mit anzusehen, wie die Romantik der Meere den Schmierern und Heizern überlassen wird.«

»O ja, Sir!« Der Kapitän nickte. »Ich hätte es nicht besser ausdrükken können.«

»Möchten Sie uns nicht beim Frühstück Gesellschaft leisten, Kapitän Carthew?« fragte Lady Pendlebury. »Es gibt mehr als genug für uns drei. Das kann ich Ihnen versichern.«

Kapitän Carthew lehnte nicht ab, sondern nahm die Einladung mit Freuden an. Wie auf den meisten Schiffen, die zwischen Europa und dem Fernen Osten fuhren, ließ auch die Speisekarte der *Belle* sehr viel zu wünschen übrig. Lady Pendlebury traute der üblichen Verpflegung und dem Personal an Bord nicht und hatte deshalb ihren französischen Koch und den englischen Butler sowie beachtliche Vorräte, Wein, Porzellan, Besteck, Tischtücher und Servietten mitgenommen, damit an den Maßstäben, an die die Pendleburys gewohnt waren, auf der langen Reise nicht gerüttelt wurde. Infolgedessen war ihre Tafel an Bord weit besser gedeckt als der Tisch des Kapitäns im Speisesaal unter Deck.

Sein Blick fiel mit sichtlicher Vorfreude auf die große Auswahl der Speisen, die der etwas abweisende Butler auf dem Frühstückstisch vorbereitete. Nachdem Sir Jasper ihn aufgefordert hatte, Platz zu nehmen, und Lady Pendlebury den Tee eingoß, begann der Kapitän mit großem Appetit zu essen. Es gab Pastete, panierte Fischfilets, Rühreier mit knusprig gebratenem Speck, eingemachte Pfirsische mit Vanillesauce, englische Marmelade, Toast, Butter, einen köstlichen Stilton, Tee, Kaffee, frisches Kokosnußwasser und frisches Obst, das im letzten Hafen an Bord gekommen war.

Erst nach dem Frühstück, als ein zufriedener Kapitän Carthew wieder auf die Brücke zurückgekehrt war, und Sir Jasper die letzten offiziellen Nachrichten studierte, entschloß sich Lady Pendlebury, noch einmal ein Thema anzuschneiden, das sie zutiefst beunruhigte.

»Ich habe darum gebeten, daß noch ein Telegramm nach Kalkutta geschickt wird, Jasper.«

»Gut.«

Er hörte ihr nicht zu. Er hätte ebenso reagiert, wenn sie ihm gesagt hätte, das Schiff sei dabei zu sinken.

Lady Constance griff nach ihrem Korb mit der Stickerei. »Und wenn es doch wahr ist, Jasper?«
Er saß am Schreibtisch in ihrer Kabine und hatte sich in seine Arbeit vertieft. Deshalb reagierte er nur mit der leicht gereizten Gegenfrage: »Wenn was wahr ist, Constance?«
»Was Clementine McNaughton uns erzählt hat, als sie mit Arabella nach Glamorgan gekommen ist. Ich meine das über Christian und diese Frau ... diese Eurasierin.«
Sir Jasper tauchte die Schreibfeder in das Tintenfaß und begann zu schreiben. »Wir werden es erfahren, wenn wir angekommen sind.«
»Wäre es nicht klüger zu entscheiden, was wir tun wollen, bevor wir angekommen sind?« fragte Lady Pendlebury. Ihre ruhigen grauen Augen und der ebenso ruhige Ton verrieten wenig von ihren großen Ängsten.
Es dauerte eine Weile, bis Sir Jasper antwortete, denn das Schreiben nahm ihn offenbar voll in Anspruch. »Nein, es wäre nicht klug, ohne die Fakten zu einer Schlußfolgerung zu kommen.« Er lächelte trokken. »Die jungen Männer in den Kolonien müssen sich mehr oder weniger alle mit den süßen Früchten der Leidenschaft auseinandersetzen. Ich glaube, Christian wird sein Quantum schnell genug aufbrauchen.«
Großes Erschrecken zuckte über das sonst so gelassene Gesicht von Lady Pendlebury. »Wie kannst du nur so ... sorglos sein, Jasper! Stell dir doch einmal vor, wenn er so unbesonnen ist, sich unwiderruflich zu binden ...?«
»Um Himmels willen, Constance, das war doch nicht ernst gemeint!« Sir Jasper mußte erkennen, daß seine humorvolle Äußerung nicht so aufgenommen worden war, wie er gehofft hatte. Deshalb bemühte er sich um eine etwas ernsthaftere Antwort. »Weißt du, ich bin nicht bereit, auf das bösartige Geschwätz alter Frauen zu hören. In Indien lernt man, mit solchen Gerüchten zu leben, ohne sich darum zu kümmern.«
Diese pauschale Antwort konnte Lady Pendlebury nicht überzeugen. »Clementine und Arabella kamen direkt aus Kalkutta. Sie haben ge-

sagt, Christians Romanze mit dieser Frau sei in der ganzen Stadt bekannt. Sogar Bruce wußte davon, und sie haben erklärt, er sei wie alle anderen entsetzt darüber. Wenn es nur Gerüchte wären, würden die McNaughtons dann dieser Angelegenheit so große Aufmerksamkeit schenken?«

Sir Jasper legte seufzend die Schreibfeder auf den Tisch. »Clementine McNaughton ist eine bösartige alte Hexe mit einer Zunge wie ein Besenstiel. Bruce ist ein Halunke und ein *Esel*!« Er fluchte leise, stand auf und reckte mit sichtlicher Ungeduld die steifen Glieder. »Es ist völlig sinnlos, sich jetzt aufzuregen. Im Augenblick können wir überhaupt nichts tun. Constance, sei doch bitte so vernünftig, die Sache noch eine Weile ruhen zu lassen! Christian ist immerhin alt genug, um ihm zuzutrauen, daß er weiß, was er tut!«

Lady Pendlebury drückte kurz und fest die Hände zusammen und blickte stirnrunzelnd aus dem offenen Kabinenfenster, durch das die Sonne fiel. »Ich hoffe es, Jasper.« Sie seufzte. »Ich hoffe es wirklich!«

»So, und jetzt muß ich mich um diese Papiere kümmern!« Er setzte sich wieder und griff nach der Feder. »Die Opposition zu Hause will der Regierung mit der Behauptung, die Finanzen in Indien seien in Unordnung, an den Kragen. Wenn ich den Vorwurf entkräften will, dann muß ich mich mit diesen Haushaltsvoranschlägen vertraut machen, bevor ich mit Benjamin Ingersoll darüber spreche. Er ist Diplomat, aber auch Finanzexperte. Er wünscht, daß wir uns schon einen Tag nach der Ankunft treffen, und er wird ganz bestimmt ...«

»Ingersoll? Einer der Ingersolls aus Devonshire?«

»Nein, Constance ... Vicomte Ingersoll, der älteste Sohn des Grafen.«

»Harriet Ingersolls Mann?« fragte Constance mit plötzlichem Interesse.

»Ja, er ...«

»Harriets Mann ist einer deiner Kollegen im Kronrat des Vizekönigs?«

»Ja.« Da Sir Jasper erkannte, daß seine Frau sofort die nächste Frage

stellen würde, fügte er energisch hinzu: »Warum gehst du nicht auf die Brücke, Constance? Carthew wird dir nur allzu gern die vielen Sehenswürdigkeiten auf beiden Seiten des Kanals erläutern. Er hat den Suezkanal so oft durchquert, daß er jede einzelne Dattelpalme kennt.«
Lady Pendlebury wußte natürlich, daß die Geduld ihres Mannes erschöpft war. Deshalb nahm sie ihren Korb mit der Stickerei und fügte sich mit einem ergebenen Seufzer.
Nach dem Abendessen jedoch, während sie sich an Deck nach der Hitze des Tages ein letztes wohlverdientes Glas Cognac genehmigten, kam Sir Jasper plötzlich etwas zusammenhanglos auf seinen Sohn zu sprechen. »Du weißt sehr gut, Constance«, sagte er, besänftigt und guter Laune nach dem hervorragenden Menü und den noch besseren Weinen, »ich habe nie etwas geduldet, was entweder meiner Karriere oder meinem Ruf schaden könnte.« Er rauchte zufrieden seine Zigarre und blickte zu den Sternen hinauf, die wie leuchtende Trauben am satinschwarzen Himmel hingen. »Aber du mußt einsehen, daß es völlig sinnlos ist, über Gerüchte nachzudenken oder zu spekulieren, die sich bis jetzt noch in keiner Weise durch Fakten erhärten lassen. Wenn wir von Bord sind und feststellen, daß die Wahrheit mit unseren Vermutungen übereinstimmt, dann werden wir tun, was wir für notwendig erachten, um unsere Interessen zu schützen. Das zumindest kann ich dir versprechen.« Er beugte sich vor und tätschelte ihr beruhigend die Hand. »Bist du jetzt zufrieden?«
Constance Pendlebury war nicht zufrieden, aber im Augenblick blieb ihr keine andere Wahl, als es zu sein.

*

Ungefähr zu der Zeit, als die *Greenock Belle* das Rote Meer hinter sich ließ, und die langen Wellen des Indischen Ozeans vor ihr lagen, befand sich Christian Pendlebury mit Maja tief im Wald von Shibpur und freute sich über den Anfang eines neuen vielversprechenden Tages.
Sie saßen im kühlen Schatten eines großen Banyanbaums, auf dem die Tautropfen wie Juwelen schimmerten. Die Stille über ihnen

schien unendlich und verzauberte den frühen Morgen. Im geheimnisvollen Dunst näherte sich der Tag mit unmerklicher Langsamkeit, hob die Decke der Dunkelheit mit zarter Hand und streichelte jedes Blatt mit Licht.
Christian griff gedankenverloren nach einem Zweig, der bis zum Boden reichte. Er stammte von einem jungen Banyanbaum, der dicht neben dem alten wuchs. Auf Christians Stirn stand der Schweiß, und in seinen Augen zeigte sich Unzufriedenheit.
In Wahrheit war er an diesem Morgen alles andere als hochgestimmt. Was der Tag auch noch bringen mochte, der Morgen erschien ihm dumpf und bedrückend. Er saß auf den knorrigen Wurzeln und schwieg. Seine Gedanken weilten in einer unbestimmten Ferne. Maja lag in der Nähe und stützte sich auf einen Ellbogen. Auch ihre Stirn war umwölkt, denn ihre Gedanken bewegten sich in eine zunehmend beunruhigendere Richtung. Ihr Schweigen war alles andere als angenehm. In ihrem Zusammensein und dem ungezwungenen Miteinander fand Christian eigentlich immer Ruhe und Frieden oder fühlte sich sogar auf wundersame Weise belebt. An diesem Morgen konnte er seine Niedergeschlagenheit nicht abschütteln. Er war unruhig und unausgeglichen.
Seine Mutter hatte ihm durch das Sekretariat des Vizekönigs noch ein Telegramm geschickt – bislang das dritte! Deshalb quälten ihn die widersprüchlichsten Gefühle. Einerseits wußte er, daß die Zeit gekommen war, um Maja seine Liebe zu gestehen und sich klar und deutlich zu binden. Andererseits lastete die bevorstehende Ankunft seiner Eltern auf ihm und nahm ihm das Vertrauen. Er blickte Maja aus dem Augenwinkel an, die stumm und in sich gekehrt, eingeschlossen in ihrer eigenen Welt, für ihn unerreichbar schien. Wieder einmal mußte er erleben, daß sie sich von ihm zurückgezogen hatte und ihn kaum wahrnahm. Das ärgerte ihn.
»Warum lassen Sie nie zu, daß ich weiß, was Sie denken?« fragte er mißmutig und niedergeschlagen.
Sie entschuldigte sich sofort. »Ich wußte nicht, daß meine Gedanken für Sie überhaupt wichtig sind. Wenn Sie wollen, werde ich gern mit Ihnen darüber sprechen.«

»Also, woran dachten Sie, als Sie die Stirn gerunzelt haben?«
Sie stand auf und setzte sich neben ihn. »An nichts Besonderes. Ich habe an Ihren Besuch bei Kyle gedacht.«
»Ach...«
»Ich habe mich gefragt ..., was er eigentlich mit Ihnen besprechen wollte.«
Maja hatte nur auf den richtigen Augenblick gewartet, um diese Frage zu stellen, die sie in den letzten Tagen nicht zur Ruhe kommen ließ. Bisher hatte sie größte Zurückhaltung geübt und darauf gewartet, daß Christian darüber sprechen werde. Aber das war nicht geschehen. Er hatte sich zwar in aller Form dafür entschuldigt, ihre Einladung zu der Revue abgelehnt zu haben, aber kein Wort davon gesagt, ob er bedauerte, den Abend mit Kyle verbracht zu haben.
Er zuckte mit den Schultern. »Ach, dieses und jenes. Wir haben über vieles gesprochen. Er hat mir ein paar Bücher zum Lesen gegeben und mir natürlich seine Druckerei gezeigt.«
Das bewußte Auslassen von Einzelheiten gefiel Maja überhaupt nicht, aber sie zügelte ihre Ungeduld und fragte: »Und das war alles?«
»Nein. Wir haben auch über meinen Beruf gesprochen, über die Sepoy-Meuterei, die Kolonialpolitik und über Bücher.« Er machte eine unbestimmte Geste. »Ja, über solche Dinge. Kyle ist erstaunlich gut informiert. Er kennt die Standpunkte beider Seiten wirklich gut.«
Majas Gesicht verriet, daß sie damit noch nicht zufrieden war und mehr von ihm erwartete. Er lächelte. »O ja, er hat mir von seinem Hausgespenst erzählt und von einem Schmugglertunnel. Das alles gibt es in seinem Haus.«
»Wirklich?«
Er erzählte noch ein paar lustige Einzelheiten und faßte die Unterhaltung in wenigen Worten zusammen, ohne den Aufstand und die Diskussion über ihren Vater zu erwähnen. Denn er wußte, dafür hätte sie kein Verständnis gehabt. »Kyle interessiert sich für meine Familie, also eigentlich für meinen Vater.« Er wollte etwas hinzufügen, änderte jedoch seine Meinung und wandte den Blick ab.

»Ihren Vater?« Maja richtete sich langsam auf. »Warum?«
»Kyle weiß, was mein Vater in den fünfziger Jahren in Lucknow geleistet hat. Kyle sagt, er sei immer einer seiner größten Bewunderer gewesen.« Christian stand auf und wollte das Gespräch auf ein anderes Thema lenken. »Wollen wir zur Lichtung an der Furt reiten ...?«
Maja ignorierte seinen Vorschlag und blieb sitzen. »Kyle hat gesagt, daß er Ihren Vater *bewundert*?«
»Ja.« Christian ärgerte sich über ihr ungläubiges Gesicht. »Warum auch nicht? Mein Vater ist nach allem, was er in Oudh geleistet hat, in diesem Land noch nicht vergessen. Viele bewundern ihn, und das aus gutem Grund! Warum staunen Sie darüber, daß Kyle zu seinen Bewunderern gehört?«
Der ungewöhnlich heftige Ton ließ Maja erstarren. »Weil ich Kyle kenne«, erwiderte sie kalt. Sie stand auf, klopfte sich den Staub von der Reithose und ging zu ihrem Pferd. »Reden wir nicht mehr darüber, da es Ihnen offenbar nicht gefällt.«
»Nein, warten Sie ...!« Christian bedauerte, seine schlechte Laune an ihr abreagiert zu haben. Er griff nach ihrer Hand und bedeckte sie mit leidenschaftlichen Küssen. »Es ... es ... tut mir leid ..., ich ...!« Er war völlig durcheinander und fand keine Worte. Er drückte ihre Hand an seine Lippen und ließ sie nicht mehr los. Seine Hand begann zu zittern, und in seinen Augen standen plötzlich Tränen.
Maja sah ihn überrascht an. Die Heftigkeit seiner Reaktion hatte sie aus dem Gleichgewicht gebracht. Sie zog die Hand nicht zurück. Die Beine versagten ihr plötzlich den Dienst. Sie sank auf die Erde und zog ihn mit sich.
Überwältigt und benommen von diesem ersten impulsiven Schritt zu einem Geständnis seiner Liebe preßte Christian die Augen zusammen und sagte, was ihm als erstes in den Sinn kam. »Dieser ... Chester Maynard, wer war das?« Nachdem die Frage heraus war, ließ er ihre Hand los und drehte sich unglücklich zur Seite.
Maja wurde blaß. »Niemand ...«
»Niemand ist niemand«, murmelte er gequält. »Er war ein Mensch, also muß er jemand gewesen sein!« Er riß einen Grashalm ab und kaute düster darauf herum.

»Ich meine niemand von Bedeutung.«
»Sie sagen...«
»Wer sind ›sie‹?«
»Das ist nicht wichtig, sie, jeder, meine Mitbewohner, jeder in Kalkutta ...« Er rang mit seinen Gefühlen und gestikulierte heftig. »Sie sagen, daß Sie ihn geliebt haben. Haben Sie das ... lieben Sie ihn noch immer?«
Seine Leidenschaft verblüffte sie. Sie versuchte, ihn anzusehen, aber er starrte trotzig auf den Boden. »Nein. Er war nur ein ... Freund.«
»Sie sagen, daß Sie ihn heiraten wollten!«
Maja gab lange keine Antwort.
Ja, aber er hat nie um meine Hand angehalten ...
»Nein«, erwiderte sie ruhig. »Ich wollte ihn nie heiraten.«
»Warum wurde er beinahe unehrenhaft aus dem Militärdienst entlassen?«
»Weil er Spielschulden hatte, die er nicht bezahlen konnte.«
»Wurde er nur aus diesem Grund versetzt?«
»Ja.«
Christian runzelte die Stirn und spielte mit der Reitpeitsche. »Aber warum ...?«
»Warum, warum, warum?« Bis jetzt hatte sie seine Fragen geduldig und sachlich beantwortet. Jetzt aber sprang sie auf und fragte plötzlich zornig: »Weshalb müssen Sie so viele Fragen stellen? Meinetwegen könnte Chester Maynard tot sein!«
Heiße Tränen traten ihr in die Augen, aber sie zwang sich, nicht zu weinen. »Gibt es in Ihrem Leben bisher niemanden, den Sie geliebt haben ...?«
Er ließ die Schultern hängen. »Sie haben ihn also geliebt ...!«
Sie stampfte mit dem Fuß auf. »Nein, ich habe ihn nicht geliebt! Aber beantworten Sie mir meine Frage. Gibt es jemanden in Ihrem Leben?«
Er ließ den Kopf auf die Knie sinken und schüttelte ihn stumm. »Nein. Erzählen Sie mir von ihm, Maja. Ich muß es wissen. Hat es etwas zwischen ihnen gegeben?«

»Es hat nichts, überhaupt nichts zwischen uns gegeben! Wie wäre das möglich?« Ihre Frage klang wütend. Aus ihren Augen sprachen Schmerz und Haß. »Wissen Sie noch immer nicht, was es heißt, den verfluchten Namen Raventhorne zu tragen? Was es heißt, die Tochter des Mannes zu sein, der englische Frauen und Kinder massakriert und den man als Verräter gehängt hat? Was es heißt, ein Mischling zu sein? Nein, die Spielschulden waren nicht der einzige Grund für die Versetzung! Ist Ihre Neugier damit befriedigt?«
Schockiert von dem Ausbruch, blieb Christian wie gelähmt sitzen. Sein Atem ging kurz und schnell. Sie sah ihn einen Augenblick an, und in ihrem Blick lag beinahe so etwas wie Verachtung. Plötzlich war ihre Wut verflogen. Sie hatte sich wieder unter Kontrolle. Es geschah so schnell wie sie die Beherrschung verloren hatte.
»Der Tierarzt wollte heute morgen kommen«, sagte sie ruhig und ausdruckslos. »Eine der Stuten wird bald fohlen.«
Der Gedanke, mit solcher Bitterkeit auseinanderzugehen, ließ ihn wieder lebendig werden. »O mein Gott, gehen Sie nicht. Bitte!« Er sprang auf und war wütend über seine Unfähigkeit, die Kontrolle zu behalten, wenn es um sie ging. Zum ersten Mal hatten sie so harte Worte gewechselt. Er bedauerte das zutiefst. Sie wollte gehen, aber noch ehe sie einen Schritt tun konnte, nahm er sie in die Arme. Sie erstarrte und wehrte sich schwach, aber er ließ sie nicht los. Er drückte ihren Kopf an seine Brust, strich ihr mit zitternden Fingern über die Haare, murmelte leidenschaftliche Entschuldigungen und versuchte sie mit ungeschickten Zärtlichkeiten umzustimmen.
»Verzeih mir ....«, flüsterte er, krank vor Liebe. »Ich hätte diese verletzenden Fragen nicht stellen dürfen ...« Er drückte sie fester an sich. »Wenn du nur wüßtest, wie schrecklich mich die Eifersucht gequält hat. Mir ist völlig gleich, wessen Tochter du bist! Ich möchte nur, daß du dasselbe für mich empfindest wie ich für dich ...« Er schluchzte erstickt, löste sich von ihr und sah sie gequält an. »Du mußt doch inzwischen wissen, wie grenzenlos meine Liebe für dich ist, Maja ... mein Gott, du mußt es doch spüren ... du mußt!«
Majas Hände lagen auf seiner Brust. Sie bewegte sich nicht. Sie starrte auf die Messingknöpfe seiner Reitjacke. Seine zitternden Fin-

ger umklammerten ihre Schultern, aber sie empfand keinen Schmerz. Sie hob den Kopf und sah ihm in die verzweifelten Augen. Seine Wangen waren naß vor Tränen.

Sie seufzte und ließ den Kopf an seine Brust sinken. »Ja«, murmelte sie, überwältigt vom Ausmaß seiner Gefühle, und hatte ihm bereits alles verziehen. »Ja, ich weiß es.«

Ihn erfaßte von neuem eine so heftige Woge der Gefühle, daß sein Körper zu schwach zu sein schien, um sie zurückzuhalten. Sie preßte ihr Gesicht an seine Jacke. Ihr Gehirn versuchte fieberhaft, das plötzliche Geständnis seiner Liebe zu fassen. Die einzelnen Worte drangen nach und nach in ihr Bewußtsein. Sie hob den Kopf und begann ganz langsam zu lächeln. Christian entging keine Nuance ihres Ausdrucks. Er spürte die Zustimmung, die in dem Lächeln lag, und drückte sie mit einem leisen Aufschrei wieder an sich. Er sehnte sich nach ihr, verzehrte sich nach ihr, wollte das süße Versprechen ihres Lächelns voll auskosten, und flüsterte immer und immer wieder ihren Namen. Er hatte die Augen geschlossen und war überglücklich, weil sie ihn nicht zurückwies. Zart und zögernd küßte er ihren Mundwinkel, um das Lächeln einzufangen.

»Ich bin ein Grobian ... und herzlos. Wie konnte ich dir nur weh tun! Ich wollte es nicht, aber ... ich kann den Gedanken nicht ertragen, daß du einem anderen gehörst. Das hat mich um den Verstand gebracht!«

Noch immer zitternd stellte sie sich auf die Fußspitzen und küßte zum Zeichen, daß sie ihm verzieh, das Grübchen an seinem Kinn. Die Freude nahm ihm den Atem. Die Berührung ihrer Lippen war kühl und weich auf seiner Haut, die sofort anfing zu brennen, als habe sie Feuer gefangen. Die Freude und die unbeschreibliche Seligkeit ließen ihn erschauern. Überglücklich erwiderte er den Kuß, aber plötzlich wurde er in seiner Leidenschaft befangen. Er kam sich vor, als sei er wieder siebzehn, unsicher und ungelenk, voller Ecken und Kanten. Er nahm ihr Engelsgesicht zwischen beide Hände und küßte sie auf die Augenlider. Er tat es vorsichtig und ehrerbietig, als sei es eine heilige Handlung. Ihr Duft stieg in seine Nase, seinen Mund, füllte sein ganzes Wesen. Er küßte sie noch einmal, diesmal kühner, und wagte sich mit seiner Zungenspitze weiter vor. Sie wich nicht zurück und schob ihn auch nicht von sich. Mit flüchtigem Staunen schlug sie die Augen auf und schloß sie seufzend wieder. Auf den weißen Wangen wirkten ihre langen dunklen Wimpern wie die zarten Pinselstriche eines großen Malers. Christians Atem ging immer schneller. Es dauerte noch eine Weile, bis es ihm schließlich gelang, die Worte auszusprechen, die sich in seinem Mund gebildet hatten.

»S ... sag mir, daß du mich auch liebst, meine Ge ... Geliebte«, stammelte er und drückte das Gesicht an ihre Wange. »Ich ... ich würde sterben, wenn du mich jetzt zurückweist ...«

Sie blieb stumm, aber sie ließ ihre zarten, federleichten Finger über seine Wange streifen, über das Kinn und den Nacken, und er glaubte, sein Kopf werde zerspringen. Für Christian versank die Welt. Die Wirklichkeit begann und endete an ihrer Wange, in den dunkelblauen glänzenden Augen, den Konturen ihrer Lippen. Ein Stöhnen entrang sich seiner Brust. »Sag es mir, Maja, sag es!«

»Ja«, murmelte sie schließlich. »Ja, ich liebe dich.«

Er stieß einen triumphierenden Schrei aus und bedeckte ihr Gesicht mit Küssen. Als er nicht mehr wußte, wie er seinem Glück Ausdruck verleihen sollte, warf er den Kopf zurück und lachte laut. Zögernd fing auch sie an zu lachen, ließ sich von seinem Jubel mitreißen, aber trotzdem war sie noch immer erstaunt, ungläubig und verwirrt. Hand in Hand gingen sie zu den Pferden, doch sie wollten ihr kleines Paradies nur ungern verlassen, obwohl sie wußten, daß es schließlich unvermeidlich sein würde. Sie saßen nicht sofort auf, sondern liefen zu Fuß weiter, um auf die Berührung der Hände nicht verzichten zu müssen. Die beiden Pferde folgten geduldig mit hängenden Zügeln.

»Was bedeutet Maja eigentlich?« fragte Christian plötzlich. Er war noch immer im Bann eines wunderbaren Morgens, den er für trübselig gehalten hatte.

Sie erwiderte den Druck seiner Finger und ließ sich von dem unwirklichen Traum noch weitertragen. »Maja bedeutet Illusion.«

Er blieb stehen, hob ihre Hand und küßte jede einzelne Fingerspitze.

»Du meinst, etwas, das es nicht gibt?« fragte er scherzhaft. Er war von ihrer Nähe so berauscht, daß er wie auf Wolken schwebte. »Wie eine Fata Morgana?«
»Ja ... wie eine Fata Morgana. Die Hindus glauben ...«
»Du meinst, du bist eigentlich nicht wirklich hier?« unterbrach er sie lachend.
»Du machst dich über mich lustig«, rief sie. »Du willst es überhaupt nicht wissen!«
»Nein, es ist für mich nicht wichtig, was ›Maja‹ bedeutet, aber bitte sag es mir.«
»Die Hindus glauben, daß die Welt, unser Dasein, alle materiellen Dinge nichts als Illusionen vergänglicher Freuden sind. Deshalb dürfen wir uns nicht an sie binden. Diese Scheinfreuden sind für sie ›Maja‹.«
Christian hatte ihr nicht zugehört. Er blieb stehen und fragte: »Willst du mich heiraten?«
»Was ...?«
Er wiederholte sehr ernst: »Ich frage dich, ob du meine Frau werden willst.«
Sie wurde bleich und sah ihn ungläubig an. Ihr Gesicht war zu einer Maske erstarrt, jeder Muskel war wie gelähmt. Das Schweigen dauerte an. Sie bemühten sich beide darum, das Ausmaß der unwiderruflichen Bindung zu ermessen, zu der er sich bereiterklärt hatte. Zwei große, grauschwarz gestreifte Eichhörnchen sprangen mit lautem Gezeter von einem Ast zum anderen. Der Bann war gebrochen.
»Sag das nicht, wenn du es nicht wirklich ernst meinst, Christian ...«, flüsterte sie und begann zu zittern. Er wollte sie wieder in die Arme schließen, aber sie wich zurück. Ihr Gesicht schien noch verschlossener.
»Natürlich meine ich es ernst!« rief er heftig und ohne Zögern. »Mein Gott, wofür hältst du mich?« Sie wollte sich abwenden, aber er ließ es nicht zu. »Gib mir eine Antwort, Maja, sag etwas ...«, flehte er angstvoll.
»Bist du wirklich sicher, daß du das willst?« fragte sie ernst und ohne zu lächeln. »Willst du mich heiraten?«

»Möchtest du das?« rief er zutiefst verletzt.
Sie sah ihn ruhig an und sagte: »Ja, das möchte ich.«
Für Christian wurde in diesem Augenblick das Rascheln der Blätter zu einem himmlischen Konzert. Die Luft schien ihn wie schwerer Wein zu berauschen. Das Licht drang wie durch die Flügel lächelnder Engel durch die Zweige, und am Himmel stand ein Regenbogen. Er war wie entrückt, brachte kein Wort hervor, beugte sich nur langsam vor und küßte sie keusch und voll staunender Dankbarkeit auf die Stirn.
»Ich ... ich bin geehrt ...«, mehr konnte er nicht sagen.
Hand in Hand gingen sie auf den verschlungenen Waldwegen weiter. Die Unwirklichkeit und ihre Zufriedenheit war ihnen mehr als genug. Aus der Ferne hörten sie das Getrappel von Pferdehufen und dann laute Stimmen. Ihr Reich der Phantasie entschwand, und die wirkliche Welt drängte sich wieder auf. Reiter auf ihrem morgendlichen Ausritt zerstörten den geheimnisvollen Frieden. Schnell und in stummem Einverständnis saßen sie auf und ritten den langen Weg zurück zur Fähre, die sie zur englischen Stadt auf der anderen Seite des Flusses bringen würde.
Vor dem großen Portal des Hauses blieben sie stehen und sahen sich an. Sie fanden keine Worte, sie berührten sich nicht, aber das Wunder erfüllte sie noch beide. Plötzlich machte es sie verlegen, einen Morgen miteinander verbracht zu haben, der so gewaltig gewesen war, daß er alles für sie verändert hatte. Sie wußten nicht, mit welchen Worten sie sich trennen sollten.
»Dann bis morgen, Liebste ...«, murmelte Christian, wurde rot und vergewisserte sich mit einem scheuen Blick über die Schulter, daß niemand in der Nähe war, der sie hörte.
»Ja.«
Er trat unsicher von einem Fuß auf den anderen. Er wollte etwas sagen, wußte aber nicht was. »Ich überlege ...«
»Ja?«
»Ich überlege, ob es nicht ... klüger wäre zu ... zu ...« Vor Verlegenheit konnte er nicht weitersprechen.
Maja blickte zum Fluß. »Mach dir keine Gedanken. Wir müssen mit niemandem darüber sprechen, wenn du noch warten möchtest.«

Er wurde dunkelrot. »Du weißt, ich möchte nicht ...«, begann er unglücklich.
»Ich verstehe. Natürlich ist es klüger, wenn wir im Augenblick mit keinem Menschen darüber sprechen.«
Es schmerzte ihn, daß seine Gedanken so durchsichtig für sie waren, aber ihr Verständnis erleichterte ihn doch. Schnell wechselte er das Thema. »Du wolltest etwas über meinen Besuch wissen ...«
»Ja ...« Sie wußte sofort, von welchem Besuch er sprach.
»Ich erinnere mich, daß ich plötzlich ein sehr merkwürdiges Gefühl hatte, als wir in Kyles Arbeitszimmer saßen.«
»Ach.«
»Ich hatte das Gefühl, daß in dem Haus eine Frau lebt ...«
»Eine Frau? Du meinst eine Dienerin?«
Er lachte unsicher. »Ich bin natürlich nicht sicher, aber ich hatte den Eindruck, daß es keine Dienerin ist. Ich hatte nur den sehr starken, wenn auch flüchtigen Eindruck, daß die Hand einer Frau in diesem Haus für Ordnung sorgt. Vielleicht lag es an der Vase mit den hübschen Blumen ...« Er schüttelte den Kopf. »Vermutlich war es einfach nur Einbildung.«
»Hast du sie gesehen?«
»Nein, es war nur so eine Idee von mir.«
»Du hattest den Eindruck, daß sie in dem Haus wohnt?«
Er wurde wieder rot beim Gedanken an die Implikationen ihrer Frage. »Ich weiß es nicht wirklich, aber nun ja ..., ich glaube schon ...« Er schwieg und zuckte mit den Schultern. Er bedauerte bereits, darüber gesprochen zu haben. »Es war nur so ein Eindruck, und vermutlich habe ich mich geirrt. Wie auch immer, uns geht das nichts an.«
»Uns?«
Die Selbstverständlichkeit, mit der er dieses Wort ausgesprochen hatte, rief bei Maja eine seltsame Erregung hervor. Ein so einfaches, gewöhnliches, nichtssagendes Wort hatte plötzlich soviel Bedeutung und besaß einen besonderen Zauber! Es schien sie gegenseitig aneinander zu binden, ihnen eine gemeinsame Identität zu verleihen, eine Gemeinsamkeit, als gehöre sie wirklich bereits zu seiner Welt. Tränen

traten ihr in die Augen. Als sie das Wort wiederholte, bewegte sie es in ihrem Herzen und nahm es in sich auf. Noch ehe Christian verstand, was sie tat, drückte sie einen Kuß auf ihre Handfläche und blies ihn in seine Richtung, ohne Rücksicht darauf, wer sie beobachten mochte. Aber wenn es jemand sah, dann hoffentlich die Anderson-Schwestern!

Und Kyle!

Christian Pendlebury würde sie heiraten! Soviel zu Kyles düsteren Prophezeiungen ...

Christian hatte noch ihr Lachen im Ohr, während er die Auffahrt entlangritt, als ihm plötzlich etwas einfiel. Schuldbewußt ließ er den Kopf hängen. Er hatte völlig vergessen, Maja etwas von der bevorstehenden Ankunft seiner Eltern zu sagen!

*

»Fünftausend Pfund?« rief Amos erstaunt.

»Ja.«

»Wie um alles in der Welt ist dir das gelungen?«

Sie standen am Ende des Trident-Kais und sahen zu, wie eines der Schiffe entladen wurde, das am Morgen aus Boston gekommen war. Nicht weit von ihnen entfernt stand Ranjan Moitra inmitten einer Gruppe. Er gestikulierte und redete aufgeregt mit zwei englischen Zollbeamten und den bengalischen Importeuren, für die die Ladung bestimmt war. In der glühenden Nachmittagshitze schimmerte die tiefschwarze Haut der Kulis, als seien sie eingeölt. Gebeugt unter der schweren Last trugen sie Schwefel, Kiefernholzbretter, Harz, Mahagoni und Stoffballen aus den Spinnereien von Lancashire an Land. Kyle setzte sich mit übereinandergeschlagenen Beinen auf die Kaimauer und lehnte sich an einen Poller. Die Sonne schien ihm ins Gesicht, und deshalb hatte er die Augen fast geschlossen.

»Mit enttäuschender Leichtigkeit.« Es klang wirklich fast bedauernd. Kyle strich sich nachdenklich über das Kinn. »Ich habe ein paar Leichen aus seinem Keller geholt und ihm gesagt, daß ich sie alle zu einem munteren Totentanz ans Licht bringen werde. Aber er möchte auf das Schauspiel verzichten und hat sich freiwillig bereit erklärt, lieber das Geld zu zahlen.«

»Freiwillig?«

»Freiwillig ...« Er lächelte. »Nein, das möchte ich nicht behaupten. Aber er war sehr viel schneller dazu bereit, als Whitney und ich es erwartet hätten.«

Amos sah ihn besorgt an. »Du hast das Geld von McNaughton durch Erpressung bekommen!«

»Natürlich, wie sonst?« fragte Kyle überrascht. »Das heißt, wenn du es so ausdrücken willst.«

»Wie würdest du es ausdrücken?«

Kyle überlegte. »Verhandlungen? Überredung? Oder warum nicht einfach *quid pro quo*?« Er hielt sich die Hand über die Augen und sah Amos an. »Fällt es dir schwer, das einzusehen?«

Amos schüttelte unbehaglich den Kopf. »Ich ... ich weiß nicht. Ich weiß es wirklich nicht...«

Kyles Lächeln verschwand. »McNaughton ist ein Räuber, ein Geizhals und ein Feigling. Er hat es sich zur Regel gemacht, seine Regierung zu betrügen, aber während seiner langen schmutzigen Karriere auch die Öffentlichkeit. Er zitterte wie ein Wackelpudding, als ich sein Arbeitszimmer verließ. Er hatte so große Angst, daß er doppelt soviel bezahlt hätte, nur um seine Haut zu retten ... und natürlich die Hochzeit seiner häßlichen Tochter.«

Amos setzte sich, noch immer beunruhigt, neben Kyle. Die Papiere, die er in der Hand hielt, waren im Augenblick vergessen. »Aber er ist Vizegouverneur, Kyle. Mir fehlen wirklich die Worte...«

»Trotz all meiner Vorbehalte gegen die britische Präsenz in Indien«, fuhr Kyle fort, »will ich nicht leugnen, daß sie viele gute Beamte haben. Bruce McNaughton ist allerdings einer der schlimmsten. Wo immer er im Amt gewesen ist, hat er einen ganzen Rattenschwanz schmutziger Geschäfte hinterlassen. Am Anfang seiner Laufbahn bei der Ostindischen Kompanie machte er den betrügerischen Versuch, die Verpflichtung nicht zu unterschreiben, die Angestellten der Gesellschaft verbot, wertvolle Geschenke von Indern anzunehmen. Während er mit dem Aufsichtsrat darüber verhandelte, raffte er durch Bestechung und Korruption unglaubliche Reichtümer zusammen. Später wurde er Partner verschiedener Leute, um im großen Stil einen sehr einträglichen Handel zu treiben, vor allem mit gestohlenen Diamanten aus den Minen von Panna in Bundelkhand.«

Amos verzog voll Abscheu das Gesicht. »Ich glaube dir, daß dieser Mann durch und durch ein Betrüger ist, Kyle. Aber ... Erpressung? War das wirklich notwendig oder anders ausgedrückt, klug?«

»Meinst du, es sei nicht notwendig und klug, denen eine Entschädigung zu verschaffen, denen McNaughton am schlimmsten mitgespielt hat?«

»Entschädigung?«

Kyle stand auf und ging langsam hin und her. »Auf einem seiner früheren Posten – er war damals Kollektor in Sind – machte McNaughton regelmäßig Geschäfte mit einem kleinen Händler namens Daniel Weaver, einem Eurasier. Weaver war ein Säufer, er konnte weder lesen noch schreiben und war überhaupt ein ungehobelter Bursche. Aber vermutlich war er eher dumm als gerissen. Als Weaver eines Tages mit ungewöhnlich großen und reinen Diamanten bei McNaughton erschien, die er billig aus den Minen erstanden und in Surat hatte schleifen lassen, erwachte McNaughtons Gier. Er verleitete den gutgläubigen Weaver eines Abends, sich mit ihm zu betrinken. Als Weaver nicht mehr wußte, was er tat, ließ McNaughton ihn mit einem Fingerabdruck einen Verkaufsvertrag besiegeln und auch ein paar andere Papiere, die angeblich harmlose Begleitschreiben waren. Es handelte sich jedoch um ein ausführliches Geständnis mehrerer krimineller Handlungen. McNaughton nahm sich die Diamanten, ließ Weaver verhaften, anklagen und rechtmäßig verurteilen. Das geschah alles innerhalb eines Tages und auf Grund des vorliegenden Geständnisses. Weaver wurde für fünfzehn Jahre ins Gefängnis geschickt. Er starb lange vor Ablauf dieser Zeit, aber er beteuerte immer wieder seine Unschuld. Außer seiner Frau glaubte ihm jedoch niemand. Mit dem Verkaufsvertrag in der Hand konnte McNaughton die Diamanten gewinnbringend verkaufen. Ich bin der Meinung, es war der größte Coup, der ihm in Sind gelang.«

Amos erinnerte sich plötzlich an Kyles Artikel, der vor ein paar Wo-

chen in seiner Zeitschrift erschienen war. Als er jetzt die Geschichte hörte, wußte er nichts mehr zu sagen.
»Weavers verzweifelte Frau bemühte sich erfolglos, ihren Mann aus dem Gefängnis zu befreien. McNaughton drohte ihr mit Gewalt, und sie floh völlig verängstigt mit ihrem Sohn und zwei Töchtern nach Karatschi.«
»Woher weißt du das alles?«
»McNaughton verlor die Weavers aus den Augen«, fuhr Kyle fort, ohne die Frage zu beantworten. »Aber er war immer in Sorge, sie könnten eines Tages wieder auftauchen und ihn in Verlegenheit bringen. Vor zwei Jahren starb Weavers Frau in Karatschi. Auf dem Sterbebett erzählte sie die Geschichte einem irischen Priester, der ihr die letzte Ölung erteilte. Der Priester ist zufällig ein Bekannter von mir. Er überprüfte die Fakten und gab Weavers Sohn, er heißt Martin, etwas Geld und schickte ihn zu mir, in der Hoffnung, daß ich vielleicht helfen könnte.«
»Er hat ihn hierher geschickt, wo McNaughton Vizegouverneur ist?« rief Amos.
»*Weil* er Vizegouverneur ist!« Kyle nickte finster. »Der Priester kam klugerweise zu dem Schluß, die Zeit sei gekommen, um die Sache durch eine direkte Konfrontation mit McNaughton zu bereinigen. Und genau das ist geschehen.«
»Was ist aus Weavers Töchtern geworden?«
»Mittellos wie sie waren, blieb ihnen nur der Weg in die Prostitution und das Betteln auf den Straßen von Karatschi. Martin schlug sich als Taschendieb durch. Er ist wirklich sehr geschickt, möchte ich sagen, aber es reicht trotzdem kaum zum Leben. Im vergangenen Jahr hat eine der Schwestern Selbstmord begangen, weil sie die Schande nicht mehr ertragen konnte und außerdem krank wurde. Die andere lebt noch in Karatschi, aber ihr geht es nicht gut.«
Es war eine schreckliche Geschichte, und Amos war entsetzt. »Bist du wirklich davon überzeugt, daß dieser Martin dir die Wahrheit erzählt hat?«
»Ich war unsicher, bis McNaughton den Köder schluckte, den ich in dem Artikel ausgelegt hatte. Für die meisten war das, was ich berich-

tete, nicht von Bedeutung, aber McNaughton sah den Namen ›Weaver‹ und geriet in Panik. Er wollte unter allen Umständen einen Skandal vermeiden, denn seine Tochter soll heiraten, und er will in den Ruhestand gehen. Er ließ mich durch Whitney unter einem fadenscheinigen Vorwand zu sich rufen. Ich zeigte McNaughton ein Bild von Martin. Da er genau wußte, wovon ich sprach, erkannte er den Jungen, obwohl er sich wohl kaum an das Gesicht erinnerte.« Kyle zuckte mit den Schultern. »Alles andere war leicht.«

»Du zweifelst nicht an McNaughtons Schuld?«

»Nein.«

Amos schwieg eine Weile. »Nun ja, ich kann nicht behaupten, daß dieses Schwein die Strafe nicht verdient hätte«, sagte er schließlich. »Aber ich bin nicht sicher, ob Erpressung der einzige Weg war, um das zu erreichen.«

»Siehst du eine andere Möglichkeit?«

Amos hob die Hände. »Ich weiß nicht. Aber vielleicht hat sogar ein McNaughton eine bessere Seite, an die man hätte appellieren können...«

»Ha!« Kyle lachte belustigt. »Willst du mir weismachen, daß ein Mann, der ein Dieb und Betrüger ist, der absichtlich einen unschuldigen Mann ins Gefängnis bringt und dann unbarmherzig seine mittellose Familie davonjagen läßt, eine bessere Seite hat?«

»Vielleicht habe ich mich schlecht ausgedrückt, aber...«

»Du bist in eine reiche Familie geboren worden, Amos«, unterbrach ihn Kyle. »Du kannst dir den Luxus von Prinzipien leisten, eine verschwenderische Ethik und erhabene Gedanken über das Gewissen. Wenn du deine Wunderlampe hervorholst, kannst du sogar den Geist rufen, den man das Gesetz nennt, um dir zumindest eine Audienz bei den Mächtigen der Kolonialregierung zu verschaffen. Für andere Eurasier, wie es die Weavers in der zwielichtigen Vorhölle der Armut sind, gibt es nichts als das Recht der Straße – und auch das nur, wenn sie Glück haben.« Er lächelte sarkastisch. »Es spricht vieles für Erpressung, Amos. Erpressung ist billig, wirkungsvoll und sehr zeitsparend.«

»Aber Erpressung ist auch gefährlich, Kyle.«

»Vielleicht. Das Risiko nehme ich auf mich.« Er machte eine wegwerfende Geste. »Wie kann man ohne Risiko etwas gewinnen? Leider ...«, fügte er finster hinzu, »hat dieser McNaughton bei der ganzen Sache noch immer am meisten gewonnen. Er hat sein Glück gemacht und das unter anderem auch mit dem rechtmäßigen Erbe der Weavers.«

Es fiel Amos wirklich schwer, Kyle etwas entgegenzusetzen. »Du glaubst also, der Zweck heiligt die Mittel?« fragte er leise.

»Ja! In diesem Fall, ja!«

Amos kaute auf seiner Unterlippe und nickte dann zögernd. »Gut, ich glaube, du hast recht. Aber sei bitte vorsichtig. Hast du das Geld bereits?«

»Ja. Drei Viertel gehen zu gleichen Teilen an Martin und seine noch lebende Schwester.«

»Und das letzte Viertel?«

»Ist bereits auf der Bank, um den Weg für unser anderes Projekt zu bereiten. Martin ist ausdrücklich damit einverstanden.«

Amos wollte etwas einwenden, aber als er Kyles Gesicht sah, unterließ er es. »Wo ist Martin Weaver jetzt?«

»Er ist bei mir. Ich habe ihm Arbeit gegeben, damit er sich über Wasser halten konnte. Aber er wird noch in dieser Woche nach Lahore fahren. Er will dort mit dem Geld von McNaughton für seine Schwester und sich ein Haus kaufen und ein anständiges Leben führen. Vielleicht kann er sogar eine Heirat für sie arrangieren ..., wenn die Sterne das so wollen. Martin möchte sich zum Technischen Zeichner ausbilden lassen.«

Wider Willen bewunderte Amos seinen Freund, aber noch ehe er etwas sagen konnte, kam Ranjan Moitra auf sie zu. Im Zusammenhang mit den Einfuhrzöllen war unerwartet ein Problem aufgetaucht, und es würde einige Zeit dauern, es zu lösen. Nach kurzer Überlegung überließ Amos es jedoch Moitra, die Sache in Ordnung zu bringen. Kyle und Amos verließen den Kai und gingen in Richtung Clive Street.

»Ich habe Ranjan Moitra endlich überredet, mit mir nach Kanpur zu fahren«, sagte Amos lachend. »Er kann sich einfach nicht mit dem

Projekt anfreunden und glaubt, es sei ein zu großes finanzielles Risiko. Ich hoffe, wenn er die Spinnerei erst einmal gesehen hat, wird ihn das dazu bringen, seine Meinung zu ändern.«

»Steht der Zeitpunkt für die Versteigerung schon fest?« fragte Kyle.

»Nein, noch nicht. Ich möchte natürlich, daß es so früh wie möglich ist, aber ich werde Geduld haben müssen.«

Sie sprachen über den ehrgeizigen Plan von Amos, die Produktion in der Spinnerei wieder aufzunehmen, und über die notwendigen technischen Neuerungen, wenn das Werk erst einmal ihm gehören würde, aber obwohl dieses Projekt Amos sehr beschäftigte, wirkte er irgendwie zerstreut. Als sie das Trident-Gebäude erreicht hatten, blieb er stehen und sah Kyle an.

»Also gut, du hast McNaughton eine Lektion erteilt. Zweifellos hat dieser Mann es verdient, und du hast vermutlich der Gerechtigkeit der Straße, wie du es nennst, einen guten Dienst erwiesen. Aber ... und das ist ein sehr großes ›Aber‹, Kyle! Ich muß gestehen, ich kann deine Methoden immer noch nicht so recht billigen! Das weißt du bereits.«

»Du bist also nicht der Ansicht, daß jemand, der die Grenzen des Anständigen überschritten hat, zur Wiedergutmachung gezwungen werden sollte, die den Opfern, die er geschädigt und in den Ruin getrieben hat, hilft, ein anständiges Leben zu führen?«

»Du weißt, daß ich das nicht meine! Mir geht es nur um die Mittel, mit denen du die Wiedergutmachung erzwingst.«

»Jedes Mittel, das zu Ergebnissen führt, ist in Ordnung!« erwiderte Kyle. »Meine Mittel haben bei McNaughton gewirkt. Sie werden auch bei ...« Er brach ab und hob ärgerlich die Hände.

»Bei wem noch?« fragte Amos und hielt die Luft an.

Kyle erwiderte seinen Blick. »Bei jedem, der Unschuldige ins Verderben getrieben hat«, erwiderte er ruhig.

Amos wußte sehr wohl, daß Kyle beinahe etwas anderes gesagt hätte, aber er kannte seinen Freund gut genug. Er würde nicht deutlicher werden. »Du willst also jeden zur Strecke bringen, der einem Eurasier geschadet hat?«

»Nein.« Er lächelte kurz. »Nur all jene, von denen ich es weiß.«
»Aber Kyle, es muß doch noch andere Möglichkeiten geben, dasselbe zu erreichen«, sagte Amos kopfschüttelnd.
Kyle hielt den Kopf schief. »Wenn du sie findest, dann laß es mich wissen.« Er drehte sich auf dem Absatz um und ging ohne ein weiteres Wort davon.
Amos blickte ihm nach, bis er in der Menge der Clive Street nicht mehr zu sehen war. Er kannte Kyle und verstand ihn besser als jeder andere, aber sein Zynismus schmerzte doch. Etwas rumorte in den dunklen und unerreichbaren Winkeln seines Kopfs. Kyle war so verschlossen, daß er sich vielleicht nicht einmal selbst alles eingestand. Amos hätte in diesem Augenblick viel dafür gegeben zu erfahren, was Kyle vorhatte.
Nein, nicht ›was‹ er vorhatte, sondern ›wen‹ er aufs Korn nahm!
Nicht zum ersten Mal war Amos froh, daß sie beide auf derselben Seite kämpften. Er hätte Kyle nicht zum Feind haben wollen.

*

Der Diener mit den hellblonden Haaren und den blauen, unruhigen Augen, der ihr beim letzten Mal den Kaffee gebracht hatte, öffnete auf Majas lautes, energisches Klopfen die Tür. Diesmal betrachtete er sie sehr mißtrauisch. Er forderte sie nicht auf, einzutreten, sondern schloß die Tür wieder bis auf einen Spalt und erkundigte sich nach ihren Wünschen.
»Ich möchte Mr. Hawkesworth sprechen«, sagte Maja ärgerlich und so herrisch wie möglich.
»Mr. Hawkesworth ist nicht zu Hause.«
Der junge Mann schloß die Tür noch weiter. Ihre zweite Frage, wann sein Herr vermutlich zurückkommen werde, beantwortete er ebenso abweisend mit: »Das weiß ich nicht.« Würde Mr. Hawkesworth sehr spät kommen? wollte Maja wissen. Diese Frage beantwortete er mit einem undeutlichen Laut, der alles und nichts bedeuten konnte. »Ja dann«, erklärte Maja, die den weiten Weg nicht umsonst gemacht haben wollte, »werde ich auf ihn warten«, auch wenn das keineswegs

eine angenehme Aussicht war. »Warten?« Der Diener war verwirrt. Obwohl sie sein Gesicht nicht sah, spürte Maja, daß diese unerwartete Vorstellung ihn sehr beunruhigte. Sie glaubte zu bemerken, daß er verstohlen über die Schulter blickte. Wer mochte da wohl sein? Es verging noch eine Weile, bis er einen Entschluß gefaßt zu haben schien. Er nickte und öffnete die Tür. Mit einer Geste forderte er sie zum Eintreten auf.

Maja hätte nie geglaubt, daß es einmal eine Gelegenheit geben würde, wo sie Kyle Hawkesworth einmal unbedingt sprechen wollte. Das wenige, was sie von Christian wußte, bestärkte sie jedoch in ihrem Verdacht, daß Kyle einen Plan hatte. Sie mußte Christian und ihre Zukunft vor den unguten Machenschaften schützen, die dieser skrupellose Mensch ausgeheckt hatte. Deshalb mußte sie ihren Stolz überwinden und seine Absichten erkunden. Sie hatte diese bittere Pille geschluckt und besuchte Kyle einen Tag, nachdem Christian um ihre Hand angehalten hatte.

Der junge Diener war noch immer nervös. Aber er lächelte und verneigte sich höflich und führte Maja in das Zimmer, in dem sie das letzte Mal mit Kyle gesprochen hatte. Der Diener bot ihr einen Sessel an, und als sie Platz genommen hatte, schloß er die Fensterläden als Schutz vor der heißen Sonne. Dann bot er ihr eine Tasse Tee oder ein Glas Zitronenlimonade an, aber sie lehnte beides ab. Neugierig und fast belustigt musterte sie ihn. Sein Gesicht war gerötet, und Schweißtropfen standen auf seiner Stirn. Aus irgendeinem Grund beunruhigte sie ihn, aber aus welchem Grund?

Da Maja nichts anderes zu tun hatte, dachte sie über das seltsame Verhalten des jungen Mannes nach, als er schließlich den Raum verließ. Plötzlich fiel ihr etwas ein. Hatte seine Verlegenheit vielleicht etwas mit der geheimnisvollen Frau zu tun, deren Anwesenheit Christian gespürt zu haben glaubte? Hatte Kyle dem Diener Anweisung gegeben, alle uneingeladenen Gäste abzuweisen, um das Geheimnis zu wahren?

Der Gedanke weckte in Maja die Vorstellung, daß Kyle eine leidenschaftliche Affäre hatte, und sie sah deutlich vor sich, wie er mit einer verführerischen Frau im Bett lag. Ihr Herz begann schneller zu schlagen, und der Mund wurde ihr trocken. Entsetzt von diesen Phantasien sprang sie auf und sah sich nach etwas um, das sie auf andere Gedanken bringen würde.

Überall lagen Zeitschriften, Tageszeitungen und Bücher, aber nichts konnte ihre Aufmerksamkeit fesseln. Sie ging zu der Glasvitrine, in der ein paar Nippes standen. Sie betrachtete jedes dieser Dinge mit einer Hingabe, die seinem Wert kaum angemessen war, aber es gelang ihr nicht, die erregenden Gedanken über Kyle und seine mögliche Geliebte unter Kontrolle zu bekommen. Zu ihrem Verdruß drängten sich ihr auch noch andere Bilder auf. Sie waren ebenso klar und deutlich und führten sie schnell zu jenem Abend vor nunmehr beinahe fünf Jahren zurück.

Es war ihr vierzehnter Geburtstag gewesen. Sie war mit Amos, ihrer Mutter, den Lubbocks, Edna Chalcott, Ranjan Babu und ein paar wenigen Frauen aus dem Heim in Chitpur auf der *Ganga*. Amos hatte erst vor kurzem sein Abschlußexamen an der Schule bestanden und nahm ihren Geburtstag zum Anlaß für ein Fest. Für Maja hatte es noch nie eine richtige Geburtstagsfeier gegeben. Nur einmal, kurz nach ihrer Ankunft in Kalkutta, hatten die Lubbocks für sie und Grace ein Kinderfest gegeben, als sie fünf wurde. Da ihre Mutter seit dieser Zeit nur noch mit der aussichtslosen Aufdeckung der Wahrheit über ihren Vater beschäftigt war, feierten sie nie richtig Geburtstag. Über den Raventhornes hing der Fluch der schrecklichen Vergangenheit, und so gab es für die Kinder immer nur ein paar Geschenke, eine Torte, die Anthony noch im letzten Moment gebacken hatte, und abgedroschene Lieder auf dem verstimmten Klavier, die Edna und Sheba mit übertriebener Fröhlichkeit sangen.

Ihr vierzehnter Geburtstag sollte ein richtiges großes Fest werden, und Maja war außer sich vor Aufregung und Vorfreude. Abgesehen von den hübschen neuen Kleidern, den vielen Geschenken und einem großen Festessen, das Amos vorbereiten ließ, durfte sie zum ersten Mal einige ihrer Schulfreunde zur Geburtstagsfeier einladen. Es waren zwei Pukka-Schwestern und ihr Bruder, die Kinder englischer Missionare. Sie hießen Shingleton. Die Shingletons besaßen nicht die Mittel, um ihre Kinder in England zur Schule zu schicken.

Maja war auf die Freundschaft mit den Shingletons sehr stolz. Sie gab ihr einen besonderen Status bei allen Mitschülern, denn die Shingletons freundeten sich nicht mit allen an. Diese Freundschaft lag ihr deshalb sehr am Herzen, und über Monate hinweg teilte sie mit ihnen das besonders reichhaltige Frühstück, das Mutter ihr in die Schule bringen ließ. Außerdem nahm sie die Shingletons in ihrer Kutsche mit, wenn die Mietdroschken nicht rechtzeitig zur Stelle waren, und schenkte ihnen Bücher, die sie sich nicht kaufen konnten.
Unerklärlicherweise war ihre Mutter dagegen gewesen, die Shingletons zu Majas Geburtstag einzuladen. Maja fand das hart und herzlos und hatte ihren Willen nach heftigen Auseinandersetzungen durchsetzen können. Nach tagelangen Streitereien und vielen Tränen gab ihre Mutter endlich nach. Die Kinder der Shingletons erhielten die Einladungen und versprachen zu Majas größter Freude, auch zu kommen.
Aber als es endlich soweit war, wartete Maja vergeblich auf sie. Nicht eines der drei Kinder erschien zu ihrem Geburtstag. Sie machten sich noch nicht einmal die Mühe, eine Absage, eine Erklärung oder Geschenke zu schicken.
Niedergeschlagen und gedemütigt rannte Maja schließlich aus dem festlich geschmückten großen Salon der *Ganga* auf das verlassene Achterdeck, um ihrem Kummer und den Tränen freien Lauf zu lassen. Als sie leise weinend an der Reling stand und den glänzenden Messinglauf in ihrer ohnmächtigen Wut mit den kleinen Fäusten bearbeitete, wußte sie nicht, daß sie beobachtet wurde. Erst nachdem ihre Tränen schließlich versiegten und der Zorn verraucht war, kam aus der mondhellen Dunkelheit eine Gestalt und trat lautlos neben sie. Es war Kyle.
Sie kannte ihn natürlich. Er war zwar sechs Jahre älter als Amos und befand sich bereits an der Universität im letzten Semester, aber Amos und er waren gute Freunde. Schon damals hatte sie Kyle – wie alle Freunde ihres Bruders – für arrogant gehalten, aber insgeheim war sie fasziniert von seinem guten Aussehen und seinem provozierenden Benehmen. Vor dem Einschlafen kreisten ihre Gedanken oft um Kyle, und sie hatte erschreckend sinnliche Phantasien, wenn sie an

ihn dachte. Als er jetzt stumm neben ihr an der Reling stand, wurde ihr klar, daß er sie bereits einige Zeit beobachtet hatte, und sie errötete verlegen. Die unerwartete Nähe ließ ihr Herz heftig schlagen. Bei der Erinnerung an ihre nächtlichen Wunschträume begann ihr Körper zu glühen. Zu ihrer großen Erleichterung war es dunkel.
Er reichte ihr ein Taschentuch. »Wisch dir das Gesicht ab.«
Eingeschüchtert gehorchte sie ihm.
»Warum hast du geweint?«
Ein Schluchzen stieg in ihrer Kehle auf, aber sie unterdrückte es. »Du weißt warum«, murmelte sie.
Ein Moskito umsurrte sie. Er hob die Hände, schlug sie zusammen und streckte ihr dann die Handflächen hin. Der Moskito war schneller gewesen und davongeflogen.
»Siehst du? Meine Hände sind zwar größer und stärker als diese elende Mücke, aber sie lebt. Selbst das kleinste Wesen unter Gottes Kreaturen hat ein Mittel zur Selbstverteidung. Verstehst du, was ich dir zu sagen versuche?«
»Nein.« Sie fragte sich, ob er sie verspottete, aber ein verstohlener Blick verriet ihr, daß er ganz ernsthaft mit ihr sprach.
»Wesen, wie wir es sind, brauchen auch Mittel zur Selbstverteidigung ... vielleicht sogar noch mehr.«
»Wesen wie wir?« Sie hatte ihm nur halb zugehört. Das kalte weiße Mondlicht ließ sein Gesicht noch härter erscheinen. Er war groß, stark und selbstbewußt. Er kam ihr vor wie ein Gott, ein Apollo. Seine ungewöhnlich dunklen Haare mit den hellen Strähnen wehten im Wind. In seinen großen Augen glühte ein inneres Feuer, um das ihre heimlichen, faszinierenden Träume kreisten.
»Ja, Wesen der Nacht, die wie Fledermäuse mit dem Kopf nach unten über den Abgründen zweier feindlicher Welten hängen.«
Eine unbestimmte Angst erfaßte sie. Sie wehrte sich gegen diesen Vergleich und wollte ihn nicht wahrhaben. Ihre Augen füllten sich wieder mit Tränen, und ein Schauer lief ihr über den Rücken. »Ich dachte, die Shingletons seien meine F... Freunde ...«, flüsterte sie trotzig und empört. »Sie haben versprochen zu kommen.«
»Die Shingletons dieser Welt werden nie unsere Freunde sein.«

Sie drückte eine Faust auf die zitternden Lippen. »Ich würde sie am liebsten alle erschießen!« rief sie. »Ja, das würde ich am liebsten tun!«
»Und warum tust du es nicht?«
Er sagte das in allem Ernst, und sie sah ihn verwirrt an. »Du meinst, mit einem ... Gewehr?«
»Es gibt andere Waffen, die ebenso wirkungsvoll sind.«
Unwillkürlich erwachte ihre Neugier. »Und das wäre?«
Er zuckte mit den Schultern. »Wir müssen sie uns selbst schaffen.«
»Du auch?«
»Ja.«
Sie sah ihn an, aber er trug keine Pistole. »Hast du eine Waffe?«
»Immer!«
»Wo ist sie?«
»Du kannst sie nicht sehen, denn sie ist unsichtbar.«
Bei einem anderen hätte sie laut gelacht. Aber Kyle hatte etwas an sich, das keineswegs lächerlich war. Man mußte ihn einfach ernst nehmen. Sie verstand zwar nicht, was er meinte, ihr gefiel nicht, was er sagte, und die Kraft, mit der er sprach, verunsicherte sie. Das Mondlicht ließ sein Gesicht seltsam fremd erscheinen, und er schien in einer merkwürdigen Stimmung zu sein. Unvermittelt griff er nach ihrer Hand und fuhr mit seinem Daumen zart über den Handrücken. Er sah ihr tief in die Augen. Er fesselte sie mit seinem Blick, dem sie sich nicht entziehen konnte.
»Du hast eine sehr zarte, dünne Haut.«
Das leise Klatschen der Wellen ließ seine Stimme unwirklich und fern wirken, als trage sie der Wind von weit, weit her. Eine Welle der Erregung erfaßte sie, und sie hörte kaum, was er sagte.
Er hatte sie zum ersten Mal berührt. Maja war völlig unvorbereitet auf die unfreiwilligen Reaktionen ihres Körpers. Wie ein Tautropfen, den die ersten Sonnenstrahlen treffen, schien sie sich langsam und sehnsüchtig in ein wundervolles Nichts aufzulösen. Ihr Atem verflüchtigte sich, ihr Kopf wurde leicht, und ihr schwindelte. Das Blut in ihren Schläfen pochte und klopfte. Ihre Knie wurden weich und

nachgiebig wie Wasser. Hätte sie sich nicht mit der anderen Hand an der Reling festgehalten, wäre sie zu Boden gesunken. Einen Augenblick lang schwankte sie ohne einen Gedanken verträumt und verwirrt hin und her. Ihre Augen richteten sich unverwandt auf seine Augen, und sie hatte das unbestimmte Gefühl, mit ihm auf dem Kamm einer riesigen Welle zu reiten. Der Körper gehörte ihr nicht länger, war ihrer Kontrolle entzogen und wurde von einer Ekstase erfaßt, die viel schöner war, als sie sich je hätte träumen lassen. Die Zeit schien stillzustehen. Maja glaubte, sie sei gestorben und für immer mit der Ewigkeit verschmolzen.

»Zu dünn!« Er ließ ihre Hand verächtlich fallen.

»Wie ...?« Noch immer gefangen in ihrem Traum, sah sie ihn fragend an.

»Wenn du überleben willst, muß sie dick werden.« Er sah sie plötzlich zornig an. »Dummes Mädchen, kennst du nicht die beste Waffe der Selbstverteidigung?«

Sie schüttelte verständnislos und benommen den Kopf.

»Informationen!«

Sie starrte ihn an und fragte sich, ob er verrückt geworden sei!

»Gut gezielt können sie ohne eine Blutspur töten. Denk daran, eines Tages wird das für dich von Nutzen sein.«

Lautlos verschwand er in den dunklen Schatten.

Erschöpft und verwirrt klammerte sich Maja mit beiden Händen an die Reling. Sie überließ sich den wundervollen Gefühlen, die noch in den geheimen Winkeln ihres Körpers nachklangen. Solche Gefühle hatte sie bis jetzt nicht erlebt, auch nicht in ihren kühnsten Träumen. Sie wußte nicht, was es gewesen war, oder weshalb es sie wie eine süße Qual gepackt hatte, aber es war unbeschreiblich schön gewesen. Instinktiv schämte sie sich auch, als sei es etwas Sündiges, das sie erniedrigt hatte. Diese Sünde hatte sich mit ihrem Körper verbündet, um sie zu verraten. Er hatte sich verselbständigt. Daß dies ohne ihre Zustimmung hatte geschehen können, machte ihr große Angst.

Hatte Kyle etwas davon bemerkt?

Bereits dieser Gedanke ließ sie vor Scham zusammenzucken. Aber dann wurde sie die Vorstellung nicht los, daß er ihr das bewußt angetan hatte. Er hatte ihre Gedanken erkundet und durchschaut. Er hatte sich in ihre geheimsten und heiligsten Bereiche eingeschlichen und sie verletzt. Diese Übertretung würde sie ihm nie verzeihen! Erschrocken, daß sie solche Phantasien mit ihm in Zusammenhang brachte, hatte sie sich geschworen, ihn fortan aus ihrem Bewußtsein zu verbannen. Das war natürlich leichter gesagt als getan. Im Lauf der Jahre war es ihr nur gelungen, Kyle so wenig wie möglich zu sehen und zu versuchen, nicht an ihn zu denken.

Informationen ...

Über das Rätsel, das er ihr so unvermittelt gestellt hatte, dachte sie allerdings oft nach.

In der Nacht nach der enttäuschenden Geburtstagsfeier lag sie stundenlang wach und überlegte, wie etwas so Harmloses wie ›Informationen‹ zu einer Waffe werden konnten. Mit größter Konzentration kreisten ihre Gedanken um diese eine Frage, und als der Morgen schließlich graute, fiel ihr tatsächlich eine Antwort ein.

»Mama und Papa wünschen nicht, daß ich mit dir und deinem Bruder etwas zu tun habe«, erklärte Andrew Shingleton mit gehässigem Grinsen am nächsten Tag in der Schule, als sie ihn, den Tränen nahe, danach fragte. »Es ist nicht gut, dich zu kennen. Hast du verstanden?«

»Dein Vater war ein schwarzweißes Kind aus der Gosse, sagt Mama!« rief seine Schwester und zog eine Grimasse. »Jeder weiß, er war ein B ... Bas ...!«

»Und deine Mutter war eine ... eine ... Maria Magdalena, wie sie in der Bibel steht«, erklärte die andere Schwester mit anzüglichem Lachen. »Sie hat deinen Vater noch nicht einmal geheiratet!«

Einen Tag später ging Maja daran, die Lektion, die sie von Kyle erhalten hatte, in die Tat umzusetzen. Sie hatte gehört, daß Francis, der Kammerdiener der Raventhornes, die Aja der Shingletons liebte. Sie hatte ihm das größte Geheimnis der Shingletons anvertraut, wie sie sagte.

Maja ging am nächsten Morgen früher als sonst zur Schule. Im leeren Klassenzimmer schrieb sie in großen Buchstaben an die Schiefertafel: ANDREW SHINGLETON IST EIN BETTNÄSSER.

Später saß sie still und triumphierend an ihrem Pult und sonnte sich in der süßen Rache. Andrew Shingleton stand heulend und stotternd in einer Ecke. Er hatte ein rotes Gesicht, und seine Nase lief. In einer anderen Ecke hatten sich seine Schwestern unter hysterischen Weinkrämpfen aneinander geklammert. Die ganze Klasse sah schockiert und verlegen zu. Die eilig herbeigerufenen Eltern schimpften und drohten, ließen sich aber schließlich dazu überreden, ihre Kinder mit nach Hause zu nehmen. Das war das letzte, was man von den Shingletons sah. Die Kinder kamen nicht in die Schule zurück. Es wurde bald bekannt, daß die ganze Familie die Stadt verlassen hatte, um irgendwo in der Provinz in einer anderen Gemeinde zu wirken.
Kyles Waffe hatte ihre erste Prüfung erfolgreich bestanden. Wie sehr Maja ihm auch mißtraute, sie schuldete ihm Dank.
Majas Erinnerungen an die Ereignisse vor fünf Jahren hatten sie so sehr beschäftigt, daß sie eine Weile völlig vergaß, wo sie sich befand. Die Vitrine, in die sie blickte, ohne etwas anderes als die Bilder der Vergangenheit zu sehen, stand neben einer Tür mit einem Vorhang zu einem anderen Zimmer. Plötzlich wurde ihr ein starker Rosenduft bewußt, und sie kehrte schlagartig in die Gegenwart zurück. Gesicht und Hände waren schweißbedeckt. Sie holte mehrere Male tief Luft. Plötzlich glaubte sie, etwas zu hören. Aus dem Nebenzimmer drang schwach, aber deutlich ein Laut. Maja bewegte sich nicht. Der Laut kam näher und wurde lauter. Jetzt hörte sie ihn deutlich.
Es war das Klirren von Glasreifen an den Handgelenken einer Frau!
Maja schob vorsichtig den Vorhang beiseite und blickte in das Zimmer. Sie sah gerade noch, wie etwas Hellrotes durch den Ausgang zum Innenhof verschwand. Es war sonst niemand zu sehen. Der junge Diener war verschwunden. Maja hatte den Eindruck, allein in diesem Teil des Hauses zu sein. Ohne nachzudenken, trat sie durch die Tür, durchquerte schnell das Zimmer und lief in den Innenhof. Sie staunte über ihren Mut, aber die Neugier siegte. Sie wollte unbedingt wissen, wer in den Hof gegangen war.
Der Innenhof war menschenleer.
Maja blieb nachdenklich stehen. Sie wußte nicht, was sie als Nächstes

tun sollte. Sie sah sich um. Der Boden des rechteckigen Innenhofs war mit Steinen gepflastert und von einer Steinmauer umgeben, die viel zu hoch war, um sie schnell zu übersteigen, noch dazu von einer Frau. Vor der Mauer wuchsen niedrige ungepflegte Büsche. Gegenüber entdeckte sie eine Tür in der Mauer, aber sie war mit einem großen Messingschloß versperrt. In der kurzen Zeit konnte niemand das Schloß geöffnet und von außen wieder geschlossen haben. Abgesehen von der Tür, vor der sie stand, schien es keinen Zugang zu dem Hof zu geben. Wenn jemand den Hof betreten hatte, woran sie nicht zweifelte, dann war er spurlos verschwunden.
Plötzlich erinnerte sich Maja an etwas, das Christian erzählt hatte ... Kyle hatte behauptet, daß es in dem Haus ein Gespenst gebe. Ein Schauer lief ihr über den Rücken, und sie bekam eine Gänsehaut. Hatte sie den Geist gesehen? Wer sonst hätte sich in diesem Innenhof in Luft auflösen können?
Schnell kehrte sie in das Wohnzimmer zurück und setzte sich. Von Kyle war noch immer nichts zu sehen. Es würde bald dunkel werden. In ihrer gegenwärtigen Verfassung konnte sie ihm kaum unter die Augen treten. Er würde ein leichtes Spiel mit ihr haben. Der Gedanke an ihn weckte wieder die seltsamen sinnlichen Gefühle, die sie noch immer in seiner Gegenwart überkamen.
Dieser Besuch war ihr zwar sehr wichtig, aber in diesem Augenblick konnte sie Kyle nicht gegenübertreten. Das Gespräch mußte auf einen anderen Tag verschoben werden.
Als der Diener in der Tür erschien, stand sie auf, murmelte einige unverständliche Worte und verließ wie von bösen Geistern gehetzt das Haus.

Neuntes Kapitel

Ranjan Moitra war ein Mensch mit festen Gewohnheiten, und deshalb mißfiel ihm Kanpur. Herausgerissen aus seiner natürlichen Umgebung wurde er unsicher und verlor den Boden unter den Füßen. Die Leute sahen anders aus, das Essen schmeckte nicht nur anders, sondern war schlecht, und der andere Hindi-Dialekt hier im Norden machte ihn noch hilfloser. Außerdem war diese Sprache seiner Meinung nach dem Bengali, mit dem er aufgewachsen war, ohnehin weit unterlegen. Zu den noch schmerzlicheren Seiten dieser Reise gehörte, daß er während der Sepoy-Meuterei gezwungen gewesen war, eine lange Zeit hier zu verbringen, nachdem die Firanghis seinen über alles verehrten Sarkar ermordet hatten. Jene Tage waren so wenig vergessen wie die schreckliche Tragödie. Kanpur würde für ihn immer eine ungute, belastete Stadt bleiben. Auch wenn die Veränderungen mit großem Geschick und viel Geld durchgeführt worden waren, so beschränkten sie sich in seinen Augen doch auf die Oberfläche.

Ranjan Moitra hatte der Reise mit Amos nur aus einem Grund zugestimmt. Er glaubte, die wiederaufgebaute Stadt, für die sich Amos so begeisterte, fairerweise wenigstens mit eigenen Augen sehen zu müssen, bevor er einen letzten Versuch unternahm, ihn von einem Projekt abzubringen, das er für unpraktisch, riskant und töricht hielt. Er hatte sich durchaus vorstellen können, daß er nach dem Besuch der Stadt und der Besichtigung der Spinnerei seine Meinung vielleicht ändern würde. Aber das war nicht geschehen. Trotz aller Kosmetik waren die Erinnerungen in dieser Stadt so lebendig wie eh und je. Er war nicht beeindruckt. Infolgedessen hielt er sehr wenig von dem

Plan, soviel Kapital in eine Produktion zu investieren, von der er so gut wie nichts verstand.

»Wenn Sie sich für Textilien interessieren«, sagte Ranjan Babu, als sie nach der Besichtigung der Spinnerei und den dazugehörigen zwanzig Morgen Land im Hotel saßen und er leise stöhnend seine wundgelaufenen Füße über das warme Salzwasser hielt, das in einem Holzbottich vor ihm stand, »warum denken Sie dann nicht daran, in die Produktion von Tussar-Seide zu investieren? Dafür würde vieles sprechen.« Er zuckte leicht zusammen, als das warme Salzwasser, in das er vorsichtig die Füße stellte, die offenen Stellen erreichte.

»Vielleicht. Aber Seide interessiert mich nicht«, erwiderte Amos. »Mich reizt die Herausforderung, aus der ersten Baumwollspinnerei in Nordindien einen großen Erfolg zu machen.«

»Aber bei der Seide ist die Herausforderung ebenso groß, und der Gewinn ist sehr vielversprechend!« Ranjan Babu ließ sich nicht beirren. »Erstens müßten wir Bengalen nicht verlassen, denn dort ist die Tussar-Seide zu Hause. Zweitens wären die Investitionen geringer und die möglichen Verluste viel leichter auszugleichen. Die Seidenraupen, die Tussar-Seide spinnen, brauchen keine besonderen Maulbeerbäume. Sie gedeihen in jedem Wald auf allen Bäumen. Drittens, und das ist das Wichtigste, Tussar-Seide ist ein begehrter Exportartikel. Wie ich höre, nimmt die Nachfrage aus Europa täglich zu. Vielleicht wissen Sie, daß die Engländer ...«

»Ja, ich weiß. Sie entwickeln spezielle Webstühle, um Tussar-Seide zu Stoffen für die europäische Mode zu verarbeiten.« Amos leerte sein Glas und griff nach einem Palmblatt, um sich in der trockenen Nachmittagshitze etwas Luft zuzufächeln. »Trotzdem läßt sich nichts daran ändern, daß Seide, auch wenn sie noch so sorgfältig und geschickt verarbeitet wird, niemals so verbreitet sein wird wie Baumwolle, Ranjan Babu. Sie haben auch gehört, was der Sonderbeauftragte des Baumwollhandelsverbandes aus England bei unserem letzten Treffen im vergangenen Monat gesagt hat: Die Regierung erhöht die Subventionen der Baumwollproduzenten, um die indische kurzstapelige Baumwolle so zu verarbeiten, daß sie für Lancashire besser einzusetzen ist.«

»Ja, aber trotz dieser Maßnahmen hat unsere eigene langstapelige Baumwolle bisher nur begrenzten Erfolg!« Ranjan Babu konnte ein bescheidenes triumphierendes Lächeln nicht unterdrücken. Dann rief er den Diener und ließ sich einen neuen Zuber mit warmem Salzwasser bringen. »Gewiß, im amerikanischen Bürgerkrieg gab es einen Baumwoll-Boom. Aber Sie wissen sehr wohl, daß er so gut wie vorbei ist. Die Nachfrage ist bereits zurückgegangen. Der Export ist seit zwei Jahren rückläufig.«

»Aber wir exportieren mehr als vor dem Bürgerkrieg! Wir exportieren jährlich etwa zweihunderttausend Tonnen Rohbaumwolle, und in jedem Jahr werden es mehr. Haben Sie nicht die Lagerhäuser hier gesehen, in denen sich die Baumwollballen bis zur Decke stapeln?«

Ranjan Babu war nicht zu überzeugen. »Es gibt bereits dreiundfünfzig Spinnereien und Webereien, ungefähr zehntausend Webstühle und eineinhalb Millionen Spindeln in Indien ...«

»Aber keine in Nordindien!« erwiderte Amos gereizt. »Genau da sehe ich die Herausforderung! Wenn Bombays Textilindustrie weiter wächst, warum sollte sie dann nicht auch in unserem Kanpur Erfolg haben?«

»Nun ja, die Spinnerei gehört uns solange nicht, bis der Auktionator erklärt, daß wir das höchste Angebot abgegeben haben«, erinnerte er Amos. »Außerdem muß eine stillgelegte und schlecht geführte Spinnerei erst einmal wieder in Gang gesetzt werden. Vergessen wir nicht, daß zwischen Sonnenaufgang und Sonnenuntergang viel geschehen kann.«

»Seien Sie doch nicht so ein Pessimist, Ranjan Babu!« Amos schüttelte lachend den Kopf. »Sie haben doch gesehen, was wir bekommen, wenn wir mit unserem Angebot das Rennen machen: zwanzig Morgen Land mit mehreren massiven Gebäuden! Außerdem gute, beinahe neue Maschinen, die erst vor sechs Jahren von Platt Brothers in Oldham gebaut wurden, und eine im wesentlichen intakte Baumwollspinnerei mit zehntausend Spindeln und hundert Webstühlen, die wir zu einem Bruchteil ihres Wertes erwerben.«

»Wenn wir mit unserem Angebot das Rennen machen!«

Amos runzelte die Stirn. »Wenn …? Gibt es da irgendwelche Zweifel? Ich sehe keine lange Schlange von Kaufinteressenten, die eine bankrotte Baumwollspinnerei mit allen ihren Problemen übernehmen wollen! Nach meinen Informationen sind wir bisher die einzigen, die ein Angebot abgegeben haben.«
Ranjan Babu senkte den Kopf und blickte angestrengt auf die aufgeplatzten Blasen an seinen geschundenen Füßen. »Es gibt Gerüchte … über andere Interessenten.«
Diese Nachricht überraschte Amos sehr. »Andere Interessenten? Wen?«
Moitra zuckte mit den Schultern. »Bislang habe ich die Namen noch nicht herausfinden können, aber meine Nachforschungen laufen.« Er vermied es, Amos in die Augen zu sehen.
»Gehen Sie die Sache mit größerem Nachdruck an!« rief Amos ungewöhnlich heftig, da ihm das seltsame Verhalten seines Geschäftsführers nicht entging. »Wenn es andere Kaufinteressenten gibt, dann möchte ich so schnell wie möglich wissen, um wen es sich handelt. Ich werde nicht zulassen, daß sich jemand zwischen Trident und diese Baumwollspinnerei stellt, Ranjan Babu. Habe ich mich klar genug ausgedrückt?« Er ballte die Faust und schlug sie gegen seine Hand.
»Ja.« Ranjan Babu nickte traurig. »Ich werde wie immer mein Bestes tun.«
»Wieviel Zeit bleibt uns, nachdem die Versteigerung bekanntgegeben worden ist?«
»Ein paar Wochen möchte ich meinen.«
»Sehr gut. Dann möchte ich ab sofort den Namen eines jeden wissen, der daran interessiert ist, die Sutherland-Spinnerei und -Weberei zu ersteigern, oder der Erkundigungen eingeholt hat, und sei es auch noch so oberflächlich. Das möchte ich klarstellen, Ranjan Babu!«
»Ja, ich habe verstanden.« Ranjan Babu wirkte noch niedergeschlagener als zu Beginn des Gesprächs. Er hatte selten erlebt, daß Amos Raventhorne so aufgebracht war, so nahe daran, die Beherrschung zu verlieren. Schnell stellte er eine harmlose Frage, um das heikle Thema

zu wechseln. »Sie sind heute abend bei Mr. und Mrs. Pickford zum Essen eingeladen. Wollen Sie die Kutsche nehmen oder soll ich den Mann für heute wegschicken?«

Es gelang Amos nur mit Mühe, sich zu beruhigen. Aber der Gedanke an den bevorstehenden angenehmen Abend half ihm, seine Fassung wiederzufinden. Er würde die Möglichkeit haben, David Pickford nach der Spinnerei zu befragen. Er wußte inzwischen, daß Pickford während des Baumwoll-Booms zu den Mitgliedern des Aufsichtsrats der Baumwollspinnerei gehört hatte. Aufgabe dieses Gremiums war es gewesen, eine Spinnerei aufzubauen, um die Baumwolle in der Stadt zu verarbeiten, anstatt sie nach Kalkutta oder Bombay zu schikken. Außerdem würde die liebevoll zubereitete Mahlzeit eine willkommene Abwechslung von dem langweiligen Hühnercurry und dem klebrigen Reis sein – offenbar das einzige, was der Hotelkoch auf die Beine brachte.

»Nein, ich werde die Kutsche nicht brauchen«, erwiderte Amos und fühlte sich bereits wieder sehr viel besser. »Mrs. Pickford hat freundlicherweise angeboten, mich mit ihrem Wagen abholen zu lassen.« Er warf einen Blick auf die Wanduhr. »Sie erwarten mich um sechs. Da bleibt mir gerade noch genug Zeit, um zu baden und mich zu rasieren.« Fröhlich und munter eilte er aus dem Zimmer.

Ranjan Moitras Miene verfinsterte sich von neuem, als er an den wahren Grund dachte, der ihn bewog, dieses Projekt abzulehnen. Er hatte gehofft, daß es nie soweit kommen werde. Aber insgeheim ahnte er schon lange, daß es eines Tages unvermeidlich sein würde! Wie alle anderen Tücken des Schicksals, die auf die armen Raventhornes lauerten, so schien auch dies vorherbestimmt zu sein. Das Menetekel stand bereits an der Wand. Ranjan Moitra wußte sehr wohl, daß Amos trotz seiner zur Schau getragenen Freundlichkeit im Grunde ganz der Sohn seines Vaters war. Beim entsprechenden Anlaß erfaßte auch ihn unbezähmbarer Zorn, und dann gab es auch für ihn nur unversöhnliche Rache. Mit dem Wunsch, die Baumwollspinnerei zu erwerben, hatte sich Amos ein leidenschaftliches Ziel gesteckt. Keine noch so vernünftigen und ernstzunehmenden Argumente würden ihn von diesem Ziel abbringen.

Diese nüchterne Erkenntnis führte dazu, daß der unglückliche Ranjan Moitra sich geschlagen gab. Er hatte alles versucht. Mehr konnte er nicht tun. Nun hatte das Schicksal das letzte Wort.

*

»Wie ich höre, wolltest du mich gestern besuchen?«
Es war Vormittag. Maja stand hinter der Umzäunung der Rennbahn auf dem Maidan und beobachtete, wie einer ihrer Araber trainiert wurde. Sie hatte den neuen grauen Hengst *Morning Mist* getauft. Hassan Shooter, der beste Jockey in Kalkutta, der ihr oft half, das Rennpotential ihrer Pferde einzuschätzen, ließ den Hengst zum ersten Mal auslaufen. Maja hielt die Stoppuhr in der einen Hand und den Feldstecher in der anderen. Kyles plötzliches Auftauchen kam völlig überraschend. Sie nickte nur verlegen, ohne den Blick von *Morning Mist* zu wenden.
»Darf ich fragen, welchem Umstand ich das höchst unerwartete Vergnügen zu verdanken habe?« fragte Kyle mit der üblichen Ironie. »Ich hoffe, daß du diesmal nicht vom Pöbel im Simly-Basar verfolgt worden bist.«
Maja nutzte den Feldstecher als Schutz und dachte nach. Äußerlich wirkte sie völlig gelassen, aber in ihr tobten die widersprüchlichsten Gefühle – zum Teil Erregung, zum Teil Panik. Nach dem spontanen und unklugen Besuch bei Kyle am Vortag waren ihr erhebliche Zweifel an der Konfrontation gekommen, die sie in ihrer Ungeduld hatte herbeiführen wollen. Beinahe hätte sie sich kopfüber in unbekannte Fluten gestürzt – unbewaffnet und allen Angriffen hilflos ausgesetzt. Wäre Kyle zu Hause gewesen, hätte er sie mit seiner Verachtung verletzen und mit seinem Spott aus dem Haus treiben können. Sie hätte sich lächerlich gemacht. Sie konnte wahrhaft von Glück sagen, daß sie Kyle nicht angetroffen hatte. Diesem Umstand hatte sie es jedoch zu verdanken, daß sie einen potentiellen Schwachpunkt entdeckt hatte. Das veränderte ihre Lage völlig.
Sie wußte jetzt, daß Kyle etwas geheimhalten wollte!
Aber wußte sie es wirklich? Noch nicht. Die Fakten waren noch

verschwommen, und die Umstände sehr mysteriös. Trotzdem war sie entschlossen, der Sache so schnell wie möglich auf den Grund zu gehen. Kyle war dafür bekannt, daß er sich über die öffentliche Meinung hinwegsetzte. Er lebte schamlos seine Exzentrizitäten aus, schuf sich seine eigenen willkürlichen Regeln, die sein Verhalten bestimmten. Es war ein offenes Geheimnis, daß er Verhältnisse mit gestrandeten Frauen hatte, die sich absurderweise in ihn verliebten.

Maja beschäftigte die Frage, weshalb er plötzlich eine Geliebte vor aller Augen verbarg, wo er doch sonst keinerlei Vorsicht walten ließ. Zu ihrem Glück wollte er diesmal – aus welchen Gründen auch immer – seine Geliebte verstecken. Und das würde ihr die geeignete Munition liefern. Kyle hatte ihre Beziehung zu Chester Maynard zerstört. Jetzt wandte er seine Aufmerksamkeit Christian zu, natürlich mit derselben Absicht! Sie würde alles daran setzen, um ihn daran zu hindern, auch diesmal Erfolg zu haben. Wenn sie vorsichtig genug war, würde sie Kyle mit seinen eigenen Waffen schlagen. Dieser Gedanke erfüllte Maja mit größter Genugtuung, und deshalb konnte sie wieder lächeln.

Das Lächeln verriet jedoch nichts von ihren Gedanken. »Ja, ich war bei dir«, erwiderte sie. »Ich wollte mit dir reden.«

Er hob eine Augenbraue. »Worüber?«

»Über einen Armenier, der mir ein erstaunlich gutes Angebot für *Morning Mist* gemacht hat. Diesen grauen Hengst da, den Hassan gerade reitet. Der Mann heißt Nicholas.«

»Aaron Nicholas?«

»Ja, ich fürchte, Mr. Nicholas wird den Preis nicht bezahlen können.« Sie warf ihm einen bezaubernden Blick zu. »Aber ich kann mir nicht noch einen Schuldner leisten.«

»Und was hat das alles mit mir zu tun?« Kyle trommelte mit den Fingerspitzen ungeduldig auf den Zaun.

Sie unterdrückte ein Lächeln. »Da du bekanntermaßen über alles so gut informiert bist, habe ich eigentlich nicht daran gezweifelt, daß du auch über die finanziellen Verhältnisse von Mr. Nicholas Bescheid weißt.«

Sie war sich nicht sicher, ob er die Lüge durchschaute oder nicht.

Jedenfalls ließ er es im Augenblick dabei bewenden. Ihr entging jedoch nicht, daß er die Augen etwas zusammenkniff. »Ja, Aaron Nicholas ist in finanziellen Schwierigkeiten. Ich würde dir raten, ihm nichts zu verkaufen, auf keinen Fall ein Pferd.«
»Das habe ich auch gehört«, sagte Maja. »Ich hätte natürlich auch Amos oder Ranjan Babu fragen können, aber sie sind gerade verreist. Also wußte ich nicht, an wen ich mich sonst wenden sollte.«
»Ach?« Er stützte einen Ellbogen auf den Holzzaun und sah sie von der Seite an. In seinen Augen, die sonst so sicher waren, lag der Anflug von Staunen. »Das überrascht mich. Über die finanzielle Lage von Nicholas hätte dir jeder in der Stadt Auskunft geben können. Er steht inzwischen bei allen in der Kreide, selbst bei seinem Bruder und zufällig auch bei mir. Nicholas mußte nur deshalb noch nicht den Offenbarungseid leisten, weil er seit langem mit dem Vizegouverneur befreundet ist. Abgesehen davon ist er ein Widerling. Warum zum Teufel sollte er plötzlich noch ein Pferd kaufen wollen?«
Maja zuckte mit den Achseln. »Keine Ahnung! Vielleicht will er zum dritten Mal versuchen, das Kalkutta-Derby in diesem Winter zu gewinnen, um ein paar seiner Schulden bezahlen zu können. Immerhin bringt der Sieg mehr als fünfzigtausend, und wie du siehst, ist *Morning Mist* erstaunlich schnell.«
Maja mußte sich eingestehen, daß ihre Ausrede wenig überzeugend war, vor allem für jemanden wie Kyle. Aaron Nicholas, ein Kaufmann und Rennstallbesitzer, war dafür bekannt, daß er seine Rechnungen nicht bezahlte und hohe Schulden hatte. Es war nie ihre Absicht gewesen, ihm ein so gutes und vielversprechendes Pferd wie *Morning Mist* zu verkaufen, obwohl er ihr ein sehr schmeichelhaftes Angebot gemacht hatte. Kurz bevor Kyle gekommen war, hatte sie Nicholas vor der Haupttribüne nahe am Ziel gesehen. Er redete mit großen Gesten auf einen der Stewards des Turf-Clubs ein. Sie hatte ihn als Ausrede benutzt, weil er zufällig in der Nähe stand. Maja sah den mißtrauischen Kyle unschuldig an und hoffte, er werde sich täuschen lassen.
»Martin hat gesagt, daß du beinahe eine Stunde auf mich gewartest hast. Also«, seine Stimme wurde leise und klang irgendwie drohend.

»Ich kann nicht so recht glauben, daß du dir soviel Mühe machst, um eine Information zu erhalten, die du an jeder Straßenecke hättest haben können!«

»Martin?«

»Der Diener, der dich eingelassen hat.«

»Ach.« Sie schüttelte mit gespieltem Ärger den Kopf. »Natürlich hätte ich einen anderen fragen können! Aber ich muß zugeben, daß keiner so zuverlässig ist wie du, wenn es um die Richtigkeit von Auskünften geht. Schließlich«, sie lächelte boshaft, »ist es ja dein Beruf, alles über jeden zu wissen.«

»Nicht über dich!« sagte er noch leiser und drohender. »In diesem Augenblick würde ich sehr viel dafür geben zu wissen, was hinter diesen ruhigen, berechnenden und täuschend unschuldigen Augen alles vorgeht, die du mit so beachtlichem Geschick einsetzt.« Er sah sie durchdringend und mißtrauisch an. »Ich könnte schwören, daß dein Besuch gestern nichts mit Mr. Nicholas zu tun hatte, sondern etwas mit unserem gemeinsamen Interesse.«

Maja stieg die Röte ins Gesicht, aber sie erwiderte trotzig seinen Blick. »Nein«, fauchte sie. »Bitte entschuldige mich jetzt, ich ...« Sie wollte gehen, aber in diesem Augenblick kam Hassan Shooter angaloppiert, und sie mußte stehenbleiben.

Weit über den Pferdehals gebeugt preschte der Jockey so dicht wie möglich an den Zaun heran und zog ganz plötzlich die Zügel straff. Der zierliche graue Hengst erhob sich wiehernd auf die Hinterbeine. Shooter lachte, tätschelte *Morning Mist* den Hals und begrüßte Maja und Kyle mit einem leichten Tippen an der Reitmütze.

»Was führt Sie denn hierher, Mr. Hawkesworth? Ich wußte nicht, daß Sie auch an Pferderennen interessiert sind!«

Kyle schüttelte sich vor gespieltem Entsetzen. »Vergessen Sie das! Ich bin nur gekommen, um für die Rennausgabe der nächsten Woche etwas Interessantes zu finden.«

»Bezahlen Sie für Informationen?«

Kyle lachte. »Sie sind doch wirklich ein unverbesserlicher Schurke, Shooter. Aber ja doch. Wenn es sich lohnt, dann spendiere ich heute abend ein paar Bier.«

»Einverstanden!« Shooter grinste. »Ich habe da eine hübsche Geschichte über unseren fuchsjagenden irischen Gentleman...«
»Den Vizekönig?«
»Wen sonst? Sie wissen doch, mein Vetter William ist der Kammerdiener seiner Lordschaft. Jeder weiß, daß er Pferderennen ebenso schätzt wie die Fuchsjagd. Aber Sie werden nicht glauben, was er wirklich über die geifernde Meute denkt, die diese Junggesellen im Pukka-Bow-Basar halten!«
Majas Lächeln erstarb. Hassan sprach von den Junggesellen, mit denen Christian zusammenlebte. Sie wußte auch, daß Christian sich an der Finanzierung der Meute beteiligte, mit der im Stil der englischen Fuchsjagden in Barrackpur Schakale gejagt wurden. »Lord Mayo erscheint regelmäßig dort«, erwiderte sie heftig. »Er unterstützt und fördert diese Jagden!«
»Nicht mehr«, widersprach Shooter. »Er sagt, das Ganze sei eher wie die Jagd auf die Katze einer alten Frau als eine richtige Fuchsjagd!« Er lachte aus vollem Hals. »Glauben Sie mir, M'am, William hat klar und deutlich gehört, wie er das gestern abend beim Essen gesagt hat.« Er sah sie verschmitzt an. »Entschuldigen Sie, M'am, ich weiß, daß es auch Mr. Pendleburys Meute ist...«
»Ach, das ist nicht wichtig«, sagte Maja ärgerlich. Wieso war sie nur so dumm gewesen, Christian in Kyles Gegenwart zu erwähnen. »Was gehen mich diese Jagden an. Ich habe Besseres zu tun.«
Ungerührt sagte der Jockey zu Kyle: »Also, habe ich mir das Bier verdient?«
»Mit diesem Unsinn? Sie sollten vor Scham erröten!« Kyle lachte, fügte dann aber ernst hinzu: »Kommen Sie auf jeden Fall. Um sieben Uhr. Aber nicht früher und nicht später, sonst ziehe ich Ihnen die Haut ab.«
Der Jockey verzog das Gesicht zu einer Grimasse. »Abgemacht, punkt sieben.« Sehr zufrieden streichelte er dem Hengst die Ohren und kratzte sich dann das eigene Ohr. »Der ist in Ordnung, Miss Raventhorne. Nach meiner Uhr waren es drei Minuten einundfünfzig über zwei Meilen. Und ich schwöre, er schafft das noch schneller.« Er richtete sich stolz auf und sagte: »Ich werde ihn gern für Sie beim

Vizekönig-Pokal dieser Saison reiten, M'am. Ich wette meinen letzten Penny, er kann zwei Rennen an einem Nachmittag laufen, ohne einen Tropfen Schweiß zu verlieren.«
Maja strahlte glücklich, aber noch ehe sie etwas erwidern konnte, sagte Kyle mit einem anzüglichen Lächeln in ihre Richtung: »Miss Raventhorne wird in der nächsten Saison nicht mehr hier sein, Shooter. Wenn sie überhaupt noch Pferde hat, dann werden sie vermutlich in Newmarket an den Start gehen.«
Shooter war enttäuscht. »Ist das wahr, Miss Raventhorne? Ich wollte in diesem Winter für Ihre Farben reiten. Sie haben wirklich ein paar gute Pferde im Stall.«
»Nein, das stimmt nicht!« erwiderte Maja und sah Kyle wütend an. »Wie üblich ist Mr. Hawkesworth darum bemüht, Gerüchte in die Welt zu setzen. Damit verdient er natürlich sein Geld.« Sie ging ein paar Schritte beiseite und sagte zu dem Jockey: »Trotzdem, Hassan, ich möchte *Morning Mist* verkaufen. Gute Leistungen beim Training werden mir helfen, einen besseren Preis zu erzielen. Vielleicht können Sie ihn dann für den neuen Besitzer reiten.«
Jemand rief vom anderen Ende der Strecke, und Shooter hob die Hand. »Wenn ich auch die anderen Pferde prüfen soll, dann geht das in Ordnung, M'am. Es ist mir immer ein Vergnügen, mit Ihnen und Ihrem Bruder Geschäfte zu machen.« Er erhob sich aus dem Sattel, verneigte sich höflich, gab dem Hengst die Sporen und galoppierte davon. Über die Schulter rief er noch: »Vielleicht kann ich Ihnen heute abend etwas über einen bestimmten Rennstallbesitzer erzählen, Mr. Hawkesworth!«
Sie sahen ihm nach, als er davonpreschte. Der zierliche, drahtige Körper schien am Sattel zu kleben. Reiter und Pferd schienen miteinander verwachsen zu sein. Der bekannte Jockey war ein Mischling, der rechtmäßige Sohn einer Bihari-Mohammedanerin und einem Cockney-Matrosen. Er hatte sich mit großem Können und viel Erfahrung erfolgreich als professioneller Jockey durchgesetzt und für den Maharadscha von Patiala, Scheich Ibrahim und den Aga Khan Rennen gewonnen. Der lustige kleine Mann sah aus wie eine übergroße, Dörrpflaume, aber auf der Rennbahn, so sagte man, gab es nieman-

den wie ihn. In letzter Zeit schrieb er empörte Briefe an *Equality*, die Kyle alle veröffentlicht hatte. Er beklagte sich darin über die Ungerechtigkeit, daß weiße Jockeys achtzig Rupien für einen Sieg und vierzig für die Teilnahme am Rennen erhielten, während einheimische Jockeys, auch Eurasier, sich mit fünfzig beziehungsweise zwanzig Rupien zufriedengeben mußten. Abgesehen davon sagte er immer und jedem seine Meinung, aber sein ererbter Cockneyhumor sorgte freiwillig oder unfreiwillig stets dafür, daß ausgefallene Geschichten über ihn die Runde machten.

Maja wollte keinen Moment länger in Kyles Nähe bleiben. Sie drehte sich sofort um, als Shooter sie verlassen hatte, aber jemand rief laut und aufgeregt ihren Namen. Eine korpulente Gestalt kam laut schnaufend näher. Zu ihrem Verdruß war es Aaron Nicholas.

»Guten Tag, Miss Raventhorne.« Außer Atem und noch immer keuchend wischte er sich mit dem Handrücken den Schweiß von der Stirn. »O je, schrecklich heiß heute! Ich frage Sie, warum und wie ertragen wir diese abscheuliche Hitze, wenn wir nach Darjeeling entfliehen könnten ... ich weiß es wirklich nicht!«

»Guten Tag, Mr. Nicholas. Wir haben gerade von Ihnen gesprochen«, sagte Maja nicht besonders gnädig. »Ich glaube, Sie kennen Mr. Hawkesworth.«

Das Lächeln von Nicholas gefror. »Natürlich! Wer kennt ihn nicht?« Er wischte sich noch einmal die nasse Stirn ab. »Wie kann man am Nachmittag ein Rennen ansetzen, wenn die Sonne genau auf die Tribüne scheint? Entweder muß man die Tribüne an einen anderen Platz stellen, oder die Rennen sollen gefälligst morgens stattfinden. Das ist doch nur vernünftig. Aber glauben Sie, daß diese halsstarrigen Stewards mir zustimmen?« Er schimpfte noch eine Weile über die Stewards und alle Verantwortlichen auf dem Rennplatz, dann fiel ihm wieder ein, weshalb er eigentlich gekommen war. »So, aber jetzt zu unserem Geschäft.« Er sah Maja an. »Ich habe mir die Probeläufe Ihres Grauen angesehen. Wie ich bereits gesagt habe, auch wenn er so klein und zierlich ist, gefällt er mir, und ich bin bereit, mein Angebot auf dreitausend zu erhöhen. Schicken Sie jemand heute abend zu mir, der den Scheck abholen soll.«

»Das geht leider nicht, Mr. Nicholas«, erwiderte Maja energisch und verärgert über seine Plumpheit. »Erstens verkaufe ich grundsätzlich nur gegen bar und will das Geld vor der Übergabe haben. Zweitens hat mir jemand ein höheres Angebot gemacht, und ich habe dem anderen Käufer bereits zugesagt.«
»Ein anderer Käufer?« Er zog die buschigen Augenbrauen zusammen. »Wer? Etwa dieser Schuft Mordecai Ben Elias?«
»Nein«, erwiderte Maja. »Es ist nicht Mr. Elias.«
»Aber Sie haben den Grauen mir versprochen!« rief er und fuchtelte wütend mit den Händen. »Wenn Sie jetzt einen Rückzieher machen, halten Sie Ihr Versprechen nicht. Ich könnte Sie deshalb verklagen!«
»Es war kein Versprechen, Mr. Nicholas!« Maja blieb ruhig. »Ich habe gesagt, daß ich mir Ihr Angebot überlegen werde. Das habe ich getan, und ich kann es nicht annehmen.«
»Ich verlange, daß Sie mir sagen, wer der andere Interessent ist!« Nicholas war außer sich und nicht bereit, sich aus dem Feld schlagen zu lassen. »Ich werde diesem Kerl den Hals umdrehen. Wie kann er es wagen, hinter meinem Rücken zu verhandeln?«
Maja erschrak über die offenen Drohungen und wich ein paar Schritte zurück. »Wer es auch ist, Mr. Nicholas, ich finde, das geht Sie nichts an.«
Nicholas schnaubte verächtlich, ballte die Fäuste und machte ein finsteres Gesicht. »Sie haben sich von den Gerüchten beeinflussen lassen, die man über mich erzählt. Sie haben kein Recht...«
»Ich habe das Recht, zu tun, was ich will. Schließlich gehört der Hengst mir!«
Während des heftigen Streits hatte sich Kyle bewußt etwas abseits gehalten, aber amüsiert und neugierig zugehört. Als Nicholas jedoch drohend die Fäuste ballte, kam er näher und stellte sich zwischen die beiden.
»Wenn Sie es genau wissen wollen, Nicholas«, sagte er freundlich. »Miss Raventhorne hat mir den Hengst verkauft. Ob Sie es glauben oder nicht, ich kann ihn sogar bezahlen.«
»Sie?« Nicholas schüttelte verblüfft den Kopf, aber dann wurde sein

Gesicht puterrot. Er hob die Fäuste und tänzelte hin und her. »Und Sie glauben, ich kann es nicht? Du bist nichts als ein elender Dreckskerl, der überall seine Nase reinsteckt und...«

Aber er kam nicht weiter. Ohne sich groß zu bewegen, schlug Kyle plötzlich zu, und Nicholas lag flach auf der Erde. Die eine Hand preßte er an die blutende Nase, die andere war noch immer geballt. Es war plötzlich still geworden, während Nicholas fassungslos zu ihren Füßen lag. Dann stand er langsam und unbeholfen auf. Er stöhnte, schwankte und starrte seinen Gegner mit aufgerissenen Augen an. Maja war über die unerwartete Wendung der Dinge entsetzt und fand ebenfalls keine Worte.

»Eines Tages wirst du das bereuen, Hawkesworth!« murmelte Nicholas. »Eines Tages werde ich es dir heimzahlen ... und wenn es das Letzte ist, was ich tu. Ich werde es dir heimzahlen...«

Er drehte sich um und ging mit unsicheren Schritten in Richtung Tribüne. Dabei fluchte er leise vor sich hin und gelobte Rache.

Kyle schüttelte unwillig den Kopf und rieb sich die Knöchel. »Ich habe es langsam satt, jedesmal, wenn wir uns begegnen, dein Retter zu sein!« Wie üblich wurde er sarkastisch. »Ritterlichkeit gehört nicht gerade zu meinen Idealen!«

»Ich habe deine Ritterlichkeit nicht verlangt!« entgegnete Maja aufgebracht. »Vielen Dank, aber ich hätte die Sache auch ohne dich regeln können!«

Er verzog das Gesicht, als er die Finger streckte, stieß einen Fluch aus und brachte sie mit einem mißbilligendem Blick zum Schweigen. »Das hättest du nicht! Und schreib dir hinter die Ohren, mit so etwas mußt du rechnen, wenn du dich in die profane Welt der Männer begibst! Hättest du dir nicht eine etwas weiblichere Beschäftigung aussuchen können? Vielleicht Klavierspielen oder Kuchenbakken?«

Majas Augen funkelten wütend. »Die profane Welt ist nicht auf Pferderennen beschränkt! Was ich mache, das entscheide ich. Ich denke nicht daran, Rücksicht darauf zu nehmen, ob du es billigst oder nicht!«

»Gut, ich hoffe nur, du erwartest nicht, daß ich diesen blöden Hengst

kaufe!« brummte er. »Bei aller Fairneß, es gibt gewisse Grenzen.« Er fuhr sich mit der Hand durch die Haare und durchbohrte sie mit seinem Blick. »So, und jetzt sag mir die Wahrheit. Warum bist du gestern zu mir gekommen?«
»Ich habe es dir bereits gesagt. Ich wollte mich bei dir über Nicholas erkundigen . . .«
Er packte sie am Arm und drückte ihn fest. »Ich glaube dir nicht!« flüsterte er fast zischend. »Martin sagt, er hat gehört, wie du im Haus herumspioniert hast. Warum?«
Plötzlich wirkte sein Gesicht so böse und gefährlich, daß Maja zurückwich. Sie unterdrückte ihre Angst und sagte: »Ich . . . in deinem Haus . . . spioniert?« Sie lachte nervös. »Aber das ist doch absurd!«
Im ersten Augenblick glaubte sie, er werde wirklich wütend, aber er ließ unvermittelt ihren Arm los, und sein Zorn war vorüber. »Mir ist es gleich, mit wem du dich anfreundest, um deine Ziele zu erreichen«, sagte er in einem völlig anderen Ton. »Aber anderen möglicherweise nicht . . . zum Beispiel Sir Jasper und Lady Pendlebury.«
Sie starrte ihn an. »Sir Jasper und Lady Pendlebury?«
»Du möchtest doch sicher einen guten Eindruck auf sie machen.«
Maja verstand ihn nicht.
»So, so!« Er schüttelte mit gespielter Besorgnis den Kopf. »Christian hat dir also nicht gesagt, daß seine Eltern nächste Woche hier eintreffen?«

*

»Sie haben uns noch nichts über Ihre Teeplantage in Assam erzählt, Mr. Raventhorne«, sagte Rose, als sie zum Abendessen am kleinen Eßtisch Platz nahmen. »Die Berge im Nordosten sind für uns sehr weit weg, es wäre schön, mehr darüber zu erfahren. Außerdem ist Ihr Tee wirklich sehr gut.«
»Ja, das stimmt.« David Pickford schob sich nickend die Serviette unter den gestärkten Kragen. »Wie kommt es, daß Ihr Tee bereits so

gut bekannt ist? Wo doch die indischen Teeplantagen erst seit kurzem von sich reden machen.«

Seit Amos regelmäßig nach Kanpur kam, besuchte er jedesmal die Pickfords. Sie freuten sich immer, ihn zu sehen, und wenn er Zeit hatte, luden sie ihn zum Essen ein. Anfangs hatte ihn die ungewöhnliche Freundlichkeit mißtrauisch gemacht. Darüber schämte er sich inzwischen sehr. Aber es war kein Geheimnis, daß englische Familien normalerweise nicht mit Eurasiern und Indern verkehrten. Und jemand, der Raventhorne hieß, wurde gesellschaftlich strikt gemieden. Warum also, hatte sich Amos gefragt, sollten sich die Pickfords von ihren Landsleuten so völlig unterscheiden? Entweder hatten sie Hintergedanken (die Raventhornes besaßen in der Geschäftswelt von Kalkutta großen Einfluß und waren sehr reich), oder die Pickfords waren keine Pukkas, sondern auch Mischlinge und hatten deshalb weniger Vorurteile als die Engländer. Es galt als unehrenhaft, aber es war nicht unüblich, daß manche hellhäutige Eurasier sich als Weiße ausgaben. Viele taten alles, um ihre indische Herkunft zu verbergen, wenn sie niemandem bekannt war und weit in die Vergangenheit zurückreichte. Manche griffen dabei sogar zu Fälschungen und Betrug.

Kyles eurasische Kontakte in Kanpur, Lucknow und Allahabad und gründliche, aber natürlich diskrete Nachforschungen hatten jedoch nicht den geringsten Hinweis auf indisches Blut in der Familie Pickford erbracht. Sie waren offenbar rein englischer Abstammung, obwohl die jüngere Generation in Indien geboren worden war. Die beiden Söhne von David und Adelaide lebten in England. Der eine war praktischer Arzt in Manchester, der andere Ingenieur im öffentlichen Dienst im Westen Englands. Beide hatten Engländerinnen geheiratet, und die Pickfords waren bereits zum dritten Mal Großeltern geworden.

Amos dachte nur noch verlegen an sein ursprüngliches Mißtrauen, denn die Pickfords waren wirklich sehr nette Leute. Aber es freute und erleichterte ihn, daß seine Befürchtungen unbegründet waren. Endlich hatte er einmal eine Familie gefunden, die keines der üblichen Vorurteile kannte. Deshalb besuchte er die Pickfords bei jedem Aufenthalt in Kanpur und brachte ihnen zum Dank für ihre herzliche und echte Gastfreundschaft Geschenke mit. David Pickford war ein weltoffener und äußerst gut informierter Geschäftsmann. Amos wußte seinen Rat und seine Meinung bereits sehr zu schätzen, besonders wenn es um Fragen zu den Problemen der Textilindustrie im Norden ging.

»Die Teebäume auf unserer Plantage sind sehr, sehr alt«, sagte Amos als Antwort auf die Frage von Rose. »Die Assamesen trinken seit vielen Jahrzehnten Tee, obwohl die Weißen erst am Anfang dieses Jahrhunderts feststellten, daß im indischen Nordosten Tee angebaut wird.«

»Wer leitet die Teeplantage für Sie?« erkundigte sich Adelaide Pickford.

»Unser Stamm.« Amos überlegte stumm, wie diese Familienzugehörigkeit von den Pickfords wohl aufgenommen werden würde, und errötete leicht. Natürlich hatten sie bei seinen früheren Besuchen nie über Jai Raventhorne und seine Abstammung gesprochen. Aber da sie es inzwischen wußten, sah er keinen Anlaß, nicht über dieses Thema zu sprechen. »Meine Großmutter väterlicherseits kam aus einem assamesischen Stamm«, erklärte er, allerdings ohne den englischen Großvater zu erwähnen. Er blickte unverwandt auf die Mulligatawny-Suppe in seinem Teller. »Das Land, auf dem die Teebäume stehen, gehört dem Stamm. Bei seinen ersten Reisen nach China lernte mein Vater die Methoden des kommerziellen Teeanbaus. Anfang der vierziger Jahre machte er seinen Stamm damit vertraut, und die Ergebnisse sind seitdem sehr ermutigend gewesen.«

Während seiner Worte hatte David mehrmals zustimmend mit dem Kopf genickt. Mrs. Pickford und Rose löffelten ihre Suppe und hörten schweigend zu. Amos entdeckte jedoch weder ein Zeichen von Überraschung oder Entsetzen auf ihren Gesichtern. Sie schienen den Umstand, daß seine Vorfahren einem indischen Bergstamm angehört hatten, gleichmütig aufzunehmen. Es kam ihnen offenbar nicht in den Sinn, sich zu fragen, wieso der uneheliche Sohn des englischen Barons Templewood zu dem Namen ›Raventhorne‹ gekommen war.

Es war der Name eines Schuhmachers in Boston, für den sein Vater vor vielen Jahren gearbeitet hatte. Weil der freundliche alte Mann sich um ihn gekümmert hatte und ihm alles beibrachte, was er über seinen Beruf und das Geschäft wußte, hatte sein Vater diesen Namen aus Dankbarkeit angenommen. Amos hielt es jedoch für nicht nötig, in diesem Zusammenhang darüber zu sprechen.
»Werden die Teeblätter in Assam für den Verkauf vorbereitet?« fragte Adelaide.
»O ja!« Seine Antwort klang stolz. »Die Frauen des Stammes pflükken die Blätter. Das Trocknen und Rösten ist Aufgabe der Männer, die mein Vater dafür ausgebildet hat. Das Verpacken und Etikettieren für Amerika ... wir exportieren den Tee an die Ostküste ..., geschieht in unseren Lagerhäusern in Kalkutta. Inzwischen sind die meisten Exporteure dazu übergegangen, ihren Tee in kleinen Pakkungen zu verkaufen. Aber diese Idee stammt von meinem Vater und sie hat sich als ungemein erfolgreich erwiesen.«
»Gibt es keine Verwaltungsprobleme bei der großen Entfernung zwischen dem Stammhaus und der Plantage?« fragte David.
»Nein. Die Gewinne gehen zu gleichen Teilen an das Unternehmen, also Trident, und an den Stamm. Das funktioniert sehr gut, da die Stämme äußerst ehrlich und fleißig sind.«
»Dann haben Sie wirklich großes Glück!« rief Mr. Pickford. »Ich höre, daß die staatlichen Teeplantagen große Probleme mit den Arbeitern haben.«
Rose hörte aufmerksam zu. »Ich habe nur wenig über die Berge im Nordosten gelesen«, sagte sie. »Aber mir scheint, es ist bei weitem das schönste Land, das es auf der Welt gibt.«
Amos lächelte. »Das wage ich nicht zu behaupten, aber die Berge dort oben sind noch unberührt und manchmal wirklich atemberaubend. Die Luft ist so rein. An den Berghängen wachsen viele Blumen. Auf unserer Plantage gibt es allein hundert verschiedene Orchideenarten.«
»Fahren Sie oft nach Assam?« fragte Rose.
Amos verzog das Gesicht. »Leider nicht so oft, wie ich es möchte.«
Die Diener begannen, den Fisch zu servieren. Amos kostete den aus-

gezeichneten Wein und nickte anerkennend. »Meine Verpflichtungen und die viele Arbeit erlauben mir höchstens alle drei Monate, dorthin zu fahren.«

»Und Mrs. Raventhorne und Ihre Schwester?«

»Mutter begleitet mich manchmal, aber Maja ...« Er zögerte. »Maja ist vollauf mit ihren Pferden beschäftigt. Seit sie gute Verkäufe macht, bleibt sie lieber in Kalkutta.«

Wie immer verlief der Abend angenehm zwanglos, und es gab Gelegenheit, über vieles zu sprechen. Da Amos der einzige Gast war, konnten sie sich locker und entspannt unterhalten. Trotzdem vermieden sie alle ein Thema – den Sepoy-Aufstand. Rose fragte, ob er beabsichtige, seine Tante zu besuchen, die ehemalige Estelle Sturges, da sie erfreulicherweise noch lebte.

Amos schüttelte den Kopf. »Nein, Mutter hat mir abgeraten, es sei denn, Tante Estelle würde mich einladen. Ich schicke aber Kasturi Ram mit Briefen und Geschenken von Mutter zu ihr. Meine Tante antwortet jedesmal mit einem Brief, aber bis jetzt hat sie noch nicht angedeutet, daß sie mich sehen möchte. Natürlich werde ich mich nicht aufdrängen.«

Adelaide seufzte. »Nun ja, wenn sie in der neuen Welt zufrieden ist, wird es vielleicht das beste sein, sie nicht mit der Vergangenheit zu beunruhigen.«

Erst beim Portwein nach dem Essen, während die beiden Männer ihre Zigarren rauchten und die Frauen an den Stickrahmen saßen, nahm die Unterhaltung plötzlich eine unerwartete Wendung. Amos überlegte gerade, wann und wie er das Gespräch auf die Baumwollspinnerei bringen könnte – es wäre natürlich sehr unhöflich, in Gegenwart der Damen über Geschäfte zu sprechen –, stand auf und ging zu einem kleinen Tisch in Mr. Pickfords Arbeitszimmer, in dem sie sich befanden, und griff gedankenverloren nach einer kleinen hübschen Marmorstatuette, einer Madonna mit Kind. Einen Augenblick sah er sie an, aber war mit seinen Gedanken woanders. Er versuchte, alle Fragen zu formulieren, die er dem Gastgeber über die Sutherland-Baumwollspinnerei stellen wollte.

Adelaide dachte irrtümlich, Amos interessiere sich für die kleine

Marmorfigur und sagte: »Der Nana Sahib hat David diese Madonna als Erinnerung an einen höchst seltsamen Abend geschenkt.«
Amos blickte sie überrascht an. »Sie kannten ihn, als er in Bithur war?«
»Ich kann nicht gerade behaupten, daß wir ihn kannten«, erwiderte David und strich sich stolz über den langen Backenbart. »Er hat seinen Palast in Bithur nur selten verlassen. Aber einmal kam er nach Lucknow, und dort haben wir ihn kennengelernt. Aus irgendeinem Grund, der uns jedoch unbekannt blieb, lud er uns eine Woche später zum Essen nach Bithur ein. Im Laufe des Abends bewunderte ich diese kleine Madonna, die in einer Glasvitrine im Speisesaal stand. Zu unserer Verblüffung ließ er sie uns am nächsten Tag durch einen Boten überbringen. Wir lehnten natürlich das Geschenk ab, aber Seine Hoheit war nicht bereit, das zu akzeptieren.« Er fügte schnell hinzu: »In Anbetracht der späteren Ereignisse scheint das natürlich alles ziemlich verrückt. Aber der Radscha galt allgemein als ein anständiger Mann. Gewiß, er war exzentrisch und nicht gerade tugendhaft, aber er war ein guter und verläßlicher Verbündeter.«
Seine Frau schüttelte sich. »Damals ... lange bevor ... sich das alles ereignete, sorgte er jedenfalls dafür, daß man ihn so sah.«
Amos hörte mit großem Interesse zu. Nana Sahib, der Radscha von Bithur, spielte in seinem Leben eine große Rolle. Er war der Bösewicht seiner Kindheit gewesen. Dieser von allen gehaßte und geächtete Mann war nie aus seinem Bewußtsein zu verdrängen. Als seine Mutter nach dem Aufstand verzweifelt Nachforschungen in Bithur anstellte, war er noch zu jung gewesen, um alles zu begreifen. Aber später, als er älter war, hatte er einerseits gezwungenermaßen, andererseits aber auch aus Neugier alles über den Nana Sahib gelesen, was ihm in die Hände fiel. Als Erwachsener hatte er jedoch nie jemanden getroffen, der den Nana Sahib persönlich kannte. In den Augen der Engländer hatte der Herrscher von Bithur bei dem Aufstand eine ähnliche Rolle gespielt wie sein Vater. Amos fiel es schwer, das zu glauben.
»Was halten Sie von den Meldungen, daß er angeblich wieder aufgetaucht ist?« fragte Amos vorsichtig.
David blies den Zigarrenrauch in die Luft und blickte dem blauen

Kringel nach, der langsam an die Decke stieg. »Ich weiß nicht recht. Der Mann war sehr gerissen und hatte wie eine Katze neun Leben.« Er sah seine Frau an. »Erinnerst du dich noch an die Aufregung um seinen angeblichen Selbstmord?«

»Ja natürlich. Er war damals in aller Munde!« Mit einem Blick auf Amos fragte sie: »Haben Sie davon gehört, Mr. Raventhorne?«

Amos kannte die Geschichte, aber als er sah, wie gern Mrs. Pickford sie ihm erzählen würde, wollte er ihr die Freude nicht nehmen. »Nur ungefähr, ich habe vor langer Zeit etwas darüber gelesen, aber die meisten Einzelheiten habe ich vergessen.«

Adelaide Pickford legte die Sticknadel beiseite und begann: »Es war auf dem Höhepunkt des Aufstands und kurz nach den Massakern am Fluß ... irgendwann im Juli jenes Jahres.« Sie sah Amos abwartend an, aber er wartete nur neugierig – ein Zeichen dafür, wie wohl er sich inzwischen in dieser Familie fühlte. »Wie Sie wissen, bestritt der Nana Sahib energisch, etwas mit den Greueltaten zu tun zu haben. Aber die Öffentlichkeit war so empört über ihn, daß er sich in seinen Palast in Bithur zurückziehen mußte. Aber es war nur eine Frage von wenigen Tagen, bis General Havelock ihn dort angreifen würde, und dieser Angriff würde vernichtend sein. Deshalb ließ der Nana Sahib schnell verbreiten, er werde sein Leben der Mutter Ganga weihen und sich zum Zeichen seiner Kapitulation im Fluß ertränken. Unter den Blicken vieler Menschen bestieg er zwei Nächte nach dem Massaker von Bibighar in Begleitung mehrerer Mitglieder seiner Familie ein Boot. Als es die Flußmitte erreicht hatte, wurden alle Fackeln gelöscht. Es war das Signal für die Menschen, daß ihr Radscha ins Wasser gesprungen war und sich so das Leben genommen hatte.«

Rose lachte leise. »Bestimmt hat niemand diese lächerliche Scharade geglaubt.«

»Nein, aber er erreichte damit, was er wollte. Der Nana Sahib wußte, die Engländer würden erst dann angreifen, wenn sie den Beweis dafür hatten, daß es ein vorgetäuschter Selbstmord war. Sie mußten warten, bis die Leiche ans Ufer getrieben und identifiziert wurde. Damit gewannen die Generäle des Nana Sahib drei bis vier wertvolle Tage, in denen sie ihre Truppen sammeln und eine neue Verteidi-

gungsstrategie ausarbeiten konnten. Natürlich wurde die Leiche nie gefunden, dafür tauchte der lebende Nana Sahib bald wieder auf.«
»Und daran hat sich seither nichts geändert!« ergänzte ihr Mann kopfschüttelnd. »Es würde mich nicht überraschen, wenn der wahre Nana Sahib eines Tages tatsächlich wieder unter den Lebenden wäre.«
»Mach dich nicht lächerlich!« rief seine Frau. »Alle sind der Meinung, daß er zwei Jahre später im Terai-Dschungel von Nepal an Sumpffieber gestorben ist.«
»Nicht alle! Die Umstände seines Todes sind nach wie vor ein Rätsel. Es gibt bis heute keine Augenzeugen, und das entfacht immer wieder den Streit um seinen Tod. Na ja, genug von diesem Heuchler und Betrüger.« Er stand auf und füllte ihre Gläser. »Sagen Sie, junger Mann, wie steht es um die Sache mit der Baumwollspinnerei?«
Auf dieses Stichwort hatte Amos schon lange gewartet. Er beugte sich vor und antwortete: »Ich weiß nicht so recht, wie es darum steht!« Er lachte etwas gequält. »Wir warten immer noch darauf, daß die Versteigerung angezeigt wird.«
»Ich habe vorgestern Richter Hoskins gesehen. Wie Sie bestimmt wissen, macht Guy Sutherland Urlaub in England. Der gute Richter hat mir gesagt, ein Termin für die Auktion wird erst dann festgesetzt werden, wenn Sutherland wieder in der Stadt ist.«
»Sie kennen Mr. Sutherland, Sir?«
»Ja, sehr gut sogar. Ich kenne ihn schon, seit ich vor vielen Jahren einer der Direktoren war.« Er sah Amos prüfend an. »Wollen Sie wirklich ein Angebot für die Spinnerei machen?«
»Ja, das will ich wirklich, Sir.«
»Auch wenn die Baumwollverarbeitung bisher nicht in Ihren Geschäftsbereich fällt?«
»Vielleicht gerade deshalb! Ich bin fest davon überzeugt, daß die Stoff- und Garnherstellung hier im Norden Zukunft hat. Ich muß mich einfach dieser Herausforderung stellen.« Amos sprang auf und ging aufgeregt hin und her. »Ich habe gehört, daß Sie zu dem Komitee gehört haben, das in den sechziger Jahren beschloß, die Baum-

wolle hier in Kanpur zu verarbeiten, anstatt sie nach Kalkutta zu schicken.«

»Ja, das stimmt. Damals gab es plötzlich eine indische Baumwollschwemme. Wir hatten das Gefühl, daß wir in Kanpur etwas unternehmen sollten. Je mehr wir die Lager füllten, desto mehr Baumwolle kam aus Bundlekhand, Rohilkhand, Oudh und dem Doab. Die Eisenbahn hatte einfach nicht die Kapazität, sie wegzuschaffen. Wir bildeten das Komitee, begannen mit den notwendigen Planungen, und die Spinnerei nahm 1864 die Produktion auf. Leider liegen meine langfristigen Interessen auf einem anderen Gebiet, dem Lederhandel. Ich verließ deshalb das Komitee bald, nachdem die Produktion in Gang gekommen war.«

»Ich habe gehört, daß die Verkäufe in der Anfangszeit zu wünschen übrigließen.«

»Das, junger Mann, scheint mir etwas untertrieben! Anfangs mußten wir Stoff kostenlos abgeben, um Käufer für die Zukunft zu werben. Aber später kam auch der Verkauf der Produktion in Gang.«

»Warum ist die Spinnerei schließlich in Konkurs gegangen?«

David seufzte. »Leider durch Meinungsverschiedenheiten der Aufsichtsratsmitglieder. Guy ist ein Könner, einer der Besten, aber er kann sehr diktatorisch und impulsiv sein, und er läßt sich leicht beeinflussen. Die anderen waren in einigen Fragen mit seinen hochfliegenden Plänen nicht einverstanden und zogen sich aus dem Aufsichtsrat zurück. Guy konnte das Unternehmen natürlich nicht allein führen, und so kam es schließlich zum Konkurs.«

»Sind Sie der Meinung, daß die Investition in das Projekt eine gute Anlage ist, Sir?« fragte Amos gespannt.

David überlegte kurz und nickte dann. »Bestimmt. Bei einer geschickten Leitung, qualifizierten Arbeitern, besseren und moderneren Maschinen ist es eine ausgezeichnete Investition! Aber man muß hart arbeiten und das Kapital haben, um die Anfangsverluste aufzufangen.« Er lachte und schlug Amos auf den Rücken. »Bei Gott! Wenn mich meine Geschäfte nicht völlig auslasten würden, wäre ich sofort an Ihrer Seite. Bei einem richtigen Vorgehen ist die Spinnerei eine einmalige Gelegenheit!«

Mehr Zustimmung hätte Amos nicht erwarten können. Er freute sich und war erleichtert, daß Mr. Pickford seine Ansicht so vorbehaltlos teilte.
Adelaide Pickford erwähnte noch einige sportliche Ereignisse, die der Kanpur Tent Club veranstaltet hatte, und aus dem Gespräch wurde wieder Konversation. David war der Sekretär des Clubs, und Polo erfreute sich bei den Weißen offenbar ebenso großer Beliebtheit wie in Kalkutta.
Unerwartet machte Mrs. Pickford einen Vorschlag. »Vielleicht möchte Mr. Raventhorne mit uns am Sonntag zum Gottesdienst gehen«, sagte sie. »Ein amerikanischer Gast, Doktor der Theologie aus New York, hält die Predigt, und David soll ihn der Gemeinde vorstellen.«
Amos wurde rot. Der Vorschlag überraschte ihn. War diese Einladung ein Versehen? Er wußte natürlich, daß die Pickfords gottesfürchtige Leute waren und jeden Sonntag zur Kirche gingen. Er konnte sich jedoch nicht vorstellen, daß sie in der Öffentlichkeit mit ihm gesehen werden wollten – nicht seinetwegen, sondern ihretwegen. Außerdem hatte der Kirchgang nie zu seinem Leben in Kalkutta gehört, und das aus guten Gründen. Nur ein einziges Mal waren sie in St. Johns gewesen. Damals war er zehn und Maja sechs. Es hatte jedoch soviel Geflüster und häßliche Bemerkungen gegeben, daß Olivia schwor, nie wieder mit ihren Kindern dieses Spießrutenlaufen auf sich zu nehmen.
»Es wäre mir ein großes Vergnügen«, erwiderte Amos taktvoll. »Aber leider muß ich bereits übermorgen nach Kalkutta zurückfahren.«
»Ach, wie schade! Unsere Gottesdienste sind anders als die meisten. Sie sind wirklich eine Freude, und deshalb hört man auch nie jemanden schnarchen.« Sie lachte. »Nun ja, vielleicht läßt es sich einrichten, wenn Sie das nächste Mal in Kanpur sind.«
Amos senkte verlegen den Kopf. Jetzt wurde noch deutlicher, daß die Einladung kein Versehen gewesen war. Er schwieg einen Augenblick und beschloß dann, offen zu sein und seine Gedanken ehrlich auszusprechen. »Es ist wirklich äußerst freundlich von Ihnen, mich einzuladen, und ich würde natürlich auch gern annehmen. Aber ich fürchte, daß meine Gegenwart für Sie unangenehm werden könnte.«

Es entstand ein peinliches Schweigen. David rauchte stumm seine Zigarre. Seine Frau hatte die Hände gefaltet und sah ihren Mann auffordernd an. Er sollte offenbar Stellung zu dem Thema nehmen, das Amos angesprochen hatte. Rose stand schnell auf und stellte die benutzten Gläser auf ein Tablett.
Schließlich brach Mr. Pickford das Schweigen. »Es sind inzwischen viele Jahre seit dem Aufstand vergangen«, sagte er ruhig. »Es ist genug Blut vergossen und genug Haß in die Welt gesetzt worden, um alle Bedürfnisse nach Rache zu befriedigen. Ich bin aufrichtig davon überzeugt, daß eine Zeit kommen muß, in der man in die Zukunft sieht, ohne den Blick zurück im Zorn zu werfen. Wie begründet gewisse Anklagen auch sein mögen, man kann sie nicht ewig aufrechthalten.« Er lächelte. »Gibt es einen besseren Ort, um die Wunden heilen zu lassen, als unter den Augen Gottes?«
Amos war von den ehrlichen Worten sehr beeindruckt, aber er lächelte trotzdem bitter. »Leider werden Ihnen nicht allzu viele zustimmen, Sir! Ich fürchte, die Mehrheit auf beiden Seiten ist entschlossen, die Wunden nicht verheilen zu lassen.« Er holte tief Luft und fügte ernst hinzu: »Selbst wenn ich kein Eurasier wäre, würde ich Sie als ein Raventhorne bei Ihren Landsleuten bestimmt in eine schwierige Lage bringen. Das kann ich nicht erlauben.«
David Pickford stand auf. »Warum überlassen Sie das nicht mir, junger Mann?« Er lächelte wieder und sagte mit einem humorvollen Augenzwinkern: »Ihr Erscheinen in der Kirche wird wie ein neuntes Weltwunder sein, nicht mehr und nicht weniger. Das gibt allen die Möglichkeit, während der langweiligen Woche über etwas zu reden. Danach betrügt eine hübsche Frau ihren Mann mit seinem Geschäftsführer, und Sie sind vergessen. Nichts ist kurzlebiger als Klatsch!«
Amos mußte lachen. »Es tut mir wirklich leid, Sir, daß ich Ihr großzügiges Angebot nicht annehmen kann, obwohl ich weiß, daß Sie es aus den besten Motiven machen.« Er hob stolz den Kopf und sah seinen Gastgeber an. »Solange die Unschuld meines Vaters nicht offiziell festgestellt wird, und der Name Raventhorne von allen Vorwürfen befreit und öffentlich entlastet ist, möchte ich keine Situationen

herbeiführen, die den Ruf und vielleicht sogar die Geschäftsinteressen guter Freunde gefährden.«
David schwieg, dann nickte er zustimmend. »Schon gut, junger Mann, wie Sie wünschen. Wenn Gott will, dann werden die Bemühungen Ihrer Familie, den Namen Ihres Vaters von aller Schuld reinzuwaschen, auch die erhofften Früchte tragen.«
Amos lächelte nicht. Er zweifelte nicht im geringsten daran, daß diese Hoffnung unerfüllt bleiben mußte, denn dafür würde das Schicksal sorgen.
Als sie auf den Stufen vor der Haustür standen und warteten, bis der Kutscher mit dem Wagen vorfuhr, fragte Rose plötzlich: »Wenn Sie die Spinnerei kaufen, Mr. Raventhorne, werden Sie dann auch nach Kanpur ziehen?«
Amos überlegte. »Ich muß gestehen, darüber habe ich noch nicht nachgedacht. Aber ja, ich denke, das werde ich dann wohl tun müssen.« Er sah sie an und entdeckte zu seiner Überraschung einen sehr schmeichelhaften erwartungsvollen Ausdruck in ihren Augen. »Ich ... ich freue mich darauf ...«, sagte er stotternd und wurde dunkelrot.
»Ich auch ...«, murmelte Rose schüchtern.
David bemerkte die wenigen Worte und den schnellen Blickwechsel zwischen den beiden jungen Leuten nicht, aber seine Frau tat es. Als Amos in die Kutsche stieg und sich winkend von ihnen verabschiedete, machte Adelaide Pickford ein sehr nachdenkliches Gesicht.

*

»Warum hast du es mir nicht gesagt, Christian?« fragte Maja, den Tränen nahe. Sie war nicht wütend, sondern nur sehr enttäuscht. »Wie konntest du über so etwas Wichtiges nicht mit mir sprechen?«
Er ließ beschämt den Kopf sinken und konnte ihr nicht in die Augen sehen. »Ich wollte es. Ich schwöre es! Aber ich hatte einfach nicht den Mut. Ich dachte, es würde ... es würde dich ... zu sehr beunruhigen.«

Maja war tief verletzt. »Aber warum?« rief sie. »Ich ... ich freue mich doch, daß deine Eltern kommen. Ja, ich freue mich, daß du sie endlich wiedersiehst!«
Das war nicht ganz die Wahrheit, und sie wußten es beide. Die Nachricht, von der Kyle so ganz nebenbei gesprochen hatte, hatte auf Maja eine Wirkung wie ein Erdbeben gehabt. Inzwischen hatte sie sich zwar wieder etwas beruhigt, aber trotzdem war sie immer noch durcheinander. Sie war nicht nur gekränkt, weil Christian sie, wenn auch aus Rücksichtnahme, nicht ins Vertrauen gezogen hatte, sondern plötzlich erfaßte sie aus sehr verständlichen Gründen Angst.
Er beantwortete ihre Frage nicht; er wurde nur noch verlegener und murmelte verzweifelt Entschuldigungen. Trotz seiner Zerknirschung trennte sie an diesem Morgen eine unsichtbare Barriere, ein feines Gewebe unausgesprochener Gedanken und nicht eingestandener Befürchtungen. Es gelang ihnen nicht, darüber hinwegzukommen.
Christian war entschlossen, den verlorenen Boden wiederzugewinnen, und gab sich deshalb alle Mühe. Er versuchte, Maja für seinen Fehler zu entschädigen, war zärtlich, umsichtig und unterhaltsam. Er überschüttete sie mit Zeichen seiner Liebe und ewigen Treue. Er verwöhnte sie mit kleinen Aufmerksamkeiten und las ihr jeden Wunsch von den Lippen ab. Taktvoll überging er ihre schlechte Laune, die unkontrollierten Ausbrüche der verletzten Gefühle, und unterhielt sie mit harmlosen Späßen und lustigen Einfällen. Maja leistete eine Weile Widerstand, aber dann ließ sie sich wie immer von seinem Charme bezaubern und belohnte seine Anstrengungen mit einem Lächeln. Es war das stumme Zeichen, daß sie ihm vergeben hatte.
Beglückt küßte er sie noch einmal zärtlich, legte den Kopf in ihren Schoß und sah sie mit leuchtenden Augen an. Dann sprach er mit ihr über seine Pläne für die Zukunft, ihre *gemeinsame* Zukunft!
»Ich bin zu einem Gespräch in das Sekretariat gerufen worden. Ich glaube, es geht bereits um meine erste Stelle.«
Ihr wurde schwer ums Herz. »Weißt du schon, wohin sie dich schikken werden?«
»Nein, aber wenn ich den Gerüchten glauben kann, dann könnte es Kamparan sein.«

»Im Indigo-Gürtel?« fragte sie entsetzt. »Aber das ist ja schrecklich! Die Plantagenbesitzer dort sind alle Anarchisten und Mörder!«
Er zog eine Grimasse und setzte sich auf. »Ganz so schlimm ist es bestimmt nicht. Gerade deshalb werden dort gute Beamte gebraucht, die für Recht und Ordnung sorgen!«
»Aber warum ausgerechnet du? Es muß doch noch andere geben, die mehr Erfahrung haben und bessere Voraussetzungen mitbringen!«
»Jemand muß die Aufgaben erledigen!« Er bemühte sich sehr, seine Enttäuschung zu verbergen, denn auch er hatte mit einer besseren Stelle gerechnet. »Ich sollte mich vermutlich geschmeichelt fühlen, daß sie mir diese Aufgabe zutrauen.«
»Ist es schmeichelhaft, ein kleiner untergeordneter Verwaltungsbeamter zu sein?«
»Das ist erst der Anfang!«
»Glaubst du wirklich, du wirst es ertragen können, in der tiefsten Provinz zu leben? Mit all den Fliegen, dem Staub, den Krankheiten und den armen Bauern?«
Maja konnte noch immer nicht verstehen, wie jemand den idyllischen Frieden des ländlichen England und die kultivierten Freuden von London gegen das Leben in einer trostlosen tropischen Hölle eintauschen wollte, und zu allem Überfluß mit so großer Begeisterung! Maja fand das den Gipfel der Verblendung!
Er streichelte ihre Hände. »Ich weiß, es ist nicht die Stelle, die ich mir erhofft habe, aber Kamparan hat auch Vorteile...«
Das glaubte sie nicht und sagte es ihm ganz offen. Er ließ sich jedoch nicht beirren.
»Wir werden ein eigenes Haus haben.«
Es verschlug ihr den Atem. »Wir ...?«
»Ja.« Er lachte und war erleichtert, daß er dem Gespräch endlich eine andere Wendung geben konnte. »Glaubst du, ich würde ohne dich irgendwohin gehen?« Er legte ihr spielerisch den Zeigefinger auf die Nasenspitze und küßte sie. »Du kannst Pferde halten, du hast eine Kutsche und so viele Dienstboten, wie du brauchst. Du wirst mich auf jeder Fahrt durch meinen Distrikt begleiten ... genau wie Hono-

ria Lawrence, die Henry Lawrence durch das ganze Land, sogar bis nach Nepal und Kaschmir begleitet hat! Wir werden in einem gemütlichen Zelt im Freien schlafen, ein Picknick nach dem anderen haben, es wird viel zu essen und zu trinken geben, und ...« Seine Stimme klang plötzlich belegt. »Und wir werden uns lieben! Wir werden ein kleines Nest für uns ganz allein haben und miteinander glücklich sein wie Turteltauben, ohne an die Welt denken zu müssen ... das heißt, bis die Kinder kommen.«

Maja wurde rot und preßte atemlos das glühende Gesicht an sein Hemd. »Wenn du Urlaub hast, wirst du mich dann auch jedes Jahr mit nach England nehmen?«

»Ich bezweifle, daß ich jedes Jahr Urlaub machen darf«, erwiderte er lächelnd. »Aber natürlich wirst du immer mitkommen, wenn ich nach England fahre. Dann kannst du nach Herzenslust geröstete Maronen essen. An Weihnachten gibt es unvorstellbare Köstlichkeiten und an Ostern viele bunte Ostereier. Wir werden in der Bond Street einkaufen gehen und Westminster besuchen. Wir fahren nach Brighton ans Meer und natürlich zum Buckingham-Palast, damit du der Königin zuwinken kannst.«

Maja lachte glücklich und aufgeregt. »Das versprichst du mir, Christian? Versprich es mir ...!«

»Natürlich verspreche ich es dir. Wie kannst du nur so dumm sein? Vor allem mußt du mit nach England kommen, damit ich dir beweisen kann, daß unsere Vollblüter deinen kleinen Arabern weit überlegen sind!«

Sie wußte, daß er sie neckte, und rächte sich auf ihre Weise. Sie kitzelte ihn am Bauch, bis er um Gnade flehend auf der Erde herumrollte. Lachend fielen sie sich in die Arme, und im Augenblick war alles, auch die schlechte Stellung, vergessen. Für Maja zählte nur, daß er sein Versprechen halten wollte. Wohin das Schicksal ihn auch verschlagen mochte, sie würde sein Leben teilen. Sie schämte sich ihrer Zweifel und Unsicherheit und freute sich über seine Zuverlässigkeit und Treue. Sie vertraute ihm, wenn er mit großer Entschlossenheit versicherte, daß sie in Zukunft immer zusammensein würden. Sie streckte die Hände aus und schloß ihn mit neuer Zuversicht in die Arme.

»Oh, ich liebe dich so sehr, Christian. Ich liebe dich wirklich ...«
Die bevorstehende Ankunft seiner Eltern lauerte zwar drohend im Hintergrund, aber das alles war plötzlich sehr viel weniger beängstigend. Wenn sie entschlossen und mutig zusammenhielten, konnten sie alle auch noch so hohen Hindernisse überwinden.
Die Neugier trieb sie jedoch, sich nach seinen so einflußreichen Eltern zu erkundigen. Sie wollte ihm Fragen stellen nach ihrem Alltag, ihren Gewohnheiten, ihren Vorlieben und Besonderheiten. Vor allem wollte sie von ihm wissen, wie sie darauf reagieren würden, wenn er mit ihnen über *sie* sprach ...
Aber ihr fehlten die richtigen Worte. Deshalb mußte sie die vielen Fragen auf später verschieben.
Erst als sie wieder in die Stadt zurückkehren wollten, sagte Christian: »Ich ... ich werde dich vielleicht in den nächsten Tagen nicht sehen können, Liebste.« Er wich ihrem Blick aus. »Zumindest am Anfang werde ich mit meinen Eltern zusammensein müssen. Das erwarten sie von mir.«
»Ja, natürlich.« Maja wußte, es war unvermeidlich, daß sie ihn nicht so oft würde sehen können, und sie unterdrückte ihre Enttäuschung. Sie lächelte. »Wirst du mit ihnen über ... uns sprechen?« Sie stellte ihm diese wichtigste aller Fragen mit sittsam niedergeschlagenen Augen und glühenden Wangen.
»Natürlich!« Er war entsetzt, daß sie daran zweifeln konnte. »Ich werde bei der ersten Gelegenheit, die sich bietet, mit ihnen darüber sprechen!«
»Ich habe Mutter und Amos noch nichts gesagt ...«
»Ich weiß.« Er runzelte die Stirn. »Ich muß mit ihnen reden, bevor du etwas sagst. Und das werde ich auch tun. Ich verspreche es dir. Ich muß nur noch warten, bis ...« Er verstummte, und die Falte auf der Stirn wurde tiefer. Sie hob den Zeigefinger und strich sie glatt. Er lächelte und küßte ihre Fingerspitze. »Verstehst du, Liebste«, sagte er ernst, »es wird eine Weile dauern, bis sie bereit sein werden, mich ... uns ... zu verstehen. Wir werden diskret und natürlich auch taktvoll sein müssen.«
Ein tiefes Seufzen entrang sich ihrer Brust. Aber wieder einmal ent-

zückte sie das ›uns‹, das sie mit solcher Endgültigkeit miteinander verband. Welche Pläne er auch hatte, sie war ein fester Bestandteil seines Lebens! Gab es einen besseren Beweis für seine ehrenhaften Absichten?

»Ja, ich verstehe...«

»Es wird grausam für mich sein, dich nicht jeden Tag sehen zu können«, flüsterte er unglücklich und nahm sie wieder in die Arme. »Aber wir müssen Geduld haben.« Er drückte sie lange, bebend vor Liebe, an sich. »Ich werde dir jeden Tag schreiben! Und am Ende wird alles so werden, wie wir es wollen. Du mußt mir nur ... vertrauen!«

Sie sah ihn an und lächelte tapfer. Sie schob ihre Ängste entschlossen beiseite und versuchte mit einem zarten Kuß, seine Sorgen zu vertreiben. »Ja, natürlich ... natürlich vertraue ich dir!«

»Wenn sie dich erst kennenlernen, werden sie dich genauso lieben wie ich«, beteuerte er ihr und sich selbst. »Wie könnte es auch anders sein?«

»Wirklich?« murmelte sie hoffnungsvoll. »Glaubst du das wirklich?«

»Natürlich!« Seine Stimme klang plötzlich laut und voll Zuversicht. »Wir werden so viele Burra Khanas geben, wie du willst. Du wirst bei jedem Fest die Schönste sein!«

Sie glaubte ihm nicht, aber es genügte, seine Worte zu hören. Ihre Augen füllten sich mit Tränen, und ihr Herz schmerzte vor Sehnsucht und Glück.

Zehntes Kapitel

»Wohin gehen wir denn?« fragte Grace schon zum dritten Mal.
Maja hatte die Augen auf ihr Spiegelbild gerichtet und steckte mit großer Sorgfalt ihre dichten, schimmernden Haare hoch. Als sie doch noch eine herunterhängende Locke entdeckte, griff sie nach einem mit Edelsteinen besetzten Schildpattkamm, faßte damit geschickt die Locke und schob den Kamm in den dichten großen Knoten.
»Du wirst schon sehen.«
»Erst höre ich wochenlang nichts von dir«, sagte Grace klagend, »dann schickst du mir plötzlich eine Nachricht, daß ich *sofort* zu dir kommen soll. Und jetzt verrätst du mir nicht einmal den Grund! Ich hätte mit Mama zu Whiteaways gehen können, um mir Bänder für den neuen Strohhut zu kaufen.«
Maja sah sie im Spiegel an. »Also, wenn du lieber nicht mitkommen möchtest...«
»Nein, so habe ich es doch nicht gemeint!« versicherte Grace schnell. Sie wollte um keinen Preis auf das Abenteuer verzichten, das Maja sich offenbar ausgedacht hatte. Schon in der Schule hatte Maja immer ausgefallene und kühne Ideen gehabt. Grace wußte deshalb, daß ihre Freundin für Abwechslung und aufregende Dinge sorgte. Der geheimnisvolle Ausflug heute, so vermutete sie, hatte etwas mit Christian Pendlebury zu tun. Allein das machte die Sache unwiderstehlich. In der ganzen Stadt überschlugen sich inzwischen die Gerüchte, denn die gewagte Liebe erregte die Gemüter. Nicht wenige rechneten mit einem Skandal. Grace lief ein Schauer über den Rücken, und sie schob alle ihre Fragen zunächst einmal beiseite.
Es war Dienstagnachmittag. Die blasse und ernste Maja hatte sich mit

ungewöhnlicher Sorgfalt angekleidet, obwohl sie eigentlich nicht wußte, weshalb. Es war unwahrscheinlich, daß *sie* auch nur einen Blick auf sie werfen würden. Und Maja war auch nicht im geringsten daran interessiert. Das aquamarinblaue Taftkleid mit braunem und gelbem Tüll machte sie betont weiblich. Es hatte Puffärmel und ein eng sitzendes, kurzes Jäckchen. Das Kleid war neu und makellos gebügelt. Maja fand es irgendwie dem Anlaß angemessen.
Sie mochte ihre Freundin Grace wirklich, aber trotzdem wäre sie lieber allein ausgegangen. Klatsch war bei Grace wie bei ihrer Mutter eine unausrottbare Leidenschaft. Sie konnte einfach nichts für sich behalten. Aber heute würde Grace von Nutzen sein. Wenn jemand Maja zufällig in Gesellschaft von Grace am Ziel ihres Ausflugs sehen sollte, dann würde es weniger Anlaß zu Gerede geben. Und ihre Mutter würde weniger Fragen stellen, wenn sie das Haus verließ. Als Maja etwas Rouge auflegte und die Wimpern zum letzten Mal mit Vaseline betupfte, damit sie noch mehr glänzten und sich noch hübscher bogen, schlug ihr Herz schneller. Trotz aller Nervosität fühlte sie sich seltsamerweise in Hochstimmung. Es war, als nähere sie sich einem Meilenstein, der Kreuzung, auf der ihr Leben die alles bestimmende Richtung nahm. Sie lächelte sich im Spiegel zu und begann leise zu singen.
»Für jemanden, der den ganzen Tag mit einer Leichenbittermiene herumläuft, bist du plötzlich sehr glücklich!« bemerkte Sheba anzüglich, als sie ins Zimmer kam und sich daran machte, die herumliegenden Kleidungsstücke zusammenzulegen.
»Ich bin immer glücklich.«
»Hah! Davon merkt niemand etwas!« erwiderte Sheba. »Sag mal, das Rot auf deinen Wangen ..., das ist doch Rouge? Deine Mutter ist ja wirklich großzügig und erlaubt dir viel, aber ich weiß nicht, ob sie möchte, daß du wie ein Clown herumläufst!«
»Es ist kein Rouge!« Maja streckte Sheba die Zunge heraus, ohne den Blick vom Spiegel zu wenden. »Du kannst ja Grace fragen, wenn du mir nicht glaubst.«
Grace hielt natürlich zu ihrer Freundin und beteuerte schnell: »Es ist kein Rouge, es ist nur ... die Aufregung.«

»Aufregung? Worüber?« Als die Haushälterin keine Antwort bekam, stemmte sie die Hände in die Hüften und sagte kopfschüttelnd: »Und wann wirst du endlich mit dem Packen anfangen, Miss? Du hast den Brief deiner Großmutter noch nicht einmal beantwortet...«

»Ach, das werde ich noch, ganz bestimmt werde ich das tun!« Maja warf ungeduldig einen Blick auf die Wanduhr. »Das hat doch keine Eile, oder?«

»Eile? Wir fahren bereits in acht Wochen. Hast du das vergessen?«

»Nein, ich habe es nicht vergessen.« Sie war zu übermütig, um sich die gute Laune verderben zu lassen; sie hielt Sheba lachend den Seidenschal vor das dunkle Gesicht und lief schnell aus ihrem Zimmer, bevor die Haushälterin noch etwas sagen konnte. Grace folgte ihr auf dem Fuß.

Olivia stand unten im kleinen Wohnzimmer. Sie stellte Tigerlilien aus dem Garten in eine große Glasvase. Als Maja die Treppe herunterkam, sagte sie, ohne den Kopf zu heben: »Wenn du wieder mit deinen Pferden auf den Maidan willst, dann laß dir sagen, daß die Leute sich bereits in der Zeitung darüber beschweren, daß die vielen Reiter den Rasen beschädigen. Man will jetzt verbieten, daß die Rennpferde auf dem Maidan trainiert werden. Also sag Hassan, er soll daran denken und auf die Spaziergänger Rücksicht nehmen.«

»Wir wollen nicht zum Maidan.«

Etwas an Majas Antwort ließ Olivia den Kopf heben. Verblüfft sah sie das elegante Kleid, die kompliziert aufgesteckte Frisur und das seltsam gerötete Gesicht ihrer Tochter. Sie legte die Gartenschere auf den Tisch und war nahe daran, eine Frage zu stellen. Aber dann unterließ sie es doch. In letzter Zeit hatte es verhältnismäßig selten Streit zwischen ihnen gegeben. Es wäre unklug, den Frieden zu stören und durch ein unüberlegtes Wort vielleicht einen Wutausbruch zu riskieren. Da Grace bei ihr war, konnte Maja nicht wirklich etwas Tollkühnes vorhaben.

»Die Zwillinge sind mit den beiden Tageskleidern beinahe fertig«, sagte sie statt dessen. »Joycie sagt, auch der bestickte Umhang ist fast

fertig. Du mußt zu ihnen zur Anprobe kommen, damit sie die letzten Änderungen machen können.«
»Gut, ich werde gehen, sobald ich Zeit habe.«
Olivia griff wieder nach der Schere und schnitt ein Stück von einem dicken fleischigen Lilienstengel ab. »Wenn sie dir noch etwas nähen sollen, mußt du den Stoff besorgen. Die Zeit wird knapp, und die Zwillinge sind ausgebucht. Francis könnte morgen den Stoffhändler hierher holen. Ich habe gehört, daß irisches Leinen, Organdy und Nanking aus London angekommen sind.«
»Nein, nicht morgen«, erwiderte Maja schnell, denn sie wollte endlich gehen. »Ich ... ich habe etwas anderes vor.«
Olivia zwang sich auch diesmal, keine weiteren Fragen zu stellen. Es würde nichts nützen. »Komm auf jeden Fall heute nicht so spät zurück. Ich habe Edna zum Abendessen eingeladen. Sie möchte dich bestimmt sehen.«
Olivia stellte fest, daß ihre Hände schmutzig waren, und wischte sie an ihrer Gartenschürze ab. Während sie scheinbar ganz davon in Anspruch genommen war, warf sie unauffällig einen prüfenden Blick auf die ungewöhnlich roten Wangen ihrer Tochter, auf die Finger, die nervös mit der kleinen Handtasche spielten, und auf die seltsam leuchtenden Augen. Ja, Maja hatte sich in den letzten Tagen sichtbar verändert. Sie war viel lebhafter, dann wieder völlig in Gedanken versunken, ohne jedoch zu sagen, was sie beschäftigte. Bei Tisch war Olivia nicht entgangen, daß Maja plötzlich lächelte, ohne zu hören, was man ihr sagte, und sie vergaß die einfachsten Dinge, die man ihr auftrug. Das seltsame Verhalten ihrer Tochter machte Olivia Sorgen, denn die Symptome dieses Leidens waren eindeutig. Nicht zum ersten Mal fragte sie sich: Wie weit sind die Dinge zwischen meiner eigensinnigen Tochter und Christian Pendlebury bereits gediehen?
»Bist du heute morgen nicht ausgeritten?« fragte sie.
»Nein.«
Die einsilbige Antwort ärgerte Olivia. Nur mit größter Mühe gelang es ihr, sich zu beherrschen. »Also, du mußt dir jetzt bald Zeit für diese Anproben nehmen. Sheba sagt, daß du noch nicht einmal mit dem Packen angefangen hast.«

»Müssen wir jetzt darüber reden, Mutter? Hat das nicht Zeit bis heute abend?« Als Maja bemerkte, daß Grace ihnen zuhörte, fügte sie schnell sehr viel freundlicher hinzu: »Ich wollte mit Grace am Fluß spazierenfahren.«

»O wie schön!« Grace klatschte in die Hände. »Heute soll ein Schiff einlaufen, und wir waren schon eine Ewigkeit nicht mehr auf dem Strand. Soll ich zu Francis gehen, damit er die Kutsche holen läßt?« Ohne auf eine Antwort zu warten, lief sie aus dem Raum, ehe Maja es sich womöglich anders überlegen konnte.

Da sie jetzt allein waren, nutzte Olivia die Gelegenheit und sah Maja vielsagend an. »Ich denke, du weißt, daß Christian Pendleburys Eltern heute ankommen? Willst du deshalb an den Strand?«

Maja verzog das Gesicht. »Die ganze Welt scheint es zu wissen!«

»Du nicht?« fragte Olivia. »Hat es dir Christian nicht gesagt?«

»Natürlich hat er das! Ich weiß es schon seit Wochen!«

Die schwarz geschminkten Augen wirkten trotzig, und ihre Stimme klang herausfordernd. Olivia kannte ihre Tochter sehr gut, und deshalb spürte sie deutlich Majas Angst, ihre Unsicherheit und die große Spannung. Maja drehte sich um und ging zur Tür. Plötzlich blieb sie stehen und drehte sich nach ihrer Mutter um.

»Christian hat mich um meine Hand gebeten.«

Sie sagte das vollkommen ruhig, aber in ihrer Stimme lagen soviel Triumph und Trotz, daß es eher wie eine Herausforderung klang.

Olivia wurde es schwarz vor den Augen. Sie schwankte, hatte sich aber sofort wieder unter Kontrolle. »Hast du seinen Antrag angenommen?« fragte sie leise.

»Natürlich! Hätte ich es vielleicht nicht tun sollen?«

Olivia antwortete nicht. »Dann willst du also nicht nach Amerika«, sagte sie tonlos.

»Nein. Christian wird zu dir kommen und dich in aller Form um meine Hand bitten, wenn er ...« Sie sprach den Satz nicht zu Ende, sondern hob nur etwas die Schultern.

»... wenn er mit seinen Eltern gesprochen hat?« Olivia musterte das unbewegliche Gesicht ihrer Tochter. Als sie die tiefsitzende Unsi-

cherheit in ihren Augen sah, sagte sie: »Vermutlich wissen sie noch nichts davon.«
»Wie könnten sie? Christian will es ihnen sagen, sobald er eine Möglichkeit dazu hat.«
Olivia ging in einem plötzlichen Impuls zu ihrer Tochter und legte ihr die Hand auf die Schulter. »Maja, ich möchte dir etwas sagen.«
»Sag nichts, Mutter!« Sie wich der Berührung aus. »Ich lasse mir das von keinem Menschen ausreden, hörst du, von keinem! Weder von Amos noch von dir!« Sie drehte sich auf dem Absatz um, lief zur Tür und war im nächsten Augenblick verschwunden.
Olivias Augen füllten sich langsam mit Tränen. Sie hatte Mitleid mit Maja. Aber dann stieg ein kalter irrationaler Zorn in ihr auf.
Du bist schuld daran, Jai, daß ich als Mutter so schrecklich versagt habe! Du hast mich verlassen. Jawohl, du hast mich im Stich gelassen und deine Kinder der allgemeinen Verachtung ausgeliefert. Ich muß diese entsetzliche Last allein tragen. Sie bestimmt mein Leben, quält meine Seele und ruiniert mein ganzes Wesen. Selbst im Tod bist du selbstsüchtig gewesen, Jai. Du denkst dir noch immer Mittel und Wege aus, die mich an dich ketten. Du zwingst mich, dir im Tod das zu geben, was ich den Lebenden schulde. Denk doch wenigstens jetzt einmal an deine Tochter, Jai. Verdammt! Sag mir, was ich tun soll. Jai, wo du auch sein magst, hilf mir ...
Aber wie immer kam keine Antwort. Wie immer erfaßte sie nur ohnmächtige Verzweiflung. Olivia sank auf einen Stuhl und weinte.

*

Kalkuttas Hafen gehörte zu den größten im Osten. Überall auf den Kais standen Kräne und stapelten sich Schiffsladungen. Es roch nach Salz, Möwen kreischten, und immer war etwas los. In der Luft lag die ansteckende Erregung des Abenteuers, des Unbekannten und Exotischen. Die ganze Welt schien nur eine Nußschale zu sein. Jeder Winkel war in Reichweite, auch wenn er weit entfernt lag. Hier fühlte man sich gewollt oder ungewollt im Mittelpunkt des Lebens mit all seinen Gesichtern.

Auf dem Hooghly sah man auch an diesem Tag Schiffe aller Größen und Nationen. Entweder fuhren sie in den Hafen ein oder sie liefen aus, um vielleicht das andere Ende des Globus anzusteuern. Auf den Wellen dümpelten Schaluppen und Rahsegler; aber auch die schlanken und eleganten Dampfschiffe. Man sah Küstenschiffe der Königlichen Marine und Kriegsschiffe, Segelschiffe mit hohen Masten und Lastkähne mit kleinen Masten. Zwischen den großen Klippern ruderten flache Boote, und die Fischer machten sich langsam auf den Weg, um ihre Netze auszuwerfen.
Der Strand war die vornehme Kutschenstraße und führte am Ufer entlang. Große grüne Bäume säumten die Allee. Hier trafen sich die Weißen, die in Kalkutta lebten, vor allem die Damen. Sie hatten den ganzen Tag hinter Bambusjalousien verbracht, damit die grelle Sonne ihrer zartrosa englischen Haut nichts anhaben konnte. Aus Angst vor dem gefürchteten Sonnenbrand wagten sich deshalb die meisten Damen der besseren Gesellschaft erst bei Sonnenuntergang auf die Straße. Die Spazierfahrten in der kühlen, frischen Brise am Fluß boten Gelegenheit zu vielerlei Unterhaltung. Man konnte mit Freundinnen oder Freunden plaudern, neue Bekanntschaften machen und die Neuankömmlinge sehen, wenn sie von Bord der Überseeschiffe gingen. Und man sah aus nächster Nähe mit eigenen Augen die neueste Mode aus London. Am wichtigsten war jedoch der ungehinderte Austausch von Neuigkeiten. Hier konnten Gerüchte kommentiert und auf den Weg gebracht werden, ohne die lästigen Ohren der Dienstboten fürchten zu müssen. Und so hatte jeder die Chance zu erfahren, was die anderen taten (und wer mit wem!). Das Karussell der Informationen kreiste, und je mehr kamen, desto mehr geriet es in Schwung.
Maja fuhr oft über den Strand – entweder in Begleitung ihrer Mutter oder mit Freunden wie den Lubbocks und Mrs. Chalcott, manchmal jedoch auch allein. Das gefiel ihr am besten. Dann saß sie hoch oben in einer der eleganten Kutschen der Raventhornes und blickte sehnsüchtig auf die vornehmen Damen und Herren, die dort spazierengingen, lachten und mit der beneidenswerten Vertrautheit und Unbeschwertheit miteinander plauderten, die ausschließlich der

herrschenden Klasse vorbehalten war. Ebenso hochmütig waren ihre verwöhnten Hunde. Die gebadeten, getrimmten und gepuderten Haustiere trugen stolz kostbare Halsbänder spazieren, liefen kläffend zwischen den Beinen der Menschen herum oder schnappten nach den herumtollenden kleinen Kindern, denen aufgeregte Kindermädchen oder Ajas hinterherliefen, die sie vergeblich anflehten, doch gehorsam zu sein.

Wenn Maja allein in der Kutsche saß, entging ihr natürlich nicht, daß sie in der Stadt ein beliebtes Thema für Klatsch und Gerüchte war. Wohin sie auch kam, starrten die Leute sie an und flüsterten. Manche schüttelten mißbilligend die Köpfe oder wagten sogar, mit dem Finger auf sie zu deuten. Die jüngeren Männer warfen ihr oft verstohlen bewundernde Blicke zu. Die Damen übertrafen sich gegenseitig an Hochmut und machten mit kaum gedämpften Stimmen abfällige Bemerkungen, aber ihre Blicke verrieten, daß sie Maja um ihre Schönheit beneideten, um ihren Reichtum und die Eleganz, mit der sie sich kleidete.

Maja war diese Blicke gewohnt. Sie war damit aufgewachsen und kannte nichts anderes, als daß man sie anstarrte und über sie redete. Manchmal ärgerte sie sich darüber, ständig im Mittelpunkt der wahren und falschen Gerüchte zu stehen, aber gleichzeitig bereitete es ihr auch ein widernatürliches Vergnügen und gab ihr ein Gefühl der Macht, als stehe sie auf einer Bühne, und das Publikum verfolge wie gebannt jede ihrer Bewegungen.

An diesem Abend waren nur wenige Spaziergänger auf dem Strand. Die meisten hatten sich am Anlegeplatz versammelt, wo die vornehmen Reisenden mit großer Zeremonie empfangen werden sollten. Clarence Twining, der Polizeipräsident, war mit allen seinen Männern erschienen. Deshalb war auch von den zwielichtigen Gestalten nichts zu sehen, die sich normalerweise am Ufer drängten und hofften, einem unerfahrenen Neuankömmling für Geld diesen oder jenen imaginären Dienst aufzudrängen. An der eindrucksvollen Esplanade am Ghat führte eine breite Treppe hinunter zum Wasser. Der Triumphbogen am Anfang der Straße war mit Girlanden und roten, weißen und blauen Papierfähnchen geschmückt. Auf der einen Seite des roten Teppichs, der mit Blumen gesäumt war, hatte sich bereits die Kapelle der Königlichen Marine aufgestellt. Das Weiß ihrer Uniformen leuchtete, und die Messinginstrumente und die goldbesetzten Epauletten blitzten in der untergehenden Sonne. Auf der anderen Seite hatten sich die hohen Beamten versammelt, um die Pendleburys zu empfangen. Unter ihnen entdeckte Maja auch Leonard Whitney. Sein ungewöhnlich dunkles Gesicht fiel zwischen den blaßrosa Gesichtern über den makellos weißen Uniformen sofort auf.

»Warum gehen wir nicht hinunter und sehen von dort aus zu, wo auch die anderen warten?« Grace verzog mißbilligend das Gesicht und rümpfte die Nase, denn sie stand sehr unsicher auf einer schmutzigen Holzkiste. Maja blickte durch den Feldstecher aus dem Fenster. Sie gab keine Antwort, denn sie war zu sehr davon in Anspruch genommen, die Szene unter ihnen zu betrachten.

Das Fenster im zweiten Stock des Lagerhauses von Trident bot einen ausgezeichneten, unverstellten Blick auf das Ghat. Es war für Maja an diesem Abend der ideale Aussichtsplatz. Glücklicherweise waren weder ihr Bruder noch Ranjan Babu in der Stadt, um ihr unangenehme Fragen zu stellen. Der Nachtwächter des Lagerhauses war ein alter Freund. Er kannte Maja seit ihrer Kindheit. Als sie ihn unter einem Vorwand um Einlaß bat, hatte er ihnen bereitwillig das Tor geöffnet. Dank des Feldstechers hatte Maja den Eindruck, mitten in der Menge zu stehen, denn jede Falte und Warze auf den Gesichtern wurde vergrößert.

»Was ist denn heute eigentlich los?« fragte Grace und beugte sich über Majas Schulter. »Dieser ganze Aufwand, nur weil ein paar Burra Sahibs aus England eintreffen?«

»Ja.«

»Wer ist es denn?«

»Die Pendleburys.«

Grace schlug die Hand vor den Mund. »Du meinst, Christians Vater und Mutter?«

»Ja.«

»Du meine Güte, wie aufregend! Was wollen sie denn hier?« Grace bekam runde Augen und fragte sich, ob sie vielleicht zur Hochzeit kamen, aber da sie wußte, wie empfindlich Maja reagieren konnte, wenn es um persönliche Dinge ging, stellte sie keine weiteren Fragen.

»Sag mal, ich denke, du weißt alles, was in der Stadt vorgeht!« sagte Maja kopfschüttelnd. »Inzwischen pfeifen doch die Spatzen von den Dächern, daß sein Vater in den Kronrat des Vizekönigs berufen worden und für die Finanzen zuständig ist.« Als ihre Freundin ungeduldig nach dem Feldstecher greifen wollte, sagte sie: »Nein, Grace, noch nicht. Ich gebe dir das Fernglas gleich. Dann kannst du dir alles in Ruhe ansehen.«

Eine Flotte kleiner Schiffe sollte die Passagiere der *Grennock Belle* von Kedgeree, dem neunundsechzig Meilen flußabwärts liegenden Überseehafen, nach Kalkutta bringen. Clarence Twining fuhr sich mit der Hand über die schweißnasse Stirn. Sir Bruce und Lady McNaughton saßen ihrer hohen Stellung gemäß auf Stühlen und blickten gelangweilt geradeaus, während zwei Punkhawallahs große bemalte Palmblattfächer hinter ihren Stühlen bewegten. Adjutanten, Boten und Diener eilten geschäftig um sie herum und erledigten ihre unterschiedlichen Aufgaben.

Maja suchte mit dem Feldstecher nach Christian. Endlich entdeckte sie ihn in einer Ecke. Er unterhielt sich angeregt mit einem Beamten, den sie nicht kannte. Er tat offenbar alles, um so unauffällig wie möglich zu wirken. Aber auch er schwitzte in dem unbequemen dunklen Anzug und dem zugeknöpften Kragen. Immer wieder fuhr er mit dem Zeigefinger unter den Kragen, um ihn vom Hals zu lösen. Maja beobachtete ihn lange. Sie achtete auf jede Geste, auf sein Mienenspiel, und ihr Herz schlug höher vor Stolz. Sie hatte ihn noch nie in diesem förmlichen Aufzug gesehen. Er sah wirklich sehr gut aus, einfach hinreißend! Innerlich jubelnd dachte sie daran, daß sie bald seine Frau sein würde, und reichte mit einem glücklichen Lachen den Feldstecher ihrer Freundin.

»Findest du nicht auch, daß Christian der dunkle Anzug wirklich sehr gut steht?«

Grace stellte den Feldstecher scharf und nickte wehmütig. »Er hat versprochen, uns zu besuchen, aber er ist nie gekommen. Jetzt, wo seine Eltern hier sind, wird er vermutlich sein Versprechen vergessen.« Traurig ließ sie den Feldstecher sinken, setzte ihn aber sofort wieder an die Augen. »Sieh doch!« rief sie. »Ich glaube, es ist soweit . . .!«

Maja riß ihr den Feldstecher aus der Hand und stellte ihn schnell wieder scharf. Ja, in die Wartenden kam Bewegung. Offenbar waren die Schiffe mit den Pendleburys gesichtet worden. In wenigen Minuten würden sie an Land gehen. Maja hielt vor Aufregung den Atem an. Vor Ungeduld konnte sie kaum ruhig stehenbleiben. Nach einem Trommelwirbel begann die Blaskapelle eine fröhliche Melodie zu spielen. Alle Beamten nahmen Haltung an. Sogar die McNaughtons erhoben sich von ihren Stühlen. Auf ein Zeichen von Twining salutierten seine Männer.

Die Kapelle kam genau im richtigen Moment zum Schluß. Beim letzten Ton erreichte das kleine Schiff mit dem Baldachin, das den Konvoi anführte, die Treppe. Majas Finger umklammerten den Feldstecher. Ein Schauer der Erregung lief ihr über den Rücken.

Sir Bruce trat vor und stellte sich unten an die Treppe. Dann beugte er sich soweit vor, wie es sein dicker Bauch ihm erlaubte, und streckte eine Hand aus. Eine zierliche, weiße, behandschuhte Damenhand legte sich mit beachtlicher Zartheit in die seine, und dann erschien die Dame selbst. Hinter der großen, vornehmen Frauengestalt folgte Sir Jasper. Er war schlank und gelenkig. Ohne auf die hilfreichen Hände zu achten, sprang er sicher auf die *terra firma.* Lady Pendlebury und Lady McNaughton begrüßten sich mit flüchtigen Küssen auf die Wange. Alle lächelten. Der Wind trieb einzelne Worte der heiteren Begrüßung herauf. Lady Pendlebury sagte etwas zu Bruce McNaughton, und er lachte. Mit wild klopfendem Herzen richtete Maja den Feldstecher auf Christians Gesicht. Er wirkte plötzlich sehr blaß. Seine Augen wanderten unruhig von einer Seite zur anderen. Er spielte nervös mit den Händen. Erst nachdem die McNaughtons seine Eltern protokollgemäß begrüßt hatten, trat er bescheiden vor. Sehr förmlich küßte er seine Mutter auf die Wange. Sie erwiderte den Kuß herzlich und umarmte ihn kurz, aber gefühlvoll. Sein Vater griff nach Christians rechter Hand, schüttelte sie energisch und schlug ihm anerkennend auf den Rücken. Sir Jasper sagte etwas, Christian nickte, wurde rot, und alle lachten. Maja sah, wie Lady Pendlebury die Lippen beim Sprechen bewegte. Sie freute sich offenbar sehr, ihren Sohn wiederzusehen. Als ihre kühlen, ruhigen Augen sich auf Christians Gesicht richteten, sah Maja durch den Feldstecher vergrößert deutliche Anzeichen von Sorge. Christian antwortete ihr mit einem schwachen Lächeln und schüttelte den Kopf. Aber auf seiner hohen Stirn zeigte sich ein leichter Schatten.

Hatte sich seine Mutter nach ihr erkundigt? Maja zitterte. Was hätte sie darum gegeben, diese ersten Worte zu hören, die Christian mit seinen Eltern wechselte ...

Grace nahm ihr den Feldstecher aus der Hand und erklärte, sie sei jetzt an der Reihe. »Du meine Güte, ist sie ... häßlich!«

Insgeheim stimmte Maja ihrer Freundin zu, aber es ärgerte sie doch, daß Grace die Kühnheit besaß, das auszusprechen. »Häßlich? Nein, das finde ich nicht!« widersprach sie energisch. »Lady Pendlebury ist eben eine kluge und vornehme Frau. Das sieht man auf den ersten Blick. Was sonst könnte man bei ihrer herausragenden gesellschaftlichen Stellung auch anderes erwarten?«

Als Grace nach dieser Zurechtweisung betroffen schwieg, dachte Maja über ihre Äußerung nach. Mochte Lady Pendlebury nun klug sein oder nicht, sie hatte eindeutig etwas Distanziertes und Abweisendes an sich. Sie trug ein elegantes beiges Kleid mit einem eng geschnittenen Oberteil aus einem Spitzenstoff, in dem sie sehr hoheitsvoll wirkte. Sie war eine Aristokratin von Kopf bis zu den kleinen Spitzen ihrer glänzenden Lackschuhe, die unter dem gerüschten Saum ihres Kleides hervorragten. Maja verstand nicht viel von Pariser Haute Couture, aber sie vermutete, daß das Kleid ein französisches Modell war. Die täuschende Schlichtheit hatte bestimmt ein Vermögen gekostet. Auf dem langen geraden Hals hielt sie den Kopf gerade im richtigen Winkel, um Arroganz mit lächelndem Charme zu verbinden. Das wenige von ihrer Frisur, das unter dem breiten Rand ihres Hutes zu sehen war, der genau zu ihrem Kleid paßte, ließ ahnen, daß sie selbst nach der langen Fahrt auf dem windigen Schiff makellos saß. Lady Pendlebury hatte Vorsorge getroffen, daß keine einzige

Strähne gewagt hätte, sich zu lösen. Es war an diesem Abend besonders heiß und feucht, aber Lady Pendlebury wirkte frisch und gefaßt und dem Anlaß und ihrer Stellung entsprechend hoheitsvoll freundlich. Sie hielt den Fächer in der rechten Hand und fächelte sich gelegentlich etwas Luft zu. Sonst sah man jedoch kein Zeichen einer Reaktion auf das Klima, unter dem nur wenige nicht litten. Ein kleiner Rüschenschirm baumelte an ihrem linken Handgelenk. Er wirkte so zierlich wie der einer Puppe und würde bei einem Monsunregen natürlich ebenso nützlich sein!

Grace setzte den Feldstecher wieder an die Augen und seufzte. »Ach, was für ein wundervoller und prächtiger Empfang! Du hast wirklich Glück.« Als Maja nichts sagte, seufzte Grace noch einmal. »Christian Pendlebury ist dein … Freund, und seine Eltern sind so … einflußreich!« Dann fügte sie mutig, aber mit einem fragenden Unterton hinzu: »Vielleicht … vielleicht wirst du sogar eines Tages in England leben?«

Maja reagierte nicht. Der Anblick von Christian in Gesellschaft seiner Eltern – von seinesgleichen – erfüllte sie mit widersprüchlichen Gefühlen. Angst und Stolz bestürmten sie gleichzeitig. Sie schob beides energisch beiseite. Sie wollte sich ihre Hoffnung nicht rauben lassen.

Als sie wieder den Feldstecher hatte, richtete sie ihn auf Sir Jasper. Aber es war schon zu dunkel, und er blickte in die andere Richtung. Sie konnte nur sehen, daß er groß und sportlich wirkte, sich betont aufrecht hielt und mit großen, entschlossenen Schritten die Treppe nach oben stieg, wie jemand, der genau weiß, wohin er geht. Maja spürte trotz der Dämmerung etwas von der Kraft und Autorität, mit der er seine Umgebung offenbar mühelos beeindruckte. Mehr konnte sie nicht sehen, denn die Zuschauer begannen sich zu zerstreuen. Ein Teil ging durch den Triumphbogen zur Strand Road, wo die Kutschen warteten.

Maja richtete den Feldstecher auf die Reihe der blank geputzten Wagen, die sich langsam mit den Herrschaften füllten, während die Pendleburys gerade ihren offenen Landauer erreichten, mit dem sie in ihr neues Zuhause in Garden Reach fahren würden. In den einfa-

cheren Droschken und Wagen, die dahinter standen, fand das zahlreiche Gefolge Platz und ein Teil des Gepäcks. Den Rest würden die Dienstboten sicher später bringen.
Maja dachte daran, daß Christian vermutlich aus seiner jetzigen Junggesellenwohnung ausziehen werde. Die Aussicht bedrückte sie, denn dann konnten sie sich nicht mehr so ungezwungen sehen wie bisher. Aber er würde sie doch bestimmt in die einzigartige und besonders prachtvolle Residenz in Garden Reach einladen ...
Sie hatte nachdenklich das Fernglas sinken lassen. Als sie es noch ein letztes Mal auf das Geschehen dort unter ihr richtete, konnte sie in der hereinbrechenden Dunkelheit die Gesichter kaum noch unterscheiden. Aber dann sah sie ein Gesicht und wußte sofort und mit Bestimmtheit, wer das war: Kyle! Sie zuckte so heftig zusammen, daß ihr das Fernglas aus der Hand fiel. Hätte Grace es nicht im letzten Moment aufgefangen, wäre es auf dem Steinboden zerschellt.
»Was ist denn?« fragte Grace und drückte das kostbare Fernglas an die Brust. »Geht es dir nicht gut?«
Kyle hier? Warum?
Maja schluckte heftig und schüttelte stumm den Kopf. Ihre Hochstimmung war schlagartig verflogen. Sie ließ sich von Grace noch einmal das Fernglas geben und setzte es an die Augen. In den wenigen Augenblicken, die vergangen waren, hatte der Kutscher der Pendleburys die Lampen auf beiden Seiten des Landauers angezündet. Im schwachen Lichtschein konnte sie Kyle deutlich sehen. Er stand neben Christian und wurde gerade in aller Form seinen Eltern vorgestellt. Er verneigte sich ernst und mit dem Anflug eines Lächelns zuerst vor Lady Pendlebury und dann vor Sir Jasper, der ihm die Hand reichte. Sie wechselten ein paar Worte; man hörte ungezwungenes Lachen, dann winkten die Pendleburys noch einmal und bestiegen ihren Wagen. Der Kutscher hob die Peitsche, und die vier Pferde legten sich ins Geschirr. Als der Wagen langsam davonfuhr, legte Kyle kameradschaftlich Christian den Arm um die Schulter – ein deutliches Zeichen ihrer Freundschaft. Sie gingen zu Fuß davon und wurden von der Dunkelheit verschluckt.
Maja ließ langsam das Fernglas sinken. Sie rührte sich nicht und

starrte, ohne etwas zu sehen, auf den dunklen Fluß. Sie achtete nicht auf die ungeduldigen Fragen von Grace und dachte nicht im geringsten daran zu antworten. Sie hing ihren sich überschlagenden Gedanken nach.

Kyle knüpfte die tödlichen Fäden, mit denen er Christian fangen wollte, zu einem gefährlichen Netz. Sie mußte ihn aufhalten, ehe es zu spät war.

*

Die Planungen sahen vor, daß am Ende des Jahrzehnts das Eisenbahnnetz in Indien und Burma eine Länge von 8611 Meilen haben sollte. Der Ausbau von weiteren 1850 Meilen wurde in Erwägung gezogen. Damit hätte die Regierung Ihrer Majestät für Bau und Erweiterungen schließlich mehr als einhundertzwanzig Millionen Pfund Sterling aufgewendet. Seit Beginn der Bauarbeiten an der ersten Strecke zwischen Bombay und Thana in Westindien waren zwanzig Jahre vergangen und dreiundzwanzig Jahre seit dem umfassenden Erschließungsplan, den Lord Dalhousie noch zur Zeit der Ostindischen Kompanie hatte ausarbeiten lassen. Zweifellos war das Eisenbahnnetz eine Meisterleistung, ein Wunder der Planung und Technik, wenn man bedenkt, daß jedes Gleis, jeder Träger, jede Lok und jeder Wagen mit dem Schiff aus England über Tausende von Seemeilen herbeigeschafft werden mußte.

All das wollte Amos nicht leugnen, während er auf dem Rückweg nach Kalkutta in einer Ecke des Eisenbahnabteils mehr saß als lag. Er gestand den indischen Eisenbahngesellschaften die verdiente Anerkennung zu. Jeder einzelne Inder konnte ihnen dankbar für ihre Arbeit sein, aber gleichzeitig fand er, daß sie bei einem Etat von über hundertzwanzig Millionen Pfund Sterling auch Abteile für Reisende hätten bauen können, die Leben, Gesundheit und Wohlbefinden nicht auf eine so harte Probe gestellt hätten.

Seit er am Vorabend mit Ranjan Babu in Kanpur den Zug bestiegen hatte, führte er einen aussichtslosen Kampf gegen die Fliegen. Das Fenster klemmte und ließ sich nicht schließen, und so konnten diese widerlichen Biester ungehindert von den Zuckerrohrfeldern aus, entlang der Strecke, das Abteil überfallen. Die Fliegen quälten ihn gnadenlos. Er hatte inzwischen bestimmt mehr als hundert totgeschlagen, die meisten aber nicht getroffen und auch einige bei dem vergeblichen Kampf geschluckt. Außerdem war seine Stirn inzwischen schwarz verschmiert vom Kohlenstaub, dem Rauch und den Funken, die die Lok ihm direkt in Gesicht und Augen zu blasen schien. Jeder einzelne Knochen wurde durcheinandergerüttelt, während die Bahn so ungestüm über die Strecke ratterte, daß er das Gefühl hatte, die Erde würde beben. Seit die Morgensonne von Osten in das Abteil schien, wurde es noch heißer, und zu allem Überfluß war das Eis, das sie für teures Geld im letzten Bahnhof gekauft hatten, um das Abteil zu kühlen, bereits geschmolzen, obwohl der Bahnhofsmeister geschworen hatte, es würde sehr viel länger halten. Und bis Allahabad, ihrem Ziel, waren es noch immer zwei Stunden.

Als er vorsichtig die Füße auf den Boden stellte, entdeckte er eine blaue Prellung am Schienbein. Er fluchte leise. »Sie hätten doch wenigstens ein Kissen in diese Holzsärge legen können!« schimpfte er. »Wir bezahlen wirklich genug Steuern, um etwas Bequemlichkeit verlangen zu können!«

»Es ist trotzdem besser, als tausend Meilen zu reiten oder in einer Sänfte getragen zu werden und auf Gedeih und Verderb den langsamen Kulis und ihren langen Fingern ausgeliefert zu sein.«

Ranjan Babu lag ausgestreckt in der Koje gegenüber und schien mit sich und der Welt völlig zufrieden zu sein. Er lächelte sogar und unterdrückte ein Gähnen. Dann schloß er wieder die Augen.

Ranjan Babus Zufriedenheit – er hatte tief und fest geschlafen – ärgerte Amos. Er hatte eine schreckliche Nacht hinter sich, ohne ein Auge zugemacht zu haben. Er war völlig erschöpft, hatte schlechte Laune, und ihm tat alles weh. Er empfand es als den Gipfel der Ungerechtigkeit, daß er so schrecklich leiden mußte, während sein Geschäftsführer von diesen Leiden unberührt bleiben sollte.

»Das eine sage ich Ihnen, Ranjan Babu«, erklärte er finster. »Wenn wir diese verdammte Spinnerei bekommen, dann werde ich ...«

»Wenn wir sie bekommen«, murmelte Ranjan Babu, ohne die Augen zu öffnen.

Diese Äußerung gab Amos endlich einen handfesten Grund, um seinem Ärger Luft zu machen. »Warum wiederholen Sie das ständig?« rief er wütend. »Von Anfang an haben Sie mir nur abgeraten. Offen gestanden, ich habe diesen ständigen Pessimismus satt! Können Sie denn nicht ausnahmsweise einmal in Ihrem Leben nicht so verdammt vorsichtig sein? Sie könnten mich diesmal wirklich etwas aufgeschlossener unterstützen!« In seinem heiligen Zorn trat er gegen den Behälter mit dem geschmolzenen Eis, drehte sich mit hochrotem Gesicht herum und starrte aus dem Fenster.

Verblüfft über diesen Ausbruch setzte sich Ranjan Moitra schnell auf. »Tut mir leid, ich wollte Sie nicht...«

»Aber Sie tun es! Sie sind immer gegen das Projekt gewesen, und ich verstehe einfach nicht, warum. Ich habe fast den Eindruck, als würden Sie alles tun, damit ich nicht ans Ziel komme. Wollen Sie, daß ich mich in der ganzen Geschäftswelt lächerlich mache?«

Ranjan Moitra wurde blaß. Er war tief verletzt. Einen Augenblick lang rührte er sich nicht, sondern starrte stumm auf den Boden. Dann legte er sich wieder hin und schloß die Augen, ohne sich zu verteidigen.

Der Streit dauerte mittlerweile schon mehrere Monate – genauer gesagt, seit dem Augenblick, als Amos beschlossen hatte, ein Angebot für die Spinnerei zu machen. Daran hatte auch der Besuch in Kanpur nichts geändert. Ranjan Babus ungewöhnliche Hartnäckigkeit machte ihn wütend. Er verstand ihn nicht und war verletzt. Er konnte seinen Argumenten einfach nicht folgen. So sehr er sich auch bemühte, er konnte es nicht.

Es herrschte lange Stille (wenn das angesichts des ratternden Zugs das richtige Wort war). Aber sie schwiegen beide hartnäckig. Schließlich gab Amos nach. Sein Zorn verflog ohnehin immer schneller als er kam. Unwillkürlich mußte er an die zurückliegenden Jahre denken.

Seit er die Schule verlassen und seine Mutter zugestimmt hatte, daß seine Lehrzeit bei Trident begann, hatte ihn Ranjan Babu unter seine Fittiche genommen. Er hatte ihm alles, was er wußte, über Ex- und Import und die Lagerhaltung beigebracht. Der Geschäftsführer war ein sehr geduldiger und verständnisvoller Lehrer gewesen, der ihm unermüdlich alles erklärt und so oft wie nötig wiederholt hatte. Amos wußte, daß Ranjan Babu der Familie treu ergeben war. Über die Jahrzehnte hatte er das unzählige Male unter Beweis gestellt. Während der Sepoy-Meuterei hatte die Ostindische Gesellschaft als Strafe für den angeblichen Verrat Jai Raventhornes gedroht, den Besitz der Raventhornes zu konfiszieren und damit Trident in den Ruin zu treiben. Damals hatte Ranjan Moitra nicht aufgegeben und einen einsamen Kampf gegen den Rachefeldzug der Engländer geführt. Am Ende mußte er sogar den Generalgouverneur Lord Canning persönlich aufsuchen. Seine Exzellenz war ein verständnisvoller Mann, der großen Abscheu vor den Vergeltungsmaßnahmen nach dem Aufstand empfand. Lord Canning hatte interveniert und die Anweisungen der Ostindischen Kompanie rückgängig gemacht.

Amos arbeitete inzwischen seit sechs Jahren bei Trident, und in dieser Zeit hatte Ranjan Moitra selbstlos und bereitwillig sein ganzes Wissen und die große Erfahrung mit ihm geteilt. Er hatte ihn ins Vertrauen gezogen und dafür gesorgt, daß sein guter Ruf in der Geschäftswelt von Kalkutta auf Amos übertragen wurde. Wer konnte Ranjan Babu vorwerfen, daß er eher übertrieben der Tradition huldigte und jeder Änderung mißtraute, denn schließlich hatte er mit seiner Haltung Trident und die Familie vor dem Ruin bewahrt. Er war mehr als Gold wert und gehörte zu den Menschen, auf die wirklich Verlaß ist. Außerdem war er ein Freund und ein ehrlicher Ratgeber.

Während Amos an all das dachte, schämte er sich seiner zornigen Worte. Aber diesmal machte ihm Ranjan Babus Hartnäckigkeit wirklich zu schaffen. In der Vergangenheit hatte er die Pläne und Vorschläge von Amos immer geduldig und bereitwillig in Erwägung gezogen und daran gebilligt, was zu billigen war. Es schmerzte und verwirrte Amos jetzt, daß er so entschlossen ein Projekt ablehnte, ihm sogar feindselig gegenüberstand, das Amos wichtiger als alles andere war. Trotzdem überwog bald seine Reue über den Ausbruch und die völlig unberechtigten Vorwürfe, auch wenn er Ranjan Babu in diesem Fall nicht verstand. Er hatte selten so harte Worte zu einem anderen gesagt, vor allem nicht zu einem Mann, dem seine Familie soviel

Dank schuldete. Er warf verstohlen einen Blick durch das Abteil und sah, daß der alte Mann noch immer mit geschlossenen Augen in seiner Koje lag und sich nicht regte.
Amos holte tief Luft und bemühte sich zu lächeln. »Es tut mir leid, Ranjan Babu. Ich hätte das vorhin nicht sagen dürfen. Ich entschuldige mich und bitte Sie um Vergebung.«
Ranjan Babu sah ihn nicht an, sondern nickte nur leicht. Amos betrachtete das ernste Gesicht und fragte: »Ranjan Babu, gibt es einen besonderen Grund, weshalb Sie das Projekt so entschieden ablehnen? Gibt es etwas, das Sie mir nicht sagen?«
Ranjan Babu blieb keine andere Wahl, als ihm zu antworten. Er setzte sich langsam auf, hob aber den Kopf nicht, sondern reinigte umständlich seine Brillengläser. »Einen Grund? Hm ... nein, bestimmt nicht. Ich möchte lediglich ...«
»Bitte sagen Sie mir die Wahrheit, Ranjan Babu. Ich bitte Sie und verspreche, ich werde nicht enttäuscht sein.« Amos stand auf und setzte sich neben ihn. »Wenn Ihnen etwas Kummer bereitet, dann sagen Sie es mir bitte.«
Ranjan Babu seufzte lange und tief. Er lehnte sich gegen die Rückwand der Koje. Aber als sein Kopf heftig gegen das harte Holz stieß, zuckte er zusammen und betastete vorsichtig mit dem Finger die schmerzende Stelle. »Ich mache mir Sorgen, weil ich nicht möchte, daß Sie enttäuscht sind.«
»Besteht Grund dazu?«
»Nein, aber ...« Ranjan Babu suchte nach Worten, dann traten ihm die Tränen in die Augen. »Zuerst möchte ich Ihnen sagen, daß ich mir niemals wünsche, daß Sie scheitern, Master Amos! Sie sind der Sohn meines verehrten Sarkar. Sie sind sein Erbe und deshalb sind Sie für mich wie mein eigener Sohn. Ich würde niemals etwas tun, um ... um ...« Ihm versagte die Stimme.
Amos sah entsetzt, was er dem alten Mann angetan hatte, und schämte sich noch mehr. Er griff schnell nach seiner Hand und drückte sie fest, um sich wortlos noch einmal zu entschuldigen. »Das weiß ich alles, Ranjan Babu«, sagte er bewegt. »Für mich sind Sie wie ein Vater, ein sehr kluger Vater. Bitte verzeihen Sie meinen gedanken-

losen Ausbruch. Aber gerade weil zwischen uns dieses echte Vertrauen besteht, bin ich der Meinung, Sie sollten absolut ehrlich zu mir sein. Sagen Sie mir: Warum sind Sie gegen das Projekt?«

Ranjan Moitra schwieg. Er kämpfte mit sich selbst. Dann faßte er einen Entschluß. »Also gut«, sagte er schließlich. »Es gibt etwas bei diesem Projekt, das mir wirklich Sorgen macht.« Er hielt inne, und Amos richtete sich gespannt auf. »Es gibt Gerüchte, nach denen die Spinnerei nicht versteigert werden soll.«

»Warum nicht?« fragte Amos halb lachend. »Sie haben doch gehört, was die Arbeiter der Spinnerei noch am Tag unserer Abreise gesagt haben!«

»Ja, das habe ich. Aber in Kalkutta erzählt man, daß Mr. Sutherland, der noch immer in England ist, sich bereits mit einem englischen Käufer geeinigt hat.« Er fügte schnell hinzu: »Ich betone ausdrücklich, daß es sich nur um ein Gerücht handelt. Aber es läßt sich nur schwer sagen, ob es nicht doch die Wahrheit ist.«

»Haben Sie das Gerücht in Kalkutta gehört?«

Der alte Mann sah ihn nicht an. »Ja.«

»Warum haben Sie mir bisher nichts davon gesagt?«

»Es ist nur Basar-Gerede!« rief Moitra und hob entschuldigend die Hände. »Wie kann man das nachprüfen? Trotzdem möchte ich, daß Sie auf eine Enttäuschung gefaßt sind. Das hat mir die ganze Zeit über große Sorgen gemacht...«

Amos war schockiert, aber nicht ganz überzeugt. »Ich glaube, Sie sagen mir nicht alles, Ranjan Babu. Wie lange wissen Sie das schon?«

»Noch nicht lange...«

»Wie lange, Ranjan Babu. Bitte, sagen Sie mir die Wahrheit!«

Der alte Mann schloß seufzend die Augen. »Es ist schon eine Weile her, daß ich von dem Gerücht über den Verkauf gehört habe ..., schon lange bevor wir nach Kanpur gefahren sind.«

Amos war sprachlos. »Aber um Himmels willen, weshalb lassen Sie dann zu, daß ich meine Zeit und meine Energie verschwende? Warum haben Sie nie etwas gesagt?« Er mußte sich große Mühe geben, um nicht noch einmal wütend zu werden.

»Hätten Sie denn auf mich gehört?« fragte Moitra unglücklich. »Wären Sie meinem Rat gefolgt und nicht nach Kanpur gefahren, nur weil es dieses Gerücht gibt?«

Amos schwieg. Ein stechender Schmerz fuhr ihm durch die Brust. »Also gut, aber können Sie mir jetzt alles sagen, was Sie gehört haben? Wie weit sind die Verkaufsverhandlungen gediehen?«

Zum ersten Mal sah ihn Moitra an. »Dem Gerücht nach ist die Spinnerei so gut wie verkauft. Es müssen nur noch die Verträge unterschrieben werden.«

Amos ließ die Schultern hängen und sank gegen die harte Rückenlehne. Seine ganze Mühe war umsonst gewesen! Alle seine Hoffnungen und Träume hatten sich in Luft aufgelöst ...

»Wer ist der Käufer?«

Moitra senkte schnell den Kopf und wischte behutsam den Kohlenstaub von seiner Decke. »Ich habe nur gehört, daß es sich um einen Engländer handelt.«

Amos beugte sich vor. »Wenn wir herausfinden, wer es ist, dann können wir ihm ein Angebot machen. Wenn wir ihm einen angemessenen Gewinn garantieren, ist er vielleicht bereit, uns die Spinnerei zu verkaufen. Was glauben Sie, wäre das eine Möglichkeit?«

»Ja, so etwas ist immer möglich.«

»Können wir nicht mit jemandem darüber sprechen? Vielleicht mit einem der ehemaligen Aufsichtsratsmitglieder in Kanpur?«

»Mr. Sutherland gehören fünfundachtzig Prozent der Gesellschaft. Es gibt niemanden, der uns eine ernstzunehmende Auskunft geben kann. Wir müssen uns gedulden, bis er aus England zurückkommt ...«

»Oder warten, bis der Käufer hier auftaucht und seinen Besitz übernimmt!«

Amos wollte nicht aufgeben. »Ja, je mehr ich darüber nachdenke, um so hoffnungsvoller werde ich. Weshalb sollte er uns die Spinnerei nicht verkaufen, wenn er bei der Transaktion einen guten Schnitt macht?«

»Es kann nicht schaden, es zu versuchen.«

Amos lächelt erleichtert. »Wir werden unsere Nachforschungen so-

fort anstellen, wenn wir die Geschäfte in Allahabad erledigt haben und wieder in Kalkutta sind. Nein, Ranjan Moitra, ich glaube, es ist noch nicht alles verloren.«
Ranjan Moitra verzog das Gesicht, griff nach der Fliegenklatsche und zielte auf einen besonders aufdringlichen Quälgeist. Er schlug daneben, und die Fliege flog summend davon. Er schimpfte und fluchte auf das Fenster, aber auf bengalisch, schloß die Augen und legte sich wieder hin. Er wollte schlafen, denn er besaß nicht den Mut, das Gespräch fortzusetzen, wozu er eigentlich verpflichtet gewesen wäre ...

*

Es war eine pechschwarze Nacht. Das Ufer war menschenleer. Über den Himmel zogen drohende Gewitterwolken. Der Mond war nicht zu sehen. Die Luft war feucht. Große schwarze Felsbrocken lagen am Ufer. In der Dunkelheit stellten sie ein ernstzunehmendes Hindernis dar. Der schmale Pfad, der sich zwischen ihnen hindurchwand, war glitschig, und man konnte ihm nur mühsam folgen. Das Wasser im Fluß bewegte sich langsam und träge wie glattes Öl. Mit der steigenden Flut, die vom Golf im Süden bis hierher drang, kam der Geruch von totem Fisch, Algen und Salz. Im Nordwesten zuckten Blitze, und das Heer der Wolken rächte sich mit Donnergrollen. Sonst herrschte eine gespenstische Stille.
Maja zog zitternd den dunklen Leinenumhang fester um die Schultern. Im schwankenden Licht der Laterne suchte sie sich vorsichtig zwischen den großen Steinen, die noch naß vom Regen waren und glänzten, ihren Weg. Die wechselhaften Windböen schlugen ihr ins Gesicht und brachten immer wieder für kurze Zeit Bewegung in die bleierne Feuchtigkeit. Sie blickte besorgt zum Himmel. Hoffentlich blieb ihr genug Zeit für das Abenteuer, bevor der nächste Regen kam. Unter Bäumen heulte ein Schakal. Das Rudel nahm seinen Ruf sofort auf. Maja überlief ein Schauer. Fast bereute sie es, eine derart unfreundliche Nacht gewählt zu haben. Aber gerade das schlechte Wetter hatte den Ausschlag gegeben, daß sie sich auf den Weg machte. Sie mußte an einsamen Docks und Lagerhäusern vorbei.

Hier würde sie kaum jemand belästigen. Ärgerlich wies sie sich selbst zurecht. Sie durfte jetzt auf keinen Fall schwach werden. Auch wenn der Ausgang ihres Unternehmens höchst ungewiß war, sie würde tun, was sie sich vorgenommen hatte. Sie richtete sich auf, wappnete sich gegen die unheimliche Schwärze der Nacht und ging weiter.

Als sie über kleinere Steine, nasse Algen und durch hohes Gras lief, entdeckte sie in der Ferne ein schwankendes Licht. Sie blieb stehen und blickte angestrengt in die Dunkelheit. Für den Fall, daß sie jemand beobachtete, hielt sie die Laterne tief. Durch die Zweige der Bäume hindurch tauchte das Licht wieder auf. Mit großer Erleichterung wußte Maja jetzt, wo sie sich inzwischen befand. Als sie hastig und ungeduldig weitergehen wollte, löste sich ein großer Stein, rollte die Böschung hinunter, riß andere mit, und unter großem Poltern fielen sie alle ins Wasser. Maja schimpfte leise, blieb wieder stehen und lauschte. Aber alles blieb still. Der Uferdamm war nach wie vor menschenleer. Niemand hatte sie entdeckt.

Sie stieg auf einen großen Stein, um besser sehen zu können, und plötzlich verwandelte sich das Licht in ein Rechteck. Es war ein Fenster! Zufrieden holte sie tief Luft. Ja, dieses Fenster gehörte zu Kyles Druckerei. Im Schein der nächsten Blitze sah sie das große Gebäude und dann mehr Rechtecke, noch mehr Fenster. Sie wagte sich nicht näher an das Gebäude heran, um nicht entdeckt zu werden, falls jemand aus einem Fenster blickte. Sie mußte warten, bis alle Lichter erloschen, bevor sie etwas unternehmen konnte.

Mitternacht war schon vorüber. Wann würde Kyle endlich schlafen gehen?

Maja suchte sich einen flachen Stein, der nicht ganz so naß war, setzte sich und wartete voll Ungeduld.

In dieser Nacht würde sie feststellen, ob ihre Schlußfolgerungen richtig waren. Sie würde auch mehr über die geheimnisvolle Frau herausfinden, die Kyle versteckt hielt –, wenn es diese Frau wirklich gab.

Maja hatte lange über ihre seltsamen Erlebnisse in Kyles Haus nachgedacht. Aber je mehr sie sich damit beschäftigte, desto größer wurde

ihre Verwirrung. Als sie sich vor zwei Nächten wieder schlaflos und wie im Fieber in ihrem Bett hin und her gewälzt hatte, war ihr plötzlich der Tunnel eingefallen. Christian hatte ihn erwähnt, als er von seinem Besuch in der Druckerei erzählte. Dann erinnerte sie sich an das geheimnisvolle Wesen, das spurlos im Innenhof verschwunden war. Sie befragte eingehend ihr Gedächtnis, und ihr fiel ein, daß es damals in dem Hof völlig windstill gewesen war. Die Wäsche, die an der Leine zum Trocknen hing, hatte sich nicht bewegt, aber die Büsche an der einen Seite schwankten wie im Wind.
Das war die lang gesuchte Lösung! Sie hatte an jenem Tag keinen Geist oder ein Gespenst gesehen, sondern einen sehr realen Menschen. Hinter den Büschen lag vermutlich eine versteckte Öffnung, durch die diese geheimnisvolle Frau verschwunden war. Die Öffnung mußte zu einem unterirdischen Raum oder einem Tunnel führen. Maja wußte von Geschichten, die ihre Mutter ihr als Kind erzählt hatte, daß früher viele Schmuggler ihre Ware mit Booten auf dem Fluß transportierten. Wenn ein Tunnel zu Kyles Gebäude führte, dann war er dazu bestimmt gewesen, das Schmugglergut zu verstekken. Es war alles sonnenklar! Es fehlte nur noch die Tunnelöffnung am Fluß, um das Geheimnis zu lösen.
Leider gab es nur eine Möglichkeit, diese Öffnung zu finden …
Zwei Fledermäuse kreisten auf der Suche nach Insekten über Majas Kopf und lenkten sie von ihren Gedanken ab. Sie blickte zur Drukkerei hinüber und hielt die Luft an. Alle Lichter waren endlich erloschen. Das große Gebäude war dunkel und hoffentlich für diese Nacht menschenleer. Maja stand auf und machte sich an die Arbeit.
Sie vermutete, daß der Tunnel irgendwo in der Nähe der Druckerei am Ufer begann. Zum Schutz vor den Elementen mußte die Öffnung eher vertikal als horizontal in den Fels gehauen sein, und sie mußte hoch genug über dem Wasser liegen, damit er nicht bei Flut überschwemmt würde. Natürlich war der Zugang nicht mehr verschlossen, daran zweifelte sie nicht. Kyle hatte ihn bestimmt geöffnet, um frische Luft in den Tunnel zu lassen, denn sonst konnte im Innern niemand dort leben.

Die große Frage blieb: Würde es ihr gelingen, den Tunnel zu finden?
Sie blickte auf das einsame Ufer, und ihr sank das Herz. Es würde Stunden, vielleicht sogar viele Nächte dauern, um alles genau abzusuchen! Aber welche andere Möglichkeit blieb ihr?
Aufgeben? Nein!
Sie hatte bereits den Zorn ihrer Mutter riskiert, weil sie mitten in der Nacht allein das Haus verließ. Jetzt würde sie sich auf keinen Fall entmutigen lassen.
Maja biß die Zähne zusammen, schob alle Gedanken an Spinnen und Skorpione entschlossen beiseite und ging mit größter Konzentration ans Werk. Mit einem Stock untersuchte sie den Boden und die großen Spalten zwischen den Steinen. Langsam näherte sie sich der Druckerei und achtete dabei besonders auf Stellen, die hoch genug für eine Öffnung lagen. Sie nahm sich Zeit und ging ganz systematisch vor. Die zuckenden Blitze halfen ihr bei dieser mühevollen Aufgabe, denn die Laterne leuchtete nur sehr schwach. Irgendwann hörte sie eine Kirchturmuhr zweimal schlagen. Sie war vor Mitternacht aufgebrochen; erschöpft blieb sie stehen, wischte sich den Schweiß von der Stirn und aus dem verklebten Gesicht.
Sie hatte nichts gefunden.
Es begann zu regnen. Sie war schrecklich müde. Mit einem unterdrückten Aufschrei der Enttäuschung warf sie den Stock auf den Boden. Sie ärgerte sich und war entmutigt. Hatte sie sich geirrt? Gab es keinen Tunnel und keine geheimnisvolle Frau? Waren die klirrenden Armreifen, der rote Stoff, die schwankenden Büsche nur Hirngespinste ihrer übergroßen Phantasie gewesen? Hatte sie vielleicht doch ein Gespenst gesehen?
Stöhnend ließ sich Maja auf einen Stein sinken. Ihre Hoffnung auf einen Erfolg der Mission schwand. Wieder heulte ein Schakal. Ängstlich blickte sie auf die dunklen Bäume, denen sie inzwischen gefährlich nahe gekommen war. Dann hielt sie den Atem an. Das Geräusch schien nicht von den Bäumen zu kommen, sondern von irgendwo in ihrer Nähe. Furchtsam blickte sie sich um. Aber in der Dunkelheit sah sie nichts. Sie legte die Hand auf die Tasche ihres Umhangs und

spürte den Revolver, den sie ohne Wissen ihrer Mutter mitgenommen hatte. Die Waffe beruhigte sie. Sie holte Luft und lauschte dann wieder.
Der Laut war diesmal noch deutlicher zu hören. Es war ein merkwürdiges Geräusch, eine Art Geheul. Es klang gespenstisch und unwirklich. Maja bekam eine Gänsehaut. Das Blut gefror ihr in den Adern. Hätte die Angst sie nicht gelähmt, wäre sie kopflos davongelaufen. Aber sie konnte sich nicht bewegen, sondern saß wie angewurzelt auf dem Stein und lauschte. Das Geheul, das zunächst ziemlich leise gewesen war, wurde immer lauter und steigerte sich zu einem durchdringenden Schreien. Dann hörte sie eine Art Grunzen und Jammern. Die unheimlichen Geräusche wurden wieder leise, und dann war alles so still wie zuvor.
Maja überlegte. Das Geheul kam nicht aus einer anderen Welt, sondern stammte vermutlich von einem jungen Tier. Aber dieses Tier befand sich nicht auf dem Ufer, sondern darunter! Sie war erleichtert, und dann erfaßte sie ein überwältigendes Glücksgefühl. Sie war am Ziel.
Sie hatte den Tunnel gefunden!
Maja blieb noch eine Weile sitzen, um ihre Angst endgültig unter Kontrolle zu bringen. Dann sprang sie erwartungsvoll auf. Jetzt mußte sie nur noch die Öffnung finden. Mit neuer Entschlossenheit machte sie sich an die Arbeit.
Man sagt, das Glück ist mit den Furchtlosen. Wie auch immer, kaum hatte sich Maja wieder auf die Suche gemacht, als sie überrascht stehenblieb. Etwa zehn Schritte vor sich entdeckte sie hinter einem fedrigen Busch einen blassen Schimmer. Es war ein unwirklicher Schein. Sie hob die Laterne, um besser sehen zu können, und der Lichtschein verschwand. Als sie die Laterne wieder senkte, tauchte der Schimmer wieder auf. Mit heftig klopfendem Herzen und angehaltenem Atem näherte sie sich dem Busch, hinter dem sie das gespenstische Leuchten sah. Zwischen den Steinen entdeckte sie einen schmalen Pfad. Vorsichtig folgte sie ihm. Die hohen, festen Stiefel, die sie klugerweise trug, gaben ihr einen sicheren Tritt. Vor einer tiefen Spalte im Stein wuchs ein farnartiger Busch. Sie kniete

nieder und teilte mit dem Stock vorsichtig die Blätter. Ihr Mund wurde trocken vor Aufregung über die Entdeckung. Direkt vor ihr befand sich die gut getarnte Öffnung, nach der sie suchte!
Der Tunneleingang lag in größerer Nähe zur Druckerei, als sie geglaubt hatte. Vermutlich befand er sich direkt unter einem der Fenster! Ein Eisengitter sicherte die mannshohe Öffnung. Aber es war verrostet, und der Eingang wirkte verfallen. Der sehr schwache Lichtschimmer erlaubte ihr, das Innere des Tunnels undeutlich auszumachen. In plötzlicher Panik glaubte sie sich beobachtet –, vielleicht stand jemand an dem Fenster über ihr? Aber alles blieb ruhig, und der unterirdische Gang war völlig leer. Maja zwang sich zur Ruhe. Kyle wußte nichts davon, daß sie etwas ahnte. Warum sollte mitten in der Nacht hier jemand Wache stehen? Sie stellte die Laterne auf einen Stein und ging ans Werk.
Zehn Minuten später löste sich das Gitter aus dem losen Mörtel. Sie hielt inne, um sich zu vergewissern, daß man sie nicht gehört hatte. Alles blieb still. Sie zögerte keinen Augenblick länger, schob triumphierend die Beine durch die Öffnung und sprang lautlos in den Gang.
Der in den Fels gehauene Tunnel war groß genug, um bequem zu gehen. Er beschrieb einen Bogen und war nicht so lang, wie sie geglaubt hatte. Als sie um die Biegung kam, sah sie wie durch den Ausschnitt eines Fensters eine brennende Laterne, die an einem Nagel am Fels hing. Es war die Lichtquelle, die sie hierher geführt hatte. Die Luft war frisch. Vermutlich sorgten noch andere Öffnungen für eine ausreichende Belüftung. Vorsichtig blieb sie stehen. Der Gang wurde breiter und endete an einer gemauerten Wand. Sie war offensichtlich noch nicht sehr alt und reichte bis zur Decke. Dort hingen zwei große Luftkühler. Mitten in der Wand befand sich eine kleine, ordentlich grün gestrichene Tür mit Läden. Sie war geschlossen.
Die obere Hälfte des Ladens stand offen.
Maja wischte die nassen Hände an der Hose trocken. Sie zwang sich, unhörbar zu atmen. Sie blieb regungslos stehen und überlegte, ob sie weitergehen sollte oder nicht. Schließlich machte sie einen Schritt vorwärts. In dem Raum hinter der Tür blieb alles totenstill. Sie ging

vorsichtig weiter, erreichte schließlich die Tür und blickte durch den Spalt. Sie sah jedoch nur einen horizontalen Streifen Wand, an der die Laterne hing. Als sich ihre Augen an das Halbdunkel im Raum gewöhnt hatten, entdeckte sie eine Hängematte und dann zwei Füße – die Füße einer Frau!

Im Dämmerlicht konnte Maja erkennen, daß sie lang, schlank und wohlgeformt waren. Der eine Fuß bewegte sich, und die Hängematte quietschte. Etwas Silbernes am Fußgelenk der Frau blitzte im Licht der Lampe. Im Schatten neben der Hängematte stand etwas – ein Käfig? War das ein Holzgitter?

Plötzlich donnerte es. Der Donner war so laut, daß Maja vor Schreck beinahe aufgeschrien hätte. Kaum war er verhallt, sah sie im schmalen Tunnel das Zucken von Blitzen. Die Donnerschläge dröhnten in dem Gang unerträglich laut. Die Luft wurde kühler. Draußen begann es heftig zu regnen.

Das seltsame Geheul setzte wieder ein!

Diesmal war Maja besser darauf vorbereitet, aber trotzdem schrak sie zusammen und verließ schnell ihren Platz an der Tür. Die Schreie kamen aus dem Raum, aber diesmal klangen sie leiser, kehliger und eher wie ein Winseln oder ein tierisches Grunzen. Maja stand mit dem Rücken an die Felswand gedrückt und lauschte. Die Hängematte quietschte. Offenbar war die Frau aufgestanden. Maja schob alle Vorsicht beiseite und schlich wieder zur Tür. Sie sah deutlich eine Frauengestalt, die sich über das Holzgitter beugte. Sie gab leise beruhigende Laute von sich. Sie hatte eine sanfte, melodische Stimme, die liebevoll und besorgt klang. Beruhigt von ihren Lauten wurde das Gurgeln und Wimmern leiser, verstummte schließlich, und Maja hörte regelmäßige Atemzüge.

Sie schob den Laden behutsam etwas weiter auf und drückte das Gesicht dicht an den Spalt. Die Frau war zu sehr beschäftigt, um das leise Geräusch in ihrem Rücken zu hören. Sie streckte eine Hand aus und schien etwas zu streicheln.

O Gott, ein Kind?

Maja blieb beinahe das Herz stehen. Das war die Antwort auf ihre Frage! Warum war sie nicht eher darauf gekommen!

Jetzt erinnerte sie sich wieder an das Spielzeug, an die Stoffpuppen und an Kyles Ärger, weil sie diese Dinge gesehen hatte.
Ja, ein Kind! Aber warum stieß es so seltsam tierische Schreie aus? War Kyle der Vater?
Alles war mittlerweile wieder still. Auch das Klatschen des Regens draußen war verstummt. Die Frau legte sich wieder in die Hängematte, und das Kind schien zu schlafen. Maja überlief ein Schauer. Kalter Schweiß stand ihr auf der Stirn. Am ganzen Leib zitternd lief sie zum Tunnelausgang zurück, kletterte ins Freie und verschloß die Öffnung, so gut es ihr gelang, mit dem Gitter. Ohne auf die Nässe zu achten, sank sie auf den schmalen Pfad. Es dauerte eine Weile, bis sie den Schock überwunden hatte. Sie versuchte, das Gesehene zu verstehen. Aber alles war so unwirklich und einfach unglaublich!
Dann fragte sie sich: Weiß ich jetzt genug, um mein Ziel zu erreichen?
Nein. Ich muß mehr erfahren. Ich muß alles wissen. Ich werde nicht ruhen, bis ich das ganze Geheimnis gelöst habe!

Elftes Kapitel

»Oh, Tussah-Seide, nicht wahr, Mr. Whitney?«

Leonard Whitney konnte Tussah zwar nicht von Köper unterscheiden, aber er ließ es sich nicht anmerken, sondern nickte zustimmend.

Constance Pendlebury betastete kritisch die neuen hohen Vorhänge im Wohnzimmer ihres neuen Hauses in Garden Reach. »Sehr schön, wirklich sehr schön ...«, murmelte sie. »Aber vielleicht eine Spur zu ... Wie soll ich es nur ausdrücken? Vielleicht zu *de trop*? Magentarot paßt einfach nicht zu allem, finden Sie nicht auch, Mr. Whitney? Vor allem nicht zu dem Wedgewood-Blau, dem Quinling-Porzellan und dem lachsrosa Damast. Ich glaube, in den Tropen brauchen wir zarte Töne mit vielleicht einer *Spur* Kühnheit. Was meinen Sie, Mr. Whitney?«

Leonard Whitney hielt in der Linken das aufgeschlagene Notizbuch, in der Rechten die Schreibfeder und sah sie fragend an. Er hatte keine Ahnung, wovon Lady Pendlebury eigentlich sprach. Er räusperte sich und murmelte: »Ja, ich ...«

»Ach, ich bin ja so froh, daß Sie mir zustimmen, Mr. Whitney. Bitte notieren Sie sich, daß wir morgen den Stoffhändler kommen lassen. Ich meine, diesen netten Mann, der gerade die neuen Lieferungen aus London bekommen hat, von denen Mrs. Anderson so schwärmt.« Sie rauschte durch die hohe Tür in das Musikzimmer nebenan. Der arme Whitney folgte gehorsam. »Vor allem muß der Klavierstimmer sofort kommen. Der Steinway klingt, als läge er in den letzten Zügen, und von dem Cembalo wollen wir am besten überhaupt nicht reden. Und für die tragbaren Notenpulte und die

Punkha-Abdeckungen für die Notenständer, glaube ich, daß wir unbedingt ...«

Ruhig, aber sehr präzise gab Lady Pendlebury pausenlos Anweisungen. Sie nahm sich kaum die Zeit, Luft zu holen. Aber sie wußte genau, was sie wollte.

Als sie den Rundgang durch das riesige dreistöckige Haus Zimmer für Zimmer, Raum für Raum beendet hatten, schwirrte Whitney der Kopf, und sein Notizbuch quoll über mit Anmerkungen zu den vielen kleinen und großen Dingen – angefangen von der silbernen Gebäckdose bis hin zum blendfreien Sichtschutz gegen die Morgensonne und den punkhasicheren, modernen Hink-Lampen mit dreifachen Dochten.

»Ich habe das Gefühl, uns ist doch etwas ganz Entscheidendes entgangen«, erklärte Lady Pendlebury, als sie den Ballsaal verließen und zur großen Treppe in der Eingangshalle zurückgingen. »Wissen Sie, was ich meine, Mr. Whitney?«

Im ersten Augenblick hätte Whitney am liebsten gelogen. Sein Kopf schmerzte zum Zerspringen, und er war völlig durcheinander. Aber dann erinnerte er sich daran, daß dies seine erste Woche bei den so überaus wichtigen Pendleburys war und er auf Lady Pendlebury bei der Erfüllung seiner neuen Pflichten angewiesen sein würde. Seufzend schlug er ein neues Blatt auf. »Die Küche, Eure Ladyschaft.«

Lady Pendlebury strahlte. »Ach du liebe Zeit! Monsieur Pierre würde es mir niemals verzeihen, wenn ich die Küche vergessen hätte! So, dann wollen wir mal sehen ... ach ja, gestern haben wir bereits davon gesprochen, daß wir einen neuen vernünftigen Herd kaufen werden. Ich nehme an, die einheimischen Baburchis sind an diese alten Ungetüme gewöhnt, aber für Monsieur Pierre geht das einfach nicht! Er ist ohnehin entsetzt und droht, mit dem ersten Schiff nach Marseille zurückzukehren. Ach, wissen Sie, diese französischen Köche sind wirklich sehr empfindlich!«

Whitney wußte es nicht, aber er hatte das schreckliche Gefühl, er werde es in Kürze sehr genau wissen. Er irrte sich nicht. Es vergingen noch zwei Stunden, um die Liste zusammenzustellen, die in ihrer

Länge deutlich machte, wie empfindlich der französische Chefkoch war. Trotz der vielen Seekisten mit Kücheneinrichtung und -ausstattung, die Lady Pendlebury aus England mitgebracht hatte, umfaßte die Liste sieben eng beschriebene Seiten, ganz zu schweigen von den Herden, mehrfachen Kesseln, Terrinen, Backformen, Quenelles, Soufflé-Timbales und den zahllosen anderen kulinarischen Hilfsmitteln, die Whitney nicht aussprechen konnte und weder kannte noch jemals in seinem Leben gesehen hatte. Die Veränderungen in den Räumen von Monsieur Pierre und Sir Jaspers englischem Butler, Tremaine, nahmen noch eine weitere Stunde in Anspruch.

»Mr. Whitney, Sie sind doch auch der Meinung, daß man kaum erwarten kann, daß sie die skandalös primitiven Räume der einheimischen Dienstboten beziehen!«

Am Ende begannen sogar die beachtlichen Kräfte von Lady Pendlebury nachzulassen.

»Ich habe von Mrs. Anderson erfahren, daß eine französische Witwe, die mit einem eurasischen Eisenbahner verheiratet gewesen war, alles aus Frankreich importiert und am Lager hat, was Monsieur Pierre für seine Küche benötigt. Ich glaube, die Adresse ist...«

»Ich kenne Madame Brigitte«, unterbrach Whitney sie. »Ich werde veranlassen, daß alles Notwendige gekauft wird.«

»Gut. Ach, noch etwas, Mr. Whitney, da wir gerade davon sprechen. Ich glaube, es gibt in der Bentinck Street eine neue Art Petroleumherd, bei dem man die Flamme mit einem *Knopf* einstellen kann. Mrs. Anderson ist begeistert. Zwei dieser Herde für Monsieur Pierres Küche wären genau das Richtige für die empfindlichen Saucen und Rouladen. Außerdem zwei in der Teeküche für den Morgentee und das Frühstück. Ach, da fällt mir ein, Mr. Whitney, die Initialen auf der Livree und den Turbanen der Diener sollten in rot-weiß-blau gestickt sein und nicht in dem gräßlichen stumpfen Grün! Mrs. Anderson sagt...«

Leonard Whitney begann eine große Abneigung gegen Mrs. Anderson zu entwickeln. Und als Lady Pendlebury ihn schließlich für diesen Tag entließ, bedauerte er bereits aus ganzem Herzen, die neue Aufgabe übernommen zu haben.

Als Sir Bruce angekündigt hatte, er werde ihn für die nächsten drei Monate dem neuen Mitglied des Kronrats zur Verfügung stellen, war er geschmeichelt gewesen. Er hatte den Eindruck, daß seine Pflichten als persönlicher Adjutant von Sir Jasper rein offizieller Natur sein würden. Zu seiner Enttäuschung stellte er nun fest, daß dem nicht so war. Bereits nach wenigen Tagen war er eine Art Mädchen für alles geworden, ein Hausdiener, der Lady Pendlebury jederzeit zur Verfügung stehen mußte. Diese Aufgabe entsprach keineswegs seinen Erfahrungen und Qualifikationen!

Während Whitney mit dem Schicksal haderte und sich stumm seinem Ärger überließ, erinnerte er sich daran, daß Kyle der neuen Aufgabe große Bedeutung beigemessen hatte. Whitney vertraute Kyle. Er wußte, Kyle tat oder sagte nie etwas ohne einen ernstzunehmenden Grund. Er seufzte noch einmal tief und schob seinen Unmut beiseite. Im Augenblick blieb ihm kaum eine andere Wahl, als zu versuchen, Lady Pendleburys lästige Forderungen und ständige Kritik so gut wie möglich zu überstehen.

Es hätte Leonard Whitney vermutlich ein wenig getröstet zu wissen, daß Lady Pendlebury von der Residenz in Garden Reach angenehm überrascht war. Sie mußte sich eingestehen, daß das Anwesen keineswegs so entsetzlich war, wie sie sich vorgestellt hatte. In aller Fairneß und Ehrlichkeit fand sie das Herrenhaus unbestreitbar eindrucksvoll mit einem großen Potential an Komfort und allen Gegebenheiten für ein gesellschaftliches Leben im europäischen Stil. Natürlich waren die Wände feucht, die Installation der Bäder und Toiletten mittelalterlich. Über die Beleuchtung konnte sie nur den Kopf schütteln. Das alles mußte sofort erneuert werden. Je weniger Worte man über das Heer der Dienstboten verlor, desto besser. Dreiundsechzig hatten sie bei ihrer Ankunft begrüßt (zweifellos gehörten zu ihnen dreihundertsechzig lange Finger!). Der Anblick hatte Lady Pendlebury alarmiert und ihr einen kalten Schauer über den Rücken laufen lassen. Gott sei Dank war sie so vorausschauend gewesen, Pierre und Tremaine mitzubringen, die dafür sorgen würden, daß die Dienstleistungen auf dem europäischen Standard blieben, an den sie gewöhnt waren und auf den sie nicht verzichten wollten.

Aber von gewissen Einzelheiten abgesehen, war Lady Pendlebury mit dem Haus an sich sehr zufrieden. Es war groß, nach Süden gebaut (die Räume ließen sich deshalb gut lüften!) und hatte ungewöhnlich elegante Proportionen. Die umlaufenden Veranden mit ihren hohen, schlanken Säulen verliehen ihm beinahe ein arkadisches Aussehen. In dem großen Portikus an der Vorderseite befand sich eine breite, geschwungene Marmortreppe mit flachen Stufen, die zur prächtigen Haustür führten. Die Fenster und Türen hatten alle dunkelblaue Fensterläden, die auf dem blaßgelben Putz der Mauern wirklich sehr vornehm wirkten. Zwei große schmiedeeiserne Tore an beiden Enden der langen Auffahrt verliehen dem Haus ein hochherrschaftliches Aussehen und betonten die Exklusivität seiner Bewohner. Zu der Residenz gehörte natürlich ein großes Gelände. Der Garten mußte allerdings dringend besser gepflegt und neu angelegt werden. Die Malis brauchten eine strenge Hand, aber der Rasen auf der Rückseite zog sich bis hinunter zum Fluß und war absolut ideal für Burra Khanas im Freien.
Eine Tanzfläche auf dem Gras unter einem großen Baldachin, ein Podium für das Orchester, die lange Tafel für das Buffet, vereinzelte Sitzgruppen auf dem Rasen – und voilà, *c'est fait*!
Als Lady Pendlebury das große Anwesen in Augenschein genommen hatte, blickten ihre Augen verträumt auf den Fluß. Sie hörte bereits die Walzerklänge der *Blauen Donau* über dem hellbraunen Hooghly schweben, während sich ihre Gäste nach Monsieur Pierres erlesenen Gaumenfreuden im Walzertakt wiegten und bunte Lampions über dem samtigen Rasen hingen. Die Feste im Freien, das wußte Lady Pendlebury bereits, mußten zu ihrem großen Bedauern warten, bis die Regenzeit vorüber war. Bis dahin wollte sie jedoch unter allen Umständen einen großen Ball geben und (wenn sie akzeptable Musiker finden würde!) eine oder auch zwei musikalische Soireen, um das gesellschaftliche Tief während der nassen Monsunzeit etwas zu beleben.
Im wesentlichen beschwingt von der Aussicht, bald wieder die Rolle zu spielen, die sie vollkommen beherrschte, wie Lady Pendlebury sehr wohl wußte, summte sie leise vor sich hin, als sie das kleine Frühstücks-

zimmer neben den Privaträumen im ersten Stockwerk betrat, um mit ihrem Mann das Mittagessen einzunehmen. O ja, das Haus nahm bereits die Formen an, die sie sich vorstellte. Abgesehen von dem trostlosen Zustand der großen Küche und den anhaltenden Migränen von Monsieur Pierre blieb die einzige dunkle Wolke am neuen Horizont ihres Lebens zweifellos die große Sorge um ihren Sohn.

Seit ihrer Ankunft vor einer Woche hatte Christian sich sehr merkwürdig verhalten, offen gesagt, eher verletzend. Unter dem Vorwand, sein Studium nehme ihn in Anspruch, hatte er nur sehr wenig Zeit mit ihnen verbracht. Er ließ ihnen also keine Möglichkeit zu einem ernsten Gespräch. Lady Pendlebury hatte den Eindruck, daß er ihnen bewußt aus dem Weg ging. Das bekümmerte und alarmierte sie um so mehr.

Wäre es nicht der erste Tag seit seinem Dienstantritt gewesen, an dem Sir Jasper zum Mittagessen nach Hause kam, und wäre er nicht sichtlich gereizt gewesen, hätte sie das Thema bereits bei Tisch angesprochen. Angesichts seiner schlechten Laune beschloß Lady Pendlebury jedoch diplomatisch, damit bis nach der Mahlzeit zu warten.

Sir Jasper griff nach der Menükarte in Leonard Whitneys gestochener Handschrift. »Sollen wir das heute essen?«

»Ja, Jasper. *Filet de poulet à la Saint Germain.*«

»Warum kein Curry und keinen Reis?«

»Tremaine kann doch kein Curry zubereiten«, erinnerte ihn Lady Pendlebury geduldig.

Sir Jasper blickte unzufrieden auf das große Silbertablett, mit dem Tremaine neben seinen Stuhl trat. »Wie es aussieht, kann er auch nicht *Filets de poulet à la Saint Germain* zubereiten! Was zum Teufel macht denn dein Gaumenkünstler?«

Lady Pendlebury preßte die Lippen zusammen. »Ich habe dir doch gesagt, daß er Migräne hat.«

»Schon wieder eine ... oder ist es noch die vom Montag?«

»Monsieur Pierre weigert sich zu kochen, bis die Küche genau seinen Vorstellungen entspricht.«

»Und das Dutzend Baburchis in den alten Küchen, die sowieso ihren Lohn erhalten?«

Lady Pendlebury räusperte sich ungehalten. »Du weißt genau, daß sie alle absolut unbrauchbar sind, Jasper! Sie können ein Filet nicht von einer Feige unterscheiden!«
»Du meine Güte, wie kannst du von einem bengalischen Barbuchi verlangen, ein albernes Filet *de* was auch immer zu braten, wenn er der beste Fischcurry-Koch der Welt ist?« Er sah seinen Butler an. »Versteht einer der Baburchis englisch?«
Tremaine zog die Augenbrauen hoch und blickte hochmütig zur Decke. »*Gewissermaßen* ... vielleicht ein wenig, Sir.«
»Also gut, dann sag ihm in seinen Worten, daß ich einen Teller anständiges Fischcurry mit Reis und extra vielen Pickles essen möchte. Und bitte, *chop, chop*! Ist das klar?«
»Ich habe weder ein Curry noch Reis bestellt, Jasper!« rief seine Frau empört, und ihre gelassene Haltung geriet ins Wanken.
Sir Jasper griff nach der Serviette und schob sie sich erwartungsvoll hinter den Kragen. »Liebste Constance, du kannst nicht behaupten, daß es in Kalkutta ein Haus gibt, in dem Tag für Tag hundert Mäuler gestopft werden, wo man nicht jederzeit einen Teller Fischcurry und Reis bekommen könnte. Das glaube ich dir einfach nicht!« Als er bemerkte, daß Tremaine noch immer hinter seinem Stuhl stand, fragte er streng: »Was gibt es, Tremaine?«
»Wir haben nur das Fischcurry in der Küche, das die einheimischen Dienstboten essen wollen, Sir...«
»Ausgezeichnet!« Sir Jasper rieb sich die Hände. »Bringen Sie mir einen Teller von diesem Fischcurry. Warten Sie, bringen Sie mir zwei Teller ... und vergessen Sie nicht die Pickles, die grünen Chilischoten und die gebackenen Poppadums! Bei Gott, seit meiner Zeit in Lucknow habe ich kein ordentliches Poppadum mehr gegessen.«
Lady Pendlebury und der Butler sahen sich stumm vor Entsetzen an. Tremaine machte sich widerstrebend auf den Weg in das indische Küchenhaus. Lady Pendlebury nahm währenddessen unter eisigem Schweigen allein den Kampf mit den zähen und ungenießbaren *Filets de poulet à la Saint Germain* wieder auf.
Erst nach dem Essen, als auch die letzten Reste des scharfen Curry mit großem Genuß und dem letzten Stück Brot vom Teller gewischt

waren, fand Sir Jasper seine gute Laune wieder, und der häusliche Friede stellte sich ein.
Es dauerte nicht lange, und er gab seiner Frau fröhlich lächelnd genau das Stichwort, auf das sie gehofft hatte. »Wie schade, daß Christian nicht hier ist. Weiß Gott, das hätte ihm auch geschmeckt! Es brennt im Mund wie die Hölle, aber es war wirklich das beste Curry, das ich seit siebenundfünfzig gegessen habe.«
Lady Pendlebury gab Tremaine das Zeichen, den Nachtisch zu servieren, und holte tief Luft. »Christian war heute morgen hier, aber er konnte nur ganz kurz bleiben. Wie er sagt, hat er den ganzen Tag über Vorlesungen im Fort.«
»Kommt er heute zum Abendessen?«
»Nein.« Sie spitzte die Lippen. »Er muß sich offenbar auf den Unterricht morgen vormittag vorbereiten. Er meinte, erst am Sonntagabend könnte er wiederkommen.«
Sir Jasper kostete vorsichtig die Creme Caramel und nickte. »Ich bin froh, daß er sein Studium ernst nimmt und hier nicht den Burra Sahib spielt ... oder sich zum Narren macht.«
Ein bedrohliches Funkeln erschien in den Augen seiner Frau. Angesichts der Umstände hielt sie das für eine taktlose Bemerkung. Sie ließ sich jedoch nicht von ihrem eigentlichen Ziel ablenken, hielt deshalb die Luft an, zählte bis fünf und sagte dann: »Die jungen Leute, mit denen Christian zusammenwohnt, wollen heute abend etwas feiern.« Ihre Worte klangen beiläufig. Sie schluckte ihren Verdruß hinunter und bereitete den Boden für ernstere Dinge vor, die ihrer Meinung nach folgen mußten. »Einer der jungen Männer will sich mit der Tochter der Andersons verloben, der jüngeren. Die ältere ist schon zweiundzwanzig, aber sie hat noch keinen Verlobten in Aussicht. Es muß wirklich schwer für die Eltern sein, wenn die jüngere Tochter sich zuerst verlobt, findest du nicht auch, Jasper?« Sie machte eine Pause und schüttelte den makellos frisierten Kopf. »Aber stell dir vor, ein gewisser junger Hauptmann Harrison vom 2. Indischen zeigt ein gewisses Interesse, und alle sind sehr erleichtert.«
»Das alles hat dir Christian erzählt?«
»Nein, Clementine McNaughton, natürlich ganz im Vertrauen.«

»Kaum zu fassen!« Sir Jasper sah seine Frau vorwurfsvoll an. »Wir sind erst eine Woche hier, und schon gibt es für dich nichts Besseres, als die Gerüchte in der Stadt breitzutreten!«
»Mach dich nicht lächerlich, Jasper! Seit dem Tag unserer Ankunft reißt der Strom der Besucher nicht ab. Eine Woche ist eine lange Zeit, um die nüchternen Fakten zu erfahren über das, was die Leute hier tun.« Sie schwieg, und ihr Ton wurde deutlich schärfer. »Natürlich auch das, was Christian macht.«
»Natürlich!« wiederholte er trocken und betupfte sich die Mundwinkel mit der Serviette. Er griff nach der neuesten Ausgabe der englischen Tageszeitung, *The Friend of India,* das Blatt für die Weißen in Kalkutta, entschuldigte sich, stand auf und ging zum anderen Ende des Raums. Dort setzte er sich in seinen geliebten Ohrensessel am Fenster mit dem freien Blick über den rückwärtigen Rasen.
Da es Lady Pendlebury nach vielen vergeblichen Versuchen endlich gelungen war, ihren Mann auf das heikle Thema anzusprechen, war sie nicht bereit, es dabei bewenden zu lassen. Sie gab Befehl, den Kaffee im Erker zu servieren, und setzte sich neben ihn.
»Du kannst es noch so entschieden leugnen, Jasper, aber es ist die reine Wahrheit.« Sie seufzte kopfschüttelnd, als er sie gespielt oder tatsächlich verständnislos ansah. »Das mit der Frau, Jasper, der Eurasierin! Christian trifft sich ständig mit ihr, hat man mir gesagt.« Zwei rote Punkte erschienen auf ihren Wangen.
»Wer hat das gesagt?«
»Charlotte Anderson, die Mutter der beiden jungen Frauen, von denen ich dir erzählt habe. Sie hat mich gestern morgen besucht. Lucas Anderson ist Direktor der New Bengal Bank in der Chowringhee Road. Sie haben ein Haus in einem der englischen Wohnviertel direkt am Fluß.«
»Aha. Sie hat dich in der lobenswerten und uneigennützigen Absicht besucht, dir zu sagen, was dein Sohn macht?«
»Natürlich nicht, Jasper!« erwiderte seine Frau geduldig, denn sie war an den Spott ihres Mannes gewöhnt. »Mrs. Anderson hatte sich angemeldet, um mir Lotterielose für ein Pferderennen anzubieten, das zu wohltätigen Zwecken veranstaltet wird, noch bevor der Regen

einsetzt. Sie sammeln Gelder für das englische Waisenhaus. Ich habe natürlich ein paar Lose gekauft. Man möchte natürlich von Anfang an ein gutes Beispiel dafür geben, wie man eine gute Sache unterstützt. Ich glaube, als Preise gibt es Picknickkörbe, die von den Clubs und den größeren Geschäften gestiftet worden sind. Er ist einer der Andersons aus Leicestershire – ein Vetter zweiten Grades, glaube ich. Du weißt schon, einer der Andersons mit den Marktgärten und Zuchtschweinen. Sie sind seit fünfzehn Jahren hier und gesellschaftlich sehr rege.«

»Wer, die Leicestershire Andersons?«

»Nein, Jasper, die Lucas Andersons! Sie hat ein großes Haus und hat mir wirklich sehr nützliche Ratschläge gegeben.«

Sir Jasper brummte nur.

»Jedenfalls ...« Sie schwieg, um einen Zahnstocher aus dem silbernen Gefäß zu nehmen, das Tremaine ihr reichte, und sprach erst weiter, nachdem der Butler das Zimmer verlassen hatte. »Jedenfalls hat Mrs. Anderson, natürlich ganz nebenbei, erwähnt, daß sie zu ihrer größten Überraschung einen Tag nach seiner Ankunft hier Christian am Ufer vor dem Haus dieser jungen Frau gesehen hat.«

Sir Jasper nahm den Blick nicht von der ersten Seite, sondern las vertieft die Zeitung. »Welche junge Frau?«

»Diese Eurasierin, Jasper. Ach, ich würde mir wirklich wünschen, daß du mir zuhörst! Ist das für dich überhaupt nicht wichtig?«

»Nein.« Er senkte die Zeitung ein wenig und durchbohrte sie mit seinem Blick. »Erst möchte ich hören, was Christian zu sagen hat. Ich dachte, das hätte ich dir bereits mit aller Deutlichkeit gesagt, Constance. Du weißt genau, wie ich solches Gerede hasse.«

Lady Pendleburys Atem ging schneller. Sie war jetzt bereit, auf die höfliche Umgangsform zu verzichten, und ging zum Angriff über. Sir Jasper sah die deutlichen Zeichen, dachte an die Folgen, wenn er ihre Geduld noch länger auf die Probe stellte, und gab mit einem stummen Fluch auf. Er legte die Zeitung zusammen und warf sie auf den Tisch. »Also gut, sie hat Christian mit dieser Frau zusammen gesehen. Und dann?«

Lady Pendlebury beugte sich etwas vor. »Glücklicherweise steht das

Haus der Andersons neben dem der Familie dieser Frau. Sie haben vom ersten Stock aus einen ungehinderten Blick auf den rückwärtigen Garten ...«

»Die Familie dieser Eurasierin wohnt in einer Gegend, in der Engländer ihre Häuser haben?« unterbrach sie Sir Jasper und wirkte zum ersten Mal interessiert. »Am Fluß?«

»Ja, sie sind anscheinend sehr reich. Ihnen gehören Schiffe, Teeplantagen und Lagerhäuser am Hafen, sagt Mrs. Anderson. Die junge Frau züchtet Pferde. Sie haben Christian seitdem natürlich oft gesehen ... ich meine die Andersons. Und sie sagt, daß Christian noch öfter mit dieser Frau zusammen ist. Sie konnte mir leider nicht mehr erzählen, weil Mrs. Twining mit ihrer Nichte kam ... die Nichte, die Zimbel spielt. Erinnerst du dich, Clarence Twining hat bei unserer Ankunft am Ghat von ihr gesprochen.«

Sir Jasper nahm sich einen Zahnstocher und stocherte damit in seinem Mund herum. »Hat sie gesagt, wie die junge Frau heißt?«

»Verity Twinings Nichte?«

»Nein, diese Eurasierin?«

»Ach so ...« Lady Pendlebury wartete mit der Antwort, weil Tremaine das Zimmer wieder betrat und die Kaffeetassen abräumte. Sobald der Butler nicht mehr zu sehen war, sagte sie: »Raventhorne, Maja Raventhorne.«

Langsam, aber deutlich wahrnehmbar veränderte sich Sir Jaspers Gesichtsausdruck. Einen Augenblick lang schien er nachdenklich auf den Fluß zu blicken, dann stand er auf. Offensichtlich war er jetzt ganz bei der Sache. »Raventhorne? Bist du sicher?«

Sie sah ihn erstaunt an. »Ja, Jasper, ganz sicher. Warum fragst du? Kennst du sie ... ich meine diese Raventhornes?«

Es entstand eine kleine Pause. »Nein, irgendwie kommt mir der Name bekannt vor, aber ich habe mich geirrt.« Er gab Tremaine ein Zeichen, der an der Tür stand, und der Butler verschwand. »Ich muß ins Amt zurück«, sagte er plötzlich knapp. »Whitney erwartet mich mit den neuesten Zinsberechnungen für die schwebenden Schulden.«

»Wenn Christian am Sonntagabend kommt, Jasper«, sagte Lady

Pendlebury leise mit bebender Stimme, »mußt du ein ernstes Wort mit ihm reden, Jasper! Du mußt ihn zwingen, dir die Wahrheit zu sagen, die *ganze* Wahrheit.«
»Ja. Aber um Himmels willen, Constance, laß den Jungen in Ruhe! Wenn er etwas zu sagen hat ... und das bezweifle ich immer noch, dann laß es ihn sagen, wenn er dazu bereit ist. Wir haben noch genug Gelegenheit, mit ihm zu reden, wenn er wieder bei uns wohnt.«
»Er wird nicht zu uns ziehen.« Lady Pendlebury erhob sich und richtete sich kerzengerade auf. »Er hat mir heute morgen mitgeteilt, daß er nicht aus seiner Wohnung ausziehen will.« Sie lächelte triumphierend. »Glaubst du noch immer, daß sei alles nur Gerede?!«
Er gab keine Antwort. Aber als er vor dem goldgerahmten Spiegel stand und die silberne Krawatte zurechtzog, während Tremaine mit Hut und Aktenkoffer hinter ihm stand, dachte Sir Jasper keineswegs nur an die Zinsen für Indiens schwebende Schulden.
Nachdem ihr Mann sich verabschiedet hatte, lehnte sich Lady Pendlebury in ihren Sessel zurück und lächelte zufrieden. Gelangweilt griff sie schließlich nach der Zeitung, die ihr Mann gelesen hatte. Den politischen Teil überflog sie nur. Wie jeden Tag widmete sie anderen Nachrichten, die sie mehr interessierten, die größere Aufmerksamkeit. Sie blätterte und schlug die Rubrik mit den Sterbefällen auf, aber sie sah nur einen bekannten Namen: ›Findlater.‹ Sie überlegte, ob das möglicherweise einer der Somerset-Findlaters war, dessen zweite Tochter im letzten Jahr mit dem Stallmeister ihres Vaters durchgebrannt war. Sie hatte ihren Eltern weisgemacht, sie wolle in der Schweiz die Schule besuchen ...
Lady Pendlebury sah jedoch zu ihrer Beruhigung, daß ein anderer Findlater gestorben war. Froh darüber, daß sie keinen bekannten Namen entdeckt hatte – denn so blieb ihr erspart, irgendwelche Kondolenzschreiben zu schicken –, legte sie die Zeitung auf den Tisch und begab sich zur mittäglichen Siesta in ihr Zimmer.
Etwas später am selben Tag saß Kyle in seinem Arbeitszimmer und las als Teil seines redaktionellen Alltags dieselbe Spalte in der gleichen Zeitung. Als er den Namen sah, der Lady Pendleburys Aufmerksam-

keit flüchtig auf sich gezogen hatte, schenkte er der Sache mehr Beachtung als sie. Er beugte sich vor und las die kurze Meldung ein zweites Mal, aber diesmal sorgfältig und konzentriert.

›*Findlater, Henry Tobias*, gestorben in Tunbridge Wells, England, am 7. April 1871. Der Verstorbene gehörte früher den Ersten Madras Füsilieren an. Einzige Hinterbliebene ist seine Frau Margaret.‹

Nachdem Kyle die Meldung zweimal gelesen hatte, lehnte er sich zurück und fuhr sich nachdenklich über das Kinn. In seinen Augen zeigte sich eine seltene Erregung. Er schnitt die Nachricht aus, stecke sie zusammen mit einer eilig geschriebenen Mitteilung in einen Briefumschlag und ließ den Laufburschen aus der Druckerei rufen.

»Bring das zu Mr. Amos Raventhorne.«

*

Es war Sonntagmorgen.

Im Wohnzimmer der Junggesellenwohnung lag Lytton Prescott auf dem abgenutzten Sofa und blätterte in seinem Notizbuch, während Christians Diener Karamat sich wieder einmal viel Zeit mit dem heißen Tee ließ. »Eindeutig *Merry Meg*. Sie wird gewinnen. Ich weiß es aus der zuverlässigsten Quelle.« Er schrieb etwas in das Notizbuch.

»Hast du mit *Merry Meg* gesprochen?« fragte Patrick spöttisch, der auf der zweiten, ebenso fadenscheinigen Couch lag.

Lytton warf ein Kissen nach ihm. »Mit Lord Ulrick Browne, du Rindvieh. Er ist das Orakel für alle Pferderennen in Kalkutta. Shooter wird die Stute reiten.«

»*Merry Meg*? Ausgeschlossen!« Patrick betrachtete seine Liste.

»Sie ist die Favoritin im Rennen.«

»Wie stehen die Wetten für *Blue Opal*?«

Lytton sah in seinem Notizbuch nach. »Zwanzig zu eins. Vielleicht riskieren wir einen Fünfer?«

»Guter Gott, nein! Eine Rupie und einen Fünfer auf *Dschingis Khan*.«

»Auf *Dschingis Khan*? Du mußt den Verstand verloren haben! Der Hengst kann sich kaum noch auf den Beinen halten!«

»Melody sagt«, Patrick wurde über und über rot, »daß er ganz bestimmt gewinnen wird. Sie sagt, sie hat von ihm geträumt...«

»Geträumt?!« Lytton schnaubte verächtlich. »Heilige Mutter Maria, schütze uns vor verliebten Trotteln! Jedenfalls ist das dein Ruin. Hundert zu eins ... und das ist noch sehr optimistisch.« Er schrieb etwas in sein Notizbuch und legte ein paar Münzen in eine kleine Dose, die neben ihm stand. Dann warf er verstohlen einen Blick auf Christian, der auf dem Balkon saß, die Zeitung las und die beiden im Zimmer nicht beachtete. »Na los, Christian, es ist für eine gute Sache!« rief er laut. »Willst du nicht einmal ein paar Annas auf den Klepper deiner Geliebten setzen?«

»Es ist kein Klepper!« rief Christian zurück, ohne den Blick von der Zeitung zu heben. »Es ist ein Araber, und ich kann dir versichern, ein verdammt guter!«

»Gut, aber warum dann deine Zurückhaltung? Ein kleiner Einsatz kann doch nichts schaden. Du kannst mit einem Los sogar einen Picknickkorb gewinnen. Stell dir nur vor ... *Paté de fois,* Austern, Räucherschinken, *Petit four*, eingemachte Erdbeeren...«

»Aufhören...«, rief Patrick stöhnend, hielt sich den Bauch und leckte sich die Lippen. »Ich bekomme Hunger! Warum sollte Christian sich einen Picknickkorb wünschen, bei ihrem französischen Koch?«

»Warum kaufst du denn kein Los?« fragte Christian wütend.

»Das habe ich doch getan«, versicherte ihm Patrick mißmutig. »Ich habe Dutzende! Ich kann die ganze Chinesische Mauer damit bekleben! Melody hat gesagt, sie würde kein Wort mehr mit mir reden, wenn ich die Lose nicht kaufe.«

»Nun komm schon, Christian, sei kein Spielverderber. Man hält uns Wallahs sonst noch für knausrig und sagt, wir hätten nicht den richtigen Sportsgeist. Nimm dir ein Beispiel an Patrick. Er setzt einen Fünfer auf einen Esel, der sich kaum noch auf den Beinen halten kann, kann sein ganzes Zimmer neu tapezieren – nur, weil seine Liebste es befohlen hat! Überleg doch, ein kleiner Einsatz auf den Raventhorne-Klepper kann dich vielleicht sehr viel weiter bringen als deine schmachtenden Liebesbriefe –, selbst wenn ihn ein einheimischer Jockey reitet.«

»Also gut.« Christian konnte sich nicht länger gegen den beißenden Spott wehren. Er griff in die Hosentasche und warf eine Handvoll Münzen in Lyttons Richtung. Das Geld rollte über den Fußboden. »Setz alles auf *Morning Mist* ... ich verdopple den Einsatz, wenn er verliert.«
»Hört, hört! Ihm ist was über die Leber gelaufen ...« Lytton sprang vom Sofa und suchte auf allen vieren die Münzen zusammen.
»Um Himmels willen, reize ihn nicht, Prescott«, warnte Patrick. »Oder wir werden nie an seinen Futtertrog kommen!«
»Wie wahr, wie wahr ... je besser die diplomatischen Beziehungen, desto näher kommt man den *Crêpes Suzettes*. Bei Gott, kein Magen kann auf die Dauer Karamats Schlangenfraß verdauen. Wir könnten ebensogut alte Schuhsohlen kauen ...«
»Wir kauen alte Schuhsohlen! Wie sonst kann der alte Schurke jeden Tag im Basar seinen Schnitt machen?« Patrick beobachtete mit großer Zufriedenheit, wie Lytton die Münzen in die Büchse legte. »Sieh mal an! So viel, obwohl der Klepper deiner Angebeteten nicht mal einen richtigen Jockey hat.«
»Meinst du?« rief Christian vom Balkon. Er warf die Zeitung auf den Tisch und kam ins Zimmer. »Ist Hassan Shooter vielleicht kein richtiger Jockey?«
Einen Augenblick herrschte Stille. »Stimmt nicht«, sagte Lytton dann. »Hassan reitet *Merry Meg*. Er hat es mir selbst gesagt.«
Christian lächelte. »Er hat es sich anders überlegt. Er reitet *Morning Mist*, und ihr könnt eure Wette nicht zurückziehen. Das sind *eure* Regeln, nicht meine!«
Patrick öffnete den Mund, um sich bitter zu beschweren, aber er überlegte es sich anders. Christian war so schlechter Laune, daß es klüger schien, ihn nicht noch mehr zu reizen. Er fragte statt dessen: »Gehst du heute zu deinen Eltern?«
Es war eine absolut höfliche Frage, aber Christian wurde nur noch wütender. »Ach, halt den Mund!«
Lytton sah ihn erstaunt an. »Nach deiner friedlichen Stimmung in letzter Zeit zu urteilen, hast du noch nicht mit deinen Eltern gesprochen.«

»Das geht dich überhaupt nichts an!«
»Das ist die beste Bestätigung! Schiebst du die Sache nicht etwas auf die lange Bank, wenn man bedenkt, wie sehr es deiner Herzensdame unter den Fingernägeln brennen muß?« Christian ballte die Fäuste, und Lytton hob schnell die Hände. »Schon gut, schon gut ... das war nicht ernst gemeint. Kannst du denn überhaupt keinen Spaß mehr vertragen?«
»Nein. Das kann ich nicht«, erwiderte Christian mit zusammengebissenen Zähnen. Er war außer sich vor Wut. »Also halt gefälligst deinen Mund, oder ich werde dir alle Zähne einschlagen!«
Christian drehte sich um und ging in Richtung Badezimmer. Er befahl Karamat, ihm seine Sachen zum Anziehen zu bringen, und drohte seinem Burschen mit der Peitsche, falls er sich nicht endlich beeilte. Seine beiden Mitbewohner starrten ihm staunend nach, denn Christian ließ sich sonst nie soweit gehen, daß er zu fluchen anfing.
Sobald Christian die Badezimmertür hinter sich geschlossen hatte, legte sich sein Zorn. Er schämte sich, seine schlechte Laune an den anderen abreagiert zu haben, auch wenn sie ihn gereizt hatten. Er setzte sich in die rostige Blechwanne, deren warmes Wasser ihm bis zum Kinn reichte, und überließ sich wehmutsvoll seinen trüben Gedanken.
Er hatte wirklich langsam genug davon, in Gesellschaft dieser unsensiblen Kerle in diesem Loch zu wohnen! Die beiden waren ordinär, arrogant und verlogen. Unter ihnen herrschte keine gute Kameradschaft. Sie interessierten sich für nichts außer Frauen, Wetten und Saufen. Zu allem Überdruß waren sie auch noch stolz auf ihre Dummheit. Lytton hatte nur Wetten im Kopf, angefangen von Hahnenkämpfen und Brieftauben bis zu dem Preis von Fischen auf dem Markt. Melody Anderson war bereits das dritte Mädchen in Kalkutta, mit dem er sich verlobte. Am Vorabend hatten sie im *Goldenen Hintern* (einem Junggesellen-Club, den man aus einsichtigen Gründen so nannte) gefeiert, und Christian hatte kein Spielverderber sein wollen und war mitgegangen. Das Saufgelage hatte bis in den frühen Morgen gedauert, und deshalb schien ihm jetzt der Kopf zu platzen,

und seine Kehle war wie ausgedörrt. Er hielt Melody für ein albernes dummes Ding. Außerdem war sie auch noch eine Angeberin. Ihre Mutter und die ältere Schwester waren nicht viel besser. Christian wußte, daß die Andersons nichts Besseres zu tun gehabt hatten, als sofort seine Mutter zu besuchen, um sie mit allen erdenklichen Ausschmückungen der Wahrheit zu bestürmen. Er wußte auch, was Maja von den drei Andersons hielt, und er teilte uneingeschränkt ihre Meinung.

Alles hier wurde langsam unerträglich. Wäre die Neugier seiner Mutter nicht noch unerträglicher gewesen, hätte Christian auf der Stelle in das angenehme Haus seiner Eltern ziehen und alles andere hier vergessen können. Aber er gab diesen Gedanken schnell wieder auf. Patrick und Lytton mochten zwar ordinär und oberflächlich sein, aber sie konnten ihm wenigstens nicht seine persönliche Freiheit nehmen. Genau das würde seine Mutter natürlich tun. Er seufzte tief. Nun ja, es würde nicht mehr lange dauern, bis er Kalkutta verließ ...

Herbert Ludlow, der zuständige Staatssekretär, hatte die Stelle in Kamparan bestätigt. Sie hatten am Tag zuvor lange miteinander gesprochen. Die Stelle in Kamparan war in der Tat das Schlimmste, was einem Anfänger widerfahren konnte.

Aber Christian mußte sie annehmen. Er war sicher, daß auch Maja sich damit abfinden würde, und zusammen würden sie die Zeit überstehen, bis er etwas Besseres bekam – auch daran gab es keinen Zweifel.

Oh, wie sie ihm fehlte! Er hatte sie seit der Ankunft seiner Eltern nicht mehr gesehen. Die Einsamkeit war beinahe unerträglich. Wie versprochen, schrieb er ihr täglich einen Brief. Er hatte es sich zur Gewohnheit gemacht, in den kühlen und verlassenen Gängen des Museums von Chowringhee zu sitzen und ihr in langen glühenden Liebesbriefen sein Herz auszuschütten. Aber auch wenn er an sie dachte, ihr schrieb und in den warmen Nächten von ihr träumte, um seiner Herzensqual Linderung zu verschaffen, so waren Worte leider völlig unzureichend. Er mußte sie sehen, sie berühren, ihre Stimme hören, und er mußte sie zu seinen Eltern einladen ...

O Gott, wie sehr wünschte er sich, das alles wäre schon vorüber!
Natürlich wußte er, daß seine Eltern inzwischen viel von den Gerüchten gehört hatten, die in der Stadt über ihn und Maja kursierten. Aber das war nicht weiter wichtig. Sein Vater hatte mit seiner üblichen bewundernswerten Diskretion noch nichts gesagt; seine Mutter hatte mehrmals Ansätze gemacht, ihn auszufragen – natürlich sehr zurückhaltend –, aber er hatte geschwiegen. Er war entschlossen, nichts zu sagen, bis der richtige Zeitpunkt und die richtigen Umstände gekommen waren.
Wenn er heute abend bei seinen Eltern zum Abendessen erschien, würde es soweit sein. Die Stunde der Wahrheit war gekommen, und er hatte diesen Augenblick seit langem gefürchtet. Seine Eltern mochten noch so heftig auf das reagieren, was er ihnen zu sagen hatte, er konnte das Thema nicht länger ausklammern.
Christian sank das Herz bei dem Gedanken an die Gefühlsausbrüche seiner Mutter. Er bewunderte sie, ihre Haltung, ihre große Würde, die sie unter allen Umständen wahrte. Aber er konnte kaum damit rechnen, daß sie ruhig bleiben würde, wenn er mit der überraschenden Neuigkeit herausrückte, die er ihnen mitteilen wollte. Es würde Tränen geben, Vorwürfe und beschwörende Bitten, vielleicht sogar Drohungen ...
Christian schauderte bei dem Gedanken, aber er wußte, daß es keinen anderen Ausweg gab. Wieviel angenehmer wäre es, dachte er traurig, wenn er mit seinem Vater allein sprechen könnte! Sein Vater war ein weitgereister Mann. Er hörte zu, hatte Verständnis und war in seinen Ansichten grundsätzlich liberal. Sein Vater hatte schon immer für seinen Sohn instinktiv das Richtige gewollt und seine Absichten und Pläne unterstützt – schon damals, als er noch ein Junge gewesen war. Sein Vater würde ihn bestimmt mit großer Geduld anhören, ohne Ermahnungen und übertriebene Gefühlsausbrüche ...
Es klopfte lange und laut an der Tür. Erschrocken wäre Christian beinahe aus der Badewanne gesprungen.
»Willst du den ganzen Tag da drin verbringen?« rief Lytton. »Wenn du nicht in einer Minute herauskommst, werde ich den Brief, den du

Karamat übergeben hast, um ihn deiner Liebsten zu bringen, an mich nehmen und ...«

Christian sprang aus der Badewanne, noch ehe Lytton seine Drohung zu Ende sprechen konnte.

*

Als kluger und erfahrener Politiker und als guter Indienkenner war Sir Jasper eine ideale Wahl als Finanzexperte im Kronrat des Vizekönigs. Er hatte eine klare Vorstellung vom Land, eine Vorstellung, die nicht von Illusionen sozialer Verpflichtungen oder moralischer Reformen getrübt wurde. In Whitehall galt er als einer der größten offenen Kritiker der Finanzpolitik der Krone in Indien. Nach der jährlichen Vorlage des Rechenschaftsberichts für das indische Reich im Parlament hatte er oft in deutlichen Worten seinen Standpunkt vertreten. Er zeigte sich entsetzt über die unkontrollierten Regierungsausgaben trotz feststehender Einnahmen und obwohl die Steuern bereits bis an die Grenze des Vertretbaren angehoben worden waren. Die Militärausgaben, die Kosten der Bürokratie und der Justiz standen in keinem gesunden Verhältnis zu den Bedürfnissen und den Mitteln des Landes. Mit anderen Worten, Sir Jasper war Pragmatiker. Er betrachtete Profit als einen Eckpfeiler des britischen Reichs. Außerdem war er der Ansicht, es sei die erste Pflicht der Regierung Ihrer Majestät, die gesellschaftliche Struktur Indiens weder zum Besseren noch zum Schlechteren zu verändern, sondern schlicht und einfach auch in Zukunft für Zahlungsfähigkeit zu sorgen. Als das für Finanzen zuständige Mitglied des Kronrats hatte er sich genau dieses Ziel gesetzt.

Er klopfte auf das Blatt Papier, das er an dem großen Mahagonischreibtisch in seinem sehr geräumigen Arbeitszimmer in einer Seitenstraße hinter dem Tank Square studierte. »Diese Voranschläge für die einzelnen Haushalte beweisen die Richtigkeit meines Standpunkts. Die Unbeweglichkeit des Fiskus in diesem Land ist erschütternd.« Er warf einen vernichtenden Blick zuerst auf Leonard Whitney, der neben seinem Schreibtisch stand, und dann auf die Aktenberge und Meldungen, die in seinen Verantwortungsbereich fielen. »Das Finanzministerium kann diese Last einfach nicht mehr

tragen. Die Regierungsausgaben müssen gekürzt werden. Daran gibt es keinen Zweifel. Die Frage ist nur, wo?«
Es war eine rhetorische Frage. Whitney versuchte deshalb nicht, sie zu beantworten.
»Es ist alles verloren«, fuhr Sir Jasper ernst fort, »wenn das Gleichgewicht zwischen Einnahmen und Ausgaben weiterhin zugunsten der Ausgaben gestört wird.«
»Ja, Sir.«
Sir Jasper trommelte mit den Fingern auf den Schreibtisch. »Wie oft ist schon gesagt worden, daß der Stand des kaiserlichen Kontos der *articulus stantis aut cadentis imperii* ist?«
»Richtig, Sir.«
Nach diesen grundsätzlichen und schwerwiegenden Äußerungen über die Finanzlage schloß Sir Jasper die Akte, lehnte sich zurück und dachte nach. Es entsprach durchaus der Wahrheit, daß die höchst unzufriedenstellende finanzielle Lage der indischen Regierung Sir Jasper große Sorge bereitete. Während er jedoch das Kinn auf die Brust gedrückt seinen Gedanken nachhing, hatte Whitney den Eindruck, daß Sir Jasper nicht über die finanzielle Lage Indiens nachdachte. Normalerweise war seine Konzentration, wenn sie sich zur Arbeit trafen, bewundernswert. An diesem Nachmittag schien er jedoch irgendwie abgelenkt zu sein.
Whitney stand pflichtschuldig schweigend neben dem Schreibtisch und wartete fünf Minuten. Dann warf er einen Blick auf die Wanduhr und räusperte sich. »Sir, erlauben Sie mir vielleicht ...«
»Setzen Sie sich, Whitney.«
»Sir?« Er war überrascht. Keiner seiner bisherigen Vorgesetzten hatte ihn je aufgefordert, sich in seiner Gegenwart zu setzen.
»Setzen Sie sich, Mann. Ich weiß, Sie wollen gehen, aber ich wäre Ihnen dankbar, wenn Sie noch ein paar Minuten bleiben könnten. Es gibt etwas, worüber ich mit Ihnen sprechen möchte.«
»Sehr wohl, Sir.« Whitney vermutete, ein Punkt der Etatvoranschläge bedürfe weiterer Erläuterungen. Er setzte sich auf die Stuhlkante und legte das Notizbuch auf die Knie.
Von Unruhe gepackt, stand Sir Jasper auf und ging nachdenklich hin

und her. »Sie sind mir von Sir Bruce und von Lord Mayo sehr empfohlen worden, Whitney.«
Erstaunt und erfreut über das unerwartete Kompliment, das half, die entwürdigenden morgendlichen Pflichten zu vergessen, neigte Whitney höflich den Kopf. »Danke, Sir.«
»Deshalb weiß ich, daß Sie etwas Vertrauliches für sich behalten können, Whitney.« Er machte eine Pause und zwirbelte den ausnehmend gepflegten Bart. »Ich benötige diesmal eine Information persönlicher Art. Trotzdem bitte ich Sie, völlig offen zu sprechen.«
»Gewiß, Sir.« Whitneys Verwirrung wuchs. Er klappte das Notizbuch zu und schob die Schreibfeder in seine Brusttasche. Er wartete.
»Sie kennen meinen Sohn Christian?«
»Ja, Sir. Ich bin ihm ein- oder zweimal begegnet, aber nur sehr kurz.«
»Sagen sie mir ... stimmt es, daß er eine Beziehung mit einer Eurasierin hat?«
Über Whitneys dunkles Gesicht zog eine rosa Röte. Diese Frage hatte er wirklich nicht erwartet. »Ich ... ich weiß das nicht, Sir«, erwiderte er steif.
»Ach, Whitney ...« Sir Jasper lächelte freundlich. »Nach dem, was man mir gesagt hat, gibt es wenig, was Sie nicht wissen ... Sie wissen sogar, wie die Streifen auf Sir Bruces Pyjama aussehen. Ich kann deshalb kaum glauben, daß Ihnen etwas entgangen sein sollte, worüber die ganze Stadt spricht.«
»Wie auch immer, Sir, ich ...«
»Lassen Sie uns keine Zeit verschwenden, Whitney«, sagte er energisch. »Wie bereits gesagt, äußern Sie ohne Rücksicht Ihre Meinung. Sie sind ein intelligenter Mann, Sie werden bestimmt verstehen, weshalb ich gezwungen bin, Sie etwas zu fragen, das zu beantworten Ihnen sehr unangenehm ist. Aber ich kann wohl kaum zu den alten Klatschmäulern in der Stadt gehen und sie nach solchen persönlichen Dingen fragen. Obwohl ich zu behaupten wage, daß die meisten Gerüchte dort entstanden sind. Ich verlange von Ihnen nur die nüchternen Fakten. Also, ist es wahr?«

Whitney rutschte verlegen auf dem Stuhl hin und her. Er fühlte sich keineswegs wohl in seiner Haut. Dann räusperte er sich lange. »Ich glaube, es gibt derartige Gerüchte, Sir. Das heißt, ich habe etwas in dieser Richtung gehört, aber nicht in klaren Worten. Natürlich...«

»Kommen Sie bitte zur Sache, Whitney. Sagen Sie mir einfach: Ja oder nein?«

Whitney seufzte. »Ja, Sir«, sagte er widerstrebend.

»Aha.« Sir Jasper setzte sich wieder und richtete seine Augen auf den Unglücklichen. »Wer ist die fragliche junge Dame?« Als er sah, daß Whitney sich noch mehr wand, half er ihm mit der Frage weiter: »Ist es Jai Raventhornes Tochter?«

»Ja, Sir.«

Sir Jaspers Lippen wurden schmal. »Ich vermute, es wäre zuviel vom Schicksal verlangt«, erklärte er ironisch, »anzunehmen, daß es zwei Männer dieses Namens gibt. Und daß der Vater dieser Frau nicht der ist, der als Verräter gehängt worden ist.«

Bei dem Wort ›Verräter‹ wurden Whitneys Augen schmal, obwohl er keine Miene verzog. »Es handelt sich um jenen Jai Raventhorne«, erwiderte er eine Spur kühler.

Sir Jasper verschränkte die Finger und blickte zum Punkha hinauf, der sich rhythmisch an der Decke hin und her bewegte. »Und wie weit ist diese Beziehung gediehen, Whitney?«

Der arme Whitney hatte keine Freude an diesem Verhör, aber er erkannte, daß Sir Jasper ihn nicht gehen lassen würde, bevor er seine Fragen beantwortet hatte. Deshalb fügte er sich resigniert. »Man hört, daß sie bereits sehr weit gediehen ist, Sir. Sie sollen angeblich jeden Morgen zusammen ausreiten.«

»Zusammen ausreiten? Bei Gott, das ist wohl kaum eine große Sünde. Was sonst?«

Whitney war schockiert. »Ich bedaure, Sir, ich bin nicht darüber informiert, was für ... gemeinsame Dinge es sonst noch geben mag!«

»Ja, ja, gewiß!« Sir Jasper nickte, fuhr sich über das Kinn und überlegte, wie er die nächste Frage formulieren sollte.

»Wäre nicht Mr. Christian vielleicht die beste Informationsquelle, Sir?« sagte Whitney hoffnungsvoll und schwieg dann wieder.
Sir Jasper erlaubte sich ein ungeduldiges Nicken. »Natürlich! Aber wenn ich mich in die Höhle des Löwen wage, dann möchte ich wenigstens besser vorbereitet sein als nur durch Mrs. Anderson!« Er stand auf und blätterte in einer Akte, die er offenbar mit nach Hause nehmen wollte. In Wirklichkeit mußte er nur seine ruhelosen Finger beschäftigen. Schließlich schob er die Akte nach längerem Blättern in die Aktentasche und schloß sie sorgfältig. Whitney entnahm dem mit Erleichterung, daß Sir Jasper bereit war zu gehen und rief mit dem Glöckchen Sir Jaspers persönlichen Diener. Erst als der Mann, der eine prächtige Uniform mit einem blauen Turban und einen goldbestickten Kummerbund trug, die Aktentasche in Empfang genommen und das Zimmer verlassen hatte, um die Kutsche zu rufen, nahm Sir Jasper plötzlich wieder Platz und bedeutete Whitney, sich ebenfalls zu setzen. »Die Mutter dieser Frau ... ist doch Amerikanerin?«
Wenig erfreut setzte sich Whitney wieder. »Ja, Sir.«
»Wenn ich mich recht erinnere, war sie zweimal verheiratet.«
»Ja, Sir. Zum ersten Mal mit Lord Frederick Birkhurst von Farrowsham.«
»Ach, natürlich! Ich glaube mich zu erinnern, daß mir jemand gesagt hat, Freddies Frau sei Amerikanerin. Lady Pendlebury kennt die alte Witwe. Die Birkhursts haben einen Familiensitz in Suffolk, um den man sie beneiden könnte. Lady Birkhurst muß inzwischen über achtzig sein, aber wie meine Frau sagt, ist ihr Kopf immer noch so zuverlässig wie eine Uhr. Was macht denn das Handelshaus und die Indigoplantage inzwischen? Gehen die Geschäfte immer noch so gut?«
»Die Geschäfte gehen immer noch, Sir, aber ich würde nicht sagen, gut. Die Indigoproduktion sinkt ständig. Im Basar sagt man, daß die Plantage bald verkauft werden soll. Auch das Handelshaus hält sich nur noch dank des Geschäftsführers, Mr. Willie Donaldson. Aber er ist alt und krank. Er kann keine großen Dinge mehr in Bewegung setzen.«

»Ach?« Sir Jasper griff nach einem Radiergummi und entfernte etwas von seiner Schreibunterlage. »Das tut mir wirklich leid. Der alte Caleb Birkhurst residierte hier wie ein Nabob mit den Gewinnen, die er mit seinen gewaltigen britischen Importen auf den indischen Märkten machte.« Nachdem er Whitney durch diese allgemeine Unterhaltung etwas beruhigt hatte, kehrte Sir Jasper zum eigentlichen Thema zurück. »Und die Geschäfte der Raventhornes? Wie geht es denen?«

»Oh, ihre Geschäfte blühen, Sir«, erwiderte Whitney mit einer gewissen Genugtuung. »Ich glaube, sie wollen sogar in das Baumwollgeschäft einsteigen.«

Sir Jasper hob beeindruckt eine Augenbraue, aber eigentlich interessierte ihn das weniger. Er griff nach einem Bleistift und notierte etwas auf der Schreibunterlage. »Ich komme jetzt zu einer Frage, die vermutlich noch weniger nach Ihrem Geschmack ist, Whitney, aber ich bitte Sie, beantworten Sie mir diese Frage so offen Sie können. Sagen Sie, abgesehen von dem Reichtum der Familie, könnte diese junge Raventhorne es – ich meine, was die bösen Zungen so gern bei einer Liebesbeziehung behaupten, auf Geld abgesehen haben?«

Whitney war entsetzt. »Aber nein, Sir! Miss Raventhorne hat keinen Grund, irgendwo nach Geld zu streben. Geld gibt es bei Trident genug. Ihr gehört ein Drittel des Familienbesitzes. Das ist ein beachtliches Kapital: Außerdem wird sie einmal sehr viel von ihrer Mutter erben, die durch die mütterliche Seite ihrer Familie ebenfalls recht vermögend ist.«

Sir Jasper nickte zufrieden. »Also gut, können Sie mir als Eurasier, der die Familie, wie ich denke, gut kennt, einen anderen Grund nennen, weshalb diese Frau möglicherweise an meinem Sohn interessiert ist?«

»Vielleicht ... liebt sie ihn, Sir«, meinte Whitney.

Sein Zögern war Sir Jasper nicht entgangen. Er ging sofort darauf ein und fragte schlau und mit durchdringenden Augen: »Vielleicht ...?«

Whitney erkannte seinen Fehler und zog sich sofort wieder auf den sicheren Boden seiner Stellung zurück. »Ich bedaure, aber ich bin nicht in der La ...«

»Schon gut, schon gut!« Sir Jasper machte eine wegwerfende Geste.

»Sie sind vielleicht nicht in der Lage zu wissen, wie es im Herzen dieser jungen Frau aussieht, aber als Eurasier wissen Sie sehr wohl, wovon ich rede.« Sein Blick war kalt. »Sie und ich fänden es unerträglich, wenn ich es aussprechen müßte, Whitney, aber hat die Frau Ihrer Meinung nach ein anderes Motiv, die Freundschaft meines Sohnes zu suchen? Ich erinnere Sie daran, daß die Gerüchte genau das behaupten.«

Whitney mußte schlucken. »Ich bin Miss Raventhorne bei einer Reihe von Anlässen begegnet, Sir, aber ich kann nicht wagen, Ihre Frage zu beantworten, selbst wenn ich eine Meinung dazu hätte. Ich kann nur sagen, daß die Raventhornes eine sehr stolze Familie sind, und die junge Dame höchst unabhängig und sehr intelligent ist. Auch wenn der Klatsch es anders wissen will, ich bezweifle, daß sie ... wenn sie ...« Er holte Luft und schwieg.

Sir Jasper bestand nicht darauf, daß er den Satz beendete. Er nickte, hob langsam die Schultern und ließ sie seufzend wieder fallen. »Da ich die Ansichten und Standpunkte der Engländer in den Kolonien kenne, vermute ich, daß die Raventhornes in unseren gesellschaftlichen Listen absolut *non grata* sind.«

»Bedauerlicherweise ja, Sir.«

»Und das ganze unerfreuliche Gerede ist Ihrer Meinung nach nur auf die politische Vergangenheit von Raventhorne zurückzuführen, oder darauf, daß er ein Eurasier war, oder vielleicht aus beiden Gründen?«

»Ich würde sagen aus beiden Gründen, Sir.« Whitney hob das Kinn etwas höher und sah seinen Vorgesetzten anklagend an. »Vorurteile haben mit dem ... dem gehässigen und niederträchtigen Gerede sehr viel zu tun.«

»Ja, vermutlich«, sagte Sir Jasper, und es klang leicht ungeduldig. »Aber das ist bei Klatsch immer so.« Er stand auf. »Auf jeden Fall behalten Sie dieses Gespräch für sich, Whitney. Ich bin Ihnen zu Dank verpflichtet, daß Sie mir so offen diese Informationen gegeben haben. Noch etwas ...« Er hob warnend den Finger. »Sollte Ihnen meine Frau dieselben Fragen stellen, würde ich Sie bitten, bei ihr zurückhaltender zu sein. Frauen beurteilen diese Dinge etwas anders als Männer.«

Whitney hätte beinahe gelächelt. Er verstand ihn nur zu gut und konnte nicht leugnen, daß er sich geschmeichelt fühlte, weil Sir Jasper ihn bei diesem heiklen Thema ins Vertrauen zog. »Selbstverständlich, Sir.«
Sir Jasper ging mit großen, zielstrebigen Schritten zur Tür. Er hielt den Hut in der einen Hand und den Stock mit dem goldenen Griff in der anderen. »Da fällt mir ein, Whitney, ich wollte Sie schon früher danach fragen. Sind Sie mit Ihren neuen Aufgaben zufrieden?«
Völlig überrascht zuckte Whitney leicht zusammen. »... Ja, Sir.«
»Ich bemerke in Ihrem Ton eine gewisse Zurückhaltung. Haben Sie irgendwelche Klagen?«
»Nein, Sir.«
»Hm!« Sir Jasper ging die Stufen des Portals hinunter und blieb stehen. »Ich denke darüber nach, eine Haushälterin einzustellen, Whitney. Ein großer Haushalt verlangt, daß man sich um alle möglichen Dinge kümmert, besonders wenn man neu ist, und in meiner offiziellen Stellung habe ich ständig gesellschaftliche Verpflichtungen zu erfüllen. Das ist lästig, aber notwendig. Wenn Sie so freundlich wären, mir ein paar geeignete Anwärterinnen zu nennen, wäre ich Ihnen dankbar.«
Whitney strahlte. Er vergaß die selbstauferlegten strengen Regeln und lächelte sogar. »Gewiß, Sir Jasper! Ich werde sofort Erkundigungen einziehen.«
Sir Jasper zwinkerte. »Ich glaube, die skandalöse Lage des Fiskus wird sich durch Ihre ungeteilte Aufmerksamkeit eher positiv beeinflussen lassen als durch Monsieur Pierres Migräne.«
Ein Funken Anerkennung leuchtete in Whitneys Augen. Er konnte nicht leugnen, daß ihn der treffende Humor und das einnehmende Wesen dieses Mannes sehr beeindruckten. Er unterschied sich von allen anderen Engländern, die er bisher kennengelernt hatte ..., genau das hatte ihm Kyle angekündigt.
»Dieser Hawkesworth ...«, sagte Sir Jasper plötzlich, als er den Landauer bestieg.
»Sir?« Das Lächeln verschwand von Whitneys Gesicht, und er erstarrte bei der Erwähnung des Namen, der ihn genau in diesem Augen-

blick auch beschäftigt hatte. Es war unheimlich und machte fast den Eindruck, als könne Sir Jasper Gedanken lesen.

»Der junge Mann, den uns Christian bei unserer Ankunft vorgestellt hat?«

»Ja, Sir.«

Sir Jasper dachte nach. »Die Wochenzeitschrift auf meinem Schreibtisch ... *Equality* heißt sie, glaube ich ..., ist das seine Zeitung?«

»Ja, Sir.«

»Hm, interessant. Kennen Sie Hawkesworth persönlich?«

»Ja, Sir.«

»Woher kommt er?«

»Das weiß ich nicht genau, Sir. Ich bin nicht mit ihm befreundet.«

Seine Antwort verriet eine deutliche Ablehnung dieses Mannes.

Als er die Lüge aussprach, fragte sich Whitney, ob Sir Jasper ihm glaubte, und er ärgerte sich, weil er nicht besser auf diese Frage vorbereitet gewesen war. Aber Sir Jasper gab dem Kutscher wortlos ein Zeichen und fuhr davon.

Whitney blieb auf den Stufen stehen und sah ihm besorgt nach. Sir Jasper war etwas anderes als McNaughton. Sir Bruce war bestensfalls ein großmäuliger Dummkopf und schlimmstenfalls ein unverschämter, dreister Betrüger. Jasper Pendlebury war keines von beiden. Er war alarmierend aufnahmefähig, besaß große Intelligenz, und seine scharfen Augen sahen mehr als nur die Oberfläche. Hinter dem weltmännisch einnehmenden Wesen, der Schlagfertigkeit und seinem Humor suchte Whitney verwirrt den Mann, den Kyle ihm in wenigen Worten beschrieben hatte – ›hart, rücksichtslos, ehrgeizig, und wenn das bedroht ist, was er als seinen Herrschaftsbreich ansieht, dann geht er über Leichen‹. Im Augenblick konnte Whitney seinen Eindruck nicht ganz mit Kyles Beurteilung in Einklang bringen. Aber er traute Kyle mehr als sich. Als der elegante Landauer mit den vier Schimmeln hinter der Biegung der Auffahrt verschwand, hatte Whitney eine ungute Vorahnung.

Diesmal würde es Kyle bestimmt schwerer haben.

*

Maja saß im Gras unter einem Baum vor der kleinen Koppel und las Christians Brief, den Karamat ihr vor einer halben Stunde gebracht hatte. Sie las die eng beschriebenen Seiten zweimal. Ihr Herz klopfte, und der Mund war trocken, während sie aufgeregt seine täglichen Nachrichten verschlang. Nachdem sie jedes Wort gelesen hatte, faltete sie den Brief zusammen und schob ihn in den Umschlag zurück. Eine Weile blieb sie mit dem Brief in der Hand nachdenklich sitzen. Schließlich richtete sie ihre Aufmerksamkeit mit einem tiefen langen Seufzen wieder auf Rafiq Mian und auf ihre Pflichten. Ihr Stallmeister war dabei, *Morning Mist* zu striegeln.

Sie legte den Kopf schief und begutachtete den Hengst zum zehnten Mal kritisch. »Glaubst du wirklich, niemand wird die kurzen Hinterbeine für wenig überzeugend halten, Rafiq?«

Er lächelte, als sei dieser Gedanke absurd, und schüttelte energisch den Kopf. »Nein, machen Sie sich keine Gedanken, Missy Memsahib. Er wird heute bestimmt das beste Pferd sein. Glauben Sie mir, Hassan Sahib wird dafür sorgen, daß er nicht verliert. Er wird in beiden Rennen siegen.«

»Ach, ich mache mir solche Sorgen ...« Maja korrigierte sich. »Nein, das stimmt nicht. Ich weiß, es ist nur eine Wohltätigkeitsveranstaltung, aber alle wichtigen Käufer und ihre Agenten werden da sein. Wenn er schlecht abschneidet, werde ich den Preis senken müssen.« Sie stand stirnrunzelnd auf und ging zum Zaun. »Hätte ich doch nicht auf Hassan gehört!« murmelte sie unglücklich.

Maja wollte *Morning Mist* ursprünglich nicht an dem außerplanmäßigen Rennen teilnehmen lassen, aber Hassan Shooter hatte darauf bestanden, und sie ließ sich schließlich doch überreden. Sie hatte selten erlebt, daß der temperamentvolle kleine Jockey von einem Pferd so begeistert war, und es schmeichelte ihr, daß er den Hengst reiten wollte, obwohl sich viele um seine Dienste bewarben. Trotzdem kreisten in diesem kritischen Augenblick ihres Lebens ihre Gedanken nicht um das Rennen und alles, was damit zu tun hatte. Maja war nervös und sehr aufgeregt. Heute würde Christian bei seinen Eltern zum Abendessen sein. (Er hatte geschrieben: ›Der Augenblick der Wahrheit ist gekommen.‹) Heute würde Christian

seine Eltern davon in Kenntnis setzen, daß er Maja heiraten wollte. Du lieber Gott, wie würden sie reagieren?
»›Manchmal kommt ein gutes Ergebnis nicht von dem klarsichtigen Kenner. Manchmal trifft ein dummer Junge aus Versehen ins Schwarze.‹«
»Wie?« Als sie plötzlich die Stimme hörte, drehte sich Maja schnell herum. Hinter ihr saß Samir im Gras.
»Ich habe Sa'di Gulistan zitiert. Wie so vieles im Leben ist ein gutes Rennpferd Glücksache.«
»Wie kommst du hierher?« fragte Maja ärgerlich. Sie hatte ihn seit Tagen nicht gesehen und auch nicht an ihn gedacht. »Ich denke, du mußt dich auf deine Prüfungen vorbereiten.«
»Stimmt, aber heute ist Sonntag. Ich wollte dich besuchen.« Seine Augen richteten sich auf den Brief in ihrer Hand.
»Ich ... ich habe viel zu tun ...« Sie steckte den Brief in die Tasche ihrer Reithose und ging zu den Ställen.
Samir folgte ihr. »Warum hast du viel zu tun?« fragte er ruhig. »Christian und du, ihr reitet nicht mehr zusammen aus. Er ist beschäftigt, und zwar mit seinem Eltern.«
»Ich habe andere Arbeiten«, erwiderte sie kalt auf englisch. Seine Worte reizten sie ebensosehr wie sein Beharren darauf, bengalisch mit ihr zu sprechen, obwohl er wußte, daß ihr das mißfiel. »Wieso glaubst du, mein Leben drehe sich nur um Christian?«
»Stimmt das nicht?«
Sie drehte sich um und stemmte die Hände in die Hüften. »Was willst du, Samir?«
Er zuckte mit den Schultern. »Nichts. Ich wollte wissen, weshalb du nicht wie versprochen gekommen bist. Die Mangos sind reif, und in diesem Jahr gibt es eine besonders gute Ernte. Ma läßt dir ausrichten, daß du kommen mußt, bevor der Regen einsetzt und es keine Mangos mehr gibt.«
»Hat Ma das gesagt, oder hast du dir das ausgedacht?«
Er beantwortete die Frage nicht. »Du bist nicht zu dem Essen meines Vaters gekommen, obwohl Christian da war.«
Er wirkte plötzlich so unglücklich, daß sie sich ihrer Schroffheit

schämte. Die Ereignisse in ihrem Leben hatten nichts mit Samir zu tun. Es war ungerecht, an ihm ihre schlechte Laune auszulassen, nur weil er gekommen war.

»Ich hatte wirklich viel zu tun, Samir«, sagte sie versöhnlich. »*Morning Mist* mußte auf die zwei Rennen heute vorbereitet werden, und da ich zugestimmt habe, daß er teilnimmt, kann ich Hassan nicht auf einem ungepflegten Pferd reiten lassen. Ganz unter uns gesagt, ich würde den Hengst nicht der Öffentlichkeit vorstellen, noch nicht, aber Hassan hat regelrecht darauf bestanden.«

Samir lächelte. Er freute sich ungemein, daß sie ihm ihre persönlichen Gedanken anvertraute, und faßte wieder Mut. »Und du warst wirklich die ganze Zeit mit *Morning Mist* beschäftigt?«

Maja biß sich auf die Lippen und zuckte nur mit den Schultern. »Nein.« Sie setzte sich an ihren Schreibtisch, damit sie ihn nicht ansehen mußte. »Ich ... ich habe mich auch mit anderen Dingen beschäftigt.«

»Ja, ich weiß.« Er nahm sich einen Stuhl und setzte sich neben sie. »Christians Eltern sind eingetroffen. Das muß euch beiden auf der Seele lasten.«

Sie gab keine Antwort.

»Hat er schon mit seinem Vater und seiner Mutter gesprochen?«

»Worüber?«

»Über dich! Ich bin doch nicht dumm, Maja!« rief er plötzlich aufgebracht. »Ich weiß, was er für dich empfindet.« Seine Stimme klang gepreßt. »Und du für ihn.«

Maja hatte wenig Verständnis für Samirs hartnäckige Verliebtheit. Schon in der Schule hatte man sie deshalb aufgezogen. Er betete sie noch immer an, aber es war etwas so Hoffnungsloses und Verzweifeltes an seiner Liebe, daß man einfach Mitleid mit ihm haben mußte. Maja bedauerte ihn und beschloß, seine Frage zu beantworten. Schließlich fragte er nur das, was alle anderen auch wissen wollten!

»Wie soll ich wissen, was er zu seinen Eltern gesagt oder nicht gesagt hat?« Sie lächelte geduldig. »Ich bin nicht sein Vormund!«

»Er hat dich seit dreizehn Tagen nicht gesehen.«

Spionierte Samir ihnen nach? »Er ist mit seiner Ausbildung beschäftigt.«
»Aber nicht so sehr, daß er nicht Mr. Hawkesworth öfter sieht.«
Er wartete auf eine Antwort, aber als Maja schwieg, sagte er: »Liegt es daran, daß seine Eltern hier sind und er ihre Mißbilligung fürchtet?«
Maja blieb ruhig. Ein Gespräch mit Samir war, als renne man gegen eine Mauer an. Er war unglaublich hartnäckig. Seufzend lehnte sie sich zurück und schloß die Augen. Sie schwiegen beide. Dann stand Samir auf und stellte sich hinter sie. Sie spürte seine Hände auf ihrem Nacken und richtete sich abwehrend auf. Was hatte er vor? Er hatte nie gewagt, sie zu berühren! Seine Finger glitten sehr sanft und behutsam über ihre Schultern. Dann drückte er mit den Fingerspitzen fester und ließ sie über ihre Haut kreisen. Er begann geschickt, ihre verspannten Muskeln zu lockern. Zuerst blieb sie starr sitzen, aber als sie seine Absicht erriet, überließ sie sich seiner Massage. Kopf und Körper begannen sich zu lockern. Unter seinen überraschend einfühlsamen Bewegungen begann das Blut langsam wieder zu fließen. Seine Hände beruhigten Maja. Froh über das Wohlgefühl entspannte sie sich noch mehr, ließ den Kopf auf die Arme sinken und atmete ruhig und langsam.
»Wo hast du das gelernt?« fragte sie lächelnd, ohne die Augen zu öffnen.
»Von Mukti Babu. Er war früher Ringer. Er sagt, ein Ringer muß wissen, wie man Muskeln so weich wie Wasser macht.«
»Mukti Babu war Ringer?« Hinter geschlossenen Lidern sah sie den ältesten Diener der Goswamis vor sich. Er war klein und faltig wie eine getrocknete Pflaume, und sie mußte lachen. »Das glaube ich nicht! Er hätte nie eine Chance, sich im Ring gegen die Profis zu behaupten.«
»Jetzt nicht mehr, aber als er noch jünger war, hatte er Arme wie ein Baum und war so stark wie ein Ochse. Weißt du nicht mehr, wie er uns beide gleichzeitig hochhielt und sich Amos noch dazu um den Hals legte? Dann lief er mit uns von einem Ende des Obstgartens bis zum anderen.«

Sie lachte wieder. »Ja, du bist einmal gefallen und wolltest unbedingt, daß man dir das Bein von oben bis unten verbindet, obwohl du nur ein paar Kratzer hattest.«
»Ich bin wegen der Schlange gefallen!« widersprach Samir. »Sie lag zusammengerollt auf einem Ast, und ich hätte sie beinahe berührt, als wir unter dem Baum durchgegangen sind.«
»Das war nur eine Ausrede, und niemand hat dir geglaubt.« Maja überließ sich der Massage, und es ging ihr zunehmend besser.
Plötzlich mußte sie wieder an die langen heißen Sommer im Bagan Bari denken, an die großen Mangobäume und den betäubenden Duft der süßen Früchte. Zwischen den Obstbäumen floß ein breiter Bach, und es gab dort einen See. Über das stille grüne Wasser mit den wachsweißen Lotusblüten flogen schillernde Libellen. Sie waren oft in dem See geschwommen und hatten so den klebrigen Saft der Mangos abgewaschen. Sie spielten mit den flinken Goldfischen, die in großen Schwärmen wie Feuerwerk auseinanderstoben, wenn sie ins Wasser sprangen. Einmal hatten sie einen Karpfen gefangen. Der riesige Fisch hatte sich heftig gewehrt, und Samir zeigte ihr, wie man einen Fisch ausnimmt. Er hatte ihn in Zeitungspapier gewickelt, über dem offenen Feuer gebraten, und dann hatten sie den Karpfen mit den Fingern gegessen. Sie würde nie den unglaublich frischen und aromatischen Geschmack des weißen Fleischs vergessen, das auf der Zunge zerging. Samir hatte ihr liebevoll und ernst die besten Stücke gegeben. Im Bann der längst vergessenen Erinnerungen überkam sie eine seltsame Melancholie. Sie waren zusammen aufgewachsen, hatten viel gemeinsam erlebt und kannten sich schon sehr lange und sehr gut.
»Es scheint alles so weit zurückzuliegen, Samir ...«, murmelte sie wehmütig. »Wo ist die Zeit nur geblieben?«
Seine Hände verharrten einen Augenblick. »Die Zeit ist nicht vergangen. Alles ist noch da. Du hast dich entfernt.«
Er sagte das leise, aber es klang so traurig, daß Majas Augen sich plötzlich mit Tränen füllten.
»Komm am nächsten Sonntag«, sagte er bittend. »Dann sind meine Prüfungen vorbei, und alle werden da sein, meine Schwestern, meine

Tanten, Onkel und Cousinen. Sie fragen alle nach dir. Vor allem Tante Sarala. Sie mochte dich immer am meisten. Sie sagt, du hast sie völlig vergessen. Sie möchte wissen, warum du sie nicht mehr besuchst.«

»Ja«, sagte sie plötzlich überwältigt von Gewissensbissen, weil sie das alles vergessen hatte. »Ja, ich werde kommen. Ich möchte Barnali, Minali, ich möchte sie alle wiedersehen.«

Er blieb unglücklich und traurig neben ihr stehen. »Du hast mir sehr gefehlt«, sagte er leise und mit zitternder Stimme. »Nichts ist mehr so wie früher, seit ... er gekommen ist.«

Die Tränen flossen ihr über die Wangen, und sie drehte schnell den Kopf zur Seite.

Bei all seiner Ungeschicklichkeit, seiner Hartnäckigkeit und seinem unbeholfenen Benehmen war Samir auf eine unauffällige Weise verläßlich, und das schien ihr innerlich Kraft zu geben. Er war völlig ohne Bosheit oder Verschlagenheit. In seiner Ausdauer und seiner Zuverlässigkeit lag das beruhigende Gefühl der Dauer. Gequält von der eigenen Unsicherheit, die sie so verletzlich und reizbar machte, fühlte sie sich plötzlich in seiner Gegenwart wieder sicher, und sie griff mit einem entschuldigenden Lächeln nach seiner Hand.

»Ja, nichts ist mehr so wie früher, Samir. Er ...« Sie hätte ihm beinahe gesagt, daß Christian sie heiraten wollte, aber sie schwieg. Unter den gegenwärtigen Umständen wäre es voreilig und taktlos gewesen. »Er wird vielleicht bald versetzt werden.«

Ohne es zu wollen, strahlte Samir. »Wohin?«

»Vielleicht nach Champaran.« Sie verzog das Gesicht zu einer Grimasse. »Es ist schrecklich dort, aber Christian freut sich sehr.«

»Und du? Freust du dich auch? Schließlich ist Champaran nicht London!«

»Ich weiß nicht, was du damit sagen willst!« erwiderte sie heftig. Sie fand es unmöglich, daß er alles so direkt aussprechen mußte.

Er ließ den Kopf sinken. »Sie wollen, daß ich nach England gehe.«

Maja sprang auf und sah ihn überrascht an. »Nach England! O Samir, wie wundervoll! Freust du dich nicht?«

»Nein, ich möchte hierbleiben.«
»Hier? Aber warum? Denk doch an all die vielen Leute, die du kennenlernen wirst, an das andere Leben!« Sie sah ihn voll Neid an. »Was hält dich hier?«
»Wenn ich gehe«, fragte er, »wirst du an mich denken?«
»An dich denken? Aber natürlich werde ich an dich denken.«
»Nein, ich meine, wirst du wirklich an mich denken?« Er sah sie an, wie er das noch nie zuvor gewagt hatte. Aus seinem Gesicht sprachen Sehnsucht, Verzweiflung und Trauer. »Sag mir die Wahrheit, werde ich dir fehlen?«
Maja sah seine verliebten Augen und überlegte, wie sie ihn am wenigsten verletzen würde. »Ja, du wirst mir fehlen, Samir«, sagte sie mit plötzlicher Sanftheit und stellte fest, daß sie es ernst meinte. »Aber das Leben bringt Veränderungen und geht weiter, Samir. Auch wir müssen uns ändern ...« Sie schwieg plötzlich und kam sich klein und erbärmlich vor, weil sie versuchte, ihn mit Allgemeinplätzen abzuspeisen. Aber was sollte sie sagen?
Glücklicherweise wurden sie unterbrochen, denn Olivia kam unerwartet in das Büro. »Ich habe dich von der Veranda gesehen, Samir«, sagte sie und gab ihm einen herzlichen Kuß auf die Wange. Sie freute sich über seinen Besuch. »Du mußt unbedingt zum Mittagessen bleiben. Anthony hat Zitronenpudding gemacht. Das war doch schon immer deine Lieblingsnachspeise.«
»Ja, Samir, du mußt unbedingt zum Essen bleiben!« rief Maja glücklich und sehr erleichtert über die Störung. »Nach dem Essen können wie Krocket spielen. Wir haben schon eine Ewigkeit nicht mehr gespielt, nicht wahr, Mutter?«
Für Samir ging die Sonne wieder auf. Er war so überwältigt, daß er keine Worte fand, und ging stumm und zufrieden mit den beiden Frauen zum Haus.

Zwölftes Kapitel

Der neue Petroleumherd mit Knopf zum Regulieren der Flamme hatte ihn ebenso gelockt wie Christians lange erwartete Anwesenheit beim Abendessen. Deshalb hatte Monsieur Pierre die Migräne für beendet erklärt, war aus seiner Schmollecke hervorgekommen und hatte ein einzigartiges *Darne de Saumon chambord* mit Trüffel-Hackbällchen und einer *Sauce Genevoise* gezaubert. Er hatte sich bitter darüber beschwert, daß der Lachs kein Lachs war; außerdem mußte er bei den Hackbällchen unverantwortliche Kompromisse eingehen, und er geriet in größte Verzweiflung, weil seine Helfer nicht die leiseste Ahnung vom Zwiebelschneiden hatten. Trotz allem war das Menü köstlich. Der Fisch gehörte zu Christians Lieblingsgerichten. In England hatte er ihn sich oft gewünscht. Heute jedoch war von der üblichen Begeisterung und dem gewohnten Appetit wenig zu merken. Er stocherte nur lustlos auf seinem Teller herum. Während der Chefkoch hinter einem Wandschirm aus Kaschmir stand, der den Vorraum und die neue Küche den Blicken verbarg, und mit Luchsaugen das Abendessen überwachte, traten ihm die Tränen in die Augen. Natürlich waren es die ordinären, aufdringlichen Gewürze in diesem barbarischen Land, die Monsieur Christians zarte Geschmacksknospen abgetötet hatten.

Mon Dieu, er würde viel Mühe haben, den bedauernswerten, vergewaltigten Gaumen wieder zu der kultivierten Normalität zurückzuführen!

»Christian, du mußt aufessen, oder Monsieur Pierre wird sehr beleidigt sein«, flüsterte Lady Pendlebury ihrem Sohn zu, denn sie wußte sehr wohl, daß der Koch hinter dem Wandschirm stand. »Er hat sich größte Mühe gegeben, um es genau so zu machen, wie du es am liebsten magst.«

Christian aß pflichtbewußt etwas, kaute aber wie auf Stroh und legte Messer und Gabel hin. »Tut mir leid, aber ich habe schreckliche Kopfschmerzen. Wir haben gestern aus Anlaß von Illingworths Verlobung zuviel getrunken.«

»Zwing den Jungen nicht, etwas zu essen, was er nicht essen will, Constance«, sagte Sir Jasper und warf seiner Frau einen vielsagenden Blick zu. »Das beste Mittel gegen Appetitlosigkeit bei Kater ist ein Glas Brandy!«

Christian nickte. Als Lady Pendlebury einem Diener aus der großen Schar stumm das Zeichen gab, unter Tremaines wachsamen Augen den Teller abzuräumen, warf sie einen besorgten Blick in Richtung Wandschirm und lächelte entschuldigend.

Es ließ sich einfach nicht leugnen, daß das Abendessen trotz Monsieur Pierres großen Mühen keinen besonderen Anklang gefunden hatte. Christian hüllte sich in nervöses Schweigen; auch Lady Pendleburys Beiträge zur Unterhaltung waren erstaunlich verhalten, und so verlief das Essen steif und förmlich. Die Last der unausgesprochenen Spannung lag drohend wie ein Unwetter in der Luft. Nur Sir Jasper schien von all dem nichts zu bemerken. Er kam den erwarteten Anforderungen mit bewundernswerter und gelöster Liebenswürdigkeit nach, überging die einsilbigen Antworten und unterhielt seinen Sohn und seine Frau mit Anekdoten aus seiner ersten Zeit in Indien.

»Du wirst bei Tisch das Gespräch nicht auf diese Frau bringen, Constance!« hatte Sir Jasper gesagt, als sie sich zum Abendessen ankleideten. »Wir werden später mit Christian darüber reden, wenn die Dienstboten nicht mehr dabei sind. Im Augenblick müssen wir vor allem vermeiden, daß noch mehr Gerüchte in Umlauf kommen.«

»Ich weiß jetzt, wer dieser Raventhorne war«, erwiderte Lady Pendlebury spitz und vorwurfsvoll. »Ich kann Clementine McNaughton nicht verstehen! Sie hat mir diese skandalöse Geschichte nur angedeutet, als wir uns in England gesehen haben.«

»Aber die uneigennützige Mrs. Anderson hat offensichtlich mehr gesagt!«

»Jeder in Kalkutta ... jeder in Indien weiß, wer dieser Raventhorne gewesen ist! Warum hast du es mir neulich nicht gesagt?«

»Du hättest dich zu sehr aufgeregt, Constance. Ich hatte einfach nicht die Zeit, mich auch noch damit zu beschäftigen.« Er zog die Anzugsjacke an und entfernte ein Staubkorn vom Revers. »Wenn ich es mir recht überlege, dann glaube ich, es ist das beste, wenn du mich zuerst mit dem Jungen reden läßt. Ein Gespräch von Mann zu Mann ist in diesem Augenblick sehr viel produktiver als ein Streit.«

Lady Pendlebury nahm den Vorschlag mit Erleichterung auf. Sie hatte noch nie so gut mit ihrem Sohn reden können wie sein Vater. Schon als Kind war er für sie nur schwer zu verstehen gewesen. Sie liebte ihn natürlich von ganzem Herzen. Aber sowohl ihr Mann als auch Christian hatten kein Ohr und kein Interesse für gute Musik. Das war der größte Kummer ihres Lebens. Christian war in seinem Wesen so anders als sie. Er glich auch nicht seiner verheirateten älteren Schwester! Manchmal hatte sie sich schon gefragt, ob er wirklich ihr Sohn sei. Auch diesmal war sie zum Beispiel entsetzt, in welchem Aufzug er zu dem Abendessen erschien! Er trug ein billiges Baumwollhemd, ausgebeulte Nankinghosen und eine ungebügelte Leinenjacke. Nichts überzeugte sie mehr von seinem schnellen Abstieg als diese taktlose Mißachtung der normalen Regeln eines zivilisierten Lebens.

So wenig es Lady Pendlebury auch gelang, sich in die Gedanken ihres Sohnes hineinzuversetzen, so groß war ihr Vertrauen in ihren Mann. Sie wußte, selbst in den heikelsten Situationen durfte man sich darauf verlassen, daß er das Richtige sagte und tat. Und eine schwierigere Situation als diese konnte man sich wohl kaum vorstellen! Außerdem wußte sie, daß es ihr nicht gelingen würde – wie sehr sie sich auch darum bemühen mochte –, in Ruhe anzuhören, was Christian ihnen eröffnen wollte. Bei dem Gedanken lief ihr ein kalter Schauer über den Rücken. Trotz bester Absichten würde es eine Szene geben – und Lady Pendlebury haßte Szenen. Sie waren plebejisch, entwürdigend, und sie würde tagelang kein Instrument spielen können. Als es das letzte Mal zu heftigen Auseinandersetzungen gekommen war – Christian hatte damals erklärt, er habe sich entschlossen, nach Indien zu gehen, um Beamter zu werden, anstatt in Whitehall als Sekretär eines Abgeordneten eine politische Laufbahn zu beginnen –, hatte sie an jenem Sonntag in der Kirche die Toccata und Fuge in d-Moll ruiniert. Das war sehr peinlich gewesen, besonders für den neuen Pfarrer.

»Was macht dein Hindustani, und wie gefällt dir der Unterricht?« fragte Sir Jasper beim Nachtisch. Es gab pêche Melba. »Kannst du dir vorstellen, einen Dorfbewohner in seinem Dialekt zu verhören, der, sagen wir ...«, beim Gedanken an das Beispiel, das er wählen wollte, lachte er leise, »... gerade seiner untreuen Frau den Kopf abgeschlagen hat?«

Christian lachte ebenfalls. »Das hoffe ich doch. Ich glaube, genau solche Situationen werden mir in Kamparan bevorstehen.«

»Hat Herbert Ludlow die Stelle bestätigt?«

Christian holte tief Luft und ließ sich eine zweite Portion Nachtisch geben. »Ja, leider«, sagte er mit saurem Lächeln. »Ich werde Kalkutta verlassen, wenn die Ausbildung hier zu Ende ist.«

»Wo liegt das?« fragte Lady Pendlebury und freute sich, daß wenigstens Monsieur Pierres mit Hingabe kreiertes Dessert von ihrem Sohn angemessen gewürdigt wurde. »Das klingt, als sei es tiefste Provinz!«

»Es liegt ein paar hundert Meilen nördlich von Kalkutta«, antwortete Christian. »Aber es ist nicht so schlimm, wie alle behaupten.«

Das entsprach nicht ganz der Wahrheit. Kamparan war ein Distrikt, der wegen seiner Gesetzlosigkeit berüchtigt war. Er lag im Indigogebiet und war für die Behörden ein ständiger Unruheherd. Die weißen Plantagenbesitzer waren von Natur aus streitsüchtig, und sie verachteten die Regierung, aber der größte Anlaß zu Reibereien zwischen ihnen und den Einheimischen war das ›Vertragssystem‹. Die Plantagenbesitzer schlossen mit den Bauern Verträge und zahlten ihnen Vorschüsse für den Anbau von Indigo. Die Ernte kauften sie dann zu den vereinbarten Preisen. Aber da diese Preise so niedrig waren, zogen die Bauern es vor, etwas Lukrativeres anzubauen, zum Beispiel Reis. Die Bauern, die sich nicht an die Verträge hielten, wurden dann von den Leuten der Plantagenbesitzer zusammengeschlagen. Totschlag und Mord waren deshalb an der Tagesordnung. Wenn die Schuldigen überhaupt vor Gericht gebracht wurden, dann schüchter-

ten sie die Richter ein und machten unter ihren Landsleuten in Kalkutta so erfolgreich Stimmung für ihre Sache, daß sie selbst bei brutalen Morden oft mit einer Geldstrafe davonkamen. Die Verträge, die sie den Bauern aufzwangen, waren im allgemeinen auch noch gefälscht. Ein Generalgouverneur hatte deshalb einmal erklärt, das ganze System sei ›nichts als ein einziger großer Betrug‹. Trotz der sinkenden Nachfrage auf dem Markt für Indigo waren die Gewalttätigkeiten in und um Kamparan nicht zurückgegangen, und bisher hatte ihnen niemand Einhalt bieten können.
Bei dem Gedanken an all das sah Christian so niedergeschlagen aus, daß seine Mutter sich in plötzlicher Zärtlichkeit vorbeugte und ihre Hand auf seine legte. »Warum ziehst du nicht zu uns, Christian?« fragte sie. »Das Essen ist hier viel besser, und du hast schon genug abgenommen. Dein Bursche, dieser Einäugige, muß dich bei seinen Einkäufen im Basar um Kopf und Kragen betrügen.«
Christian lächelte schwach. Er erwiderte den Händedruck und zog seine Hand zurück. »Nichts würde ich lieber tun, Mama«, log er. »Aber ich kann meine Kameraden nicht im Stich lassen. Ich habe versprochen, die Miete und die Ausgaben mit ihnen zu teilen, bis wir alle Kalkutta verlassen.«
»Kann nicht ein anderer an deiner Stelle dort einziehen?«
»Wohl kaum. Für einen Monat und so von heute auf morgen wird sich niemand finden. Außerdem«, er nahm sich mit dem Löffel ein großes Stück Pfirsich, »möchte ich nicht den Eindruck erwecken, daß ich wegen Papas Stellung besondere Vorteile genieße.«
Sir Jasper nickte zustimmend. »Das gefällt mir! Ich stimme Christian zu. Er möchte auf eigenen Füßen stehen, auch wenn das Unannehmlichkeiten mit sich bringt. Es gibt weit Schlimmeres im Leben als eine rostige Badewanne und ungenießbares Essen, Constance. Als ich nach Peshawar kam ...« Über einen Auszug aus Christians Wohnung wurde an diesem Abend nicht mehr gesprochen.
Als sie erleichtert die Tafel verließen und sich zu Kaffee und Brandy in das Arbeitszimmer zurückzogen, fragte Lady Pendlebury ihren Mann: »Hast du vor, wieder deinem schrecklichen Laster zu frönen, Jasper?«

»Du meinst die Hookah?« Er überlegte. »Ja, ich glaube schon. Ich denke, Christian wird ein paar Züge aus der Wasserpfeife auch nicht ablehnen. Der persische Tabak ist wirklich hervorragend.«
Lady Pendlebury erwiderte vorwurfsvoll: »Ich nehme an, Christian, du wirst nichts dagegen haben, wenn ich mich erst wieder zu euch setze, nachdem ihr aufgehört habt zu qualmen.«
Christian war sichtlich erleichtert darüber, doch noch allein mit seinem Vater sprechen zu können. Er versicherte seiner Mutter vielleicht etwas zu schnell, um taktvoll zu sein, er habe wirklich nichts dagegen.
»Bedauerst du inzwischen, die Stelle in Whitehall abgelehnt zu haben?« fragte Sir Jasper, als sie bequem in seinem Arbeitszimmer neben dem Ballsaal Platz genommen hatten, und Tremaine ihnen den französischen Cognac einschenkte.
»Nein, Sir.«
»Gut.« Sir Jasper zog die Jacke aus und warf sie in Tremaines Richtung. Der Butler gab ein Zeichen, und ein Diener eilte herbei, kniete vor Sir Jasper nieder und zog ihm die schwarzen Lackschuhe und die schwarzen Socken aus. Danach brachte er ihm weiche Stoffpantoffeln. »Man tut, was man tut, weil man es manchmal tun muß. Nachträgliches Bedauern ist reine Zeitverschwendung. Denke daran, mein Sohn.«
»Ja, Sir.«
Das Arbeitszimmer gehörte zu den kühlsten und höchsten Räumen im Haus. Der große Luftkühler über einer der Türen sorgte für eine angenehme Luft. Auf dem Marmorboden lag ein weicher blauer Buchara-Teppich, der gut zu den weich gepolsterten, beigen Ledersofas paßte und den Louis-quinze-Möbeln, die die Pendleburys aus England mitgebracht hatten. In den Bücherschränken stand hinter Glastüren Sir Jaspers beneidenswerte Sammlung pergamentgebundener Bücher in Persisch, Urdu und Englisch. In anderen Schränken lagen Trophäen und orientalische Erinnerungsstücke. Sir Jasper saß in einem Ohrensessel. Seine Füße ruhten auf einem samtbezogenen Schemel. Christian saß ihm gegenüber in einem großen Sessel. Trotz der kühlen Luft im Raum standen Schweißtropfen auf seiner Stirn.

Ein junger Diener, der Hookah-Burdar, trat ein. Er brachte eine silberne Hookah auf einem großen Tablett. In einigem Abstand von Sir Jasper stellte er sie auf den Marmorboden und begann geschickt, alle notwendigen Vorbereitungen zu treffen. In der einen Hand hielt er einen kleinen bestickten Stoffächer, mit dem er behutsam die brennende Holzkohle in dem Ton-Chillum entfachte, bis sie richtig glühte. Christian beobachtete das komplizierte Ritual belustigt und erinnerte sich daran, mit welcher Ausdauer sein Vater in England dem jungen Sohn ihres Stallmeisters das umständliche Verfahren beigebracht hatte. Als der Diener schließlich zufrieden war, schob er das silberne Mundstück auf den langen Schlauch, entrollte ihn und reichte ihn Sir Jasper. Nach einer tiefen Verbeugung verließ er rückwärts den Raum. Sir Jasper zog ein paarmal an dem Mundstück. Das leise Blubbern der Wasserpfeife war seltsam beruhigend und klang beinahe melodisch. Es erinnerte irgendwie an einen murmelnden Waldbach. Er inhalierte tief und mit geschlossenen Augen und stieß dann langsam und mit sichtlichem Genuß den Rauch aus. Die Luft über ihren Köpfen begann, nach aromatischem persischen Tabak zu duften, nach exotischen Kräutern und seltsamen Gewürzen. Tremaine überzeugte sich davon, daß sein Herr zufrieden war, und zog sich zurück.

»Es gibt nichts, was sich mit einem guten Chillum vergleichen läßt, mein Junge.« Sir Jasper seufzte vor Vergnügen. »Es ist eine der Gewohnheiten, auf die man am wenigstens verzichten kann. Leider erträgt deine Mutter den Tabakgeruch nicht.« Er inhalierte noch einmal und reichte dann Christian das Mundstück. »Hier, probier mal.«

Christian zögerte. Er hatte noch nie in Gegenwart seines Vaters geraucht. Mit einem schüchternen Lachen nahm er das Mundstück entgegen. »Ich bin kein großer Raucher, Papa. Aber ausnahmsweise werde ich es versuchen. Ich wollte schon immer einmal Wasserpfeife rauchen, aber nur wenige Engländer haben Hookahs.« Er zog vorsichtig an dem Mundstück und begann sofort heftig zu husten.

Sein Vater legte den Kopf zurück und lachte. »Es könnte sehr diplomatisch sein, wenn du dich daran gewöhnst«, sagte er noch immer

lachend. »Überall, wohin du kommst, werden die Dorfbewohner unter Bäumen sitzen und nach der Tagesarbeit eine Wasserpfeife rauchen. Es ist völlig hygienisch, denn die meisten benutzen ihr eigenes Mundstück.«
Christian trank einen Schluck Cognac, um die Kehle anzufeuchten, wischte sich die Augen trocken und lachte verlegen. »Es ist für mich viel zu stark, Papa. Aber vielleicht hast du recht. Wenn ich feststelle, daß das Rauchen mir hilft, mich bei den Leuten durchzusetzen, werde ich es mir angewöhnen.«
»Gut, ich werde dir ein silbernes Mundstück schenken, das du mitnehmen kannst.« Sir Jasper lehnte sich zurück und blickte an die Decke. »Ich kann noch immer Urdu und Persisch sprechen«, sagte er. »Zur Zeit der Ostindischen Kompanie konnte man die Leute nicht mit dieser lächerlichen Halbsprache, die ihr heute offenbar lernt, abspeisen. Man mußte einfach richtig Bescheid wissen.«
»Du bist ungerecht!« rief Christian. »Wir lernen Hindustani, und das verstehen die meisten.«
»Zu meiner Zeit war das einfach nicht genug. Die Engländer hatten eine andere Einstellung. Ein Beamter machte sich Gedanken um die Leute. Er gab sich Mühe, sie zu verstehen, damit er sie ...« Er unterbrach seine Erinnerungen, denn sein Blick fiel auf den kleinen Tisch neben seinem Sessel, auf dem einige Zeitschriften lagen. Christian entdeckte ganz oben eine Ausgabe von *Equality*. »Dein junger Freund ...«, begann Sir Jasper und hatte den Gedanken bereits vergessen.
»Kyle Hawkesworth?«
»Ja. Ich staune, daß Bruce McNaughton und die hiesigen Behörden sich das gefallen lassen!« Er griff nach der Zeitschrift und ließ die Augen in sichtlicher Mißbilligung über die erste Seite wandern. »Ich finde diesen Artikel aufrührerisch, unflätig und in der Tat skandalös!«
Christian verteidigte seinen Freund. »Ich bin anderer Meinung, Papa. Kyle ist Eurasier. Er sieht deutlich die Ungerechtigkeiten, die seiner Gemeinschaft angetan werden. Ich finde nichts Schlechtes daran, für eine Verbesserung ihrer Lage zu kämpfen. Du wirst mir

sicher zustimmen, daß die Eurasier von uns schlecht behandelt worden sind, und wir sind schließlich dafür verantwortlich, daß es sie überhaupt gibt!«

Sir Jasper sah ihn abweisend und sichtlich verärgert an. »Die Behörden können keine subversiven Kräfte dulden!« erklärte er. »Ich möchte dir raten, den Umgang mit diesem Mann nicht zu pflegen, der deinen Interessen schaden könnte.«

Christian wollte widersprechen, aber er unterließ es. Wie sehr er auch Kyles Sache unterstützte, es wäre töricht gewesen, in diesem Augenblick einen Streit heraufzubeschwören, der ihn von seinem eigentlichen Thema wegführte. Er wollte über das sprechen, was ihm wirklich unter den Nägeln brannte, solange sein Vater noch verhältnismäßig guter Laune war. Aber sein Vater sagte unvermittelt: »Ich habe das seltsame Gefühl, daß ich ihm schon einmal irgendwo begegnet bin ...«

»Wem, Hawkesworth?« fragte Christian überrascht, ohne jedoch weiter darüber nachzudenken. Er nahm seinen ganzen Mut zusammen und wollte zur eigentlichen Sache kommen, ehe der Moment vorüber war. Er murmelte etwas, beugte sich vor und sagte: »Papa, ich muß dir etwas sagen ...«

Sir Jasper sah seinen Sohn an. Zweifellos hatte er darauf gewartet, daß Christian genau diese Worte aussprechen würde. Er nickte. »Ja, ich glaube, das mußt du.«

»Du hast bestimmt alle Gerüchte gehört.«

»Alle?« warf Sir Jasper trocken ein. »Wohl kaum alle ... ein Gerücht ist bei den Menschen so wenig auszurotten wie die Hoffnung. Aber gewiß, ich habe genug gehört, und eine Erklärung von dir wäre angebracht.«

»Ich vermute, Mama hat auch gehört, was du gehört hast.«

»Leider.«

»Ist sie sehr verärgert?«

»Ja.«

»Und du, Papa?«

»Ich bin nicht verärgert, bis ich weiß, was du mir zu sagen hast. Ich muß nicht hinzufügen, daß ich mich freuen würde, die ganze Wahrheit zu hören.«

Christian stand auf und füllte sein leeres Glas. Blaß, aber entschlossen setzte er sich wieder. »Es stimmt«, sagte er rundheraus, da ein Ausweichen sinnlos war. »Ich liebe eine Eurasierin. Ich habe sie gefragt, ob sie meine Frau werden will.«

»Und hat sie ja gesagt?«

»Ja.«

»Aha.« Sir Jasper zeigte keine Reaktion, als er sein Glas leerte und es sich von Christian wieder füllen ließ. »Die fragliche junge Dame ist die Tochter von Jai Raventhorne?«

»Ja.« Der leichte Trotz in der Stimme wurde noch deutlicher, als Christian das Kinn hob, während er seinem Vater das gefüllte Glas reichte. »Ich bin der Meinung, Miss Raventhorne ist in keiner Weise für die politischen Ansichten und die Taten ihres Vaters verantwortlich!« Er befand sich bereits in der Defensive.

»Nein, natürlich ist sie das nicht«, sagte Sir Jasper zustimmend.

»Darüber hinaus war Jai Raventhorne«, fuhr Christian etwas kühner fort, »nach allem, was ich erfahren habe, ein bemerkenswerter Mann, der sich aufrichtig dem Wohlergehen seiner Gemeinschaft gewidmet hat.«

»Ja, das glaube ich auch.« Sir Jasper stimmte ihm wieder zu, griff nach dem Mundstück und rauchte schweigend seine Hookah.

Christian sah seinen Vater aufmerksam an. Er staunte über alle diese Konzessionen. »Hast du ... ihn gekannt, Papa?«

»Nein, aber ich bin ihm in Lucknow während des Aufstands begegnet.«

Christian verschlug es den Atem. »Oft?«

»Nein, einmal.«

Sir Jasper äußerte sich nicht über die näheren Umstände, aber Christians Staunen wuchs. Dann sagte er sich, das sei im Grund nicht weiter ungewöhnlich. Sein Vater war in Oudh ein hoher Beamter gewesen, während Raventhorne aktiv in den Aufstand verwickelt war. Es war deshalb nicht verwunderlich, daß sich ihre Wege gekreuzt hatten.

»Welchen Eindruck hattest du von ihm?« fragte er. »Hast du ihn wie alle Weißen für einen Betrüger und Verräter gehalten?«

»Er wurde als ein Verräter gehängt!« erinnerte Sir Jasper seinen Sohn.
»Aber er wurde weder angeklagt noch verurteilt. Man hat ihn gelyncht!«
Sein Vater gab keine Antwort, sondern legte den Schlauch der Wasserpfeife und das Mundstück über den Halter, stand auf und trat ans Fenster. Mit dem Rücken zu seinem Sohn sagte er: »Nein, ich glaube nicht, daß Jai Raventhorne ein Betrüger war.« Sein Stimme klang ruhig. »Er war lediglich ein Idealist und in gewisser Weise naiv. Sein Irrtum hat ihn das Leben gekostet. Er hat geglaubt, daß die Engländer im Handumdrehen aus diesem Land vertrieben werden könnten. Aber abgesehen davon, besaß er unleugbar ... Charakter, einen denkwürdigen Charakter.«
Christian war überwältigt von diesem unverhofft günstigen Urteil. Einen Augenblick lang konnte er kaum atmen und fand keine Worte. »Darf ich also annehmen, daß ...« Er schwieg und schluckte heftig, weil er einen trockenen Mund hatte, »daß du keine Einwände gegen ... gegen ...?«
»Nein, das kannst du nicht annehmen!«unterbrach ihn Sir Jasper mit Nachdruck. »Du kannst nicht annehmen, daß ich keine Einwände habe! Ich habe sogar sehr viele Einwände, aber vermutlich andere, als du glaubst. Trotzdem sind es Einwände, die sehr ernst genommen werden sollten.« Er kam zurück, setzte sich wieder und beugte sich vor. »Glaubst du, daß Miss Raventhorne selbst als deine Frau in England jemals gesellschaftlich anerkannt werden wird?«
Auf diese Frage war Christian vorbereitet. »Wir wollen nicht in England leben«, erwiderte er zuversichtlich. »Mein Leben, unser Leben wird hier sein, in Indien im Dienst der Menschen in diesem Land.«
»Und wird sie hier anerkannt werden?« fragte Sir Jasper ruhig. Auf diese Frage war Christian nicht vorbereitet. Sie überraschte ihn so sehr, daß er schwieg. »Du mußt einsehen«, fuhr Sir Jasper fort, »wo immer ihr leben werdet, seid ihr gesellschaftlich geächtet, entweder weil sie Raventhornes Tochter oder weil sie Eurasierin ist. Vermutlich aber aus beiden Gründen.« Er hob die Hand, bevor sein Sohn etwas einwenden konnte. »Ich will es in aller Klarheit aussprechen, Chri-

stian, denn genau damit werdet ihr, du, deine Frau und deine Kinder leben müssen. Traust du dir zu, das alles auf dich zu nehmen?«

Christians Augen blitzten. »Wir werden alles auf uns nehmen, was kommt!« rief er leidenschaftlich. »Solange wir zusammensein können, werden wir allen Stürmen trotzen.«

»Aha!« Sir Jasper lächelte schwach und spöttisch. »Die Kolonialgesellschaft ist grausam zu all jenen, die sie für Abtrünnige hält, Christian. Das mußt du bereits wissen. Fromme Absichten und Platitüden werden dir kaum helfen!«

»Das stimmt nicht! Mein Mut und meine Entschlossenheit werden unter den Angriffen nur wachsen.«

»Und was ist mit ihr? Sie ist eine sehr reiche junge Frau, die in großem Wohlstand aufgewachsen ist. Ist sie bereit, mit dir in Orten wie Champaran zu leben?«

»Ja«, erwiderte Christian nach kurzem Zögern. Wenn Sir Jasper das Zögern oder den trotzigen Nachdruck bemerkt hatte, so ließ er sich nichts anmerken. »Ich werde diese erste schlechte Stellung nicht für immer behalten. Es wird bald bessere geben.«

»Das führt mich zu dem zweiten Einwand«, erwiderte Sir Jasper. »Du mußt dir auch klarmachen, daß es keine besseren Stellen für dich geben wird! Wenn du Raventhornes Tochter heiratest, wird das mit Sicherheit deiner Karriere schaden. Du bist ehrgeizig, und du nimmst deinen Beruf ernst. Aber man wird dich in die Provinz abschieben und dir jede Beförderung vorenthalten. Sehr viel unqualifiziertere Kollegen wird man dir vorziehen, und am Ende wirst du enttäuscht und verbittert sein.« Er lehnte sich wieder zurück und streckte die Beine aus. »Ja, ich fürchte, du wirst die Stellung in Champaran länger behalten, als du glaubst.«

Christian schob die düstere Prognose ungeduldig beiseite. »Nicht unbedingt, Papa. Ich vertraue auf die Gerechtigkeit meiner Vorgesetzten. Jai Raventhorne und die Sepoy-Meuterei gehören der Vergangenheit an. Ich kann nicht glauben, daß politische Gegensätze über Generationen hinweg am Leben gehalten werden. Außerdem ist Mrs. Raventhorne eine weiße Amerikanerin anglo-irischer Abstammung von bestem Ruf.«

»Aber für ihren Mann gilt das nicht«, erwiderte Sir Jasper. »Und die dunkle Haut ist sehr wohl ein wichtiger Faktor!«
»Na gut, aber sein Vater war ein adliger Engländer und hatte einen einwandfreien Stammbaum.«
»Seine Mutter dagegen«, widersprach Sir Jasper unbeirrt, »gehörte zu einem assamesischen Stamm. Sie war eine Dienerin. Jai Raventhorne ist auf der Straße aufgewachsen, in der Gosse von Kalkutta.«
»Wie viele eurasische Kinder. Aber das geschieht nicht aus freien Stücken, sondern auf Grund der sozialen Verlogenheiten! Du kannst diesen Kindern nicht vorwerfen, daß sie in der Gosse aufwachsen, wenn ihnen nichts anderes übrigbleibt, weil ihre Väter sie nicht anerkennen!«
Sir Jasper betrachtete das glühende, zornige Gesicht seines Sohnes und lächelte, aber diesmal nicht freundlich. »Wie ich sehe, hat dein Freund ... wie heißt er noch ... dich bestens informiert! Ich kann dir jedoch versichern, wenn du seine Standpunkte wiederholst, bestärkt mich das nur in meiner Meinung. Sag mir«, seine Augen wurden zu schmalen Schlitzen. »Willst du Miss Raventhorne heiraten, weil du sie wirklich liebst, oder gehört die angestrebte Ehe zu einem edlen und selbstgerechten Kreuzzug, um dein Kolonialgewissen zu beruhigen?«
»Natürlich liebe ich sie!« rief Christian. »Aber mir ist gleichzeitig auch bewußt, daß es gewisse Grauzonen in unserer Gesellschaft gibt, mit denen aufgeräumt werden muß. Das liegt mir sehr am Herzen. Wie kann ich besser damit anfangen, als indem ich mit gutem Beispiel vorangehe?«
»Ach, Unsinn!« Sir Jasper lachte. »In jeder Gesellschaft gibt es Grauzonen, die uns alle sehr am Herzen liegen! Die Tragödie besteht darin, daß Jahrhunderte vergehen, die guten Beispiele unbemerkt bleiben, daß wir alt werden und sterben, und die grauen Zonen unverändert, *unveränderbar* bleiben! Ich habe nichts gegen deine Ideale, Christian, aber ich bitte dich, bleib doch vernünftig!«
Christian erkannte, daß das Gespräch in Gefahr geriet, in Allgemeinplätze und Verallgemeinerungen abzugleiten. »Wie auch immer,

darum geht es nicht«, sagte er, stand auf, fuhr sich mit den Fingern durch die Haare und ging erregt auf und ab. »Ich wollte lediglich darauf hinweisen, daß ich Rassenvorurteile ablehne und in jeder Form bekämpfen werde. Aber ich will Maja Raventhorne heiraten, weil ich sie wirklich liebe.«
Sir Jasper seufzte beim Anblick seines Sohnes, der ihn ernst und entschlossen ansah. »Nun ja, Christian«, sagte er, »diese Vorurteile werden dich dein ganzes Leben nicht zur Ruhe kommen lassen. Die Vernunft ist machtlos gegen Vorurteile. Wenn du in deiner eigenen Gesellschaft dagegen ankämpfen willst, wo man dich für einen Verräter hält, mußt du noch weniger vernünftig sein und noch grausamer. Ich versuche lediglich herauszufinden, ob du dieser Aufgabe gewachsen bist.«
»Ich glaube, ich bin ihr gewachsen, Sir!« sagte Christian mit zitternder Stimme. »Ich möchte nur, daß du deine Zustimmung gibst. Ich pfeife auf unsere Gesellschaft, ich pfeife auf sie!«
Christian verstummte, und da sein Vater nichts erwiderte, wurde es still im Raum. Erschöpft sank Christian in seinen Sessel und wartete in quälender Ungewißheit auf die Reaktion seines Vaters. Er wischte sich die Stirn mit dem Taschentuch. Sir Jasper rauchte wortlos und gedankenverloren seine Wasserpfeife. Nach dem letzten Zug legte er das Mundstück beiseite und griff nach dem silbernen Glöckchen, das auf dem Tisch neben ihm lag. Schon beim ersten Ton erschien Tremaine in der Tür. »Hol mir den Jungen. Er soll mir noch einen Chillum machen.« Als die Tür sich hinter dem Butler geschlossen hatte, richtete er seine Aufmerksamkeit wieder auf Christian. »Ich bin der Meinung, du bist klug genug, um deine eigenen Entscheidungen zu treffen. Niemand darf dir vorschreiben, wie du dein Leben führen sollst. Als Vater ist es lediglich meine Pflicht, dich auf die Schwierigkeiten hinzuweisen, die du riskierst, wenn du diese Frau heiraten willst. Du ... und auch sie ... ihr werdet beide auf vieles verzichten müssen, mein Sohn, aber wenn ihr zu diesen Opfern bereit seid ...« Er zuckte mit den Schultern und beendete den Satz nicht.
Christian jubelte. »Dann wirst du deine Zustimmung zu dieser Heirat geben?«

»Du bist erwachsen, du kannst tun und lassen, was du willst. Es ist nicht an mir, Zustimmung oder Ablehnung auszudrücken. Du brauchst meine Erlaubnis nicht mehr, um zu tun, was du für richtig hältst.«
»Aber es würde mich unendlich schmerzen, ein Mädchen zu heiraten, das du nicht als deine Schwiegertochter akzeptierst, Papa!« rief Christian. »Es würde mich ebenso schmerzen wie dich und Mama.«
Sir Jasper dachte nach, bevor er sagte: »Also gut, dann möchte ich mir meine Antwort noch überlegen, aber unter einer Bedingung.«
Christian war selig. »Alles, was du willst, Papa, alles!«
»Ich möchte, daß du deine Entscheidung noch nicht bekannt gibst. Vor allem sage deiner Mutter nichts. Sie ist verständlicherweise zutiefst beunruhigt von all diesen Gerüchten. Es wäre hartherzig, sie noch mehr aufzuregen. Bevor ich meine Zustimmung gebe, die dir, wie du behauptest, so wichtig ist, möchte ich sicher sein, daß nicht nur dein Herz, sondern auch dein Verstand weiß, was du willst.«
Christian konnte seiner Erregung nicht Herr werden. Seine Augen füllten sich mit Tränen. »Danke, Papa, oh, danke ...!« flüsterte er mit erstickter Stimme.
Der Hookah-Burdar erschien mit dem neuen Chillum und allen übrigen Zutaten. Ein paar Minuten schien es angebracht zu schweigen. Während der junge Diener auf dem Boden kauerte, und sein Gesicht im Schein der Glut leuchtete, blickte Sir Jasper auf den Diener, ohne jedoch etwas zu sehen.
»Hast du schon mit der Mutter gesprochen?« fragte er plötzlich.
»Nein, Sir. Ich wollte zuerst mit dir reden. Aber jetzt halte ich es für meine Pflicht, sobald wie möglich auch Mrs. Raventhorne aufzusuchen.«
Sir Jasper nickte, hob aber gleichzeitig den Finger. »Vergiß nicht, wie weit du im Augenblick gehen darfst!«
»Ja, Sir. Ich verstehe.« Dann fiel ihm etwas ein und er erklärte trotzig: »Ich muß dir aber sagen, Papa, daß ich mich unter allen Umständen auch weiterhin mit Miss Raventhorne treffen werde. Das möchte ich klarstellen!«

Sir Jasper hob eine Augenbraue. »Wie kann ich dir etwas verbieten, wenn du dich doch nicht daran halten würdest, und wenn ich der Ansicht bin, ich hätte auch nicht das Recht dazu? Ja, ich bin sicher, du wirst dich auch weiterhin mit ihr treffen. Aber tu mir den Gefallen und sei bei aller Leidenschaft auch etwas diskret. Ihr müßt ja nicht zusammen ausreiten und ein öffentliches Schauspiel aus eurer Liebe machen. Vermutlich hat sie auch ein Zuhause, wo ihr sein könnt.«

»Natürlich!« rief Christian überglücklich. »Aber ich möchte sie dir auch vorstellen, Papa.«

»Alles zu seiner Zeit, Christian, alles zu seiner Zeit. Wenn du auf meinen Rat hörst und nicht unüberlegt handelst, dann hast du weit bessere Aussichten, auch deine Mutter zu gewinnen. Du könntest sie noch günstiger stimmen, wenn du öfter mit uns essen würdest.«

Christian verzog das Gesicht, aber er war zu erleichtert, um ein Spielverderber zu sein. »Ja, Papa, du hast wie immer recht.«

Alles Notwendige schien im Augenblick gesagt zu sein. Sie schwiegen, aber diesmal war das Schweigen zufrieden und entspannt.

Christian jubelte innerlich und war seinem Vater unendlich dankbar. Er liebte diesen verständnisvollen und ungemein klugen Mann. Er pries sich glücklich, ihn zum Vater zu haben, und er schämte sich jetzt, an seiner Einsicht, an seiner Fairneß und an seiner Integrität gezweifelt zu haben. Am liebsten wäre er aufgestanden und hätte ihn umarmt. Natürlich tat er das nicht. Jede Demonstration von Gefühlen wäre für sie beide äußerst peinlich gewesen. Aber um seine überschäumende Freude irgendwie kundzutun, begann Christian zu pfeifen.

Sir Jasper lachte. »Du bist also bereit, die Wirksamkeit deiner Sizilianischen Verteidigung auf die Probe zu stellen?«

Als auch das zweite Chillum geraucht war, und Lady Pendlebury glaubte, sie müsse nicht mehr befürchten zu ersticken, wenn sie das Arbeitszimmer betrat, fand sie Vater und Sohn mit sich und der Welt zufrieden bei ihrem zweiten Schachspiel.

*

»Und?« Kaum hatten sie später am Abend ihr Schlafzimmer betreten und die Tür hinter sich geschlossen, stellte Lady Pendlebury ihren Mann zur Rede. »Ist es wahr?«
Sir Jasper nickte wortlos. Erst nachdem er sich gewaschen und seinen Pyjama angezogen hatte, gab er seiner Frau eine gekürzte und entschärfte Version seiner Unterhaltung mit Christian. Lady Pendlebury saß auf der Bettkante und hörte mit versteinertem Gesicht zu. Sie schwieg, bis er zu Ende gesprochen hatte.
»Du warst also nicht streng mit ihm, Jasper!« rief sie enttäuscht. »Du hattest es mir versprochen!«
»Du meinst, ich hätte ihn zum Gehorsam zwingen müssen?« fragte er geduldig. »Ich habe es nicht getan, weil ich dazu nicht in der Lage bin. Was immer wir tun, es muß mit Würde geschehen.«
»Würde?« rief seine Frau, die nahe daran war, die Fassung zu verlieren. »In einem solchen Augenblick sprichst du von Würde?«
Ihr Mann zog den seidenen Morgenmantel an und setzte sich neben sie auf das Bett. Er nahm ihre zitternden Hände und drückte sie beruhigend. »Ich möchte dich daran erinnern, Constance, daß unsere Lage hier in Kalkutta sich sehr von dem unterscheidet, woran wir in England gewöhnt sind«, sagte er ernst. »Hier im Herzen des Reichs müssen wir unsere Stellung verteidigen und einen bestimmten Status kultivieren. Die Privatsphäre, die wir in England für selbstverständlich erachten, ist uns hier nicht vergönnt. Das hast du bereits selbst festgestellt. Wir leben hier wie in einem Aquarium. Jede Anweisung wird registriert und jede Unterlassung verurteilt. Für uns, die wir zum engsten Kreis des Vizekönigs gehören, gilt das noch mehr als für alle anderen. Wir müssen stets Haltung bewahren, und unser Auftreten muß um jeden Preis würdevoll sein. Ich darf meinem hohen Amt nicht durch unkontrollierte Gefühle schaden, auch dann nicht, wenn es um persönliche Dinge geht. Vor allem kann ich mir nicht erlauben, auch nur den Anschein zu erwecken, ich hätte Vorurteile. Wir haben grundsätzlich die Verantwortung, mit gutem Beispiel voranzugehen, Constance. Ich kann das nicht genug betonen. Verstehst du, was ich dir sagen will?«
»Nein!« erwiderte sie mit Tränen in den Augen. »Du sprichst in

Rätseln, Jasper! Ich kann nur daran denken, was geschieht, wenn Harriet Ingersoll diese Woche hier eintrifft. Was glaubst du, wird sie über uns und unseren Sohn wohl nach Hause berichten? Vergiß nicht, sie war eine Hofdame der Königin.«

Sir Jasper runzelte andeutungsweise die Stirn.

»Lady Ingersoll ist eine sehr intelligente Frau«, erwiderte er. »Ich glaube nicht, daß sie Zeit mit unverantwortlichen Gerüchten verschwenden wird.«

»Aber wir wissen, daß es keine unverantwortlichen Gerüchte sind. Du sagst selbst, Christian hat zugegeben, daß alles wahr ist!«

Er drückte noch einmal die Hand seiner Frau. »Wir waren auch einmal jung, Constance«, sagte er fröhlich lächelnd. »Ein junger Mann muß gewisse Freiheiten haben. Es wird dich jedenfalls freuen, daß Christian versprochen hat, zu allen Mahlzeiten hierher zu kommen.« Er stand auf, hob die Arme über den Kopf und gähnte. »Du wirst ihn also oft genug sehen. Aber«, er sah sie streng an, »bitte, kein Wort zu ihm über diese Frau, Constance! Das mußt du völlig mir überlassen. So, und nun wollen wir das Thema für den Augenblick vergessen. Ich habe noch mehr zu tun, als mich um einen verliebten Sohn zu kümmern.«

Sir Jasper setzte sich in ihrem privaten Wohnzimmer nebenan in seinen Lieblingssessel und fuhr sich mit der Hand nachdenklich über das Kinn. Er hielt sich keineswegs an das, was er seiner Frau gesagt hatte, sondern beschäftigte sich mit seinem verliebten Sohn. Er mußte seine Gedanken ordnen, die vielen wirren Dinge sortieren und in einen klaren Zusammenhang bringen, um später besser eingreifen zu können. Flüchtig dachte er auch an Lady Ingersoll, schob aber den Gedanken an ihre Ankunft zunächst beiseite. Er mußte schrittweise vorgehen, und über Lady Ingersoll konnte er noch später nachdenken.

Er hatte die Füße auf den niedrigen Sofatisch gelegt und die Beine ausgestreckt. Plötzlich überkam ihn jedoch das große Verlangen nach einem Chillum. Bei Gott, nichts setzte die Denkvorgänge so gut in Gang und beruhigte gleichzeitig die Nerven wie der Hookah-Rauch! Es war natürlich undenkbar, auch nur einen Anflug von Tabakrauch in die Schlafgemächer zu bringen. Constance würde ihm das nie verzeihen. Aber sein Verlangen war so groß, daß Sir Jasper beschloß, in sein Arbeitszimmer zurückzukehren. Er würde Tremaine befehlen, den Hookah-Burdar zu holen, um sich dann in ungestörter Muße dem Rauch seiner Wasserpfeife hinzugeben. Beschwingt von diesem Gedanken, summte er leise vor sich hin, als er zur Tür ging. Auf halbem Weg blieb er jedoch plötzlich wie angewurzelt stehen. Seine Füße schienen wie am Fußboden festgeklebt.

Lady Pendlebury bürstete nebenan im Ankleidezimmer ihre Haare und sah im Spiegel, wie ihr Mann plötzlich erstarrte. Als er sich nach einer Weile immer noch nicht bewegte, rief sie seinen Namen. Er reagierte nicht. Er schien sie nicht zu hören. Erschrocken eilte sie zu ihm und berührte ihn an der Schulter.

»Jasper...«

Er zuckte heftig zusammen, als sei er aus einer tiefen Trance erwacht.

Er starrte sie mit leeren Augen an, als kenne er sie nicht. Das normalerweise gerötete Gesicht war blutleer.

»Jasper!« rief sie angstvoll und schüttelte ihn. »Was ist los? Geht es dir nicht gut?«

Er blinzelte, löste sich aus ihrem Griff und schüttelte langsam den Kopf. Er sagte nichts. Er konnte nichts sagen.

Sir Jasper war plötzlich eingefallen, wo er Kyle Hawkesworth zum ersten Mal begegnet war ...

*

Am Montag ereignete sich eine schreckliche Tragödie.

Als Maja allein von ihrem Morgenritt zurückkam, stand Sheba weinend am Tor und berichtete ihr die entsetzliche Neuigkeit. Im Frauenheim in Chitpur war in der Nacht ein großes Feuer ausgebrochen. Ihre Mutter war noch im Morgengrauen nach Chitpur gefahren. Niemand wußte bisher, wie groß der Schaden war. Die Feuerwehrleute kämpften noch immer gegen die Flammen. Menschen waren verletzt worden ...

Maja nahm sich nur die Zeit, ein Kleid anzuziehen, und eilte auf der

Stelle nach Chitpur. Im Frauenheim und in der Umgebung herrschte Chaos. Die Feuerwehr hatte die Straße abgesperrt, die Feuerwehrleute in ihren roten Uniformen liefen mit Wasserschläuchen und Eimern durcheinander und versuchten verzweifelt, die Menge der Zuschauer zurückzudrängen, die sich inzwischen versammelt hatte. Im Haupthaus fand Maja die Frauen und die Dienstboten mit bleichen Gesichtern und noch unter dem Einfluß des Schocks. Einige schluchzten, andere schwiegen ängstlich. Im Besucherzimmer beruhigten Marianne Lubbock und Abala Goswami die aufgelöste Heimleiterin und die Aja. Hal Lubbock und Kali Charan Goswami standen im Hof und sprachen mit dem sichtlich erschöpften Leiter der Feuerwehr. Zahlreiche Fremde versuchten zu helfen, andere standen nur neugierig herum. Hinter dem Haupthaus stiegen dicke schwarze Rauchwolken in den Morgenhimmel. Das peinlich saubere und gepflegte Heim war vor Dreck und Ruß nicht wiederzuerkennen. Das war im Augenblick jedoch die kleinste Sorge.
Kali Charan Babu kam atemlos in das Besucherzimmer. »Durch die Gnade von Mutter Durga ist der Schaden nicht so groß, wie er sein könnte. Wir haben Grund, trotz allem dankbar zu sein.« Dann berichtete er grimmig, daß die Feuerwehrleute in einem der ausgebrannten Kuhställe deutliche Hinweise darauf gefunden hatten, daß das Feuer nicht zufällig ausgebrochen war. Er übernahm es, Clarence Twining zu informieren und bei der Polizei schriftlich Anzeige wegen Brandstiftung zu erstatten.
Offenbar war das Feuer – niemand wußte genau wie und wann – an der Rückseite des Haupthauses in einem leeren und verfallenen Kuhstall ausgebrochen. Das Strohdach hatte sofort lichterloh gebrannt, und das Feuer war auf andere Nebengebäude übergesprungen. Ein Stallknecht, der vor den Ställen schlief, hatte als erster Alarm geschlagen. Ohne einen kurzen Regen, der die Flammen dämpfte, wäre bestimmt auch das Haupthaus in Brand geraten, und vermutlich wären dann viele Bewohner umgekommen. Im Augenblick sah es so aus, als seien zwei Kuhställe, darunter auch der leere, völlig und vier andere Nebengebäude teilweise abgebrannt. Einige Kühe waren tot, drei der vier Stallknechte hatten bei dem Versuch, die Kühe zu retten,

Verbrennungen erlitten. Es stank abscheulich nach den verbrannten Rindern. Viele hatten sich Tücher vor die Gesichter gebunden. Auch einige Heimbewohner hatten Verbrennungen erlitten, aber niemand schien ernsthaft verletzt zu sein. Am schlimmsten war es jedoch der armen Joycie Crum ergangen. Sie hatte am ganzen Körper schwere Brandwunden.

Maja fand ihre Mutter im oberen Stockwerk in Joycie Crums Zimmer. Auch Dr. Humphries und Edna Chalcott bemühten sich um die Schwerverletzte. Joycie lag auf ihrem Bett. Sie bewegte sich nicht und hatte die Augen geschlossen. Sie war in einem wirklich bedauernswerten Zustand. Maja mußte bei ihrem Anblick einen Aufschrei unterdrücken. Die Haut an Joycis Händen, die so schnell und geschickt mit Nadel und Faden umgehen konnten, war bis zu den Handgelenken verkohlt. Große Brandblasen bedeckten ihr Gesicht, und die Beine schienen nur noch aus Knochen zu bestehen. Außerdem hatte sie keine Haare mehr.

Maja spürte, wie Olivia ihr den Arm um die Schulter legte. Die Tränen liefen ihr über die Wange. »Ist es schlimm?« flüsterte sie erschüttert.

Dr. Humphries antwortete: »Sagen wir, es sieht nicht gut aus. Es besteht die Gefahr einer Infektion. Wir können im Augenblick nur warten und hoffen.«

»Und beten ...«, murmelte Edna mit geröteten Augen.

»Arme Joycie ...« Maja drückte den Kopf an die Schulter ihrer Mutter und schluchzte leise. Sie erlebte zum ersten Mal eine so schreckliche Tragödie. Sie hatte noch nie jemanden gesehen, der so entstellt war, und Joycie gehörte zu den Menschen, die sie immer geliebt hatte.

Nachdem Dr. Humphries seine Anweisungen zur Behandlung und Krankenpflege gegeben hatte, machte er sich auf den Weg zu den anderen Opfern. Edna sank auf einen Stuhl und schlug die Hände vor das Gesicht. »Mein Gott, wer kann so etwas Schreckliches nur getan haben...«

Olivia schüttelte ebenso erschüttert den Kopf. »Ich weiß es nicht..., ich weiß es nicht ...«, wiederholte sie erstickt. »Etwas verstehe ich

allerdings nicht. Was hat Joycie mitten in der Nacht in dem alten Kuhstall gesucht?«
Niemand konnte diese Frage beantworten.
Eine der Hausbewohnerinnen eilte ins Zimmer. Dr. Humphries brauchte dringend Hilfe bei der Behandlung der Verletzten. Konnte eine der beiden Frauen oder beide zu ihm kommen?
»Geh du«, sagte Edna zu Olivia. »Jemand muß hier bei Joycie bleiben...«
»Ihr könnt beide gehen. Ich bleibe bei Joycie«, sagte Maja sofort. »Ich werde euch rufen lassen, wenn es notwendig ist.«
»Also gut. Du darfst sie nirgends berühren, nur hier, seitlich an den Hüften«, erklärte Olivia. »Ihre Haut ist fast überall verbrannt, und jede Berührung verursacht ihr größte Schmerzen ...« Sie gab Maja noch schnell ein paar andere Hinweise, und dann eilten beide Frauen davon.
Maja zog einen Stuhl neben das Bett und setzte sich. Sie hatte den Schock noch nicht überwunden und konnte den Blick nicht von der entstellten Joycie wenden, die reglos auf dem Bett lag. Wie konnte das dieselbe Frau sein, die sie kannte? Joycie hatte mit großer Liebe und Hingabe die meisten ihrer Kleider genäht. Sie hatte Maja schon als Kind besonders ins Herz geschlossen, und obwohl sie nur so wenig verdiente, hatte sie ihr immer Spielzeug oder etwas zum Naschen gekauft.
Es roch nach verbrannter Haut und Medikamenten. Maja glaubte nach kurzer Zeit, sie müsse sich übergeben. Schnell stand sie auf und öffnete noch ein Fenster. Sie holte tief Luft, und nach einer Weile ging es ihr etwas besser. An der Wand über Joycies Arbeitstisch hingen ein paar gerahmte Photographien. Maja betrachtete sie, um sich abzulenken. Plötzlich hörte sie einen Laut und eilte ans Bett. Joycies Augen standen offen.
»Was ist?« flüsterte Maja und hätte ihr liebend gern die entstellten Hände gedrückt, aber das durfte sie nicht. »Möchtest du etwas?«
Sie bewegte die blutigen Lippen. Maja beugte sich dicht über sie. »Livia ...?«

»Nein, ich bin es, Maja. Soll ich Mutter rufen?«
Sie bewegte etwas den Kopf. »Nein ... bist du ... zur ... Anprobe ...?« fragte sie stockend. Die hellblauen Augen waren kaum zu sehen.
Maja unterdrückte ein Schluchzen. »Nein, Joycie. Der Mantel hat Zeit. Ich bin gekommen, um bei dir zu sein. Joycie, du weißt doch, wie ich dich liebe.«
Die wimpernlosen Augen zuckten, und sie verzog den entstellten Mund. »Bin fertig ... schön geworden ... kannst stolz ... in Merika ...«
»Bestimmt, Joycie. Ich werde ihn anprobieren, wenn ich das nächste Mal komme. Jetzt mußt du gesund werden. Bitte werde schnell wieder gesund!«
Joycie bewegte wieder den Kopf. »Nein ... keine Zeit ... ich will sehen ... jetzt ...«
Maja wollte nicht, daß Joycie sich zu sehr erregte, und nickte schnell. »Gut, wenn du willst, zieh ich ihn jetzt an. Wo ist er?«
Joycie gab lange keine Antwort. Maja dachte, sie habe wieder das Bewußtsein verloren. Plötzlich öffnete Joycie die Augen. »Unter ... Bett ... Koffer. Ich ... hol ...« Sie wollte aufstehen.
»Nein, Joycie, bleib liegen!« rief Maja und legte beschwörend die Hände an ihre Hüften, um sie festzuhalten. »Dr. Humphries sagt, du darfst dich nicht bewegen.«
»Doch ... kann ...« Aber ihr Körper war schwächer als ihr Wille. Keuchend gab sie auf.
»Ich kann den Mantel doch aus dem Koffer holen«, sagte Maja und überlegte, ob sie jemanden rufen sollte, um ihr zu helfen. Aber Joycie wurde ruhiger.
»Gut ...« Mit großer Mühe hob sie eine Hand. Dann schloß sie die Augen und weinte leise. »Keine ... Kleider ... mehr, keine ...« Maja wurde es schwer ums Herz. Sie mußte schlucken, aber sie fand keine Worte. »Gut ...«, flüsterte Joycie nach einer Weile. »Koffer ...«
Maja stand auf, blickte unter das Bett, sah den Koffer und zog ihn hervor. Ein großes Schloß hing offen im Schnappriegel. Als sie den Deckel öffnen wollte, spürte sie etwas Nasses und Klebriges an den

Händen. Als sie sah, was es war, wurde ihr wieder übel. An dem Deckel hingen Hautfetzen. Sie waren verkohlt und blutig. Offenbar hatte Joycie den Koffer noch geöffnet, nachdem ihre Hände bereits vom Feuer entstellt waren! Maja holte tief Luft, zog ein Taschentuch hervor und säuberte ihre Hände. Dann öffnete sie den Koffer. Oben auf dem Durcheinander von Kleidern und allen möglichen Dingen sah sie den Mantel, den Joycie ihr für Amerika genäht hatte. Er war wundervoll bestickt und ordentlich zusammengelegt und in alte Zeitungen gepackt. Maja starrte jedoch fassungslos auf etwas anderes. Auf den Zeitungen lag kostbarer Schmuck.

Maja blickte verwirrt zu Joycie. Sie hatte die Augen geöffnet und beobachtete sie. Maja setzte sich auf den Boden und schüttelte ungläubig den Kopf.

»Siehst du ...?« flüsterte Joycie.

Maja nickte. Es stimmte also doch! Seit Jahren hieß es, Joycie habe Schmuck aus der Zeit, als sie die Geliebte des Nawab gewesen war. Dann kam Maja ein anderer Gedanke. »Du hattest den Schmuck in dem alten Kuhstall versteckt? Bist du deshalb mitten in der Nacht dort gewesen?«

Joycie nickte triumphierend.

»Wo?«

Ihre Augen glänzten, und sie stieß ein seltsames Krächzen aus. »Mauer ... hinter Steinen ... mußte Schmuck ... retten.« Ihre Stimme klang lauter bei dem Gedanken an ihren kostbaren Schmuck. »Schließ die Tür.« Maja stand auf. Die Erregung in Joycies Gesicht ängstigte sie. »Du mußt alles zusammenlegen ... vorsichtig ... paß auf.« Maja sah ein Stück verkohlten roten Samt. Es waren die Überreste eines Beutels, in dem Joycie den Schmuck aufbewahrt hatte. Er war jedoch nicht mehr zu gebrauchen. Sie suchte in dem Koffer und fand ein Stück Stoff. Sie legte den Schmuck einzeln vorsichtig darauf.

»Nimm ...«, befahl Joycie.

»Was?« fragte Maja.

»Nimm, nimm ihn ...!« Ihre Augen glänzten fiebrig. »Nimm ihn mit ... bewahr ihn für mich auf ... sicher ...«

»Nein, Joycie, das geht nicht.«

»Still, hör zu ... du behältst ihn ... wenn ich nicht sterbe ...«
»O Joycie, du darfst nicht sterben!« rief Maja tränenerstickt.
»Still ... hör zu ... wenn ich nicht sterbe, bring ihn zurück ... alles!«
»Laß ihn hier im Koffer, Joycie«, rief Maja. »Den Koffer kann man verschließen.«
»Hier?« Der gutgemeinte Vorschlag versetzte Joycie in Panik. Sie stieß einen heiseren Schrei aus. »Hier? Bei ... Dieben, Räubern? Ich ... habe ihn so lange ... versteckt. Jetzt soll er ...«
»Also gut, ich nehme ihn an mich«, versicherte ihr Maja schnell. Sie mußte verhindern, daß Joycie sich so erregte. Das war bei ihrem Zustand gefährlich. »Ich nehme den Schmuck mit nach Hause und werde ihn für dich in meinem Schrank sicher aufbewahren. Meine Mutter ...«
»Sag es ... Livia ... sonst keinem ... keinem ... versprich es!« Maja nickte schnell. »Wenn ich nicht ... sterbe, suche ich mir ... ein neues ... Versteck. Vielleicht in ... unwichtig. Aber wenn ich sterbe ...« Sie sah Maja mit stechenden Augen an, die angesichts der Heftigkeit nichts zu sagen wagte, sondern nur betroffen schwieg. »Dann gib sie ... ihm.«
Majas Lippen begannen zu zittern. »Wem, Joycie?«
Die Anstrengung hatte sie geschwächt. Joycie schloß die Augen und flüsterte etwas, was Maja nicht verstand. Sie bewegte zwar noch die Lippen, aber sie schien wie im Delirium.
Maja beugte sich über Joycie, aber sie hörte nur einzelne zusammenhanglose Worte: »Er ... weiß ... weiß ... für ... sein.« Jocyie schien zu halluzinieren.
»Er? Wer, Joycie?« fragte Maja leise.
Aber sie bekam keine Antwort. Das wenige, was von der Haut noch geblieben war, wirkte heiß und rot. Maja schauderte. Sollte sie den Arzt rufen? Aber Joycie bewegte sich und fand mit übermenschlicher Anstrengung ihre Stimme wieder. »Der Mann, ihr Mann. Er will sie töten. Jetzt ist alles gut ... auch für sie. Ich sterbe ... gut. Aber gib ihm das ... für ihr ...«
»Wem, Joycie?« fragte Maja ängstlich.

Joycie schloß die Augen. Sie bewegte ungeduldig den Kopf.
»Kyle ...«, antwortete sie. »Wie oft soll ich es noch sagen ... gib es Kyle ... für sie.« Die Anstrengung war zu groß, ihre Stimme wurde schwach.
Maja verschlug es den Atem.
»Für sie ... und das Teufels ... Er kümmert sich nicht ...« Zwei große Tränen standen in ihren Augen und liefen ihr über das verkohlte Gesicht.
»Von wem sprichst du, Joycie?«
»Von ... ihr und dem Teufelski ...«
»Kind?« Maja klopfte das Herz bis zum Hals. »Wessen Kind, Joycie?« fragte sie mit belegter Stimme. »Kyles Kind?«
»Sein Kind ... das Kind mit dem ...« Joycie hob schwach die entstellte Hand und deutete auf den Mund. »Das Kind mit dem ...«, wiederholte sie, dann versagte ihr die Stimme, und sie schloß die Augen. Ihr Atem wurde ruhiger. Joycie schien zu schlafen.
Maja blieb bewegungslos sitzen. Den Stoff mit dem Schmuck hielt sie in den Händen. Nach einer Weile klopfte es. Ihr fiel ein, daß die Tür verriegelt war. Schnell legte sie den Schmuck in den Koffer, schob ihn unter das Bett, dann stand sie auf und entriegelte die Tür. Es war Edna.
Maja blieb den ganzen Tag mit Edna bei Joycie. Sie hielten Krankenwache bei der einsamen Frau, die so wenig vom Leben gehabt hatte. Maja war zu verwirrt, um zu verstehen, was Joycie ihr hatte vermitteln wollen. Sie hoffte, daß sie aufwachen und vielleicht noch etwas sagen würde. Aber die starken Beruhigungsmittel, die ihr die unerträglichen Schmerzen nahmen, taten ihre Wirkung, und Joycie schlief den ganzen Tag über.
Maja wußte nicht, ob das, was Joycie gesagt hatte, im Delirium gesprochen war. Etwas war jedoch deutlich geworden. Joycie wußte sehr viel über die Frau und das Kind, das Kyle in dem unterirdischen Raum versteckte!

*

›Jemand dort oben blickt mit Wohlgefallen auf uns herab!‹ schrieb Christian überglücklich in seinem Brief. ›Ich habe mit Papa allein gesprochen. Er behält sich im Augenblick die Entscheidung noch vor, aber er mißbilligt meinen Entschluß nicht völlig. Ich wage zu glauben, daß die Zeichen gut für uns stehen, sehr viel besser, als ich gedacht hatte. Ich habe Deiner Mutter geschrieben und um ein Gespräch gebeten. Ich hoffe, daß sie bereit ist, mich zu empfangen. Hab Geduld, Liebste, wir sind fast am Ziel! Mehr, wenn wir uns sehen. Ich kann es kaum erwarten! Mit all meiner Liebe und in großer Eile, Dein Christian.‹

Am Dienstagmorgen kam Christians Brief. Der Inhalt ließ Maja alles andere vergessen. Es konnte nur einen Grund geben, daß Christian ihre Mutter in aller Form um ein Gespräch bat! Leider hatte Christian auf alle Einzelheiten in seinem Brief verzichtet, aber trotzdem war Maja überglücklich.

Die arme Joycie und ihr Schmuck waren im Augenblick unwichtig, als Maja die Treppe zu ihrer Mutter hinuntereilte. Sie saß im Frühstückszimmer.

Olivia sah schweigend das gerötete Gesicht ihrer Tochter. Sie kannte den Grund der glühenden Wangen, und das machte ihr Kummer. »Ich denke, du weißt bereits, daß Christian mich um ein Gespräch gebeten hat«, sagte sie ohne große Begeisterung, als Maja sich zu ihr setzte.

»Ja.«

»Ich habe ihm geantwortet und ausrichten lassen, daß ich ihn heute nachmittag um fünf empfangen werde. Die Leute von der Versicherung kommen heute vormittag in das Heim, um den Schaden aufzunehmen, und dann muß ich Edna ablösen. Sie ist die ganze Nacht bei Joycie geblieben.«

Bei dem Gedanken an Joycie verflog Majas gute Laune.

»Ich werde dich begleiten«, sagte sie schnell. »Ich wollte eigentlich die Ställe ausräuchern, aber Abdul Mian und Rafiq können das auch ohne mich.« Sie nahm sich eine Scheibe Toast und bestrich sie mit Butter. »Christian schreibt, daß er mit seinem Vater gesprochen hat.«

»Das habe ich mir gedacht. Sagt er etwas über die Reaktion seines Vaters?«
Maja schüttelte den Kopf. »Christian soll es dir lieber selbst sagen, Mutter. Sein Brief war sehr kurz.« Sie biß in den Toast und kaute langsam. »Er hat nur angedeutet, daß sein Vater nicht ... völlig dagegen ist.«
Olivia legte die Gabel auf den Teller, legte den Arm auf den Tisch und sah ihre Tochter fragend an. »Maja, möchtest du Christian Pendlebury wirklich heiraten?«
»Ja. Ich habe dir bereits gesagt, daß ich seinen Heiratsantrag angenommen habe.«
Olivia war mit der Antwort nicht zufrieden. »Auch wenn er für den Rest seines Berufslebens in Indien bleiben will?«
Maja legte den Toast auf den Teller und verzog das Gesicht. Sie goß sich Kaffee ein und sagte: »Es gibt Urlaub in England, und außerdem«, sie lächelte verstohlen, was Olivia inzwischen überhaupt nicht mochte, »vielleicht ändert er ja auch seine Meinung und will dort leben.«
»Möchtest du ihn dazu überreden?«
»Wir werden sehen, wenn es soweit ist.«
»Und wie glaubst du, wird man dich in England behandeln?«
Majas Augen funkelten. »Wie hier ... mit Achtung«, antwortete sie. »Christian wird dafür sorgen.«
Olivia schüttelte den Kopf. »Ich würde mich nicht darauf verlassen«, sagte sie leise und freundlich. »Die Gesellschaft lehnt alle entschieden ab, die gewisse verbotene Grenzen überschreiten.«
»Du sprichst natürlich aus eigener Erfahrung, Mutter«, sagte Maja herausfordernd.
»Ja.« Diesmal ließ sich Olivia nicht aus der Fassung bringen. »Man hat mir nie verziehen, daß ich eine dieser Grenzen überschritten habe. Ich mußte einen hohen Preis dafür bezahlen.«
»Aber du hast dich nicht geändert, und du hast überlebt!«
»Ja, weil ich einen unsichtbaren Verbündeten hatte.« Sie zwang Maja, sie anzusehen. »Verstehst du, Maja, ich habe deinen Vater wirklich geliebt.«

»Du glaubst, ich liebe Christian nicht?«
»Liebst du ihn?«
Maja senkte die Augen. Sie gab keine Antwort, sondern stellte eine Gegenfrage. »Wie kannst du Liebe messen, Mutter?« fragte sie leise lachend. »Gibt es ein Instrument, an dem du deine Zuneigung für jemanden ablesen kannst?«
»Ja. Du kannst Liebe an dem messen, was du bereit bist, dafür aufzugeben.«
»Du hast für Vater alles aufgegeben!« rief sie verächtlich. »Und dein großes, edles Opfer hat dir nichts als Leid gebracht!«
»Die Freude seiner Liebe hat das Leid aufgewogen.«
»Denkst du, ich bin nicht fähig, Opfer zu bringen?« fragte Maja.
»Um diese Heirat durchzusetzen, ja, aber um die Ehe aufrechtzuerhalten, vielleicht nicht.«
»Ich sehe darin keinen Unterschied.«
»Wirklich nicht?«
Maja warf die Serviette auf den Tisch und stand zitternd auf. »Ich kann in diesem Land nicht leben, Mutter, und ich will es nicht!« rief sie heftig. »Ich habe hier keinen Platz! Das war schon immer so, und daran wird sich nichts ändern.«
»Du wirst in Amerika einen Platz haben.«
»Du verstehst nicht, wovon ich spreche!« Sie schob den Einwurf ihrer Mutter beiseite. »Glaubst du wirklich, es sei eine Frage der Geographie, einen Platz zu finden?« Sie lachte bitter. »Warum sollte ich als Flüchtling an einen anderen Ort gehen, Mutter? Ich bin hier ein Flüchtling. Ist dir das nie aufgefallen? Ich muß Klarheit finden, eine klar bestimmte Rolle in einer Gesellschaft spielen, auch wenn sie mich entschieden ablehnt. Kannst du das nicht verstehen?« Der Zorn leuchtete aus ihren dunkelblauen Augen, aber dann erlosch das Leuchten, und sie sank in sich zusammen. »Nein, natürlich kannst du das nicht. Wie könntest du auch?« murmelte sie verzweifelt. »Du bist kein Mischling, du hast deinen Platz!« Sie drehte sich um und verließ das Zimmer.
Olivia spürte den vertrauten Schmerz. Voll Liebe und Mitgefühl wollte sie ihr gequältes Kind an sich drücken und es trösten, aber sie

wußte, Maja würde sie von sich stoßen. Maja lebte wie ihr Vater in einem Schneckenhaus, das sie unerbittlich gegen alle Welt verteidigte. Olivia verstand sie sehr gut, aber sie konnte ihr nicht helfen und ihre Seelenqual lindern. Wie es bei Jai manchmal gewesen war, hatte sich Maja jetzt ihrem Einfluß entzogen.

Christian erschien zehn Minuten vor fünf. Er war förmlich gekleidet und machte ein ernstes Gesicht. Im vollen Bewußtsein der Bedeutung dieses Besuchs hatte er sich entschlossen, für dieses wichtige Gespräch in aller Form mit einer Droschke vor dem Portal vorzufahren. Maja begrüßte ihn auf den Stufen und stellte mit Genugtuung fest, daß die beiden Anderson-Schwestern ebenfalls vor dem Haus waren und ihrem Mali Anweisungen gaben. Natürlich war ihnen Christians Ankunft nicht entgangen

Christian sah Maja wortlos an. Wieder einmal staunte er über ihre Schönheit und konnte nicht glauben, daß sie ihn lieben sollte. Er hatte sie seit vielen Tagen nicht mehr gesehen. Er sehnte sich nach einer Berührung, aber er wußte, das durfte nicht sein. Er sagte nur ein paar Floskeln und verschlang sie dabei mit seinen Augen.

»Du hast mir so schrecklich gefehlt ...«, flüsterte er ihr auf dem Weg zum Arbeitszimmer ihrer Mutter aber dann doch zu. Sie trat beiseite. Maja wußte, daß ihre Mutter mit Christian unter vier Augen sprechen wollte.

»Du hast mir auch gefehlt.«

»Sehen wir uns, nachdem ich mit deiner Mutter gesprochen habe?«

»Ja, wenn du willst.

»Wie kannst du daran zweifeln?«

Er sah sie noch einmal lange an, dann kam Olivia die Treppe hinunter. Maja drehte sich um und ging in ihr Büro im Stallgebäude.

Christian begrüßte Olivia mit den aufrichtig empfundenen Worten: »Es tut mir schrecklich leid, was ich über den Brand in dem Heim gehört habe, Mrs. Raventhorne. Stimmt es wirklich, was die Gerüchte uns glauben lassen, daß Brandstiftung für die Tragödie verantwortlich ist?«

Olivia seufzte. »Ja, leider. Es ist wirklich eine schlimme Sache, und wir haben alle den Schock noch nicht überwunden. Wir hoffen, daß Clarence Twining den Schuldigen auch überführen kann.«

»Das klingt ganz, als wüßten Sie, wer es ist«, sagte Christian erstaunt.

»Ja, wir haben einen Verdacht«, antwortete Olivia und stellte wieder einmal fest, wie unkompliziert und erfrischend Christian Pendlebury war. Sie hatte ihn seit seinem ersten Besuch nicht mehr gesehen und fand seine Aufrichtigkeit sehr bemerkenswert. »Die eigentlichen Täter waren natürlich nur bezahlte Verbrecher. Wir glauben jedoch, daß ein erzürnter Vater einer unserer jungen Frauen, die im Heim gelebt hat, sich rächen wollte, weil er uns schwere Vorwürfe gemacht hat.«

»Um Himmels willen!« rief Christian kopfschüttelnd. »Ich kann mir kein Vergehen von Ihrer Seite vorstellen, das eine so brutale Vergeltung rechtfertigen würde!«

Olivia lächelte. »Seiner Meinung nach haben wir ein unverzeihliches Verbrechen begangen, indem wir seine Tochter ermutigt haben, der Sitte zu trotzen und einen Mann ihrer Wahl zu heiraten. Es sind Brahmanen, und sie war eine Witwe.« Olivia schüttelte traurig den Kopf. »Manchmal frage ich mich, ob wir das Richtige getan haben.«

»Wie können Sie so etwas sagen, Mrs. Raventhorne!« Christian sah sie beschwörend an. »Freuen Sie sich nicht darüber, daß die junge Frau noch einmal die Möglichkeit hat, ihr Glück zu finden?«

»O natürlich! Das meinte ich nicht. Ich meine ... manchmal fällt es auch den vernünftigsten Eltern schwer, vernünftig zu bleiben, wenn es um die eigenen Kinder geht. So seltsam das klingen mag, ich habe durchaus Verständnis für den Zorn dieses Mannes!«

Christian entging die Bedeutung der letzten Äußerung nicht. Als er Olivia in das Arbeitszimmer folgte, und die Tür sich hinter ihnen schloß, überlegte er, ob sie das mit Absicht gesagt hatte. Aber als sie auf den eleganten Chintzsofas saßen und Sheba Tee mit *Petit Fours* serviert hatte, lächelte Olivia freundlich, und Christian faßte wieder Mut. Es schien der richtige Moment zu sein, um das zu sagen, weshalb er gekommen war. Er räusperte sich und wagte den Sprung ins kalte Wasser.

»Ich möchte Ihre Zeit nicht zu lange in Anspruch nehmen, Mrs. Raventhorne. Ich bin gekommen, um Sie um die Hand Ihrer Tochter zu bitten. Ich liebe sie aus ganzem Herzen, und ich glaube, sie erwidert meine Gefühle. Sie hat bereits zugestimmt, meine Frau zu werden.«

Er sagte das alles fast ohne Atem zu holen, und Olivia war von seiner Direktheit etwas vor den Kopf gestoßen. Sie gab nicht sofort eine Antwort, sondern goß erst den Tee ein. »Haben Sie Ihre Eltern von Ihrer Absicht in Kenntnis gesetzt?«

»Ja. Ich habe gestern abend mit meinem Vater gesprochen.«

»Und wie hat er reagiert?«

»Er hat gegen die Wahl meiner Frau nichts eingewendet.«

»Sie wollen damit sagen, er hat seine Zustimmung zu der Heirat gegeben?«

»Ich brauche seine Zustimmung nicht. Aber ich bemühe mich aufrichtig um sein Wohlwollen.«

Olivia reichte ihm die Tasse und bot ihm die *Petit Fours* an. Christian nahm dankend an und begann nervös, ein wenig davon zu essen. »Und das haben Sie?«

»Ja, ich glaube. Mein Vater ist in vieler Hinsicht außergewöhnlich, Mrs. Raventhorne«, erklärte Christian stolz. »Seit ich denken kann, ist er mein bester Freund und Lehrer gewesen. Er war nie unehrlich zu mir, hat mich nie falsch beraten oder mich mit Platitüden abgefertigt. Er hat mich immer mit Achtung und als einen ebenbürtigen Partner behandelt. Ich vertraue ihm voll und ganz.« Er trank schnell ein paar Schlucke, um seine trockene Kehle anzufeuchten. »Er hat von mir nur verlangt, daß wir im Augenblick noch Diskretion wahren. Er war überraschend verständnisvoll.« Christian wurde rot. »Ich sage überraschend, weil...«

»Sie müssen das nicht erklären, Christian«, sagte Olivia lächelnd. »Ich verstehe. Aber was war seine Meinung?«

»Er hat sich dazu nicht geäußert. Er hat gesagt, ich sei erwachsen und müsse meine Entscheidung selbst treffen, und das«, fügte er schnell hinzu, »habe ich bereits getan. Er verlangt nur von mir, daß ich mir meiner Sache sicher bin.«

»Aha.« Olivia lehnte sich nachdenklich zurück. »Wenn Sie ihm diese Gewißheit geben, dann wird er zustimmen?«
»Ja, da bin ich mir ganz sicher. Seine größte Sorge gilt meiner Karriere, weil ...«, wieder beendete er den Satz nicht.
»Weil die Heirat mit meiner Tochter Ihre Karriere ernsthaft gefährden könnte?«
Er sah sie dankbar an, weil sie ihm die Peinlichkeit erspart hatte, so etwas Demütigendes auszusprechen. »Ja.«
»Aber Sie sind nicht dieser Meinung?«
Christian hob das Kinn. »Nein, ich vertraue auf das grundsätzlich gute Urteilsvermögen meiner Vorgesetzten. Verdienste werden anerkannt werden. Das hat nichts mit meinen persönlichen Verhältnissen zu tun. Meine erste Stelle steht bereits fest, wie Maja Ihnen bestimmt gesagt hat. Es müssen nur noch die Wohnmöglichkeiten in Kamparan überprüft werden.«
»Sie wollen heiraten, bevor Sie diese Stelle antreten?« fragte Olivia erschrocken.
Christian hätte beinahe ja gesagt, erkannte aber, daß dies doch unrealistisch klingen würde, und schüttelte den Kopf. Kleinlaut sagte er: »Leider nein. Ich muß zuerst allein nach Kamparan, um sozusagen den Boden vorzubereiten. Abgesehen von der Unterkunft muß ich auch klären, ob die Lebensbedingungen insgesamt akzeptabel sind. Ich möchte Maja natürlich ein so angenehmes Leben wie möglich bieten.«
Olivia hätte beinahe gelächelt, aber sie unterließ es. Er war so naiv! Die Unterkunft würde ganz bestimmt sein kleinstes Problem sein!
»Und Ihre Mutter? Teilt sie die liberalen Ansichten Ihres Vaters?«
Christian senkte sichtlich geknickt den Kopf. »Das bezweifle ich«, gestand er offen. »Ich werde nicht selbst mit ihr reden, sondern das meinem Vater überlassen. Er hofft, daß er sie nach und nach dazu bewegen kann, unseren Standpunkt zu teilen.«
Olivia trank schweigend ihren Tee und überlegte, mit welchen Worten sie diesen aufrichtigen jungen Mann warnen könnte, der das Leben immer noch so sah, wie es sich ihm an der Oberfläche zeigte.

Plötzlich war sie sehr niedergeschlagen. Er war entschlossen, sich einer gefährlichen Brücke anzuvertrauen, die über einen Abgrund führte, der nicht zu überbrücken war. Leider sah er das nicht.
»Maja ist beinahe neunzehn, Christian«, sagte sie schließlich. »Wie Sie, ist auch Maja erwachsen. Sei es nun falsch oder richtig, ich habe meine Kinder jedenfalls dazu erzogen, selbst für sich zu denken, wie das mein Vater auch mit mir getan hat. Ich gestehe, manchmal habe ich gewisse Zweifel, aber wie hätte ich meinen Kindern die Freiheit verweigern können, die ich selbst hatte?« Sie schwieg und griff spontan nach seiner Hand. »Ja, natürlich haben Sie meine Erlaubnis, Christian. Aber auch ich würde Sie wie Ihr Vater bitten, nichts zu überstürzen. Behalten Sie Ihre Entscheidung für sich, bis Sie beide absolut sicher sind.«
Mehr hatte Christian nicht erwartet. Er strahlte!
Als er später mit Maja unten am Fluß auf den Stufen saß und ihr in allen Einzelheiten berichtete, was sein Vater und ihre Mutter zu ihm gesagt hatten, meinte er, mehr hätten sie sich nicht wünschen können.
Maja hatte fast den ganzen Tag am Krankenbett von Joycie gesessen, die bewußtlos war und nichts mehr von der Welt wahrnahm, zu der sie einmal gehört hatte. Sie brauchte dringend Trost. Sie griff nach seiner Hand und hielt sie fest. Er zog sie an sich und strich ihr mit größter Zärtlichkeit über die Haare, als sie ihren Kopf an seine Schulter legte.
»Ich habe versprochen, öfter bei meinen Eltern zu essen«, sagte er. »Aber das ist wirklich ein kleiner Preis dafür, daß ich dich sehen kann, wann immer du es willst.«
»Ja.« Sie hob den Kopf und sah ihn an. »Und Mr. Ludlow wird seine Absicht nicht ändern und dich nach Kamparan schicken?«
»Nein. Die Behörden brauchen dort neue Kräfte und frisches Blut. Ich kann kaum mehr sagen, als ich bereits gesagt habe.« Er sah sie besorgt an. »Du hast es dir doch nicht anders überlegt und willst doch nicht mit mir kommen?«
»Nein, natürlich nicht.« Sie runzelte die Stirn. »Könnte denn dein Vater nicht von dem Amt verlangen, dir eine andere Stelle zu geben ...«

Christian schüttelte den Kopf. »Nein, o nein! Ich kann mich nur auf mich selbst verlassen. Es wäre eine Schande, wenn ich versuchen sollte, Papas Einfluß geltend zu machen. Er wäre sehr enttäuscht, wenn ich so etwas auch nur andeuten würde.« Christian stand auf, streckte die Beine und hob die Arme über den Kopf. »Ich muß jetzt gehen und Kyle ein paar Bücher zurückbringen, die er mir freundlicherweise geliehen hat. Er möchte mir auch seine neuesten Bücher zeigen, darunter eine Dissertation von Thomas Paine.«

Majas Glück war zerstört. Die Erwähnung von Kyle rief ihr Joycies Anweisung ins Gedächtnis, und alle ihre Ängste waren wieder da. »Warum triffst du dich so oft mit Kyle?« fragte sie unvermittelt. »Weißt du nicht, wie ... wie gefährlich er sein kann?«

»Gefährlich? Kyle?« Er lachte über diese absurde Vorstellung. »Er ist mein einziger guter Freund hier in Kalkutta. Ich habe von ihm schon viel gelernt. Ich schätze mich glücklich, mit jemandem zusammenzusein, der soviel Phantasie hat und seiner Sache mit ganzer Leidenschaft dient.«

»Trotzdem, Christian ... sei bitte vorsichtig. Du kannst ihm nicht trauen.«

Er wurde ernst. »Du kannst Kyle nicht leiden?«

»Nein.«

»Warum nicht?«

»Ich finde seine Motive zweifelhaft. Wenn es ihn überkommt, dann kann er wirklich sehr ... gefährlich und heimtückisch sein.«

Christian wollte das nicht glauben. Majas Einschätzung ärgerte ihn. »Sprichst du aus persönlicher Erfahrung ... oder wiederholst du nur das dumme Geschwätz der anderen über ihn?«

»Ich bin schon öfter sein Opfer gewesen, und außerdem pflege ich nicht Geschwätz zu verbreiten, sei es nun dumm oder nicht«, erwiderte sie wütend. »Ich kenne Kyle, und du kennst ihn nicht. Mehr ist dazu nicht zu sagen.«

»Für mich ist Kyle ein Freund«, wiederholte er ebenso erregt. »Es tut mir leid, daß du ihn ablehnst. Natürlich bist du zu deiner Meinung berechtigt, wenn ich auch meine haben darf. Lassen wir es dabei.«

Maja sah Christian beklommen nach, der trotzig davonging, und ihr Zorn auf Kyle wuchs. Bewußt oder unbewußt tat er in seiner Gegenwart und in seiner Abwesenheit bereits alles, um ihre Beziehung zu stören. Mit etwas mehr Zeit würde es ihm gelingen, sie zu zerstören.

Maja konnte nicht länger warten.

Dreizehntes Kapitel

Es wurde dunkel. Auf dem Uferdamm befanden sich nur wenige Menschen. Darunter war niemand, der besonders auf die dunkle Gestalt im Mantel achtete, die durch das Unterholz eilte. Diesmal hatte Maja keine Angst – weder vor der Dunkelheit noch davor, beobachtet zu werden. Die Fenster der Druckerei waren nicht erleuchtet. Die letzte Nummer von *Equality* war am Vortag erschienen, und an diesem Tag arbeitete niemand.

Sie wollte nicht riskieren, daß Kyle sich nicht zu Hause befand. Deshalb hatte sie ihm geschrieben und um ein Gespräch gebeten. In seiner kurzen Antwort auf einer nicht unterschriebenen Karte hatte er sie aufgefordert, um sieben Uhr zu kommen. Maja zweifelte nicht daran, daß die Konfrontation unangenehm und hart werden würde, aber darüber machte sie sich keine Sorgen mehr. Sie kam diesmal gut vorbereitet. Sie staunte selbst darüber, wie zuversichtlich sie sich fühlte!

Bevor sie Kyle um sieben gegenübertrat, mußte sie allerdings noch eine wichtige Einzelheit überprüfen: Sie mußte feststellen, ob sich die geheimnisvolle Frau mit dem Kind noch im Haus befand. Weitere Informationen über diese Frau wären nutzlos, wenn er sie inzwischen woanders hingebracht hatte.

Diesmal stand die Tür des unterirdischen Raums weit offen, obwohl sich offensichtlich niemand darin befand. Es gab jedoch genug Anzeichen dafür, daß hier jemand wohnte, und Maja atmete erleichtert auf. Nein, er hatte die Frau nicht weggebracht; sie befand sich bestimmt irgendwo in der Nähe. Auf dem Bett lagen ordentlich zusammengelegte Kleider, und in dem seltsamen, käfigartigen Bett mit dem Holzgitter sah sie Spielsachen aus Holz.

Das Teufelskind!
Maja fragte sich wieder, was Joycie mit diesem eigenartigen Wort gemeint haben mochte, aber sie hatte keine Zeit für längere Überlegungen.
Neben einem Korb, in dem Fußknöchelreifen mit Glöckchen lagen, wie Tänzerinnen sie trugen, lehnte ein Musikinstrument, ein Tanpur, an der Wand. Auf einem Sims über einem Bett stand eine Reihe mit Büchern in Urdu. Wer war diese Frau – eine Tänzerin?
Maja stand mitten im Raum, als ihr plötzlich eine Idee kam. Es war eine wunderbare, boshafte Idee, die von Kyle hätte sein können, wenn er sich in ihrer Lage befunden hätte.
Ohne nachzudenken, verließ sie den unterirdischen Raum, diesmal aber auf der anderen Seite, und eilte durch den Gang, der die Fortsetzung des Tunnels darstellte. Sie wollte durch den Hof in das Haus gehen! Der Gedanke an Kyles erschrockenes Gesicht, wenn sie plötzlich vor ihm auftauchen würde, gefiel Maja sehr. Sie lachte leise.
Der Gang war auf dieser Seite länger, aber schließlich erreichte sie das Ende, ohne daß ihr jemand begegnet wäre oder sie aufgehalten hätte. Einen Augenblick später stand sie am Fuß einer grob behauenen Steintreppe, die zweifellos zum Hof führte. Maja stieg schnell hinauf, hob vorsichtig eine Falltür und spähte mit angehaltenem Atem hinaus.
Sie hatte richtig vermutet! Die Falltür befand sich hinter den Sträuchern im Hof! In der Nähe stand der junge blonde Diener und nahm Wäsche von einer Leine; aber er wandte ihr den Rücken zu. Maja wartete, bis er mit dem Korb voller Kleider im Haus verschwunden war, und ging dann schnell über den Hof. Sie holte tief Luft und betrat das Haus.
Kyle saß in seinem Arbeitszimmer neben dem Wohnzimmer am Schreibtisch. Er schrieb. Maja kam geräuschlos wie ein Schatten in den Raum und stellte sich mit angehaltenem Atem in eine dunkle Ecke. Kyle war völlig in seine Arbeit vertieft und hob nicht einmal den Kopf. Er bemerkte nicht, daß er nicht mehr allein war. Maja blieb still stehen, bis ihr Atem wieder normal ging und ihr Herz ruhig schlug. Es überraschte sie, daß Kyle nichts hörte; es herrschte tiefe

Stille. Das leise Kratzen seiner Feder, die schnell über das Papier glitt, klang deshalb übermäßig laut. Maja lehnte den Kopf an die Wand und beobachtete ihn.

Der Kragen seines karierten Hemdes stand offen; er hatte die Ärmel bis zu den Ellbogen aufgerollt. Er stützte den Kopf in die Hand. Die Finger verschwanden in seinen dichten Haaren. Neben seinem Arm stand eine Lampe. Es war die einzige Lichtquelle im Zimmer. Sie warf einen weißen Lichtkreis auf das Papier und erhellte die Hälfte seines Gesichts. Seine Lippen, die gelernt hatten, sich immer zusammenzupressen und nie zu verraten, was er dachte, waren vor Vergnügen geöffnet und glänzten feucht. Er hatte das rechte Bein ausgestreckt, das linke angezogen und den Fuß auf das rechte Knie gelegt. Bis auf die Hand, mit der er erstaunlich schnell schrieb, war sein Körper völlig bewegungslos.

So locker und friedlich hatte Maja ihn noch nie gesehen. Endlich umgab ihn einmal nicht die vibrierende Spannung, die zu seiner Persönlichkeit zu gehören schien. Die Furien, die ihn trieben, waren besänftigt, kein Zorn, kein Haß, kein Zynismus entstellte seine Züge. Feiner Schweiß bedeckte die glatte, eher helle als dunkle Haut, die straff über dem scharf geschnittenen Gesicht lag. Sie glänzte beinahe metallisch im Lichtschein. Ohne die schützende Hülle seiner Überheblichkeit wirkte er fremd, wie jemand, den sie noch nie gesehen hatte. Nun ja, Kyle ahnte eben nicht, daß er beobachtet wurde.

Maja staunte über diese unbekannte Seite eines Mannes, den sie gut zu kennen glaubte, und ihre Gedanken kehrten unwillkürlich zu jenem unvergeßlichen Abend auf der *Ganga* zurück. Dann dachte sie an die geheimnisvolle Frau in Kyles Leben – eine Frau, mit der er so viel von sich teilte...

Einen verrückten Augenblick lang versuchte Maja sich vorzustellen, wie es sein mochte, Kyle als Freund, als ... als Mann an der Seite zu haben und die geheime Weichheit zu erleben, von der nur wenige etwas zu spüren bekamen, und die er offensichtlich so entschlossen vor allen verbarg. Aber Maja wußte, daß das niemals möglich sein würde, denn sie strebten unterschiedlichen Horizonten zu und gingen getrennte Wege. Sie waren wie Parallelen, denen es grundsätzlich nicht bestimmt war, sich jemals zu treffen. Bei der Erkenntnis ihrer Unterschiedlichkeit überkam Maja ein unbestimmtes Gefühl – vielleicht ein Anflug von Bedauern. Wären die Gegensätze, die ihr Handeln bestimmten, nicht gewesen, wären sie unter einem anderen Himmel und einer anderen Sonne vielleicht weniger unüberbrückbar voneinander getrennt gewesen...

Sie hörte, wie er langsam ausatmete, während er unter dem Schreibtisch beide Beine ausstreckte. Gähnend hob er die Arme über den Kopf, und sein Blick fiel auf die Uhr. Er runzelte die Stirn – und in diesem Augenblick entdeckte er Maja. Er erstarrte. Er hielt die Arme immer noch über dem Kopf. Wäre nicht alles so still gewesen, hätte sie nicht gehört, wie er heftig einatmete. Langsam ließ er die Arme sinken und sah sie staunend an, während er sich darum bemühte, eine Erklärung für ihr plötzliches Auftauchen zu finden.

Maja kostete ihren Triumph aus und schwieg.

Aber sein Verstand, der wie Quecksilber hierhin und dorthin schoß, löste das Rätsel leider viel zu schnell. Wenn Maja darauf gehofft hatte, er werde ihr die Freude machen, ihr seinen Schock zu zeigen, dann enttäuschte er sie. Sein Gesicht nahm den üblichen abweisenden und spöttischen Ausdruck so blitzschnell an, daß es schien, als habe es die Sekunden des ungläubigen Staunens nicht gegeben.

»Du kommst spät.«

Mit dieser Bemerkung griff er wieder nach seinem Federhalter und schrieb weiter. Maja warf einen Blick auf die Uhr an der Wand. Es war zehn Minuten nach sieben. Sie lächelte, denn sie wußte, seine Unbekümmertheit war gespielt und die Überheblichkeit brüchig. Sie spürte, daß ihre kleine List hervorragend funktionierte. Der Pfeil hatte genau den Punkt getroffen, auf den sie zielte – auf eine wunde Stelle. Kyle war hinter seiner hastig zur Schau getragenen Fassade völlig durcheinander und wütend!

»Also, was willst du?«

Die Frage klang schroff, wie es typisch für ihn war, aber Maja hatte nichts anderes erwartet. Normalerweise hätte der Zorn, der versteckt in jedem Winkel seines Körpers lauerte, sie vielleicht geängstigt; an diesem Abend blieb sie davon ungerührt.

»Was ich will?« Sie trat lässig an seinen Schreibtisch und setzte sich ihm gegenüber auf einen Stuhl, obwohl er sie nicht dazu aufgefordert hatte. »Ich will, daß du dich nicht mehr mit Christian triffst.«
Kyle hob den Blick vom Papier und zog eine Augenbraue hoch. »Ach? Und was läßt dich vermuten, du wärst in der Lage, eine so unsinnige Forderung zu stellen?«
»Ich werde deine Intelligenz nicht durch eine Antwort auf diese Frage beleidigen, Kyle. Du kennst die Antwort bereits.«
Er schob seinen Stuhl zurück und legte die Fingerspitzen seiner Hände zusammen. Seine Augen verengten sich, während er überlegte. Maja erwiderte seinen Blick ruhig, weder ängstlich noch nervös. Wenn überhaupt, dann staunte sie, daß Kyle einmal solche Macht über sie besessen hatte und sie bis vor kurzem jederzeit aus der Fassung bringen konnte. An diesem Abend war sie sich jedoch ihrer Sache bemerkenswert sicher!
»Nur, weil du den Tunnel entdeckt hast?« fragte er mit kaum verhüllter Verachtung. »Dann hast du dich getäuscht. Meine Antwort ist *nein*. Also wenn das alles war, dann geh. Ich habe zu arbeiten.« Er beugte sich vor und streckte die Hand nach dem Federhalter aus.
»Nein, das ist *nicht* alles!« Sie lehnte sich vor und legte die Hand auf das Papier, bevor er weiterschreiben konnte. Seine gespielte Nonchalance beeindruckte sie nicht. »Du bist aus einem bestimmten Grund an Christian interessiert. Ich will wissen, aus welchem.«
»Wir sind beide aus einem bestimmten Grund an Christian interessiert.«
Maja weigerte sich, ihrem Zorn freien Lauf zu lassen. »Ist dir nie in den Sinn gekommen, daß ich Christian Pendlebury etwa lieben könnte?«
»Nein. Das ist die einzige Möglichkeit, die mir *nicht* in den Sinn gekommen ist – ebensowenig wie dir.«
»Ich werde ihn heiraten, Kyle«, sagte sie ruhig, denn sie war nicht bereit, ihre Gelassenheit zu verlieren. »Aus welchen Gründen auch immer, ich werde ihn heiraten. Und ich kann dir versprechen, ich werde nicht zulassen, daß du diese Beziehung zerstörst.«

»Vorausgesetzt natürlich, daß ich das vorhabe.«
»Hast du das nicht vor?«
»Du schmeichelst dir. Es ist mir absolut gleichgültig, wen du heiratest!«
»Nun gut, dann beantworte mir eine Frage: Du magst Christian nicht, aber trotzdem benimmst du dich ihm gegenüber freundschaftlich. Warum?«
»Es stimmt nicht, daß ich ihn nicht mag. Im Gegenteil. Ich finde ihn amüsant, belesen, intelligent, und er ist eigentlich der passende Umgang für mich. Bist du nun zufrieden?«
»Nein. Du hast sogenannten ›passenden‹ Umgang immer verachtet, und du bist unfähig, jemanden zu mögen.« Kyles Heuchelei machte sie wütend. Maja wunderte sich, daß sie als Mädchen für diesen Mann hatte schwärmen können, und sei es auch noch so kindlich gewesen. »Christian hält dich für seinen Freund.«
»Dann ist das *deiner* Meinung nach sein Pech.«
Er wollte nach den Papieren greifen, die sie immer noch festhielt, aber Maja nahm sie schnell an sich. »Er verehrt dich wie einen Helden, Kyle!«
»Nun, wenigstens beweist er bei der Wahl seiner Helden einen guten Geschmack!«
Sie fand seinen Hochmut unerträglich. »Er verehrt auch seinen Vater als Helden«, fügte Maja hinzu und beobachtete ihn dabei aufmerksam.
In seinen Augen flackerte etwas auf, verschwand aber sofort wieder.
»Dann ist das *meiner* Meinung nach sein Pech!«
»Weshalb?«
»Ich kann Imperialisten nicht ausstehen. Das weißt du sehr gut.«
Majas Finger spielten mit einem Bleistift auf dem Schreibtisch. Sie betrachtete ihn mit gesenktem Blick. In seinem Gesicht, das von der Lampe beleuchtet wurde, gingen flüchtige, kaum wahrnehmbare Veränderungen vor. Manche konnte sie nicht deuten, andere jedoch waren unmißverständlich. Insgesamt wußte sie, daß sie sich nicht geirrt hatte. Er war sich nicht sicher, was sie alles herausgefunden

hatte. Hinter seiner vernichtenden Überheblichkeit war Kyle Hawkesworth zutiefst verunsichert!
»Ich gebe nicht vor zu wissen..., bereits alles zu wissen, *was* du verheimlichst, Kyle«, sagte sie leise. »Aber ich versichere dir, ich werde es herausfinden.«
Der Vorhang an der Türöffnung teilte sich, und ein junger Diener trat ein. Es war der Eurasier, den sie mit der Wäsche beobachtet hatte. Er starrte sie erschrocken an. Kyle stand auf. Er machte nicht den geringsten Versuch, sein schlechtes Benehmen zu entschuldigen, und gab dem Jungen ein Zeichen. »Meine Konzentration ist für den Abend ohnedies dahin. Also kannst du auch einen Tee haben.«
»Nein danke, ich...«
Er trug dem Jungen trotzdem auf, Tee zu bringen.
Unruhig ging er auf und ab. Nach einem Augenblick faßte er offenbar einen Entschluß. Er setzte sich wieder und stützte die Arme auf den Schreibtisch. »Also gut. Ich gebe zu, ich habe dich unterschätzt. Du bist einfallsreicher, als ich dachte.«
Majas Herz machte einen Satz. »Laß Christian in Ruhe, Kyle«, sagte sie, ohne etwas von ihrem Hochgefühl zu zeigen. »Ganz gleich, was für ein Spielchen du auch treibst, du benutzt ihn nur für deine Zwecke.«
»Ja.«
Das Eingeständnis kam so bereitwillig, daß es Maja völlig unvorbereitet traf. Ihr Magen krampfte sich zusammen. »Du hast vor, ihm zu schaden!«
»Das habe ich nicht vor, nein das nicht.«
»Aber du wirst es tun!«
»Wie kommst du darauf?«
»Ich weiß, wie pervers du bist. Du bist schon von deinem Wesen her rachsüchtig und destruktiv!«
Er durchbohrte sie mit seinem Blick, ohne sich Mühe zu geben, seine Verachtung zu verbergen. »Ich habe keinen Streit mit deinem Christian. Er bedeutet mir nicht das geringste.«
»Trotzdem bist du hinter ihm her, und das macht selbst seine angebliche Bedeutungslosigkeit verdächtig! Ich warne dich, Kyle. Ich

werde nicht zulassen, daß du Christian oder seinen Interessen in irgendeiner Form schadest...«
»*Deinen* Interessen!«
»Gut, *meinen* Interessen, wenn dir das lieber ist. Deine Unterstellungen berühren mich nicht mehr.« Sie hob die Hand, schlug sich auf den Handrücken und lachte. »Siehst du? Du solltest stolz darauf sein, wie gründlich deine Schülerin ihre Lektion gelernt hat.«
Er neigte in spöttischer Anerkennung ihres Kompliments leicht den Kopf. Ihre Augen trafen sich, und sie erwiderte stolz seinen Blick. Schließlich wandte er sich ab.
»Du möchtest nicht, daß alle etwas von dem Tunnel erfahren, nicht wahr?« fragte sie mit einem kalten, boshaften Lächeln.
Er stand auf, ging zum Kaminsims und stützte sich mit einem Ellbogen darauf. Er verzog das Gesicht, unterdrückte aber einen Wutausbruch. Er lächelte sogar beinahe. »Nein, ich muß gestehen, das möchte ich nicht. Wolltest du das hören?«
»Unter anderem.« Maja haßte dieses angedeutete Lächeln, die gespielte Nonchalance. Sie traute weder dem einen noch dem anderen. Aber plötzlich konnte sie seine Stimmung nicht mehr erkennen, und das beunruhigte sie. Es war Zeit, das Messer weiter umzudrehen.
»Ich weiß auch von der Frau und dem Kind. Von *deinem* Kind.«
»Ach!«
Er gab keinen anderen Kommentar ab, sondern sah sie seltsam an, als überdenke er die Situation noch einmal, bilde sich insgeheim ein neues Urteil und formuliere, was er als nächstes sagen wollte. Unter der hellbraunen Haut war er eine Spur blasser geworden. Er setzte sich, legte die Beine auf den Schreibtisch und begann, sich die Pfeife anzuzünden – zweifellos, um mehr Zeit zum Nachdenken zu gewinnen.
»Und was weißt du genau?«
»Ich weiß, daß sie aus Lucknow kommen.« In Anbetracht von Joycies Hintergrund war das keine unsinnige Vermutung.
»Viele Leute kommen aus Lucknow.«
»Ja, aber nicht, um von dir in diesem Tunnel versteckt zu werden!«

Er dachte nach und räumte ein: »Nein, wahrscheinlich nicht. Was sonst?«
»Im Augenblick nicht viel mehr. Aber ich beabsichtige, alles herauszufinden.«
»Und was genau willst du mit der Information anfangen, wenn du alles herausgefunden hast?«
»Anfangen?« Maja schloß die Augen und lachte dann belustigt. »Ich werde genau das tun, was du mir geraten hast: Ich werde es an die Tafel schreiben oder an die große Glocke hängen, wenn du so willst. Das hat einmal gut funktioniert. Es wird wieder funktionieren.«
Kyle schüttelte den Kopf und hob den Zeigefinger. »Verstehst du, es wird nicht funktionieren«, sagte er beinahe traurig. »Du würdest darüber staunen, wie wenig es funktioniert!« Nach dieser rätselhaften Feststellung nahm er die Beine vom Schreibtisch und stand auf. »Aber wenn du das beabsichtigst, dann erlaube mir, dir behilflich zu sein und deine Nachforschungen etwas weniger mühsam zu machen.«
Er ging zur Tür, zog den Vorhang beiseite und machte eine Geste. Im nächsten Augenblick trat eine Frau ein. Sie trug ein Tablett, auf dem zwei Tassen Tee standen. Offenbar hatte sie vor der Tür darauf gewartet, hereingerufen zu werden.
»Das ist Nafisa Begum«, sagte Kyle. »Niemand macht so guten Tee wie sie. Sie hat darauf bestanden, die Zutaten den ganzen weiten Weg von Lucknow mit hierher zu bringen. Stimmt doch, Nafisa?«
Über Stirn und Augen der Frau lag ein Schleier, so daß nur die untere Gesichtshälfte sichtbar war. Ihre Lippen verzogen sich zu einem Lächeln, aber sie erwiderte nichts. Sie war groß und geschmeidig. Ihr Körper besaß die zarte Anmut einer Feder, die vom Wind getragen durch die Luft schwebt. Es wäre so ohne ihre Behinderung gewesen, denn beim Näherkommen sah Maja, daß sie hinkte. Trotzdem sah man die Anmut in ihren Bewegungen, als reagiere sie immer noch auf unhörbare Rhythmen, die nur sie wahrnehmen konnte. Als sie neben den Stuhl trat, hüllte eine berauschende Duftwolke Maja ein: Rosenöl. In ihren Ohren klang das leise Klirren der Glasreifen an ihren zierlichen Handgelenken. Majas Blick richtete sich schnell auf die Füße

der Frau. Ja, es waren die langen, wohlgeformten Füße, die sie an jenem Abend auf der Hängematte in dem unterirdischen Raum gesehen hatte. Um die schlanken Fußknöchel lagen zwei Silberreifen, die sie wiedererkannte. Sie hatte natürlich damals nicht erkennen können, daß ein Bein deutlich kürzer war als das andere.
Mit unendlich zarten Bewegungen stellte die Frau die beiden Teetassen zwischen sie auf den Schreibtisch. Sie sah Kyle mit einem freundlichen, vertrauten Lächeln an, das trotz des halb verhüllten Gesichts deutlich von ihrer Liebe zu ihm sprach. Sie blickte mit einem anderen, förmlicheren Lächeln in Majas Richtung, wandte sich ab und verließ ohne ein Zeichen von Eile das Zimmer.
Maja war von dieser unerwarteten Enthüllung völlig überrascht, aber noch mehr von Kyles möglichem Motiv. Sie starrte stumm und verwirrt auf den Vorhang, der sich noch bewegte, als die Frau bereits verschwunden war. Sie wußte nicht, was sie sagen sollte. Um ihrer Verwirrung Herr zu werden und ihre Gedanken zu ordnen, stand sie unvermittelt auf und stellte sich mit dem Rücken zu Kyle an das Fenster. Sie kochte vor stummer Empörung: Wie konnte er es wagen, ihr ohne jede Spur von Schicklichkeit seine erbärmliche Geliebte – behindert oder nicht – vorzuführen! Besaß dieser schamlose Mensch denn überhaupt kein Feingefühl, keinen Anstand oder Takt?
Schließlich fand sie ihre Stimme wieder. »Wer ist das?«
Er zuckte die Schultern. »Eine Freundin.« Er kam langsam durch das Zimmer und stellte sich neben sie an das Fenster. Seine Stimmung wechselte noch einmal. Er hob die Hand und fuhr ihr unvermittelt mit dem Zeigefinger über die Wange. »Halt dich da raus, Maja«, sagte er sanft, »es hat nichts mit dir zu tun.«
Sie zuckte unter seiner Berührung zusammen und entzog sich ihm mit einer heftigen Kopfbewegung. »Wenn es etwas mit Christian zu tun hat«, erwiderte sie heftig, »dann hat es sehr wohl etwas mit mir zu tun!«
Er schüttelte den Kopf. »Im Gegensatz zu deiner Vorstellung«, sagte er warnend, aber immer noch ruhig, »ist das kein Spiel, und es gelten dabei keine Regeln. Du wirst feststellen, daß du dabei nicht mithalten kannst.«

Maja lachte gehässig. »Nein, das glaube ich nicht, Kyle! Ganz gleich, mit welchen Worten du deine Intrigen und Pläne tarnst, ich werde dahinterkommen – und wenn es das letzte ist, wozu ich in der Lage bin!«

»Meine Intrigen und Pläne, wie du es nennst, und meine Freundschaft mit Christian gehen dich nichts an!« Die gefaßte Haltung war sehr zerbrechlich. »So, wie es mich nichts angeht, daß du mit absoluter Entschlossenheit deine Interessen verfolgst.«

Es kostete Maja größte Mühe, die Beherrschung nicht zu verlieren. Sie war entschlossen, ihn festzunageln. »Aber du gibst zu, daß du Christian benutzt!«

»Da du es so sehen willst, ja.«

»Zu welchem Zweck?«

»Zu einem Zweck, der dich leider nichts angeht.«

In ihr stieg ein so überwältigender Zorn auf, daß sie die Fäuste ballte und ihm am liebsten die Gleichgültigkeit von seinem ausdruckslosen Gesicht gekratzt hätte. »Wenn du es wagst, dich einzumischen ... in sein ...«

»Versuch nicht, mir zu drohen, Maja!« Seine Stimme klang kalt und schneidend. »Du weißt, daß ich mich zu nichts zwingen lasse!«

Ihr Zorn flaute ab, und sie wurde wieder ruhig. »Kyle, ich habe dir gegenüber einen taktischen Vorteil. Ich rate dir, das nicht zu vergessen – besonders nicht in Hinblick auf diesen Zweck, von dem du behauptest, daß er mich nichts angeht!«

Plötzlich stieß er einen Fluch aus und explodierte: »Warum entwürdigst du dich selbst, indem du hinter diesem Engländer herrennst? Du bist blind und dumm!« Sein Gesicht war finster und aufgewühlt. Er wirkte seltsam gequält. »Hast du noch immer nicht gelernt, daß Engländer keine Eurasierinnen *heiraten*?«

Sein plötzlicher Wutausbruch war so heftig, daß Maja im ersten Augenblick stumm vor Entsetzen war. Aus irgendeinem Winkel ihres Bewußtseins tauchte ein Bild auf und zog blitzschnell an ihrem inneren Auge vorüber – es war ein Bild von Joycie Crum. Und in diesen flüchtigen Sekunden der Stille hatte er mit unfehlbarem Instinkt ihre Gedanken erraten und sprach aus, was sie dachte.

»So wenig wie indische Nawabs es tun«, fügte er ausdruckslos hinzu. Sein Zorn war verflogen.

Majas Magen verkrampfte sich vor Angst; kalte Schauer liefen ihr über den Rücken, und sie zitterte. Aber schnell zwang sie sich, das Gefühl abzuschütteln, und richtete sich auf. »Und was ist mit eurasischen Männern?« fragte sie mit einem sarkastischen Lachen. »Ich nehme an, *sie* haben keine Geliebten, die sie aushalten!«

Er sah sie lange durchdringend an, und in seinen wie immer unergründlichen Augen lag wieder dieser eigenartige Ausdruck, der sie zum Wahnsinn trieb, weil sie ihn nicht deuten konnte. Aber er sagte nur ganz ruhig:

»Versuche nicht, gegen mich zu gewinnen, Maja. Du hast bereits den Boden unter den Füßen verloren.«

»Das glaube ich nicht. Vergiß nicht, ich kann die Alarmglocke jederzeit läuten, und wenn es nötig sein sollte, werde ich nicht zögern, es auch zu tun. Eigentlich bin ich nur gekommen, um dir das zu sagen.« Sie hob das Kinn und ging zur Tür.

»Das wirst du bedauern, Maja«, sagte er ebenso tonlos und ruhig. Er versuchte nicht, sie aufzuhalten.

Sie lächelte ihm zu, als sie durch die Tür ging. »Nicht so sehr, wie du es bedauern wirst, Kyle!«

*

Drei Tage später starb Joycie Crum. Wie eine schwarze unheilvolle Wolke senkte sich die Trauer über das Heim und alle seine Bewohner. Niemand blieb unberührt von der Tragödie, die einer Frau, die zu ihnen gehört hatte, ein so grausames Ende brachte. Trotz Joycies Launen, die alle manchmal zur Verzweiflung treiben konnten, trotz ihrer spitzen Zunge und ihrer endlosen Klagen darüber, von der ganzen Welt verfolgt zu werden, hatte sie jeder als das akzeptiert, was sie war – eine verstoßene, ungeliebte Frau, die in den mittleren Jahren ihres Lebens gedemütigt, verlassen und zur Einsamkeit verurteilt worden war. Erfüllt vom Leid über ihren Tod und voll Mitgefühl angesichts der Art, wie sie gestorben war, gab es niemanden im Heim, der nicht trauerte. Hände griffen bereitwillig nach Nähkästen,

Nähmaschinen und Schreinerwerkzeug. Alle arbeiteten unermüdlich viele Stunden, damit Joycie Crum ein Begräbnis haben sollte, über das selbst sie sich nicht hätte beklagen können.
Niemand erinnerte sich mehr an den bei ihr einst vermuteten Schmuck.
»Joycie wollte, daß Kyle ihn bekommt?« fragte Olivia überrascht, als Maja ihr die kostbaren Schmuckstücke zeigte und ihr von Joycies heroischem Versuch berichtete, den Schatz aus den Flammen zu retten.
»Ja.«
»Für seine Druckerei?«
Maja zuckte mit den Schultern. »Vielleicht. Ich weiß es nicht.«
»Sie kannten sich natürlich«, sagte Olivia. »Es war Kyle, der Joycie zu uns brachte, als er aus Lucknow hierher kam. Ich glaube, sie haben sich dort kennengelernt. Aber ich hatte keine Ahnung, daß zwischen ihnen eine so gute Beziehung bestand.«
Maja schwieg. Sie hatte nicht das Gefühl, daß es nötig sei, noch mehr zu sagen.
Trotz des drohenden Regens versammelte sich eine beachtliche Schar Trauergäste auf dem Friedhof. Neben dem offenen Grab, das darauf wartete, die unter Blumen und Kränzen kaum noch zu sehende Tote aufzunehmen, stand der prächtig geschnitzte Sarg aus Rosenholz. Er glänzte seidig, und an seinen maronenfarbenen Seiten funkelte poliertes Messing. Innen war er mit abgesteppten rosa Satin ausgeschlagen, den viele liebevolle und geschickte Hände mit roten Rosen, blauen Vergißmeinnicht und weißen Callablüten bestickt hatten. Ganz unten in Joycies unaufgeräumter Truhe hatte man in Seidenpapier gewickelt feine weiße Brüsseler Spitze, einen paillettenbesetzten Brautschleier und blaue Strumpfbänder gefunden, die Joycie für den Tag gehütet hatte, der niemals kam. Die Zwillinge hatten mit fliegenden Fingern in den kurzen Nachtstunden ein wunderbares Hochzeitsensemble daraus genäht. Eingehüllt in die duftige weiße Spitze, das verunstaltete Gesicht unter dem glitzernden Schleier verborgen, sah Joycie wundervoll aus. Niemand bezweifelte, daß sie zufrieden gewesen wäre.

Zu beiden Seiten der Braut lagen einige Dinge, die Joycie am meisten geliebt hatte: eine Bibel, ein Rosenkranz, Bündel von Briefen und Photographien, ein viel benutztes Nähkörbchen, ein paar billige Schmuckstücke, darunter ein Medaillon und ein Paar Manschettenknöpfe aus Perlmutt, eine getrocknete Blüte, die zwischen den Seiten einer alten Nummer der *Illustrated London News* gepreßt worden war, eine schwarze Haarlocke, die Joycie unlösbar um einen goldenen Ring geflochten hatte...

Maja stand zwischen ihrer Mutter und Edna Chalcott am offenen Grab auf dem Lower Circular Road Friedhof. Sie bemerkte die anderen Trauergäste nicht, sondern war völlig in sich selbst versunken. Die ergreifenden Grabreden – der Gemeindepfarrer sprach auf englisch und die tief bewegte Abala Goswami auf bengalisch – glitten ungehört an ihr ab. Als sich die vielen tränenerstickten Stimmen erhoben und gemeinsam *Bleibe bei mir, Herr* sangen, Joycies liebstes Kirchenlied, stimmte Maja mechanisch, beinahe gedankenlos mit ein.

Sie wußte mit erstickender Sicherheit, daß die Inschrift auf dem von ihrer Mutter gestifteten Marmorgrabstein, der darauf wartete, auf das Grab gesetzt zu werden, von Kyle stammte:

Joyce Violetta Crum
Eine Rose an einem Revers, bis sie welkte und
der Duft verflog
fand hier zwischen ihren Erinnerungen und Illusionen
die letzte Ruhe
am 2. Juni 1871

Das Datum war eine Ironie. Offenbar war niemandem bewußt, daß Joycie in Wirklichkeit schon vor langer Zeit gestorben war, denn sie konnte das nicht ertragen, was einmal gewesen war und was niemals sein sollte. Der Grabstein trug kein Geburtsdatum. Joycie hatte mit trotziger Eitelkeit das Geheimnis ihres Alters so entschlossen gehütet wie die Erinnerungen an ihre verlorene Liebe.

Ein Umschlag mit Photographien...

Maja hatte zu den Helferinnen gehört, die Joycies kärgliche Besitztümer ordneten. Außer den wenigen Photos an den Wänden gab es andere, die sicher gehütet in der Truhe versteckt lagen. Maja war von diesen Bildern fasziniert. Während die Frauen aus dem Heim die Leiche wuschen und ankleideten, saß sie an Joycies Arbeitstisch und konnte den Blick nicht von den starren, in diesen Photos eingeschlossenen Gestalten wenden, die grausamerweise für eine gleichgültige Nachwelt bewahrt worden waren.
Ein Bild hatte es ihr besonders angetan, denn aus jedem unbarmherzigen Detail sprach der blanke Hohn.
Das Photo war während eines Picknicks am Flußufer aufgenommen worden. Beherrscht wurde es von der Gestalt einer hinreißend schönen Frau im Vordergrund. Das lächelnde Gesicht mit den blühenden Wangen war strahlend der Kamera zugewandt. Sie hatte den Kopf verführerisch zurückgeworfen. Die lachenden Augen waren voll vom Glück einer leidenschaftlich geschenkten und erwiderten Liebe. Sie trug ein elegantes, dünnes Kleid, das den schlanken Körper umfloß und einhüllte wie eine duftige Wolke, für die die Zeit stehengeblieben ist. Verspielte Löckchen umgaben das junge, ovale Gesicht. An den Ohrläppchen hingen Tropfenperlen, die ihre Ergänzung in einer passenden dreireihigen Perlenkette fanden. Sie ruhte auf einem üppigen Busen, den ein verführerisch tiefer Ausschnitt enthüllte.
Joycie Crum ...
Das flotte kleine Hütchen saß keck über einem Ohr. Sie wirkte unbesiegbar und schien durch die magischen Künste der Jugend vor allen Übeln und Schicksalsschlägen dieser Welt geschützt, die um die nächste Straßenecke lauern mochten. Die langen Elfenbeinarme hoben sich in einer berauschenden Feier des Lebens in die Luft. Sie hoben sich zum Himmel, prahlten mit dem Glück dieser jungen Frau und forderten die Götter heraus. Niemand konnte es wagen, diese Liebe zu zerstören. Zu ihren Füßen lag der Nawab im Gras. Er war ein kräftiger, gutaussehender Mann mit einem geschwungenen Schnurrbart und einem modischen Spitzbart, der mit wohlwollender Nachsicht zu ihr aufblickte und sie eindeutig dazu aufforderte, ihn zu verführen. Seine linke Hand spielte mit ihren Zehenspitzen, in der

anderen hielt er ihr eine Blume entgegen. Vielleicht war es die Blume, die jetzt in den Falten ihres Brautkleids im Sarg lag. Die Sepiaphotographie war an den Rändern bereits verblaßt, aber die beiden Gestalten wirkten unsterblich. In diesem Augenblick waren sie es tatsächlich auch gewesen. Die untere Hälfte des Bildes trug eine schwungvolle Aufschrift voller Kurven und Schnörkel:

Meiner angebeteten Jojo, auf immer und ewig in Liebe. Ihr ergebener Sklave, Mansur.

Wie lange dauerte für einen verliebten Mann das: ... *›auf immer und ewig‹*?

Am unteren Ende des Sargs neben den verbrannten Füßen lag ein kleines, mit rotem Band verschnürtes Päckchen Briefe. Es war vielleicht der einzige noch vorhandene Beweis für den häßlichen Verrat an Joycie. Getrieben von brennender Neugier und in einer eigenartigen Betäubung, so als stehe sie unter einem Bann, war Maja beinahe der Versuchung erlegen, die Briefe zu lesen. Schließlich tat sie es doch nicht, obwohl es ihr Gewissen erlaubt hätte. Sie tat es nicht, weil sie vor den qualvoll deutlichen Worten und Bildern zurückschreckte, die, wie sie wußte, die Briefe des Nawab in ihr auftauchen lassen würden, und die sich für immer in ihr Gedächtnis eingegraben hätten – so viele überschwengliche Versprechen, die leicht gemacht und leicht gebrochen worden waren, Halbwahrheiten und durchsichtige Lügen, leere Liebesschwüre, geschickt formulierte Entschuldigungen und Ausreden und schließlich der größte Betrug, die Entscheidung für eine Jüngere hinter Joycies Rücken, Beteuerungen der Reue, der Hilflosigkeit ... das ganze Lügengebäude des Verrats! Nein, Maja hatte die Briefe nicht lesen müssen. Die unerquickliche Geschichte, die sie erzählten, klang auch so laut genug in ihren Ohren.

Der Sarg wurde in die Grube hinabgelassen, die für die tote Joycie ausgehoben worden war. Maja blickte starr auf das glänzende Holz, unter dem umgeben von den Fragmenten eines ungelebten Lebens die Überreste des Menschen lagen, der einmal Joyce Violetta Crum gewesen war. Das Nichts würde bald die schwächer werdenden Echos verschlucken; es würde sein, als hätte es Joycie nie gegeben.

Ein unruhiger Sonnenstrahl brach sich auf dem polierten Holz, und einen verrückten Augenblick lang glaubte Maja, ihr eigenes Spiegelbild auf dem Sarg zu sehen...

Panik ergriff sie, und eine schreckliche Angst zuckte durch ihren Körper; Maja umklammerte die Hand ihrer Mutter und stützte sich auf sie, um nicht zu fallen. Olivia legte ihr den Arm um die Schulter und sagte ein paar tröstende Worte, aber Maja verstand sie nicht. Sie legte den Kopf an die Schulter ihrer Mutter und schloß, überwältigt von einem lähmenden Gefühl des Verlusts, die Augen. Es war, als sei ein Teil von ihr zusammen mit Joycie unwiderruflich von ihr gegangen. Es war, als sei die Unschuld entflohen, als hätte sie plötzlich von der Frucht der Erkenntnis gekostet, und konnte einen bitteren Geschmack im Mund nicht mehr loswerden.

Als Maja die Augen wieder aufschlug, sah sie auf der anderen Seite des Grabes Kyle. Er beobachtete sie. Ihre Blicke schienen sich ganz kurz zu treffen, und Maja senkte die Augen. Dann wurde ihr klar, daß er ihr Gesicht hinter dem schwarzen Schleier nicht sehen konnte, und sie blickte mutig zu ihm hinüber. Sein Gesicht schien wie aus Stein gemeißelt. Doch in dem kurzen Blick hatte sie etwas gesehen, das Leid sein mochte. Dieses Gefühl stand ihm nicht gut. Es war wie ein schlecht sitzender Anzug, und Maja war überrascht, daß er überhaupt zu einer solchen Empfindung fähig sein sollte. Die letzte Schaufel Erde fiel in die Grube, der glänzende Sargdeckel entschwand den Blicken.

Staub zu Staub...

Als Maja wieder in Kyles Richtung blickte, war er verschwunden.

Eine Rose an einem Revers...

Maja begriff in diesem Augenblick, während langsam der Zorn in ihr aufstieg, daß sich Kyle diese gehässige Grabinschrift nicht *nur* für Joycie Crum ausgedacht hatte.

Vierzehntes Kapitel

Wenn Lady Pendlebury ganz ehrlich zu sich war, und das kam manchmal vor, mußte sie sich widerwillig eingestehen, daß nicht nur das Haus in Garden Reach sie angenehm überrascht hatte, sondern ganz Kalkutta. Natürlich hatte sie Berichte aus erster Hand über die Hauptstadt gehört und unzählige Photographien gesehen, das alles jedoch immer nur mit größten Vorbehalten. Nun sah Lady Pendlebury ein, daß sie die architektonischen Fähigkeiten ihrer Landsleute unterschätzt hatte. In Anbetracht der beinahe übermenschlichen Anstrengungen, die es kostete, aus einer willkürlichen Ansammlung von Eingeborenendörfern eine europäische Stadt zu machen, war das Erreichte zweifellos lobenswert und verdiente Bewunderung.

Clive Street hätte fast Bishopsgate sein können; einige der riesigen Häuser, an denen sie auf ihrem Weg vorbeikamen, sahen aus, als habe man sie geradewegs aus der Northumberland Avenue hierher transportiert. St. John's Church war erkennbar eine Kopie von St. Martin-in-the-Fields. Vom Tank Square zur Kathedrale wirkte alles so völlig englisch, daß vieles, was man sah – die großen Geschäfte und Läden, die eleganten Wagen, die sanft gewellten Rasenflächen der Parks und Gärten –, einen tatsächlich zu dem Glauben hätte verleiten können, man befinde sich noch in London! So viel Bekanntes verschaffte Lady Pendlebury große Sicherheit und Zufriedenheit. Es gab ihr die Illusion, die Heimat überhaupt nicht verlassen zu haben. Es machte das, was unerträglich hätte sein können, nicht nur erträglich, sondern höchst erfreulich – vorausgesetzt, man entwickelte gleichzeitig die Fähigkeit, bestimmte Aspekte ganz auszublenden und sich völlig auf die anderen, die wünschenswerten zu konzentrieren.

Zum Beispiel konnte die geniale Fähigkeit der Eingeborenen, Gerüche in einer erstaunlichen Vielfalt von Kombinationen zu produzieren, selbst der stoischsten Nase nicht entgehen. Ein Gang durch manche Gassen, die von Dharamtalla abzweigten, genügte, daß sich selbst einem Fischhändler der Magen umdrehte; und die Gerüche einer Menschenansammlung bei achtunddreißig Grad im Schatten – sei es im Dienst eines Gottes oder im Dienste der Menschheit – mußte man erleben, um sie für möglich zu halten. Lady Pendlebury hatte erfahren, daß die meisten Europäer, abgesehen von den tödlichen Seuchen, bei denen es nach einer Ansteckung keine Rettung gab, in ständiger Angst vor den allgegenwärtigen Hautausschlägen lebten, die als »Hitzepickel« bekannt waren. Mrs. Anderson hatte ihr jedoch versichert, daß viele diese Krankheit sogar begrüßten, denn man sagte, sie bewahre die Ausländer vor der größeren Plage des Wechselfiebers und dem Ausbruch einer Reihe erschreckender Hitzegeschwüre an unaussprechlichen Stellen.
Die glühende bengalische Ebene verwandelte sich für sechs strapaziöse Sommermonate in ein Inferno. Sobald der Monsun einsetzte, fielen die Temperaturen schlagartig, und der Staub wich glänzendem Grün. Aber selbst dieser Segen war nicht ohne Stachel. Zum Regen gehörten permanent feuchte Kleider. Die Feuchtigkeit verwandelte Energie in Apathie und auch den eisernsten Willen in Entschlußlosigkeit. Heerscharen von Insekten suchten und fanden einen Weg in jede erdenkliche Körperöffnung.
Zu ihrem Entsetzen hatte Lady Pendlebury auch erfahren, daß von tausend in Bengalen stationierten Soldaten – kräftige, robuste Männer in der Blüte des Lebens – jedes Jahr fünfundsechzig starben, aber nicht den Heldentod für Königin und Vaterland, sondern an Tropenkrankheiten. Von ihren Frauen überlebten fünfundvierzig von tausend nicht das erste Jahr, und von ihren Kindern starben Jahr für Jahr achtundachtzig von tausend Neugeborenen. Wenn die Sterblichkeit hier so hoch war, wo es immerhin eine medizinische Versorgung gab, wie mußte es da erst auf dem Land, in den entlegenen Winkeln der Provinz sein?
Lady Pendlebury hatte große Angst um Christian, aber da sie wußte,

daß er sich über sie nur lustig machen würde, hielt sie sich mit ihrer gewohnten Diplomatie davor zurück, etwas zu sagen. Sie hatte ihn in England kaum verstanden, hier verstand sie ihn überhaupt nicht mehr. Er war schon immer eigenartig gewesen, aber hier hatte er sich noch seltsamere Auffassungen zugelegt. Da sie ihn nicht nach dieser schamlosen Dirne fragen konnte, in deren Klauen ihr unschuldiger Junge geraten war, wuchsen ihre Qualen von Tag zu Tag. Aber in Anbetracht der Ermahnungen ihres Mannes unterließ sie es, mit Christian über dieses Thema zu sprechen. Sie erstickte ihre natürlichen mütterlichen Neigungen und hielt mit soviel Anstand, wie sie aufbringen konnte, entschlossen den Mund. Statt dessen richtete sie ihre Gedanken auf das unfehlbare Allheilmittel für alle ihre Leiden: Sie beschloß, eine musikalische Soiree zu veranstalten.

»Das heißt, wenn es mir gelingt, ein paar anständige Musiker zu finden«, sagte sie zu Christian, als er zum Mittagessen kam. »Mrs. Twinings Nichte hat nicht die leiseste Ahnung, was sie mit ihren Pizzikatos anfangen soll. Sie zupft an den Saiten, als wären es Hühner, die sie für den Kochtopf rupft. Und Philippa Robinson, die mit diesem entsetzlichen Ladenbesitzer verheiratet ist, der vor allen Leuten seinen Tee schlürft, ist mit ihrer Harfe kaum besser.«

»Und was ist mit Nigel, wie-heißt-er-noch? Ich meine, der Musiklehrer?« fragte Christian. Ihn kümmerten die musikalischen Mangelerscheinungen Kalkuttas überhaupt nicht, aber er klammerte sich verzweifelt an ein Gesprächsthema, das keine Gefahren für ihn persönlich barg. »Ich habe gehört, daß er mehrere Saiteninstrumente ganz ordentlich spielt. Außerdem singt er ... zumindest in der Kirche.«

Seine Mutter sah ihn kühl an. »Wenn Nigel Crockett in England mit dem Kontrabaß jemals das gleiche anstellen sollte wie hier, würde man ihn aus dem Land jagen, und das zu Recht. Und sein Duett mit Dora Humphries, du weißt schon, dieses kanadische Kirchenlied, nun ja, es hätten zwei Katzen sein können, die sich um einen Fischkopf streiten. Ich glaube allmählich, eher geht ein Kamel durch das bewußte Nadelöhr, als daß man in Kalkutta ein Streichquartett auf die Beine stellen kann. In *England* hätte ich einfach ...«

»Warum dann die lange Reise, Mama?« unterbrach Christian sie ungeduldig. Er hatte ihre Litanei satt. »Wenn du alles, was du willst, zu Hause findest, ist es da nicht besser, du bleibst zu Hause?«
»Da hast du recht!« erwiderte seine Mutter, und zwei rote Punkte glühten auf der gepuderten Wange. »Und *ich* wäre auch dort geblieben, das kannst du mir glauben, wenn dein Vater sein Herz nicht an dieses Amt gehängt hätte! Denkst du, ich wäre jemals in ein Land gekommen, in dem kaffeebraune Amateurchöre Sonntag für Sonntag kaltblütig Bach ermorden, und die himmlischen Lieder von Schumann wie die Melodien einer eingeborenen *Nautch* klingen?« Sie betupfte ihren Mund mit der Serviette und beugte sich über den Tisch. Sie bebte vor gerechter Empörung.
»Ich finde das eher lustig.« Er lachte und tätschelte ihr plötzlich liebevoll die Hand. »Nun komm schon, Mama. Nimm dir das doch alles nicht so zu Herzen. Jedes Ding hat auch seine heitere Seite. Ich frage mich, wo bleibt dein Sinn für Humor?«
Sie starrte, ohne zu lächeln, in ihr Wasserglas. Die kleine liebevolle Geste ließ ihre Lippen zittern. »Du weißt, wo mein Sinn für Humor geblieben ist«, murmelte sie heftig. Sie bedauerte diesen Ausrutscher sofort. Bevor Christian reagieren konnte, zwang sie sich zu einem Lächeln und wechselte rasch das Thema. »Wie auch immer, ich werde auf meinen Musikabend nicht verzichten, komme, was da wolle.« Sie faltete die Hände und blickte nach oben, als flehe sie den Himmel um Beistand an. »Oh, was würde ich nicht für einen fähigen Musiker geben, der mich am Flügel begleitet.«
Sie achtete von da an sehr darauf, ihre Zunge im Zaum zu halten, während sie weiter über ihre Pläne für die Soiree sprach, denn sie war glücklich, daß Christian wenigstens sein Versprechen hielt und, wann immer er konnte, zum Essen erschien. Natürlich war sie nach wie vor schrecklich beunruhigt, nicht nur wegen seiner anstößigen Beziehung, sondern auch wegen seiner Gesundheit. Was würde geschehen, wenn er in der Provinz lebte, wo die primitiven Bedingungen selbst unter den robustesten Naturen ihren Zoll forderten?
»Kommt Papa nicht zum Mittagessen nach Hause?« fragte Christian, als sie im Begriff waren, vom Tisch aufzustehen.

»Nein. Der Bote war hier und hat sein Essen geholt. Ich glaube, er hatte heute morgen im Büro eine wichtige Besprechung, die länger als erwartet gedauert hat.«

»Dann werde ich ihn im Amt besuchen.« Christian stand auf. »Trevor hat mir den Nachmittag freigegeben, damit ich mich für die letzte Prüfung vorbereiten kann, bevor ich mich dann auf den Weg mache.«

»Muß diese Reise wirklich sein, Liebling?« fragte sie, aus mehr als einem Grund zutiefst besorgt. Sein plötzlicher Entschluß, in den Norden zu reisen, alarmierte Lady Pendlebury. Sie spürte, daß hinter der Reise mehr lag, als er ihr gesagt hatte, und das gefiel ihr überhaupt nicht. »Kannst du nicht warten, bis du deine Ernennung wirklich in der Tasche hast?«

Er blickte auf den Boden. »Ich will mich im Distrikt einfach umsehen, Mama«, sagte er übertrieben beiläufig. Ihm war anzusehen, daß er sich nicht wohl in seiner Haut fühlte. »Ich habe gehört, daß Kamparan teilweise auch sehr hübsch ist.«

Seine Mutter konnte erkennen, daß er ihr etwas verheimlichte. Doch sie wußte, es war vergeblich, ihn weiter ausforschen zu wollen. Sie warf ihm einen Blick von der Seite zu und versuchte es mit einer anderen Strategie. »Wolltest du deinen Vater aus ... aus einem bestimmten Grund sprechen?« fragte sie, während sie vorgab, ein welkes Blatt aus einem Blumenstrauß auf dem Tisch in der Eingangshalle zu zupfen.

»Nein, ich habe sein Amt noch nicht gesehen, und ich dachte, ich rede auch noch ein paar Worte mit Leonard Whitney.«

»Ach.« Sie holte tief Luft und gab auf. »Würdest du in diesem Fall Mr. Whitney dafür danken, daß er Mademoiselle Corinne für uns gefunden hat? Ihre Mutter ist Französin und hat ein Geschäft für *accoutrements de cuisine.* Das macht die Sache noch erfreulicher. Das Mädchen hat einen eurasischen Vater, aber sie ist eine sehr fähige Haushälterin.«

Christian errötete. »Warum das *aber*, Mama?« fragte er heftig. »Gibt es einen Grund dafür, daß sie unfähig sein sollte, nur weil sie Eurasierin ist?«

»Nein, Christian, du weißt, ich wollte nicht…«, begann sie, aber ihr Sohn war bereits gegangen.

Lady Pendlebury seufzte. Alles in allem war das Mittagessen nicht sehr befriedigend verlaufen. Sie hatte Christian verärgert und trotzdem nicht mehr erfahren, als sie bereits wußte. Sie preßte grimmig die Lippen zusammen. Sie zweifelte nicht mehr daran, daß Vater und Sohn sich hinter ihrem Rücken verschworen hatten. Ihr sank zwar das Herz beim Gedanken daran, was sie vielleicht hören würde, doch sie beschloß, ihren Mann zu zwingen, ihr bei der ersten sich bietenden Gelegenheit *alles* zu sagen.

Während Christian zum Schatzamt nahe dem Tank Square ritt, war er ebenfalls unzufrieden. Er empfand es zwar angenehm, daß seine Mutter ihn wegen Maja keinem Verhör unterzog, aber gleichzeitig bereitete es ihm Unbehagen. Ihm war klar, daß sie sich zurückhielt, weil sein Vater das von ihr verlangt hatte. Christian war dafür dankbar, und er wollte den Status quo keinesfalls gefährden. Trotzdem wünschte er, es wäre alles vorbei, und er könnte sich seiner Mutter gegenüber wieder natürlich verhalten. Es mißfiel ihm, ständig Ausflüchte zu machen, und es mißfiel ihm, immer auf der Hut sein zu müssen. Er wußte, seine Mutter kannte die vielen Gerüchte – dank dieser alten Klatschbase Mrs. Anderson vielleicht sogar noch mehr. Das machte ihn in Gegenwart seiner Mutter nur noch gereizter. Er schien nie zu wissen, was er sagen sollte, und wartete argwöhnisch auf jede achtlos hingeworfene Bemerkung, einen kaum verhüllten Tadel. Seine Mutter hatte keineswegs zum ersten Mal eine spitze Bemerkung über Eurasier gemacht. Instinktiv hatte er an diesem Tag unfreundlich darauf reagiert; beim nächsten Mal würde er ihr vielleicht noch heftiger widersprechen. Der Gedanke an einen offenen Streit zu diesem Zeitpunkt machte ihm angst.

Ja, abgesehen von allem, bot ihm die Reise nach Kamparan eine Möglichkeit zur Flucht, die ihm sehr gelegen kam, und sie war eindeutig Glück im Unglück.

*

Christian war noch nie im Schatzamt gewesen, und das äußerst unauffällige Gebäude, in dem sich der Kopf der indischen Finanzverwaltung befand, erstaunte ihn. Als er das seinem Vater sagte, lachte Sir Jasper.

»Das ist nicht Whitehall, wie?« Er lachte leise vor sich hin. Dann wurde er wieder ernst. »Das ist einer der vielen Gründe, wenn auch ein untergeordneter, weshalb ich zu denen gehöre, die eine Verlegung der Hauptstadt an einen anderen Platz befürworten. Hier stehen einfach nicht genügend Gebäude zur Verfügung, um alle Ämter angemessen unterzubringen. Aber das ist ein anderes Problem.« Er lächelte und klopfte seinem Sohn auf den Rücken. Wie immer freute er sich, Christian zu sehen. »Komm mit in das andere Zimmer, dort können wir uns ungestört unterhalten. Trinkst du vielleicht einen Likör mit mir?«

»Am hellichten Tag?« fragte Christian überrascht, während er seinem Vater in das Vorzimmer folgte, das eher sparsam mit Sitzmöbeln, ein paar Bücherregalen und einem Schrank mit Getränken eingerichtet war.

»Warum eigentlich nicht? Ich hatte heute morgen eine sehr erfolgreiche Besprechung. Vielleicht ist ein Schluck Alkohol ganz angebracht, um das zu feiern.«

Sir Jasper war eindeutig guter Laune, und Christian lächelte. »Worum ging es bei der Besprechung?«

»Hauptsächlich um Steuerfragen. Es gibt Leute, die finden die Steuern in Indien immer noch zu hoch... Das ist natürlich völliger Unsinn! Wir haben eines der maßvollsten Steuersysteme der Welt.«

»Du bist der Meinung, die Steuern sollten erhöht werden?«

»Ohne jeden Zweifel!« Er reichte Christian ein kleines silbernes Glas mit einer orangefarbenen Flüssigkeit und trank mit Genuß einen Schluck aus seinem eigenen Glas.

Christian lachte ungläubig. »Obwohl das gesamte jährliche Steueraufkommen in Indien beinahe bei vierzig Millionen Pfund Sterling liegt? Du willst doch sicher nicht aus reiner Habgier die Gans töten, die diese vielen goldenen Eier legt?«

»Unsere gesamten Einnahmen von diesen Leuten liegen bei etwa sechsunddreißig Millionen«, erwiderte sein Vater ruhig. Er war an die radikalen Ansichten seines Sohnes inzwischen sehr wohl gewöhnt. »Der Rest stammt von den Abgaben des Opiumhandels mit China und den Zöllen von den einheimischen Fürstentümern. Wenn man die sechsunddreißig Millionen auf die hundertneunzig Millionen Einwohner von Britisch Indien verteilt, sind das pro Kopf jährlich nicht mehr als etwa dreieinhalb Schilling.«

»Das ist wirklich eine zu starke Vereinfachung, Papa«, widersprach Christian. Das war eines der am meisten diskutierten und umstrittenen Themen im Unterricht. »Die tatsächliche Steuerbelastung ergibt ein völlig anderes Bild. Ein Grundbesitzer zahlt vielleicht nur zwischen drei und sieben Prozent des Bruttoertrags seiner Ländereien, aber wenn er einen Prozeß führt – und das kommt häufig vor –, zahlt er Stempelgebühren. Wenn er Alkohol trinkt oder Opium raucht, zahlt er Akzisen, wenn er englische Stoffe kauft, bezahlt er Zoll, und so geht es endlos weiter. Selbst für die grundlegendsten Dinge bezahlt er auf die eine oder andere Weise beachtliche Summen an die Staatskasse.«

»Das stimmt, aber trotzdem handelt es sich dabei um vermeidbare Steuern. Es gibt nur zwei obligatorische Steuern, ich spreche nicht von Kommunalsteuern, die in einen anderen Topf fließen. Ich denke an eine Steuer auf Salz, und sieben Pennys im Jahr richten wohl niemanden zugrunde, und an eine Lizenzsteuer, die Händler bezahlen müssen, wenn ihr Jahresverdienst höher ist als fünfzig Pfund. Ich würde das als ein äußerst faires Steuersystem bezeichnen, das sich sicherlich im Laufe der Zeit etwas ausweiten läßt, um zusätzliche Einnahmen zu garantieren ...«

Er brach ab und lachte. »Wie auch immer. Wir beide waren in Hinblick auf öffentliche Einnahmen noch nie einer Meinung und werden es mit größter Wahrscheinlichkeit auch jetzt nicht sein. Warum verschwenden wir also damit unsere Zeit? Ich bin sicher, du bist nicht den ganzen Weg hierher gekommen, um mit mir über Steuern zu diskutieren.«

»Nein, Papa«, sagte Christian, der sich an den eigentlichen Grund

seines Besuchs erinnerte und bereitwillig das Thema wechselte. »Ich bin hier, um dir zu sagen, daß ich mit Mrs. Raventhorne gesprochen habe. Sie hat mir die Erlaubnis gegeben, ihre Tochter zu heiraten.«
Sir Jasper zog eine Augenbraue hoch. »Dachtest du, das würde sie nicht tun?«
»Das ist nicht fair, Papa! Mrs. Raventhorne ist...«
Sir Jasper hob die Hand. »Nichts für ungut, Christian. Ich meinte nur, daß ich als stolzer Vater wie jeder andere stolze Vater glaube, daß mein Sohn der beste von allen ist. Deshalb kann ich mir nicht vorstellen, daß eine vernünftige Mutter dir nicht erlauben würde, ihre Tochter zu heiraten.«
Christian errötete, denn sein Vater bedachte ihn nicht oft mit so überschwenglichem Lob. »Danke, Papa«, murmelte er voll Stolz mit rotem Gesicht.
»Sie hatte keine Einwände gegen die Verbindung?«
»Nur solche, die du auch hast.«
»Ach ja?«
»Sie befürchtet ebenfalls, daß die Heirat meine Aussichten im Staatsdienst beeinträchtigen wird ... und ... und daß wir vielleicht mit gesellschaftlicher Ächtung und ganz allgemein mit Unannehmlichkeiten rechnen müssen.« Er staunte, wie leicht es ihm fiel, sich bei seinem Vater auszusprechen!
Sir Jasper betastete nachdenklich sein Kinn. »Nun, das beweist, daß sie eine intelligente, pragmatische Frau ist. Ich freue mich darauf, sie eines Tages kennenzulernen. So wie ich mich darauf freue, ihre Tochter kennenzulernen. Die Einwände, die sie bestätigt hat, haben nichts an deinen Gefühlen geändert, oder doch?«
»Nein, natürlich nicht. Wenn überhaupt, haben sie mich höchstens noch bestärkt.«
Sein Vater lachte. »Du bist vielleicht tollkühn, aber wenigstens begehst du nicht die nur allzu verbreitete Sünde der Unbeständigkeit!« Sir Jasper warf einen Blick auf seine Taschenuhr. »Ich bin leider in fünfzehn Minuten mit dem Oberrechnungsführer verabredet. Ißt du heute mit uns zu Abend?«

»Nein, leider nicht. Patrick hat die Andersons eingeladen. Ich muß ihm beim Aufräumen helfen. Im Haus herrscht ein schreckliches Durcheinander, und da Karamats Essen in etwa der Umgebung entspricht, habe ich versprochen, beim Kochen zu helfen, was immer dabei auch herauskommen mag.« Christian lachte und machte aus seiner übermütigen Stimmung kein Geheimnis. Er trank den letzten Rest Benedictine und machte Anstalten zu gehen. »Oh, ich habe vergessen dir zu sagen, daß ich mich zu einem Ausflug nach Kamparan entschlossen habe, um zu erkunden, was mich dort erwartet. Ich werde etwa zwei Wochen weg sein.«

»Was möchtest du herausfinden?«

»Nun ja, hauptsächlich wie es mit der Unterkunft aussieht. Die Häuser, die die Verwaltung zur Verfügung stellt, sind ziemlich trostlos, und zwar so trostlos, daß ich möglicherweise ein Haus kaufen muß. Ich habe gehört, daß in letzter Zeit einige Bungalows von Plantagenbesitzern freigeworden sind. Vielleicht habe ich Glück und kann mir einen sichern. Die Pflanzer halten viel vom guten Leben. Man sagt, die Bungalows sind sehr geräumig und bequem eingerichtet.«

Sir Jasper sah ihn aufmerksam an. »Das heißt also, deine Pläne für die Hochzeit mit Miss Raventhorne werden beschleunigt.«

»Ja, Papa. Ich finde, die kommende Wintersaison ist die passende Zeit für die Hochzeit.« Er errötete und trat von einem Fuß auf den anderen. »Mutter weiß immer noch nicht ...«

»Ich werde es ihr sagen«, unterbrach ihn sein Vater. »Ich verspreche dir, sie wird ausführlich über die Angelegenheit informiert werden. Offensichtlich ist der Zeitpunkt gekommen, an dem es notwendig ist.« Sir Jasper war damit beschäftigt, Papiere vom Schreibtisch zu sammeln. Plötzlich hörten seine Hände auf, sich zu bewegen. »Übrigens, dein junger Freund ...«

Christian blieb in der Tür stehen. »Wer? Patrick?«

»Nein, der Journalist.«

»Oh, Kyle Hawkesworth!«

»Ja. Ich würde mich gern noch einmal mit ihm treffen.«

Christian war verblüfft. »Tatsächlich? Ich dachte, du hättest große Vorbehalte gegen ihn!«

»Die habe ich, aber meine Vorbehalte richten sich gegen das, was er schreibt. Mich beeindruckt die Qualität seiner Prosa. Und wie du weißt, war es schon immer die Politik unserer Regierung, Leute zu fördern, die gut mit der englischen Sprache umgehen können. Ja, ich würde ihn gerne wieder treffen.«

Christian strahlte. »Das ist sehr nett von dir, Papa! Soll ich ihn einmal mitbringen, wenn ich aus Kamparan zurück bin?«

»Zufällig habe ich in der nächsten Woche etwas freie Zeit. Du wirst es mir nicht verübeln, wenn ich ihn während deiner Abwesenheit treffe, nicht wahr?«

»Keineswegs, Papa. Ich freue mich sehr, daß du es dir noch einmal überlegt hast. Ich schätze Kyle sehr und habe große Achtung vor seiner Arbeit für seine Gemeinschaft.« Er sah seinen Vater von der Seite an. »Kyle bewundert dich sehr, Papa. Das hat er mir wiederholt gesagt.«

»Ach ja? Was hat er dir sonst noch über mich gesagt?«

»Nur, daß er dich in Lucknow vom Hörensagen kannte, und daß du einer der seltenen Engländer seist, die...« Christian zwinkerte. »Ich fürchte, er hat zu viele Superlative gebraucht, um sie zu wiederholen, ohne dich damit in schreckliche Verlegenheit zu bringen!«

»Tatsächlich?« Sir Jasper widmete sich wieder seinen Papieren.

»Danke für ... alles, Papa. Ich weiß nicht, wie...« Christian verstummte. Plötzlich hatte es ihm die Sprache verschlagen. Die Worte weigerten sich, ihm über die Lippen zu kommen. Er wollte seinem Vater irgendwie sagen, daß er ihn liebte, daß er dankbar für sein Verständnis war und daß er ihn wegen seiner grundsätzlichen Fairneß bewunderte. Aber er konnte es einfach nicht. Er hob die Hand zu einer Art Winken und verließ schnell das Zimmer.

Auf dem Nachhauseweg beschloß Christian, einen kleinen Umweg zu machen. Die Geographieprüfung hatte verhindert, daß er am Morgen an Joycie Crums Begräbnis teilnehmen konnte. Ein förmlicher Besuch bei den Raventhornes und eine Entschuldigung für seine Abwesenheit waren deshalb durchaus angebracht. Außerdem hatten er und Maja sich beim letzten Mal eher verbittert voneinander verabschiedet. Es war zwar nur eine alberne und kindische kleine Meinungsverschiedenheit gewesen, aber trotzdem mußte die Angelegenheit bereinigt und die Harmonie wiederhergestellt werden. Schließlich würde er Maja zwei Wochen lang nicht sehen, und er wußte, jeder Tag ohne sie würde ihm wie eine Ewigkeit vorkommen.

*

Selbst wenn jemand eines natürlichen Todes gestorben ist, sind die Nachwirkungen einer Beerdigung so deprimierend wie das Geschehen auf dem Friedhof selbst. Wie sehr man den Toten auch geliebt hat, wie tief man den Verlust auch empfindet, es bleibt die Erinnerung an die Sterblichkeit, vielleicht auch das erschreckende Erkennen der Vergänglichkeit des Lebens, die erschüttert und das Gefühl vermittelt, wirklich verlassen zu sein.

So war es am Nachmittag nach Joycies Begräbnis auch im Haus der Raventhornes. Niemand hatte den Schock über den schrecklichen Tod der armen Joycie verarbeitet. Im Anschluß an die Beerdigung waren viele Menschen gekommen, um ihnen ihr Mitgefühl auszusprechen, aber nachdem alle Besucher wieder gegangen waren, zog jeder sich in sich selbst zurück. Eine gedämpfte Stille lag über dem Haus; wenn überhaupt jemand sprach, dann nur im Flüsterton. Die Gedanken richteten sich nach innen, um in dem endlosen geistigen Schweigen zu verharren, das sie alle berührt hatte. So wirkten selbst die wenigen gesprochenen Worte wie Eindringlinge, die man als Störenfriede abweist. Einigen Dienstboten erging es wie der Familie, und sie erledigten ihre Pflichten mit Trauermienen. Andere hörten ganz auf zu arbeiten, hockten am Flußufer und dachten klagend über die seltsamen Launen des Karmas nach.

Nach einem Mittagessen, das nur aus Kedgeree, Buttermilch und Obst bestand, und für das niemand großes Interesse aufbrachte, zog sich Sheba mit heftigen Kopfschmerzen in ihr Zimmer zurück. Maja flüchtete in die Ställe, um bei ihren geliebten Pferden Trost zu suchen. Dort stürzte sie sich in die Arbeit, um zu verhindern, daß sie in tiefe Niedergeschlagenheit verfiel. Sie gab nicht nur Abdul Mian, sondern auch allen Stallburschen für den Rest des Tages frei, sortierte

Zügel und Zäume, putzte die Sättel, schrubbte die Wassertröge, wusch alle Bandagen und bürstete Satteldecken aus. Als sie danach immer noch zuviel Energie hatte, setzte sie sich an den Schreibtisch und stellte für die Stallburschen eine Liste der Aufgaben für den nächsten Tag zusammen.

Christian kam am späten Nachmittag. Maja wußte natürlich bereits von seiner bevorstehenden Reise in den Norden. Sie umarmte ihn, als sei er im Begriff, sie für immer zu verlassen. Sie klammerte sich an ihn, als fürchte sie, er werde nie mehr zurückkommen. Zweifellos hatte sie die kleine Meinungsverschiedenheit bereits vergessen.

»O je, wie kannst du nur so dumm sein!« rief Christian, als sie von ihren Befürchtungen sprach. Er schüttelte den Kopf, denn ihr ungewöhnliches Verhalten beunruhigte ihn. »Glaubst du wirklich, ich könnte jemals so herzlos sein, dich zu verlassen?« Er bedeckte ihr Gesicht mit Küssen, nahm sie zärtlich in die Arme und tröstete sie, so gut er konnte, ohne den Grund für ihre Angst zu verstehen.

Maja kämpfte mit den Tränen. Sie wollte sich nicht trösten lassen und konnte seine besorgten Fragen nicht beantworten. Er blieb so lange wie möglich bei ihr und wäre gerne noch geblieben, aber er mußte seine Pflichten in Hinblick auf den bevorstehenden geselligen Abend im Junggesellenhaus erfüllen. Nachdem er widerstrebend gegangen war, setzte sich Maja im Stall in eine Ecke und begann wieder zu weinen – nur ihre Pferde sahen es, und sie stellten keine Fragen.

Olivia und Edna Chalcott verbrachten den Rest des Tages in tiefem Schweigen im Wohnzimmer im oberen Stockwerk. Keiner von beiden fiel ein Thema ein, über das zu sprechen ihnen Trost gebracht hätte. Edna lag auf dem Sofa und blätterte lustlos in einer Zeitschrift; Olivia griff, obwohl sie keine Lust dazu hatte, nach einer Stickarbeit, damit ihre Hände etwas zu tun hatten und ihre Gedanken nicht völlig sich selbst überlassen waren.

Am frühen Abend wurde Abala Goswami gemeldet. »Ich bin nur für ein paar Minuten gekommen, um Ihnen zu sagen, daß mein Mann ein langes Gespräch mit Mr. Twining hatte«, erklärte sie in ihrer gewohnten Direktheit und kam damit geradewegs auf den Kern der Sache zu sprechen »Mr. Twining ist der Ansicht, daß wir nichts gegen Sarojinis

Vater unternehmen können, solange wir keine klaren Beweise für seine Mittäterschaft haben. Er hält es für falsch, den Mann in aller Form anzuklagen. Wir würden uns damit nur noch mehr Schwierigkeiten einhandeln.«

»Wollen Sie damit sagen, wir sollen zulassen, daß seine Niederträchtigkeit ungestraft bleibt?« fragte Edna empört.

»Leider ja, wenn wir keinen Beweis für seine Beteiligung an der Brandstiftung vorlegen können.«

Olivia sagte: »Ich glaube, Clarence Twining hat recht. Wir wissen nicht mit Sicherheit, daß er hinter der Brandstiftung steckt. Wir vermuten es nur nach unseren Erfahrungen mit ihm.«

Eine Aja brachte ein Tablett mit dem Nachmittagstee und Sardellenhäppchen sowie verschiedenen Kuchen. »Und die Tatsache, daß der Mann Anwalt ist, hilft uns auch nicht gerade weiter«, bemerkte Edna stirnrunzelnd, während sie den Tee eingoß. »Ich kann mir vorstellen, daß dieser gemeine Kerl alle Kniffe und Schliche kennt, um ungeschoren davonzukommen!«

»Außerdem ist er ein sehr arroganter Brahmane«, sagte Abala. »Seiner Meinung nach hat er durch *uns* in seiner Gemeinschaft das Gesicht verloren.«

»Irgend jemand muß das Gesicht verlieren, wenn sich die Gesellschaft weiterentwickeln soll«, erwiderte Edna. »Wie um Himmels willen soll sich die Welt sonst jemals verändern!«

»Die Brahmanen wollen sich nicht verändern!« sagte Abala bedrückt. »Ich glaube, Sie sollten auch wissen, daß Walini Chander am letzten Sonntag seine ganze Verwandtschaft zu einem Treffen bei sich zu Hause zusammengerufen hat. Er hat sich die Empörung der Brahmanen darüber, daß wir offen Sarojinis Wiederverheiratung unterstützen, voll und ganz zunutze gemacht.«

»Wir haben uns in diesem Punkt richtig verhalten«, erwiderte Edna.

»Ja, aber das interessiert Mr. Twining wenig. Sein Rat ist, daß wir im Interesse unserer eigenen Sicherheit und der Sicherheit der Heimbewohner entweder aufhören, uns in, wie er es ausdrückt, gesellschaftlich heikle Angelegenheiten einzumischen, oder . . .«

»Oder?« fragte Olivia, da Abala nicht weitersprach.
»Oder das Heim freiwillig zu schließen, bevor uns die allgemeine konservative Meinung dazu zwingt.«
Einen Augenblick herrschte schockiertes Schweigen. »Ja, ich nehme an, wenn es noch einmal zu einem Zwischenfall kommt, werden wir das Heim vermutlich schließen müssen«, sagte Olivia schließlich.
Abalas Aussage war schockierend gewesen, aber Olivias Reaktion darauf war noch schlimmer.
»Das Heim schließen?« wiederholte Edna fassungslos. »Das würdest du allen Ernstes in Betracht ziehen, Olivia?«
»Nein, natürlich nicht!« erwiderte Abala anstelle von Olivia und holte tief Luft. »Olivia würde das ebensowenig in Betracht ziehen wie wir. Aber wir werden über unser künftiges Vorgehen ausführlicher diskutieren müssen, wenn wir uns alle wieder etwas beruhigt haben.«
Sie stand auf und ließ den Kuchen auf dem Teller unberührt liegen. »Wir fahren für ein paar Tage zum Bagan Bari, und ich muß nach Hause, um alles vorzubereiten, damit ...« Sie war schon aus der Tür, bevor sie den Satz zu Ende gesprochen hatte.
Sobald Abala gegangen war, fragte Edna immer noch erschüttert von Olivias Reaktion: »Ist es dein Ernst, was du da gesagt hast?«
»Die Sache mit dem Heim?«
»Ja.«
Olivia zuckte mit den Schultern. »Ich weiß nicht. Wenn wir mit gewalttätigen Angriffen rechnen müssen, wird uns keine andere Wahl bleiben. Es wäre nicht richtig, wegen ein paar Veränderungen am Rande einer emotional gefährlich aufgeheizten Gesellschaft das Leben von noch mehr Menschen aufs Spiel zu setzen.«
»Nicht die *quantitative* Veränderung ist wichtig, Olivia, sondern das *Prinzip*!«
»Ich bin zu erschöpft, um noch länger für Prinzipien zu kämpfen, Edna.« Olivia fuhr sich mit dem Handrücken über die Stirn und schloß die Augen. »Ungerechtigkeit gibt es überall. Wir werden sie niemals loswerden, und ich bin zu desillusioniert, um noch länger zu versuchen, dagegen anzugehen. Ich gebe mich geschlagen.«
»Du gibst dich geschlagen?« fragte Edna betroffen. »Du warst immer

als eine sehr mutige Frau bekannt, die bis zum bitteren Ende kämpft.«
Olivia holte tief Luft. »Das ist lange her, Edna – so lange, daß ich mich manchmal frage, ob es nicht in einem früheren Leben war.« Sie schüttelte den Kopf und wechselte unvermittelt das Thema. »Christian hat mich um die offizielle Erlaubnis gebeten, Maja heiraten zu dürfen.«
Edna legte die Kuchengabel auf den Teller. »Das hat er wirklich getan ... *mit* der Erlaubnis seiner Eltern?«
»Er sagt, er braucht ihre Erlaubnis nicht, sondern nur ihr Wohlwollen.«
»Hat er das?«
»Nun ja, so genau hat er das nicht gesagt. Christian glaubt, daß sein Vater sich Sorgen um die Zukunft seines Sohnes macht, falls er meine Tochter heiraten wird. Diese Sorgen mache ich mir ebenfalls. Aber Christian ist auch davon überzeugt, daß sein Vater ihm schließlich seinen Segen geben wird. Er hält Sir Jasper für einen liberalen, offenen Mann, der nichts von Vorurteilen hält.«
»Und seine Mutter?«
»Christian hat es vermieden, seine Mutter zu erwähnen«, erwiderte Olivia mit einem säuerlichen Lächeln.
Edna legte ihr beruhigend die Hand auf den Arm. »Hoffen wir einfach das Beste. Jedenfalls ist es ein Anfang...«
»Was für ein Anfang?« fiel ihr Olivia ins Wort. »Das ist doch die eigentliche Frage, oder nicht?« Sie stellte die Tasse ab, lehnte sich wieder zurück und verschränkte die Arme hinter dem Kopf. »Ich wollte, ich könnte mich für meine Tochter freuen, Edna. Aber irgendwie gelingt mir das nicht. Manchmal komme ich mir als Mutter so ... unzulänglich vor. Ich weiß nicht, was ich tun soll. Ich kann mich nicht mehr an die Formen erinnern, die in so heiklen Situationen verlangt werden ... ich meine, das Protokoll, das gesellschaftliche Procedere. Ich habe die Pendleburys nie kennengelernt, und ich weiß nicht, welches Verhalten der Form nach von mir verlangt würde. Soll ich den ersten Schritt tun und sie aufsuchen? Werden sie mich irgendwann sprechen wollen?«

»Constance Pendlebury plant eine ihrer berühmten musikalischen Soireen und sucht verzweifelt einen Pianisten oder eine Pianistin«, sagte Edna. »Ich habe beschlossen, ihr meine Dienste anzubieten, und ich bin sicher, sie wird sie annehmen. Vielleicht kann ich auf diese Weise herausfinden, wie sie darüber denkt.«

»Vielleicht.« In Olivias Augen standen Tränen. Sie drehte den Kopf zur Seite und drückte das Gesicht auf das Kissen. »Ich weiß nicht, wie ich mit dieser Situation fertig werden soll, Edna. Ich fühle mich so ... unfähig. Ich finde mich nicht mehr in dieser Welt zurecht!« Sie ballte die Hand zur Faust und schlug auf das Kissen ein. »Ach, ich wollte, ich könnte auf der Stelle, am liebsten noch *heute*, nach Amerika fahren und Maja mitnehmen!« Doch sie kehrte schnell in die Wirklichkeit zurück, ließ die Schultern hängen und sagte: »Aber natürlich kann ich das nicht. Dazu ist es zu spät.«

»Hat Maja mit dir gesprochen?«

»O ja. An der Oberfläche ist sie sehr zuversichtlich, aber darunter liegen viele Ängste und noch mehr Unsicherheiten, obwohl sie lieber sterben würde, als das zuzugeben.« Olivia fuhr sich über die Augen und starrte an die Decke. »Ich sehe viel von Jai in ihr, Edna. Wie er ... kann auch Maja nicht leicht vergeben und vergessen. Und wie er kann sie rücksichtslos und grausam sein, wenn sie sich rächen will.«

»Rächen?« fragte Edna stirnrunzelnd.

»Erinnerst du dich an den Vorfall mit den Shingletons?«

»Du meine Güte, damals war Maja noch ein Kind!«

Olivia schüttelte den Kopf. »O nein, Maja war nie ein Kind. Das habe ich ihr nie erlaubt!« Olivia wurde wieder von ihrer Niedergeschlagenheit überwältigt. »Ich habe meinen Kindern Erinnerungen aufgedrängt, die ihnen nichts bedeuten und mir alles. Ich habe sie gezwungen, nicht ihr, sondern mein Leben zu leben. Amos hat das ganz gut überstanden, Maja nicht. Amos akzeptiert, wer er ist. Maja kann das nicht. Amos denkt, aber Maja *fühlt* nur. Sie ist so verschlossen wie ihr Vater und fürchtet die Bloßstellung ...«

Es klopfte an der Tür, und Francis, der Diener, kündigte einen weiteren Besucher an.

Olivia stöhnte und schüttelte verzweifelt den Kopf. »Ich kann jetzt keinen Menschen sehen. Ich kann einfach nicht! Wer ist es, Francis?«
»Ein junger Sahib. Er möchte seinen Namen nicht nennen.« Der alte Diener gab seine Mißbilligung unmißverständlich zu erkennen.
»Er will seinen Namen nicht nennen?« wiederholte Olivia. »Und was will er von mir?«
»Auch das will er nicht sagen, Madam.«
Mit einer ungeduldigen Geste erwiderte Olivia: »Dann sag ihm, daß ich heute nicht zu sprechen bin. Er soll seine Karte dalassen oder einen Termin machen, sagen wir am ...«
»Soll ich gehen und sehen, wer es ist?« fragte Edna.
Olivia drückte ihr dankbar die Hand. »Würdest du das? Ich fühle mich einfach nicht in der Lage ...« Sie schwieg und dachte nach. »Ein Sahib?« Francis nickte. »Hat das womöglich etwas mit Christian zu tun? Maja würde es mir nie verzeihen, wenn das so wäre. Wo ist meine Tochter?«
»Missy Memsahib ist ausgeritten.«
»Ja, dann werde ich doch ... Warum gerade heute?!« Widerwillig zog Olivia die Sandalen an. »Kommst du mit, Edna? Wir werden dafür sorgen, daß er nicht lange bleibt.«
Sie bürstete sich die Haare und ging zur Treppe, dabei schüttelte sie noch immer ärgerlich den Kopf und sagte zu Edna: »Was haben die jungen Leute nur für Manieren! In meiner Jugend wäre es undenkbar gewesen, daß ein Besucher *nicht* seine Visitenkarte dem Diener übergibt.«
In dem großen Empfangszimmer stand ein sehr junger Mann. Er konnte nicht viel älter als zwanzig sein. Er hatte lockige braune Haare, braune Augen und kam zweifellos aus einem sehr vornehmen Haus. Die teure Kleidung, er trug einen eleganten, aber eher konservativen dreiteiligen Sommeranzug mit Samtrevers, verriet, daß er Engländer war. Unter der Weste sah man ein Seidenhemd. Olivia hatte ihn noch nie in ihrem Leben gesehen. Es war ein Fremder.
»Ja bitte?« sagte sie etwas kurz angebunden. »Ich bin Mrs. Raventhorne. Sie wollen mich sprechen?«

Der junge Mann gab keine Antwort. Er verbeugte sich nicht, streckte auch nicht als übliche höfliche Geste die Hand aus. Er unternahm nichts, um sich vorzustellen. Er stand einfach vor ihr und blickte ihr ins Gesicht.

»Würden Sie mir bitte sagen, wer Sie sind und was Sie von mir wünschen?« fragte Olivia unverkennbar ungehalten, um deutlich zu machen, daß sie verärgert war.

Der junge Mann sagte immer noch nichts. Er starrte ihr ins Gesicht, und seine großen braunen Augen musterten sie sehr aufmerksam. In seinem Blick lag etwas Eigenartiges; zum Teil war es Überheblichkeit, zum Teil aber auch etwas, das Olivia nicht deuten konnte. Verachtung? Zorn ...? Einen kurzen Augenblick lang erwiderte sie verwundert den Blick. Irgend etwas an den Zügen des jungen Mannes wirkte auf sie mit einem Mal unbestimmt vertraut.

Als er sprach, nahm er die Augen nicht von ihr. Er legte sehr überheblich eine Hand an die Hüfte und fragte: »Sie erkennen mich nicht, oder?«

Es klang so unverschämt, daß sich Edna einmischen wollte, aber Olivia bedeutete ihr mit einer Geste, sich zurückzuhalten. Sie musterte fragend das junge Gesicht und sagte dann langsam: »Ich muß gestehen, daß Sie mir sehr bekannt vorkommen. Aber es tut mir leid, ich erkenne Sie nicht. Sollte ich das?«

»Bekannt? Na, das ist gut, das ist *sehr* gut!« Er warf den Kopf zurück und lachte. Es war kein angenehmes Lachen, es klang eher humorlos und verächtlich. Dann hörte er unvermittelt auf zu lachen. Er verzog die Lippen, aber es war schwer zu sagen, ob höhnisch oder zu einem Lächeln.

»Ja, Sie sollten mich kennen«, sagte er leise. »Bei Gott, das sollten Sie!« Er griff in die Brusttasche seines Jacketts, zog eine Brieftasche heraus und entnahm ihr eine Visitenkarte. »Vielleicht hilft das Ihrer Erinnerung etwas nach.«

Olivia nahm die Karte und warf einen kurzen Blick darauf, bevor sich ihre Augen wieder auf den jungen Mann richteten. Ganz langsam wich alle Farbe aus ihrem Gesicht. Sie schien keine Luft mehr zu bekommen und griff sich mit einem erstickten Aufschrei an die

Kehle. Sie starrte den jungen Mann mit weit aufgerissenen Augen an. Bevor Edna begriff, was geschah, schwankte Olivia, die Visitenkarte fiel ihr aus der Hand, und sie sank leise stöhnend auf den Boden und verlor das Bewußtsein.

Edna lief zu ihrer Freundin, die zusammengesunken auf dem Teppich lag, und läutete entsetzt nach den Dienstboten. Als Sheba mit Francis und der Aja herbeieilte, redeten alle ein paar Augenblicke gleichzeitig. Auf dem Höhepunkt der allgemeinen Verwirrung kam Maja, immer noch in Reitkleidung, in das Zimmer. Der Anblick, der sich ihr bot, erschreckte sie zu Tode. Sie wollte wissen, was geschehen war. Aber niemand hatte Zeit, es ihr zu sagen, denn alle rannten hin und her, brachten Wasser, Riechsalz und Brandy. Der junge Mann blieb die ganze Zeit über gleichgültig und ohne zu lächeln stehen, wo er war, und beobachtete die Szene mit einem Ausdruck der Verachtung, ohne Anstalten zu machen, zu gehen oder sich nützlich zu machen.

»Wer sind Sie?« fragte Maja, als sie den Fremden bemerkte.

Er sah sie mit einem eisigen Blick an. »Weshalb fragen Sie nicht Ihre Mutter?« erwiderte er und machte Anstalten zu gehen. »Falls sie den Wunsch haben sollte, mich zu sehen«, fügte er zum Abschied ungerührt hinzu, »wird Mrs. Raventhorne wissen, wo sie mich findet.«

Ohne noch einen Blick auf die Frau auf dem Teppich zu werfen, verließ er das Zimmer und schlug die Tür hinter sich heftig zu.

Als sie die noch immer bewußtlose Olivia in ihr Schlafzimmer tragen wollten, bemerkte Maja die Visitenkarte des Besuchers, die unbeachtet auf dem Boden lag. Maja hob sie auf und las: ›Baron Birkhurst von Farrowsham. Manor House, Farrowsham, Suffolk.‹

Voll Entsetzen dachte sie: *Alistair*...

Fünfzehntes Kapitel

Er hat ja die gleichen Augen wie ich...

Das war der einzig zusammenhängende Gedanke, der Olivia durch den Kopf schoß, ehe ihr Verstand in sich zusammenbrach, der auf die Ungeheuerlichkeit des Schocks nicht vorbereitet war und den er nicht aufnehmen konnte. Sie stöhnte und redete wirr, während man sie in ihr Zimmer trug und zu Bett brachte. Edna legte ihr eiskalte Kompressen auf die Stirn, und die völlig verstörte Maja schickte einen Kutscher, um Dr. Humphries zu holen. Erst, nachdem der Arzt seine protestierende Patientin mit einer Dosis Bromid für die Nacht beruhigt hatte, stießen alle Seufzer der Erleichterung aus und setzten sich, um Atem zu schöpfen.

»Wird sie morgen früh wieder in Ordnung sein?« fragte Maja mit großen, angstvollen Augen.

»Gütiger Himmel, sie ist *jetzt* schon wieder in Ordnung.« Als Hausarzt, wie es auch sein Vater vor ihm gewesen war, kannte der junge Dr. Humphries natürlich die ganze Geschichte und beeilte sich, Maja zu beruhigen. »Es war eine schwere Woche für Ihre Mutter, aber sie ist nicht unterzukriegen. Ihr Gesundheitszustand ist hervorragend, und sie ist stark wie ein Brauereigaul. Sie braucht einfach Zeit, um sich daran zu gewöhnen, daß...« Er verstummte, blickte auf die reglose Gestalt im Bett, und sein Gesicht wurde weich. »Mein Vater hat Alistair zur Welt gebracht, wissen Sie«, sagte er nachdenklich. »Sie ist bei seiner Geburt beinahe gestorben.«

Maja nickte und starrte auf ihre Füße.

»Ihre Mutter ist eine sehr bemerkenswerte Frau, mein Kind. Sie hätten die Geschichten hören sollen, die mein Vater aus ihrer Jugendzeit erzählte. Sie würden es mir nicht glauben, aber das alles ist wahr!« Er lachte leise und begann, seine Tasche zu packen. »Hatte sie keine Ahnung, daß Alistair nach Kalkutta kommen würde?«

»Nein, nicht die geringste.«

Edna tauchte die Kompresse in frisches Eiswasser und drückte sie aus. »Willie Donaldson muß es gewußt haben. Es war gemein von ihm, sie nicht zu warnen!«

Nachdem der Arzt gegangen war, legte Maja den Kopf gegen die Rückenlehne des Sessels und schloß die Augen. »Sie hat sich geweigert, ihn anzusehen, als er geboren wurde, und war auch nicht bereit, seinen ersten Schrei zu hören.«

»Ja. Hat sie dir das gesagt?«

»Nein, ich habe es von der Maharani gehört. Sie und Tante Estelle haben sich um Alistair gekümmert, bevor Tante Estelle ihn mit seiner Amme und diesem chinesischen Kindermädchen, das Amos betreut hatte, nach England brachte.«

In Ednas Augen glänzten Tränen. »Ja. Die Trennung hat sie beinahe umgebracht, wie ich gehört habe. Die Arme. Wie muß sie gelitten haben!«

Maja spielte mit der Troddel eines Kissens. »Er sieht ihr erstaunlich ähnlich, nicht wahr? Ich glaube, das war der schlimmste Schock für sie.«

Edna warf ihr einen seltsamen Blick zu. »Sein plötzliches Auftauchen hat dich doch nicht... ich meine, durcheinandergebracht oder, Liebling?«

Maja erwiderte achselzuckend: »Ich weiß nicht ... noch nicht. Mit Sicherheit kann ich in ihm nicht meinen *Bruder* sehen!« Sie verzog das Gesicht. »Aber ich bin froh, daß Amos nicht hier ist. Er wird ... wütend sein!« Der Gedanke war ernüchternd. Sie stand auf und strich geistesabwesend über den Bettüberwurf. »Er sieht sehr gut aus, nicht wahr, Tante Edna?«

Edna lächelte. »Besser als Amos?«

»Nein! *Niemand* sieht besser aus als Amos!« Sie faltete die Hände hinter dem Kopf und blickte zur Decke. »Aber er ist sehr aristokratisch – jeder Zoll ein englischer Gentleman...«

»Weißt du, davor hat sie sich immer gefürchtet.« Edna seufzte. »Und es überrascht mich nicht, wenn man bedenkt...« Sie schwieg, griff nach der Wasserschüssel und machte Anstalten, damit nach unten zu gehen. »Wie auch immer, wir wollen nicht mehr davon sprechen. Was geschehen wird, wird geschehen. Also, wie wäre es mit Hühnerbrühe, Toast und Käse zum Abendessen? Ich glaube, Anthony kocht Aprikosen für einen Pudding.« Sie warf einen letzten Blick auf das Bett. »Es hat keinen Sinn, deine Mutter zu wecken. Sie würde ohnehin nichts essen.«

Bei Tisch sprachen sie über viele Dinge, aber es herrschte zwischen ihnen das stillschweigende Einverständnis darüber, daß Alistair Birkhurst an diesem Abend nicht mehr erwähnt wurde.

Olivia lag die ganze Nacht in einem tiefen, heilenden Schlaf, den Medikamente bewirken. Als sie die Augen wieder aufschlug, war es beinahe Morgen. Edna hatte sich geweigert, ihren Platz neben dem Bett aufzugeben, solange Olivia noch nicht wach war, und döste auf dem Sofa vor sich hin. Ohne sie zu wecken, ging Olivia auf Zehenspitzen in ihr Badezimmer, wusch sich das Gesicht und machte flüchtig Toilette. Danach setzte sie sich in den Schaukelstuhl am Fenster und beobachtete stumm, wie das Morgengrauen zögernd Lichtstreifen an den Horizont im Osten malte. In den dunklen Schatten des Gartens sah sie verstohlene Bewegungen. Dort unten wurde es lebendig, aber es geschah ungesehen, als die Welt langsam an einem neuen Tag erwachte. Olivia saß da, blickte aus dem Fenster und schaukelte. Ein Teil ihres Bewußtseins war frisch und klar, während der Rest immer noch gegen die trübe Dumpfheit des Schlafs ankämpfte. Allmählich regte sich noch etwas anderes in ihr. Dieses Gefühl war so vertraut wie ein alter Schuh: Sie empfand den ersten Stich von Gewissensbissen. Es war ein Schuldgefühl, das lange in das Archiv der Erinnerung verbannt gewesen war – Alistair. Ich habe kaum je an ihn gedacht und ihn doch nie vergessen...

Die Zeit entrollte sich wie eine Schlange, schlich sich verstohlen an sie heran und überfiel sie aus dem Hinterhalt wie der Tod, der immer erwartet wird und doch stets überraschend kommt. Alistair war eines dieser kleinen, geheimen Gefäße des Schmerzes, die sie in einem tiefen, tiefen Spalt ihres Bewußtseins vergraben hatte, als die Wirklichkeit unerträglich geworden war.

Vor einundzwanzig Jahren war sie sicher gewesen, ihn aus ihrem Bewußtsein verbannen zu können, als hätte es ihn niemals gegeben, und mit der Zeit hatte sie geglaubt, das sei ihr gelungen. Wenn er überhaupt in ihrer Erinnerung auftauchte, dann war er nur ein Phantom in der Galerie der Phantome, die ihre innere Welt bevölkerten.

Nun erkannte sie, daß das nicht stimmte. Der Spalt war nicht so tief, wie sie gedacht, die Erinnerung nicht so schwach, wie sie angenommen hatte. Sie hatte Alistair nie vergessen; ja, es war so, als sei er überhaupt nicht weg gewesen. Jetzt erkannte sie, daß er in all den Jahren bei ihr gewesen war. Er hatte wie in einer Art Winterschlaf leicht und geräuschlos geatmet; war immer lebendig, immer noch ein Teil von ihr und hatte ihren Körper, ihr Blut, jeden Herzschlag mit ihr geteilt, beinahe, als sei er noch in ihrem Leib. Sie seufzte leise und versuchte, diesen ungeheuerlichen Widerspruch zu begreifen. Unvermeidlich wanderten ihre Gedanken zu Estelle und Kinjal.

Ihre geliebte Cousine und ihre liebe, unentbehrliche Freundin hatten verhindert, daß sie in jenen Tagen vor zwei Jahrzehnten, als sich das merkwürdige Drama von Alistairs Geburt abspielte, den Verstand verlor. Sie hatten den Neugeborenen vor den sehnsüchtigen Augen der Mutter versteckt, sie hatten ihn drei Monate lang genährt, hatten Energie in seinen mageren, zu früh geborenen Körper gepumpt und Kraft in seine gefährlich weichen Knochen. Und sie hatten die lange Reise über die Meere zu seinem Vater und seiner Großmutter im fernen England geplant und durchgeführt. Olivia dachte an all die Liebe, das Verständnis und die bedingungslosen, hingebungsvollen Bemühungen der beiden Frauen und sehnte sich danach, sie noch einmal an ihrer Seite zu haben. Es schien so wichtig, sie jetzt zu sehen, wo der Vorhang im Begriff war, sich zu einer schmerzlichen Fortsetzung des lange vergessenen, immer erinnerten Dramas zu heben. Aber sie wußte, das war unmöglich: Kinjal befand sich auf einer Pilgerreise nach Badrinath im Himalaja, und Estelle lebte inzwischen auf einem anderen Planeten, in einer anderen Dimension und war auf immer für sie verloren...

Eine Hand legte sich sanft auf Olivias Schulter – es war Ednas Hand. Olivia griff danach und umklammerte sie voll Dankbarkeit für die tröstliche Anwesenheit dieser Freundin, die ihr ebenso teuer war wie Kinjal und Estelle. »Bleibst du ein paar Tage bei uns, Edna? Ich spüre, ich habe nicht die Kraft, mich dem allein zu stellen ...«
»Ja natürlich, wenn du mich brauchst.«
Olivia schloß die Augen. »Ich habe ihn nicht erkannt, Edna«, sagte sie matt. »Ich habe meinen eigenen Sohn nicht erkannt.«
»Wie hättest du ihn erkennen sollen, wenn du ihn nie gesehen hast?«
»Und doch ist er ganz genau so, wie ich immer wußte, daß er sein würde. Ist das nicht unglaublich?«
»Das Herz hat einen Instinkt für solche Dinge, Olivia. Nein, es ist überhaupt nicht unglaublich.«
»Es war, als sähe ich *mich* in einem Zauberspiegel«, sagte Olivia verwundert und sah Edna flehend an. »Er sieht mir ähnlich, nicht wahr?«
»Sehr.« Edna klopfte Olivia beruhigend die Hand, um ihr die Sicherheit zu geben, die sie jetzt brauchte. »Nachdem ich ihn gesehen habe, glaube ich, ich hätte ihn überall erkannt.« Im stillen fragte sie sich: Sage ich das nur hinterher oder stimmt es tatsächlich ...
Sheba kam mit einem Servierwagen, auf dem heißer Kaffee, Tee und das Frühstück standen. Hinter ihr tauchte Maja auf.
»Hast du gut geschlafen?« fragte Maja und gab ihrer Mutter einen Kuß auf die Wange. Sie machte sich immer noch große Sorgen.
Olivia nickte und suchte in Majas Gesicht nach Hinweisen auf ihre Gedanken. Außer dem besorgten Ausdruck und der ungewöhnlichen Blässe konnte sie jedoch nichts entdecken. Nein, um Maja mußte sie sich keine Gedanken machen. Maja würde mit Alistairs Ankunft zurechtkommen. Vermutlich würde sie sich sogar darüber freuen.
Aber Amos ...? Sie spürte, wie eine plötzliche Panik in ihr aufstieg. »Ich muß Willie rufen lassen. Ich muß ihn *sofort* sprechen ...!«
Sie ließ das Frühstück unberührt und eilte an den Schreibtisch, um ein paar Zeilen an Willie Donaldson zu schreiben. Aber noch bevor sie damit fertig war, kam Sheba eilig ins Zimmer und sagte, der schot-

tische Herr, der Direktor der Agentur Farrowsham warte unten auf sie und wollte sie ganz dringend sprechen.

»Es ist besser, wenn du allein hinuntergehst«, sagte Edna und legte Olivia die Hand auf den Arm. »Maja und ich haben ohnedies hier oben genug zu tun.«

Olivia war so durcheinander, gleichzeitig in Hochstimmung und nervös, daß sie Edna kaum hörte. Sie nahm sich kaum Zeit, die angefangene, flüchtige Morgentoilette zu beenden, und eilte hinunter in das kleine Wohnzimmer, das nur die Familie und enge Freunde benutzten, wo Willie Donaldson voll Ungeduld auf sie wartete.

»Willie! Ich habe gerade eine Nachricht für Sie geschrieben...«

»Bei allen Heiligen, Mädchen!« polterte er los, ohne sie ausreden zu lassen. »Dachten Sie, ich würde nicht von allein kommen?« Er sah sie mit zusammengekniffenen Augen wütend an.

Olivia lächelte schwach, als sie feststellte, daß sein Vokabular immer noch so drastisch war und seine rauhe Stimme so schneidend klang wie immer. Sie stellte fest, daß er sich unsicher auf einen Stock stützte, und half ihm schnell in einen Sessel. Er wirkte alt und gebrechlich. Sein Schnurrbart war so struppig wie das Gestrüpp in einer trockenen Steppe. Als er weiterhin angriffslustig in ihre Richtung spähte, wurde ihr klar, daß sein Sehvermögen sehr nachgelassen hatte. Ihre Augen wurden weich; sie ergriff seine Hand und küßte ihn auf die Wange, worauf ihm die Röte in das faltige Gesicht stieg. Sie hatten sich in den vergangenen Jahren nicht oft getroffen, doch Olivia wußte, daß er nie aufgehört hatte, sie aus der Ferne im Auge zu behalten. Als sie sich nun gegenüberstanden, war es, als seien sie erst gestern zusammengewesen. Die zuverlässige Unterstützung dieses lieben Mannes in einer besonders turbulenten Zeit ihres Lebens war in ihrer Erinnerung immer lebendig geblieben.

Sie setzte sich ihm gegenüber und faltete die Hände im Schoß. »Warum haben Sie mich nicht früher benachrichtigt, Willie?«

Er antwortete nicht sofort, sondern lehnte sich im Sessel zurück und wischte sich mit einem Taschentuch die Stirn. Seine Augen wirkten trübe, er konnte kaum etwas sehen. Aber das entschlossene Funkeln, das ihn zu einem Mann von Format und Qualität machte, lag immer

noch darin. In den faltigen Augenwinkeln entdeckte sie zu ihrer Überraschung Tränen.
»Seine Lordschaft hat es nicht zugelassen«, erwiderte er ausdruckslos. »Beim Blut Christi. Ich wollte es, aber er hat mich gezwungen zu schwören, daß ich es nicht tun würde!« Er schüttelte den Kopf. »Er ist ein Starrkopf, Ladyschaft.« Er fiel flüchtig wieder in die alte förmliche Anrede zurück, während er den Mund zu einem trockenen Grinsen verzog. »Ihm kann man keine Schuld daran geben, dem armen kleinen Jungen, wenn man daran denkt, daß die Mutter in seinem Alter kein bißchen anders war!«
Ein schwaches Lächeln ließ Olivias Lippen zittern. »Ich war nicht darauf vorbereitet, Willie. Ich hätte Zeit gebraucht, um mich *vorzubereiten*...!«
»Ach ja. Glauben Sie, das hätte ich nicht gewußt? Aber genau so hatte es der Junge gewollt. Er wollte nicht, daß Sie sich vorbereiten!«
»Das war grausam von ihm, Willie...«
»Ja.« Er beugte sich vor und griff nach ihrer Hand. »Aber ich konnte nichts tun, Mädchen – ich habe beinahe fünfzig Jahre lang das Salz der Birkhursts gegessen...« Erschöpft von der Anstrengung lehnte er sich zurück. »Der Junge leidet. Bei einem Kind, das keine Mutter und keinen Vater hatte, kann das überhaupt nicht anders sein.« Er schüttelte den Kopf. »Ich habe einen Brief ... Ich hätte ihn Ihnen früher gegeben, aber er hat es nicht zugelassen.«
Schnaubend suchte er in den Falten seines weiten Jacketts und fand schließlich eine Tasche, aus der er einen Umschlag zog. Olivia nahm ihn entgegen. Er hatte eine Farbe wie Leder und trug auf der Klappe das goldgeprägte Wappen der Birkhursts. Olivia wußte, er kam von der verwitweten Lady Birkhurst, ihrer früheren Schwiegermutter. Hastig riß sie ihn auf und begann zu lesen.
›Meine liebste Olivia‹, begann der Brief, wie immer mit echter Wärme. ›Wenn Sie diese Zeilen erreichen, werden sie ihren Zweck leider nicht mehr erfüllen können. Sie werden wissen, daß Alistair in Kalkutta ist. Ich mußte ihm versprechen, daß ich Sie nicht früher von seinem Kommen in Kenntnis setzen würde, obwohl ich das sehr

gerne getan hätte. Es gibt viele Gründe für seinen Aufenthalt in Indien, aber der *wichtigste* von allen – obwohl sein leidenschaftlicher Stolz ihm verbietet, sich das einzugestehen –, ist seine Sehnsucht danach, Sie zu sehen. Er ist entschlossen, seinen Plan der Selbstfindung durchzuführen. Meine Liebe, es bestehen weit mehr Ähnlichkeiten zwischen Euch beiden als die, welche ins Auge fallen!

Ich wünschte, ich könnte hoffnungsvoller sein, aber ich fürchte, das Zusammentreffen wird für Sie nicht sehr angenehm werden. Er ist verbittert, Olivia, und er ist verwirrt. Er ist nicht gut auf Sie zu sprechen. Ich sage Ihnen das auch auf das Risiko hin, Sie zu verletzen, denn ich kenne Sie und weiß, daß Sie sich nicht mit weniger als der Wahrheit zufriedengeben werden.

Natürlich hat Alistair immer von Ihnen gewußt. Aber ich hatte einfach nie den Mut, ihm ausführlich von den komplizierten Umständen seiner Geburt und seiner Ankunft in England zu berichten. Es gibt vieles, was ich Ihnen über den Jungen nie geschrieben habe. Aber ihm habe ich noch mehr vorenthalten. Infolgedessen quälen ihn Zweifel, die jetzt ausgeräumt werden müssen, und er hat nicht die emotionalen Ressourcen, das aus eigener Kraft zu tun.

Alistairs ganze Energie hat ihn während des letzten Jahres nach Kalkutta – und zu Ihnen – gezogen! Er hat Gründe, sich zu beklagen, manche sind imaginär, andere nur allzu real. Leider ist er wie Sie. Er wird keine Ruhe geben, bis er die ungeschminkte Wahrheit erfahren hat. Er stellt Fragen, die ich meiner Ansicht nach nicht beantworten darf, die jedoch beantwortet werden müssen. Ich bin sicher, Sie werden mir zustimmen, daß man zumindest das einem verwirrten jungen Mann schuldig ist, der seine Mutter nie gesehen hat, obwohl sie am Leben ist, und der seinen Vater verlor, als er nicht einmal ein Jahr alt war.

Ich warne Sie, meine Liebe, Ihr zweiter Sohn wird Ihnen nur wenig Freude machen. Er wird Sie im Gegenteil tief verletzen. Alistair besitzt die Arroganz der Unreife. Seine Worte sind hart, sein Verhalten bewußt unverschämt. Ich würde mir große Sorgen machen, wenn ich nicht wüßte, daß Sie klug und stark genug sind, um ihn im Zusammenhang seiner Umstände zu sehen. Deshalb zweifle ich nicht daran, daß Sie in Ihrer unendlichen Vernunft seine Härte als das erkennen werden, was sie ist: ein Ausdruck der Qual und ein Hilferuf. Ich bin sicher, Sie werden ihm nicht nur seine Maßlosigkeiten vergeben, sondern auch begreifen, daß es nach allem, was geschehen ist, nicht anders sein kann.

Ich habe für meinen geliebten Enkelsohn mein Bestes getan, Olivia, soviel kann ich Ihnen versichern. Aber zu meinem größten Kummer erkenne ich nun, daß es nicht genug gewesen ist. Er braucht etwas, das ich ihm nicht geben kann. Was das ist, kann ich nicht sagen. Aber junge Menschen lassen sich nicht unterkriegen, und Sie, Olivia, waren immer klüger, als es nach Ihrem Alter zu erwarten gewesen wäre. Ich bete darum, daß es Euch beiden irgendwie gelingt, gegenseitig die Wunden zu heilen und aus dieser Begegnung die Tröstungen zu ziehen, die Euch beiden all die Jahre versagt geblieben sind.

Ich warne Sie, das wird nicht leicht sein, aber ich bitte Sie um Geduld. Vielleicht wird die Geduld belohnt werden, vielleicht nicht. Ich weiß, daß Sie sich auch damit abfinden werden, so wie Sie sich mit all den anderen grausamen Ungerechtigkeiten Ihres jungen und tragisch unerfüllten Lebens abgefunden haben.‹

Ein paar weitere, ausführliche Absätze beschäftigten sich mit dem Besitz von Farrowsham, Lady Birkhursts beiden Töchtern und ihren anderen Enkeln. Die alte Lady Birkhurst machte sogar ein paar Hinweise auf Freddie und das schreckliche Unglück seines zu früh zu Ende gegangenen Lebens. Zum Schluß kehrte Lady Birkhurst noch einmal zu ihrem Enkelsohn zurück.

›Wenn der Besuch Ihres Sohnes Sie nicht glücklich machen kann, so bete ich darum, daß er Ihnen zumindest noch mehr Kummer erspart. Ich mache mir große Sorgen wegen der Probleme, die Alistairs unangekündigter Besuch Ihrer Familie verursachen wird. So Gott will, werden Sie Mittel und Wege finden, um sie einzugrenzen, ehe sie irreparablen emotionalen Schaden anrichten können. Ich wünsche Ihnen allen das Beste, Olivia. Sie und die Ihren waren meinem Herzen und meinen Gedanken immer nah. Es vergeht kein Abend, ohne daß ich Sie in meinen Gebeten dafür segne, daß Sie die Erfüllung Ihrer eigenen Bedürfnisse geopfert und mir diesen lieben Jungen geschenkt haben. Ich gebe Ihnen Alistair nun in der Hoffnung zurück, daß es keine vergebliche Reise gewesen sein wird. Möge Gott mit Euch beiden in Euren Bemühungen sein. Wäre es für meinen alten Körper möglich gewesen, hätte ich Alistair begleitet, um Ihnen meine Unterstützung zu geben. Aber ich bin inzwischen ans Bett gefesselt und völlig von anderen abhängig. Doch ich bin guten Mutes und im Geist immer bei Ihnen. Schreiben Sie mir bald. Ich werde erst Ruhe finden, wenn ich etwas von Ihnen gehört habe. Mit allen Hoffnungen und in aller Liebe, Ihre Elisabeth Birkhurst.‹

Olivia las den Brief mit einem Kloß im Hals. Ihre Freundschaft mit Lady Birkhurst hatte selbst die langen Jahre nach Freddies Tod ungetrübt von Verstimmungen oder Vorwürfen überdauert. Die alte Dame besaß ein bemerkenswertes Verständnis. Sie hatte Olivia immer klug beraten und war ihr unerschütterlich in einer Lage beigestanden, die keine andere Schwiegermutter toleriert hätte. Olivia hatte das Gefühl, sich in einem unerforschten Wald wild wuchernder Erinnerungen verirrt zu haben. Sie hätte alles darum gegeben, Lady Birkhurst jetzt an ihrer Seite zu haben, damit ihre frühere Schwiegermutter sie mit dem unfehlbaren Instinkt beraten hätte, der sie zu einer Frau von so außergewöhnlicher Klarsicht machte.

Olivia faltete den Brief mit zitternden Fingern zusammen und steckte ihn in den Umschlag zurück. »Wie ich vermutet habe, Willie. Er ist verbittert und unversöhnlich.«

Willie Donaldson protestierte mit ein paar gemurmelten Worten, aber es war deutlich, er tat es mehr aus Loyalität als aus Überzeugung.

»Willie, ich kenne Alistair. Ich habe ihn nie gesehen, aber ich kenne ihn bereits so gut wie mich selbst. Er ist zu jung, um zu verstehen, und zu alt, um zu vergeben.«

»Ja. Es wird nicht leicht werden.« Ohne es zu wissen, wiederholte er griesgrämig Lady Birkhursts Warnung. »Aber wann wäre für Sie jemals etwas leicht gewesen, hm? Sie sind ein starkes Mädchen. Ich habe Sie bewundert, als Sie bei Farrowsham waren, denn ich hatte noch *nie* ein Mädchen mit einer solchen Kraft getroffen!«

Olivia schüttelte den Kopf. »Ich bin nicht mehr wie früher, Willie.

Diese Zeit ist vorbei. Die Kraft, von der Sie reden, gibt es nicht mehr.« Die Tränen traten ihr in die Augen. »Inzwischen bin ich völlig erledigt. Ich spüre nur noch, wie die Erschöpfung auf mir lastet.«

Er wurde plötzlich lebendig, beugte sich im Sessel vor und fuchtelte mit dem Stock vor ihrem Gesicht herum. »Wagen Sie es zu weinen, Mädchen, und ich werde nie mehr ein Wort mit Ihnen sprechen, *nie mehr*!« Er starrte sie wütend und mit geblähten Backen an, die wie rote Luftballons wirkten. »Ich habe Sie nie weinen sehen, als die Welt um Sie herum in Trümmern lag, und ich will auch *jetzt* keine Tränen sehen!«

»Das war etwas anderes, Willie«, rief Olivia, erschrocken über seinen Zorn. »Damals war ich jünger. Und ja, es war eine schlimme Zeit, aber...«

»Nicht so schlimm wie die Zeit, die die Zukunft Ihnen bringen würde. Aber Sie haben durchgehalten, Sie haben es verdammt noch mal *überlebt*!« Er lachte verächtlich, schob den Kautabak, der aus seinem Mund nicht wegzudenken war, von einer Seite auf die andere und kaute heftig. »Kleinlautes Jammern und Klagen machen mich ungeduldig, und auch Sie konnten das nie ausstehen, *nie*!«

»O Willie...!« Olivia fuhr sich mit dem Handrücken über die Augen und lachte unsicher. »Sagen Sie mir ganz ehrlich: Haßt er mich wirklich?«

Er beschloß, nicht weiter auf sie einzureden. »Ja, ich glaube, das tut er. Aber wenn Sie mich fragen, ist es kein Haß, wie wir ihn kennen. Da ist noch etwas anderes.«

»Was?«

»Es ist doch wohl *Ihre* Sache, das herauszufinden, oder nicht?« erwiderte er bissig.

Sie nickte und seufzte. »Will er Farrowsham wieder auf die Beine bringen?«

»Er will es versuchen.«

»Das wird ihm schwerfallen. Die Geschäftswelt hat sich seit der Sepo-Meuterei grundlegend verändert.«

»Na ja, aber das wird nicht so schwer sein, wie einen neuen *Manager*

zu finden!« Er gestattete sich ein keineswegs bescheidenes, selbstzufriedenes Lächeln, bevor er wieder ernst wurde. »Er will die Plantage verkaufen und vielleicht auch das Palais.« Für Willie war das prächtige Haus der Birkhursts an der Esplanade immer *das* Palais, als gäbe es in Kalkutta kein anderes.
»Wie lange wird er bleiben?«
»Ich nehme an, bis seine Arbeit erledigt ist.«
Irgend etwas an der Art, wie er den Satz aussprach, ließ sie aufmerksam werden.
»Aber das ist nicht alles, nicht wahr?«
»Das ist es nicht.« Mit dieser lakonischen Bemerkung senkte er den Blick. »Seine Lordschaft hat vor, etwas anderes zu versuchen ... zu diversifizieren.«
»Diversifizieren? In welcher Branche?«
»Baumwolle.«
»Baumwolle?« wiederholte Olivia. »Ach, welch ein Zufall! Wissen Sie, Amos hat beschlossen, ins Baumwollgeschäft einzu...« Sie wurde leiser und verstummte. »Wo?«
»In Kanpur.« Willie wirkte unglücklich und sah sie immer noch nicht an.
»In Kanpur!«
Olivias Herz setzte aus. Sie kannte die Antwort bereits, als sie fragte: »Wo in Kanpur?«
»Seine Lordschaft hat vor kurzem die Sutherland-Spinnerei und -Weberei erworben. Der Kaufvertrag wurde im letzten Monat in London unterschrieben.« In der einsetzenden Stille beobachtete Willie sie mit wachsendem Kummer. »Ich konnte Sie auch davon nicht informieren, Mädchen«, sagte er. »Aber Sie sollen wissen, daß *ich* nicht dafür war.«
Olivia saß regungslos da. »Weshalb um alles in der Welt will Alistair eine Baumwollspinnerei in Kanpur?« Sie wunderte sich selbst über ihre Frage. Sie *wußte*, weshalb!
»Er will sie nicht«, sagte Willie traurig. »Aber er will auch nicht, daß Mr. Amos sie bekommt.«

Sechzehntes Kapitel

Amos saß auf dem letzten Teil seiner Heimreise von Allahabad zufrieden in einem schaukelnden Eisenbahnabteil Erster Klasse und konnte unmöglich etwas von all den wichtigen Ereignissen ahnen, die sich während seiner Abwesenheit ereignet hatten. Natürlich brannte er vor Ungeduld, sein neues Unternehmen zu starten, aber im Augenblick hätten seine Gedanken seiner Familie oder der Baumwollspinnerei nicht ferner sein können.

Er dachte an Rose Pickford.

Der junge, gutaussehende und reiche Amos Raventhorne war in Kalkutta unvermeidlich der Gegenstand weiblicher Bewunderung. In der eurasischen Gemeinde galt er natürlich als ein Fang von beachtlichen Dimensionen. Aber selbst in anderen Gemeinschaften der Stadt, einschließlich der englischen, gab es wenige unverheiratete junge Frauen, die ihm nicht wehmutsvolle, sehnsüchtige Blicke zuwarfen, wann immer sie ihn auf der Straße oder in einem Geschäft zufällig zu Gesicht bekamen. Wenn sie sicher vor den Adleraugen ihrer Aufpasserinnen waren, rankten sich viele romantische Phantasien um die taubengrauen Augen, das pechschwarze, lockige Haar und den starken, männlichen Körper. Sie seufzten tief bei dem Gedanken, seine Gunst zu erringen, so wie sich in einer früheren Zeit viele beim Gedanken an seinen Vater Hoffnungen auf ein Liebesabenteuer gemacht hatten.

Wären die Umstände seines jungen, turbulenten Lebens weniger ernüchternd gewesen, hätte Amos vielleicht den Grund für seine derzeitige innere Unruhe ebenso leicht erkannt wie andere junge Männer seines Alters. Aber die unorthodoxe Erziehung und der

Mangel an romantischen Beziehungen sorgten dafür, daß er seinen derzeitigen Zustand nicht so recht begreifen konnte. Der häufige Verrat und die vielen Tragödien, deren Zeuge er in seinen dreiundzwanzig Jahren gewesen war, hatten ihn mißtrauisch gemacht, wenn er über die imaginären oder tatsächlichen Motive der Menschen nachdachte. Was Frauen anging, so konnte er in aller Aufrichtigkeit sagen, daß er nie eine Frau getroffen hatte, nach der er sich gesehnt oder deren Gesellschaft er besonders geschätzt hätte. Deshalb beunruhigte und verwirrte ihn die unerklärliche Art und Weise, in der er auf Rose Pickford reagierte. Er konnte sich nicht daran erinnern, schon einmal eine junge Frau kennengelernt zu haben, in deren Anwesenheit er sich völlig wohl gefühlt hatte, und das verstand er nicht.

Ihm gegenüber lag Ranjan Moitra und schnarchte. Er drehte sich auf die andere Seite und wäre beinahe über den Rand der Bank gerollt. Wäre Amos nicht aufgesprungen und hätte ihn festgehalten, wäre er mit Sicherheit heruntergefallen. Moitra ahnte nichts von seinem Flirt mit einem Unfall. Er lächelte im Schlaf und schnarchte weiter.

Amos zog sich wieder in seine Ecke zurück. Er langweilte sich und wartete auf das Auftauchen von Kalkutta am grünen Horizont. Diesmal konnte er sich, abgesehen von den unvermeidlichen Aufregungen einer normalen Bahnfahrt in Indien, kaum über etwas beklagen, und so kehrten seine Gedanken zu Rose Pickford zurück.

Er mußte zugeben, daß Rose keineswegs eine Schönheit war. Im Gegenteil, seine amerikanische Mutter hätte sie ganz offen als eine »graue Maus« bezeichnet. Eigenartigerweise schien ihn dieser Aspekt von Rose am stärksten anzuziehen. Er lebte schon so lange mit einer schönen Mutter und einer schönen Schwester zusammen, daß ihn das außergewöhnliche Aussehen von Frauen gleichgültig ließ. Frauen fand er eitel, launisch und egoistisch. Sie schienen ihre Überlegenheit anderen gegenüber als naturgegeben zu betrachten. Er schauderte bei dem Gedanken, eine Frau zu heiraten, die so schön war wie etwa seine Schwester. Er hätte ihr exzentrisches Wesen nicht länger als fünf Minuten ertragen! Rose dagegen war unaufdringlich, geduldig, offensichtlich ernsthaft, intelligent, auffassungsfähig, und sie interessierte sich für die Standpunkte anderer. Sie sprach eher wenig, sondern hörte mehr zu, und das war an sich bereits ein kleines Wunder. Obwohl sie nicht überwältigend verführerisch aussah, hatte sie ein unglaublich reizvolles Wesen. Sie war weiblich, bescheiden, selbstgenügsam und erweckte den Eindruck, in häuslichen Dingen sehr kompetent zu sein.

Amos seufzte tief und war völlig überwältigt angesichts all der bewundernswerten Tugenden, die er zu seiner Zufriedenheit aufgezählt hatte. »Und natürlich«, sagte er zu sich, »wird sie hervorragend mit Mutter auskommen.«

»Wie, wie bitte...?« Ranjan Moitra setzte sich ruckartig auf und starrte Amos mit weit aufgerissenen, verschlafenen Augen an.

Amos errötete, denn ihm war nicht bewußt gewesen, daß er laut gesprochen hatte. »Ach, ich habe nur ... ich habe mir nur selbst etwas klargemacht.«

»Sind wir schon da?«

»Nein, noch nicht. Schlafen Sie ruhig weiter, Ranjan Babu.«

Ranjan legte sich gähnend hin und schlief sofort wieder ein. Amos gab sich einen Ruck und kehrte wehmütig in die Wirklichkeit zurück. Er mochte Rose Pickford noch so anziehend finden, sie würde niemals seine Frau werden. Abgesehen von der Tatsache, daß sie Engländerin war, hing eine dunkle Wolke über dem Namen Raventhorne. Und solange diese Wolke sich nicht aufgelöst hatte, konnte er nicht daran denken, um sie zu werben – übrigens auch um keine andere Frau.

Mit Bedauern zwang sich Amos, alle Gedanken an Rose Pickford beiseite zu schieben und wieder auf vertrautes Terrain zu richten. Er brachte sich in bessere Stimmung, indem er sich noch einmal all die Neuerungen und Verbesserungen vor Augen führte, die er plante, sobald er die Spinnerei gekauft haben würde. Wie immer waren seine Vorstellungen anschaulich und für ihn sehr real. Sie waren sogar so real, daß Amos höchst erstaunt reagiert hätte, wenn ihn jemand bei der Ankunft im Haus der Raventhornes daran erinnert hätte, daß ihm die Spinnerei noch nicht gehörte.

*

Unvermeidlich kreiste das Gespräch am Eßtisch zunächst beinahe ausschließlich um den Brand im Heim, um Joycie Crums Tod und um ihr Begräbnis. Olivia hatte beschlossen, Amos vor seiner Rückkehr nicht davon in Kenntnis zu setzen, denn sie wußte, sie hätte ihn damit nur beunruhigt und von seiner eigentlichen Aufgabe abgelenkt. Doch erst nachdem das traurige Thema erschöpft war, und alle plötzlich schwiegen, kam Amos der Gedanke, es müßte noch etwas anderes zu berichten geben. Vielleicht hatte man ihm noch nicht alles gesagt.

Obwohl jeder sich tapfer darum bemühte, normal zu wirken, war die Mahlzeit eine steife, ungemütliche Sache: Spannung lag hinter jedem gezwungenen Lächeln, und das spröde Eßtischgeplauder, das der Diskussion um das Feuer folgte, hatte beredte, ominöse Untertöne. Amos bemühte sich, die Atmosphäre zu lockern, und erzählte eine Menge lustiger Anekdoten über Ranjan Moitras geharnischte Feindseligkeit gegen Kanpur. Die Nachrichten vom Fortschritt seiner Pläne mit der Baumwollspinnerei hielt er bis nach dem Essen zurück, wenn alle hoffentlich etwas lockerer sein würden und er auf ihre ungeteilte Aufmerksamkeit rechnen konnte. Doch er spürte, daß etwas unausgesprochen in der Luft lag. Schließlich legte er Messer und Gabel beiseite, lehnte sich zurück und verschränkte die Arme vor der Brust.

»Also gut, das reicht. Ich möchte jetzt wissen, was in meiner Abwesenheit sonst noch geschehen ist. Ich merke, daß mir etwas verheimlicht wird.«

Tiefes Schweigen lag über dem Tisch. Erleichtert darüber, daß die Angelegenheit endlich zur Sprache kam, sank Maja in sich zusammen. Olivia wechselte einen schnellen Blick mit Edna, bevor sie antwortete.

»Ja, Amos, es ist etwas geschehen. Wir wollen zu Ende essen und hinausgehen. Wir sprechen beim Kaffee darüber.«

Es war kühler auf der Veranda; ein sanfter Südwind strich durch die Bäume und ließ das Laub rascheln. Im Garten hatte der übliche nächtliche Chor der Frösche und Zikaden eingesetzt, in den sich hin und wieder die schrillen Rufe der Nachtvögel mischten, die ihre elterlichen Pflichten erfüllten und Nahrung für den hungrigen Nachwuchs suchten. Eine weiße Eule flog von einer Himalajazeder und schwebte mit einem langen, traurigen Schrei an der Veranda vorüber, und die in der Regenzeit üblichen Insektenschwärme tanzten um die Wandlampen.

Während Francis die Kaffeetassen und das Orange-Rum-Gebäck auf den Tisch stellte, sprach niemand. Nachdem kein Grund mehr bestand, Amos etwas vorzuspielen, wußte keiner so recht, was er sagen sollte. Amos blickte fragend von einem zum anderen.

»Also?«

Maja sah unruhig ihre Mutter an. Sie waren übereingekommen, daß Amos die Neuigkeit von ihrem Entschluß, Christian zu heiraten, nicht am Abend seiner Rückkehr erfahren sollte. Es gab genug anderes, was ihn aufregen würde. Trotzdem machte Maja sich Sorgen, ihrer Mutter könnte unabsichtlich ein Wort darüber entschlüpfen, das eine unnötige und verfrühte Diskussion heraufbeschwören würde. Natürlich mußte Amos es erfahren, aber sie wollte ihm die Nachricht im geeigneten Augenblick, wenn er in der richtigen Stimmung war, selbst mitteilen.

»Nun komm schon, Mutter. Was ist noch geschehen?«

Olivia biß die Zähne zusammen und stürzte sich ins kalte Wasser. »Alistair ist in Kalkutta. Er war gestern abend hier, um mich zu besuchen.«

Amos versuchte sich zu erinnern, während er die Neuigkeit verdaute. »Alistair ... *Birkhurst*?«

»Ja.«

Im buttergelben Licht der Wandlampen sah sie, wie sein Unterkiefer hervortrat. »Ich ... verstehe.« Eine Zeitlang sagte er nichts mehr, sondern trank stumm seinen Kaffee und blickte in die Schwärze über dem Fluß. Schließlich fragte er: »Was will er hier in Kalkutta?«

»Wie Willie Donaldson sagt, ist er gekommen, um zu sehen, ob er den Niedergang von Farrowsham aufhalten kann.«

»Farrowsham ist erledigt!« erklärte Amos verächtlich. »Ebensogut könnte er versuchen, ein totes Pferd mit der Peitsche wieder zum Aufstehen zu bringen.«

»Er will in eine neue Branche einsteigen«, sagte Olivia, ohne ihn anzusehen.
»In eine neue Branche? In welche?«
Sie sagte es ihm. Amos stand ein oder zwei Sekunden lang der Mund offen. Er sah sie so verständnislos an, als hätte sie in einer fremden Sprache gesprochen. Als die Worte allmählich in sein Bewußtsein drangen, wurde er aschfahl und sah plötzlich krank aus. Beinahe ohne zu atmen, versuchte er stumm, mit dem Schock fertig zu werden und die ganze Wucht des Donnerschlags zu ertragen. Olivia krümmte sich stumm, denn sie litt wie er. Sie wünschte, sie hätte etwas sagen können, um ihn zu trösten, um der bitteren Enttäuschung, die ihm ins Herz schnitt, etwas von ihrer Schärfe zu nehmen. Aber ihr kamen nur Platitüden in den Sinn. Sie umklammerte Ednas Hand unter dem Tisch und schwieg.
Der Gesichtsausdruck ihres Sohnes veränderte sich noch einmal. Er wandte sich um, durchbohrte seine Mutter mit einem schrecklichen Blick und preßte die Lippen zusammen, bis sie so schmal wie Striche wurden. Das Schweigen war tief und beredt mit den unausgesprochenen Beschuldigungen. Seine Hand zitterte; die Kaffeetasse klapperte auf dem Unterteller, und die Stille war durchbrochen. Amos stellte schnell die Tasse auf den Tisch und erhob sich.
»Entschuldigt mich ...«
Seine Stimme klang rauh, und seine leeren Augen richteten sich nicht auf etwas Bestimmtes. Er machte auf dem Absatz kehrt, ging die Verandastufen zum Garten hinunter und wurde beinahe sofort von der Dunkelheit verschluckt.
»Amos ...!« Olivia machte Anstalten aufzustehen, als wolle sie ihm folgen, aber Ednas fester Griff um ihr Handgelenk hinderte sie daran.
»Nein, laß ihn. Er muß eine Weile allein sein.«
Amos kam erst spät zum Haus zurück. Als Maja ihn lange nach Mitternacht suchte, fand sie ihn auf den Stufen am Flußufer sitzen. Schweigend setzte sie sich neben ihn und schob in einer stummen Geste des Mitgefühls ihre Hand in seine. Mit einem leisen Seufzen legte er ihr den Arm um die Schulter; Maja schluchzte erstickt, als sie

spürte, wie vernichtet er war. Sie blieben eine Weile sitzen, ohne zu sprechen, hingen ihren völlig unterschiedlichen Gedanken nach. Schließlich brach Maja das Schweigen.
»*Morning Mist* hat bei der Wohltätigkeitsveranstaltung beide Rennen gewonnen.« Amos reagierte nicht, ließ aber auch keine Gereiztheit erkennen, so daß Maja fortfuhr: »Hassan Shooter hat bewiesen, daß er hält, was er verspricht, nicht wahr?«
Amos drückte ihre Hand und zeigte durch die Andeutung eines Lächelns, daß er ihre Bemühungen, ihn zu trösten, anerkannte.
Maja zögerte nur eine Sekunde. Dann holte sie tief Luft und sagte: »Christian Pendlebury hat mich gebeten, ihn zu heiraten.«
Das Herz schlug ihr bis zum Hals, während sie auf einen Ausbruch wartete. Aber der kam nicht. Sie war nicht einmal sicher, daß Amos sie gehört hatte. Seine einzige Reaktion war ein unbestimmtes Nikken.
»Ich habe ihm meine Antwort bereits gegeben, Amos. Ich werde Christian heiraten.«
Plötzlich wurde ihm die Bedeutung ihrer Worte bewußt, und er runzelte die Stirn. »Er will dich *heiraten*?«
»Ja.«
Maja machte sich auf ein Verhör gefaßt, doch ihr Bruder schien keine weiteren Fragen zu haben. Er zuckte nur mit den Schultern und versank wieder in düsteres Schweigen. Majas Herz schlug in vorsichtiger Erleichterung schneller – ja, sie hatte den Augenblick gut gewählt! Niedergeschmettert von Alistairs Ankunft und völlig damit beschäftigt, seinen zerschlagenen Hoffnungen nachzuhängen, war Amos nicht geneigt, sich um etwas anderes zu kümmern. Zweifellos würde es später Fragen geben, aber zumindest für den Augenblick war eine häßliche Szene vermieden. Die nächste Bemerkung ihres Bruders ließ jedoch erkennen, daß er ihre Ankündigung keineswegs so gleichgültig aufgenommen hatte, wie sie nach seiner zurückhaltenden Reaktion vermutete. »Mutter hat Freddie Birkhurst aus einem selbstsüchtigen Motiv heraus geheiratet.« In seiner Stimme lag tiefe Verachtung. »Wir leiden immer noch unter den schrecklichen Folgen *dieser* Katastrophe!«

»Mutter hat ihn aus einem sehr *edlen* Motiv geheiratet!« Maja verteidigte ihre Mutter mit allem Nachdruck. »*Du* solltest das mehr als jeder andere zu würdigen wissen.«
»Edler als dein Motiv war das ihre allemal!«
Maja ging darüber hinweg. »Wenn jemand einen hohen Preis für diese sogenannte Katastrophe bezahlt hat, dann war es Mutter.«
»Ach ja?« Er stieß einen Fluch aus, und sein plötzliches Lachen klang gequält und war voller Bitterkeit. »Warum zum Teufel muß ich dann plötzlich feststellen, daß nun *ich* die Rechnung dafür bezahlen muß?«
»Nicht, Amos...«, bat Maja. »Die Sache ist schon schlimm genug!«
»Was soll ich dann deiner Meinung nach tun – ihn mit offenen Armen willkommen heißen? Darüber jubilieren, daß er mir meine Zukunft gestohlen hat?« Er wandte sich ab und spuckte in den Fluß. »Ich will verdammt sein, wenn ich so ein Schwächling wäre!«
Maja sah ihn von der Seite an und sagte vorsichtig: »Du könntest ihm ein Angebot für die Spinnerei machen, Amos. Alistair würde vielleicht...«
»Hast du den Verstand verloren?« erwiderte er empört und wie aus der Pistole geschossen. »Glaubst du, ich würde mich jemals soweit erniedrigen, ihn aufzusuchen?« Er biß vor Wut die Zähne aufeinander. »Wenn ich ihn jemals zu sehen bekomme, richte ich sein gottverdammtes Gesicht so zu, daß seine eigene Mutter ihn...« Als ihm klar wurde, was er sagte, brach er ab, schlug mit der Faust auf die Steinstufe und stieß eine Flut von Verwünschungen hervor.
Blitzschnell sprang er auf, und bevor Maja begriff, was er vorhatte, stürmte er die Stufen hinauf und verschwand in der Schwärze der Nacht. Sie hatte ihn noch nie so gewalttätig gesehen. Sie wußte, es wäre vergeblich, ihn zu suchen, solange er sich in dieser Stimmung befand.
Olivia lief ziellos in ihrem Schlafzimmer umher, ohne richtig zu wissen, was sie tat. »Ich kann Alistair nicht noch einmal sehen, Edna!« rief sie zum zehnten Mal, »ich könnte es einfach nicht...« Sie wirkte krank und elend.

»O doch, du könntest«, sagte Edna ruhig und entschlossen, während sie eine Dosis Bromid zurechtmachte. »Und genau das wirst du tun.«

»Aber Amos ...«

»Amos mag sich noch so sehr darüber aufregen, er ist kein Dummkopf. Er würde kaum etwas anderes erwarten.«

»Es wäre mein Tod, wenn ich Alistair noch einmal sehen würde«, flüsterte Olivia mit angstgeweiteten Augen. »Es wäre einfach mein Tod ...!«

Aber im Innersten wußte sie, daß es ebenso ihr Tod wäre, ihn nicht mehr zu sehen ...

Siebzehntes Kapitel

»Sie wußten, daß *er* die Spinnerei gekauft hatte, nicht wahr?«

»Ja.« Rajan Moitra machte das Geständnis ganz ruhig, ohne auf das finstere Gesicht von Amos zu achten, und machte sich weiter Notizen auf seinem Block. Er hätte im Grunde sehr erleichtert sein müssen, nachdem keine Notwendigkeit mehr bestand, Ausreden zu erfinden. Aber so war es nicht. Im Gegenteil, er machte sich noch mehr Sorgen.

»Sie haben es die ganze Zeit gewußt!«

»Nein. Aber ich habe es vermutet. Mein Verdacht wurde erst kurz vor unserer Abreise nach Kanpur bestätigt.«

»Hat Donaldson es Ihnen gesagt?«

Moitra sagte entsetzt: »Mr. Donaldson würde niemals das Vertrauen seines Arbeitgebers mißbrauchen!«

»Also gut. Wer war es dann?«

»Ram Chand.«

»Mooljee? Der Geldverleiher?«

»Ja. Er hat Agenten in London, die ihm regelmäßig berichten. Sie haben ihn von dem bevorstehenden Verkauf informiert, und er hat es mir gesagt. Natürlich hat er dafür seinen Preis verlangt. Ich mußte ihm einen skandalösen Nachlaß auf einen Stellplatz in einem unserer Lagerhäuser anbieten, den er brauchte.«

»Und wann haben Sie erfahren, daß Birkhurst in Kalkutta erwartet wurde?«

»Nun ja, Mr. Donaldsons Büroleiter hat zufällig davon gehört, und da er mit mir verwandt ist ... Er ist der Mann der Nichte der ersten Frau meines Bruders.«

»*Wann*?!« Amos schlug mit der Faust auf die Schreibtischplatte, ohne ihn ausreden zu lassen. Ein Tintenfaß kippte um und lief aus.
Ranjan Babu legte den Federhalter beiseite, betrachtete angewidert den immer größer werdenden schwarzen Fleck auf seinem makellosen Schreibtisch und klingelte nach dem Büroboten. »Das Gerücht von dem Besuch Ihres Halbbruders kursierte bei Farrowsham seit ein paar Mon...«
»Nennen Sie ihn niemals mehr meinen Halbbruder!« fiel Amos ihm heftig ins Wort. »Ich lehne jede Beziehung zu diesem Dieb, diesem Heuchler, diesem ... Schwarzhändler ab! Haben Sie verstanden, Ranjan Babu?«
Moitra nickte traurig. »Nur zu gut, Mister Amos, nur zu gut.« Seufzend griff er wieder nach seinem Federhalter und schrieb weiter.
»Sie hatten vor Monaten zum ersten Mal davon gehört! Warum, zum Teufel, haben Sie mir gegenüber nie etwas davon erwähnt?«
»Ich halte nichts davon, Gerüchte zu verbreiten«, erwiderte Moitra würdevoll. »Und was das Interesse Seiner Lordschaft an der Spinnerei betrifft – nun, ich war überzeugt, meine Bemühungen wären vergeblich, Sie von dem Vorhaben abzubringen. Ich kam deshalb zu dem Schluß, es gäbe keinen Grund, etwas davon zu sagen.« Nicht ohne Bitterkeit fügte er hinzu: »Ich erkenne jetzt, daß ich mich in jeder Hinsicht getäuscht habe.«
Amos schnaubte wütend und ging mit großen Schritten im Zimmer hin und her. Der Bürobote kam herein. Moitra wies mit einer herrischen Geste stumm auf den Tintenfleck. Der Mann nahm ein paar Blätter Löschpapier von der Schreibunterlage und begann, die Tinte aufzuwischen.
»Aber jetzt bin ich froh, daß Sie es wissen«, sagte Moitra mit einem Anflug von Trotz in der Stimme. »Ich bin auch froh, daß wir endlich gezwungen sind, dieses Vorhaben aufzugeben, gegen das ich von Anfang an Bedenken hatte.«
»Wer redet von aufgeben?« fuhr Amos ihn an. »Erwarten Sie wirklich, daß ich mich *jetzt* zurückziehe? Daß ich diese hinterhältige Attacke demütig, ohne jede Vergeltung hinnehme?«

»Aber der Kauf ist rechtsgültig!« widersprach Moitra erschrocken. »Es steht Mr. Sutherland ebenso frei, sein Eigentum zu verkaufen, wie Ihrem Ha ... wie Seiner Lordschaft, es zu erwerben!«

»Es ist meine Spinnerei, Ranjan Babu«, sagte Amos leise, »und niemand wird sie mir nehmen.«

»Mr. Sutherlands Unternehmen ist inzwischen unerreichbar für Sie«, sagte Moitra bittend und mit heftig klopfendem Herzen. »Es ist Zeit, das realistisch zu sehen und sich damit abzufinden.«

Amos schüttelte mit versteinertem Gesicht den Kopf. »Nein. Diese Spinnerei war mir bestimmt. Ich werde sie mir zurückholen.«

»Aber wie?«

Amos tat die Frage mit einer Handbewegung ab. »Ich weiß es nicht, *noch* nicht. Aber ich werde mir etwas einfallen lassen.« Er ließ sich auf einen Stuhl fallen und verschränkte die Arme vor der Brust. »Sagen Sie, wieviel Fracht befördern wir jährlich für Farrowsham?«

»Einen Bruchteil dessen, was wir früher befördert haben. Ich weiß nicht genau wieviel, aber die genauen Mengen stehen in den Büchern.« Die Augen des Geschäftsführers sahen Amos wachsam an. »Warum?«

»Farrowsham hatte immer bessere Bedingungen als alle anderen Kunden.«

»Ja.«

»Dieses Unternehmen hat immer noch Dauerverträge für Platz im Kielraum eines jeden Trident-Klippers seiner Wahl, und das zu Preisen, die heute noch absurder sind als damals.«

»Ja.« Moitra räusperte sich, bevor er weitersprach, und der Ton, in dem er es tat, verriet, daß er sich unwohl fühlte. »Das ist Teil einer Langzeitvereinbarung mit Farrowsham, die abgeschlossen wurde, als ...«, diesmal räusperte er sich noch länger, » ... als Ihre ... hm ... Mutter mit diesem Handelshaus verbunden war.«

»Ach so, ja, die *Verbindung* meiner Mutter ...« Amos verzog mit einem leichten Anflug von Spott die Lippen. »*Natürlich* waren die Voraussetzungen für Sonderbedingungen damals erfüllt!« Er lachte, und es klang häßlich. »Die Frage ist: Sind sie es *noch*?«

»So oder so, es wird Farrowsham nicht weiter berühren«, erklärte

Moitra. »Inzwischen gibt es viele Linien, die liebend gern Farrowshams Fracht transportieren werden und vielleicht sogar zu günstigeren Bedingungen als wir. Außerdem ...«, sein Ton wurde scharf, »gibt es in meinen Augen keine Rechtfertigung dafür, seit langem bestehende Beförderungsbedingungen grundlos zu ändern.«

»Nun, da bin ich anderer Ansicht. Wir haben einen sehr guten Grund!«

»*Sie* haben einen guten Grund, ich nicht.«

Amos hatte sich immer noch nicht beruhigt und machte seinem Zorn Luft. »Wäre mein Vater heute hier«, schrie er, »hätte er keinen Augenblick gezögert, diesem arroganten Betrüger eine Lektion zu erteilen! Mein Vater hatte *Mumm*, er war kein gottverdammter Feigling!«

Beim Anblick des haßverzerrten Gesichts, der geballten Fäuste und der funkelnden zinngrauen Augen, die halb verdeckt waren von schweren Lidern, hinter denen die Räder des Gehirns kreisten und sich drehten, um Vergeltungsmaßnahmen gegen Farrowsham zu suchen, hätte Moitra schwören können, daß ihm sein Sarkar wieder gegenübersaß! Einen Augenblick wurde er das unheimliche Gefühl nicht los, daß dieser große, breitschultrige Mann mit den glühenden Augen tatsächlich Jai Raventhorne war und mit ihm wegen der gleichen Dinge über Farrowsham stritt wie vor zwei Jahrzehnten. Ranjan Moitra hatte Amos noch nie in einem solchen Zustand gesehen und gehofft, das auch nie erleben zu müssen. Die Verwandlung des jungen Mannes in einen besessenen, von aller Vernunft verlassenen Rächer schmerzte ihn tief. Er kam zu dem Schluß, daß er das einfach nicht dulden könne.

Er richtete sich hoch auf und sah Amos streng an. »Wenn mich nicht alles täuscht, hegen Sie Gedanken, die gefährlich sind, selbstzerstörerisch und eines Angehörigen dieser Familie unwürdig. Ich bitte Sie, schlagen Sie sich aus dem Kopf, was Sie vorhaben.« Er klopfte mehrmals auf das blütenweiße Löschpapier seiner Schreibunterlage, um seinen Worten Nachdruck zu verleihen. »Ja, es ist wahr, daß in den Tagen Ihres Vaters viele gegenüber ihren Konkurrenten zu Gewalt und Einschüchterung gegriffen haben. Aber heute ist Kalkutta eine zivilisierte Stadt, in der alle Unternehmer, große und kleine, indische und europäische, die moralische Verantwortung haben, sich anständig zu verhalten und die akzeptierten Normen des Wirtschaftslebens zu befolgen. Die Geschäftswelt hier mag früher ein Dschungel gewesen sein, in dem barbarische Gesetze galten. Aber das ist heute nicht mehr der Fall. Heute legen wir Meinungsverschiedenheiten in der Handelskammer bei, am Verhandlungstisch oder vor Gericht. Wir haben Verhaltensregeln, einen Ehrenkodex, gesetzliche und kommerzielle Vorgehensweisen. Deshalb bitte ich Sie inständig, treffen Sie keine überstürzten Entscheidungen, die Sie später vielleicht bedauern müssen.«

Die hochtrabende kleine Rede des älteren Mannes amüsierte Amos. Das konnte er nicht völlig verbergen. »Nun ja, ich habe nicht vor, dem verwünschten Kerl eine Kugel in den Bauch zu jagen, wenn Sie das meinen«, erwiderte er unbekümmert und fügte ganz leise hinzu, »auch wenn ich das liebend gern tun würde!«

Moitra sah ihn entsetzt an. »Daß Sie auch nur daran *denken* können, so etwas zu tun, würde Ihre arme Mutter sehr schmerzen. Haben Sie daran auch gedacht? Schließlich ist er ebenfalls ihr Sohn.«

»Ich bin mir dieses bedauerlichen Umstandes nur allzu deutlich bewußt, Ranjan Babu«, fauchte Amos. »Deshalb können Sie aufhören, mich jede Stunde einmal daran zu erinnern. Außerdem steht das sowieso nicht zur Debatte. Ich will nichts anderes, als mir etwas ausdenken, um ihm diese verdammte Spinnerei aus seinen dreckigen englischen Krallen zu reißen.«

»Wir haben uns bereits darauf geeinigt, daß es nur einen zivilisierten Weg gibt, das ...«

»Nein!« Amos richtete sich kerzengerade auf. »Wenn Sie glauben, ich würde mich soweit erniedrigen, daß ich mich an ihn wende, können Sie das Ganze vergessen!«

Ranjan Moitra seufzte. »*Ich* werde mich erniedrigen, wenn Sie wünschen. Ich werde durch Mr. Donaldson einen Versuch unternehmen.«

»Sie verschwenden Ihre Zeit. Das kann ich Ihnen sagen, noch bevor Sie etwas unternehmen.«

Moitra sah ihn hilflos an. »Was könnte man *sonst* tun?«
Amos gab keine Antwort. Er steckte die Hände in die Taschen und ging wieder im Büro hin und her. Plötzlich blieb er stehen, dachte einen Augenblick nach, ging mit großen Schritten zu Moitras Schreibtisch und ließ sich auf den Stuhl fallen, der davor stand. »Was ist mit Farrowshams Indigoplantage?«
Moitra wirkte überrascht. »Was soll damit sein? Sie ist mehr oder weniger nutzlos.«
»Haben Sie Einzelheiten über die finanzielle Lage der Plantage?«
»Natürlich! Ich habe über alle Unternehmen und ihre finanzielle Lage Einzelheiten.«
»Dann sagen Sie mir alles, was Sie darüber wissen.«

*

Es war früh am Abend.
Lady Pendlebury saß an ihrem Toilettentisch und feilte ihre Nägel zu zierlichen Halbmonden, bevor sie sich auf den Weg zu den McNaughtons machte, wo sie zu Abend essen würden. Dabei betrachtete sie nachdenklich ihren Mann, der ausgestreckt auf dem Bett lag. Sir Jasper stieß hin und wieder ein Grunzen oder ein Stöhnen aus, während er sich einem der größten Genüsse des Lebens in Indien hingab, ein Genuß, der für ihn direkt nach der Wasserpfeife kam: eine kräftige Massage mit Senföl.
Lady Pendlebury sah, daß ihr Mann zumindest noch die nächste halbe Stunde liegenbleiben mußte, und sie entschied, das sei die ideale Gelegenheit für das ernste Gespräch, auf das sie schon seit drei Tagen wartete.
»Jasper, ich finde, es ist Zeit, daß du mich ins Vertrauen ziehst.« Ihre Augen funkelten entschlossen. »Ich will genau wissen, was du und Christian vereinbart habt.« Sie hob die Stimme: »Vor allem, was Christian mit dieser Frau vereinbart hat.«
Ihr Mann lag mit dem Badetuch um die Hüfte auf dem Bett und war ihr auf Gnade und Ungnade ausgeliefert. Neben dem Bett stand sein Masseur, der mit unverhülltem Vergnügen den breiten nackten

Rücken knetete und mit Fäusten bearbeitete. Sir Jaspers einzige Reaktion auf die Frage seiner Frau waren mehrere kehlige Brummlaute, die wohl sein Wohlbehagen zum Ausdruck bringen sollten. Auch der Oberkörper des Masseurs war nackt; es war ein großer, stämmiger Ringer aus Howrah mit schwellenden Muskeln und behaarten Armen. Er roch durchdringend nach Senföl. Mehrere von Sir Jaspers Kollegen hatten ihn wegen seiner geschickten, großen und kräftigen Hände sehr empfohlen. Er hatte noch einen Vorzug, der für ihn sprach: Der Mann war taubstumm. Deshalb blieben vertrauliche Gespräche in seiner Anwesenheit auch tatsächlich vertraulich. Lady Pendlebury betrachtete angewidert den öligen Oberkörper und nahm dann grimmig entschlossen ihre Befragung wieder auf.

»Hast du gehört, was ich gesagt habe, Jasper?«

Er machte eine kaum wahrnehmbare Kopfbewegung, die sie als zustimmendes Nicken betrachtete.

»Also, ich will die Wahrheit wissen, Jasper. Du siehst doch bestimmt, welche Sorgen ich mir um den Jungen mache.«

Ihr Ehemann hatte verzückt die Augen geschlossen und öffnete sie nicht. »Es ist alles bestens unter Kontrolle, Constance. Ich kann dir versichern, es gibt nichts, worüber du dir Sorgen machen müßtest.«

Lady Pendlebury verließ ihren Platz auf dem Hocker vor dem Toilettentisch und setzte sich neben ihn auf das Bett. »Christian hat dich in deinem Büro aufgesucht, nicht wahr?«

»Ja.«

»Und ohne Zweifel hat er dir ausführlich von seiner mehrtägigen Reise berichtet.«

»Ja.«

»Gut. Ich will den wahren Grund für diese Reise wissen. Ich mache mir auch deshalb Sorgen. Nein, ich mache mir keine Sorgen, ich bin alarmiert! Er scheint etwas zu planen. Ich *rieche* es!«

»Er will sich nur mit dem Distrikt vertraut machen, in den er versetzt wird. Was ist daran falsch?«

»Er wird zum durchtriebenen Heimlichtuer, Jasper, und das dulde

ich einfach nicht. Ich bestehe darauf, genau zu wissen, was zwischen ihm und diesem Mädchen vorgeht!«
Sir Jasper gab dem Masseur ein Zeichen, der begann, die Hinterseite der Schenkel hingebungsvoll zu bearbeiten. Sir Jasper gab leise gurgelnde Laute der Zufriedenheit von sich. »Es wäre mir lieb, Constance, du würdest dich nicht einmischen«, murmelte er mit feuchten Lippen. »Ich versichere dir, ich kümmere mich in einem völlig ausreichenden Maß um die Angelegenheit.« Er brachte genug Energie auf, um die Stirn zu runzeln. »Um Himmels willen, Constance, *vertraust* du mir nicht mehr?«
»Darum geht es nicht, Jasper! Es geht darum, daß Christian sich schrecklich verändert hat, seit er hier ist. Und das sehe ich, seine Mutter. Manchmal erkenne ich meinen eigenen Sohn kaum wieder! Ich habe das Gefühl, die Angelegenheit hat sich sehr viel weiter entwickelt, als du mir sagst, und ich will wissen, wie weit.« Sie preßte verärgert die Lippen aufeinander. »Ich bin zutiefst besorgt um den Jungen, Jasper – du nicht?«
»Nein.«
»Dann solltest du es sein!« Ihr Ton hatte beinahe einen Anflug von Bosheit. »Wenn Christian dieses Mädchen heiratet, steht nicht nur seine Laufbahn auf dem Spiel, nicht wahr?« sagte sie leise.
Er öffnete immer noch nicht die Augen, aber die leicht gespannten Gesichtsmuskeln verrieten ihr, daß ihr Pfeil saß.
»Du wirst die Peerswürde vielleicht nicht erhalten. Du erinnerst dich doch noch an die Worte, die der Premierminister vor unserer Abreise aus England gesprochen hat, Jasper.«
»Sei nicht albern, Constance!«
»Auch die andere hohe Stellung nicht, an der eigentlich dein Herz hängt!« Der Anflug von Boshaftigkeit verstärkte sich. »Ich kann einfach nicht glauben, daß ausgerechnet du die Gefahr für dich selbst nicht siehst, vor allem nachdem die Ingersolls hier sind!«
»Gefahr? Quatsch!«
»Wie kannst du nur so blind sein, Jasper!« In ihrer Verzweiflung legte sie die Hand auf seine Schulter, so daß er gezwungen war, wenigstens ein Auge zu öffnen.

»Constance, ich bin weder blind noch taub«, sagte er gereizt und drehte sich zur Seite. »Ich bin mir all dessen, worauf du mich freundlicherweise aufmerksam gemacht hast, *völlig* bewußt!«

»Und trotzdem nimmst du die Sache auf die leichte Schulter? Wie kann ich mir da keine Sorgen machen? Einer von uns muß es tun!«

Eine Weile schien es, als würde er überhaupt nicht mehr antworten. Sie wollte gerade eine bissige Bemerkung machen und stand auf, als er beschloß, das Schweigen zu brechen.

»Ich glaube, es ist Zeit, daß wir eine Burra Khana planen.«

Lady Pendlebury blieb wie angewurzelt stehen und setzte sich dann langsam wieder auf das Bett. »Sei nicht frivol, Jasper!« erwiderte sie wütend. »Ist das der richtige Zeitpunkt, um an Burra Khanas zu denken?«

»Es gibt keinen besseren, meine Liebe, glaube mir, keinen besseren!« Er entließ den Masseur mit einem fröhlichen Winken, schwang die Beine über den Bettrand und setzte sich. Der Masseur sammelte seine Sachen ein und verließ mit einer Verbeugung das Zimmer. »Na, gefällt dir der Gedanke an einen Ball nicht mehr?«

»Nein!« fauchte sie. »Nicht, bis du beschließt, dich ernsthaft mit der schlimmen Lage zu beschäftigen, in die Christian sich gebracht hat.«

Er lachte leise. »Meine Liebe, du solltest besser zuhören. Genau *das* tue ich ja. Also, gefällt dir die Idee oder nicht?«

Lady Pendlebury schloß die Augen und betete um Geduld. Sie sah, daß ihr Mann in einer seiner verrückten Stimmungen war, die sie unweigerlich zur Verzweiflung trieben. Außerdem wußte sie, daß es zumindest an diesem Abend völlig vergeblich sein würde, noch weiter von Christian zu sprechen. Er würde ihr einfach nur ausweichende Antworten geben, die sie rasend machten, und alles würde mit einer unwürdigen Szene enden, die nichts löste. Aber danach waren ihre Finger dann zu gefühllos, um auch nur das einfachste Arpeggio zu spielen.

»Wie kommt es, daß du plötzlich an einen Ball denkst?«

Er zuckte mit den Schultern. »Wir haben seit unserer Ankunft die

Gastfreundschaft vieler Leute genossen. Ich dachte nur, es wäre eine gute Idee, uns auf eine angemessene Weise zu revanchieren.« Er stand auf, streckte die Arme über den Kopf und genoß das körperliche Wohlbefinden nach der Massage.

Trotz der Verärgerung über die seltsamen Reaktionen ihres Mannes hatte der Gedanke an einen Ball durchaus auch positive Gefühle bei Lady Pendlebury ausgelöst. Genaugenommen mißfiel ihr der Vorschlag keineswegs. »Um ganz ehrlich zu sein, Jasper, ich habe auch schon daran gedacht. Das Haus ist beinahe fertig. Pierre ist mit seiner neuen Küche sehr zufrieden und noch mehr mit Mamsell Corinne. Ja, ich glaube, eine Burra Khana wäre eine hervorragende Idee. Natürlich werde ich dann meine Soiree verschieben müssen ...«, sie seufzte bedauernd. »Aber ich glaube nicht, daß es viel ausmacht, ob sie eine Woche früher oder später stattfindet.«

»Wie lange würdest du für die Vorbereitungen brauchen?«

»Nicht lange. Ich habe bereits eine Gästeliste. Es geht nur darum, die Einladungen drucken, schreiben und überbringen zu lassen.«

»Bist du sicher, du kannst ein Essen für, sagen wir, zweihundert Leute bewältigen, ohne daß dein empfindsamer Koch Migräne bekommt?«

»Ach, sei nicht albern, Jasper. Natürlich kann ich das, und natürlich wird er *keine* Migräne bekommen!« Lady Pendleburys Stimmung besserte sich bereits bei dem Gedanken an die Vorbereitungen, und sie lächelte wieder. »Du mußt zugeben, das Haus fängt an, wirklich *très chic* auszusehen. Natürlich müssen wir uns mit dem lästigen Monsun abfinden, aber im Bankettsaal und im Ballsaal haben leicht zweihundert, vielleicht sogar mehr Leute Platz. Ich muß nur den Marmor polieren und die Kronleuchter aufhängen lassen.« Sie machte eine kurze Pause, um in Gedanken ihre umfangreiche Garderobe durchzugehen – das pfirsichfarbene Samtkleid? Nein, zu warm. Vielleicht das sehr viel modischere aquamarinblaue, das so gut zu den Opalen paßte ... »Wir könnten die Kapelle der Marine engagieren, Jasper. Sie haben bei unserer Ankunft sehr hübsch gespielt. Erinnerst du dich?«

Sir Jasper griff nach einem der ordentlich gefalteten kleinen Tücher vom Stapel auf dem Nachttisch. »Wir werden alle führenden indischen Geschäftsleute einladen müssen – Händler, Bankiers, Agenten, Fabrikanten und so weiter.«

Lady Pendlebury verzog das Gesicht. »Muß das sein? Nun ja, ich nehme an, es muß sein. Das ist natürlich ein schwieriges Problem. Sie haben so *absurde* Vorstellungen, was das Essen angeht.«

»Deine eingeborenen Baburchis werden das übernehmen, ohne daß du einen Finger rührst, meine Liebe«, erwiderte er trocken. »Sie haben, weiß Gott, wenig genug zu tun.« Er zog das Handtuch fester um die Hüften und begann, mit dem Tuch das überflüssige Öl von seinem Körper zu reiben.

»Daß alles im Haus stattfinden muß, ist schon lästig«, fuhr sie fort. »Aber vielleicht ist es auch wieder nicht so schlimm. Es wäre jedenfalls eine gute Gelegenheit, die neuen Punkhas mit den Fransen auszuprobieren, von denen ich dir erzählt habe. Ich denke, daß wir keine zusätzlichen Diener brauchen. Die, die Tremaine ausgebildet hat, müßten reichen. Ihre neuen Livreen mit dem rot-weiß-blauen Kummerbund und den gestickten Initialen hätten schon letzte Woche fertig sein sollen. Aber meinst du, die Schneider hier halten einen Liefertermin? Dann ist da das Problem mit dem Luftkühler im Erdgeschoß ... Ach, ich muß mir das einfach alles aufschreiben, bevor ...« Sie murmelte glücklich vor sich hin, stand auf und eilte an ihren Sekretär. »Ja, wenn der Marmor erst poliert ist, wird er geradezu ideal zum Tanzen sein, obwohl ich hoffe, es rutscht keiner aus und fällt. Erinnerst du dich an diesen schrecklichen Abend bei uns zu Hause, als die alte Herzogin ...« Sie brach ab, weil sie feststellte, daß ihr eine Bemerkung ihres Mannes entgangen war. »Was hast du gesagt, Liebling?«

»Ich habe gesagt, wir werden auch die Raventhornes einladen.«

Lady Pendlebury fiel der Bleistift aus der Hand. »Wie ...?«

»Ich sagte, wir werden Mrs. Raventhorne einladen, Miss Raventhorne und Mr. Amos Raventhorne.« Er machte betont zwischen den Namen eine Pause, um seine Meinung noch deutlicher zu machen.

Lady Pendlebury war entsetzt. »Das kann nicht dein Ernst sein, Jasper!«

»Doch. Es ist mein voller Ernst.« Er wischte sich das Öl von den Schultern. »Ich habe dir bereits gesagt, wir können es uns nicht leisten, in dieser Sache das kleinste Vorurteil erkennen zu lassen. Amos Raventhorne gehört eine der größten Schiffahrtslinien in Kalkutta. Jedes englische Handelshaus macht Geschäfte mit Trident. Es sind mächtige, einflußreiche Leute, Constance. Wenn sie als einzige nicht auf der Gästeliste stehen, wird es noch mehr Gerede geben, als wenn sie eingeladen sind. Ob es dir paßt oder nicht, wir müssen den Schein wahren.«

»Ob es dir paßt oder nicht, ich weigere mich, den Schein zu wahren! Wie kannst du auch nur ...«

»Trotzdem wirst du ihn wahren, meine Liebe«, erwiderte er mit Nachdruck. Dann lächelte er wieder. »Die Inder haben ein Sprichwort, das sagt: Der Trick besteht darin, die Schlange zu töten, ohne den Stock zu zerbrechen.«

Constance Pendlebury war es absolut gleichgültig, was die Inder zu sagen hatten. »Aber was werden die Leute denken?« rief sie bestürzt. »Sie werden denken, wir akzeptieren diese ... diese Eurasierin als Braut unseres Sohnes ...«

»Ja, vielleicht werden sie das denken.«

»Wir machen uns zum Gespött von ganz Kalkutta, Jasper.«

»Das bezweifle ich. Die Raventhornes stehen bei jeder offiziellen Veranstaltung auf der Gästeliste. Daß sie sich dafür entscheiden, nicht zu erscheinen, ist eine andere Sache.«

»Kannst du dir vorstellen, daß sie *diese* Einladung ausschlagen werden?« fragte Lady Pendlebury erbost. »Im Gegenteil. Sie werden angerannt kommen, *angerannt*. Ganz besonders dieses freche kleine Ding!«

»Das mag sein, wie es will. Wir müssen sie einladen. Es nicht zu tun, wäre äußerst taktlos von uns.«

»Wie kannst du normale gesellschaftliche Feinheiten auf unsere Lage anwenden, Jasper?« Sie bebte vor Empörung und war überzeugt, daß ihr Mann den Verstand verloren hatte. »Ich kann und ich will diese Familie einfach nicht in meinem Haus sehen! Wenn diese gerissene dunkelhäutige Hexe jemals einen Fuß über meine Schwelle setzt, werde ich sie hinauswerfen. Jasper, das verspreche ich dir, ich werde sie hinauswerfen!«

Er rieb sich gerade die Unterarme ab und hielt inne. »Das wirst du nicht tun, Constance«, sagte er ruhig und mit eisiger Stimme. »Du wirst die junge Frau und ihre Familie nicht nur empfangen, du wirst ihnen das Gefühl geben, willkommen zu sein!«

Sie starrte ihn hilflos an, ohne zu wissen, wie sie angesichts dieses unverständlichen Standpunkts reagieren sollte. Sie fragte sich, ob nicht auch das Teil der Verschwörung zwischen Vater und Sohn war.

»Was du vorhast, ist unmöglich, Jasper«, flüsterte sie und betupfte Nase und Augen mit dem Taschentuch, »einfach ... unvorstellbar...«

»Es ist weder unmöglich noch unvorstellbar. Es ist Teil einer Lösung, einer kulinarischen Lösung.«

»Einer kuli...?« Sie war wieder völlig verwirrt. »Jasper, hast du getrunken?«

»Keineswegs, meine Liebe!« erwiderte er gelassen. »Was ich vorschlage, würde dein Monsieur Pierre ganz bestimmt gutheißen. Es ist eine Lektion darin, wie man Omeletts macht, ohne die Eier zu zerbrechen.«

Lady Pendlebury richtete sich zu ihrer ganzen Größe auf. Sie holte tief Luft. »Willst du damit sagen«, fragte sie schockiert, »daß du keine Einwände dagegen hast, daß Christian die Tochter eines Mischlings und *Verräters* heiratet?«

Er warf das ölige Tuch in eine Ecke und betastete zufrieden seinen beneidenswert flachen Bauch. »Nein. Ganz im Gegenteil, ganz im Gegenteil.« Er nahm seinen Morgenmantel vom Stuhl und ging voll Vorfreude auf ein ruhiges kühles Bad in Richtung Badezimmer. »Was ich dir sagen will, ist, daß Christian unter keinen Umständen Jai Raventhornes Tochter heiraten wird. Ich gebe dir mein Wort darauf.«

Achtzehntes Kapitel

Der Weg durch das große Parkgelände, man sagte, es sei die ›Lunge von Kalkutta‹, führte zum Palais der Birkhursts an der Esplanade und war Olivia vertraut, obwohl sie ihn seit vielen Jahren nicht mehr gegangen war.

Sie hatte beschlossen, zu Fuß zu gehen, denn der monotone Rhythmus der Schritte besänftigte die turbulenten Gedanken und gab ihr Zeit, sich zu sammeln. Jeder Schritt über das leuchtend grüne, von der morgendlichen Feuchtigkeit vollgesogene Gras wurde zur Rückkehr in eine Vergangenheit, die weder lebendig noch tot war, sondern wie ein Geist jeden Tag um Mitternacht aus dem Grab auftaucht, um die Zurückgebliebenen zu quälen. Die unfreiwillige Wiederbelebung weckte in ihr verwirrende und gleichzeitig unerträglich heftige Gefühle.

Es war keine Nostalgie, sondern Schuld, die Olivia quälte, denn sie hatte diese Zeit ihres Lebens gehaßt. Bilder eines sonnigen, grünen, längst vergangenen Septembers fielen wie ein Heuschreckenschwarm über sie her, denn sie dachte an jenen Tag vor zwanzig Jahren, als Estelle ihren Sohn nach England gebracht hatte. Von unerklärlichen Schuldgefühlen gequält, hatte sie seit dieser Zeit alle Gefühlsregungen aus ihren Gedanken verbannt. Es hatte damals keinen tränenreichen Abschied gegeben, keine vulgären Gefühlsausbrüche, sondern nur diese bittere Pein, das lähmende Gefühl eines Verlusts, das langsam, ach so langsam zu einer Gewohnheit geworden war.

Gezwungenermaßen mußte es später wie eine anstößige Sucht eine heimliche Gewohnheit bleiben, der sie sich nur hingeben konnte, wenn sie allein war.

Alistair war der einzige Aspekt ihres Lebens, den sie nicht hatte mit Jai teilen können. Jai war unglaublich eifersüchtig auf Freddie, ihren ersten Mann, gewesen und auf alles, was mit ihm zu tun hatte. Es war nicht verwunderlich, daß er in ihrer Liebe für den Sohn, den er nicht gezeugt hatte, eine Bedrohung sah. Deshalb hatte sie Alistair in einem Winkel ihres Bewußtseins versteckt wie einen gestohlenen Schatz, den sie nur in den stillen Momenten der Einsamkeit hervorholen konnte, um sich an ihm zu erfreuen. Sie hatte mit Jai nie über Alistair gesprochen, ihm nie enthüllt, welch eine schmerzliche Lücke seine Abwesenheit in ihrem Leben schuf. Nur sich selbst gegenüber ließ sie den Gedanken an ihn freien Lauf, ihrem Sehnen, ihren Vorstellungen und Fragen – den ständigen Fragen, während sie beide auf den entgegengesetzten Seiten des Globus lebten, ohne sich zu berühren, ohne jeden Kontakt.

Sie hatte oft versucht, sich vorzustellen, wie Alistair wohl aussehen mochte, ohne eine Antwort darauf zu finden. Olivia mußte sich deshalb auch eingestehen, daß sie sich nicht erkennen würden, wenn sie sich auf der Straße begegnet wären. Mutter und Sohn waren dazu verurteilt, auf immer Fremde füreinander zu bleiben.

Schließlich hatte sich Olivia in dem falschen Gefühl der Sicherheit gewiegt, daß die Vorstellungskraft abstumpfte, die Qual linderte und die Schuldgefühle begrub. Es war insofern keine Ironie, daß die einzige Erinnerung an Alistair Schmerz war – der zerreißende, verheerende Schmerz der Geburt! Etwas anderes hatte sie nicht, um sich an ihn zu erinnern – keinen Blick, keine Berührung, nicht einmal den leisesten Schrei ...

Was will ich von meinem zweiten Sohn, fragte sich Olivia auf dem Weg zum Haus der Birkhursts – einen liebevollen Blick, die Berührung seiner Hand, nur einen freundlichen Gedanken? So wenig, ach, nur so wenig!

Aber sie wußte, das war es nicht, was er von ihr wollte. Alistair wollte von ihr die *Wahrheit*, dieses nicht greifbare Irrlicht, das seit einundzwanzig Jahren unter vielen unlösbar miteinander verbundenen Schichten begraben lag – eine Wahrheit, die sie selbst nicht mehr bestimmen und ihm noch viel weniger erklären konnte.

Hundertmal, tausendmal hatte sie sich in Gedanken eine imaginäre Szene an jenem unwahrscheinlichen Tag ausgedacht, an dem sie sich endlich gegenüberstehen würden. Jetzt stand die Begegnung dicht bevor, und sie stellte fest, daß sie lähmende Angst hatte. Sie zuckte davor zurück, seine vielen berechtigten Anklagen hören zu müssen (und sie war nicht in der Lage, eine einzige davon zurückzuweisen!) und die bohrenden Fragen, die er stellen würde, weil sie auf diese Fragen keine Antworten wußte – zumindest keine, die er akzeptieren oder verstehen konnte.

Verrückterweise empfand sie Seite an Seite mit der Angst eine ungestüme, beinahe berauschende Freude, ein absolut unbeschreibliches Gefühl. Es erfüllte sie mit Glückseligkeit, blendete sie mit hellen Strahlen, setzte den innersten Kern ihres Wesens als Mutter in Flammen.

So geschah es, daß auf dem Weg ihr Schritt manchmal unsicher wurde und ihr Verstand vorauseilte, während sie im nächsten Moment laufen wollte, aber ihr Verstand hielt sie dann energisch zurück. Die inneren Konflikte zogen sie gleichzeitig in die unterschiedlichsten Richtungen, und sie kam nur langsam vorwärts.

Als Olivia schließlich am prächtigen schmiedeeisernen Tor des Palais stand, dessen Herrin sie einmal gewesen war, fühlten sich ihre Hände wie Eis an, und sie war mit ihren Nerven am Ende.

Sie wartete unter den Blicken eines ihr unbekannten Pförtners vor dem Tor, bis ihr Atem ruhiger ging. Nach ein oder zwei Minuten klingelte sie an der Haustür; sie hatte ihre Nerven wieder unter Kontrolle und die rebellischen Gefühle wieder an die Leine gelegt. Als Salim, Freddies treuer alter Kammerdiener, die Tür öffnete, hatte sich Olivia völlig in der Gewalt, denn sie wußte, das war nötig, um diese Begegnung zu überleben. Alistair hatte sie einmal überrascht; es durfte ihm nicht ein zweites Mal gelingen.

Salim begrüßte sie mit einem glücklichen Lächeln und einer tiefen Verbeugung. »Aber Memsahib, ich habe Sie seit Jahren nicht mehr gesehen.« Seine Augen füllten sich mit Tränen. »Mein Herz blutet, weil Allah Ihnen nur zwei Söhne geschenkt hat, obwohl Sie hundert verdient hätten.«

Olivia mußte lachen. »O nein, Salim, das kannst du mir unmöglich wünschen!« widersprach sie mit nicht ganz gespieltem Entsetzen. »Ich glaube, auch zwei Söhne sind bereits weit mehr, als ich verkraften kann!«

Salim sah sie erstaunt an. Er konnte ihre Bedenken nicht verstehen, denn er selbst hatte elf Söhne von vier Frauen. Er hatte diese göttliche Gnade keinen Augenblick bedauert! »Der junge Sahib wird in Kürze herunterkommen, Lady Memsahib. Befehlen Sie irgendeine Erfrischung?«

»Danke, Salim. Ich glaube, ich werde warten, bis mein Sohn ...«, erschrocken darüber, wie natürlich ihr das Wort über die Lippen gekommen war, schwieg sie.

Der Diener nickte, verbeugte sich noch einmal, zog sich zurück und überließ sie sich selbst in diesem Haus, in dem sie keine Fremde war.

Olivia blickte sich neugierig um und ging dann durch die Räume im Erdgeschoß – der große Bankettsaal, die Bibliothek, der Wintergarten, der so hieß, obwohl es hier keinen Winter gab, das Arbeitszimmer und die langen, überladenen Empfangsräume mit vergoldeten Spiegeln, Vitrinen aus Ebenholz und Nußbaum, den Brokatvorhängen und fein gewobenen französischen Tapisserien.

Das Haus hatte zwei Jahrzehnte leergestanden. Es hüllte sich in Düsterkeit und die bedrückende Atmosphäre der Vernachlässigung. Alles wirkte geschmacklos und verbraucht – abgenutzt durch das Leben, das hier nicht stattfand. Der alles durchdringende Geruch von Moder und Mottenkugeln lieferte den Beweis für die leeren Jahre einer nicht gelebten Zeit.

Das traurige, verlassene Palais war einmal ihr Zuhause gewesen. Es war ihr unmöglich, nicht wenigstens einen Anflug von Bedauern angesichts seines Zerfalls zu empfinden. Ein paar erfreuliche Erinnerungen waren geblieben: das fröhliche Kinderzimmer im zweiten Stock, wo Amos die ersten beiden Jahre seines Lebens unter der Fürsorge von Mary Ling verbracht hatte. Die Ecke, in der der prächtige, von Estelle geschmückte Weihnachtsbaum einmal gestanden hatte, mit dem sie dank der eigenen Zauberkräfte ungebrochener Hoffnung das düstere

Mausoleum in ein lebendiges, von Lachen erfülltes Heim verwandelt hatte. Sie stand voll Wehmut im Wintergarten auf dem rechten Flügel neben der Bibliothek, wo Freddies liebe Mutter sie so oft getröstet hatte. Und oben im ersten Stock war natürlich auch das Schlafzimmer, das sie aufbegehrend mit Freddie geteilt hatte. Dort war Alistair gezeugt worden, als Amos erst drei Monate alt gewesen war ...

»Guten Morgen. Entschuldigen Sie, daß ich Sie habe warten lassen.«

Olivias Magen verkrampfte sich, als sie sich umdrehte. Für den Bruchteil einer Sekunde fürchtete sie, ihre Stimme würde sie verraten. Aber das flaue Gefühl ging vorüber, und sie fand ihre Fassung wieder.

»Das macht nichts«, sagte sie lächelnd. »Ich habe mir die Zeit vertrieben und mir das Haus angesehen.«

Er musterte sie mit einer skeptisch hochgezogenen Augenbraue. »Doch sicher nicht aus Sehnsucht nach der alten Zeit!«

»Vielleicht doch. Ich nehme an, man empfindet unvermeidlich eine gewisse Sehnsucht nach jedem alten Haus, in dem man einmal gelebt hat.«

Er trat nicht näher, er gab ihr keinen Kuß, reichte ihr nicht einmal die Hand. Er stand in einiger Entfernung, blieb körperlich und emotional auf Distanz und deutete nur auf einen Sessel. »Bitte setzen Sie sich, Mrs. Raventhorne. Schließlich wollen wir nicht, daß Sie noch einmal in Ohnmacht fallen! Soll ich Tee kommen lassen, oder würden Sie etwas Kaltes vorziehen?«

Mrs. Raventhorne ...

Sie ging darüber hinweg, ja, sie nahm es kaum zur Kenntnis – so wenig wie alles andere. Ihr Blick hing unverwandt an seinem Gesicht. Sie konnte nicht aufhören, ihn anzusehen. Ihre Augen ließen ihn einfach nicht los. Sie schob die Anspielung gleichgültig beiseite. Sie hatte sich ohnehin darauf vorbereitet, verletzt zu werden.

»Nun ja, vielleicht ein frisches Limonenscherbett ...«

Er stand auf, griff nach dem Klingelzug, kam zurück und setzte sich wieder – nicht neben sie, sondern in einen Sessel ihr gegenüber. Ein Tisch stand zwischen ihnen. Sein Benehmen war wie an jenem Abend

in ihrem Haus kalt und feindselig und nicht nur andeutungsweise unverschämt.
Sie hörte sich selbst sprechen, während sie sich nach seiner Reise erkundigte. Er erwiderte, sie sei so angenehm gewesen, wie man es nur erwarten könne.
»Es tut mir sehr leid zu erfahren, daß deine Großmutter inzwischen krank ist«, sagte Olivia. »Sie hat soviel Energie und ist immer so selbständig gewesen, daß es ihr schwerfallen muß, ans Bett gefesselt zu sein.«
»Ja.«
Die einsilbige Antwort war zwar immer noch höflich, aber er legte weder Nachdruck noch Gefühl hinein.
Die Augen und die Haare hat er von mir, aber den großen Mund mit den vollen Lippen von Freddie...
»Sag mir, wie geht es Mary Ling? Deine Großmutter schreibt, sie hat einen Wäschereibesitzer aus London geheiratet. Siehst du sie überhaupt noch?«
»Ja. Sie kommt gelegentlich, um uns zu besuchen. Sie scheint sich gut zu halten.«
Sie ignorierte seine knappen Antworten und erkundigte sich nach der anglo-chinesischen Gouvernante, die mit ihm nach England gefahren war, nach dem Gesundheitszustand seiner Großmutter, nach dem Besitz von Farrowsham, den er jetzt verwaltete, und nach seiner Zeit in Oxford. Sie war sich nur undeutlich bewußt, was sie fragte oder was er antwortete. Das absolut unangemessene Gespräch gab ihr ein seltsames Gefühl der Unwirklichkeit. Die Worte, die sie sprachen, hatten für beide keinerlei Bedeutung. Sie spielten dieses alberne Spiel nur, um ihre Unsicherheiten zu verbergen. Olivia kam sich allmählich immer distanzierter vor. Es war, als hätte sie ihren Körper verlassen und beobachte ihn aus großer Entfernung, wo er sie nicht sah. In ihrer imaginären Unsichtbarkeit streichelte sie seine glatte Haut, die weichen, schönen kastanienbraunen Locken, und sie berührte seine – *ihre* – Augen sanft mit den Lippen.
Olivia staunte, daß sie ihn so rückhaltlos lieben konnte, obwohl sie ihn nie zuvor gesehen hatte.

Er hat so schöne Hände. Wie anmutig er sie bewegt – wie ein Konzertpianist. Und seltsamerweise gleichen sie den Händen von Amos! Und die gerade Nase – auch die hat er bestimmt von mir...

»Betrachten Sie sich das Gesicht diesmal genauer, das Sie nicht erkannt haben?«

Die Frage, die ihr plötzlich wie ein gut gezielter Speer entgegengeschleudert wurde, brachte die Seifenblase zum Platzen und riß sie in die Wirklichkeit zurück. Sie sah, daß Alistair ihren Blick hochmütig und ohne ein Zeichen von Verlegenheit erwiderte.

»Ja.« Sie hatte die Frage erwartet. »Ich habe dich nicht erkannt, weil ich dich noch nie gesehen hatte.«

Seine Lippen verzogen sich zu einem boshaften Lächeln. »Was sagt dieses erstaunliche Eingeständnis über Sie als Mutter?«

Es war Olivia entgangen, daß Salim ein Tablett neben sie auf den Tisch gestellt hatte. Sie griff nach dem Glas und trank durstig von dem gekühlten Scherbett. »Es sagt, daß ich ein Opfer von Umständen war, über die ich keine Kontrolle mehr hatte«, erwiderte sie und kämpfte gegen die lähmende Betäubung an, die seine Anwesenheit hervorrief. »Ich war gezwungen, das, was ich tun wollte, von dem zu trennen, was ich tun mußte.«

Er zog spöttisch eine Augenbraue hoch. »Und diese Umstände zwangen Sie auch, nie in Erfahrung zu bringen, wie Ihr zweiter Sohn aussieht?«

Ihre Kehle war immer noch wie ausgedorrt, und sie trank noch einen Schluck Scherbett. »Ja. Ich habe deiner Großmutter verboten, mir Photos von dir zu schicken.«

»Weil Sie sicher waren, mich niemals zu sehen!«

»Nein, weil ich annahm, *du* würdest mich niemals sehen wollen.«

Er errötete. Dann wurde sein Ausdruck wieder hart, und er beugte sich vor. »Ich glaube, bevor wir fortfahren, Mrs. Raventhorne«, sagte er kalt, »muß ich etwas von Anfang an klarstellen. Es liegt mir sehr daran, daß Sie sich keine falschen Vorstellungen in Hinblick auf meinen Aufenthalt in Kalkutta machen. Deshalb war ich erleichtert, als ich Ihre Karte mit der Bitte um dieses Gespräch heute erhielt.«

Sie erwiderte nichts und wartete. Seine Ablehnung traf sie nicht; sie war absurderweise zufrieden, den Klang seiner Stimme über sich hinwegfluten zu lassen und einen winzigen Teil ihres ungeheuren Hungers, mehr von ihm zu wissen, zu stillen.

Seine Stimme hat etwas Melodisches. Ob er singt, so wie Freddie es manchmal getan hat...

»Ich möchte, daß Sie wissen, daß ich nicht deshalb nach Kalkutta gekommen bin, um Sie zu sehen, Mrs. Raventhorne. Daß Sie zufällig hier sind, ist für mich von untergeordneter Bedeutung. Das Handelshaus hier befindet sich in großen Schwierigkeiten, und deshalb bin ich gekommen.« Alistairs Gesicht war von der Hitze gerötet. Schweißtropfen standen ihm auf der Stirn. Er stand auf, wischte sich die nasse Stirn und öffnete den obersten Knopf seines Wolljacketts.

Hat ihm niemand vorher gesagt, welche Art Kleidung er in den Tropen tragen sollte? Der arme Junge wird in dieser lächerlichen Rüstung ersticken!

»Trotzdem muß es einen Grund dafür geben, daß Sie gekommen sind, um mich zu besuchen.«

»Ja, den gibt es. Als Folge meiner seltsamen, nein, nicht seltsamen, sondern *grotesken* Lage stelle ich fest, daß es in meinem Leben ein paar nebensächliche Dinge gibt, die erledigt werden müssen. Sie bringen Unordnung in mein Denken, schaffen Durcheinander in meinen Gedanken und verwirren mich. Erst, wenn sie erledigt sind, kann ich sie vergessen. Das ist einer der Gründe, weshalb ich Sie aufgesucht habe.«

Unerledigte Dinge...

Sie mußte unfreiwillig lächeln.

Das Grübchen hat er eindeutig von mir geerbt!

Die winzige Beobachtung schenkte ihr eine so absurde Freude, daß sie insgeheim lachte. Sie hatte Alistair noch nie gesehen, und doch hatte sie instinktiv das Gefühl, ihn so gut zu kennen, als wäre er sie. Sein Bewußtsein war für sie so durchsichtig wie Glas, und jeder Gedanke, jeder Winkel, jeder Schmerz darin war ihr eigener.

»Und die anderen Gründe?«

Er streckte die Beine aus und schlug sie übereinander. »Es gibt ein Wort für Menschen, die ihren Vater nicht kennen, Mrs. Raventhorne. Ich bin sicher, daß Ihnen in Anbetracht Ihrer Erfahrungen dieser Begriff nicht unbekannt ist. Bedauerlicherweise gibt es kein solches Wort für jemanden, der seine *Mutter* nicht kennt! Wie Sie sich vorstellen können, war das so etwas wie eine Anomalie in meinem Leben. Ich gestehe, daß ich deshalb neugierig auf Sie war. Ich wollte zumindest wissen, wie Sie aussehen.«

Irgend etwas versetzte ihr einen Stich ins Herz, und der erste Blutstropfen quoll hervor. Sie ließ nicht zu, daß es an ihrem Gesicht abzulesen war. »Ich habe deine Großmutter gebeten, keine Photographien von mir bei euch zu Hause aufzubewahren, Alistair. Ich wollte nicht, daß du deine Vorstellungen von einer Frau, die du einmal hassen würdest, an einem Gesicht festmachen konntest.«

Er lachte leise. »Man kann kaum von mir erwarten, daß ich jemanden *hasse*, den ich nicht kenne, Mrs. Raventhorne! Schließlich kennen wir uns im besten Fall nur ... biologisch.«

Der Sarkasmus ist nur ein Ausdruck seines Schmerzes und ein Hilferuf...

»Ich möchte, daß du weißt, Alistair, daß du mich alles fragen kannst, was du willst«, sagte sie leise. »Ich werde antworten, so gut es meine Erinnerung erlaubt.« Hinter ihrer ausdruckslosen Stimme gab es eine grenzenlose Liebe, die sie weder zeigen noch verbergen konnte. Er merkte jedenfalls nichts davon.

»Ach? Und Sie werden mir die Wahrheit sagen?« erwiderte er mit kaum verhüllter Skepsis.

»Ja, so wie sie sich mir dargestellt hat.«

»Nennen Sie mir einen guten Grund, weshalb ich Ihren Wahrnehmungen trauen sollte, Mrs. Raventhorne.« Er durchbohrte sie mit einem verächtlichen Blick. »Warum sollte ich erwarten, ausgerechnet von *Ihnen* die Wahrheit zu erfahren – von einer Frau, die meinen Vater benutzt und *vernichtet* hat!«

Ihre Hände klammerten sich fester umeinander, damit sie nicht zitterten. Wieviel weiß er bereits, fragte sie sich in aufsteigender Panik. Wieviel hat er von seiner Großmutter erfahren...?

»Was ich dir sagen werde, Alistair, *ist* die Wahrheit. Ich habe dir als Mutter nichts geben können. Laß mich dir wenigstens das geben.«
Seine anklagenden Augen waren wie spitze Dolche. »Wenn es so ist, geben Sie dann zu, daß mein Vater zwar Alkoholiker war, daß ihn aber nicht das *Trinken* umgebracht hat?«
»Ja.« Ihr Blick blieb fest. »Er hat getrunken, weil ich seine Erwartungen nicht erfüllt habe. Umgebracht hat ihn die Enttäuschung über *mich*. Ja, man könnte sagen, daß ich deinen Vater umgebracht habe. Ich habe seinen Tod nicht geplant, aber ich konnte ihn auch nicht verhindern.«
»Konnten Sie es nicht oder wollten Sie es nicht?«
»Manchmal läuft beides auf dasselbe hinaus, zumindest redet man sich das ein.«
»Sie haben ihn nie geliebt!«
»Nein.«
»Warum um Himmels willen haben Sie ihn dann geheiratet?« fragte er wütend. »Wegen seines Vermögens, seines Titels?«
Olivia trank das Glas leer und legte die Hände wieder in den Schoß. Die Handknöchel wurden blaß, aber sie sah ihn mit klarem Blick an.
»Es gibt gewisse Dinge im Leben, Alistair, die man tut, weil man zu diesem Zeitpunkt glaubt, sie seien richtig oder man habe keine andere Wahl...«
»Sie meinen, keine selbstlose Wahl!«
»Ja, wenn du so willst. Die Entscheidungen, die man trifft, basieren ebensosehr auf Eigeninteresse wie auf den Zwängen der Umstände.« Sie machte eine kurze Pause, sah ihn jedoch nicht an, obwohl sie wußte, daß er den Blick nicht von ihr wandte. »Wenn man Glück hat, rechtfertigen sich diese Entscheidungen rückblickend. Wenn nicht...« Sie schauderte unwillkürlich und senkte die Augen.
»Sie haben mir immer noch nicht gesagt, warum Sie ihn geheiratet haben!«
Olivia holte tief Luft. »Ich habe Freddie geheiratet, weil ich das Kind eines anderen Mannes im Leib trug, und dieser Mann war ver-

schwunden. Ich brauchte einen Namen, den ich meinem Kind geben konnte. Dein Vater hat sich bereiterklärt, diese Notwendigkeit zu erfüllen.«
Sie hörte, wie er heftig einatmete; seine Wangen glühten. Offensichtlich hatte er das nicht gewußt und war auf soviel Direktheit auch nicht vorbereitet gewesen. Sein Adamsapfel bewegte sich ruckhaft, während er sich bemühte zu sprechen. Das ungeheuerliche Geständnis überstieg sein Fassungsvermögen.
»Und dieser andere Mann war Raventhorne?« fragte er niedergeschlagen.
»Ja, der Vater von Amos.«
»Er war nicht Ihr ... Ihr erster Ehemann?«
»Nein, wir konnten erst nach dem Tod deines Vaters heiraten.«
Alistair stand auf. Olivia litt, als sie beobachtete, wie er im Zimmer hin und her ging und versuchte, seine Selbstbeherrschung wiederzufinden, und darum kämpfte, Bruchstücke seines Halbwissens in die von ihr gelieferten freien Stellen einzupassen, um das schockierende Bild zu vervollständigen. Sie staunte, daß ihm das alles so lange hatte verborgen bleiben können, daß Lady Birkhurst ihr Geheimnis so gut gehütet hatte.
»Mein Vater hat Ihrem monströsen Vorschlag zugestimmt?«
»Ja.«
»Warum?« rief er. »Warum sollte ein Mann dumm genug sein, eine so schändliche Strafe auf sich zu nehmen!«
»Es war die Strafe für das eine Verbrechen, das er unbewußt begangen hatte, Alistair«, erwiderte sie, und zum ersten Mal klang es wirklich bitter. »Verstehst du, er hat mich geliebt. Dein Vater war der netteste, anständigste Mann, den ich je kannte.«
»Und trotzdem haben Sie ihn ausgenutzt, *be*nutzt, um Ihrem ungeborenen Mischlingskind seinen Namen zu geben?«
»Ja.«
»Und nachdem sie als seine Ehefrau gesellschaftlich akzeptabel und geachtet waren, haben sie ihn fallenlassen, weil Sie ihn nicht mehr brauchten!« Er gab sich keine Mühe, seinen Abscheu zu verbergen.

Wie gemein es klingt, wie grausam! Wie weit von der Wahrheit entfernt, und doch kommt es ihr auch wieder erstaunlich nah...

Vor dem Wintergarten saß ein Sultansspecht an einem Baum und hackte heftig auf die Rinde ein. Olivia beobachtete ihn einen Augenblick und seufzte dann.

»Wie verteilt man Schuld nach all diesen Jahren gerecht, Alistair? In Wirklichkeit haben wir uns gegenseitig aufgegeben. Freddie hat mich verlassen, weil er Amos nicht länger als seinen Sohn akzeptieren konnte. Ich habe ihn gehen lassen, weil ich meinen Sohn nicht verstoßen konnte.«

»Weil Sie ihren *erst*geborenen Sohn nicht verstoßen konnten«, stieß er böse hervor. »Ich glaube, Ihren *zweiten* Sohn zu verstoßen, hat Ihnen weniger Schwierigkeiten bereitet!«

»Ich habe dich nicht verstoßen, Alistair...«

Aber er hörte ihr nicht länger zu. Er glühte vor Eifersucht und überließ sich dem in zwei Jahrzehnten angestauten Zorn. Er war zu unerfahren, um das zu verbergen. »Und der erstgeborene Sohn hat natürlich selbst danach noch alle Privilegien genossen, die der Name und das Geld der Birkhursts mit sich brachten, nicht wahr?«

»Nur solange es notwendig war!« widersprach sie mit einem Anflug von Schärfe in der Stimme. »Als dein Vater starb, und ich wieder heiraten konnte, habe ich juristische Schritte unternommen, und alle Ansprüche auf das Geld und den Titel der Birkhursts aufgegeben. Das galt für Amos ebenso wie für mich.«

»Und Sie waren nie in Versuchung, den Titel Ihrem *ersten* Sohn zu bewahren«, sagte er höhnisch, »um ihn zu einem der reichsten Männer Englands zu machen?«

»Nein. Das war nicht nötig. Der Vater von Amos hatte mehr Geld, als Amos je ausgeben konnte. Außerdem bist du *ebenfalls* mein Sohn. Ich hatte nicht die Absicht, dich *deines* Erbes zu berauben.«

»Nein, nur meiner Mutter!« Er war immer noch schockiert und wie betäubt von ihren unerfreulichen Enthüllungen und konnte nicht verhindern, daß seine Stimme zitterte. »Sie haben mich nach England geschickt, weil ich ein Hindernis war, eine Belastung, die Ihr neuer Ehemann nicht akzeptiert hat!«

»Nein, das ist nicht wahr! Ich habe dich nach England geschickt, um eine Pflicht gegenüber der Familie deines Vaters zu erfüllen. Ich habe meine Aufgabe erfüllt und die legitime Titelnachfolge sichergestellt. Freddie hatte mich, seine Frau, die er wie wahnsinnig liebte, mochte sie seiner auch noch so unwürdig sein, an einen anderen Mann verloren.« Ihre Stimme schwankte ein wenig. »Und ich konnte ihm nicht auch noch den einzigen Sohn wegnehmen, den er wahrscheinlich jemals haben würde...« Sie suchte verzweifelt nach Worten, aber ihr fiel nichts ein, was sie noch hätte hinzufügen können. Was gab es überhaupt zu sagen, was die Wunden geheilt hätte, die ihn seit so vielen Jahren innerlich zerfraßen?
»Selbst kleine Hunde gibt man nicht weg, solange sie nicht entwöhnt sind!« Sein Mund zuckte vor Bitterkeit. »Sie konnten mich offenbar nicht schnell genug loswerden!«
Olivia sah ihn hilflos an. Sie konnte seine Qual beinahe mit Fingern greifen. »Wenn ich dich auch nur einmal gesehen hätte, Alistair«, sagte sie kraftlos und begann, vor Verzweiflung zu zittern, »hätte ich mich überhaupt nicht von dir trennen können...«
Er schüttelte nur verwirrt den Kopf. Nein, er konnte es nie verstehen, und sie konnte es ihm auch nie begreiflich machen. Gab es Mittel, mit denen sie die tiefe, endlose Kluft überbrücken konnte, die sie voneinander trennte? Worte verzerrten, verschleierten und betrogen nur. Sie machten Gefühle vulgär und besudelten die Wahrheit. Sie konnte ihn nie dahin bringen, daß er alle Gründe verstand. Bereits der Versuch wäre eine Beleidigung gewesen. Irgend etwas in ihr – *alles* – schrie im Gefühl des erneuten Verlusts auf, eines Verlusts, der nun unwiederbringlich war. Sie saß mit gesenktem Kopf da, während sich die Stille zwischen ihnen ausbreitete, und sie nicht wußte, womit sie das Schweigen hätte füllen können.
Sie sah, daß ihn dieser heftige Ansturm der Wahrheit verwirrte und daß er in seiner Unreife soviel emotionale Brutalität nicht verkraftete. Seine langen schlanken Finger auf dem Rücken verkrampften sich, während er gequält hin und her ging, weil er nicht stillstehen konnte.
»Vielleicht ist es dir ein Trost zu wissen, Alistair«, sagte Olivia ermat-

tet von der Grausamkeit, die sie sich mit ihrem Geständnis zugefügt hatte, »daß ich deinen Vater niemals belogen habe. Und ich werde auch dich nicht belügen. Es ist keine erfreuliche Geschichte, aber du hast ein Recht darauf, sie zu hören, so wie sie ist.« Trotz aller Versuche, es zu verhindern, traten ihr die Tränen in die Augen. »Ich hätte alles darum gegeben, Freddie so lieben zu können, wie er es verdiente. Aber das Herz hat seinen eigenen Willen, Alistair. Ich konnte es beim besten Willen nicht.« Sie stand auf, um zu gehen.

Er sah sie immer noch nicht an, sondern starrte weiter mit unglücklicher Miene auf den Teppich. »Und doch haben Sie den Mann verschmäht, der es verdiente, geliebt zu werden, und sind mit einem anderen davongelaufen, um mit einem Kerl von der Straße zusammenzuleben, einem Mischling, einem Ver...«

»Sei still!«

Olivias Befehl kam unvermittelt und klang wie ein Gewehrschuß. Alistair erschrak so sehr, daß er verstummte. »Auch ich möchte etwas von Anfang an klarstellen, Alistair.« Ihr Ton war hart wie Granit, und zum ersten Mal zeigte sie ihren Zorn. »Ich möchte nicht, daß du dich mit der falschen Vorstellung herumschlägst, jeder Winkel meines Lebens stehe deiner Prüfung und Bewertung offen. So ist es nicht. Du hast ein Recht, gewisse Dinge zu erfahren, aber andere gehen dich nichts an. Ich bin dir keine Rechenschaft darüber schuldig, wie ich mein Leben lebe, Alistair. Ob du das billigst oder nicht, das mußt du selbst entscheiden, aber dein moralisches Urteil interessiert mich nicht im geringsten. Hast du das verstanden?«

Er öffnete den Mund zu einer Erwiderung, aber ihr unerwarteter Wutausbruch schüchterte ihn so ein, daß er es unterließ. Er steckte statt dessen die Hände tief in die Taschen und sah sie mißmutig an.

»Eines Tages, wenn du älter bist, wirst du vielleicht verstehen, daß man seine eigenen moralischen Grundsätze finden und die eigenen Maßstäbe setzen muß. Man muß das ohne Rücksicht auf die Welt und ihre Regeln tun!« Sie wartete, bis ihr Atem wieder normal ging, und fragte dann ruhiger: »Hast du noch andere Fragen, die ich beantworten soll?«

Er machte einen Schmollmund. »Nein.«
»Wenn es noch Fragen gibt, steht es dir frei, sie zu stellen. Ich war meinen anderen Kindern gegenüber immer ehrlich ...« Sie brach ab. Sie wußte, das hätte sie nicht sagen sollen.
Er starrte sie an. In jeder Linie seines jungen, verletzten Gesichts standen Wut und Enttäuschung geschrieben. »Ich sagte bereits, ich habe keine weiteren Fragen!«
Obwohl sie die Antwort kannte, konnte sie den Drang nicht unterdrücken, zu fragen: »Wirst du mich wieder besuchen?«
Sein Rücken versteifte sich. »Nein. Ich habe kein Verlangen, mich näher mit Ihrer Familie zu beschäftigen! Wie zum Teufel können Sie mich das auch nur *fragen* nach ...« Er schwieg und preßte die Lippen zusammen. Zum ersten Mal gab er zu erkennen, wie unglücklich er war.
Olivia war überwältigt von Mitgefühl. Welch eine entsetzliche Last hatte sie auf seine jungen Schultern gelegt – auf Schultern, die noch nicht so stark waren wie die eines Mannes. Hätte sie ihn noch nicht mit der Wahrheit quälen dürfen? War die Entlastung ihres Gewissens all das zusätzliche Leid wirklich wert? Er war übermannt von dem inneren Aufruhr, den er vergeblich verbergen wollte, war erschlagen von dem riesigen leeren Haus und wirkte sehr einsam, sehr verloren und verlassen in der abweisenden fremden Umgebung, deren Vielschichtigkeit er nicht kannte und auf die er nicht vorbereitet war. Ihre Arme sehnten sich danach, ihn zu halten, ihn in ihre schützende Liebe einzuhüllen, um all die Jahre wettzumachen, die sie ihn nicht geliebt und nicht gehalten hatte. Sie wollte alles über jeden Tag in jedem Jahr seines Lebens, den sie nicht mit ihm verbracht hatte, erfahren, um die Millionen Augenblicke mit ihm zu teilen, die sie nun niemals mehr mit ihm teilen konnte.
Doch sie wußte, das konnte sie nicht. Dafür war es zu spät, und er würde es nicht zulassen.
»Nun gut«, sagte Olivia seufzend. »Da du keine Fragen mehr hast, würde *ich* dich gerne etwas fragen.«
Er war sofort auf der Hut. »Was?«
»Weshalb hast du die Baumwollspinnerei gekauft?«

Er wandte den Blick ab, aber sie sah, daß er wieder den trotzigen Ausdruck im Gesicht hatte. »Warum kauft man etwas? Ich habe sie gekauft, weil ich sie haben will.«
»Die Spinnerei interessiert dich nicht.«
»Woher wollen Sie das wissen?« fragte er höhnisch. »Vor zwei Tagen konnten Sie Ihren Sohn noch nicht einmal von einem Milchmann unterscheiden, und jetzt wissen Sie bereits ganz genau, was ihn *interessiert.*«
»Alistair, du hast nicht die Absicht, die Spinnerei jemals zu betreiben«, sagte sie sanft.
Er lächelte böse. »Aber *er* hat die Absicht, nicht wahr?«
»Woher hast du erfahren, daß Amos sich dafür interessiert? Von Guy Sutherland?«
»Das liegt auf der Hand.«
Sie musterte ängstlich sein Gesicht. »Amos hat sein Herz an diese Spinnerei gehängt, Alistair. Siehst du keinen Weg, deinem Bruder seinen ...«
Er unterbrach sie mit einer heftigen Geste. »Sie erwarten, daß ich in Ihrem Mischlingssohn meinen ... Bruder ... sehe?« fragte er entsetzt.
»Ja«, erwiderte sie ruhig. »Die Biologie schafft vielleicht keine emotionalen Beziehungen, aber man kann sie auch nicht leugnen.«
Er begann zu lachen. Es war das gleiche hohle Lachen wie am ersten Abend. Dann unterdrückte er es schnell, und sein Gesichtsausdruck wurde bösartig. »Diese Spinnerei gehört *mir*, Mrs. Raventhorne«, sagte er leise, während er die Fäuste ballte, »und ich beabsichtige, sie zu behalten. Sie mag verrotten und vor die Hunde gehen. Aber ich schwöre Ihnen, Ihr *anderer* Sohn wird sie niemals bekommen!«

*

Das Teehaus in der engen Gasse hinter der Universität war erstaunlich beliebt, obwohl man den Tee, der in kleinen ungebrannten Tonschalen serviert wurde, kaum von dem Wasser aus einem Straßengraben unterscheiden konnte. Auch die dürftige Speisekarte fand höchstens jemand appetitanregend, der sich wirklich von nichts abschrecken ließ. Die Stammkundschaft setzte sich aus Studenten, Lehrern, Journalisten, Schriftstellern, Dichtern und radikalen Intellektuellen zusammen. Sie alle liebten die ungezwungene Atmosphäre und den Besitzer, der sie schuf – nicht aber das, was er mit großer Nachlässigkeit servierte. Die wackligen, schmierigen Tische, um die lange Holzbänke standen, waren zu jeder Tageszeit und bis tief in die Nacht hinein dicht besetzt. Die Wände mit dem abblätternden Anstrich hallten wider von den hitzigen Debatten über jedes erdenkliche Thema in bengali, hindustani oder englisch oder in einer Mischung dieser drei Sprachen. Der Besitzer des Schuppens, ein friedlicher, kleiner unverheirateter Parse, dessen Leidenschaft Schach und Tauben waren, verdiente sehr viel an dem entsetzlichen Zeug, das er auftrug, aber er war für die Großzügigkeit bekannt, mit der er Gästen mit finanziellen Schwierigkeiten ohne jede Sicherheit Geld lieh. Deshalb vergab man ihm auch seine Sünden als Wirt.

Dort fand Amos schließlich Kyle Hawkesworth, nachdem er an diesem Abend früh sein Büro verlassen hatte. Draußen war es zwar noch nicht dunkel, aber im Teehaus brannten bereits die Lampen, denn die Luft war dick vom Rauch und dem Geruch des abgestandenen Essens. Die Stimmen der Gäste hallten jedoch wie üblich laut und deutlich im Raum, und der Lärm der stürmischen Diskussionen war ohrenbetäubend. Amos entdeckte Kyle im bräunlichen Dunst an einem Ecktisch. Er spielte völlig vertieft eine Partie Schach mit Nariman, dem Besitzer. Die beiden nahmen ebensowenig die heftig gestikulierenden Männer an den Nebentischen wahr wie die zwei weißen Pfauentauben auf Narimans Schulter, die in sein Ohr gurrten. Üblicherweise beteiligte sich Amos mit Begeisterung an den Streitgesprächen und spielte auch gern Schach. Aber an diesem Abend war er sehr schlecht gelaunt und reizbar. Er hatte keine Lust auf politische Diskussionen oder komplizierte Schachstrategien.

Er bahnte sich mit den Ellbogen einen Weg durch das Gedränge, fing einen Blick Kyles auf und machte eine ungeduldige Geste und kehrte zur Tür zurück.

Der Besitzer hatte bereits seine Königin und einen Turm verloren,

und das Spiel war praktisch zu Ende. Einige Augenblicke später kam Kyle zu Amos an die Tür, während Nariman traurig die Reste seiner besiegten Armee betrachtete.
»Laß uns so schnell wie möglich aus dieser Irrenanstalt verschwinden«, rief Amos über den Lärm hinweg. »Ich muß mit dir reden.«
Kyle warf einen Blick auf seine Taschenuhr und nickte. »Gut. Ich muß mir vor einer unangenehmen Verabredung noch eine Stunde die Zeit vertreiben. Wir gehen hinunter zum Damm.«
Sie führten ihre Pferde an den Zügeln und machten sich auf den Weg zum Fluß. Keiner von beiden sagte etwas. Die Straße war verstopft mit Fußgängern, die sich ihren Weg durch das übliche Gedränge von Kutschen, Karren, Pferden und geschlossenen Sänften suchten. Die einen kamen von der Arbeit, andere eilten zum nächsten Marktplatz, bevor der frische Fisch ausverkauft war, und wieder andere umlagerten die Verkaufsstände am Straßenrand, aber weniger, um etwas zu kaufen, als um die bunten Auslagen zu betrachten. Wenn sie mit den Besitzern feilschten, war das für sie nichts als Vergnügen. Ein gerissener Verkäufer kitschiger Bilder von Hindugöttern und -göttinnen unterhielt mit seinen geschickt fabrizierten Lügengeschichten einen dicken älteren Sikh. Immer mehr Zuhörer drängten sich um die beiden. Kyle und Amos wurden aufgehalten, aber dann gelang es ihnen schließlich, auch noch dieses Hindernis zu überwinden.
Am Fluß war es verhältnismäßig ruhig. Das Wasser schimmerte in der frühen Abendsonne in Gelb- und Rosatönen. Fischerboote, auf denen nur mit Lendentüchern bekleidete Männer am Ende eines anstrengenden Arbeitstages müde nach Hause ruderten, sorgten wie dunkle Flecken für Kontraste. Am Ufer stand eine Gruppe kleiner weißer Reiher mit langen dünnen Beinen wie auf Stelzen im Wasser und wartete hoffnungsvoll darauf, daß ihr Abendessen vorbeischwimmen würde.
Kyle setzte sich auf einen Stein, legte die Arme um die Knie, neigte den Kopf zur Seite und sah Amos mit einem wissenden Lächeln an. »Alistair Birkhurst?«
Amos bekam einen schmalen Mund. Natürlich wußte Kyle bereits, daß Alistair in Kalkutta eingetroffen war. Er nickte knapp.

Kyle lachte. »Ich hätte gedacht, es schmeichelt dir, einen Baron als Bruder zu haben.«
»Wie kannst du so etwas sagen?! Außerdem ist er nicht mein Bruder!« erwiderte Amos aufbrausend. »Mir kommt die Galle hoch, wenn ich nur daran denke. Sie steht mir schon bis hier!«
Kyle sah ein, daß sein Freund nicht in der Stimmung für Sticheleien war, und fragte achselzuckend: »Und was ist das Problem im Augenblick?«
»Er hat die Baumwollspinnerei gekauft.«
Kyle zog eine Augenbraue hoch und stieß einen Pfiff aus. »Wirklich?«
»Ja, wirklich! Das wirft ein etwas anderes Licht auf die Sache, nicht wahr?«
»Nur, wenn er es ablehnt, sie zu verkaufen. Und deiner Stimmung nach zu urteilen, lehnt er es vermutlich ab.«
»Ja. Ranjan Babu war heute morgen bei Donaldson.« Amos hob einen Kieselstein auf und warf ihn weit auf den Fluß hinaus. »Bei Gott! Ich könnte ihm dafür den verdammten englischen Hals umdrehen!«
Kyle sah ihn stirnrunzelnd an. »Muskeln werden dir nicht helfen, die Spinnerei zu kaufen, Amos!«
»Das weiß ich, verdammt noch mal!« Er hockte sich auf die Erde und legte den Kopf auf die Knie. »Aber was sonst?«
Kyle klopfte sich mit einem Finger an die Stirn. »Köpfchen, mein Freund, Köpfchen.«
»Ich sehe nicht, wie das gehen soll.«
»Du wirst es schon sehen, wenn es soweit ist. Laß uns erst einmal über die Sache nachdenken, ohne etwas zu überstürzen.«
»Ich kann nicht untätig herumsitzen, während er ...«
»Du wirst nicht untätig herumsitzen. Du wirst *denken.*« Er zog ein eng beschriebenes Blatt Papier aus der Tasche. »Inzwischen kannst du mir sagen, was du davon hältst.«
»Ein neuer Artikel?«
»Ja.«
Amos griff nach dem Blatt und begann interessiert, laut zu lesen.

»Blicken Sie in eine Gasse, in eine beliebige Gasse in einem indischen Basar. Was sehen Sie, außer den Abfallhaufen und den Fliegen? Ein Heer von Halbblütigen, deren zahllose Gesichter ein Tribut an die mannigfaltigen Veränderungen und Kombinationen sind, deren es bedarf, um eine Mischrasse hervorzubringen. Das Wort ›Heer‹ klingt bedrohlich, aber es ist auch passend. Bei den meisten erregen diese trostlosen Geschöpfe Mitleid, für andere sind sie der Stoff, aus denen Alpträume entstehen. Sie sind heimliche Feinde, Gefahren für den Namen, den guten Ruf und die Harmonie in der Familie. In dem einen Fall sind sie arme Menschen, im anderen Vernichtungswaffen, potentielle Rächer, ja, sogar Boten der Apokalypse!

Wer ist für die Existenz dieser latenten Zerstörer verantwortlich? Wer würde durch eine öffentliche Enthüllung am meisten verlieren, wenn sie plötzlich beschließen sollten, ins helle Tageslicht zu treten und das Recht auf ihre Abstammung geltend zu machen? Der gewöhnliche Matrose, der für ein paar Nächte von Bord seines Schiffes geht? Krethi und Plethi des eine Zeitlang hier stationierten englischen Heeres? Irgendein schäbiger, verantwortungloser Abenteurer ohne Skrupel, ohne Mitgefühl, ohne Ruf und Ansehen? Der Besucher, der hier einige Zeit verbringt und der nach seiner Abreise keinen Blick mehr zurückwirft?

Vielleicht. Aber es gibt andere, angesehenere Europäer, die weniger von der Anonymität geschützt sind und seit Jahren gefährlich am Abgrund des gesellschaftlichen und beruflichen Ruins balancieren. Sie sind die wahrhaft Terrorisierten. Ich denke an die renommierte, respektable Elite unseres Landes, deren Hände das mächtige Räderwerk der Regierung drehen.

Sie walten fromm ihres Amtes, aber sie können niemanden ungestraft mit Schmutz bewerfen. Das Schwert, das eine Haaresbreite über ihren Köpfen hängt, schwingt unbeirrbar wie ein Pendel hin und her, und sie können es trotz all ihrer Bemühungen nicht anhalten.

Ironischerweise haben jene, in deren Händen die Zukunft so vieler liegt, selbst keine Zukunft. Wäre es nicht gerecht, jetzt ...« Der Satz war unbeendet geblieben.

Amos blickte auf. »Das ist nicht alles, oder?«

»Nein. Ich muß noch den letzten Absatz hinzufügen.«
»Hast du vor, unser zweites Projekt anzukündigen?« fragte Amos. Seine Augen leuchteten aufgeregt.
»Vielleicht.«
Amos sah ihn zweifelnd an. »Glaubst du, die Zeit ist reif, und wir sind auf ein so gewaltiges Unternehmen vorbereitet?«
»Wir sind besser darauf vorbereitet, als wir es jemals sein werden. Irgendwann müssen wir den Sprung wagen.« Kyle schob das Papier wieder in seine Tasche und kam auf das ursprüngliche Thema zurück. »Birkhurst ist fest entschlossen, nicht an dich zu verkaufen?«
»Ja.«
»Hast du einen guten Preis geboten?«
»Beinahe das Doppelte von dem, was er Sutherland dafür bezahlt hat. Außerdem hatte ich Ranjan Babu beauftragt, anzudeuten, wir seien bereit, unter Umständen diese verdammte Plantage zu kaufen, wenn unser Angebot akzeptiert werden würde.«
»Und selbst das hat ihn nicht gelockt?«
»Nein.« Amos stöhnte. »Die Geschäfte von Farrowsham in Indien mögen schlecht gehen, aber die Birkhursts gehören zum reichsten Adel Englands. Es ist ihm völlig egal, was mit der Spinnerei und der Plantage geschieht.«
»Ich verstehe.« Kyle schwieg und dachte nach. Dann murmelte er: »Es wäre eine unsichere Sache...«
»Was?«
»Nichts. Ich habe nur mit mir selbst geredet.«
»Was wäre eine unsichere Sache, Kyle?« Amos ließ nicht locker. »Hast du eine Idee?«
»Vielleicht. Ich muß noch darüber nachdenken.«
In den grauen Augen von Amos flammte ein Funken Hoffnung auf. »Was für eine Idee?«
Aber Kyle schüttelte den Kopf und weigerte sich, etwas Näheres darüber zu sagen. »Und es gibt keine anderen Käufer für die Plantage?«
»Keinen einzigen, wie Donaldson sagt.«
»Bist du sicher?«

»Ja, ich bin sicher«, erwiderte Amos ungeduldig.
»Wie viele Morgen sind es?«
»Etwa viertausend. Aber die Plantage ist sehr abgelegen, kaum zugänglich, voller Probleme und bankrott. Niemand, der voll bei Verstand ist, würde sie anrühren. Aber kannst du mir verraten, wie die Tatsache, daß es keine Käufer für die Plantage gibt, mein Problem lösen soll?«
Kyle war in tiefes Nachdenken versunken und gab keine Antwort. Er blickte mit zusammengekniffenen Augen unverwandt auf den Rand des Wassers, wo die Reiher immer noch auf ihre Mahlzeit warteten. Auf seinem Gesicht lag ein seltsamer Ausdruck. Er war so konzentriert, daß Amos trotz seiner Gereiztheit nicht wagte, ihn zu stören.
»Ja, Amos, ich habe eine Idee.« Kyle stand unvermittelt auf, und Amos fuhr erschrocken zusammen. »Aber es dauert noch eine Weile, bis sie richtig ausgegoren ist.«
»Aber du kannst doch sicher ...«
»Nein, das kann ich nicht!« unterbrach Kyle ihn scharf. »Noch nicht. Ich werde dir mehr darüber sagen, wenn ich mich mit ihm getroffen habe.«
»Mit wem?«
»Mit Jasper Pendlebury.«
»Jasper Pendlebury!« Amos war verblüfft. »Wozu um alles in der Welt willst du dich mit ihm treffen?«
Kyle erwiderte achselzuckend: »Whitney hat mir gesagt, daß er mich sehen will.« Er lachte und hob die Hände. »Wer weiß? Vielleicht liefert er mir etwas, worüber ich schreiben kann. Schließlich ist er hier im Osten eine Säule des britischen Empire.«
Amos starrte ihn immer noch ungläubig an. »Was willst du über ihn schreiben?«
»Das weiß ich noch nicht. Ich bin sicher, es wird sich schon etwas ergeben.« Er betrachtete ein paar winzige Krebse, die nacheinander unter einem Stein hervorkamen und im Gänsemarsch zu einem anderen Stein eilten, unter dem sie verschwanden. »Das soll im Augenblick unter uns bleiben. Wenn überhaupt etwas in Bewegung kommen soll, müssen wir diskret sein.«

»Du verschweigst mir etwas, Kyle!« rief Amos leicht beunruhigt.
»Ja.«
»Was?«
Kyle seufzte. »Leider sehr viel. Aber ich kann dir nicht mehr sagen, solange ich Pendlebury noch nicht getroffen habe.«
»Kyle, sei vorsichtig...«
Kyle lächelte nur und schüttelte den Kopf. »Siehst du die Reiher? Ich lerne eine Lektion von ihnen über das Fischen. Im Augenblick müssen wir warten, bis der Fisch ins seichte Wasser kommt.« Er holte seine Taschenuhr hervor und verzog das Gesicht. »Es tut mir leid, aber ich muß dich jetzt allein lassen.«
»Was ist so wichtig an deinem langweiligen Treffen?« fragte Amos mürrisch. »Du kannst doch bestimmt noch eine Weile bleiben.«
»Nichts lieber als das, aber deiner Schwester würde das nicht gefallen.«
»Du bist mit *Maja* verabredet?«
»Ja.«
»Wieso?«
Kyle erwiderte achselzuckend: »Ich habe keine Idee. Sie hat mir geschrieben. Sie will mich dringend sprechen.«
Amos machte ein finsteres Gesicht, denn er mußte an ein anderes Problem denken, das ihm in letzter Zeit Sorgen machte. »Übrigens wollte ich noch über eine andere Sache mit dir sprechen. Christian Pendlebury will sie heiraten.«
»Ach wirklich?«
»Ja. Maja hat es mir gesagt, und Mutter bestätigt es. Dieser Pendlebury ist sogar soweit gegangen, Mutter offiziell um die Erlaubnis zu bitten.« Amos ballte wütend die Hände zu Fäusten. »Warum zum Teufel mischen sich alle diese Pukkas plötzlich in unser Leben ein!«
»Christian tut es, weil sie es so will!« erwiderte Kyle trocken.
»Glaubst du, er meint es ernst mit ihr?«
Kyle wischte sich ein paar Sandkörner von der Hose. »Wer weiß? Die Zeit wird es zeigen.«
»Ich mache mir Sorgen, Kyle. Ich habe persönlich nichts gegen Chri-

stian Pendlebury, aber ich kann mir einfach nicht vorstellen, daß seine Eltern eine solche Heirat jemals ernsthaft in Erwägung ziehen. Was meinst du?«

Kyle erwiderte: »Ich habe noch nicht darüber nachgedacht.« Er zuckte gleichgültig die Schultern. »Außerdem geht es mich nichts an.«

»Du könntest mir zumindest deine Meinung sagen!« widersprach Amos. »Was meinst du, was sollte ich in dieser Sache unternehmen?«

Kyle drehte sich um und sah ihn an. »Warum willst du überhaupt etwas unternehmen?« fragte er plötzlich wütend. »Wenn sie entschlossen ist, vor die Hunde zu gehen, dann rate ich dir, laß sie!« Er ging zu seinem Pferd, sprang in den Sattel und galoppierte davon, noch ehe Amos sich von diesem Ausbruch erholt hatte.

Amos war höchst unzufrieden mit sich, mit Kyle und dem abgebrochenen Gespräch und verschaffte sich mit einer Flut von Flüchen Erleichterung, während er sein Pferd bestieg und widerstrebend nach Hause ritt, wo noch ein Problem auf ihn wartete.

In den letzten Tagen hatte er seine Mutter ganz bewußt nur flüchtig gesehen. Er war einfach noch nicht bereit, ihr Gelegenheit zu geben, mit ihm über Alistair zu sprechen. An diesem Abend wußte er jedoch, daß er sich ihr stellen mußte. Sie würde es so einrichten, daß ihm nichts anderes übrigblieb.

Er hatte sich nicht getäuscht. Olivia stellte ihn schließlich in den Ställen zur Rede, wohin er sofort nach seiner Ankunft verschwunden war. Cavalcade hatte auf dem Heimritt ein Hufeisen verloren, und Amos trug Abdul Mian gerade auf, den braunen Wallach beschlagen zu lassen, als Olivia ihn fand.

»Ich war heute morgen bei Alistair«, sagte Olivia, ohne Zeit mit einer Einleitung zu verschwenden.

Amos reagierte nicht.

»Wir mußten über vieles reden, Amos. Ich hielt es für besser, wenn wir uns bei ihm treffen würden.«

»Du bist mir in keiner Weise Rechenschaft schuldig«, sagte Amos achselzuckend. »Es steht dir frei, dich zu treffen, mit wem du willst und wo du willst.« Er kämpfte kurz mit sich und fragte dann knapp: »War er dir gegenüber höflich?«

»Absolut.« Es gelang Olivia, überrascht zu wirken. »Warum sollte er nicht höflich sein?«

»In Anbetracht dessen, was ich über sein Verhalten hier gehört habe, finde ich das keine so abwegige Frage! Wie auch immer, warum hast du ihn nicht hierher bestellt, wenn du ihn sprechen wolltest? Du hast das Recht dazu.«

»Ich dachte, es wäre leichter, wenn...«

»Leichter für wen, für dich oder für *ihn*?« Er riß Abdul Mian die Zügel aus der Hand, entließ ihn mit einer Handbewegung und begann, das Pferd abzusatteln. »Warum glaubst du plötzlich, ihm gegenüber Verpflichtungen zu haben, Mutter? Schließlich hast du ihn weggegeben, ohne auch nur einen Blick auf ihn zu werfen, von einem zweiten ganz zu schweigen!«

»Trotzdem ist er mein Sohn, Amos«, erwiderte sie und versuchte, nicht zu zeigen, wie tief er sie verletzt hatte. »Es würde mich sehr glücklich machen, wenn du ein bißchen vernünftiger sein könntest.«

»Vernünftig?« Amos wurde wütend. »*Du* solltest Vernunft annehmen, nach dem, was an diesem ersten Abend geschah, als er einfach hier hereingeplatzt ist! Wäre ich zu Hause gewesen, hätte ich ihn aus dem Haus geprügelt und ihm die Nase blutig geschlagen. Ich verspreche dir, das werde ich auch tun, wenn ich höre, daß er sich dir gegenüber noch einmal so unverschämt benimmt.«

»Er war nicht unverschämt.«

»Er hat mir meine Baumwollspinnerei gestohlen«, erklärte Amos kalt, denn diese Niederlage konnte er nicht verwinden.

Olivia schloß müde die Augen. »Vergiß die Spinnerei, Amos, *bitte*, um meinetwillen!«

»Nein. Ich werde sie nicht vergessen! Du solltest mich besser kennen, Mutter, als so etwas von mir zu verlangen. Ich hole mir die Spinnerei zurück!«

»Wie kannst du das, Amos? Ranjan Babu sagt, Alistair denkt nicht im Traum daran, sie an dich zu verkaufen!«

»Kyle wird sich etwas einfallen lassen.«
»Kyle?« wiederholte Olivia alarmiert. »O Amos, ich bitte dich, Liebling, tu nichts, was einem von euch beiden schaden könnte.« Ihr war die Kehle plötzlich wie zugeschnürt, und ihr Herz begann heftig zu schlagen. »Ich könnte es nicht ertragen! Ob du es wahrhaben willst oder nicht, Alistair ist dein Halbbruder.«
»Es sieht nicht so aus, als dürfte ich das jemals vergessen.«
»Und in euch beiden fließt zumindest mein Blut!«
»Was für eine Beziehung es auch immer sein mag, ich erkenne sie nicht an!« fauchte Amos. »Ich bin nur bereit anzuerkennen, daß Alistair Birkhurst der Sohn meiner Mutter und eines Mannes ist, der nicht mein Vater war. Weiter kann ich und werde ich nicht gehen!«
Ohne Olivia die Möglichkeit zu einer Erwiderung zu geben, stürmte er aus dem Stall.

*

Maja wartete in einer völlig anderen Stimmung als bei ihrem letzten Besuch darauf, daß Kyle nach Hause kommen würde. Sie saß in seinem Wohnzimmer, malte mit dem Zeigefinger Muster in den Staub auf dem Fensterbrett und fühlte sich seltsam niedergeschlagen. Sie war beinahe verzweifelt. Sie fand die Aussicht schrecklich, Kyle und seine Geliebte zu sehen; und sie fand es schrecklich, sich seine Angriffe gegen Christian anhören zu müssen. Maja war sicher, sie würde diesmal nicht die Kraft aufbringen, sich gegen Kyles ständige sarkastische Bemerkungen zur Wehr zu setzen oder auch nur darauf zu reagieren. Außerdem waren beinahe zehn Tage vergangen, seit sie Christian zum letzten Mal gesehen hatte. Er fehlte ihr. Sie fühlte sich in seiner Abwesenheit unsicher und sehnte sich nach der beruhigenden Wirkung, die bereits seine Anwesenheit auf sie hatte. Wäre da nicht das Versprechen gewesen, hätte sie Joycies Schmuck mit ein paar erklärenden Zeilen an Kyle geschickt.
Natürlich war das nicht möglich. Es wäre unvorstellbar gewesen, über das Vertrauen einer toten Freundin so gleichgültig hinwegzugehen. Seit dem Tag der Beerdigung war es ihr nicht gelungen, den

Gedanken an Joycie loszuwerden. Ihr Bewußtsein schien sich hartnäckig mit Bildern der zerbrechlichen kleinen Leiche in dem riesigen Sarg zu beschäftigen. Joycie hatte geradezu grotesk in ihrer Eleganz gewirkt, die nicht von Hochzeitsfreuden, sondern von der Kälte und Leere der Zurückweisung sprach. Maja gelobte sich niedergeschlagen und in seltsam weinerlicher Stimmung, dies sei bestimmt der allerletzte Besuch bei Kyle. Jedesmal war hier etwas Hartes und Häßliches enthüllt worden, das sie aus der Ruhe brachte. Sie hatte mittlerweile einen starken Widerwillen gegen das Haus und gegen alle, die hier lebten.
Sie hatte sich aber doch aufgerafft, hierher zu kommen, um das Versprechen zu halten. Sie schuldete Kyle seit langem, seit beinahe fünf Jahren, einen Gefallen, und ihr Stolz ließ nicht zu, daß sie diese Schuld nicht beglich. Mit der Übergabe der Hinterlassenschaft an den rechtmäßigen Erben konnte sie ihre Verpflichtung gegenüber Kyle als endgültig erfüllt ansehen.
Das Klappern von Hufen kündigte Kyles Rückkehr an. Kurz darauf kam er in das Wohnzimmer, wo sie auf ihn wartete. Er murmelte etwas Unverständliches, vermutlich eine Entschuldigung, weil er sie hatte warten lassen, und schenkte ihr nur einen flüchtigen Blick. Ohne sie weiter zu beachten, zog er sein Jackett aus, warf es dem jungen Diener zu, der ihm gefolgt war, und ließ sich, offensichtlich müde, in einen Sessel fallen. Ein eurasischer Junge, den Maja an diesem Tag zum ersten Mal sah, er war höchstens zehn Jahre alt, eilte zu Kyle, kauerte sich vor ihm hin und begann, ihm einen der schweren Reitstiefel auszuziehen.
»Nein!« Kyle entzog dem Jungen grob seinen Fuß. »Du wirst nie ein Mann werden, wenn du nicht lernst, vor niemandem zu kriechen!«
Der Junge richtete sich auf und sah Kyle verständnislos an. »Ich kann mir die Stiefel selbst ausziehen«, sagte Kyle freundlicher und fuhr dem Jungen durch die Haare. »Geh in den Hof spielen. Hier gibt es für dich nichts mehr zu tun.«
Der Junge nickte, lächelte stolz und rannte aus dem Zimmer.
»Nun, was gibt es diesmal?« Kyle wischte sich mit einem Taschen-

tuch die feuchte Stirn. »Hast auch du Probleme mit dem kleinen Baron?«
»Mit Alistair?« Sie schüttelte den Kopf. »Warum sollte ich mit Alistair Probleme haben?«
»Ja, warum wohl!« erwiderte er sarkastisch. »Wenn man bedenkt, daß er ein Pukka mit einem Titel ist.« Er legte seinen Fuß über das Knie und begann, den Stiefel auszuziehen.
Maja war nicht bereit, den Köder zu schlucken. Sie war zu niedergeschlagen, um Energie für sinnlose Wortgefechte aufzubringen, und hätte am liebsten angefangen zu weinen. Deshalb senkte sie nur den Kopf und tat, als sei sie völlig mit ihren Linien und Punkten im Staub auf dem Fensterbrett beschäftigt. Als sie sah, daß er die glänzenden schwarzen Lederschuhe trug, die der kleine Junge neben seinen Sessel gestellt hatte, sagte sie ruhig: »Nein, es geht nicht um Alistair.«
»Worum dann?« Er warf ihr einen vernichtenden Blick zu. »Ist dir inzwischen eingefallen, wie du deinen Christian vor großen bösen Wölfen wie mir schützen kannst?«
Maja überging auch diese Bemerkung. Sie zog stumm den hübschen kleinen rosa Samtbeutel hervor, den sie für Joycies Schmuck genäht hatte, und legte ihn vor Kyle auf den Tisch. Er sah sie mit zusammengekniffenen Augen ungeduldig an.
»Was ist das?«
»Warum machst du den Beutel nicht auf und siehst nach?« Sie ging zu ihrem Platz am Fenster zurück.
Mit einem gereizten Schnauben griff Kyle nach dem Beutel und zerrte an der Schnur, bis er sich soweit öffnete, daß er hineinblicken konnte. Er runzelte die Stirn und kippte den Inhalt auf den Tisch. Der Schmuck fiel heraus und türmte sich funkelnd auf der Marmorplatte. Kyle blickte verständnislos zuerst auf den Schmuck und dann in Majas ausdrucksloses Gesicht.
»Was zum Teufel...« Vor Verblüffung fehlten ihm die Worte.
»Der Schmuck hat Joycie gehört«, erwiderte Maja langsam und unbeteiligt. Sie würde nur ihre Pflicht erfüllen und dann sofort gehen. »Sie hat ihn mir am Tag nach dem Brand anvertraut. Sie hat gesagt,

daß er im Fall ihres Todes dir übergeben werden soll. Du wüßtest, was damit zu tun sei.«

Welche Reaktion Maja von Kyle auch erwartet haben mochte, sie erlebte etwas völlig anderes. Während er ihr zuhörte, vollzog sich mit ihm eine Veränderung. Ohne sich zu bewegen, schien er plötzlich in sich zusammenzufallen. Er wurde bleich, und seine Haut, die sich über den Wangenknochen spannte, wirkte beinahe durchsichtig. Seine Augen, in denen üblicherweise soviel Arroganz und Überheblichkeit lag, wirkten stumpf. Er saß bewegungslos im Sessel und blickte in stummer Verwirrung auf den funkelnden Schmuck vor ihm. Es hatte ihm die Sprache verschlagen.

»Joycie...«

Er hob langsam den Kopf.

»Ja. Sie hat ihr Leben geopfert, um den Schmuck zu retten.« Maja berichtete ihm alles ausführlich. Während er ihr zuhörte, schien er kaum zu atmen.

Nachdem sie geendet hatte, schwieg er eine Zeitlang, stand dann auf und verließ wortlos das Zimmer. Dabei sah er sie nicht an. Trotzdem konnte sie kurz sein Gesicht sehen. Es war voll Trauer, und in den Augenwinkeln glänzten Tränen. Er blieb nicht lange weg. Als er zurückkam, sah sie, daß er versuchte, seine Gefühle zu verbergen, doch es gelang ihm nicht völlig. Er war noch immer blaß und sichtlich erschüttert, denn er schien den Schmerz nicht abschütteln zu können.

Er setzte sich, nahm ein Schmuckstück nach dem anderen in die Hand und betrachtete es aufmerksam, aber wie Maja bemerkte, ohne wirkliches Interesse. Er war mit seinen Gedanken nicht bei der Sache.

Der größte Teil des Schmucks bestand aus Goldfiligran. Es gab jedoch unter den vielen anderen Stücken eine besonders kostbare Perlenkette mit passenden Ohrringen (Joycie hatte sie auf dem Photo getragen!), ein paar selten schöne Ringe, ein märchenhaftes Smaragdarmband, drei oder vier Broschen mit verschiedenen sehr wertvollen Steinen und einen herzförmigen Anhänger mit einem von funkelnden Diamanten umgebenen großen Rubin. Der Anhänger lag in einer kleinen, hübschen, mit dunkelrotem Satin ausgeschlagenen Schachtel; es war ein Stück von edelster Goldschmiedekunst und offensichtlich das kostbarste Stück der Sammlung. Maja und ihre Mutter hatten über den strahlenden Glanz des dunkelroten Steins gestaunt und die elegante Fassung und die feine Goldkette bewundert, an der der Rubin hing.

Kyle nahm den Anhänger in die Hand, und zum ersten Mal blitzte in seinen Augen echtes Interesse auf. Er blickte zwar auf den Stein, aber Maja kam es vor, als denke er an etwas völlig anderes. Kyle schwieg so lange, daß sie sich fragte, ob er ihre Anwesenheit vergessen habe. Doch dann bedeutete er ihr durch ein Zeichen, an den Tisch zu kommen. Sie konnte eine gewisse Neugier nicht unterdrücken und setzte sich neben ihn.

»Weißt du, was das ist?«

Sie schüttelte den Kopf.

»Es ist der Roshanara-Rubin. Angeblich kommt er aus Burma und ist lupenrein.« Aus seiner Stimme sprach Ehrfurcht, die jedoch weniger dem Stein als der erstaunlichen Großzügigkeit seiner früheren Besitzerin zu gelten schien.

Es beeindruckte Maja, daß Joycie einen so kostbaren Edelstein besessen hatte, aber sie sagte nichts.

»Der Roshanara war seit mehr als zwei Jahrhunderten im Besitz der Familie des Nawab.« Er drehte den Stein in der Hand. Er funkelte, und das tiefe scheinbar flüssige Rot schien zu pulsieren, als fließe Blut aus einer Wunde in seiner Handfläche. »Es gab Gerüchte, wonach er im siebzehnten Jahrhundert vom persischen Hof gekommen sein soll. Der Ururgroßvater des Nawab kaufte ihn, gab ihm den Namen seiner Frau und schenkte ihn ihr nach der Geburt des ersten Sohnes.«

»Sein Ururenkel war Joycies Geliebter. Und er hat ihn ihr geschenkt?«

»Ja.« Der Anflug eines Lächelns spielte um seine Lippen, während er die Goldkette behutsam um seine Finger legte. »Als Kind habe ich ihn ein paarmal gesehen. Einmal durfte ich sogar damit spielen.«

Maja sah ihn aufmerksam an. Er hatte noch nie über seine Kindheit gesprochen. »Wo? In Lucknow?«

»Ja«, erwiderte er wie im Traum. Ihm war kaum bewußt, daß er sprach. Wie verzückt blickte er auf den kostbaren Juwel in seiner Hand. »Sie war wie ein Kind. Sie hat ihn als das Kostbarste in ihrem Leben gehütet.« Seine Augen richteten sich in die Ferne, als beobachte er etwas, das sich in einer anderen Welt ereignete. Maja betrachtete ihn schweigend. Wieder einmal staunte sie darüber, wie anders er aussah. Versunken in den Anblick der Wunder einer anderen Zeit hatte er sich wie ein Schmetterling, der sich aus seinem Kokon befreit, in ein neues Wesen verwandelt. »Natürlich waren alle deshalb furchtbar wütend, besonders die drei Frauen des Nawab. Sie suchten den Anhänger überall, durchwühlten heimlich Joycies Sachen, aber sie haben ihn nie gefunden.«
Fasziniert von dem unerwarteten Einblick in sein Leben, den er sonst niemandem je gewährte, beugte sich Maja vor. »Das hat Joycie dir alles gesagt?«
Er nickte geistesabwesend.
»Sie hat sich ihre Verstecke sehr klug ausgesucht«, sagte Maja und seufzte traurig angesichts der Ironie ihrer Feststellung.
Kyle hörte sie nicht; er war tief in lange vergessene Erinnerungen versunken. »Joycie wußte, wenn die Familie den Stein fand, hätte man ihn ihr weggenommen. Jahrelang bewahrte sie ihn bei...« Er brach so abrupt ab, daß er selbst erschrak, und fuhr aus einem Traum auf, dem er sich ohne es zu wissen überlassen hatte.
»Bei...?« half Maja nach.
Er starrte schweigend durch sie hindurch; sein Gesicht war wieder völlig ausdruckslos. »Das ist nicht wichtig«, sagte er knapp. »Wichtig ist, daß sie ihn behalten hat, wie es ihr Recht war.« Er legte den Rubin und die anderen Schmuckstücke in den Beutel zurück und schob ihn beiseite, als interessiere ihn das alles nicht mehr. Er beugte sich vor und kreuzte die Arme auf dem Tisch.
»Was hat Joycie noch gesagt?« Er sah sie so durchdringend an, daß Maja den Blick senken mußte.
»Sie hat gesagt, der Schmuck sei für ... für die Frau.«
Er zeigte keinerlei Verlegenheit. »Was noch?«
»Joycie war im Delirium. Sie redete immer wieder von einem Mann

und von einem Teufelskind, einem Krüppel, und von irgend etwas, das nach einem Mord klang, aber ich konnte nichts verstehen.«

Er hatte die Luft angehalten und atmete langsam aus. »Sie hat sonst nichts gesagt, was einen Sinn ergeben hätte?«

»Nein. Bald, nachdem sie mir den Schmuck und die Anweisungen gegeben hat, ist sie bewußtlos geworden. Soviel ich weiß, hat sie danach kein Wort mehr gesagt.«

Wieder stiegen seltsame Gefühle in ihm auf, und er starrte unverwandt auf seine gefalteten Hände. Als er Maja schließlich ansah, geschah es ohne jede Feindseligkeit.

»Ich danke dir.«

Die Worte klangen angestrengt, als koste es ihn eine große Überwindung, sie auszusprechen. Doch Maja war selbst auf diesen dürftigen Beweis der Dankbarkeit nicht vorbereitet, und ein völlig unangemessener, aber froher Schauer durchlief sie. »Das war doch nicht der Rede wert«, sagte sie gleichmütig. »Ich war froh, einer lieben Freundin einen letzten Wunsch erfüllen zu können.« Sie stand auf und wollte gehen.

»Warte.«

Maja blieb erschrocken stehen.

»Setz dich, ich möchte, daß du jemanden wiedersiehst.«

»Nein!« Aber im Bann seines Willens setzte sie sich zögernd. »Das ist doch nicht nötig...«

»Es ist nötig.«

»Dein Privatleben geht mich nichts an, Kyle.«

»Dein Privatleben geht mich auch nichts an!«

Etwas an der Art, wie er das sagte, jagte ihr einen kalten Schauer über den Rücken. »Mein Privatleben...?«

Er schüttelte nur den Kopf und sagte nichts mehr. In seinem Gesicht war keine Spur von Spott zu erkennen, sondern nur Resignation. Langsam stand er auf und ging zur Tür. Offenbar wartete der Junge draußen, denn Maja hörte die beiden sprechen, ohne jedoch ein Wort zu verstehen. Kyle kam zurück und stellte sich vor sie hin, stemmte die Hände in die Hüften und legte den Kopf zur Seite.

»Es ist jetzt unbedingt notwendig, daß du mehr weißt.« Er sprach eindringlich, und sie spürte, wie ihr etwas die Kehle zuschnürte. »Alles andere wäre nicht länger richtig.«

»Nein!« Sie ballte die Fäuste und kämpfte gegen die aufsteigende Furcht an. »Ich lehne es ab, etwas mit…«

»Du hast bereits damit zu tun.«

Maja öffnete den Mund zu einer heftigen Erwiderung, aber es war zu spät. Die Türvorhänge teilten sich, und Nafisa Begum trat ein.

Diesmal war ihr Gesicht nicht verhüllt; nur über ihrem Kopf lag ein dünner Schleier. Sie durchquerte langsam hinkend das Zimmer und setzte sich Maja gegenüber. Kyle und sie wechselten ein paar Worte, die Maja nicht hörte, denn sie war zu wütend über diese zweite verhaßte Begegnung, zu der Kyle sie gezwungen hatte. Sie blickte unverwandt auf ihre Schuhspitzen und versuchte, das innere Gleichgewicht nicht ganz zu verlieren, während die beiden miteinander sprachen. Aber da ihr die Frau gegenübersaß, war es unmöglich, sie nicht anzusehen, denn sonst hätte sie sich und ihre Unsicherheit verraten. Deshalb hob sie schließlich den Kopf und wagte einen flüchtigen Blick.

Sie sah sanfte, mandelförmige Augen von der Farbe eines warmen Meeres und neuer Blätter im Frühling oder junger Reispflanzen auf dem Feld. Es waren ungewöhnlich große, leuchtende Augen unter dichten schwarzen Wimpern in einem ovalen Gesicht. Ihre glatte Haut schimmerte wie sehr blasses Sandelholz.

Maja wich ihrem Blick sofort aus und betrachtete aufmerksam Nafisa Begums Hände. Es waren die Hände einer Tänzerin, geschmeidig und zart auch im Zustand der Ruhe, während sie übereinander in ihrem Schoß lagen. Eine eigenartige Stille und Gelassenheit ging von der Art aus, wie diese Frau saß, als sei sie es gewöhnt, auf andere zu warten, oder vielleicht, andere zu bedienen.

Der leichte Wind, der durch das offene Fenster drang, bauschte den Schleier. Sie ließ ihn vom Kopf auf die Schultern gleiten. Maja stockte der Atem. In dem schwarzen, glänzenden Haar waren deutlich graue Strähnen zu sehen! Ihre Gedanken überschlugen sich. Dann wanderten ihre Augen wie unter einem Zwang zurück zu dem Gesicht. Mit einer Kühnheit, die ihr die Überraschung verlieh, betrachtete sie es eingehend. Um die Augen entdeckte sie ein Netz feiner, strahlenförmiger Falten, die so zart waren, als wären sie mit dem Tuschpinsel gezogen. Auch zu beiden Seiten des korallenroten Mundes mit den gleichmäßigen weißen Zähnen hatten sich Falten eingegraben. Es bestand kein Zweifel daran, daß Nafisa Begum einmal hinreißend schön gewesen war. Mit den klassisch vollkommenen Gesichtszügen mußte sie wie eine Mogul-Miniatur ausgesehen haben. Aber jetzt schien ihr Gesicht eine Leidensgeschichte zu erzählen. In den leuchtenden Augen lagen Melancholie und Trauer – vielleicht die Erinnerungen an ein hartes, unfreundliches Leben voller Kämpfe. Nafisa Begum wirkte immer noch jugendlich, wenn auch keineswegs jung: sie schien weit über vierzig zu sein!

Majas erschrockener Blick richtete sich auf Kyle, der sie aufmerksam beobachtete. Sie schluckte und fragte mit belegter Stimme: »Wer … wer ist sie?«

Kyle beantwortete ihre Frage nicht. Er drehte nur den Kopf in Richtung der Türvorhänge, und im nächsten Augenblick kam der zehnjährige Junge herein. Er schob einen großen Kinderwagen vor sich her, in dem eine Gestalt lag, die auf den ersten Blick kein Mensch zu sein schien. Als Maja ihre Verwirrung überwand und wieder klar denken konnte, verstand sie, warum dieser Eindruck berechtigt war. Das Wesen – im ersten Augenblick des Entsetzens fiel ihr kein anderes Wort ein – in dem Kinderwagen war völlig mißgestaltet. Es hatte einen geblähten, länglichen Rumpf, die kurzen dünnen Arme wirkten wie Stöcke und standen in einem großen Mißverhältnis zum Körper. Am anderen Ende des Kinderwagens bemerkte sie zwei angewinkelte spindeldürre Beine mit einwärts gebogenen Füßen.

Es war jedoch das Gesicht, das Maja erschütterte, denn dieses Gesicht war wirklich grotesk. Der schrecklich deformierte Kopf war unbehaart und hatte eine hohe, schräg abfallende Stirn. Kleine Knopfaugen versanken in wulstigem rosa Fleisch und waren leer und blicklos. Unter schlaffen dicken Lippen schoben sich mehrere gelbe Zähne vor. Die Oberlippe war bis zur flachen, breiten Nase so weit gespalten, daß man das geschwollene Zahnfleisch dahinter sah.

Das Teufelskind …

Maja verstand plötzlich auch Joycies Geste. Sie legte erschüttert die Hand auf den Mund. Ihr wurde übel. Sie stand schwankend und mit geschlossenen Augen da und holte langsam und tief Luft, um sich nicht übergeben zu müssen. Als sie die Augen wieder öffnete, hatte sich der Brechreiz gelegt, doch das Entsetzen war geblieben. Sie starrte wie betäubt auf das Wesen. Sie konnte den Blick nicht von dem mißgestalteten Kind wenden.

»Wer...?«

»Ein Mensch«, erwiderte Kyle ruhig. Irgendwo in seiner Antwort schwang Schmerz mit.

»Ein Kind...«, flüsterte sie.

»Ein Kind. Und doch kein Kind. Im letzten Winter ist er fünfzehn geworden.«

»Fünfzehn!« Maja vermochte es kaum zu glauben. Der Körper entsprach mehr dem eines Fünfjährigen. Der Junge öffnete den verunstalteten Mund, und Speichel lief ihm über die Lippen. Er öffnete den Mund noch weiter und begann zu weinen. Es war das wolfartige Geheul, das sie an jenem ersten Abend auf dem Damm gehört hatte. Diesmal kam es nicht überraschend, aber trotzdem sträubten sich ihr die Haare im Nacken, und sie bekam eine Gänsehaut.

Bevor die Frau sich bewegen konnte, war Kyle am Kinderwagen, kniete daneben und wischte dem Kind mit einem weißen Handtuch sehr behutsam den Speichel vom Mund. Mit derselben Fürsorglichkeit tupfte er das vollgetropfte Leintuch trocken. Dann streichelte er liebevoll den Kleinen. Er tat es so behutsam, als seien seine Finger so zart wie Federn. Sofort gab der Kleine leise gurgelnde Laute von sich. Kyle murmelte etwas Undeutliches. Das Gemurmel schien für den Jungen einen Sinn zu haben. Er hatte aufgehört zu weinen und gluckste zufrieden. Maja erkannte, daß die Augen des Kleinen, die im ersten Moment leer und blicklos gewirkt hatten, das keineswegs waren. Wie Nafisa Begum hatte er hellgrüne Augen. Sie rollten nicht mehr ziellos hin und her, sondern richteten sich auf Kyles Gesicht, als teilten sie ihm auf stumme Weise irgendwelche Gedanken mit. Langsam, beinahe mühsam öffnete sich der deformierte Mund und verzog sich in einer Art Bewegung, die man nur als Lächeln deuten konnte.

Ein dünner Arm zuckte, hob sich und streckte sich aus. Die plumpen Finger griffen ungeschickt und unsicher nach Kyles Gesicht und sanken dann erschöpft wieder nach unten.
Es war eine erstaunliche Szene, unwirklich, aber in ihrer schlichten Demonstration von Liebe und einer echten Beziehung rührend. Maja wagte kaum zu atmen; sie konnte den Blick nicht von Kyles Gesicht wenden. Sie spürte den Druck von Tränen hinter ihren Lidern. Es war ihr nie in den Sinn gekommen, daß Kyles Herz abgesehen von Zorn auch von echten liebevollen Gefühlen erfüllt sein könnte. Irgend etwas in ihr regte sich und wurde stärker. Einen flüchtigen Augenblick lang, der wie ein warmer Hauch in der Zeit, die über der Wirklichkeit liegt, sie berührte, spürte sie, wie ein vergessenes Gefühl sich wieder einstellte. Es überwältigte sie, überflutete alle anderen Gefühle und riß dann alles mit sich, was sich ihm in den Weg stellte.
Plötzlich drehte sich Kyle um und sah sie an. Er hatte sie überrascht. Sie erwachte aus ihrer Trance, errötete und senkte erschrocken, weil er bereits zuviel darin gesehen hatte, die Augen.
»Sag mir die Wahrheit, Kyle«, bat sie leise. »Wer sind die beiden?«
Kyle richtete sich auf, wischte sich die Hände an einem Taschentuch ab und stellte sich neben sie.
»Du meinst, du weißt es noch nicht?« Sein Sarkasmus war nur halbherzig, als habe es ihn bereits große Mühe gekostet, überhaupt etwas zu sagen.
Maja schüttelte den Kopf. Sie traute ihrer Stimme nicht.
Ohne ihr eine Antwort zu geben, ging er zum Tisch und setzte sich wieder in den Sessel. Maja wollte gerade die Frage wiederholen und darauf bestehen, daß er sie beantwortete, als Nefisa Begum zum ersten Mal das Wort ergriff. Bisher hatte sie schweigend, beinahe bewegungslos, mit ruhig gefalteten Händen am Tisch gesessen. Ihre Augen blieben so klar und still wie ein See.
»Ich bin Lals Mutter.«
»Lal?«
»Lal ist der Mann, den Sie als Kyle kennen.«
Stille senkte sich über den Raum, wurde tiefer und so intensiv, daß

selbst das Ticken der Uhr laut zu sein schien. Maja sah zuerst die Frau an, dann Kyle und wußte nicht, was sie sagen sollte.

»Seine Mutter...« Maja konnte nicht aufhören, das früher einmal schöne Gesicht dieser Frau zu bewundern, und sie staunte wieder über die vollkommene Anmut und Zartheit.

Kyle lachte leise. »Warum überrascht dich das? Glaubst du, ich hätte kein Recht auf eine Mutter?«

Maja wurde über und über rot. »Mach dich nicht über mich lustig! Ich war ... ich dachte...« Sie kam sich albern vor, denn sie wußte wirklich nicht, was sie sagen sollte.

»Ich weiß, was du gedacht hast!«

Er griff nach dem Beutel mit dem Schmuck, der vergessen auf dem Tisch lag, stand auf und gab ihn seiner Mutter. Er sprach leise in Urdu mit ihr. Maja verstand die Worte nicht, aber sie wußte, daß er ihr von dem Erbe berichtete, das Joycie ihr hinterlassen hatte. Beim Zuhören füllten sich Nafisa Begums Augen mit Tränen. Sie wandte sich an Maja.

»Ich danke Ihnen, daß Sie so gut zu Joycie waren. Sie hat mir viel bedeutet. Als sie aus dem Palast vertrieben wurde, kam sie zu mir. Ich habe sie gern als eine von uns aufgenommen.« Sie blickte auf den Beutel, den sie mit den Händen umschlossen hielt, und die Tränen liefen ihr über die Wangen. »Ich habe diese ... diese Dinge für Joycie damals aufbewahrt, als man ihr alles wegnehmen wollte...«

Wie zuvor sprach sie das reine Urdu, das in Lucknow, der Hauptstadt des ehemaligen Staates Oudh, gesprochen wurde. Ihre Stimme klang samtig und erinnerte irgendwie an süßen Honig.

Vielleicht, dachte Maja, ist sie früher auch Sängerin gewesen.

Nafisa Begum seufzte, trocknete sich mit einem Zipfel ihres Schleiers die Tränen und stand auf. Sie ging zum Kinderwagen, gab dem Jungen schnell einen Kuß auf die Stirn und schob ihn aus dem Zimmer. Dabei sah sie Maja zum Abschied über die Schulter mit einem schwachen und traurigen Lächeln an.

Maja war immer noch verwirrt. Sie staunte über die Schönheit der Frau, die Kyles Mutter war. Seine Mutter...

Sie konnte es noch immer nicht glauben. Jetzt verstand sie natürlich

den Grund für das großzügige Erbe, den Grund der Freundschaft zwischen Joycie und Kyle.
»Du willst aus einem bestimmten Grund, daß ich das alles weiß, nicht wahr?«
»Ja.«
Auf Majas Handflächen bildete sich kalter Schweiß. Sie legte die Hände auf den Rock. Das Herz schlug ihr bis zum Hals, denn sie wußte, jetzt würde sie etwas Schreckliches erfahren.
»Ich möchte wissen, wer der Junge ist.«
»Siehst du keine Ähnlichkeit mit jemandem, den du kennst?«
»Nein!«
»Na, dann hast du nicht genau genug hingesehen.«
Maja schüttelte den Kopf. Sie wußte, Kyle verspottete sie, und sie hatte Angst vor dem neuen grausamen Spiel, das er sich ausgedacht hatte.
»Er heißt Montague. Wir haben dieselbe Mutter, aber nicht denselben Vater.« Er machte eine Pause, um seine Worte wirken zu lassen. Dann fügte er leise hinzu. »Er hat denselben Vater wie Christian Pendlebury.«
Maja stockte der Atem. »Ist das ein Witz, Kyle ...«, fragte sie tonlos.
Er lächelte bitter. »Ich sagte dir doch, daß Christian und ich vieles gemeinsam haben!«
Machte Kyle sich über sie lustig?
»Aber ich ... ich verstehe nicht ...«
»Nein?«
Aber dann wurde Maja alles klar. Ihr wurde schwarz vor Augen. Verzweifelt klammerte sie sich an die Stuhllehne. Es dauerte eine Weile, bis sie das ganze Ausmaß seiner Worte begriffen hatte. In zitterndem Aufbegehren wehrte sie sich und rief: »Ich glaube dir nicht! Wie kannst du es wagen, dir solche ungeheuren Lügen auszudenken. Wie kannst du so etwas wagen?«
Kyle ließ sich von ihrem Ausbruch nicht beeindrucken. Er zuckte mit den Schultern. »Ich hielt es für meine Pflicht, dir die Wahrheit zu sagen. Es liegt an dir, sie zu glauben oder nicht.«

»Das hast du dir alles nur ausgedacht«, flüsterte sie schwach und begann, am ganzen Leib zu zittern. »Es ist eine Lüge ... eine infame Lüge...« Die Stimme versagte ihr, denn sie wußte sehr wohl, daß es keine Lüge war. In ihrer Verzweiflung rief sie schließlich fast schluchzend: »Sir Jasper hat dieses ... dieses Kind gezeugt?«

»Ja.«

»Wann? Wo?«

»Er war vor und während des Aufstands Stellvertretender Kommissar in Lucknow. Meine Mutter war Tänzerin am Hof des Königs Wajid Ali Shah, den die Engländer dann später aus seinem Land getrieben haben. Sie war eine Kurtisane, könnte man sagen.« Er erzählte das ganz ruhig und ohne jedes Gefühl. »Alles andere mußt du nicht wissen.«

»Ich muß alles wissen, was mit Christian zu tun hat!«

»Das geht auch ihn nichts an. Diese Sache muß zwischen Jasper Pendlebury, meiner Mutter und mir geklärt werden.«

»Weiß er, daß sie hier sind?«

»Sir Jasper?« Kyle lächelte. »Noch nicht.«

Die Beine gaben plötzlich unter ihr nach. Sie sank auf den Stuhl. Ihre Angst nahm zu. »Weiß Christian etwas?«

»Nein...«

»Wirst du es ihm sagen?«

»Glaubst du, das sollte ich?«

Ihre Betäubung wich, und sie rief erschrocken: »Nein, o nein!«

»Weshalb nicht? Findest du nicht, er hat das Recht, es zu wissen?«

»Christian liebt seinen Vater abgöttisch, Kyle«, flüsterte sie. »Er betet ihn an...«

»Ein Grund mehr, daß er es erfährt!«

»Du hast selbst gesagt, daß es ihn nichts angeht!« Die wachsende Panik schnürte ihr die Kehle zu.

»Das stimmt.« Er lächelte. »Willst du es immer noch an die Tafel schreiben, damit alle es sehen!«

Ihr Aufschrei blieb ihr im Hals stecken. Er hatte sie überlistet! Wie mußte er über ihre hektischen Bemühungen, ihre hochtrabenden Behauptungen und Drohungen gelacht haben! Und jetzt hatte er das Ganze sehr geschickt zu ihrem Geheimnis, nicht zu seinem gemacht, denn er wußte, sie war in ihrem eigenen Interesse gezwungen, das Wissen mit ihrem Leben zu schützen!

»Das wird ein vernichtender Schlag für Christian sein...«, sagte sie hilflos. Sie sah die schreckliche Szene bereits deutlich vor sich.

»Was geht mich das an?«

»Es geht *mich* etwas an, Kyle! Wenn Christian jemals...« Sie verstummte. Sie begann, Kyle um etwas zu bitten, sich zu demütigen, und dafür haßte sie sich. Sie wußte, Kyle würde nicht nachgeben, aber, so schwor sie sich, sie auch nicht.

»Ich rate dir, Christian nichts davon zu sagen«, sagte sie schließlich tonlos. Wieder einmal hatte sie diese kalte Wut erfaßt, die nur er bei ihr auslösen konnte. »Wenn du es tust, wirst du es bereuen.«

Er sah sie belustigt an. »Ach? Was ist denn diesmal deine Waffe, wenn es keine Tafel ist?«

»Ein Gewehr! Ein Revolver, Kyle«, erwiderte sie leise. »Wenn du es Christian jemals sagst, werde ich dich erschießen.«

Neunzehntes Kapitel

Als die Krone 1813 die Satzungen der Ostindischen Kompanie änderte und alle Monopole, ausgenommen die auf Tee und Opium, abschaffte, gehörte Caleb Birkhurst, Alistairs Großvater, zu den ersten Engländern, die diese goldene Gelegenheit nutzten. Anstatt sich auf den blühenden, aber gefährlichen Chinahandel einzulassen, gründete Caleb Birkhurst bald nach Änderung der Satzungen das Handelshaus Farrowsham. Er war ein gerissener, redegewandter Verkäufer und entwickelte den Zwischenhandel zu einer Kunstform, wobei er das Angebot mit so großem Geschick der Nachfrage anpaßte, daß es nicht lange dauerte, bis das Geld in den Kassen von Farrowsham klingelte. Ein paar Jahre später erwarb er in Nordbengalen eine riesige Indigoplantage. Durch gute Geschäftsführung, moderne englische Maschinen und eine vernünftige Arbeitspolitik machte er daraus bald eine Goldgrube. Als Caleb Birkhurst nach Suffolk zurückkehrte, um sich der Verwaltung seiner gleichermaßen florierenden englischen Unternehmungen und seinen Pflichten im Oberhaus zu widmen, sagte man, das Handelshaus präge sein eigenes Geld.

Ein halbes Jahrhundert später sahen die Bücher von Farrowsham jedoch anders aus. »Ein ziemlich trauriges Bild, nicht wahr?« Alistair verzog das Gesicht und schlug das letzte Geschäftsbuch zu. »Ich sehe keinen Grund für große Hoffnungen, Sie?«

Willie Donaldson erwiderte mit einem Achselzucken: »Das habe ich versucht, Ihnen zu sagen, mein Junge. Mit Farrowsham geht es bergab, schade.«

Er hatte Alistair seit Tagen die Bücher erläutert; weil er dabei zunehmend deprimierter geworden war, überfielen ihn häufig wehmütige

Erinnerungen. Auch jetzt schienen seine blassen Augen wieder in weite Ferne zu blicken. »Früher war das anders«, sagte er traurig. »Kein Mensch konnte so gut mit Verleih- und Kreditzinsen jonglieren wie Ihr Großvater, mein Junge. Den Leuten von der Kompanie waren direkte geschäftliche Aktivitäten untersagt. Der alte Caleb hat sie überredet, ihm ihr Gespartes zu übergeben, damit er es in Farrowsham investierte. Ich war damals ein kleiner Junge und noch nicht trocken hinter den Ohren. Aber es war bei Gott verdammt gut zu sehen, wie er selbst während der finanziellen Katastrophen in den Dreißigern das Geld wie Heu gescheffelt hat.« Seine schmale Brust blähte sich vor Stolz. »Farrowsham war schneller ganz oben als alle anderen, abgesehen vielleicht von Trident.«
Alistair war begeistert von Donaldsons unerschöpflichem Vorrat an Geschichten über seinen Großvater, und er hörte wie gebannt zu. Bei der Erwähnung von Trident machte er allerdings ein mißmutiges Gesicht. »Wir haben unsere Gewinne legal gemacht, Mr. Donaldson«, erklärte er geringschätzig, »nicht durch Einschüchterung und Piraterie. Ich finde den Vergleich widerwärtig. Außerdem will ich nicht über Trident sprechen.«
Donaldson seufzte. »Also gut, mein Junge. Dann wollen wir über Mooljees Angebot für die Firma und das Palais sprechen. Es ist bis jetzt bei weitem das beste.«
»Aber er ist nur ein Geldverleiher!«
»Nicht mehr«, widersprach Donaldson. »Jetzt bezeichnet er sich als Handelsherr, hah!«
»Und Sie sind sicher, er kann es sich leisten, den Preis zu bezahlen, den wir fordern?«
Donaldson holte tief Luft. »Nun ja, er arbeitet mit Gold- und Silberwährungen, hat Goldbarren gehortet, besitzt ein oder zwei Banken, einen Rennstall, Geschäfte und Grundstücke überall in der Stadt. *Und* er zahlt sieben bis zwölf Prozent Zinsen, manchmal sogar mehr. Ich würde sagen, er ist etwa so solvent wie das britische Schatzamt. Jawohl«, schloß er trocken. »Ich glaube, er kann es sich leisten.«
»Oh! Nun ja, hat er vor, in dem Palais zu leben, wenn wir bereit sind, es ihm zu verkaufen?«

»Ohne jeden Zweifel, mein Junge, ohne jeden Zweifel. Darum geht es ihm ja.« Donald machte aus seinem Abscheu keinen Hehl. »Es wäre sehr viel besser, an den Amerikaner zu verkaufen, obwohl *das*, weiß Gott, auch schlimm genug ist!«

Alistair mußte über diese Bemerkung lächeln. »Also gut. Was ist mit dem Angebot von Behram Dhunjjbhai? Ich könnte mir vorstellen, ein millionenschwerer Parse, der vierzig Jahre in Schanghai gelebt und Handel getrieben hat, wird das Haus mit größerer Wahrscheinlichkeit auf die Art weiterführen, wie es einmal üblich war. Was Mooljee betrifft, so bin ich geneigt, ihm die Firma zu geben. Er ist vielleicht nicht in der Lage, einen französischen Gobelin von einem Sticktuch zu unterscheiden, aber ich habe gehört, als Geschäftsmann hat er eine Nase wie ein Spürhund für Gewinne. Wenn jemand Farrowsham wieder auf die Beine bringen kann, dann er.« Alistair schlug ein anderes Geschäftsbuch auf und fuhr mit dem Finger eine Zahlenreihe entlang. »Die vermieteten Läden und Häuser in ...«

Sie diskutierten einige Zeit die verschiedenen Angebote für die vielen Immobilien der Familie Birkhurst in der Stadt; lehnten einige ab und akzeptierten andere unter Vorbehalt. Als sie auch damit fertig waren, wagte sich Donaldson an die Angelegenheit, die ihm am meisten Sorgen machte. »Bleibt die Plantage. Was sollen wir *damit* tun? Was schlagen Sie vor?«

Alistair zuckte die Schultern und streckte die Beine unter dem Tisch aus. Geistesabwesend fächelte er sich mit einem großen Blatt Papier Luft zu. »Sie glauben, man kann sie wirklich nicht mehr in Schwung bringen?«

»Es wäre dumm, das zu versuchen.«

»Warum? Es heißt, keine Pflanze auf der ganzen Welt kann es in Hinblick auf Qualität mit indischem Indigo aufnehmen.«

Donaldson schob seinen Kautabak im Mund herum und spuckte in den Spucknapf aus Messing zu seinen Füßen. »Das stimmt. Es gab eine Zeit, da hatte natürliches indisches Indigo das leuchtendste Blau, das es je gab. Aber das ist lange her. Heute will keiner natürliches Indigo. Es ist eine Frage von ein paar Jahren, bis die chemischen Farben den Markt beherrschen.«

»Doch sicher nicht den Weltmarkt?«

»Noch nicht, aber bald. Der Anbau von Indigo lohnt sich für die Bauern schon seit Jahren nicht mehr. Dieses Gesetz zum Schutz der bäuerlichen Pächter hat den Topf mit Würmern geöffnet. Es ist nichts mehr zu retten.« Er suchte in einem Stapel Papiere auf seinem Schreibtisch, zog eine Broschüre heraus und legte sie vor Alistair auf den Tisch. »Lesen Sie das, mein Junge. Es lohnt sich, einen Blick hineinzuwerfen, wenn Sie etwas über das Indigogebiet erfahren wollen.«

»Ja, ja, ich weiß alles über den Bericht der Kommission.« Alistair warf einen gleichgültigen Blick auf die Broschüre. »Ich gebe zu, daß die bengalischen Pflanzer selbst an der Misere im Indigoanbau schuld sind. Aber ich möchte wissen, wieso Indigo in Bihar trotz derselben Faktoren immer noch ein gutes Geschäft ist. Die Bauern dort scheinen froh über die höheren Preise zu sein, die ihnen die Pflanzer anbieten, und ich habe gehört, der Anbau floriert immer noch. Warum können wir nicht ähnliche Konzessionen machen und die Produktion unserer Plantage wieder ankurbeln?«

»Es ist nicht nur eine Frage von Konzessionen, mein Junge«, erklärte Donaldson geduldig. »Die Krankheit geht tiefer – Probleme mit Arbeitern, Liquiditätsprobleme, Personalprobleme. Kein Verwalter will in diesem Höllenloch mit den schlechten Straßen, den illegalen Siedlern, den Räuberbanden und dem ewigen Streit mit den Landpächtern leben. Und als wäre das nicht genug, wimmelt es im Indigogebiet von verdammten Missionaren, die predigen und bekehren und das Leben der Eingeborenen mit Ideen umkrempeln, von denen die Bauern und die Stämme noch nie etwas gehört haben.«

»Nur so aus Interesse, wieviel würde es kosten, die Plantage wieder in Gang zu setzen?«

Donaldson schnaubte. »Ein Vermögen, mein Junge, ein Vermögen! Und wenn Sie erst einmal angefangen hätten, wäre es ein Faß ohne Boden. Es lohnt sich einfach nicht, falls Sie das wirklich vorhaben.«

»Wieviel ist ein ›Vermögen‹?«

Donaldson kniff nachdenklich die Augen zusammen und schob sei-

nen Kautabak von einer Backe in die andere. »Dreißig-, vierzigtausend – irgend etwas in dieser Richtung.«
Alistair stieß einen leisen Pfiff aus. »So viel?«
»Ja. Vielleicht noch mehr.« Donaldson legte die Arme auf dem Schreibtisch übereinander. »Chrichton hat drei der sechs Kocher abgeschaltet, weil sie undicht sind. Die Bottiche müssen alle neu ausgekleidet werden. Der Kanal ist undicht, es gibt kein Geld, um ihn zu reparieren, und die Pumpen funktionieren nicht. Und ich bin es leid und habe es satt, dem Geldverleiher am Ort Riesensummen zu überweisen, um Chrichtons Schulden zu bezahlen, von denen mir manche mehr als faul vorkommen.« Mit einem strengen, warnenden Blick fügte er hinzu: »Wenn Sie daran denken, die Produktion wieder aufzunehmen, muß ich Ihnen sagen, daß Farrowsham bei den derzeitigen Gewinnen das Geld dafür nicht übrig hat. Das Kapital dazu müßte aus England kommen, und Sie kennen die Haltung Ihrer Großmutter dazu. Keine Geldanlagen mehr in diesem verdammten Land, und damit basta!«
»Also gut, selbst wenn wir die Plantage nicht als solche verkaufen können, so müßten doch viertausend Morgen Land einen Wert besitzen, Mr. Donaldson. Und reiche indische Geschäftsleute, wie beispielsweise Mooljee, sind doch sicher so gierig auf Land wie die Leute anderswo. Allein das Haus, das mein Großvater dort gebaut hat, müßte einen ziemlichen Wert haben.«
»Ja, mein Junge, aber ein Haus, in dem niemand wohnt, ist heutzutage eine Belastung. Es ist nicht mehr wie früher. Ihr Großvater und Ihre Großmutter haben Gesellschaften für *Hunderte* gegeben, bei denen die Gäste über Nacht blieben, mit Tanzböden im Freien und riesigen Baldachinen, unter denen ...« Er versank wieder in seinen Erinnerungen, und sie alle wurden beim Erzählen wieder höchst lebendig.
Als die Geschichte zu Ende war, seufzte Alistair. »Ja, aber da ist immer noch das Land!« erklärte er. »Ich hätte gedacht, wir würden mit Angeboten dafür überschwemmt.«
Donaldson schüttelte den Kopf. »Nicht für unser Land, meilenweit entfernt von jedem Regierungssitz, ja sogar von jeder Stadt. Es gab

eine Zeit, da war das ein Vorteil, aber heutzutage nicht ... nicht mehr. Heute bekommt man keine guten englischen Verwalter mehr dazu, in einer so abgelegenen Gegend zu leben. Selbst Mooljee sagt, er würde die Finger davon lassen.«

Alistair hatte alle Argumente aufgebraucht und fiel in brütendes Schweigen.

Donaldson lehnte sich zurück, betrachtete das Gesicht seines hartnäckigen jungen Chefs und klopfte mit einem Bleistift auf die Schreibtischplatte. »Nun ja, zufällig gibt es *ein* ziemlich seltsames Angebot für die Plantage, über das Sie vielleicht bereit wären, nachzudenken ...«

Alistair stöhnte. »Nicht schon wieder Amos Raventhorne!«

»Nein. Dieses Angebot gilt nur für die Plantage. Die Spinnerei hat nichts damit zu tun.«

»Ach?« Alistair war sichtlich überrascht. »Von wem kommt es dann?«

»Von Kyle Hawkesworth.«

»Hawkesworth? Sie meinen, von dem Herausgeber der Wochenzeitung?«

»Ja.«

Alistair sah ihn verständnislos an. »Was zum Teufel kann er mit einer heruntergekommenen Indigoplantage wollen?«

»Ich habe keine Ahnung, aber das Angebot kommt von ihm. Er war gestern abend deshalb bei mir zu Hause.«

»Ist es ein ernsthaftes Angebot? Ich meine, kann er eine so hohe Summe bezahlen? Ich dachte, er lebt mit seiner Zeitung von der Hand in den Mund!«

»Das tut er. Aber er bietet an, den vollen Preis für das Land zu zahlen.«

Alistair richtete sich langsam auf. »Wenn es so ist, warum warten wir dann noch? Sagen Sie ihm, wir ...« Er brach ab, und sein Gesichtsausdruck veränderte sich. »Einen Augenblick mal, Hawkesworth ist ein Eurasier, nicht wahr?«

»Ja, richtig.«

»Und ein Freund von Amos Raventhorne?«

Donaldson schnitt eine Grimasse und zuckte mit den Schultern.
Alistair reckte den Unterkiefer vor. »Hält er mich für einen Dummkopf?« fragte er kalt. »Hawkesworth will *für* Raventhorne kaufen.«
»Aber er bietet nicht für die Spinnerei«, widersprach Donaldson, »sondern nur für die Plantage! Amos will die Spinnerei, nicht diese verwünschte Plantage, und daraus hat er nie ein Geheimnis gemacht!«
»Das mag sein wie es will, aber ich bin nicht bereit, das Angebot von Hawkesworth in Betracht zu ziehen«, sagte Alistair barsch. »Da ist irgendein Trick dabei. Ich rieche es!«
Donaldson schüttelte müde den Kopf. »Die Plantage hat ihren Wert, aber sie ist sehr kostspielig, mein Junge. Verkaufen Sie, solange Sie können. Es werden keine Angebote mehr dafür kommen. Und Sie werden diese verdammte Spinnerei *niemals* betreiben!« Er hob seine verkrümmten Hände und fuhr sich in einer Geste der Verzweiflung durch das schüttere Haar. »Was zum Teufel sollen wir mit diesem verwünschten Ding anfangen?«
Alistair lächelte überlegen. »Gestern abend habe ich im Club von einem Amerikaner namens Landon gehört, der vor ein paar Jahren in Baroach, im Westen Indiens, eine Baumwollspinnerei gegründet hat, die seitdem erfolgreich arbeitet. Es wäre vielleicht keine schlechte Idee, seinem Beispiel zu folgen...«
Donaldson bemerkte das Funkeln in den Bernsteinaugen, und ihm sank das Herz. Er fluchte leise vor sich hin. »O Gott, Sie versetzen mich wieder zurück in die Zeit Ihrer Mutter!« Seine Stimme klang ehrfurchtsvoll gedämpft. »Ich schwöre, jetzt weiß ich, woher Sie das haben!«
»Ach?« Alistair griff nach dem Bericht der Kommission, der auf dem Schreibtisch lag, und blätterte darin. Er äußerte sich nicht, sondern ließ das Schweigen andauern. Schließlich fragte er ganz beiläufig: »Wie war sie eigentlich in der Zeit bei Farrowsham?«
»Ihre Mutter?« Donaldson entging die übertriebene Nonchalance keineswegs, und er sah ihn von der Seite an. »Wenn Sie es genau wissen wollen, sie war wie ein gottverdammter Maulesel!«

»Ein Maulesel?«
»O ja. Halsstarrig.« Er nickte zufrieden. »Und stur wie nur irgend etwas. Sie war eigenwillig, draufgängerisch, sie hat nie ein Blatt vor den Mund genommen, und sie war eine wahre Landplage.« Er lehnte sich zurück und starrte mit funkelnden Augen in Alistairs verwirrtes Gesicht auf der anderen Seite des Schreibtischs. Dann begann er glucksend zu lachen, und seine wäßrigen Augen wurden weich. »Aber sie war einmalig, mein Junge, einmalig«, sagte er leise und holte tief und geräuschvoll Luft. »Es hat noch nie ein Mädchen mit soviel Verstand gegeben, und das ist die gottverdammte Wahrheit.« Er lachte vergnügt vor sich hin. »Außer meiner lieben Cornelia habe ich keine Frau gekannt, die so unverfroren, so frech wie der Teufel persönlich gewesen war!« Er beugte sich vor, und seine Augen glänzten in Erinnerung an diese Zeit. »Wissen Sie, was sie einmal getan hat, als ein Kunde sich weigerte, eine Rechnung zu bezahlen? Sie ist am hellichten Tag mit dem verängstigten Gerichtsvollzieher im Schlepptau hinunter zur Vanisart Row geritten, und dann hat sie, verdammt noch mal...«
Er erzählte den längst vergangenen Vorfall mit großem Genuß, und so führte eine Anekdote zur nächsten und zur übernächsten. Alistair stellte keine Fragen mehr, unterbrach ihn aber auch nicht. Er hörte offensichtlich sehr aufmerksam zu, denn der Bericht der Kommission lag zugeschlagen in seinem Schoß.
»Sie hat es als einzige geschafft, Kala Kanta, diesem Halunken, zu zeigen, wie der Hase läuft«, schloß Donaldson lachend.
»Kala wie?«
»Kala Kanta, das ist ein Schwarzdorn. Unter diesem Namen war Jai Raventhorne in der englischen Geschäftswelt bekannt.« Donaldson schlug sich auf die Schenkel und lachte schallend. »Und bei Gott, niemand hat je einen Dorn erlebt, der den weißen Mann tiefer in die Seiten stechen konnte als *er*.«
Alistair verzog widerwillig das Gesicht. »Ich glaube nicht, daß ich...«
»Aber natürlich wollen Sie!« erwiderte Donaldson mit einer energischen Handbewegung. »Zuhören schadet doch nicht, oder?«

Alistair starrte auf seine Schuhe. »Nun gut. Wie war *er* denn?« brummte er.
»Wie sie«, sagte Donaldson leise. »Unvergleichlich.«
»Seltsam«, schnaubte Alistair. »Ich habe gehört, er war ein richtiger Schweinehund!«
»Ja, in vieler Hinsicht war er das auch«, stimmte Donaldson bereitwillig zu. »Ein Satansbraten. Aber bei Gott, daneben hatte er aber auch Schneid! Wenn er die Möglichkeit gehabt hätte, wäre er nicht davor zurückgeschreckt, die Götter herauszufordern. Nun ja, der junge Mister Amos...«, er blickte zur Decke und schwieg.
Alistair wartete eine Weile schweigend und schluckte dann hart. »Amos...?« Er sah Donaldson nicht an.
»Der junge Amos ist ganz anderes als sein Vater. Ein sauberer, hart arbeitender, höflicher junger Mann, ein *Gentleman*.« Er klopfte mit dem Fingernagel auf die Schreibtischplatte und verzog die Lippen zu einem vieldeutigen Lächeln. »Zumindest bis jetzt.«
»Hah!«
Donaldson ignorierte das verächtliche Schnauben und vertiefte die Kerbe, die er geschlagen hatte. »Wissen Sie, er hat sich diese Sache mit der Spinnerei in den Kopf gesetzt...«
Alistair griff achselzuckend nach dem Bericht in seinem Schoß. »Sein Pech, nicht meines. Und ich wäre dankbar, wenn Sie sich damit abfinden könnten, daß dieses Thema für mich beendet ist.«
Donaldsons Gesichtsausdruck wurde weniger freundlich. »Ihre Großmutter hat mit sehr präzise Anweisungen gegeben, was zu tun ist, Eure Lordschaft«, sagte er noch kühler und benutzte zum Zeichen seiner Verstimmung wieder Alistairs offiziellen Titel. »Sie sollen die Plantage und das Palais, das Handelshaus und allen anderen Besitz verkaufen und nach England zurückkehren. Ihre Ladyschaft stellt das in ihrem Schreiben absolut klar.«
»Wieso?« fragte Alistair, immer noch mit einer Spur Trotz. »Wenn ich länger bleiben will, dann werde ich das verdammt noch mal auch tun, Mr. Donaldson. Zusammen könnten wir vielleicht...«
»Darauf würde ich nicht zählen, Eure Lordschaft«, unterbrach Donaldson ihn eisig. »Zufällig habe ich für die Zukunft andere Pläne.«

Trotz aller Anstrengung sah man Alistair die Enttäuschung an. »Es ist Ihr voller Ernst, Mr. Donaldson, daß Sie in den Ruhestand treten wollen?«
»Aber ja. Und ich habe Ihrer Ladyschaft geschrieben und es ihr mitgeteilt.«
»Wir hoffen beide, daß Sie Ihre Meinung ändern, wenn ...«
»Nein, mein Junge. Ich kann nicht. Jetzt nicht mehr.« Seine Gereiztheit ging in einer Woge der Sentimentalität unter. »Ich habe ein wunderbares Leben bei den Birkhursts gehabt, ein wunderbares Leben«, murmelte er melancholisch. »Aber seit Cornelia tot ist, denke ich immer wieder an Pitlocherie und die Inseln, und im Traum sehe ich mich oft wieder in Clyde mit den Fischern aus dem Dorf ...«
»Sie haben doch nicht etwa Angst vor einer neuen Herausforderung, oder, Mr. Donaldson?« fragte Alistair in der Hoffnung, ihn soweit zu bringen, daß er seine Meinung änderte.
Willie Donaldson schloß die Augen und legte den Kopf an die Sessellehne. Er lächelte traurig vor sich hin. Nein, er war kein Feigling. Während seinen fünfzig Jahren in Indien hatte er im kommerziellen Dschungel Kalkuttas viele Kämpfe durchgestanden – manche verloren und viele gewonnen. Er öffnete die Augen und sah seinen jungen Schützling streng an.
»Nein, mein Junge. Ich habe keine Angst. Ich bin einfach müde, alt und verbraucht. Es hat einmal eine Zeit gegeben, da wäre ich vor einem solchen Kampf, wie Sie ihn mit Amos suchen, nicht zurückgescheut. Aber heute, ohne den Kopf und den Körper für so etwas, bin ich für das Hauen und Stechen persönlicher Rivalitäten nicht mehr geeignet. Außerdem, fürchte ich, bin ich ein viel zu alter Hund, um noch neue Kunststücke zu lernen, mein Junge.«
Alistair kämpfte mannhaft gegen seine Enttäuschung an; trotzdem wirkte er völlig niedergeschlagen. »Nun ja, wenn das Ihr Wunsch ist, dann nehme ich an, Sie müssen sich aus dem Geschäft zurückziehen und nach Hause fahren, Mr. Donaldson. Ich werde natürlich für eine angemessene Pension sorgen, damit es Ihnen an nichts fehlt.«
»Nach Hause!« Donaldson dachte einen Augenblick darüber nach und spielte geistesabwesend mit den Enden seines dünnen Schnurr-

barts. Dann lachte er bitter. »Schottland ist für mich eine Illusion, mein Junge. Ich träume davon, aber wenn ich dorthin ginge, würde ich sterben – ein einsamer Fremder im eigenen Land. Ich bin hier in diesem verfluchten Indien, seit ich ein naseweiser Junge war. Es ist die einzige Heimat, die ich je gekannt habe. Außerdem«, er versuchte dünn zu lächeln, »habe ich nie gelernt, meine Pfeife zu reinigen, und ohne meinen alten Khidmatgar wäre ich völlig verloren!« Er lachte zittrig und fuhr sich mit dem Handrücken über die Augen. »Hier auf dem Friedhof gibt es ein Grab neben meiner Cornelia, das für mich reserviert ist. Ich ... ich vermute, daß ich am Ende *dort* meine Ruhe finden werde.«

Angesichts der ungewöhnlichen Mutlosigkeit des streitbaren alten Mannes fühlte sich auch Alistair niedergeschlagen. Er wußte, daß Willie Donaldson trotz seines schlechten Gesundheitszustandes und seines Alters zu weit mehr fähig war, als den indischen Besitz eigenständig zu verkaufen. Warum um Himmels willen hatte *er* sich die Mühe gemacht, in dieses verwünschte fremde Land zu kommen, das so wenig schöne Seiten hatte?

Doch Alistair wußte nur zu gut, weshalb er gekommen war. Und das deprimierte ihn noch mehr.

*

Als Kyle den See hinter Champatollah nördlich von Kalkutta erreichte, erwartete ihn Sir Jasper bereits.

Es war kurz nach Tagesanbruch. Die Welt wirkte schläfrig und verlassen im fahlen Licht. Auf dem stillen Wasser des Sees lag ein limonengrüner, mit lavendelfarbenen Wasserhyazinthen gesprenkelter Teppich. Die Luft war feucht und roch nach Nebel und Humus. Auf der anderen Seite des Wassers stieg der weiße kegelförmige Tempel eines Dorfes, umgeben von unordentlich ausgebreiteten Grasdächern und Banyanbäumen, aus dem frühmorgendlichen wogenden Dunst. Auf einer Seite des aschgrauen Himmels hingen dunkle, überschwere Wolken. Sie waren bereit, sich jederzeit zu entleeren.

Die Monsunregen standen dicht bevor.

Kyle mußte nicht fragen, warum Sir Jasper für ihr Treffen diese ungewöhnliche Stunde und diesen seltsamen Platz gewählt hatte, und Sir Jasper gab auch keine Erklärung ab. Ihr stillschweigendes Einverständnis war Grund genug. Sir Jasper hatte die Nachricht mit der Aufforderung an Kyle selbst geschrieben, und sie war von seinem Butler höchst persönlich überbracht worden.

Kyle hatte ein Lächeln nicht unterdrücken können, denn er wußte, Sir Jasper hätte Leonard Whitney nicht damit betraut, *diese* Verabredung für ihn zu treffen. Whitney war ohnedies an seinen Platz im Amtssitz des Vizegouverneurs zurückgekehrt und bereits durch einen jungen englischen Buchhalter ersetzt worden. Kyle zweifelte keinen Augenblick daran, daß Whitneys Versetzung eine Folge seiner Freundschaft mit ihm war.

Sir Jasper saß auf einer kleinen Erhebung, die vom See aus hinter Gebüsch verborgen war. Wie immer hielt er den Rücken gerade wie einen Ladestock. Sein Ausdruck war wachsam, und nichts in seiner Miene verriet Besorgnis oder auch nur Unbehagen. Er trug dunkelbraune Reitkleidung aus Cord und glänzende hohe Lederstiefel, deren Sporen wie Spiegel blitzten. Trotz der frühen Stunde wirkte er aristokratisch, selbstsicher und schien wie immer sich und seine Umgebung unter Kontrolle zu haben. Auf seinen Oberschenkeln lag eine Flinte. Hinter ihm stand in strammer Haltung ein Gewehrträger, der die anderen Flinten, die Munitionskistchen, den Picknickkorb und die ganze für den Jagdausflug eines Gentleman erforderliche Ausrüstung bewachte. Ein zweiter Diener hockte vor einem Petroleumbrenner und kochte Tee. Die Beute, die neben einem Sack unter dem Baum lag, machte deutlich, daß sich Sir Jasper schon seit einiger Zeit mit Erfolg beschäftigt hatte. Kyle wußte, er war ein begabter Jäger, der eine Beute mit unfehlbarer Genauigkeit durch Geräusche und Gerüche ausmachen konnte, auch wenn sie dem bloßen Auge verborgen blieb.

Kyle stieg vom Pferd, und einer der Diener nahm ihm die Zügel seines Rappen ab. Die beiden Männer sahen sich an. Sir Jasper brach das Schweigen. Er sprach mit der schmeichelhaften Wärme, die auf viele Menschen so anziehend wirkte, und die auf unwiderstehliche

Weise die Mitte zwischen Überschwenglichkeit und Förmlichkeit hielt.

»Wer hätte gedacht, daß wir uns nach all den Jahren einmal wiederbegegnen würden!« Die große Hand, in der die von Kyle verschwand, war kraftvoll, der Händedruck herzlich, das Lächeln offen und der Gesichtsausdruck unbekümmert. Sir Jasper sprach Urdu, und das beinahe so fließend wie vor fünfzehn Jahren.

»Ja wirklich, wer hätte das gedacht«, murmelte Kyle.

Die ruhigen, lächelnden Augen des älteren Mannes musterten ihn flüchtig. »Ich hätte dich nicht wiedererkannt, Lal«, sagte er und benutzte den Kindheitsnamen. »Und am ersten Abend, als wir am Ghat an Land gingen, habe ich dich tatsächlich nicht erkannt!«

Kyle lächelte ebenfalls. »Ich hätte Sie überall erkannt, Sir Jasper.«

Sir Jasper reagierte auf die Feststellung, die ein Kompliment sein mochte, nur mit einem kaum wahrnehmbaren Flackern in den Augen. Er war ein gutaussehender, kräftig gebauter, gelenkiger und wendiger Mann, und er bewegte seinen großen Körper mit mehr Anmut, als man erwartet hätte. Er war noch nicht fünfzig, also noch in den besten Jahren, und war stolz auf die hervorragende Form, in der sich sein Körper und sein Geist befanden. Sein Backenbart war makellos gepflegt, die kornblumenblauen Augen waren scharf und wach, und der Verstand dahinter war beides in noch größerem Maße. Ohne seinen beachtlichen, entwaffnenden und oft täuschend natürlichen Charme wäre sein Geschick als rücksichtsloser Manipulator weniger gut verborgen geblieben. In Whitehall sagten jene, die über die Jahre viel mit Sir Jasper zu tun gehabt hatten, er sei ein Mann ohne Nerven, oder wenn er welche habe, seien sie wie Drahtseile.

»Das Unterholz hier ist bei dem niedrigem Wasserstand kurz vor der Regenzeit gut für Hasen und Rebhühner«, sagte er zu Kyle. »Vor vielen Jahren war das während meiner Urlaube in Kalkutta mein liebstes Jagdgebiet. Ich hatte schon immer eine Vorliebe für Rebhühner.«

»Ja, ich erinnere mich.«

Sie sprachen mit gedämpfter Stimme. Sir Jasper hielt die Augen halb geschlossen, er spähte wie ein Jagdhund gespannt hierhin und dorthin. Er sprach ungezwungen, als sei seit ihrer letzten Begegnung erst kurze Zeit vergangen, als träfen sie sich regelmäßig, als habe es die vergangenen Jahre nicht gegeben, und sie seien immer noch vertraut mit dem Leben des anderen.
Etwa fünf Meter zu ihrer Rechten raschelte es im Unterholz. Beide Männer verstummten. Sie Jasper blickte im stärker werdenden Licht ganz kurz in die Richtung, hob das Gewehr und feuerte. Das Gebüsch geriet in wilde Bewegung, die Blätter tanzten, und eine kleine Staubwolke stieg in die Morgenluft. Dann war alles wieder still. Sir Jasper gab dem Diener ein Zeichen; der Mann tauchte in den Büschen unter, und als er wieder erschien, hielt er triumphierend einen großen braunen Hasen an den Ohren.
»Möchtest du einmal schießen?« fragte Sir Jasper.
Kyle schüttelte den Kopf. »Das wäre reine Verschwendung. Trotz Ihrer vielen Unterrichtsstunden bin ich ein mittelmäßiger Schütze geblieben.« Nach einer kurzen Pause fügte er hinzu: »Sie haben mich in Lucknow einmal auf die Rotwildjagd im Wald um Wajid Ali Shahs Palast mitgenommen.«
»Das habe ich getan?«
»Ja. Ich hatte mich freiwillig als Gewehrträger gemeldet. Das war Anlaß für meine erste Lektion im Schießen. Damals haben Sie mir einen Schuß gestattet.«
»Ach ja, so war es. Wenn ich mich recht erinnere, hast du einen Sambarhirsch erlegt.«
»Eine gefleckte Hirschkuh, ein Muttertier. Sie hat mich angesehen, als sie starb. Sie hatte Tränen in den Augen. Ich suchte tagelang nach ihren Kälbern, aber sie waren vermutlich ebenfalls umgekommen. Seit damals konnte ich kein Lebewesen mehr aus Sport töten.«
Sir Jasper sagte verwundert: »Ach, wie eigenartig! Wie auch immer, ich habe dir das Schießen beigebracht, und ich habe von dir gelernt, eine Chillum zu füllen. Das könnte man einen gerechten Tausch nennen. Ich muß gestehen, es gibt immer noch niemanden, der eine Wasserpfeife ganz so gut vorbereiten kann wie du früher.« Sir Jasper

hob die Büchse und blickte über die Kimme auf ein unsichtbares Ziel. »Genaugenommen war es mein Hookah Burdar, der mich an dich erinnert hat«, fügte er hinzu.

Kyle erwiderte darauf nichts.

Sir Jaspers Gesicht schien weicher zu werden, als seine Gedanken in die Vergangenheit zurückeilten. »Im großen und ganzen war es eine schöne Zeit, Lal.«

»Für manche schöner als für andere.«

Sir Jasper erwiderte mit einem Schulterzucken. »Ja, aber so ist es immer, nicht wahr? Ich erinnere mich oft und sehr gern daran. Da gab es einen Laden an der Ecke dieses Basars...«

»Hazrat Ganj.«

»Er gehörte einem Bihari, und dort gab es diese Süßigkeiten aus Milch in Form von Kegeln, die mit Nüssen und Rosinen gefüllt waren ... wie heißen die noch?«

»Malai paan.«

»Ja, richtig. Ich hatte einen Diener, der...«, er verstummte wieder.

»Wali Khan?«

Sir Jasper sah ihn belustigt an. »Du hattest schon immer ein erstaunlich gutes Gedächtnis für Einzelheiten.«

»Es ist nicht schwer, sich an Einzelheiten aus einer Zeit zu erinnern, die das ganze spätere Leben beeinflußt hat.«

Wenn hinter Sir Jaspers Charme plötzlich eine gewisse Wachsamkeit lag, konnte nur jemand wie Kyle, der ihn sehr gut kannte, etwas davon merken. Aber das Lächeln wurde sofort wieder heiter und unbeschwert. »Ja, Wali Khan hat mir immer ein Dutzend dieser Dinger für ungefähr einen Anna besorgt, und ich habe sie mir ganz allein schmecken lassen. Weißt du noch, manchmal habe ich sie mit dir geteilt.«

»Zweimal.«

»Wie?«

»Sie haben sie zweimal mit mir geteilt. Als ich Sie beim dritten Mal um eines bat, haben Sie mir eine Kopfnuß verpaßt, und ich bekam Nasenbluten.«

Sir Jasper lachte nachsichtig. »Wenn ich das getan habe, hattest du es bestimmt verdient.« In einem Busch vor ihnen am Seeufer raschelte es, und er wurde wieder wachsam. Aber es war nur ein großer Maulwurf, der scheinbar ziellos sein Frühstück suchte. »Trotz seiner absoluten Unfähigkeit als König von Oudh verstand es Wajid Ali Shah sehr gut, die Freuden des Lebens zu genießen. Er hat Lucknow zu einer der schönsten Hauptstädte im Norden gemacht.« Er nickte langsam. »Von ihm habe ich gelernt, jeden meiner fünf Sinne einzeln zu genießen, in jedem Menschen ein Geschenk zu sehen, und alles voll und ganz in mich aufzunehmen, was er mit sich bringt.« Er schien dicht davor, noch etwas zu sagen, änderte aber offenbar seine Absicht.

»Und jeder Tag hat Ihnen sehr viel gebracht, Sir Jasper!«

Er drehte sich wieder zur Seite und sah Kyle prüfend an, aber diesmal etwas eindringlicher. »Ja, ich muß sagen, du bist über Botengänge, Schuhputzen und Wasserpfeifen füllen *weit* hinaus.« Aber das sagte er liebenswürdig; offenbar nahm er Kyles Bemerkung hin, ohne sich darüber zu ärgern. »Aber was du sagst, ist völlig richtig, und ich habe es nie geleugnet. In Lucknow wurde das Fundament für meine Laufbahn gefestigt. Trotz der allgemeinen Laschheit des britischen Beamtentums vor und nach dem Aufstand«, er lachte leise. »Vielleicht auch gerade deshalb ... fiel selbst Mittelmäßigkeit wie ein Leuchtturm auf.«

Kyle lächelte angesichts von soviel Bescheidenheit.

»Sie waren niemals mittelmäßig, Sir Jasper. Davon waren Sie weit entfernt.«

Auch das nahm er kühl und mit hochmütig schief gehaltenem Kopf als selbstverständliche Huldigung entgegen. »Ich hatte das Glück, unter erstklassigen Männern wie Henry Lawrence zu dienen. Diese Lehrjahre sind mir außerordentlich gut zustatten gekommen.« Er beendete das Thema mit einer Handbewegung. »Abgesehen von all dem, Lal, hat mich an Lucknow das elegante Ambiente geradezu verzaubert, sein Tehzeeb, ich meine die absolute Kultiviertheit seiner feinen Gesellschaft und ihr ...«, er brach mitten im Nachdenken ab. »Man nennt dich nicht mehr Lal, nicht wahr?«

»Nein.«
»Seltsam, daß ich deinen anderen Namen nicht kannte! Ich habe dich immer Lal genannt.«
»Oder Junge! Vielleicht haben Sie einfach nie gefragt.«
»Nein, das habe ich nicht. Ich hätte es tun sollen.« Er machte das Eingeständnis locker und mit dem Anschein echten Bedauerns. »Hawkesworth...« Er ließ den Namen auf seiner Zunge zergehen, als koste er alten Wein. »Ich nehme an, du hast ihn gewählt, weil du schon damals großes Interesse für die Falkenjagd hattest.«
Zartes Rosa trat auf Kyles Wangen. »Ist das wichtig?«
»Ich denke nicht.« Sir Jasper lächelte. »Aber ich erinnere mich an eine Zeit, da warst du besessen davon, die Identität deines Vaters festzustellen. Verzeih, wenn ich meine Grenzen überschreite.«
»Das ist jetzt gleichgültig«, erwiderte Kyle leichthin. »Es ist nur ein Name, so gut wie jeder andere auch.«
Der schrille Ruf eines Vogels durchbrach die Morgenstille. Nicht weit von ihnen entfernt saß ein Pfau auf einem niedrigen Ast. Plötzlich erhob sich der Vogel mit anmutig gespreizten Schwingen in die Luft und flog davon; sein prächtiges Gefieder funkelte wie ein Opal im Morgenlicht. Er hielt den Kopf mit dem Krönchen mit der gewohnten Arroganz in die Höhe. Obwohl Sir Jasper mit seinen Gedanken woanders war, hob er in einem geübten Reflex das Gewehr und schoß. Der große Vogel verharrte im Flug. Mit einem letzten, angstvoll überraschten Schrei stürzte er auf die Erde, schlug noch ein paarmal mit den großen, leuchtenden Flügeln und lag dann still. Auf ein Nicken seines Herrn rannte der Diener hinüber und holte die schönste Trophäe der morgendlichen Jagd.
»Hast du jemals Pfauenfleisch gegessen?« fragte Sir Jasper sehr mit sich zufrieden. »Pfau ist das beste Wild, das es gibt.«
»Nein. Für viele Menschen in Indien ist der Pfau heilig.«
Sie Jasper schnaubte geringschätzig. »In Indien ist alles heilig, von Kuhfladen bis hin zu Schaben!« Er beugte sich vor und begutachtete zufrieden den großen Pfauenhahn, den der Diener ihm hinhielt.
»Trotzdem gab es eine Zeit, da hätten Sie so etwas nicht getan.«
»Andere Zeiten, andere Sitten. Wenn die Dinosaurier das begriffen

hätten, wären sie vielleicht nicht ausgestorben.« Er setzte sich wieder auf seinen Stein und legte offenbar endlich zufrieden mit der beachtlichen Beute des Morgens die Flinte über die Knie. »Um sich zu entfalten, um sein Potential auszuschöpfen, muß man lernen zu wachsen, sich umzustellen und sich anzupassen, Prioritäten zu erkennen und zu erkennen, daß Kompromisse unvermeidlich sind.«

»Unvermeidlich und vorteilhaft?«

Sir Jasper warf ihm einen schnellen Blick zu. »Ja, das auch.« Er machte eine kleine Flasche von der Silberkette los, die an seinem Gürtel hing, und legte beide Hände darum. »Ich habe während des Aufstands viel gelernt, Lal. Jeder Engländer hat das ... oder hätte es tun sollen.« Er benutzte weiterhin den alten Namen, ohne sich dessen bewußt zu sein. »Eine der heilsamsten Lektionen, die ich gelernt habe, ist, daß der *Vorteil* ebensosehr zum Überleben gehört wie der Kompromiß. Besonders für einen Engländer, der in den Strudeln des Kolonialsystems gefangen ist.«

»Es gab auch eine Zeit, da hätten Sie vielleicht gezögert, ein Geständnis zu machen, das Sie als überzeugten Vertreter des Kolonialismus abstempelt!«

Sir Jasper dachte gründlich über die Bemerkung nach; er lächelte nicht. Die ganze Zeit über hatte er mühelos Urdu gesprochen. Jetzt fiel er ins Englische zurück. Vielleicht tat er das, um seinem Standpunkt Nachdruck zu verleihen. »Ich habe von angeblich patriotischen Beamten oft gehört«, sagte er kühl, »die Regierung in Indien habe die Pflicht, selbst auf Kosten der britischen Interessen *zuerst* an die Eingeborenen zu denken. Diese These akzeptiere ich nicht mehr. Ich finde sie anstößig, ja sogar gefährlich. Die Tatsache, daß ich an eurer Kultur partizipieren kann und viele angenehme Jahre in diesem Land verbracht habe, bringt mich nicht mehr in Konflikt mit meiner grundsätzlichen Identität als Engländer!«

»Und Sie glauben, das war einmal der Fall?«

»O ja! Wenn du dir alle Faktoren vor Augen führst, Lal, dann erkennst du, daß der Engländer in Indien nur eine Funktion hat. Er muß regieren. Eine andere hat er nicht. Es gab eine Zeit, da hatte ich das vergessen.« Er bückte sich, um seinen Schnürsenkel zu binden.

»Wie Christian offenbar auch«, murmelte er. »Man kann entweder Fisch oder Fleisch sein, sogar beides, aber nicht gleichzeitig!«

»Sie glauben, Christian ist in Gefahr, seine Identität zu vergessen?«

»Du nicht? Wenn missionarischer Eifer den Ehrgeiz verdrängt, was bleibt dann?«

Kyle wußte sehr gut, worauf Sir Jasper anspielte, doch er entzog sich geschickt der Aufforderung zu *dieser* Diskussion. »Aber gibt es für einen Mann nichts anderes als blanken Ehrgeiz?«

Sir Jasper sah ihn lange und eindringlich an. »Er ist die Antriebskraft eines Mannes, Lal, eine stärkere als alles andere. Warum auch nicht? Ehrlicher Ehrgeiz ist keine Schande!«

»Nein, nur das, was man bereit ist zu tun, um ihn zu verwirklichen.«

»Manchmal nicht einmal das, Lal. Du kannst mir glauben, nicht einmal das...«

Ihre Blicke prallten flüchtig aufeinander, und sie fixierten sich. In Sir Jaspers Augen lag eine Art entwaffnender Herausforderung. Aber schließlich wandte Kyle den Blick ab. Es überraschte ihn nicht, daß sie nach all den Jahren in dieser brutalen Offenheit miteinander sprechen konnten.

Trotz aller Unvereinbarkeiten schlummerte in ihnen beiden ein tödliches, bis jetzt jedoch bewußt noch nicht in Worte gefaßtes Wissen. Doch es war ein Wissen von so großer Bedeutung, daß jede Verstellung beleidigend gewesen wäre. Nur dieses Wissen stellte eine Beziehung zwischen ihnen her; andere Gemeinsamkeiten gab es nicht. Beide waren in einer bestimmten Absicht zu diesem Treffpunkt gekommen. Kyle wollte nicht, daß diese Absicht durch irrelevante Dialektik verwässert wurde. Und er wollte sich erst recht nicht auf eine Diskussion über Christian einlassen. Deshalb wechselte er das Thema.

»Warum wollten Sie mich sprechen?«

Sir Jasper zog leicht die Schultern hoch. »Ich war neugierig darauf zu erfahren, wie du zu dem intellektuellen Format gekommen bist, das du offensichtlich hast.«

»Durch einen sehr langsamen, schmerzlichen Entwicklungsprozeß, Sir Jasper. Und weil ich nie vergessen habe, daß mit einem Ziel vor Augen – mit Ehrgeiz, wenn Sie so wollen – sogar ein Chillum-Boy, der weder lesen noch schreiben konnte, eines Tages vielleicht seinen Platz an der Sonne finden würde.«

»Ich verstehe. Hast du deinen Platz an der Sonne gefunden, Lal?« fragte Sir Jasper leise.

»Noch nicht. Aber vielleicht ist es bald soweit.«

»Ach?« Sir Jasper runzelte die Stirn, als wisse er nicht genau, wie er sich bei dieser seltsamen und unerwarteten Begegnung weiter verhalten sollte, die er mit Freuden vermieden hätte, wenn sie nicht so wichtig gewesen wäre. Es entstand eine ganz kurze, lastende und bedeutsame Pause. Nun war es unmöglich, das Thema, das beide am meisten beschäftigte, noch länger zu umgehen.

»Es tat mir leid, vom Tod deiner Mutter zu hören.«

Kyle erwiderte nichts.

»Sie war eine außergewöhnliche Frau, eine echte Künstlerin. Sie hat mich gelehrt, die Feinheiten eurer klassischen Kunst zu schätzen. Dafür werde ich ihr immer dankbar sein.« Er stand auf, verschränkte die Hände auf dem Rücken und begann, mit großen Schritten hin und her zu gehen. »Wenn sie noch am Leben wäre, würde sie sich freuen, dich zu sehen, wie du heute bist. Ich bin froh, daß du deine Möglichkeiten gut genutzt hast.«

»Das haben wir beide.«

In den kornblumenblauen Augen zuckte wieder flüchtig etwas auf. »Ja.« Er nickte knapp. »Das habe ich bereits zugegeben. Ich habe seit Lucknow nicht mehr zurückgeblickt und habe auch nicht vor, das zu tun. Wie auch immer, genug von der Vergangenheit.« Er gab den Dienern ein Zeichen. »Möchtest du vielleicht mit mir frühstücken?«

Die Diener breiteten eilig einen rötlichbraunen Dhurrie am Ufer des grünen Sees aus und stellten zwei Faltstühle darauf. Sir Jasper klopfte gegen die kleine silberne Flasche in seiner Hand. »Es ist gerade eine Lieferung Cognac aus Frankreich angekommen. Ich kann garantieren, daß er hervorragend ist.«

»Cognac zum Frühstück?« Kyle zog die Augenbrauen hoch und

schüttelte den Kopf. »Ich trinke tagsüber keinen Alkohol. Soweit ich mich erinnere, haben Sie das früher auch nicht getan. Es war sogar die einzige Regel, die Sie immer für unumstößlich hielten.«
»Nun ja, ich will gestehen, daß es einer meiner erfreulicheren Kompromisse war, diese Regel etwas lockerer zu handhaben.« Sein Lachen klang beinahe scheu und auf anziehende Weise jungenhaft. »Erfolg ist ein Messer mit vielen Schneiden, mein Junge. Früher oder später beginnt man, sich daran zu reiben. Die Nerven sind angespannt, die Muskeln knirschen, und das Bedürfnis nach etwas Schmiere wächst. Ich habe festgestellt, daß ein Schluck oder zwei zu jeder Zeit sehr viel dazu beiträgt, die unvermeidlichen Belastungen zu erleichtern, die die Verantwortung mit sich bringt. Wie auch immer, du wirst zumindest eine Zigarre mit mir rauchen, bis das Essen ausgepackt ist – oder geht das auch gegen die Prinzipien, die du dir offenbar plötzlich zugelegt hast?« Er setzte sich auf einen Stuhl, bat Kyle, auf dem anderen Platz zu nehmen, klappte ein goldenes Zigarrenetui auf und hielt es ihm entgegen.
»Überhaupt nicht!« Kyle nahm eine Zigarre, hielt sie sich unter die Nase und schnupperte daran. »Glücklicherweise habe ich noch nicht die Willensstärke entwickelt, eine Havanna abzulehnen.«
»Ein Vetter von mir hat beschlossen, die zivilisierte Welt zu verlassen und in Amerika zu leben. Er beliefert mich großzügig damit.« Einen Augenblick herrschte Stille, während sie beide ihre Zigarren anzündeten. Der Diener stellte mit geübter Sorgfalt eine Tasse Tee vor Kyle. Sir Jasper schraubte seine kleine Flasche auf, goß sich Cognac in sein Glas und trank. »Bist du bald nach dem Tod deiner Mutter aus Lucknow weggegangen?« fragte er beiläufig.
»Kurze Zeit später.« Kyle blies den Rauch nach oben und blickte durch den blaßblauen Dunst zum anderen Seeufer, wo das Dorf allmählich zum Leben erwachte. »Ich habe Sie an jenem Freitag überall gesucht. Ich konnte Sie nicht finden. Man sagte, Sie seien nach Kalkutta abgereist.«
Sir Jasper zeigte keine Anzeichen von Überraschung und wußte auch sofort, von welchem Tag Kyle sprach. Er hatte diese Frage vorausgesehen. »Das war ich tatsächlich. Ich wurde von einer Stunde auf die

nächste an eine andere Stelle mit dringenderen Pflichten versetzt. Im allgemeinen Chaos des Aufstands blieb keine Zeit, um Abschied zu nehmen.« Er bückte sich, sammelte ein paar schmale Blätter ein, die auf den Teppich geweht worden waren, und warf sie beiseite. »Vielleicht hätte ich schreiben und das erklären sollen, aber ... du weißt, wie es damals war.«

Kyle fing geschickt die Asche auf, die gerade von seiner Zigarre fallen wollte, und erwiderte nichts.

Die Farbe von Sir Jaspers Wangen wurde eine Spur kräftiger. Er öffnete den Mund, um noch etwas zu sagen, aber da einer der Diener mit dem Essen kam, ließ er den Gedanken unausgesprochen. In der Luft zwischen ihnen lag jedoch schwach und vibrierend eine plötzliche Spannung. Der Diener stellte mit großer Ehrerbietung einen Klapptisch zwischen sie. Darauf gab es Platten mit hartgekochten Eiern auf gebratener Wurst, verschiedene kalte Braten und entbeintes, gebratenes Geflügel, das in mundgerechte Stücke geschnitten war. Der Mann begann sofort, dicke Scheiben braunes Rosinenbrot mit Butter zu bestreichen.

Sie Jasper bedeutete Kyle mit einer Geste, er möge sich bedienen und zugreifen, und legte sich ein Stück Ente auf den Teller. Eine Zeitlang kaute er stumm und geistesabwesend. Dann sah er Kyle an und lächelte. »Es gibt noch einen Grund, der mich veranlaßt hat, dich wiederzusehen.«

Kyle wählte ein hartgekochtes Ei und schnitt es sorgfältig in zwei Hälften. »Ja?«

»Es überrascht mich nicht, daß du diese Laufbahn gewählt hast.« Er ließ von der Ente ab und spießte mit der Gabel ein Stück kalten Braten auf. »Ich kann natürlich nicht allen deinen Ansichten zustimmen, aber ich muß gestehen, du bringst sie gut zum Ausdruck.«

»Ihr Lob ist schmeichelhaft.«

»Es kann nicht leicht sein, eine Wochenzeitung mit – wenn ich richtig vermute – beschränkten Mitteln zu veröffentlichen.« Er schnitt das Fleisch in kleine Stücke, die er jedoch nur auf dem Teller herumschob. »Ich wollte, daß du weißt, falls ich dir irgendwelche Unterstützung ...« Der Rest war auch unausgesprochen klar.

Kyle zog die Augenbrauen hoch. »Sie bieten einer Zeitung, deren Meinung Sie verabscheuen, Ihre Unterstützung an?« fragte er, obwohl er wußte, aus welchem Grund es geschah.
»Obwohl ich deine Bemühungen, den Pöbel aufzuhetzen, nicht billige«, erklärte Sir Jasper mit einem Lächeln, »bin ich der Meinung, daß die freie Meinungsäußerung etwas für sich hat.«
Kyle lachte belustigt. »In Lucknow waren Sie anderer Meinung, als Sie dem Herausgeber mit der Peitsche drohten. Ich spreche von dem armen Mann, dessen Druckerei eines Nachts mysteriöserweise zerstört wurde.«
»Wie ich schon sagte, Lal«, Sir Jaspers Gesichtsausdruck war gelassen. »Andere Zeiten, andere Sitten. Außerdem liegt das lange zurück.«
Kyle starrte auf das grüne Wasser. »Ich weiß die Absicht zu würdigen, aber ich nehme keine Spenden an. Sie haben es an sich, plötzlich Widerhaken zu entwickeln.«
In Sir Jaspers Gesicht zeigte sich ein Anflug von Verärgerung. »Ich meinte nur, wenn ich etwas für dich tun kann...«
»Nun, das können Sie tatsächlich.« Kyle stellte den Teller auf den Tisch und wandte sich ihm zu. »Ich habe eine geschäftliche Sache, die Sie vielleicht interessieren könnte.«
Die Schnelligkeit, mit der er sein Angebot akzeptierte, brachte Sir Jasper leicht aus der Fassung. »Eine *geschäftliche* Sache...?«
»Ja.«
»Ich nehme an, dir ist nicht unbekannt, daß es Beamten nicht erlaubt ist, sich geschäftlich zu betätigen, solange sie im Regierungsdienst stehen.«
»Ja, das weiß ich. Die Angelegenheit, an die ich denke, wäre nicht unvereinbar mit Ihren Pflichten als Beamter. Im Gegenteil.«
»Um was für eine Angelegenheit handelt es sich?«
»Um eine, die Ihrer Gemeinschaft ebenso gefallen wird wie der meinen.«
»Ach?«
»Haben Sie zufällig diese Woche den Leitartikel in meiner Zeitung gelesen?«

Sir Jasper schüttelte den Kopf, und seine Lippen wurden schmal. »Wie du es in Teufelsnamen schaffst, nicht den Vizegouverneur auf dem Hals zu haben und nicht im Gefängnis zu landen, wird mir immer ein Rätsel bleiben! Ja, Lal, ich habe den Leitartikel gelesen. Wie üblich war er scharf im Ton und sehr übertrieben.«

»Scharf im Ton ja, übertrieben nein. Sie können nicht leugnen, daß die Scharen eurasischer Kinder, von denen es in den Gassen und in der Gosse der Stadt wimmelt, für die Engländer eine Quelle der Besorgnis sind – nicht aus Mitgefühl oder weil es ihnen ihr Gewissen befiehlt, sondern aus dem reinen Selbsterhaltungstrieb heraus.«

»Nein, das leugne ich nicht.« Der Ton war ruhig, aber um seinen Mund war eine Anspannung, die seine Lippen grau wirken ließ. »Nun?«

»Der Plan, den ich mir ausgedacht habe, würde viele dieser Eurasier aus der Umgebung der Stadt entfernen.«

»Entfernen? Gütiger Himmel, das klingt wirklich rigoros!«

»Es gibt andere Mittel des Entfernens als die Ausrottung!« erwiderte Kyle trocken und sah ihn von der Seite an. »Würde ein solcher Plan Ihrer Meinung nach die Zustimmung vieler Ihrer Landsleute finden?«

Sir Jasper erwiderte mit einem Schulterzucken: »Ich habe nicht die leiseste Ahnung. Ich möchte dich nicht entmutigen, Lal, doch für mich klingt das nach Wunschdenken! Aber du hattest schon immer etwas von einem Träumer und hast den Kopf ständig voller Phantasien gehabt!« Er schob einen Bissen Fleisch in seinen Mund und spülte ihn mit einem Schluck Cognac hinunter. »Nur so, aus reiner Neugier, wohin würdest du sie bringen?«

»In eine Gemeinde, die weit genug von Kalkutta entfernt ist, um das Risiko einer Bloßstellung auf ein Minimum zu reduzieren.«

»Eine Gemeinde?« Er lachte leise. »Aber, aber, Lal, wir wissen beide, daß es eine solche Gemeinde nicht gibt!«

»Zur Zeit nicht. Aber in Zukunft vielleicht.«

»Mein lieber Junge, Gemeinden entstehen nicht plötzlich aus dem Nichts. Dazu bedarf es mehr als schöner Pläne auf dem Papier und einer übersteigerten Vorstellungskraft.«

»Das Land ist bereits zu haben ... beinahe viertausend Morgen, in Nordbengalen.

»Und?« In Sir Jaspers Gesicht zeigten sich die ersten Zeichen von Ungeduld. »Was geht mich das alles an?«

»Ich schlage vor, daß das Schatzamt das Land erwirbt.«

Sir Jasper starrte ihn zuerst an, warf dann den Kopf zurück und lachte schallend. »Gütiger Himmel, Lal, wenn ich es nicht besser wüßte, würde ich vermuten, daß du den Verstand verloren hast!«

»Der Preis liegt bei bis zu zehn Pfund Sterling pro Morgen für unbewässertes Land«, fuhr Kyle ungerührt fort, »und sechsunddreißig Pfund für bewässertes Land. Da der Kanal auf diesem Anwesen undicht ist, nehme ich an, es würde als unbewässert gelten. Das bringt den Preis auf etwas mehr als fünf Lak Rupien, das heißt fünfhunderttausend Rupien oder fünfzigtausend Pfund.«

»Du bist verrückt!« rief Sir Jasper. Er war inzwischen mehr überrascht als amüsiert. »Und wenn die Regierung das Land gekauft hätte, was würde sie damit tun? Du meinst, dieses imaginäre Dorf bauen?«

»Nein. Die Regierung würde das Land lediglich der Derozio-Gesellschaft schenken. Für den Bau und den Unterhalt des Dorfes wäre die Gesellschaft verantwortlich.«

»Die Derozio-Gesellschaft? Was zum Teufel ist das?«

»Eine Organisation, die es unternimmt, arme Eurasier auf ein besseres Leben vorzubereiten.«

Sir Jasper zog die Augenbrauen hoch. »Hältst du die britische Regierung für eine karitative Einrichtung, die wahllos große Geschenke verteilt?«

»Nein, nicht wahllos. Es ist eine Tatsache, daß die Regierung öffentliche Ambulanzen für neunzehntausend Patienten am Tag unterhält. Sie gibt jährlich beinahe eine Million Pfund für die teilweise oder völlige Finanzierung von beinahe siebzigtausend Bildungsanstalten aus. Der Haushalt sieht Hilfsfonds für den nationalen Notstand vor. Mit einem Wort, es besteht kein Mangel an Etats im Haushalt, unter denen das Geld für den Kauf zur Verfügung gestellt werden könnte.«

Sir Jaspers Lächeln erstarb. »Mein Gott, ist das dein Ernst...«
»Mein völliger Ernst. Mit Unterstützung der Regierung ist das Projekt nicht nur zu verwirklichen, sondern seine Durchführung ist auch angebracht, und das aus mehr als einem Grund.«
Sir Jasper betupfte sich die Mundwinkel mit der Serviette und reichte seinen Teller dem wartenden Diener, obwohl er von den darauf liegenden Dingen kaum etwas angerührt hatte. Aus einem Silberbehälter, den der Diener brachte, nahm er einen Zahnstocher und lehnte sich zurück. Seine Gedanken überschlugen sich. Er war kein Narr, und Kyle Hawkesworth war es ebensowenig. Der Vorschlag, den Hawkesworth mit solcher Unverschämtheit gemacht hatte, war absurd. Es bestand nicht die geringste Aussicht, daß er oder seine Regierung ihn annahmen.
Die Frage war aber: Weshalb hatte Hawkesworth ihn dann überhaupt gemacht?
Sir Jasper hielt seit langem aus Prinzip nichts von überstürztem Handeln. Er mochte etwas noch so empörend finden, für ihn galt die unumstößliche Regel, niemals auf der Grundlage des ersten Eindrucks eine Entscheidung zu fällen. Hinter diesem besonders empörenden Vorschlag verbarg sich mit Sicherheit eine eindeutige Absicht. Er würde nichts unternehmen, solange er nicht herausgefunden hatte, welche.
»Nun gut, Lal«, sagte er mit ausdrucksloser Miene, nachdem er seine Gedanken schließlich wieder geordnet hatte. »Ich kann nur sagen, solange du auf eine Enttäuschung vorbereitet bist, bin ich bereit, ernsthaft über deinen Vorschlag nachzudenken. Könntest du ihn schriftlich fixieren und mir ins Amt schicken?«
»Ich habe alles bereits schriftlich ausgearbeitet. Ich dachte, es würde vielleicht Zeit sparen, wenn ich Ihnen meinen Vorschlag heute morgen persönlich übergebe.« Er ging zu seinem Pferd und holte aus der Satteltasche eine Akte hervor.
Sir Jasper nahm den Ordner mit einem knappen Nicken in Empfang und übergab ihn dem Diener mit dem Hinweis, ihn sorgsam aufzubewahren. Dann zog er aus der Westentasche seine Taschenuhr, um festzustellen, wie spät es war. »Leider habe ich um acht eine Verab-

redung. Der Kommissar hat mich gebeten, die geplante neue Straße in Augenschein zu nehmen.« Er sagte das mit völlig normaler Stimme, als führe er eine angenehme Unterhaltung, und sie setzten einen Dialog fort, den sie vor längerer Zeit begonnen hatten.

»Die Verbindungsstraße zwischen Dharamtala und Baghbazaar?«

»Ja. Wie du vielleicht weißt, war sie beinahe zwanzig Jahre lang im Planungsstadium.«

Der zweite Diener kam eilig mit einer Karaffe Wasser herbei. Er begann, das Wasser über die Hände zu gießen, und Sir Jasper wusch sehr gründlich jeden einzelnen Finger. Dann tupfte er mit einem kleinen weißen Handtuch, das ihm der Diener reichte, die Hände trocken. Der Diener wiederholte die Zeremonie bei Kyle. Sir Jasper erhob sich, der Diener eilte zum Picknickkorb zurück und brachte eine langstielige Kleiderbürste, mit der er sorgfältig Jackett und Reithose seines Herrn ausbürstete. Inzwischen räumte der andere Diener das Geschirr ab und traf Vorbereitungen für den Aufbruch.

Auch Kyle stand auf. Der Diener kam schnell mit der Bürste auf ihn zu, aber Kyle winkte ab und klopfte sich mit dem Handrücken flüchtig den Staub aus Jacke und Hose. »Man glaubt allgemein, der Plan sei inzwischen zu den Akten gelegt und auf unbestimmte Zeit vertagt.«

»Nur weil ihnen das Geld ausgegangen ist. Der Kommissar hofft, eine Anleihe beim Schatzamt machen zu können. Der ursprüngliche Kostenvoranschlag lag bei elf Lak Rupien, aber mit den vorhandenen Mitteln konnte man nur eine drittel Meile der beabsichtigten Strecke fertigstellen. Straßenbau ist natürlich nicht mein Gebiet, aber man hat darum gebeten, daß ich mich der Sache annehme.«

»Werden Sie das Darlehen genehmigen?«

»Offenbar glaubt man das, aber ich bin nicht so sicher. Straßen unterliegen der Verantwortung der Lokalregierung. Ich sehe nicht ein, weshalb wir ihr aus einer Patsche helfen sollen, in die sie sich selbst gebracht hat.«

Er ging mit energischen Schritten zu den Pferden und saß mit einem Satz, der einem halb so alten Mann Ehre gemacht hätte, im Sattel. Er wartete, bis Kyle auf seinem Rappen saß, und streckte dann die Hand aus. »Ich habe mich gefreut, dich wiederzusehen, Lal. Du bringst mir viele schöne Erinnerungen an deine Mutter zurück. Wie ich gesagt habe, mache dir keine falschen Hoffnungen, aber ich werde deinen Vorschlag bestimmt so objektiv prüfen wie ich kann.«

Kyle griff nach der ausgestreckten Hand. »Ich bin Ihnen für Ihr Entgegenkommen sehr verbunden, Sir Jasper. Auch ich habe unser kleines Intermezzo heute morgen genossen. Ich hoffe, es wird sich für uns beide als nützlich erweisen. Schließlich handelt es sich um eine *geschäftliche* Angelegenheit. Ich wünsche Ihnen einen guten Tag.« Er zog die Zügel an, und der Rappe galoppierte in Richtung der Eingeborenenstadt davon.

Arroganter Kerl!

Sir Jasper starrte auf den sich entfernenden Rücken von Kyle Hawkesworth; sein höflicher Gesichtsausdruck schwand, und seine Züge verrieten tiefsten Abscheu. Er hatte Nafisas Sohn nie gemocht und ihm nie getraut. Als kleiner Junge war er altklug und viel zu schlau gewesen. Er hatte sich in Ecken versteckt und Dinge belauscht, die ihn nichts angingen, und immer seine Grenzen überschritten. Es ärgerte Sir Jasper, daß die Umstände ihn gezwungen hatten, Kyle Hawkesworth, den Mischlingssohn einer Mischlingstänzerin, als Gleichgestelltem gegenüberzutreten. Die Begegnung hatte alle seine alten Eindrücke vom Charakter des Jungen wiederbelebt. An der grundsätzlichen Verschlagenheit hatte sich trotz des feinen Äußeren nichts geändert. Er hatte sich in Gegenwart des Jungen nie ganz wohl gefühlt, und das war auch heute so gewesen.

Er begriff, daß Hawkesworths Umgang mit seinem Sohn nicht nur *nicht* wünschenswert, sondern gefährlich war. Glücklicherweise war es eine vorübergehende Freundschaft, und Christian würde bald nicht mehr in Kalkutta sein. Trotzdem, Sir Jaspers Intuition sagte ihm, daß an diesem Morgen, während der Begegnung mit einer beinahe vergessenen Vergangenheit, der Keim zu etwas höchst Unangenehmem gelegt worden war. Vieles war ausgesprochen worden, doch er spürte, daß dem, was *nicht* gesagt worden war, eine viel größere Bedeutung zukam. Und sein Instinkt sagte Sir Jasper auch, daß dieser abscheuliche Keim etwas mit Nafisa zu tun hatte …

Der Morgen war warm und sonnig geworden, aber Sir Jasper fröstelte. Ihn überkam unerklärlicherweise eine Gänsehaut.

*

Irgendwann in der Nacht setzte der Monsunregen ein.
Seit Tagen hatten die Bauern ängstlich den Himmel beobachtet, mit feuchten, zitternden Fingern die Windrichtung festgestellt und Mantras rezitiert, um die launischen Wettergötter günstig zu stimmen.
Es hatte dicke Wolkenbänke gegeben, aber keinen Regen, seit sich die Nordwestwinde gelegt hatten, und die ausgedörrte, steinharte Erde in der lastenden Sommerhitze stöhnte.
Anders als die nicht so lange anhaltenden Nordwestwinde im April war der Monsun die Quelle des Lebens in Indien. Drei Monate lang nährte der Regen die Felder und die jungen Pflanzen. Der Monsun erweckte das ausgedörrte Land zu neuem Leben und überzog es mit leuchtendem Grün. Ein schlechter, spärlicher Monsun bedeutete leere Getreidespeicher, hungrige Mägen und schreckliche Härten. Aber drei Monate mit ausreichenden Regenfällen waren die Vorboten der Freude und der garantierten Fülle für den Rest des Jahres.
Maja schlief in letzter Zeit nicht besonders tief und fest und war ungewöhnlich früh aufgewacht. Sie hatte nicht gut geschlafen. Genaugenommen schlief sie seit ihrer letzten Begegnung mit Kyle schlecht. Die flinken kleinen Wesen, die im dunklen Versteck ihres Bewußtseins herumhuschten, machten ihr die Nächte unerträglich.
Jetzt saß sie in einem Rattansessel, trank ein Glas frisches grünes Kokosnußwasser und starrte in die Nässe hinaus. Ihre Gedanken waren jedoch bereits in andere Richtungen geeilt. Sie dachte an etwas, was noch schrecklicher war als Kyles niederschmetternde Enthüllungen …
Die wenigen Worte, die Joycie murmelte, hatten damals für sie keinen Sinn ergeben. Aber jetzt, im Zusammenhang dessen, was sie in Kyles Haus gesehen und gehört hatte, gewannen sie eine bedrohliche Klarheit.

›Er will sie umbringen, weißt du das?‹
Wer hatte Kyles Mutter und ›das Teufelskind‹ umbringen wollen? Christians Vater?
Bereits die Vorstellung war einfach absurd und ebenso undenkbar wie böswillig. Maja weigerte sich, das zu glauben. Trotzdem wußte sie, daß durch Kyle etwas Unvorhergesehenes und Bedrohliches in ihr Leben getreten war. Kyle versuchte aus reiner Gehässigkeit, ihre Zukunft mit Christian zu besudeln, ihre Beziehung zu vergiften und sie unwiederbringlich zu spalten.
Alles in Maja kämpfte und wehrte sich gegen die schlimmsten Vorahnungen. Sie mochte sich aber noch so große Mühe geben, sie wurde den Gedanken nicht los, daß bald etwas Schreckliches geschehen werde. O Gott, was soll nur werden, wenn Christian die Wahrheit über seinen Vater erfährt?
Der Himmel öffnete wieder seine Schleusen. Peitschende Windstöße fuhren durch die Baumwipfel und ließen sie wie Derwische tanzen. Lange weiße Blitze durchschnitten den Himmel, der Donner wurde ohrenbetäubend laut, und der Regen trommelte auf die Erde, als sei er entschlossen, sie zu erdrücken. Durch den Lärm hindurch hörte Maja das schwache, ferne Wiehern der Pferde, die offensichtlich aus dem Schlaf gerissen worden waren und sich ängstigten. Sie wußte jedoch, daß Abdul Mian und sein Sohn in den Ställen waren, um die Tiere zu beruhigen.
Langsam stand sie auf und ging zu den Hunden, die an der Brüstung der Veranda festgebunden waren und sofort zu kläffen anfingen, weil sie darauf warteten, von ihr losgelassen zu werden. Maja nahm ihnen die Ketten ab. Sie hüpften und sprangen vor Freude um sie herum, ehe sie, ohne sich um das Wetter zu kümmern, mit großen Sprüngen hinaus und über den Rasen jagten.
Der erste Ansturm des Gewitters legte sich so schnell, wie er begonnen hatte. Der Wind trieb die Wolken davon, und es begann aufzuklaren. In der Ferne tauchte am Horizont der Halbmond wieder auf und verfing sich zwischen den Wedeln von Palmen. Er schaukelte flüchtig auf einem Palmblatt, ehe er in andere Sphären eintauchte.

Plötzlich nahm Maja aus dem Augenwinkel eine Bewegung auf dem Rasen vor der Veranda wahr. Es war immer noch dunkel, und es nieselte.

Ein Eindringling? So früh am Morgen?

Aus dem Dunkel tauchte schnell eine Gestalt mit einer Kapuze auf und sprang mit einem schweren klatschenden Geräusch auf den Boden der Veranda.

Majas Magen krampfte sich zusammen. Sie erhob sich halb von ihrem Sessel. Doch ihr blieb keine Zeit, wirklich Angst zu bekommen. Die Gestalt zog die Kapuze vom Kopf, und sie sah, wer es war.

»Samir!« In einer Mischung aus Erleichterung und Staunen sank sie in den Sessel zurück. »Du hast mich zu Tode erschreckt! Was machst du so früh am Morgen hier?«

Er richtete sich auf, schüttelte sich das Wasser aus den Haaren und sah sie gekränkt an. »Es ist Sonntag, erinnerst du dich nicht?«

Sonntag?

Sie dachte krampfhaft nach und zuckte dann schuldbewußt zusammen. Sie hatte ihr Versprechen, mit ihm zum Mangogarten zu gehen, völlig vergessen!

Sie murmelte ein paar unverständliche, entschuldigende Worte. Gleichzeitig dachte sie gereizt: Das Letzte, was ich im Augenblick brauche, ist die zusätzliche Belastung des ewig traurigen Samir!

Als sie jedoch sah, in welchem Zustand er sich befand, stieß sie ärgerlich hervor: »Meine Güte, sieh dich nur an, du triefst ja vor Nässe!«

Sie verschwand schnell im Haus, um ein Handtuch für ihn zu holen. Auf ihren Befehl trocknete er sich ab, setzte sich in einen Sessel neben sie und trank gehorsam die heiße Schokolade, die sie hatte bringen lassen. »Es sind so viele Sonntage vergangen, und du bist nicht gekommen.« Er sah immer noch so unglücklich aus wie eine nasse Katze, und seine Stimme zitterte vor Enttäuschung. »Ich habe jeden Sonntag auf dich gewartet. Alle haben gewartet.«

»Ach, es ist soviel geschehen, Samir«, sagte Maja entschuldigend, weil sie ihre Vergeßlichkeit rechtfertigen wollte. »Joycie und Alistair und ... alles andere ...« Sie schüttelte ungeduldig den Kopf.

Er weigerte sich hartnäckig, ihre Erklärungen zu akzeptieren. »Christian ist seit Tagen weg. Du hättest dir Zeit nehmen können, dein Versprechen zu halten!«
Maja wollte etwas Unfreundliches erwidern. Doch sie schwieg, denn sie fand es nicht richtig, ihn zu verletzen, deshalb beugte sie sich vor und berührte seine Hand.
»Es tut mir leid, lieber Samir, wirklich...«
Er errötete vor Freude über die kleine Geste. Um seine Verlegenheit zu verbergen, fuhr er ungeschickt mit den Fingern durch die feuchten Haare, die ihm nach allen Seiten vom Kopf standen. »Dann kommst du jetzt mit mir?«
»Jetzt?« Trotz ihrer Schuldgefühle konnte sie ihre Ablehnung nicht verbergen. »Es ist noch nicht einmal sechs Uhr!«
»Ich bin um *vier* vom Bagan Bari losgefahren! Wenn ich unterwegs in den Regen gekommen wäre, hätte ich Stunden gebraucht. Und wenn wir nicht früh losfahren, sind die Wege unpassierbar. Ich habe eine Kutsche für dich mitgebracht. Mama hat darauf bestanden.«
»Aber ich kann heute nicht, Samir!« rief Maja. »Es gibt tausend Dinge im Haus und in den Ställen, um die ich mich kümmern muß...«
Er setzte die Brille ab und putzte die beschlagenen Gläser. »Wenn Christian zurück ist, wirst du überhaupt nicht mehr kommen wollen. Außerdem ist die Mangozeit bald vorbei.«
Solange sie ihn kannte, hatte er ihr gegeben, ohne etwas dafür zu erwarten. Vielleicht lag es an ihrer Niedergeschlagenheit, daß seine großartige Anständigkeit sie plötzlich rührte.
»Da du den weiten Weg gemacht hast, um mich abzuholen«, sagte sie schließlich leise, bevor ihre Rührung wieder schwand, »kann ich dich wohl wirklich nicht allein zurückfahren lassen...«
Samir lächelte, und seine Augen strahlten. Auch Maja lächelte. Sie eilte nach oben, zog sich um, hinterließ eine Nachricht für ihre Mutter und ein paar schriftliche Anweisungen für Abdul Mian.
Es war erst kurz nach sieben Uhr, als sie abfuhren. Die Fahrt zum Obstgarten dauerte über zwei Stunden. Er lag im Norden hinter Dum Dum an der Straße nach Jessore. Es konnte jeden Augenblick

wieder anfangen zu regnen. Ab einem bestimmten Punkt waren die Straßen unbefestigt und würden mit Sicherheit schlammig werden.

Auf dem Weg durch die Eingeborenenstadt stellten sie jedoch fest, daß sich die Leute bereits auf der Straße drängten, um das Einsetzen der Regenfälle zu feiern. Scharen von Kindern, von denen manche nur Lendentücher trugen, andere nicht einmal das, planschten in Schlamm und Dreck, der an ihnen hängenblieb, in den schnell tiefer und größer werdenden Pfützen. Sogar im Herzen der Stadt stiegen von der Erde, die das Wasser durstig in sich aufsog, warme und wunderbar belebende Gerüche auf. Überall herrschte eine festliche Atmosphäre, ein Gefühl der Freude, wie über die Heimkehr eines Familienangehörigen, von dem man lange nichts gehört hatte.

In der holpernden Kutsche war es schwer, sich nicht von der spontanen Feierstimmung anstecken zu lassen. Majas Lebensgeister erwachten allmählich wieder, und ihre Stimmung besserte sich, je weiter sie fuhren.

Beim Anblick des großen Lattentors, der Einfahrt zum Obstgarten, verstummte Maja vor Aufregung. Sie hatte seit dem Ende ihrer Schulzeit keinen Besuch mehr im Obstgarten gemacht. Als sich die schöne, ländliche Szenerie vor ihr auftat, schienen alle Einzelheiten wieder so lebendig zu sein, als sei sie erst am Tag zuvor dagewesen. Nichts schien sich verändert zu haben; jedes Blatt, jeder Baum und jeder Strauch waren an ihren angestammten Plätzen und sprachen von unberührbarer Dauer. Zu ihrer Linken befand sich der Brunnen, in dessen Nähe sie nie spielen durften, obwohl er eine Abdeckung hatte. Maja blickte unwillkürlich auf die oberen Äste eines großen Bobaums. Ja, das Nest der Meliponen, das Samir einmal mit einem gut gezielten Holzball getroffen hatte – mit schmerzlichen Folgen –, war auch noch da. Sie lachte laut bei der Erinnerung daran, und Samir, der den Grund für ihre Heiterkeit sofort erriet, grinste. Die Meliponen reagierten zwar wütend auf jede Störung, doch sie produzierten den köstlichsten Honig, den man sich vorstellen konnte. Im Winter, wenn die Senfblüten die Felder mit einem dicken goldenen Teppich überzogen, schmeckte er herb und aromatisch, und im Frühling,

wenn es saftige Lychees zum Saugen gab, hatte er eine zarte Süße.
Es regnete nicht mehr. Als sie auf das Haupthaus zufuhren, rissen die Wolken sogar auf. Helle breite Streifen Sonnenlicht sorgten dafür, daß der nasse, dichte Grasteppich funkelte und glitzerte.
»Wo bist du nur all die Jahre gewesen?« Die beiden Schwestern erwarteten sie am Fuß der Marmortreppe vor dem Eingang, wo sie aus der Kutsche stiegen. Sie umarmten und küßten sich lachend. »Wir dachten, du hättest uns *völlig* vergessen!« Sie beklagten sich, aber es geschah liebevoll, denn sie waren viel zu glücklich, um sich wirklich zu ärgern. Sie erwarteten auch keinerlei Entschuldigungen oder Rechtfertigungen.
In dem prächtigen Landhaus, in dem die Familie Goswami ihre Ferien verbrachte, herrschte emsige Betriebsamkeit. Es wimmelte hier von Menschen. Das große, weitläufige, über hundert Jahre alte Haus stand auf einer Lichtung in der Mitte des Obstgartens. Auf der einen Seite gab es den sehr gepflegten, sanft gewellten Rasen. Dort spielte bereits eine Gruppe junger Männer und Frauen lachend und heftig gestikulierend Krocket. Maja kannte sie; es waren einige von Samirs vielen Vettern und Cousinen. Sie winkten Maja zu und spielten weiter. Die Vettern und Cousinen, die alle der großen, weitläufigen Familie angehörten, die Kali Charan Goswami finanzierte und versorgte, hatten sich nach altem Brauch hier versammelt, um Sawan, den Beginn der Regenzeit, zu feiern. An mehreren dicken Ästen der Bäume waren Schaukeln befestigt. Auf den kleinen Holzsitzen lagen Kissen. Mädchen schaukelten dort glücklich hin und her und schwangen sich beunruhigend hoch in die Bäume. Ihre glänzenden schwarzen Zöpfe flogen wie kleine Pferdeschwänze durch die Luft. Andere suchten unter den Bäumen nach reifen Mangos und stießen bei jedem Fund triumphierende Schreie aus. Maja lachte. Es herrschte eine Atmosphäre wie auf einem ländlichen Jahrmarkt – fröhlich, bunt und wundervoll sorglos.
Hinter dem Rasen, auf der anderen Seite des kleinen Flusses, der durch das Anwesen floß, erstreckten sich die Reisfelder, zwischen denen die Dörfer und Bananenhaine wie dunkle Flecken lagen. Hin-

ter dem Haupthaus befanden sich Scheunen, Speicher, Ställe, die Dienstbotenunterkünfte, Küchen und andere Anbauten. Maja erinnerte sich, daß es in dem Fluß viele Karpfen gab. Als Kinder hatten sie viele glückliche Stunden in dem klaren, träge fließenden Wasser gefischt und waren über die gefangenen Kaulquappen und Stichlinge ebenso glücklich gewesen, als sei es ein dicker Karpfen.

Eine Seilbrücke führte über den Fluß, doch man konnte das flache Wasser auch auf den dicht nebeneinanderliegenden hohen, flachen Steinen überqueren. Überall, so weit man blicken konnte, standen die großen weit ausladenden Mangobäume mit dem flaschengrünen Laub, die über und über mit dicken, grüngelben Früchten beladen waren. Das saftige, süße hellgelbe Fruchtfleisch lud ein, sie zu pflükken und zu essen.

»Worauf warten wir noch?« rief Minali und lief in den Obstgarten. »Ich weiß einen Baum, wo die Früchte niedrig genug hängen, um...«

Zusammen eilten sie hinter ihr her, suchten sich die besten Plätze, sprangen in die Luft, um die unteren Zweige zu erreichen, und pflückten jede Menge Früchte. Maja hielt sich zunächst etwas zurück. Doch dann erinnerte sie sich daran, daß in einem Mangogarten zur Erntezeit nur der Glück hat, der die meisten Mangos findet, und beteiligte sich bald ebenso begeistert am Pflücken. Es dauerte nicht lange, dann lagen ordentlich aufgehäuft die geernteten Mangos unter den Bäumen.

Jetzt kam das Schönste. Es war ein Fest, als sie unter viel Gelächter und gutmütigen Sticheleien begannen, die Mangos um die Wette zu essen. Die Früchte verschwanden mit erstaunlicher Geschwindigkeit. Es gab Messer und Teller, die jedoch niemand benutzte. Sie bissen in die dicke Schale, entfernten sie mit den Zähnen, warfen sie in die riesigen Wasserbottiche, um sie abzuwaschen, zogen die dünne, leuchtendgelbe Haut mit den Fingern ab. Dann aßen und lutschten sie gierig das samtig weiche gelbe Fruchtfleisch in großen Stücken. Der unglaublich süße Saft lief ihnen über das Kinn und tropfte ins Gras. Ganz gleich, wie viele sie aßen, im Magen schien immer noch Platz für die nächste Mango zu sein. Ein Heer von Dienstboten, die, wie die jungen Leute, ebenfalls Berge von Mangos gepflückt hatten, fegten die Schalen und Kerngehäuse in große Körbe und trugen sie zu den Kühen in die Ställe. Junge Diener schabten sehr geschickt die Mangokerne sauber und machten daraus die traditionellen Pfeifen, die Papiha. Dann bliesen sie mit geblähten Backen in die schmalen Schlitze und brachten traurige, klagende Töne hervor, die an den Ruf eines liebeskranken Vogels erinnerten.

»Die Engländer sagen, man kann Mangos nur allein in der Badewanne essen«, sagte Kali Charan, der mit seinem Gefolge einen Inspektionsgang durch den Obstgarten machte. »Wie ich sehe, haben sie durchaus recht!«

Als sie nichts mehr essen konnten, wuschen sie sich Hände und Gesicht und legten sich ungeachtet der Nässe in der Sonne ins Gras.

Tante Sarala kam vom Küchenhaus, setzte sich neben Maja und versuchte, sie zu überreden, noch eine letzte Mango zu essen. Maja hob hilflos die Arme hoch. »Keinen einzigen Bissen mehr«, japste sie. »Ich kann einfach nicht mehr ... zumindest nicht bis nach dem Mittagessen.« Alle lachten, und Maja kicherte.

»Du hast uns lange nicht mehr besucht«, sagte Tante Sarala nachdenklich.

Maja errötete und blickte auf den Boden. Ihr mißfielen zwar die absurd masochistischen Rituale, denen Tante Sarala sich unterzog, aber sie hatte die strenge Witwe, Kali Charans älteste Schwester, immer gemocht. »Ich ... ich weiß nicht. Ich kann es nicht erklären. Es tut mir leid ...«

Die alte Dame war weiß gekleidet, wie es sich für eine Witwe geziemte. Sie nickte und sagte: »Das macht nichts. Entschuldige dich nicht. Ich erfahre von meinem Neffen und seiner Mutter, was es bei deiner Mutter Neues gibt. Ich schließe sie immer in meine Gebete ein, denn ich weiß, wieviel Leid sie zu tragen hat.«

Sie sprachen einige Zeit über Olivia, Amos und familiäre Dinge. Maja staunte, wie mühelos sie sich in Bengali unterhielt. Eine von Tante Saralas Dienerinnen erschien und brachte etwas, das in ein Bananenblatt eingepackt war. »Hier, das ist für dich«, sagte Tante Sarala und

legte das Blatt vor Maja ins Gras. Sie öffnete es und entdeckte darin eine frisch gemachte Delikatesse. »Ich habe es mir für dich ausgedacht. Wenn ich mich richtig erinnere, hast du so etwas besonders gern gegessen.«
Maja war gerührt. Sie wußte, Tante Saralas große Liebe war die Küche, und ihre Lebensaufgabe, für Freunde und die große Familie zu kochen. Sie war eine hervorragende und phantasievolle Köchin. Maja kannte die bengalische Köstlichkeit. Mit großem Genuß schob sie sich den langen, hauchdünnen mit Kokosnuß, Rosinen und Zuckersirup gefüllten Pfannkuchen in den Mund und schloß die Augen.
»Hmmm!« hauchte sie verzückt. »Das schmeckt noch besser als in meiner Erinnerung!« Ohne es zu merken, hatte sie im Handumdrehen noch zwei dieser köstlichen Pfannkuchen gegessen.
Tante Sarala nickte. »Weißt du, was als Kind meine liebste Süßspeise war? Etwas, das mit einer seltsamen fremden Nuß gemacht wurde, mit Mar ... Mar ...« Sie brach ab und dachte angestrengt nach.
»Maronenglacé aus Kastanien?«
Die Witwe lachte. »Ja, das war es! Eine Freundin von mir hatte eine französische Gouvernante. Es war ihre Spezialität und einfach unwiderstehlich.«
Maja sah sie überrascht an. Sie konnte kaum glauben, daß die strenge, asketische Tante Sarala je eine unbekümmerte, sorgenfreie Kindheit gehabt haben sollte, von etwas so Leichtfertigem wie der Lust auf französische Süßigkeiten ganz zu schweigen. »Wir bekommen hier natürlich nur Maronenpaste in Dosen ...«
»Ja, ich weiß, ich weiß. Sie hat viel Sahne daran getan, und wir haben es löffelweise verschlungen.« Sie lachte verlegen. »Es ist eigenartig, wie manche Kindheitserinnerungen länger haften als andere.« Sie schwieg und spielte einen Augenblick mit dem Schlüsselbund und richtete dann den Sari. »Samir wird bald nach England fahren.«
»Das hat er mir gesagt.«
Die Witwe nickte bekümmert. »Ich bin darüber nicht froh. Brahmanen verlieren ihre gesellschaftliche Stellung, wenn sie über das Meer fahren. Mein Neffe würde der Gemeinschaft Schande machen.«
»Die Zeiten haben sich geändert, Tante Sarala«, sagte Maja freund-

lich. »Für die meisten Menschen ist das inzwischen alles nur Aberglaube.«
»Es gibt Dinge, die sich nie ändern können!« erwiderte Tante Sarala streng und hob den Zeigefinger. »Es sind die Fundamente, auf denen unsere Traditionen beruhen. Wenn *sie* einstürzen, stürzen wir mit.« Sie betupfte sich die Augen mit einem Zipfel des Sari. »Aber ich bin schließlich nur eine dumme alte Witwe. Wer hört schon noch auf das, was ich sage?«
Das stimmte natürlich nicht. Als Matriarchin von Kali Charan Goswamis ganzer Familie herrschte die zerbrechliche, weniger als einen Meter fünfzig große alte Frau mit eiserner Hand über den Haushalt. Maja mußte deshalb lächeln, doch sie sagte diplomatisch nichts.
Eine Dienerin kam atemlos angerannt und berichtete aufgeregt von irgendeinem Zwischenfall in der Küche. Tante Sarala stand sofort auf und eilte mit ihr ins Küchenhaus.
»Komm, wir wollen uns schnell eine Schaukel sichern, sonst müssen wir Stunden warten.« Minali sprang auf und wollte mit Maja zu der Lichtung mit den Schaukeln laufen.
Maja blickte mit gerunzelter Stirn auf ihr Kleid, das voller Mangosaftflecke war. »Ich glaube, ich sollte mich umziehen. Aber dummerweise habe ich nichts zum Wechseln mitgebracht ...«
Die jungen Frauen waren alle kleiner als Maja, doch Barnalis langer Rock, eine Bluse und ein Schleier erwiesen sich hier unter Freunden als durchaus ausreichend.
Maja zog sich unter viel Gelächter und spöttischen Bemerkungen um. Der Rock reichte nicht ganz bis zu den Knöcheln, und der Schleier rutschte ihr immer wieder von der Schulter. Die Aja brachte das fleckige Kleid zum Waschhaus. Barnali zeigte Maja ihre Sammlung von Stoffpuppen. Maja hatte vor Jahren, als sie beide gemeinsam die Schule für höhere Töchter besuchten, eine als Geburtstagsgeschenk für Barnali gemacht. Sie erinnerte sich noch gut an die viele Mühe, die als Braut gekleidete Puppe zu nähen und all den Glitzer- und Flitterkram zusammenzusuchen, mit der sie geschmückt war. Jetzt sah sie gerührt, daß Barnali die Puppe über die vielen Jahre hinweg in Ehren gehalten hatte.

Im Obstgarten waren die Schaukeln von einer Schar junger Männer und Frauen besetzt. Sie flogen durch die Luft, erreichten unglaubliche Höhen und kreischten und quiekten vor Entzücken. Manche standen wagemutig auf den Sitzen und trieben die Schaukeln mit gebeugten Knien und ruckhaften Bewegungen ihrer jungen, kräftigen Körper höher und immer höher. Andere hielten nichts von solchem Wagemut und gaben sich damit zufrieden, von den Jüngeren sanft hin- und hergeschaukelt zu werden.

Über allem lag bis hinunter zum Flußufer der schwere, süße und berauschende Duft der bengalischen Langra-Mango. Es war zweifellos die köstlichste Frucht auf der ganzen Welt.

»Da, schnell! Jetzt bist du dran...«

Eine der jungen Frauen schob Maja lachend auf den Sitz einer frei gewordenen Schaukel. Maja stieß sich zuerst vorsichtig mit den Fußspitzen vom Boden ab. Als sie sich aber wieder sicherer fühlte, schaukelte sie höher und höher. Es dauerte nicht lange, bis auch sie auf dem Sitz stand und sich daran erinnerte, wie man mit einer Schaukel geschickt unglaubliche Höhen erreichen konnte, ohne herunterzufallen.

Eines der Mädchen begann zu singen, und alle fielen ein. Sie sangen bengalische Volkslieder. Es waren Lieder vom Regen, dem wolkenverhangenen Himmel und der fruchtbaren feuchten Erde. Und sie sangen die traurigen, klagenden Papiha. Ohne nachzudenken, sang auch Maja mit, zuerst zögernd, aber dann sicherer. Sie staunte darüber, daß sie sich an Melodien und Worte erinnerte, an die sie jahrelang nicht gedacht hatte.

Die Zeit lief rückwärts. Die vergangenen Jahre wurden langsam ausgelöscht. Maja war wieder zehn Jahre alt, kletterte auf Bäume, streifte durch den Obstgarten, sang aus vollem Hals, schürfte sich in ihrer Ausgelassenheit Knie und Ellbogen auf und schluchzte dann an Samirs Schulter, weil die Wunden schmerzten. In ihrer Erinnerung klang seine Stimme sanft und tröstlich, wenn er ihr die Tränen abwischte und die aufgeschürften Stellen so behutsam mit roter Jodtinktur bepinselte, als male er ein Bild. Dabei war er jedesmal unglücklich, wenn es ihr weh tat und sie wütend aufschrie. Das Pendel – die Schaukel – erreichte wieder einmal den höchsten Punkt. Maja blickte nach unten. Samir stand ängstlich und ernst auf der Lichtung und ließ sie nicht aus den Augen, weil er fürchtete, sie könnte fallen. Majas Blick richtete sich auf seine dunklen, glänzenden Augen, und sie spürte, wie sich etwas Seltsames in ihr regte. Eine sanfte Unruhe erfaßte sie, ein fremdes Gefühl, das sie noch nie gehabt hatte. Sie biß sich auf die Lippen und wandte verlegen und wütend auf sich selbst den Blick ab.

Dann war es Zeit für das Mittagessen, das für den Fall, daß es wieder regnen würde, auf langen Tischen im Schutz der Veranda aufgetragen wurde. Sie bildeten eine große, laute Gruppe. Maja entdeckte Gesichter, die sie entweder noch nie gesehen hatte oder an die sie sich nicht mehr erinnerte. Aber jeder schien sie zu kennen. Plötzlich gab es so vieles, worüber man reden konnte, so viel zu berichten von Dingen, die sich ereignet hatten. Es war, als könnte sie die Worte nicht schnell genug hervorsprudeln. Alle umsorgten, bedienten und verwöhnten sie. Junge Frauen, Tante Saralas Küchenmägde, trugen aus ihrer persönlichen Küche am Rand eines Bananenfeldes neben dem Haupthaus eine endlose Folge immer neuer Gerichte herbei.

Wie es Sitte war, aßen sie mit den Fingern von Bananenblättern und aus Tonschalen, die hinterher weggeworfen wurden. Es gab riesige, saftige mit Linsen gekochte Fischköpfe, gedämpftes Gemüse, schneeweißen Reis, in Kokosnußschalen gebackene Garnelen, süße Quarkspeisen und natürlich Ilish Maach, den Hilsafisch, in einer würzigen Sauce aus selbst gezogenen Senfkörnern und Chilischoten. Der Hilsa war mit Sicherheit der köstlichste, aber wegen der vielen Gräten auch der am schwierigsten zu essende Fisch der Welt.

Samirs Vater saß am Kopfende der langen Tafel und ließ sich mit großem Appetit von allem etwas reichen. Am anderen Ende saß seine Mutter. Da das Essen aus Tante Saralas Küche stammte und von ihren Köchinnen zubereitet worden war, beaufsichtigte sie das Auftragen und achtete darauf, daß niemand hungrig vom Tisch aufstehen würde.

Tante Sarala nickte zufrieden, als sie den Berg geschickt abgegessener

Gräten vor Maja sah. »Ah, wie ich sehe, hast du nicht vergessen, wie man Ilish Maach ißt. Ich erinnere mich, du hast das mit den Gräten schon immer sehr geschickt gemacht.«
Maja erwiderte nichts. Hilsa war eines der Lieblingsgerichte ihrer Mutter und ihres Bruders. Zu Hause war sie aber strikt dagegen, weil der Fisch mit Fingern gegessen werden mußte, und sie fand das primitiv.
»Warum sollte sie dabei nicht geschickt sein?« fragte Minali. »Sie ist ebenso eine Bengalin wie wir!«
Barnali saß neben ihr. Sie kicherte und flüsterte: »Dein Christian Pendlebury hat uns gut gefallen. Aber wir hoffen, er war nicht *zu* angetan von den schönen Natsch-Mädchen!«
Maja errötete, aber sie ging schlagfertig auf den Scherz ein. »Nun, ja«, flüsterte sie zurück. »Wenn es um Frauen geht, hat er eben einen guten Geschmack!« Ihre Bemerkung löste einen Sturm von Gelächter aus.
Als die Mahlzeit mehr oder weniger vorbei war, verließ Samirs Mutter ihren Platz und setzte sich Maja gegenüber. Jeder ihrer Schritte wurde vom Klirren und Klingeln des riesigen Schlüsselbundes begleitet, den sie wie Tante Sarala an ihrem Sari festgebunden und über die Schulter gelegt hatte. »Ich mache mir große Sorgen um deine arme Mutter«, sagte sie. »Wie lange wird Alistair sie jetzt in Atem halten?«
»Bis er sie besucht oder abreist, nehme ich an.« Maja gönnte sich noch einen letzten Löffel von der süßen Quarkspeise, drehte die leere Tonschale um und legte das Bananenblatt ordentlich gefaltet auf den Tisch, um anzudeuten, daß sie fertig gegessen hatte. »Im Augenblick habe ich eher den Eindruck, daß er sie nicht wiedersehen möchte.«
»Ja. Es muß ihr das Herz brechen. Die Ärmste!«
Majas Augen leuchteten. »Haben Sie ihn überhaupt schon einmal gesehen?«
»Einmal. Wir sind an ihm vorbeigefahren, als er durch die Old Court House Street ging. Mein Mann hat mich auf ihn aufmerksam gemacht.«

»Er sieht Mutter sehr ähnlich, nicht wahr?«
»Nun ja, er hat ihre Augen. Und seine Haare haben dieselbe kastanienbraune Farbe wie ihre.«
»Und wie meine!«
Abala lächelte. »Ja natürlich. Hat er etwas unternommen, um dich zu treffen?«
»Nein.« Sie griff nach einer Zitronenscheibe und rieb damit die fettigen Finger. »Wenn er schon nicht kommt, um Mutter zu sehen, bezweifle ich, daß er sich herablassen würde, sich mit mir zu treffen.« Sie preßte den letzten Tropfen Saft aus der Zitronenscheibe und schob sie dann in das gefaltete Bananenblatt. »Aber ich würde ihn gern näher kennenlernen. Ohne Amos, der aber leider wegen dieser verwünschten Spinnerei so starrköpfig ist, wäre das vielleicht auch möglich.«
Am Ende der Veranda stand ein Diener mit einem großen Krug Wasser, Seife und Handtüchern. Während Maja sich die Hände wusch, sah sie, wie Samirs Vater in dem mit Ziegelsteinen gepflasterten, ummauerten Hof hinter der Veranda langsam auf und ab ging. Gerade eben hatte er noch am Tisch gesessen. Maja staunte, aber dann stellte sie zu ihrer Verblüffung fest, daß es nicht Kali Charan Babu, sondern Samir war! Mit den Händen auf dem Rücken und den großen Schritten glich er seinem Vater. Er sprach zu einer Gruppe von Männern, die schweigend in einer Reihe am Endes des Hofs standen. Den Worten und Sätzen, die zu ihr herüberdrangen, entnahm sie, daß Samir geschäftliche Dinge besprach, die mit der Verwaltung des Anwesens zusammenhingen. Wie üblich trug er einen gestärkten, ordentlich gefalteten weißen Baumwolldhoti und die gewohnten Sandalen aus Lederriemen. Aber trotzdem sah er irgendwie anders aus.
Er wirkte größer, selbstsicherer und schien den Rücken ohne Mühe gerade zu halten. Er schien sich völlig unter Kontrolle zu haben, und es gab keine Anzeichen der unbeholfenen und nervösen Unsicherheit, die sie immer so reizte. Er sprach mit ruhiger Autorität, wohlüberlegt, und alle hörten ihm zu.
Diese Seite von Samir hatte Maja noch nie gesehen. Samir unterschied sich so sehr von seinem normalen Verhalten, daß sich Maja

völlig überrascht wieder setzte und in stummer Faszination beobachtete, was geschah. Hier, in seiner eigenen Umgebung, in der er sich auskannte, besaß Samir plötzlich eine besondere Kraft und war eine beeindruckende Persönlichkeit. Im Rahmen seiner Welt und ohne den Drang, sich beweisen zu müssen, war er ein Aristokrat und wurde dementsprechend anerkannt und geachtet. Er war nicht mehr der unbeholfene junge Mann wie in der fremden englischen Umgebung, wo ihn die Zwischentöne einer fremden Sprache ständig verunsicherten und hemmten. Er sprach Bengali mit der Geläufigkeit und dem Gleichklang der Gedanken, die seinen Wurzeln entsprangen. Er wußte genau, was er sagte. Während Maja diesen aristokratischen Brahmanen beobachtete, schmerzte es sie, daß er außerhalb seiner Umgebung zu einer Witzfigur reduziert wurde. Ausgerechnet sie machte ihn so oft lächerlich.

In ihr regte sich wieder das seltsame und beunruhigende Gefühl vom Vormittag. Plötzlich erwachte in Maja ein eigenartiges Einfühlungsvermögen. Zum ersten Mal konnte sie ihn wirklich verstehen. Sie waren zusammen aufgewachsen, man hatte sie in dieser Großfamilie aufgenommen, und deshalb kannte sie viele Dinge, die zu seinem Leben gehörten. Unwillkürlich mußte sie plötzlich auch an Christian denken. Wie wenig wußte sie von *seinem* Leben! Wie sah seine Schwester aus? War er in der Schule gut in Mathematik gewesen, und verabscheute er Auberginen wie Samir?

Maja erlebte einen Augenblick erschreckender Unsicherheit. Sie wußte nicht mehr, wo sie war und wer sie war. Konnte es sein, daß sie am Ende doch *hierher* gehörte?

Aber das Gefühl ging vorüber, und sie war wütend auf sich. Sie durfte nicht zulassen, daß ihre Welt auf dem Kopf stand.

In diesem Augenblick drehte sich Samir um und entdeckte sie. Er mußte unfreiwillig lächeln und entließ mit einer Geste die Männer.

»Komm mit«, sagte er, als er zu ihr auf die Veranda kam. »Ich muß dir etwas zeigen.«

»Was?« fragte sie unsicher und noch immer verwirrt.

Er antwortete nicht, sondern führte sie hinter das Haus. Die Ställe waren umgebaut und vergrößert worden, seit Maja sie zuletzt gesehen hatte, und boten jetzt allen Pferden der Familie und den Wagen Platz. Sie gingen um die Stallungen herum zu einer kleinen Koppel. Hinter einem Holzzaun sprang ein Fohlen um seine Mutter herum. Es war ein lebhaftes Tier und konnte kaum mehr als einen Monat alt sein. Das Fohlen hatte große, glänzende Augen und ein dazu passendes dunkelbraunes Fell.

»Na? Wie gefällt er dir?«

Maja war entzückt. »Oh, er ist so schön!« Sie öffnete das Gatter und lief hinter dem Fohlen her.

»Weißt du, was das für ein Fohlen ist?« fragte Samir und folgte ihr langsam auf die Koppel.

Maja betastete das Fohlen mit geübten Händen und musterte es eingehend. Dann zog sie die Stirn in Falten und sagte: »Ist es ein Marwari?«

»Ja«, erwiderte Samir und nickte zufrieden. Er war stolz auf ihren Sachverstand. »Er ist für dich. Ich werde ihn dir bringen lassen, sobald er entwöhnt ist.«

»Für mich?« Maja sah ihn verständnislos an. »Du weißt, daß ich das nicht annehmen kann, Samir«, protestierte sie und fühlte sich in seiner Gegenwart plötzlich überhaupt nicht wohl.

»Warum nicht? Ich weiß, du wolltest immer einen Marwari für deinen Stall haben.«

»Ja, aber das ist ein zu wertvolles Geschenk.«

»Es macht mir Freude, dir etwas zu schenken, was dir Freude macht«, sagte er sanft. »Das weißt du doch!«

Sie schüttelte den Kopf. »Samir, ich kann es einfach nicht...«

»Du kannst es und du wirst es.« Seine Stimme klang zwar immer noch sanft, aber seine Entschlossenheit war unüberhörbar. Ohne ihre Antwort abzuwarten, führte er das Fohlen in den Obstgarten und ließ es dort laufen. Maja blieb nichts anderes übrig, als ihm zu folgen.

*

Maja verbrachte den Rest des geruhsamen, schläfrigen Nachmittags in gedrücktem Schweigen. Sie beobachtete die anderen, die auf dem Rasen übermütig Hututu und Krocket spielten, und gab sich mit der Rolle der Zuschauerin zufrieden. Sie saß am Rand der Rasenfläche, hatte die Knie bis zum Kinn hochgezogen und betrieb Selbsterforschung. Was sie dabei feststellte, gefiel ihr nicht.

Sie hatte zugelassen, daß sie vieles vergaß. Das durfte nicht mehr vorkommen.

Doch als sie an diesem Abend nach Hause kam, sollte sie alle guten Vorsätze schlagartig vergessen.

Auf dem Tisch in der Eingangshalle lag auf der Marmorplatte ein großer, rechteckiger Briefumschlag, der in der schönsten Handschrift, die man sich vorstellen konnte, an sie persönlich adressiert war. Ein livrierter Bote, so berichtete ihr Sheba, hatte ihn im Laufe des Tages abgegeben. Neugierig öffnete Maja den Umschlag und blieb wie angewurzelt mitten in der Halle stehen.

Der Umschlag enthielt eine Einladung zu der Burra Khana der Pendleburys.

Zwanzigstes Kapitel

Am nächsten Morgen las ganz Kalkutta verblüfft eine erstaunliche Anzeige auf der Titelseite der Wochenzeitung *Equality.* Unter Zusicherung absoluter Vertraulichkeit wurde darin um Informationen über die Identität der Brandstifter gebeten, die für den Brand im Jai Raventhorne-Seva Sangh in Chitpur verantwortlich waren.

Der Grund für das allgemeine Staunen war jedoch die spektakuläre Belohnung, falls die Information zur Festnahme der Verantwortlichen führen sollte: ein Edelstein, der Roshanara.

Alle, die entsprechende Mitteilungen machen konnten, wurden gebeten, sich direkt an den Polizeipräsidenten zu wenden.

Die Anzeige sorgte an manchem Frühstückstisch in der Stadt für erhebliche Aufregung.

»Der Roshanara? Das ist doch der Rubin, der vor ein paar Jahren diesem Nawab gestohlen wurde, nicht wahr?« Lucas Anderson schob den halb gegessenen Räucherhering beiseite und starrte verblüfft auf die Zeitung. »Wie zum Teufel hat Hawkesworth ihn in die Hand bekommen?«

»Das ist doch wohl klar.« Seine jüngste Tochter hatte zwar noch nie etwas von dem Roshanara gehört, aber sie hob trotzdem hochmütig den Kopf. »So unverschämt, wie dieser Kerl ist, hat er ihn vielleicht sogar selbst gestohlen.«

»Ach, sei nicht albern!« Ihre ältere Schwester warf ihr einen vernichtenden Blick zu. »Warum sollte er das auf der Titelseite seiner Zeitung hinausposaunen, wenn er ihn gestohlen hätte?«

»Weil er so unverschämt ist! Er tut nichts lieber, als sich über die Behörden lustig zu machen.«

»Also, ich glaube, er hat nur eine Fälschung«, erklärte Charlotte Anderson nach längerem Nachdenken. »Ein so verkommenes Subjekt wie er hat natürlich keine Skrupel, eine Fälschung für den echten Stein auszugeben.«
»Er wäre ein Narr, wenn er das versuchen wollte«, sagte Lucas Anderson. Er legte die Zeitung auf den Tisch und wandte sich wieder seinem Hering zu. »Und ein Narr ist er ganz sicher nicht.«
Mit einer ungeduldigen Geste beendete seine Frau die Debatte und kehrte zu einem sehr viel angemesseneren Thema zurück. »Also, die Burra Khana der Pendleburys. Der Durzee wartet auf der Veranda. Melody, möchtest du die Tussarseide oder den Musselin...«
Am anderen Ende der Stadt las Patrick, der gerade vom morgendlichen Handballspielen im Club zurückgekommen war, die Anzeige mit großem Interesse. »Wenn ich es mir recht überlege, warum gestehst du den Brandanschlag nicht und steckst die Belohnung ein, he?« fragte er Lytton halb im Ernst. »Denk an all die Schulden, die wir mit diesem kleinen Klunker loswerden könnten!«
»Wenn ich es mir recht überlege, warum gibst *du* dich nicht als der Brandstifter aus?« erwiderte Lytton, der gerade Wetten für einen Hahnenkampf, den er veranstaltete, in sein Notizbuch eintrug.
»Ich kann nicht«, sagte Patrick würdevoll. »Vergiß nicht, ich bin kein freier Mann. Außerdem weiß jeder, daß der Stein gestohlen ist.«
»Ich bin noch frei und ungebunden, und ich habe lieber Schulden, als im Kittchen zu sitzen.«
»Warum sollten sie jemanden ins Gefängnis stecken? Die alte Frau, die dabei ums Leben gekommen ist, stand doch sowieso schon mit einem Fuß im Grab. Außerdem war sie Eurasierin.«
Sir Jaspers Blick stieß auf die umrahmte, fettgedruckte Anzeige auf der Titelseite, als er nach dem Frühstück gerade ins Amt gehen wollte. Er blieb sitzen, griff nach der Zeitung und las die Anzeige sehr genau von Anfang bis Ende. Er wußte natürlich über den Roshanara-Rubin Bescheid. Er war in Lucknow gewesen, als die Familie Saifabad seinen Verlust gemeldet hatte. Er dachte einen Augenblick angestrengt nach, dann begann er plötzlich leise zu lachen.
»Der alte Trick! Das konnte er sich natürlich nicht verkneifen!«

»Was, Liebling?« Lady Pendlebury hörte nur mit halbem Ohr, was ihr Mann sagte. Sie machte gerade Haken und dicke Striche auf einer langen, einer *sehr* langen Gästeliste. Ohne seine Antwort abzuwarten, fragte sie: »Hast du vom Sekretariat des Vizekönigs schon etwas erfahren?«

Sir Jasper legte die Zeitung auf den Tisch. »Ja. Einer der Adjutanten hat gestern nachmittag einen Umschlag in meinem Vorzimmer abgegeben. Ich wollte ihn mit nach Hause bringen, aber ich habe es vergessen.«

»Du bekommst einen Brief des Vizekönigs und vergißt ihn? Also *wirklich*, Jasper!« Lady Pendlebury war sehr aufgebracht. »Du weißt, daß ich auf diesen Brief warte! Alle Vorbereitungen hängen davon ab, ob Seine Exzellenz mit seinem Gefolge kommen wird oder nicht. Nun, was steht in dem Brief? Ich hoffe, du hast dir wenigstens die Mühe gemacht, ihn zu lesen.«

»Soweit ich mich erinnere, kommen sie nicht. Sie haben an diesem Tag bereits einen anderen Termin in Barrackpur.«

»Soweit du dich erinnern kannst?« Lady Pendlebury richtete sich auf. Sie stellte fest, daß ihr Mann den gebratenen Speck und die Nieren auf dem Teller nicht angerührt hatte, und warf ihm einen besorgten Blick zu. Es sah ihm überhaupt nicht ähnlich, wichtige Briefe und Botschaften zu vergessen. Außerdem schlief er in letzter Zeit schlecht. Er hatte auch das Abendessen am Vortag stehenlassen. Sie schob die Liste beiseite und stützte den Kopf auf die Hand.

»Jasper, dich beschäftigt etwas.«

»Nicht mehr als das Übliche«, sagte er knapp. »Wohin hat der verwünschte Kerl wieder meine Aktentasche getan?«

»Du machst dir Sorgen um Christian, nicht wahr?«

»Hör auf zu phantasieren, Constance! Nein, ich mache mir keine Sorgen um Christian.«

»Ich schon!« Sie ordnete die Blätter der Gästeliste und stand auf. »Ich bin so froh, daß er morgen nach Hause kommt. Charlotte Anderson meint, wenn er erst hier ist, können wir zumindest ...«

Aber was Charlotte Anderson meinte, sollte ein Geheimnis bleiben, denn ihr Mann war nicht mehr im Zimmer.

Am Frühstückstisch der Raventhornes las Amos die Anzeige und ärgerte sich. »Kyle hat mir bei unserem letzten Treffen nichts, absolut nichts von dieser Belohnung gesagt!« rief er gereizt. »Und überhaupt, woher hat er plötzlich den Roshanara?«

Olivia warf Maja einen verstohlenen Blick zu. Doch ihre Tochter hörte der Unterhaltung kaum zu und reagierte nicht. »Ich habe keine Ahnung, aber es ist wirklich sehr eigenartig. Glaubst du, er könnte deshalb Schwierigkeiten bekommen?«

»Die bekommt er ganz bestimmt mit mir!« erwiderte Amos grimmig. »Er hätte es zumindest mit mir besprechen können, bevor er beschließt, die Belohnung auszusetzen.«

Olivia griff nach der Zeitung und las die Anzeige noch einmal genau durch. »Wenn schon eine Belohnung ausgesetzt werden muß«, sagte sie kopfschüttelnd, »und der Ansicht bin ich nicht, dann müßte das Angebot doch wohl von uns kommen. Ich schäme mich, daß ich nicht früher daran gedacht habe. Aber es ist soviel geschehen ... « Sie legte stöhnend die Hand auf die Stirn. »Ich hoffe, Kyle hat sich nicht in eine Lage gebracht, aus der er nicht mehr herauskommt ...«

Maja saß stumm und geistesabwesend am Tisch. Sie beteiligte sich nicht an dem Gespräch und hörte auch nicht zu. Sie war tief in Gedanken versunken und interessierte sich weder für Kyles Anzeige noch für die Welt im allgemeinen. Seit sie die Einladung der Pendleburys erhalten hatte, konnte sie an nichts anderes mehr denken. Die goldgeränderte, an sie persönlich gerichtete Karte hatte Maja so überrascht, daß sie einen Augenblick glaubte, ohnmächtig zu werden. Die kühle Eleganz der Karte hatte etwas Ehrfurchtgebietendes, und die kultivierte Sprache des Inhalts überwältigte sie einfach. Um sich zu vergewissern, daß es sich nicht nur um einen Traum handelte, gab sie die Karte nicht einen Augenblick aus der Hand. Sie hatte den Umschlag auf ihr Zimmer gebracht und ihn die halbe Nacht in stummem Staunen angestarrt. Als sie endlich einschlief, lag sie sicher unter ihrem Kopfkissen versteckt.

Doch der Morgen brachte unvermeidlich die Rückkehr in die Wirklichkeit und die ersten Anflüge von Panik zurück. Ihr geistesabwesender Gesichtsausdruck verschwand, und sie beteiligte sich an dem

Gespräch am Frühstückstisch mit dem ersten Gedanken jeder Frau, die eine Einladung erhalten hat.
»Ich habe nichts anzuziehen«, erklärte sie mit dramatischer Stimme. »Ich werde mir etwas Neues machen lassen müssen. Mutter, glaubst du, dazu ist genug Zeit?«
Olivia murmelte nur eine undeutliche Antwort. Ihr sank das Herz. Sie hat das Thema in Gegenwart von Amos absichtlich nicht zur Sprache gebracht, da sie wußte, daß ihr Sohn und ihre Tochter sehr unterschiedlich auf die Einladung reagieren würden. Amos war ihr gegenüber immer noch sehr verstimmt und verhielt sich distanziert. Olivia wußte, daß die Einladung der Pendleburys seine Stimmung nicht gerade bessern würde. Trotzdem mußte früher oder später darüber gesprochen werden. Sie machte sich auf den Streit gefaßt, der unvermeidlich folgen würde, und beschloß, die Sache so schnell wie möglich hinter sich zu bringen.
»Hattest du Zeit, die Einladung der Pendleburys zu lesen, Liebling?« fragte sie Amos.
»Ja.«
»Und?«
»Und was, Mutter?«
»Nehmen wir an oder nicht?«
Er legte klirrend Messer und Gabel auf den Teller. »Annehmen? Das kann nicht dein Ernst sein, Mutter! Du würdest tatsächlich in Erwägung ziehen, zu einem solchen Zirkus zu gehen?«
Maja hörte gespannt und schweigend zu. »Das ist kein Zirkus«, widersprach sie empört. »Es wird vermutlich der wichtigste Ball des Jahres sein!«
»Na und? Dich beeindruckt das natürlich! Mich nicht.«
»Was hat denn das damit zu tun?« erwiderte Maja wütend. »Sie haben uns ihre Gastfreundschaft angeboten. Der Anstand verlangt, diese Gastfreundschaft anzunehmen. Wie kannst du nur so ein Grobian sein, wenn sie so freundlich sind, uns zu bitten?«
»Hast du dir die Mühe gemacht, darüber nachzudenken, warum sie uns gegenüber plötzlich diese angebliche Freundlichkeit an den Tag legen?«

Maja spielte nervös mit einem Stück Toast auf ihrem Teller. »Nun ja, vielleicht wollen sie einfach ... nett sein. Wenn man bedenkt ...« Sie errötete und senkte den Blick.

»Nett?« sagte Amos. »Glaubst du, sie hätten uns eingeladen, weil sie *nett* sein wollen?«

»Warum sonst?« Maja hatte inzwischen einen hochroten Kopf, und ihr Zorn nahm zu. »Ich ... habe dir gesagt, daß Christian mich gefragt hat ...« Ihre Stimme versagte, und sie kaute auf ihrer Lippe.

»Und du glaubst wirklich, *das* sei der Grund für die Einladung?« fragte Amos verblüfft.

»Nun ja, was sonst?«

Amos warf wütend seine Serviette neben den Teller. »Wenn du das immer noch nicht begreifst, dann bist du entweder blind oder du willst es nicht begreifen!«

»Aber Amos, Liebling«, unterbrach Olivia ihn. »Meinst du nicht, wir sollten zumindest darüber reden, bevor wir ...«

»Was gibt es da zu reden? Sag einfach, wir hätten bereits eine andere Einladung angenommen, und damit ist die Sache erledigt.«

»Aber wir haben keine andere Einladung angenommen!« rief Maja den Tränen nahe, »und ich *will* auf den Ball gehen!«

»Wenn du gehen willst, dann laß dich nicht abhalten. Aber erwarte nicht, daß ich mich an diesem demütigenden Getue beteilige.«

Majas Unterlippe zitterte. »Ich bin noch nie auf einem solchen Ball gewesen, Amos. Du weißt, wenn du nicht gehst, kann ich auch nicht ...«

Amos lächelte boshaft. »Warum bittest du nicht deinen anderen Bruder, dich zu begleiten?« fragte er mit schneidender Verachtung. »Ich bin sicher, am Arm eines Engländers wirst du einen sehr viel glänzenderen Auftritt haben.«

»Oh!« Maja brach in Tränen aus und lief aus dem Zimmer.

Olivia wollte sie aufhalten, hob dann aber nur verzweifelt die Hände und ließ sie langsam wieder sinken. »War das wirklich nötig, Amos? Kann man über diese Sache nicht reden, ohne so verletzend zu werden?«

»Was gibt es da noch zu reden, Mutter?«
Olivia seufzte müde. »Um dir die Wahrheit zu sagen, Amos, ich bin genauso durcheinander wie Maja. Warum haben sie uns überhaupt eingeladen?«
»Aus demselben Grund, wie alle anderen es tun.« Seine hellgrauen Augen funkelten hochmütig. »Weil ihnen keine andere Wahl bleibt! Wenn andere Mitglieder der Handelskammer eingeladen sind, können sie es sich nicht leisten, die Raventhornes auszuschließen, auch wenn sie es noch so gerne tun würden.«
»Dann glaubst du, es hat nichts mit...« Sie räusperte sich. »Ich meine, mit Christians Interesse an Maja zu tun?«
»Natürlich nicht! Zumindest nicht direkt. Die Pendleburys machen einfach aus der Not eine Tugend. Wenn sie uns übergehen, werden sie den Leuten, die ohnehin schon reden, noch mehr Stoff für Klatsch liefern. Das sieht doch jeder Dummkopf!«
»Ich wünschte, sie hätten uns nicht eingeladen. Aber Maja hat recht. Wenn du nicht gehst, können wir auch nicht gehen. Und alles, was recht ist, Amos, du kannst deine Schwester in einem solchen Augenblick nicht enttäuschen, ganz gleich, was du persönlich darüber denkst.«
Er sah sie finster an. »Du hast keine Bedenken, die Einladung der Pendleburys unter diesen peinlichen Umständen anzunehmen?«
»Du weißt sehr gut, daß ich genau wie du lieber *nicht* gehen würde!« erwiderte Olivia, erschöpft von der Auseinandersetzung. »Abgesehen von allem anderen ist es Jahre her, daß ich zum letzten Mal auf einer Burra Khana gewesen bin. Ich bin nicht sicher, daß ich die verlogene Unterhaltung und die Sticheleien ertragen kann, von den hämischen Bemerkungen ganz zu schweigen, die gerade laut genug sind, daß man sie hört, und dann die vielsagenden Blicke. Ich weiß nicht mehr, wie es mir gelingen soll, mir den Anschein zu geben, daß ich nichts sehe, nichts höre und nichts fühle...«
Sie bedeckte das Gesicht mit den Händen, versuchte, nicht an die Demütigungen der Vergangenheit zu denken, und kämpfte gegen ihre Gefühle an. Als sie die Hände wieder sinken ließ, war Amos gegangen.

Im oberen Stockwerk fand sie Maja, die stumm und unglücklich auf dem Bett lag. Sie hatte rot verweinte Augen.

»Hast du gewußt, daß es sich bei dem Rubin um den Roshanara handelte?« fragte Olivia, die sich immer noch Sorgen wegen Kyle machte.

»Wie? Ja. Nein ... ich weiß nicht mehr.«

»Hat Kyle dir nichts davon gesagt, daß er vorhatte, eine Belohnung auszusetzen?«

»Nein.«

Maja wandte das Gesicht ab. Sie war vor Enttäuschung wie gelähmt und starrte auf die gegenüberliegende Wand. Olivia setzte sich neben sie auf das Bett und legte ihr sanft die Hand auf die Schulter. »Liebling, Amos hat versucht, dir klarzumachen, daß ...«

»Das ist nicht wichtig. Ich gehe nicht auf diesen Ball.«

Olivia beugte sich über sie und gab ihr einen Kuß auf die Stirn. »Doch, du gehst. Wir werden alle gehen.«

Maja drehte sich um. In ihren Augen zeigte sich ein Hoffnungsschimmer. »Amos ...«

»Ja. Auch Amos. Ich bin sicher, wenn ihm klar wird, wieviel der Abend für dich bedeutet, wird er entgegenkommender sein.«

Maja lächelte mühsam unter Tränen. »Ich war noch nie bei einem dieser großen gesellschaftlichen Anlässe, Mutter ...«

»Ich weiß, Liebling.«

Maja sah sie verzweifelt an. »Aber was um alles in der Welt soll ich denn anziehen? Ich habe nicht die leiseste Ahnung, was im Augenblick Mode ist!«

»Ich auch nicht!« erwiderte Olivia und lachte. »Ich fürchte, wir leben beide hinter dem Mond. Aber wir werden uns zusammentun und uns etwas einfallen lassen.«

Maja lächelte nicht. »Glaubst du, sie haben uns eingeladen wegen ... wegen Christian?«

»Ich weiß es nicht, Liebling. Vielleicht, vielleicht auch nicht.« Sie griff nach Majas Händen. Sie waren eiskalt. »Du mußt mir etwas versprechen, Maja. Aus welchen Gründen sie uns auch eingeladen haben, sieh in dieser Einladung nicht mehr als das, was sie ist.«

Maja hatte die Augen geschlossen. Ihre Lippen zitterten. »Ich habe solche Angst, Mutter...«
»Angst?« Olivia strich ihr über die Haare. »Wovor solltest du dich fürchten?«
Maja öffnete die Augen und starrte an die Decke. »Stell dir nur vor, wenn ich mich vor seinen Eltern lächerlich mache? Vielleicht mögen sie mich nicht...«

*

»Hast du den Verstand verloren?« rief Amos, als Kyle am späten Vormittag in sein Büro kam. »Der Roshanara wurde gestohlen! Wie willst du deinen Kopf jetzt retten? Außerdem, kannst du mir sagen, wie du zu dem Stein gekommen bist?«
Kyle sah ihn seelenruhig an. »Der Rubin gehört mir nicht, und nicht ich habe mir einfallen lassen, ihn als Belohnung auszusetzen.«
»Wem gehört er denn?«
»Der Betreffende möchte anonym bleiben.« Er machte eine ungeduldige Geste. »Vergiß den Roshanara. Ich bin gekommen, um mit dir etwas sehr viel Wichtigeres zu besprechen.«
Amos sah ihn erstaunt an, schwieg und lehnte sich an seinen Stuhl. »Das wäre?«
»Ich habe die seit langem erwartete Antwort.«
»Welche Antwort?«
»Von Thomas Hungerford.«
»Hungerford!« Amos setzte sich langsam. »Ist er schon hier, in Indien?«
»Ja. Auf Grund seiner schlechten gesundheitlichen Verfassung mußte er in Madras an Land und sich in ärztliche Behandlung begeben. Er hat dem Kapitän einen Brief an mich mitgegeben. Ich habe ihn heute morgen erhalten. Es sieht so aus, als würde er so schnell wie möglich nach Kalkutta kommen.«
Die Neuigkeit kam überraschend, wenn auch nicht ganz unerwartet.
Amos fragte: »Was schreibt er sonst noch?«
»Er will unter allen Umständen deine Mutter treffen.«

»Nein, noch nicht! Das heißt, so lange nicht, bis wir sicher sind, daß er etwas Neues zu sagen hat, und nicht, bevor sie vorbereitet ist. Schließlich ...« Er verstummte. Was Kyle gesagt hatte, wurde ihm erst langsam bewußt, und eine eigenartige Angst stieg in ihm auf. »Thomas Hungerford«, flüsterte er kaum hörbar. »Endlich. Aber er kommt, nach all den Jahren ...«
Kyle beobachtete ihn eine Weile, bevor er fragte: »Hast du wieder Zweifel daran, ob es ratsam ist, die ganze Sache neu aufleben zu lassen?«
»Ich weiß nicht.« Amos betastete sein Kinn, ließ die Schultern hängen und dachte nach. »Manchmal frage ich mich, ob es richtig von uns war, ihn überhaupt hierher zu locken. Vielleicht wäre es klüger gewesen, schlafende Hunde nicht zu wecken. Es wäre eine unerträgliche Grausamkeit, wenn sie ihm gegenübertreten müßte. Besonders wenn ...« Er brach mit einem Schulterzucken ab. Er konnte den Gedanken nicht aussprechen, der sie beide in diesem Augenblick beschäftigte. Aber dann richtete er sich auf und fragte: »Was glaubt Hungerford, wann wird es ihm gut genug gehen, damit er seine Reise fortsetzen kann?«
»Das schreibt er nicht. Es könnte eine, vielleicht auch zwei Wochen dauern. Wer weiß?«
»Sonst schreibt er nichts?«
»Nein, abgesehen davon, daß er viel zu sagen hat.«
Amos lachte bitter. »Warum hat der verdammte Kerl es dann nicht schon früher gesagt?«
»Er schreibt, er sei gezwungen gewesen zu schweigen.«
»Und wir wissen beide, von wem!«
Kyle stand auf und legte Amos verständnisvoll die Hand auf den Arm. »Es ist noch nicht zu spät, um ...«
»Nein!« sagte Amos mit zusammengekniffenen Augen. »Jetzt gibt es kein Zurück mehr, Kyle. Wir haben einen wohlüberlegten Entschluß gefaßt, nachdem Findlater tot war. Wir haben die Risiken diskutiert und entschieden, ohne Rücksicht auf die Folgen die Wahrheit herauszufinden.«
»Es wäre töricht, Erwartungen zu wecken, gute oder schlechte, so-

lange du nicht gehört hast, was der Mann zu sagen hat. Vielleicht ist es reine Zeitverschwendung, und er hat es nur darauf abgesehen, schnell ein paar Pfund zu machen. Wir wissen bereits, daß er geldgierig ist. Außerdem haben wir den starken Verdacht, daß er ein notorischer Lügner ist. Wenn er früher gelogen hat, könnte er natürlich noch einmal lügen.«

Amos holte tief Luft. »Ja, das ist mir alles klar. Man muß ihm jedoch zugute halten, daß er auf unsere Anfrage geantwortet hat und selbst für die Kosten der Überfahrt aufgekommen ist.« Er trommelte ungeduldig mit den Fingern auf die Schreibtischplatte. »Hast du seine Adresse in Madras?«

»Ja.«

»Ich finde, anstatt dort zu warten und nichts zu tun, sollte er uns eine schriftliche Zusammenfassung dessen geben, was er zu sagen hat, und sie uns vor seiner Ankunft in Kalkutta zusenden. Das wird seine Glaubwürdigkeit unter Beweis stellen und Zeit sparen.«

Kyle nickte zustimmend. »Ja, eine gute Idee.« Er wollte gehen. »Ein Freund von mir läuft mit der Flut heute abend nach Madras aus. Ich werde ihn bitten, Hungerford meinen Brief persönlich zu überbringen. Übrigens...« Seine Hand lag bereits auf dem Türgriff. »Ich werde ein paar Tage nicht in der Stadt sein.«

»Wohin gehst du?«

»Nach Nordbengalen. Ich will mir diese Plantage ansehen und feststellen, ob sie geeignet ist. Ich müßte innerhalb einer Woche zurück sein, rechtzeitig bevor mit Hungerford zu rechnen ist.«

Amos sah ihn verwundert an. »Du hoffst, die Plantage erwerben zu können, obwohl Birkhurst es ablehnt, sie zu verkaufen?«

Kyle lächelte. »Ja, das hoffe ich sehr.«

»Wir sollten nicht zu schnell vorgehen, solange wir nicht sicher sind, was wir uns zutrauen können, Kyle. Hast du Sir Jasper getroffen?«

»Ja.«

»Und?«

Kyle zögerte. Er zog die halb offene Tür wieder zu und ging dann unruhig im Zimmer auf und ab. Nach einem kurzen Augenblick sagte er: »Amos, du bist mein Freund, und ich vertraue dir. Bedauerlicherweise gibt es vieles, was ich dir noch nicht gesagt habe.« Sein Gesicht wirkte ungewöhnlich ernst, ja sogar besorgt. »Ich verspreche dir, daß du sehr schnell alles erfahren wirst ..., sobald ich zurück bin. Aber im Augenblick muß ich dich noch um etwas Geduld bitten.«

»Weshalb wollte er dich überhaupt sprechen?« fragte Amos, der nicht locker ließ.

»Er wollte sich ... Beruhigung verschaffen. Mehr kann ich an diesem Punkt nicht verraten.« Kyle lachte. »Ich habe dir gesagt, ich würde fischen gehen. Wie sich herausstellte, traf das auf uns beide zu.«

Amos hatte Kyle in vielen schwierigen Situationen erlebt und die beinahe überhebliche Art immer bewundert, mit der er alle Gefahren erfolgreich bestand. Doch diesmal, das konnte Amos sehen, befand sich Kyle in einem Zustand höchster Spannung. Die unglaubliche Selbstsicherheit, mit der er sonst alles in Angriff nahm, schien ihm diesmal irgendwie zu fehlen. Das machte Amos Sorgen.

»Laß dich nicht auf ein Duell mit ihm ein, Kyle«, sagte er warnend. »Ganz gleich, was du mit Pendlebury zu tun hast, der Mann ist geschickt und unglaublich gerissen. Man kann ihn nicht mit diesem Schwachkopf McNaughton vergleichen. Sei bitte vorsichtig!«

»Du meinst, ich sei nicht sehr geschickt und unglaublich gerissen?« Kyle lachte. »Keine Sorge, bei diesem Spiel geht es um zuviel. Ich kann mir nicht die geringste Unvorsichtigkeit leisten.«

Diese Antwort beruhigte Amos nicht sehr. Der Roshanara-Rubin war im Augenblick jedoch vergessen.

*

Christian kam am nächsten Morgen todmüde und völlig entmutigt zurück. Im Haus traf er weder Patrick noch Lytton an; Karamat erklärte, sie seien beide bei einem Hahnenkampf.

Christian war erleichtert und erlaubte sich den Luxus, ein langes heißes Bad zu nehmen, nachdem Karamat ihm mit großem Geschick die schmerzenden Beine und den Rücken mit Öl massiert hatte.

Christian lag niedergeschlagen in der Badewanne und dachte nach.
Der Distrikt, in den er versetzt werden sollte, war langweilig, und es gab wenig, was einen damit hätte aussöhnen können. Es war ein karges, rauhes Gebiet. Auf den Indigoplantagen herrschte Chaos. Es war ein Skandal, daß kleine Landpächter, brutale Raufbolde und habgierige Geldverleiher ungestraft das Regiment führten. Er hatte gehört, daß rebellische Dörfler den letzten Distriktsbeamten und seine Familie drei Tage in seinem Haus belagerten. Sie hatten nichts zu essen und kein Wasser. Sie waren nur mit dem Leben davongekommen, weil sie schließlich im Schutz der Nacht aus dem Distrikt fliehen konnten. Christian hatte zwei oder drei weiße Pflanzer kennengelernt. Es waren arrogante, gefühllose Männer. Es hatte ihn entsetzt, wie offen sie die Gesetze mißachteten.
Der Dienstbungalow war ein schäbiges Gebäude aus Ziegelsteinen und weißem Putz, das weder von außen noch von innen besonders erfreulich wirkte. Aber darüber machte er sich im Augenblick am wenigsten Sorgen.
Er hatte mit Cyril Cleaver, dem stellvertretenden Distriktsbeamten, zu Abend gegessen. Er sollte ihn ablösen und seinen Bungalow übernehmen. Cleaver war ein angenehmer, offensichtlich fähiger und belesener Mann. Er hatte Christian wie einen lange verloren geglaubten Bruder begrüßt. Der Grund für den herzlichen Empfang wurde sehr schnell deutlich. Cleaver gestand, daß er selten Gelegenheit hatte, Gäste zu bewirten, mit denen er ein zivilisiertes Gespräch führen konnte. Christian war seit über drei Monaten das erste neue Gesicht, das er in dieser abgelegenen Region zu sehen bekam. Die Pflanzer blieben unter sich. Es war undenkbar, daß europäische Beamte gesellschaftlichen Umgang mit den Indern pflegten. Cleavers Erleichterung darüber, endlich seinen Posten verlassen zu können, war so groß, daß er dies ziemlich taktlos mehrmals an diesem Abend erwähnte. Das Schlimmste kam jedoch erst noch.
Während er im warmen Wasser lag, den Staub und die Müdigkeit der Reise abwusch, kehrten seine Gedanken zu dem, wie er fand, schwärzesten Aspekt seiner neuen Lage zurück.

Er wußte jetzt, daß er selbst als untergeordneter Beamter für das Wohl einer Bevölkerung verantwortlich sein sollte, die etwa der Zahl der Bewohner Englands unter Elisabeth der Ersten entsprach. Aber sein Vorgesetzter in diesem schwierigen, dicht bevölkerten Gebiet war einer der unangenehmsten Männer der Verwaltung, den man sich vorstellen konnte.

Der Mann hieß Humphrey Doyle. Auch er hatte Christian zum Abendessen eingeladen. Doyle hatte die Einladung widerwillig ausgesprochen und unverblümt gesagt, er tue das mehr aus Rücksicht auf die Stellung von Christians Vater, als um seinen künftigen Stellvertreter willkommen zu heißen. Die Pflanzer waren im allgemeinen Männer ohne jede Menschlichkeit oder Gewissen. Doyle besaß von beidem noch weniger als der Durchschnitt. Er machte kein Geheimnis daraus, daß er korrupt war. Er stand nach den ersten Drinks auf der Veranda seines Hauses und prahlte mit den vielen finanziellen Coups, die er zu seinem Vorteil gelandet hatte. Er stellte großspurig fest, daß der Distrikt sein Reich sei, und erklärte rundheraus, er werde nicht dulden, daß Christian sich in irgendeiner Form in *seine* Art, dieses Reich zu verwalten, einmischte. Je schneller Christian das begreife, desto besser.

Christian war angeekelt. Nach Strömen von Alkohol und einem kalten, lieblos zubereiteten Abendessen, das erst kurz vor Mitternacht auf den Tisch kam, konnte er sich von seinem Gastgeber nicht einmal mehr verabschieden. Doyle war nach dem Essen völlig betrunken auf sein Bett gesunken, und Christian suchte eilig das Weite, während sich zwei von Doyles Dienern vermutlich wie üblich an die mühevolle Arbeit machten, ihrem schweren dicken Herrn einen Pyjama überzuziehen.

Später erfuhr Christian, daß Doyle der Lieblingssohn einer bedeutenden Persönlichkeit in der Regierung war. Deshalb bestand kaum Aussicht, daß man ihn vor der Pensionierung – wenn schon nicht seiner, dann doch der seines Vaters – hinauswerfen würde.

Christian glaubte, er hätte sich mit allen anderen Unzulänglichkeiten seiner Stellung abfinden können. Er hätte sich mit Disziplin und Willenskraft dazu gebracht, sie als Herausforderungen anzusehen. Er hätte sich eingeredet, die Selbstverleugnung, die großen Anstrengungen und die Gefahren seien gerechtfertigt, denn schließlich wurde von einem Beamten im Staatsdienst erwartet, im Laufe seiner Dienstzeit hin und wieder solche Aufgaben und Pflichten auf sich zu nehmen. Aber ihm wurde bereits bei der Aussicht übel, unter einem solchen ungehobelten, jähzornigen, unfähigen und gewissenlosen Grobian wie Humphrey Doyle arbeiten zu müssen. Es gab so viele hervorragende Männer, die der Königin und dem Land mit Hingabe, Integrität und ehrlichem Bemühen dienten. Warum hatte das Schicksal ihn dazu verdammt, beim Spiel um Posten den kürzesten Strohhalm zu ziehen?

Christian war nicht leichter ums Herz, und er verwünschte noch immer sein Pech, als er später am Vormittag zum Haus der Raventhornes eilte. Er konnte es kaum erwarten, Maja von allem zu berichten. Er sehnte sich danach, ihr sein Herz ausschütten zu können, und hoffte, sanftes weibliches und wohlverdientes Mitgefühl zu ernten. Er wagte nicht einmal daran zu denken, wie sie auf die Aussicht reagieren würde, in dieser gottverlassenen Wildnis zu leben. Vor dem Schrecken eines Humphrey Doyle wurden alle anderen Aspekte unwichtig, und häusliche Trivialitäten waren im Augenblick auf den zweiten Platz verwiesen.

Maja saß am Schreibtisch ihres Büros im Stallgebäude. Sie stützte das Kinn auf die Hand und blätterte in Zeitschriften. Unterwegs war Christian wenig Zeit geblieben, Trübsal zu blasen, aber plötzlich wurde ihm klar, wie sehr er Maja vermißt hatte. Er stand einen Augenblick bewegungslos in der Tür und betrachtete sie. Er staunte über ihre Schönheit, genoß ihren Duft, ihre Anwesenheit und erlebte, daß die grausame Härte, die seine beruflichen Hoffnungen und Träume so rücksichtslos zermalmt hatte, unwichtiger wurde.

Maja hob den Kopf, sah ihn, eilte zu ihm und sank mit einem freudigen Ausruf in seine Arme.

»O Christian! Ich habe die Minuten bis zu deiner Rückkehr gezählt. Ich bin so glücklich, daß du wieder da bist!« Sie drückte ihn an sich und sagte leise: »Ich habe mir *solche* Sorgen um dich gemacht. Du hast nur einmal geschrieben.«

Ihm ging es sofort besser, als er ihre besorgte Stimme hörte, die ihn liebevoll willkommen hieß. »Ich hatte nie Zeit zu schreiben«, erwiderte er. »Ich war ständig unterwegs. Es tut mir leid...«
Er hielt sie fest, küßte sie auf den Mund, auf die Stirn, auf die Nase, auf die Augen, flüsterte Liebkosungen und beteuerte immer wieder seine Liebe.
Dann kehrten sie beide in die rauhe Wirklichkeit zurück. Er ließ sie zögernd los und sank auf das kleine Sofa. Das Bedürfnis, seine Kümmernisse loszuwerden und mit ihr zu teilen, war übermächtig. Er erzählte ihr erregt die ganze Geschichte; dabei runzelte er immer wieder die Stirn, damit er keine wichtige Einzelheit ausließ. Er gab sich die größte Mühe, daß sie das ganze Ausmaß seiner Enttäuschung verstand.
Maja saß neben ihm, lehnte den Kopf an seine Schulter und hörte stumm und aufmerksam zu.
Als er seine vielen Nöte aufgezählt und alles, wie er hoffte, bestens erklärt hatte, machte er eine Pause und stellte ihr eine Frage. Sie antwortete nicht. Er mußte die Frage zweimal wiederholen, bevor sie erschrocken auffuhr.
»Was...?«
Er starrte sie ungläubig an, und ihm wurde klar, daß sie kein Wort gehört hatte! Sie schien sich in einer anderen, fernen Welt zu befinden. Sie war in Gedanken versunken, die nichts mit seiner schlimmen Lage zu tun hatten.
Er fragte besorgt: »Was ist geschehen, ist irgend etwas...?«
Sie schüttelte schnell den Kopf, doch ihm fiel auf, daß sie sehr erregt sein mußte. Eine Röte überzog ihr Gesicht, die Augen glänzten wie im Fieber. Es gelang ihr vor Unruhe kaum, stillzusitzen. Sie konnte sich nicht länger zurückhalten und stieß atemlos hervor:
»O Christian, sie haben uns eingeladen, alle drei – kannst du es glauben? Ich kann es noch immer nicht fassen. Es ... es kommt mir wie ein Traum vor...«
Er sah sie verständnislos an. »Wer hat wen wozu eingeladen?«
»Deine Eltern! Sie haben uns alle zu ihrer Burra Khana am Samstag eingeladen – auch mich! Ist das nicht unglaublich?«

»Ach...«
»Ja. Ich habe darauf gewartet, daß du zurückkommst, um dir das zu zeigen...« Sie sprang auf und nahm den Stapel Zeitschriften vom Schreibtisch. »Ich kann mich einfach nicht entscheiden zwischen *dem*«, sie blätterte mit zitternden Fingern schnell weiter, »und *dem*. Was meinst du? Ich glaube, das hier würde himmlisch aussehen in Taft, in blauem Taft. Mutter findet das andere besser ... weißer Tüll mit vielen, vielen gestärkten Petticoats. Andererseits behauptet Tante Edna, die es eigentlich wissen müßte...«
Er blickte stumm und verständnislos auf die Kleiderschnitte, die sie konfus vor ihm ausbreitete, ohne ihren Wortschwall zu unterbrechen.
»Und?« Plötzlich merkte sie, daß er schwieg, und sie brach ab. »Sagst du überhaupt nichts?«
»Was soll ich denn sagen?« fragte er schroff. »Es ist nur eine verdammte Burra Khana!«
»Nur eine...?« Maja war entsetzt. »Siehst du denn nicht, was es zu bedeuten hat, daß wir eingeladen sind?«
Christian war zu sehr mit seinen eigenen Problemen beschäftigt und sah es nicht. »Du hast kein Wort von dem gehört, was ich dir gesagt habe«, stieß er unglücklich hervor. »Interessierst du dich nicht für meine Zukunft, für unsere Zukunft?«
»Selbstverständlich habe ich dir zugehört, und selbstverständlich interessiere ich mich dafür. Ich habe jedes Wort gehört, und es tut mir leid, daß es für dich so schlimm war..., aber Christian, ist das wirklich wichtig? Mir ist es egal, in was für einem Haus wir leben. Es ist mir wirklich egal, solange ich bei dir bin. Ich wäre überall mit dir zusammen glücklich!«
Sie dachte, er würde sich nur um ihre Bequemlichkeit Sorgen machen. Christian konnte kaum glauben, daß sie die Lage so falsch einschätzte. Aber er sah ein, daß es in ihrer augenblicklichen Stimmung keinen Sinn hatte, noch weiter über seine erste Stelle zu reden. Sie würden sich streiten, und in *seiner* augenblicklichen Stimmung war das das letzte, was er wollte. Widerstrebend richtete er sich auf eine Unterhaltung über alberne Trivialitäten ein.

»Meine Eltern veranstalten also eine Burra Khana?«
»Ja.« Maja war erleichtert, daß sie schließlich seine Aufmerksamkeit für sich hatte.
»Und jedes Familienmitglied hat eine eigene Einladung erhalten?«
»Ja.«
Plötzlich dämmerte ihm, daß die Angelegenheit, die sie völlig in Anspruch nahm, vielleicht doch nicht so trivial war, wie er voreilig geglaubt hatte – im Gegenteil!
»Habt ihr die Einladung angenommen?«
»Gütiger Himmel, ja!« Glaubte er wirklich, sie würden ablehnen? »Wir haben sie mit Freuden angenommen. Sag mir, Liebling«, fuhr sie atemlos vor Erwartung fort, »wer wird denn wahrscheinlich noch da sein? Ist es wirklich eine ganz große Sache mit einem Orchester und einem Büfett, und es wird getanzt?«
»Das weiß ich leider nicht. Ich habe meine Mutter noch nicht gesehen.« Er ließ sich von ihrer Begeisterung anstecken und hatte Schuldgefühle, weil seine erste Reaktion so falsch gewesen war. »Aber ich nehme an, das kann ich herausfinden.«
»Nun ja, ich habe nur überlegt, ob es wirklich ein großer Ball ist oder etwas Bescheideneres, Intimeres.«
»Wie ich meine Mutter kenne, werden sich die Leute gegenseitig auf die Füße treten. Es werden ein paar hundert sein.« Er verzog das Gesicht. »Mama macht nicht gern halbe Sachen. Das weiß ich. Und die Einladung war an dich persönlich adressiert?«
»Ja.« Majas Augen leuchteten. »Ich habe genauso gestaunt wie du.« Sie sah ihn beinahe ängstlich an. »Du freust dich doch, Christian, nicht wahr?«
Sein Blick wurde weich. Ihre Aufregung hatte etwas so reizend Kindliches. »Natürlich. Wie kannst du etwas anderes glauben? Ich wußte, Papa würde mich nicht enttäuschen. Das hat er noch nie getan.« Er war vor Dankbarkeit überwältigt.
»Wenn es so ist...«, Maja legte geschäftig die Zeitschriften wieder auf einen Stapel, ohne ihn anzusehen, »hätte er doch sicher nichts dagegen, mit Mr. Ludlow wegen...«

»Nein!« Davon wollte Christian nichts hören. »Ich habe dir bereits gesagt, ich will Papa um keinen einzigen Gefallen bitten. Es würde ihn enttäuschen, wenn ich versuchen sollte, mir durch die Hintertür einen besseren Posten zu ergattern. Er haßt solche Methoden.«
»Aber wenn es dort wirklich so schrecklich ist und du...«
»Ich bin kein Kind mehr«, erwiderte er erregt. »Ich kann nicht jedesmal zu meinem Vater gehen und jammern, wenn etwas in meinem Leben schiefgeht. Man erwartet von einem Beamten, daß er im Dienst durch dick und dünn geht, und mehr«, schloß er entschieden, »gibt es dazu nicht zu sagen.«
Einen kurzen Augenblick war er bereit, noch einmal alles zu wiederholen, was er gesagt hatte, aber es war bereits zu spät.
»Du errätst nie, was noch geschehen ist!« sagte Maja aufgeregt. »Alistair ist hier!«
»Alistair? Alistair Birkhurst...?«
»Ja.«
Christian hatte natürlich von Alistair Birkhurst gehört. In Kalkutta gab es kaum jemanden, der nicht von Olivia Raventhornes erster Ehe wußte. »Ich hatte keine Ahnung, daß er erwartet wurde.«
»Wir auch nicht! Er ist eines Tages ganz plötzlich aufgetaucht. Er ist hier, um die finanziellen Probleme von Farrowsham zu lösen.«
Christian kam ein Gedanke. »Wie hat Amos die Ankunft von Birkhurst aufgenommen?«
Sie schnitt eine Grimasse. »Na ja, mehr oder weniger gelassen. Wir haben Alistair seit seiner Ankunft eigentlich nicht gesehen.« Sie unterließ es im Augenblick, die Spinnerei zu erwähnen. »Ist es möglich, daß Alistair zu der Burra Khana kommt?«
Christian seufzte. »Wie ich Mama kenne, wird *jeder* dabeisein. Hat Amos die Einladung angenommen?«
»O ja.« Sie hob trotzig das Kinn und erklärte mit etwas zu viel Nachdruck: »Er freut sich ebensosehr darauf wie wir.«
»Gut.«
Christian stand auf und wollte gehen. Er war immer noch niedergeschlagen, immer noch enttäuscht, versuchte jedoch tapfer, sich nichts anmerken zu lassen. Natürlich freute ihn die Geste seiner Eltern,

doch er hätte sich gewünscht, Majas Hochgefühl uneingeschränkter teilen zu können. Sie legte die Arme um ihn und gab ihm einen langen Kuß auf die Wange. »Wenn du es schon ablehnst, deinen Vater zu fragen, dann denk darüber nach, ob du nicht selbst mit Mr. Ludlow sprechen solltest«, sagte sie bittend. »Vielleicht wird er...«

Er schüttelte den Kopf. »Nein, wir werden einfach das Beste aus der Situation machen müssen.«

»Also, ich meine, was ich gesagt habe, Christian«, erklärte sie leise. »Solange wir zusammen sind, kann ich überall leben.«

Diesmal reagierte er nicht gereizt. Die Schlichtheit ihrer Gedanken hatte etwas Rührendes. Sie vertraute ihm völlig. Er spürte einen Kloß im Hals. Er drückte sie fest an sich. »Ja«, flüsterte er und drückte seine Wange an ihre. »Das kann ich auch.«

»Bleib noch eine Weile, Christian«, sagte sie. Sie wollte ihn nicht gehen lassen.

»Das kann ich nicht. Heute nicht. Ich muß meine Eltern besuchen, sonst werden sie sehr böse auf mich sein. Und vorher will ich zu Kyle gehen. Er wird vermutlich in der Druckerei sein.«

»Kyle?« Ihr Herz setzte einen Schlag aus.

»Ja. Mein Vater hat gesagt, er würde ihn gern wiedersehen. Ich möchte unbedingt wissen, ob er das getan hat.«

Maja erstarrte. Sogar die Burra Khana war vergessen.

*

Seit die ersten Einladungen bei den Glücklichen abgegeben worden waren, die auf der Gästeliste der Pendleburys standen, war der kommende Ball Stadtgespräch. In gesellschaftlicher Hinsicht brachte der Monsun wenig Erfreuliches. Deshalb galt jedes Ereignis als ein Segen, das die Langeweile der feuchten Monate linderte. Die Stadt war ohnehin sehr neugierig auf den neuen Mann im Rang eines Ministers und auf seine gesellschaftlich führende Gattin. Niemand mußte an Sir Jaspers Erfolge als wichtiges Mitglied der Regierung erinnert werden, und Lady Pendleburys Ruf als angesehene Gastgeberin war ihr lange vor ihrer Ankunft aus London vorausgeeilt. Die Anwesenheit von Lord und Lady Ingersoll in der Stadt erhöhte noch die gesellschaftliche Bedeutung, die diesem Ball zukam. Bestimmt würde Lady Ingersoll, diese einflußreiche, allgemein bewunderte Vertraute der Königin, und ihr Gemahl ebenfalls anwesend sein. Die Aussicht darauf, jemandem zu begegnen, der, bildlich gesprochen, das Ohr Ihrer königlichen Majestät war, rief größte Aufregung in der Stadt hervor.

Noch aufregender und von unendlich größerem praktischen Wert waren die zu erwartenden Junggesellen, die jungen Beamtenanwärter aus dem Kreis von Christian Pendlebury. Das Geschäft auf Kalkuttas hektischem Heiratsmarkt, wo die Einsätze und die Konkurrenz oft höher waren als beim Pferderennen, florierte am besten in festlichen Salons. In der Tat, welch einen besseren Ort konnte man sich für das Einfädeln von Verbindungen vorstellen als diese eleganten Schauplätze, wo man mögliche Kandidaten und Bewerber auf höchst schmeichelhafte Weise und unter den denkbar günstigsten Umständen unter einem Dach zusammenbrachte. Natürlich betrauerte man allgemein das Unglück, das dem jungen Christian Pendlebury zugestoßen war. Welche Tragik, daß den unschuldigen jungen Mann dieses unverdiente Schicksal ereilt hatte, in die Fänge dieser geächteten Eurasierin zu geraten, noch bevor er sich zu einem Staatsbeamten in Amt und Würden entfaltet hatte.

Auch wenn es *einem* gelungen war, den Müttern heiratsfähiger Töchter aus gutem Haus durch die Maschen des Netzes zu schlüpfen und zu fliehen, so kümmerte sich Gott im Himmel trotzdem gewissenhaft um die Seinen. Die unangemeldete Ankunft von Baron Birkhurst von Farrowsham wurde als ausgleichende Gerechtigkeit angesehen. Die Lotterie des Heiratsmarkts hatte einen Hauptgewinn. Alistair Birkhurst war ebenfalls jung und reich. Auch er sah gut aus. Er war der begehrteste Leckerbissen, der den räuberischen Matronen Kalkuttas seit langem in den Schoß gefallen war. Natürlich war es bedauerlich, daß er eine Amerikanerin, noch dazu eine von so zweifelhaftem Ruf, zur Mutter hatte, aber dafür konnte man kaum den armen Jungen verantwortlich machen. Die Mütter mit unverheirateten Töchtern fletschten die Zähne, schärften die Waffen und planten die unterschiedlichsten Offensiven mit allen ihnen zur Verfügung stehenden Mitteln.

»Achte darauf, daß du mindestens *zweimal* mit ihm tanzt«, sagte Charlotte Anderson zu ihrer ältesten, unverheirateten Tochter Melanie, um deren Zukunft sie sich große Sorgen machte. Tim Harrison vom zweiten indischen Regiment, auf den sie so große Hoffnungen gesetzt hatte, war spurlos irgendwo an der Nordwestgrenze verschwunden, und man hatte seitdem nie mehr etwas von ihm gehört. Und Melanie wurde nicht jünger. »Wenn sie auch nur die kleinste Möglichkeit hat, wird sich Verity Twining frech durch die Hintertür einschleichen und Seiner Lordschaft ihre pickelige, dicke Nichte an den Hals werfen.«

»Ich kann ihn wohl kaum zwingen, sich in meine Karte einzutragen, wenn er mich nicht bittet, mit ihm zu tanzen!« sagte Melanie, die sich mit der heißen Lockenschere und Papierröllchen Löckchen in die Haare drehte.

»Es gibt andere Mittel, um das zu erreichen.« Mrs. Anderson spitzte den Mund. »Du läßt deine Tanzkarte einfach so fallen, daß er es nicht übersehen kann. Wenn er sie aufhebt, fragst du ihn, ob er lieber Walzer oder Polka tanzt. Kein Gentleman braucht dann noch einen Hinweis, um das Erforderliche zu tun.« Sie musterte ihre unscheinbare älteste Tochter ohne große Begeisterung. »Mach um Himmels willen den Mund nicht öfter auf als notwendig.«

»Ich muß mich doch unterhalten, oder?« sagte Melanie mißmutig.

»Du solltest lernen, das mit geschlossenem Mund zu tun«, antwortete ihre Mutter bissig.

Melodys kürzliche Verlobung mit Patrick Illingworth machte sie überheblich, und sie kicherte. Ihre ältere Schwester warf ihr einen giftigen Blick zu.

Am Mittagstisch der Twinings wanderte Veritys mißbilligender Blick immer wieder vom randvoll mit fettigem Hammelpilaw gefüllten Teller ihrer Nichte zu deren hängendem Doppelkinn. Die Schwester ihres Mannes saß in einem gottverlassenen Provinznest und hatte ihre

Tochter auf der Suche nach einem passenden Mann nach Kalkutta geschickt. Obwohl Verity Twining jede erdenkliche Anstrengung unternahm, fand sie diese Aufgabe mühsam und verlor langsam die Lust und die Geduld.

»Keinem Menschen wird jemals auffallen, wie hübsch du lächelst«, sagte sie und schob entschlossen die Hälfte des Pilaw auf ihren eigenen Teller, »wenn du nicht etwas von deinem Übergewicht loswirst. Und ganz bestimmt keiner wie Alistair Birkhurst!«

»Ich will nicht heiraten«, jammerte Deirdre, die den ganzen Zirkus so satt hatte wie ihre Tante. »Ich will Musikerin werden.«

Verity Twining zweifelte jedoch allmählich daran, daß Deirdre das eine oder das andere schaffen werde. Aber noch dachte sie an England, die Königin und die Diplomatie und behielt das für sich. »Du kannst heiraten und trotzdem Musikerin sein!«

»Er ist jünger als ich.«

Mrs. Twining sah sie streng an. »Du bist *einundzwanzig*, vergiß das nicht, mein Fräulein!«

»Nein, das bin ich nicht. Du weißt, daß ich vierundzwanzig bin! Ich finde es nicht richtig, diese albernen Lügen zu verbreiten.«

Ihre Tante warf ihr einen Blick zu, bei dem die Temperatur im Raum spürbar sank. »Es gibt Lügen«, sagte sie eisig, »und *Lügen*. Unter bestimmten Umständen ist es erlaubt, sich gewisse Freiheiten mit der Wahrheit zu nehmen.«

Abgesehen von den häuslichen Reibereien, die das ungeduldig erwartete Ereignis auslöste, führte es in mehreren anderen Bereichen zu hektischer Aktivität. Zum einen konnte man in der ganzen Stadt weder für Geld noch für gute Worte einen anständigen Schneider finden. Selbst auf die der zweiten Garnitur hatten sich die Damen so gierig gestürzt wie Goldwäscher auf Goldklümpchen in der Pfanne. Hinter undurchsichtigen Schutzschirmen, die aufgestellt wurden, um jeden Einblick zu verwehren, surrten auf den Veranden die Nähmaschinen, und flinke schwarze Finger schnitten und formten, nähten und plissierten, kürzten und fältelten bis in die späten Nachtstunden. Wer glücklich – und schnell – genug gewesen war, sich die besten Schneider der Stadt gesichert zu haben, versteckte sie in den Dienst-

botenunterkünften oder Nebengebäuden. Man wußte, wie wankelmütig ein Meister der Schere vor einem bedeutenden gesellschaftlichen Ereignis sein konnte. Deshalb wollte niemand riskieren, daß skrupellose Konkurrentinnen es wagten, den eigenen Schneider durch das Versprechen größerer Summen abspenstig zu machen.
Einige der weniger Glücklichen, deren Taschen für aufwendige neue Kleider einfach nicht gut genug gefüllt waren, griffen zu anderen Methoden, um Rivalinnen auszustechen. Sie machten die fehlenden Mittel durch Einfallsreichtum wett. Entschlossen, nicht zurückzustehen, gingen sie daran zu ändern, aufzutrennen und umzunähen. Sie verwandelten geschickt alte Lieblingskleider in neue Modelle. Dabei hofften sie inbrünstig, niemand werde das Kleid vom vorjährigen Derby in seiner neuen Gestalt erkennen. Keine Mission des britischen Außenministeriums in Afghanistan hätte mit mehr konspirativem Geschick und größerer Geheimhaltung durchgeführt werden können als die Vorbereitungen für den Ball, mit dem sich die Pendleburys in Kalkutta einführten. Ganz gleich, was das bewies oder nicht bewies, es führte die Behauptung *ad absurdum*, Frauen könnten kein Geheimnis wahren.
Wenn die häusliche Umgebung auf der Seite der Frauen schlagartig an eine Kriegsfront erinnerte, so war es für ihre Ehemänner nicht viel anders.
Dr. Humphries zum Beispiel fluchte lange und ausgiebig, nachdem er über einen Fremden gestolpert war, der über einen komplizierten Apparat gebeugt (wie sich später herausstellte, war es nur eine Nähmaschine!) auf dem Fußboden vor seinem eigenen Sprechzimmer hockte, als er eines Nachmittags zum Tee nach Hause kam.
»Sei vorsichtig, Charles«, ermahnte ihn seine Frau, »sonst machst du die ganze Arbeit des Durzee von heute morgen kaputt!«
»Durzee? Was hat ein Schneider in *meinem* Sprechzimmer zu suchen?«
»Was soll er schon tun? Er näht ein Abendkleid für Emily.«
»In meinem Sprechzimmer?« Dr. Humphries war wütend. »Hast du keinen anderen Platz im Haus für ihn gefunden?«
»Absolut nicht«, erwiderte Dora empört. »Abgesehen davon, daß ich

ein Auge auf jeden Stich haben muß, den er macht, werde ich ihn doch nicht auf der Veranda arbeiten lassen, wo ihn jeder sieht.«
»Er muß sich doch nicht verstecken, oder?«
»Ach, sei doch nicht so schwer von Begriff, Charles. Willst du, daß jeder weiß, was deine Tochter tragen wird?«
»Was zum Teufel macht das, solange sie etwas Schickliches anhat! Oder ist das heutzutage schon zuviel verlangt?«
Dora starrte ihn anklagend an. »Offenbar ist dir völlig gleichgültig, ob deine Tochter einen passenden Mann findet oder nicht!«
»Einen passenden Mann? Du meine Güte, sie ist doch erst fünfzehn!«
»Wie soll ich verhindern, daß die geeigneten jungen Männer weggeschnappt werden, wenn ich nicht früh genug anfange, den richtigen zu suchen?«
»Fang sie meinetwegen mit dem Lasso ein und nagle sie an der Haustür fest. Aber wenn dieser Kerl mit seinem ganzen Zeug nicht in fünf Minuten aus meinem Sprechzimmer verschwunden ist, dann ...«
Der Schneider bekam es mit der Angst zu tun und floh.
Auch die führenden Geschäfte der Stadt, die Kurzwarenläden und selbst weniger geschäftstüchtige Unternehmen schmiedeten das Eisen, solange es heiß war. Fliegende Händler zogen in einem wahren Freudentaumel mit ihren Eselskarren voller Ballen importierter Stoffe, die durch die unzeitgemäße Nachfrage sündhaft teuer wurden, von Haus zu Haus. Sie nutzten die weibliche Eitelkeit, um dank treuherzig vorgebrachter Schmeicheleien und Behauptungen unerhörte Gewinne einzustreichen. Bei Whiteaway Laidlaw war seit Jahren während der Regenzeit nicht mehr so viel los gewesen. Von morgens bis abends riß der Strom wohlhabender Memsahibs – oder deren Ajas, Diener und Vertrauten – nicht ab, um im Rennen um Aufsehen und Eleganz die passenden Bänder und Spitzen für die mitgebrachten Stoffmuster zu finden. Schließlich mußte selbst Whiteaway Laidlaw mit Bedauern ankündigen, daß die Brüsseler Spitze zu Ende ging, daß es *keine* rosa und blauen Bänder mehr gebe und Damenstrümpfe in allen Farben ausverkauft seien.
Die Geschäfte der Damenfriseure waren ebenfalls überlaufen. Am

Vorabend der Burra Khana waren den meisten Haarnadeln, Netze und Schmuckkämme ausgegangen, und Haarlack gab es nur noch auf dem Papier.

Der Haushalt der Pendleburys wirkte im Gegensatz zu der erhitzten Atmosphäre in der Stadt bemerkenswert ruhig. Als erfahrene Gastgeberin, die es gewohnt war, Einladungen im großen Stil zu geben und zu besuchen, bewegte sich Lady Pendlebury normalerweise nur in exklusiven Kreisen. Deshalb war sie insgeheim entsetzt über Kalkuttas Gesellschaft. Ihr war aufgefallen, daß der koloniale Snobismus mehr auf Rasse als auf Klasse zielte, und das hatte einen guten, wenn auch bedauernswerten Grund. Als Minorität in Indien hatte die herrschende Rasse die Pflicht zusammenzuhalten, und zwar ohne Rücksichten auf Familie und Stammbaum, wie das zu Hause der Fall war. Andererseits sah man sich durch die punktuelle Erosion sozialer Hierarchien im Interesse einer Einheitsfront gezwungen, mit vielen gesellschaftlich zu verkehren, deren Herkunft und Leben ihnen in England selbstverständlich den Zugang zu jedem respektablen gesellschaftlichen Ereignis versperrt hätten. Manche Leute auf Lady Pendleburys Gästeliste in Kalkutta (ganz abgesehen von den unverschämten Raventhornes) wären mit ihrem Dialekt in Buckinghamshire nicht über das Pförtnerhaus hinausgekommen und erst recht nicht über die Haustür (sie hätten nicht den Mut aufgebracht, eine solche Aufdringlichkeit auch nur zu versuchen). Im Gegensatz zu diesen Bauern hier in der Kolonie kannten die Leute in zivilisierten Ländern ihren Platz, und sie blieben dort, wohin sie gehörten. Wenn Lady Pendlebury ihrer Gästeliste überhaupt etwas Tröstliches abgewinnen konnte, dann war es die Tatsache, daß auch die Ingersolls darauf standen und ihr einen Hauch von Exklusivität verliehen. Und das, so entschied sie seufzend, war besser als nichts.

Trotzdem waren im äußerlich friedlichen Haushalt der Pendleburys die Vorbereitungen in vollem Gange. Obwohl Lady Pendlebury viele Vorbehalte hatte, war sie von Natur aus eine sehr gewissenhafte Gastgeberin. Ihren scharfen Augen entging kein Detail. Deshalb war es selbstverständlich, daß sie jeden Aspekt einer Abendgesellschaft unter ihrem Dach mit unendlicher Sorgfalt plante. Sie gab ihre Anweisungen und delegierte Pflichten mit vollendeter Gelassenheit und absolutem Selbstvertrauen. Sie wußte genau, was notwendig war und wie man es zuwege brachte, daß absolut *alles* so ausgeführt wurde, wie sie es haben wollte. Mamsell Corinne, ihre neue Haushälterin, erwies sich als eine wahre Perle. Ihre beste Eigenschaft war, daß sie gut mit Monsieur Pierre zurechtkam. Für dieses gütige Geschick war Lady Pendlebury zutiefst dankbar. Der temperamentvolle und ach so empfindliche Koch hatte seit Tagen keine Migräne gehabt. Er hatte Lady Pendlebury sogar damit überrascht, daß er das anspruchsvolle Büfett, das sie sich ausgedacht hatte, ohne den geringsten Protest in Angriff nahm. Es gab inzwischen jedoch Augenblicke, in denen sich Lady Pendlebury fragte, ob die beiden sich für ihren Geschmack nicht etwas zu gut verstanden. Darüber, so beschloß sie pragmatisch, würde sie sich später Sorgen machen, wenn sie die erste Abendgesellschaft und die drei musikalischen Soireen erfolgreich hinter sich gebracht hatte.

Obwohl Jasper Pendlebury die Burra Khana selbst vorgeschlagen hatte, wurden der Ball und seine Vorbereitungen für ihn eine ständige Quelle des Ärgers. Er ergriff daraufhin unverzüglich angemessene Schutzmaßnahmen. Da die Handwerker jeden vorhandenen Raum wie Termiten die Holzverkleidung heimsuchten, blieb er noch länger als gewöhnlich im Amt, ließ sich das Essen durch Tremaine im Essensträger bringen. Sobald er nach Hause kam, befahl er eilig, ihm eine Wasserpfeife vorzubereiten, und verschanzte sich in seinem Arbeitszimmer hinter aromatischen Rauchwolken gegen alle Eindringlinge. Es gab ohnehin vieles, worüber er allein nachdenken mußte, zum Beispiel über Harriet Ingersolls Verbindungen zur Königin. Außerdem sah er sich veranlaßt, sich gedanklich eingehender mit dem seltsamen Treffen mit Kyle Hawkesworth zu beschäftigen. Die Begegnung beunruhigte ihn mehr, als er sich das zunächst eingestehen wollte.

Lady Pendlebury wußte aus Erfahrung, daß es vergeblich war, von ihrem Mann intelligente Vorschläge oder Entscheidungen im häuslichen Bereich zu erwarten. Deshalb überließ sie ihn ungestört seinen einsamen Freuden.

Zwei Tage vor dem großen Ereignis nahm sie jedoch das Risiko zu ersticken in Kauf, drückte ein Taschentuch auf die Nase und wagte sich in das Allerheiligste ihres Mannes.

Hustend nahm sie in einiger Entfernung, aber noch in Hörweite von Sir Jasper, Platz. »Ich dachte, du solltest vielleicht wissen, daß alle eingeborenen Kaufleute kommen werden. Aber nur einer bringt seine Frau mit.«

»Kali Charan Goswami? Das habe ich mir gedacht. Ich glaube, sie hat nichts dagegen, sich unter Ausländer zu mischen.«

»Das will ich hoffen!« erwiderte seine Frau bissig. Sie zählte die Namen einiger anderer auf, die die Einladung angenommen hatten, und wies mit angedeutetem Stolz auf die erstaunlich wenigen Absagen hin. »Jedenfalls habe ich beim indischen Essen Schweinefleisch und Rindfleisch weggelassen.«

»Ausgezeichnet.«

»Wir haben für alle getrennte Tische, die vielleicht noch andere Essensge- und -verbote befolgen. Die bengalischen Köche werden in ausreichender Menge Fisch, Geflügel und vegetarisches Curry zubereiten.«

»Sehr aufmerksam, meine Liebe, sehr aufmerksam.«

»Der Champagner, den wir im Keller haben, müßte reichen, aber wenn du nicht die Havannas verteilen willst, die Dudley aus Amerika geschickt hat, mußt du noch Zigarren bestellen.«

»Wird der junge Birkhurst kommen?«

»Ja, Mr. Donaldson hat für ihn geantwortet.«

Er sah sie durchdringend an. »Und die Raventhornes? Haben sie die Einladung angenommen?«

Sie wurde kühl. »Hast du erwartet, sie würden absagen?«

»Ja. Es ist allgemein bekannt, daß sie für sich bleiben.«

»Man kann wohl behaupten, das tun sie aus gutem Grund. Jasper, ich...«

Er hob die Hand, bevor sie weitersprechen konnte. »Das Thema steht nicht zur Diskussion, Constance. Ich habe dir bereits erklärt, daß sie aus Gründen der Zweckmäßigkeit eingeladen worden sind. Ganz gleich, wie du persönlich darüber denkst, ich muß darauf bestehen, daß sie mit der gleichen Aufmerksamkeit und Achtung behandelt werden wie alle anderen Gäste, sobald sie den Fuß über die Schwelle gesetzt haben. Daran gibt es nichts zu rütteln.«

Lady Pendlebury ballte die Fäuste. »Wenn Christian sich in aller Öffentlichkeit lächerlich macht und um dieses freche ... freche ...«, sie rang sichtlich nach Worten, flüchtete sich in erneuten Husten und stieß erstickend hervor: » ... werde ich das nicht dulden!«

»Warum nicht? Er wird nur seine Pflicht als Gastgeber erfüllen. Du möchtest doch sicher nicht, daß er etwas anderes tut?«

Sie starrte ihn voll Abscheu an. »Wie kannst du das alles so ... so auf die leichte Schulter nehmen, Jasper. Findest du das nicht schrecklich erniedrigend?«

»Nein. Ich habe dir bereits versichert, daß Christian Raventhornes Tochter nicht heiraten wird.«

»Das sagst *du*, Jasper. Aber kannst du mir bitte verraten, wie du ihn daran hindern willst?«

»Ihn hindern?« Sir Jasper wirkte leicht überrascht. »Oh, ich werde ihn nicht hindern. Das muß ich nicht. Es wird Christians eigene Entscheidung sein, diese Frau nicht zu heiraten.«

*

Amos war mit seiner störrischen und kindischen Haltung in Hinblick auf die Burra Khana unmöglich, aber die übertriebene Reaktion ihrer Tochter ging Olivia noch mehr auf die Nerven. Seit die wunderschön geschriebene Einladung mit dem goldgeprägten Wappen eingetroffen war, schien Maja völlig den Verstand verloren zu haben. Sie verhielt sich unberechenbar und fuhr beim kleinsten Anlaß aus der Haut. Bei Tisch aß sie kaum etwas, aber zwischen den Mahlzeiten stöberte sie in der Speisekammer herum und verschlang alles, was sie fand. Anstatt nachts zu schlafen, saß sie auf der Veranda, dachte nach, machte sich ständig Notizen und brachte sich, wie Olivia wußte, auf ihrem Zimmer mit den verwünschten Schnittmusterbüchern, die sie wie Maskottchen ständig herumschleppte, um den letzten Rest Verstand.

Die allerwichtigste Frage, die nach dem Kleid, war noch nicht beantwortet. Nichts, was die Händler anschleppten, war gut genug für diesen Anlaß; selbst die schönsten Stoffe wurden verworfen. Olivia ging schließlich mit Maja an ihren eigenen Kleiderschrank. Sie packte eins ihrer sündhaft teuren, ungetragenen Abendkleider aus und schlug vor, es abzuändern. Maja lehnte es voller Verachtung als uralt und unbrauchbar ab und war wieder einmal nahe daran, einen Wutausbruch zu bekommen.
»Sieh dir doch nur den Saum an, Mutter! Er ist noch mit der Hand genäht!«
»Wer wird bei zweihundert Leuten auf den Saum achten?«
»Ich und ... *sie* auch!« rief Maja, und ihr kamen die Tränen. »Sie wird *alles* an mir bemerken, auch diesen verwünschten Saum. Verstehst du das nicht?«
Olivia gab sich geschlagen. In diesem Augenblick betrat Edna Chalcott den Raum.
Mit unfehlbarem Instinkt und geübtem Blick erkannte Edna die Lage. Sie ging mit Maja in ihr Zimmer und drückte sie in einen Sessel. Dann griff sie wortlos nach dem Stapel Modezeitschriften neben dem Bett und warf sie alle in den Papierkorb. Mit strenger Miene setzte sie sich Maja gegenüber ans Fußende des Bettes.
»Nun hör mir gut zu, mein Kind«, sagte sie. »Gereiztheit und unnötige Aufregung bringen dich nicht weiter oder höchstens ins Krankenbett. In den letzten Tagen habe ich während der Proben für die musikalische Soiree Lady Pendlebury genau beobachtet. Sie ist eine Frau mit sehr viel Stil. Alles, was sie trägt, ich wage zu behaupten, selbst ihre Unterwäsche, ist erlesen und mit einem Blick für Exklusivität ausgewählt.«
»Was hast du vor?« fragte Maja mit einem sarkastischen Lachen, das verdächtig nach einem Schluchzer klang. »Willst du, daß ich mich noch elender fühle, als es schon der Fall ist?«
Edna beachtete sie nicht. »Also, wenn du auf Christians Mutter einen guten Eindruck machen willst, und ich vermute, das ist der Sinn der ganzen Sache, dann mußt du sie mit ihren eigenen Waffen schlagen. Du mußt beweisen, daß du ebenfalls Stil hast.«

»Und wie soll das geschehen?«
»Ich versichere dir, nicht mit diesem alten Plunder.« Sie warf einen verächtlichen Blick auf die Zeitschriften im Papierkorb. »Die Vorstellungskraft der Frauen in dieser Stadt ist begrenzt, sehr begrenzt! Deshalb werden sie sich alle von diesen Schnittmustern inspirieren lassen. *Du*, meine Liebe, brauchst etwas, in dem du *anders* aussiehst.«
»Ach so, du meinst, wir nehmen einen Zauberstab und ...«
Edna beachtete auch diese Bemerkung nicht. »Zuerst vergessen wir Rüschen und Besatz und die vielen Meter knisternder Seide, denn genau das verachtet Lady Pendlebury. Die meisten Frauen in den Kolonien haben ihren Geschmack im Mund, sonst nirgends. Sie werden sich für den Ball schmücken wie Weihnachtsbäume und überhaupt nicht merken, daß sie gewöhnlich, billig und geradezu grotesk aufgedonnert aussehen. Das, Liebes, darfst du nicht.«
»Na und, was soll ich dann tragen?« fragte Maja mit Tränen in den Augen. Ich habe nichts anderes und Mutter auch nicht.«
Edna stand auf und drückte ihr die Hand. »Überlaß das mir, Liebes. Ich bin vielleicht keine begnadete Schneiderin, aber ich habe ein gewisses Maß an Vernunft und weiß, wovon ich rede. Zufällig habe ich genau das Richtige für dich in meiner Schatztruhe. Jetzt wasch dir das Gesicht und putz dir die Nase. Wir fahren auf der Stelle ins Chitpur-Heim zu den Zwillingen.«
Maja wirbelten tausend Fragen im Kopf herum, die Edna auf ihrem Weg nach Chitpur mit Geduld und einer Menge praktischer Klugheit beantwortete. Sollte sie Handschuhe tragen? Nun ja, sie besaß keine. War es üblich, bei der Vorstellung einen Knicks zu machen? Sollte sie die Haare lang und offen tragen, aufgesteckt und gelackt, gelockt oder glatt? Welche Kosmetika benutzte man üblicherweise außer Lippensalbe, Rouge und Schwärze? Und bestimmt würde sie neue Ballschuhe – flach oder mit hohen Absätzen – brauchen und dazu eine passende Handtasche. Es war so wenig Zeit, es gab soviel zu tun und zu lernen und in die Tat umzusetzen. Auf keinen Fall durfte sie Christian enttäuschen oder einen Fehler machen.
Gütiger Himmel, womit sollte man beginnen ...

»Beginnen? Nun ja, wenn du noch dein illustriertes Handbuch aus der Schule hast«, sagte Edna, als sie von den Zwillingen zurückkamen, »schlage ich vor, wir beginnen mit Tanzstunden. Ich bin sicher, wir könnten beide ein oder zwei Lektionen brauchen ...«
Olivia war sehr erleichtert, ihre überreizte Tochter eine Zeitlang los zu sein, und beschäftigte sich in Gedanken wieder mit Amos. Er tat noch immer alles, um ihr aus dem Weg zu gehen, war immer mürrisch und verschlossen. Nach den flehentlichen Bitten seiner Schwester hatte er sich schließlich bereit erklärt, sie zu den Pendleburys zu begleiten. Doch obwohl dieser Kampf gewonnen war, wußte Olivia, daß ein anderer noch bevorstand. Am Abend vor dem Ball stellte sie Amos in seinem Zimmer zur Rede.
»Ich muß noch etwas zu dieser Burra Khana sagen, Amos.«
»Um Himmels willen, Mutter«, rief er gereizt. »Ich habe gesagt, daß ich hingehen werde. Was verlangst du noch?«
»Der Grund für dein seltsames Verhalten ist Alistair. Ist es nicht so?«
Er sah sie kalt an. »Ob er da sein wird oder nicht, ist für mich ohne jede Bedeutung. Ich muß mir um ganz andere Dinge Sorgen machen.«
»Um welche Dinge?«
»Ernstere Dinge, als ein verdammter Pukka-Ball! Ich habe ...«
Beinahe hätte er über den Brief von Thomas Hungerford gesprochen, aber er verstummte gerade noch rechtzeitig. Es ärgerte ihn jedoch, daß sie ausgesprochen hatte, was natürlich stimmte. Er haßte die Vorstellung, Alistair Birkhurst begegnen zu müssen.
»Es gibt kein Gesetz, das verlangt, daß du Alistair mögen mußt, Amos«, sagte Olivia entschlossen. »Das akzeptiere ich. Ich akzeptiere auch, daß du ihm nicht begegnen willst. Du mußt es nicht. Natürlich schmerzt mich das, aber als erwachsener Mensch hast du das Recht, deine eigenen Entscheidungen zu treffen. Auf einem muß ich jedoch bestehen.« Sie ging hinüber zu ihm und zwang ihn, sie anzusehen. »Ich bestehe darauf, daß du, wenn du Alistair zufällig in der Öffentlichkeit begegnest, und das wird am Samstag vermutlich der Fall sein, daß du zumindest höflich bist.«

»Wenn du damit meinst, daß ich ihm in der Öffentlichkeit nicht ein blaues Auge verpassen soll, dann kannst du beruhigt sein.« Er lachte häßlich. »Es sei denn natürlich, er fordert es heraus.«

Olivia ließ sich nicht beirren. »Ich wäre völlig zufrieden, wenn du genau das, nur das eine für mich tun würdest, Amos«, sagte sie bittend. »Nur das. Keine Gewalt, keine Unhöflichkeit und kein Skandal. Versprich es mir, Liebling, versprich es mir.«

Er machte ein finsteres Gesicht und kochte innerlich vor Wut. »Du hast kein großes Vertrauen mehr zu mir, nicht wahr?«

»Ach Liebling, das ist es nicht. Es ist...«

»Gib dir keine Mühe, es zu erklären. Ich verstehe dich sehr gut.«

Olivia griff nach seiner Hand und hielt sie fest. »Gib mir dein Wort, Amos.«

Er zog seine Hand zurück. »Ja, ja, ja. Du kannst dir ersparen, seinen Namen mir gegenüber noch einmal zu erwähnen!«

Er nahm seinen ordentlich gefalteten Pyjama vom Bett, stürmte in sein Ankleidezimmer und schlug die Tür mit einem lauten Knall hinter sich zu.

Trotzdem atmete Olivia erleichtert auf. Er hatte ihr sein Wort gegeben, und sie wußte, er würde es halten.

Als sie auf ihrem Weg in den Rosengarten hinter dem Haus die Treppe hinunterstieg, lächelte sie. Sie hatte Amos gesagt, sie habe keine Lust, auf den Ball zu gehen. Das war eine Lüge. Sie hatte das Gefühl, daß es im Augenblick nichts auf der Welt gab, was sie sich mehr wünschte, als am nächsten Tag auf der Burra Khana zu sein.

Sie wußte, Alistair würde dort sein, und sie würde ihren Sohn wiedersehen.

*

»Setzen Sie sich, Mr. Pendlebury.« Herbert Ludlow wies auf einen Stuhl, sobald Christian durch die Tür trat. »Ich freue mich, daß Sie sich die Zeit genommen haben, mich heute morgen aufzusuchen.«

Christian tat wie befohlen und lächelte vor sich hin. Die Aufforderung seines Vorgesetzten zu einem Gespräch war ein Befehl. Es war keine Frage von ›sich die Zeit nehmen‹. Die Nachricht hatte ihn nicht sonderlich überrascht: Er möge, wenn er es einrichten könnte, noch an diesem Morgen ins Amt kommen. Mutlos dachte er, es werde Herbert Ludlow großes sadistisches Vergnügen machen, sich ausführlich nach seiner Reise nach Champaran zu erkundigen. Aber während der obligatorischen kurzen allgemeinen Unterhaltung stellte Ludlow nur Routinefragen nach Christians Sprachstudien und Fortschritten in den anderen Fächern.

Herbert Ludlow war ein stämmiger, behäbiger Mann mit wenigen Haaren und vielen Fettpolstern. Er hatte zur selben Zeit wie Sir Jasper und Bruce McNaughton Haileybury besucht. Auch er hatte sein Berufsleben als Sekretär bei der Ostindischen Kompanie begonnen. Er war ein überzeugter, ziemlich pedantischer Junggeselle und empfand für seine verheirateten Kollegen im allgemeinen echtes Mitleid. Wie viele Bürokraten neigte er dazu, den Klang seiner Stimme etwas lieber zu hören, als es der Anstand gebot oder seine Zuhörer vielleicht gewünscht hätten. Wenn Herbert Ludlow eine Religion hatte, dann, so sagte man, sei es die Zivilverwaltung. Böse Zungen behaupteten, er verrichte seine Andacht an jedem Schreibtisch, an dem er zufällig gerade saß.

Nach den üblichen Floskeln begann er mit der weitschweifigen Einleitung, die er bei allen Gesprächen mit den Neulingen gebrauchte, die ihm nach der Ausleseprüfung der Zivilverwaltung in England geschickt wurden – ganz gleich, wie oft er diese Predigt schon gehalten hatte.

»Der vertragsmäßige Staatsdienst, Mr. Pendlebury, stellt die wichtigste Klasse der Beamten dieses Landes; das hat man Ihnen zweifellos bereits auf dem College beigebracht.«

»Jawohl, Sir.«

»Er ist für die Eingeborenen die Essenz britischer Herrschaft in Indien. Jeder Beamte tritt als ein Symbol vor die Menschen dieses Landes. Er ist ein materialisiertes Symbol für den immateriellen Geist und die Ziele der Regierung Ihrer Majestät. Insoweit das Handeln der

Regierung Auswirkungen auf das tägliche Leben, das persönliche Wohlergehen und die weltlichen, alltäglichen Angelegenheiten der Menschen hat, ist der Staatsdienst als Entscheidungsgewalt im Hinblick auf ihr Wohl und Wehe von allergrößter Bedeutung. Stimmen Sie mir zu?«

»O ja, Sir.«

Aufgeblasener Esel!

Christian unterdrückte ein Stöhnen. Er wußte, er würde Stunden hier sitzen und sich Dinge anhören müssen, die er schon hundertmal gehört hatte. Sein ehrfurchtsvoller Gesichtsausdruck veränderte sich jedoch nicht.

»Am Verhalten dieser wenigen ausgewählten Beamten«, fuhr Ludlow mit eintöniger, resonanter Stimme fort, »werden Geist und Wert Britanniens gemessen, Mr. Pendlebury! Durch seine Stimmung, den Ton seiner Gespräche, seine Fähigkeiten, sein Verhalten und durch seinen Umgang mit den Bewohnern dieses Landes erfüllt der Beamte eine Mission, wie sie noch nie...«

Christian hörte nicht mehr zu. Jeder Student, der die Universität hinter sich gebracht hat, erwirbt eine bestimmte Geschicklichkeit, die er zu einer Kunst entwickelt, und Christian war in dieser Hinsicht keine Ausnahme: Er hört kein Wort mehr von dem, was gesagt wird, doch an dem Ausdruck gespannter Aufmerksamkeit auf seinem Gesicht ändert sich nicht das geringste.

Getragen von den Schwingen seiner Beredsamkeit fuhr Herbert Ludlow unbekümmert fort, ohne zu merken, daß er sozusagen seine Perlen vor taube Schweine warf.

Christians Verstand hinter der Tarnung seiner Augen war jedoch keineswegs in Trance gefallen, sondern arbeitete schnell.

Wenn er mich nach Kamparan fragt, was soll ich dann sagen? Soll ich es riskieren, Humphrey Doyle und sein skandalöses Verhalten (selbstverständlich indirekt) zu erwähnen, oder soll ich dieses Thema völlig umgehen?

Sollte er andeuten, nur andeuten, daß er Britanniens Sache vielleicht besser dienen würde, wenn ihm ein paar grundsätzliche Dinge zur Verfügung standen?

Christian stellte fest, daß Ludlow an diesem Tag wohlwollend gestimmt war – wie üblich, wenn er einem Neuling, der nicht entfliehen konnte, eine Predigt über sein Lieblingsthema hielt.

Was wäre, wenn er den Stier entschlossen bei den Hörnern packen und kühn um einen anderen Posten bitten würde?

Ludlow wäre natürlich sehr ungehalten, aber was konnte der alte Schwätzer Schlimmeres tun, als schäumen und ihm die Bitte abschlagen?

Je länger Christian darüber nachdachte, desto mehr war er dazu bereit.

Und sollte er, wenn alles glattging, nicht auch noch ...?

Er konnte den Gedanken nicht zu Ende denken. Christian stellte fest, daß plötzlich im Raum Stille herrschte: Ludlow hatte aufgehört zu reden. Christian kehrte mit einem Ruck in die Wirklichkeit zurück. Ihm sank das Herz, als ihm klar wurde, daß sein Vorgesetzter eine Frage gestellt hatte und auf eine Antwort wartete. Da er die Frage nicht gehört hatte, konnte er sie kaum beantworten.

»Ich ... hm ... bitte um Entschuldigung, Sir?« stammelte er errötend.

»Passen Sie auf, Mr. Pendlebury«, sagte Ludlow sichtlich gereizt. »Es ist nicht meine Gewohnheit, meine Zeit mit rhetorischen Reden zu vergeuden.«

»Äh, nein, Sir«, sagte Christian hastig. »Bestimmt nicht, Sir.«

»Also, haben Sie oder haben Sie nicht?«

Christian kam sich wie der größte Dummkopf vor. Doch ihm blieb keine andere Wahl, als zu fragen: »Habe ich ... hm was, Sir?«

Ludlow war jetzt wirklich sehr ärgerlich und klopfte drohend mit dem Bleistift auf seinen Fingernagel. »Ich habe gefragt«, sagte er langsam und mit unüberhörbarem Sarkasmus, »ob Sie den Namen Lumsdale schon einmal gehört haben?«

»Lumsdale?« Christian war plötzlich hellwach. »Lumsdale, Sir? Mr. *Gordon* Lumsdale?«

»Wenn es im Staatsdienst einen anderen Lumsdale gibt, der einen Distrikt verwaltet«, sagte Ludlow brummend, »wäre ich Ihnen dankbar, wenn Sie mich davon in Kenntnis setzen würden.«

Christian entschuldigte sich überstürzt und mit großen Augen. »Aber Mr. Lumsdale ist im Punjab, Sir, wenn ich mich nicht irre!«
»Natürlich ist er im Punjab. Genau das habe ich gerade gesagt, Mr. Pendlebury!« Ludlow schlug erbittert mit der flachen Hand auf die Schreibtischplatte. »Was ist denn heute mit Ihnen los, mein Herr? Fühlen Sie sich nicht gut?«
Christian griff nach der Entschuldigung und nickte schnell, zog das Taschentuch hervor und schneuzte sich lange und überzeugend.
Sein Vorgesetzter wartete mit offenkundiger Ungeduld und weiterhin klopfendem Bleistift, bis Christian sich die Nase geputzt hatte. »Mr. Pendlebury, da Sie offensichtlich kein Wort von dem gehört haben, was ich Ihnen lang und breit und mit großer Geduld zu erklären versuchte, muß ich es vermutlich noch einmal wiederholen. Ich möchte Sie jedoch darauf hinweisen, daß mich größte Skepsis erfüllt, wenn ich mangelnde Konzentration bei einem Beamten, den die Regierung Ihrer Majestät dazu bestimmt hat...« Er brach ab und runzelte die Stirn. »Was wollte ich gerade sagen?«
»Sie wollten etwas über Mr. Lumsdale sagen, Sir.« Christian hatte in seinem Übereifer größte Mühe, nicht aufzuspringen.
»Ach ja! Also, Mr. Lumsdale, der zur Zeit im Punjab ist, hat mit einem seiner Stellvertreter etwas Bedauerliches erlebt. Um genau zu sein, der junge Mann hat sich aufgehängt.«
Er sagte das mit großer Mißbilligung und stellte klar, daß er eine so unverantwortliche Handlung für den Gipfel der Rücksichtslosigkeit hielt, vor allem deshalb, weil der Selbstmord im Dienst verübt worden war.
Der unbekannte Tote ließ Christian gleichgültig; seine Sympathien galten Mr. Ludlow und dessen mißlicher Lage. Er murmelte schnell etwas Zustimmendes.
»Wie Sie daraus schließen können«, fuhr sein Vorgesetzter fort, »haben Mr. Lumsdale und natürlich die örtliche Verwaltung durch die verantwortungslose Tat dieses Mannes große Unannehmlichkeiten.«
»Natürlich«, stimmte Christian zu. Er hatte den bedauernswerten jungen Mann nicht gekannt und empfand keine Skrupel, seine Cha-

rakterschwäche zu bestätigen. Er wartete voll Spannung darauf, daß Ludlow zur Sache kam, und wagte aus Furcht, etwas zu versäumen, kaum noch zu atmen.

»Trotz aller emotionalen Labilität war der junge Mann, der ebenfalls die Eignungsprüfung abgelegt und erst vor kurzer Zeit das Fort William College abgeschlossen hatte, ein sehr fähiger Beamter. Lumsdale ist ein strenger Vorgesetzter, der weder sich noch seine Untergebenen schont. Trotzdem, Tatsache ist, daß er jetzt mitten bei einem wichtigen Projekt auf dem Land sozusagen in der Klemme sitzt.«

»Ja Sir, in der Klemme.« Christians Herz schlug so heftig, daß er seine eigenen Worte kaum hörte und deshalb lauter sprach. »Ich habe viel über Mr. Lumsdale gelesen. Er ist der vollkommene Diener des Staates. Er ist schon lange mein Vorbild.«

»Sie brauchen nicht zu schreien, Mr. Pendlebury«, sagte Ludlow ärgerlich. »Ich bin nicht taub!« Aber Christians Feststellung gefiel ihm. Er lehnte sich zurück und strahlte. »Mr. Pendlebury, ich kann Ihnen nur zustimmen. Er ist ein sehr würdiges Vorbild, ein wirklich sehr würdiges Vorbild.«

»Mein anderes Vorbild ist natürlich Sir Henry Lawrence«, sagte Christian etwas leiser. Was er sagte stimmte, aber er brachte es schamlos in einem übertrieben ehrfurchtsvollen Ton hervor. Wenn dieser aufgeblasene Mann, der nun leider Gottes sein Vorgesetzter war, in diesem Augenblick ein paar schöngefärbte Worte hören wollte, sollte er sie haben. »Ich bin der Ansicht, kein Beamter hat diesem Land größere Dienste erwiesen als Sir Henry!«

»Ah!« Herbert Ludlow war hocherfreut. »Welch ein Zufall, daß Sie zwei Männer bewundern, die sich mehr als alle anderen im Punjab einen Namen gemacht haben!«

»Jawohl, Sir.« Er machte eine bescheidene Miene und lächelte unterwürfig, weil er wußte, beides würde bei Ludlow gut ankommen. »Ich halte den Punjab schon immer als die Provinz im Land, die an uns alle die größten Herausforderungen stellt.«

»Ach ja? Gut, das ist ein sehr glücklicher Zufall!« Ludlow nickte mehrere Male, um seine Anerkennung zu zeigen. »Lumsdale hat mich vor ungefähr einem Monat, also sofort nach diesem unglückse-

ligen Vorfall, darum gebeten, einen Ersatz von vergleichbarem Kaliber für ihn zu suchen. Im Grunde war Forrester, der Mann, der sich umgebracht hat, eine hervorragende Wahl. Er hatte eine natürliche Begabung für Sprachen. Acht Wochen, nachdem er seinen Dienst angetreten hatte, sprach er Punjabi beinahe so gut wie die Eingeborenen und war in der Gegend sehr beliebt. Er stammte selbst aus einer Bauernfamilie und liebte das Land. Er hatte sehr schnell ein ausgezeichnetes Verhältnis zu den einheimischen Bauern. Er war in seinem Wesen schlicht, überhaupt nicht arrogant, bewunderte aufrichtig Land und Leute und hatte ein bescheidenes Auftreten, das seine Tauglichkeit für die Stelle vergrößerte und nicht minderte.«
Christian hörte aufmerksam zu, platzte aber beinahe vor Spannung. Würde Ludlow denn nie zur Sache kommen? Doch er wußte, eine voreilige Bemerkung würde nicht zu seinen Gunsten ausgelegt werden, und so war er gezwungen zu schweigen.
»Auf meine Anweisung«, fuhr der redselige Ludlow plötzlich wieder lebhafter fort, »wurden die Lehrkräfte am College aufgefordert, einen jungen Mann aus Ihrer Gruppe zu empfehlen, der das gleiche Potential und die gleichen Qualitäten wie der unglückliche Forrester erkennen läßt.« Er machte eine bedeutungsvolle Pause. »Ich freue mich, Ihnen mitteilen zu können, daß man Sie empfohlen hat, Mr. Pendlebury. Nun, was sagen Sie dazu?«
Christian hatte nichts zu sagen. Er hatte zwar halb erwartet, was Ludlow gerade verkündet hatte, aber er war immer noch sprachlos, weil er es nicht glauben konnte. Absurderweise bemerkte er, wie eine Wespe durch das Fenster flog und sich auf dem Ohr seines Vorgesetzten niederlassen wollte. In seiner Verwirrung hätte er Ludlow beinahe gewarnt und sich lächerlich gemacht. Aber glücklicherweise brachte er kein Wort hervor.
»Sie haben ein echtes Interesse an dem Land«, fuhr Ludlow fort. Möglicherweise wollte er ihm taktvoll die Möglichkeit geben, die Sprache wiederzufinden. »Sie sind hierher gekommen, wie Mr. Trevors mir sagt, mit dem edlen Wunsch, dem Land und seinem Volk zu dienen, und das in aller Bescheidenheit. Ihre Haltung, so haben mir die anderen Lehrkräfte bestätigt, entspricht genau dem, was ein

Mann wie Lumsdale sich wünscht. Ich freue mich festzustellen, daß Sie sich nicht ein einziges Mal darüber beklagt haben, in einen Distrikt wie Champaran versetzt zu werden.« Er machte eine Pause. Christian war von der letzten Bemerkung und dem großen Lob so überwältigt, daß er rot wurde. »Also, Mr. Pendlebury, was sagen Sie? Nehmen Sie mein Angebot an?«

Christian schluckte und räusperte sich. Erleichtert stellte er fest, daß die Wespe gerade durch das Fenster nach draußen flog. »Ja, Sir. Ganz sicher, Sir.«

Ludlow lachte gutmütig. »Interessiert es Sie nicht zu erfahren, wo Sie stationiert sein werden?«

»Nein, Sir. Für die Möglichkeit, unter Mr. Lumsdale zu arbeiten, würde ich überall auf der Welt hingehen! Aber zufällig kenne ich seinen Standort. Zur Zeit befindet er sich in dem kleinen Dorf Guirat etwa siebzig Meilen vor Lahore an der Straße nach Peshawar. Sein wichtigstes Projekt ist der Bau eines kleinen, aber unbedingt notwendigen Damms an einem Nebenfluß des Jhelum.«

»Sehr gut, Mr. Pendlebury! Ich sehe, wir haben die richtige Wahl getroffen, und ich bin sicher, Gordon Lumsdale wird das bestätigen. Wären Sie bereit, in, sagen wir, drei Wochen abzureisen?«

»Ich wäre morgen bereit«, sagte Christian.

»Das ist der rechte Geist, Mr. Pendlebury, aber eine vermessene Antwort«, wies Ludlow ihn streng zurecht. »Sie wären morgen nicht bereit abzureisen, und zwar aus einem sehr guten Grund. Sie sprechen kein Punjabi. Lumsdale besteht darauf, daß seine Mitarbeiter bei der Ankunft zumindest einige Kenntnisse der Umgangssprache besitzen.«

Christian nickte. Die Nachricht hatte ihm den Atem genommen, und seine Augen leuchteten.

»Also dann, hinaus mit Ihnen, Mr. Pendlebury. Ihr Unterricht beginnt heute nachmittag im College bei Mr. Harbinder Singh. Er ist ein Major des 3. Leichten Kavallerieregiments im Ruhestand.« Er lachte leise: »Nach dem, was ich über seine Methoden höre, wird er Sie soweit bringen, daß Sie innerhalb einer Woche wie einer von seinesgleichen reden. So – gibt es noch Fragen?«

Christian schwebte bereits durch die Tür, ohne den Boden zu berühren. Er blieb stehen. »Eine, Sir.«
»Ja?«
Christian errötete. »Wegen der, hm, Unterkunft, Sir.«
»Sie sind natürlich im Zelt untergebracht. Das ist dort jeder, auch der Kommissar. Natürlich werden irgendwann angemessene Häuser gebaut, aber das hat kaum eine Priorität. Der Damm hat Priorität. Warum fragen Sie?«
Christian drehte mit rotem Gesicht sein Taschentuch zwischen den Fingern. »Ich frage, weil ... weil ...« Er verstummte. Die Verlegenheit hinderte seinen Mund daran, die Worte auszusprechen.
In Herbert Ludlows Augen stieg ein schwacher Schimmer des Begreifens auf. Er ließ sich mit der Antwort Zeit. Nachdem er nachdenklich geschwiegen hatte, stand er auf und ging zum Bücherschrank.
»Es ist meine Pflicht, Sie zu warnen, Mr. Pendlebury. Ihnen steht auf diesem Posten ein rauhes, hartes Leben bevor.« Er sagte das in einem freundlichen Ton, während er mit dem Rücken zu Christian ein Buch suchte. Aber in seiner Stimme lag eine gewisse Härte. »Die Winter im Punjab sind bitterkalt und die Sommer glühendheiß. Das Essen ist nicht besonders gut. Es gibt keine regelmäßigen Mahlzeiten, sondern man ißt schnell etwas, wenn man gerade Zeit dazu hat. Die Feldbetten mögen bequem und angenehm sein, die Nächte sind es nicht. Ständig drohen Gefahren von Insekten, Reptilien und anderen Tieren – Moskitos, Skorpione, Schlangen, Echsen, Spinnen und Raubtiere, um nur ein paar zu nennen. Ich spreche nicht von dem ständig drohenden Ausbruch von Gewalt bei Überfällen der dortigen Banditen. Der Arbeitstag wird kein Ende nehmen. Sie werden sieben Tage in der Woche vierundzwanzig Stunden im Dienst sein müssen. Also«, er hielt das gesuchte Buch in der Hand, »wollen Sie Ihre Entscheidung rückgängig machen?«
Christian sah ihn entsetzt an. »O nein, Sir, keinesfalls, Sir! Ich habe mich nur nach den Unterbringungsmöglichkeiten erkundigt für den Fall ... für den Fall ...« Er hustete und senkte den Blick.
Herbert Ludlow nahm wieder Platz und gab Christian zu verstehen, er möge sich ebenfalls setzen. Er legte das Buch auf den Tisch. Es

handelte sich um die Erinnerungen eines Beamten vom Beginn des Jahrhunderts, der den jungen Anwärtern oft als Modell dargestellt wurde. »Es gibt noch einen anderen Aspekt dieses Postens, den ich noch nicht erwähnt habe. Ich wollte bei einem späteren, ausführlichen Einweisungsgespräch darauf kommen, aber ich sehe, es wäre jetzt angebracht, denn ich möchte gerade Ihnen gegenüber fair sein.« Er blickte Christian ernst über die Fingerspitzen seiner pyramidenartig vor der Brust gefalteten Hände an. »Der Grund dafür, daß der junge Forrester sich für den so extremen Schritt, hm, ich meine für den Selbstmord entschied, war auf seine tragischen häuslichen Verhältnisse zurückzuführen. Er und seine Frau verloren im Punjab in rascher Folge zwei Kinder. Das eine wurde tot geboren, das andere, die zweijährige Tochter, starb zehn Tage später, weil es am Ort an ausreichender medizinischer Versorgung mangelte. Der Tod der beiden Kinder war ein vernichtender Schlag für Mrs. Forrester. Sie war selbst krank und konnte die Wechselfälle des Lebens im Freien nicht länger ertragen. Sie beschloß, nach England zurückzukehren, und schwor, nie mehr einen Fuß in dieses Land zu setzen.« Er machte eine Pause. »Forrester verlor in einem Monat seine ganze Familie. Er konnte die schreckliche Bürde dieses totalen Verlustes nicht ertragen, und so verlor er den Verstand und nahm sich das Leben.«
Christian hatte in tiefem Schweigen zugehört. In seiner Brust verbreitete sich Unruhe.
»Im indischen Staatsdienst, Mr. Pendlebury«, fuhr Herbert Ludlow fort, »stellt man häufig fest, daß man nicht zwei Herren gleichzeitig dienen kann. Es kommt unausweichlich der Zeitpunkt, an dem man eine Entscheidung treffen muß. Drücke ich mich klar genug aus?«
Christian schüttelte stumm den Kopf.
»Dann muß ich noch deutlicher werden. Mr. Lumsdale hat unmißverständlich klargestellt, daß er unter keinen Umständen bereit ist, ich wiederhole, *unter keinen Umständen*, an diesem Standort noch einmal einen verheirateten Mitarbeiter zu akzeptieren.« Er griff nach dem Federhalter, um anzudeuten, daß das Gespräch zu Ende war. »Das wäre alles, Mr. Pendlebury.«

Christians Euphorie war verflogen. Er war wie betäubt. Er schloß die Augen und blieb sitzen.

Ludlow blickte auf. »Nun? Haben Sie noch weitere Fragen?«

Christian öffnete die Augen und versuchte, durch den Nebel hindurch das Gesicht seines Vorgesetzten zu erkennen. »Nein, Sir, keine Fragen. Aber ich muß Ihnen sagen, daß ich unter diesen Umständen den Posten zu meinem Bedauern nicht übernehmen kann.«

Herbert Ludlow ließ den Federhalter sinken. Er wäre vielleicht ebenso schockiert gewesen, wenn Christian sich nackt ausgezogen und auf dem Schreibtisch getanzt hätte. »Sie können nicht? *Können* nicht...? Warum, zum Teufel, nicht?«

»Ich bin nicht in der Lage zu garantieren, daß ich für die Dauer des Dienstes im Punjab Junggeselle bleiben werde.«

Ludlow bewegte langsam den großen massigen Oberkörper rückwärts bis zur Rückenlehne. Schweigend musterte er das bleiche, verzweifelte und unglückliche Gesicht des jungen Mannes auf der anderen Seite des Schreibtischs.

»Ich verstehe.« Seine Stimme klang frostig.

In Wirklichkeit verstand Herbert Ludlow überhaupt nichts. Christians Umgang mit der jungen Maja Raventhorne war für ihn so wenig ein Geheimnis wie für alle anderen. Nun ja, Liebeleien waren etwas Normales. Aber eine Ehe...? Als überzeugter Junggeselle konnte er nicht begreifen, wie ein intelligenter junger Mann freiwillig in etwas so Profanes einwilligte. Christians ungewöhnliche Reaktion verwirrte und irritierte ihn. Er wartete auf weitere Erklärungen; da offenbar keine kommen würden, holte er tief Luft und verschränkte die Arme vor der Brust.

»Nun gut, Mr. Pendlebury. Wenn es so ist, gestatten Sie mir, Ihnen einen Gefallen zu erweisen und zu verhindern, daß Sie Ihr schlimmster Feind werden. Ich halte Sie für äußerst geeignet, diesen Posten zu übernehmen, und deshalb schlage ich vor, daß Sie sich Zeit nehmen, um alle Aspekte der Angelegenheit zu prüfen. Ich gebe Ihnen eine Woche, um Ihre Meinung zu ändern. Danach werde ich zu meinem Bedauern gezwungen sein, mich für einen anderen Kandidaten zu entscheiden.«

Ich werde meine Meinung nicht ändern!
Christian war dicht davor, das zu sagen, hielt sich aber zurück. Er hatte sich schon schlecht genug benommen. Es wäre dumm, seinen guten Ruf völlig zu ruinieren. Er stand auf und verneigte sich steif.
»Danke, Sir. Ich werde Sie von meiner endgültigen Entscheidung in Kenntnis setzen, sobald die Woche vorüber ist.«
»Geben Sie es mir bitte schriftlich, ja?«
»Jawohl, Sir. Danke, Sir.« Er drehte sich um und verließ das Zimmer mit unsicheren Schritten.
Christian verließ das Amt, ohne genau zu wissen, wohin er ging. In seinem verwirrten Kopf tobte ein Orkan. Er schwankte und fühlte sich nicht mehr sicher auf seinen Beinen. Er konnte nur einen einzigen klaren Gedanken fassen:
Das ist der schlimmste Tag in meinem ganzen Leben.

Einundzwanzigstes Kapitel

Zur Erleichterung aller war der Tag des Balls klar mit einem verwaschen blauen Himmel und blassem, aber anhaltendem Sonnenschein. Trotzdem wollte niemand eine unangenehme Überraschung riskieren, und die Gäste begannen bereits früh einzutreffen. Bei Sonnenuntergang waren die Straßen um die Residenz der Pendleburys am Garden Reach und die Einfahrt von Fahrzeugen verstopft, deren festlich gekleidete Insassen unbedingt den sicheren, überdachten Portiko erreichen wollten, bevor ein boshafter Schauer Löckchen und gestärkte Röcke schlaff werden lassen und die allgemeine Hochstimmung dämpfen konnte.

Zu den ersten eintreffenden Gästen gehörten Willie Donaldson und Alistair Birkhurst.

Abgesehen von kleineren Unterschieden in der Ausdrucksweise unterschied sich Olivias Gespräch mit Amos am Vorabend in seiner Absicht nicht allzu sehr von dem, das Willie Donaldson an diesem Morgen im Büro mit Alistair Birkhurst geführt hatte: »Ich komme um sechs, um Sie abzuholen, mein Junge«, sagte Donaldson. »Es wäre mir sehr recht, wenn ich nicht warten müßte.«

Alistair gähnte und wirkte gelangweilt. »Ich glaube, ich habe bereits klargestellt, daß ich heute abend nicht, ich wiederhole, *nicht* zu den Pendleburys gehen werde!«

»Und solange Sie dort sind«, fuhr Donaldson fort, als hätte Alistair überhaupt nichts gesagt, »werden Sie sich wie ein echter Sohn von Farrowsham benehmen. Ihre Großmutter würde nicht sehr freundlich reagieren, wenn dem guten Namen von Birkhurst in der Öffentlichkeit Schande gemacht würde.«

»Ich werde *nicht* gehen!« erwiderte Alistair heftig und laut. »Haben Sie nicht gehört, was ich gerade gesagt habe?«
»Außerdem«, redete Donaldson monoton weiter, »werden Sie darauf achten, sich Amos Raventhorne gegenüber wie ein Gentleman zu verhalten. Sie werden Ihre Mama, wie es sich schickt, freundlich mit einem Kuß begrüßen und Ihre Schwester ebenfalls. Und Sie werden mindestens *einmal* mit jeder der beiden Damen tanzen.«
Alistair war empört. »Ich will verdammt sein, wenn ich das tun sollte, Sir! Glauben Sie, ich würde mich soweit herablassen, sie auch nur zur Kenntnis zu nehmen?« Er lehnte sich zurück und grinste. »Es ist ohnedies unwahrscheinlich, daß sie eingeladen sind!«
»Sie sind eingeladen.«
Alistair schwieg verblüfft, aber dann hob er wieder das Kinn. »In diesem Fall weigere ich mich entschieden hinzugehen.«
»Es wäre eine gute Möglichkeit, Ihre Interessen zu wahren.«
»Ich *will* keine verdammten Interessen wahren!«
»Ich habe bereits in Ihrem Namen zugesagt.«
»Dann können Sie sehr gut auch absagen! Sagen Sie einfach, ich sei krank geworden.«
Donaldson sah ihn schockiert an. »Sie können nicht von mir verlangen, daß ich lüge!«
»Dann werde ich es tun, und Sie geben einfach den Brief ab.«
»Es wäre nicht höflich, in letzter Minute abzusagen.«
»Es interessiert mich überhaupt nicht, ob es höflich ist oder nicht! Ich werde mich nicht demütigen und mich mit diesen Mischlingen abgeben!«
»Besser ein Mischling als ein Schwachkopf«, sagte Donaldson kalt. »Außerdem gibt es gute Gründe für Sie hinzugehen.«
Alistair starrte ihn wütend an. »Nennen Sie mir einen!«
Donaldson betrachtete einen Augenblick nachdenklich das hochrote Gesicht seines jungen Schützlings. »Wenn Eure Lordschaft meinen bescheidenen Rat nicht annimmt«, sagte er, »dürfen Eure Lordschaft meine Dienste für die Familie Birkhurst ab heute morgen als beendet betrachten. Na, ist das ein Grund, der für Eure Lordschaft gut genug ist?«

»Wie bitte...«, Alistair richtete sich erschrocken auf.
Donaldson fuhr fort. »Um die Wahrheit zu sagen, ich habe den infantilen Quatsch Eurer Lordschaft allmählich satt, verdammt satt! Es widert mich an, daß ein junger Mann wie Sie so schlechte Manieren hat und Gottes vielfältige Gaben so wenig zu schätzen weiß. Und zu Ihrer Information, ich habe vor, das Ihrer lieben Großmutter schriftlich zu geben. Beinahe sechzig Jahre lang habe ich der Familie Eurer Lordschaft mit Liebe unter Schweiß und Tränen gedient. Aber ich bedaure, ich kann es nicht länger tun. Ich möchte meinen, Eure Lordschaft kann die Verkäufe ohne meine Hilfe durchführen. Wenn nicht, dann kann Farrowsham verrotten und zum Teufel gehen!« Er erhob sich und richtete sich zu seiner vollen Größe auf. »Habe ich mich klar genug ausgedrückt?«
Alistair war sprachlos.
»Also gut. Ich sehe Eure Lordschaft heute abend um sechs im Palais. *Punkt sechs.*«
Leise pfeifend schlurfte er aus dem Zimmer und ließ seinen jungen Schützling kochend vor Wut zurück.
Willie Donaldson fuhr mit einiger Besorgnis punkt sechs vor dem Palais vor. Es war eine angenehme Überraschung, daß ihn der neunte Baron von Farrowsham, zwar immer noch mit finsteren Blicken, aber korrekt gekleidet, vor den Stufen des Portals erwartete. Alistair war schlecht gelaunt und begrüßte ihn kühl. Sie legten die Fahrt nach Garden Reach zurück, ohne einen Blick oder ein Wort zu wechseln, wenn man von zwei kurzen Sätzen beim Aussteigen absah.
»Denken Sie daran, Eure Lordschaft.«
»Ach, scheren Sie sich zum Teufel!«
Aber Donaldson war alles in allem zufrieden mit seiner Arbeit an diesem Morgen.
»Warum die Leute unbedingt früher kommen müssen, als sie eingeladen sind, werde ich nie verstehen«, schimpfte Lady Pendlebury leise vor sich hin, während sie einen Diamantohrring an ihr Ohrläppchen hängte. Sie verließ ihren Platz am Toilettentisch, strich die Vorderseite ihres sehr eleganten Abendkleides glatt. Es war aus aquamarinfarbener Spitze über Taft. Sie hatte es zuletzt bei einem Jagdball

in Shropshire getragen. Nach einem letzten prüfenden Blick in den bodenlangen Spiegel machte sie sich bereit, hinunterzueilen. »Nun ja, es überrascht mich nicht, daß sie hier in der Kolonie nicht die Spur von gutem Benehmen haben!«

Ihre Aja stimmte mit heftigem Kopfnicken zu, ohne ein Wort verstanden zu haben.

Als Lady Pendlebury jedoch an der Tür des großen Salons zu ihrem wartenden Ehemann und ihrem Sohn trat, hellte sich ihr Gesicht auf. Zum ersten Mal seit dem Tag ihrer Ankunft in Kalkutta war Christian korrekt gekleidet. Sein steif gestärktes cremefarbiges Hemd paßte zu dem makellos gefältelten Kummerbund. Die dunkelbraunen Samtaufschläge seines Jacketts waren gebürstet und glänzten. Er hatte die geölten Haare glatt zurückgekämmt – verschwunden waren die zerzausten Strähnen, die ihm das Aussehen eines vagabundierenden Intellektuellen gaben. Sie streckte einen behandschuhten Finger aus, um einen kleinen Fleck von seinem Jackett zu entfernen, doch er fuhr zurück.

»Bitte, laß das, Mama. Es ist nur ein bißchen Staub.«

Obwohl er äußerst gepflegt wirkte, war sein Gesicht eingefallen, als habe er schlecht geschlafen, und er war unruhig. Seine Mutter kniff die Augen zusammen. Sie führte seine scheinbare Nervosität auf die bevorstehende Ankunft seiner Geliebten zurück und stieß in Gedanken einen Fluch aus – allerdings wäre es ihr nie im Traum eingefallen, so etwas Vulgäres wie einen Fluch über ihre Lippen zu bringen. Aber als die unermüdliche Mamsell Corinne herbeigeeilt kam und ihr eine geflüsterte Frage stellte, als die Räder der nächsten Kutsche knirschend auf dem Kies der Auffahrt zum Stillstand kamen, glättete sich Lady Pendleburys Stirn, und sie konzentrierte sich auf die augenblicklichen Prioritäten.

Das dünne Rinnsal der Ankömmlinge wuchs sehr schnell zu einer wahren Flutwelle an. Gäste in ihrem besten Staat strömten in schneller Folge durch das weit offene Portal und verteilten mit angehaltenem Atem und flinken Augen Küsse und Knickse, reichten sich die Hand und lächelten ... lächelten ... lächelten.

Abgesehen vom Palast des Vizekönigs während der nachmittäglichen

Levees und den Empfängen im Großen Salon war eine so prächtige Umgebung und so verschwenderische Gastlichkeit selten in der Stadt zu bewundern. Selbst in den Häusern der Reichen von Kalkutta hielten sich gesellschaftliche Anlässe in einem sehr viel bescheideneren Rahmen.

»Ach du liebe Zeit!« flüsterte Deirdre Twining ihrer Tante zu, als sie durch die prächtigen Gesellschaftsräume gingen, die im Licht der vielarmigen Kronleuchter und Kandelaber erstrahlten. »Stell dir vor, wie das sein muß, jeden Morgen hier aufzuwachen!«

»Das tun sie nicht«, flüsterte Verity Twining bissig. Sie war grün vor Neid auf die Pracht, die *sie* sich mit dem Salär eines Polizeipräsidenten nicht leisten konnten. »Ich nehme an, sie haben Schlafzimmer, in denen sie schlafen.«

Es bestand in der Tat kein Zweifel daran, daß Lady Pendlebury in der Residenz in Garden Reach wahre Wunder vollbracht hatte – ebensosehr mit Geld als mit Phantasie und exzellentem Geschmack. Auf den Marmorböden lagen keine exotischen persischen Teppiche, aber sie glänzten wie Spiegel. Das alte Messing, Silber und Kristall funkelte wie neu. Lange, schwere geblümte Vorhänge in gedämpften Pastelltönen umrahmten die hohen, offenen Fenster; ihre Seidenquasten waren so fein wie gesponnener Flaum. Offenbar war kein Winkel der Gesellschaftsräume unbeachtet geblieben. Selbst die versteckteste Nische wurde durch etwas Dekoratives, eine gerahmte Stickerei, eine kostbare russische Ikone, hübsch angeordnete antike chinesische Schalen und Vasen oder mit Wedgwood-Porzellan belebt. Und natürlich gab es ein Meer frischer Blumen. Durch die offenen Flügeltüren fiel der Blick auf den gepflegten Garten hinter den eleganten Mauerbögen der Veranden – sowohl auf der Rückseite, wo er sich bis zum Fluß erstreckte, als auch auf der Vorderseite. Es war noch hell genug, um zu erkennen, daß die weiten Rasenflächen durch sorgsame Pflege wieder in sattem Grün leuchteten und die ordentlichen geometrischen Rabatten in wahre Farbträume verwandelt worden waren. Am hinteren Ende des Gartens, auf der rechten Seite, flammten die Glasscheiben eines Pavillons orange und rot auf, als sich die letzten Strahlen der untergehenden Sonne darin fingen.

Arthur Robinson, der reiche Besitzer eines florierenden Geschäfts, der aus Clapham stammte, vergaß vor Staunen seine gepflegte Sprechweise und trat von einem Fettnäpfchen ins nächste. Aber niemand regte sich wirklich darüber auf. Wenn es darum ging, die ›gefallenen Frauen‹ oder ›verarmte Ostindienkaufleute‹ zu unterstützen, griff er als erster tief in die Tasche. Die Augen quollen ihm aus dem Kopf, als er sich begeistert umsah. »Da ham Se saubre Arbeit geleisdet, Eure Ledyschaffd, *ssaubre* Arbeit!« Er drückte ihre Hand zwischen seinen dicken, beringten Fingern und schüttelte sie, als wolle er sie überhaupt nicht mehr loslassen. »Ich wedde, des had Se ein paar Kröden gekostet, des ganze Zeuch un alles.« Er stieß seine Frau mit dem Ellbogen an. »Isses nich großardich, Schetzchen, jawoll großardich?«

Mrs. Robinson hatte nur den einen ehrgeizigen Wunsch im Leben. Sie hoffte darauf, bei einer von Lady Pendleburys musikalischen Soireen als Sopran zu singen, und deshalb nickte sie wie eine Marionette.

»Sehr freundlich«, murmelte Lady Pendlebury und entzog ihm dabei ihre Hand, wobei sie sich bemühte, nicht zu schaudern. »Wirklich *sehr* freundlich!«

Die indischen Geschäftsleute hatten sich feingemacht. Sie trugen Anzüge und Schuhe und waren auf die Minute pünktlich, aber die ungewohnte westliche Kleidung machte sie befangen. Selbst Kali Charan Goswami erschien als ein seltenes Zugeständnis an den Anlaß in einem feinen grauen, dreiteiligen englischen Nadelstreifenanzug und einer leuchtendroten Fliege. Seine Frau dagegen wirkte in ihrem ebenfalls leuchtendroten Sari mit einer Bordüre in Pfauenblau und Gold völlig ungezwungen, obwohl sie die einzige anwesende Inderin war.

Die anfängliche Steifheit legte sich, und in die Salons kam mit dem gedämpften Stimmengewirr und gelegentlichem lautem Lachen allmählich Leben. Die Herren mit glänzenden Orden und Schnurrbärten boten ein ebenso buntes Bild wie die Damen. Die Palette reichte vom leuchtenden Rot und Blau und Grau der Uniformen zum flotten Gelb und Grün der jungen Burschen bis zum nüchternen Schwarz der Geschäftsleute. Zu den beinahe zweihundert Gästen gehörten Kaufleute, Bankiers, Beamte, Regierungsvertreter, Offiziere von Marine und Armee, Vertreter der Hafenbehörde, kleine Händler, Stauer, Prälaten in der Soutane, Ärzte und Missionare. Je nach Alter, Beruf, alter Freundschaft, neuer Bekanntschaft oder einfach persönlicher Neigung bildeten sie sehr bald kleinere Gruppen.

Was Kalkuttas verhältnismäßig kleine gesellschaftliche Bühne von anderen unterschied und vergleichsweise anspruchslos machte, war die prägnante Art und Weise, mit der persönliche Informationen über jeden klar und einfach an den Mann gebracht wurden. Unabhängig von Kleidung, Manieren, Fähigkeit oder Herkunft bestand die Beschreibung nach der Vorstellung üblicherweise aus der Angabe des Berufs und einer treffenden Aussage in Klammern. Das hörte sich dann etwa so an: Soundso ist der stellvertretende Leiter der Einkommensteuerbehörde (›Seine älteste Tochter ist im letzten Jahr mit dem Mann durchgebrannt, der ihr Klavier stimmte, und er hat sie schwanger gemacht und ohne einen Penny sitzenlassen ...‹), oder der zuständige Inspektor für Rauchbelästigung (›Er hat *zwei* Kinder in einem *schrecklich* teuren Internat in Edinburgh Wells! Er ist durch und durch korrupt, meine Liebe, und dabei denkt *er*, alle würden glauben, er habe eine Weste so weiß wie der Sommerdhoti eines Brahmanen ...‹), oder der neu ernannte oberste Richter (›Er versucht, seinen effeminierten Sohn mit der Tochter eines Generals zu verheiraten, und das arme Mädchen hat keine Ahnung, daß er *so einer* ist ...!‹).

Auf ein Zeichen der Gastgeberin kam eine Prozession weißlivrierter Diener (mit den rot und blau gestickten Initialen der Pendleburys) herein. Sie trugen Platten mit Anchovi-*Allumettes*, Toast Lucile und *Barquettes*. An einer Seite des zweiten Salons, nicht weit von Sir Jaspers Arbeitszimmer entfernt, hatte Lady Pendlebury einen langen Tisch aufgestellt, der als Bar diente. Dahinter standen Kellner mit weißen und roten Turbanen vom Bengal Club und schenkten Getränke aus, die Hemmungen lockern und die freundliche Stimmung steigern würden: gekühlten Champagner, französische Weine, Whiskey der besten Marken, Cognac und Brandy, Bier, Portwein, Sherry

und Liköre. Ein Barmann, ein Amerikaner, der für den Abend von einem aus Philadelphia eingelaufenen Dampf-Klipper ausgeliehen war, servierte die etwas ausgefalleneren Getränke für die Gäste aus der Neuen Welt. Hal Lubbok, ein prominentes Mitglied dieser Gemeinschaft, fehlte. Zu Lady Pendleburys großer Erleichterung hielt sich der laute, ungehobelte Südstaatler mit seiner Frau, die etwas zu dunkle Haut hatte, und seiner Tochter mit der seltsam gezierten Aussprache noch immer in den Bergen auf.
»Sagen Sie«, fragte der Schellack-Importeur aus Boston, der die Bar mit Blicken verschlang, »glauben Sie, ich könnte hier einen Bourbon bekommen?«
Kali Charan Babu lächelte. »Wenn ich mir die Bar ansehe, dann glaube ich, Sie könnten sogar um Ihre Lieblingsmarke bitten.«
Wie bei jedem gesellschaftlichen Anlaß blieben die Gesprächsthemen der Männer recht unpersönlich – Handelsbeschränkungen, Fachsimpeleien, sportliche Ereignisse, Britanniens katastrophale Außenpolitik in Hinblick auf das Afghanistanproblem und das völlige Versagen der Regierung, dieses oder jenes dringende Problem zu lösen. Ein zudringlicher, seit langem in Indien lebender Geschäftsmann bekam Bruce McNaughton, den Vizegouverneur, gerade in dem Augenblick zu fassen, als er mit Douglas Hooper, einem Ingenieur vom Amt für öffentliche Arbeiten, ein Spielchen beginnen wollte.
»Na, was werden Sie denn nun unternehmen?«
»Unternehmen, Algy?«
»Wegen der Verlegung der Hauptstadt, Bruce, was denn sonst? Wie ich neulich gesagt habe, Kalkutta ist einfach nicht das Richtige! Zwölfhundert Meilen bis Bombay, hundertzwanzig Meilen bis zum Meer, einen halben Kontinent von Simla, der Sommerhauptstadt entfernt! Ich frage Sie, verdient diese ungesunde Stadt die Ehre?«
»Was würden Sie denn vorschlagen?«
»Warum nicht Jubbulpur?«
»Jubbulpur? Mein lieber Mann, das kann doch nicht Ihr Ernst sein! Niemand hat je etwas von Jubbulpur gehört!«
Der andere erwiderte aufgebracht: »*Ich* schon. Meine Tochter lebt dort!«

Sir Jasper überlegte, wie er sich losmachen könnte, ohne unhöflich zu wirken, während er scheinbar aufmerksam dem gelehrten Vortrag lauschte, den der Bischof von Kalkutta ihm hielt. Seine Gnaden hatte die Gewohnheit, bei gesellschaftlichen Anlässen einen metaphorischen Klingelbeutel herumzureichen, und das mißbilligten die Frommen ebenso wie die Sünder. Sein Gastgeber war dicht davor, eine beachtliche Spende für die Reparatur des Kirchturms zuzusagen, als in letzter Sekunde Hilfe nahte: Tremaine kündigte Lord und Lady Ingersoll an, und das machte Sir Jaspers Anwesenheit zufällig an anderer Stelle notwendig.

Auf die eine oder andere Weise besaßen die beiden Ingersolls im östlichen Empire beachtlichen Einfluß. Harriet Ingersoll, eine frühere Kammerfrau der Königin, besaß das Vertrauen und die Freundschaft Ihrer Majestät. In Hofkreisen war bekannt, daß sie durch ein Wort in das königliche Ohr häufig diese oder jene gute Sache gefördert hatte. Man wußte auch, daß sie auf Wunsch der Königin auf persönlicher Ebene korrespondierte. Der Briefwechsel hatte begonnen, als Benjamin seinen ersten Posten als Hochkommissar der Zentralprovinzen antrat, und war über alle folgenden Ämter und Versetzungen aufrechterhalten worden. Man sagte, Lady Ingersolls Briefe verschafften der Königin viele nichtamtliche und lebendige Informationen über das östliche Herrschaftsgebiet, an denen es den trockenen offiziellen Berichten mangelte, und die Königin schätze sie sehr.

Viscount Ingersoll war in Aussehen und Charakter weniger eindrucksvoll als seine Frau – ein kleiner, farbloser und auf den ersten Blick unscheinbarer Mann. Der erste Eindruck trog. Im Kronrat des Vizekönigs war er für die Außenpolitik zuständig und bekleidete damit eine ebenso einflußreiche Stellung wie der für die Finanzen zuständige Kollege. Er war ein geschickter, begabter Diplomat mit einem natürlichen Talent für Zahlen, und das machte ihn für die Regierung doppelt wertvoll. Die beiden Ingersolls waren also ein sehr angesehenes, ebenso reizendes wie vornehmes Paar. Deshalb reckten sich die Hälse und richteten sich die Augen mit beachtlicher Neugier auf sie.

Nachdem die Förmlichkeiten überstanden, das Vorstellen und Vorgestelltwerden beendet waren und sich zur Zufriedenheit aller ergeben hatte, daß die Hände, die mit dem Königshaus in Berührung kamen, sich wie die Hände aller anderen anfühlten, richtete man sich darauf ein, den Abend und die vielen Vergnügungen, die er bot, zu genießen. Den eigentlichen Genuß, im wahrsten Sinne des Wortes, hatten die Damen. Die Damen interessierten sich nicht dafür, wo sich die Hauptstadt des östlichen Empire befinden sollte, und auch nicht für Fragen der Außenpolitik. Ihre Aufmerksamkeit richtete sich wieder auf die wirklich wichtigen Dinge – der beneidenswert elegante Lebensstil der Pendleburys, das Potential und das Format des ungebundenen Teils der anwesenden Herren, was jeder tat, mit wem und hinter wessen Rücken, und natürlich, was jeder trug. Kritische Augen glitten über das Meer von Seide, Satin, Sarsenett, Voile und Leinen und über Meter um Meter von Rüschen und Falbeln auf Reifröcken und Krinolinen. Mit einem Wort, kein Fingerbreit des weiblichen Terrains blieb unerforscht. Dazwischen wurde so mancher gute Ruf mit Energie und Vehemenz je nach persönlichen Loyalitäten und Interessen ruiniert oder verteidigt.

»Sie haben Klasse, absolute Klasse. Das sieht doch jeder.« Das war Mrs. Hoopers volle Überzeugung.

»Ach, Unsinn, Mabel!« sagte Clementine McNaughton naserümpfend. »Sie haben Geld, das ist alles.«

»Stimmt, aber Geld allein reicht einfach nicht. Man muß daran gewöhnt sein und Erfahrung damit haben. Schließlich werden alte Möbel und Leder mit den Jahren auch immer schöner und besser.«

»Ich stimme Mama zu.« Arabella McNaughton unterstrich ihren Beitrag zu dieser Diskussion durch energische Bewegungen der linken Hand, für den Fall, daß jemand ihren Verlobungsring mit Smaragden und Diamanten übersehen haben sollte. »Ich finde, es sieht hier wie in einem Auktionshaus aus – schrecklich vollgestopft.«

»Also, ich sage immer, was für einen Sinn hat es, etwas zu haben, wenn niemand weiß, daß du es hast!«

Das Abgeänderte aus gerippter Seide der armen Dora Humphries hielt trotz all ihrer kühnen Bemühungen und Hoffnungen den kritischen Blicken nicht stand. »Das hat sie im vorletzten Jahr zum Ball der Stadtverwaltung getragen«, flüsterte eine von zwei älteren Zwillingsschwestern zu Doras ewiger Demütigung in ihrer Hörweite. »Den alten Fetzen würde ich überall erkennen ...«

Melody sah Christian zum ersten Mal in vollem Staat und machte aus ihrer Bewunderung für ihn kein Geheimnis. Als er sie zusammen mit seinen Eltern am Eingang begrüßte, ließ sie ihre Hand einen Augenblick länger als nötig in der seinen.

»Er sieht wirklich furchtbar gut aus, nicht wahr?« sagte sie mit einem bemerkenswerten Mangel an Taktgefühl hinterher zu Patrick.

»Spar dir dein Gefasel«, erwiderte Patrick und ärgerte sich tief getroffen. Er war sehr eifersüchtig. »Vergiß nicht, er hat andere Interessen.«

»Ach!«

Melody warf wütend den Kopf zurück, stolzierte in die entgegengesetzte Richtung und knüpfte sehr pointiert ein Gespräch mit einem jungen Iren, einem Schauermann, an, der Grübchen in den Wangen hatte. Seit Dschingis Khan beim Wohltätigkeitsrennen als Dritter und vom falschen Ende her durchs Ziel gegangen war (trotz Melodys Traum von einem anderen Ausgang) und Patrick ein Vermögen verloren hatte, waren ihre Beziehungen nicht mehr ganz ungetrübt. Melody hatte ihm die Schuld an dem Verlust gegeben, und er verstand nicht, warum. Sie hatten sich häufig gestritten – auch früher an diesem Abend, und so herrschte eine deutlich abgekühlte Atmosphäre zwischen ihnen.

Melanie stand neben ihrer Mutter am anderen Ende des Salons und erhielt von ihr gerade einen heftigen Stoß in die Rippen. Ihre Mutter blickte vielsagend in eine entfernte Ecke: Dort stand Alistair Birkhurst, starrte finster auf eine große Aspidistra und versuchte, unauffällig zu wirken. Auf der anderen Seite des Blumentopfs ging Willie Donaldson wie ein Polizist auf Streife mit etwas übertriebenem Gleichmut hin und her.

»Guten Abend, Eure Lordschaft.« Melanie lächelte hinter dem sicheren geschnitzten Elfenbeinfächer, der ihre häßlichen Zähne verbarg, und machte einen reizenden Knicks. Alistair sah sie ausdruckslos an.

»Erinnern Sie sich nicht?« fragte sie mit einem affektierten Lächeln. »Wir haben uns neulich abends bei den Smithers kennengelernt.«

»Ach ja.« Er verzog den Mund zu einem schwachen Lächeln. »Wie geht es Ihnen, Miss … eh …«

»Anderson, Melanie Anderson.«

»Aber natürlich.« Er konnte die Hand schlecht übersehen, die sie ihm entgegenstreckte. Da er nicht wußte, was er damit anfangen sollte, ergriff er sie und berührte sie leicht mit den Lippen. Dabei kam er sich ungeheuer albern vor.

»Man sagt, es wird wieder regnen.« Sie klimperte mit den Wimpern über dem Fächerrand.

»Das ist normal während des Monsuns!«

»Nein, ich meine heute abend.«

»Oh.«

»Aber morgen vielleicht nicht, denn normalerweise regnet es nicht zwei Tage hintereinander. Es sei denn, es gibt mehr Wolken.«

Alistair nahm diese ungewöhnliche Information entgegen und blieb stumm. Er wünschte, sie würde gehen und ihn seinen düsteren Gedanken überlassen.

Melanie begriff, daß es ihr nicht gelungen war, ihn aus seiner Reserve herauszulocken. Sie überlegte eine Weile, richtete dann den Blick zur Decke und ließ die Tanzkarte aus der Hand gleiten. Sie fiel vor seine Füße.

»Ach je. Das tut mir leid …« Sie ließ ihre Wimpern noch einmal flattern und sah ihn eindringlich an. Aber Alistair blickte unverwandt auf die große Tür des Salons. Er nahm die Karte, die auf seiner Schuhspitze lag, überhaupt nicht wahr. Willie Donaldson tat es jedoch. Er kam herbei, bückte sich mühsam und gab sie Melanie mit einer höflichen Verbeugung zurück.

Die unerwartete Änderung im gedachten Szenario verwirrte Melanie, und sie sagte, ohne zu überlegen, was ihr als erstes in den Sinn kam: »Tanzen Sie lieber Walzer oder Polka?«

Er schüttelte den Kopf. »Ich kann das eine nicht vom anderen unterscheiden«, erwiderte Donaldson. »Für mich klingt das alles gleich.«

Ganz plötzlich ging eine Welle der Überraschung durch den Salon. Alle Augen hatten sich wie auf ein Zeichen der Tür zugewandt, wo die Gastgeber gerade Spätankömmlinge begrüßten. Langsam lief die Welle aus, und im Raum breitete sich ein tödliches Schweigen aus. Bald war die Stille so tief, war die Atmosphäre so gespannt, daß man selbst hörte, wie jemand ganz leise nach Luft rang. Es war Charlotte Anderson, die vor Schreck in Ohnmacht zu fallen drohte.

»Gütiger Himmel. Was mag Constance sich dabei nur gedacht haben?«

»Fall bloß nicht in Ohnmacht, Mama!« zischte Melody warnend. »Du weißt, wie schnell die Tussarseide knittert.«

Edna Chalcott, die sich unter der Gruppe der Neuankömmlinge befand, übernahm es, sie vorzustellen. Lady Pendlebury ergriff mit strahlendem Lächeln Olivias Hand. »Ich bin *so* froh, daß Sie kommen konnten, Mrs. Raventhorne. Ich habe mich *so* darauf gefreut, Ihre Bekanntschaft zu machen.« Olivia lächelte und erwiderte leise Entsprechendes.

Die Vorstellung ging weiter. Es gab Verbeugungen, Lächeln, und es wurden ein paar Worte gewechselt. Maja machte schwungvoll einen tiefen, anmutigen Knicks. Sir Jasper schüttelte Amos mit beträchtlicher Wärme die Hand. »Ich glaube, Sie haben meinen Sohn Christian bereits kennengelernt.«

»Ja, das habe ich, Sir.« Auch die beiden jungen Männer schüttelten sich die Hände und nickten sich freundlich zu.

Sir Jasper klopfte Amos väterlich auf den Rücken, machte eine scherzhafte Bemerkung, und die Gruppe lachte einen kurzen Augenblick. Christian sagte etwas zu Maja: Seine Augen leuchteten unübersehbar vor Bewunderung, und ihre Lippen verzogen sich zu einem scheuen Lächeln.

Lady Pendlebury richtete ihre Aufmerksamkeit wieder auf Maja. »Was für ein *reizendes* Kleid, Miss Raventhorne«, sagte sie mit einem heiteren Lächeln und mit lauter, deutlicher Stimme. »Sie sehen *ganz* entzückend aus!«

Sir Jasper nickte zustimmend, rieb sich die Hände und wurde beinahe überschwenglich. »Ich glaube, Sie kennen viele der Anwesenden bereits, Mrs. Raventhorne. Aber gestatten Sie mir das Vergnügen, Sie und Ihre reizende Familie mit unseren besonders illustren Gästen bekanntzumachen.«

Es ging alles bewundernswert glatt und täuschend mühelos, aber welche Anstrengung sich damit verband, war natürlich eine ganze Geschichte. Bevor sie das Haus verließen, hatte Edna Chalcott darauf bestanden, daß Maja einen großen Schluck Cognac trank, damit ihre Hände aufhörten zu zittern und sie keine weichen Knie mehr hatte. Um die Blässe ihres Gesichts noch besser zu verbergen, war ein zusätzlicher Tupfer Rouge als unbedingt notwendig erachtet worden.

Lady Pendlebury war in ihrem Verhalten gradlinig: Meinungsverschiedenheiten im privaten Familienkreis waren eine Sache, eine öffentliche Demonstration von Verärgerung eine ganz andere. Sie hätte eher ihr Leben geopfert, als sich vor den vielen Menschen eine Blöße zu geben oder nicht überzeugend genug zu lächeln.

Das Aussehen der Raventhornes war jedoch keine geringere Sensation als ihre Anwesenheit. Niemand hatte je geleugnet, daß sie eine auffallend gut aussehende Familie waren. An diesem Abend, in Gesellschaftskleidung, sahen sie einfach hinreißend aus. Amos Raventhorne besuchte gelegentlich gesellschaftliche Veranstaltungen der Handelskammer, doch man hatte weder seine Mutter noch seine Schwester jemals bei einer privaten Burra Khana in einem englischen Haus gesehen (verständlicherweise!). Daß sie nun ihren ersten Auftritt hier bei den Pendleburys haben sollten ...

Nun ja ...

Lady Pendlebury hatte sich in den anderen Salon begeben, um angeblich zum letzten Mal das Büfett zu inspizieren. Nun stand sie dort halb versteckt hinter einem Vorhang. Weder mit ihren Gedanken noch mit ihren Blicken war sie bei den hinter ihr aufgebauten Köstlichkeiten: Sie betrachtete unverwandt das Gesicht und die Gestalt von Maja Raventhorne, die im angrenzenden Raum in eine Unterhaltung mit Christian vertieft war.

Lady Pendlebury hatte natürlich gehört, daß das Mädchen attraktiv war, aber sie hatte keineswegs das erwartet, was sich ihren Blicken bot. Ihr kaltes, geübtes Auge analysierte Maja langsam und mit größter Präzision von Kopf bis Fuß. Diese junge Frau war äußerst gepflegt; das Kleid, das sie trug, entsprach kaum dem, was man in einer hinterwäldlerischen Kolonialstadt, in der absurde Vorstellungen von Mode herrschten, zu sehen erwartete. Es war aus dicker, elfenbeinfarbiger chinesischer Seide, eng geschnitten, und schmiegte sich ihrer großen geschmeidigen Gestalt in genau dem richtigen Maß an. Es war aufregend, aber doch ein Beispiel von Schicklichkeit. Der Ausschnitt ließ die Schultern beinahe völlig entblößt, und die Ärmel waren etwas gebauscht. Die Vorderseite fiel gerade und betonte die Taille nur leicht. Hinten hatte es eine riesige Tournüre und weitete sich wie ein geöffneter Fächer, um größere Bewegungsfreiheit zu ermöglichen. Hätte Lady Pendlebury es nicht besser gewußt, sie hätte geschworen, das Kleid sei ein französisches Modell und an den Champs-Elysées entworfen und geschneidert worden. Seine Schlichtheit verlieh ihm Klasse und Stil, und was die Wirkung noch steigerte, die junge Frau trug es mit lässiger Eleganz, dem universellen Zeichen der mondänen Elite. Die zarten Spitzenhandschuhe reichten bis zu den Ellbogen. Um den schlanken Hals trug sie ein Kollier aus Diamanten und Saphiren und dazu passende Ohrringe. Am auffälligsten waren jedoch ihre Würde und die Haltung. Sie bewegte sich mit Anmut, und ihre Manieren waren untadelig.

Ja, diese junge Frau war hinreißend – und Lady Pendlebury war wütend!

Bevor sich die Gäste jedoch von ihrem ersten Schock über die Anwesenheit der Raventhornes erholt hatten, folgte ein zweiter. Irgendwo in der gaffenden Menge stand Alistair Birkhurst. Er hatte einen trokkenen Mund, und auf der Stirn stand ihm der kalte Schweiß. Er sah Donaldson, der direkt hinter ihm stand, einen Augenblick niedergeschlagen und flehend an. Aber im Gesicht des Schotten zeigte sich keine Spur von Mitleid, und er kaute grimmig seinen Tabak. Der unglückliche Alistair erkannte, daß es kein Entrinnen gab, wenn er sich nicht öffentlich blamieren wollte. Also ging er widerstrebend vorwärts und tat das, wozu er durch Erpressung gezwungen worden war.

Er trat zu seiner Mutter, drückte zuerst ihr einen flüchtigen Kuß auf die Wange und dann Maja. Dann wandte er sich Amos zu und streckte die Hand aus. Sein Gesicht war bleich und so ausdruckslos wie das Gesicht seines Halbbruders. Alistairs Hand war eiskalt, aber Amos bemerkte das kaum; seine eigene war nicht wärmer. Keiner der beiden sprach ein Wort oder lächelte. Das Ganze spielte sich schweigend ab.

Wieder herrschte im Salon eine überraschte Stille. Sätze blieben unbeendet, Gläser verharrten in der Luft, große Augen blickten ungläubig auf das, was geschah. Es war allgemein bekannt, daß die beiden sich nicht gerade liebten, nachdem Birkhurst im Rennen um die Baumwollspinnerei Raventhorne den Rang abgelaufen hatte. Deshalb (aber auch aus anderen Gründen) haßten sie sich regelrecht. Weshalb und wieso dann diese Demonstration von Herzlichkeit?

Es gab die wildesten Fragen, Kommentare und Vermutungen. Die Herren standen rot und verlegen herum und taten, als hätten sie nichts gesehen, die Frauen steckten die Köpfe zusammen und diskutierten halblaut. Charlotte Anderson war wütend darüber, daß Lady Pendlebury die Raventhornes hinter ihrem Rücken eingeladen hatte, ohne ihr *ein* Wort davon zu sagen – nach allem, was sie für Constance getan hatte! Das war ein gesellschaftlicher Verrat von ungeheurem Ausmaß. Kalkuttas zweite alte Jungfer, eine Missionarin, mit der Gott, wie jeder wußte, in allen Fragen übereinstimmte, machte dunkle Andeutungen über schwarze Magie, mit der diese Raventhorne unschuldige junge Engländer verführte und ihren Eltern Sand in die Augen streute. Die Wogen von Klatsch und Schadenfreude gingen hoch, und eine Vermutung war wilder als die andere.

Doch neben Spannung und ungestillter Neugier lag auch Fröhlichkeit in der Luft. Es gab jede Menge Alkohol, und er war vorzüglich, das Essen versprach, himmlisch zu sein, und es gab genug andere Themen, über die man plaudern konnte. Allmählich wurden alle wieder lockerer, atmeten normal und fuhren dort fort, wo sie unterbrochen worden waren. Nach allgemeiner, unausgesprochener Meinung war es ... nun ja, es war skandalös, in Anbetracht dessen, was zwischen ... du weißt schon ... und wenn man bedenkt. Aber wenn die

Pendleburys ihren einzigen Sohn ins Verderben rennen lassen wollten, warum sollte das dann die anderen kümmern? Mit dieser Schlußfolgerung wurde das Thema für den Augenblick beiseite geschoben, und man stürzte sich wieder ins Vergnügen.

»Gesellschaftlich zählen die Raventhornes kaum, meine Liebe«, tröstete eine üppige Dame in blauem, getupftem Organdy die tief beleidigte Charlotte Anderson. »Wichtig ist, *wen* man kennt, und wen kennen sie schon? Ich meine, wen kennen sie richtig?«

»Nun ja, sie kennen mich«, erklärte Edna Chalcott fröhlich, die im Vorbeigehen die Bemerkung gehört hatte. »Sie kennen mich *richtig.*«

Lady Pendlebury glaubte fest an die beruhigende Wirkung von Musik bei jeder gesellschaftlichen Veranstaltung, und sie schickte einen Diener mit der Nachricht zur Marinekapelle, den Ball auf ihre Weise zu beginnen, um die Gäste auf das Tanzen einzustimmen.

»Ach verd...!« Ein stattlicher älterer Herr, der Direktor der Grindlays Bank, ärgerte sich. »Der Schaden, den der menschliche Geist und sein Zellgewebe während einer Galoppade nehmen, ist erschreckend, wirklich erschreckend«, brummte er.

Dr. Charles Humphries lachte. »Da stimme ich Ihnen zu. Wir sollten es wie die Eingeborenen machen: den Damen erlauben, für uns zu tanzen, während wir bequem sitzen und zusehen.«

Christian war als erster auf der Tanzfläche. Ohne auf die neugierigen Blicke zu achten, schwebte er lachend und schwungvoll mit Maja über den glänzenden Marmor. Andere folgten, und bald war die Tanzfläche voller sich wiegender Paare.

»Du hast kalte Hände«, flüsterte Maja mit einem besorgten Lächeln. Ihre Nervosität legte sich allmählich dank der Musik und durch den Glanz des Abends. »Fehlt dir auch nichts?«

»Natürlich fehlt mir nichts!« Auf Christians Stirn erschien eine Falte, als sei er verstimmt. »Wieso fragst du?«

»Ich dachte nur, du siehst ein bißchen...« Sie brach ab, lächelte und ließ es dabei bewenden, denn sie wollte ihn nicht reizen. Zum allerersten Mal tanzten sie zusammen: Sie war entzückt, weil er so himmlisch tanzte – und alle es sahen!

Deirdre Twining stand mit einer Gruppe junger Frauen am Rand der Tanzfläche und sah Amos nachdenklich an.
»Er sieht kein bißchen eurasisch aus. Er sieht ganz genauso aus wie wir!«
»Er ist es nicht«, erklärte Sarah Smithers.
»Er ist kein Eurasier?«
»Nein, du Dummchen, er ist nicht wie wir. Mama sagt, Eurasier riechen *ganz* anders.«
Deirdre betrachtete ihn wehmütig. »Glaubst du, er wird tanzen wollen? Emily sagt, er ist Frauen gegenüber sehr zurückhaltend.«
Sarah lachte und hörte nicht mehr auf. »Zurückhaltend? Jeder weiß doch, daß sein Vater ein unersättlicher Schürzenjäger war!«
»Vielleicht kann er dann nicht tanzen!«
»Dafür kann *sie* es mit Sicherheit« Die beiden drehten sich wieder um und beobachteten zuerst Maja in Christian Pendleburys Armen und dann die jungen Männer, die ungeduldig am Rand standen und darauf warteten, daß die Reihe an sie kam. Sie alle wandten den Blick nicht von Maja. Selbst der hochnäsige Lytton Prescott starrte ihr mit widerwilliger Bewunderung nach.
»*Et tu, Brute?*« fragte ein junger Mann aus seiner Gruppe grinsend, der seinem Blick gefolgt war.
»Keineswegs!« sagte Lytton schaudernd. »Es ist eine Sache, hinter geschlossenen Jalousien und mit einer Wanne voll Eis in Reichweite ein bißchen zu schäkern. Aber am Wendekreis des Krebses bei vierzig Grad im Schatten Cupidos Fackel zu schwingen, ist etwas ganz anderes.« Er löste widerwillig den Blick von Maja und schlenderte auf der Suche nach dem nächsten Cognac und nach einer gewissen Elisabeth Ponsonby davon. Die junge Dame war die vor kurzem angekommene Stieftochter des Gefängnisinspektors.
Amos war sich seines guten Aussehens nicht bewußt und ahnte deshalb nicht, wie elegant er in seinem maronenfarbenen Smoking wirkte. Er verstand einfach nicht, warum ihm all diese Frauen folgten, wohin er auch ging. Nachdem er seine Pflichten auf der Tanzfläche – mit der Gastgeberin, seiner Mutter und Lady Ingersoll – erfüllt hatte, entfloh er bei der ersten sich bietenden Gelegenheit (und zu

Deirdre Twinings großem Leidwesen) an die Bar. Er war kein gewohnheitsmäßiger Trinker. Aber in diesem Reservat der Männer fühlte er sich am wohlsten, und er ließ sich ein Glas Champagner geben. Während er trank, versuchte er, nicht an all den Klatsch zu denken, der immer noch im Salon kursierte. Als Jai Raventhornes Sohn war er es gewohnt, Gegenstand unfreundlichen Geredes zu sein. Aber an diesem Abend ärgerte er sich irgendwie noch mehr als sonst darüber. Mit einiger Mühe konzentrierte er sich auf das Gespräch zweier Männer neben ihm. Sie unterhielten sich über jemanden namens Witherspoon, der offenbar nicht anwesend war.

»Der Mann, Sir, ist ein Trunkenbold, der das, was er getrunken hat, einfach nicht bei sich behalten kann!« Ein großer, magerer Mann mit einem Monokel, der eine Versicherung besaß, schnaubte in den Schaum seines Bierkrugs. »Wissen Sie noch, neulich abend hat er bei den Smythes eine abscheuliche Schweinerei auf der Spitzendecke angerichtet. Constance bekäme einen Anfall, wenn er sich hier so danebenbenehmen würde.«

»Ach, ich glaube, Constance hätte überhaupt nichts dagegen, wenn er sich hier über ihre Sofaschoner übergeben würde«, widersprach der andere, ein Weinimporteur, den Amos kannte. »Wenn er den Fisch mit dem Weißwein ausspuckt.« Er wandte sich Amos zu, zwinkerte und lachte über seinen eigenen Witz. Er schien Lady Pendlebury recht gut zu charakterisieren, und Amos mußte lächeln.

»Sagen Sie, Raventhorne.« Amos stellte fest, daß Clive Smithers neben ihm stand. »Ist eigentlich Ihr Lagerhaus mit dieser modernen Isolation inzwischen fertig?«

»Ja, beinahe. Es müßte in etwa einer Woche soweit sein.« Smithers handelte mit Pelzen und mietete bei Trident Lagerraum für seine Waren.

»Ich bekomme Anfang des nächsten Monats eine Sendung aus Schanghai, und ich währe sehr...«

Sie sprachen über das Geschäft.

Wenigen Gästen der Pendleburys war Olivia Raventhorne kein Begriff – entweder sie kannten sie persönlich oder zumindest ihren Namen. Olivia erinnerte sich gut an einige Bekannte von früher, die sie zum Teil durch Estelle kennengelernt hatte. Polly Drummond, eine ehemalige gute Freundin ihrer Cousine, freute sich sichtlich, Olivia zu sehen. Das galt auch für Susan Bradshaw, David Crichton und Lily Horniman, der man beim Sprechen immer noch anhörte, daß sie Polypen hatte. Natürlich hatte sich in all den Jahren vieles verändert. Die Frauen waren verheiratet, hatten Kinder und erfolgreiche Ehemänner. David Crichton, damals ein junger Schiffsoffizier, war inzwischen mit Frau und vier Kindern als Kommandant der Kriegsmarine in Malta stationiert. Alle erkundigten sich nach Estelle.

»Sie haben gesagt, sie wäre bei dieser schrecklichen Sache in Kanpur umgekommen, das haben sie gesagt.« Polly war inzwischen die Frau eines Inspektors der Opium- und Salzlager. »Aber niemand hat es je bestätigt, sagt mein Harold. Ist es wahr?«

Olivia zögerte den Bruchteil einer Sekunde. Doch dann nickte sie und wechselte das Thema.

Selbst ein Gespräch über Estelle hätte Olivias gute Laune an diesem Abend nicht verderben können. Alistair hatte sie tief gerührt. Sie hatte keine Ahnung, aus welchem Grund er sich für diese Art Begrüßung entschlossen hatte oder ob ihn echte Gefühle dazu trieben. Es war ihr auch gleichgültig. Tatsache blieb, er hatte sie geküßt, hatte Maja geküßt und Amos die Hand gegeben und dann vor aller Augen mit ihr getanzt! Er hatte seinen Stolz hinuntergeschluckt, um seinen Beitrag zu besseren Beziehungen zu leisten. Sie war vor Dankbarkeit überwältigt.

Maja hatte Alistair eigentlich zum ersten Mal richtig gesehen, und auch sie war begeistert von seiner demonstrierten Herzlichkeit. Ihr fiel jedoch auf, daß er sich ihnen nicht noch einmal näherte und Distanz wahrte. Sie wollte ihn besser kennenlernen, ihn zu einem freundschaftlichen brüderlichen Verhältnis überreden, und deshalb entschied sie, daß eine rücksichtsvolle Geste einer anderen wert war. Wenn er sich in der Öffentlichkeit so hochherzig gezeigt hatte, würde sie es ebenfalls tun, sobald sie sich von Oberst Fitzpatrick-Browne losmachen konnte.

Der Hauptmann erzählte ihr ziemlich langatmig absolut uninteressante Einzelheiten eines sehr schönen (und sehr langen) Urlaubs in den Bergen von Simla, fern von Kalkutta, diesem, wie er es nannte, ›grausamen Friedhof der Verbannten‹. Maja hörte mit gespannter Aufmerksamkeit zu, aber kein Wort von dem, was er sagte, drang in ihr Bewußtsein. Sie hatte Hauptmann Fitzpatrick-Browne oft gesehen, wenn er abends seinen Basset auf der Promenade ausführte. Nach Auskunft von Grace Lubbocks Mali, der auch für den Hauptmann arbeitete, trank seine blasse Frau mit dem verkniffenen Gesicht und dem leeren Lächeln heimlich. Der Hauptmann (das hatte ihr Grace erzählt) suchte sein Vergnügen oft anderswo, meist im Goldenen Hintern. Es erschien Maja ganz außerordentlich, daß sie hier sein und sich mit einem Mann unterhalten konnte, der als Sprecher der britischen Gesellschaft Kalkuttas bekannt war. Sie stand so dicht bei ihm, daß sie ihm ein Haar aus dem Bart hätte zupfen können. Es war unglaublich!

Maja vergaß Alistair erst einmal, als ein junger Mann sie zum nächsten Tanz aufforderte. Sie schwebte auf Wolken. Ihre Füße berührten kaum den Boden – zumindest kam es ihr so vor, während sie am Arm dieses oder jenes Mannes über den Marmor glitt. Sie ließ keinen Tanz aus und konnte sich kaum einen Augenblick setzen. Ob Walzer oder Quadrille, ob Polka, Menuett oder Galoppade, sie beherrschte alles erstaunlich gut. Ihre Selbstsicherheit wuchs beim Tanzen. In dem Hochgefühl blieb ihr die Peinlichkeit erspart, auch nur einen einzigen falschen Schritt zu tun oder zu stolpern. Der Schluck Cognac zur rechten Zeit kam ihr zweifellos sehr zustatten, und sie dankte Edna im stillen dafür, daß sie daran gedacht hatte. Christian war ein wunderbar aufmerksamer Gastgeber. Er hatte ihr alle seine Freunde vorgestellt, jedes ihrer Bedürfnisse erfüllt und freute sich über ihre Freude ebenso wie über ihren Erfolg. Wenn er gelegentlich geistesabwesend wirkte oder nicht lächelte, schrieb Maja seine Anspannung entweder den Erfordernissen der Situation oder einfach der Hitze zu. Das war eine Nebensache, und sie schob es beiseite. Selbst Lady Pendlebury hatte gelächelt, hatte ihr Kleid bewundert und gesagt, sie sei reizend. Was konnte sie mehr verlangen!

Selbst während sie sich mit Harriet Ingersoll unterhielt, konnte Lady

Pendlebury nicht verhindern, daß sie mit ihren Gedanken woanders war. Ihr Mund bewegte sich mechanisch, brachte ebenso gewandt Belanglosigkeiten und Lächeln hervor, aber Maja Raventhorne nahm immer noch ihre ganze Aufmerksamkeit in Anspruch. Das Mädchen war schon wieder auf der Tanzfläche (sie hatte sie eigentlich kaum einmal verlassen!). Diesmal hielt sie ein junger Leutnant in den Armen. Die großen leuchtenden Augen richteten sich unverwandt auf das Gesicht ihres Partners; die korallenroten, glänzenden Lippen öffneten sich zum Anflug eines Lächelns, und ein rosa Hauch überzog ihre glatte, schimmernde Haut. Ihr Haar war nach oben gebürstet und zu einem Knoten aufgesteckt. Dadurch wirkte sie noch größer und schlanker; ein paar kleine Löckchen fielen ihr in die Stirn. Der junge Mann machte eine amüsante Bemerkung. Sie legte den Kopf zurück und lachte – nicht vulgär und übermäßig, sondern niedlich und kultiviert. Als ihr Gesicht sich nach oben richtete, fiel das Licht des Kristallkandelabers in ihre veilchenblauen Augen. Sie sprühten tausend Funken und verwirrten sichtlich den jungen Leutnant.
Lady Pendleburys Lächeln schwand keinen Augenblick, doch innerlich wand sie sich vor Qual: Welche Chance hatte ihr unschuldiger Sohn angesichts so überwältigender Verlockung? Christian war schwach, leicht zu beeinflussen und ein einfältiger Idealist. Das Mädchen dagegen war eine Sirene, eine raffinierte Jägerin, die die Kunst der Verführung vollkommen beherrschte und mit allem dazu Erforderlichen ausgestattet war. Wenn die Hälfte der anwesenden Männer von ihr hingerissen war, was konnte sie von ihrem armen, vernarrten Liebling erwarten? Welche Mittel besaß er, um sich gegen einen so entschlossenen Angriff zur Wehr zu setzen? Sie begann zu zittern und floh mit einer hastigen Entschuldigung in einen verlassenen Flur. Sie schloß die Augen, lehnte sich an die Wand und atmete tief durch, um ihre Haltung wieder zu gewinnen. Als sie in den Salon zurückkam und sich umsah, blickte sie geradewegs in Olivia Raventhornes bernsteinfarbene Augen. Lady Pendlebury errötete und wandte sich mit einem schnellen Lächeln ab. Aber Olivia hatte in diesem Blick vieles gesehen. Majas Erscheinen und Erfolg machten Lady Pendlebury wenig Freude, aber Olivia noch weniger. Es bestand kein Zweifel daran,

daß Ednas Einfall, ihr eigenes Hochzeitskleid zu einem Abendkleid mit einem französischen Schnitt abzuändern, geradezu genial gewesen war. Und die geschickten Hände der Zwillinge hatten ein wahres Wunder vollbracht. Trotzdem war Olivias Herz schwer von Mitleid für ihre irregeleitete Tochter. Wie wenig kannte Maja die Welt, und um welch hohen Preis sollte sie sie kennenlernen.

Melanie machte sich, gedrängt von ihrer Mutter, wieder auf die Suche nach Alistair. Er war am anderen Ende der Veranda und unterhielt sich angeregt mit Lytton, Patrick und zwei oder drei anderen jungen Männern. Alistair löste sich von der Gruppe und wollte allein weitergehen. Genau in diesem Augenblick erreichten ihn Melanie und, wie es der Zufall wollte, Maja Raventhorne. Die beiden jungen Frauen blieben stehen, musterten sich gegenseitig und lächelten sich schnell und kalt zu. Melanie machte blitzschnell einen Schritt vorwärts und ließ Alistair triumphierend ihre Ballkarte vor die Füße fallen.

Maja brauchte nur eine Sekunde, um die Lage zu beurteilen. Bevor Alistair reagieren konnte, bückte sie sich und hob die Ballkarte auf. »Ich glaube, das gehört Ihnen«, flötete sie und gab sie der wütenden Melanie zurück. Und während Alistair verwirrt wirkte, und Melanie sie mit Blicken erdolchte, sah sie ihn durchdringend an. »Du hast gesagt, du würdest gerne einen Walzer mit mir tanzen. Sie haben gerade angefangen, einen zu spielen.«

Alistair blickte gehetzt von dem schrecklichen Mädchen mit den großen Zähnen zu der Gruppe kichernder Töchter und entschlossener Mütter in der Nähe. Im Bruchteil einer Sekunde hatte er sich für die einzige Möglichkeit entschieden, die ihm blieb. Er vergaß alle Hemmungen und flog in Majas Arme. »Mein Gott«, sagte er aufgeregt, als sie ihn aus der Gefahrenzone entführte, »einen Augenblick lang dachte ich, sie hätte mich geschnappt! Ich hatte nicht die Nerven so zu tun, als hätte ich ihre blöde Ballkarte zum zweiten Mal nicht gesehen.« Er lächelte sichtlich erleichtert. »Danke.«

»Es war mir ein Vergnügen«, murmelte Maja schüchtern und betrachtete neugierig sein Gesicht, während sie anfingen zu tanzen. Er sah ihrer Mutter sehr ähnlich, wenn er lächelte!

Allmählich dämmerte Alistair, was es bedeutete, sie als Tanzpartnerin zu haben, und er errötete. Einen Augenblick wußte keiner von beiden vor Verlegenheit, was er sagen sollte. Alistair hoffte in seiner Verwirrung nur, Donaldson werde zusehen, und die Mühe sei nicht vergeblich. Doch Donaldson war nirgends zu sehen. Er hatte entschieden, er habe seinen Teil für die Ehre der Birkhursts getan, und war an die Bar gegangen, um seinen großen Durst zu löschen, der ihn schon lange plagte.

»Alistair, du hast Mutter sehr glücklich gemacht«, sagte Maja schließlich. »Du kannst unmöglich einschätzen, was deine Geste für sie bedeutet hat.«

Er nickte steif, ließ aber keine andere Reaktion erkennen.

»Wirst du ... uns wieder besuchen?« fragte sie behutsam, damit es nicht klang, als wolle sie ihn drängen.

»Ich glaube nicht. Ich bin sehr beschäftigt.«

»Oh.«

Er leistete mit einem sehr überlegenen Lächeln Abbitte für seine Schroffheit. »Vielleicht begegnen wir uns ja zufällig auf einer dieser verwünschten Gesellschaften«, sagte er achselzuckend.

»Wir gehen nicht zu Gesellschaften.«

»Nein?« sagte er, ohne nachzudenken. »Ich dachte, hier in dieser schrecklichen Stadt, wo die Leute so wenig Phantasie haben, tut man nichts anderes!«

»Das stimmt. Aber wir nicht. Wir werden dort nicht eingeladen, wo du vielleicht hingehst. Das heute ist eine große Ausnahme.« Es war seltsam, wie leicht es ihr jetzt fiel, sich mit ihm zu unterhalten.

Ihre Direktheit war natürlich peinlich, aber auf eine merkwürdige Art auch charmant. Sie hatte es ganz einfach, ohne jeden Zorn oder Sarkasmus, festgestellt. Er suchte nach einem anderen Thema, aber er hatte keine Ahnung, worüber er mit ihr reden solle. Dann fiel ihm ein, daß sie Pferde hatte.

»Gehst du selbst zu den Byculla-Auktionen?« fragte er.

»Du kennst sie?« Maja war überrascht.

»O ja. Meine Großmutter hat in Bombay einen Agenten. Über ihn kauft sie oft Araber für unseren Stall.«

Majas Augen leuchteten. Jetzt hatte sie festen Boden unter den Füßen. Ihre Antwort auf seine Frage bot ihr Grund, ihm weitere Fragen zu stellen, und die Unterhaltung wurde leichter. Er erzählte ihr vom Gut Farrowsham und den Problemen, die sie im Jahr zuvor mit der Herde Jerseyrinder gehabt hatten. Der Tanz ging in den nächsten über, ohne daß es ihnen auffiel. Es überraschte Alistair, wieviel Maja von Pferden verstand, aber noch mehr überraschte es ihn, daß er ihre Gesellschaft nicht als unangenehm empfand. Sie war natürlich sehr hübsch – auf eine irgendwie eurasische Art –, aber darin lag nicht ihre Anziehungskraft. Sie war außerdem naiv, frei von aller Künstlichkeit und freimütig in ihren Äußerungen. Als der zweite Tanz zu Ende war, hörte er zu seinem eigenen Staunen, daß er versprach, sie in ihrem Stall zu besuchen, obwohl er natürlich nicht die Absicht hatte, das auch zu tun.

Insgesamt war er jedoch erleichtert, als die Musik verstummte. Es gab eine Grenze für das, was sich über Rinder und Weizenanbau sagen ließ.

Aber welche Vorbehalte Alistair auch haben mochte, Maja hatte keine. Das Maß ihrer Freude war voll: sie hätte sich nicht mehr wünschen können.

*

Amos langweilte sich.

Die gesellschaftlichen Anforderungen des Abends überstiegen seine Fähigkeiten und stellten seine Toleranz auf eine harte Probe. Aus anderen, offensichtlichen Gründen fand er das Ganze sehr peinlich. Daß seine Schwester das Trinken und den Trubel so sichtlich genoß, daß sie sich besonders über die Aufmerksamkeit der vielen Männer so schamlos freute, machte ihn wütend. In Anbetracht der Umstände ihrer Anwesenheit und der Heuchelei, der das zu verdanken war, fand er ihre Fröhlichkeit unerträglich und beleidigend.

Abgesehen von allem anderen empfand Amos es als schreckliche Strafe, Belanglosigkeiten von sich geben zu müssen. Beinahe alle anwesenden Männer kannten den Chef von Trident. Er war es gewohnt, daß man sich in geschäftlichen Fragen an ihn wandte. Es bereitete ihm überhaupt keine Schwierigkeiten, Frachtraten, Teepreise und die

Kosten für Lagerraum mit Männern jeder Hautfarbe, Religion und Nationalität zu besprechen, aber wenn es um Frauen ging, geriet er in Verlegenheit. Er wußte nicht, worüber er mit ihnen reden sollte, denn sie hatten so seltsame Ansichten. Eine Ausnahme bildete Lady Ingersoll, die er erfrischend gebildet und geistreich fand.

»Du mußt unbedingt mit ihr sprechen«, hatte Edna Chalcott ihm geraten. »Oder noch besser, laß sie reden.« Er hatte beide Vorschläge abgelehnt. Er konnte sich keine langweiligere Art vorstellen, einen Abend zu verschwenden.

Seine Kiefer schmerzten von dem leeren Lächeln, das die Höflichkeit von ihm verlangte. Seine Jacke war so schwer, daß ihm der Schweiß ausbrach, und sein gestärktes Frackhemd klebte ihm am Körper. Der enge Kummerbund kam ihm allmählich wie eine Zwangsjacke vor, und die neuen verwünschten Schuhe drückten.

Am schlimmsten war, daß er sich scheinbar drehen und wenden konnte, wie er wollte, er stieß immer wieder auf Alistair, obwohl er sich alle Mühe gab, ihm aus dem Weg zu gehen. Er spürte etwas Falsches an der zur Schau getragenen Freundlichkeit seines Erzfeindes. Sie war übertrieben, unehrlich und sollte ihn in den Augen der Umstehenden nur klein machen. Er hatte den Kerl mehrmals dabei überrascht, wie er ihn unverwandt anstarrte. Diese Frechheit war ein zusätzliches Ärgernis. Hätte ihm seine Mutter nicht gegen sein besseres Wissen dieses Versprechen abgerungen, wäre er geradewegs zu dem unverschämten Wicht gegangen und hätte ihm die Meinung gesagt.

Als sei das alles noch nicht genug, hatte er zufällig die Bemerkung der Smithers gehört, die seinen Vater als ›Schürzenjäger‹ bezeichnet hatten. Natürlich kannte er viele Geschichten über seinen Vater und seine Amouren. Zweifellos war einiges daran skandalös, zum Beispiel die Sache mit der Schwester von Barnabus Slocum, dem damaligen Polizeipräsidenten. Auf der Schule hatte ihm das ein Freund erzählt, und Amos war tagelang am Boden zerstört gewesen. Es tröstete Amos nur wenig, daß diese Eskapaden aufhörten, nachdem sein Vater Olivia geheiratet hatte. Für ihn war es demütigend und verletzend, daß solche Geschichten noch immer Anlaß zu bösem Gerede gaben.

Als die Musik immer lauter und schneller wurde, nahm die Ausgelassenheit der Tänzer deutlich zu, und das uralte Spiel der gesellschaftlichen Flirts erreichte erste Höhepunkte. Damit wollte Amos auf keinen Fall etwas zu tun haben. Er kannte zwar alle Geheimnisse einer Gavotte oder auch der schottischen Tänze zu acht, denn zum Leidwesen vieler junger Männer gehörten Gesellschaftstänze zu den Pflichtfächern, vor denen sich auf der Akademie keiner hatte drükken können. Aber Amos sah nicht ein, daß er einen ganzen Abend lang mit strohdummen Gänsen im Arm, die er nicht kannte und die er nicht ausstehen konnte, sich auf dem Parkett abmühen sollte. Geschickt und grimmig entschlossen entzog er sich den aufmerksamen Blicken seiner Mutter auf der anderen Seite des Saals, nahm sich noch ein Glas Champagner und verschwand ungesehen durch eine Seitentür in den rückwärtigen Garten.

Einige der Gäste spazierten auf der Vorderseite vor dem Haus und bewunderten von hier aus den Blick auf den Fluß. Amos sah zu seiner Erleichterung, daß der Garten auf der Rückseite menschenleer war. Der leicht bedeckte Himmel schien es gut mit ihm zu meinen. Es sah im Augenblick nicht nach Regen aus.

Als er einen Pavillon am Ende des Rasens entdeckte, der hinter dichten Gulmoharbäumen versteckt lag, lief er über das Gras dorthin.

In dem kleinen Sommerhaus war niemand. Amos ging hinein, setzte sich auf eine Steinbank, seufzte laut vor Erleichterung, weil er endlich allein war, und zog die Schuhe aus, um den wundgescheuerten Fersen etwas Erholung zu gönnen.

Er trank den gekühlten Champagner in kleinen Schlucken und lehnte den Kopf an eine Fensterscheibe. Zufrieden atmete er die feuchte Nachtluft und genoß nach den vielen Menschen den Geruch der nassen Erde und den Duft der Nachtblüten, der durch die offenen Türen drang. Er zog aus der Westentasche eine Streichholzschachtel, zündete sich eine Zigarre an und blies den Rauch mit geschlossenen Augen in die Luft, während er zufrieden den vertrauten Geräuschen der Monsunnacht lauschte. Vom Glasdach drang das musikalische Geräusch feiner Regentropfen herunter, in den Büschen quakten die

Frösche wie Nebelhörner, und Zikaden zirpten einen traurigen Chor. Allmählich löste sich seine Spannung, und seine Gedanken begannen sich zu verselbständigen. Merkwürdigerweise dachte er voll Sehnsucht an Rose Pickford. Eine Weile überließ er sich den schönen Erinnerungen an die liebenswerte Rose. Niedergeschlagen sagte er sich, er werde vielleicht nie Gelegenheit haben, ihr seine Gefühle zu gestehen. Dann aber dachte er besorgt an sein letztes Zusammentreffen mit Kyle.

Thomas Hungerford! Würde sich das alles lohnen...

Etwa dreißig Minuten vergingen, und Amos überlegte gerade, ob er sich noch eine halbe Stunde des himmlischen Alleinseins gönnen sollte, als er draußen Stimmen hörte. Bei der Aussicht auf Gesellschaft (Gott behüte, doch nicht etwa die junge Twining...) schauderte er. Aber dann stellte er fest, daß es sich um Männerstimmen handelte, und entspannte sich wieder. Draußen waren drei, vielleicht auch vier Männer. Einer davon, das hörte Amos an der Stimme, war Christian Pendlebury. Bei zwei anderen handelte es sich wahrscheinlich um das unerträgliche Duo, mit dem er das Haus teilte, Illingworth und Prescott, und die dritte Stimme mit dem unverkennbar irischen Akzent gehörte dem netten jungen Direktionsassistenten der Stauerfirma, mit der Trident einen Großteil seiner Geschäfte abwikkelte.

Amos überlegte, was er als nächstes tun sollte, und zog sich leise die Schuhe an. Dann stellte er fest, daß die jungen Männer draußen sich heftig stritten. Inzwischen war ein böiger Wind aufgekommen. Er verstand nur ein paar abgerissene Worte und Sätze, die mit den Windstößen zufällig in seine Richtung drangen.

»Ihr liegt ein *Scheiß* an dir...« Es klang lallend und undeutlich. Einer von denen da draußen war jedenfalls betrunken.

»Hör zu ... verdammt noch mal ... das geht dich nichts an!«

»... kriechst ihr in den Hintern...?«

»Ich habe gesagt, du sollst das lassen, Lytton, sonst...« Das war eindeutig wieder Christian.

So wie sich das anhörte, wurde der Streit immer unerfreulicher. Amos versuchte sich einen Fluchtplan auszudenken. Aber er konnte den Pavillon unmöglich verlassen, ohne gesehen zu werden. Das wollte er jedoch vermeiden. Die Geräusche draußen klangen nach einer Rauferei: Beschimpfungen, Flüche, und dann traf deutlich und unverkennbar eine Faust auf harten Knochen. Es folgte das Geräusch von Füßen, die sich schnell hierhin und dorthin bewegten, Knirschen, Grunzen, noch mehr Schläge. Schuhe rutschten über das Gras.

Aus dem Handgemenge war eine richtige Schlägerei geworden.

Amos fluchte leise vor sich hin. Er hatte absolut kein Verlangen danach, in den Streit anderer hineingezogen zu werden. Aber wie zum Teufel sollte er verschwinden, ohne gesehen zu werden? Ein vorsichtiger Blick durch die Tür genügte jedoch, um eine blitzschnelle Entscheidung zu treffen. Es war unwahrscheinlich, daß jemand in diesem wirren Knäuel von Beinen und Armen Zeit oder Lust haben würde, ihn auch nur eines Blickes zu würdigen. Er stand an der Tür und wollte gerade zum Haupthaus zurück.

In diesem Augenblick drang lautes, verächtliches Lachen an sein Ohr. Er hörte laut und deutlich den Namen ›Raventhorne‹. Amos erstarrte und lauschte angestrengt.

»Sag das noch einmal, du gemeiner Drecks...«

»Also gut. Sie war eine Hure ... ihr ganzes...«

Der Rest blieb unausgesprochen. Eine Faust traf ein Gesicht.

Großer Gott, bei dem Streit ging es um seine Mutter und seine Schwester!

Als Amos sich von dem Schock erholt hatte, war sein erster Gedanke, sich nicht einzumischen. Seinetwegen konnten sie sich umbringen. Sie hatten dazu seinen Segen. Christian mußte mit den Dornen leben, in die er sich gelegt hatte ...

Aber dann schämte sich Amos. Christian Pendlebury verteidigte die Ehre *seiner* Schwester. Konnte er dann einfach davonlaufen und den Mann, der sein Schwager werden wollte, bei diesem Kampf allein lassen?

Amos fluchte über das unerwartete Mißgeschick, holte tief Luft und trat ins Freie.

Er konnte in der Dunkelheit nicht allzuviel sehen, aber es genügte,

um zu erkennen, daß zwei Gegner einem gegenüberstanden – Christian. Der vierte junge Mann, der Ire, hatte offenbar nach dem Motto ›Vorsicht ist besser als Nachsicht‹ das Weite gesucht. Christian wehrte sich, so gut er konnte, gegen die Schläge, die aus zwei Richtungen kamen, aber seine Chancen standen schlecht.
»Laßt ihn in Ruhe!«
Die Warnung kam leider den Bruchteil einer Sekunde zu spät, um den entscheidenden Schlag einer der Fäuste zu verhindern. Man hörte ein widerliches Knirschen, und Christian ging mit einem Schmerzensschrei zu Boden. Die beiden Angreifer sahen Amos wie erstarrt und stumm vor Staunen an. Dann begann Patrick Illingsworth, der offenbar zuviel getrunken hatte, zu schwanken; der Ausdruck der Überraschung verschwand von seinem Gesicht, und er verzog den Mund zu einem hämischen Lächeln. Ganz langsam stieß er den Liegenden mit der Schuhspitze an und trat noch einmal fest zu. Er hob den Zeigefinger und sagte zu Amos:
»Du hältst dich da raus, du verdammter, schwarzer Arsch ...«
Bevor er den Satz beenden konnte, sogar bevor Amos sich darüber im klaren war, was seine Faust tat, war sie vorwärtsgeschossen, hatte den Mund getroffen, aus dem die Beleidigung gekommen war. Blut und ausgeschlagene Zähne waren das Ergebnis. Als Patrick ins Gebüsch fiel, stürzte sich sein Freund Lytton mit einem wütenden Aufschrei und einem Hagel obszöner Beschimpfungen auf Amos. Aber er hatte wie Patrick zuviel getrunken. Er war kein Gegner für Amos, der nüchtern und stark wie ein Ochse war. Nach ein paar halbherzigen Finten und guten Treffern verschwand der Zweite fluchend mit großen Sprüngen im Dunkeln. Als Amos in die Büsche blickte, hatte auch Illingsworth das Weite gesucht. Nur Christian lag noch im Gras. Er stöhnte und war offenbar ernsthaft verletzt.
Amos schüttelte sich, um einen klaren Gedanken fassen zu können, atmete tief durch und versuchte, sich zu beruhigen. Er beugte sich über den stöhnenden Christian. »Sie können jetzt aufstehen, sie sind weg. Kommen Sie, ich helfe Ihnen ins Haus.«
Christian schüttelte den Kopf und umklammerte seinen Arm. »Ich kann nicht«, keuchte er. »Ich glaube, er ist gebrochen ...«

Amos streckte ihm die Hand entgegen. »Halten Sie sich mit der gesunden Hand fest und ziehen Sie sich langsam in die Höhe. Ich stütze Sie im Rücken.«
Christian nickte, hob mit einem leichten Stöhnen die Hand und tat, was Amos gesagt hatte. Er drehte sich dabei um, und Amos erstarrte. Der junge Mann war nicht Christian Pendlebury, es war Alistair!
Alistair...
Amos blickte verwirrt auf den Verletzten. Wie konnte ihm dieser Irrtum unterlaufen sein?
Alistair Birkhurst hatte sich wegen der Ehre der Raventhornes geprügelt? Das war doch unmöglich!
Blitzartig richtete er sich auf und zog die Hand zurück.
»Hätte ich gewußt, daß Sie es sind«, zischte er, »bei Gott, die hätten Sie meinetwegen zu Brei schlagen können!«
»Ich habe Sie nicht um Hilfe gebeten! Warum haben Sie sich überhaupt eingemischt?«
»Ich dachte, Sie wären ... das ist jetzt egal.« Amos biß sich auf die Lippen und machte ein finsteres Gesicht. »Wir brauchen Sie nicht, um unsere Kämpfe auszutragen! Stecken Sie Ihre verdammte Nase nicht in unsere Angelegenheiten, verstanden?«
»Ach, lassen Sie mich in Ruhe.«
»Wie Sie wünschen.« Amos starrte ihn wütend an, machte auf dem Absatz kehrt und ging davon.
Etwa in der Mitte des Rasens blieb er stehen und blickte an sich hinunter. Sein Hemd war zerfetzt. Die Schulternaht des linken Jakkenärmels war aufgerissen, und seine Schuhe waren voller Schlamm. Einer seiner Handknöchel blutete immer noch. Amos war sicher, daß sein Gesicht übel aussah. In diesem Zustand konnte er unmöglich ins Haus zurück! Er dachte kurz über seine Lage nach – und über den ungewöhnlichen Grund für die verwünschte Schlägerei...
»Ach zum Teufel!« Er schüttelte den Kopf, seufzte und ging zum Pavillon zurück.
Alistair lag so, wie er ihn verlassen hatte. Offenbar konnte er sich nicht bewegen. Amos biß die Zähne zusammen und hielt ihm brüsk die Hand entgegen. »Also gut, halten Sie sich fest.«

Alistair bewegte sich nicht. »Ich brauche deine verdammte Hilfe nicht!« Es klang schwach, und er konnte vor Schmerzen nur undeutlich sprechen. »Ich kann allein aufstehen ...«

»Wenn es so ist, dann bitte.« Amos trat zurück, steckte die Hände in die Hosentaschen und wartete.

Alistair drehte sich auf die Seite und versuchte aufzustehen, sank aber wieder in sich zusammen. Amos bewegte sich nicht von der Stelle. Alistair richtete sich noch einmal langsam und unter großen Schwierigkeiten auf, bis er kniete. Dann war er mit einem letzten, mühsamen Ruck auf den Beinen. Er stand kaum eine Sekunde aufrecht, bevor er auf einer Seite einknickte und zu fallen drohte. Amos streckte instinktiv die Hand aus, doch Alistair schüttelte sie ab und richtete sich irgendwie wieder auf.

»Laß deine verdammten Hände von mir, Amos Raventhorne. Lieber sterbe ich hier auf der Stelle, als ...«

Er wurde ohnmächtig. Wäre Amos nicht vorwärtsgesprungen und hätte ihn aufgefangen, wäre er gestürzt. Der eine Arm hing schlaff und leblos in einem eigenartigen Winkel herab. Er blutete immer noch. Sein Hemd war vorne blutgetränkt.

»O Gott!« stöhnte Amos. »Das macht den Abend erst richtig schön, verdammt schön ...«

Ein Nieselregen hatte eingesetzt und drohte, in richtigen Regen überzugehen. Mit Alistairs schlaffem Körper an der Schulter sah Amos sich nach Hilfe um, entdeckte aber keine. Aus dem Haus drang laut der Lärm der Feiernden, aber im Garten war keine Menschenseele.

Amos befand sich in einer Lage, die er nicht unter Kontrolle hatte. Wütend wankte er, mit Alistair über der Schulter, in den Pavillon zurück. Er wußte nicht genau, was er tun sollte. Deshalb legte er Alistair auf den Steinboden und setzte sich auf die Bank, um nachzudenken. Er überwand die Versuchung, Alistair liegenzulassen, wo er war, Willie Donaldson eine Nachricht zukommen zu lassen und einfach nach Hause zu gehen. Aber widerstrebend mußte er sich das noch einmal überlegen.

Er hatte Donaldson zuletzt an der Bar gesehen, wo er sich bereits mühsam aufrecht hielt. Es war allgemein bekannt, daß er bei jeder Burra Khana, die er beehrte, sich in eine stille Ecke zurückzog und schnarchte – diese ›stille Ecke‹ konnte überall im Haus sein! Die ideale Lösung war natürlich, Dr. Humphries diskret vom Fest zu lokken und ihm alles zu überlassen. Aber Dora Humphries war für ihre scharfen Ohren, ihre nie stillstehende Zunge und die völlige Unkenntnis des Wortes »Diskretion« berüchtigt. Sie würde mit Sicherheit das leiseste Flüstern hören und Alarm schlagen. Das gesamte anwesende Frauenbataillon würde dem Ruf der Posaune begeistert folgen. Es würde ein Sperrfeuer von Fragen und Gegenfragen geben, überstürzte Vermutungen und ein heilloses Durcheinander – damit wäre Lady Pendleburys Abendgesellschaft ruiniert, und daran würde man zweifellos ihm die Schuld geben. Leise fluchend entschied sich Amos für die einzige andere Möglichkeit. Er ging in Richtung Auffahrt, um den Wagen der Birkhursts zu suchen.

An den Rändern der Straßen reihten sich zu beiden Seiten Dutzende und aber Dutzende von Kutschen und anderen Gefährten aneinander. Amos hatte keine Ahnung, wie er Alistair Birkhursts Wagen erkennen sollte. Er wurde immer wütender, entdeckte schließlich aber seinen eigenen Brougham und rüttelte den Kutscher wach, der im Innern lag und schlief. Nachdem der Wagen in der langen Auffahrt auf halbem Weg zum Haus stand, betete Amos, daß nichts geschehen würde, was Verwirrung stiftete, bevor sie sicher davonfahren konnten. Mit Hilfe des Kutschers trug er Alistair zu dem Brougham, und gemeinsam verfrachteten sie ihn auf den Sitz. Alistair war immer noch bewußtlos und blutete. Er sank zur Seite, und der gebrochene Arm lag in einem grotesken Winkel über seinem Bauch. Amos setzte sich so, daß Alistair sich gegen ihn lehnen konnte, und befahl dem Kutscher, auf schnellstem Weg zu dem nahe gelegenen Haus von Amulja Bannerjee zu fahren. Er war ein bescheidener, aber fähiger Kräuterheiler, der Knochen einrichtete, und zu dem viele der Beschäftigten von Trident gingen.

Als der Wagen vor dem Haus anhielt, kam Alistair langsam zu sich.

»Wo...?« fragte er benommen.

»Beim Arzt«, erwiderte Amos knapp.

Alistair schüttelte den Arm ab, mit dem Amos ihn stützte. »Ich will nicht, daß ein verdammter Eingeborenenmetzger...«
»Seien Sie still und tun Sie, was Ihnen gesagt wird!«
Alistair öffnete den Mund zu einer empörten Erwiderung, aber bevor er einen Ton hervorbrachte, verlor er wieder das Bewußtsein.
Das Haus des Kräuterheilers lag im Dunkeln. Alle schliefen bereits. Nachdem er geweckt worden war, machte sich der alte Heiler, von dem man sagte, er habe Magie in den Fingern, stumm und flink ans Werk. Die Blutung war innerhalb einer Stunde gestillt, die Verletzungen waren gesäubert, ausgewaschen und behandelt, und der gebrochene Knochen gerichtet, geschient und verbunden.
»Die Wunden sind nicht tief, aber die Knochen brauchen Zeit, um zu heilen«, sagte Amulja Babu. Er gab Amos Tabletten, Packungen für Umschläge und Anweisungen mit auf den Weg. »Sie können ihn jetzt nach Hause bringen. Aber achten Sie darauf, daß er ein paar Tage im Bett bleibt und den Arm in der Schlinge läßt. Möchten Sie, daß ich ihn in ein oder zwei Tagen besuche, um ihn weiter zu behandeln?«
»Was er tut, liegt jetzt ganz bei ihm«, erwiderte Amos kalt. »Ich habe mit der Sache nichts mehr zu tun.«
»Aber er wird Pflege brauchen. Man muß sich um ihn kümmern...«
»Ich bin nicht seine Krankenschwester!« rief Amos gereizt. »Wer auch immer sich um ihn kümmert, *ich* nicht!«
»Wer denn?« fragte der alte Mann.
»Wie soll ich das wissen? Ich nehme an, einer seiner Diener.«
Amulja Babu runzelte die Stirn und sah Amos ins Gesicht. »Ist er kein Freund von Ihnen?«
»Nein«, sagte Amos gepreßt. »Ein ... Bekannter.«
»Jemand muß ihn nach Hause bringen. Wo wohnt er?«
»An der Esplanade.«
»Ah.« An den Augen des alten Mannes ließ sich ablesen, daß ihm allmählich dämmerte, um wen es sich bei dem Verletzten handelte. Amos kannte er natürlich gut. Die Feindseligkeit zwischen ihm und seinem vor kurzem angekommenen Bruder war ein offenes Geheim-

nis. Nach dem Aussehen der beiden zu urteilen, nahm er an, die Feindschaft sei schließlich in eine Schlägerei gemündet. Aber er fand, er habe kein Recht, Fragen zu stellen. Statt dessen deutete er auf die blutige Stirn und den Handknöchel von Amos. »Ich glaube, die brauchen...«

»Nein, es ist schon gut.« Amos schob den Rat beiseite. »Wir müssen ihn irgendwie nach Hause bringen.«

»Wenn Sie wünschen, werde ich meinen Sohn bitten, den Sahib zur Esplanade zu begleiten«, sagte der alte Mann. »Mein Sohn wird dafür sorgen, daß er der Pflege seines Dieners übergeben wird.«

Amos war erleichtert und zeigte das auch. »Ich wäre Ihnen und Ihrem Sohn zu Dank verpflichtet, wenn das möglich wäre, Amulja Babu. Vielen Dank für Ihre Mühe.«

»Wie soll mein Sohn dorthin kommen? Ich habe keinen Wagen.«

Amos kämpfte einen Augenblick mit sich. »Ich stelle Ihrem Sohn den Wagen zur Verfügung«, sagte er nicht sehr gnädig.

»Aber wie kommen Sie dann nach Hause?«

»Haben Sie ein Pferd, das Sie mir leihen können? Selbst wenn es ein Zugpferd ist...«

Der alte Mann schüttelte traurig den Kopf. »Nein. Ich habe nur ein Maultier.«

Noch einmal kämpfte Amos stumm mit sich; dann fluchte er leise und biß die Zähne zusammen. »In diesem Fall werde ich eben zu Fuß gehen müssen...«

Es war beinahe drei Uhr morgens, als Amos erschöpft, völlig durchnäßt, mit wunden Füßen und sehr schlechtgelaunt nach Hause kam. Seine Mutter, Maja und Mrs. Chalcott waren noch nicht zurück, und das machte ihn noch wütender. Er zog die blutigen Sachen aus, warf sie in den Wäschekorb und wusch sich am ganzen Körper mit kaltem Wasser, um frisch zu werden, bevor er seine wunden Handknöchel mit Jod betupfte. Dann goß er sich einen doppelten Cognac ein, trank ihn in einem Zug aus und sank ins Bett.

Sein letzter Gedanke, bevor der Kopf auf das Kissen fiel, und er einschlief, war:

Warum habe ich den verwünschten Kerl nicht erwürgt, als ich die Chance dazu hatte?

*

»Sie ist eine bezaubernde junge Frau, nicht wahr?«

Sir Jasper unterhielt sich mit Lucas Anderson und drehte sich um, weil er sehen wollte, von wem diese Bemerkung kam und wer damit gemeint war. Hinter ihm stand Lady Ingersoll und betrachtete sehr aufmerksam Maja.

Kurz nach elf Uhr wurden die Gäste zum Büfett gebeten. Alle drängten sich um die langen Tische in beiden Salons und erfreuten sich mit Augen und Gaumen an den Gourmetträumereien, die Monsieur Pierre mit dem Heer seiner Gehilfen auf Anregung von Lady Pendlebury gezaubert hatte. Die endlos langen Tische quollen über vor Köstlichkeiten, der Tischschmuck war ein wahrer Festschmaus in *trompe d'œil.*

Jane Watkins mußte sich niedergeschmettert sagen lassen, daß sie etwas von einem Blumenarrangement gegessen hatte, das sie für eine phantasievoll geschnittene Tomate hielt. Aber ohne Zweifel hatte sich Monsieur Pierre selbst übertroffen. Speisekarten in Silberrahmen standen in regelmäßigen Abständen auf den Tischen. (»Darf man überhaupt essen, ohne daß man das alles aussprechen kann?« flüsterte Jane Watkins dem hungrigen Nigel Crockett zu.) Die weißen Servietten knisterten vor Stärke; neben Stengelgläsern aus schwerem böhmischen Kristall lag kunstvoll gearbeitetes Besteck mit dem gravierten Monogramm der Pendleburys. Der steife und korrekte Tremaine und das Regiment seiner Gehilfen servierten weiße und rote Weine mit der jeweils richtigen Temperatur. Nichts war dem Zufall überlassen, nicht einmal die Menagen. Im Gegensatz zu dem, was man sonst gewohnt war, rieselte hier das feine Salz *staubtrocken* aus den silbernen Salzfäßchen und trotzte der Feuchtigkeit des Monsuns.

Sir Jasper ließ Lucas Anderson mit einer Entschuldigung stehen und eilte zu Lady Ingersoll, um ihre Bemerkung zu bekräftigen. »Ja, sie ist wirklich die Königin des Balls. Da bin ich ganz Ihrer Meinung.«

»Und ihr Bruder hat ausgezeichnete Manieren!« fuhr Lady Ingersoll fort. »Er scheint viel von der Intelligenz geerbt zu haben, die man seiner Mutter nachsagt.« Sie warf einen Blick auf den leeren Teller ihres Gastgebers und zog fragend die Augenbraue hoch. »Genießen Sie überhaupt nichts von dem lukullischen Mahl, das Ihre Gattin mit so großem Können zu unserem Vergnügen vorbereitet hat?« Sie nahm sich noch eine winzige geräucherte Wachtelbrust und schob sie in den Mund.

»O doch, aber natürlich ...« Sir Jasper legte sich geistesabwesend etwas auf seinen Teller. Ungeachtet der gallischen Herkunft des Essens streute er Chilipulver darüber. Monsieur Pierre, der hinter einer Tür stand und es sah, traten die Tränen in die Augen.

»Ja, ich muß sagen, eine ganz reizende Familie. Ich freue mich sehr, daß Sie und Ihre Gemahlin die Raventhornes eingeladen haben. Die Entscheidung dürfte nicht ganz leicht gewesen sein ...«

Harriet Ingersoll war eine energische Frau mit grau werdenden Haaren, kräftig, aber schlank von Statur und nur geringem Interesse für Kleidung. Andererseits besaß sie beträchtlichen Charme, ein sanftes Lächeln und einen scharfen Verstand, der zu sehr vielen und zutreffenden Wahrnehmungen fähig war. Auf die letzte Bemerkung war Sir Jasper nicht vorbereitet. Lady Ingersoll war zwar für ihre ungewöhnliche Direktheit bekannt, aber ihn überraschte das Ausmaß ihrer Offenheit ebenso wie das Thema.

»Die Meuterei ist Geschichte, Eure Ladyschaft. Viele sind der Ansicht, es sei Zeit, sie zu begraben.« Er wählte seine Worte mit Vorsicht, denn er war bemüht, nicht falsch zu reagieren. »Natürlich kann der Aufstand niemals völlig vergessen werden. Aber vielleicht ist das auch nicht nötig.«

»Oh, da kann ich Ihnen nur voll und ganz zustimmen! Aber ich finde es so *unangenehm*, daß manche Leute immer wieder von alten Feindseligkeiten reden und sie als Vorwand benutzen, um Vorurteile am Leben zu erhalten.« Sie machte eine Pause, um ein *vol-au-vent* zu essen und einen Schluck Wein zu trinken. »Deshalb habe ich mir erlaubt, Ihre offensichtlich liberalen Ansichten lobend zu erwähnen.«

Plötzlich kam Sir Jasper der Gedanke, ihre versteckte Andeutung könne sich sehr wohl auf die vielen Gerüchte über Maja Raventhorne und seinen Sohn beziehen. Natürlich war er nicht zu einer Klarstellung verpflichtet, doch er entschied sich dafür. »Es gibt keinen besseren Weg, Gerüchte zum Verstummen zu bringen, Eure Ladyschaft«, sagte er mit einem lässigen Schulterzucken, »als sich ihnen offen zu stellen. Das nimmt im allgemeinen den Gerüchtemachern den Wind aus den Segeln.«

Offenbar interessierte das Lady Ingersoll nicht im geringsten, denn sie gab einen ungeduldigen Laut von sich. »Wenn man zulassen würde, daß Gerüchte das Leben beherrschen, Sir Jasper, wo bliebe da die Zeit für produktive Unternehmungen? Aber bitte vergeben Sie mir, wenn ich mich in private Angelegenheiten einmische, das liegt nicht in meiner Absicht.« Sie lachte ohne jede Verlegenheit. »Mein Mann ist davon überzeugt, daß ich eigens ein Studium absolviert habe, um Dinge zu sagen, die ich nicht sagen sollte!«

Was, so überlegte Sir Jasper flüchtig, war dann ihre Absicht. Aber bevor er Worte fand, um eine Frage zu formulieren, sprach sie weiter. »Alles in allem haben die Raventhornes mehr Glück gehabt als die meisten anderen. Finden Sie nicht auch?«

»Ich bitte um Verzeihung...« Das Thema brachte ihn leicht aus der Fassung, aber gleichzeitig war er neugierig darauf herauszufinden, weshalb sie hartnäckig daran festhielt.

Lady Ingersoll griff nach einer zweiten Gewürzstange, fuhr damit in die *pâté de foie gras* auf ihrem Teller und biß mit sichtlichem Genuß das obere Ende ab. »Ich habe, Sir Jasper, vom allgemeinen Status der Gemeinschaft gesprochen, der sie angehören. Nicht viele Eurasier genießen die Privilegien der Raventhornes, aber natürlich hat Jai Raventhorne lange und hart dafür gearbeitet. In Anbetracht der unerfreulichen Umstände kann es nicht leicht gewesen sein.«

Die Unterhaltung hatte eine völlig unerwartete Wendung genommen, und das interessierte Sir Jasper sehr. Er wollte sie unbedingt fortführen, aber nicht mitten in einer Menge, wo man gezwungen war, lauter zu sprechen, damit man überhaupt gehört wurde. Er nahm die stikkige, heiße Luft im Raum zum Vorwand und geleitete seinen Gast auf die Veranda an der Rückseite des Hauses. Dort war es nicht nur kühler, sondern sie waren auch ungestörter. Er bot Lady Ingersoll einen bequemen Platz auf einer Marmorbank mit Blick über den Rasen und auf den Fluß an und setzte sich ihr gegenüber auf einen Hocker.

»Sie sagten . . .?«

»Ich sprach von den Schwierigkeiten, denen sich die bedauernswerten Eurasier in Indien gegenübersehen. Ich denke an den Kampf gegen die Ungleichheit, an dem die meisten innerlich und äußerlich zugrunde gehen müssen.«

Sir Jasper schwieg, um kurz nachzudenken. Das Problem der Eurasier war das letzte Thema, über das mit Lady Ingersoll zu sprechen er erwartet hatte. Offensichtlich hatte sie dazu klare Ansichten, und das verblüffte ihn noch mehr. »Sie glauben, wir waren den Eurasiern gegenüber nicht gerecht?«

»Fragen Sie sich selbst, Sir Jasper! Können wir das behaupten? Selbst in unserer modernen, demokratischen Zeit hindert man sie noch immer an ihrer Selbstverwirklichung. Ich spreche nicht von den schrecklichen Vorurteilen, die immer noch herrschen, sondern schlicht von sozialer Ungerechtigkeit. Ich finde es schrecklich, daß eine Nation mit soviel Gerechtigkeitssinn wie die unsere so wenig getan hat, um das Wohl derer zu fördern, die ihre Existenz nur uns verdanken. Ich kann Ihnen versichern, Sir Jasper, daß diese bedauerliche Lücke gewissen, sehr hohen Kreisen zu Hause in England großes Kopfzerbrechen bereitet.«

Sir Jasper saß ganz still; nur seine Hand mit der Gabel bewegte sich, um mit einem Kiebitzei in Aspik zu spielen, während der Aspik sehr schnell auf seinem Teller zerlief. Er hatte keine Zweifel in Hinblick auf die Identität jener ›sehr hohen Kreise‹, von denen Lady Ingersoll gesprochen hatte, und faßte blitzschnell einen Entschluß.

»Es ist ein recht merkwürdiger Zufall, daß Eure Ladyschaft das Thema in diesem Augenblick anschneiden«, sagte er sehr ernst. »Zufällig ist das Schatzamt dabei, einen Plan zu entwickeln, um gerade die Lücke zu füllen, von der Sie sprechen.«

»Ach wirklich?« Sie beugte sich gespannt vor.

»Das Projekt steckt noch in den Kinderschuhen, liegt sozusagen noch auf dem Amboß.« Er sah ihr ernst ins Gesicht. »Ich sage das, Eure Ladyschaft, ganz im Vertrauen. Nicht einmal die Ratsmitglieder sind davon unterrichtet.«

Lady Ingersoll nickte. »Ein Projekt, das Sie sich ausgedacht haben?«

»Ja.«

Sie legte ihm die Hand auf den Arm. »Ich werde kein Wort davon sagen, nicht einmal zu Benjamin, ich verspreche es. Aber ich finde Ihre Initiative lobenswert, und ich bin sehr gespannt darauf, mehr über Ihr Projekt zu hören, wenn Sie soweit sind, es anzukündigen. So«, sie stand auf. »Wollen wir zu den anderen hineingehen? Ich muß Lady Pendlebury um Rat fragen, wie ich einen vertrauenswürdigen Koch finde, falls es so etwas nicht nur im Märchen und in Ihrem Haus gibt. Benjamin schwört, der, den wir augenblicklich haben, wird von den Zaristen bezahlt, damit er ihn auf die eine oder andere Weise vergiftet.«

Sir Jasper war hoch erfreut über das Gespräch mit Lady Ingersoll. Ungebeten und ganz unerwartet hatte Harriet Ingersoll ihm ein Werkzeug in die Hand gegeben, das sich so vollkommen für seine Zwecke eignete, daß er sein Glück kaum fassen konnte. Er kehrte in sehr gehobener Stimmung in den Salon zurück und sah sich nach Amos Raventhorne um. Als er ihn nirgends entdeckte, fiel sein Blick auf Maja, die gerade von Herbert Ludlow aus dem Raum geführt wurde. Dann sah er Douglas Hooper, trat wieder zu ihm, nahm ihn am Ellbogen und ging mit ihm in eine Ecke.

»Wie geht es in Molunga, Douglas? Hast du immer noch Schwierigkeiten?«

Hooper wurde blaß und warf einen verstohlenen Blick über die Schulter. »Um Gottes willen, Jasper, doch nicht hier.« Seine guten Freunde wußten, daß er im Molungabasar eine Inderin aushielt, mit der er zwei Kinder hatte.

»Beantworte mir nur eine Frage. Wie würde es dir gefallen, wenn sie verschwinden würden. Ich meine, so weit weg, daß du sie nie mehr sehen müßtest?«

Hoopers Augen leuchteten. »Meinst du das im Ernst?«
»Ganz im Ernst.«
»Aber wie?«
»Dann interessiert dich das also?«
»Was glaubst du denn? Natürlich interessiert es mich! Das gemeine Stück kommt ständig mit neuen Forderungen. Wenn Mabel etwas erfährt, bin ich ein toter Mann.«
»Also gut, komm morgen früh um zehn in das Schatzamt. Dann werden wir darüber sprechen.«
Die Desserts wurden aufgetragen, als Olivia endlich Abala Goswami fand, die sich gerade lebhaft mit einem unglücklichen Hauptmann der Armee, der sehr bedrückt wirkte, über die weitverbreitete Ansicht unterhielt, die Sonne sei schädlich für englische Haut.
»Hast du Amos irgendwo gesehen?« fragte Olivia, die das Gespräch mit einem entschuldigenden Lächeln unterbrach und Abala beiseite zog.
»Amos?« Abala sah sich um, aber es war unmöglich, in dem Gedränge jemanden ausfindig zu machen. »Wenn ich es mir recht überlege, dann habe ich auch Alistair seit einer Weile nicht mehr gesehen.«
Olivia ging von Unruhe erfüllt eilig davon, um sich bei anderen zu erkundigen. Es war sehr wahrscheinlich, daß die beiden die Anwesenheit des anderen, und sei es auch nur für ein paar Stunden, so unerträglich gefunden hatten, daß sie einfach nach Hause gegangen waren. Der Gedanke an eine so große Unhöflichkeit machte sie zornig. Andererseits bestand die von ihrem Wunschdenken bestimmte Aussicht, daß sie irgendwo zusammensein könnten, sich unterhielten und übereinkamen, das Kriegsbeil zu begraben. Die beiden Briefe, die sie Lady Birkhurst bereits geschrieben hatte, waren ehrlich und traurig gewesen. Wäre es nicht wundervoll, wenn der dritte frohere Nachrichten enthielte?
Aber dann kam Edna und erzählte ihr von einem Gerücht, das im Salon kursierte.
»Eine Schlägerei im Garten?« Olivias Magen verkrampfte sich. »Wer…?«

Edna zuckte mit den Schultern. »Niemand scheint es zu wissen. Offenbar war jemand betrunken und hat einen anderen wegen irgendeiner Sache verprügelt. Es klingt alles sehr vage.« Als sie Olivias Gesichtsausdruck sah, drückte sie ihr schnell die Hand. »Ich bin sicher, weder Amos noch Alistair hatten etwas damit zu tun, Liebes. Mach dir keine Sorgen, solange du es nicht mußt.«
Das war ein vernünftiger Rat, und Olivia befolgte ihn, aber sie wurde die Unruhe nicht los.
»Ich habe aus einem ganz besonderen Grund auf eine Gelegenheit gewartet, Sie allein zu sprechen, Miss Raventhorne.« Herbert Ludlow kam endlich zur Sache, nachdem er eine Weile mit Maja in einem Alkoven geplaudert hatte.
Majas Befürchtungen, die sie erfaßten, als er sie aus dem Salon geführt hatte, waren nicht gewichen, denn sie wußte, wie wichtig dieser Mann für Christians Zukunft war. Ihr Herz setzte einen Schlag aus. »Tatsächlich?«
»Ja. Wollen wir uns einen Augenblick setzen? Ich möchte mit Ihnen über *Morning Mist* sprechen.«
»Oh!« Maja war ungeheuer erleichtert.
»Ich habe ihn an jenem Nachmittag laufen sehen, und ich muß sagen, ich habe selten einen so hervorragenden arabischen Grauschimmel erlebt. Ich habe mich im Wiegeraum mit Shooter unterhalten, und der Jockey bestätigt meine Einschätzung.«
Maja freute sich riesig. »Ja, er hat ein ausgezeichnetes Potential als Rennpferd. Ich hatte großes Glück, ihn auf der Auktion zu bekommen.«
»Haben Sie vor, ihn zu verkaufen?«
»Nun ja ... ja.« Sie überlegte kurz, achtete dabei aber darauf, daß ihre Ehrfurcht vor dem Mann nicht ihren Geschäftssinn trübte. »Aber nur, wenn ich den richtigen Preis für ihn bekomme – und das richtige Zuhause«, sagte sie entschlossen.
»Wie ich von Shooter weiß, haben Sie mehrere Angebote.«
»Ein paar.«
»Und eines davon kommt von diesem Schurken Aaron Nicholas? Wie ich hörte, bestürmt er Sie, sein Angebot zu akzeptieren.«

»Ja, aber ich habe mich entschlossen, nicht an ihn zu verkaufen.«
»Sie haben sich ihm gegenüber doch nicht festgelegt?«
»Nein, noch nicht.«
»In diesem Fall«, jetzt schien sich Ludlow zu freuen, »wäre ich Ihnen sehr verpflichtet, wenn Sie mir das Vorkaufsrecht einräumen würden. Wann wäre es Ihnen recht, daß ich bei Ihnen im Stall vorbeikomme?«
Sobald die Verabredung getroffen und Ludlow um die nächste Ecke verschwunden war, erschien Christian. Er wirkte angespannt und besorgt. »Was hat er gesagt?«
»Wir haben über Pferde gesprochen«, erwiderte Maja noch immer verblüfft. »Er will *Morning Mist* kaufen. Er hat ihn bei den Rennen gesehen, die der Hengst gewonnen hat.«
»Sonst hat er nichts gesagt?«
»Nein.« Sie lachte, und ihre Augen blitzten mutwillig. »Vielleicht kann ich Mr. Ludlow dazu bringen, daß er dir im Austausch gegen *Morning Mist* eine bessere Stellung gibt. Fändest du das nicht lustig?«
Er fand es überhaupt nicht lustig. Er wurde rot vor Zorn. »Du hast zuviel getrunken«, sagte er wütend und ging beleidigt davon.
Maja nahm es ihm nicht übel. Sie lachte nur.
Plötzlich tauchte Sir Jasper auf und wollte mit ihr tanzen. Er nahm sie mit einem Lachen und einer Entschuldigung ihrem nächsten Partner vor der Nase weg, der geduldig an der Tür stand. Sir Jasper wartete ihre Antwort nicht ab, und das war vielleicht ganz gut so. Sie hätte ohnehin kein Wort hervorgebracht.
Was er wohl von mir hält?
Maja war von der Ehre überwältigt und spürte ein nervöses Kribbeln im Magen, während er sich mit ihr mehr energisch als gekonnt auf der Tanzfläche drehte.
Hätte Maja jedoch Sir Jaspers Gedanken lesen können, wäre sie enttäuscht gewesen. Er dachte darüber nach, wie bald es ihm möglich sein würde, sich wieder mit Kyle Hawkesworth zu treffen.

Zweiundzwanzigstes Kapitel

Olivia kam es vor, als habe sie nur ein paar Minuten geschlafen, als sie Sheba am nächsten Morgen aufgeregt wachrüttelte. Salim, Alistairs Diener, wartete mit alarmierenden Nachrichten unten. Der junge Sahib hatte vergangene Nacht einen schrecklichen Unfall gehabt und war schwer verletzt. Sie müsse sofort mit ihm kommen, oder sein armer Sahib werde bestimmt sterben! Der Mann brach in Tränen aus, jammerte und schlug sich an die Brust.

Jeder Rest von Verschlafenheit schwand aus Olivias müden Augen. Schlagartig fiel ihr das Gerücht von der Schlägerei im Garten der Pendleburys wieder ein. Sie hatte schreckliche Angst, aber trotzdem verschwendete sie keine kostbare Zeit mit Fragen, sondern eilte die Treppe hinauf.

Auf dem ersten Treppenabsatz versperrte Sheba ihr den Weg. Sie hielt ihr Lieblingsspielzeug, den Wäschekorb, in den Armen. »Ich muß Ihnen etwas zeigen...«

»Nein, jetzt nicht, Sheba!« Olivia machte eine ungeduldige Geste. »Ich muß zu Alistair, so schnell...«

»Ich glaube, Sie sollten sich zuerst *das* ansehen.« Die Haushälterin blockierte den Weg mit dem Wäschekorb und hielt etwas hoch. Es war das Hemd, das Amos auf dem Ball getragen hatte. Die Vorderseite war blutig verschmiert!

Olivia blieb eine Erwiderung im Hals stecken. Sie riß Sheba das Hemd aus den Händen und betastete es. Es gab keinen Zweifel. Das war Blut. Ihr wurde kalt. »O mein Gott ... wo, wo hast du das gefunden?«

»Im Wäschekorb Ihres Sohnes. Seine Jacke ist zerrissen. Jacke und

Hose sind tropfnaß. An den neuen schwarzen Schuhen klebt dicker Schlamm.«
»Wo ist Amos?«
»Er schläft noch. Auch sein Kissen ist blutig.« Sheba sah sie mit großen angstvollen Augen an.
Olivia rannte in das Zimmer ihres Sohnes. Amos schlief; sein rechter Arm hing über die Bettkante. Sie betrachtete aufmerksam die Knöchel, ohne sie zu berühren. Unter gelben Jodflecken entdeckte sie Abschürfungen und Quetschungen. Über einer Augenbraue hatte sich das Blut einer häßlichen Platzwunde verkrustet, das offenbar während der Nacht auf das Kopfkissen getropft war. Amos schlief tief und fest, sein Atem ging normal. Olivia legte ihm leicht die Hand auf die Stirn. Sie war feucht, aber kühl. Also hatte er kein Fieber. Mit einem gleichzeitig erleichterten und verzweifelten Seufzer setzte sie sich, um ihre Gedanken zu ordnen.
Ihr schlimmster Alptraum war Wirklichkeit geworden!
Sie eilte in ihr Zimmer, holte schnell etwas aus dem Kleiderschrank, ohne eigentlich genau zu wissen, was, und zog es an.
Amos war nur geringfügig verletzt; aber nach allem, was sie gehört hatte, befand sich Alistair in einem schlechteren Zustand. Sie kochte vor Zorn. Ihre Wut kannte keine Grenzen.
Wie konnte Amos sich nicht an sein Versprechen halten und etwas so Unverzeihliches tun? Wie konnte er ...
Unten im Vestibül, wo Salim sie erwartete, wäre sie beinahe über Christian gestolpert, der neben der Hutablage stand.
»Guten Morgen, Mrs. Raventhorne. Ich ...«
»Ich habe keine Zeit, mein lieber Christian«, sagte sie außer Atem und ohne ihm einen zweiten Blick zu gönnen. »Ich muß mich beeilen!« Mit einer gemurmelten Entschuldigung stürmte sie aus dem Haus und stieg hastig in den Wagen.
Christian fragte verwirrt und leicht beunruhigt die Haushälterin: »Ist etwas ... passiert?«
»Nein, überhaupt nichts, Sir.« Sheba, loyal und zuverlässig wie immer, sagte das erste, das ihr einfiel. »Madam fährt ... sie fährt nur aus.«

»Sie fährt aus? So früh am Morgen?« Das verblüffte Christian noch mehr, aber er schob das Ganze mit einem Schulterzucken beiseite. Er hatte überhaupt nicht geschlafen. Sein Kopf war so schwer wie Blei, er war gereizt und hatte andere Sorgen. Erstens mußte er unbedingt mit Maja reden. Das Gespräch mit Herbert Ludlow lastete schwer auf seinem Gewissen. Er mußte ihr einfach davon berichten, sonst würde er mit Sicherheit verrückt werden.

Als er erfuhr, daß Maja noch schlief, ärgerte er sich entgegen jeder Vernunft. Er lehnte Shebas Angebot ab, sie zu wecken, und verkündete mißmutig, er werde auf der Veranda warten, bis sie sich entschließe, aufzustehen. Er war wütend. Am Abend zuvor war sie so sehr von ihren Flirts in Anspruch genommen und hatte sich in der Bewunderung anderer junger Männer gesonnt, daß sie sich nicht ein einziges Mal nach seinem Gespräch mit Ludlow erkundigt hatte – falls sie sich überhaupt daran erinnerte, daß es für diesen Tag angesetzt gewesen war!

Er litt unter ihrer Gedankenlosigkeit. Er war erschöpft von den Anspannungen und dem Mangel an Schlaf und warf sich auf der Veranda in einen Sessel, vor den Sheba ein Tablett mit Tee gestellt hatte. Dort wartete er mit wachsender Ungeduld, daß Maja erscheinen werde. Er wartete vergeblich. Als Sheba eine Stunde später vom Waschhaus zurückkam, stand der Tee noch auf dem kleinen Tisch, aber von Maja war nichts zu sehen, und Christian lag schlafend auf der Chaiselongue.

Der verwirrte junge Mann, der bald ihren Schützling heiraten würde, tat ihr leid. Sie ging eilig nach oben und rüttelte Maja wach, die aber keine Lust zum Aufstehen hatte.

»Wir sind um vier nach Hause gekommen, Christian. Ich habe kaum geschlafen...«, begann Maja schmollend. Sie war so erschöpft und gereizt wie er. »Ich weiß zwar nicht, was so wichtig ist, aber hätte es nicht noch Zeit gehabt?«

»Nein, ich muß *jetzt* mit dir sprechen«, erwiderte er knapp. »Es ist wichtig.«

Sie zwang sich, die Augen zu öffnen. Sein merkwürdiges Verhalten mißfiel ihr. »Ist auf der Burra Khana etwas passiert?«

»Es hat nichts mit der verdammten Burra Khana zu tun! Ludlow hat mir eine andere Stelle angeboten.«
»Oh.« Maja bemühte sich, ihr Interesse wachzuhalten. »Aber das ist ja großartig, Christian …« Sie war immer noch nicht völlig wach. Sie lehnte sich zurück und gähnte. »Es war ein wunderbarer Abend, nicht wahr? In meinem ganzen Leben habe ich noch nie etwas so Schönes erlebt …«
Er hörte nicht, was sie sagte. »Ich habe auf eine Gelegenheit gewartet, es dir zu sagen. Es ging nicht früher.«
Sie unterdrückte ein Gähnen und nickte.
Er wiederholte langatmig beinahe jedes Wort, das er und Herbert Ludlow gewechselt hatten. »Ich war wirklich sehr verblüfft, Maja«, schloß er tonlos. »Ich fühlte mich natürlich ungeheuer geschmeichelt.«
Sie reagierte nicht. Ihr Kopf lag an der Wand. Sie war wieder eingeschlafen. Bevor er jedoch reagieren konnte, wurde sie von der plötzlichen Stille geweckt und richtete sich mit einem Ruck auf. Sie versuchte angestrengt, sich zu konzentrieren.
»Wo, hast du gesagt, war dieser Posten?«
Er sah sie ungeduldig an. »Im Punjab. Bei Gordon Lumsdale.«
»Lumsdale«, wiederholte sie stirnrunzelnd, suchte in ihrem Gedächtnis und kämpfte gegen den hartnäckigen Drang zu gähnen. »Der Name klingt bekannt. Sollte ich ihn kennen?«
»Ja, das solltest du, aber es ist nicht wichtig. Nun ja, er ist im Punjab. Ich habe dir einmal von ihm erzählt. Erinnerst du dich?«
Sie erinnerte sich nicht, nickte aber trotzdem. Und gähnte wieder.
Christian ärgerte sich. »Interessiert dich nicht, was ich zu sagen habe? Verflixt noch mal, ich habe auch kein Auge zugemacht, um heute morgen hier bei dir zu sein!«
»Natürlich interessiert es mich!« Sie gab sich die allergrößte Mühe, setzte sich auf und rieb sich den Schlaf aus den Augen. »Es tut mir leid. Aber ich bin einfach so *müde* …« Sie sah ihn bittend an. »Aber kannst du noch einmal wiederholen, was Mr. Lumsdale gesagt hat?«

»Nicht Lumsdale. *Ludlow*! Gordon Lumsdale ist im Punjab, das habe ich dir doch gerade gesagt! Zufällig ist er einer der besten Beamten, die es in der Verwaltung jemals gegeben hat. Und er gehört zu den Männern, die ich am meisten bewundere. Ich habe jedes Wort gelesen, das jemals über ihn, über seine Arbeit und seine Leistungen geschrieben wurde. Es ist erstaunlich, wie gut er das Denken der Inder versteht, und seine leidenschaftliche Hingabe...« Er stellte fest, daß ihre Augenlider sich langsam wieder senkten, und brach mit einem leisen Fluch ab. »Jedenfalls, ich will es kurz machen, Maja, damit du dich nicht zu Tode langweilst, bietet Ludlow mir die Chance, bei Lumsdale im Punjab zu arbeiten. Genau das habe ich immer gewollt, *falls* du dich noch erinnerst.«

»Natürlich erinnere ich mich!« Was Christian gesagt hatte, war endlich in ihr wirres Bewußtsein gedrungen. »Oh Christian, das ist ... das ist ja großartig! Ich freue mich riesig für dich!« Ihre verspätete Begeisterung war so echt, daß sie ihn damit etwas besänftigte. Sein Lächeln war jedoch bitter. »Freu dich nicht zu früh.« Er ließ die Schultern hängen. »Der Posten ist für einen Junggesellen.«

»Einen was? Einen Junggesellen...« Maja riß die Augen weit auf. Zum ersten Mal richtete sich ihre Aufmerksamkeit voll auf ihn. »Und was hast du gesagt?« flüsterte sie mit angehaltenem Atem.

Er schloß die Augen. »Ich habe natürlich abgelehnt. Was hast du denn erwartet?«

»Oh...« Sie konnte wieder atmen. Die Erleichterung war so groß, das sie es ihm nicht zu zeigen wagte. »Dann heißt das, es bleibt bei Champaran, nicht wahr?«

»Ja. Ich sehe nicht, daß er mir eine andere Möglichkeit bietet.«

Majas Blick wurde weich. Sie nahm seine Hand und gab ihm einen Kuß auf die Handfläche. »Das macht nichts, Liebster. Wir werden es irgendwie schaffen. Ich verspreche es dir...«

Christian schwieg. Er war niedergeschlagen, weil sie so wenig von seinen Bedürfnissen verstand, von seinem Ehrgeiz und seinen wahren Gefühlen. Aber dann lächelte sie so zärtlich, daß seine Enttäuschung schwand. Sie waren allein auf der Veranda, und niemand sah zu. Er beugte sich zu ihr und küßte sie auf den Mund.

Ihre Augen begannen wieder zu leuchten. Die Sache war zu ihrer Zufriedenheit erledigt, und sie kehrte sofort zu dem Thema zurück, das ihrem Herzen am nächsten lag. »Habe ich mich gestern abend gut benommen, Christian? Ich habe dich doch in keiner Hinsicht enttäuscht, oder?«

Trotz seiner Qual rührte ihn die Frage. »Nein.« Er streichelte sehr zärtlich ihre Wange. »Du warst ... großartig. Das haben alle gesagt.«

»Auch deine Eltern?«

»Ich habe sie noch nicht gesehen, aber ich kann nicht glauben, daß sie nicht beeindruckt waren. Vater hat sogar mit dir getanzt. Ich weiß, wie er das Tanzen haßt.«

»Ich war wie gelähmt, weil ich Angst hatte, ich könnte stolpern. Aber ich bin nicht gestolpert, ich habe keinen einzigen falschen Schritt gemacht!« Sie sah ihn triumphierend an. »Findest du nicht, daß Alistair sich sehr nobel verhalten hat? Es hat uns allen soviel bedeutet, besonders Mutter. Selbst Amos war verblüfft.« Plötzlich kicherte sie. »Hast du gesehen, was Melanie anhatte? Diesen schrecklichen Fetzen in Rosa und Violett mit Ärmeln wie Fledermausflügel? Und ihr Gesicht, als...«

Christian ergab sich in sein Schicksal und hörte schweigend zu. Er gab jedoch so deutlich zu erkennen, wie sehr er sich langweilte, und war so geistesabwesend, daß Maja ihre Erleichterung nicht verbarg, als er schließlich ging. Außerdem wollte sie zurück ins Bett, um weiterzuschlafen und zu träumen! Später, wenn sie mit ihrer geliebten Sheba allein war, würde sie ihr jede kostbare Einzelheit des unvergeßlichen Abends berichten. Sheba würde sich alles aufmerksam anhören, tausend Fragen stellen, von jeder Falte, jeder Rüsche und jeder Falbel der Kleider hören wollen, von jedem kleinsten Gericht, das es gegeben hatte, von jedem Tanz, den sie getanzt, und jedem Kompliment, das sie bekommen hatte, und auch von wem...

Maja war wieder glücklich. Auf ihrem Weg nach oben schwebte sie durch das Frühstückszimmer und blieb dort mit einem Ruck stehen. Amos saß mit einer Tasse Kaffee am Tisch. Er sah schrecklich aus. Die Hand, in der er die Tasse hielt, war verbunden, und über seinem

rechten Auge war eine schlimme Platzwunde, die er mit Jod betupft hatte, wodurch sie noch bedrohlicher wirkte.
»Um Gottes willen, was hast du denn gemacht, Amos?« Maja war besorgt, aber nicht wirklich erschrocken. Bei seinem Interesse für den Boxsport sah er oft sehr viel schlimmer aus, wenn er nach Hause kam.
»Ich hatte einen Unfall«, sagte er knapp.
»Bist du gestürzt?«
Er ging den leichten Weg. »Ja.«
»Hat dich *Cavalcade* abgeworfen?«
»Ja.«
»Du hast dir doch nichts gebrochen, oder?«
»*Nein*!« Die Fragen verschlechterten seine Stimmung. »Laß mich gefälligst in Ruhe!«
»Du meine Güte, nur weil Mutter dich gezwungen hat, uns zu der Burra Khana zu begleiten, mußt du doch nicht *mir* gleich den Kopf abreißen!«
»Dann halt den Mund und kümmere dich um deine eigenen Angelegenheiten!«
Er stellte die Tasse so heftig auf den Tisch, daß sie zerbrach. Der Kaffee lief über das weiße Tischtuch, und das besserte seine Laune auch nicht gerade. Er rief lauter als nötig nach Francis, ließ seinen Zorn eine Weile an ihm aus und hinkte dann aus dem Zimmer, ohne sein Frühstück zu beenden.
Maja brauchte sich nicht lange zu wundern. Sheba war außer sich und wartete sehnsüchtig darauf, sie über alles aufzuklären.

*

Es dauerte nicht lange, bis die Nachricht von Christians Gespräch mit Herbert Ludlow und dem größten Teil seines Inhaltes über das schnellste und wirksamste Nachrichtensystem, das die koloniale Welt kannte – die indische Dienerschaft –, in das Haus der drei Junggesellen drang.
Christian Pendleburys ungewöhnliche Reaktion auf das Angebot

einer sehr begehrten Stellung hatte Herbert Ludlow verstimmt. Er erwähnte die Angelegenheit noch am selben Tag gegenüber einem Gast beim Mittagessen. Während Christians Vorgesetzter sich über die nicht zu begreifenden Prioritäten der heutigen Jugend beklagte, hörte sein Diener ebenso interessiert zu wie der Tischgast. Herbert Ludlows Diener verstand sehr viel besser Englisch, als Ludlow ahnte. Zufällig war er mit einer Cousine des persönlichen Dieners von Sir Jasper verheiratet, dessen Schwester ihre Lebensmittel bei demselben Händler kaufte wie die Tante eines Verwandten von Christians Diener. Deshalb verlor Ludlows Diener keine Zeit, Jaspers Khidmatgar von der Neuigkeit zu unterrichten, der es als seine Pflicht betrachtete, sie der nächsten Person weiterzugeben, die wiederum das gleiche tat, bis sie schließlich in bemerkenswert kurzer Zeit Karamat zu Ohren kam. Als Geschäftspartner von Illingsworths Diener bei den morgendlichen Einkäufen im Basar sprach Karamat selbstverständlich sofort mit seinem Kollegen darüber, denn es gehörte zu ihrer Übereinkunft, alles zu teilen. Sein Kollege gab die Nachricht gegen ein ordentliches Bakschisch an seinen Herrn weiter. Wie nicht anders zu erwarten, erfuhr Lytton Prescott die pikante Geschichte von Illingsworth.

Als Christian deshalb nach seinem Besuch bei Maja nach Hause kam, wußten nicht nur seine Mitbewohner von dem Gespräch mit Herbert Ludlow, sondern sehr wahrscheinlich auch die Hälfte der weißen Bevölkerung Kalkuttas, die wiederum darauf brannte, es der anderen Hälfte so schnell wie möglich zu erzählen.

»Du bist ein verdammter Narr, wenn du die Stelle bei Lumsdale nicht annimmst!« bemerkte Lytton, sobald Christian durch die Tür kam. »Das ist die Chance deines Lebens, du Esel.«

Christian befand sich bereits in einer schrecklichen Stimmung und schlug die Tür knallend hinter sich zu. »Ich frage mich, warum sie das viele Geld für den elektrischen Telegraphen verschwenden«, knurrte er wütend, »wenn ein paar Buschtrommeln genauso schnell sind! Außerdem, ob ich ...«

Er verstummte, denn ihm fiel auf, daß seine Mitbewohner nicht sonderlich gesund aussahen. Patricks Füße standen in einer Wanne mit

Wasser, und über einem geschwollenen Auge lag ein großes Stück rohes Fleisch. Seine Lippen waren auf das Doppelte der normalen Fülle angeschwollen. Als er den Mund öffnete und stöhnte, sah Christian, daß ihm Zähne fehlten. Lytton lag leise seufzend auf dem Sofa. Eine verbundene Hand lag auf seiner Stirn, die andere drückte er an die Hüfte.

Das munterte Christian beträchtlich auf. Er hatte das Gerücht von der nächtlichen Schlägerei nicht gehört und hätte es, selbst wenn es so gewesen wäre, inzwischen vergessen, weil ihn andere Dinge beschäftigten. Er blickte grinsend von einem zum anderen. »Großer Gott, sagt nur nicht, es ist wieder ein afghanischer Krieg ausgebrochen, und ich weiß nichts davon! Was ist denn mit euch los?«

Patrick starrte ihn giftig an. »Ach, halt die Klappe!«

Verständlicherweise war Patrick an diesem Morgen nicht gerade gut gelaunt. Ein Mischling, ein Kerl aus der Gosse hatte ihn verprügelt. Sein Mund schmerzte wie verrückt. Ein Auge war so geschwollen, daß er es nicht öffnen konnte. Außerdem ärgerte er sich noch immer über Melodys Bemerkung über Christians gutes Aussehen.

Nachdem er die Prügel bezogen hatte und sein bester Anzug ruiniert war, von seinen Wunden ganz zu schweigen, konnte er natürlich nicht mehr auf den Ball zurück. Sein mysteriöses Verschwinden, für das er keine Erklärung liefern konnte, war ihm nicht verziehen worden. Am Morgen hatte Melody den Verlobungsring zurückgeschickt, und die Zukunft ihrer Beziehung sah mehr als düster aus. Um allem die Krone aufzusetzen, war er außerdem auch noch pleite.

Patrick lachte etwas gequält, aber um etwas von seiner schwelenden Wut loszuwerden, nahm er den Fehdehandschuh auf. »Na ja, wenn du die Chance deines Lebens wegen so einer albernen Puppe sausenläßt, ist das deine Sache!«

Das Lächeln verschwand blitzartig von Christians Gesicht, und er sah Patrick finster an. »Ich habe dich gewarnt! Sag das nie wieder!« Er ballte die Hände.

»Was? Puppe?« Patrick hätte gelacht, wenn es nicht so weh getan hätte. Deshalb grinste er nur. »Warum nicht? Sie ist doch eine *Puppe.* Und eines solltest du meiner Meinung nach bedenken: Niemand verlangt von Weinschmeckern, daß sie schlucken, sie sollen nur *kosten.*« Er zwinkerte. »Verstehst du, was ich meine?«

»Nein, ich verstehe *nicht*, was du meinst. Außerdem finde ich deine ordinären Anspielungen ekelhaft!«

Lytton legte sich stöhnend auf eine Seite. »Nun komm schon, mein Junge, nimm Vernunft an. Wir versuchen nur, dir etwas klarzumachen, was alle bereits wissen. Bei den Raventhorne-Frauen ist es irgendwie Tradition, daß sie Mätressen sind. Die Mutter deines Püppchens hat vor der Heirat zwei Jahre mit dem Mann zusammengelebt. Das ist allgemein bekannt. Wenn du Glück hast, geht es auch bei dir nach dem Motto: ›Wie die Mutter, so die To...‹«

Christian war mit einem Satz neben ihm und packte ihn an der Schulter. »Noch ein Wort!« zischte er. »Und ich ... ich ... polier dir die Fresse so, daß du sie nie mehr gerade bekommst!«

»Du würdest einen Mann schlagen, wenn er am Boden liegt?« Lytton stöhnte vor Schmerz.

Christian ließ ihn sofort los und trat zurück. »Dann red keinen Quatsch...«, murmelte er wütend, aber beschämt.

»Das ist kein Quatsch, Christian, es ist die Wahrheit.« Patrick spielte den Geduldigen und reizte ihn noch mehr. »Du könntest beides haben, du Dummkopf – das Mädchen und den Posten. Wenn du deine Scheuklappen einen Moment ablegen könntest, würdest du das selbst sehen. *Wir* sehen es, nicht wahr, Lytton?«

»Das reicht!« Christian war so zornig, daß er nicht wußte, was er tun sollte. Er schlug mit der Faust an die Tür. »Ich ... ich ... verlange Genugtuung! Morgen früh um sechs, auf dem Maidan...«

»Ach, werd nicht albern!« Lytton seufzte, drehte das Gesicht wieder zur Wand, und Patrick lachte höhnisch, obwohl es schmerzte. »Ich könnte nicht zum Maidan *kriechen*, noch viel weniger reiten, und außerdem duelliert man sich heutzutage nicht mehr. Das ist schrecklich *déclassé*. Vergiß nicht, es ist gegen das Gesetz.«

Christian kam sich ungeheuer dumm vor. Er stieß eine Flut von Verwünschungen hervor und rannte hinaus.

*

»Ein abgebrochener Schneidezahn, eine Platzwunde am Kinn – daher das viele Blut, eine Beule am Hinterkopf, vermutlich von einem Fall, ein eingerissener Fingernagel, jede Menge Abschürfungen und Quetschungen, und natürlich ein Unterarmbruch.« Dr. Humphries zählte Olivia fröhlich Alistairs Verletzungen auf. »Er sieht vielleicht im Augenblick so aus, als hätte man ihn aus einer Kanone geschossen, aber in einer Woche ist er wieder völlig in Ordnung. Soweit ich es beurteilen kann, ist es ein ziemlich glatter Bruch. Er müßte in seinem Alter eigentlich gut verheilen. Er hat natürlich Blut verloren, aber nicht soviel, daß er das durch die richtige Ernährung nicht wieder ausgleichen könnte.«
Olivia zitterte vor Erleichterung und lächelte.
»Ich muß sagen, er hatte Glück, so schnell medizinisch versorgt zu werden, wie es offensichtlich der Fall gewesen ist. Wissen Sie, bei welchem Arzt er war?«
»Nein«, erwiderte Olivia. »Salim weiß nur, daß er lange nach Mitternacht von einem Inder nach Hause gebracht wurde.«
»Nun ja, vermutlich ist es auch nicht wichtig. Welcher Arzt es auch gewesen sein mag, offensichtlich war es einer der Heiler. Der Mann hat gute Arbeit geleistet.« Er begann, ein Rezept auszuschreiben. »Zwei Eßlöffel, dreimal am Tag. Das wird die Schmerzen lindern und ihn ruhigstellen, bis der Bruch anfängt zu heilen.« Er tauchte den Federhalter in das Tintenfaß auf dem Schreibtisch und schrieb weiter. »Wissen Sie, wie er sich verletzt hat? Auf der Burra Khana schien er noch völlig in Ordnung zu sein.«
Olivia schien ebenso verwundert zu sein wie er. »Nein, es tut mir leid, ich weiß es nicht. Möglicherweise ist er gestürzt ...«
»Gestürzt?« Der Arzt lachte leise. »Eine wenig freundliche Auseinandersetzung ist wahrscheinlicher! Nun ja, es überrascht mich nicht. Manche von den jungen Leuten haben das Zeug gestern abend schnell genug hinuntergekippt. Wie auch immer«, er riß das Blatt vom Rezeptblock und gab es ihr, »mein Helfer wird das für Sie mischen, während ich meine Runde mache. Lebt er allein? Ich meine Alistair?«
»Ja.«

Er blickte auf seinen Patienten. »Wer wird sich dann um ihn kümmern? Sie?«
»Natürlich, ich habe vor, so lange hierzubleiben, wie es nötig ist.«
»Gut. Ich hatte ganz vergessen ... jedenfalls hat er Glück, daß Sie hier sind. Ich hoffe, der Patient weiß die Pflegerin so sehr zu schätzen, wie die Pflegerin offenbar den Patienten schätzt!«
Olivia lachte. »Pflegerin und Patient wissen beide sehr zu schätzen, wie schnell Sie hier waren, Dr. Humphries. Ich weiß nicht, wie es bei Alistair ist, aber mir geht es bereits sehr viel besser.«
Er legte ihr beruhigend die Hand auf die Schulter. »Machen Sie sich keine Sorgen, Mrs. Raventhorne. Er ist jung, er ist gesund, und gestern abend hatte er offenbar das Glück, einen Freund zu finden, der ihm geholfen hat, als er am dringendsten Hilfe brauchte.« Er stand auf und begann, seine schwarze Tasche zu packen. »Die Schmerzen werden natürlich eine Weile anhalten, aber in ein oder zwei Tagen müßten sie nachlassen. Nach zwei, drei Wochen wird nur noch wenig von dem zu sehen sein, was an den ... hm, Unfall, erinnert – außer einer Schlinge.«
Willie Donaldson kam schnaubend und schnaufend die Treppe hinauf in Alistairs Zimmer, sobald Dr. Humphries gegangen war.
»Ich habe mich heute morgen nicht gut gefühlt«, erklärte er, ohne Olivia anzusehen. »Ich bin mit schrecklichen Kopfschmerzen aufgewacht ...« Er berührte seine Schläfe und zuckte zusammen. Olivia unterdrückte ein Lächeln und nickte mitfühlend. Donaldson betrachtete den Bewußtlosen im Bett und schluckte. »Großer Gott! Was ist *ihm* denn über den Weg gelaufen? Ein Scheunentor ...«
»Nein, Amos.« Mit der Erleichterung meldete sich bei Olivia wieder der Zorn. Natürlich konnte keine Rede davon sein, Geheimnisse vor Willie Donaldson zu haben. »Offenbar hatten sie gestern abend während der Burra Khana eine Schlägerei.«
Er sah sie ungläubig an. »Er hat sich mit *Amos* geprügelt? Gestern abend?«
»Ich weiß nicht genau, wer mit wem, aber als der ältere Bruder hätte Amos es besser wissen müssen.«

»Aber Mädchen, das ist nicht möglich!« rief Donaldson zutiefst erschüttert. »Amos würde so etwas niemals tun, *niemals*!«
»Er hat es getan.« Sie konnte ihre Bitterkeit nicht länger zurückhalten. »Seine Sachen sind blutig. Er hat Quetschungen an der Hand und im Gesicht.«
»Hat jemand die Schlägerei gesehen?«
»Nein. Es wurde nur etwas von einer Schlägerei getuschelt, aber nichts Genaues.«
»Haben Sie Amos danach gefragt?«
»Noch nicht. Er hat noch geschlafen, als ich aus dem Haus gegangen bin.«
Donaldson schwieg. Trotz all seiner Bemühungen, und obwohl er Alistair gedroht hatte, war es soweit gekommen! Er konnte seine bittere Enttäuschung nicht verbergen.
»Brauchen Sie etwas, Mädchen?«
»Nein, nichts, danke. Alles Notwendige scheint im Haus vorrätig zu sein.«
»Ich nehme an, Sie werden Hilfe brauchen – vielleicht eine Pflegerin...«
»Nein, Willie. Hier gibt es genug Dienstboten, die wenig zu tun haben. Sie werden vollkommen reichen.«
Zufrieden, weil sein Schützling in den bestmöglichen Händen war, verabschiedete sich Donaldson und versprach, am Abend wiederzukommen.
Als Maja einige Augenblicke später eintraf, war sie empört und ungläubig. »Ach, sei doch nicht albern, Mutter! Du kannst doch unmöglich glauben, daß Amos daran schuld ist! Amos tut keiner Fliege etwas zuleide, wenn er es vermeiden kann! Es muß eine andere Erklärung dafür geben.«
»Das hoffe ich«, erwiderte Olivia grimmig, »aber unterschätze das Temperament deines Bruders nicht, wenn er provoziert wird. Er kann so jähzornig und unbeherrscht sein wie sein Vater!«
»Ich glaube es einfach nicht!« Maja verteidigte entschlossen ihren Bruder. »Sie haben sich in aller Öffentlichkeit die Hand gegeben, Mutter, und es war Alistair, der die Initiative ergriffen hat. Amos

würde eine solche ehrenwerte Geste niemals zurückweisen, und wäre die Provokation auch noch so groß!«

»Ich weiß nicht mehr, wem oder was ich glauben soll«, erwiderte Olivia seufzend. »Aber wenn Amos schuld ist, werde ich ihm das niemals verzeihen, niemals. Er hatte mir sein Wort gegeben...«

»Möchtest du, daß ich hier bei dir bleibe?« fragte Maja und sah sich im Zimmer um. »Es sieht so aus, als gäbe es hier noch viel zu tun.«

»Nein, Liebes.« Olivia schüttelte den Kopf. Sie wollte nicht, daß jemand die kostbaren Stunden mit Alistair teilen sollte, selbst wenn es ihre Tochter war. Als Mutter hatte sie das gleiche Recht, ihn zu pflegen, wie er als Sohn das von ihr erwarten konnte. »Mit Salims Hilfe komme ich sehr gut zurecht.« Sie sah, daß Maja ihr widersprechen wollte, und wechselte rasch das Thema. »Was hat Christian in aller Herrgottsfrühe im Haus gemacht? Es ist doch nichts vorgefallen, oder?«

»Nein. Er wollte nur über ... den Ball reden.«

»Ach so. Ich meine, du gehst nach Hause und ruhst dich aus, Liebes. Du hast letzte Nacht auch nicht viel geschlafen.«

Maja lächelte und reckte sich. »Ich bin jetzt hellwach und viel zu aufgeregt, um mich hinzulegen. Ich muß etwas mit den Händen tun. Ich glaube, ich werde heute die Remise und die Ställe saubermachen lassen. Mr. Ludlow will irgendwann diese Woche kommen und sich *Morning Mist* ansehen. Morgen werde ich den Tag in der Küche verbringen müssen.«

»In der Küche?« fragte Olivia ungläubig, denn Kochen gehörte nicht gerade zu Majas Lieblingsbeschäftigungen! »Was willst du denn kochen?«

»Ich dachte, ich versuche einmal Maronenglacé. Ich habe es gestern abend geschafft, aus Mamsell Corinne ein Rezept dafür herauszulokken, ohne daß jemand etwas gemerkt hat. Heute abend werde ich die Zutaten holen lassen.« Sie öffnete die Augen weit und gähnte. »Es war ein wunderbarer Abend, Mutter, nicht wahr?« fragte sie träumerisch und fügte dann schnell hinzu: »Ich meine natürlich nicht das, was Alistair passiert ist. Das war schrecklich. Ich meine sonst.«

Olivia war mit ihren Gedanken woanders und nickte nur.
Maja sah den Schmerz in den Augen ihrer Mutter und legte ihr die Arme um die Schultern. »Warum fragst du nicht Amos? Er wird dir die Wahrheit sagen.« Sehr sanft fügte sie hinzu: »Er verdient es, die Möglichkeit für eine Erklärung zu bekommen.«
»Oh, das habe ich vor«, versicherte ihr Olivia. »Das habe ich vor, sobald ich sehe, daß es Alistair bessergeht. Es wäre mir lieber, du würdest ihm inzwischen nichts davon sagen.«
Sobald Olivia wieder allein war, beschäftigte sie sich im Haus. Es gab viel zu tun, aber zuerst mußte sie sich um Alistairs Bedürfnisse kümmern. Er trug immer noch die Sachen vom Abend zuvor. Nur die Jacke hatte jemand aufgeschnitten und ihm ausgezogen – wahrscheinlich der indische Arzt, um den Arm behandeln zu können. Salim erklärte, er habe zu große Angst gehabt, den Sahib auszuziehen, weil er fürchtete, ihm unabsichtlich noch mehr Schmerzen zuzufügen. Nun entkleidete er seinen Herrn unter Olivias Anweisungen mit großer Behutsamkeit. Olivia beobachtete ihn aus einiger Entfernung. Ihre Gedanken kehrten in die Zeit zurück, als der treue alte Diener diese Aufgabe jedesmal bei Freddie erfüllt hatte, wenn ihr Mann völlig betrunken nach Hause gebracht worden war. Sie wies Salim an, Alistair mit Seife und warmem Wasser am ganzen Körper zu waschen und ihm ein weites Nachthemd anzuziehen, dessen Rückseite aufgeschnitten war. Alistair nahm von all dem nichts wahr. Er war unruhig und murmelte von Zeit zu Zeit zusammenhanglos etwas, erwachte aber nicht völlig aus seiner Bewußtlosigkeit.
Olivia blieb den Rest des Tages an seiner Seite und hielt Krankenwache. Sie stellte ihren Stuhl an das Bett. Ihre Augen richtete sie auf sein Gesicht, ihre Hand war nie weit von seiner Stirn entfernt. Ihr Herz weinte, denn sie konnte es nicht ertragen zuzusehen, wie er litt. Körperlich konnte sie seine Qual nicht teilen, aber sie empfand einen scharfen Schmerz, wenn Alistair stöhnte, als befinde sich der gebrochene Knochen nicht in seinem Körper, sondern in ihrem.
Paradoxerweise bereitete ihr Alistairs hilfloser Zustand irgendwie eine ungeheure Befriedigung. Zum ersten Mal im Leben war er völlig von ihr abhängig, war er wieder der Säugling, den sie nicht hatte

haben dürfen. Er schlief nichtsahnend und unbeteiligt; die geschlossenen Lider verbargen vor ihr den Zorn, der in ihm brodelte. Sie streichelte ihn mit den Augen, prägte sich jeden kleinen Zug, jede Sommersprosse, jedes kleine Muttermal ein und fügte es ihrem Schatz kostbarer Erinnerungen hinzu: der wellenartige Schwung des linken Ohrläppchens, der fehlende helle Halbmond an einem Daumennagel, die langen braunen, nach oben gebogenen Wimpern, der Wirbel auf seinem Kopf, mitten in den dichten, kastanienbraunen Locken. Es war erstaunlich! Jede Forschungsreise ihrer Augen führte zu einer kleinen Entdeckung, die sie mit einer geradezu lächerlichen Freude erfüllte.

Sie konnte nicht stillsitzen, und bald überließ sie ihren Platz am Bett Salim. Sie ging daran, die notwendigen Arbeiten im Haus zu erledigen, als hätte sie es nie verlassen. Sie gab den Dienern Anweisungen, die Willie Donaldson immer noch in großer Zahl für die Pflege und den Erhalt des Hauses beschäftigte. Die Badezimmer mußten gründlich geputzt werden, die Vorhänge waren abzunehmen und zu waschen, der Rasen vor dem Haus war vernachlässigt und voller Unkraut und schrie danach, gemäht zu werden.

Sie ließ einen Petroleumkocher bringen und auf der Veranda aufstellen, die zu Alistairs Suite gehörte. Sie kochte Kakao, Hühnerbrühe mit Gerste und Gemüse, das sie frisch vom Markt holen ließ, und Kedgeree. In regelmäßigen Abständen gab sie Alistair seine Medizin ein und brachte ihn jede Stunde dazu, etwas zu essen, bis er wie ein schlafendes Kind, das auf eine vertraute Berührung reagiert, jedesmal, wenn der Löffel seine Lippen berührte, gehorsam den Mund öffnete. Dazwischen räumte sie seine Zimmer auf, stellte die überall verstreuten Bücher in die Regale und machte in dem geräumigen Kleiderschrank Ordnung, der einmal Freddie gehört hatte. Sie lehnte jede Hilfe ab, denn sie wollte das alles allein tun. Sie freute sich über diese unerwartete Verantwortung. Sie sortierte Alistairs Kleider und machte ordentliche kleine Stapel: Dinge, die im Dhobi-Haus kochend gewaschen werden mußten, andere sollten ausgebürstet oder gebügelt werden. Einen Stapel legte sie beiseite; diese Sachen würde sie ausbessern, wenn sie Zeit dazu hatte.

Der Tag ging langsam in den Abend über. Sie schickte einen Diener nach Hause, um etwas zum Wechseln und ein paar Toilettenartikel für sie zu holen. Sie wußte, Amos würde nicht kommen; trotzdem hoffte sie, das schlechte Gewissen werde ihn umstimmen und er würde sie doch noch überraschen. Willie Donaldson kam, wie er versprochen hatte, bei Sonnenuntergang. Er war immer noch völlig niedergeschlagen.

»Ich kann nicht glauben, was Sie mir von Amos gesagt haben, Mädchen. Das bricht mir das alte Herz, bei Gott, das tut es!«

Er ahnt nicht, wie es *mir* das Herz gebrochen hat.

Nachdem Willie wieder gegangen war, kochte Olivia das Abendessen. Alistair stand immer noch unter der Wirkung des starken Beruhigungsmittels, doch er schluckte alles, was sie ihm einflößte. Später aß sie, weil Salim darauf bestand, etwas Toast und ein Omelett, und legte sich auf das Sofa. Der alte Diener war um sie so besorgt wie um seinen jungen Herrn und legte für den Fall, daß seine Dienste gebraucht würden, seine Matte auf den Treppenabsatz vor der Tür.

Alistair war den größten Teil der Nacht unruhig und stieß oft leise Schmerzenslaute aus, legte sich ständig von einer Seite auf die andere und murmelte unverständliche Dinge vor sich hin, als befinde er sich im Delirium. Olivia lag hellwach im Halbdunkel und beobachtete das flackernde Licht auf dem Nachttisch. Jedesmal, wenn Alistair sich bewegte oder einen Laut von sich gab, eilte sie an seine Seite, legte ihm die Hand auf die glühend heiße Stirn, murmelte tröstende Worte und küßte sein schweißnasses Gesicht. Sie liebte ihn, wie sie ihn zuvor nie hatte lieben können. In den frühen Morgenstunden wurde Alistair schließlich ruhig. Ermüdet von den körperlichen Anstrengungen fiel er in einen ruhigen, heilenden Schlaf.

Olivia war ebenfalls völlig erschöpft und kraftlos, und auch sie schlief ein. Als sie mit einem Ruck die Augen wieder aufschlug, stand die Sonne bereits hoch am Himmel. Es war beinahe Mittag. Ihr Blick richtete sich auf das Bett. Alistair schlief noch. Sie fühlte seine Stirn; sie war feucht, aber nicht mehr so heiß. Er atmete flach und regelmäßig. Sie befahl Salim, den Kocher anzuzünden und Milch zu erhitzen.

Dann ging sie ins Badezimmer, wo sie sich wusch und umzog. Als sie zurückkam, hatte Alistair die Augen geöffnet.
Er sah benommen und mit trübem Blick zu ihr hinüber. »Wer sind Sie?«
Olivia trat an das Bett und trocknete ihm die Stirn. »Eine Freundin. Schlaf wieder ein.«
»Was ist los mit mir?«
»Es ... ist dir nicht gutgegangen.«
Er versuchte mühsam, sich aufzurichten, fiel aber stöhnend wieder zurück. »Habe ich die Cholera? Werde ich sterben?«
Sie lachte. »Nein, du hast nicht die Cholera, und du wirst nicht sterben.« Ihr Blick wurde weich. »Haben die Schmerzen nachgelassen?«
»Mir tut der Kopf weh.« Er schloß die Augen, ohne ihre Frage gehört zu haben. »Ich bin so müde, so müde...«
Olivia gab ihm seine Medizin und fütterte ihn mit Haferbrei. Dann setzte sie sich neben ihn und massierte ihm die Stirn. Er stöhnte leise und fiel sofort in einen leichten Schlummer. Olivia erinnerte sich daran, daß sie seine Kleider ausbessern wollte. Sie ließ sich von Salim Nadeln, Faden und Schere bringen und nähte ein paar fehlende Knöpfe an einem Hemd an. Dabei summte sie glücklich vor sich hin.
Sie war gerade dabei, ein Paar Socken zu stopfen, als Alistair plötzlich flüsterte:
»Warum tun Sie das alles?«
Olivia fuhr zusammen und blickte auf. Alistair war hellwach, und in seinen Augen sah sie, daß er sie erkannt hatte. »Wie...?« fragte sie verwirrt.
»Ich habe gefragt, warum tun Sie das alles für mich? Sie sind nicht dazu verpflichtet.«
»Nein, aber ich will es tun.«
»Aber warum?« Er ließ nicht locker. »Es ist völlig unnötig.«
»Ich tue das, weil es für mich notwendig ist, und weil du mein Sohn bist.« Die Selbstverständlichkeit, mit der sie das sagte, überraschte sie selbst. »Wie fühlst du dich?«

Er murmelte etwas, das wie »besser« klang.
»Lassen die Schmerzen nach?«
Er betastete seinen Arm, zuckte zusammen und nickte dann. »Ein wenig.«
»Dr. Humphries sagt, der Arzt, bei dem du gewesen bist, hat sehr gute Arbeit geleistet. Wer war es?«
Alistair versuchte krampfhaft, sich zu erinnern. »Es war alles so ... verworren ...«
»Nun ja, das macht nichts. Glaubst du, du kannst etwas gekochtes Huhn mit Reis essen?«
Er gab keine Antwort. Als er feststellte, daß er ein Nachthemd trug, wurde er über und über rot. »Wer ...?«
»Salim. Ich war nicht einmal im Zimmer.« Sie stand auf und ging hinaus, um sein Essen zuzubereiten.
Alistair aß ohne Protest, aber in verlegenem Schweigen. Olivia hatte ihm mehrere Kissen in den Rücken geschoben, und er hielt den Blick unverwandt auf die Eßschale gerichtet. Olivia respektierte sein Bedürfnis zu schweigen. Sie fütterte ihn mit dem Löffel und freute sich, daß er wieder Appetit hatte. Nachdem die Schüssel leer war, legte er sich zurück und schloß müde von der Anstrengung die Augen. Er hatte viel gegessen, und sein Gesicht hatte wieder etwas Farbe.
Olivia rief Salim, der die Lampen anzündete. Dann fragte sie sehr ruhig: »Alistair, was ist gestern abend geschehen? Wie hast du dich verletzt?«
Sein Gesicht wurde ausdruckslos. »Ich ... erinnere mich nicht.«
Sie schluckte hart. »Hat ... Amos etwas damit zu tun?«
Er schloß die Augen und gab keine Antwort.
»Ich will die Wahrheit wissen, Alistair. War Amos dabei?«
»Ja.«
Sie begann zu zittern. »Hat er ... dir den Arm gebrochen ...?«
»Amos ...?« Er bemühte sich zu sprechen, tat es aber nicht.
»Ist er es gewesen, Alistair?« Er sagte immer noch nichts. »Du verheimlichst mir etwas«, sagte sie und griff nach seiner Hand. »Was ist es, sag es mir.«
Alistair schloß krampfhaft die Augen. In seinem Kopf herrschte wil-

der Aufruhr. Er entzog ihr heftig die Hand und drehte den Kopf zur Seite. »Ich kann mich nicht erinnern«, flüsterte er. »Ich erinnere mich an überhaupt nichts. Verstehen Sie das nicht?«
»Du kannst dich erinnern!« rief sie. »Und du erinnerst dich auch. Du willst nur Amos schützen. Ist es nicht so?«
Alistair versuchte, mit dem Gesicht zur Wand, ihr die Wahrheit zu sagen, versuchte richtigzustellen, was sie gesagt hatte. Aber er schaffte es nicht. Die Worte schienen ihm im Hals steckenzubleiben, und er brachte sie einfach nicht heraus.

*

Christian war so wütend und frustriert, daß er den ganzen Weg zum Damm rannte. Dort ruhte er sich kurz aus und rannte dann, ohne anzuhalten, noch eine Meile. Nachdem er etwas von dem Dampf abgelassen hatte, der in ihm brodelte und darauf wartete zu explodieren, setzte er sich, kam wieder zu Atem und ordnete seine wirren Sinne. Er blieb stundenlang an einer abgelegenen Stelle des Damms, ohne darauf zu achten, wie die Zeit verging, während er, die Hände in den Hosentaschen vergraben, langsam hin und her ging. Als die Sonne begann, sich dem westlichen Horizont zuzuneigen, schlugen seine Gedanken eine etwas tröstlichere Richtung ein. Er stand auf und machte sich auf den Weg nach Garden Reach. Er hatte das dringende Bedürfnis, mit seinem Vater zu reden.
Christian wollte an diesem Abend nicht unbedingt seiner Mutter begegnen und nahm den Weg durch den Garten. Hinter dem Haus sah er, daß im Arbeitszimmer seines Vaters die Fenster dunkel waren. Er schluckte. Was sollte er tun, wenn sein Vater für den Abend eine Einladung hatte oder der hohe Gast aus einem arabischen Scheichtum ihn noch in Anspruch nahm? Doch dann stellte er erleichtert fest, daß das Zimmer nur deshalb dunkel wirkte, weil die Vorhänge ganz zugezogen waren. Seine Stimmung besserte sich sofort wieder. Er eilte ins Haus und stand kurz darauf vor der Tür des Arbeitszimmers. Beim Eintreten stellte er mit großer Erleichterung fest, daß Sir Jasper auf seinem Lieblingsplatz saß und eine Hookah rauchte.

»Ah! Genau der Mann, an den ich gerade gedacht habe«, begrüßte ihn sein Vater fröhlich. »Deine Mutter ist von den Anstrengungen gestern abend erschöpft und hat erklärt, sie werde sich heute ohne Abendessen früh zurückziehen. Mir scheint, das sind ideale Umstände für einen langen Schachabend.«

»O ja!« Christian stimmte zu, und ihm fiel ein Stein vom Herzen.«

»Deine Mutter erwartet dich doch nicht, oder?«

»Ich hoffe nicht.«

»Wenn du Hunger hast, kannst du mit mir etwas zu Abend essen. Da ich inzwischen weiß, wie gut das Birjani des Baburchi so ist, werde ich dir vielleicht sogar erlauben, ein oder zwei Partien zu gewinnen.«

»Mir *erlauben* zu gewinnen? Ha!«

»Wir werden sehen, wir werden sehen. Möchtest du ein Glas gekühlten Champagner? Ich glaube, es ist noch etwas übrig von gestern, und es gibt natürlich jede Menge Bier.«

Christian entschied sich für Bier; die schreckliche Spannung fiel von ihm ab. Er fühlte sich immer wohl, wenn er mit seinem Vater zusammen war. Er setzte sich in eine Ecke des tiefen, weichen Sofas gegenüber dem Ohrensessel seines Vaters und legte zufrieden seufzend die Füße auf einen Hocker.

Sie unterhielten sich eine Weile über die Burra Khana. Dann fragte Christian verlegen und mit leichter Röte im Gesicht: »Wie findest du Maja?«

»Wie alle bin auch ich der Meinung, daß sie eine bezaubernde junge Frau ist. Sie ist intelligent und natürlich sehr schön. Lady Ingersoll war sehr von ihr angetan, genaugenommen von allen Raventhornes.« Er schlug sich auf die Schenkel und lachte. »Bei Jupiter, es hätte sich schon gelohnt, sie einzuladen, nur um die schockierten Gesichter zu sehen! Nimm es mir nicht übel, mein Junge, aber das war wirklich unvergeßlich.«

Christian lächelte. »Ich nehme es dir nicht übel, Papa. Und ... Mama? Hat sie sich geäußert?«

»Nein.« Sir Jasper wurde sofort wieder ernst und sah seinen Sohn mit

hochgezogenen Augenbrauen an. »Du kennst die Meinung deiner Mutter. Leider muß ich sagen, daß sich daran nichts geändert hat.«
»Nein, vermutlich nicht.« Christian zuckte die Schultern. Das Zerwürfnis mit seiner Mutter machte ihm keinen allzu großen Kummer. Solange er das Verständnis und die Unterstützung seines Vaters besaß, brauchte er sich darum keine Sorgen zu machen. »Herbert Ludlow hat mich diese Woche zu sich rufen lassen.«
»Ach? Wegen deiner Reise nach Champaran?«
»Nein. Darüber hat er nicht gesprochen. Er hat mir einen anderen Posten angeboten.«
»Wirklich?« Sir Jasper sah ihn neugierig an. »Wo?«
Christian trank einen Schluck Bier. Er ließ seinen Vater auf die Antwort warten. »Im Punjab, bei Gordon Lumsdale.«
»Tatsächlich!« rief sein Vater so überrascht, daß Christian zufrieden war. »Na, da mußt du ja vor Freude Luftsprünge gemacht haben!«
Christians Lächeln schwand, und er stellte den Bierkrug ab. »Ja.«
Als Sir Jasper sah, daß Christian seine einsilbige Antwort nicht erklären wollte, verzichtete er auf weitere Fragen. Statt dessen rieb er sich erwartungsvoll die Hände.
»Na dann, wollen wir den Kampf beginnen?«
Christian stand gehorsam auf, holte die schönen, aus Elfenbein geschnitzten Schachfiguren und stellte sie auf dem Tisch zwischen ihnen auf. Sie losten, wer beginnen sollte. Christian erhielt Weiß und rückte mit einem Bauern vor. Nach nicht einmal fünf Zügen hatte er seine Dame verloren und war mit bemerkenswerter Geschwindigkeit schachmatt. Bei der Revanche ging er ahnungslos in die Falle, die Sir Jasper ihm mit zwei Springern stellte. Er mußte zuerst einen Turm opfern und dann schnell hintereinander einen Springer und einen Läufer. Vor dem vorletzten Zug des zweiten Schachmatts dieses Abends lehnte sich sein Vater seufzend zurück.
»Es ist zwar ein großes Vergnügen, deine jämmerlich unfähigen Truppen abzuschlachten, aber ein Pyrrhussieg macht mir eigentlich keine

Freude. Warum essen wir nicht eine Kleinigkeit, und dann erzählst du mir, was dich daran hindert, dich auf das Spiel zu konzentrieren.«

Christian nickte mit einem tiefen Seufzer. »Ja.«

Während des ausgezeichneten Birjani mit Hühnerschenkeln und aromatischem Safran, golden angebratenen Zwiebeln und gerösteten Mandeln sprachen sie wenig und richteten ihre Aufmerksamkeit mehr auf das Essen. Hin und wieder tauschten sie Beobachtungen über den Ball am Abend zuvor aus und lachten, aber im großen und ganzen verlief das Essen in Schweigen.

Nachdem Tremaine Gläser und Teller abgetragen hatte, und sie beim Cognac saßen, berichtete Christian seinem Vater die wichtigsten Einzelheiten seiner Unterredung mit Ludlow. Er beklagte sich über die Bedingung, die an die Annahme der Stelle geknüpft war.

Sir Jasper hatte schweigend zugehört. Jetzt stellte er seine erste Frage. »Wie wirst du dich entscheiden?«

»Ich werde natürlich ablehnen. Was kann ich denn anderes tun?«

»Gut, so würde jeder Gentleman handeln.«

»Du billigst das?« fragte Christian verblüfft.

»Selbstverständlich billige ich es, aber meine Billigung ist nicht von Bedeutung. *Du* mußt die Entscheidung treffen, nur das zählt.« Er sah Christians unsicheren Gesichtsausdruck. »Hast du irgendwelche Bedenken?«

»Nein, natürlich nicht! Aber ... ich muß gestehen, daß ich mich miserabel dabei fühle.« Er machte ein verdrießliches Gesicht. »Du weißt, daß ich immer den Ehrgeiz hatte, bei Lumsdale zu arbeiten.«

Sein Vater nickte sehr ernst. »Ja, ich weiß.«

»Das Problem ist«, Christian fuhr sich aufgeregt mit den Fingern durch die Haare, »ich möchte beides haben. Ich möchte meinen Kuchen essen *und* ihn behalten! Ist das nicht unlogisch und absurd?«

»Bedauerlicherweise. Du kennst deine Bindungen und Verpflichtungen, Christian. Jetzt mußt du sie respektieren.«

»Das habe ich natürlich auch vor!« Er beugte sich vor. »Aber sag mir, Papa, würdest du an meiner Stelle ablehnen?«
»Da gibt es überhaupt keinen Zweifel. Ich würde keinen Augenblick zögern. Allerdings«, Sir Jasper hob warnend den Finger, »darfst du dich von meiner Meinung nicht beeinflussen lassen. Du mußt deine Entschlüsse selbst fassen.«
»Ich habe mich entschieden!« Christian faßte sich an den Kopf. »Ich muß Ludlow am Ende der Woche meine Entscheidung mitteilen, aber ich bin immer noch völlig durcheinander. Ich bin unglücklich und, nun ja, enttäuscht...« Er brach ab. Der Gedanke machte ihm Schuldgefühle, und er schämte sich, weil er ihn hatte aussprechen wollen.
Es herrschte lange Stille. Der Diener kam zurück, um die Wasserpfeife neu zu füllen. Eine lästig laute Fliege schwirrte um den Platz, wo sie saßen. Sir Jasper griff nach der Fliegenklatsche und tötete sie mit einem gezielten Schlag, als sie sich in seiner Reichweite niederließ. Dann beobachtete er versonnen den jungen Diener, der die Überreste der ersten Pfeifenfüllung abräumte.
»Weißt du, das läßt mich an...« Sir Jasper seufzte leise, als seine Aufmerksamkeit abschweifte.
Christian gefielen üblicherweise die Erinnerungen seines Vaters an ›die gute alte Zeit‹. Sir Jasper erzählte amüsante Anekdoten aus der Vergangenheit mit beachtlichem Talent. Aber an diesem Abend war Christian nicht in der Stimmung für eine belanglose Unterhaltung. Er nickte geistesabwesend.
»Das erinnert mich an jemanden, den ich vor vielen Jahren, während meiner Zeit in Peschawar kannte.«
»Wer war das?« fragte Christian ohne großes Interesse.
»Ein Mann namens Nesbitt. Warren Nesbitt.«
Er sagte nichts mehr und zwang Christian damit, ihm die nächste Frage zu stellen. »Und, wer ist Warren Nesbitt?«
»... *war*! Der arme Mann ist vor ein paar Jahren gestorben. Er ist im Karakorum in eine Felsspalte gestürzt. Man hat seine Leiche bis auf den heutigen Tag nicht gefunden. Er hinterließ eine Witwe und drei Kinder.«

Christian wußte nicht recht, was er sagen sollte, und nickte.
Sir Jasper kehrte wieder in die Gegenwart zurück. »Ich will dich nicht mit den schrecklichen Einzelheiten langweilen. Der Mann hatte immer großes Unglück. Es ist nur, daß der arme Nesbitt zufällig auch in eine ähnliche Situation wie du geriet.« Er wies auf das Schachbrett. »Ich biete dir noch eine letzte Gelegenheit, etwas von deiner verlorenen Selbstachtung wiederzugewinnen.«
In Christians Augen zeigte sich ein Funken Interesse an der Geschichte. Er lehnte deshalb das Angebot ab. »Inwiefern war seine unangenehme Lage wie meine?«
»Das war nur so ein Gedanke, Christian, nichts Ernsthaftes oder besonders Bedeutendes. Es ist nur, daß mir bei dem, was du gesagt hast, die Geschichte von Warren Nesbitt wieder einfiel.«
»Wenn es so ist, würde ich sie gern hören.«
Sir Jasper zuckte die Schultern. »Also gut. Nesbitt war Ende der fünfziger Jahre Major bei den Kundschaftern. Auch er liebte seine Verlobte. Wie ich gehört habe, war sie eine sehr hübsche junge Dame. Aber als er an einen Standort in Belutschistan versetzt werden sollte, wohin keine Angehörigen mitgenommen werden durften, zwang ihn das, eine sehr schmerzhafte Entscheidung zu treffen.«
»Hat er den Posten abgelehnt?«
Sir Jasper stieß eine Rauchspirale aus. »Nein, nicht direkt. Die beiden fanden eine zufriedenstellende Möglichkeit, um während seiner Dienstzeit dort zusammensein zu können.«
»Ach! Was für eine Möglichkeit?«
»Er mietete ihr ein Haus in Kabul, etwa zwanzig Meilen von seinem Standort entfernt, und kam zu ihr, wenn er Ausgang oder Urlaub hatte. Er sagte mir, das habe ihm die Qual der langen Wartezeit sehr erleichtert.«
»Ach so.« Christian lehnte sich enttäuscht zurück. »Das ist nicht ganz dasselbe, Papa. Verstehst du, mir ist es für die Dauer der Zeit dort verboten, überhaupt zu heiraten.«
»Das war bei Warren auch so.«
»Aber wie...« Christian richtete sich auf und dachte nach. »Du meinst, sie waren während der ganzen Zeit ... unverheiratet?«

»Dazu waren sie gezwungen, ja.«
»Ich verstehe. Sie ist als seine *Geliebte* nach Kabul gegangen«, sagte er kühl.
Sir Jasper zuckte die Schultern. »Ich würde sagen, als seine Verlobte.« Er lächelte. »Also, *ich* fand das Arrangement recht, nun ja, unkonventionell. Aber solange sie glücklich damit waren, ging es mich nichts an. Soweit ich gesehen habe, waren beide sehr zufrieden und haben, wie du es ausdrückst, ihren Kuchen gegessen *und* ihn behalten.«
Christian erwiderte erregt: »Ich finde, das war eine abscheuliche Lösung. Das war doch ehrlos und feige dazu!«
»Richtig! Ich habe dir nur vor Augen geführt, zu welchen Tricks die Männer manchmal greifen, die an Standorte versetzt werden, wo Familien nicht erlaubt sind.«
»Und die Familie dieser jungen Frau hat eine so skandalöse Situation zugelassen? Das finde ich sehr erstaunlich.«
»Ja, ich auch. Aber offenbar haben sie keine Einwände erhoben, sondern dem Arrangement aus vollem Herzen zugestimmt.« Er drückte den Tabak fest mit einem eigens dafür gedachten flachen, silbernen Hämmerchen in die Pfeife. »Es waren Eurasier, verstehst du?« fuhr er beiläufig fort. »Ich nehme an, das erklärt die Sache. Viele Eurasier glauben in ihrer Einfalt, wenn sich ihre Frauen Engländer als Liebhaber nehmen, dann seien sie in den Augen der Ihren etwas Besseres.«
Christian wurde rot.
»Ich finde einen solchen Standpunkt verachtenswert!« sagte er kopfschüttelnd.
»Das würde jeder wahre Gentleman tun! Ich weise nur darauf hin, daß es Gemeinschaften gibt, die solche Dinge nicht in demselben Licht sehen wie wir Europäer.«
»Die Raventhornes sind anders«, murmelte Christian, ohne seinen Vater anzusehen.
»Wer könnte das leugnen? Ich habe dir die Geschichte nur erzählt, weil du darauf bestanden hast. Olivia Raventhorne ist das bewundernswerte Beispiel einer stolzen, mutigen Frau. Daß die Arme

gezwungen war, mit Raventhorne unverheiratet zusammenzuleben, fällt nicht auf sie zurück, sondern auf die launische Konstellation ihrer Sterne und ihrer Verhältnisse. Der Klatsch mag noch so böse sein, ich habe größten Respekt für Mrs. Raventhorne.« Er beendete das Thema. »Genug von Warren Nesbitt und seinesgleichen. Es gibt andere, lebenswichtige Dinge, die auf uns warten. Was hältst du von einem letzten Spiel? Das heißt, falls du mutig genug bist, eine dritte Niederlage zu riskieren.«

Als Christian seinen traurigen Erfolg an diesem Abend mit einem letzten Schachmatt gekrönt hatte und sich verabschiedete, erwartete ihn ein langer Fußmarsch nach Hause. Er hatte sein Pferd nicht mitgebracht und das Angebot seines Vaters abgelehnt, ihm eins zur Verfügung zu stellen. Aber das machte ihm nichts aus. Es gab genug, worüber er nachdenken mußte, und die frische Luft und das Gehen würden ihm dabei helfen. Ihm fiel auf, daß ihm sein Vater zum allerersten Mal nicht hatte helfen können, Klarheit zu finden. Mit dieser Erkenntnis stellte sich eine gewisse Enttäuschung ein, und das fand er eigenartig schmerzlich.

Plötzlich hatte er das Bedürfnis, mit Kyle zu sprechen. Aber, wie er in der Druckerei erfahren hatte, war Kyle ein paar Tage nicht in der Stadt, und das Gefühl der Enttäuschung wuchs.

Plötzlich fiel ihm ein, daß er so mit den eigenen Problemen beschäftigt gewesen war, daß er vergessen hatte, seinen Vater zu fragen, ob es zu einem Wiedersehen zwischen ihm und Kyle gekommen war.

In der Stille der tiefen Dunkelheit mußte er unwillkürlich lächeln. Bei einem Treffen von seinem Vater mit Kyle war es bestimmt zu einer Auseinandersetzung gekommen, aber Christian zweifelte nicht daran, daß es für beide anregend gewesen war, ihre unterschiedlichen Standpunkte auszutauschen. Er bedauerte, dieses Gespräch verpaßt zu haben.

Dreiundzwanzigstes Kapitel

Dieses Mal ging Maja kein Risiko ein. Sie schickte Sheba nicht nur in das Geschäft von Mr. Barton, um ein paar Dosen Kastanien zu kaufen, sondern auch Puderzucker, Sahne und alle anderen Zutaten. Sie hielt sich genau an das Rezept, das Mamsell Corinne ihr gegeben hatte. Deshalb gelang ihr das Maronenglacé perfekt.

Maja konnte sich nicht oft rühmen, kulinarische Erfolge zu erringen. Sie war überglücklich. Stolz stellte sie eine kleine Schüssel Glacé für ihre Mutter und ihren Bruder beiseite. Den Rest füllte sie ordentlich in ein Steinguttöpfchen, wickelte es in rotes Papier ein und band eine leuchtend blaue Schleife darum. Beim Arbeiten lächelte sie. Die Köstlichkeit würde eine große Überraschung für Tante Sarala werden!

Maja schwebte noch immer auf Wolken und fühlte sich wunderbar gelöst und heiter. Shebas Reaktionen auf ihre Berichte vom Ball hatten zwar keine Wünsche offengelassen, aber trotzdem wollte sie ihre Begeisterung mit Freundinnen teilen – zum Beispiel mit Minali und Barnali. Die Eltern der beiden Mädchen waren ebenfalls auf dem Ball gewesen. Ihre Neugier war sicher teilweise gestillt, aber natürlich würden sie bestimmt viele Fragen haben, die Maja ihnen beantworten konnte. Bei der Aussicht, den Abend in seinem ganzen Glanz in Gedanken noch einmal zu erleben, zitterte Maja in freudiger Erregung und hoffte inständig, daß sie die beiden im Bagan Bari finden würde, damit sie nach Herzenslust miteinander plaudern konnten.

An diesem Abend fiel es ihr nicht schwer, ins Bett zu sinken. Noch beim Einschlafen hörte sie die Musik und das Lachen und fühlte sich von den vielen Verehrern bewundert. Am nächsten Morgen wachte sie spät auf und fühlte sich frisch und entspannt. Nach einem leichten Mittagessen machte sie sich am frühen Nachmittag in ihrem hübschen kleinen Wagen auf den Weg zum Landhaus der Goswamis. Auf dem hohen Kutschsitz saßen der Kutscher und Majas Aja; das kostbare Töpfchen stand zwischen ihnen.

Die Mangozeit war vorbei, und der Obstgarten lag verlassen. Nur die Arbeiter waren unter den niedrigen, dicht belaubten Ästen am Werk; sie fegten die feuchten Blätter und faulenden Früchte zusammen und trugen sie in Körben auf dem Kopf zu dem riesigen Komposthaufen in der Nähe des Brunnens. Am Himmel ballten sich dunkelgraue Wolken, und der heftige Wind verhieß den nächsten Regenguß. An diesem feuchten, windigen Nachmittag schienen alle Zuflucht im Haus gesucht zu haben und ihre Ankunft nicht zu bemerken.

Maja machte sich deshalb keine Sorgen. Sie wußte, in diesem Haus war sie willkommen, ganz gleich, welche Zeit sie für ihren Besuch wählte. Sie ließ den Wagen vor der Treppe an der Vorderseite anhalten, und da sie sich auskannte, ging sie geradewegs zu Tante Saralas Küche.

Die alte Dame war nirgends zu sehen, aber eine ihrer weißgekleideten Mägde saß vor dem kleinen irdenen Herd und rührte den Inhalt eines Topfes, der über dem Holzfeuer köchelte. Die Magd hob überrascht den Kopf, als sie Maja vor der Tür entdeckte, und berichtete sehr zu Majas Enttäuschung, daß Minali und Barnali an diesem Tag ausgefahren seien. Tante Sarala, so sagte sie, sei jedoch am Fluß und vollziehe einen Teil ihrer täglichen religiösen Rituale.

Maja war noch nie in Tante Saralas Küche gewesen. Sie erinnerte sich, daß sie als Kinder ermahnt worden waren, nicht in der Nähe dieses Allerheiligsten zu spielen. Majas Augen blickten neugierig in die Küche. Sie zog schnell die Schuhe aus, wusch die Hände unter dem Wasserhahn neben der Tür und trat ein. Vorsichtig stellte sie das Töpfchen Maronenglacé in ein Regal neben der Tür, wo die Gewürze aufgereiht waren.

Sie legte warnend den Finger auf die Lippen und sagte mit einem schelmischen Lächeln: »Verrate ihr nichts, wenn sie vom Fluß zu-

rückkommt. Sie soll es selbst entdecken. Ich möchte, daß es eine Überraschung ist.«
Die alte Magd, ebenfalls eine Witwe, sagte etwas mit großen erschrockenen Augen, aber Maja achtete nicht weiter darauf. Sie trat hinaus, schlüpfte in ihre Schuhe und eilte mit einem zufriedenen Lachen in den Obstgarten, um hinter einen Baum darauf zu warten, daß Tante Sarala das Geschenk entdecken würde.
Wenige Augenblicke später kam die alte Witwe vom Fluß zurück. Wie üblich trug sie einen weißen Sari ohne Borte. Über den Fingern einer Hand hing ihre Gebetskette, und in der anderen hielt sie ein glänzendes Wassergefäß aus Messing. Beim Gehen klirrten die Schlüssel. Es hörte sich fast wie das Läuten von Tanzglöckchen an. Sie bewegte stumm die Lippen und sprach Mantras. Auf ihrem Gesicht lag der Ausdruck heiterer Gelassenheit und Frömmigkeit. Ihre Lippen bewegten sich immer noch, als sie die Küche betrat.
Einen Augenblick lang herrschte Stille. Dann hörte Maja das Murmeln zweier Stimmen im Gespräch, das jedoch bald verstummte. Maja wollte gerade aus ihrem Versteck hervorkommen, als plötzlich die Hölle losbrach. Es begann mit einem ohrenbetäubenden Schrei, dem ein lautes Krachen und Klirren folgte. Es krachte und klirrte noch einmal und dann noch einmal. Innerhalb weniger Sekunden schien ein ganzes Heer wilder Dämonen Tante Saralas Kochhaus zu verwüsten.
Maja wollte hinübereilen, um zu helfen. Es mußte etwas Schreckliches geschehen sein. Doch bevor sie einen Schritt tun konnte, kam durch die Küchentür ein Geschoß geflogen. Es war in rotes Papier eingepackt und mit blauem Band umwickelt! Das Töpfchen fiel auf die Erde und zerbrach. Das Papier zerriß, und das liebevoll zubereitete Glacé lief auf die feuchte Erde.
Verwirrt blieb Maja wie angewurzelt auf ihrem Platz stehen. In schneller Folge flogen Kochtöpfe, Tabletts, Metallbecher, Teller, Löffel, Schöpfkellen, Schüsseln und Schalen in allen vorstellbaren Größen und Formen durch die Luft. Offenbar wurde alles, was bisher einen Platz in der Küche gehabt hatte, in größter Wut daraus entfernt. Der Geschoßhagel wurde von so hysterischen Schreien beglei-

tet, daß es Maja das Blut in den Adern gerinnen ließ. Nur eine Wahnsinnige konnte sich in diese Raserei steigern.
Dann kam Tante Sarala durch die Küchentür heraus. Ihr folgte die alte Magd, die sich schluchzend und flehend an den Sari ihrer Herrin klammerte. Tante Sarala hatte in beiden Händen einen Reisigbesen aus dicken, harten Zweigen. Sie hob ihn hoch über den Kopf, ließ ihn in einem Hagel von Schlägen auf den kahl geschorenen Kopf der Magd niedersausen. Dabei beschimpfte und verfluchte sie die arme alte Frau, die auf die Knie fiel und schützend die Arme über den Kopf hielt. Sie weinte vor Schmerzen, flehte um Gnade und Vergebung. In ihrer Verzweiflung umklammerte sie die Füße ihrer Herrin.
Es war ein schockierender, häßlicher Anblick, doch noch schlimmer war Tante Saralas vor Wut verzerrtes und entstelltes Gesicht. Verschwunden waren Gelassenheit, Frömmigkeit und Andacht. Dafür sprühte sie vor Bosheit, Grausamkeit und einem grenzenlosen Zorn. Die Lippen, die noch vor wenigen Minuten sanfte Mantras geformt hatten, stießen wüste Flüche aus. Es war eine abstoßende und entwürdigende Szene.
»Wie konntest du ihr erlauben, einen Fuß in meine Küche zu setzen, in *meine* Küche, du unseliges Weib! Du hast doch nur Stroh im Kopf!« schrie sie. »Weißt du nicht, warum sie mir Geschenke bringt? Begreifst du nicht, worauf sie es abgesehen hat? Nein?! Aber du weißt doch, daß sie *unrein* ist?«
Aufgeschreckt durch den Tumult, das Gezeter und Geschrei kamen von allen Seiten Leute in den Obstgarten gerannt. Einer der ersten, der atemlos erschien, war Samir.
Tante Sarala sah ihn böse an. »Das ist alles nur deinetwegen!« In ihrer Erregung klangen ihre Worte mittlerweile nur noch wie ein heiseres Krächzen. Sie sprach natürlich Bengali, aber so schnell, daß Maja nur hin und wieder etwas verstand. Sie tobte noch eine Weile, ohne Samir zu Wort kommen zu lassen, und ließ sich nicht beruhigen. »Das wäre nie passiert, wenn du sie nicht dazu ermutigt hättest, ihre Grenzen zu überschreiten!«
»Aber Tante Sarala, sie wollte doch nur...«

Sie schnitt ihm mit einer wütenden Geste das Wort ab. »Komm mir nicht mit dummen Entschuldigungen. Du bist in sie vernarrt. Sie hat dich verhext! Glaubst du, ich wüßte nicht, was hinter meinem Rükken vorgeht?«
»Ich habe nie ...!«
»Hör zu, Samir, hör mir gut zu.« Sie hörte plötzlich auf zu schreien und sagte eisig: »Mir wäre es lieber, du würdest über das Meer fahren und Schande über deine Kaste bringen. Mir wäre es lieber, du würdest sterben, als daß du die Reinheit deiner Familie auf eine Weise beschmutzt, wie du es vorhast! Vergiß nie: Sie ist *unrein*!«
Samir drehte sich um und sah Maja an, die nur halb verborgen hinter dem Baum stand. Er war völlig verstört und sie wie betäubt. Die Witwe redete weiter, aber Maja hörte nichts davon. Nur ein einziges Wort blieb ihr im Bewußtsein und hallte in ihrem Kopf wie ein Echo.
Unrein!
Das Durcheinander legte sich nach einer Weile, und alle, die herbeigelaufen waren, gingen wieder auseinander. Jemand berührte Maja am Arm. Es war Samir. »Komm mit, Maja, komm mit.«
Benommen ließ sie sich von ihm durch den Obstgarten zum Fluß führen. Sie drehte sich noch einmal nach Tante Sarala um. Der Anblick ihres Gesichts war wie ein Fluch. Die alte Witwe starrte sie feindselig, haßerfüllt und unversöhnlich an.
Weit weg vom Haus und dem Obstgarten setzte sich Maja neben Samir auf die Mauer am Fluß. Sie sahen sich nicht an.
»Es war mein Fehler«, sagte Maja dumpf. »Ich hätte nicht in ihre Küche gehen sollen.«
»Ich wußte nicht, daß du verstanden hast, was sie ...«, murmelte er gequält.
»Was hat sie noch gesagt?«
Er schüttelte den Kopf. »Nichts. Du weißt doch, wie sie ist.«
»Was noch, Samir? Bitte, sag es mir.«
Er schüttelte noch einmal den Kopf. »Das ist nicht wichtig, Maja.«
»Für mich schon. Sag es mir!«

Er rief wütend: »Sie ist eine dumme, senile alte...«
»Du mußt es mir sagen, Samir«, unterbrach Maja ihn leise. Sie griff nach seiner Hand und hielt sie fest. »Ich habe ein Recht, es zu erfahren!«
»Vergiß es, Maja. Du kannst das nicht verstehen!«
»Ich werde es nicht vergessen. Sie hat gesagt, ich sei unrein. *Unrein*!«
Er blickte in ihr versteinertes, bleiches Gesicht, sah ihre gequälten Augen und rief: »Sie hat keine Ahnung vom Leben, von der Welt, von Menschen, von irgend etwas! Sie ist einfach eine Frau, die nicht lesen und schreiben kann und in einem Erdloch haust. Sie lebt wie in einem Grab inmitten der verwesenden Reste einer vergangenen Zeit!«
»Sie sagt, ich sei unrein, weil ich Eurasierin bin.«
»Sie fürchtet sich vor dir, Maja, sie fühlt sich von dir bedroht. Verstehst du das nicht?«
Sie saß eine Weile regungslos neben ihm. Dann lief ein Schauer durch ihren Körper, sie zog die Beine hoch und legte das Kinn auf die Knie. »Doch.«
Es fing an zu regnen. Die kleinen Tropfen schufen seltsame Muster auf der Wasseroberfläche. Ein Karpfen streckte die runden Lippen einen Augenblick in die Luft, als warte er auf den Kuß einer unsichtbaren Geliebten, schien es sich dann jedoch anders zu überlegen und tauchte wieder unter. Samir warf Steine in das Wasser. Aus seinen Augen sprach Verzweiflung.
Von weitem sah Maja die Menschen, die im Halbkreis um die Küchentür standen. Auf einer Seite hockte Tante Sarala auf dem Boden und schluchzte in ihren Sari. Kali Charan versuchte, sie mit hilflosen Gesten zu beruhigen. Etwas abseits stand Abala und tröstete die Küchenmagd.
Maja hörte, wie Samir heftig einatmete. Er ballte eine Hand zur Faust. »Sie sind alle Heuchler!« sagte er mit einer verächtlichen Kopfbewegung in die Richtung seiner Familie, »arrogante, bigotte Heuchler. Sie führen in der Öffentlichkeit fortschrittliche Kämpfe, und trotzdem dulden sie direkt vor ihrer Nase die Pest der Vergan-

genheit.« Er drehte sich um und spuckte ins Wasser. »Sie ekeln mich an.«
Sie ist keine von uns...
Maja hörte kaum zu; auch der Nieselregen war ihr gleichgültig. »Ich dachte immer, sie mag mich.«
»Dich mögen? Ja, gewiß! Sie mag dich, solange du ihr nicht zu nahe kommst.«
»Sie hat Süßspeisen für mich gekocht...«
»Vergiß sie. Vergiß sie alle!« Er sagte das voll Bitterkeit. »Sie sind nicht mehr wichtig.«
»Was *ist* dann wichtig?« fragte Maja benommen.
»Du und ich – sonst nichts.« Er sprang von der Mauer und begann, auf und ab zu gehen.
»Du und ich?« wiederholte sie bestürzt, »nach allem, was sie gesagt hat?« Er zuckte zusammen und ließ den Kopf hängen. Majas Augen wurden hart. »Samir, ich bin für dich und deine Familie keine Gefahr. Außerdem fährst du bald nach England.«
»Ich werde nicht nach England gehen. Ich kann nicht.«
»Weil du dann deine gesellschaftliche Stellung verlierst?« fragte sie höhnisch.
»Nein, weil ich dich nicht verlassen kann. Weil du mich eines Tages vielleicht brauchen wirst...«
Maja schämte sich. Sie wollte ihn verletzen, um sich Erleichterung zu verschaffen. »Ich werde dich nicht brauchen, Samir. Ich...«
»Heirate mich!« rief er, weil er sich nicht mehr zu helfen wußte. »Wenn du bereit bist, meine Frau zu werden, werde ich nach England gehen.«
Sie war verblüfft. »Du willst mich heiraten?« fragte sie verständnislos. »Trotz ... allem? Warum...?«
»Weil ich dich liebe. Weil du die Achse bist, um die ich mich drehe. Weil ich ohne dich einfach zugrunde gehen und sterben werde. Und weil du mein Leben vollständig machst ... nur du, sonst niemand auf der Welt.«
Die heftige Leidenschaft und die Tiefe seiner Gefühle erschreckten Maja. Um ihre Verwirrung zu verbergen, lachte sie. »Ich mache dein

Leben vollständig ... auch wenn ich deiner Familie Schande bringe?«
»Wir werden getrennt von ihnen leben. Du wirst dein eigenes Haus haben, deine eigene Küche. Es wird keine Zwänge, keine Verpflichtungen geben. Ich kann die Wunden heilen, die sie dir zugefügt hat, Maja. Ich kann für dich sorgen, dich beschützen, dich glücklich machen...«
Sie sah ihn staunend an. Das große Opfer, zu dem er bereit war, machte sie stumm. Sie suchte nach Worten, fand aber keine, die angemessen gewesen wären.
»Warum bist du so überrascht?« rief er plötzlich, da er ihr Schweigen nicht verstand. »Du wolltest doch immer nach England gehen!«
Beinahe hätte sie ihm von der bevorstehenden Heirat mit Christian erzählt. Aber sie brachte es nicht über sich, Worte auszusprechen, die ihn noch mehr verletzen mußten. »Ich liebe dich als einen ... Freund«, sagte sie unglücklich. Es war eine bedeutungslose Platitüde, aber sie wußte, daß sie ihm nicht mehr geben konnte. »Zwischen uns kann es nie etwas anderes als Freundschaft geben.«
»Warum nicht?« fragte er erstickt.
»Ich liebe dich nicht.«
»Du liebst Christian auch nicht!«
Er hatte noch nie von Christian gesprochen. Als er es jetzt tat, war sie wütend. Aber sie zeigte es nicht, denn sein zutiefst unglückliches Gesicht und die treuen, ehrlichen Augen rührten sie. Wieder spürte sie den eigenartigen Strom, der sich in ihr regte, dieses Halbgefühl, das sich jeder Identifizierung widersetzte. Da sie seine Qual nicht mehr sehen wollte, schloß sie die Augen. Sie staunte über die ungewöhnlichen Gefühle, die sich ungebeten einstellten. Hinter ihren geschlossenen Lidern tauchten Bilder auf. Sie waren so klar und so deutlich, daß Maja die Augen geschlossen hielt, und in der Abgeschlossenheit ihres Bewußtseins wurde daraus so etwas wie eine Vision.
Samir saß in dem mit Ziegelsteinen gepflasterten Hof, wo sie ihn bei ihrem letzten Besuch gesehen hatte, auf einem prunkvollen Sessel. Er trug einen weißen, frisch gestärkten Dhoti und hatte einen kostbar

bestickten Schal über die eine Schulter gelegt. Neben ihm stand ein zweiter Sessel, in dem eine schöne junge Frau mit auffallend langen Zöpfen saß. Sie hatte einen roten Punkt auf der Stirn und auf dem Scheitel roten Puder. Nach bengalischer Sitte trug sie einen reinweißen Seidensari mit einer rotgoldenen Bordüre. Wie es der Tradition entsprach, hing an einem Zipfel des Saris ein großer Schlüsselbund mit den Schlüsseln für das ganze Haus. Goldene und silberne Armreifen klirrten leise an ihren Handgelenken. Außerdem trug sie kostbar funkelnden Schmuck. Samir sah sie an und stellte ihr eine Frage. Sie antwortete mit einem Lächeln. Es war das scheue, fragende Lächeln einer Braut. Er lachte und klatschte in die Hände. Sofort kamen aus dem Haus Frauen, die auf großen runden Silbertabletts Früchte, Süßigkeiten und Geschenke brachten. Als die Braut sich vorneigte, um sie entgegenzunehmen, hob sie den Kopf, und Maja sah, daß *sie* es war...

Mit einem leisen Aufschrei öffnete sie die Augen. Die Vision verschwand, und die Wirklichkeit trat an ihre Stelle. Samir sah sie ängstlich und verwirrt an.

»Was ist los? Du siehst ... merkwürdig aus!«

Maja errötete. Sie fand ihre Fassung wieder und war wütend auf sich selbst. »Nein!« sagte sie. »Nein, ich kann dich nicht heiraten. Das geht einfach nicht.«

Tränen der Verzweiflung stiegen ihr in die Augen, während sie darum kämpfte, mit seiner Enttäuschung und mit ihrem unerklärlichen Gefühl der Trauer fertigzuwerden. Erstaunlicherweise war sie jedoch in dem Augenblick, als sie seine Hoffnungen zerstörte, näher daran, seinen Herzschlag zu hören, als je zuvor. Sie konnte plötzlich fast das für ihn empfinden, was sie glaubte, nie empfinden zu können. Schnell sprang sie von der Mauer, hob den Rock bis zu den Knöcheln und watete durch das flache Wasser zurück. Samir folgte ihr niedergeschlagen.

»Du wirst immer alles haben, was du dir wünschst, Maja«, sagte er flehend. Er klammerte sich hartnäckig an den entschwindenden Traum und konnte sie nicht loslassen. »Ich kann dir alles geben, was du brauchst, *alles*!«

Maja blieb stehen, drehte sich um und sah ihn traurig an. »Du kannst mir alles geben, bis auf das, was ich brauche.«
Samirs Mutter kam ihnen aufgeregt entgegen. Wortlos nahm sie Maja in die Arme und küßte sie auf die Stirn. Tränen liefen ihr über das Gesicht. »O mein liebes Kind. Es tut mir so leid, so leid...«
Maja schwieg; sie erwiderte die Umarmung nicht.
»Du mußt ihr verzeihen, du mußt verstehen, daß sie alt ist. Sie kann ihre Ansichten nicht ändern.«
Maja lächelte. »Ja, das verstehe ich.«
»Sie kann nicht begreifen, daß die Gesellschaft sich verändern muß, und daß es neue Ideen, ein neues Denken geben muß. Du darfst es dir nicht zu Herzen nehmen, Maja. Das darfst du auf keinen Fall.«
»Es war meine Schuld. Ich hätte ohne ihre Erlaubnis nicht in die Küche gehen dürfen.«
Abala küßte sie noch einmal und drückte sie an sich. Sie wollte Maja nicht loslassen. Das Geschehene erfüllte sie mit Entsetzen, und sie wollte unbedingt alles wiedergutmachen.
Maja befreite sich sanft aus der Umarmung. »Ich glaube, ich muß gehen.«
»Aber du bist völlig durchnäßt. Du kannst in diesem Zustand nicht gehen!«
»Ich werde mich zu Hause sofort umziehen.«
»Bleibst du nicht zum Abendessen? Die Mädchen werden jeden Augenblick aus der Stadt zurückkommen. Sie werden untröstlich sein, daß sie dich verpaßt haben.«
Maja schüttelte den Kopf. »Mutter ist bei Alistair, und Amos ist allein zu Hause. Er wird auf mich warten.«
»Wirst du wiederkommen?« fragte Abala beklommen.
»Ja, ich werde wiederkommen.«
Doch Maja wußte, daß es nicht stimmte. Sie würde nie mehr zum Bagan Bari zurückkommen.
Samir begleitete sie bis zum Tor des Obstgartens. Er saß neben ihr im Wagen. Sie sprachen während der Fahrt nicht. Der Wagen hielt am Tor an, und als Samir ausstieg, sah Maja, daß seine langen

schwarzen Wimpern tränennaß waren. Er hob die Hand und strich ihr sehr zärtlich über die Wange. Flüchtig hielt sie seine Hand fest und ließ sie dann los. Sie wußten beide, sie würden sich nicht wiedersehen.

Am Horizont war noch der leuchtend orangefarbene Rand der Sonne zu sehen. Im nächsten Augenblick war sie verschwunden. Mit ihr versank ein Teil von Majas Welt. Die Sonne würde wieder aufgehen, aber Maja würde nie das zurückbekommen, was sie an diesem Tag verloren hatte.

*

Bei Kyles Rückkehr aus Nordbengalen erwarteten ihn zwei Nachrichten. Die eine stammte von Clarence Twining, dem Polizeipräsidenten, die andere von Sir Jasper. Beide wollten ihn dringend sprechen. Kyle war nicht überrascht. Er hatte mit beiden Nachrichten gerechnet.

Neben den üblichen Briefen, Rechnungen und Rundschreiben lag auch ein ziemlich dicker Umschlag auf seinem Schreibtisch, den er zunächst beiseite legte, um ihn später zu öffnen. Er konnte sich vorstellen, daß Twining inzwischen wirklich den brennenden Wunsch hatte, ihn zu sehen. Bei diesem Gedanken mußte er lächeln. Trotzdem beschloß er, Twining noch eine Weile warten zu lassen, denn je länger er wartete, desto zufriedenstellender würde das Treffen verlaufen!

Aber Kyle wollte Jasper Pendlebury nicht warten lassen. Sie hatten vieles zu besprechen, und es war in seinem eigenen Interesse, das so bald als möglich zu tun. In seiner Antwort schlug er Sir Jasper vor, sie sollten sich am Sonntagnachmittag im Schatzamt treffen, wenn die Büros angenehmerweise leer waren. Er mußte diesen Grund jedoch nicht nennen. Sir Jasper würde ebenso daran liegen, das Treffen geheimzuhalten. Nachdem er den Brief dem Boten übergeben hatte, konnte Kyle endlich den dickeren Umschlag öffnen, der ebenfalls während seiner Abwesenheit eingetroffen war. Er enthielt mehrere eng beschriebene Blätter. Er würde sie noch an diesem Abend sorgfältig lesen und sie dann am nächsten Tag Amos geben.

Er legte die Blätter auf den Tisch und wußte, diese Aussage von Thomas Hungerford konnte die Zukunft verändern.

*

»Für mich klingt das alles nach dummem Gerede!«
Amos warf die Papiere auf den Schreibtisch. Er bemühte sich darum, seinen skeptischen Gesichtsausdruck beizubehalten. Aber trotzdem zuckte deutlich erkennbar ein Nerv an seiner linken Schläfe. Er war sichtlich aufgewühlt und versuchte, sich nichts anmerken zu lassen.
Kyle wartete schweigend.
Amos stand unruhig auf, trat an das Fenster seines Büros und blickte durch die Bambusjalousie nach draußen, ohne etwas Bestimmtes zu sehen. Er konnte die Hände nicht still halten. Sein bleiches Gesicht verriet kaum etwas über den Sturm seiner Gefühle – Unglaube, Zorn, Verwirrung und Schock. Doch vor allen Dingen Zorn.
Die Handschrift auf den eng beschriebenen Seiten war schlecht. Das Geschriebene enthielt viele grammatikalische Fehler, manche Stellen waren unleserlich, andere unverständlich. Aber im größeren Kontext war keine dieser Äußerlichkeiten von Bedeutung. Was Hungerford andeutete, ohne jedoch die Einzelheiten zu nennen, versprach, eine Geschichte zu werden, die weit über die kühnsten Erwartungen von Amos hinausging.
Amos glaubte aber kein Wort von dem, was Hungerford schrieb.
»Ich gebe zu, es ist ein geschickt ausgelegter Köder. Hungerford hat sich die Sache gut ausgedacht. Aber das ist auch alles. Ihm fehlt absolut jede Glaubwürdigkeit.«
»Bist du wirklich zu diesem Schluß gekommen?« fragte Kyle.
»Das ist doch eindeutig.« Amos kehrte zu seinem Platz zurück und legte die Füße auf die Schreibtischplatte. »Der Mann gibt zu, einen Meineid geleistet zu haben und ein Betrüger zu sein. Er und Findlater haben bei General Havelock falsche Aussagen gemacht.«
»Meinst du nicht, daß es irgendwie für Hungerford spricht, daß er jetzt gestehen will?«

»Er will ein Geständnis machen, nachdem er vierzehn Jahre lang durch sein Schweigen unaussprechliches Leid verursacht hat. Soll er vielleicht dafür noch einen Orden bekommen?« Amos lachte bitter und sagte mit finsterem Gesicht: »Mutter kann man diese, diese ... Komödie nicht antun, Kyle. Das ist unvorstellbar!«

»Und was ist, wenn er vorhat, wirklich die Wahrheit zu sagen?«

»Das kann nicht sein.«

»Nehmen wir einmal an, es sei so. Was dann? Glaubst du dann immer noch, das Recht zu haben, seine Aussage deiner Mutter zu verschweigen?«

»Sie hat sich endlich mit der Entscheidung des Vizekönigs abgefunden. Sie akzeptiert, daß die Akte geschlossen ist und nicht mehr geöffnet werden wird. Ich bin nicht davon überzeugt, daß es klug ist, wegen einer Lügengeschichte etwas am Status quo zu ändern.« Er klopfte verächtlich mit dem Finger auf die Papiere.

»Der Status quo! Das ist die Zuflucht der Feiglinge!« rief Kyle plötzlich wütend. »Du weißt so gut wie ich, daß deine Mutter Hungerford sehen will, ganz gleich, was *du* von seiner Aussage hältst. Wahrheit oder Lüge, sie hat das Recht zu erfahren, was er zu sagen hat. Sie hat vierzehn Jahre lang nach dem Mann gesucht und sich darauf vorbereitet, ihm gegenüberzutreten, ihn anzuhören, ohne Rücksicht auf die abscheuliche Rolle, die er in ihrem Leben gespielt hat. Findest du es richtig, ihr das jetzt vorzuenthalten?«

Amos stöhnte und hielt sich mit beiden Händen den Kopf. »Es wird alte Wunden aufreißen, Kyle, und sie wieder zum Bluten bringen. Mutter hat genug geblutet, und ich finde, das haben wir alle, verdammt noch mal!« Er schluckte. »Außerdem ...«, er sprach nicht weiter.

»Außerdem hast du Angst«, beendete Kyle den Satz leise. »Du hast Angst, Hungerford könnte ...«, Kyle hob die Stimme. »Hör mir gut zu! Er *könnte* bestätigen, was jeder von deinem Vater glaubt. Ist nicht das der wahre Grund für deine Sorge?«

Amos nickte. Er kam sich erbärmlich vor. Er wußte, daß er allen anderen etwas vormachen konnte, aber nicht Kyle. »Ja.«

»Damit wir uns nicht falsch verstehen, Amos, das ist eine sehr berechtigte Sorge. Hungerford hat vieles nicht erwähnt, wie er selbst schreibt. Keiner von uns kann voraussehen, was er noch zu sagen hat.«

Amos schloß verzweifelt die Augen. »Selbst du wirst nicht leugnen, daß mein Vater ein rachsüchtiger Mensch war. Sein Haß gegen die Engländer kannte keine Grenzen. In der Hitze des Augenblicks hätte er...« Er brach ab, denn er brachte es nicht über sich, den Rest auszusprechen. »Verstehst du nicht, Kyle, solange es Zweifel gibt, können wir es ertragen. Unsere Rettung ist nicht das Wissen, sondern das *Nicht*wissen.«

»Wir waren uns darüber im klaren, welches Risiko es bedeutete, Thomas Hungerford ausfindig zu machen, nachdem wir Findlaters Todesanzeige gesehen hatten. Wir haben lange und in Ruhe darüber diskutiert. Wir waren uns beide einig, daß wir die Suche nach diesem Mann fortsetzen und ihn irgendwie dazu bringen würden, sich einer Befragung zu stellen. Wie es der Zufall will, muß er nicht einmal dazu überredet werden. Er ist aus freien Stücken und auf eigene Kosten nach Indien gekommen.«

»Ja, ich weiß, ich weiß!« rief Amos niedergeschlagen. »Aber damals lag das alles in so weiter Ferne und war so ungewiß! Jetzt ist er tatsächlich hier. Hungerford steht praktisch vor der Tür und...«

Kyle blickte in die unglücklichen Augen seines Freundes, und sein Gesichtsausdruck wurde weicher. »Irgendwann mußt du dich dem Problem stellen, Amos«, sagte er ruhig. »Ganz gleich, was dabei herauskommt, du kannst es nicht ungelöst lassen. Du kannst nicht mit einem unverdienten Stigma weiterleben.«

Amos lachte hart. »Bist du sicher, daß es unverdient ist?«

»Ja. Ich glaube, dein Vater war unschuldig.«

Amos sagte nichts und wünschte nur, er könnte das ebenfalls glauben.

Kyle beendete die Diskussion. Er wußte, Amos war in letzter Zeit nicht er selbst. Das war so, seit Alistair Birkhurst angekommen war und die Spinnerei gekauft hatte, die Amos bereits gedanklich für sein Eigentum hielt. Es wurde von einer Schlägerei geflüstert: Amos hatte Verletzungen, die das zu bestätigen schienen. Doch im Augenblick stellte Kyle keine weiteren Fragen. Hungerfords Aussage hatte die Dämonen auf den Plan gerufen, die seit dem Aufstand die Raventhornes heimsuchten. Amos brauchte Zeit, um wieder ins Gleichgewicht zu kommen, um über das Angebot zu einem Geständnis von Hungerford nachzudenken und alle seine möglichen Folgen zu erwägen. Im Augenblick hatte es keinen Sinn, sich zu streiten.

»Hungerford schreibt, daß er im Laufe der Woche hier eintreffen wird.« Kyle stand auf und wollte gehen. »Es ist immer noch Zeit genug, darüber nachzudenken ... und deine Mutter auf die schwere Prüfung vorzubereiten, falls du entscheidest, daß Hungerford sie treffen darf.«

*

Dank Olivias liebevoller und gewissenhafter Pflege kam Alistair sehr schnell wieder zu Kräften. Nach drei Tagen erklärte Dr. Humphries, es gehe ihm gut genug, um das Bett zu verlassen. Zwei Tage später konnte er mit dem Arm in der Schlinge wieder gehen und brauchte keine besondere Pflege mehr. Olivia freute sich sehr über die Schnelligkeit, mit der Alistair wieder beinahe völlig hergestellt war. Aber der Gedanke, nach Hause zurückzukehren, machte sie traurig, denn sie war immer noch nicht sicher, ob er sie danach noch einmal wiedersehen wollte.

Alistair war trotz seines guten körperlichen Zustandes in gedrückter Stimmung, aber sie kannte die Ursache seiner Niedergeschlagenheit nicht. Willie Donaldson hatte sich angewöhnt, ihnen beim Abendessen Gesellschaft zu leisten, und dafür war Olivia dankbar. In seiner Gegenwart schien Alistair sich recht wohl zu fühlen, aber sein Benehmen ihr gegenüber blieb förmlich, wie das eines Fremden. Er unterhielt sich höflich mit ihr, aber weder locker noch sonderlich begeistert, und er hielt stets die Augen niedergeschlagen. Wenn sich ihre Blicke zufällig trafen, errötete er und wandte sich schnell ab. Die Fragen, die er ihr stellte, waren oberflächlich und unpersönlich, und er zeigte kein großes Interesse an ihren Antworten.

Er weigerte sich entschieden, über die Schlägerei zu sprechen. Wenn Olivia dieses Thema berührte, wurde er jedesmal so erregt, daß sie es schließlich aufgab. Er sprach unbeschwert und mit dem Anschein von Lebhaftigkeit über Farrowsham und seine Großmutter. Wie er betonte, fehlte ihm beides. Es bedrückte Olivia, daß er trotz all ihrer Bemühungen und den vielen sichtbaren Zeichen ihrer Liebe zu ihm zurückhaltend blieb und ihr nicht vertrauen konnte. Es schmerzte sie noch mehr, daß Alistair aus seiner Erleichterung kein Geheimnis machte, als es Zeit für sie wurde, nach Hause zurückzukehren.

Enttäuscht über den einen Sohn kam Olivia nach Hause und fürchtete sich vor der Aussicht, ihrem anderen Sohn gegenüberzutreten, um nur eine weitere Enttäuschung zu erleben. Sie wollte so gern an die Unschuld von Amos glauben und sehnte sich danach, daß er nur ein oder zwei Worte sagen würde, um ihr zu versichern, daß er unschuldig war. Deshalb beschloß sie, Amos gleich am ersten Tag Gelegenheit zu geben, ihr die Wahrheit zu sagen.

Als Amos an diesem Abend vom Büro nach Hause kam, trank seine Mutter Tee auf der Veranda und wartete auf ihn. Er hatte sie seit dem Ball der Pendleburys nicht mehr gesehen. Der unerwünschte, verlorene und wieder nach Hause zurückgekehrte Sohn stand seit Alistairs Ankunft als unüberwindliche Barriere zwischen ihnen. Daß sie Alistair im Haus der Birkhursts gepflegt und umsorgt hatte, trug nur zu seiner Erbitterung bei. Nach Ansicht von Amos war der überhebliche Kerl ohnehin verwöhnt genug.

Amos beugte sich vor und gab seiner Mutter einen flüchtigen Kuß auf die Wange, murmelte etwas Unverständliches und wollte auf sein Zimmer gehen. Nach Alistair erkundigte er sich nicht.

»Setz dich, Liebling«, sagte Olivia. »Möchtest du Tee?«

Er schüttelte den Kopf. »Nein danke, noch nicht. Ich will zuerst ein Bad nehmen. Es ist schrecklich heiß.«

»Ja, ich weiß. Ich bin selbst erst gerade zurückgekommen. Aber setz dich doch einen Augenblick. Ich möchte mit dir reden.«

Da ihm keine andere Wahl blieb, zog Amos sich achselzuckend einen Stuhl heran und nahm Platz. »Also?«

»Ich glaube, ich habe das Recht auf ein paar Erklärungen, Amos«, begann sie in einem versöhnlichen Ton.

»Erklärungen? Was für Erklärungen?« Er sah ihr unverwandt in die Augen.
»Erklärungen zu dem, was neulich abends bei den Pendleburys geschehen ist.«
»Bei den Pendleburys ist viel geschehen! Wovon sprichst du?«
Olivia beherrschte sich. »Du weißt sehr gut, wovon ich spreche. Du und Alistair, ihr habt euch geprügelt!«
In seinen Augen blitzte Überraschung auf. »Oh, und wie kommst du darauf?«
»Du brauchst mir nichts vorzumachen, Amos!« sagte sie scharf. »Ihr habt euch im Garten geprügelt. Ich will wissen warum und wer angefangen hat, er oder du?«
Amos bekam schmale Lippen und schwieg.
»Sag mir, was geschehen ist, Amos! Ich versuche nur, die Wahrheit herauszufinden.«
»Hat dir dein lieber Alistair nicht gesagt, was geschehen ist?« fragte er spöttisch. »Ich könnte mir vorstellen, daß ihr euch in all den Tagen viel zu sagen hattet!«
Sie mußte sich Mühe geben, um den Hohn zu übergehen. »Was auch der Grund für die Schlägerei gewesen sein mag, du bist der ältere Bruder, Amos. Du hättest dich besser unter Kontrolle haben müssen!«
Er sprang auf. »Ich habe mich nicht mit ihm geprügelt. Ich habe keine Ahnung, wovon du redest...«
»Lüg mich nicht an, Amos!« Olivia war mit ihrer Geduld am Ende. »Deine blutigen Sachen lagen naß und zerfetzt im Wäschekorb.« Sie griff nach seiner rechten Hand. Der Knöchel war noch immer nicht ganz verheilt. »Und was ist mit deiner Hand? Wenn du dich nicht geprügelt hast, woher kommt *das*?«
Er befreite sich mit einem Ruck aus ihrem Griff. »Hat Alistair dir das gesagt?« fragte er ruhig.
»Nein. Aber er hat es auch nicht geleugnet. Er hat sein Bestes versucht, dich zu schützen, Amos.«
»Ach, hat er das?« sagte er wütend. »Wirklich *sehr* edel von ihm, das muß man ihm lassen!«

»Du hattest mir versprochen, ihm gegenüber höflich zu sein, Amos. Du hast mir dein Wort gegeben.«

Amos verzog die Lippen zu einem kalten Lächeln. »Ich weiß dein Vertrauen zu schätzen«, sagte er mit beißendem Sarkasmus. »Ich bin gerührt, Mutter, *tief* gerührt!«

»Sei nicht unverschämt, Amos!« rief Olivia wütend. »Ich versuche nur, die Wahrheit herauszufinden. Ich weiß einfach nicht, was ich glauben soll!«

Er sah sie sehr seltsam an. »Du kannst glauben, was immer du willst«, sagte er leise. »Mir ist das ziemlich egal. Aber etwas bedaure ich jetzt. Ich hätte ihm *beide* Arme brechen sollen, als ich schon einmal dabei war!«

Damit war die Angelegenheit für ihn erledigt, und er verschwand im Haus.

Olivia schlug erschüttert die Hände vor das Gesicht und brach in Tränen aus.

*

Das Abendessen, bei dem Edna Chalcott in alter Freundschaft Olivia Gesellschaft leistete, war eine trübselige Angelegenheit. Selbst Ednas Fröhlichkeit und ihre tapferen Versuche, unbeschwert zu plaudern, konnten die gedrückte Stimmung am Tisch nicht vertreiben. Olivia flüchtete sich in einsilbige Antworten und dachte über ihre Söhne nach. Selbst für eine Unterhaltung war sie zu niedergeschlagen. Amos war aus dem Haus verschwunden und hatte bei Francis hinterlassen, er werde zum Abendessen nicht zurück sein. Auch Maja ließ sich nicht blicken. Wie Sheba sagte, hatte sie sich mit Migräne in ihr Zimmer zurückgezogen.

Als sie schließlich doch erschien, war das eigentliche Essen vorüber, und der Nachtisch wurde aufgetragen. Sie setzte sich mit einer gemurmelten Entschuldigung auf ihren Platz, nahm sich etwas Caramelpudding auf ihren Teller und löffelte ihn stumm. Olivia wollte sie verärgert zurechtweisen. Aber plötzlich bemerkte sie das Aussehen ihrer Tochter, und die Worte blieben ihr im Hals stecken. Maja sah schrecklich aus!

Olivia hatte ihre Tochter zum letzten Mal gesehen, als sie in das Haus der Birkhursts gekommen war, um Alistair zu besuchen. Es hatte sie überrascht und verletzt, daß Maja sich nicht die Mühe machte, wiederzukommen und sich nach Alistairs Befinden zu erkundigen. Aber als sie Maja jetzt ansah, vergaß Olivia alle ihre Klagen. Ihre Haut wirkte ungesund und bleich. Sie hatte Ringe unter den müden Augen, als hätte sie lange nicht geschlafen. Selbst ihr normalerweise glänzendes, dichtes Haar hing ungebürstet und vernachlässigt völlig schlaff um das abgezehrte Gesicht. Der Gegensatz zwischen ihrem jetzigen Aussehen und dem Abend des Balls war so groß, daß Olivia sie nur ungläubig anstarren konnte. Selbst Edna, die ununterbrochen redete, verstummte. Auch sie erschrak über den Anblick, den Maja bot.

»Ich habe gehört, daß du wieder Migräne hast«, sagte Olivia liebevoll. »Ist es sehr schlimm?«

»Nein, es ist alles in Ordnung.«

»Das ist es nicht!« rief Olivia. »Ich sehe, daß es dir nicht gutgeht. Vielleicht sollten wir Dr. Humphries rufen lassen, bevor es schlimmer wird. Ich bin sicher, er...«

»Mir fehlt nichts, Mutter.« Selbst ihre Stimme klang tonlos. »Es ist nur... *die* Zeit im Monat, sonst nichts.«

Sie aß hastig den letzten Löffel Pudding, entschuldigte sich und ging wieder hinauf in ihr Zimmer.

»Nun ja...!« Edna betupfte sich die Mundwinkel mit der Serviette und lehnte sich zurück. »Sie hat den Ball nicht einmal erwähnt! Ich war sicher, sie würde den ganzen Abend von nichts anderem sprechen wollen. Das macht mir wirklich Sorgen!« Sie sagte das unbeschwert in dem Bemühen, die düstere Stimmung zu vertreiben, aber Olivia ließ sich von ihrem Lächeln nicht anstecken.

Später nutzten sie den frischen Wind zwischen zwei Schauern aus, schlenderten Arm in Arm am Fluß entlang und genossen die kurze Erholungspause von der quälenden Feuchtigkeit des Tages. Die Sterne nutzten ihre Chance und standen alle am Himmel. Sie funkelten mutig und spielten Versteck mit den schnell dahinziehenden Monsunwolken.

»Was ist nur mit meinen drei Kindern los, Edna?« fragte Olivia plötzlich und blieb wie angewurzelt stehen. »Ich habe einfach nicht mehr die Kraft, auch nur eines von ihnen zu verstehen. Ich frage mich, ob ich sie je verstanden habe.«

»Kann überhaupt jemand seine Kinder jemals verstehen?« fragte Edna. »Man glaubt das manchmal vielleicht, aber sie scheinen alle die angeborene Fähigkeit zu besitzen, ihre Eltern zu überraschen, ganz gleich, wie gut man darauf vorbereitet zu sein glaubt.« Sie drückte mitfühlend Olivias Arm. »Bei Brüdern, die im Alter nur ein Jahr auseinander sind, ist Rivalität nicht anders zu erwarten, meine Liebe, ganz besonders, wenn sie so weit voneinander getrennt und unter so verschiedenen Umständen aufgewachsen sind.«

»Alistair weigert sich noch immer, die kleinsten Zugeständnisse zu machen. Und Amos, mein kluger, sanfter Amos sagt, er bedaure es, daß er seinem Bruder nicht *beide* Arme gebrochen habe...«

»Das hat er nicht so gemeint, Olivia...«

»Das Schreckliche ist, Edna, er hat es so gemeint! Ich konnte es an seinen Augen sehen.« Sie erreichten die Stufen, und Olivia setzte sich mit einem Seufzer auf ihren Lieblingsplatz. Sie hob einen Zweig auf und begann, Muster in das Wasser zu zeichnen, das zu ihren Füßen plätscherte. »Das war schon immer mein Alptraum, Edna. Im tiefsten Innern habe ich immer gewußt, daß Alistair eines Tages zurückkommen würde, und daß Amos und er sich aus Haß und Eifersucht ...« Ihr lief ein Schauer über den Rücken, und sie konnte nicht weitersprechen.

»Es ist nur diese dumme Baumwollspinnerei, das ist der einzige Grund.«

»Nein. Die Spinnerei ist nur ein Vorwand. Wenn sie nicht wäre, hätte sich etwas anderes gefunden. Aber Maja...« Sie verstummte wieder mit einer hilflosen Geste.

Edna runzelte die Stirn. »Ja, ich muß sagen, Maja überrascht mich. Ich hätte geglaubt, sie ist überglücklich und ganz erfüllt von ihrem großen Erfolg bei den Pendleburys. Sie hat mir gesagt, daß Ludlow eines ihrer Pferde kaufen will. Auch darüber war sie vor Freude ganz aus dem Häuschen.« Sie wischte mit ihrem Taschentuch die Nässe von der Treppenstufe und setzte sich neben Olivia. »Glaubst du, zwischen ihr und Christian stimmt etwas nicht?«

»Gütiger Himmel, ich wünschte, ich wüßte es!« Der Zweig rutschte ihr aus den Fingern, fiel ins Wasser und wurde von den Wellen davongetragen. Sie folgte ihm mit den Augen, bis die Dunkelheit ihn verschluckte. »Aber er war am Morgen nach dem Ball bei ihr. Sheba sagt, sie haben eine Stunde beisammengesessen und schienen sich ganz normal zu unterhalten. Maja war auch später noch ganz erfüllt vom Ball. Offenbar konnte sie kaum von etwas anderem reden.«

»Und als sie bei dir war und Alistair besucht hat?«

»Auch da wirkte sie glücklich und zufrieden. Sie hatte für Samirs Tante etwas gekocht und wollte damit zum Bagan Bari der Goswamis fahren.« Sie runzelte die Stirn. »Nach dem, was Sheba mir gesagt hat, benimmt Maja sich so merkwürdig, seit sie von dort zurückgekommen ist.«

»Glaubst du, dort ist etwas vorgefallen, und sie ist deshalb durcheinander?«

»O nein, das ist sehr unwahrscheinlich!« Olivia schüttelte den Kopf. »Sie mögen dort Maja alle, besonders Samir. Ich glaube sogar, er ist schrecklich in sie verknallt. Das war er schon immer.«

Edna wechselte das Thema. »Lady Pendlebury hat nächste Woche eine musikalische Soiree. Du bist nicht zufällig eingeladen, oder?«

»Nein, aber das erwarte ich auch nicht. Ich erwarte allerdings einen Hinweis, entweder von ihnen oder von Christian, wie sie sich die Zukunft vorstellen.«

»Christian wird in das gräßliche Champaran geschickt, wie ich gehört habe.«

»Ja. Er wird in Kürze abreisen.«

»Und über die Hochzeit ist nicht weiter gesprochen worden?«

»Kein Wort! Ich weiß einfach nicht, was ich von der Lage halten soll, Edna. Ich habe absolut keine Ahnung, was ich unternehmen kann, wenn ich überhaupt etwas unternehmen soll!«

»Nach der Aufmerksamkeit zu urteilen, mit der sie euch alle an diesem Abend behandelt haben ...«

»Falls das tatsächlich ernstgemeint war!« Olivia verzog das Gesicht. »Edna, ich habe das unbestimmte Gefühl, das Ganze war nichts als eine Scharade für die Gesellschaft und uns. Ich habe manchmal den Eindruck, als treibe jeder irgendein Spiel, sogar meine Kinder. Sie scheinen mir alle etwas zu verheimlichen. Das ist nur so ein Verdacht, aber mein Instinkt warnt mich. Ich kann es nicht genau erklären.« Sie hob verzweifelt die Hände. »Sag mir, Edna, werde ich langsam verrückt oder sie?«

Bevor Olivia an diesem Abend zu Bett ging, warf sie noch einen Blick in Majas Zimmer. Ihre Tochter lag angekleidet auf dem Bett und starrte an die Decke. Olivia zog einen Stuhl heran, setzte sich und hielt mit großer Zärtlichkeit Majas Hand.

»Was ist los, Liebling? Sag mir, bist du wirklich nicht krank?«

Maja schloß die Augen und blieb still.

»Hast du dich mit Christian gestritten?«

»Nein.«

»Was ist es dann? Du hast doch irgend etwas.« Maja schüttelte den Kopf und wollte sich umdrehen, doch Olivia hinderte sie daran. »Sprich dich aus, Liebling. Begreifst du nicht, daß ich dir helfen will, daß ich es nicht ertragen kann, dich in diesem Zustand zu sehen? Bist du durcheinander, weil bei den Goswamis etwas geschehen ist?«

Maja sah sie mit einem leeren Blick an, und Olivia fragte sich flüchtig, ob ihre Tochter sie überhaupt gehört hatte. Aber nach langem Schweigen sprach sie schließlich.

»Ich habe etwas herausgefunden, was ich vorher nicht wußte.«

»Was?«

»Ich habe herausgefunden, daß sie sich vor mir fürchten.«

Olivia sah sie sehr aufmerksam an. »Wer fürchtet sich vor dir?«

»Die Leute ... Na ja, das ist nicht wichtig.«

»Wenn es nicht wichtig wäre, dann wärst du nicht in diesem Zustand! Sag mir, warum fürchten sich die Leute vor dir?«

Doch Maja hatte sich wieder in ihr Schneckenhaus zurückgezogen, und ihre Mutter konnte sie nicht mehr erreichen.

*

Sir Jasper dachte eingehend über das unerwartete Gespräch mit Lady Ingersoll nach. Er hatte sich ihr gegenüber aus einer spontanen Eingebung heraus festgelegt. Als verantwortungsbewußter Staatsdiener und normalerweise vorsichtiger Mann handelte er gewöhnlich nicht impulsiv, und es verblüffte ihn, daß er es in diesem Fall getan hatte.

Inzwischen hatte er jedoch Zeit gehabt, sich die Angelegenheit lange und gründlich zu überlegen. Er war der Ansicht, daß es keinen Grund gab, einen Rückzieher zu machen oder die Sache auch nur zu bedauern.

Bei seinen Überlegungen dachte Sir Jasper unvermeidlich auch an Kyle Hawkesworth. Als dieser unverschämte Kerl ihm den Vorschlag gemacht hatte, fand er den Gedanken zunächst absurd und war sogar empört. Doch seit dem Abend der Burra Khana sah er den Vorschlag in einem anderen Licht. Er erkannte, daß das Vorhaben gerade auch in Hinblick auf seine eigenen Belange ein großes Potential in sich barg. Bei einer Verwirklichung ließen sich damit mehrere lohnende Ziele gleichzeitig erreichen. Seine anfängliche Voreingenommenheit war nur darauf zurückzuführen, daß die persönliche Abneigung gegen Hawkesworth dazu geführt hatte, sein rationales Urteilsvermögen zu beeinträchtigen. Das war ein Fehler gewesen. Jetzt wußte er, daß ihm eine einmalige Gelegenheit praktisch in den Schoß gefallen war. Warum sollte er sie nicht nutzen?

Sir Jasper erlaubte sich nicht oft den Luxus von Gefühlen, die er für plebejisch und für überflüssig hielt. Aber als er am Sonntagnachmittag in dem menschenleeren Schatzamt saß und auf Hawkesworth wartete, konnte er nicht leugnen, daß er eine Spur aufgeregt war.

Die Fliege in der Suppe war natürlich Hawkesworth. Er würde nicht umhinkönnen, diese Fliege zu entfernen.

»Nun, Lal, ich habe mir wie versprochen deinen Vorschlag lange überlegt.« Nach ein paar mageren einleitenden Floskeln kam Sir Jasper geradewegs zum Kern der Sache. Er war noch herzlich, sein Lächeln war immer noch offen und unbekümmert, doch seine Art war energisch, und plötzlich wurde er förmlich. »Nach gründlicher

Überlegung finde ich, das Projekt liegt nicht so völlig außerhalb des Bereichs des Möglichen, wie ich zunächst gedacht hatte. Genaugenommen«, er öffnete Kyles Ordner, »ist es möglicherweise sogar durchführbar. Bevor wir uns jedoch näher damit beschäftigen, muß ich gestehen, daß ich gewisse Vorbehalte habe. Und natürlich einige Fragen.«

»Ja, natürlich.«

»Gut, dann also zuerst die Fragen. Ein Punkt macht mich neugierig. Er ist nicht sehr wichtig, aber trotzdem hätte ich gern eine Erklärung. Die reichen und einflußreichen Raventhornes sind Förderer dieses Projekts. Weshalb mußten Sie dann damit zu mir kommen?«

»Die Raventhornes sind bereits die wichtigsten Geldgeber bei einem Marineschulprojekt, für das sie einen Klipper gestiftet haben. Es wäre ungerecht, von ihnen zu erwarten, daß sie noch mehr finanzielle Belastungen auf sich nehmen.«

»Ist das der einzige Grund?«

Kyle zögerte ganz kurz. »Nein. Den Raventhornes ist es aus persönlichen Gründen nicht möglich, das Land zu erwerben, das sich für unsere Zwecke am besten eignet.«

»Und Sie haben keine anderen Quellen, um die erforderlichen Mittel aufzubringen. Ist es so?«

»Ja.«

»Sie sagen, das Land ist bereits gefunden. Wo?«

»Das möchte ich zu diesem Zeitpunkt noch nicht sagen.«

Sir Jasper gab mit einer Handbewegung zu verstehen, daß das nicht weiter von Bedeutung sei. Er wußte bereits, daß es sich bei dem fraglichen Gelände um die Indigoplantage der Birkhursts handelte. »Ich glaube, beim letzten Mal haben Sie mir gesagt, es sind etwa viertausend Morgen. Ist es landwirtschaftlich genutzt oder ist es Siedlungsland?«

»Der größte Teil ist landwirtschaftlich genutzt«, erwiderte Kyle, der keinen Augenblick daran zweifelte, daß Sir Jasper bereits herausgefunden hatte, um welches Land es sich handelte. »Allerdings gibt es ein paar verstreute Dörfer.«

Sir Jasper entnahm der Akte eine große Landkarte und legte sie ausgebreitet auf den Tisch. Er warf einen Blick darauf und sah dann Kyle über die Fingerspitzen der aneinandergelegten Hände an. »Der Plan der vorgeschlagenen Siedlung, den der Architekt angefertigt hat, ist ausführlich genug. Aber es ist ein sehr ehrgeiziges Projekt. Ich nehme an, Sie sind sich der riesigen Probleme bewußt, die der Bau und der Unterhalt einer autarken Siedlung in dieser Größe mit sich bringt.«

»Es wäre naiv, wenn ich das nicht wüßte! Aber Probleme hin, Probleme her, ich glaube, wenn die Menschen genügend motiviert sind ..., und ich hoffe, das werden sie sein, müßten wir am Ende des Jahrzehnts zumindest eine teilweise intakte Siedlung haben.«

»Wenn die Regierung den Vorschlag annimmt, den ich dem Kronrat vorlegen will«, sagte Sir Jasper, »würde sie natürlich voll und ganz an dem Projekt beteiligt sein wollen.«

»Beteiligt? Wie?«

»Nun, der Landkauf wäre nur der erste Schritt. Ich nehme an, danach müßten wir den Aufbau und den anderen Aufwand subventionieren.«

Kyle beugte sich vor und sah Sir Jasper aufmerksam an. »Als Gegenleistung für ...?«

»Ah!« Sir Jasper hob den Finger. »Damit kommen wir zu meinem größten Vorbehalt: Falls die Regierung das Land kauft und weitere erhebliche Investitionen macht, würde sie als Gegenleistung zwei Dinge dafür verlangen. Das erste ist *Anerkennung*.«

Kyle lächelte. »Anerkennung. Ja natürlich, ich verstehe. Diese Bedingung wäre annehmbar.« Er zuckte die Schultern. »Mir ist es nicht wichtig, wer für dieses Projekt die Anerkennung erhält. Und Ihre zweite Bedingung?«

»Die Regierung wäre für die Verwaltung der Siedlung verantwortlich.«

»Nein.« Kyle schüttelte den Kopf. »Ich fürchte, diese Bedingung ist inakzeptabel!«

Sir Jasper hob eine Augenbraue. »Sie erwarten doch sicher nicht, daß riesige Summen Regierungsgelder in die Hände von Privatleuten gegeben werden!«

»Sie wären nicht in den Händen von Privatleuten. Die Derozio-Gesellschaft ist als karitative Organisation registriert. Ihre offiziellen Vertreter sind bekannte Geschäftsleute, deren Integrität über jeden Zweifel erhaben ist. Die Mittel würden von einem angesehenen Unternehmen für Rechnungsführung im Auftrag der Gesellschaft verwaltet.«

Sir Jasper lehnte sich zurück, strich sich über das Kinn und sah skeptisch vor sich hin. »Trotzdem würde eine solche Regelung der Regierung nicht gefallen, Hawkesworth, das kann ich Ihnen jetzt schon sagen.«

»Die Gesellschaft würde keine Einwände dagegen erheben, ein oder zwei Regierungsmitglieder in ihren Aufsichtsrat aufzunehmen.«

»Das wäre nicht ausreichend.« In Sir Jaspers Ton lag inzwischen eine gewisse stählerne Härte. »Welchen Unterschied würde es machen, *wer* die Siedlung verwaltet? Priorität wäre doch, daß sie gebaut wird und wirkungsvoll funktioniert.«

»Es macht einen grundlegenden Unterschied!« Kyles Haltung verhärtete sich ebenfalls. »Letztlich ist das angebliche Interesse der Regierung an diesem Plan doch nur darauf zurückzuführen, daß sie daraus politisches Kapital in Westminster schlägt, daß sie damit Wählerstimmen in England gewinnen und daß sie sich lieb Kind bei der Bevölkerung machen will, indem sie sich den Anstrich von Mitgefühl und Gerechtigkeit gibt.«

»Aber, aber, mein lieber Hawkesworth!« Sir Jasper lächelte entwaffnend. »Sind Sie da nicht unnötig überempfindlich?«

»Nein, das glaube ich nicht.« Er beugte sich vor und sagte sehr bestimmt: »Vielleicht gibt es Politiker, die Mittel und Wege zum Wohl der Eurasier finden wollen. Dieses Projekt bietet der Regierung jedoch zum ersten Mal eine konkrete Gelegenheit, ihre Aufrichtigkeit unter Beweis zu stellen. Mein Projekt findet doch nur deshalb Anklang, weil es verspricht, zwei lästige Fliegen mit einer Klappe zu schlagen: Es wird so manchen Vätern ihre unerwünschte Nachkommenschaft aus den Augen schaffen. Und es geschieht tunlicherweise schmerzlos und gewinnbringend unter dem Deckmantel von Altruismus.«

»Eine solche Siedlung kann nicht ohne Kontrolle der Regierung angemessen verwaltet werden!« erklärte Sir Jasper entschieden.
»Falls sie überhaupt gebaut wird!« entgegnete Kyle mit einem trokkenen Lachen. »Wir wissen beide, was möglich und wahrscheinlich ist, Sir Jasper. Das Land wird gekauft, es wird in alle Welt hinausposaunt, die Zeitungen berichten darüber, das Lob dafür wird eingestrichen und ist damit für die Regierung nützlich, Fördermittel werden bewilligt, und dann«, er machte eine winzige Pause. »Wenn sich der Beifall gelegt hat, kommt das Projekt zum Stillstand. Ein Ausschuß wird ernannt, der Vorschläge machen soll. Es wird Jahre dauern, bis er seinen Bericht vorlegt. Sobald das öffentliche Interesse an der guten Tat nachläßt, und das wird sehr schnell geschehen, werden die Mittel in aller Stille in andere Kanäle umgeleitet und für Dinge verwendet werden, die als vordringlicher gelten. Das Projekt wird sterben, und alle Engländer, die damit zu tun hatten, haben das bekommen, was sie wollten.«
Sir Jasper erwiderte gereizt: »Und Sie glauben, die Opposition wird bei all dem ruhig dasitzen, ohne lautes Geschrei zu erheben?«
Kyle erwiderte schulterzuckend: »Nur wenige Abgeordnete in Westminster kümmern sich überhaupt einen Deut darum, was in Indien geschieht. Wenn jemand Lärm schlägt, gibt es immer die Möglichkeit, den nächsten Ausschuß hierher zu schicken, um die Angelegenheit zu überprüfen.«
Kyle hatte recht. Von Zeit zu Zeit ergriff ein wohlmeinender Abgeordneter im Parlament das Wort, und begleitet von einigen ›Hört, hört!‹ und viel Geschnarche wurde wieder einmal ein Lippenbekenntnis für die notwendige Verbesserung der Bedingungen für Eurasier abgelegt. Leidenschaftliche Reden sorgten für etwas Wind. Fragen wurden gestellt und beantwortet, scheinheilige Resolutionen verabschiedet; man bildete dann einen Ausschuß, der sich mit der Sache beschäftigen sollte, und danach geriet alles wieder in Vergessenheit.
Sir Jasper ärgerte sich darüber, daß Kyle die Lage so richtig durchschaute. Er tarnte seine Erregung jedoch hinter einem nachsichtigen Lächeln und einem angedeuteten Kopfschütteln.

»Glauben Sie wirklich, Hawkesworth, dieser Zynismus wird Ihrer Sache dienlicher sein?«
»Nicht Zynismus, Sir Jasper, sondern Realismus! Es ist eine Realität, daß niemand ein wirkliches Interesse an den Eurasiern hat, außer sie selbst. Deshalb ist es nur recht und billig, daß Eurasier die Siedlung verwalten.«
»Sie meinen Ihre Gesellschaft?«
»Ja. Sie setzt sich aus Leuten zusammen, denen ihre Gemeinschaft wirklich am Herzen liegt. Wir wissen, was gebraucht wird, wir können Menschen gezielt helfen, die Hilfe brauchen. Für uns wäre es ein menschliches Problem, nicht nur ein politisches Trostpflaster.« Kyle hatte seinen Standpunkt klargemacht, richtete sich wieder auf und sagte ganz ruhig: »Ich bedaure, Ihre zweite Bedingung ist unannehmbar, Sir Jasper. Wenn die Regierung das Land überhaupt kauft, muß es der Derozio-Gesellschaft übergeben werden.« Er lächelte. »Ruhm und Ehre, die seien gerne Ihnen überlassen, Sir Jasper.«
Sir Jaspers Gesicht färbte sich unmerklich. »Das ist bedauerlicherweise unannehmbar für mich und ebenso unannehmbar für die Regierung. Wie auch immer«, er lehnte sich zurück und sagte liebenswürdig: »Einen Aspekt scheinen Sie übersehen zu haben. Sollte die Regierung handeln wollen, kann sie das tun. Es besteht keine Notwendigkeit für Ihre Beteiligung oder die einer anderen Seite.«
»Da stimme ich Ihnen nicht zu«, sagte Kyle ruhig. »Es besteht eine große Notwendigkeit!«
»Wie das? Sie können uns mit Sicherheit nicht davon abhalten, das Land zu erwerben und das Projekt selbst in Gang zu setzen, wenn wir das tun wollen!«
»Oh. Aber verstehen Sie doch, Sir Jasper, ich kann es.«
Sir Jasper betrachtete Kyle aufmerksam und entdeckte in seinem Gesicht etwas, das er vorher nicht gesehen hatte. Er kniff flüchtig die Augen zusammen. Während des ersten Treffens in Champatollah war vieles unausgesprochen geblieben. Nun erkannte er, daß die Lücken ausgefüllt werden würden.
»Versuchen Sie, mir etwas zu sagen?« fragte er so kühl und beherrscht wie immer.

»Ja.« Kyle zog seine Meerschaumpfeife aus dem Gürtel und hielt sie stumm fragend hoch. Sir Jasper nickte und wartete ungeduldig, während die Pfeife angezündet wurde. »An diesem Morgen neulich habe ich, wenn Sie sich daran erinnern, gesagt, es handle sich um einen geschäftlichen Vorschlag.«

»Ja, das haben Sie. Und?«

»Wie würden Sie ein Geschäft definieren, Sir Jasper?«

»Ist das eine ernsthafte Frage oder verschwenden Sie nur unsere Zeit?«

Kyle beachtete den Einwand nicht. »Nun gut, ich will es Ihnen sagen. Ein Geschäft ist eine Sache von Angebot und Nachfrage, von Kaufen und Verkaufen, seien es Produkte, Unterhaltung, Dienstleistungen.« Er machte eine Pause. »Und Schweigen.«

»Schweigen?«

Kyle sah ihm direkt in die Augen. »Sie haben neulich von zwei Gründen gesprochen, aus denen Sie mich sehen wollten. Einen dritten, in Wahrheit den *einzigen* Grund, haben Sie nicht genannt.« Sein Ton veränderte sich. »Sie wollten herausfinden, ob allgemein bekannt ist, daß meine Mutter einmal Ihre Geliebte war.«

Einen Augenblick herrschte Schweigen. Dann lachte Sir Jasper leise, ohne daß sich sein Gesichtsausdruck veränderte. »Mein lieber Hawkesworth, das können Sie doch nicht im Ernst annehmen! Wen würde das jetzt noch interessieren? Das ist alles Vergangenheit!« Er stand auf, wie um seine Beine zu strecken, und ging langsam zum anderen Ende des Zimmers. »Aber da Sie das Thema zur Sprache bringen, frage ich: Ist es so?«

»Allgemein bekannt? Wäre es Ihnen peinlich, wenn es so wäre?«

»Nein.« Sir Jasper drehte sich um. Er begegnete Kyles Blick fest und gelassen. »Weshalb sollte es? Männer von Welt akzeptieren, daß jemand, der lange Zeiten von zu Hause abwesend ist, gewisse Energien loswerden muß, um andere zu bewahren. Es ist wohl kaum unbekannt, daß englische Männer indische Geliebte haben. Es mag kein Thema öffentlicher Diskussion sein, aber darüber besteht stillschweigendes Einverständnis.«

»In diesem Fall besteht für Sie kein Grund zur Sorge.«

»Sorge? Nur weil ich zufällig eine eingeborene Geliebte hatte?« Er lachte belustigt. »Wie auch immer, die eingeborene Geliebte, die ich hatte, und die ich sehr, sehr mochte, damit da kein Irrtum aufkommt, ist tot. Wen könnte das jetzt noch kümmern?«

Kyle drehte sich auf seinem Stuhl herum, so daß er Sir Jasper direkt gegenübersaß. »Sie sind von Lucknow versetzt worden, weil Sir Henry Lawrence, ein geradliniger Mann mit strengen moralischen Grundsätzen, Ihre Beziehung zu meiner Mutter mißbilligte. Er hätte durch eine ungünstige Bemerkung in einer seiner Depeschen Ihre Karriere ruinieren können.«

»Das sind nur kühne Vermutungen!«

»Sie sind ein Mann von außergewöhnlichem Ehrgeiz, Sir Jasper«, fuhr Kyle ungeachtet der Unterbrechung fort. »Im Gegensatz zu allem, was andere von Ihnen glauben sollen, ist Ihr bisher unbefleckter Ruf für Sie von allergrößter Bedeutung, ganz besonders *jetzt*, wo Sie den höchsten Gipfeln der Macht so nahe sind. Sie wollen unbedingt diese Peerswürde, die der Premierminister Ihnen, wie man sagt, noch vor Ihrer Abreise in Aussicht gestellt hat. Und Sie hoffen, eines Tages Anwärter auf das Amt des Vizekönigs von Indien zu sein. Das ist Ihr höchstes Ziel. Ein Skandal in diesem Augenblick wäre beruflich gesehen verheerend. Wenn das Ihre Hoffnungen auf unermeßliche Macht nicht zerstört, so werden es Lady Ingersolls Verbindungen zum Königshaus mit Sicherheit bewirken.«

Sir Jasper warf den Kopf zurück und lachte laut. »Ach du liebe Zeit! Wenn moralisches Verhalten das einzige Kriterium für die Auswahl hoher Würdenträger wäre, gäbe es weiß Gott nur wenige von uns hier!« Er lachte immer noch, als er zu seinem Schreibtisch zurückging, sich setzte und die Ellbogen aufstützte. In seinen klaren blauen Augen war kein Anflug von Besorgnis, kein Hauch von Furcht. »Was auf diesen höchsten Gipfeln der Macht, wie Sie es nennen, zählt, mein lieber Hawkesworth, ist nur das...« Er rieb Daumen und Zeigefinger aneinander, um Geld anzudeuten. »Glauben Sie mir, solange ich dafür sorgen kann, daß immer mehr Gold in den Staatssäckel fließt, wird kaum etwas anderes zählen.«

»Ungeachtet dessen, sind die Ansichten Ihrer Königin zu moralischer

Integrität allgemein bekannt, Sir Jasper. Wenn Lady Ingersoll von all Ihren guten Werken erfährt, könnte sie auch von Ihren Sündenfällen erfahren.«

»So! Wie ich diesem recht unterhaltsamen Gespräch entnehme, beabsichtigen Sie also, mich in einen späten Skandal zu verwickeln und mich der königlichen Mißbilligung auszusetzen. Ist das so?«

»Nein.« Kyle lehnte sich bequem zurück und streckte die Beine aus. »Das beabsichtige ich nicht. Es bringt mir keinen Vorteil, Ihre Karriere zu ruinieren. Ich möchte nichts anderes, als daß das Schatzamt dieses Land kauft, es der Derozio-Gesellschaft stiftet, und dafür jeden politischen Nutzen erntet, der sich daraus ziehen läßt, und sich dann von der Bühne zurückzieht. Für Unterstützung beim nachfolgenden Erhalt amtlicher Genehmigungen und bei der Lösung der verschiedensten juristischen Fragen wäre ich sehr dankbar.«

»Großer Gott! Sie wollen nicht gerade wenig!« erwiderte Sir Jasper, allerdings ohne jede Spur von Erregung. »Und wenn ich ablehne?«

»Sie werden nicht ablehnen.«

»Oh!« Er saß bewegungslos auf seinem Platz. »Da ist noch etwas, nicht wahr?«

»Ja. Da ist noch etwas.« Kyle sog lange an seiner Pfeife und blies einen perfekten Rauchring aus, der sofort von dem Luftzug des Fächers an der Decke aufgelöst wurde.

»Die Hebamme hat gelogen, Sir Jasper ... Meine Mutter lebt noch.«

»Ach ...«

Es klang wie ein feines, gedämpftes Seufzen. Aber sonst reagierte er nicht einmal mit einem Wimpernzucken. Er nickte nur, als komme das nicht völlig überraschend. »Nun, um Ihretwillen, bin ich wirklich froh, daß sie noch am Leben ist. Aber das verändert nichts.«

Sir Jasper hatte sich ungewöhnlich gut unter Kontrolle, aber Kyle ließ sich nicht täuschen. »Ich gestatte mir, da anderer Meinung zu sein, Sir Jasper. Es verändert alles! Ihre Gesellschaft mag ein jugendliches Abenteuer fern der Heimat verzeihen. Doch ich bezweifle, daß sie einen Mordversuch verzeihen würde.«

»Mord?« Sir Jasper hob eine Augenbraue. »Das ist ein hartes Wort. Geht da nicht Ihre Phantasie mit Ihnen durch?«
Kyle spielte mit einem Bleistift. »Als meine Mutter Ihnen gesagt hat, daß sie schwanger sei, waren Sie wütend ...«
»Ich war natürlich verstimmt! Ich hatte nicht gerade den Wunsch, eine Schar Bastarde in die Welt zu setzen! Welcher Mann in meiner Stellung würde das wollen?«
»Für Sie war damit Ihre Karriere zu Ende«, fuhr Kyle fort, »noch ehe sie die Möglichkeit gehabt hatte, anzufangen. Wenn Sir Henry eine eingeborene Geliebte mißbilligte, dann würde er keinen Augenblick zögern, einen Mann in Unehren zu entlassen, der ein uneheliches Kind gezeugt hatte.«
In Sir Jaspers Gesicht zuckte kaum ein Muskel. Daß er dieser Behauptung zustimmte, zeigte sich allein an seinem Schweigen. Er wartete darauf, daß Kyle weitersprach.
»Sie haben sich in zwei Dingen verrechnet, Sir Jasper. Die Hebamme war nicht so stark, wie Sie glaubten, und meine Mutter nicht so schwach. Als sie die Absicht der Hebamme erkannte, kämpfte sie um ihr Leben. Es gelang ihr schließlich, schwer verletzt und blutend in den Wald zu fliehen.«
Sir Jasper öffnete sehr langsam sein Zigarrenkästchen, wählte eine Havanna aus und zündete sie an. »Bitte fahren Sie fort.«
»Irgendwann am nächsten Morgen habe ich sie im Wald gefunden. Sie war beinahe tot. Ein Holzfäller half mir, sie zu einem Heiler im nächsten Dorf zu tragen. Er hat ihr das Leben gerettet. Was er nicht retten konnte, war ihr rechtes Bein. Seit dieser Zeit hinkt sie.«
Zum ersten Mal zog etwas über Sir Jaspers Augen – vielleicht war es ein Schatten des Bedauerns, als er eine früher schöne junge Tänzerin vor sich sah, die nun nicht mehr tanzen konnte. Diese Regung verschwand sofort wieder. »Und das Kind?«
»Die Hebamme konnte es nicht abtreiben.«
»Es ist ebenfalls am Leben?« fragte er mit einer Beiläufigkeit, als sei die Rede von einer geschossenen Ente.
»Ja. Es ist ein Junge. Er ist inzwischen fünfzehn Jahre alt.«
Sir Jasper nickte. »Ungefähr so alt müßte er sein.«

Er sog genußvoll an seiner Zigarre; seine Haltung war entspannt und bequem. Es gab keinen Schock, keinen Gefühlsausbruch, keinen Ausdruck des Bedauerns, nicht einmal Widerspruch oder Leugnen. Die absolute Beherrschung war beinahe beängstigend.
»Sei es nun, daß die Hebamme etwas getan hatte, sei es, daß es ohnehin so gekommen wäre, jedenfalls war der Junge bei der Geburt körperlich verunstaltet. Er besitzt Intelligenz, aber er kann nicht sprechen. Meine Mutter hat ihm den Namen Montague gegeben.«
Sir Jasper saß lange regungslos. Seine erste Bewegung war ein leichtes Schulterzucken. »Ich hatte mit der Hebamme nichts zu tun...«
»Nein, zumindest das stimmt. Wali Khan, Ihr Diener, hat alles in die Wege geleitet. Zufällig lebt er noch; er ist alt und krank, aber sehr lebendig. Aus alter Treue zu Ihnen lehnt er es ab, seinen Daumenabdruck unter eine schriftliche Aussage zu geben.«
Sir Jasper sagte bewundernd: »Donnerwetter, Sie waren bei Ihren Nachforschungen sehr gründlich! Aber sagen Sie mir ehrlich, glauben Sie wirklich, eine dieser Anschuldigungen beweisen zu können?«
»Nein.«
»Die Hebamme ist seit langem tot. Wali Khan wird nicht sprechen, und ich kann mir kaum vorstellen, daß die Aussage deiner Mutter, einer ehemaligen Tänzerin von zweifelhafter eurasischer Herkunft, die nicht sagen kann, wer der Vater ihres ältesten Sohnes ist, großes Gewicht hätte. Es gibt hundert andere Kurtisanen, die versucht haben, aus ihren Affären mit englischen Offizieren oder Beamten Kapital zu schlagen.«
»Vielleicht.«
»Was Ihren eigenen Ruf angeht...« Sir Jasper zuckte die Schultern. »Ihr giftiges Geschreibe besitzt bei den Behörden wenig Glaubwürdigkeit, Hawkesworth. Wer würde Ihnen je glauben?«
»Nicht viele, das gebe ich zu.«
»Sie könnten meinen Ruf nicht schädigen, selbst wenn Sie sich an Lord Mayo persönlich wenden sollten!«
»Ich dachte nicht an Lord Mayo.«
»Nein? An wen denn?« fragte Sir Jasper spöttisch. »An Ihre Majestät die Königin?«

»Nein. Ich dachte an Christian.«
Eine ganze Minute lang herrschte Schweigen. Endlich ließ Sir Jasper eine Reaktion erkennen. Seine Augen wurden kalt wie Stein, und seine Haut färbte sich grau. Ganz plötzlich stieg ein schrecklicher Zorn in ihm auf, ein kalter, mörderischer Zorn. Aber er hielt mit ungeheurer Anstrengung seine Stimme unter Kontrolle.
»Ja«, sagte er tonlos. »Ja, ich muß gestehen, daß ich Christian für einen Augenblick völlig vergessen hatte...«
»Meine Glaubwürdigkeit bei Christian ist, wie Sie sehr gut wissen, inzwischen groß«, sagte Kyle mit einem angedeuteten Lächeln.
Sir Jasper stand wieder auf und begann, hin und her zu gehen. »*Das* war also das Motiv für Ihre Freundschaft mit ihm! Ich habe mich oft gefragt, was dahinterstecken könnte. Und Sie glauben wirklich, er würde Ihnen mehr glauben als mir?«
»Ja. Wenn er meine Mutter kennenlernen und seinen ... Halbbruder sehen würde.«
Bei dem Wort »Halbbruder« verzog Sir Jasper angewidert das Gesicht. »Und Sie ... planen diese Begegnung?« Er setzte sich.
»Nein. Es sei denn, Sie machen es erforderlich. Ich habe nichts gegen Christian, ich bin nicht böse auf ihn. Er ist unschuldig. Ich möchte nicht, daß er ohne eigenes Verschulden vernichtet wird.«
»Sehr edel von Ihnen«, murmelte Sir Jasper beinahe geistesabwesend. Nach kurzem Schweigen sagte er: »Ich nehme an, Sie wissen, Hawkesworth, daß Erpressung ein strafbares Vergehen ist.«
»Versuchter Mord ebenfalls.«
»Die Absicht war nicht sie zu töten, sondern nur, das noch nicht entwickelte Kind abzutreiben...«
»Aber ihr Tod wäre nicht unwillkommen gewesen, wenn sie dabei gestorben wäre!«
Sir Jasper ging nicht darauf ein. Er sagte nur ganz ruhig: »Es gibt bestimmte Zeiten im Leben, in denen ein Mann tun muß, was er muß.« Sein Ton veränderte sich. »Sie werden Christian nichts davon sagen, Hawkesworth!«
»Wenn Sie meine Bedingungen annehmen, besteht kein Grund dazu.«

Sir Jasper saß stumm und bewegungslos. Plötzlich fragte er: »Spielen Sie Poker?«
Es war eine ungewöhnliche, oberflächlich betrachtet irrelevante und frivole Frage. Aber Kyle war wachsam. Er wußte, Sir Jasper hatte nicht die Gewohnheit, Zeit mit Belanglosigkeiten oder Frivolitäten zu verschwenden. Er musterte ihn vorsichtig.
»Gelegentlich.«
»Wissen Sie, was das höchste Blatt ist?«
»Ein Royal Flush.«
»Ja, ein *Royal Flush*.« Er schob den Stuhl zurück und stand auf. Das hatte etwas Endgültiges an sich, als sei es das Zeichen, daß Kyle entlassen war. »Ich leugne nicht, daß Sie vier Asse in der Hand halten, Lal. Wie kann ich das leugnen, wenn Ihre Karten offen auf dem Tisch liegen?« Er lachte leise und strich sich behutsam über die Spitzen seines äußerst gepflegten Schnurrbarts. »Allerdings können Sie meine Karten nicht sehen, oder? Ich kann Ihnen aber verraten, ich habe einen *Royal Flush*.« Das Lächeln verschwand so schnell von seinem Gesicht, als hätte es dieses Lächeln nie gegeben. »Sie werden Christian nichts sagen, Hawkesworth. Nichts!«
Zum ersten Mal an diesem Nachmittag geriet Kyles Zuversicht ins Wanken. Er fühlte sich leicht unsicher. Er begriff nicht, worauf Sir Jasper hinauswollte, und das zeigte sich an seinem Gesichtsausdruck.
»Sie können mich daran hindern?«
»Ja. Ich kann Sie daran hindern.«
»Wie?«
Diesmal lagen in Sir Jaspers Lächeln Triumph, Arroganz und Selbstzufriedenheit. »Ich weiß etwas, das zufällig für Ihre eurasische Gemeinschaft von sehr großem Wert ist.«
»Was wissen Sie?«
»Ach, wissen Sie, Hawkesworth«, sagte Sir Jasper leise, »ich kann als einziger lebender Mensch beweisen, daß Jai Raventhorne an dem Massaker im Bibighar unschuldig war.«

Vierundzwanzigstes Kapitel

Amos reagierte auf die Nachricht von Sir Jaspers erstaunlicher Erklärung mit großer Skepsis.

»Das ist doch völliger Unsinn! Warum sollte er plötzlich wie ein Zauberkünstler ohne jeden Sinn und Zweck ein weißes Kaninchen aus seinem Hut ziehen?«

Kyle war ernster und unruhiger, als Amos ihn jemals zuvor gesehen hatte. »Es gibt einen Grund dafür.«

»Welchen?«

Kyle seufzte. »Wie ich dir schon einmal gesagt habe, es gibt vieles, was du nicht weißt. Bis vor kurzem mußten diese Dinge geheimgehalten werden, aber das ist vorbei. Im Grunde ist es jetzt nicht nur richtig, sondern notwendig, daß du alles erfährst, was geschehen ist.«

Es war noch früh am Morgen. Sie saßen an dem verlassenen Flußufer, wo es kühl und ruhig war und kaum die Gefahr bestand, daß sie gestört würden. Schwärme von Vögeln, die ihre Nester verlassen hatten, zogen auf der Suche nach Nahrung über den blaßrosa, wolkenübersäten Himmel. Weiter unten am Ufer belud ein Fischer seinen Kahn und bereitete sich darauf vor, auszufahren.

Kyle berichtete Amos mit ruhiger Stimme die seltsamen Einzelheiten seiner langen Bekanntschaft mit Sir Jasper, bis hin zu dem spannungsgeladenen Treffen am Tag zuvor im Schatzamt. Er war ganz offen. Er ließ nichts aus, nicht einmal die sehr persönlichen Dinge, über die er noch nie mit einem anderen gesprochen hatte. Er berichtete ihm alles in einem leidenschaftslosen Ton, aber als er geendet hatte, war er erschöpft und wirkte gequält. Sie saßen schweigend nebeneinander. Keiner sagte ein Wort oder sah den anderen an.

Ein fahrender Händler, der grüne Kokosnüsse verkaufte, blieb stehen, setzte seinen Korb ab und begann, seine Ware mit lauter Stimme anzupreisen. Nachdem er einige Minuten auf sie eingeredet hatte, und die beiden immer noch nicht reagierten, setzte er achselzuckend seinen Korb wieder auf den Kopf und ging brummig weiter.

»Das ist eine ... seltsame Geschichte, Kyle«, sagte Amos erschüttert.

»Das ist es wirklich!«

»Deine arme Mutter muß unvorstellbar gelitten haben.«

»Ja. Sie leidet noch und wird immer leiden.«

Amos ballte die Fäuste. »Mein Gott, hätte ich auch nur etwas davon geahnt, ich hätte ihn bei dieser verdammten Burra Khana zusammengeschlagen! Der Mann gehört öffentlich ausgepeitscht!«

»Das stimmt, aber auf solche Weise bekommen wir nicht das, was wir wollen!«

Amos hatte vermutet, daß sein Freund wahrscheinlich Sir Jasper schon sehr lange kannte. Aber er wäre nie darauf gekommen, daß diese Bekanntschaft so tragische Hintergründe hatte. Kyles Vorgehen machte ihm seit einiger Zeit angst. Für seinen Freund war das alles sogenannte ›Straßenjustiz‹. Auch jetzt hatte er kein gutes Gefühl. Das Schicksal zwang Kyle zu einem Duell mit einem der mächtigsten Männer der englischen Regierung in Indien. Wie würde dieser Kampf enden?

»Ich habe wirklich nichts davon geahnt«, murmelte Amos, aber es klang erstaunt und weniger gekränkt.

»Ja, dafür entschuldige ich mich.«

»Dazu besteht kein Grund. Ich verstehe und respektiere die Gründe, die dich zu diesem Verhalten veranlaßt haben. Ich kann dir das alles gut nachfühlen. Die Frage ist nur: Wie gehen wir jetzt weiter vor?«

Kyle zog die Schultern hoch. »Wir sind in einer Sackgasse gelandet. Auf die Behauptung, die er gestern vorgebracht hat, war ich nicht vorbereitet. Ich muß gestehen, daß ich nicht die geringste Ahnung habe, was wir als Nächstes tun sollen.«

»Ich glaube immer noch, daß die Behauptung ein Bluff ist, ein Trick aus dem Stegreif, um dich für eine Weile zum Schweigen zu bringen.«

»Vielleicht. Aber ich weiß, wie Pendleburys Verstand arbeitet. Er ist rücksichtslos, er ist ein skrupelloser Manipulator, aber ich bezweifle, daß er zu einem Bluff greifen würde.«

»Welchen Vorteil kann es ihm dann gebracht haben, die vielen Jahre über zu schweigen, Kyle?« Amos war immer noch nicht überzeugt. »Hungerford mag seine Privatinteressen verfolgen, Pendlebury nicht – zumindest keine, die ich mir vorstellen könnte.«

»Wer weiß? Ich kann nur sagen, *nichts*, was Pendlebury tut oder sagt, darf man auf die leichte Schulter nehmen.«

Amos sah ihn schief an. »Du hast gedroht, ihn vor Christian bloßzustellen? Denkst du ernsthaft daran, das zu tun?«

»Nein.« Kyle machte ein säuerliches Gesicht. »*Das*, mein lieber Amos, war geblufft! Ich bringe es nicht über mich, den Jungen zu vernichten. Bedauerlicherweise spürt Pendlebury meinen unangebrachten Edelmut. Vielleicht«, er lächelte bitter, »kennt er mich so gut, wie ich behaupte, ihn zu kennen!«

Amos hatte Kyle noch nie so mutlos und so unsicher erlebt. Er stand auf, schob die Hände in die Hosentaschen und ging erregt und unruhig hin und her. »Ich nehme an, Pendlebury wird jetzt ein Angebot für die Plantage machen«, sagte er ebenfalls ratlos.

»Zweifellos. Die Tragödie dabei ist, daß diese Plantage ideal für unsere Zwecke geeignet wäre. Es gibt natürlich viele Probleme, aber keine, die wir nicht im Laufe der Zeit lösen könnten.«

»Was er gesagt hat, stimmt. Wie können wir verhindern, daß er die Sache ohne unsere Beteiligung in Angriff nimmt?«

»Das können wir nicht.« In einem Wolkenberg über ihnen grollte es. Kyle blickte zum Himmel hinauf und kniff die Augen zusammen. »Wenn er das Projekt als seine Erfindung verkaufen kann, und das ist seine Absicht, wird er politisches Kapital daraus schlagen. Das ist der einzige Grund für sein Interesse. Die Siedlung für Eurasier bringt ihn der Peerswürde einen Schritt näher.«

»Dann können wir die Siedlung ebensogut gleich vergessen«, erwiderte Amos.

»Ja.« Kyle wurde lebhafter. »Ich finde aber, du solltest ernsthaft in Erwägung ziehen, Hungerford anzuhören.«
Amos schob mit der Schuhspitze ein paar Kieselsteine herum und kickte dann einen heftig in das Wasser. »Sag mir, Kyle, hältst du den Kerl wirklich für glaubwürdig?«
»Ja.«
»Oh! Warum denn plötzlich dieser vorbehaltlose Vertrauensvorschuß?«
»Hungerford hat keinen Grund mehr zu lügen.«
»Wie kommst du darauf?«
»Der Mann stirbt. Er hat nur noch ein oder zwei Monate zu leben.«
»Schreibt er das?« fragte Amos betroffen.
»Ja.« Es wurde allmählich warm. Kyle fuhr sich mit dem Handrücken über die Stirn. »Er hat seinem Schreiben den Brief des Arztes beigelegt, der ihn in Madras behandelt.« Er stand auf und reckte die Arme über den Kopf. »In Anbetracht von Pendleburys Behauptung kommt Hungerfords Aussage noch eine größere Bedeutung zu. Es wäre unklug, sie zu ignorieren.«
Widerwillig stimmte Amos ihm mit einem Kopfnicken zu.
»Du mußt deine Mutter auf ein Zusammentreffen mit ihm vorbereiten.«
»Ja.«
»Hungerfords Aussage ist vieldeutig und wirr. Willst du sie deiner Mutter zeigen, bevor sie ihn trifft?«
»Ich habe das Gefühl, ich muß es tun. Zumindest wäre es eine Vorwarnung. Wann, sagte er, ist mit ihm zu rechnen?«
»Sehr bald.«
»Ich hoffe, du bist bei uns, wenn er kommt.«
»Ich glaube nicht. Das wäre aufdringlich.«
»Aufdringlich? Wie kannst du so etwas sagen, Kyle!« widersprach Amos. »Deinen Bemühungen ist es zu danken, daß Hungerford überhaupt hier ist. Hättest du nicht die Todesanzeige gesehen und ihn durch Findlaters Witwe ausfindig gemacht...«
»Nein, Amos.« Kyle blieb fest. »Das Treffen mit Hungerford wird

von heftigen Gefühlen und von viel Leid belastet sein. Es ist eine private Sache, mit der ihr euch in der Familie auseinandersetzen müßt.«

Amos versank in Schweigen und blickte in sich gekehrt auf das Wasser, während seine Gedanken flüchtig in die Vergangenheit zurückkehrten: die Hoffnungen und Demütigungen, der Kummer, die bitteren, ach so bitteren Enttäuschungen, die vergebliche Suche, die immer und immer wieder in eine Sackgasse führte ...

Wird der Alptraum von neuem beginnen?

An diesem Abend suchte Amos zum ersten Mal seit Tagen seine Mutter auf. Er fand sie im Gewächshaus an der Seite des Hauses. Sie war ganz davon in Anspruch genommen, ihre geliebten Rosen zu schneiden.

»Ich muß dir etwas sagen, Mutter.«

Sie gab nicht sofort eine Antwort. Sie schnitt einen Zweig ab, legte die Schere beiseite und zog die Handschuhe aus. »Hast du dich endlich entschlossen, mir die Wahrheit über deine Schlägerei mit Alistair zu sagen?« fragte sie, immer noch kühl und unversöhnlich.

»Nein.«

»Gut. Was immer es ist, ich will es nicht hören!«

»Ich glaube doch.«

Er legte den dicken Briefumschlag vor sie auf den Tisch und berichtete ihr von Thomas Hungerfords bevorstehender Ankunft.

*

Jasper Pendlebury und Bruce McNaughton waren beide in Hailebury gewesen und dienten seit langem dem Reich. Sie stimmten darin überein, es sei ein Wahnwitz zu glauben, daß Indien von London aus regiert werden könnte und daß die Hauptstadt von Britisch-Indien von Kalkutta an einen zentraler gelegenen Ort im Norden verlegt werden sollte. Abgesehen davon hatten sie wenig gemeinsam. Ihre Standpunkte in allen anderen Dingen waren ebenso verschieden wie das, wonach sie am meisten strebten. Den Vizegouverneur interessierte nichts als Reichtum; Jasper Pendlebury wollte nur politischen

Erfolg, der ihm Macht über seine Mitmenschen geben und ihm einen Platz in der Kolonialgeschichte sichern würde.
Deshalb war Sir Bruce sehr überrascht, als er die überaus freundlichen Zeilen des Kronrats erhielt, der eine Partie Billard und vielleicht ein kleines, kaltes Abendessen in der Residenz des Vizegouverneurs anregte.
Soviel Zwanglosigkeit sah Sir Jasper überhaupt nicht ähnlich. In die beachtliche Überraschung von Sir Bruce mischte sich beträchtliches Mißtrauen – und nicht wenig Sorge! Hatte Sir Jasper etwas gehört, was er nicht hätte hören sollen? Warum sollte er plötzlich einen geselligen Abend mit ihm verbringen wollen, obwohl sie sich erst vor einer Woche bei der Burra Khana getroffen hatten? Es konnte sich kaum um eine amtliche Sache handeln, schließlich trafen sie sich im Laufe der Woche oft genug während der Dienstzeit.
»Wir sehen uns zu selten, Bruce«, sagte Sir Jasper, als sie sich zum Whisky Soda niederließen, nachdem sich Lady McNaughton zurückgezogen und sie allein gelassen hatte. Die Diener im Billardzimmer bürsteten den Tisch, ordneten die Kugeln zu Dreiecken und bereiteten die Queues vor.
Sir Bruce war zwar anderer Meinung, sagte es aber nicht.
»Wenn ich mich nicht irre, fahren Sie bald zu Arabellas Hochzeit nach Hause.«
»Ja, wir segeln in einem Monat.«
»Bleiben Sie lange?«
»Das übliche halbe Jahr.«
»Wie ich höre, ist Ihr künftiger Schwiegersohn ein sehr netter junger Mann. Gerade neulich hat jemand gesagt, daß . . .«
Das Geplauder entwickelte sich bald zu einem Gespräch über berufliche Dinge. Sir Bruce stellte wiederum überrascht und erfreut fest, daß ihre Standpunkte zu allen Themen an diesem Abend sehr ähnlich zu sein schienen. Sir Jasper ermunterte ihn, über sich zu sprechen. Sir Bruce genoß es, über sich zu sprechen. Er wußte, daß er nicht sehr beliebt war, daß die Leute ihn hinter seinem Rücken einen Schwachkopf und Halunken nannten, und das ärgerte ihn. Nun hatte er endlich einmal eine Gelegenheit, eine Bühne und ein paar wohlun-

terrichtete Ohren, die bereit waren, mit sehr schmeichelhafter Aufmerksamkeit zuzuhören. Deshalb entwickelte er nach Herzenslust Theorien und gab Erklärungen und Erläuterungen von sich. Sir Jasper nickte zu allem, was er sagte, ernst und zustimmend. Wenn er eine Behauptung widerlegte, tat er es freundlich, mit Humor und mit Nachsicht. Allmählich, während das Spiel und die Unterhaltung Fortschritte machten, wurde Sir Bruce lockerer.

Es herrschte an diesem Abend in der Tat eine so freundliche Atmosphäre, daß es Sir Bruce sehr erstaunt hätte zu erfahren, wie sehr sein liebenswürdiger Gast ihn verabscheute. Im stillen fand Sir Jasper seinen korpulenten Gastgeber unerträglich eingebildet, seine Selbstgefälligkeit noch schlimmer, und die geschwätzige Wichtigtuerei reizte ihn zur Weißglut. Daß Bruce McNaughton korrupt war, wußte Sir Jasper, und daß er außerdem skrupellos war, vermutete er. Er wußte zum Beispiel von einer kleinen Sache, die sich vor ein paar Jahren in Sindh ereignet hatte und die sehr geschickt unter den Teppich gekehrt worden war. Ironischerweise fand Sir Jasper an diesem Abend gerade an dieser Niederträchtigkeit großen Gefallen. Im Grunde schätzte er es sehr, daß Bruce McNaughton ein wirklich gewissenloser Mensch war.

Außerdem war er ein miserabler Billardspieler. Zu seiner großen Freude schien sein Gast jedoch noch weniger Talent dafür zu haben. Sir Bruce stellte zufrieden fest, daß er mühelos gewann. Selbst seine schlechtesten Anstöße überstiegen offenbar bei weitem Sir Jaspers Können. Als sie die Queues beiseite gelegt hatten und eine Schar Diener das kalte Abendessen auftrug, hatte Sir Bruce drei Spiele hintereinander gewonnen und war bester Laune.

»Sie sind leider viel zu gut für mich, Bruce«, sagte Sir Jasper mit einem wehmütigen Lächeln, als er seine Brieftasche zückte. »Wieviel schulde ich Ihnen?«

»Fünf Rupien und acht Annas, mein Lieber. Sie haben heute abend kein großes Glück.«

»Dafür großes Pech!« Sir Jasper haßte es, wenn man ihn ›mein Lieber‹ nannte, aber er nahm auch das mit einem Lächeln hin und bezahlte heiter seine Schulden.

Er ist wirklich nicht übel, dachte Sir Bruce bei sich, sehr zufrieden mit seinem Gewinn. Bei weitem nicht so arrogant, wie immer behauptet wird!
Sie unterhielten sich beim Essen. Sir Jasper lobte seinen Gastgeber für die immer neuen Reformen und die Reorganisation der Polizei. Sir Bruce revanchierte sich dafür mit der Feststellung, die Burra Khana sei das unterhaltsamste gesellschaftliche Ereignis der letzten zwei Jahre gewesen. Dann gingen sie zu anderen Themen über.
»Übrigens, Bruce, wie kommen Sie mit Ihrem Plan vorwärts, die Kobras in den Wohngebieten auszurotten?« fragte Sir Jasper bei Hähnchenbrust in Aspik. »Ich habe gesehen, daß die Zeitungen in letzter Zeit sehr viel darüber berichten.«
Das Rot im Gesicht von Sir Bruce wurde noch dunkler. »Es ist ein Fiasko, Jasper, eine absolute Katastrophe!«
»Ach? Das überrascht mich. Erst vor ein paar Tagen haben die Diener eine zwei Meter fünfzig lange Königskobra zwischen unseren Bananenpflanzen gefangen und getötet. Ich muß sagen, diese Kobras werden wirklich zur Gefahr. Ich finde, Ihr Plan ist hervorragend.«
»Natürlich ist er das! Das heißt, er wäre es ohne die Unfähigkeit dieser Vollidioten in unseren Distrikten!« Sein Gesicht verfinsterte sich, während er sich mit der Serviette die Soße von den Mundwinkeln wischte. »Dieser verdammte Schwachkopf von einem Stellvertretenden Kommissar in Sonthal Parganas sagt, er habe in den vergangenen acht Monaten keine Kobra zu sehen bekommen. Wissen Sie auch warum?«
Sir Jasper gestand, es nicht zu wissen.
»Weil er, wie er sagt, die Sache völlig vergessen hat! *Vergessen*! Können Sie sich diesen Gipfel der Dummheit bei einem Regierungsbeamten vorstellen?«
Sir Jasper gab zu, das sei wirklich unvorstellbar.
»Und die Ausrede der Kerle in Dakka ist noch lächerlicher. Sie behaupten, sie hätten unser Rundschreiben, das sie zur Auszahlung der Prämien ermächtigt, einfach *verlegt*! Deshalb hat natürlich die Bevölkerung bis auf den heutigen Tag nicht eine einzige Kobra, weder tot noch lebendig, abgeliefert.«

»Wie hoch ist die Prämie?« Sir Jasper unterdrückte ein Gähnen und gab sich weiter den Anschein größten Interesses.
»Zwei Annas pro Stück, tot oder lebendig. Das ist eigentlich nicht wenig!«
»Nun ja, würde der Etat nicht vielleicht, sagen wir, vier Annas hergeben? Eine so hohe Prämie wäre doch bestimmt auch für den größten Faulpelz ein Anreiz, sich mit einer gewissen Begeisterung auf die Kobrajagd zu machen.«
Der Sarkasmus war bei Sir Bruce verschwendet. »Ganz meine Meinung!« erwiderte er ganz ernst. »Wir haben bereits in einem Schreiben die höchsten Regierungsstellen gebeten, eine Erhöhung des Betrags zu genehmigen. Aber bis jetzt haben wir keine Antwort erhalten ... typisch, typisch. Sagen Sie, mein Lieber, könnten Sie sich der Sache vielleicht annehmen und diesen Kerlen Beine machen? Ich könnte mir denken, daß das Schreiben irgendwo im Schatzamt liegt und verstaubt.«
Sir Jasper versprach zu sehen, was er tun könne.
Das Thema war erschöpft, und sie zogen sich zum Cognac in das Arbeitszimmer von Sir Bruce zurück. Sir Jasper griff beiläufig nach der Morgenzeitung, die auf dem Tisch lag. Er deutete auf einen Artikel auf der Titelseite, in dem der Vizegouverneur wegen irgendeiner unbeliebten Maßnahme scharf getadelt wurde.
»Ich finde, das ist sehr ungerecht. Würden Sie das nicht auch sagen, Bruce? Schließlich haben Sie nur Ihre Pflicht getan.«
Sir Bruce war guter Laune und sehr großzügig. Er winkte ab. »Na ja, ich nehme an, sie haben das Recht auf eine eigene Meinung ... Sie wissen doch, freie Meinungsäußerung und so weiter.«
»Trotzdem ist es eine äußerst voreingenommene Haltung, wenn ich das sagen darf. Ich bin überrascht, daß Sie das so gut hinnehmen können.«
Sir Bruce zuckte die Schultern. »Die lassen doch nie ein gutes Haar an mir. Aber im großen und ganzen muß ich sagen, ist die angloindische Presse keineswegs so außer Kontrolle, wie das klingt. Natürlich schlagen diese Giftmischer manchmal über die Stränge. Dann bekommen sie einen Verweis, vielleicht schieben wir auch den einen

oder anderen ab. Aber das meiste, was sie schreiben, ist einfach heißer Dampf, besonders in den einheimischen Blättern. Dort beschweren sie sich und stochern in den Krümeln, wie das eben die Art von Demagogen ist. Man lernt, das als Zeichen für die wachsame öffentliche Meinung hinzunehmen. *Hah*!«

Sir Jasper legte die Zeitung aus der Hand. »In diesem Fall muß ich die Art und Weise bewundern, in der Sie Ihre Verpflichtungen in Hinblick auf die demokratischen Regeln erfüllen, Bruce. Ich bin wirklich sehr beeindruckt.«

»Oh, Jasper, Sie dürfen nicht auf falsche Gedanken kommen!« Sir Bruce korrigierte hastig den falschen Eindruck, den sein Gast gewonnen hatte. »Die Dummköpfe in Whitehall, die in dieser Kolonie den allmächtigen Gott spielen, haben mich *angewiesen*, diese Ansicht zu vertreten.«

»Tatsächlich!« bemerkte Sir Jasper sehr interessiert. »Da ich erst vor kurzem hier angekommen bin, muß ich gestehen, daß ich mit der hiesigen Politik in Hinblick auf Zeitungen nicht besonders vertraut bin. Aber mir ist aufgefallen, daß es ein oder zwei gibt, die grundsätzlich beleidigende Artikel veröffentlichen.« Er lachte gutmütig. »Wenn ich es mir recht überlege, sind *das* die wahren Kobras in unserer Gesellschaft, die ausgerottet werden müssen, wie?«

»Wie?«

»Nun ja, zum Beispiel dieser...« Sir Jasper runzelte die Stirn und suchte in seinem Gedächtnis. »Wie heißt er noch? Dieser Eurasier...«

Man hörte ein heftiges Einatmen. »Hawkesworth?«

»Ja, den meine ich. Was für ein Schandfleck für den edlen Beruf des Journalisten! Ich bin wirklich sehr erstaunt über das Ausmaß Ihrer Geduld, Bruce.«

Sir Bruce krampfte sich der Magen zusammen. Seine blassen blauen Augen glänzten plötzlich wachsam. Seine Spitzel hatten ihm von dem Treffen Pendlebury und Hawkesworth an dem See in der Nähe von Champatollah berichtet. Hing die Bemerkung womöglich mit der Absicht zusammen, die hinter diesem Abend lag? Sir Bruce sah seinen Gast von der Seite an, aber Sir Jaspers Gesichtsausdruck wirkte

offen und unschuldig, während er zufrieden an seiner Zigarre zog. Es gab keinen Hinweis darauf, daß er Versteck spielte.
»Zum Beispiel diese seltsame Anzeige«, fuhr Sir Jasper fort. »Wie kommt der Mann damit durch, Bruce? Ich nehme an, Sie wissen, daß der Roshanara gestohlen ist.«
»Natürlich weiß ich das.« Sir Bruce begann sehr vorsichtig, wieder normal zu atmen. »Twining untersucht die Angelegenheit. Mit etwas Glück müßte er den Mann in kürzester Zeit hinter Gittern haben.«
Sir Jasper schnippte die Asche seiner Zigarre sehr behutsam in einen Aschenbecher aus böhmischem Kristall. »Ich frage mich, woher er die Mittel hat, dieses ganze Gefasel zu veröffentlichen.«
McNaughton entspannte sich noch mehr. Er schnaubte. »Vielleicht von dem jungen Raventhorne. Wissen Sie, die beiden halten zusammen wie Pech und Schwefel.« Sir Bruce erkannte, daß im Augenblick nicht die Gefahr bestand, daß das Gespräch eine unerwünschte Richtung nahm, und seine Nervosität verwandelte sich in selbstgerechten Zorn. »Bei Gott, Jasper, Sie haben recht! Dieser eurasische Schmierfink ist eine Schlange, eine Giftnatter! Eines Tages wird ihm jemand mit der Peitsche das verdammte Fell gerben!«
Sir Jasper wirkte leicht amüsiert. »So schlimm ist es?«
»Schlimmer! Der Mann ist in der Stadt verhaßt.« Er verzog böse das Gesicht. »Am liebsten würde ich einfach ...« Er brach ab und biß sich auf die Lippen, bevor er zuviel sagen konnte,
Sir Jasper blickte gedankenverloren zur Decke, als er fortfuhr: »Wissen Sie, das erinnert mich an den Herausgeber einer einheimischen Lokalzeitung, dem ich in Lucknow ein- oder zweimal begegnet bin. Er war ein ziemlich lästiger Unruhestifter, der heftig gegen die Annexion von Oudh polemisierte. Die Seiten seines Schmierblattes waren voll von dummem Geschwätz und Angriffen auf die Verwaltung. General Outram haßte den Mann, obwohl ich sagen muß, ich fand seine Artikel mitunter recht unterhaltend. Ich habe sie nämlich nie ernst genommen, verstehen Sie.« Er stellte fest, daß seine Zigarre ausgegangen war, drückte sie auf dem Boden des Aschenbechers aus und wischte sich die Finger an seinem cremefarbenen Seidentaschentuch

ab. »Es tat mir dann aber sehr leid, daß er ein irgendwie schlimmes Ende genommen hat.«
»Outram hat ihm den Garaus gemacht, nicht wahr?« fragte Sir Bruce.
»Du meine Güte, nein, nichts dergleichen! Aber *jemand* hat es getan. Zu unserem Glück fehlte es dem Mann nicht an Feinden. Wir Briten mußten uns nicht die Finger schmutzig machen. Eines Nachts zerstörten Einbrecher jede Maschine in seiner Druckerei und setzten dann das ganze Gebäude mitsamt dem Wohnhaus in Brand.«
»Und man hat sie nicht gefaßt?« fragte Sir Bruce staunend.
»Anscheinend nicht.« Sir Jasper zuckte die Schultern. »Die Sache war sauber und offensichtlich professionell durchgeführt. Die Polizei hätte zwischen einem Dutzend Verdächtiger wählen können. Es war sehr mysteriös. Am Ende nahm man an, das Motiv sei persönliche Rache gewesen, und die Akten wurden geschlossen.«
»Und niemand hat sich darüber aufgeregt, nicht einmal die Eingeborenen?«
»Ja, doch, ein paar Einheimische. Es gab viele, die seinen Hetzartikeln zustimmten. Aber alle Engländer waren, unter uns gesagt, hocherfreut. Wenn ich mich recht erinnere, waren damals die Zweiunddreißiger dort stationiert. Sie haben einen Regimentsball veranstaltet, um das Ereignis zu feiern.«
»Und was ist mit dem Herausgeber geschehen?«
»Ach, habe ich das nicht gesagt? Er und seine Familie sind bei dem Brand ums Leben gekommen. Es war höchst bedauerlich.«
Sir Bruce hatte sehr aufmerksam zugehört. Jetzt funkelten seine Augen. »Bei Jupiter, wenn ich die Möglichkeit hätte, würde ich das gleiche mit dieser Schmeißfliege Hawkesworth tun. Ich würde jede Maschine in seiner Druckerei zertrümmern und ihm jeden verdammten Knochen im Leib brechen!«
Sir Jasper wirkte etwas schockiert. »Aber mein lieber Bruce, schlagen Sie sich das aus dem Kopf! Wenn wir, die zivilisierten Nationen, die Pressefreiheit nicht schützen und respektieren, wer, bitte, soll es dann tun?«
»Natürlich, natürlich!« Der Vizegouverneur hätte seinen Ausbruch

am liebsten ungeschehen gemacht. »Kommen Sie schon, Jasper, ich habe das nur im Spaß gesagt. Selbstverständlich würde ich nie daran denken, die Würde meines hohen Amtes durch ein so gesetzloses und unverantwortliches Verhalten zu kompromittieren!«

»Gut, ich bin froh, daß Sie das sagen.« Sir Jasper unterdrückte ein Gähnen und erhob sich. »Ich könnte mir vorstellen, daß eines Tages auch hier jemand mit Freuden bereit ist, das Nötige zu tun, um das zu entfernen, was *Ihnen* ein besonderer Dorn im Auge ist, Bruce ... mit etwas Glück, natürlich!«

Um zu demonstrieren, daß er das ebenfalls im Spaß meinte, lachte Sir Jasper aus vollem Hals.

Sir Bruce glaubte jedoch nicht an das Glück. Er glaubte an schnelles und entschlossenes Handeln. In dieser Nacht schlief er nicht gut, und am nächsten Morgen stand er ungewöhnlich früh auf.

Am Horizont im Osten war es kaum hell geworden, als er einen Boten zu Aaron Nicholas schickte und ihn zu sich bestellte.

*

Nach dem Gespräch mit Kyle ging Amos in sein Büro. Er saß stumm am Schreibtisch, trank die morgendliche Tasse Tee und dachte nach. Er war in düsterer Stimmung, völlig aus dem Gleichgewicht und hatte Angst. Er wurde das Gefühl nicht los, daß sie wieder einmal nur einen Schritt von der Katastrophe entfernt am Rand des Abgrunds standen. Was immer Hungerford gestehen würde, wie gut sie auch darauf vorbereitet sein mochten, es würde verheerende Auswirkungen auf seine Mutter haben und für sie alle schwere Erschütterungen hervorrufen.

Leben und Tod seines Vaters waren Vergangenheit. Warum sollte man Gräber öffnen, die lange verschlossen, versiegelt und vergessen gewesen waren?

Auf der einen Seite waren da Hungerfords und nun auch noch Pendleburys seltsame Behauptungen. Auf der anderen Seite gab es die vielschichtigen Probleme seiner Schwester und natürlich Alistair Birkhurst.

Bereits beim Gedanken an den Giftzwerg und seine gemeinen Machenschaften, der zwischen ihm und seiner Mutter böses Blut gestiftet hatte, begann Amos innerlich zu kochen.
Dieser Wurm, dieser abscheuliche, verlogene, undankbare, hinterhältige...
Ein Klopfen an der Tür riß ihn aus seinen Gedanken. Hari Babu trat ein. »Draußen ist ein Sahib, der Sie sprechen möchte.«
»Sagen Sie ihm, er soll mit Ranjan Babu sprechen. Ich will heute niemanden sehen.«
»Der Sahib besteht darauf.« Hari Babu legte eine Visitenkarte auf den Schreibtisch. Amos erstarrte und bekam einen roten Kopf. »Ich dachte, ich hätte besondere Anweisungen gegeben, daß dieser ... Herr unter keinen Umständen das Haus betreten darf!«
»Ich habe es mit jeder Ausrede versucht, die ich mir ausdenken konnte«, sagte Hari Babu aufgeregt, »aber der Sahib ist sehr hartnäkkig. Er weigert sich zu gehen, bevor er mit Ihnen gesprochen hat.«
»Dann laß ihn hinauswerfen! Hol die beiden Wachmänner von unten und...«
»Das wird nicht nötig sein.« Die Stimme unterbrach ihn von der offenen Tür. »Ich habe nicht die Absicht, einen Augenblick länger als nötig zu bleiben.«
Hari Babu fuhr mit offenem Mund herum, und Amos erstarrte auf seinem Stuhl. Alistair Birkhurst kam sehr ruhig in das Zimmer und stellte sich auf die andere Seite des Schreibtischs. Die beiden starrten sich einen Augenblick stumm an. Amos war empört und wütend. Alistair hatte den Arm in der Schlinge und verzog nicht die geringste Miene.
Mit einer ungeduldigen Handbewegung schickte Amos den Sekretär hinaus. Hari Babu verschwand eilig und zog die Tür hinter sich zu.
»Was wollen Sie?« fragte Amos grob. »Ich bin beschäftigt.« Er bot Alistair keinen Platz an.
»Ich will nichts. Ich möchte nur etwas sagen.«
»Es gibt nichts, was Sie zu sagen haben, was ich hören möchte!«

»Trotzdem werden Sie es sich anhören!« Alistair ließ sich nicht beeindrucken. »Ich werde nicht gehen, bevor ich es alles losgeworden bin, also können Sie ebensogut zuhören.«
»Dann beeilen Sie sich. Ich habe nicht länger als zwei Minuten Zeit für Sie.«
»Mehr als zwei Minuten brauche ich nicht. Ich würde ohnehin nicht länger bleiben wollen.« Alistair senkte den Kopf und kaute auf seiner Lippe. »Ich wollte Ihnen danken für das..., was Sie neulich abends getan haben.«
Was für eine Unverschämtheit!
»Ach wirklich! Ich brauche Ihre scheinheilige Dankbarkeit nicht. Also gehen Sie!«
»Das werde ich tun, sobald ich *alles* gesagt habe, was ich sagen will.« Alistair schluckte. Sein Gesicht wurde vor Verlegenheit über und über rot. »Sie hätten das nicht tun müssen, was Sie getan haben.«
»Da haben Sie verdammt noch mal recht. Ich hätte es nicht tun müssen!« Amos erhob sich halb vom Stuhl. »Hören Sie, Sie Heuchler, Sie Leisetreter, Sie verlogenes Schwein! Sie...«
»Ach, seien Sie doch ruhig und setzen Sie sich wieder!« Alistair war nun ebenfalls wütend. »Haben Sie eine Ahnung, verdammt noch mal, wie schwer es mir gefallen ist, heute hierher zu kommen und zu wissen, daß ich von Ihnen beschimpft werden würde? Ich würde Ihnen lieber eine auf die Nase hauen und Ihnen eine Kostprobe von dem geben, was ich an jenem Abend abbekommen habe!« Er holte tief Luft und fuhr sich mit der gesunden Hand durch die Haare. »Sie haben mir an jenem Abend das Leben gerettet...«
»Nun werden Sie zu allem Überfluß auch noch melodramatisch!« fauchte Amos angewidert. »Ich habe getan, was ich getan habe, weil mir keine andere Wahl blieb. Das ist alles.«
»Sie hätten mich dort liegen lassen können.«
»Das hätte ich tun sollen, und beinahe hätte ich es auch getan!«
»Aber Sie haben es nicht getan. Ich war noch einmal bei diesem Arzt. Er hat gesagt, ich hätte verbluten können. Ich bin Ihnen dankbar, Amos...«

»Ach wirklich?« sagte Amos höhnisch. »Und ich nehme an, Sie haben aus dieser überwältigenden Dankbarkeit heraus Mutter angelogen.«
Alistair wurde dunkelrot. »Ich habe sie nicht angelogen«, murmelte er. »Sie hat es vermutet.«
»Und natürlich war während der sieben Tage zärtlicher Pflege und Fürsorge keine Gelegenheit, diese Vermutung richtigzustellen!«
»Ich habe es versucht...« Er schwieg. Er schob das Kinn vor und hob den Kopf. »Nein, um die Wahrheit zu sagen, ich habe es nicht versucht!«
»Und warum nicht?«
Alistair senkte wieder den Kopf. »Sie wissen, warum ich es nicht getan habe.«
»Nein, ich weiß es nicht! Warum klären Sie mich nicht darüber auf?«
»Ich wollte es nicht. Ich wollte, daß sie schlecht von Ihnen denkt. Ich wollte, daß sie wütend auf Sie ist!«
»Warum denn, um Himmels willen...«
Alistair sah ihn an und biß sich auf die Lippen. »Ich werde es nicht aussprechen, Amos. Es ist so schon demütigend genug. Und wenn du es nicht errätst, dann bist du ein größerer Esel, als ich dachte!«
Amos kniff die Augen zusammen. »Du bist ... eifersüchtig auf mich, nicht wahr?«
»Und du auf mich!« erwiderte Alistair. Er ließ die Schultern hängen. Sein Gesicht verzog sich, und er wirkte todunglücklich. »Du hast sie dein ganzes Leben lang gehabt«, sagte er bitter. »Ich wußte bis vor zwei Monaten nicht einmal, wie meine Mutter aussieht!«
Damit brachte er Amos zum Schweigen. Er sank auf seinen Stuhl zurück und dachte krampfhaft nach. Aber ihm fiel absolut nichts ein, was er hätte darauf erwidern können.
Der Gefühlsausbruch hatte sie beide verlegen gemacht, und sie vermieden es, sich anzusehen. Amos blickte unverwandt aus dem Fenster. Alistairs Blick schien wie magisch von einem großen braunen Gecko an der Wand angezogen zu werden. Der Gecko näherte sich ganz langsam einem schlaftrunkenen Falter, der von der nächtlichen

Invasion zurückgeblieben war. Nach einiger Zeit räusperte sich Alistair und griff in seine Jackentasche. Er warf etwas auf den Schreibtisch. Es war ein Umschlag.
»Ich habe dir das gebracht.«
»Was ist es?«
»Mach es auf, dann siehst du es. Ich nehme doch an, daß du lesen kannst!«
Amos schnitt den Umschlag mit dem Brieföffner auf und holte mehrere dicke Blätter heraus.
Es waren die Besitzurkunden für die Sutherland-Baumwollspinnerei und -weberei in Kanpur.
Amos stockte der Atem. Er war sprachlos. Nach einer Weile räusperte er sich lange, um den Kloß in seinem Hals loszuwerden.
»Was ist d ... das?« stieß er schließlich hervor. Dabei verbarg er seine Verwirrung hinter einem finsteren Gesicht. »Soll das ein Witz sein?«
»Nimm sie. Sie gehört dir«, sagte Alistair wegwerfend. »Ich wollte die blöde Spinnerei ohnedies nie.« Er verlagerte das Gewicht von einem Fuß auf den anderen. »Wenigstens *jetzt* könntest du mir einen Platz anbieten«, sagte er traurig. »Ich kann nicht mehr länger stehen!«
Amos tat so, als hätte er die Bemerkung nicht gehört. Seine Gedanken überschlugen sich. Das war alles so überraschend gekommen, und er wußte nicht, wie er darauf reagieren sollte. Meinte der widerwärtige Kerl es ernst?
Alistair fluchte leise, zog einen Stuhl zu sich heran und setzte sich mit trotziger Miene. Amos faltete das Dokument zusammen, schob es in den Umschlag zurück und hielt es Alistair entgegen. »Ich nehme kein Almosen an«, sagte er kalt, »besonders nicht von dir. Du kannst jetzt gehen.«
»Wer zum Teufel hat etwas von Almosen gesagt, du Idiot? Wenn du sie haben willst, kannst du mir den vollen Preis dafür zahlen!«
Amos bemühte sich krampfhaft, seine Euphorie nicht zu zeigen. »Und wie ist der volle Preis?« fragte er beiläufig.
»Wenn du nicht blind bist, dann sieh gefälligst nach. Soviel, wie ich dafür bezahlt habe.«

Amos holte den Kaufvertrag wieder aus dem Umschlag. »Das kann ich nicht akzeptieren. Ich werde zahlen, was ich bereits angeboten habe ... also der Preis, den du bezahlt hast, plus dreißig Prozent.«

Alistair lachte und zuckte geringschätzig die Schultern. »Schön dumm! Aber wenn du es so haben willst, bin ich einverstanden.«

Amos nickte und tat, als studiere er das Dokument. Er wagte nicht aufzublicken, um nicht zu verraten, daß er innerlich jubelte. In seinem Kopf wirbelte alles durcheinander. Er konnte sein Glück einfach nicht fassen!

»Du kannst deinen Mr. Moitra zu Donaldson schicken, um die juristischen Einzelheiten zu klären. Donaldson hat eine Generalvollmacht.«

Alistair zögerte kurz, als warte er darauf, daß Amos etwas sagte. Aber da Amos schwieg, stand er auf und wandte sich zum Gehen. Er hatte beinahe die Tür erreicht, als Amos ihm eine Frage stellte.

»Und die Plantage...?«

Alistair kam zurück und setzte sich wieder. »Bist du wirklich daran interessiert?«

»Ich hatte angeboten, sie zusammen mit der Spinnerei zu kaufen...«, sagte Amos mit heftig klopfendem Herzen.

»Ich dachte, damit wolltest du uns nur ködern.«

»Das wollte ich auch. Aber ist sie noch zu haben?«

Alistair runzelte die Stirn. »Ich habe die Vorstellung, daß sie verkauft ist.«

Amos sank das Herz. Irgendwie gelang es ihm zu lachen. »Du willst wohl den Preis noch etwas in die Höhe treiben?«

»Ach, sei doch nicht albern! Meinetwegen muß die Plantage überhaupt nicht verkauft werden. Aber erst kürzlich ist eine Anfrage gekommen.«

»Von wem?«

»Von einer Regierungsstelle.«

Amos bekam einen trockenen Mund. »Was kann eine Regierungsstelle mit einer aufgegebenen Indigoplantage wollen?«

»Wie soll ich das wissen? Sie brauchen das Land für irgendein Siedlungsprojekt. Zumindest glaube ich, von Donaldson gehört zu haben, daß der Mann das gesagt hat.«

»Welcher Mann?«

»Jemand aus dem Schatzamt. Einer von Pendleburys Abteilungsleitern.«

Amos fragte mit angehaltenem Atem: »Ist der Vertrag schon unterschrieben?«

»Ich bin nicht sicher. Das muß ich bei Donaldson herausfinden. Aber wenn du sie wirklich haben willst...«

Amos hatte die Luft angehalten. Jetzt begann er behutsam, wieder zu atmen. »Ja, ich will sie wirklich haben.« Er sagte das, so ruhig er konnte. »Wieviel erwartest du dafür? Schließlich ist sie ohnehin stillgelegt und vor die Hunde gegangen.«

»Ach?« Alistair zog eine Augenbraue hoch. »Weil sie vor die Hunde gegangen ist, bist du bereit, alles zu zahlen, nur damit du sie bekommst?« Er lachte laut. »Also gut, mach mir ein Angebot.«

»Ich zahle zwanzig Prozent mehr als das Schatzamt. Was immer sie auch bieten.«

»Du meine Güte! Diese Plantage, die niemand haben wollte, scheint ja plötzlich mysteriöserweise einen beachtlichen Wert zu haben!«

Amos sah ihn wütend an. »Verschwende meine Zeit nicht mit schwachsinnigen Bemerkungen!« fauchte er. »Also verkauf sie mir oder...«

»Ach, hab dich nicht so. Ich verkaufe sie auf jeden Fall«, sagte Alistair schnell. »Mir ist absolut egal, wer sie bekommt. Ich sage Donaldson, er soll die Verhandlungen mit dem Schatzamt abbrechen. Du kannst den Kauf mit ihm perfekt machen, wenn ich weg bin.«

»Weg?« Es war ein unfreiwilliger Reflex, und Amos errötete, nachdem ihm die Frage entschlüpft war. Was zum Teufel interessierte es ihn, ob Alistair blieb oder ging?

»Ja, ich fahre noch in dieser Woche. Zufällig auf einem *deiner* Klipper. Es heißt, das Essen bei P & O bringt einen innerhalb einer Woche um, aber bei deinen Schiffen dauert es immerhin zwei Wochen.«

Amos lachte, machte dann aber wieder ein finsteres Gesicht. »Ich kann nicht behaupten, daß es mir leid tut, dich von hinten zu sehen«, sagte er kühl.
»Ganz meinerseits!« erwiderte Alistair und stand auf.
»Sag mal«, Amos hielt ihn noch einmal auf, als er zur Tür gehen wollte. »Ich frage nur so, aus Neugier. Worum ging es denn bei dem Streit überhaupt?«
Alistairs Miene wurde frostig. »Ich glaube nicht, daß dich das etwas angeht!«
»Da bin ich anderer Meinung. Warum solltest ausgerechnet du dich plötzlich entschließen, für die Sache der *Raventhornes* zu kämpfen?«
»Ich hatte dir gesagt, du sollst dich raushalten!« erwiderte Alistair errötend.
»Sie haben beleidigende Bemerkungen über Mutter gemacht, nicht wahr?« fragte Amos leise.
»Hah! Warum sollte mich *das* kümmern?«
Amos sah ihn offen an. »Ich glaube, die Frage kannst du besser beantworten als ich«, sagte er ruhig.
Er stand auf. In der Hand hielt er immer noch den Umschlag, den Alistair ihm gegeben hatte. Er legte ihn auf den Schreibtisch. Er zögerte kurz und rang um ein Wort, das ihm nicht über die Lippen wollte.
»Danke.«
Alistair stand ihm verdutzt und mit rotem Gesicht gegenüber. Plötzlich streckte Amos ihm über den Schreibtisch hinweg die Hand entgegen. Alistair starrte darauf, als hätte er noch nie eine Hand gesehen. Doch dann ergriff er sie und verzog den Mund zu einem angedeuteten Lächeln. »Ach, zum Teufel mit dir!«
Er stürmte aus dem Zimmer und schlug die Tür mit einem lauten Knall hinter sich zu.
Amos nahm den Umschlag vorsichtig und verwundert in die Hand und fuhr behutsam mit dem Finger um die Kanten, um sich zu versichern, daß er tatsächlich existierte und daß es sich nicht um eine Halluzination handelte, sondern um greifbare Wirklichkeit. Der Um-

schlag enthielt einen Traum, der sich bereits in Luft aufgelöst hatte. Er konnte nicht glauben, daß dieser Traum nun doch noch Wirklichkeit werden sollte.
Selbst Thomas Hungerford war für den Augenblick vergessen.
Amos ging mit großen Schritten zur Tür und öffnete sie mit Schwung. »Ranjan Babu?« rief er, so laut er konnte. »*Ranjan* Babu. Ich möchte, daß Sie *sofort* zu mir kommen...!«
Ranjan Moitra lief zu Tode erschrocken um die Ecke und eilte in das Zimmer. Er war leichenblaß. Amos reichte ihm wortlos den Umschlag. Moitra nahm ihn mit zittrigen Fingern entgegen, zog blitzschnell das Dokument heraus und überflog es mit einem Blick. Er griff sich an die Stirn, wankte zum nächsten Stuhl und sank schwach und entgeistert darauf zusammen. Er murmelte etwas, das noch niemand aus seinem Mund gehört hatte.
»Ich werde verrückt...«

*

Es war Zeit, der Aufforderung von Clarence Twining Folge zu leisten. Kyle wußte, wenn er den Polizeipräsidenten noch länger warten ließ, würde der gute Mann wahrscheinlich seinen Humor und die Beherrschung verlieren.
Zu seinem großen Erstaunen sah er jedoch, als er sich gerade auf den Weg zum Polizeipräsidium machen wollte, die große Gestalt des ehrenwerten Herrn seiner wunderbaren Karriole entsteigen, um die ihn viele beneideten. Schwerfällig kam er durch das Tor und befahl mit einer herrischen Geste den zwei berittenen Polizisten, die ihn eskortierten, draußen zu warten.
»Na, Hawkesworth, Sie haben bestimmt nicht damit gerechnet, daß der Berg zu Mohammed kommen würde, oder?« sagte Twining in seinem üblichen barschen Ton und lächelte grimmig.
»Da Sie mich fragen, nein.« Kyle führte ihn in sein Arbeitszimmer und befahl dem Diener, Erfrischungen zu bringen. »Ich bin überwältigt von dieser Ehre. Ich war gerade im Begriff, zu Ihnen zu kommen.«
»Bilden Sie sich nur nicht zuviel ein, Hawkesworth«, sagte Twining

und ließ sich in einem Sessel nieder, der unter dem beachtlichen Gewicht bedrohlich knarrte. »Ich bin *zufällig* hier vorbeigekommen, und da ich wußte, daß Sie seit mehr als zwei Tagen wieder in der Stadt sind, dachte ich, ich könnte die Sache lieber dann erledigen, wenn es *mir* paßt, und nicht, wenn es *Ihnen* paßt. Haben Sie meine Nachricht nicht bekommen?«

»Doch, aber ich war sehr beschäftigt...«

»Wie ich höre, nicht zu sehr beschäftigt, um mit Amos Raventhorne am Fluß zu sitzen und die Zeit zu vertrödeln.«

Kyle setzte sich auf seinen gewohnten Platz hinter dem Schreibtisch. »Lassen Sie mich überwachen?« fragte er, nicht im mindesten beunruhigt. »Ich muß sagen, ich bin beeindruckt von der Effizienz der Spitzel Ihrer Majestät.«

»Das möchte ich auch hoffen! Wie kommen Sie denn darauf zu glauben, Sie wären der einzige in der Stadt, der weiß, was hier jeder tut?«

Kyle lachte. Er mochte Clarence Twining, und wie beinahe alle, achtete er ihn. Der Polizeipräsident war ein gewissenhafter Mann, schwer zu täuschen, gerecht und offen in seinem Verhalten, wenn auch manchmal unorthodox in seinen Methoden. Er war grundanständig und duldete weder Disziplinlosigkeit noch unerlaubte Handlungen bei anderen. Aber er kannte auch Mitgefühl. Dank dieser vielen Tugenden genoß er das Vertrauen und die Achtung aller Gruppen. Außerdem kannte jeder seinen Sinn für Humor, von dem an diesem Tag bedauerlicherweise nicht viel zu merken war.

Der junge Diener kam mit einem Tablett zurück, auf dem mehrere Flaschen Bier standen und Schälchen mit gerösteten Pinienkernen.

»Ich trinke im Dienst nicht, Hawkesworth«, sagte Twining streng. »Und damit kein Irrtum entsteht, ich bin rein dienstlich hier!« Er machte eine ungeduldige Handbewegung. Kyle gab dem Diener ein Zeichen, der das Tablett auf dem Tisch stehenließ und hinausging.

»Ich nehme an, Sie wissen, weshalb ich hier bin.«

»Nein, ich habe leider nicht die geringste Ahnung.«

»*Natürlich* nicht!« Twining beugte sich vor und durchbohrte ihn mit zusammengekniffenen Augen. »Das war eine Unverschämtheit, Hawkesworth, diese Anzeige ohne mein Wissen oder meine Erlaubnis zu drucken!«

»Hätten Sie mir die Erlaubnis dazu gegeben?«

»Mit Sicherheit nicht!«

»Da haben wir es. Sie ist im Dienst einer guten Sache erschienen, dem Streben nach Gerechtigkeit. Die Mittel mögen, nun ja, ungebührlich gewesen sein, aber hoffentlich wird der Zweck sie am Ende heiligen.«

»Und wenn nicht?«

»Dann«, erklärte Kyle freundlich, »hat die Regierung Ihrer Majestät das Recht auf meine vorbehaltlose Entschuldigung auf der Titelseite.«

Twining schnaubte. »Bei Gott, Hawkesworth, Ihre Unverfrorenheit kennt wirklich keine Grenzen! Wären Sie in der Stadt gewesen, hätte ich Sie für Ihre verdammte Frechheit, die Ihnen, wie ich leider sagen muß, von Tag zu Tag mehr zur Gewohnheit wird, auf der Stelle in Eisen gelegt.«

»Hat die Anzeige bereits Früchte getragen?«

»Hat sie Früchte getragen?!« schrie Twining, und das fleckige Rosa seines Gesichts wurde violett. »Sie hat genug Früchte getragen, um damit den ganzen verdammten städtischen Marktplatz zu füllen. *Das* hat sie getragen! Vor dem Polizeiquartier stehen alle kleinen Verbrecher Schlange und flehen mich an, wegen Brandstiftung angeklagt zu werden! Ich brauche nur den Rücken zu wenden, und schon quellen aus allen Ritzen ein weiteres Dutzend oder noch mehr potentielle Brandstifter hervor. Meine Männer werden bei dem Versuch, sie alle zu verscheuchen, allmählich verrückt. Ich komme kaum einmal in mein Büro, ohne daß mir einer die Knie umklammert und mich anfleht, ihn festzunehmen.« Er lehnte sich schnaufend und prustend zurück und wischte sich mit dem Taschentuch die Stirn ab. »Sie haben einen verdammten *Zirkus* aus meinem Präsidium gemacht! Und ich kann Ihnen sagen, der Vizegouverneur schäumt vor Wut, und ich übrigens *auch*!«

»Wieso? Weil das Versprechen einer beachtlichen Belohnung die Ratten aus den Löchern hervorgelockt hat?«

»Nein, mein Freund, weil Sie, als wüßten Sie das nicht selbst, mit dem Besitz von gestohlenem Gut in aller Öffentlichkeit prahlen, *deshalb*!«

»Gestohlenes Gut? Ich verstehe Sie leider nicht, Herr Polizeipräsident!«

Twining seufzte schwer. »Treiben Sie keine dummen Spielchen mit mir, Hawkesworth. Der Roshanara-Rubin ist gestohlen. Ich kann kaum glauben, daß Ihnen das nicht bekannt sein soll, wo Sie doch wissen, was ich am vergangenen Dienstag gefrühstückt habe.«

»Natürlich ist mir das bekannt. Das weiß doch jeder.«

»Also, die Familie Saifabad hat sich sehr über Ihre Anzeige aufgeregt. Sie hat eine Untersuchung und eine Verhaftung gefordert.«

»Berechtigterweise. In ihrer Lage würde ich das auch tun.«

Twinings kleine Knopfaugen glitzerten inmitten vieler rosa Fleischwülste. »Und trotzdem behaupten Sie, daß sich der Roshanara in Ihrem Besitz befindet?«

»Ja, er befindet sich in meinem Besitz.«

Twining richtete sich auf und trommelte mit den Fingern auf den Tisch. »Ich muß Ihnen sagen, Hawkesworth«, sagte er frostig, »was immer Sie vorhaben, ich finde es nicht lustig. Die Saifabads sind wütend. Die Behörden von Lucknow sind wütend. Der Vizegouverneur ist wütend, und um ehrlich zu sein, war ich noch nie so nahe daran, einen Mord zu begehen. Ich hoffe, Ihnen ist klar, wenn Ihre Behauptung zutrifft, bleibt mir absolut keine andere Wahl, als Sie festzunehmen.«

»Natürlich. Die Justiz muß unter allen Umständen ihren Gang nehmen.«

Twinings Brust hob und senkte sich, als bereite ihm das Atmen Mühe. »Also gut«, sagte er mit heiserer Stimme. »Lassen Sie mich das völlig klarstellen. Sie geben zu, daß sich der Roshanara in Ihrem Besitz befindet, oder daß er Ihnen zur Verfügung steht. Ist diese Annahme richtig?«

»Ja.«

»Sie haben ihn hier, in Ihrem Haus?«
»Ja natürlich. Wo sonst?«
»In diesem Fall hätten Sie doch keine Einwände dagegen, ihn mir zu zeigen, oder?«
»Nein, überhaupt keine.«
Twining legte die Finger beider Hände vor der Brust aneinander und bewegte sie hin und her. »Holen Sie ihn.«
»Wie Sie wünschen.«
Kyle stand auf und verließ das Zimmer. Wenige Augenblicke später kam er mit einem braunen Päckchen zurück. Er legte es vor dem Polizeipräsidenten auf den Schreibtisch und setzte sich wieder. Twining suchte in der Brusttasche seines Jacketts, zog einen goldenen Kneifer hervor, setzte ihn sich auf die fleischige Nase und warf Kyle einen mißtrauischen Blick zu. Kyle öffnete das Päckchen, und in dem braunen Papier lag ein kleines rotes Schmucketui. Twining klappte das Etui auf, nahm den Anhänger heraus, der darin lag, legte die Kette über seine Hand und betrachtete ihn prüfend. Er betrachtete den Anhänger eine volle Minute. Langsam veränderte sich die Farbe seines Gesichts. Er blickte auf.
»Soll das ein Witz sein, Hawkesworth?«
»Witz? Es tut mir leid, ich kann Ihnen nicht folgen.«
Twining hielt den Anhänger hoch. »Das ist kein Rubin, das ist ein verdammter Saphir!«
Kyle wirkte leicht verwirrt. »Natürlich ist es ein Saphir!«
Jetzt war Twining verwirrt. »Aber der Roshanara ist ein Rubin, verdammt noch mal!«
»Nun ja, *mein* Roshanara nicht«, erwiderte Kyle ruhig. »Mein Roshanara war schon immer ein Saphir. Meine Mutter hat ihn mir vor Jahren geschenkt, und sie hat ihn von ihrer Mutter, die ihn von ihrer Mutter bekommen hat, die ihn von *ihrer* Mutter hatte. Er befindet sich seit 1783 in unserer Familie. Meine Ururgroßmutter hieß Roshni Begum. Er wurde nach ihr benannt.«
Twining hörte sich die Erklärung mit versteinertem Gesicht an. »So nicht, Hawkesworth. Sie haben den Roshanara-*Rubin* als Belohnung ausgesetzt!«

Kyle war entsetzt. »Ich glaube, Sie irren sich, Sir. Das habe ich bestimmt nicht getan.«
»Und ob Sie es getan haben. Geben Sie mir die verdammte Ausgabe...«
Kyle zog die Zeitung aus einem Stapel auf dem Schreibtisch hervor und gab sie ihm. Twining legte sie auf den Schreibtisch und glättete sie mit der Hand. Er rückte seinen Kneifer zurecht. »Bei Gott, hier steht es!« Er klopfte mit dem Finger so hart auf das Papier, daß er ein Loch hineinriß. »Genau hier, vor Ihren und meinen Augen! Wenn Sie glauben, Sie könnten sich da rauswinden, dann...« Er verstummte, und sein Blick wurde starr. Er las die Anzeige zweimal sehr gründlich und dann noch einmal. Langsam setzte er den Kneifer ab, legte ihn in das Etui und schob es in die Brusttasche. Er sah Kyle an und sank wortlos in den Sessel zurück.
»Ich hoffe, das stellt Sie zufrieden, Sir.« Kyles Mund verzog sich zu einem leichten Lächeln. »Ich habe *meinen* Roshanara als Belohnung ausgesetzt. Das Wort *Rubin* kommt in der Anzeige nicht vor. Ich habe nicht die geringste Ahnung, wo sich der Roshanara der Saifabads befindet. Ich kann nur für *meinen* Roshanara sprechen.«
Twining war in tiefes Nachdenken versunken und strich sich über die obere Hälfte seines Mehrfachkinns. Er ließ sich keineswegs täuschen. Er legte den Kopf schief. »Und Sie wissen *nichts* über den Verbleib des Roshanara-Rubins?«
»Nein, nichts.«
»Sie haben ihn nie gesehen?«
»Nein.«
»Und er befindet sich *nicht* in Ihrem Besitz?«
Kyle wirkte schockiert. »Ganz bestimmt nicht! Ich könnte es nicht mit meinem Gewissen vereinbaren, gestohlenes Gut zu verstekken.«
Twining stützte die Ellbogen auf den Schreibtisch, schloß die Augen und legte das Mehrfachkinn auf die Fingerknöchel. »Dem Gerücht zufolge hat Miss Crum ihn der Familie des Nawab entwendet.«
»Also, wenn sie das getan hat«, erwiderte Kyle trocken, »würde ich sagen, hat sie ihn sich bei dem alten Lüstling verdient!«

»Die Familie behauptet, sie habe ihn *gestohlen.*«

»Unter den gegebenen Umständen könnte es schwierig sein, das zu untersuchen. Es sei denn, das Spionagenetz Ihrer Majestät hat auch Mitarbeiter da droben.« Er deutete zum Himmel.

»Werden Sie nicht frech, Hawkesworth!« brummte Twining. »Ich bin nicht in der Stimmung dafür. Sie sind gerissen, gerissener, als Ihnen guttut. Aber glauben Sie ja nicht, daß mich Ihre Erklärungen auch nur einen Augenblick zufriedenstellen. Das tun sie nicht. Wie auch immer«, er richtete sich auf. »Wie es der Zufall will, haben Sie mit Ihrer unklugen Anzeige der Justiz doch noch einen Gefallen getan.« Sein Ausdruck und sein Ton veränderten sich und wurden weicher. »Nachdem wir die Spreu vom Weizen getrennt hatten, haben wir, wie mein amerikanischer Freund Hal Lubbock vielleicht sagen würde, einen Volltreffer gelandet.«

Kyle fragte erstaunt: »Wirklich?«

Er nahm eine Flasche Bier, füllte zwei Gläser und sah Twining fragend an. Der nickte nur. »Kennen Sie einen Mann namens Bansi Dhar?«

»Nein.«

»Ich würde nicht mehr lügen, als unbedingt notwendig ist, Hawkesworth«, sagte Twining freundlich. »Sonst stehen Sie schneller wegen Meineid vor Gericht, als Sie *Rubin* sagen können! Im Augenblick will ich so tun, als glaubte ich, daß sie Bansi Dhar nicht kennen. Also seien Sie mir zuliebe so freundlich und hören Sie mir zu.« Er trank einen großen Schluck Bier und machte eine Pause, um sich den Schaum von der Oberlippe zu wischen.

»Bansi Dhar ist ein Angestellter von Nalini Chander und seinen Brüdern und führt dort die Bücher. Vor ein paar Tagen erschien er abends verstohlen bei mir zu Hause und gab mir völlig aufgeregt und mit den Nerven am Ende eine äußerst zweckdienliche Information. Er nannte mir die Namen der Männer, die Nalini Chander angeheuert hat, um das Heim in Chitpur in Brand zu setzen. Aber nicht nur das. Dhar sagt, er habe auch Beweise für Zahlungen von Chander und seinen Brüdern an die Männer, und er habe einen Großteil der Planungen für den Anschlag belauscht.«

»Haben Sie seine Aussage überprüft?«
»Soweit es uns möglich war. Chander leugnet natürlich alles. Aber wenn er mit unwiderlegbaren Beweisen konfrontiert wird, kann er seine Behauptung, unschuldig zu sein, nicht aufrechterhalten. Ich habe gehört, daß es zwischen den beteiligten Brüdern der Brandstifter bereits zu Reibereien gekommen ist. In kürzester Zeit werden sie sich gegenseitig beschuldigen und damit ihr eigenes Schicksal besiegeln.« Er kratzte sich an der Nase. »Aber leider muß ich sagen, nachdem die Untersuchungen so weit gediehen waren, sind sie zum Stillstand gekommen.«
»Ach?«
»Ja, denn Bansi Dhar ist untergetaucht. Meine Beamten haben mich davon in Kenntnis gesetzt, daß er kein einziges Wort zu Papier bringen oder aus seinem Versteck hervorkommen wird, bevor ihm nicht die Belohnung zugesichert ist.«
»Ich verstehe. Und was möchten Sie, daß ich dabei mache?«
Twining nahm eine Handvoll Pinienkerne und warf sie in seinen riesigen Mund. »Schaffen Sie die verdammte Belohnung herbei, was sonst?«
»Erst wenn die Brüder Chander verurteilt sind.«
»Nun ja, vielleicht erklären Sie das freundlicherweise Mr. Dhar, wenn Sie ihn das nächste Mal sehen.« Kyle öffnete den Mund, um zu widersprechen, aber da Twining ihn warnend ansah, schloß er ihn schnell wieder. »Ich weiß, daß Sie kein Dummkopf sind, Hawkesworth.«
»Es beruhigt mich, daß Sie das denken, Sir.«
»Im Grunde sind Sie ein beunruhigend intelligenter junger Mann.«
Kyle schwieg und wartete.
»Deshalb wäre ich Ihnen verpflichtet, wenn Sie mir den Gefallen tun würden und mich gleichfalls nicht für einen Dummkopf halten.« Er stand mühsam von seinem Sessel auf. Kyle erhob sich ebenfalls. »Was immer Sie da gedreht haben, Hawkesworth, Sie haben es sehr geschickt getan, das muß ich Ihnen lassen. Offen gestanden bin ich sehr froh, daß der Mord an der armen Joycie Crum nicht ungesühnt

bleibt, ganz gleich, mit welchen Mitteln der oder die Schuldigen gefangen werden. Wenn Chander vor Gericht gebracht werden kann, bin ich zufrieden. *Aber*, ich gebe Ihnen einen Rat.« In den Tiefen seiner sehr scharfen Augen blitzte etwas. »An Ihrer Stelle würde ich mich von dem fraglichen Gegenstand so schnell wie möglich befreien. Wenn ich ihn jemals in Ihrem Haus finden sollte, kann ich Ihnen mindestens für fünf Jahre die Gastfreundschaft Ihrer Majestät garantieren, das verspreche ich Ihnen. Danke für das Bier. Auf Wiedersehen!«

Er ging schwerfällig zur Haustür und zog sie leise lachend hinter sich ins Schloß.

Sobald das Geräusch der davonfahrenden Kutsche verstummte, kam Bansi Dhar verstohlen durch die Tür des angrenzenden Zimmers. »Ihr Roshanara ist ein *Saphir?*« fragte er empört.

»Ja«, erwiderte Kyle. »Aber *Ihr* Roshanara, mein Freund, wird wie versprochen der Rubin sein. Sie bekommen ihn, sobald Sie Ihre unterschriebene Aussage Mr. Twining übergeben haben, sobald das Verfahren zu Ende ist und nachdem Nalini Chander und seine Brüder verurteilt sind.«

»Ich bin ein armer Mann mit ...«

»Und keinen Tag früher als an dem Tag, an dem Sie sich nach Mauritius einschiffen!« Kyle sah ihn streng an. »Ich hoffe, der Rest der Abmachung ist klar.«

»Wie kann ich dort leben?« jammerte der Mann und rang die Hände. »Ich weiß nicht einmal, wo Mauritius liegt!«

»Es ist eine Insel im Indischen Ozean.«

»Ich habe eine Frau und sieben Kinder, eine alte Mutter und einen alten Vater, eine Tante, die ...«

»Es mag eine Insel sein, aber ich versichere Ihnen, sie ist groß genug, um selbst *Ihre* zahlreiche Familie aufzunehmen.«

»Aber ich kenne dort niemanden. Ich habe dort keine Verwandten, keine Freunde ...«

»Sie nehmen genug Verwandte mit, um sich nicht einsam zu fühlen, und Sie werden Freunde finden. Es gibt genug Inder, die auf den Zuckerplantagen der Insel arbeiten.«

»Und die Überfahrt? Erwarten Sie, daß ich die Überfahrt von meinem eigenen Geld bezahle?« fragte Dhar ängstlich.

»Nein. Mein Roshanara wird sie bezahlen. Aber wenn Sie sich die Sache noch einmal überlegen wollen ...«

Bansi Dhar schüttelte schnell den Kopf. »Nein, nein, ich muß es mir nicht noch einmal überlegen ...« Seine Augen funkelten. Er lächelte, und seine Miene hellte sich auf. »Sind auf Mauritius auch Bengalen?«

»Mehr, als Sie zählen können. Aber vergessen Sie nicht, wenn Sie mit dem Rubin jemals hierher zurückkommen, bin ich nicht für die Folgen verantwortlich. Jetzt gehen Sie zu Mr. Twining und tun Sie genau das, was er Ihnen sagt.«

Beim Abendessen fragte Kyles Mutter besorgt: »Du wirst doch keine Schwierigkeiten bekommen, mein Sohn, nicht wahr?«

»Nein, keine.«

»Und man wird die Männer fassen?«

»Dafür wird Twining sorgen. Er ist ein guter Mann.«

In ihre traurigen meergrünen Augen traten Tränen. »Ich bin froh, daß dieser verfluchte Rubin bald endgültig aus unserem Leben verschwinden wird. Aber er hat seinen Zweck sehr gut erfüllt. Es stimmt, in einer Hinsicht ist er dafür verantwortlich, daß meine liebe Joycie nicht mehr lebt. Doch in einer anderen ist er das Mittel, um jene zu bestrafen, die ihr das Leben genommen haben.«

*

Irgendwie gelang es Maja mit großer Disziplin, die Melancholie zu verbannen und sich auf Herbert Ludlows Besuch vorzubereiten.

Trotz allem hatte sie diese sehr wichtige Verabredung nicht vergessen. Schon die Vorbereitungen auf das Verkaufsgespräch mit Ludlow erwiesen sich als heilsam. In der Aufregung und Eile beim Säubern der Stallungen und Nebengebäude und der tausend Dinge bei der Pflege von *Morning Mist* blieb ihr kaum Zeit zu denken. Mit ihren pedantischen Anweisungen in letzter Minute versetzte sie schließlich sogar Abdul Mian und seinen Sohn Rafiq in helle Aufregung. Aber nach all den anstrengenden Arbeiten glänzten die Ställe vor Sauberkeit. Der große Star des Tages, der hübsche Graue, stand äußerst gepflegt in seiner Box, und sein Fell hatte den matten Glanz einer Perle. Die beiden Stallknechte waren in ihren neuen Latzhosen nicht weniger herausgeputzt und freuten sich wie die Könige. Abdul Mian bewegte sich steif und ungeschickt, als fürchte er, die schicke neue Hose schmutzig zu machen. Sein Sohn sah das gelassener und stolzierte wichtigtuerisch herum. Aber beide hatten ihre Aufgaben mit Feuereifer erfüllt, denn sie waren davon überzeugt, daß ihre Missy Memsahib den Besuch des Vizekönigs persönlich erwartete.

Während Maja zum letzten Mal die Blumen in ihrem Büro begutachtete, wo sie den Tee nehmen würden, wünschte sie, Christian hätte an diesem Nachmittag bei ihnen sein können. Sie hatte ihn seit dem Morgen nach dem Ball nicht mehr gesehen. Aber sie wußte, daß er wahrscheinlich viel zu tun hatte, denn er mußte vor der Abreise nach Champaran seine Angelegenheiten regeln. Sie fragte sich beklommen, wann sie ihn wiedersehen würde, wenn er Kalkutta erst einmal verlassen hatte. Bald, hatte er versprochen. *Bald.* Die tröstliche Aussicht entlockte ihr schließlich doch ein schwaches Lächeln.

In der tiefen Niedergeschlagenheit der letzten Tage hatte sie nicht einmal den Willen aufgebracht, sich den Erinnerungen an den Ball zu überlassen. Nun tat sie es, und das Lächeln wurde fröhlicher. Ihr fielen mehrere Dinge ein, die sie Sheba nicht erzählt hatte, zum Beispiel das alberne Spielchen von Melanie Anderson mit Alistair. Mein Gott, diese dumme Gans hatte sich wirklich lächerlich gemacht! Die Erinnerung amüsierte sie so sehr, daß sie lachte. Sie mußte Sheba das unbedingt noch erzählen, sobald sie die Angelegenheit mit Mr. Ludlow erledigt hatte und Sheba ihre Hausarbeit.

Maja hatte Anthony beauftragt, zum Tee gebuttertes Fladenbrot, Sardinensandwiches, Schokolade-Eclairs und Engelskuchen vorzubereiten. Gerade wurden die Köstlichkeiten, geschmackvoll auf Silberplatten angeordnet, in ihrem Büro auf einem Tisch aufgebaut, für den Sheba eine Decke und Servietten aus der feinsten Brüsseler Spitze, die in den Wäscheschränken zu finden waren, gebracht hatte. In eine Schale aus Meißener Porzellan, die wie eine Art Tafelaufsatz in der

Mitte des Tischs stand, hatte Sheba das Maronenglacé gefüllt, das Maja für die Familie beiseite gestellt, dann aber völlig vergessen hatte. Maja starrte entsetzt auf die Schale, nahm sie zitternd vom Tisch und gab sie Sheba zurück.

»Soll das als Dessert nach dem Abendessen aufgetragen werden?« fragte die Haushälterin.

»Nein, schütte es einfach in den Fluß.«

Maja zwang sich, so wenig wie möglich über den Vorfall im Bagan Bari nachzudenken. Das war Vergangenheit. Was immer sie zurückgelassen hatte, würde dort bleiben. Sie dachte an Samir. Der Gedanke schmerzte, und sie schob auch ihn beiseite. Sie würde Samir immer als Freund in Erinnerung behalten und ihn als Freund lieben. Einen anderen Platz gab es in ihrem Leben nicht für ihn – so wenig wie es in seinem Leben einen anderen für sie gab. Ihr würden sich jetzt andere Horizonte öffnen, und sie wollte nie zurückblikken...

Als es drei Uhr schlug und Mr. Ludlow jeden Augenblick eintreffen mußte, fühlte sich Maja sehr viel besser.

Der Staatssekretär erschien wie erwartet pünktlich. Er kam in seinem Reitanzug, Peitsche in der Hand und Mütze unter dem Arm, mit großen Schritten über den Rasen. Er sah wirklich sehr sportlich aus. Majas Blick richtete sich unfreiwillig auf die Schlafzimmerfenster der Andersons. Ob sie wohl zusahen? Sie begrüßte Herbert Ludlow mit einem scheuen Lächeln und einem Knicks. Das Bewußtsein, daß er der mächtige Mann war, in dessen Hand Christians Schicksal – und damit auch das ihre – lag, überwältigte sie.

Ludlow war kein Mann, der zu belanglosem Geplauder neigte. Trotzdem äußerte er sich bewundernd über den gepflegten Rasen, das sehr elegante Haus und die großen Koppeln, auf denen die Fohlen herumsprangen. Er blieb kurz stehen, um mit den beiden Hunden zu spielen, die mit aufgeregtem Bellen erschienen, aber dann drängte es ihn, zum Geschäft zu kommen, und er bat darum, zu den Stallungen geführt zu werden.

Dort standen die beiden Stallknechte. Als sie sich zur Begrüßung so tief verneigten, daß ihre Hände beinahe die Erde berührten, sah Ludlow den alten Abdul Mian mit zusammengekniffenen Augen an. »Na so was! Er erinnert mich an meinen alten Pferdeknecht oben in Belutschistan! Ein Original, kann ich Ihnen sagen, ein Original. Aber einen besseren Pferdewallah als ihn habe ich nie mehr gefunden. Er hat eine Kolik *gerochen*, noch bevor die Blähungen einsetzten.«

»Da ist Abdul Mian noch um einiges besser«, erklärte Maja stolz. »Er kann einen Spat bereits erkennen, wenn er die Stelle nur mit den Fingerspitzen betastet.«

»Donnerwetter!« Der Staatssekretär nickte anerkennend, und Abdul Mian strahlte. »Also, ich habe Ihren temperamentvollen Hengst schon einmal aus der Nähe gesehen. Ich bin wirklich beeindruckt, wie Sie wissen. Aber Sie können kaum erwarten, daß ich den königlichen Preis, den Sie zweifellos verlangen werden, bezahle, ohne jedes Haar und jede Hachse persönlich in Augenschein genommen zu haben...« Er lachte.

Maja lächelte und führte ihn unverzüglich in das Stallgebäude. Bevor Ludlow die Box betrat, legte er die gekreuzten Arme auf die halbhohe Tür und unterzog *Morning Mist* mit kritischen Augen einer sehr gründlichen Prüfung.

»Bekommt er nachts eine Decke?«

»Ja, aber nur ein Baumwolltuch. Ich finde, das erhält dem Sommerfell den Glanz.«

»Gut. Hatte er je einen Nasalkatarrh?«

»Nein.«

»Scherpilzflechte, Akne und dergleichen?«

»Nein.«

»Hm!«

Ludlow trat ruhig in die Box und streichelte sehr sanft die Nüstern des Grauen, bis der Hengst leise wieherte. Dann ging er auf die Knie, betastete die Beine und die Sehnen des Pferdes mit Fingern, die kaum weniger feinfühlig waren als die von Abdul Mian. Er hob einen Huf und betrachtete ihn genau.

»Huföl?«

Maja nickte. »Jeden Tag. Bis zur Hufkrone.«

»Wird er abgerieben?«

»Ja, mit einem Strohwisch.«
»Ausgezeichnet. Gut für die Muskulatur der Hinterhand. Wird er im Winter geschoren?«
»Ich habe ihn erst seit dem Frühjahr. Aber ja, ich hatte vor, ihn dieses Jahr zu scheren, sobald das kühle Wetter einsetzt.«
»Denken Sie an eine Ganzschur?«
»Nein, eine Jagdschur sollte reichen.«
Herbert Ludlow mochte jungen Beamten gegenüber, die nicht trokken hinter den Ohren waren, noch so geschwätzig sein, außerhalb seines Büros war er ohne Zweifel ein Mann, der bemerkenswert wenige Worte machte. Schweigend richtete er sich wieder auf und stellte präzise, knappe Fragen nach dem Gewicht des Pferdes, seiner Ernährung, der Darmfunktion, Krankheiten und so weiter. Seine Fragen kamen so schnell, daß Maja beinahe außer Atem geriet. Dabei untersuchte er den Kopf, das Maul, die Augen, den Rücken, den Bauch und die Flanken des Arabers. Hin und wieder spähte er durch sein Monokel auf dieses oder jenes in dem makellosen Fell, machte kurze sachkundige Bemerkungen oder stellte weitere Fragen. Ihm entging nicht das Geringste an dem Hengst, den er unbedingt kaufen wollte. Ludlows Genauigkeit amüsierte Maja, doch gleichzeitig war sie von seinem praktischen Wissen beeindruckt.
Es hatte sie überrascht, daß er keinen Tierarzt mitbrachte, und jetzt wußte sie warum. Ludlow verstand mehr von Pferden als jeder Tierarzt in der Stadt. Er brauchte keinen. Maja fiel auf, wie sanft er bei seiner Untersuchung vorging. Er sprach leise mit *Morning Mist* und freundete sich mit ihm an. Es bestand kein Zweifel daran, daß er Pferde sehr liebte, und das gefiel ihr. *Morning Mist* würde in gute Hände kommen. Ludlow würde ihn so sorgfältig behandeln, wie sie es getan hatte.
Der Staatssekretär beendete schließlich seine Untersuchung und trat zurück. »Keine Knochenwucherungen, Parasiten oder Pilzinfektionen. Ich muß Sie für die Pflege loben, Miss Raventhorne. Der Hengst ist in einer guten Verfassung, wirklich in einer *sehr* guten Verfassung. Jedes Wort von Shooter hat sich bewahrheitet, und er sollte ja, weiß Gott, etwas davon verstehen!«

Ludlow trat aus der Box, und Abdul Mian sprang mit einem Krug warmem Wasser, einer Schüssel und Seife herbei. Rafiq folgte mit einem frischen weißen Handtuch. Ludlow wusch sich in seiner gründlichen Art die Hände und bat dann um Erlaubnis, *Morning Mist* reiten zu dürfen, um ihn im Trab und im Kanter zu erleben. Das Pferd wurde schnell gesattelt, und in Begleitung von Rafiq auf *Scheherazade* galoppierte er über den Damm. Eine halbe Stunde später kam er atemlos und aufgeregt zurück. Er war mehr als begeistert.

»Er geht wie ein Kavalleriepferd!« erklärte Ludlow beim Absitzen. »Bei Jupiter, ich würde ihn gerne zum Zweitausend Guineas nach Newport bringen. Er wird den Vollblütern dort bestimmt davonlaufen!«

»Dann wollen Sie ihn also Rennen laufen lassen, Mr. Ludlow?« fragte Maja glücklich über sein großes Lob.

»Sobald ich Shooter in den Sattel bekommen kann! Natürlich muß er trainiert werden, aber Shooter wird ihn für die Wintersaison soweit haben.«

Es war Zeit für den Tee.

Während sie tranken, aßen und Ludlow die Papiere von *Morning Mist* studierte, drehte sich die Unterhaltung weiterhin um Pferde.

Ludlow war als Reiter ebenso schwer zufriedenzustellen wie als Beamter, und seine Leidenschaft für Pferde wurde nur von der Hingabe für seinen Beruf übertroffen. Er hatte einen großen Vorrat an Anekdoten über Erlebnisse bei Pferderennen in Bombay, Bangalur und Puna, und er redete gern. Doch als er den letzten Tee ausgetrunken hatte, kam er auf das Geschäftliche zurück.

»Also, Miss Raventhorne, wie haben Sie sich entschieden? Sind Sie bereit, mir dieses Prachtexemplar zu überlassen, oder muß ich mit leeren Händen nach Hause gehen?«

Maja lächelte angesichts seiner Bescheidenheit. »Nein, Sie sollen nicht mit leeren Händen gehen, Mr. Ludlow. Ich würde mich sehr freuen, wenn Sie *Morning Mist* kaufen.«

»Noch bevor Sie gehört haben, was ich biete?« fragte er mit einem überraschten Lachen. »Sie sagten, Sie wollten einen angemessenen Preis für ihn. Nun ja, vielleicht erscheint Ihnen mein Angebot nicht angemessen!«

»Wie immer Ihr Angebot auch aussehen mag, Mr. Ludlow, ich werde es annehmbar finden. Ich möchte für mein Pferd einen guten Platz und einen Besitzer, der für es sorgt. Ich weiß jetzt, daß es bei Ihnen beides haben wird.«

Herbert Ludlow jubelte.

Auf ihrem Gang vom Stallgebäude zum Rasen fiel ihm plötzlich ein dunkles Fuchsfohlen in einer kleineren Koppel auf.

»Ah, ein Marwari, wie ich sehe! Ich dachte, Sie interessieren sich nur für Araber, Miss Raventhorne.«

Maja errötete leicht. »Das ist der einzige Marwari in meinem Stall. Ich ... habe ihn von einem Freund bekommen.«

»Ein Kollege von mir im Amt sucht verzweifelt ein ordentliches Marwarifohlen. Er wäre bestimmt sehr interessiert, sich Ihr Fohlen einmal anzusehen. Darf ich ihm sagen, daß er sich mit Ihnen in Verbindung setzen soll?«

Maja zögerte. Es war das Fohlen, das Samir für sie aufgezogen hatte. Wie versprochen, war es bald nach ihrem letzten Besuch im Bagan Bari abgeliefert worden. »Ich bin nicht sicher, daß ich ...« Sie brach ab, da sie nicht genau wußte, was sie sagen sollte.

Ludlow sah sie aufmerksam an. »Es ist doch zu verkaufen, oder nicht?«

Maja dachte einen Augenblick nach. Dann richtete sie sich auf und sah Ludlow direkt in die Augen. »O ja«, sagte sie. »Es ist zu verkaufen. Ihr Kollege kann es sich gerne ansehen.«

»Ich kenne viele andere«, sagte Herbert Ludlow, während sie zum Haupttor am Ende der Auffahrt gingen, wo ein Stallknecht mit seinem großen Apfelschimmel wartete. »Ich kenne viele andere, die gute Pferde zu einem vernünftigen Preis suchen und genau wissen wollen, daß sie nicht betrogen werden. Ich werde ihnen Ihren Stall empfehlen, Miss Raventhorne, wenn Sie es mir gestatten.«

Maja bedankte sich und war glücklich über diese freundliche Geste.

Der Staatssekretär freute sich, weil er sein Ziel erreicht hatte, und war inzwischen wieder der alte, redselige Ludlow. Als sie die Treppe erreichten, sprach er immer weiter, aber Maja hörte kein Wort von dem, was er sagte.

Das Treffen mit Herbert Ludlow hatte sie beunruhigt. Sie hatte einen trockenen, strengen, humorlosen Mann erwartet, der kalt und herzlos um einen günstigen Kauf schachern würde. Sie war von Ludlows Charme und Umgänglichkeit überrascht worden. Sie fühlte sich inzwischen in seiner Gegenwart völlig ungezwungen und war kein bißchen eingeschüchtert. Sie konnte erkennen, daß er von ihr entzückt war, beeindruckt ihr Wissen anerkannte und die große Sorgfalt, mit der sie ihre Stallungen und ihre Tiere pflegte, zu schätzen wußte.

Sie wußte bereits, daß Christian die Stelle bei Gordon Lumsdale abgelehnt hatte. Das hatte ihr Christian am Morgen nach dem Ball gesagt. Natürlich war sie erleichtert, doch gleichzeitig hatte sie Schuldgefühle. Schließlich blieb Christian in gewisser Weise ihretwegen eine große Gelegenheit verschlossen, an der ihm sehr viel lag! Unter normalen Umständen hätte Maja nie gewagt, dieses Thema bei Herbert Ludlow zur Sprache zu bringen. Aber sein Benehmen war so höflich, so freundlich und zwanglos. Sollte sie es wagen? Sollte sie eine Indiskretion riskieren, die ihm vielleicht mißfallen und Christian mit Gewißheit zornig machen würde?

Maja entschied, sie sollte es wagen.

»Bitte verzeihen Sie, Mr. Ludlow, daß ich mir diese Freiheit nehme«, begann sie entschlossen, als sie das Tor am Ende der Auffahrt erreichten. »Aber ich möchte Sie um etwas bitten.«

Er blieb stehen. »Ja?«

»Es geht um ... um Christians ... Mr. Pendleburys erste Stelle.«

»Ah ja? Und was ist damit?«

»Christian ... Mr. Pendlebury hat mir von Ihrer großen Freundlichkeit berichtet, ihm ein anderes Angebot zu machen.«

»Was für ein anderes Angebot?«

»Die Stelle bei Mr. Lumsdale im Punjab.«

»Ach so.« Er sah sie fragend an.

»Mr. Pendlebury ist ein sehr pflichtbewußter Beamter, Mr. Ludlow. Er liebt den Dienst und seine Pflicht. Er wird seine Aufgabe ehrenhaft erfüllen, ganz gleich, wohin er geschickt wird.«
»Oh, ganz bestimmt. Ich habe keinen Grund, daran zu zweifeln.«
»Er würde Sie oder die Verwaltung niemals enttäuschen, Mr. Ludlow«, sagte sie ernst. »Wohin Sie ihn auch schicken, er wird Ihnen Ehre machen, selbst in Kamparan.«
Ludlow sah sie verwirrt an. »Aber selbstverständlich! Weder Mr. Pendleburys Pflichtbewußtsein noch seine Talente standen je in Frage. Seine Tutoren und ich halten ihn für einen der besten jungen Vertragsbeamten, den wir in letzter Zeit auf den Dienst vorbereiten konnten.«
Maja holte tief Luft und wagte den Sprung nach vorne. »Aber weshalb, Mr. Ludlow, wird er dann in die Wildnis geschickt, in einen Distrikt, der, wie man sagt, nicht einmal eines Beamten mit den geringsten Fähigkeiten angemessen ist? Hat er nicht eine bessere Stelle verdient?«
»Eine bessere Stelle? Wo?«
»Nun ja, er ist nicht glücklich darüber, nach Kamparan gehen zu müssen!«
»Natürlich. Das geht jedem so. Kamparan ist wirklich ein schrecklicher Platz, schrecklich. Aber Kamparan ist nützlich für Neulinge, die sozusagen ins tiefe Wasser geworfen werden müssen.« Er runzelte die Stirn und sah sie verwundert an. »Aber ich wußte nicht, daß der junge Pendlebury auch vom Punjab so denkt. Er hat mir zu verstehen gegeben, daß er bereit wäre, seinen rechten Arm zu opfern, um bei Gordon Lumsdale arbeiten zu können.«
Jetzt war Maja verwirrt. »Ja, natürlich würde er das tun. Aber Sie wissen bereits, aus welchem Grund er das Gefühl hatte, die Stelle unmöglich annehmen zu können.«
»Die Stelle bei Gordon Lumsdale?«
»Ja. Er war untröstlich, weil er sie ablehnen mußte.«
»Sie ablehnen?« wiederholte Ludlow und sah sie ausdruckslos an. »Er hat nicht abgelehnt. Ich habe seine Zusage bereits schriftlich. Pendlebury wird innerhalb einer Woche in den Punjab fahren.«

Fünfundzwanzigstes Kapitel

Olivia lag in ihrem abgedunkelten Zimmer und lauschte geistesabwesend den Geräuschen des Monsuns. Vor dem Hintergrund des grollenden Donners, der von Zeit zu Zeit durch die niedrig hängenden Wolken rollte, erschien ihr der Gedanke an Thomas Hungerford und alles, was seine Ankunft verhieß, noch bedrohlicher. Sie hatte oft versucht, sich den Augenblick vorzustellen, wenn sie schließlich an dem Punkt zwischen Wahrheit und Vermutungen stehen würde. Nun war dieser Moment gekommen, und sie stellte fest, daß sie sich fürchtete. Selbst nach vierzehn Jahren war sie schlecht vorbereitet.

Hungerfords zusammenhanglose und erregte Beteuerungen, die seine Aussage enthielten, verrieten wenig. Aber trotz der vorsichtigen, verschlungenen Formulierungen ließen sie Kenntnisse vermuten, die Olivia kalte Schauer durch den Körper jagten. War es möglich, daß er die Wahrheit kannte, nach der sie so lange gesucht hatten? Die Wahrheit über die letzten Tage von Jai Raventhorne ...

Wenn es so ist, habe ich die Kraft, mich dieser Wahrheit zu stellen ...

Olivia hatte Hungerfords Brief gerade zum zehnten Mal gelesen und sehnte sich danach, ihre Gedanken mit Laudanum zu beruhigen, als die Haushälterin hereinkam und Lord Birkhurst meldete.

Olivias Herz setzte einen Schlag lang aus.

Alistair? Er ist gekommen, um *mich* zu besuchen?

Sie hatte Alistair seit ihrer Rückkehr vom Palais an der Esplanade nicht mehr gesehen. Sie hatte sich täglich nach seinem Gesundheitszustand erkundigt, aber er war nie zu ihr gekommen. Er dachte nicht einmal daran, ihre Anfragen mit ein paar Zeilen zu beantworten. Sie

wußte, daß ihre Anwesenheit nicht erwünscht sein würde, und widerstand deshalb der Versuchung, ihn zu besuchen. Sie gab jede Hoffnung auf, die Barriere des Grolls, hinter der er sich vor ihr verschanzte, durchdringen zu können. Sie fragte sich sogar, ob sie ihn jemals wiedersehen dürfe! Olivia fühlte sich sehr angegriffen, aber jetzt spürte sie, wie sie vor Nervosität und Aufregung einen trockenen Mund bekam, während sie gleichzeitig überglücklich war.
Er kommt aus eigenem Antrieb! Vielleicht wird sich doch noch alles zum Guten wenden!
Sie sprang aus dem Bett, und damit sie Zeit hatte, ihre Gefühle unter Kontrolle zu bringen, trat sie ans Fenster und öffnete die Läden. Alistair konnte Sentimentalität nicht ausstehen. Sie mußte sich gegen alle erdenklichen Gefühle wappnen.
»Bitte ihn heraufzukommen«, befahl sie Sheba und zog einen chinesischen Morgenmantel aus hellroter Seide an. »Ich habe einfach nicht die Kraft, mich anzuziehen und hinunterzugehen.«
Als die Haushälterin Alistair ein paar Minuten später hereinführte, saß seine Mutter auf dem Sofa in ihrem persönlichen Wohnzimmer, das auf den Rasen hinter dem Haus ging. Sie blätterte in einer Zeitschrift. Er trat zögernd näher und verbeugte sich. Lächelnd bedeutete sie ihm, sich in einen Sessel auf der anderen Seite des niedrigen Glastischs zu setzen.
Es regnete zwar seit dem frühen Morgen, doch es war ein warmer, feuchter Tag. Trotzdem war er wie üblich förmlich gekleidet. Er trug eine dunkle Jacke und Hose, ein gestreiftes Hemd, eine Krawatte und spitze schwarze Schuhe. Sein linker Arm lag immer noch in einer Schlinge. Es war nicht verwunderlich, daß er ein rotes, erhitztes Gesicht hatte. Wie Olivia von Sheba wußte, war er im Wagen gekommen, aber trotzdem hatte er Regentropfen auf dem Gesicht, und sein Hemd wirkte feucht. Olivia stand auf und holte ein Handtuch für ihn. Er bedankte sich mit einem Nicken und trocknete sich wortlos und ohne zu lächeln vorsichtig ab.
»Es tut mir leid, daß ich Ihre Nachrichten nicht beantwortet habe«, sagte er zögernd mit leiser und beinahe trauriger Stimme. »Ich habe auf eine Gelegenheit gewartet, zu kommen und Sie persönlich zu

sprechen.« Sein Ton klang gepreßt, und wie es seine Gewohnheit war, sah er sie beim Sprechen nicht an.

»Geht es dir gut?« fragte Olivia und überlegte fieberhaft, welchen Grund Alistair für seinen Besuch wohl haben mochte. Aber eigentlich interessierte sie das nicht; sie war einfach überglücklich, ihn hier im Zimmer bei sich zu haben.

»Ja. Danke.«

»Und der Arm? Ich hoffe, er heilt zu deiner Zufriedenheit.«

»Es sieht so aus.« Er bewegte den Arm hin und her und spreizte und krümmte die Finger.

Sie nickte erleichtert. »Und die Platzwunde am Kinn, die schlimmste Verletzung?«

»Sie schmerzt nur, wenn ich draufdrücke. Äußerlich ist sie abgeheilt.«

»Es freut mich, das zu hören. In ein oder zwei Monaten wird nicht einmal eine Narbe geblieben sein.« Er nickte, und es entstand eine Pause. Um sie zu füllen, fragte Olivia: »Hast du Nachrichten von deiner Großmutter? Ich habe ihr zweimal geschrieben, aber vor Ende des Monats rechne ich nicht mit einer Antwort.«

Zu ihrer beider Erleichterung begann nun eine sichere, neutrale Unterhaltung. Sie sprachen über die alte Witwe, über das Landgut Farrowsham und über Willie Donaldson. Olivia konnte erkennen, daß er in ihrer Gegenwart immer noch nervös war und sich sichtlich unwohl fühlte. Sie gab vor, nichts davon zu merken, und plauderte fröhlich über Belanglosigkeiten. Er äußerte sich über das Wetter und erklärte, es überrasche ihn, daß es während des Monsuns so heftig regnen könne. Olivia erwiderte, das sei sehr gut so. Ohne die jährlichen Regenfälle hätten die Bauern kaum ein Auskommen. Bei wenig Regen würde eine schreckliche Nahrungsknappheit eintreten, besonders bei den Grundnahrungsmitteln. Alistair sagte, die Regierung müsse daran denken, moderne Bewässerungsmethoden einzuführen; es sei unsinnig, nur von den unvorhersehbaren Regenfällen abhängig zu sein. O ja, stimmte sie zu, das sollte die Regierung tun, aber Indien sei so ein riesiges, uraltes Land, und es sei bekannt, daß die Bauern auf der ganzen Welt eigensinnig am Althergebrachten festhielten.

Als Sheba zwei Gläser gekühltes Zitronenscherbett brachte, erkundigte sich Alistair nach Maja (»Miss Raventhorne«!). Die Haushälterin erwiderte, sie sei nicht zu Hause, sondern mit den beiden Stallknechten zum Futtermarkt gefahren, um Vorräte zu besorgen. Er bedauerte, daß er sie nicht sehen werde, da er sich darauf gefreut habe, die Stallungen zu besichtigen. Vermutlich hatte er damit alles gesagt, was ihm einfiel, und er versank in Schweigen.

Nachdem Sheba das Zimmer verlassen hatte, stieß er plötzlich hervor: »Ich muß Ihnen etwas sagen.«

Olivia stockte der Atem. »Ja?«

»Ich habe gestern Amos in seinem Büro aufgesucht.«

Olivia wurde blaß. »Ach...«

»Ich wollte mich bei ihm entschuldigen.« Sein Gesicht glänzte vor Schweiß, und er hielt den Blick fest auf seine Schuhspitze gerichtet.

»Entschuldigen...? Aber es ist doch wohl an Amos, sich...«

»Nein.« Er zuckte zusammen. »Nein, nicht Amos war im Unrecht, sondern ich.« Schnell und leidenschaftslos berichtete er, was sich an jenem Abend bei den Pendleburys zwischen ihm und Amos zugetragen hatte. Er unternahm nichts, um sich zu schonen.

»Aber warum hast du mir das alles nicht früher gesagt?« fragte Olivia entgeistert, als er geendet hatte. »Warum hat Amos nicht...?«

Alistair senkte nur sein rotes Gesicht.

Als Olivia die volle Bedeutung von Alistairs Geständnis erfaßte, wurde ihr schwarz vor Augen. »Es scheint, als hätte ich Amos schrecklich Unrecht getan«, flüsterte sie langsam und bemühte sich dabei, ihm nicht zu zeigen, wie sehr sie litt. »Ich hatte keine Ahnung...«

»Nein, wie hätten Sie es wissen sollen?« sagte er mit versteinertem Gesicht. »Ich hätte es früher klarstellen müssen. Ich schäme mich, daß ich es nicht getan habe. Aber verstehen Sie, ich ... konnte es nicht. Ich weiß nicht, warum. Es tut mir leid, wenn ich Ihnen unnötigen Kummer gemacht habe.«

Sie wußte, warum Alistair es nicht über sich gebracht hatte. Plötzlich empfand sie Mitleid, und sie wurde weich. Er sah so unglücklich aus,

er bedauerte seinen Fehler, und doch zitterte er vor Erleichterung darüber, daß er endlich den Mut aufgebracht und das demütigende Geständnis gemacht hatte. Olivia erkannte, wie schwer ihm das gefallen sein mußte. Deshalb ging sie mit einer Handbewegung darüber hinweg und sagte: »Wenigstens ist es jetzt heraus ...« Sie machte eine kurze Pause und sah ihn prüfend an. »Du hast gesagt, du warst bei Amos im Büro.«
»Ja.«
»Und er hat dich ... höflich empfangen?« Sie staunte, daß Amos ihn überhaupt empfangen hatte!
»Höflich genug.«
»Habt ihr euch die Hand gegeben?«
»Ja.«
Ihre Kehle wurde trocken. »Nun, dann ist es gut. Sehen wir die Sache als erledigt an.« Sie legte nachdenklich die Stirn in Falten. »Aber was war der Grund für die Schlägerei, Alistair? Hattest du zuviel Champagner getrunken?«
»Nein.« Er errötete. »Es war ein persönlicher Grund«, murmelte er und sagte nichts mehr.
Olivia holte tief und langsam Luft. »Du hast mich sehr glücklich gemacht, Alistair«, sagte sie, wobei sie sich bemühte, das Zittern ihrer Stimme zu unterdrücken. »Mein ganzes Leben habe ich gebetet, daß ihr beide, Amos und du, wenn ihr euch jemals begegnen würdet, nicht Todfeinde werdet.« Sie ließ alle Vorsicht beiseite und riskierte eine kühne Bemerkung. »Wer weiß, eines Tages werdet ihr vielleicht sogar ... Freunde.«
»Das wird nicht möglich sein. Ich fahre morgen nach England zurück.«
»Morgen?« wiederholte sie. Seine Worte waren wie ein Urteilsspruch. »Du fährst morgen?«
»Ja. Die meisten großen Probleme sind gelöst, und für mich gibt es in Kalkutta nichts mehr zu tun.«
Seit Alistair ihr alles gestanden hatte, war er sichtlich lockerer. Während er ihr von dem bevorstehenden Verkauf des Kontors an Mooljee und des Palais an den Parsen aus Schanghai berichtete, lächelte er

sogar, ohne zu ahnen, daß Olivia todunglücklich war. Von der Baumwollspinnerei und der Plantage sprach er nicht, und Olivia vergaß auch, sich danach zu erkundigen. Sie suchte nur krampfhaft nach einem Weg, sich mit der Wirklichkeit abzufinden. Er verließ sie, und sie durfte sich nicht anmerken lassen, daß sie völlig niedergeschmettert war.

Olivia fuhr sich mit der Zungenspitze über die starren, kalten Lippen. »Du fährst so bald?«

»Ja. Ich muß gehen. Meine Großmutter braucht mich. Und das Gut auch. Donaldson wird die Verkäufe zu Ende bringen und die abschließenden Formalitäten erledigen.«

»Und du hast nicht vor, zurückzukommen?«

»Nein.« Er trank einen Schluck Scherbett, und sein Gesichtsausdruck veränderte sich. »Nein, ich werde nie mehr zurückkommen. Ich habe Indien gehaßt, ja, *gehaßt*! Ich finde alles an diesem Land scheußlich. Es ist eine Beleidigung für die menschliche Würde ... die Unterwürfigkeit der Einheimischen, die Arroganz der Weißen, die Anmaßung aller Menschen hier, das abscheuliche Klima, sogar das Land selbst und der Geruch des Essens. Ich ...« Er rang nach Worten und rief dann: »Ich kann nichts mehr davon ertragen!«

Sein Ausbruch überraschte sie. »Abgesehen von all dem gibt es hier doch bestimmt auch vieles, was einen Wert hat.«

»Nicht für mich«, erklärte er entschlossen. »Ich könnte nie ein guter Kolonialist werden, wie mein Großvater es war. Mit dem Kolonialismus ist untrennbar Brutalität verbunden. Wir Engländer reden uns ein, das sei Zivilisation. In Wirklichkeit praktizieren wir eine Art von sozialem *Kannibalismus*. Wir garnieren die Haut, aber wir essen die Eingeweide und saugen allen, die hier leben, das Mark aus den Knochen. Ich kann nicht verstehen, warum wir überhaupt hier sind.« Er wandte sich plötzlich an sie und sagte erregt: »Ich kann nicht verstehen, warum *Sie* hier sind! Wie konnten Sie all die Jahre hierbleiben und das ertragen, was man erzählt ...« Er verstummte und biß sich heftig auf die Unterlippe.

Sie zwang sich, unbekümmert und heiter zu klingen, als sie fragte: »Was erzählt man? Daß ich eine ehrlose Frau bin? Daß ich außerehe-

lich mit einem Mann zusammengelebt habe? Daß ich einen Eurasier geliebt und geheiratet habe?«
»Das und noch mehr«, murmelte Alistair. Er war bei ihren offenen Worten bleich geworden. »Ich meine, würden Sie den Leuten dafür nicht am liebsten ins Gesicht schlagen?«
»Das stört dich?« fragte sie sanft. »Es stört dich, was die Leute über mich sagen?«
»Nein. *Ja*! Natürlich stört es mich! Es ist für jeden Mann demütigend, wenn die Leute über seine Mutter reden, unabhängig von ... von ... allem.«
»War das der Grund für die Schlägerei mit den jungen Männern?«
»Nein, damit hatte es nichts zu tun«, sagte er hastig und wurde verlegen. »Ich ... habe gefragt, weil es mich interessiert zu erfahren, warum Sie hierbleiben.«
»Ich bleibe hier, weil ich dazu gezwungen bin...« Sie verstummte und überlegte einen Augenblick. Dann schüttelte sie den Kopf. »Nein, das stimmt nicht. Ich bleibe hier, weil ich sonst nirgends hingehen kann.«
»Nirgends...«, wiederholte er erstaunt. »Aber Sie sind Amerikanerin. Sie könnten nach Amerika zurückgehen. Schließlich sind Sie *dort* zu Hause!«
»Vielleicht. Manchmal zweifle ich daran.«
Der Regen wurde heftiger. Er schlug gegen die Scheiben und drang durch ein offenbar nicht richtig geschlossenes Fenster ins Zimmer. Olivia stand auf, um es zu schließen, aber Alistair war vor ihr dort. Der Fensterflügel war gequollen; Alistair rüttelte daran und schloß ihn fest, so daß kein Wasser mehr hereindrang. Er blieb neben ihr stehen und blickte hinaus auf den Garten. Im strömenden Regen und dem heftigen Wind wirkte der graue, metallische Fluß, als sei er von Pockennarben übersät. Der Himmel schien sich beinahe auf die Erde herabzusenken.
Olivia deutete durch das Fenster auf die linke Seite des Rasens. »Siehst du dort den Mangobaum? Ich habe den Kern gepflanzt, als Maja sieben war. Und dort, den chinesischen Pfefferbusch? Den

habe ich als Steckling aus Kirtinagar mitgebracht. Amos hat ihn an seinem elften Geburtstag gepflanzt. Maja hat ihren ersten Zahn unter dem gefüllten Hibiskus begraben und sich dabei etwas gewünscht. Sie wollte mir nie sagen, was.« Sie sah ihn an und sagte in dem verzweifelten Wunsch, es ihm verständlich zu machen: »Verstehst du, Alistair, jede Erinnerung, die mir teuer ist, alles, was in meinem Leben von Bedeutung war, befindet sich hier.«

»Aber Amerika ist Ihre Heimat!« wiederholte er hartnäckig, denn er konnte nicht begreifen, daß sie so an diesem Land hing. »Nichts kann doch eine größere Bedeutung für jemanden haben als die Heimat.«

»Heimat...« Sie nahm das Wort in den Mund, schob es hin und her, als koste sie einen neuen Geschmack. »Weißt du, ich habe mich oft gefragt, was Heimat eigentlich ist. Vielleicht ist es etwas Unfaßliches, eine Haltung, ein Gefühl. Mehr ist Amerika für mich nicht mehr als ein Gefühl, ein Schatten in der Zeit. Eine Illusion, wenn du so willst. Gelegentlich, wenn ich mich verloren und einsam fühle, kehre ich wieder dorthin zurück. Ich gehe über die Koppeln und Felder, über die Hügel und durch die flachen Bäche. Ich atme den belebenden Duft von Sallys Doughnuts ein, den Duft von frisch gemähtem Gras und den Gestank des scheußlichen Tabaks, den mein Vater in seiner Pfeife rauchte...« Sie lachte; es war ein kleines, verlorenes Lachen, in dem ein Schmerz lag, der seine Vorstellungskraft überstieg. »Aber ich bleibe niemals lange. Man kann selbst in einer Illusion Heimweh bekommen.« Sie bemerkte, daß er sie verständnislos und verwirrt ansah. »Du verstehst nicht, was ich sage, nicht wahr?«

»Nein.«

»Nun ja, eines Tages wirst du es vielleicht verstehen«, sagte sie mit gezwungener Heiterkeit. »Wenn du älter bist. Dann wirst du vielleicht erkennen, daß Orte, die man liebt, in Wahrheit Menschen sind, die man dort geliebt hat.« Sie starrte auf den Damm. »Hier habe ich Jai zum ersten Mal gesehen, hier in diesem Haus, auf jenen Stufen, dort hinten am Fluß.« Sie war in ihrer Wirklichkeit eingetaucht und teilte sie mit ihm, obwohl sie wußte, daß diese Welt für ihn keine Bedeutung besaß. »Er hat seine letzten Tage in diesem Land ver-

bracht, Alistair. Hier ist er geblieben, obwohl ich nicht weiß, wo. Solange ich nicht jede Einzelheit dieser letzten Tage seines Lebens herausgefunden habe, kann ich Indien nicht verlassen.«
Weil es Olivia im Augenblick so sehr beschäftigte, erzählte sie ihm von Thomas Hungerford. Während sie von einem Abschnitt ihres Lebens sprach, an dem ihr zweiter Sohn keinen Anteil gehabt hatte, hörte er aufmerksam, aber ohne jeden Kommentar zu. Als sie geendet hatte, kämpften sein Groll und seine Neugier miteinander. Aber dann konnte er sich nicht zurückhalten und stellte ihr eine Frage:
»Und Sie glauben, daß dieser Mann, dieser Hungerford, Ihnen wahre Informationen geben wird?«
»Ich weiß es nicht. Ich kann es nur hoffen und beten. Ich weiß jedoch, daß mein Mann unschuldig ist. Ich muß hierbleiben, um dafür zu sorgen, daß seine Unschuld öffentlich anerkannt wird.« Sie wechselte das Thema. »Aber sag mir, welche Pläne hast du für die Zukunft?«
Eine Zukunft ohne mich!
Er erzählte es ihr mit zunehmender Begeisterung. Er wollte die Molkerei auf Farrowsham vergrößern, die Maschinen modernisieren, den Bestand durch robuste Herefordrinder verbessern, mit neuen Rassen experimentieren und eine neue Form des Fruchtwechsels erproben, von der ihm jemand in Kalkutta berichtet hatte. In seiner Begeisterung verlor er, angetrieben von der Lebhaftigkeit der Jugend und glühend vor Ehrgeiz, alle Scheu. Jedes Wort, das er sagte, schnitt Olivia ins Herz, denn es unterstrich seine Distanz zu ihr. Es war eine bittere Erinnerung daran, daß sie verschiedene Wege gingen, daß sie getrennte Leben führten. Dann sagte er, es sei Zeit zu gehen. Der Schmerz überwältigte Olivia, aber sie versuchte nicht, Alistair zurückzuhalten.
»Glaubst du, du könntest mir schreiben?«
»Ja, wenn Sie es möchten.«
»Ich werde heute abend einen Brief für deine Großmutter zu dir nach Hause bringen lassen.«
»Ich werde ihn ihr gern überbringen.«
Sie spürte scharfe, heiße Stiche hinter den Augenlidern. »Ich wußte

nicht, daß du so bald abreisen würdest. Ich habe nicht darüber nachgedacht, was ich dir schenken könnte ...«

Er blickte unverwandt auf seine Hände und spielte mit ihnen im Schoß. »Nun ja, es gibt etwas, das ich gerne hätte ...«

»Alles, was du willst!«

Er gab nicht sofort eine Antwort, sondern ging zum Sekretär, auf dem in einem Silberrahmen eine Photographie von ihr stand. Arvind Singh hatte die Aufnahme im Garten der Maharani in Kirtinagar gemacht, während er ihr seine vor kurzem erworbene brandneue und sehr moderne Kamera vorführte.

Alistair hielt das Bild scheu hoch. »Das?«

Sie nickte.

Er errötete. Sein Gesicht wurde wieder streng. »Für meine Großmutter«, erklärte er schnell. »Sie möchte wissen, wie Sie jetzt aussehen.«

»Ich verstehe.« Sie umklammerte die Stücke ihres gebrochenen Herzens, damit sie nicht auseinanderfielen. »Werden wir uns wiedersehen?«

Er wußte nicht, was er darauf antworten sollte, und runzelte die Stirn. »Vielleicht, wenn Sie je nach England kommen sollten ...« Er verstummte.

»Falls ich nach England kommen sollte, wäre ich dann willkommen?«

»Ich sehe keinen Grund, warum Sie nicht willkommen sein sollten.« Er räusperte sich. »Ich zweifle nicht daran, daß meine Großmutter Sie mit Freuden empfangen würde.«

»Und du?«

»Auch mir wäre es ein Vergnügen«, sagte er steif.

»Es war lieb von dir, daß du gekommen bist. Ich bin froh, daß wir Gelegenheit hatten, uns ... ein wenig zu unterhalten.«

»Großmutter würde es mir nie verzeihen, wenn ich es nicht getan hätte!«

»War das der einzige Grund?«

Er bewegte unruhig die Füße. »Nein. Ich ...«, er schluckte. »Ich wäre auch so gekommen.«

Sie wollte ihn in die Arme nehmen, sein scheues junges Gesicht küssen, sie wollte ihm sagen, daß sie ihn liebte und daß er wie Amos ein Teil von ihr sei. Aber sie tat es nicht. Er hätte nicht gewußt, wie er reagieren sollte. Sie sah, daß er ihr die Hand entgegenstreckte. Sie nahm sie wortlos in beide Hände und drückte sie.

»Ich bedaure, daß ich Miss ... Maja nicht gesehen habe. Bitte grüßen Sie sie vielmals von mir.«

»Das werde ich tun. Es wird ihr leid tun, daß sie dich verpaßt hat.«

»Ja, ich hatte mich darauf gefreut, ihre Stallungen zu besichtigen.«

»Sie wird bald zurück sein ...«

Er nahm das Angebot nicht an. »Donaldson wartet auf mich. Es gibt immer noch ein paar Dinge, die abgeschlossen werden müssen.« Er entzog ihr sanft seine Hand. »Also, ich glaube, ich sollte jetzt gehen.«

»Ja.«

»Das Schiff läuft morgen sehr früh aus. Mit der ersten Flut. Es ist eines von Ihren.«

Nun standen ihr doch Tränen in den Augen. »Geh mit meinem Segen, mein Sohn. Vergiß nicht, wo immer du bist, ein Teil von mir wird bei dir sein.«

Mehr gestattete sie sich nicht zu sagen – und mehr hätte er auch nicht zugelassen.

Unvermittelt beugte er sich vor und drückte ihr einen festen Kuß auf die Wange.

»Auf Wiedersehen«, sagte er und griff nach der Photographie, »Mutter.«

Damit ging er.

Als Amos an diesem Abend zurückkam, fand er seine Mutter am Fluß. Es hatte aufgehört zu regnen; eine angenehme und erfrischende Kühle lag in der Luft. Er setzte sich auf das niedrige Mäuerchen, das die Steinstufen seitlich abschloß.

»Thomas Hungerford ist angekommen. Ich werde ihn morgen vormittag um zehn hierherbringen.«

Sie spürte das vertraute Prickeln der Angst am Rückgrat und ahnte, daß es ihm ebenso ging. Aber sie faßte sich gleich wieder und sagte: »Alistair hat mich heute besucht.«

»Ach.«

»Er reist morgen ab.«

»Ich weiß.«

»Er hat mir ... alles gesagt.«

Amos wandte stumm den Blick ab.

Sie stand auf, ging zu ihm und nahm ihn in die Arme.

»Verzeih mir, Liebling, wenn du kannst...«

Ihr Ohr lag an seiner Schulter, und sie hörte, wie er Luft holte und einen schwachen erleichterten Seufzer ausstieß. Er bewegte sich nicht. Nach einem langen Augenblick legte er ihr den Arm um die Hüfte und lachte leise. Er berichtete ihr vom Kauf der Spinnerei und der Plantage.

*

Es überraschte Olivia, wie klein Hungerford war.

In den dreizehn Jahren, in denen er in ihrer Vorstellung herumgespukt hatte, war er gewachsen, war er zu einem Ungeheuer, einem Riesen geworden, einem Übeltäter. In Wirklichkeit war er von kleiner Gestalt und wirkte wie ein zu groß gewachsenes Kind. Er ging leicht gebückt. Bereits das Gewicht des Kopfes schien zuviel für seine Schultern. Die Krankheit hatte ihn verwüstet. Die Haut hing an ihm wie ein schlechtsitzendes Kleidungsstück, in dem sein Körper geschrumpft war. Große, leblose und unendlich müde Augen mit dunkelgrauen Ringen beherrschten das runzlige, wächserne Gesicht. Über den gespannten blauen Lippen, zwischen denen man vernachlässigte Zähne sah, wuchs ein spärlicher Schnurrbart. Auf dem Kopf hatte er kaum noch Haare. Er wirkte alt und verbraucht, obwohl sie wußte, daß er noch nicht vierzig war. Thomas Hungerford war kein einnehmender Mann, und an seiner schweren Krankheit konnte kein Zweifel bestehen.

Amos übernahm es, sie miteinander bekanntzumachen. »Mutter,

darf ich dir Leutnant Thomas Hungerford vorstellen, ehemals bei den Ersten Madras-Füsilieren.«

Hungerford streckte eine zittrige Hand aus. Olivia ergriff sie nicht. Sie warf ihm nur mit distanzierten, unerbittlichen Augen einen flüchtigen Blick zu. Maja sah den Mann nicht einmal an. Sie saß still und mit ausdruckslosem Gesicht in einer Ecke. Hungerford machte eine Verbeugung. Er war unsicher auf den Beinen und blickte starr auf einen Punkt irgendwo hinter Olivia. Dann drehte er sich um und setzte sich in den Sessel, den Amos ihm mit einer Handbewegung zuwies. Amos ging an das andere Ende des Zimmers und stützte den Ellbogen auf den Kaminsims.

Niemand sagte etwas. Die Stille breitete sich aus. *Wo* sollte man anfangen...?

Hungerford brach schließlich das Schweigen. »Ich glaube, bevor wir beginnen, Mrs. Raventhorne, muß ich etwas klarstellen.« Seine Stimme klang seltsam monoton und unmelodisch, als rezitiere er etwas Auswendiggelerntes. »Mir ist bewußt, daß ich durch mein Schweigen in den vergangenen Jahren Ihnen und Ihrer Familie großes Leid verursacht habe. Ich bringe keine Entschuldigung für mein Verhalten vor, denn es gibt keine. Es wäre geheuchelt, wenn ich Bedauern zeigen würde, denn ich empfinde kein Bedauern. Ich habe getan, was ich getan habe, weil es damals richtig zu sein schien, oder vielmehr angebracht ... und natürlich vorteilhaft war. Trotzdem bitte ich Sie um Nachsicht ...«

»Sie haben meinen Mann gehängt!« Olivias Stimme klang messerscharf. »In diesem Haus kann es keine Nachsicht mit Ihnen geben, Leutnant Hungerford! Wenn Sie nicht angeblich neue Informationen über meinen Mann hätten, wäre Ihnen nicht erlaubt worden, einen Fuß über unsere Schwelle zu setzen. Schämen Sie sich nicht, diese Dinge so spät offen zu gestehen?«

»Nein, über Scham bin ich hinaus. Ich bin über alles hinaus.« Er hustete. »Mr. Hawkesworth muß Ihnen das bereits gesagt haben.«

»Warum haben Sie sich dann überhaupt die Mühe gemacht und sich jetzt bei uns gemeldet? Um Geld aus Ihrem angeblichen Wissen zu ziehen?«

»Ich habe keine Verwendung mehr für Geld. Die Krankheit hatte bereits meine Lunge erfaßt, als ich Mr. Hawkesworths Nachricht durch Mrs. Margaret Findlater erhielt. Wissen Sie, die Findlaters und ich teilten uns ein Doppelhaus in Turnbridge. Wie auch immer. Mein Entschluß, dem Ruf von Mr. Hawkesworth Folge zu leisten, war wie alles in meinem vergeudeten Leben von eigennützigen Interessen bestimmt. Ich wollte in Indien sterben. Ich wäre ohnehin gekommen. Ich stehe jenseits irdischer Justiz und habe nichts mehr zu verlieren.« Sein Gesicht verzog sich krampfhaft. »Der Grund für mein Hiersein ... in diesem Haus ist bedauerlicherweise ebenfalls eigennützig. Mir fehlt der Mut, mit der Last des Wissens, von der ich mich hätte schon lange befreien sollen, vor meinen Schöpfer zu treten.«

Es war nicht zu glauben. Der Mann sprach ohne den geringsten Anflug von Gefühl!

»Zumindest sind Sie ehrlich in Hinblick auf Ihre Motive, das muß ich Ihnen zugestehen!« sagte Amos mit schlecht verhohlener Verachtung. Er warf seiner Mutter einen fragenden Blick zu, und sie nickte. Er nahm Hungerford gegenüber Platz und griff als Vorspiel zu der kommenden Befragung nach den Papieren, die auf dem Tisch neben ihm lagen. »In Ihrer Aussage ist vieles unverständlich oder unleserlich, Leutnant. Manches ergibt überhaupt keinen Sinn.«

Hungerford versuchte, schwach zu lächeln. »Verzeihen Sie mir. Meine Finger sind nicht mehr so sicher, wie sie einmal waren. Es fällt mir schwer, die Feder zu halten, und ich kann mich nicht konzentrieren.« Er nickte und faltete die Hände im Schoß. »Ich bin bereit, alle Fragen zu beantworten, die Sie mir stellen möchten.«

»Das ist auch gut so, Leutnant Hungerford«, erwiderte Amos trokken. »Es gibt hier sehr viel, was einer Erklärung bedarf. Ihre Behauptungen sind, offen gestanden, unerhört und überschreiten weit die Grenzen des Glaubhaften.«

»Mit der Wahrheit verhält sich das oft so, Mr. Raventhorne! Übrigens, seit ich siebenundfünfzig mein Offizierspatent zurückgegeben habe, ziehe ich es vor, den militärischen Rang nicht zu benutzen.«

»Nun gut. Lassen wir das. Also Mr. Hungerford.« Er blickte auf den

Brief. »Als erstes möchte ich die Bestätigung für das, was Sie hier auf Seite eins schreiben – daß die Aussage, die Sie und Hauptmann Findlater vor General Havelock und seinen Offizieren gemacht haben, nicht ganz richtig war.«

»Jawohl, das stimmt.«

»In anderen Worten, Sie haben beide das Blaue vom Himmel heruntergelogen!«

»Ja.«

»Wenn Sie gegenüber einem militärischen Untersuchungsausschuß zu einem solchen Betrug fähig waren«, fragte er erregt, »welchen Beweis haben wir dann, daß Sie uns die Wahrheit sagen werden? Sie, ein Mann, der jederzeit einen Meineid leistet, wenn es den eigenen Interessen dient!«

»Keinen. Oder zumindest keinen, den ich an diesem Punkt bereit bin zu liefern. Sie werden mir glauben müssen.« Hungerford hustete und legte sich dann eine zittrige Hand auf die Stirn. »Ich bat um Ihre Nachsicht, Mrs. Raventhorne, auf Grund einer Tatsache, die ich hier nicht genannt habe.« Er wies mit einer ruckartigen Bewegung auf die Papiere, die Amos in der Hand hielt. »Wissen Sie, wir haben nämlich Ihren Mann nicht gehängt.«

Es entstand eine eisige Stille im Raum. Eine ganze Minute lang sagte niemand etwas. Selbst Maja, die in ihrer eigenen schweigenden Welt versunken gewesen war, stockte der Atem, und sie kehrte mit einem Ruck in die Wirklichkeit zurück. Amos fand als erster die Sprache wieder. »Ich wäre Ihnen dankbar, wenn Sie wiederholen könnten, was Sie gerade gesagt haben, Mr. Hungerford«, bat er ruhig.

»Weder Hauptmann Findlater noch ich haben Jai Raventhorne gehängt. Ich schwöre, das ist die Wahrheit.«

»Sie meinen, Sie haben mit dem Hängen nichts zu tun gehabt?«

»Nein. Ich weiß nicht einmal etwas darüber. Wir waren nicht die Zeugen der Hinrichtung. Die Leiche hing bereits an dem Baum, als wir die Lichtung erreichten.«

»Aber wer ...?«

Hungerford wischte die Frage mit einer Handbewegung beiseite. Er schloß die Augen und betastete die Lider mit den Fingerspitzen, als schmerzten ihn seine Augen. »Es gibt so viel zu sagen, so viel! Vielleicht wäre es einfacher, Sie gestatten mir, die Folge der Ereignisse mit meinen Worten zu berichten.«

Amos legte die Papiere auf den Tisch und lehnte sich zurück. »Selbstverständlich, wenn Ihnen das lieber ist. Aber ich verspreche Ihnen, Mr. Hungerford, wenn ich eine Lüge entdecke, nur eine ...«

»Es wird keine Lügen geben«, sagte Hungerford müde. »Ich habe weder die Kraft noch die Phantasie, um mir noch mehr Lügen auszudenken.« Er versuchte, sich zu räuspern, aber dabei wäre er beinahe vor Husten erstickt. »Bitte zuerst ein Glas Wasser...«, keuchte er schließlich.

Seine Kehle war offenbar ausgedörrt, denn er trank durstig, und erst danach konnte er mit seinem Bericht beginnen. Er sprach teilnahmslos, aber schnell, als könnte er es kaum abwarten, das Gewicht der Worte loszuwerden, die schwer in seinem Mund lagen.

»Es begann alles«, sagte Thomas Hungerford leise und tonlos, »am Morgen des 17. Juli 1857. Ich erinnere mich, es war ein Freitag. Als Madras-Füsiliere marschierten wir mit General Havelock und seinen Truppen in Richtung Kanpur. In den allgemeinen Wirren wurden Hauptmann Findlater, ich und eine Handvoll Sepoys während der Nacht von unserem Regiment getrennt und irrten eine Weile ziellos herum. Dabei erreichten wir sehr früh am Morgen zufällig die Lichtung und entdeckten die Leiche, die an einem Bobaum hing. Eine Schar Bauern stand teilnahmslos und verängstigt davor. Die Leiche war noch nicht kalt, aber keiner der Bauern wußte, wie sie dorthin gekommen war. ›Ein Wunder‹, wie Findlater sagte. ›Manna vom Himmel!‹« Er lächelte dünn und humorlos und war mit seinen Gedanken in einer anderen Dimension.

»Auf Jai Raventhornes Kopf war eine Belohnung ausgesetzt«, fuhr Hungerford in seiner Erzählung fort. »Es kursierten Gerüchte über seine aktive Beteiligung am Bibighar-Massaker vom Vortag. Jeder wußte eine wahre oder erfundene Schreckensgeschichte zu berichten. Niemand hatte den Willen oder die Zeit, Untersuchungen anzustellen. Die britischen Soldaten liefen Amok. Sie hängten und erschossen jeden, der auch nur den geringsten Verdacht erregte, ja sogar viele Unverdächtige. Die Jagd auf die Einheimischen war eröffnet. Amateurhenker stillten hemmunglos ihren Rachedurst oder sahen im Töten nichts anderes als einen Sport. Hunderte wurden gefangengenommen und ohne Rücksicht auf ihre Herkunft an jedem Ast aufgehängt, der das Gewicht trug. General Neills Befehle an Major Renaud waren klar: Dörfer in der Umgebung sollten geplündert werden. Die Soldaten sollten alle Männer auf der Stelle erschießen, Sepoys ohne Papiere hängen, und es durften keine Gefangenen gemacht werden. Es sollte ein abschreckendes Exempel statuiert werden. Als Vergeltung schien keine Strafe zu schwer.« Er zitterte, es war das erste Zeichen von Gefühl. »Es war entsetzlich, entsetzlich! Überall lag der Gestank von Blut und Tod in der Luft. Niemand, der nicht dabei war, kann sich vorstellen, wie es war ... eine Hölle mit Männern, die sich in Teufel verwandelt hatten.«

Es dauerte ein paar Augenblicke, bis er sich wieder gefaßt hatte. Dann sprach er in dem monotonen Tonfall weiter.

»Das Gesicht des Toten war verstümmelt, aber wir sahen, daß er eine ungewöhnlich helle Haut hatte. Die starren Augen waren grau. Er trug nur eine lose Jacke, in deren Tasche sich ein paar persönliche Dinge befanden – eine silberne Taschenuhr, ein Taschenmesser, mehrere Briefe, darunter offenbar der Hilferuf einer Frau, die hinter der Verschanzung von Kanpur eingeschlossen war. Findlater schrieb einen Bericht.«

»Wer hat die Leiche meines Vaters identifiziert?« fragte Amos mit belegter Stimme.

»Ich.« Er schwieg, dann erklärte er: »Ich bin in Kalkutta aufgewachsen. Ich hatte Mr. Raventhorne mehrere Male gesehen. Ich kannte sein Gesicht so gut wie mein eigenes.« Er machte eine Pause und strich sich über die Brust, als versuche er, die Spannung in seiner Lunge zu lindern. »Auf Jai Raventhornes Festnahme – tot oder lebendig – waren fünfzigtausend Rupien ausgesetzt. Soweit wir erkennen konnten, gab es niemanden sonst, der die Belohnung beanspruchte. Findlater schrieb in seinem Bericht, er habe Jai Raventhorne gefangengenommen und hingerichtet, als er von der Szene des Massakers floh. Wir unterzeichneten den Bericht beide und übergaben ihn den

Militärstellen zusammen mit ... mit...« Er schluckte. Die Worte steckten ihm wie eine Fischgräte im Hals.
»Zusammen mit dem Kopf meines Mannes«, beendete Olivia scheinbar ungerührt den Satz. »Fällt es Ihnen schwer, *das* auszusprechen?«
Hungerford senkte den Kopf, um ihrem Blick auszuweichen. »Ja. Er war zur Identifizierung erforderlich. Ohne ihn hätten wir nicht die Belohnung bekommen.«
Olivia erhob sich mit geballten Fäusten halb von ihrem Platz. »Dann war auch das gelogen, was Sie vor dem Ausschuß ausgesagt haben? Sie haben erklärt, daß Sie gesehen hätten, wie mein Mann nach dem Massaker aus dem Bibighar gekommen sei?«
»Ja.« Er hob den Kopf immer noch nicht. »Wir waren zu keiner Zeit in der Nähe des Bibighar.«
»O mein Gott! Wie konnten Sie nur...«
»Laß ihn ausreden, Mutter.« Maja kam schnell herüber und setzte sich neben Olivia. »Er ist noch nicht fertig.« Olivia griff nach ihrer Hand und umklammerte sie. Ihre Nägel bohrten sich Maja in den Handrücken.
Amos räusperte sich. »Haben Sie uns noch mehr zu sagen?«
»Ja, noch mehr.« Hungerford beugte sich vor und hob den schäbigen kleinen Seesack auf, der neben seinem Fuß lag. »Verzeihen Sie mir, Mrs. Raventhorne, das wird ein schmerzlicher Moment für Sie werden. Aber es ist unbedingt erforderlich, daß Sie mir die beiden Fragen beantworten, die ich Ihnen stellen will, sonst kann ich mit meinem Bericht nicht fortfahren.«
Er holte ein Päckchen und einen braunen Umschlag aus dem Seesack. Er öffnete das Päckchen, nahm etwas heraus und hielt es hoch, damit alle es sahen. Es war ein alter Schaftstiefel, dessen schwarzes Leder durch langen Gebrauch rissig geworden war.
»Würden Sie sagen, er gehörte Ihrem Mann?« fragte er Olivia.
Amos stieß einen Fluch aus und wurde rot vor Zorn. »Was für ein Trick ist das, Mann? Sehen Sie nicht, welche Qualen meine Mutter bereits leidet? Was für einen Sinn hat diese gefühllose Zurschaustellung von ... von?« Er konnte nicht weitersprechen.

»Sie hat einen Sinn, aber ich kann nicht fortfahren, solange die Frage nicht beantwortet ist.«
»Nein. Das ist kein Stiefel meines Mannes«, sagte Olivia nach einem flüchtigen Blick schnell, um den Streit zu beenden.
»Sind Sie ganz sicher, Mrs. Raventhorne?« fragte Thomas Hungerford.
»Ja. Der Stiefel ist mindestens zwei Nummern zu klein. Mein Mann hatte sehr große Füße. Ich habe ihn damit geneckt. Aber wem gehört er?«
Er antwortete nicht, sondern erhob sich mühsam aus seinem Sessel und stellte sich vor sie hin. Dann zog er etwas aus dem braunen Umschlag – ein etwa zwei Zentimeter dickes Haarbüschel. Er versuchte nicht, es ihr zu geben, sondern legte es nur auf seine Handfläche, damit sie es besser sah. »Würden Sie sagen, das stammt vom Kopf Ihres Mannes?«
Olivia blickte auf die Handfläche und schüttelte den Kopf. »Sie sind dunkelbraun. Mein Mann hatte schwarze Haare...« Sie warf Amos einen verwirrten Blick zu. »Was hat das alles zu bedeuten? Woher hat er diese ... diese Dinge?«
Hungerford beantwortete ihre Frage. »Von der Leiche, die wir an dem Baum gefunden haben.«
»Aber wie ist das möglich?« rief Olivia. »Beides stammt nicht von meinem Mann!«
»Ich weiß«, sagte Hungerford ruhig.
»Aber wieso...« Sie starrte ihn entsetzt an.
Amos sprang auf und war im nächsten Augenblick neben Hungerford. Er packte ihn am Jackenkragen und rief: »Ich verbiete Ihnen, uns noch länger auf die Folter zu spannen. Was zum Teufel wollen Sie uns sagen?«
Er ließ los. Hungerford wankte zu seinem Sessel und sank darin zusammen. Er holte mehrmals laut keuchend Luft, hustete und krächzte, bis sein Atem wieder ruhiger ging. Dann wischte er sich die schweißnasse Stirn und schloß die Augen.
»Ich will Ihnen sagen, daß wir auf dieser Lichtung nicht Jai Raventhornes Leiche gefunden haben.«

Wieder senkte sich das Schweigen so erstickend wie Gift über den Raum. Draußen stieß ein Vogel einen schrillen Ruf aus. Es klang wie ein Schrei. Amos zuckte zusammen, doch Olivia saß wie erstarrt in ihrem Sessel. Nicht einmal ihre Augen bewegten sich.
»Werden Sie freundlicherweise deutlicher, Sir!« befahl Amos, dem es sehr schwerfiel, normal zu sprechen. »Die persönlichen Dinge meines Vaters befanden sich in der Jackentasche dieses ...«
»Ja, ich habe sie selbst herausgenommen. Sie wurden den Behörden übergeben. Vermutlich sind sie inzwischen wieder im Besitz Ihrer Familie.«
Amos lachte höhnisch. »Verlangen Sie tatsächlich von uns, daß wir glauben sollen, Sie und Findlater hätten einen Unbekannten für meinen Vater ausgegeben? Daß die Militärbehörde Ihre Behauptung hingenommen hätte? Großer Gott, erwarten Sie tatsächlich, daß wir diesen Unsinn schlucken! Wofür halten Sie uns. Für Dummköpfe?«
»Ich erwarte, daß Sie glauben, was ich sage, weil es die Wahrheit ist«, erwiderte Hungerford ungerührt. »Findlater haßte Jai Raventhorne, obwohl er ihn nie gesehen hatte. Er wollte unbedingt derjenige sein, der ihn gefangennahm. Er wollte das so verzweifelt, so zwanghaft, daß ich beschloß, ihm den Gefallen zu tun. Ich habe mir damit selbst große Vorteile verschafft. Findlater hatte keinen Grund, meiner Identifizierung zu mißtrauen.« Er blickte Olivia direkt ins Gesicht und sagte: »Der Mann, der an dem Baum hing, war ein Eurasier. Aber es war nicht Jai Raventhorne!«
»Und die Militärs, General Havelock oder wem auch immer Sie den Kopf vorgelegt haben?« fragte Amos sarkastisch. »Ich nehme an, keiner von ihnen kannte meinen Vater!«
»Einige kannten ihn, allerdings nur vom Sehen.« Er rutschte vor, bis er auf der Sesselkante saß, und streckte den Rücken gerade, vermutlich konnte er so leichter atmen. Er richtete das Wort direkt an Olivia. »Was ich jetzt sagen werde, ist unerfreulich, ja sogar ekelerregend. Aber in einem solchen Krieg, wo man sich täglich von Tod und teuflischem Leid ernährt, werden Männer, in dem Drang zu überleben, gefühllos.« Er wurde wieder bitter. »Die Einzelheiten mögen noch so

unappetitlich sein, aber alle Ihre Fragen müssen beantwortet werden, und dafür bitte ich Sie noch einmal um Nachsicht.«

Er wandte sich an Amos. »Sie dürfen nicht vergessen, die Gesichtszüge des Toten waren schwer entstellt. Und in der heißen Sonne begann das Fleisch sehr schnell zu verwesen. Als wir den Kopf abtrennten und nach Kanpur brachten, um ihn den Behörden zu übergeben, hat er bereits zum Himmel gestunken. Niemand in General Havelocks Hauptquartier wollte oder konnte nahe an ihn herangehen. Man befahl uns einfach, die gräßliche Trophäe auf die Erde zu legen. Zuerst inspizierte den Kopf eine Gruppe Offiziere, dann General Havelock selbst. Sie hielten alle Tücher auf Mund und Nase gepreßt. Jemand schob mit einem langen Stock einen Stoffzipfel vom Gesicht des Mannes, sah die weiße Haut, die hellen, starren Augen, und schob den Stoff schnell wieder darüber. Die Identifizierung hätte überhaupt nicht schneller vonstatten gehen können. Alle jubelten und brachen in Hochrufe aus. Niemand dachte daran, eine genauere Untersuchung anzustellen.« Er verzog bei der Erinnerung angewidert den Mund. »Sie müssen wissen, die Männer waren erschöpft ... völlig fertig. Sie hatten wunde Füße und waren krank von der Hitze und dem Blut. Es war kaum noch Kraft für Prozeduren und Papierkram, für die Regeln der Justiz. Verstehen Sie, keiner kümmerte sich mehr darum.«

Amos blickte besorgt zu seiner Mutter hinüber. Sie saß immer noch da, als sei sie aus Stein gemeißelt. »Weshalb haben Sie den Stiefel und die Haare aufbewahrt?« fragte er.

Hungerford zuckte die Schultern. »Ich weiß nicht. Vielleicht habe ich schon damals vorausgesehen, daß sich eines Tages mein schlechtes Gewissen melden würde...«

»Es hat sich ziemlich spät gemeldet, nicht wahr?« sagte Amos verdrießlich. »Sie konnten in den vergangenen Jahren schweigen, obwohl Sie wußten, daß mein Vater durch Ihre falsche Aussage zu Unrecht verleumdet wurde!«

»Ich wollte nicht wegen eines Meineids im Gefängnis landen. Außerdem...« Er brach ab und starrte auf seine Füße.

»Außerdem?«

»Außerdem wußte Findlater, daß ich gelogen hatte, um ein Offizierspatent in der indischen Armee zu bekommen, und daß ich durch meine Lüge mit gefälschten Papieren nach Sandhurst gekommen war...« Er machte eine Pause. »Wissen Sie, meine Mutter war zur Hälfte Inderin. Ich bin ein Eurasier. Ich mag nicht so aussehen, aber ich bin es. Ich konnte keinen Anspruch darauf erheben, britischer Offizier zu werden. Das wußte Findlater...«

»Findlater hat Sie erpreßt, damit Sie die Lügen nicht widerriefen?«

Hungerford lächelte dünn. »Ich könnte es ganz bequem Findlater anlasten, aber das wäre nicht ganz richtig. In der Hauptsache habe ich aus Habgier gelogen und die Lügen später aus Angst nicht widerrufen. Ich wollte die Belohnung in Freiheit genießen.«

»Und wenn mein Vater Sie zur Rede gestellt hätte, wenn er...?«

»Ihr Vater stellte keine Gefahr für mich dar.«

»Ach? Und wie sind Sie zu diesem Schluß gekommen?«

»Aus einem sehr guten Grund.« Hungerford trank etwas Wasser aus dem Glas, das neben ihm stand. »Die Leiche, die wir gefunden hatten, war die des eurasischen Mörders im Bibighar. Er war einer der fünf Henker, die von den Gefolgsmännern des Nana Sahib angeheuert worden waren, um die Frauen und Kinder dort niederzumachen.«

»Sie haben gesagt, Sie seien nie in der Nähe des Bibighar gewesen.«

»Das war ich auch nicht. Aber ich kannte den Mann. Er hatte einen Laden im Basar von Kanpur. Ich habe erst sehr viel später erfahren, daß er in das Massaker verwickelt war.«

»Und wer hatte ihn umgebracht?« fragte Amos.

Hungerfords Aussehen hatte sich während seines Berichts verändert. Seine Augen glänzten wie im Fieber, seine Hände zuckten, und sein Gesicht war gerötet. Die Erinnerung forderte unübersehbar ihren Tribut; er war der völligen Erschöpfung nahe. Irgendwie fand er schließlich die Kraft weiterzusprechen.

»Ihr Vater.«

»Mein *Vater*...!«

»Wie hätten die persönlichen Dinge Ihres Vaters sonst in die Tasche des Toten gelangen können? Ihr Vater hat ihn getötet, um seinen eigenen Tod vorzutäuschen. Man sollte glauben, daß es sich bei dem Toten um Jai Raventhorne handelt.«

Niemand sprach, aber die Fragen standen unausgesprochen in ihren verwirrten Augen.

»Die Frage nach dem *Warum*, die Sie sich jetzt stellen, habe ich mir immer und immer wieder gestellt. Schließlich, und ich versichere Ihnen, es geschah ganz zufällig, stieß ich auf die Antwort.« Er trank gierig und in großen Zügen, um seine trockene Kehle zu befeuchten. »Ihr Vater brauchte ein Alibi. Was für ein besseres Alibi konnte es geben, als tot zu sein?«

»Aber wozu ein Alibi?«

Olivia hatte bis jetzt stumm und starr zugehört. Jetzt riß sie sich aus ihrer Betäubung. »Was bedeutet das schon, *wer* oder *warum* oder *wozu?*« rief sie. »Wenn es nicht mein Mann war, der an diesem Tag gestorben ist, wo war er ... wo *ist* er?« Sie begann zu zittern. »Gütiger Gott, ist es möglich, daß er noch lebt? Wollen Sie uns das sagen?«

Hungerford schüttelte den Kopf. »Nein, Mrs. Raventhorne«, sagte er ruhig. »Das will ich Ihnen nicht sagen. Ich bedaure zutiefst, bestätigen zu müssen, daß Ihr Mann tot ist.«

»Woher wissen Sie das?« rief sie so aufgeregt, daß sie nicht mehr sitzen bleiben konnte. Sie sprang auf. »Wie können Sie das mit dieser Sicherheit sagen?«

»Ich kann es, weil...«, er brach keuchend ab und rang nach Luft.

»Weil, Mr. Hungerford, *weil?*« Noch ehe jemand es verhindern konnte, war Olivia bei ihm und packte ihn an den Armen. »Weil? Sagen Sie es...!« Sie geriet außer sich und begann, ihn heftig zu schütteln.

Maja und Amos kamen dem Mann schnell zu Hilfe. »Mutter, er ist krank!« rief Maja. Zusammen lösten sie Olivias Finger einzeln von seinem Arm und führten sie zu ihrem Sessel zurück. »Er kann nicht sprechen, Mutter. Laß ihm Zeit, sich zu erholen...«

Amos goß Hungerford schnell ein frisches Glas Wasser ein. Aber der Kranke war zu schwach, um es lange zu halten. Er nahm nur ein paar kleine Schlucke und lehnte sich nach Luft ringend zurück.
Olivia sank mit einem leisen Aufschrei in ihren Sessel. Sie war entsetzt über sich selbst, aber gleichzeitig trieb sie die Spannung beinahe zum Wahnsinn. Sie vergrub das Gesicht in den Händen, und Maja legte ihr den Arm um die Schultern. Hungerford hustete noch einige Zeit in sein Taschentuch. Als er es schließlich vom Mund nahm, schien er am Ende seiner Kräfte. Das Taschentuch war blutgetränkt.
Amos stand immer noch mit dem Glas neben ihm. Er wartete einen Augenblick und fragte dann ruhig: »Mr. Hungerford, wie können Sie so sicher sein, daß mein Vater tot ist?«
Hungerford öffnete die Augen nicht – vielleicht konnte er es nicht. Aber mit einer gewaltigen Willensanstrengung fand er seine schwache Stimme wieder. »Weil ich bei ihm gewesen bin, als er starb. *Ich* habe Jai Raventhorne begraben.«
Er wollte weitersprechen, aber die Worte gingen in einem neuen schrecklichen Hustenanfall unter. Hungerford griff sich krampfhaft an die Brust und keuchte und zuckte, als wollte er sein Herz ausspuken. Die Atemnot war für ihn unvorstellbar qualvoll. Als der Anfall vorüber war, konnte er kaum noch atmen.
»Wir müssen ihn zu Bett bringen, Mutter«, sagte Amos. »Schickt jemanden zu Doktor Humphries.«
»Nein, kein ... Arzt«, stieß Hungerford kaum hörbar hervor. »Kein Arzt ... Medizin ... im Seesack ...«
Amos fand die Flasche und schüttete Hungerford etwas von der dunklen Flüssigkeit in den Mund. Nach einiger Zeit schlug er die Augen auf, aber es war deutlich, daß er nicht so schnell wieder zu Kräften kommen würde.
Mehrere Diener wurden gerufen, und sie trugen die gebrechliche Gestalt in ein Gästezimmer neben dem Arbeitszimmer. Sheba brachte eilig die notwendigen Dinge herbei. Das Medikament wirkte offensichtlich beruhigend, denn Hungerford fiel bald darauf in einen tiefen Schlaf. Sein Atem ging schwer, aber regelmäßig. Auf seinem

Gesicht lag ein seltsam zufriedener Ausdruck, als habe er schließlich einen inneren Frieden gefunden, nachdem er das so lange getragene Kreuz endlich abgeworfen hatte.

In ihrem Zimmer im oberen Stock brach Olivia völlig erschöpft auf dem Bett zusammen. Ihre Hand griff automatisch nach der Flasche Laudanum. O Gott, wie sie sich danach sehnte, ins Vergessen zu sinken, ihr Bewußtsein und jeden Gedanken darin auszulöschen! Doch sie zog die Hand mit einem ärgerlichen Kopfschütteln zurück. Mit größter Anstrengung schleppte sie sich an den Sekretär und setzte sich, um einen Brief an Arvind Singh und Kinjal zu schreiben:

»Meine lieben Freunde«, schrieb sie in hektischer Eile, »es gibt Neuigkeiten, seltsame, beunruhigende und verwirrende Neuigkeiten über Jai. Ich habe Angst! Ich kann nichts verstehen, nichts begreifen. Amos und Maja sind zu jung, zu unvorbereitet, und ihre Schultern sind noch nicht stark genug, diese schwere Bürde zu tragen. Mein Gehirn ist gelähmt, es weigert sich zu funktionieren. Ich brauche Eure Hilfe. Ich bitte Euch, kommt so schnell Ihr könnt, nein, sobald Ihr diese Zeilen seht. Bitte, Ihr Lieben, bitte beeilt Euch!«

Sie übergab den Brief Rafiq, damit er ihn noch in derselben Nacht überbrachte. Kirtinagar lag nur einen Fünfstundenritt entfernt. Er würde ohne Mühe vor dem Morgengrauen dort sein.

»Wie geht es ihm?« fragte sie Amos, der in ihr Zimmer kam.

»So gut, wie man es erwarten kann. Das Medikament, das er bei sich hat, scheint sehr stark zu sein. Maja hat ihm Suppe eingeflößt. Er hat ein paar Löffel gegessen, und jetzt schläft er.«

Er ging ziellos im Zimmer hin und her. Er fühlte sich nicht wohl und sah seine Mutter nicht an. Keiner von beiden brachte den Mut auf, über Hungerfords unglaubliche Enthüllungen zu sprechen. Sie würden Zeit brauchen, das alles zu akzeptieren, zu verarbeiten und über die weitreichenden Folgen nachzudenken.

»Francis hat für das Abendessen im Eßzimmer gedeckt«, sagte er. »Soll ich dir ein Tablett hochschicken oder bist du bereit hinunterzukommen?«

Olivia schüttelte den Kopf. »Ich bin nicht hungrig. Vielleicht bitte ich

Sheba später, mir etwas zu bringen.« Er drängte sie nicht. »Ich glaube, ich werde mich zu Mr. Hungerford setzen.«
»Er schläft, Mutter! Es ist ein starkes Beruhigungsmittel. Es wird Stunden dauern, bis er aufwacht.«
»Das ist egal. Er könnte im Schlaf reden. Wenn er etwas sagt, möchte ich da sein, um es zu hören.«
Amos gab nach. Er war so erschöpft, so angespannt wie sie. »Nun gut. Wie du willst. Aber bitte, Mutter, versuche, auch etwas zu schlafen. Morgen wirst du all deine Kraft brauchen. Es ist noch nicht vorüber...«
Nein, es war noch nicht vorüber!
Olivia löste ihr Haar, kämmte es mit den Fingern aus und flocht es zu einem Zopf. »Du und Maja, ihr eßt etwas. Sprich mit ihr, Amos. Das arme Kind ist so durcheinander wie wir.« Flüchtig dachte sie an Alistair. Sie sehnte sich einen Augenblick lang so sehr nach ihm, daß sie für den Bruchteil einer Sekunde sogar Thomas Hungerford vergaß. »Er wollte sie sehen. Er wollte sich von ihr verabschieden.«
»Wer?«
»Alistair. Er hat gesagt...« Sie verschluckte den Rest. Was für einen Sinn hatte das? »Wo ist Maja?«
»Im Stall.«
»Ach?« Sie hatte jedes Gefühl für die Wirklichkeit verloren und wußte nicht, ob es Tag oder Nacht war. »Ist es schon Morgen?«
»Nein, Mutter. Es ist halb zehn abends.«
»Ach wirklich? Was macht sie um diese Zeit im Stall?«
»Ich weiß es nicht. Ich glaube, ich habe gehört, daß Sheba etwas von Christian Pendlebury gesagt hat.«
Olivia nickte geistesabwesend und ohne richtig zuzuhören. In ihrem Zustand fiebriger Angst war sie wieder ganz egoistisch, ja sogar gleichgültig und nur mit ihren eigenen Problemen beschäftigt.
»Lieber Gott«, betete sie. »Laß ihn nicht sterben, bevor er mir alles gesagt hat...«

*

Maja saß allein im Stall. Sie versuchte ernsthaft, über das nachzudenken, was Thomas Hungerford gesagt hatte. Aber ihr Bewußtsein spielte nicht mit und weigerte sich zuzulassen, daß sie sich konzentrierte. Sie wußte, was Hungerford berichtet hatte, war unfaßlich und irgendwie ein Meilenstein im Leben der ganzen Familie, besonders im Leben ihrer Mutter. Aber während seines Berichts hatte ihre Aufmerksamkeit immer wieder nachgelassen. Was durch die Ohren in ihr Bewußtsein drang, war unverständlich und unklar gewesen.
Ihre Gedanken waren immer wieder zu dem zurückgekehrt, was sie von Herbert Ludlow erfahren hatte. Sie hatte in den letzten beiden Tagen kaum an etwas anderes gedacht.
Als der Stallknecht kam, um Christian zu melden, brauchte Maja einen Augenblick, um zu begreifen, was er gesagt hatte. Sie ging schnell zu *Morning Mist* in die Box, hob sein Vorderbein und tat so, als betaste sie die Fesseln auf der Suche nach kleinen Erd- und Schmutzklümpchen, obwohl sie wußte, sie würde keine finden. Dabei stellte sie sich mit dem Rücken zur Tür der Box. Christian blieb davor stehen und beugte sich darüber. Sie roch sofort den Alkohol in seinem Atem. Naserümpfend wandte sie sich ab und verharrte in kühlem Schweigen.
»Na, wie war Ludlows Besuch?« Er schob die Tür auf und kam zu ihr in die Box. »Hast du ihm das Pferd verkauft?«
»Ja.« Sie sah ihn nicht an, sondern ließ das Pferdebein los, griff hinter sich und nahm *Morning Mists* Geschirr von einem Nagel in der Wand. Sie stellte sich so, daß das Licht der Laterne an der Decke darauf fiel, und begann, die Messingteile mit einem Lappen zu polieren.
Christian setzte sich auf einen umgedrehten Eimer. »Er hat also deinen Preis akzeptiert?«
»Ja.«
»Das überrascht mich! Er ist eigentlich nicht gerade für seine Großzügigkeit bekannt. Genaugenommen ist er ein Geizhals.« Er lachte laut. Entweder entging ihm Majas Kälte, oder er ignorierte sie bewußt. »Was habt ihr sonst noch gesprochen?«
»Nicht viel.«

Er sah ihr einen Augenblick schweigend zu. Dann wurde er ungeduldig. »Wann hast du denn vor, damit fertig zu sein?« fragte er gereizt.
»Womit?«
»Mit dem, was du tust.«
»Wieso?«
»Willst du denn überhaupt nicht mit mir reden?« Ihre einsilbigen Antworten schienen ihn nicht abzuschrecken.
»Dann gibt es also immer noch etwas zu reden?«
»Gütiger Himmel, was ist heute los mit dir! Ich habe dich noch nie so … so abweisend erlebt!«
Maja gab nicht sofort eine Antwort. Sie beendete ihre Arbeit, hängte das Geschirr wieder an den Nagel und wischte die Hände an der Schürze ab. Dann stand sie auf und sah ihn an.
»Kannst du eine Weile bleiben oder bist du in Eile?«
»Natürlich kann ich bleiben. Deshalb bin ich schließlich gekommen, verflixt noch mal!« Er warf einen Blick über die Schulter, vergewisserte sich, daß die Stallknechte nicht da waren, und versuchte, sie zu umarmen. Maja entzog sich ihm.
»Nicht hier. Laß uns ins Büro gehen.«
Er folgte ihr leicht beunruhigt. »Und?«
»Du hast die Stelle bei Lumsdale angenommen. Warum hast du mich belogen?«
Er leugnete es nicht. »Hat Ludlow es dir gesagt?«
»Ja.«
»Ihr habt euch hinter meinem Rücken über mich unterhalten!« sagte er mit finsterem Gesicht.
»Wir haben uns nicht über dich unterhalten. Das Thema kam zufällig zur Sprache.«
Er ging unruhig und gereizt im Büro herum. »Na ja, es stimmt. Ich habe die Stelle angenommen.«
»Warum hast du es mir nicht gesagt?«
»Ich bin gekommen, um es dir zu sagen. Das ist sogar der einzige Grund für meinen Besuch.« Er lachte unsicher. »Und ich bin gekommen, um dir zu sagen, weshalb ich gelogen habe.«

»Ich weiß, warum du gelogen hast«, erwiderte sie kalt. »Du hattest nicht den Mut, mir die Wahrheit zu sagen, oder nicht genug Charakter, um die Stelle abzulehnen!«

»Ja, das kann ich nicht leugnen, und ich will es auch nicht!« Er griff mit beiden Händen nach ihrer Hand und hielt sie fest. » Maja, seit ich in der Schule war, träume ich davon, in Indien etwas Sinnvolles zu tun. Ich will dem Beispiel meines Vaters folgen. Jetzt wird mir die Möglichkeit dazu geboten, und ich kann sie nicht ungenutzt lassen. Ich kann es einfach nicht. Es ist nicht richtig, das von mir zu erwarten. Ich bekomme vielleicht nie mehr eine solche Gelegenheit ...« Er brach ab. Der Schweiß stand ihm auf der Stirn, sein Atem ging schnell, und er hatte rot geränderte Augen.

»Du hast getrunken!« Sie entriß ihm ihre Hand und sah ihn angeekelt an.

»Nur ein oder zwei Gläser Bier. Ich hatte das Gefühl, feiern zu müssen ...«

»Feiern!«

»Jawohl, feiern!« Er nahm sich zusammen und lachte. »Feiern, daß ich endlich, *endlich* eine Lösung für das Dilemma gefunden habe, mein Liebling. Ich habe mir ausgerechnet, wie ich den Kuchen essen und ihn gleichzeitig behalten kann! Was sagst du dazu?«

Maja war zu verwirrt, um etwas dazu zu sagen.

Er kniete vor ihr nieder und nahm ihre Hand wieder zwischen seine Hände. »Ich habe gelogen, weil ich Zeit brauchte, um eine Lösung zu finden. Jetzt habe ich sie. Mein Schatz, wir müssen *nie* getrennt voneinander sein!«

Ihre Augen wurden groß vor Überraschung, und vorsichtig leuchtete Hoffnung darin auf. »Wirklich, Christian, wirklich?«

»Ja, wirklich.« Er stand auf und drückte ihr dabei schnell einen Kuß auf die Lippen. Sie wich diesmal nicht zurück. »Verstehst du, ich will dich bei mir haben, mein ganzes Leben lang, jeden Augenblick, den ich dich haben kann.«

»Ich kann mit dir in den Punjab gehen? Und du bekommst diese Stelle?«

»Nun ja, nicht *mit* mir. Aber du kannst später nachkommen.«

»Aber wie, Christian?« fragte sie staunend. »Wie ist dir das gelungen? Warum hast du mir das nicht früher gesagt?«
»Ich wollte es dir sagen, nachdem ich Klarheit über alles hatte. Weißt du, ich mußte Erkundigungen einziehen, Vorbereitungen treffen. Ich fahre Ende der Woche nach Lahore. Nach meiner Ankunft will ich als erstes ein angemessenes Haus mieten. Ich habe jemanden getroffen, der gerade aus Lahore zurückgekommen ist. Er hat mir gesagt, es gibt dort eine Menge geräumige, gut möblierte Bungalows mit Gärten, Ställen und Nebengebäuden, die man haben kann. Außerdem herrscht kein Mangel an Wagen oder Kutschen, die zu vermieten sind. Er sagt, dank Henry Lawrence ist es eine wundervoll angelegte Stadt. Als Henry Lawrence dort war, hat er sie in ein Paradies verwandelt, mit Alleen und Parks, von denen einer nach ihm benannt ist, und schönen Picknickplätzen bei alten Gräbern und Denkmälern und in prächtigen Mogul-Gärten. Und es gibt Rakettplätze, Karussells, Clubs, Bibliotheken, einen Orchesterpavillon mit ...«
»Lahore?« Maja schlug die Hand an die Stirn und lachte. Sein Redeschwall nahm ihr den Atem. »Aber du bist doch nicht nach Lahore versetzt worden! Du hast gesagt, du wärst in einem gottverlassenen Nest, meilenweit von der nächsten Stadt entfernt!«
»Ja. Aber verstehst du, in Lahore kann man so viel unternehmen, daß du überhaupt keine Zeit hättest, dich zu langweilen! Du könntest sogar Pferde haben, vielleicht eine Reitschule für Kinder eröffnen. Platz gibt es, weiß Gott, genug zu mieten. Und um die Ecke liegt Simla und *Kaschmir.* Wußtest du, daß Honoria Lawrence als erste weiße Frau in Kaschmir gewesen ist? Sie ...«
»Aber Christian, wo werden wir denn heiraten?« fragte Maja bestürzt. Allmählich wurde auch sie von seiner übersprudelnden Erregung gepackt. »Doch bestimmt nicht in Lahore!«
»Nein, natürlich nicht! Wir werden selbstverständlich in Kalkutta heiraten. Entweder in St. John oder in der Kirche nahe Kidderpur, für welche auch immer du dich entscheidest. Es wird eine große Sache werden, eine ganz große Sache, Maja, denn bis dahin wird Papa ein Peer sein. Vielleicht sogar ...«
»Bis dahin? Wann, Christian?«

»Sobald meine Zeit dort vorbei ist.«
»Und wie lange wird das vermutlich dauern?«
»Nicht länger als ein oder zwei Jahre. Vielleicht drei.«
»Drei *Jahre*...?« Sie starrte ihn entsetzt an. »Und was tun wir in den drei Jahren, Christian? Ich kann wohl kaum allein in Lahore leben, oder?«
Er lachte fröhlich. »Du wirst nicht allein sein, mein Schatz, du wirst genügend Personal haben. Außerdem werde *ich* bei dir sein.«
»Was ist mit deiner Arbeit, dort, wo du stationiert bist?
»Nun ja, es wird Feiertage und Urlaub geben. Ich werde freie Zeit haben. Selbst Lumsdale kann kaum von mir erwarten, daß...«
»Du wirst nur an Feiertagen bei mir sein?«
»Und dann gibt es Ostern, Weihnachten...«
»Du hast vor, daß wir in drei Jahren heiraten?«
»Sofort, wenn meine Zeit dort zu Ende ist, mein Liebling, sofort danach!«
In Majas Gesicht regte sich nichts. Sie erstarrte. Dann löste sie ihre Hand aus seinem Griff und ging zum Fenster. Der Wind bewegte einen Zweig des Gulmoharbaums vor dem Haus auf den Glasscheiben hin und her. Er machte in der tiefen Dunkelheit ein sanftes ächzendes Geräusch.
»Du willst, daß ich als deine Geliebte in Lahore lebe.«
»Nein!« Er war entsetzt. »Als meine Verlobte, meine künftige Ehefrau!«
»Aber *nicht* als deine Ehefrau.«
»Du wirst meine Ehefrau werden, verdammt noch mal, sobald meine Zeit dort vorbei ist. Das habe ich dir doch schon erklärt.«
»Und so lange bleibe ich deine Geliebte!«
Er war tief verletzt. »Ich dachte, du liebst mich«, rief er beleidigt. »Ich dachte, du wärst bereit, den Rest deines Lebens mit mir zu verbringen!«
»Das bin ich, Christian, und das will ich«, wiederholte sie. »Aber...«
»Aber *was*?« Er verlor allmählich die Geduld. »Was für ein großer Unterschied besteht zwischen einer Ehefrau und einer künftigen

Ehefrau? Zumindest werden wir zusammensein. Zählt das überhaupt nichts?«

»Es zählt schon, aber das ist nicht alles. Damit wir zusammensein können, muß ich deine Ehefrau sein.«

»Meine? Oder die irgendeines beliebigen Engländers?«

Maja wurde totenblaß. Sie erwiderte nichts. In seinem erregten Zustand wunderte sich Christian unbestimmt über das, was er gesagt hatte. Aber nachdem es einmal ausgesprochen war, wurde er eigensinnig. »Hast du eine Ahnung, wieviel Zeit und Mühe es mich gekostet hat, das alles so vorzubereiten, damit unser Zusammensein überhaupt möglich ist?«

»Ich werde nicht deine Geliebte werden, Christian«, sagte sie ruhig.

»Verdammt, hör damit auf, dieses Wort zu benutzen. Es beleidigt mich!«

»Es beleidigt *dich*? Und du findest nicht, daß es für *mich* eine Beleidigung ist!«

»Warum sollte es dich beleidigen?« schrie er unbeherrscht. »In deiner Familie ist es schließlich . . .« Er beendete den Satz nicht.

»Was ist in meiner Familie?« Ihr Ton war gefährlich ruhig. »Bringst du nicht den Mut auf zu sagen, was du sagen wolltest?«

Er wurde trotzig. »Du weißt, was ich sagen wollte«, stieß er zwischen den Zähnen hervor. »Ich wollte dich nur daran erinnern, daß sogar deine Mutter . . .«

Majas Hand schoß vorwärts. Sie schlug ihm mit ganzer Kraft ins Gesicht. Er wankte mit einem Aufschrei zurück und rieb sich die Wange. Dann stürzte er sich mit einem wütenden Fluch auf sie, packte sie mit beiden Armen und drehte ihr einen Arm auf den Rükken. »Spiel nicht die fromme Jungfrau mit mir, Maja!« zischte er ihr leise ins Ohr. »Jeder weiß, welche Regeln in eurasischen Familien gelten.« Er drückte grob seinen Mund auf ihre Lippen, und sie spürte, wie seine Hand nach ihrer Brust tastete.

»*Nein!*«

Maja wandte mit einem heftigen Ruck den Kopf ab, riß sich von ihm los und gab ihm dann mit beiden Händen einen heftigen Stoß gegen den Oberkörper. Er fiel rückwärts auf den Diwan und schlug sich den Kopf an der Wand an. Er stöhnte, blieb mit geschlossenen Augen und keuchend liegen. Sie konnte ihn nicht ansehen. Zitternd drehte sie sich um und umklammerte ihre Oberarme.

Christian richtete sich auf, bewegte langsam den Kopf hin und her, um seine Benommenheit abzuschütteln. Er öffnete und schloß die Augen, bis er wieder nüchtern war, dann legte er den Kopf auf die Knie und stöhnte.

»O Gott! Ich hätte das alles nicht sagen sollen. Ich muß den Verstand verloren haben ...« Er gab einen erstickten Laut von sich und sah sie verzweifelt an. »Verzeih mir, verzeih mir ... Kannst du mir jemals verzeihen?«

Maja sagte nichts. Sie gab nicht einmal durch einen Blick in seine Richtung zu erkennen, daß sie ihn gehört hatte.

Er begann zu bitten und zu flehen. Die Worte quollen ihm in einem zusammenhanglosen Schwall von Versicherungen, Entschuldigungen und Beteuerungen seiner unsterblichen Liebe aus dem Mund. Erregt und außer sich vor Reue wiederholte er sich immer wieder, ohne richtig zu wissen, was er sagte, wenn er um ein Lächeln oder ein verzeihendes Wort bettelte.

»Sag etwas, mein Liebling, *sag* doch etwas!«

Maja hörte sein Flehen nicht, sah sein Gesicht nicht. Etwas anderes nahm ihre inneren Augen und Ohren voll in Anspruch. Sie sah ein Grab vor sich, einen Mahagonisarg mit einer Leiche in einem prächtigen Brautkleid, das im Leben zu tragen ihr nie vergönnt gewesen war. Und sie hörte Lachen, Lachen voller Hoffnung und Freude und Träumen von der Zukunft, während die Liebenden glücklich bei einem Picknick am Ufer eines Flusses saßen ...

In diesem Augenblick starb etwas in ihr.

Christian redete nicht mehr, und Majas Vision verflüchtigte sich in der Stille. Er hatte sie etwas gefragt, aber sie hatte seine Frage nicht gehört.

»Wie bitte?«

»Warum bist du so still? Was denkst du?«

Sie schüttelte den Kopf.

»Sag es mir«, bat er flehentlich, »verschließ dich nicht vor mir, ich bitte dich. Sag, daß du mir verzeihst, *sag* es, Liebste!«
»Ja, ich verzeih dir.« Sie dachte kurz nach und fragte dann: »Willst du wirklich, daß ich mit dir nach Lahore gehe?«
Er stieß einen leisen Freudenschrei aus. »Kannst du daran zweifeln? Kannst du je daran zweifeln, daß ich ...«
»Wenn es so ist, brauche ich Zeit zum Nachdenken. Ich kann eine so lebenswichtige Entscheidung nicht überstürzt treffen.«
Christian wollte unbedingt alles wiedergutmachen und stimmte sofort zu. »Natürlich brauchst du Zeit zum Nachdenken! Ich bin ein Schwachkopf, ein gefühlloser Tölpel, daß ich dich damit so unvorbereitet überfallen habe! Aber ich fahre bald, und ich ...«
»Wie bald?«
»Am Freitagmorgen. Der Zug fährt um neun.«
»Also gut. Am Donnerstagabend bekommst du meine Antwort. Reicht das?«
Er war überglücklich. »Ja, tausendmal ja. Am Donnerstag komme ich um ...«
»Nein, nicht hier.«
»Wohin dann?«
Sie sah ihn mit bleichem Gesicht, aber ruhig an. »Ich werde dich am Strand, in der Nähe des Kais treffen.«
Er ergriff ihre Hände, streichelte sie leidenschaftlich und drückte ehrfürchtige Küsse in ihre Handflächen. »Du wirst es nicht bedauern, Maja«, flüsterte er mit erstickter, rauher Stimme. »Du wirst es nie bedauern.«
Sie lächelte. »Nein, ich weiß, das werde ich nicht.«

*

Olivia saß die ganze Nacht an Hungerfords Bett, beobachtete jede seiner Bewegungen und lauschte auf die qualvollen Atemzüge, mit denen er unter großer Mühe Luft holte. Sie betete um sein Leben, nicht um seinetwillen, sondern ihretwegen. Amos hatte seine Mutter nicht allein Wache halten lassen wollen. Aber inzwischen lag er auf dem Sofa und schlief tief und fest. Sheba schlummerte nebenan im Arbeitszimmer auf dem Diwan. Auch sie war entschlossen gewesen, zur Stelle zu sein, falls sie im Laufe der Nacht gebraucht werden sollte.

Nur Maja fehlte. Sie hatte ausrichten lassen, *Morning Mist* habe sich bei dem feuchten Wetter einen leichten Husten zugezogen. Sie verbrachte die Nacht im Büro bei den Stallungen, wie sie es manchmal tat, wenn eines ihrer Pferde krank war.

Während sie Thomas Hungerford bewachte, tat Olivia etwas, wozu sie sich seit Jahren nicht mehr hatte durchringen können: Sie las noch einmal Jais letzte Briefe an sie. Auf dem Tisch neben ihr stand eine kleine Pappschachtel mit den wenigen Habseligkeiten, die ihr nach Abschluß der Untersuchungen von den Militärbehörden übergeben worden waren: ein Taschenmesser, eine silberne Taschenuhr, Blätter mit kurzen, hastig geschriebenen Nachrichten, die er während seiner Flucht geschickt hatte, wann immer er eine Gelegenheit dazu fand. Estelles panischer Hilferuf aus der Verschanzung, dem er nicht gefolgt war...

Seine knappen kurzen Nachrichten an Olivia in Hawaii enthielten kaum Informationen. Vielleicht war es ihre einzige Absicht, eine Art stummes Band über all die Ozeane und Landmassen zu schaffen, die sie trennten. Manche waren datiert, andere nicht, wieder andere bestanden zum Teil aus unzusammenhängenden Worten und seltsamen, kurzen Vermerken und Notizen. Olivia hütete sie alle wie Schätze und gab sich schon damit zufrieden, daß sie seine Handschrift sah.

›Ich lebe wie die Sterne‹, schrieb er einmal, ›in Zeitabschnitten, die eine Nacht umfassen.‹ In einem anderen Brief, einem seiner letzten, kam seine Verbitterung zum Ausdruck. ›Ich bin in einen bestialischen Kampf verwickelt. Ich kämpfe in einem ehrlosen Krieg.‹ Seine allerletzte Nachricht an Olivia war am ergreifendsten, ein einziger, enttäuschter und verzweifelter Aufschrei. ›Männer verwandeln sich in Ungeheuer, und alles ist dunkel. Das Licht erlischt schnell. Wo endet der Tunnel...?‹

Sie hörte ein Geräusch vom Bett und blickte auf. Im Licht der Kerze, die neben dem Bett brannte, sah sie, daß Hungerford aufgewacht war und seine fiebrigen Augen auf sie gerichtet hielt. Sie stand schnell auf und legte ihm die Hand auf die Stirn. Sie war immer noch heiß, aber in seinen Augen leuchtete etwas wie ein kleiner Funke. Sie flößte ihm ein paar Löffel Gerstenschleim ein.

»Es tut mir wirklich leid, so ...«

»Wie fühlen Sie sich?« Sie achtete nicht auf seine Entschuldigung.

Er nickte nur schlaftrunken, ohne mehr zu sagen.

Olivia warf einen Blick auf den schlafenden Amos. Ihr Sohn nahm nichts von seiner Umgebung wahr. »Können Sie mir ein oder zwei Fragen beantworten?« flüsterte sie eindringlich und berührte Hungerford an der Schulter. »Ich verspreche, ich werde Sie nicht ermüden.«

Er nickte.

»Sie haben gesagt, daß Sie meinen Mann begraben hätten.«

»Ja.« Er flüsterte ebenfalls.

»Sie waren bei ihm, als er gestorben ist?«

»Ja.«

»Das Datum, erinnern Sie sich daran ...?«

»Zwei Tage nach Bibighar.«

»Nach dem sechzehnten? Also am achtzehnten Juli?«

Er nickte.

»Wie ist er gestorben?«

» ... verletzt.«

Ihr war die Kehle wie zugeschnürt. »Wenn Sie ihn begraben haben, müssen Sie wissen, wo sein Grab ist.«

»Ja.«

»Können Sie mich dorthin bringen?« Die Frage sprudelte aus ihr heraus; ihre Brust schien vor Schmerz zu zerspringen.

Er lächelte und schüttelte den Kopf und deutete mit Handbewegungen an, er könne ihr eine Karte zeichnen.

»Haben Sie die Stelle markiert?«

»Ja.«

Sie schluckte, um das beengende Gefühl im Hals loszuwerden. »Sagen Sie mir, was er ... gesagt hat, bevor er gestorben ist ... jedes Wort...«

Er sah sie traurig an und schüttelte wieder den Kopf.

Sie verstand nicht, was er damit meinte, und hätte vor Enttäuschung beinahe aufgeschrien. Aber es war deutlich, daß er im Augenblick nicht weitersprechen konnte. Die Wirkung des Beruhigungsmittels war noch nicht abgeflaut. Die Lider fielen ihm zu. Olivia gab auf und ging zu ihrem Platz zurück. Wie lange würde sie warten müssen, bis sie alle Antworten bekam? Und woher würde sie je wissen, daß er die Wahrheit sagte?

Vielleicht ahnte er, was ihr durch den Kopf ging, denn ein oder zwei Minuten später hörte sie ihn rufen. Er hatte die Hand gehoben und wies auf den Seesack, der in einer Ecke lag.

»Medizin?« fragte Olivia.

Er schüttelte den Kopf. Sie nahm den Seesack und brachte ihn ihm. Er öffnete die Schnur, kramte darin herum und brachte eine Art Papierball zum Vorschein. Er reichte ihn ihr.

»Was ist das?«

Er bedeutete ihr mit einem Nicken, sie möge das Papier entfernen. Sie tat es. In dem Papier befand sich ein Gegenstand. Olivia holte tief Luft, sank in den Sessel und starrte ungläubig auf das Objekt in ihrer Hand.

Es war Jais fehlendes Silbermedaillon!

Sie hob das kalte Metall an den Mund und preßte es gegen ihre Lippen.

»Wo...?«

Er konnte ihr nicht antworten, denn er schlief bereits wieder.

Es war der rechteckige Anhänger und die Kette, Teil ihres allzu kurzen Lebens mit Jai, der ihr so viel bedeutete, denn er hatte einmal Jais Mutter gehört. Vor vielen Jahren, in der Nacht, in der Amos gezeugt worden war, hatte ihr Jai das Medaillon als Zeichen seiner Liebe geschenkt. Als er acht Jahre später von Honolulu nach Indien segelte, hatte sie es ihm zurückgegeben, es ihm um den Hals gehängt und dabei gebetet, es möge ihn beschützen, ihn behüten und ihm Glück bringen.

Glück! Das Schicksal hat meine verzweifelte Hoffnung zum Gespött gemacht...

*

Um die Mittagszeit erschien ein königlicher Bote aus Kirtinagar, um die bevorstehende Ankunft Seiner Hoheit des Maharadscha anzukündigen.

Eine halbe Stunde später traf Arvind Singh in seiner prächtigen Karosse mit einer Eskorte von Vorreitern und einer kleinen Abteilung seiner Kavallerie ein.

Olivia eilte zum Portal, um ihn zu empfangen. Ihre Hoffnung kehrte zurück. Es war so schön, das gelassene, selbstsichere und beruhigende Gesicht von Arvind Singh wiederzusehen!

Aber sie blieb wie angewurzelt stehen, als sie feststellte, daß er allein war. »Kinjal?« fragte sie ängstlich.

»Sie liegt leider mit einer Krankheit im Bett«, erklärte Arvind Singh, als sie ihn ins Haus führte. »Nur vorübergehend«, fügte er eilig hinzu.

»Dann werde ich sie also nicht sehen?« fragte Olivia enttäuscht.

»O doch«, sagte er tröstend. »Ich habe strenge Anweisung, nicht zurückzukommen, ohne dich mitzubringen.«

Bei kühlen Erfrischungen im Wohnzimmer gab Amos ein paar erste Erklärungen und berichtete dann beim Mittagessen ausführlich, was Hungerford ihnen am Tag zuvor gesagt hatte. Arvind Singh hörte sehr aufmerksam zu und unterbrach ihn nur, um ein paar Fragen zu stellen. Hungerford schlief immer noch. Es war unwahrscheinlich, daß er vor dem Abend erwachen würde.

»Das kommt mir alles immer noch recht unwahrscheinlich vor«, schloß Amos mit einem unsicheren Schulterzucken. »Es klingt zwar überzeugend, aber ich bin nicht sicher, daß wir ihm glauben können.«

Olivia rang sich zu einer Antwort durch. »Wir können ihm glauben.« Sie zeigte ihnen das Medaillon, das so viele Jahre verschwunden gewesen war, das kostbare Medaillon, das sie für immer verloren geglaubt hatte.

»Er könnte es gestohlen haben«, murmelte Amos, immer noch mißtrauisch.
»Ja, aber das hat er nicht getan. Ich weiß instinktiv, daß er es nicht gestohlen hat.«
»Nun ja, wir sind uns also einig, daß wir ihm im Augenblick Glauben schenken«, sagte Arvind Singh. »Ich kann nicht leugnen, daß ich sehr neugierig bin, den Rest der Aussage dieses Mannes zu hören.« Er schwieg einige Zeit und saß, in tiefes Nachdenken versunken, auf seinem Platz. Dann sagte er: »Ich würde mir die Daten noch einmal vor Augen führen. Der sechzehnte Juli, hast du gesagt?«
»Nein, der siebzehnte Juli«, erwiderte Amos. »Ein Tag *nach* dem Massaker am Bibighar.«
»Und was ist mit Nana Sahibs inszeniertem Selbstmord?«
»Der Selbstmord?« Amos wirkte verwirrt. »Es tut mir leid, aber daran kann ich mich nicht erinnern. Was hat das mit meinem Vater zu tun?«
»Möglicherweise sehr viel!«
»Oh!« Auch Olivia verstand die Frage nicht. Sie stand vom Tisch auf. »Dann gehen wir besser ins Arbeitszimmer, wo alle Unterlagen liegen. Sie sind leider ziemlich staubig. Wir haben sie seit Monaten nicht mehr angerührt.«
Im Arbeitszimmer schloß sie den Schrank auf, der die umfangreiche Dokumentation der vergangenen vierzehn Jahre enthielt. Amos nahm die Akten heraus, staubte sie an einem offenen Fenster gründlich ab und blätterte darin, bis er das Gesuchte fand. »Das Datum des Selbstmordes ist der siebzehnte Juli. Es war ein Freitag.« Er sah den Maharadscha fragend an. »Nun?«
Arvind Singhs Gesichtsausdruck war immer noch sehr nachdenklich. Aber in seinen dunklen Augen lag ein seltsames Leuchten. »Gegen Ende dieses Monats, gegen Ende Juli, hörte ich zum ersten Mal etwas von einem Gerücht. Einer meiner fähigsten Agenten, ein Mann von unzweifelhafter Integrität, kam damit aus Bithur zu mir. Es war ein höchst phantastisches Gerücht. Es klang unglaubhafter und verrückter als alle, die dieser Aufstand auslöste. Natürlich dachte auch ich, es sei weit von der Wahrheit entfernt.«

Olivia lehnte sich über den Tisch und berührte seine Hand. »Und du hast mir all die Jahre nie etwas davon gesagt.«
»Ja.« Er versuchte nicht, es zu leugnen. »Das Gerücht war so absurd und unwahrscheinlich, daß ich es nicht verantworten konnte, es vor irgend jemandem, selbst vor dir nicht, zu wiederholen. Damals erschien es mir nicht glaubwürdig, aber jetzt ...«
»Jetzt?«
»Jetzt, in Anbetracht der Aussage dieses Mannes, frage ich mich, ob mein Urteil nicht voreilig gewesen war.«
»Du beurteilst das, was du damals gehört hast, inzwischen anders?«
»Vielleicht. Wie du weißt, sind mir die offiziellen Verlautbarungen über Jais Tod immer verdächtig erschienen. Das liegt nicht an dem, was dort stand, sondern an dem, was dort *nicht* stand!« Er lehnte sich zurück und nickte, als stimme er einem Gedanken zu, den er hatte. »Ich sehe den Schimmer eines Bildes auftauchen, Olivia. Die Faktoren, die bisher nie zusammenpaßten, tun es jetzt möglicherweise.«
Er nickte, aber er blieb vorsichtig. Olivias Stimme zitterte, als sie fragte: »Faktoren wie zum Beispiel ...?«
Er machte eine unbestimmte Handbewegung. »Nun ja, die allgemeine Unklarheit der offiziellen Berichte. Ich habe mich zum Beispiel immer gewundert, daß es keine Aussage dazu gibt, wo die Leiche des Eurasiers, ich meine des Mannes, den man für Jai gehalten hat, begraben wurde. Und ich habe mich gefragt, wie es geschehen konnte, daß damals niemand die Aussage, die sich dieser Mann und Findlater zurechtgelegt hatten, ernstlich anzweifelte. Ganz gleich, wie entstellt und verwest der Kopf des Mannes war, weshalb wurde die Identifizierung so lächerlich schnell und oberflächlich durchgeführt? Die fünfzigtausend Rupien Belohnung waren keine unbedeutende Summe, und doch wurde sie den Männern bereits wenige Wochen später ausbezahlt. Warum geschah das ohne gründliche Überprüfung?«
»Das hat Hungerford erklärt«, begann Amos.
»Ich nehme ihm diese Erklärungen nicht ab«, unterbrach ihn Arvind

Singh. »Ich sage nicht, daß er lügt. Ich hinterfrage nur die überstürzten Aktionen und Reaktionen der militärischen Stellen. Aber«, er zog die Augenbrauen zusammen. »Wir sind ein Jahr später zusammen in dieses Gebiet gefahren, Olivia. Amos war damals noch ein Junge, aber ich bin sicher, du wirst dich an unsere eigenen Untersuchungen erinnern.«

»Ja, an jede Einzelheit.«

»Nachdem wir auf dieser Lichtung und dem Dorf in der Nähe gewesen waren, sind wir nach Bithur gefahren. Wie weit war die Lichtung von der Stelle entfernt, wo der Fluß durch Bithur fließt ... fünf Meilen, vielleicht sechs?«

»Ja, so ungefähr.«

Er nickte. »Eine Entfernung, die ein Mann zu Fuß in ein, zwei Stunden gut zurücklegen kann. Hast du irgendwo in den Akten eine Karte der Gegend?« fragte er Amos.

»Ja, allerdings keine genaue.«

»Sie wird genügen.«

Er nahm das Faltblatt, das Amos ihm reichte, breitete es auf der Tischplatte aus und glättete es. Mit dem Zeigefinger klopfte er auf einen Punkt auf der Karte. »Hier, an dieser Stelle des Ganges liegt das Dorf Bithur. Das ist der Punkt, die Stufen, von denen der Nana Sahib in jener Nacht, in der Nacht des Selbstmordes, über den soviel geschrieben wurde, mit Angehörigen seiner Familie ein Boot bestieg. Die Bevölkerung hatte sich dort versammelt, um Zeuge des rituellen Opfers zu werden, mit dem sich ihr Herrscher der Muttergöttin Ganga übergab.« Seine Erregung schien während des Sprechens zu wachsen. »Geplant war, daß alle Lichter auf dem Boot gelöscht werden sollten, wenn es die Flußmitte erreicht hatte. Dann sollte sich der Nana Sahib ins Wasser stürzen und ertrinken.«

Amos schnaubte verächtlich. »Inzwischen weiß jeder, daß es ein Schwindel war, um General Havelock zu täuschen, der nur darauf wartete, Bithur zu überfallen. Der Kerl hatte nie die Absicht, sein Leben zu opfern.«

»So ist es, aber das wurde erst zwei oder drei Tage später bekannt. Bis dahin herrschten Unsicherheit und Verwirrung, besonders in den

Reihen der Briten. General Havelock sah sich gezwungen, seinen Vormarsch nach Bithur zu stoppen, denn man rechnete damit, daß die Leiche des Nana Sahib ans Ufer getrieben und sein Tod damit bestätigt werden würde. Havelock erkannte schließlich, daß es sich tatsächlich um einen Schwindel handelte, denn der Nana Sahib war ans Ufer geschwommen und formierte meilenweit entfernt seine Truppen für die nächste Schlacht.«

»Aber warum beschäftigen wir uns damit?« fragte Olivia unsicher. Sie hatte eine Abneigung gegen den Nana Sahib und seine politischen Winkelzüge, aber sie wußte sehr gut, daß Arvind Singh keine unnützen Worte machte. »Ich weiß, dir geht etwas durch den Kopf, was uns damals nicht aufgefallen ist. Aber ich sehe keinen Zusammenhang.«

Arvind Singhs Hand, mit der er die Karte hielt, zitterte leicht. »Vielleicht besteht keiner«, sagte er. »Was mir durch den Kopf geht, ist noch eine Vermutung, reine Spekulation. Vielleicht kann auch dieser Hungerford zu meiner recht phantastischen Theorie nichts beitragen.«

»Phantastisch oder nicht. Bringt sie uns weiter?«

»Vielleicht. Wir müssen abwarten. Wer weiß, vielleicht bringt sie uns sogar zu der Wahrheit, nach der wir so lange gesucht haben, Olivia. Ich denke an die Wahrheit über die entscheidenden letzten Stunden.«

Sheba kam mit dem Kaffee. Das leise Klirren der feinen Porzellantassen brachte eine Spur von Alltagswirklichkeit in die gespannte Atmosphäre im Raum. Die Haushälterin berichtete, Hungerford sei inzwischen wach und fühle sich besser. Er hatte sofort nach seinem Mittagessen geäußert, ihm läge viel daran, das Gespräch fortzuführen.

Olivia schenkte den Kaffee ein, und Arvind Singh erinnerte sie an den ausdrücklichen Wunsch der Maharani, mit ihm nach Kirtinagar zu fahren, wenn die Angelegenheit mit Hungerford abgeschlossen sei.

»Vieles von dem, was du gehört hast, Olivia, war traumatisch«, sagte er sanft. »Und es wird noch mehr kommen. Es muß alles richtig verstanden, geprüft, diskutiert, analysiert und bestätigt werden. Es gibt viel darüber zu reden, viele Fragen zu stellen und zu beantworten. In Kirtinagar werde ich Zeit haben, das mit voller Konzentration zu tun, und ich bin sicher, du wirst in Gesellschaft meiner Frau sehr viel ruhiger sein.«

»Ja, du mußt gehen, Mutter«, sagte Amos. »Es wird dir guttun, eine Weile von hier weg zu sein.«

»Wann mußt du zurück?« fragte Olivia.

»Bedauerlicherweise heute abend. Ich muß morgen früh wieder in Kirtinagar sein. Du hast so viele Jahre darauf gewartet, Olivia, du kannst es dir erlauben, alles noch eine Woche gründlich durchzudenken und dein inneres Gleichgewicht wiederzufinden. Wenn du dich dann in der Lage dazu fühlst, können wir entscheiden, was als Nächstes zu tun ist.«

Olivia nickte. Sie war zu angespannt und zu müde, um zu widersprechen.

Amos hob die Tasse, doch er trank nicht. »Was für ein Gerücht war das eigentlich, das Ihnen Ihr Agent aus Bithur berichtet hat?« fragte er neugierig.

Arvind Singh rührte den Zucker in seinem Kaffee um. »Er berichtete seltsame Dinge, über die man im Palast von Bithur munkelte. Danach hatte der Nana Sahib seinen Sprung in den Fluß nicht überlebt, und er war nie ans Ufer gelangt.«

»Das ist doch unmöglich!« rief Olivia nach einem kurzen, verblüfften Schweigen. »Sein Überleben ist dokumentiert, es ist eine geschichtliche Tatsache! Er hat danach mehrmals gegen die Briten gekämpft. Er ist ein Jahr später nach Nepal geflohen und dort irgendwann an Sumpffieber gestorben!«

Arvind Singh wollte nicht weiter darüber sprechen. »Ich glaube, den Rest müssen wir Hungerford überlassen, wenn es einen Rest gibt. Es besteht die große Wahrscheinlichkeit, daß meine Schlußfolgerungen falsch sind.«

Doch wie sich herausstellte, hatte sich Arvind Singh nicht getäuscht. Zumindest nicht, soweit es Thomas Hungerfords Aussage anging.

Das lange Schlafen hatte Hungerford erfrischt. Er war wach und wirkte gestärkt. Sein Gesicht hatte immer noch kaum Farbe, aber er schien munter, und sein Atem ging leichter. Allerdings hatte er immer noch etwas Fieber. Deshalb wurde beschlossen, ihn an Ort und Stelle zu befragen, um ihm das anstrengende Aufstehen zu ersparen.

»Sagen Sie, Mr. Hungerford«, begann Arvind Singh nach ein paar kurzen, einleitenden Worten, »wann sind Sie aus dem Militärdienst ausgeschieden?«

»Im Oktober 1857.«

»Hauptmann Findlater ist ebenfalls ausgeschieden?«

»Ja.«

»Darf ich erfahren, weshalb?«

»Wir hatten zusammen die Belohnung von fünftausend Pfund, und deshalb brauchte keiner von uns mehr zu arbeiten. Das wollten wir auch nicht.«

»Ich verstehe.«

»Dann sind Sie also beide freiwillig ausgeschieden?«

Hungerford zögerte ganz kurz, ehe er das bestätigte. Dabei vermied er es, den Maharadscha anzusehen. Seine Augen wanderten unruhig im Zimmer hin und her.

»Man hat Ihnen keinen Anreiz geboten, aus der Armee auszuscheiden?«

Auch diesmal antwortete Hungerford nicht sofort. Er schien zu überlegen. Aber dann holte er tief Luft und hob das Kinn. »Nein.«

Es war deutlich, daß ihm bei diesem Thema nicht wohl war. Arvind Singh verfolgte die Sache auch nicht weiter. Er stellte eine andere Frage, und diesmal kam Hungerfords Antwort ohne Zögern.

»Ja, ich war an diesem Abend am Flußufer in Bithur.«

»Wieso? Wo befand sich Ihr Regiment, die Madras-Füsiliere?«

»Wir waren getrennt worden, wie ich bereits erklärt habe. Wir hatten keine Ahnung, wo die anderen waren. General Havelock war am siebzehnten in Kanpur eingerückt, aber weder Findlater noch ich waren in der Stimmung, sofort zu ihnen zu stoßen. Wir hatten wie alle anderen genug vom Krieg. Wir waren von der Hitze, den langen

Märschen und der ständig drohenden Cholera erschöpft. Wir beschlossen, uns noch einen freien Tag zu gönnen, ehe wir uns zum Dienst zurückmeldeten. Außerdem waren wir beide der Ansicht, wir hätten eine ausreichende Entschuldigung für unsere Abwesenheit.«

»Und der Kopf des Eurasiers? ... Was hatten Sie mit dem gemacht?«

»Den hatten wir begraben, bis wir ihn in Havelocks Lager bringen konnten, der mit seinen Truppen vor Kanpur kampierte.« Er verzog angeekelt den Mund. »Ich sage Ihnen, wir hatten von der ganzen Sache mehr als genug! Findlater war irgendwohin gegangen, um zu feiern und sich zu betrinken. Ich wollte nur noch an den Fluß, um den Gestank des Todes in meiner Nase loszuwerden. Auf der Seite, wo Bithur liegt, hatten sich bereits Tausende am Ufer versammelt, um das Schauspiel zu beobachten. Von meinem Platz konnte ich die Stufen deutlich sehen. Sie wurden von flackernden Fackeln und Lampen erhellt.«

»Haben Sie im Fluß gebadet?«

»Ja, aber nicht dort, wo die Menge war, sondern etwa eine Meile weiter flußaufwärts. Hinterher habe ich mich ins hohe Gras gelegt und eine Weile geschlafen. Das laute Singen der Menge hat mich geweckt. Ich sah, wie das Boot des Nana Sahib von den Stufen ablegte und zur Flußmitte fuhr. Wenn ich mich richtig erinnere, brannten auf dem Boot viele Kerzen. Ich glaubte so wenig wie alle anderen, daß der alte Trottel sich ertränken würde, aber ich war neugierig, was geschehen würde.«

»Haben Sie gesehen, wie die Lichter auf dem Boot erloschen?«

»Ja, ich habe auch das Klatschen gehört, als er ins Wasser sprang. Darauf folgte gedämpftes Platschen, als schwimme jemand leise und vorsichtig. Die Geräusche schienen sich der Stelle zu nähern, an der ich saß. Ich fürchtete, entdeckt zu werden, und rutschte die Böschung hinunter. Ich war sicher, daß er mich sehen würde, aber dann ...«

»Sonst haben Sie niemanden gesehen?«

»Erst später.«

»Wen?«
»Darauf komme ich noch.«
»Also gut. Dann...?«
»Na ja, dann änderten sich ganz plötzlich der Rhythmus und die Art der Bewegungen. Sie wurden lauter, unregelmäßiger, das Wasser klatschte und spritzte. Es klang nach einem Kampf. Mein erster Gedanke war, ein Krokodil habe den Mann angegriffen, aber ich hörte keine Hilferufe, wie es in einem solchen Fall nur normal gewesen wäre. Dann konnte ich deutlich die Stimmen zweier Männer unterscheiden. Sie sprachen nicht miteinander, aber ich hörte Stöhnen, Flüche, sogar einen kurzen Schrei, der schnell erstickte. Danach nichts mehr. Nur Stille – zumindest eine Weile.«
Auf Hungerfords Stirn standen kleine Schweißperlen. Er trocknete sie mit einem Zipfel des Bettuchs, und Olivia gab Sheba mit einem Blick auf den Fächer unter der Decke zu verstehen, der Punkawallah möge sich etwas mehr anstrengen. Der Stoffächer bewegte sich sofort schneller.
»Aber Sie haben nichts gesehen und auch nichts mehr gehört?«
Hungerford schluckte und nickte. »Doch, ein paar Minuten später. Nicht weit von mir entfernt kroch eine Gestalt aus dem Wasser und zog eine andere hinter sich her. Ich habe es sehr deutlich gesehen, denn die beiden Gestalten waren nicht weiter als zehn Meter entfernt. Ich hatte nicht die geringste Ahnung, was da vor sich ging, und blieb bewegungslos liegen. Ich wagte kaum zu atmen und hatte wahnsinnige Angst, mein Pferd, das irgendwo im Wald graste, könnte plötzlich zurückkommen und mich verraten.« Bei der Erinnerung an seine Angst war Hungerford noch bleicher geworden. »Inzwischen war deutlich, daß einer der beiden Männer tot war. Der andere hatte ihn umgebracht, und das gehörte zu einem Plan.«
»Woran haben Sie das erkannt?«
»Der überlebende Mann war vorbereitet gewesen. Er wickelte ein langes Seil von seiner Hüfte, band das eine Ende um den Hals des Toten und das andere um einen großen Stein. Seine Bewegungen waren ruhig und sicher, aber irgend etwas kam mir merkwürdig vor. Dann sah ich, daß er nur ein Bein belastete, und das andere wie eine

schwere Last nachschleppte. Ich hörte dumpfe Geräusche im langen Gras. Er mußte Schmerzen haben, denn hin und wieder stöhnte er, während er sich abmühte. Offenbar hatte er bei dem Kampf im Fluß schwere Verletzungen davongetragen. Trotzdem hatte ich das Gefühl, daß er planmäßig vorging. Nachdem er beide Enden des Seils sicher befestigt hatte, rollte er die Leiche an den Rand des Wassers, stützte sich gegen einen Baumstamm und hob mit großer Anstrengung die Leiche so hoch er konnte, und warf sie ins Wasser. Das tat er dann auch mit dem Stein. Trotz seiner Wunden ging das bemerkenswert schnell. Das Ganze kann nicht länger als ein paar Minuten gedauert haben. Danach schleppte er sich, ohne nach rechts oder links zu blicken, in den Wald. Er kam so nahe an der Stelle vorüber, wo ich lag, daß ich seinen Atem hörte. Er atmete schwer und unregelmäßig, als habe er beim Lufthole Mühe.«

»Haben Sie das Gesicht des Mannes gesehen, als er vorbeiging?«

»Ja.«

Es entstand ein langes Schweigen. Olivias Hände klammerten sich umeinander, und ihre Knöchel wurden weiß. Amos stand auf und trat ans Fenster. Nur Arvind Singh wirkte gelassen und schien beides, die Situation und sich selbst, unter Kontrolle zu haben.

»War es Jai Raventhorne?«

»Ja, der Mann war Jai Raventhorne.«

»Ah!«

Der Laut kam von Arvind Singh. Keiner der anderen gab auch nur einen Ton von sich. Irgendwann hatte sich die Tür geöffnet; Maja war wie ein Schatten ins Zimmer gekommen und hatte sich in eine Ecke gesetzt. Niemand ahnte etwas von ihrer Anwesenheit oder wußte, wie lange sie bereits dort saß. Nachdem Hungerford die Frage beantwortet hatte, sank sein Kopf wieder in die Kissen, die seine Schultern stützten. Sein Gesicht war aschfahl geworden.

»Möchten Sie abbrechen?« fragte Arvind Singh freundlich. »Vielleicht können wir später fortfahren ...«

Hungerford richtete sich mit einem Ruck auf und schüttelte heftig den Kopf. »Nein!« keuchte er. »Ich muß es alles *jetzt* sagen, solange es mir vor Augen steht.«

»Gut. Was haben Sie dann getan?«

»Ich bin ihm in den Wald gefolgt. Ich hatte keine Angst mehr. Ich wußte, er war schwer verletzt. Obwohl er keinen Lärm machte, bewegte er sich unsicher und schwerfällig wie ein Mann, der nur ein Bein hat. Wir müssen etwa eine halbe Meile zwischen den Bäumen hindurchgegangen sein, als die Geräusche plötzlich verstummten. Ich hörte ein leises Stöhnen und dann einen dumpfen Fall. Mir wurde klar, daß seine Kräfte ihn verlassen hatten und daß er gestürzt war. Ich fand ihn zwischen den Wurzeln eines Banyanbaumes. Er war kaum bei Bewußtsein. Ich berührte sein Gesicht. Es glühte. Sein Atem ging stoßweise und unregelmäßig. Ich erkannte, daß ...« Er brach ab und warf einen unsicheren Blick auf Olivia.

»Sprechen Sie weiter«, sagte sie ruhig. Ihre Augen waren trocken, und sie unterdrückte jede Gefühlsregung. »Sagen Sie es, ich will alles hören.«

Er fuhr fort: »Ich erkannte, daß der Mann nicht mehr lange zu leben hatte. Sein linkes Bein war unter dem Knie offenbar von einem Schwerthieb beinahe durchtrennt. Es war eine frische Wunde, und sie blutete noch. Ich hatte einen Schal in der Tasche. Ich versuchte, die Blutung damit so gut es ging zu stillen, aber es war hoffnungslos.«

»Hat er etwas gesagt?«

»Nein, das konnte er nicht. Er hatte nicht einmal mehr die Kraft für ein Delirium.«

»Was haben Sie getan?«

»Ich konnte nicht viel *tun*. Deshalb flößte ich ihm einen Schluck von dem Alkohol ein, den ich bei mir hatte. Zuerst konnte er kaum schlucken, aber als ihm das Zeug durch die Kehle rann, wurde er wieder eine Spur lebendiger. Er öffnete die Augen. Ich konnte das erkennen, weil sie im Dunkeln glänzten. Mir fiel wieder ein, daß er eigenartige, perlmuttartige Augen hatte, ganz anders als alles, was ich je gesehen hatte. ›Ich bin kein Feind‹, sagte ich. ›Und ich weiß, wer Sie sind. Kann ich irgend etwas für Sie tun?‹ Er verstand mich offenbar, denn er nickte, tastete nach meiner Hand und führte sie zu dem Medaillon, das er um den Hals trug. Er griff nach dem Anhänger, führte ihn an die Lippen und küßte ihn. Dann sank er mit einem langen, beinahe erleichterten Seufzer zurück. In diesem Augenblick hat er seinen letzten Atemzug getan. Er starb mit einer Hand in meiner. Mit der anderen hielt er immer noch den Anhänger fest.«

Auf Hungerfords Gesicht zeigte sich zum ersten Mal eine Gefühlsregung. »Was immer die Meinung einer elenden Kreatur, wie ich es bin, wert sein mag«, murmelte er tonlos. »Ich finde, Jai Raventhorne ist gestorben, wie er gelebt hat: mutig, würdig und ... wie ein Mann. Ich...« Die Worte blieben ihm im Hals stecken, und er drehte das Gesicht zur Wand.

»Und Sie haben ihn in derselben Nacht begraben?« fragte Arvind Singh nach kurzem Schweigen.

»Ja.« Hungerford seufzte schwer. Er war bewegt, obwohl er entschlossen gewesen war, keine Rührung zu zeigen. »Ich habe ihn in dieser Nacht unter dem Banyanbaum begraben, in einem Grab, das tief genug war, um ihn vor Raubtieren zu schützen. In den Hauptstamm habe ich das Datum und seine Initialen eingeschnitten. Es mußte alles schnell gehen, aber vielleicht sind sie noch zu erkennen.«

Olivia saß unbeweglich und mit geschlossenen Augen wie versteinert auf ihrem Platz.

Amos brach die lastende Stille mit einer Frage. »Und Sie hatten ganz zufällig eine Schaufel bei sich?«

»O ja.« Hungerford entging der Sarkasmus nicht, und seine Lippen verzogen sich zu einem Lächeln. »Die Schaufel gehörte zu unserer Ausrüstung. Man wußte nie, wann man sie mal brauchen würde.«

Hungerfords Schilderung war so anschaulich gewesen, daß sie die Qual noch vergrößerte. Olivia schob instinktiv alles wieder von sich. Sie öffnete in ihrer Verzweiflung kurz die Augen und stellte mit irgendeinem Winkel ihres Bewußtseins fest, daß Maja nicht länger im Zimmer war, daß sie unbemerkt gegangen war.

Doch Arvind Singh hatte eine Frage, und sie vergaß Maja wieder. »Konnten Sie den anderen Mann identifizieren, ich meine den Mann, der getötet worden war?«

»Nein. Ich habe sein Gesicht nicht gesehen«, erwiderte Hungerford. »Aber ich bin überzeugt, es war der Nana Sahib von Bithur.«

Olivia stand auf und flüchtete wortlos aus dem Zimmer.

Sie rannte bis in das obere Stockwerk, schloß die Tür ihres Schlafzimmers hinter sich ab, setzte sich und weinte.

In der Stille und der gnädigen Abgeschiedenheit der Dunkelheit durchlebte sie noch einmal das Leid, das lange in ihr geschlummert hatte. Sie ließ zu, daß sich eine innere Wunde um die andere wieder öffnete und blutete. Politik beschäftigte sie nicht, und Hungerfords letzte, schockierende Aussage berührte sie ebensowenig. Olivia konnte nur an Jais letzte einsame Nacht im Wald denken, als sein Atem endgültig aussetzte. Daß er ihren Namen nicht ausgesprochen hatte, war nicht von Bedeutung. Sie wußte aber, in seinen letzten Momenten hatte er an sie gedacht, hatte ihr Gesicht vor sich gesehen und sie ans Herz gedrückt. Es war ihr nicht bestimmt gewesen, sein turbulentes Leben voll und ganz zu teilen. Eine Ironie des launischen Schicksals wollte es, daß sie dazu verurteilt war, bei seinem Tod weit weg und ahnungslos gewesen zu sein.

Trotzdem tröstete und beruhigte sie der Gedanke, daß Jai nicht allein sterben mußte. Jemand war bei ihm gewesen, hatte ihm die Hand gehalten und ihm geholfen, den Übergang zu finden, damit das Leben sanfter aus seinem geschundenen Körper wich. Sie war auch dankbar zu wissen, daß Hungerford ihn danach der Erde übergeben hatte, die Jai so leidenschaftlich liebte.

Thomas Hungerford hatte sich viel zuschulden kommen lassen. Sein langes Schweigen war unverzeihlich und herzlos. Aber dafür, daß er am Ende Verständnis und Mitgefühl gezeigt hatte, und daß er sie jetzt teilhaben ließ an seinem Blick zurück auf Jais letzte Nacht auf Erden, dafür würde sie immer in seiner Schuld stehen.

Später, als die bittere Qual schwand, als die scharfen Kanten des Schmerzes stumpfer wurden, und die Quellen des Leids erschöpft waren, nahm Olivia ein kaltes Bad, zog sich um und traf Vorbereitungen für die Reise nach Kirtinagar. Als sie schließlich wieder nach unten ging, empfand sie nur eine schmerzhafte Leere. Doch das war sie gewöhnt; damit lebte sie seit vielen Jahren.

Arvind Singh und Amos warteten auf der Veranda. Überwältigt von Liebe, von Erleichterung, daß er an ihrer Seite gewesen war und sie gestützt hatte, umarmte sie Amos. »Paß auf Mr. Hungerford auf. Er braucht Hilfe«, flüsterte sie ihm zu. Amos nickte. Olivia blickte sich um. »Wo ist Maja? Immer noch in ihrem Büro?«

»Nein«, sagte Amos. »Offenbar ist sie ausgegangen, um irgend etwas zu erledigen. Sie hat hinterlassen, daß sie erst spät zum Abendessen zurück sein wird.«

»Um etwas zu erledigen? Was?«

Amos winkte müde ab. »Wer kann das bei ihr schon sagen? Jedenfalls hat sie Abdul Mian mitgenommen, und so ist sie wenigstens nicht ohne Begleitung.«

Olivia wollte gerade in die Kutsche des Maharadschas steigen, die vor dem Portal wartete, als sie etwas aussprach, das sie beschäftigte.

»Nichts von all dem, was Mr. Hungerford uns gesagt hat, beweist, daß Jai unschuldig an dem Bibighar-Massaker war«, sagte sie mit einem Anflug von Bitterkeit. »Jai hat immer noch kein Alibi für den sechzehnten Juli.«

Dieser Gedanke beschäftigte auch Amos und Arvind Singh, aber sie hatten nicht den Mut aufgebracht, ihn auszusprechen.

*

Die lange, breite Allee am Hooghly, der Strand, lag nahezu verlassen. Es nieselte, und auf der Straße glänzten die Pfützen des letzten Regens. Maja hielt *Sheherazades* Zügel in einer Hand und wartete in einem provisorischen Unterstand am Straßenrand. Er bestand nur aus einer Blechtafel, die über zwei Mauern aus aufgeschichteten Ziegelsteinen lag und mit schweren Steinen beschwert war, damit die heftigen Winde sie nicht davontrugen. Vielleicht hatten die Arbeiter des städtischen Bauamts den Regenschutz zurückgelassen. Wie alle Straßen mußte der Strand während der Regenzeit ständig ausgebessert werden.

In dem Unterstand war Maja nicht zu sehen, obwohl keine Notwendigkeit bestand, sich zu verstecken. Zu dieser späten Abendstunde

und bei so unfreundlichem Wetter war kaum jemand unterwegs. Sie trug Reithosen und hatte sich als Schutz vor dem Regen einen Umhang übergeworfen und eine Mütze aufgesetzt. Sie war allein: Abdul Mian wartete in einer Teestube im Basar auf ihre Rückkehr.
Es dauerte nicht lange, und sie hörte das Geräusch galoppierender Hufe. Maja spähte in die Dunkelheit, ein Reiter näherte sich ihr. Sie trat mitten auf die Straße und hob winkend beide Hände. Er zog heftig die Zügel an. Das Pferd stieg und wieherte.
»Was für ein schrecklicher Abend, und welch ein schrecklicher Platz für ein Rendezvous!« rief Christian kopfschüttelnd, als er vom Pferd sprang. Er bückte sich tief und verschwand schnell unter dem schützenden Dach. Maja folgte ihm. Draußen war es ziemlich dunkel, im Innern herrschte beinahe völlige Finsternis. Sie konnten sich kaum sehen.
»Es tut mir leid. Ich dachte, es wäre bequemer, wenn wir uns hier treffen«, sagte Maja.
»Bequemer? Großer Gott!« Das Weiße seiner Augen glänzte, als er sie verdrehte. »Nun ja, ich habe leider nicht viel Zeit. Ich bin mit dem Packen noch nicht fertig, und Karamats Abrechnungen sind wie üblich ein einziges Durcheinander. Ich muß alles überprüfen, bevor ich ihm sein Geld geben kann.«
»Es wird nicht lange dauern.« Sie spürte mehr, als sie sah, daß seine Hand in der Dunkelheit nach ihrer tastete, und wich ihr aus.
»Also?« fragte er, immer noch verstimmt, aber auch sehr gespannt. »Du hast gesagt, du würdest mir heute abend deine Entscheidung mitteilen.«
»Ja.«
»Hast du sie getroffen?«
»Ja.« Sie holte tief Luft. »Ich habe beschlossen, deinen Vorschlag anzunehmen.«
Ihm stockte der Atem, seine schlechte Laune war verflogen. Er traute seinen Ohren nicht. »Du wirst nach Lahore nachkommen?«
»Ja.«
»Und du bist ... zu dem ... dem, hm ... *Arrangement* bereit, das ich vorgeschlagen habe?«

»Ja.«
»Keine Vorbehalte oder Zweifel mehr?«
»Keine.«
»Du vertraust mir doch, oder? Du glaubst, daß ich dich von ganzem Herzen liebe und daß ich dich heiraten will, sobald meine Zeit dort vorbei ist?«
»Ja, ich glaube dir.«
Er zögerte. Plötzlich war er unsicher und suchte nach den richtigen Worten. »Hast du … mit deiner Mutter gesprochen?«
»Sie ist für ein paar Tage weg. Ich werde mit ihr reden, wenn sie zurückkommt.«
»Und wenn sie Einwände hat?«
»Warum sollte sie? Schließlich war sie auch einmal die Geliebte eines Mannes!«
Er spürte in der Dunkelheit, wie sein Gesicht zu glühen begann, als er errötete. »Es wäre mir lieb, du würdest …« Er brach ab, denn ihm fiel ein, daß es für einige Zeit das letzte Zusammentreffen war. »Und Amos?«
»Amos? Nein, mit Amos habe ich nicht gesprochen und habe es auch nicht vor. Schließlich geht es doch um mein Leben, nicht um das seine.«
Verlegen und verwirrt bemühte er sich, ihr Gesicht zu erkennen. Er kam sich in dieser seltsamen Umgebung wie ein Narr vor. Da es ihm nicht gelang, fragte er schaudernd: »Mußten wir uns in diesem gottverlassenen Loch hier treffen? Hätten wir die Unterhaltung nicht woanders führen können? Vielleicht zu Hause?«
Maja holte tief Luft. »Ich habe den Platz deshalb gewählt, weil wir ganz in der Nähe irgendwohin gehen müssen.«
»Wir gehen woanders hin? *Jetzt* …? Meine Güte, Maja, du weißt, wie wenig …«
»Ich weiß. Du wirst rechtzeitig zu Hause sein, um deine Sachen fertig zu packen und deine Abrechnungen zu machen.« Sie berührte ihn an der Hand. »Komm.«
»Wohin gehen wir überhaupt?«
»Nur ein Stück am Ufer entlang.«

»Am Ufer entlang in der pechschwarzen Dunkelheit?«
»Ich kenne mich aus, Christian. Vertrau mir.«
Er blickte zum Himmel hinauf. »Und was ist mit dem Regen? Wir werden bestimmt bis auf die Haut naß!«
»Es nieselt nur. Das macht nichts.«
Etwas an der Art, in der sie sprach, etwas an der monotonen Stimme verwirrte ihn. Er versuchte, ihre Stimmung zu erkennen, aber es gelang ihm nicht. Sie wirkte seltsam ernst, fern und unwirklich, irgendwie erinnerte sie ihn an eine Schlafwandlerin.
»Fehlt dir auch nichts, Maja?« fragte er leicht beunruhigt. »Du klingst so ... anders.«
»Ach wirklich? Nein, mir fehlt nichts. Komm, wir müssen uns beeilen.«
»Na gut.« Er zuckte mit den Schultern und lachte ergeben. Er war im Augenblick so zufrieden, daß er sich nicht streiten wollte, und vermutete, sie treibe irgendein kindisches Spiel, nur um ihn zu necken. »Vorwärts!« rief er fröhlich.
Maja sprang in den Sattel und galoppierte davon. Christian folgte und gab seinem Pferd die Sporen, damit es mit ihrem Schritt hielt. Als er neben ihr ritt, fragte er: »Kannst du mir *jetzt* sagen, wohin wir gehen?«
»Ja, ich möchte, daß du jemanden kennenlernst.«
»Um diese Zeit...?«
»Ja.«
»Nun gut.« Er stöhnte übertrieben. »Wer ist es denn? Ich nehme an, dieser Mensch hat auch einen Namen?«
»Ja, er heißt Montague.«

Sechsundzwanzigstes Kapitel

»Sie ist nicht da, und ihr Bett ist nicht benutzt!«

Amos warf einen gereizten Blick auf Shebas besorgtes Gesicht. »Von wem um alles in der Welt redest du, von Mutter? Du weißt sehr gut, daß Mutter . . .«

»*Nein*, von Ihrer Schwester. Ich kann sie nirgends finden!«

»Maja? Sie ist vielleicht schon früh ausgeritten und noch nicht zurück.« Er schickte die Haushälterin mit einer Handbewegung weg. »Es gibt keinen Grund, sich so aufzuregen, Sheba! So, und nun sei schön brav und geh. Siehst du nicht, daß ich beschäftigt bin?« Er ließ den Kopf wieder auf die Stuhllehne sinken und befahl dem Barbier mit einer Geste, anzufangen.

Amos hatte sich schon die ganze Woche auf den Luxus einer richtigen Rasur und Massage gefreut. Der Barbier, ein Experte für Kopfmassagen, war den weiten Weg vom Burra-Basar gekommen und hatte die Anweisung, an diesem Morgen keine Termine bei anderen Kunden anzunehmen. Er wußte aus Erfahrung, wie gut ihn dieser junge, großzügige Kunde wahrscheinlich bezahlen würde, und hatte sich gerne dazu bereit erklärt. Jetzt stand er wartend auf der rückwärtigen Veranda der Raventhornes. Auf das Zeichen von Amos band er ihm den weißen Umhang ordentlich um den Hals, schärfte seine Messer mit der Anmut eines Tänzers und machte sich fröhlich ans Werk.

Amos vertrieb mit einem lustvollen Seufzer jeden Gedanken an andere Dinge aus seinem Kopf und gab sich ganz dem langersehnten Genuß hin.

Die vergangenen achtundvierzig Stunden hatten ihren Tribut von ihm ebenso gefordert wie von seiner Mutter. Er war so angespannt gewesen wie eine Feder und hatte in der vergangenen Nacht nicht geschlafen. Statt dessen hatte er stundenlang am Schreibtisch gesessen und Hungerfords erstaunliche Enthüllungen in einen chronologischen, möglichst klaren und verständlichen Bericht verwandelt. Bei der Arbeit an dieser Zusammenfassung hatte er den Alptraum seiner Kindheit noch einmal durchlebt und war natürlich von den Bildern und Gespenstern einer überreizten kindlichen Phantasie, die sich auf den Vater richtete, heimgesucht worden. Er hatte kein Auge zugemacht und sich schon im ersten Morgengrauen seinen täglichen Pflichten gewidmet, nur um sich mit etwas anderem zu beschäftigen.

Jetzt war er völlig erschöpft. Er fühlte sich ausgelaugt und ausgepreßt wie eine Zitrone. Es erleichterte ihn, daß sich wenigstens seine Mutter bei ihren Freunden in guten und liebevollen Händen befand, um vielleicht die dringend notwendige Ruhe zu finden.

Amos hatte Ranjan Moitra im Morgengrauen zu sich gerufen. Er war innerhalb einer Stunde im Haus der Raventhornes erschienen. Amos hatte dem armen Mann keine Zeit gelassen, sich von dem Schock über den Bericht von Hungerford zu erholen, sondern ihn sofort weggeschickt, um den Anwalt von Trident zu wecken, in dessen Anwesenheit Hungerford seine schriftliche Aussage unterzeichnete und ihre Wahrheit bestätigte.

Später war Hari Babu nach Kirtinagar geschickt worden, um das kostbare Dokument Arvind Singh zu übergeben. Moitra hatte danach Hungerford in ein Hospital der Jesuiten gebracht, damit ihm durch medizinische Hilfe vielleicht Linderung seiner Beschwerden verschafft werden konnte. Von dort sollte der Kranke – auf Hungerfords Wunsch – nach Burdwan begleitet werden, wo seine alte Mutter lebte. Da Hungerford inzwischen keinen Penny mehr besaß, hatte Amos ihm für seine unmittelbaren Bedürfnisse eine beachtliche Summe gegeben und ihm, solange er lebte, eine monatliche Rente für medizinische und andere Kosten ausgesetzt. Bevor Hungerford das Haus verließ, hatte er Amos um einen weiteren Gefallen gebeten – nach seinem Tod sollte seine blinde und völlig hilflose Mutter die

Rente bis ans Ende ihrer Tage erhalten. Amos hatte sich dazu sofort bereit erklärt.
»Ich habe sie all die Jahre verleugnet, weil sie zur Hälfte Inderin ist«, hatte Hungerford niedergeschlagen gemurmelt. »Es ist eine Ironie, daß ich zum Sterben zu ihr zurückkomme, weil ich sonst niemanden auf der Welt habe.«
»Sagen Sie mir, warum hat Hauptmann Findlater meinen Vater gehaßt?« fragte Amos plötzlich, als er Hungerford beim Einsteigen in den Wagen half und ihm ein Kissen hinter den Kopf legte.
»Wie bitte?«
»In Ihrer mündlichen Aussage haben Sie erwähnt, daß Findlater meinen Vater geradezu zwanghaft haßte. Ich möchte wissen, wieso.«
»Ach.« Hungerford wirkte etwas verwirrt und zuckte die Schultern. »Wegen der ... der jungen Slocum.«
Amos wurde rot und schwieg.
»Jahre zuvor, ich nehme an, lange, bevor Sie geboren wurden, hatte sich Ihr Vater mit der Schwester von Barnabus Slocum, dem damaligen Polizeichef ... nun ja, er hatte sich mit ihr eingelassen. Sie sind ein paar Tage zusammen weg gewesen und dann, nun ja...«
Amos ließ ihn nicht ausreden. »Was hatte das mit Findlater zu tun?«
»Henry war mit dem Mädchen verlobt. Sie war aus England gekommen, um ihn zu heiraten. Nachdem Ihr Vater ... mit dem Mädchen zusammengewesen war, löste sie die Verlobung mit Henry. Sechs Monate später ... ihr Vater hatte sie verstoßen ..., nahm sie sich das Leben.« Er verzog das Gesicht. »Henry hat das Ihrem Vater nie verziehen. Er schwor, er werde es ihm eines Tages heimzahlen.«
»Hat Findlater Ihnen das alles erzählt?«
»Nein, mein Freund Samuels. Er war Trommler beim 6. Indischen Infanterieregiment. Er war auch ein Eurasier aus Kalkutta. Auf dem Marsch nach Kanpur ist er an der Cholera gestorben.«
Die Erinnerung an den alten Skandal hatte die Erleichterung etwas getrübt, die Amos nach Hungerfords endgültigem Abschied empfand. Aber er hob entschlossen den Kopf und beschloß, das alles im Augenblick von sich zu schieben. Es gab weit dringendere Angelegenheiten, denen er sich vorher widmen mußte. Als Erstes und

Wichtigstes war es seine moralische Pflicht, so bald wie möglich Kyle einen Besuch abzustatten. Schließlich war es nur Kyles unermüdlichen Anstrengungen zu verdanken, daß Thomas Hungerford ausfindig gemacht worden und seine Familie nun Kenntnis von Jai Raventhornes letzten Stunden hatte...

Während Amos spürte, wie seine Energie unter den geschickten Fingern des Barbiers langsam zurückkam, die auf seinem Kopf tanzten und sprangen, zwickten und preßten, begann auch das Blut wieder normal zu fließen. Seine Spannungen lösten sich langsam. Er spürte seinen Körper wieder, und die Stimmung besserte sich. Er lenkte seine Gedanken in angenehmere Bahnen und beschäftigte sich mit den neuen unerwartet erfreulichen Aspekten seines Lebens.

Amos dachte an die Spinnerei.

In den vergangenen Tagen hatte er kaum Zeit gehabt, über den erstaunlichen Glücksfall nachzudenken. Jetzt erlaubte er sich den Luxus, noch einmal in aller Ruhe an die ungewöhnliche Wendung der Ereignisse zu denken, die diesem Glücksfall vorausgegangen war. Unvermeidlich erinnerte er sich dabei auch an Alistair Birkhurst, an seine eigenartigen Motive, seine Zwänge und an den Verlust, unter dem er litt. Zum ersten Mal geriet er dabei jedoch nicht in Zorn.

Amos beschloß, die Spinnerei nach seinem Vater zu benennen. Das war nur recht und billig, und seine Mutter würde sich bestimmt darüber freuen.

Alistair hatte auch in Hinblick auf die Plantage sein Wort gehalten. Das war der zweite große Glücksfall. Wenn das Projekt der Siedlung für Eurasier öffentlich angekündigt wurde, konnte die Gemeinschaft über den Erwerb durch die Derozio-Gesellschaft zu diesem annehmbaren Preis nur jubeln. Es würde an willigen Köpfen und helfenden Händen nicht fehlen, um den Traum einer Siedlung in triumphale Wirklichkeit zu verwandeln. Es würde allerdings noch dauern, bis er selbst etwas unternehmen konnte, denn auf ihn warteten noch allzu viele familiäre Verpflichtungen, die er erfüllen mußte, bevor er sich entweder an der aktiven Arbeit für die Stadt beteiligen oder an die gewaltige Aufgabe machen konnte, die Räder der Weberei wieder in Gang zu setzen.

Zuerst sollte er seine Mutter und seine Schwester nach Kanpur begleiten. Sie mußten sich auf die Suche nach dem versteckt liegenden Grab seines Vaters machen und dem Verstorbenen die letzte Ehre erweisen. Es würde für sie alle eine traumatische Pilgerreise werden. Aber auch das war unvermeidlich und mußte geduldig durchgestanden werden.

Er hatte noch keine Ahnung, wie und in welcher Absicht Arvind Singh die Aussage von Thomas Hungerford benutzen wollte. Zweifellos würde es neue Diskussionen geben, neue hitzige Debatten, neue Reibereien mit dem Sekretariat des Vizekönigs, mit den militärischen Stellen, mit Whitehall und mit den Bürokraten ...

Bereits beim Gedanken an die vielen Probleme und an die juristischen Auseinandersetzungen, die mit großer Wahrscheinlichkeit zu erwarten waren, sank Amos der Mut, aber er wehrte sich entschlossen dagegen. Er biß die Zähne zusammen und richtete seine Aufmerksamkeit entschlossen auf etwas, das ihn augenblicklich aus seiner gedrückten Stimmung befreite.

Amos ließ seine Gedanken in die Richtung von Rose Pickford eilen...

»Abdul Mian hat Ihnen etwas zu sagen.«

Shebas zittrige, schrille Stimme riß Amos aus seinen Träumereien. Er schlug die Augen auf.

»Was...?«

Abdul Mian stand am Fuß der Verandatreppe und verneigte sich. »Ich war heute morgen auf dem Markt, um Futter zu kaufen, bevor ich in den Stall gegangen bin. Als ich zurückkam, habe ich von meinem Sohn erfahren, daß *Sheherazade* nicht in ihrer Box war. Sie war die ganze Nacht nicht in der Box. Wissen Sie, wo Missy Memsahib sie hingebracht haben könnte?«

Amos runzelte die Stirn. »Hast du meine Schwester nicht begleitet, als sie gestern abend ausgegangen ist?«

»Ja, aber Missy Memsahib hat mich in dem Teehaus an der Ecke der Dharamtalla zurückgelassen und gesagt, ich soll dort warten, bis sie wiederkommt.«

»Und?«

»Sie ist nicht wiedergekommen.«
»Und du bist *ohne* sie nach Hause gegangen?«
»Ich habe gedacht, sie hat mich vergessen. Das ist schon öfter vorgekommen.«
»Wohin ist sie gegangen, nachdem sie dich zurückgelassen hat?«
»Zum Strand.«
»Abends um diese Zeit? *Allein ...?*«
»Nein, nicht allein.« Der Stallknecht senkte den Blick. »Ich hatte den Eindruck, daß Missy Memsahib mit jemandem am Kai verabredet war.«
Amos preßte die Lippen zusammen. Er brauchte nicht zu fragen, mit wem.
»Irgend etwas hat mein kleines Mädchen in den letzten Tagen gequält!« stieß Sheba, der die Tränen in den Augen standen, gepreßt hervor. »Sie waren alle zu sehr mit anderen Dingen beschäftigt, um es zu merken. Aber ich *habe* es gemerkt. Sie war unglücklich, *todunglücklich*, seit sie bei diesen Leuten im Obstgarten war und seitdem dieser Mr. Ludlow hier war, um ihr Pferd zu kaufen. Und als der junge Herr Christian dann abends kam, haben sie in den Ställen lange geredet und sich gestritten. Stimmt das, Abdul?«
Der alte Mann nickte.
Sheba begann zu weinen. »Sie war in den vergangenen Tagen in keiner guten Verfassung«, stieß sie schluchzend hervor. »Ihre Mutter hat es gewußt, aber niemand hat etwas getan ...«
Die Aufregung der Haushälterin sprang auf Amos über. Er bekam es jetzt auch mit der Angst zu tun. »Sie kann sich nicht in Luft aufgelöst haben«, murmelte er. »Sie muß irgendwo im Haus sein ...«
Mit einem wehmütigen Seufzer gab er den Gedanken an die entspannende Massage des Barbiers auf und bezahlte ihn. Dann befahl er den Dienstboten, im Gelände nach allen Richtungen auszuschwärmen. Mit Sheba im Schlepptau ging er daran, noch einmal das Haupthaus und die Nebengebäude gründlich zu durchsuchen.
Maja war nirgends zu finden.
Amos und die Haushälterin kehrten stumm und bestürzt auf die Veranda zurück. Sie hatten beide denselben Gedanken: Das dumme,

leichtsinnige Mädchen war mit Christian Pendlebury durchgebrannt.

Es dauerte jedoch nicht lange, bis sie feststellten, daß die Wirklichkeit nicht mit ihren Vermutungen übereinstimmte. Kyle traf ein. Er galoppierte auf seinem braunen Wallach den Damm entlang und kam über den Rasen hinter das Haus. Am Zügel führte er *Sheherazade*. Er sprang aus dem Sattel, warf dem überraschten Abdul Mian die Zügel der Stute zu, stürmte die Verandastufen hinauf und ließ sich schwer atmend auf einen Stuhl fallen.

»Kyle!« Amos war erleichtert. »Ich wollte schon früher zur Druckerei kommen, aber Hungerford ...«

Kyle unterbrach ihn schroff: »Hungerford muß warten.« Er war leichenblaß. »Gestern abend ist etwas geschehen, etwas Ungeplantes. Es ist alles unglaublich tragisch. Aber sag mir zuerst, ist Maja hier?«

»Nein. Aber wie ...?«

»Das werde ich dir gleich sagen. Bist du sicher?«

Amos nickte erschrocken. »Wir haben das Haus zweimal durchsucht.« Seine Lippen wurden schmal. »Glaubst du, sie könnte ... mit Pendlebury auf und davon sein?«

Kyle lächelte traurig angesichts der unbeabsichtigten Ironie der Frage. »Nein, mein Freund. Es wäre ja gut, wenn alles nur *so* einfach wäre!«

Er berichtete ihm ohne Umschweife von Majas Besuch mit Christian in dem unterirdischen Raum.

»Maja hat ihn dorthin gebracht?« fragte Amos fassungslos.

»Ja, Christian hat alles gesehen und weiß alles.« Kyle schloß die übermüdeten Augen. »Er hat Montague gesehen ...«

»O Gott!« Amos faßte sich an den Kopf. »Aber warum hat sie das getan, Kyle? Ich hatte keine Ahnung, daß sie es überhaupt wußte!«

»Sie wußte es, weil ich es ihr in meiner großen Weisheit gesagt habe«, erwiderte Kyle bitter, »zumindest teilweise. Den Rest hat sie erraten oder dem entnommen, was Joycie möglicherweise gesagt hat. Warum sie es getan hat? Nach dem, was ich gestern abend gesehen habe, ist das nicht schwer zu erraten. Aber das ist im Augenblick nicht wichtig. Die Frage ist, wenn sie gestern abend nicht nach Hause gekommen ist, wo *ist* sie dann? Ich wäre früher gekommen, aber ich habe erst vor einer halben Stunde entdeckt, daß ihr verdammter Gaul am Damm gegenüber der Druckerei grast. Mein erster Gedanke war, sie habe aus einem unerfindlichen Grund beschlossen, zu Fuß nach Hause zu gehen.«

»Das hat sie nicht getan.«

Sie sahen sich beklommen an.

»Komm!« Kyle sprang auf. »Wir müssen sie finden. Du kannst dir nicht vorstellen, in welchem Zustand sie war, als sie den Tunnel verließ.«

Amos hielt ihn zurück. »Du glaubst nicht, daß die geringste Möglichkeit besteht, sie könnte *doch* bei Christian sein?« fragte er leise.

Kyle drehte sich um. »Wir haben nicht die Zeit, damit ich dir alles ausführlich erzählen kann. Aber soviel kann ich dir verraten: Als sie gestern abend Christian die Sache mit Montague berichtete, hat er den Verstand verloren und wollte sie umbringen. Wären meine Mutter und ich nicht dabei gewesen, hätte er es getan.« Er biß sich auf die Lippen und schüttelte heftig den Kopf. »Nein, Amos, ich bezweifle sehr, daß deine Schwester bei Christian Pendlebury ist oder noch einmal mit ihm zusammensein wird!« Er ging wieder zurück in den Garten, wo er seinen Wallach an einen Ast angebunden hatte. Mit einem Fuß im Steigbügel fragte er: »Was meinst du, wo soll ich zuerst suchen?«

Amos schluckte. Sein Verstand war wie gelähmt, und sein Magen verkrampfte sich in panischer Angst. »Am Damm und in dem Wald im Süden. Ich reite nach Norden, nach Shibpur. Sie war schon oft dort in dem Banyanwald.« Er legte die Hand auf die Stirn. »Ich ... ich kann mir einfach nicht denken ...« Seine Stimme versagte.

»Wenn wir sie bis heute abend nicht gefunden haben, wird uns nichts anderes übrigbleiben, als Clarence Twining zu informieren.«

Amos fragte leise: »Du sagst, Christian hat versucht, sie umzubringen. Glaubst du, er ist ihr gefolgt und hat sie ... hat sie ...?«

»Nein«, erwiderte Kyle. »Christian ist deiner Schwester nicht gefolgt.

Er ist mit größter Wahrscheinlichkeit in diesem Augenblick bei seinem Vater.«

*

Aber Kyle irrte sich. Christian war nicht bei seinem Vater.

Gerade als Kyle losritt, um in der einen Richtung zu suchen, und *Cavalcade* für Amos gesattelt wurde, kündigte ein Diener eine Besucherin an, mit der absolut niemand gerechnet hätte: Lady Pendlebury.

»Guten Morgen, Mr. Raventhorne.« Noch bevor Amos auf die Begrüßung etwas erwidern konnte, rauschte Lady Pendlebury hinter dem Diener in den Salon. »Sie müssen verzeihen, daß ich so unangemeldet hier hereinplatze. Aber glauben Sie, ich könnte Ihre Mutter einen Augenblick sprechen?« Ihr Ton war förmlich, jedes Wort eisig. Auf ihrem Gesicht lag nicht einmal die Andeutung eines Lächelns.

Amos unterdrückte sein Erstaunen – und seine Befürchtungen. Ebenso kühl und förmlich erwiderte er: »Ich bedaure, Lady Pendlebury. Meine Mutter ist nicht zu Hause. Sie ist in dieser Woche nicht in der Stadt.«

»Ich verstehe.«

Amos forderte sie auf, Platz zu nehmen, aber Lady Pendlebury blieb stehen. »Und Ihre Schwester?«

»Meine Schwester?« Er überlegte kurz und sagte dann: »Meine Schwester ist ... ebenfalls nicht da.«

»Ja«, sagte sie leise mit einem kalten, vielsagenden Lächeln, bei dem sie die Lippen nach unten zog. »Daran zweifle ich nicht!«

Amos hatte nicht die geringste Ahnung, worauf das Gespräch hinauslief. Er verbarg seine Verwirrung hinter noch größerer Kühle, als er knapp erwiderte: »Meine Schwester reitet jeden Morgen aus. Kann *ich* Ihnen vielleicht irgendwie behilflich sein?«

»Vielleicht.« Sie änderte ihre Meinung, setzte sich und sah ihn durchdringend an. »Ich weiß nicht, ob es Ihnen bekannt ist, Mr. Raventhorne, aber Christian sollte heute in den Punjab fahren, um seine Stelle anzutreten.«

»In den Punjab? Ich hatte den Eindruck, er sei nach Champaran versetzt worden!«
»So war es, aber dann wurde bei Gordon Lumsdale im Punjab eine Stelle frei, und er hat sich dafür entschieden, das Angebot anzunehmen. Wie auch immer, er sollte den Zug heute morgen nehmen, aber er ist nicht auf dem Bahnhof erschienen. Mr. Ludlow ist sehr verärgert, und ich bin außer mir vor Sorge. Mein Sohn sollte seine letzte Nacht in Kalkutta bei uns verbringen. Er ist nicht zu uns gekommen. Er ist auch nicht in seiner Wohnung, wo der Diener mit seinem Gepäck wartet. Mr. Illingsworth und Mr. Prescott haben ihn seit gestern abend nicht mehr gesehen. Sie haben keine Ahnung, wohin er gegangen sein könnte.«
Amos spürte, wie seine Zunge schwer wurde und am Gaumen klebte. »Er ist mit Sicherheit nicht hier, Lady Pendlebury.«
»Und Ihre Schwester auch nicht!«
Die unausgesprochene Unterstellung trieb Amos die Röte ins Gesicht. »Ich verstehe nicht, was Eure Ladyschaft meinen...«
»Nein, Mr. Raventhorne?« unterbrach sie ihn mit harten, wütenden Augen. »Von dem Diener meines Sohnes habe ich erfahren, daß Ihre Schwester gestern abend am Strand eine Verabredung mit meinem Sohn hatte. Karamat sagt, sie wollten sich um sieben am Kai treffen. Christian hatte ihm gesagt, er werde in einer halben Stunde zurück sein. Er ist nicht zurückgekommen. Seit dieser Zeit ist er nicht mehr gesehen worden, und ich habe den starken Verdacht, Ihre Schwester auch nicht! Ich kann nur das Naheliegende vermuten, Mr. Raventhorne! Ihre Schwester hat meinen Sohn irgendwie dazu gebracht, auf seine Karriere zu verzichten und mit ihr durchzubrennen!« Vor Zorn konnte sie kaum noch sprechen. »Für mich gibt es absolut keinen Zweifel daran, daß sie zusammen verschwunden sind!«
Amos hätte über ihre Behauptung beinahe laut gelacht, aber natürlich nur beinahe. »Das ist, wenn ich das so sagen darf, völliger Unsinn!« erwiderte er ruhig. Gewissermaßen bedauerte er sie wegen ihrer Unwissenheit. »Meine Schwester hat es nicht nötig...«
»Mein Sohn wollte diese Stelle mehr als alles in seinem Leben, Mr. Raventhorne«, fuhr Lady Pendlebury unbeirrt fort. »Es ist kaum

wahrscheinlich, daß er sie so unbekümmert aufgegeben haben sollte. Es sei denn, die angebotene Alternative war *noch* unwiderstehlicher!«

»Meine Schwester ist ausgeritten«, erklärte Amos hartnäckig. Er fühlte sich hilflos und im Grund dieser Lage nicht gewachsen. »Bei allem Respekt, Lady Pendlebury, ich kann Ihnen versichern, daß Ihre Vermutungen weit von der Wahrheit entfernt sind.«

»Ach wirklich, Mr. Raventhorne?« Sie nahm sich mit sichtlicher Anstrengung zusammen und musterte ihn kühl. Nur ihre bebenden Lippen verrieten das Ausmaß ihrer Gefühle. »Mein Sohn ist schwach, Mr. Raventhorne, und Ihre Schwester ist eigenwillig und hartnäckig, und sie besitzt beachtliche Reize. Sie hat gelernt, diese Reize sehr gut einzusetzen. Deshalb hat mein unschuldiger Junge in den vergangenen Monaten einen ungleichen und aussichtslosen Kampf geführt.« Sie erhob sich und richtete sich zu voller Größe auf. »Wenn sich Ihre Familie allerdings dafür entscheidet, die Wirklichkeit zu ignorieren, dann kann sie das ruhig tun. Aber ich warne Sie, Mr. Raventhorne. *Wenn* Ihre Schwester meinen armen Sohn tatsächlich dazu verleitet hat, die öffentliche Meinung und die herrschenden Normen zivilisierten Benehmens durch diese unaussprechliche Tat zu verhöhnen, dann werden die Folgen für sie und für Ihre Familie nicht sehr erfreulich sein.« Sie wandte sich zum Gehen. »Heute abend veranstalte ich meine erste Soiree der Saison...«

»*Soiree...?*«

Sie machte eine ungeduldige Geste. »Ja, mit einem Abendessen für einige wenige ausgewählte Gäste. Ich kann die Soiree zu diesem späten Zeitpunkt kaum absagen, ohne geschmacklosen Spekulationen Tür und Tor zu öffnen. Außerdem empfängt mein Mann heute eine wichtige Delegation aus der Türkei. Deshalb habe ich ihn mit Ausreden beruhigt. Eine öffentliche Krise ist das letzte, was ich haben möchte, aber«, die schreckliche Aussicht auf einen Skandal ließ ihre Stimme leicht beben. »Wenn es bis morgen früh keine Nachrichten von meinem Sohn oder Ihrer Schwester gibt, werde ich meinen Mann davon in Kenntnis setzen und dafür sorgen, daß er ohne Rücksicht auf die Folgen angemessene Schritte unternimmt. Selbstverständlich

wird Clarence Twining informiert werden müssen, und ich werde persönlich dafür sorgen, daß er Ihre unmoralische Schwester, wenn er sie findet, dorthin bringt, wohin sie gehört: *Hinter Gitter*!«
Lady Pendlebury drehte sich auf dem Absatz um und rauschte aus dem Zimmer.

*

Von einem unerklärlichen Instinkt getrieben, ritt Kyle schließlich zum Friedhof. Er hatte plötzlich die feste Überzeugung, die ihm sein sechster Sinn eingab, daß er Maja in ihrem seltsam verwirrten Geisteszustand dort finden werde.
Er wurde nicht enttäuscht.
Sie saß mit gesenktem Kopf auf der Marmorplatte eines Grabes. Die langen, gelösten Haare hingen ungekämmt wie ein Vorhang, der sie vor der schmerzlichen Wirklichkeit schützte, vor ihrem Gesicht. Sie bewegte sich nicht. Nur ihre Hände beschäftigten sich ruhelos mit Wildblumen, Farnen und Laub, die in ihrem Schoß lagen und die sie offenbar zu einem Kranz flocht. Sie war völlig in ihre Arbeit vertieft und blickte bei Kyles Näherkommen nicht auf. Sie hörte seine Schritte nicht, ahnte nicht, daß sie nicht mehr allein war – oder es war ihr gleichgültig.
Maja saß auf dem Grab von Joycie Crumb.
Er setzte sich auf einen Grabstein in der Nähe, und da er sie in ihrer Selbstversunkenheit nicht erschrecken wollte, beobachtete er sie stumm. Obwohl er ihr gegenübersaß, beachtete sie ihn immer noch nicht. Die Stirn blieb vor Konzentration gerunzelt, die aufgerissenen, leeren Augen richteten sich auf die Finger, die hektisch wanden und banden, das Laub zu hübschen Mustern ordneten und es dann in Form brachte, indem sie es an ihren Körper hielt und klopfte. Ihre Kleidung – sie trug die Reitsachen vom Abend zuvor – war völlig durchnäßt. Das Jackett klebte ihr wie faltige, feuchte Haut am Rükken. Die Stiefel waren mit Schlamm bedeckt. Schlamm war auch auf die Reithose gespritzt. Trotz der Gewitterwolken war es heiß und schwül, aber das Wetter schien ihr so gleichgültig zu sein wie Kyles Anwesenheit. Offensichtlich hatte Maja die ganze Nacht hier im Re-

gen verbracht. Auf der Suche nach Einsamkeit und Stille war sie den weiten stummen Weg zu den verständnisvollen Toten unter der Erde gegangen.

»Ist das für Joycie?«

Maja blickte auf und hob mit einem langsamen, verstohlenen Lächeln den kleinen Kranz hoch. Sie wirkte keineswegs überrascht, ihn zu sehen. Sie schien ihn beinahe erwartet zu haben oder die ganze Zeit zu wissen, daß er da war. Sie sah ihn an, als führe sie eine abgebrochene Unterhaltung fort.

»Was machst du da?« fragte Kyle.

»Einen Kranz. Sie hat gesagt, sie hätte gern einen Kranz. Sie hat gesagt, das sei ... passend.« Maja sprach in einem seltsamen Singsang, und ihre Stimme klang unwirklich hoch.

»Bist du die ganze Nacht hier gewesen?«

»Ja.«

»Allein? Du hast ganz allein hier in der Dunkelheit gesessen?«

»O nein. Joycie war da. Wir haben miteinander gesprochen.«

»Joycie ist tot, Maja.«

»Ja, ich weiß.« Sie lachte überrascht. »Warum sollte sie sonst hier auf dem Friedhof sein?«

Er stand auf und ging zu ihr. »Komm«, sagte er sanft, »ich bringe dich nach Hause.«

Sie schüttelte den Kopf. »Erst, wenn ich damit fertig bin. Ich muß es für heute abend fertig machen.«

»Warum für heute abend?«

Sie legte den Kranz mit einem gereizten Lachen in ihren Schoß. »Weil Joycie heiratet, du Dummkopf! Warum denn sonst?«

Er griff nach ihrem Arm. Ihre Haut glühte und schien seine Fingerspitzen zu verbrennen. »Komm ...«

Sie riß sich los. »Ich habe dir doch gesagt, *erst* wenn ich damit fertig bin!« erwiderte sie. »Ich habe Joycie versprochen, sie kann ihn heute morgen haben. Außerdem«, sie rückte etwas ab, »will ich hierbleiben. Was wird Joycie denken, wenn ich sie jetzt allein lasse, wo sie mich für die Hochzeit braucht?« Sie murmelte ärgerlich etwas, das Kyle nicht verstand.

Er fragte vorsichtig. »Gestern abend ... erinnerst du dich, was da geschehen ist...?«
»Gestern abend? Selbstverständlich erinnere ich mich daran!« Sie blickte auf. Sie lächelte wieder, und ihre leeren Nachtwandleraugen blickten durch ihn hindurch wie durch Glas. »Wir sind im Garten von Mr. Lawrence Karussell gefahren und danach in den Club gegangen. Da war ein Mogul-Grab. Christian hat gesagt, Jejangir hat es gebaut für ... jemanden. Und dort haben wir gepicknickt.«
»Wir müssen jetzt gehen«, sagte Kyle etwas drängender. »Zu Hause machen sie sich Sorgen um dich. Kein Mensch weiß, wo du bist.«
»Nach Hause?«
»Ja, nach Hause zu Amos.«
Sie wich zurück. »Ich kann nicht nach Hause gehen. Ich muß bei Christian in Lahore sein. Ich werde eine Reit...«
Ihr Gesicht war rot und erhitzt und glänzte vor Schweiß. Doch ihre Augen waren so kalt wie unter dem Eis erstarrte Hyazinthen. Sie plapperte zusammenhanglos weiter, versank immer wieder in einer Traumlandschaft und kam nur kurz daraus hervor. Sie wußte nicht, was sie sagte, und wanderte auf gewundenen Wegen durch eine angenehme, selbstgeschaffene Wirklichkeit. Kyle setzte sich wieder und hörte geduldig zu. Er ahnte, daß ihr unsicheres emotionales Gebäude ihrer Hoffnungen zusammengebrochen war. Er wußte natürlich, weshalb sie keine Erinnerungen an die schrecklichen Ereignisse des Vorabends hatte. Sie konnte sich ihnen nicht stellen und hatte sie deshalb einfach aus ihrer Erinnerung gestrichen und war weit weg, in eine andere Zeit und eine andere Dimension geflohen.
Am Abend zuvor war er wütend auf sie gewesen, aber nun empfand er nur eine Art Mitleid mit ihr. Sie war keine Täterin; sie war ein Opfer. Und Opfer würde es noch mehr geben, viel mehr...
»Es wird wieder regnen«, sagte er müde und niedergeschlagen. »Wenn wir nicht bald gehen, werden wir durch und durch naß.«
Der Himmel donnerte bestätigend. Ein Blitz fuhr in eine Wolke, durchbohrte ihre Eingeweide, und die schwarzen Wolkenberge schienen zu stöhnen.

Maja hatte den Kranz zu ihrer Zufriedenheit fertiggestellt, hängte ihn behutsam über den spitz zulaufenden Grabstein, wischte sich die Hände an der Hose ab und stand auf. Sie war nicht sicher auf den Beinen, und Kyle stützte sie mit einem Arm.

Plötzlich klammerte sie sich an ihn. »Warum bin ich hier?« flüsterte sie. »Warum die vielen toten Menschen? Bin ich auch tot?«

»Nein, du bist nicht tot.«

»Wieso rede ich dann mit Joycie?«

»Du bist nicht tot, aber du bist sehr krank. Du mußt ins Bett. Du mußt dich ausruhen.«

»Wohin bringst du mich, nach Lahore?«

»Ich bringe dich nach Hause zu deinem Bruder.«

Ihre Lippen zitterten. »Ich will zu Mutter.«

»Sie wird bald bei dir sein, sehr bald, das verspreche ich dir.«

Ihre Beine gaben nach, und sie sank halb bewußtlos an seine Schulter. Kyle blickte sich hilfesuchend um. Nicht weit von ihnen entfernt entdeckte er einen Friedhofsgärtner, der am Wegrand hockte und das Gras schnitt. Er rief ihn herbei. Während der Mann eilig näherkam, suchte Kyle in seiner Jackentasche nach ein paar Münzen, drückte sie dem Mann in die Hand und befahl ihm, vor dem nächsten Tor einen Wagen zu suchen. Er legte den Arm um Majas Taille, führte sie langsam zum Ausgang. Als die Tonga kam, hob er sie hinein. Er band sein Pferd hinten an dem klappernden Gefährt fest und setzte sich neben sie.

Maja kam durch das Holpern und Rütteln wieder zu sich. Sie blickte Kyle feindselig und mißtrauisch an.

»Sie sind nicht Christian!« rief sie empört. »Wer sind Sie?«

Kyle seufzte. »Ich bin ein Freund. Glaub mir, ich bin ein Freund.«

»Ich kenne Sie nicht.«

Er blickte tief in die glänzenden blauen Augen, die ihn anstarrten und doch nicht sahen. »Nein«, sagte er leise. »Du kennst mich nicht.«

*

Am späten Abend zog das Gewitter endlich weiter. Ein kräftiger Wind kräuselte die Wasseroberfläche zu kleinen Wellen mit Schaumkrönchen, zerzauste die Baumwipfel und trug einen kühlen, feuchten Abend über den Fluß.
Als die Dämmerung über den rückwärtigen Rasen kroch, saß Amos zusammengesunken auf den Stufen am Fluß. Er war erschöpft und versuchte, den ermatteten Körper und Geist mit einem doppelten Whisky wiederzubeleben. Kyle ging in Gedanken versunken stumm auf dem Uferdamm hin und her.
»Ich überlege, ob ich Mutter eine Nachricht senden soll, damit sie zurückkommt«, sagte Amos nachdenklich und brach damit das lange Schweigen. »Ich bin nicht sicher, daß ich mit einer so ... so gefährlichen Situation allein fertig werde!«
»Laß deine Mutter eine Weile in Ruhe.« Kyle kam die Stufen hinunter. »Sie braucht Zeit, um sich von den Erschütterungen zu erholen, die sie kaum verkraften kann.« Er griff nach dem Glas, das er auf der Brüstung des Mäuerchens abgestellt hatte, und lehnte sich gegen die Steine. »Außerdem kann sie kaum mehr tun, als Dr. Humphries bereits getan hat. Mrs. Chalcott und Sheba werden bestimmt sehr gut mit Maja zurechtkommen.«
Amos seufzte. »Ja, das hoffe ich auch. Ich hatte nur laut gedacht.« Ihm lief ein Schauer über den Rücken. »Der Friedhof! Was um Himmels willen hat sie dazu gebracht, auf diesen verwünschten Friedhof zu gehen?«
Kyle antwortete auf die bereits mehrmals gestellte Frage mit entschlossenem Schweigen und einem wegwerfenden Schulterzukken.
Sheba war außer sich geraten, als Kyle die halb bewußtlose, von Schüttelfrost gepackte Maja nach Hause brachte. Sie hatte Maja sofort ausgezogen, gewaschen und ins Bett gebracht. Der Arzt war gekommen und gegangen; die seltsamen Symptome hatten ihn erstaunt, aber nicht übermäßig alarmiert. Maja habe sich nur eine schwere Erkältung zugezogen, erklärte er.
»Was denkt sich das dumme Mädchen auch dabei, wenn sie hartnäkkig Tag für Tag am frühen Morgen im Regen ausreitet?«

Er hatte ein Medikament verschrieben, und der bittere Saft war Maja bereits eingeflößt worden. Dr. Humphries hatte außerdem empfohlen, ihr einen Eisbeutel auf die Stirn zu legen. Das werde helfen, das Fieber zu senken.

»Was ist denn hier los?« fragte Edna, die innerhalb einer Stunde eintraf, nachdem Amos ihr eine eilige Nachricht geschickt hatte. »Was hat denn das Mädchen diesmal wieder angestellt?«

Im Haus der Raventhornes gab es keine Geheimnisse vor Edna Chalcott. Amos berichtete ihr offen von den Ereignissen der vergangenen zwei Tage, einschließlich einer kurzen Zusammenfassung dessen, was Thomas Hungerford ihnen berichtet hatte.

Sie war natürlich tief erschüttert, aber als überzeugte Pragmatikerin sah sie die Dinge schnell im richtigen Verhältnis, und ihr energisches Handeln blieb davon bewundernswert unbeeinträchtigt.

»Als erstes müssen wir Maja wieder auf die Beine bringen«, sagte sie entschlossen und schob den Rest für den Augenblick beiseite. »Über das andere können wir uns noch später Sorgen machen.«

In kurzer Zeit und zur unendlichen Erleichterung von Amos nahm sie die Dinge mit ihrer üblichen vernünftigen Kompetenz in die Hand. »Amos, mein Liebling, ich werde heute abend eine Weile nicht hier sein«, sagte sie entschuldigend. »Ich habe versprochen, bei Lady Pendleburys Soiree zu spielen. Ich kann sie wirklich nicht in letzter Minute im Stich lassen. Das würde sie mir nie verzeihen. Ich komme mit ein paar Kleidern und Toilettensachen zurück, sobald das fürchterliche Konzert zu Ende ist.«

Trotz Ednas vieler beruhigender Versicherungen gelang es Amos nicht, sein Unbehagen und seine Befürchtungen loszuwerden, als er versuchte, sich mit Kyle in der abendlichen Kühle zu entspannen.

»Das Fieber macht keine Anstalten zu sinken«, sagte er. Aus seinen übermüdeten Augen sprach trotz der Erleichterung darüber, daß seine Schwester lebend und unverletzt zurückgebracht worden war, tiefe Besorgnis. »Sie ist immer noch im Delirium und redet unverständliches Zeug.«

»Das geht vorbei«, sagte Kyle. Er trank vorsichtig einen Schluck Whisky und blickte auf den oberen Rand der orangefarbenen Sonne, die gerade am Horizont des in allen Farben leuchtenden Himmels versank. Er hob das Glas höher, trank es leer und streckte die langen Beine auf der Stufe aus. »Du mußt dir nicht über das Fieber Sorgen machen ...«

»Ja«, sagte Amos und nickte traurig, »ich weiß.«

Kyle lehnte sich wieder an die Mauer, zog die Beine an und legte die Arme um die Knie. »Laß uns über Thomas Hungerford reden.«

Er hatte von Amos die Abschrift der Aussage bekommen, sie mit nach Hause genommen und im Laufe des Tages gelesen und wieder mitgebracht, um darüber zu sprechen.

»Hattest du Zeit, die Aussage zu lesen?« fragte Amos erstaunt.

»Aber ja! Ich hätte nie gedacht, daß der Mann eine so dramatische Geschichte zu erzählen hat oder soviel aufdecken würde.«

»Um ehrlich zu sein, ich auch nicht. Aber jetzt bin ich überzeugt, daß er die Wahrheit sagt. Arvind Singh stimmt mir zu. Was meinst du?«

Kyle legte den Kopf schief. »Du glaubst, was Hungerford sagt, obwohl alle historischen Fakten das Gegenteil behaupten?«

»Du meinst den Tod des Nana Sahib?« Amos zögerte. »Nun ja, ich weiß nicht, aber ...« Er erzählte Kyle von dem Gerücht, das der Agent des Maharadschas während des Aufstandes gehört hatte. »Mein Vater vertrat mit Leidenschaft die Überzeugung, daß ein Krieg zwischen Männern ausgetragen werden sollte und nicht auf dem Rükken von Frauen und Kindern. Vielleicht hat das Massaker im Bibighar sein Urteil über den Mann, der einmal sein Verbündeter gewesen war, endgültig besiegelt. Vergiß nicht, mein Vater hatte bereits den Hilferuf seiner Schwester erhalten. Vielleicht war er zu spät gekommen, um sie zu retten. Jedenfalls muß er rasend vor Schmerz und Zorn gewesen sein, als er von dem Massaker erfuhr. Du darfst nicht vergessen, er glaubte wirklich, seine Schwester sei dabei umgekommen.« Er zog fragend die Augenbraue hoch. »Allein das war für ihn bestimmt Grund genug, diesen Mann umzubringen, der das Gemetzel befohlen hatte. Würdest du das nicht auch sagen?«

»Bedauerlicherweise gibt es für den Kampf nur einen einzigen zweifelhaften Zeugen!«

»Das stimmt.« Amos füllte ihre Gläser zum letzten Mal und warf die leere Flasche mit einer heftigen Bewegung weit auf den Fluß hinaus. »Also sind wir am Ende genau dort, wo wir vor Hungerfords Ankunft waren. Trotz aller guten Absichten ist seine Aussage wertlos. Sie beweist immer noch nicht, daß mein Vater an diesem verdammten Massaker unschuldig war!«

»Wenn es dafür überhaupt einen Beweis gibt, mein Freund«, sagte Kyle und schien ebenfalls bitter enttäuscht, »dann kann Jasper Pendlebury ihn liefern. Unter den gegenwärtigen Umständen können wir sagen, das ist gleichbedeutend damit, daß wir *keinen* Beweis haben!«

Sie versanken wieder in Schweigen. Es war kein geselliges Schweigen, sondern ein lastendes, niedergeschlagenes Schweigen voll düsterer Ahnungen.

Sie waren stillschweigend übereingekommen, nicht über die schrecklichen Ereignisse des Vorabends zu sprechen. Trotzdem lagen sie in der Luft und summten wie ein Schwarm todbringender Insekten in ihren Köpfen herum. Das Erlebnis mochte noch so entsetzlich gewesen sein, irgendwann mußte es erörtert werden, mußten andere davon erfahren. Als Jasper Pendleburys Name fiel, drängten sich die Ereignisse vom Vortag wieder auf.

Amos sagte ruhig: »Erzähl mir alles, was gestern abend geschehen ist.«

Kyle schloß die Augen und legte den Kopf an die Mauer. »Ich hätte es sorgfältiger planen müssen, Amos«, sagte er verzweifelt. »Es ist mir einfach entglitten. Ich hätte es voraussehen müssen, aber leider habe ich es nicht gesehen.«

»Wie hättest du es voraussehen können?«

Kyle fiel ihm mit einem wütenden Fluch ins Wort. »Such nicht nach Entschuldigungen für mich! Das verdiene ich nicht! Was gestern abend geschehen ist, war eine Katastrophe, Amos. Es war der Anfang einer Kette von Ereignissen, die weder kontrolliert noch rückgängig gemacht werden können.« Er verstummte und kämpfte darum, den Tumult in seinem Innern zu zügeln und die scheußlichen Bilder zu vertreiben, die hinter seinen geschlossenen Lidern aufstiegen. Nach einer Weile hatte er sich wieder unter Kontrolle. »Jedenfalls war es spät«, fuhr er fort. »Meine Mutter wollte Montague bald zu Bett bringen. Wir saßen da und haben uns unterhalten, als Maja plötzlich in der Tür des unterirdischen Raums auftauchte...«

»Wußte sie von dem Raum?«

»O ja, sie wußte Bescheid! Das hatte sie selbst herausgefunden. Ich hob den Kopf, und plötzlich standen sie und Christian da.« Kyle schloß wieder die Augen. »Ich habe noch nie jemanden gesehen, der so durcheinander, so unvorbereitet auf eine Katastrophe war wie Christian. Sie verschwendete keine Zeit mit langen Reden. Sie sah mich an und sagte: ›Sag es ihm.‹ Ganz einfach: ›Sag es ihm!‹«

»Und du hast es ihm gesagt?«

»Nein. Sie gab mir keine Gelegenheit dazu. Bevor ich etwas sagen konnte, tat sie es selbst.«

»Einfach so?«

»Ja, einfach so. Es blieb keine Zeit, sie daran zu hindern. Christian war zuerst verwirrt. Er begriff nicht recht, was sie meinte. Also wiederholte sie es langsam und deutlich in Worten, deren Bedeutung selbst ein Kind verstehen mußte. Als ihm plötzlich bewußt wurde, was sie sagte, drehte er durch. Er war wie ein zorniger Stier, wie ein Tiger, der in die Enge getrieben worden ist. Er stürzte sich auf sie, packte sie mit beiden Händen am Hals und schüttelte sie wie ein Hund eine Ratte, nannte sie eine Lügnerin und stieß wüste Beschimpfungen aus.«

»Maja hat sich nicht gewehrt?« fragte Amos entgeistert.

»Nein, sie unternahm überhaupt keinen Versuch, sich zu wehren. Sie stand da wie eine Stoffpuppe und hatte die Augen geschlossen. So, wie sie sich verhielt, hätte Christian unsichtbar, ein Gespenst sein können. Wenn es uns nicht gelungen wäre, seine Hände von ihrer Kehle loszumachen, hätte er sie erwürgt.«

»Und er hat dich oder deine Mutter nicht angegriffen?«

»Er wollte auf meine Mutter losgehen, aber ganz plötzlich verließen ihn die Kräfte. Vielleicht kam er auch wieder zur Vernunft. Er brach zusammen, sank stumm auf den Stuhl und starrte mit großen entsetzten Augen meine Mutter und Montague an, als habe er einen

Alptraum.« Ein Zucken durchlief Kyles Körper. Er schlug die Hände vor das Gesicht. »Ich kann dir versichern, es war ... entsetzlich, einfach entsetzlich!«

»Und Maja?«

»Maja stand da und sah zu. Sie rieb sich nachdenklich den Hals und schien an dem völlig uninteressiert zu sein, was geschah. Es war, als hätte sie kein Bewußtsein, als werde sie wie ein mechanisches Spielzeug von einer unsichtbaren Hand in Bewegung gesetzt. Ihr Gesicht war ausdruckslos, ihre Augen waren erloschen. Du weißt, Amos, ich fürchte mich nicht so leicht, aber ich ... ich habe noch nie so etwas Gespenstisches gesehen. Als Christian auf dem Stuhl saß und abwechselnd meine Mutter und Montague fassungslos ansah, drehte sie sich plötzlich um und ging ohne ein Wort, ohne einen Blick zurück einfach davon. Sie verließ den unterirdischen Raum und verschwand in dem Tunnel.«

Amos zitterte und umfaßte mit den Händen seine Oberarme. »Was ist nur in sie gefahren, daß sie so etwas getan hat, Kyle? Wie konnte sie das tun?«

»Ihr war nichts von all dem bewußt, was sie gestern abend getan hat, Amos. Wie ich gesagt habe, ihr Verstand war nicht in ihrem Körper. Sie schien sich in Trance zu befinden. Und heute erinnert sie sich an nichts mehr.«

»Du hättest ihr folgen sollen«, sagte Amos.

»Das wollte ich, aber ich konnte es nicht«, murmelte Kyle. »Ich wagte nicht, meine Mutter mit Christian allein zu lassen. Er war nicht zurechnungsfähig und hätte wieder gewalttätig werden können. Außerdem nahm ich an, Maja werde nach Hause gehen. Erst, als ich heute morgen ihr Pferd am Damm sah, habe ich Angst bekommen und bin auf der Stelle hierher geritten.«

»Christian ist eine Zeitlang bei euch geblieben?«

»Ja.« Kyle schwieg und räusperte sich. »Nachdem er wieder einigermaßen zur Vernunft kam, war es um ihn geschehen. Er legte sich auf das Bett und weinte und schluchzte wie ein Kind. Später verlangte er natürlich Antworten, Erklärungen und wollte Einzelheiten wissen. Er bestand darauf, alles zu erfahren.«

»Und du hast es ihm gesagt?«

»Ja. Es war sinnlos, ihm etwas zu verschweigen. Er hätte sich ohnehin nur mit der Wahrheit zufriedengegeben. Erstaunlicherweise schien das, was ich sagte, ihm dann sogar zu helfen, die Dinge im richtigen Licht zu sehen und wenigstens etwas von seinem Gleichgewicht wiederherzustellen.« Kyle ließ den Kopf sinken und murmelte: »Die plötzliche Gelassenheit und Ruhe war allerdings auch unnatürlich, nein, nicht nur das. Diese Ruhe war im Grunde noch bedrohlicher als sein hysterischer Ausbruch.«

Eine Weile sagte keiner von beiden etwas. Dann fragte Amos noch einmal: »Warum hat sie es getan, Kyle? Was war das Motiv für diese grausame Tat?«

»Du kennst die Antwort so gut wie ich.«

Amos zuckte zusammen. »Er hat sie abgewiesen«, sagte er tonlos.

»Nicht ganz. Das hätte sie vielleicht überlebt«, sagte er leise wie zu sich selbst. »Was sie nicht verkraften konnte, war die Alternative, die er ihr, wie ich glaube, angeboten hat.«

Amos spürte ein Brennen hinter seinen Lidern. »Aber wieso dann der Friedhof, verdammt noch mal!« rief er hilflos. »Wieso der Friedhof?«

»Sie hat gesagt, sie wollte mit Joycie sprechen.«

»Um Himmels willen, Joycie ist doch tot!«

Kyle wandte den Blick ab. Sein Gesicht wirkte gequält. »Das ist deine Schwester in gewisser Hinsicht auch.«

Amos spürte, wie sich ihm der Magen umdrehte, und er hatte den Geschmack von Galle im Mund. Er konnte nicht sprechen. Aber es gab ohnedies nichts mehr zu sagen.

*

Die Fenster im Erdgeschoß waren hell erleuchtet. Mehrere Kutschen standen auf einer Seite der Auffahrt und ein paar andere auf der Straße. Durch die offenen Flügeltüren des Musikzimmers hörte Christian die Töne eines Flügels, der tapfer versuchte, mit einem tremo-

lierenden Sopran mitzuhalten, der in den höchsten, aber falschen Tönen *Die schöne Müllerin* von Schubert traktierte.
Am Haupteingang des Hauses blieb Christian unsicher stehen. Er hatte die Soiree seiner Mutter völlig vergessen. Ihm fiel ein, daß sein Vater möglicherweise noch im Schatzamt war, um dem aufgezwungenen Vergnügen auf diplomatische Weise zu entgehen. Das hatte Christian nicht vorausgesehen; einen Augenblick sank sein Mut, und er verlor die Beherrschung. Aber seine Entschlossenheit kehrte sofort wieder zurück, und er nahm sich zusammen. Er würde seinen Vater sprechen, ganz gleich, wo er gerade war. Er *mußte* es tun!
Er ging um das Haus herum und stieg die Stufen der Veranda hinauf, hinter der Sir Jaspers Arbeitszimmer lag. Sein Herz klopfte plötzlich wie rasend. Hinter einem Vorhang zeichnete sich deutlich die vertraute Silhouette ab. Er öffnete die Flügeltür und trat in das Zimmer.
»Ah, eine verwandte Seele sucht Zuflucht vor den deutschen Liedern! Komm herein, komm herein. Ich habe dich erwartet.« Die Begrüßung seines Vaters war heiter und fröhlich. Wie immer erholte er sich nach einem harten Arbeitstag bei einem Cognac und wartete auf seine frisch gestopfte Wasserpfeife. »In der Tat ...« Er brach ab und legte nachdenklich die Stirn in Falten. »Sag mal, solltest du nicht *gestern* zum Abendessen kommen? Ich dachte, du würdest heute morgen nach Lahore fahren.«
Christian setzte sich auf seinen üblichen Platz in einer Ecke des weich gepolsterten Ledersofas. »Ja.«
»Wie ich sehe, hast du das nicht getan!«
»Nein, ich habe meine Abreise verschoben.«
»Ach.«
»Ich wollte dich noch einmal sprechen, bevor ich fahre.«
Sir Jasper sah ihn aufmerksam an. »Wenn ich darüber nachdenke, dann hat deine Mutter etwas davon gesagt, daß du nicht ganz in Ordnung seist und in ein oder zwei Tagen fahren würdest. Ich hoffe doch, es *ist* alles in Ordnung.«
»Ja, es ist alles in Ordnung.« Er war leichenblaß, und seine Haut fühlte sich eiskalt an, aber sein Gesichtsausdruck war von einer er-

staunlich heiteren Gelassenheit. »Ich war in der Tat noch nie so in Ordnung wie heute.« Er lächelte.

»Gut. Ich kann nicht behaupten, ich würde mich nicht freuen, daß Ludlow dir noch einen zusätzlichen Tag in der Stadt gegönnt hat. Wenn du gestern abend gekommen wärst, hätte ich kaum Zeit gehabt, mich mit dir zu unterhalten. Die Türken sind gestern *en masse* hier eingefallen, und ich mußte mich für den heutigen Morgen vorbereiten. Wir haben stundenlang verhandelt. Es war eine schrecklich langweilige Debatte über die Tarife, von denen ich dir vor ein paar Wochen erzählt habe. Aber ich muß sagen, im großen und ganzen war es ein recht produktiver Tag. Am Ende mußten sie natürlich nachgeben. Wir haben ihnen keine...«

Er berichtete ausführlich von den Verhandlungen und seinem Erfolg. Christian hörte zu, ohne ihn zu unterbrechen. Nachdem das Thema abgeschlossen war, füllte Sir Jasper sein Glas aus der Karaffe, die auf einem silbernen Tablett neben ihm stand, und sah seinen Sohn fragend an. Christian lehnte mit einem Kopfschütteln ab.

»Also, weshalb wolltest du mich sprechen?« fragte sein Vater mit einem leisen, nachsichtigen Lachen und trank einen großen Schluck Cognac. »Bist du nervös, weil du bei Lumsdale arbeiten wirst? Ich erinnere mich, er war schon in Haileybury ein rechter Hitzkopf. Einmal, während einer Vorlesung in Volkswirtschaft hat er...«

Christian hörte wieder aufmerksam zu, ohne eine Frage zu stellen oder einen Kommentar abzugeben. Als sein Vater die Anekdote zu Ende erzählt hatte, sagte er: »Nein, es geht nicht um Lumsdale.«

»Ach? Auf jeden Fall habe ich etwas für dich, das dir das Leben im Punjab vielleicht leichter machen wird. Vielleicht erinnerst du dich, ich hatte es dir versprochen.« Er stand auf und nahm aus einer Schublade des Sekretärs das silberne Mundstück einer Wasserpfeife. Es war eine hervorragende Arbeit und kunstvoll über und über graviert. »Ich hoffe, es wird dir im Moffusil gute Dienste leisten, wenn du dich deinen angenehmeren Pflichten widmest.«

»Danke.« Christians Gesicht wirkte einen Augenblick gequält, als er das Mundstück vor sich auf den Tisch legte. Er warf keinen einzigen Blick darauf.

Ein Klopfen an der Tür kündigte die Wasserpfeife an. Von der sanften Glut stiegen hauchzarte Wölkchen des vertrauten aromatischen Dufts auf. Nachdem der junge Diener alles zu seiner Zufriedenheit vorbereitet hatte, griff Sir Jasper nach dem Schlauch, rauchte eine Weile und musterte Christian neugierig.

»Irgend etwas quält dich, das sehe ich. Also, heraus damit, junger Mann!«

»Ich wollte dir sagen, daß ich nicht länger vorhabe, Maja Raventhorne zu heiraten.«

Sir Jaspers Gesichtsausdruck veränderte sich leicht, aber beinahe unmerklich bei dieser schlichten Feststellung. »Gibt es einen bestimmten Grund für diese Entscheidung?«

»Ja. Sie hat sich geweigert, als meine Geliebte mit nach Lahore zu gehen.«

Sir Jasper kniff die Augen zusammen. »Hast du ihr diesen Vorschlag gemacht?«

»Aber ja, das war doch die Absicht, oder nicht?«

»Wie kann ich das sagen? Die Entscheidung lag bei dir.«

»Ja, natürlich«, sagte Christian ruhig mit undurchdringlicher Miene. »Es war immer alles meine Entscheidung, nicht wahr?« Er setzte sich auf dem Sofa nach vorn. »Für mich war heute auch ein äußerst produktiver Tag, Papa. Würdest du gerne wissen weshalb?«

»Wenn du es mir sagen willst.«

»Ich habe den Morgen mit der Durchsicht der Unterlagen des Kundschafterkorps verbracht.«

»Großer Gott!« Sie Jasper sah ihn fragend an. »Ich nehme an, du hattest einen guten Grund, dir diese Arbeit zu machen.«

»Ja, einen sehr guten Grund. Es gibt keine Unterlagen über einen Warren Nesbitt bei den Kundschaftern, weder in den fünfziger Jahren noch zu einer anderen Zeit davor oder danach.«

Sir Jasper drückte gerade den Tabak mit einem Silberhämmerchen in die Pfeife, und seine Hand blieb für einen Moment bewegungslos. Sein Blick wurde wachsam. »Ich gehe davon aus, daß hinter deinen Nachforschungen noch ein anderes Motiv lag.«

»Ja, ich wollte die Wahrheit deiner Geschichte überprüfen.«

»Ich verstehe.« Er ließ nicht die geringste Verlegenheit erkennen. »Nun, ich habe mit dieser Geschichte nur einen Gesichtspunkt eingeführt, der irgendwie zur Sprache gebracht werden mußte.«

»Oh, ich weiß! Du hast das sehr, sehr gut gemacht. Man hätte es in der Tat überhaupt nicht besser oder mit einem positiveren Ergebnis tun können!«

»Ich habe mir die Analogie zu deinem Wohl ausgedacht, Christian«, sagte Sir Jasper mit einer gewissen Schärfe. »Ich hoffe, du bist vernünftig genug, das nicht zu bezweifeln. Du weißt so gut wie ich, daß es für deinen Beruf eine Katastrophe gewesen wäre, wenn du den Plan, die junge Dame zu heiraten, weiter verfolgt hättest.«

»Vielleicht. Aber sie wäre eine verdammt gute Geliebte gewesen. Würdest du das nicht auch sagen, Papa?«

Sir Jaspers Gesichtsausdruck wurde kühl. »Darüber habe ich nicht weiter nachgedacht. Und ich bin nicht sicher, daß mir die Richtung, die das Gespräch nimmt, sonderlich gefällt.«

»Aber das wäre sie gewesen, nicht wahr?« sagte Christian hartnäckig. Seine Augen glänzten lebhaft und wach, aber sein Verhalten blieb lässig, beinahe gleichgültig. »Schließlich besitzt sie alle Voraussetzungen, die *du* bei einer Geliebten für notwendig erachtest.« Er hob die Hand und begann, an den Fingern aufzuzählen: »Sie ist Eurasierin. Ihre Mutter war ebenfalls die Geliebte eines Mannes. Sie will unbedingt ihren Status verbessern, indem sie eine Beziehung mit einem Engländer eingeht, und natürlich ist sie sehr schön. Sind das nicht die Grundvoraussetzungen, von denen du gesprochen hast? Bei einer solchen Geliebten würde sich beinahe sogar das Risiko lohnen, ein oder zwei Mischlingsbastarde zu haben! Was sagst du dazu, Papa?«

»Ich sage, du hast getrunken«, erwiderte sein Vater kalt und schob angewidert das Glas zur Seite. »Ich schlage vor, wir beenden dieses Thema. Ich finde es ungehörig.«

»Das Thema ›eurasische Geliebte‹, Papa? Das findest *du* ungehörig?« Ganz in der Art seines Vaters lachte er leise. »Ein Mann muß das tun, was er tun muß! Hast du das nicht immer gesagt? Weshalb plötzlich diese Prüderie?«

Zum ersten Mal lag ein zorniges Funkeln in Sir Jaspers Augen. »Was zum Teufel ist heute mit dir los? Wenn du zu tief ins Glas geblickt hast, dann schlage ich vor, du gehst nach Hause und schläfst deinen bedauerlichen Rausch aus, ehe du Ludlow oder sogar deiner Mutter unter die Augen trittst!«

Christian machte keine Anstalten zu gehen. Die Zurechtweisung schien ihn nicht zu berühren. Statt dessen machte er es sich etwas bequemer, indem er die Beine von sich streckte und die Arme vor der Brust verschränkte.

»Gestern abend habe ich jemanden kennengelernt, von dessen Existenz ich nie etwas wußte«, sagte er unvermittelt. »Es war eine große Überraschung.«

Sein Vater reagierte darauf nur mit einer hochgezogenen Augenbraue.

»Er heißt Montague.«

»Montague? Wer zum Teufel ist Montague?«

»Offensichtlich ist er mein Bruder«, erwiderte Christian leichthin. »Vielmehr mein *Halb*bruder.«

Es hörte sich an wie ein Zischen. Aber Sir Jasper hatte nur schnell und heftig eingeatmet. Sonst kam von Sir Jasper keine Reaktion. Er äußerte sich auch nicht dazu. Nur die Wachsamkeit trat wieder in seine Augen, während er den Atem anhielt und wartete.

»Ich habe nach einer Ähnlichkeit gesucht, Papa«, fuhr Christian im Unterhaltungston fort, »aber ich konnte keine entdecken. Er sieht in der Tat ... eher seltsam aus. Wenn du ihn gesehen hast, wirst du verstehen, was ich meine. Ich nehme doch an, du hast ihn gesehen?«

»Nein.« Sir Jasper atmete hörbar aus, doch seine Stimme war ruhig. »Und ich habe auch nicht vor, ihn zu sehen.«

»Oh, ich glaube, das solltest du! Es lohnt sich ganz bestimmt. Seine Mutter andererseits ...«

»Christian, bist du sicher, daß du das Gespräch weiterführen willst?« unterbrach ihn sein Vater mit einem harten Blick. »Das Thema ist nicht geeignet, einem von uns Freude zu machen.«

»Ja, ich will es weiterführen«, erwiderte Christian leise. »Willst du nichts von deinem anderen Sohn hören, von deiner anderen Familie?«

»Nein.« Es gab kein Leugnen, keinen Protest, nicht einmal Bestürzung. Sir Jasper verharrte in einer Art wachsamer Gleichgültigkeit.

»Aber ich will dir von ihnen erzählen«, fuhr Christian hartnäckig fort. Er war entschlossen, sich nicht von diesem Thema abbringen zu lassen. »Ich wollte gerade sagen ... Montagues Mutter ist im Gegensatz zu Montague, deinem zweiten Sohn, hinreißend, eine wirklich schöne Frau. Das muß sie zumindest in jüngeren Jahren, vor ihrem ... ›Unfall‹ gewesen sein, als du sie in Lucknow kanntest. Ich glaube, sie war eine Tänzerin, eine Kurtisane am Hof von Oudh. Sie ...«

»Wenn du auf etwas Bestimmtes hinauswillst«, unterbrach sein Vater ihn noch einmal barsch, »dann sag es. Du weißt, ich hasse es, wenn jemand wie eine Katze um den heißen Brei geht.«

»Du leugnest nichts von all dem?«

»Nein.« Sir Jasper wirkte leicht überrascht. »Warum sollte ich das? Es ist die Wahrheit. Sie war vor vielen Jahren in Lucknow meine Geliebte. Und ja, ich glaube, sie bekam dieses Kind. Aber seitdem habe ich sie nicht mehr gesehen und ihren Bastard auch nicht. Ich habe eigentlich auch nicht die Absicht, sie wiederzusehen.« Sein Tonfall änderte sich und wurde noch sachlicher. »Ich leugne nicht, daß es mir lieber gewesen wäre, du hättest das alles nicht erfahren, Christian. Aber nachdem du es weißt«, er machte eine wegwerfende Geste, »können wir die Angelegenheit klären und die Luft zwischen uns reinigen. In gewisser Hinsicht bin ich erleichtert, daß wir die Möglichkeit dazu haben. Ich nehme an, du hast dein plötzliches Wissen diesem Hawkesworth zu verdanken.«

»Du kennst ihn schon lange, nicht wahr?«

»Das konnte ich kaum vermeiden. Schließlich ist er Nafisas erster unehelicher Sohn. Aber ungeachtet deiner unangebrachten Bewunderung mochte ich ihn noch nie.«

»Warum hast du mir nicht gesagt, daß du ihn kennst?«

»Ich hielt es nicht für nötig. Die ganze Sache hatte nichts mit dir zu tun.«

»Du magst ihn nicht, und trotzdem hast du große Anstrengungen unternommen, um ihn wiederzusehen, während ich in Champaran war!«
»Ja, ich war neugierig.« Sir Jasper zuckte die Schultern. »Wie kommt der uneheliche Sohn einer Tänzerin, der nicht weiß, wer sein Vater war, und der sich einen Phantasienamen zugelegt hat, wie kommt dieser Mensch zu der Bildung und der Stellung, die er offensichtlich hat?« In seinen Augen lag nicht eine Spur von Besorgnis. Er hatte sich vollkommen unter Kontrolle. »Hat Lal es dir gesagt?«
»Lal?«
»Kyle, Hawkesworth, wie immer er sich jetzt nennt.«
»Nein. Kyle hat es mir nicht gesagt.«
»Wer dann?«
»Das ist nicht wichtig. Wichtig ist, daß nicht *du* es warst.« Seine Stimme drohte zu versagen, aber er nahm sich sofort wieder zusammen. Christian fuhr sich mit der Hand über die schmerzende Stirn. »Du hast mich belogen, du hast mich *immer* belogen.«
»Nun komm schon, Christian. Das Verheimlichen der Wahrheit aus einem guten Grund läßt sich kaum mit Lügen gleichsetzen! Selbst wenn du so anmaßend bist zu erwarten, daß ich, dein Vater, freiwillig mit dir über eine frühere Geliebte gesprochen hätte, wirst du doch bestimmt nicht glauben, ich sei der erste Engländer in Indien, der eine Geliebte gehabt hat, oder der letzte.«
Christian sah ihn erstaunt an. »Du glaubst, der springende Punkt sei nur, daß du eine Geliebte hattest? Du glaubst, ich ziehe nur deine Moral in Zweifel? Mein Gott, Papa, wie spitzfindig du die Sache verdrehst, und wie unbekümmert du lügst!«
»Dann gibt es also einen *anderen* springenden Punkt?« fragte Sir Jasper sarkastisch, aber in seinen Augen lag ein Schimmer von Vorsicht.
»Du hast versucht, sie umzubringen!«
»Ah.« Sir Jasper hatte mit der Anschuldigung keine Mühe, vielleicht, weil er gewußt hatte, sie würde früher oder später kommen. »Das ist eine Lüge«, sagte er ruhig. »Ich hatte nichts zu tun mit ihrem ... Unfall.«

»Die Hebamme hat sie für den Rest ihres Lebens verstümmelt, so daß sie nicht mehr tanzen konnte. Diese Frau hat das Kind zu einer Mißgeburt gemacht!«

»Bedauerlicherweise ja, aber damit hatte ich ganz bestimmt nichts zu tun! Mein Diener Walid Khan glaubte fälschlicherweise, er müsse sich zum Hüter meines Rufs aufschwingen. Er hat ohne mein Wissen und ohne meine Billigung getan, was *er* für nötig hielt.«

»Den Plan, deine Geliebte umzubringen, hat nicht Walid Khan ausgeheckt«, widersprach Christian erregt. Ihm war speiübel. »Henry Lawrence hat bei seinen Offizieren keinen lockeren Lebenswandel geduldet. Wenn öffentlich etwas von der Frau bekannt geworden wäre und erst recht von dem Kind, das sie von dir hatte, hättest du deine Hoffnungen auf eine mustergültige Karriere begraben können. Für dich stand sehr viel auf dem Spiel, Papa. Ich habe mittlerweile allen Grund daran zu zweifeln, daß du deine Zukunft den unberechenbaren Einfällen eines Domestiken anvertraut hättest!«

Sir Jasper war am Ende seiner Geduld. Er wurde rot vor Zorn und rief: »Was ist das hier, ein *Verhör*? Wie kannst du dir anmaßen zu glauben, ich sei dir Rechenschaft schuldig, Christian? Ich schulde dir keine Erklärungen! Ich finde es eine Frechheit, daß du das von mir verlangst! Ich verbiete dir, noch weiter über die Angelegenheit zu sprechen! Mein Privatleben ist *meine* Sache!«

»Du hast mich soweit getäuscht zu glauben, mein Privatleben sei *meine* Sache!«

»Du hast dich selbst getäuscht!« erwiderte Sir Jasper kalt und verächtlich. »Ich habe nur versucht, dich so taktvoll wie möglich zu führen und dich in die richtige Richtung zu lenken.«

»*Du* hast mit Ludlow besprochen, daß ich die Stelle bei Lumsdale bekomme!«

Sir Jasper setzte zu einer Erwiderung an, aber Christian brachte ihn mit einer Geste zum Schweigen.

»Gib dir nicht die Mühe, es zu leugnen, Papa. Ich weiß es, ich weiß es jetzt. Ich war leider zu blind, daß ich es nicht sofort gesehen habe. Es paßte alles so gut zusammen, nicht wahr? Die Stelle für einen Junggesellen, der mysteriöse Warren Nesbitt, mein Widerwille gegen

Champaran und die Bewunderung für Lumsdale. Du hast deine Berechnungen sehr klug angestellt und einen schmackhaften Köder in die Falle gelegt ..., und du kennst deinen Sohn sehr gut!« Er blickte hoch und lachte leicht. Es klang gefährlich. »Du hast mich gelenkt, Papa, du hast mit mir gespielt wie mit einer Marionette. Und ich Dummkopf habe ganz nach deiner Pfeife getanzt, bin gehüpft und gesprungen. Ich hätte es besser wissen müssen.« Er schlug die Hände vor das Gesicht. »Ich hätte dich besser kennen müssen!« Er begann zu weinen.

Sein Vater sah mit sichtlichem Widerwillen zu, wie harte, trockene Schluchzer den zusammengekauerten Körper seines Sohnes schüttelten. »Fang nicht an zu *flennen*, Christian«, befahl er empört und verlegen. »Und zieh nicht alles in den Schmutz. Es war nicht so, wie du das siehst. Ich habe nur in deinem Interesse gehandelt, wie es jeder Vater tun würde, der seinen Sohn liebt und ihm helfen will, seine Aussichten im Leben zu verbessern. Ich habe dir eine Stelle verschafft, ganz nach deinen Wünschen und bei einem Mann, der ein Held für dich ist. Meinst du, das alles sei geschehen, um dir zu schaden?« Er begann, ungläubig zu lachen.

Christian hob den Kopf. Er wischte sich mit einer heftigen Bewegung die Tränen vom Gesicht. »Ist das alles, was du von dem gehört hast, was ich sage, Papa? Ist das alles?« Er starrte seinen Vater ungläubig an. »Das Verbrechen, das du an zwei unschuldigen Menschen begangen hast, um deine beruflichen Aussichten zu verbessern, ist für dich ohne jede Bedeutung? Ich frage mich, was Mama ...«

»Das *reicht*, Christian!« Sir Jasper schnitt ihm mit einer Geste das Wort ab. »Was zwischen deiner Mutter und mir geschieht, geht dich verdammt noch mal nichts an! Außerdem habe ich dir bereits gesagt, daß ich *nichts* mit der Sache zu tun hatte ...«

»Ich glaube dir nicht, Papa«, sagte Christian müde. Seine Kräfte hatten wieder gefährlich nachgelassen. »Ich werde dir nie wieder etwas glauben können.« Er stand auf und ging zum Kamin und blickte starr auf ein Körbchen Wachsfrüchte unter einer Glasglocke auf dem Kaminsims. »Die Stelle bei Lumsdale war nicht mein Verdienst. Ich kann sie nicht annehmen.«

»Du kannst sie nicht annehmen?« Sein Vater war entsetzt. »Sei nicht kindisch, Christian! In der Welt, so wie sie ist, kommen bedeutende Männer mehr oder weniger immer auf diese Weise vorwärts und werden wichtige Ereignisse in die Tat umgesetzt. Man *macht* sie, indem man seine Möglichkeiten erkennt, sie ergreift und sie zum eigenen Vorteil gestaltet. Ich habe deine Aussichten auf Beförderung im Verwaltungsdienst *vergrößert*!«

»Ja, aber du hast mich als Mensch kleiner gemacht«, sagte Christian. Sein Gesicht sprach von der Seelenqual, die er nicht verbergen konnte. »Außerdem bin ich nicht mehr im Verwaltungsdienst. Ich habe Ludlow heute nachmittag mein Abschiedsgesuch überreicht.«

»Was?« Sir Jasper erhob sich halb von seinem Sessel. Er wurde bleich. Christian hätte nichts sagen können, was ihn mehr schockiert hätte. »Hast du völlig den Verstand verloren?« Er sank in den Sessel zurück. Zum ersten Mal war er wirklich verunsichert. »Du schneidest dich ins eigene Fleisch? Du schlägst deine Zukunft, die glorreiche Zukunft, von der du geträumt hast, die du jahrelang angestrebt hast, in einem Anfall von verletztem Stolz einfach in den Wind?«

»Verletzter Stolz?« Christian begann zu lachen. »Du begreifst überhaupt nichts, Papa.«

»Nein, ich begreife *nichts*! Ich bezweifle, daß irgend jemand es begreifen würde, der klar bei Verstand ist.«

»Ich habe die Männer in der indischen Verwaltung vergöttert«, sagte Christian ruhig. »Für mich waren sie Helden, Heilige und Märtyrer für eine gute Sache. Es waren unfehlbare Männer, die kein Unrecht begehen konnten.« Tränen liefen ihm über die Wangen, als er leise wiederholte: »*Männer, die kein Unrecht begehen konnten, Papa,* und die alle aus demselben Holz geschnitzt waren wie *du*! Jetzt denke ich an die hinkende Frau und an den schrecklichen verunstalteten Körper, der teilweise Fleisch von meinem Fleisch ist, und ich weiß, daß das alles reine Einbildung, daß es ein Hirngespinst war. Aber offen gestanden ist das nicht mehr wichtig, und es ist mir auch gleichgültig.« Er ging durch das Zimmer und stellte sich vor seinen Vater. »Ich werde mein Abschiedsgesuch nicht zurücknehmen.«

»Dir bedeutet das Wort dieser ... dieser Frau und dieses billigen Journalisten mehr als mein Wort?« fragte er fassungslos. »Mehr als das Wort deines Vaters?«

»Ja.«

»Es ist dir wohl nicht in den Sinn gekommen, daß sie nur aus Rache versuchen, mich zu ruinieren, meinem Ruf zu schaden? Hawkesworth ist nichts als ein Schmarotzer, ein skrupelloser, kleiner Erpresser, und er will nur Geld.«

»Wenn es so wäre, hätte er dich schon lange bloßgestellt. Dann hätte er mir das schon am Anfang gesagt. Das hat er nicht getan.«

»Großer Gott, denkst du, er besäße genügend Glaubwürdigkeit, um mich bloßzustellen? Wer würde diesem Abschaum der Menschheit Glauben schenken, wenn sein Wort gegen mein Wort stünde? Wer?«

»Vielleicht niemand«, sagte Christian bereitwillig. Er richtete sich auf und holte tief Luft. »Ich habe morgen abend eine Verabredung mit Lady Ingersoll«, sagte er tonlos. »Kyle mag nicht glaubwürdig genug sein, um dich bloßzustellen, Papa. Aber verstehst du, ich bin es.«

Ganz langsam wich alles Blut aus Sir Jaspers Gesicht. Die Haut wurde gelblich, als wäre sie zu Pergament geworden. Die Knöchel der Hände, die die Armlehnen des Sessels umklammerten, schienen plötzlich blaß und durchsichtig zu sein. Seine Augen waren in den Höhlen erstarrt. Sein Blick richtete sich auf eine undefinierbare Stelle im Raum. Für einen endlosen Moment saß er in sich verkrochen in der Grabesstille einer anderen Welt. Er war unfähig, sich zu bewegen. Seine Brust blieb ruhig. Er atmete nicht mehr. Dann ging ein krampfhaftes Zucken durch seine Gestalt, und es gelang ihm mit großer Mühe, die Luft auszustoßen, die in seinem Körper gefangen gewesen war. Er seufzte leise und schloß die Augen.

»Das ist doch sicher nicht dein Ernst, Christian?« fragte er. Seine Stimme klang vor Entsetzen gedämpft.

»Schwere Körperverletzung ist ein strafbares Vergehen, Papa.«

»Weißt du, was du da tun wirst?«

»Ja.«

»Ohne eine Spur von Beweisen riskierst du, dich *lächerlich* zu machen!«

»Nicht lächerlicher, als ich mich bis jetzt gemacht habe. Aber das, was es an Beweisen gibt, wird genügen, um Lady Ingersoll zu überzeugen.«

Die Grabesstille im Raum verdichtete sich und hüllte die beiden wie ein Nebel ein. Mit großer Mühe richtete sich Sir Jasper auf, damit er gerade saß. Sein Gesicht wurde wieder zu einer gleichgültigen Maske. Er griff nach dem Mundstück der Wasserpfeife, umfaßte es mit straffen Lippen und nahm ein paar Züge.

»Es *muß* etwas geben, was ich tun kann, um dich von dieser sehr unbesonnenen Eskapade abzuhalten!« Seine stählernen Nerven waren wieder straff gespannt, seine Gelassenheit wieder fest zementiert.

»Ja, es gibt etwas.«

In die metallischen Augen trat ein flüchtiger Glanz. »Sag, was es ist.«

»Du könntest innerhalb von vierundzwanzig Stunden deinen Abschied nehmen.«

»Meinen Abschied?« wiederholte Sir Jasper verblüfft. »Vom Staatsdienst . . .?«

»Ja.«

Sir Jasper lachte. Er war ebenso erstaunt wie amüsiert. Er schüttelte den Kopf. »Nein, Christian. Ich werde nicht meinen Abschied nehmen!«

»In diesem Fall gibt es nichts.« Christian wandte sich ihm mit versteinertem Gesicht zu. »Ich muß es tun, Papa. Ich weiß, daß ich es tun muß.«

Das Lächeln verschwand blitzartig. Seine zusammengekniffenen Augen verrieten kalten Zorn. »Du willst mich, meine Laufbahn, deine Mutter, dich selbst, *alles* zerstören. Wozu, Christian? Für ein unverständliches Prinzip, für ein sinnloses Ideal, das mit diesen unwichtigen, minderwertigen Mischlingen zu tun hat?«

»Ja.«

»Was glaubst du, damit zu erreichen?«

»Ich weiß es nicht.« Christian ließ unglücklich den Kopf hängen. »Meinen Seelenfrieden ... Gerechtigkeit ... die Kraft, um weiterzuleben ... vielleicht eine Spur von Selbstachtung, die ich verloren habe. Es liegt ganz in der Natur der Sache, Papa. Es überrascht mich, daß ausgerechnet du das nicht siehst...« Ihm wurde klar, was er gerade gesagt hatte, und lachte bitter. »Nein, selbstverständlich siehst du es nicht. Wie könntest du auch?«

»Überlege es dir, mein Sohn.« Die Stimme seines Vaters klang belegt. »Überlege es dir gut. Du hast mehr zu verlieren, viel mehr als ich!«

»Ich habe heute den ganzen Tag nichts anderes getan, als es mir zu überlegen. Und ich habe bereits alles verloren, was einen Wert für mich besaß.«

»Was kann ich dir statt dessen bieten, Christian? Du kannst alles haben, was du willst, *alles*! Du willst dieses Mädchen heiraten? Gut, ich sorge dafür, daß Ludlow eine andere Stelle für dich findet. Ich spreche morgen früh mit ihm. Wenn du willst, werde ich...«

Christian hörte aufmerksam und wie hypnotisiert zu, als könne er sich vor der schnellen Flut der Worte nicht retten. Er spürte unter dem Strom einen dunklen Sog. Es war ein giftiger Hauch, ein fremder, undefinierbarer Ton in der Stimme seines Vaters, den er noch nie gehört hatte. Es war die Stimme eines Toten. Er sah seinen Vater verwirrt an, suchte in seiner Erinnerung, um das blutleere Gesicht, die starren Augen, die fremde Stimme und die eingefallene Gestalt richtig einordnen zu können. Aber er konnte nichts finden, was er kannte. Alle diese Züge waren fremd und unbekannt. Ein Schmerz begann sich in ihm auszubreiten, ein ungeheurer Schmerz. Er war so heftig und durchdrang alles, daß er drohte zu explodieren. Sein Körper würde nach der Explosion wie die Federn eines zu voll gestopften Kissens durch den Raum schweben. Tränen stiegen ihm in die Augen, die Qual blieb stumm in seiner Kehle gefangen, die wie zugeschnürt war.

Sein Vater bat ihn inständig um etwas! Sein Vater...!

Er konnte es nicht ertragen. Er glaubte zu sterben.

»Ich hatte gedacht, du würdest einen Mann aus mir machen«, flü-

sterte er erstickt. Noch einmal versank er in dem Meer der Erkenntnis und konnte sich vor den Fluten nicht retten. »Jetzt bin ich nicht einmal sicher, daß du jemals ein Mann warst...«
Blind vor Tränen rannte Christian durch die Tür hinaus in den Garten. Er mußte vor dem Gesetz der Wahrheit fliehen, bevor sein Geist kapitulierte und sein Zorn verflog, bevor er die Arme um seinen Vater legte und ihm sagte, es tue ihm leid, und er möge die letzten dreißig Minuten aus seinem Gedächtnis streichen, denn er brauche ihn und liebe ihn mehr als sein eigenes Leben ...
Die Übelkeit suchte sich einen natürlichen Weg. Zu den schwankenden Tönen einer tremolierenden Arie aus Gounods *Faust*, die durch die Fenster des Musikzimmers drangen und sich mit dem Mondlicht mischten, das den Rasen mit Lichtflecken überzog, wankte Christian durch den Garten und übergab sich hinter dem Pavillon.

*

»Wie war die Soiree?« fragte Amos.
»Schrecklich.« Edna lachte. »Du hättest Lady Pendleburys Gesicht während der Lieder sehen sollen! Wenn Blicke töten könnten, wäre Hannah Robinson tot umgefallen, bevor sie auch nur angefangen hatte, einen Ton hervorzubringen. Die musikalisch so empfindsame Lady wäre bestimmt am liebsten in ein Mauseloch gekrochen!«
Amos lächelte schwach; das alles interessierte ihn eigentlich nicht. Edna versuchte ihn aufzuheitern und erzählte amüsant von dem musikalischen Abend. Ihre kleinen Anekdoten waren so anschaulich, daß sie ihn immerhin ein- oder zweimal zum Lachen brachte. Dann wurde sie ernst und seufzte.
»Aber man konnte sehen, daß Lady Pendlebury nicht in guter Verfassung war. Sie hat fürchterlich ausgesehen, die Arme, und sie war überhaupt nicht bei der Sache.«
»Die *Arme*?« Amos schnaubte verächtlich beim Gedanken an die demütigende Szene. »Wie kann sie es wagen, wie heute morgen mit mir zu reden! Für wen zum Teufel halten sich die Pendleburys überhaupt!«

»Verschwende deinen Zorn nicht an Lady Pendlebury«, sagte Edna traurig. »Alles in allem hat sie eher Mitleid verdient.« Sie erschauerte und zog die Seidenstola enger um die Schultern.

Amos beugte sich vor und streichelte einem der Hunde, der um Aufmerksamkeit bettelte, den Kopf. »War ... Christian da?« fragte er, ohne Edna anzusehen.

»Nein. Aber Lady Pendlebury hat ständig nach der Tür geblickt. Offensichtlich erwartete sie, er werde jeden Augenblick hereinkommen. Er ist nicht gekommen. Es war wirklich traurig.«

Edna und Amos konnten nicht schlafen. Sie waren beide von einer inneren Unruhe erfaßt und blieben bis spät in die Nacht auf, unterhielten sich und gingen mit den Hunden am Uferdamm spazieren. Kyle war kurz vor elf todmüde und immer noch tief deprimiert nach Hause gegangen. Amos stellte fest, daß er trotz seiner schmerzenden Muskeln und innerlichen Erschöpfung auch dann nicht einschlafen konnte. Er war froh über Ednas tröstliche Gesellschaft, spielte, um sich abzulenken, mit den Hunden. Da er der Flut beunruhigender Gedanken keinen Einhalt gebieten konnte, erleichterte es ihn, sein Unbehagen mit jemandem teilen zu können. Aber es half alles nichts. Kyles Worte drangen ihm plötzlich wieder ins Bewußtsein: ›Tot ... das ist auch deine Schwester in gewisser Hinsicht ...‹

Maja ... *tot*?

»Sie hätte nach Amerika gehen sollen!« murmelte er und ballte die Fäuste.

»Ja.«

»Wenn sie gegangen wäre, als sie gehen sollte, wäre nichts von all dem geschehen.«

»Was geschehen ist, ist geschehen, Amos. Wir können es nicht rückgängig machen. Vielleicht wird sie jetzt bereit sein zu gehen.« Sie seufzte traurig. »Es gibt wirklich nicht viel, was das arme Kind noch länger hier halten könnte!«

»Aber verstehst du nicht, *Mutter* wird jetzt nicht gehen wollen!« Er konnte seinen Unwillen nicht verbergen. »Sie wird nicht gehen, bis alles andere entschieden ist, wenn es jemals entschieden werden kann.«

»Olivia lebt doch dafür, Amos«, sagte Edna freundlich. Sie hatte Verständnis, daß er ungehalten war, und konnte seine Verzweiflung nachempfinden. »Und jetzt, mit all dem neuen Beweismaterial wäre es doch unvernünftig zu erwarten, daß sie alles aufgibt, wofür sie so viele Jahre gekämpft hat.«

»Ich weiß, ich weiß.« Er schämte sich seiner Gefühllosigkeit und wollte das schnell wieder gutmachen. »Es ist nur ... ich habe einfach alles *satt*!«

»Nun ja, vielleicht finden wir jemanden, der Maja auf der Reise nach Amerika begleitet. Ich habe gehört, die Lubbocks wollen verkaufen und zurückgehen.«

»Die Lubbocks? Das wußte ich nicht.«

»Ich glaube, Marianne will schon lange weg. Jetzt scheint Grace schließlich doch einen jungen Mann gefunden zu haben. Er ist indo-portugiesischer Herkunft – wie Marianne – und Lehrer an der St. Pauls-Schule in Darjeeling. Er ist bereit, mit ihnen nach Amerika auszuwandern.«

»Wann wollen sie fahren?«

»Ich könnte mir denken, etwa in einem Monat. Hal hat mehrere ernsthafte Interessenten für die Fabrik und das Haus. Wie du weißt, blüht ihr Geschäft mit Möbeln. Wie auch immer, wenn Maja einverstanden ist, wären die Lubbocks die idealen Reisebegleiter. Und sie und Grace verstehen sich gut.«

»Ja, das wäre vielleicht eine Lösung. Wir können es mit Maja besprechen, wenn Mutter zurück ist. Das heißt, wenn Maja gesundheitlich in einem Zustand ist, daß sie überhaupt reisen kann«, murmelte er verdrießlich.

»Oh, sie wird vollkommen in Ordnung sein, wenn sie erst diese fürchterliche Sache überwunden hat!« sagte Edna munter, schob ihren Arm unter seinen und sah ihn liebevoll an. »Wir wollen Gott danken, daß alles so glimpflich abgelaufen ist!«

»Es wird noch schlimmer kommen«, murmelte er düster. »Es ist noch nicht vorbei.«

*

Tremaine wurde noch vor dem Morgengrauen von dem Nachtwächter geweckt: Er sollte sofort zu Sir Jasper ins Arbeitszimmer kommen.

Fünfzehn Minuten später stand der Butler ungnädig und verschlafen vor dem Arbeitszimmer, klopfte diskret und öffnete die Tür.

Das Zimmer lag praktisch im Dunkeln. Eine einzige Öllampe stand flackernd und kurz vor dem Erlöschen auf dem Sekretär. Die zuckende Flamme warf gespenstische Schatten über Aktendeckel und Papiere, die in einem wilden Durcheinander auf der geöffneten Klappe lagen. Sir Jasper saß in seinem gewohnten Sessel. Hinter den Kopf hatte er ein Kissen geschoben. Die Cognac-Karaffe auf dem Tisch neben ihm war leer; das Tablett mit dem Abendessen, das Lady Pendlebury Sir Jasper hatte bringen lassen, stand noch unberührt und abgedeckt da. Offensichtlich hatte Sir Jasper die ganze Nacht über gearbeitet.

Verärgert über den Diener, der das Essen hätte abräumen sollen, bevor er zu Bett ging, nahm Tremaine das Tablett ganz leise vom Tisch. Sir Jasper zuckte zusammen und hob erschrocken den Kopf.

»Wie? Wer ist da...?«

»Tremaine, Sir«, antwortete der Butler steif. »Ich glaube, Sie haben mich rufen lassen, Sir.«

»Ach ja, richtig.« Sir Jasper blinzelte ein paarmal mit den bleischweren Lidern, streckte und reckte sich. Dann gähnte er lange. »Tremaine, würden Sie so gut sein und mir ein frisches Handtuch und ein paar saubere Sachen zum Anziehen bringen. Übrigens, wie spät ist es?«

»Noch nicht vier Uhr, Sir«, sagte er, ohne seine Mißbilligung zu verbergen. »Welche Art Kleider, Sir? Korrekte für das Amt oder einen Schlafanzug?«

»Vier Uhr? Ich hatte keine Ahnung, daß es so spät ist ... oder sollte ich sagen, so früh?« Tremaine überhörte die Frage. Sir Jasper deutete auf den Sekretär. »Bei all dem, was erledigt werden mußte, habe ich die Zeit völlig aus dem Auge verloren.« Er lehnte sich zurück, strich sich über das Kinn und versank in Nachsinnen.

Tremaine wartete einige Zeit und räusperte sich dann. »Soll ich die Lampen wieder anzünden, Sir?«
»Wie? Nein, das ist nicht nötig.«
»Würden Sie frühstücken wollen?«
Sir Jasper lehnte das Angebot mit einem Kopfschütteln ab. »Jetzt nicht, vielleicht später. Ist Ihre Ladyschaft bereits aufgestanden?«
»Noch niemand ist aufgestanden, Sir«, erwiderte Tremaine vorwurfsvoll. »Infolge der Soiree konnte Ihre Ladyschaft erst nach Mitternacht zu Bett gehen.« Mit einem deutlichen Unterton fügte er hinzu: »Das Personal ebenfalls, Sir.«
»Ach ja?«
Sir Jasper hatte kein Wort gehört und nickte gleichgültig. Er legte den Kopf wieder zurück und starrte zur Decke. »Shakespeare hatte alles im Griff, nicht wahr, Tremaine?« sagte er nachdenklich. »Die perfekt ausgedachten Pläne meine ich...«
Der Butler hatte nie die Bekanntschaft mit dem großen Dramatiker gemacht und schwieg geflissentlich.
»Glauben Sie, die Schuld liegt vielleicht doch nicht bei unseren Sternen, Tremaine?«
»Das weiß ich nicht, Sir.«
»Der kluge alte Dichter schien das jedenfalls zu glauben.«
»Ich bin nicht vertraut mit Mr. Shakespeares Werken, Sir. Ich ziehe die illustrierten Hefte vor.« Er versuchte es noch einmal mit einem leisen Hüsteln. »Äh ... welche Art Kleidung werden Sie für heute morgen brauchen, Sir?«
»Das Schicksal hat einen mutwilligen Hang zu Überraschungen. Man weiß nie, welchen Weg es einen zwingt einzuschlagen.«
Tremaine hatte auch nicht viel für Philosophie übrig. Er stimmte seinem Herrn nur mit einem leichten Kopfnicken zu und warf dabei verstohlen einen Blick auf die Uhr über dem Schreibtisch. »Allerdings nicht, Sir.«
»Manche Wege sind sehr glatt und gefährlich, und man muß aufpassen, wohin man tritt. Manchmal verliert man natürlich den Halt und fällt.« Er fing Tremaines zweiten Blick zur Uhr auf und schlug leicht

mit der Hand auf den Sekretär, um das Ende der Unterhaltung anzudeuten.
»Tremaine, es ist Zeit zum Schlafen...«
»Das würde ich sagen, Sir.«
»Ich habe ein paar Briefe auf den Tisch gelegt. Erinnern Sie mich daran, daß ich sie heute vormittag zustellen lasse.«
»Gewiß, Sir. Frühstück zur gewohnten Zeit, Sir?«
»Vielleicht eine halbe Stunde später. Ich habe vor, mir heute etwas Zeit zu lassen. Die Besprechung beginnt erst um zehn.«
»Sehr gut, Sir.«
Sir Jasper stand mühsam auf, stellte sich auf die Zehenspitzen und hob die Arme über den Kopf, während er noch einmal gähnte. »Es ist gut, wenn man klar bei Verstand ist, Tremaine. Schließlich muß ein Mann das tun, was er tun muß.«
»Zweifellos, Sir.«
»Ich habe heute nacht nicht geschlafen, aber ich bin noch erstaunlich munter und voller Energie ... heiter, könnte man sogar sagen. Wenn ich es mir recht überlege, verzichte ich auf den Luxus zu schlafen und reagiere etwas von meiner überschüssigen Energie durch einen Spaziergang im Garten ab.«
Tremaine sank das Herz. Er befürchtete, daß seine Anwesenheit bei dem Spaziergang erforderlich sein werde, wagte aber nicht zu fragen.
Sir Jasper schlug mit der Hand nach einem Insekt, traf es aber nicht. »Verteufelt feucht heute nacht, nicht wahr?« Er wischte sich das Gesicht ab.
»In der Tat, Sir. Es ist eine der feuchtesten Nächte dieser Regenzeit.«
»Wissen Sie, Tremaine, worauf ich heute nacht oder vielmehr heute morgen *wirklich* Lust hätte?«
»Nein, Sir.«
Sir Jasper rieb sich in plötzlicher Vorfreude die Hände, und seine Augen leuchteten. »Ich habe Lust, im Fluß zu schwimmen. Nur ganz kurz. Es ist die richtige Nacht dafür.«
»Eine höchst erfrischende Vorstellung, Sir!« bestätigte Tremaine,

sichtlich erleichtert, weil seine Dienste dabei nicht gefragt sein würden. »Werden Sie lange bleiben, Sir? Die Tür der Speisekammer ist abgeschlossen, bis der Mann vom Kuhstall um halb sechs die Milch bringt. Wann soll ich den Diener beauftragen, sie zu öffnen, Sir?«

»Nein, ich werde nicht lange bleiben, vielleicht eine halbe Stunde. Nur lange genug, um mich etwas abzukühlen und diese schreckliche Feuchtigkeit abzuwaschen. Bringen Sie mir einfach eine Baumwollhose und ein Hemd. Und vergessen Sie das Handtuch nicht. Ich werde nach dem Frühstück ein Bad nehmen und mich noch einmal umziehen, bevor ich zum Dienst gehe.«

»Die dunkelblaue Hose und das blaugestreifte Hemd, Sir?«

»Ja, ausgezeichnet. Legen Sie die Sachen einfach so ans Ufer, daß ich sie sehe. Wenn Ihre Ladyschaft aufgestanden ist, sagen Sie ihr, ich werde später mit ihr frühstücken.«

»Jawohl, Sir. Ihre Ladyschaft hat gestern abend versucht, Sie zu sprechen, aber...« Er warf einen vielsagenden Blick auf die Wasserpfeife. »Sie hat es sich anders überlegt und gesagt, sie werde oben auf Sie warten. Natürlich wußte sie nicht, daß Sie wieder die Nacht durcharbeiten würden, Sir.«

»Ach je«, sagte Sir Jasper reumütig, »ich hätte ihr vermutlich eine Nachricht hinaufschicken sollen, um ihr das Warten zu ersparen. Wie auch immer, sagen Sie ihr, ich werde sie beim Frühstück sehen.«

»Gegrillte Nieren, Sir, mit Toast, Tomaten und ein Drei-Minuten-Ei?«

Dem Butler kam es vor, als überlege Sir Jasper ungewöhnlich lange, bevor er die einfache Frage beantwortete. Aber dann lächelte er und nickte. »Ja, Tremaine, vielen Dank. Das wäre alles...«

Wäre Tremaine nicht so ungeduldig darauf erpicht gewesen, in sein bequemes Bett zurückzukommen und noch ein oder zwei Stunden zu schlafen, und hätte sein Verstand an diesem Morgen nicht so langsam gearbeitet, hätte sich Tremaine mit Sicherheit an etwas erinnert, was ihm bereits sehr viel früher hätte einfallen müssen. Aber so fiel es ihm erst wieder ein, als sich die Sonne bereits am östlichen Horizont zeigte und er die Treppe hinaufstieg, um Lady Pendlebury Sir Jaspers

Botschaft zu überbringen. Wie die Aja berichtete, der er auf halbem Weg begegnete, war ihre Herrin vor wenigen Minuten ungewöhnlich aufgeregt erwacht. Sie hatte verlangt, Sir Jasper müsse *sofort* zu ihr kommen und aus dem Arbeitszimmer geholt werden. Die Aja war gerade unterwegs, um dem Herrn diese Nachricht zu überbringen. Genau in diesem Augenblick erinnerte sich Tremaine an das, woran er früher hätte denken müssen.

Ihm fiel plötzlich wieder ein, daß Sir Jasper nicht schwimmen konnte.

Siebenundzwanzigstes Kapitel

Eine tiefe Stille legte sich über die Stadt. Sie lastete wie eine Kuppel aus Eis auf Kalkutta, ließ Herz und Nerven erschauern, trieb die Menschen in den Kontoren und Häusern zu erschrockenen Gruppen zusammen und brachte sie dazu, unruhig und verstohlen über die Schultern zu blicken.

Als die Welle des gleichsam arktischen Schocks über die ordentlichen, weißen Bungalows der Engländer hinwegzog und sich wie ein Leichentuch über das Geschäftsviertel legte, sprachen alle plötzlich nur noch im Flüsterton, gingen auf Zehenspitzen, wurden aufsässige und lärmende Kinder zum Schweigen gezwungen und energisch in die Kinderzimmer verbannt. Die Damen der Gesellschaft sagten, ohne zu klagen, ihre bevorstehenden Burra Khanas ab. Aushänge kündigten die Verschiebung festgelegter sportlicher Veranstaltungen, Hochzeiten, Taufen, Konfirmationen, ja sogar aller anderen Lustbarkeiten an.

Im Sekretariat des Vizekönigs trat der Kronrat in bestürztem Schweigen zusammen und versuchte, sich mit der schrecklichen Nachricht, die der neue Tag der Stadt gebracht hatte, auseinanderzusetzen. Der sichtlich erschütterte Lord Mayo setzte kurz entschlossen für diesen Tag Staatstrauer an. Es war ohnedies niemand in der Stimmung zu arbeiten oder sich zu vergnügen, zumindest nicht, solange das Begräbnis nicht vorbei war.

Blieb überhaupt Zeit für einen normalen Alltag? In Anbetracht der außergewöhnlichen Aspekte der Tragödie gab es soviel zu reden, so viele Rätsel zu lösen, über eine verwirrende Flut von Gerüchten zu diskutieren und sie – entkräftet oder vielleicht noch mehr ausgeschmückt – weiterzuverbreiten. Alle Regierungsgeschäfte und häuslichen Aktivitäten in der Hauptstadt des anglo-indischen Reichs Ihrer Majestät schienen über Nacht praktisch zum Stillstand gekommen zu sein.

Die Nachricht von dem tragischen Unfall, bei dem der beliebte Sir Jasper Pendlebury, Mitglied des Kronrats, ertrunken war, hatte alle überrascht. Niemand konnte diesen Todesfall richtig begreifen.

»Ich habe schon immer gesagt, es liegt ein Fluch auf diesem verfluchten Land ...«, flüsterte Charlotte Anderson mit bebender Stimme. Sie befand sich in einer Gruppe Trauernder, die sich mit aschgrauen Gesichtern im Haus der Pendleburys versammelt hatten, um ihr Beileid auszusprechen und der Witwe in der Stunde des Schocks über den großen Verlust beizustehen. »Und wer von uns könnte für diesen Fluch anfälliger sein als die arme Constance ...«

Unter gedämpften Beifallsäußerungen erklärte Mrs. Anderson dann, das alljährliche Whist-Turnier im Ballygunge Ladies' Institute und der Wohltätigkeits-Kostümball zugunsten gefallener Frauen werde auf unbestimmte Zeit verschoben.

Die Gerüchte aus Kalkutta erreichten den königlichen Palast in Kirtinagar mit bemerkenswerter Schnelligkeit. Olivia schob alle anderen Gedanken beiseite, beendete ihren Besuch und kehrte sofort in die Hauptstadt zurück. Nicht ohne Grund war sie außer sich vor Sorge und schlimmen Vorahnungen. Sie wußte, wenn selbst in Kirtinagar, weit von Kalkutta entfernt, so wilde Gerüchte kursierten, würden sie in der Stadt weit über die Grenzen alles Glaubwürdigen hinausgehen. Sie würden wie Heuschrecken über Kontore und Eßtische, Geschäfte und Clubs schwirren, jede Gasse im Basar und jeden Rinnstein erobern und sich mit grausamer Angriffslust auf der Suche nach einem bequemen Sündenbock auf so manchen Namen stürzen und mit Vehemenz die Ehre von vielen vernichten.

Wie es nun einmal so geht, erzählte jeder allen, die es hören wollten, eine andere Geschichte, vertrat eine andere Theorie oder äußerte eine andere Vermutung.

Niemand wußte genau, was geschehen war oder wann und wo und wem und, vor allen Dingen, *weshalb.*

Aber daß da irgendwo ein Skandal begraben lag, daran zweifelte niemand auch nur eine Sekunde. Niemand zweifelte auch daran, daß man, wenn man tief genug, lange genug, hartnäckig genug und an der richtigen Stelle bohrte und grub, mit dem verborgenen Schatz sensationeller Enthüllungen belohnt werden würde.

Die Frage war: *Wo* sollte man graben?

In einem Punkt war man sich offenbar jedoch allgemein schnell einig. Es gab mit Sicherheit einen Zusammenhang zwischen dem, was geschehen war – was immer es sein mochte –, und der skandalösen Affäre von Christian Pendlebury mit der jungen Raventhorne...

»*Besteht* ein Zusammenhang, Amos?«

Innerlich zerrissen von Schmerz und Besorgnis um ihre übel verleumdete Tochter stellte Olivia diese Frage ohne Umschweife sofort bei ihrer Ankunft.

»Ja, es gibt einen Zusammenhang.« Amos wußte beinahe nicht mehr ein noch aus, und er bestätigte den Verdacht ohne Zögern und mit grimmiger Überzeugung. »Daran kann kein Zweifel bestehen.«

Olivias Mund wurde vor Angst ganz trocken.

Amos hatte ein starkes Bedürfnis, die Lasten loszuwerden, die er seit einigen Tagen, die ihm wie eine Ewigkeit vorkamen, auf den Schultern trug. Deshalb berichtete er seiner Mutter ohne Umschweife alles, was sich in ihrer Abwesenheit zugetragen hatte, und ließ keine wichtige Einzelheit der schrecklichen Ereignisse aus.

Als er mit seinem Bericht zu Ende war, tastete Olivia nach dem nächsten Sessel und sank niedergeschmettert darin zusammen.

»All das ist geschehen, und ich wußte nichts davon?« Sie hatte es immer noch nicht ganz begriffen. »Ich habe nicht geahnt, daß Kyles Mutter noch lebt...«

»Ich auch nicht. Er hat seine Mutter und das Kind etwa zur selben Zeit aus Lucknow geholt, als die Pendleburys hier ankamen.«

»Sind sie noch hier?«

»Nein. Kyle hat sie auf die Plantage gebracht. Er fand, sie seien bei ihm nicht länger in Sicherheit.« Er lächelte traurig. »Kyle ist mit ihnen in aller Frühe an dem Tag abgefahren, als die Nachricht von Sir Jaspers Tod bekannt wurde.«

»Du meinst, Kyle weiß noch nichts davon?«
»Möglicherweise.«
»Und ... Christian?« Beim Gedanken daran, in welch schrecklicher Lage er sich vermutlich befand, kannte ihr Mitleid keine Grenzen.
»Niemand weiß, wo er ist. Er scheint verschwunden zu sein.«
»Aber war das Begräbnis nicht heute morgen?«
»Ja.«
»Dann war er doch bestimmt da.«
»Ich weiß nicht. Das wirst du von Tante Edna erfahren. Sie ist zum Trauergottesdienst gegangen. Von dort wird sie mit den anderen Trauergästen zu den Pendleburys fahren.«
Olivia war zu bedrückt, um alle Antworten zu verarbeiten, die sie bekommen hatte, und deshalb unterließ sie es, noch weitere Fragen zu stellen. Amos spürte den Kummer seiner Mutter und äußerte sich auch nicht weiter. Erregt und zutiefst beunruhigt, eilte sie nach oben in das Zimmer ihrer Tochter.
Sie stand neben dem Bett und blickte wieder einmal verzweifelt und bestürzt auf Maja, die schlief. Sie wirkte sehr schwach und krank. Maja wußte nichts von den Mühlen Gottes, die um sie herum sprichwörtlich langsam und sehr fein mahlten. Olivia schob behutsam den Verband an Majas Hals etwas zur Seite. Die Druckstellen hatten sich blau verfärbt, und über die Haut zogen sich die langen Spuren von Fingernägeln. Auf dem schmalen, anmutigen, alabasterweißen Hals wirkten sie häßlich, unheimlich und irgendwie brutal. Zorn stieg in ihr auf, aber er legte sich schnell wieder.
Das Schicksal ihrer Tochter stand unter einem sehr schlechten Stern, aber ging es dem unglückseligen Christian vielleicht besser?
Sie schob den Verband wieder zurück, ging zum Fenster und setzte sich auf die Bank in der Nische. Sie konnte ihre Verzweiflung nicht länger zurückhalten und begann leise zu weinen.
Sie kann das Erbe nicht überleben, das du ihr hinterlassen hast, Jai. Es zerstört sie, es zerstört alle, die damit in Berührung kommen.

*

»Es war alles sehr bewegend«, sagte Edna, die zum Tee zurück war und zu ihnen auf den Rasen hinter dem Haus kam. »Sie haben ihm ein Staatsbegräbnis gegeben mit Salutschüssen, Zapfenstreich und allem, was dazugehört. Die Königin hat durch Telegraphen ein sehr mitfühlendes Kondolenzschreiben geschickt, und Lord Mayo hat eine großartige Grabrede gehalten. Er hat gesagt, Indien habe einen beispielhaften künftigen Vizekönig verloren. Es waren beinahe tausend Leute auf dem Friedhof. Das Begräbnis war sehr beeindrukkend, und ich könnte mir denken, natürlich für die arme Lady Pendlebury höchst befriedigend.«

»Und später im Haus?« fragte Olivia.

»Nun ja, sie haben noch ein paar Würdigungen und Kondolenzschreiben verlesen und noch eine telegraphische Botschaft aus dem Buckingham-Palast. Es waren persönliche Worte an Constance und Christian. Die Tochter der Pendleburys, die in Somerset verheiratet ist, hat telegraphiert und angeboten, das nächste Schiff zu nehmen und mit ihrem Mann zu kommen, wenn ihre Mutter sie brauchen sollte. Aber sie erwartet ihr erstes Kind, und Constance will nichts davon wissen.« Sie schneuzte sich die Nase. »Constance hält sich gut, die Arme. Sie ist natürlich am Boden zerstört, aber sie meistert auch diese Situation wie immer mit lobenswerter innerer Stärke.«

»Und Christian? War er da?«

Edna schüttelte den Kopf. »Herbert Ludlow sagt, er ist aus dem Staatsdienst ausgeschieden, ›aus persönlichen Gründen‹, wie Christian es ausgedrückt hat. Offenbar hat er die Kündigung Ludlow überbracht, *bevor* er zu seinem Vater gegangen ist. Herbert war sehr bestürzt.«

»Also hat Christian mit seinem Vater gesprochen!« rief Amos leise.

»O ja. Sir Jaspers Hooka-Diener sagt, daß er am Abend vor dem … hm … Unfall etwa eine Stunde bei ihm war. Danach hat niemand mehr Christian gesehen.«

»Hatte er eine Vorstellung, worüber die beiden gesprochen haben?«

»Der Hooka-Diener? Der Junge versteht kein Englisch, aber nach allem, was er Clarence gesagt hat, haben die beiden nicht wie üblich Schach gespielt. Und er sagt, ihr Ton sei nicht gerade freundlich gewesen.«

Amos versank in düsteres Schweigen. Olivia goß Edna eine Tasse Tee ein, ließ eine Scheibe Zitrone in die goldene Flüssigkeit fallen und gab einen viertel Teelöffel Zucker hinein.

»Hat Clarence Twining keine Hinweise darauf, wo er sein könnte?« fragte Olivia, die sich große Sorgen um den vermißten jungen Mann machte.

»Viel zu viele! Einige Leute haben Christian angeblich zu Fuß auf der Grand Truck Road in Richtung Norden gesehen, andere schwören, er sei auf dem Weg zu den Ausläufern des Himalaja. Ein Mann behauptet, ihn an der Princep-Anlegestelle auf dem Postschiff zur Küste gesehen zu haben. Telegraphische Suchmeldungen an alle Polizeistationen im Umkreis von fünfhundert Meilen und die Meldegänger entlang der Grand Trunk Road haben für weitere Verwirrung gesorgt.« Sie angelte mit dem Löffel ein winziges Teeblatt aus der Tasse. »Seine Abwesenheit hat auf dem Friedhof großes Aufsehen erregt, das kann ich euch sagen! Es war das einzige Mal, daß Lady Pendlebury in der Öffentlichkeit beinahe zusammengebrochen wäre. Sie macht sich seinetwegen die allergrößten Sorgen.«

»Ich verstehe nicht, warum!« sagte Amos und verzog gehässig das Gesicht. »Sie sollte erleichtert sein, daß er zumindest *nicht* mit Maja durchgebrannt ist!«

»Ach Amos, das ist nicht nett von dir, so etwas zu sagen ...«

»Er möchte mit all dem nichts mehr zu tun haben, begreift sie das denn nicht?« unterbrach sie Amos und stellte seine Tasse ab. »Er muß inzwischen wissen, daß sein Vater tot ist.«

»Nun ja, es sieht ganz danach aus, obwohl natürlich niemand versteht, aus welchem Grund er verschwunden ist, am allerwenigsten seine bedauernswerte Mutter.« Edna hatte das Teeblatt mit großer Geduld auf die Untertasse geschoben. »Da ist noch etwas Eigenartiges. Lady Ingersoll hat bei den Pendleburys gesagt, Christian habe sich bei ihr für den Abend *nach* dem ... hm ... Unfall zu einem Gespräch angesagt.«

Amos stockte der Atem. »Christian war bei Lady Ingersoll?«
»Nein. Er hat die Verabredung nicht eingehalten, sagte Lady Ingersoll. Und er hat sich mit keinem Wort für sein Ausbleiben entschuldigt. Natürlich hatte sich bis dahin die Nachricht in der ganzen Stadt verbreitet, und sie war darüber ebenso bestürzt wie alle anderen. Unter diesen Umständen hatte sie nicht mit seinem Kommen gerechnet. Aber nachdem er offenbar verschwunden ist, fragt sie sich natürlich, was er ihr wohl sagen wollte.«
»Was immer es war«, sagte Amos betroffen, »nach dem Tod seines Vaters war es offenbar nicht mehr von Bedeutung.«
»Daran zweifelt niemand.«
Sheba kam, um das Abräumen des Geschirrs zu beaufsichtigen, und für eine Weile hing jeder dem trostlosen Schweigen nach, das sich ausgebreitet hatte. Was Vater und Sohn bei der letzten, fatalen Begegnung miteinander gesprochen hatten, würde die Allgemeinheit wahrscheinlich nie erfahren. Im Haus der Raventhornes gab es jedoch kaum einen Zweifel daran, was sich an diesem folgenschweren Abend in Sir Jaspers Arbeitszimmer zugetragen hatte...
»Haben deine Gespräche in Kirtinagar zu einem Ergebnis geführt?« fragte Amos seine Mutter, als sie wieder allein waren. »Hat der Maharadscha entschieden, was jetzt zu tun ist?«
»Ja, wir werden warten müssen und sehen, ob die neuen Erkenntnisse etwas nützen.« Olivia schüttelte die dichten kastanienbraunen Haare, die ihr bis über die Taille fielen, und begann, sie zu einem Zopf zu flechten. »Arvind Singh will erreichen, daß der Fall auf Grund von Thomas Hungerfords Aussage noch einmal aufgerollt wird. Er sagt, er wird in aller Form um ein Gespräch mit Arthur Fairfield-Browne, dem Kronrat für Innere Angelegenheiten, bitten, sobald in der Regierung nach dem augenblicklichen Chaos wieder der Alltag eingekehrt ist. Er hat gerüchteweise gehört, daß der Vizekönig den Kronrat umbilden will, da nach Sir Jaspers Tod eine Stelle frei geworden ist.« Sie hob die Schultern. »Bei dem Treffen wird wahrscheinlich nicht viel herauskommen, soviel wissen wir bereits. Aber Arvind Singh und Kinjal sind beide der Ansicht, daß wir zumindest alles versuchen müssen.«

Wäre Jasper Pendlebury wirklich in der Lage gewesen, die Unschuld seines Vaters zu beweisen?
Amos dachte wieder an die seltsame Bemerkung, die Pendlebury einmal Kyle gegenüber gemacht hatte. Er war damals skeptisch gewesen und war es immer noch. Vermutlich wollte dieser gerissene Pendlebury nur bluffen. Um seine Mutter nicht unnötig aufzuregen, hatte Amos mit ihr nicht darüber gesprochen und mit Arvind Singh ebenfalls nicht. Jetzt bestand natürlich kein Grund mehr dazu.
Amos war von so vielen anderen wichtigen Dingen in Anspruch genommen gewesen, daß er kaum Zeit gefunden hatte, über die Einzelheiten von Thomas Hungerfords Aussage und ihre möglichen Folgen nachzudenken. Ebensowenig hatte er Gelegenheit gehabt, sie mit seiner Mutter zu diskutieren. Aber jetzt stand ein weiterer Schlagabtausch mit Arthur Fairfield-Browne, dem höchst unsympathischen Kronrat für Innere Angelegenheiten, bevor. Deshalb sprachen sie ausführlich, allerdings ohne große Begeisterung darüber.
»Fairfield-Browne ist ein dickköpfiger, einfallsloser alter Trottel, der sich starr an die bürokratischen Regeln hält!« schloß Amos abschätzig. »Hungerfords Aussage mag noch so überraschend sein, er wird sie als Erfindung abtun. Er wird mit Sicherheit nicht daran denken, auf Grund der schwachen Beweise eines Mannes, der so leicht in Mißkredit zu bringen ist, den Fall noch einmal aufzurollen.«
Olivia stimmte ihm traurig zu.
Amos konnte wegen heftiger Kopfschmerzen nicht einschlafen; außerdem quälte ihn eine Frage, die ihn nicht losließ. Deshalb ging er noch spät an diesem Abend in das Zimmer seiner Mutter, um sich eine Aspirintablette zu holen. Sie war wach und saß mit weit geöffneten Augen im Dunkeln und dachte nach. Amos nahm die Tablette, die sie ihm gab, und ließ sich schwer auf den Sessel am Fenster fallen.
»Warum hat sie das getan, Mutter?«
Er beschäftigte sich in Gedanken immer noch mit seiner Schwester. Er wurde das flaue Gefühl des Entsetzens nicht los und hatte bis jetzt nicht die Erklärung gefunden, die er suchte.

»Warum?« Olivia blickte über den dunklen Garten, der mit verstohlenem Mondlicht gesprenkelt war, und seufzte leise. »Weil sie die Tochter ihres Vaters ist, Amos«, sagte sie ruhig. »Sie hat wie er ein schreckliches Verlangen nach Rache. Und wie er übt sie Vergeltung, so wie sie es für angemessen hält.«

*

»Kyle?«

Olivia hätte vor Schreck beinahe ihren Stickrahmen fallen lassen, als sie durch das Zimmer an Majas Bett eilte. »Was ist, Liebes?«

Die offenen Augen, aus denen leichte Panik sprach, lagen umgeben von feinen roten Adern in fahlem Grau tief eingesunken in den Höhlen. Die langen dünnen Finger glitten über das Bettuch und umklammerten es dann mit der geballten Faust. Das kaum hörbare Wort, das sie mühsam hervorstieß, kam von weit her, und da sie mit ihrer schweren Zunge kämpfte, klang es undeutlich und schleppend. Das geflüsterte Wort hing einen Augenblick zitternd in der Luft und war verklungen.

Olivia öffnete sanft die verkrampften Hände und hielt die ruhelosen Finger zwischen ihren Händen fest. »Kyle ist in den Norden gefahren, um seine Mutter auf die Plantage zu bringen, Liebes. Ich weiß nicht genau, wann er zurückkommen wird.«

In Majas weit geöffneten Augen lag Verwunderung, als sie ihre Mutter ansah, aber sie sagte nichts. Unter der Wirkung der Medikamente und der fehlenden Kraft fielen ihr die Lider wieder zu. Der schlanke, inzwischen so zerbrechlich wirkende Körper verlor seine Starre. Ein Finger nach dem anderen streckte sich und wurde schlaff.

Maja wiederholte den Namen nicht mehr. Erschöpft von der Anstrengung, die das eine Wort sie gekostet hatte, schlief sie wieder ein.

Bezwungen vom Fieber und einem Bewußtsein, das ihren Körper verlassen zu haben schien, hatte Maja in den vergangenen Tagen ihrer eigenartigen Krankheit in der Tat meist geschlafen. Wenn sie die Augen öffnete, waren sie blicklos, und sie erkannte nichts. Wenn Maja etwas hörte, begriff sie nichts, denn nichts verriet, daß sie etwas verstanden hätte. Es gab jedoch kaum einen Zweifel, daß sie in dem Kokon ihres Schweigens von bedrohlichen Phantasiegebilden gequält wurde. Der Schlaf, um den sie sich so beharrlich bemühte, war unruhig und unbeständig. Sie fiel ins Delirium, tauchte daraus auf, warf sich ständig hin und her und kämpfte gegen verborgene Dämonen, die ihre einsamen Traumwelten heimsuchten.

»Wie lange wird sie in diesem Zustand bleiben?« fragte Olivia außer sich vor Sorge Dr. Humphries. »Weshalb geht das Fieber nicht zurück?«

»Fieber ist keine Krankheit, Mrs. Raventhorne. Es ist nur ein Symptom.« Dr. Humphries strich sich über das Kinn und musterte seine Patientin lange und nachdenklich. »Es ist irgend etwas geschehen, nicht wahr?« Olivia wandte den Kopf ab, und er fügte schnell hinzu: »Oh, ich bin nicht an dem albernen Klatsch interessiert, der in der Stadt herumschwirrt. Ich spreche *davon.*« Er wies auf die dunklen Flecken und die roten Kratzspuren an Majas Hals. »Ihre Haushälterin hat mir zweifellos in der besten Absicht gesagt, es seien Insektenstiche«, meinte er ohne jede Verärgerung. »Natürlich stimmt das nicht. Nach meiner Einschätzung ist sie angegriffen worden. Stimmt das?«

Olivia konnte ihm nicht in die fragenden Augen blicken und nickte nur.

»Zu ihrem Glück sind es keine ernsten Verletzungen. Die Druckstellen heilen bereits dank der Salbe, die ich verschrieben habe, und die Blutergüsse werden mit der Zeit verschwinden«, sagte er mit einem beruhigenden Lächeln. »Was mir Sorgen macht, ist der Schaden, den das traumatische Erlebnis möglicherweise *hier drin* angerichtet hat.« Er klopfte sich mit dem Finger auf die Stirn. »Sie hat ein schweres seelisches Trauma erlitten, Mrs. Raventhorne. Soviel ist deutlich.« Er legte ihr tröstend die Hand auf den Arm. »Keine Sorge, die äußeren Symptome werde ich unter Kontrolle halten, das verspreche ich Ihnen. Aber es übersteigt meine Fähigkeiten, die Wunden in ihrem Bewußtsein zu heilen. Das ist Ihre Aufgabe ... und natürlich Majas.«

Amos stimmte dem Arzt zu.

»Wir müssen sie von hier wegbringen!« sagte er beim Abendessen. »Diesmal gibt es darüber keine Diskussion!«
Olivia sah ihn resigniert an. »Ja.«
»Weißt du, was die Leute über sie sagen?« Sein Gesicht war finster vor Zorn.
Olivia erwiderte gequält: »Nein, aber ich kann es mir vorstellen.«
»Manchmal denke ich, ich sollte ihnen die schmutzigen Zungen ausreißen, und bei Gott, eines Tages werde ich es tun!« Er öffnete den Mund, um seinen Worten größeren Nachdruck zu verleihen. Aber als er Ednas warnenden Blick auffing, schloß er ihn wieder.
»Die Lubbocks reisen noch vor Jahresende nach Kalifornien, erinnerst du dich?« sagte Edna schnell. »Wenn alles gut geht, könnte Maja mit ihnen fahren. Und du auch, meine Liebe, wenn du Lust hast.«
»Ja«, erwiderte Olivia und fügte mit einem bangen Lächeln hinzu: »Das heißt, wenn sie bereit sind, das in Erwägung zu ziehen! In Anbetracht des abstoßenden Geredes werden sie das vielleicht nicht wollen.«
»Doch, sie sind bereit«, erklärte Amos. »Ich habe bereits mit ihnen darüber gesprochen. Sie sagen, es wird ihnen ein Vergnügen sein, Maja sicher bei Grandma Sally in Sacramento abzuliefern – und auch dich, falls du beschließen solltest, ebenfalls zu fahren.« Das Rot in seinem Gesicht wurde noch dunkler, als er ein Stück von dem Lammbraten auf seinem Teller heftig mit der Gabel aufspießte. »Zum Glück ist es unwahrscheinlich, daß jemand die Wahrheit darüber herausfindet, was an jenem Abend wirklich geschehen ist, da mögen die Gerüchte noch so phantastisch sein.«
»Das nehme ich auch an.« Olivia seufzte. »Wie auch immer, im Augenblick kann ich an nichts anderes denken als daran, wie ich Maja schnell wieder auf die Beine bekomme.« Ihre Stimme klang belegt, als sie hinzufügte: »Und an die Fahrt nach Kanpur...«
Amos sagte in einem freundlicheren Ton: »Ja, natürlich, Mutter.«
»Es gibt dort so viel zu tun, Amos, so viel!«

»Keine Sorge, meine Liebe«, sagte Edna tröstend. Sie stand auf und legte Olivia die Arme um die Schultern. »Wir werden alle bei dir sein. Das mußt du nicht allein durchstehen.«

Olivia blickte zu ihr auf, lächelte und drückte dankbar ihre Hand. »Wir können erst fahren, wenn Dr. Humphries findet, daß Maja reisefähig ist. Ich kann mir einfach nicht vorstellen, sie hier allein zu lassen.«

»Aber sobald wir zurück sind, fährt sie nach Amerika!« erklärte Amos mit einem knappen Nicken. »Es wäre grausam, von ihr zu erwarten, daß sie hier bleibt, nur um einen noch schlechteren Ruf zu bekommen und sich noch mehr Kummer einzuhandeln!«

Schließlich sank Majas Fieber.

An einem grauen Morgen, als der Himmel bedeckt war und gelegentlich milchiges Sonnenlicht durch die Spitzenvorhänge der Wolken drang, schlug sie die Augen auf und sah ihre Mutter mit einem klaren und festen Blick an.

»Kyle«, sagte sie. »Ich muß Kyle sprechen.«

Es war der erste zusammenhängende Satz, den sie seit Beginn ihrer Krankheit gesprochen hatte. Ihre Augen glänzten noch fiebrig; die Stimme war schwach, aber es gab nur wenige Anzeichen für den Nebel, der ihren Geist so lange und hartnäckig verdunkelt hatte.

Olivia traten die Tränen in die Augen, und sie murmelte ein Dankgebet. »Vielleicht später«, sagte sie voll Erleichterung, und sie umarmte ihre Tochter. »Im Augenblick hat Dr. Humphries jeden Besuch untersagt.«

»Du verstehst das nicht«, widersprach Maja schwach und atemlos. »Ich muß jetzt mit ihm sprechen, *jetzt*...«

Olivia überlegte: Erinnert sie sich daran, was geschehen ist, oder tastet sie immer noch in einem undurchdringlichen Nebel der Vergangenheit herum? So oder so, Olivia wußte, es könnte für Maja verhängnisvolle Auswirkungen haben, Kyle jetzt schon zu sehen. Ihr Verstand schwankte immer noch gefährlich auf dem schmalen Grat zwischen Gesundheit und Krankheit. Wie sollte ihr gefoltertes Bewußtsein die Last der Erinnerung an die Katastrophe ertragen können?

»In ein oder zwei Tagen«, erwiderte Olivia entschlossen. »Wenn du kräftig genug bist, um aufzustehen.«
»Ist er von der Plantage zurückgekommen?«
Olivia staunte, daß sie diese kurze Bemerkung im Gedächtnis behalten hatte. »Ich weiß nicht. Da mußt du Amos fragen.«
Ihre Mutter log. Maja war so klar bei Verstand, um das zu erkennen. Sie schloß die Augen und widersprach nicht.
Hinter den geschlossenen Lidern begann sich jedoch ihre Verwirrung aufzulösen. Es war ein seltsamer Vorgang. Bild für Bild zerfloß und tauchte in ein Nichts. Das langsame Erwachen beschleunigte sich allmählich, und ineinander verschlungene Dinge, kaleidoskopartige Fragmente der letzten Tage zerfielen in Formen und Töne und Empfindungen. Manchmal war ihre Erinnerung präzise und klar wie ein Kristall. Die Bilder jenes Abends waren so plastisch und scharf, als seien sie mit Säure geätzt. Dann wieder senkte sich der Nebel herab und hielt sich hartnäckig. Andere Dinge blieben so undeutlich, daß es Maja ungeduldig machte, weil ihr Verstand sie betrog und Bilder so unwirklich und fahl wie Gespenster sie narrten.
Maja sah ein, daß ihre Fähigkeit, vernünftig zu denken, beeinträchtigt war, daß ihre Zunge sich noch weigerte, den Befehlen des immer noch nicht völlig wieder zurückgekehrten Verstandes zu gehorchen, und daß sie selbst zu kraftlos war, um länger zu sprechen. Deshalb stellte sie keine Fragen und verlangte keine Antworten. Sie lag mit geschlossenen Augen da und beobachtete unruhig und fasziniert das schemenhafte Panorama, das vor ihrem inneren Auge abrollte.
Der Tunnel ... dunkel wie die Unterwelt ... ein Paar Augen in einem totenbleichen Gesicht ... Schreie des Wahnsinns ... Finger um ihren Hals ...
Christian!
Ihre Hand bewegte sich langsam und ängstlich zu ihrem Hals, doch der Schrei, der ihr in der Kehle steckengeblieben war, erstarb. Er war zu schwach, um aufzusteigen. Sie drehte schaudernd das Gesicht zur Wand. Hinter der Sicherheit des Bettuchs versuchte sie verzweifelt zu weinen. Doch sie konnte es nicht. Eine andere Welt, die mehr Wirklichkeit besaß, lockte sie. Ein helles Licht nahm sie wieder auf.

Als das ganze Haus in dieser Nacht schlief und Sheba laut schnarchend auf dem Diwan am Fenster lag, verließ sie das Bett. Ihr war so schwindlig, daß sie beinahe ohnmächtig wurde, aber sie kroch auf allen vieren zum Papierkorb und holte ein Blatt Papier heraus. Sie schaffte es mit Mühe zum Toilettentisch, wo sie einen schwarzen Stift aus dem Schminktäschchen nahm. Sie konnte den Stift kaum halten, als sie mit zittriger, krakeliger Schrift eine Nachricht in zwei Worten schrieb: »Bitte komm!«

Als Sheba am nächsten Morgen sehr früh aufwachte und verschlafen in ihr Zimmer ging, um sich zu waschen, schickte Maja die Aja hinunter und ließ Abdul Mian rufen. Sie drückte ihm das Papier in die Hand und trug ihm auf, es Kyle Hawkesworth in der Druckerei zu überbringen. Erschöpft legte sie sich wieder hin und wartete auf ihn.

Kyle erschien nicht. Es kam auch keine Antwort.

*

Sir Jaspers Leiche mochte zur letzten Ruhe gebettet worden sein, doch das Karussell der Gerüchte drehte sich so unermüdlich wie immer. Es bestand kein Zweifel daran, daß der seltsame Tod mit dem fahlen Beigeschmack des Mysteriösen in Verbindung mit Christian Pendleburys unerklärlichem (und, darin waren sich alle einig, äußerst rücksichtslosem!) Verschwinden der größte Skandal des Jahrzehnts war. Deshalb räumte man ihm mit dem gebührenden Respekt die Zeit, die Mühe und die kreativen Anstrengungen ein, aus denen bunte Phantasiegebilde entstehen.

Trotzdem begann die gedämpfte Stille, die über der Stadt lag, allmählich zu schwinden, als die Heftigkeit des Schocks nachließ. Die Menschen flüsterten nicht mehr und widmeten sich wieder wie gewohnt ihren Alltagsbeschäftigungen.

Nach dem Begräbnis und dem Trauergottesdienst nahm auch in den staatlichen Dienststellen das Leben wieder seinen normalen Gang, wenn auch zunächst noch stockend.

Eine Engländerin lud beherzt zu einer Burra Khana ein, dann eine

andere und noch eine. Die abgesagten und verschobenen Vergnügungen tauchten ebenso zögernd, aber um so nachdrücklicher wieder in dem gesellschaftlichen Kalender auf.
Die Herzen bluteten jedoch weiterhin für die unglückliche Lady Pendlebury, die einen doppelten Verlust zu tragen hatte. Sie war immer noch wie betäubt und verstand die Tragödie nicht, aber trotzdem trug sie ihr Leid voll Würde und Disziplin.
Trotz aller zartfühlenden und diskreten Fragen, die Clarence Twining ihr stellte, hatte sie ihm bei seinen ›klärenden Gesprächen‹, wie man es allgemein bezeichnete, nicht behilflich sein können. Sie behauptete auch jetzt noch, ihr Mann sei ermordet worden. Das primitive, kannibalische Land, der Friedhof des weißen Mannes, habe sich verschworen, ihn zu vernichten und das Blut aus seinem Körper zu saugen. Sie habe schon immer gewußt, so behauptete sie, daß Indien ihnen nur Unglück bringen werde. Es schien Lady Pendlebury jetzt mit einer makabren Befriedigung zu erfüllen, daß sie recht behalten hatte.
Nur wenn Lady Pendlebury von ihrem verschwundenen Sohn sprach, ließ sie sich so weit herab, etwas so Vulgäres wie erkennbare Gefühle zu zeigen. Ohne Maja Raventhornes Namen zu nennen, aber durch wiederholte Anspielungen gab sie Twining deutlich zu verstehen, daß sie das Mädchen für ›alles‹ verantwortlich machte. Sie hatte ihren Mann immer und immer wieder gewarnt, doch er hatte sie nicht ernst genommen. Nun hatte er den vollen Preis für seine Nachsicht und seine Herzensgüte bezahlt, und sie und ihr Sohn mußten sehen, wie sie zurechtkamen.
Da die langen, leeren Tage vergingen, und Christian immer noch nichts von sich hören ließ, gab sie ihrem Leid auf die Weise Ausdruck, die ihr den größten Trost und die größte Befriedigung verschaffte – durch ihr Klavier. Tag für Tag saß sie bis spät in die Nacht und spielte ihr Repertoire trauriger Œuvres. Dabei kehrte sie immer und immer wieder zu dem ›Amen‹-Thema des *Requiems* zurück, das Mozart auf dem Totenbett komponiert hatte und nicht mehr beenden konnte.
»Es macht mich ganz nervös«, sagte selbst ihre beständigste Freundin

Charlotte Anderson schaudernd. »Manchmal wünschte ich, die Arme würde wenigstens *versuchen*, etwas Heiteres zu spielen. Es kann nicht gut für sie sein, so weiterzumachen.«

»Für uns auch nicht, meine Liebe!« erwiderte Dora Humphries nachdrücklich und nickte.

Die McNaughtons wollten in einem Monat nach England fahren und schlugen vor, Lady Pendlebury und ihr europäisches Personal sollten mit ihnen zurückkehren. Lady Pendlebury lehnte das gutgemeinte Angebot verständlicherweise ab. Das Land und ihre Lage mochten noch so schrecklich sein, erklärte sie, solange sie keine Nachrichten über den Aufenthaltsort ihres Sohnes und sein Wohlergehen habe, könnte sie an eine Abreise nicht einmal *denken*. Um die Zeit bis dahin für sie erträglicher zu machen, kündigte sie ihre Absicht an, wieder eine Soiree zu veranstalten, die diesmal der Erinnerung an ihren toten Mann gewidmet sein sollte.

Auch die entschlossensten Erkundungen in der Affäre Pendlebury hatten bisher wenig zutage gebracht, dem Kenner eine enthüllende Bedeutung über den eigentlichen Skandal beimaßen. Allerdings eröffnete die späte Aussage von Sir Jaspers Butler ein völlig neues (und unerwartetes) Gebiet für neue Nachforschungen.

Das Ableben seines Herrn und seine unwissentliche Beteiligung daran hatten Tremaine so tief erschüttert, daß er zusammengebrochen war und das Bett hüten mußte. Für den Rest der Woche ließ er erklären, er sei zu krank, um mit Clarence Twining oder überhaupt mit jemandem zu sprechen. Heimgesucht von der späten Erkenntnis konnte er seine unwissentlichen Unterlassungen nicht verwinden, die in seinen Augen eine grausame Rolle beim Ablauf der Tragödie gespielt hatten. Er hätte Lady Pendlebury wecken und sie warnen müssen, als er nach oben gegangen war, um Sir Jaspers Hose und Hemd zu holen. Er hätte am Damm Wache halten und darauf achten müssen, daß sein Herr in Sicherheit war, als er die Hose, das Hemd und das Handtuch wie befohlen auf die Mauer gelegt hatte. Aber vor allen Dingen hätte er sich daran *erinnern* müssen, daß sein Herr nicht schwimmen konnte.

Lady Pendlebury zweifelte keinen Augenblick daran, daß der Tod ihres Mannes ein bedauerlicher Unfall war. In der Tat hätte man nicht erwarten können, daß jemand, der wußte, wie sehr Sir Jasper das Leben und seine Freuden liebte, etwas anderes glaubte. Es hätte auch niemand geglaubt, wenn nicht Tremaine und die Briefe gewesen wären.

*

Die Woche verging, und Kyle ließ nichts von sich hören.
Die Vorbereitungen für die wichtige Reise nach Kanpur wurden getroffen. Arvind Singh übernahm es in seiner übergroßen Freundlichkeit, alles zu arrangieren, und er unterstützte die Familie mit allen ihm zur Verfügung stehenden Mitteln. Er und die Maharani würden sie auf der traurigen Fahrt begleiten. Das letzte Kapitel von Jai Raventhornes Leben und Tod würde bald aufgeschlagen werden, und es war unvorstellbar, daß der Maharadscha und die Maharani, seine besten Freunde, nicht dabeisein sollten. Amos wartete ebenso ungeduldig darauf, seinem Vater die letzte Ehre zu erweisen wie die Spinnerei wiederzusehen (und die Bekanntschaft mit Rose Pickford zu erneuern). Deshalb war er mit Ranjan Moitra bereits nach Kanpur vorausgefahren. Die anderen würden später folgen, nachdem sich Arvind Singh mit dem Kronrat getroffen hatte, und Dr. Humphries der Ansicht war, Maja sei für die Reise kräftig genug.
Dank der natürlichen jugendlichen Lebenskraft machte die Heilung ihres Körpers gute Fortschritte, und allmählich kehrte ihre physische Energie zurück. Aber geistig wurde sie keineswegs wieder gesund. Sie blieb teilnahmslos und apathisch. Sie durfte zwar aufstehen, aber trotzdem lag sie stundenlang bei geschlossenen Vorhängen in ihrem dunklen Zimmer; das Licht störte sie; in der Dunkelheit konnte sie sich die Illusion bewahren, sie habe nichts mit der Welt zu tun, in der sie nicht mehr zurechtkam. Ihr Körper lebte, doch sie hatte das Gefühl, daß nichts in ihrem Innern jemals wieder ins Leben zurückkehren werde. Sie starrte stundenlang ins Leere, bemühte sich, etwas zu empfinden, aber es gelang ihr nicht. Wenn sie das Bett verließ, schlich sie scheu und schweigend durch Haus und Garten. Sie ging gebeugt und blickte immer wieder unruhig über die Schulter, als habe sie vor

unsichtbaren Feinden Angst. Sie sah blaß und abgezehrt aus und war nur ein Schatten des lebhaften Mädchens von früher. Der Kern schien verschwunden; übrig blieb nur die zerbrechliche äußere Hülle. Sie sprach wenig und gab auf Fragen nur einsilbige Antworten. Sie hatte sich in ihr Schneckenhaus zurückgezogen. Dort verharrte sie in einsamem Schweigen, behielt ihre Gedanken für sich und nahm kaum wahr, wie die Zeit verging. Aber sie wartete auf etwas.

Kyle kam immer noch nicht.

Trotz ihres scheinbar mangelnden Interesses an der Umgebung und dem ständigen nach Innen-gerichtet-Sein spürte Maja, daß man ihr etwas verheimlichte. Wenn sie ein Zimmer betrat, verstummte die Unterhaltung. An der übertriebenen Herzlichkeit, mit der man sie behandelte, erkannte sie, daß man sie täuschte. Gelegentlich fing sie eine unbedachte Bemerkung auf, hörte eine unbewußt laute Stimme und verstohlenes Flüstern. Und natürlich klatschte die Dienerschaft.

Nachdem ihr nicht mehr untersagt war, Besucher zu empfangen, kamen viele: die Lubbocks, Frauen aus dem Heim, darunter auch die Zwillinge, besorgte Angestellte von Trident, Leonard Whitney und die Goswamis mit ihren beiden Töchtern. Sie berichteten, Samir bereite sich auf die Abreise nach England vor. Es sei ihnen endlich gelungen, ihn zu überreden, über das Meer zu fahren, um seine juristischen Studien aufzunehmen. War er noch nicht da gewesen, um sich zu verabschieden? Nun, er werde ganz bestimmt noch kommen! Alle sprachen mit gekünstelter Fröhlichkeit, ohne Maja in die Augen zu sehen. Oft wußten sie nicht, was sie sagen sollten, und das verlegene Schweigen war beredter als alle Worte.

Maja war sich bewußt, daß in den Wochen ihrer Krankheit viel geschehen war. Trotzdem stellte sie immer noch keine Fragen, denn sie fürchtete das Unbekannte noch mehr als das, was sie vermutete. Sie wußte, daß nur ein einziger Mensch den Mut aufbringen würde, ihr die Wahrheit, die ganze brutale Wahrheit zu sagen.

Aber von Kyle war nichts zu hören, nicht einmal ein Flüstern.

Grace Lubbock war während Majas Krankheit oft gekommen, aber unter dem Vorwand, sie sei zu schwach, hatte Olivia ihr nicht erlaubt, Maja länger als ein oder zwei Minuten zu sehen. Nachdem Maja nicht mehr im Bett lag, ließ sich ein längeres Zusammentreffen nicht mehr verhindern, und Olivia ermahnte Grace, kein Wort von dem allgemeinen Klatsch zu wiederholen, auch wenn Maja sie noch so sehr darum bitten sollte.

Als Grace an diesem Morgen zu Besuch kam, lag Maja im Garten hinter dem Haus unter dem Gulmoharbaum auf einer Liege. Sie blickte zu dem bemerkenswert blauen Himmel hinauf, lauschte dem Rufen und Zwitschern der Vögel, den Geräuschen des Flusses, hörte Abdul Mian zu, der Allah dankte, weil er ihr die Gesundheit wiedergeschenkt hatte, und ihr von ihren Pferden berichtete. Die Stute hatte an der rechten Flanke ein schlimmes Geschwür, und für das Marwari-Fohlen schien es viele Interessenten zu geben. Einem, einem englischen Herrn, lag sehr viel daran, es zu kaufen. Natürlich, so sagte der alte Mann, habe er sich nicht festgelegt. Der junge Herr Amos hatte ihm gesagt, er müsse warten, bis es der Missy Memsahib wieder bessergehe. *Morning Mist* war zu Mr. Ludlow gebracht worden...

»Ach, liebste Freundin«, jammerte Grace, als sie sich mit einem leisen Aufschrei in Majas Arme warf. »Ich erkenne dich kaum wieder. Du hast dich so *sehr* verändert!«

»Wirklich?« Maja gab sich Mühe, den Mund zu einem Lächeln zu verziehen. Die Wangenknochen unter der straffen Haut, die bleich war, weil Maja sich vernachlässigte, wirkten noch spitzer, und ihre Stimme war ausdruckslos. Sie sagte schnell: »Ich habe dich nicht mehr gesehen, seit du aus Darjeeling zurück bist. Waren die Ferien so schön, wie du erwartet hattest?«

Grace ließ sich mühelos ablenken. Sie faltete die Hände und preßte sie an ihr Herz. »Oh, es war ein Traum, Maja, ein *Traum*!« hauchte sie mit glänzenden Augen. »Alberto ist ein Engel, ein richtiger Engel...«

»Alberto?«

Grace riß die Augen auf. »Ach, hat dir niemand etwas davon gesagt? Ich bin verlobt!«

»Verlobt?«

Maja versuchte, Interesse zu zeigen. »Nein, das hat mir niemand gesagt. Ich wußte es nicht. Aber erzähl, wie ist er?«

»Sieh selbst!« Grace öffnete mit fliegenden Fingern ihr goldenes Medaillon und zeigte Maja eine Miniatur ihres Alberto. Er war ein junger Mann mit einem Gesicht wie ein Cherubim, Pausbacken, einem Ziegenbart und angenehm freundlichen Augen. »Er ist hinreißend, Maja, einfach hinreißend. Wir haben uns beim Morgengottesdienst in der St.-Pauls-Schule kennengelernt. Er unterrichtet dort Geschichte. Zumindest hat er das bis vor vierzehn Tagen getan. Er hat seine Stelle gerade aufgegeben, damit er mit uns nach Amerika kommen kann. Papa möchte, daß wir in Jackson, Mississippi, heiraten. Dort leben seine Schwester, sein Bruder und alle Neffen und Nichten. Wir haben sie noch nie gesehen.« Nach einem Zögern fügte sie hinzu: »Ich glaube, wir sollen dich bis Sacramento begleiten ...«

»Ja, das habe ich gehört.« Maja zeigte keine Reaktion – weder Freude noch Verzweiflung. »Das wäre schön. Und was hast du sonst noch in den Bergen gemacht?«

Grace erzählte begeistert von Darjeeling, seinen wunderbaren Wirkungen auf die Gesundheit, den atemberaubenden Aussichten auf die Berge des Himalaja, auf den Everest, den höchsten Berg der Welt, und von dem hübschen kleinen Haus, in dem sie gewohnt hatten. Es hieß Ben Nevis und war umgeben von grünen Wiesen. Wie Alberto sagte, war es dort genauso wie in England. Er mußte das wissen, denn schließlich war er schon dort gewesen.

»Wir sind nach Tiger's Leap gefahren, um den Sonnenaufgang am Everest zu sehen. Und dort hat Alberto mir einen Heiratsantrag gemacht. Bei Sonnenaufgang, stell dir das vor!« Sie kicherte. »Oh, es war unglaublich romantisch, Maja. Natürlich habe ich sofort ja gesagt. Siehst du?« Sie streckte die Hand aus und zeigte Maja einen sehr hübschen Ring mit einem allerdings winzigen Diamanten. »Er hat Albertos Großmutter gehört, die in Lissabon lebt. Ach, ich habe ganz vergessen, es dir zu sagen. Die Familie mütterlicherseits ist portugiesisch. Sein Vater war selbstverständlich Engländer. Alberto stammt aus ...«

Der Redeschwall ergoß sich über Maja, ohne daß sie etwas davon hörte oder beachtete. Glücklicherweise war Grace viel zu sehr von ihrem Alberto und ihren verzückten Schilderungen Darjeelings in Anspruch genommen, um von ihrer Freundin mehr als eine gelegentliche einsilbige Reaktion zu erwarten. Olivia saß mit Marianne und Edna auf der Veranda und behielt dabei die beiden im Auge. Sie hörte eine Weile zu, bevor sie zufrieden ihre Aufmerksamkeit Marianne und den gleichfalls begeisterten Berichten über die Ferien im allgemeinen und ihren künftigen Schwiegersohn im besonderen schenkte.

»... Ohrringe, die er mir an meinem Geburtstag während der Abendgesellschaft geschenkt hat«, sagte Grace. »Mama hatte das mit den Müttern einiger Jungen von St. Paul arrangiert. Na ja, Papa wollte den Stein dort neu fassen lassen, aber er konnte keinen Juwelier finden, der gut genug gewesen wäre, um das zu machen. Also hat er gesagt, er würde es hier zu einem Juwelier bringen, wo er sicher sein könne, daß der gute Arbeit leistet. Aber du kennst ja Papa«, sie machte einen kleinen Schmollmund. »Er ist immer noch nicht dazu gekommen! Er sagt, er hat einfach keine Zeit wegen der Beerdigung und so und all diesen Käufern, die ihm von morgens bis abends das Haus einlaufen. Er ...«

Eine Beerdigung? Wer war beerdigt worden?

Maja stellte diese Frage nicht.

*

Die durch Jasper Pendleburys Tod notwendig gewordenen personellen Veränderungen im Kronrat, die das Sekretariat des Vizekönigs schließlich ankündigte, überraschten Arvind Singh nicht nur, sondern erfüllten ihn mit Erleichterung. Genaugenommen war er sogar beglückt. Die Zuständigkeit für Innere Angelegenheiten war von Arthur Fairfield-Browne auf den derzeitigen Kronrat für das Äußere, Benjamin Ingersoll, übergegangen.

Der Maharadscha kannte Lord und Lady Ingersoll persönlich sehr gut. Sie waren vor einigen Jahren während einer besonders langen

Jagdsaison seine Gäste in Kirtinagar gewesen, und er hatte sie sehr schätzen gelernt. Ingersoll war nicht nur ein kluger Administrator und ein Mann mit Gerechtigkeitssinn, sondern durch und durch ein Gentleman: verbindlich, gewinnend im Umgang und tolerant gegenüber den Ansichten anderer, auch wenn sie im Widerspruch zu seinen eigenen standen. Die Vorstellung, daß er es in der delikaten Angelegenheit von Jai Raventhornes geschlossener Akte mit dem neuen Ratsmitglied für die Inneren Angelegenheiten zu tun haben würde, anstatt mit dem aufbrausenden Fairfield-Browne, war für Arvind Singh nicht nur erfreulich, sondern versprach auch sehr viel aussichtsreicher zu werden.

Die Ernennung war bereits eine Überraschung, aber die Nachricht, die Arvind Singh am Tag nach der offiziellen Verkündung von Ingersoll erhielt, war es noch mehr. Thomas Hungerfords Aussage, die Seine Hoheit Mr. Fairfield-Browne übersandt hatte, teilte Lord Ingersoll in einem handgeschriebenen Brief mit, sei an ihn weitergeleitet worden, und er habe sie mit Interesse gelesen. In Anbetracht der außergewöhnlichen Natur der Sache empfehle er, schrieb Lord Ingersoll, das Gespräch, um das der Maharadscha bitte, in Kirtinagar und nicht in der Hauptstadt zu führen.

Arvind Singh staunte. Die Regierung behandelte Thomas Hungerfords Aussage offensichtlich mit sehr viel größerem Respekt, als er erwartet hatte!

Er stimmte dem Vorschlag sofort zu.

Am vereinbarten Tag traf Benjamin Ingersoll am späten Nachmittag in Kirtinagar ein. Er brachte weder Beamte aus seinem Haus mit noch, wie es bei reisenden Würdenträgern allgemein der Brauch war, eine berittene Eskorte oder Leibwächter. Er kam in Begleitung seines persönlichen Boten und eines Dieners.

Er entschuldigte sich für die späte Ankunft mit der Durchsicht von Akten, die, wie er sagte, ›sich bis zur Decke stapeln‹, und fügte hinzu: »Hoheit müssen mir auch meine ungewöhnliche und sehr anmaßende Bitte vergeben. Um ehrlich zu sein, hasse ich Heimlichtuerei, diese verstaubten Mantel-und-Degen-Methoden. Wir haben, weiß Gott, schon genug davon im Amt für das Äußere, seit die Russen

überall in Afghanistan herumschleichen! Aber hin und wieder muß man sich in das Unvermeidliche fügen.«
Er lehnte es ab, die rätselhafte Feststellung zu erläutern, und parierte die Fragen des Maharadschas geschickt, aber mit Humor. Mit ernstem Gesicht bemerkte er: »Die erste Lektion, die wir im Dienst lernen, Hoheit, heißt: Keine diplomatische Angelegenheit, und sei sie auch noch so wichtig, ist es wert, einen guten Whisky warten zu lassen.«
»Ich habe verstanden, Sir!« Arvind Singh lachte und führte den Gast in sein Allerheiligstes. Mit einer Geste bedeutete er den beiden dort wartenden Dienern, zwei Gläser des hervorragenden Glenmorangie einzugießen. »Aber eine Frage, bevor wir das Thema bis später beiseite schieben. Mit einem Wort: Glauben Eure Lordschaft, daß Thomas Hungerford die Wahrheit sagt?«
Benjamin Ingersoll trank langsam und mit sichtlichem Genuß von seinem Whisky und strich sich über das Kinn. »Wissen Sie, Hoheit, ich bin in der ungewöhnlichen Lage, nicht zu wissen, wie ich diese Frage beantworten soll! Es gibt ganz sicher kein einzelnes Wort, das diese Aufgabe *richtig* erfüllen könnte. Ich kann nur sagen, diesem unglückseligen Mann ist es gelungen, wie unsere amerikanischen Vettern wohl sagen würden, eine große Dose mit Würmern zu öffnen. Ich fürchte, es wird weit mehr als ein Wort vonnöten sein, um das schreckliche Durcheinander zu erklären, das der Mann angerichtet hat.«
»Das ist der Zweck des Besuchs Eurer Lordschaft?« fragte Arvind Singh gelassen. »Das ›schreckliche Durcheinander‹ in Ordnung zu bringen?«
»Meine Güte, nein!« Lord Ingersoll lächelte entwaffnend. »Wir Politiker *schaffen* Durcheinander, Hoheit. Wir bringen es nicht in Ordnung! Zweck meines Besuches ist es zu versuchen, wenigstens ein paar dieser Würmer in die Dose zurückzubringen und den Deckel dann wieder so fest wie möglich zu schließen.«
Das ungezwungene Benehmen des Kronrats änderte sich erst nach dem Abendessen, und er wurde sachlich. Der Maharadscha war ebensosehr interessiert, die Diskussion zu beginnen, und er führte

den Gast noch einmal in sein Allerheiligstes. Es war ein großer, vornehm eingerichteter Raum, in dem sich die Jahrhunderte zwanglos mischten. Die beiden Diener schlossen die Flügeltüren hinter ihnen, und sie waren ungestört.

Lord Ingersoll kam sofort zur Sache: »Dieser Mann, Thomas Hungerford«, er pochte mit dem Finger auf das Dokument in seiner Hand. »Darf ich fragen, wo und wie es Eurer Hoheit gelungen ist, ihn ausfindig zu machen?«

»Er wurde in Turnbridge Wells in England aufgespürt«, erwiderte Arvind Singh. »Offensichtlich hatte er dort zusammen mit den Findlaters gelebt, seit er kurze Zeit nach der Sepoy-Meuterei aus dem Militär ausgeschieden war. Das *Wie* erachte ich für unser augenblickliches Gespräch als nicht wichtig. Von Bedeutung ist jedoch die Haltung der Regierung Eurer Lordschaft gegenüber einer eidesstattlichen Aussage, die den überlieferten Lauf der Geschichte umkehren will.«

»Weshalb glauben Eure Hoheit, daß die britische Regierung ein Interesse daran hat, in dieser Angelegenheit überhaupt Stellung zu beziehen?« fragte Lord Ingersoll mit einem Anflug von Schärfe in der Stimme.

»Wenn das nicht der Fall wäre«, sagte Arvind Singh freundlich, »hätte es der neu ernannte Kronrat mit Akten, die sich bis zur Decke stapeln, nicht für notwendig erachtet, die mühsame Fahrt nach Kirtinagar zu unternehmen.«

Benjamin Ingersoll lächelte über die Feststellung des Maharadschas. Er wollte etwas darauf erwidern und warf einen unsicheren Blick auf die beiden Diener, die am anderen Ende des Raums standen und aus dem Fenster blickten. Das Allerheiligste des Maharadschas war ein gut bewachter Flügel, und selbst die Maharani durfte es nicht ohne vorherige Erlaubnis betreten. Hier wurden heikle Staatsangelegenheiten besprochen und sensibel ausgewogene Verträge mit fremden Staatsoberhäuptern verhandelt. Arvind Singh bemerkte Ingersolls Blick und folgte einer spontanen Eingebung. Er nahm einen großen, fein geschliffenen Kristallaschenbecher, der auf dem Tisch vor ihnen stand, und warf ihn auf den Marmorfußboden. Er zerbrach mit einem lauten Knall in tausend Stücke. Keiner der beiden Diener am Fenster drehte sich um oder schenkte dem Vorgang überhaupt Beachtung.

»Ich wollte Eurer Lordschaft nur beweisen, daß wir hier völlig ungestört sind«, erklärte Arvind Singh seinem erschrockenen Gast mit einem freundlichen Lächeln. »Beide Männer sind taubstumm, und deshalb sind sie diesem Raum zugeteilt. Kein Wort von dem, was hier gesprochen wird, dringt über diese Wände hinaus. Eure Lordschaft können frei sprechen.«

Er ging zum Fenster und berührte einen der Männer an der Schulter. Sie setzten sich sofort in Bewegung und begannen auf einen wortlosen Befehl, die Kristallsplitter zu entfernen.

»Bei Jupiter!« sagte Ingersoll mit einem trockenen Lachen. »In unserem Amt könnten wir einen oder zwei von dieser Sorte gut gebrauchen, das kann ich Ihnen versichern!« Dann kehrte er zum eigentlichen Thema zurück. »Ich verstehe, was Hoheit meinen. Aber in der Tat bin ich nur als Privatmann hier. Die Regierung hat im Augenblick in keiner Weise etwas mit der Angelegenheit zu tun.«

»Im Augenblick?«

»Jawohl, *im Augenblick*. Genau so ist es.« Er faltete das Dokument, das er in der Hand hielt, und legte es auf eine Seite des Tischs. »Wie ich bereits begonnen hatte zu erklären, ist mir übergroße Vorsicht zwar ein Greuel, doch bei manchen Gelegenheiten ist sie ein notwendiges Übel. Dies ist eine solche Gelegenheit. Bevor ich fortfahre, hätte ich deshalb gerne eine Garantie Eurer Hoheit, daß alles, was heute abend zur Sprache kommen wird, auch weiterhin unter uns bleibt.«

»Ich bedaure, aber eine solche Garantie kann ich erst in Erwägung ziehen, *nachdem* alles zur Sprache gekommen ist!« erwiderte Arvind Singh. »Wir haben vierzehn Jahre auf eine Erklärung für all diese Dinge gewartet, Eure Lordschaft. Da ist es doch sicher nicht fair, Bedingungen zu stellen, noch ehe wir beginnen?«

Während Benjamin Ingersoll noch darüber nachdachte, brachten die Diener auf großen Silbertabletts Flaschen mit alkoholischen Getränken.

»Nun gut«, sagte er schließlich und entschied sich für einen erlesenen Cognac. »In diesem Fall bleibt mir keine andere Wahl, als fortzufahren. Ich werde meine Bitte später wiederholen, wenn der Grund dafür Eurer Hoheit einsichtig ist.« Er zog ein Blatt Papier aus der Jackentasche, legte es auf den Tisch und strich es glatt. »Die Punkte, die wir klären müssen, sind so komplex, daß ich gezwungen war, mir als Gedächtnisstütze einige Notizen zu machen. Wie ich es sehe, gibt es drei unterschiedliche Themenkreise, die diese Folge höchst eigenartiger Ereignisse betreffen. Beginnen wir mit dem 17. Juli 1857, dem Tag, an dem Hungerford und Findlater auf der Lichtung in der Nähe von Kanpur zufällig die Leiche am Baum entdeckten.«

Arvind Singh hörte sehr aufmerksam zu. Er nickte.

»Nach dieser Aussage kam Hungerford zu dem Schluß, daß Raventhorne den Eurasier getötet, ihn an den Baum gehängt und ihm seine persönlichen Gegenstände in die Tasche gesteckt hatte, um seinen eigenen Tod vorzutäuschen.« Er zuckte die Schultern. »Wahr oder nicht, es scheint im Einklang mit dem Rest seiner überspannten Theorie zu stehen. Soviel will ich gerne einräumen.«

»Eure Lordschaft finden es nicht eigenartig, daß Havelock den abgetrennten Kopf in solcher Eile als den Kopf Raventhornes akzeptiert hat?«

»Nein.« Ingersoll schwenkte irgendwie geistesabwesend das Cognacglas, das er in der Hand hielt. »Rückblickend mag es so wirken, aber ich denke, daß er ihn tatsächlich dafür hielt. Aber Hungerford erklärt das recht einleuchtend. Die herrschenden Umstände waren außergewöhnlich – wildes Chaos, Abscheu über die Nachrichten vom Bibighar-Massaker am Vortag, das allgemeine Verlangen nach Rache, der Terror, den die Trupps durch ihre Erhängungen hervorriefen, der verstümmelte Kopf, der bereits in Verwesung übergegangen war, und so weiter und so fort. Zu einem anderen Zeitpunkt, unter normalen Umständen hätte Havelock die Angelegenheit vielleicht eingehender untersucht. Aber wenn er ungerechtfertigt übereilt handelte, hatte er dafür möglicherweise einen guten Grund.«

»Die Moral der eigenen Truppen zu stärken und die des Feindes zu schwächen?«

»Genau. Raventhorne war für die meuternden Sepoys und die ländliche Bevölkerung eine Art Volksheld geworden. Die englischen Truppen waren erschöpft, niedergeschlagen, von Krankheiten heimgesucht und gelähmt von der großen Hitze. Die Nachricht von der Gefangennahme und sofortigen Hinrichtung des Mannes, der angeblich die Verantwortung für das Massaker trug, würde von den britischen Truppen mit Jubel und von den Truppen des Nana Sahib mit Entsetzen aufgenommen werden. Wenn Havelock überhaupt Zweifel kamen, dann beschloß er, sie beiseite zu schieben, das Risiko einzugehen und eine, wie er fand, hervorragende Gelegenheit zu nutzen.«

»Wenn Raventhorne später wieder aufgetaucht wäre und den General der Lächerlichkeit preisgegeben hätte? Hungerford vermutete, daß es dazu nicht kommen werde, daß er für tot gehalten werden wollte. Aber davon ahnte der General nichts!«

Ingersoll nahm einen großen Schluck und genoß sichtlich das Bouquet und den Geschmack. »Ja, das habe ich mich anfangs auch gefragt, bis ich ein paar der alten Depeschen las. Sie dürfen nicht vergessen, Hoheit, daß die britische Armee einen ungewöhnlich effizienten Nachrichtendienst unterhielt ... genauer gesagt: immer noch unterhält. Die Meldungen lassen erkennen, Havelock wußte zu diesem Zeitpunkt, daß Raventhorne schwer krank war, immer wieder Anfälle von hohem Fieber hatte, daß er mehrmals verwundet worden war, und daß ihn nur noch sein eiserner Wille am Leben hielt. Man glaubte allgemein, er werde nicht mehr lange leben. Außerdem dürfen wir nicht vergessen, daß Raventhorne ein Mann war, auf dessen Kopf eine Belohnung ausgesetzt war. Er mußte sich verstecken und legte es kaum darauf an, öffentlich in Erscheinung zu treten. Wie auch immer, Havelocks Rechnung ging auf. Niemand hat Raventhorne je wieder gesehen. Die Männer machten ihre Aussage, erhielten die Belohnung, schieden prompt aus dem Dienst aus und fuhren nach England zurück, um sich mit ihrer Beute in Turnbridge ein sorgenfreies Leben zu machen, wo sie zusammen ein Haus kauften. Für den General war die Angelegenheit damit abgeschlossen.«

Arvind Singh hob fragend die Augenbraue. »Das bringt uns zum zweiten Punkt ... dem Punkt, der Eurer Lordschaft am wichtigsten ist und potentiell auch der Regierung?«

»Ja.« Ingersoll nickte lächelnd. »So ist es in der Tat. Es geht darum, was Hungerford *behauptet*, in der Nacht dieses 17. gesehen zu haben, in der Nacht des inszenierten Selbstmords von Nana Sahib. Das aus dem Palast von Bithur stammende Gerücht, der Nana Sahib sei nicht wieder aus dem Fluß aufgetaucht und sei tatsächlich spurlos verschwunden, erreichte später in dieser Nacht britische Ohren – und zweifellos auch Eure Hoheit.«

»Ja.« Arvind Singh nickte. »Ich habe die Nachricht damals als unglaubwürdig verworfen. Sie erschien mir zu abwegig, um glaubhaft zu sein.«

»Hoheit befanden sich in guter Gesellschaft«, sagte Ingersoll trokken. »Den britischen Generalen, darunter auch General Havelock, denen das Gerücht zu Ohren kam, ging es nicht anders. Niemand nahm es ernst, und als der Nana Sahib ein paar Tage später wieder auftauchte, wurde das Gerücht zu den Akten gelegt und vergessen.«

»Und dabei wäre es geblieben«, murmelte Arvind Singh mit einem leicht belustigten Lächeln, »wenn Hungerford nicht beschlossen hätte, an diesem Abend zum Fluß zu gehen!«

»Bedauerlicherweise, ja.« Ingersolls Zustimmung war sachlich. »Hätte man das Gerücht damals ernst genommen und Nachforschungen angestellt, hätte es kein Problem gegeben. Das Problem entstand, weil man es nicht getan hat oder zumindest erst sehr viel später.«

»Aha. Also hatte es ein Problem gegeben.«

»O ja ... und möglicherweise wird es sich wieder stellen!« Ingersoll sah ihn durchdringend an. »Ich muß ganz offen gestehen, daß ich von diesem Gerücht zum ersten Mal *dadurch* erfahren habe.« Er klopfte wieder mit der Fingerspitze auf Hungerfords Aussage. »Ich war überrascht.«

»Und wie war die Reaktion Eurer Lordschaft sonst, ich meine abgesehen von der Überraschung?«

»Ich dachte, der Mann lügt, oder, um es freundlicher zu sagen, er deutet das, was er gesehen hat, völlig falsch.«
»Mir fällt es schwer, an eine dieser beiden Versionen zu glauben!« sagte Arvind Singh, der aufstand und hin und her ging. »Führen wir uns kurz einige geschichtlich belegte Tatsachen vor Augen. Die Briten haben den Nana Sahib von der Nacht des 17. Juli bis zu seinem angeblichen Tod im September 1859 im Dschungel von Nepal unerbittlich verfolgt. Doch zu keinem Zeitpunkt ist es einem britischen Soldaten gelungen, ihm nahe genug zu kommen, um ihn zu identifizieren. Die Truppen des Nana Sahib haben den Briten weiterhin Scharmützel geliefert, aber befehligt wurden sie von Tantya Tope, dem General des Nana Sahib. Der Nana Sahib wurde nie auf einem Kampfplatz gesehen oder, richtig gesagt, er wurde überhaupt nie gesehen. In den Monaten nach dem Juli bis zum Zeitpunkt seiner Flucht nach Nepal Anfang 59 wußte niemand genau, wo er sich aufhielt. Ist das richtig?«
»Eindeutig. Wie Sie sagen, das ist geschichtlich belegt.«
»Obwohl er ein Flüchtiger war, auf dessen Kopf zehntausend Pfund ausgesetzt waren, kann man sagen, war es nicht nur ungemein geschickt, sondern geradezu unheimlich, wie er sich seinen Verfolgern entzog. Jede seiner Bewegungen war höchst geheimnisvoll; es gab überhaupt keinen Beweis für seine Existenz! Selbst die Flut der Appelle, die er regelmäßig an alle und jeden richtete – an das britische Parlament, an Königin Victoria, das Direktorium der Ostindischen Kompanie, an den Generalgouverneur, ja sogar an Kaiser Napoleon –, waren von Tantya Tope verfaßt, der das Siegel des Nana Sahib hatte.«
Lord Ingersoll hörte stumm zu. Seine unbewegte Miene war ein Zeugnis der langen Jahre im diplomatischen Dienst.
»Es stimmt, nach der gelungenen Flucht nach Nepal hat der Nana Sahib sich mit vielen Menschen getroffen, einschließlich Jung Bahadur, dem nepalesischen Premierminister. Doch die Historiker entnehmen einen großen Teil ihres Wissens über seinen Aufenthalt in Nepal den offiziellen britischen Unterlagen. Das gilt auch für viele britische Journalisten, die über den Fall berichteten. Selbst sie räu-

men ein, daß das nepalesische Abenteuer des Nana Sahib in einen seltsamen Nebel gehüllt ist.«

»Aber er wurde von einem Gefolge begleitet, von Mitgliedern seiner Familie und dem Kreis seiner Berater!«

»Ja, und dieser Kreis bestand aus den einzigen Menschen, die ihn persönlich kannten! Die Nepalesen sahen, trafen und sprachen mit einem Mann, der als Nana Sahib gekleidet war, als Nana Sahib angesprochen und mit allem, dem des Nana Sahib gebührenden Respekt behandelt wurde. Aber nicht einer von ihnen hätte schwören können, daß dieser Mann der Nana Sahib *war* – Dondhu Pant, der Radscha von Bithur, der Mann, der so verzweifelt danach trachtete, wie sein Adoptivvater als Peshwa, als Fürst bezeichnet zu werden.«

Lord Ingersoll verlagerte sein Gewicht und fixierte Arvind Singh mit Adleraugen und mit vor der Brust gefalteten und aufgerichteten Händen. »Darf ich fragen, aus welchem Grund Hoheit das alles rekapitulieren?«

Arvind Singh ging immer noch hin und her. Nach einer kurzen Pause fuhr er in demselben ruhigen Ton fort: »Eure Lordschaft müssen wissen, daß jeder Herrscher hin und wieder Doppelgänger benutzt. Für die Menschen in einiger Entfernung und für alle, die den Herrscher nicht persönlich kennen, ist es unmöglich, den Unterschied zu bemerken. Ich habe mich dieser harmlosen Täuschung mit großem Erfolg bedient, wenn die Notwendigkeit dazu bestand. Nicht einer meiner Untertanen hat die List bemerkt.« Er blieb stehen und wandte sich seinem Gast zu. »Es war kein Geheimnis, daß auch im Dienst des Nana Sahib eine ganze Schar Männer standen, die ihm ähnlich sahen. Er bediente sich ihrer mehr als jeder andere Herrscher, um zu überleben. Und natürlich, um die Engländer zu verwirren.«

Lord Ingersoll äußerte sich nicht, sondern hörte nur zu.

»Oberst Ramsay, der damalige britische Resident in Nepal, berichtete, daß es nicht einmal möglich war, den Tod des Nana Sahib im Dschungel zu beweisen. Es gab ein Dutzend unterschiedlicher Berichte, aber keinen zuverlässigen Augenzeugen. Wie Eure Lordschaft wissen, gibt es Menschen, die bis auf den heutigen Tag glauben, der

Nana Sahib sei noch am Leben. Man schenkt jedem Prätendenten, der auftaucht, so lange Glauben, bis er eindeutig als Betrüger entlarvt ist.«

Ingersoll hob skeptisch die Augenbraue. »Hoheit stützen sich auf untergeordnete Beweise, um anzudeuten, daß Jai Raventhorne den Nana Sahib in der Nacht des 17. getötet hat und daß Thomas Hungerford wahrheitsgetreu aussagt, was er mit eigenen Augen gesehen hat?«

»Ich weise nur darauf hin, daß es nicht außerhalb des Bereichs des Möglichen liegt!« erwiderte Arvind Singh. »Natürlich hätte der Hof von Bithur die Nachricht und die aufkommenden Gerüchte vom Tod sofort unterdrückt und ohne Zögern einen Doppelgänger eingesetzt. Ich räume ein, es war eine überstürzte und unausgegorene Kriegslist, aber wenn meine Theorie richtig ist, war sie erfolgreich. Und«, er lächelte zufrieden, »sie hat auf jeden Fall die Engländer verwirrt!«

Lord Ingersoll richtete sich auf und lachte liebenswürdig. »Ich muß gestehen, Hoheit, das ist eine amüsante These ... natürlich weitgehend unrealistisch, aber zweifellos unterhaltsam.«

»Ist sie das, Eure Lordschaft? Manchmal frage ich mich ...«

Ingersoll antwortete nicht sofort. Er trank den letzten Rest Cognac, und einer der Diener kam sofort herbei und füllte sein Glas von neuem. Als der Kronrat weitersprach, hatte sich sein Ton völlig verändert, und in seinem Gesicht war keine Spur von Belustigung zu sehen.

»Jeder vernünftige Mensch könnte eine Prämisse, wie Hoheit sie gerade vorgetragen haben, nur als phantasievolle Erfindung gelten lassen«, sagte er langsam und ernst. »Ich wäre geneigt, sie auf der Stelle fallenzulassen, wäre da nicht ein recht beunruhigender Faktor.«

»Und dieser Faktor wäre?«

Ingersoll blickte angespannt in sein Glas. »Nach der Lektüre von Hungerfords Aussage habe ich natürlich die militärischen Unterlagen dieses Tages, also vom 17. Juli, genau studiert.« Er machte eine Pause. »In keinem Bericht wurde das Gerücht vom Tod des Nana Sahib erwähnt. In keinem! Ich entdeckte nur einen unklaren Satz in einer bedeutungslosen Akte, der ein indirekter Hinweis darauf sein könnte, aber nicht mehr. Hätte ich nicht nach einer Erwähnung des Gerüchts gesucht, wäre er mir mit Sicherheit entgangen.«

»Das Gerücht fand in keinen Bericht Eingang?«

»Entweder das oder«, er atmete tief, »und, Hoheit, das sage ich unter dem Siegel größer Verschwiegenheit, die betreffenden Berichte wurden später entfernt. Die Dose Würmer, von der ich sprach, steht in Zusammenhang mit diesem Aspekt des Falls. Wenn es ein solches Gerücht gab, und Hoheit bestätigen es, dann scheint es sich um eines der am besten gehüteten Geheimnisse der Sepoy-Meuterei zu handeln.«

Arvind Singhs Augen glänzten. »Aber auch für die Engländer muß diese Geheimhaltung wünschenswert sein!«

»So ist es.« Mehr sagte Ingersoll nicht.

In dem einsetzenden, für beide beunruhigenden Schweigen vermieden sie es, sich anzusehen, und hingen ihren Gedanken nach. Ingersoll ergriff schließlich das Wort. »Sagen Sie mir, Hoheit, glauben Sie *ehrlich*, diese Vermutung könnte über alle und jeden vernünftigen Zweifel hinaus wahr sein?«

Der Maharadscha dachte nach, ohne den Blick von dem verschlungenen Muster des feinen Teppichs zu wenden. Dann lächelte er geheimnisvoll und breitete die Hände aus. »Wer kann das sagen, Eure Lordschaft? *Ehrlicherweise* läßt sich nur sagen, daß wir es nicht wissen. Ich wiederhole, daß wir es einfach nicht wissen. Und wir werden es niemals wissen.« Mit einem Schulterzucken fuhr er fort: »Wir müssen uns damit abfinden, daß das Rätsel um den Tod des Nana Sahib nie befriedigend gelöst werden wird. Es wird immer ein Fragezeichen bleiben, und die Geschichte wird der Nachwelt auch dieses Fragezeichen überliefern. Es *könnte* so gewesen sein, wie Hungerford es schildert. Aber *war* es so?«

Ingersoll nickte zustimmend und warf einen Blick auf seine Taschenuhr. Mitternacht war schon lange vorüber. Beide Männer waren müde. Arvind Singh fügte sich trotz seiner rasenden Ungeduld Lord Ingersolls Bitte, die Diskussion bis zum Morgen zu unterbrechen.

Arvind Singh wußte, am nächsten Morgen würden sie über das eine Thema sprechen, das noch offen war. Es war das für ihn und die Raventhornes lebenswichtige Thema. Sie würden über Jai Raventhorne sprechen und die Verbindung zwischen ihm und den Vorgängen, die sich am 16. Juli 1857, am Tag des Bibighar-Massakers, ereignet hatten.

Achtundzwanzigstes Kapitel

Der Raum am Ende des Gangs war leer.

Maja stellte die flackernde Laterne in einer Ecke auf den Boden und sah voll Angst, wie an den hohen nackten Wänden ein groteskes Schattenballett zu tanzen begann. Auf dem Sims lagen ein zerbrochenes Kinderspielzeug und ein paar vertrocknete Blütenblätter. Sonst erinnerte kaum etwas daran, daß in dem Zimmer einmal Menschen gewohnt hatten. Das Bett, die Hängematte und der Lattenkäfig waren ebenso verschwunden wie die ordentlich aufgereihten Bücher in Urdu, die Musikinstrumente, die Glöckchen, die Spielsachen und die anderen Gegenstände menschlicher Anwesenheit.

Die grob behauenen Wände und der Boden des unterirdischen, höhlenartigen Raums schienen ihr wie stumme Zeugen eines Dramas, das sie in den Eingeweiden dieser nackten, geheimen Unterwelt in Gang gesetzt hatte. In der Luft hing der schwache, süßliche Duft von Rosenöl.

Maja hatte sich soweit erholt, daß Sheba nicht mehr in ihrem Zimmer schlief. Deshalb war es leicht gewesen, sich ungesehen davonzustehlen. Der Gedanke daran, in den Tunnel zurückzukehren, machte Maja Angst. Diese Angst war gleichbedeutend wie die brutale Strafe der wiedergefundenen Erinnerungen, die ihr schwer zu schaffen machten. Es war verrückt, aber sie konnte die Folter des Nichtwissens nicht ertragen! Sie wollte der Unsicherheit ein Ende setzen und hatte schließlich eine Entscheidung getroffen. Mit dem Mut der Verzweiflung und getrieben von ihrem Gewissen hatte sie sich noch einmal, zum letzten Mal, auf den Weg in den gespenstischen Tunnel gemacht.

Als sie jetzt in dem unterirdischen Raum stand, wußte sie, daß Kyle nicht zu ihr kommen würde; vielleicht hatte er Kalkutta sogar verlassen.
Maja erschrak. Kyle war der einzige Mensch, mit dem sie reden konnte, der einzige, der sie verstand. Schließlich waren sie beide in die Tragödie verwickelt.
Sie lief ziellos durch den Raum, fuhr mit den Handflächen über die rauhen Wände und klopfte mit dem Fingernagel gegen die Ziegelsteine. Die Stille weckte unfreiwillige Erinnerungen und füllte Lükken im Flickenteppich ihres Bewußtseins. Je länger sie blieb, desto tiefer tauchte sie in die Wirklichkeit ihrer Gedanken ein. Die tanzenden Schatten quälten ihre überreizte Phantasie und peitschten ihre Ängste.
Irgendwo hinter ihr hörte sie ein dumpfes Geräusch – Schritte. Sie spürte, wie ihr Herz auszusetzen drohte. Eine neue Welle der Panik stieg in ihr auf.
»Kyle...«, flüsterte sie mit angehaltenem Atem.
»Hier ist nichts mehr für dich zu holen.« Er stand unvermittelt in der Türöffnung hinter ihr. »Warum bist du gekommen?«
Sie drehte sich herum und seufzte – zum Teil aus Erleichterung, zum Teil, weil sie das Gefühl hatte, in der Falle zu sitzen. »Warum bist du nicht gekommen?«
»Es war sinnlos. Was gibt es noch zu sagen?«
Es dauerte einige Sekunden, bis ihr Atem wieder gleichmäßiger ging. Dann erwiderte sie: »Es gibt noch *viel* zu sagen.«
»Jetzt nicht. Später vielleicht...«
»Nein, es wird kein Später geben. Ich habe gehört, daß du bald weggehen wirst. Wenn du zurückkommst, sind wir bereits in Kanpur ... oder in Amerika.« Das Zittern ihrer Knie verstärkte sich, aber es gab nichts, auf das sie sich hätte setzen können. »Es gibt noch etwas zu sagen, Kyle. Ich muß wissen, was geschehen ist!«
Er zog die Augenbraue eine Spur höher. »Du weißt es nicht?«
»Nicht alles. Es gibt noch so viele leere Stellen. Niemand außer dir kann sie füllen.«
Er kam in den kahlen Raum und lehnte sich mit der Schulter an die

Wand. »Was geschehen ist, ist geschehen, Maja. Laß die Stellen leer bleiben.«
»Nein!« In ihrer Stimme schwang ein Anflug von Panik mit. »Wir haben etwas gemeinsam erlebt, Kyle, du und ich. Keiner von uns kann je wieder der alte sein. Das Vergangene scheint mein ganzes Leben verändert zu haben und vielleicht auch dein Leben. Ich muß unbedingt wissen, was alles geschehen ist.«
»Frag Amos.«
»Sie verschweigen es mir, selbst Amos. Kyle, du verstehst doch sicher, daß ich es wissen muß!«
»Du brauchst etwas, um dich zu beruhigen!« sagte er abweisend. »Ich soll dir helfen, dich von deiner Schuld reinzuwaschen. Ich soll dir sagen, daß alles nicht weiter wichtig ist und daß dein Verhalten richtig war. Das kann ich nicht.«
»Du sprichst von Schuld?« Sie runzelte die Stirn. »Du irrst dich, Kyle. Ich fühle mich nicht schuldig. Ich fühle überhaupt nichts. Und *das* ist so erschreckend. Ich habe keine Schuld, kein Bedauern, keinen Zorn, keinen Schmerz.« Sie sah ihn verwundert an. »Glaubst du nicht auch, daß ich *irgend etwas* empfinden sollte?«
»Du willst, daß ich mir eine Strafe für dich ausdenke. Ist es so?«
»Nein. Ich kann mir meine eigene Strafe ausdenken.« Sie schwieg und ließ den Kopf sinken. Dann flüsterte sie: »Aber das kann ich nicht, solange ich das Vergehen nicht kenne.« Sie ballte die Fäuste zu beiden Seiten ihres Körpers. »Verspotte mich nicht, Kyle. Was immer ich verdiene, Spott ist es nicht.«
»Dich verspotten?« Er überlegte einen Augenblick und lachte. »Ich kann kaum behaupten, ich wäre in der Lage, dich zu verspotten!« Sein Gesichtsausdruck veränderte sich. Er gab seufzend nach. »Gut. Was möchtest du von mir wissen?«
Ihre Knie drohten ihr den Dienst zu versagen. Sie ging zu dem niedrigen Sims und schob behutsam die welken Blütenblätter und die Rassel beiseite. Dann setzte sie sich darauf und faltete die Hände im Schoß.
»Es hat eine Beerdigung gegeben.«
»Ja.«

»Wer ist gestorben?« Sie spürte, wie die Angst in ihr aufstieg und ihr Atem schneller wurde, während sie auf die Antwort wartete.
»Sir Jasper Pendlebury.«
»Ach...« Sie stieß den Atem heftig aus.
»Du wußtest nicht, daß er tot ist?«
»Nein. Doch. Ich weiß nicht. Ich wußte nur, daß *jemand* gestorben war.«
Sie ließ so wenig Gefühl erkennen, daß Kyle kopfschüttelnd sagte: »Eine beschnittene Erinnerung? Wie angenehm!«
»Angenehm?« Früher hätte diese Bemerkung sie vielleicht verletzt oder wütend gemacht, aber zu solchen Gefühlen war sie nicht mehr fähig. »Nein, du kannst mir glauben, es ist sehr unangenehm, *nichts* zu wissen!«
»Auch wenn es unerfreulich ist, die Wahrheit zu hören?«
»Ja.« Sie schluckte schwer. »Trotzdem habe ich ein Recht auf die Wahrheit, Kyle.« Sie sagte das sachlich, ohne Zorn. Nur das Herz schlug ihr bis zum Hals, aber das hörte er nicht.
Sie sah die Anstrengung, mit der er aus alter Gewohnheit sich mit ihr stritt. Seine Augen wirkten entzündet, und er rieb sich leise stöhnend den Nacken. Sie hatte ihn noch nie so müde gesehen. »Was willst du noch wissen?«
»Alles. Sag mir alles.«
Als er zu Ende gesprochen hatte, starrte sie teilnahmslos auf die unbehauenen Steine. Sie hatte das Gefühl, die Wände würden zusammenrücken, würden sie erdrücken. Sie glaubte zu ersticken. Aber die Panik schwand schnell. Sie glitt von dem Sims, ließ Kyle stehen und ging durch den Gang zu der vergitterten Öffnung und hinaus ins Freie. Dort unter dem weiten Mantel der Ewigkeit füllte sie ihre Lunge mit frischer Luft, ließ den Geschmack der Nacht auf der Zunge zergehen und spürte die Berührung des Mondes auf ihrer Wange. Es hatte den ganzen Tag nicht geregnet. Der Felsvorsprung war trocken. Sie setzte sich, legte das Kinn auf die angezogenen Knie und blickte auf die schlanken Umrisse der Masten in der Werft. Ohne den Kopf zu wenden, wußte sie, daß Kyle hinter ihr stand.
»Ich habe ihn getötet, Kyle.«

Er setzte sich in einiger Entfernung von ihr auf den Felsen. Er widersprach ihr nicht.
»Ich habe ihn ohne eine Spur Blut getötet. Ich war eine gute Schülerin und habe meine Lektion gelernt.«
»O ja, das stimmt!« Er griff nach einem kleinen Stein und warf ihn hinunter an das Ufer. »Wenn du wissen willst, was wir wirklich gemeinsam haben«, sagte er zutiefst verbittert, »dann das. Wir können uns beide damit schmücken. Wenn du also hoffst, ich würde für dich alles wieder in Ordnung bringen, dann mußt du einsehen, ich kann es nicht. Ich kann es so wenig, wie ich es für mich selbst kann.«
Sie hörte kaum, was er sagte, denn sie zählte mit tonloser Stimme ihre Sünden auf, die ihr bewußt geworden waren. »Ich habe deine Mutter verletzt, und ich hatte nicht das Recht dazu. Es stand mir nicht zu, das Geheimnis zu enthüllen. Ich habe sie verraten, Kyle ... und dich ebenfalls.«
»Keine Sorge. Sie versteht dich besser als die meisten Menschen!« erwiderte er mit säuerlichem Humor. »Sie trägt dir nichts nach.«
»Er hätte nicht sterben müssen ...«
»Erwarte nicht, daß ich mit dir um ihn trauern soll!« sagte er heftig. »Ich bedaure, *wie* es geschehen ist, aber das ist auch alles.«
Sie saßen in angespanntem Schweigen, irrten durch die inneren Räume ihrer Gedanken und beschäftigten sich mit dem, was sie nicht aussprechen wollten.
Unten am Fluß lief schattenhaft eine Gestalt von Stein zu Stein und suchte in den Pfützen nach Schnecken und Fröschen. Maja zwang sich schließlich, den Namen zu nennen, den sie tief im hintersten Winkel ihres Bewußtseins vergraben hatte.
»Und ...?« Im entscheidenden Augenblick konnte sie den Namen dann doch nicht aussprechen.
Kyle verstand sie trotzdem. »Christian«, sagte er mit bleierner Stimme.
Ein Schauer lief ihr über den Rücken. Sie ließ den Kopf hängen.
»Er ist verschwunden, der arme Teufel. Niemand weiß, in welcher Hölle er leidet. Er hat sich mit *seinen* Dämonen verkrochen.«
»Wohin?«

»Wer weiß? Irgendwohin. Die Welt ist groß.«
»Haben sie ihn nicht finden können?«
»Er will nicht gefunden werden.«
»Könnte er ebenfalls tot sein?«
»Vielleicht ... oder noch schlimmer. Der Tod ist ein leichter Ausweg.«
»Schlimmer?«
»Er muß lernen, wieder mit sich selbst zu leben. Wie du. Wie ich...«
Es gab so viele Fragen, die sie über Christian stellen wollte, es gab soviel, was sie wissen wollte, aber ihr fehlten die Worte. Oder der Mut. Plötzlich spürte sie etwas, einen Nadelstich, den Nachhall eines Schmerzes, mehr nicht. Sie drehte den Kopf und legte die Hand auf ihr Kinn, damit er ihr Gesicht nicht sehen oder ihre Not nicht erkennen konnte.
Wie immer hatte er mich richtig beurteilt. Ich will in der Tat beruhigt werden!
In der öden Unendlichkeit ihres Bewußtseins, in ihrer Verzweiflung wollte sie ihn erreichen und ihn bitten, ihr zu helfen. Aber ihr Stolz ließ es nicht zu.
Kyle hatte sie vergessen. Er starrte mit zusammengekniffenen Augen zum Himmel hinauf, und seine Gedanken waren weit von ihr entfernt.
»Sie werden vom Gesang der Sirenen verführt. Sie jagen hinter Melodien her, die ihnen nicht aus dem Kopf gehen. Sie versuchen, einen Ton festzuhalten, eine Vision, einen Duft. Es gelingt ihnen nicht. Der Weg ist glatt und gefährlich, und sie tragen nicht die richtigen Schuhe. Am Ende werden sie alle von der Sirene verschlungen.«
Maja fragte nicht, wen er meinte. Sie glaubte, Christians Gesicht schwebe undeutlich und amorph wie eine Wolke, wie ein Nebelfetzen vor ihren Augen. Dann verschmolz das Gesicht langsam mit der Nacht.
»Sie leben in der Illusion, daß sie die Seele Indiens einfangen und zähmen könnten. Es gelingt ihnen nicht.« In seiner Stimme lag Verzweiflung. »Für sie ist Indien ein Körper, der so rosa ist wie ihre

Landkarten. Aber das ist Indien nicht. Indien ist etwas Abstraktes, ein Konzept, eine Sinneswahrnehmung ... nicht mehr und nicht weniger. Wie die Sirene kann man das Land weder zähmen noch erfahren noch *verändern*. Indien kann nur erahnt werden ... und dafür sind sie nicht gerüstet.« Er sah sie mit funkelnden Augen an. »Verstehst du?«

»Nein.«

Die Nadelspitze stach wieder zu, aber bevor sie tiefer eindringen konnte, unterdrückte Maja den Schmerz und trieb ihn zurück an die fernste Grenze ihres Bewußtseins. In ihrer panischen Angst, er könnte wieder auftauchen, fragte sie schnell: »Was wirst du auf der Plantage tun? Wo wirst du anfangen?«

»Anfangen?« Die Frage riß ihn aus seinen Gedanken. »Wir werden mit dem Land anfangen.«

»Werdet ihr säen und ernten?«

»Ja, und wir werden denen Land geben, die kein Land besitzen. Ein Mensch ohne Land ist ein Mensch ohne Seele.«

»Aber es wird dauern, bis die Ernte reif ist. Was werden die Leute bis dahin essen?«

»Viele sind es gewöhnt, wenig zu essen. Sie werden überleben.« Er zuckte die Schultern. »Die Erde Bengalens ist großzügig und reich. Wenn sie gut behandelt wird, schenkt sie im Überfluß. Sie erlaubt einem Menschen, mit Würde und mit Selbstachtung zu leben. Meine Mutter will eine Schule aufmachen.«

»Wo? «

»In einem Schuppen auf der Plantage ... oder vielleicht im Schatten eines großen Baumes.«

»Wirst du für immer dort leben?«

»Ich weiß nicht. Immer ist eine lange Zeit.«

»Wirst du das Land dort eines Tages als dein Zuhause ansehen?«

»Zuhause?« Er lachte leise. »Zu Hause ist man immer dort, wo man *nicht* ist!« Er lachte wieder. »Vielleicht ... es können die merkwürdigsten Dinge geschehen, wenn man zufällig am Ende des Regenbogens den Schatz mit dem Gold findet!«

»Du hast gesagt, Eurasier haben kein Zuhause! Sie gehören in die Zwischenräume zwischen den weißen und den schwarzen Tasten des Klaviers, oder sie hängen wie Fledermäuse mit dem Kopf nach unten in den dunklen Spalten!«

Es verblüffte ihn, daß sie sich daran erinnerte. »Nun ja, ich nehme an, das ist der Widerspruch und die Reibungsfläche. Man muß lernen, damit zu leben, aber man kann es nicht lernen.«

»Was du vorhast, wird nicht leicht sein.«

»Leicht? Erwartest du, daß etwas leicht ist, das sich lohnt?« Er legte sich zurück, verschränkte die Hände hinter dem Kopf und blickte zu den Sternen. »Es kommt eine Zeit, da hat man es satt zu zerstören. Man sucht eine andere Richtung, eine Achse, um die man kreisen kann. Jeder Mensch braucht einen Mittelpunkt. Wenn man etwas aufbaut, eine *Zukunft* aufbaut, entdeckt man diesen Mittelpunkt.« Er lachte wieder. »Harte Arbeit läßt wenig Zeit und Raum für Haß.«

»Und das?« Sie wies mit der Hand auf das dunkle, düstere Druckereigebäude. »Das läßt du alles zurück?«

»Ja, vielleicht werden ein paar von den jungen Leuten die Zeitung weiterführen wollen.«

Maja fragte nachdenklich: »Wird dir alles gelingen, was du tun willst?«

Er atmete langsam und lange ein. »Gelingen? Ich weiß es nicht. Vielleicht, vielleicht nicht. So oder so, solange ich lebe, wird es darüber keine endgültige Entscheidung geben.« In seinen Augen lag ein geheimnisvoller Glanz. Vielleicht spiegelten sich nur die Sterne darin, zu denen er hinaufblickte, aber das Leuchten schien sein Gesicht von innen zu erhellen. »Ich habe keine großartigen Pläne, nur bescheidene Hoffnungen, von denen sich einige erfüllen werden, andere nicht. Vielleicht sind die Hoffnungen leer wie das Leben hier, vielleicht aber auch nicht.« Er legte sich auf die Seite und sah sie lächelnd, ohne ein Zeichen von Feindseligkeit an. Seine Zähne glänzten weiß. »Das sind bescheidene, kleine Träume, Maja, für bescheidene, kleine Menschen ...«

Sie hörte sehr aufmerksam zu. Sein Herz lag in seinen Augen, aber die Welt, von der er sprach, bedeutete ihr nichts. Es war eine Welt, mit der sie sich nicht identifizieren konnte. Doch während sie ihn so ansah und ihm versunken und mit einem unpersönlichen Gefühl des Staunens zuhörte, regte sich etwas in ihr. Es war eine eigenartige Empfindung – nicht unangenehm, sondern nur unvertraut. Es war ein Gefühl, das sie noch nie gehabt hatte. Maja wollte dieses Gefühl beim Namen nennen, und schließlich gelang es ihr. Es war Neid! Erschrocken wandte sie den Blick von seinem Gesicht.

Über den Fluß drangen Singen und Lachen. Der Wind trug das rhythmische Schlagen einer Trommel zu ihnen. In der armen Vorstadt am Hafen fand eine Hochzeit statt.

Maja überwand ihren Stolz und fragte: »Warum habe ich es getan, Kyle?«

»Ah! Also willst du doch nur beruhigt werden!«

»Ja. Und ich muß es *verstehen.* Warum bin ich, wie ich bin?« Plötzlich flackerte wieder die Angst in ihr auf, und sie war wieder verwirrt. »Man sagt, die Seele meines Vaters war vergiftet. Ist... ist meine Seele auch vergiftet?«

»Was immer seine Sünden gewesen sein mögen, du bist auch mit seinen Tugenden gesegnet!«

»Welche Tugenden?«

»Weshalb fragst du mich?« Er sagte das nicht zornig, sondern nur müde. »Such in dir, dort liegen die Antworten auf deine Fragen.«

»Ich brauche Hilfe, um sie zu finden.«

»Ich kann dir so wenig helfen wie du mir, Maja. Wir müssen unterschiedliche Stromschnellen in verschiedenen Booten überwinden. Wir sind unterwegs zu unterschiedlichen Ufern.«

Der Vergleich machte sie traurig. Sie schien etwas Wertvolles zu verlieren. Er würde sie verlassen, aber sie wollte nicht daran denken. »Wenn wir aus Kanpur zurückkommen«, sagte sie schnell und hob trotzig den Kopf, »gehe ich nach Amerika, Mutter vielleicht auch.«

»Das habe ich gehört.«

»Du hast recht, Kyle, ich habe hier nichts mehr verloren. Ich hatte

hier nie etwas verloren.« Sie verzog den Mund zu einem traurigen Lächeln. »Es heißt, Amerika ist eine neue Welt.«
»Und du glaubst, diese neue Welt gibt dir, was du willst?«
»Ich weiß nicht, was ich will.«
»Einen reichen, weißen Mann? Du willst in einer Gesellschaft aufgenommen und anerkannt werden!« Er lachte rauh. »Und dann? Eines Tages wirst du ein kaffeebraunes Balg zur Welt bringen, das die Hautfarbe der Mutter deines Vaters, die Hautfarbe Indiens hat ... und dann?«
»Dann?« Sie zuckte wegwerfend die Schultern. »Dann könnte ich ebensogut zurückkommen und mir Arbeit im ›Goldenen Hintern‹ suchen. Für etwas anderes würde ich nicht taugen, oder?«
Er stand so unvermittelt auf, daß sie erschrak. »Du machst mich *krank*!« Er war plötzlich wütend auf sie. »Du mit deinem verlogenen Selbstmitleid! Der einzige Infinitiv, den du in deinem endlosen Egoismus konjugieren kannst, ist: ›Ich will!‹ Gibt es in deinem trivialen Leben nichts außer deinem verhätschelten Ich? Hast du dich nie umgesehen und einen Blick auf den Rest der Menschheit geworfen? Ich wußte schon immer, daß du anmaßend, überheblich und verwöhnt bist, aber ich habe dich nie für einen Feigling gehalten!«
Verblüfft über seine Vorwürfe starrte sie ihn an. »Du verachtest mich!« erwiderte sie ruhig, ohne sich zu verraten, und versteckte sich hinter einem Lächeln.
»Ich verachte Menschen *wie* dich – verzärtelte, undankbare Menschen, die sich hemmungslos gehenlassen. Menschen, die wie Schmarotzerplaneten um ihr Ich, ihre Sonne kreisen. Ich verachte das, wofür du stehst, die Menschen, die nur nehmen. Du nimmst von der Sonne und dem Meer und der Luft und allem, *allem*, und du gibst nichts als Gegenleistung.«
»Ich kann schlecht die Leiden der Welt heilen!«
»Nein, aber du kannst...«, er blickte auf die Gestalt unten am Ufer. »Du kannst *ihre* Leiden heilen. Ich meine die Leiden jener, die keine Vergangenheit, keine Zukunft und kaum eine Gegenwart haben. Fühlst du dich gegenüber der Welt nicht verantwortlich?«
Sie stand auf. Sie fühlte sich gedemütigt und spürte, wie der Zorn in

ihr aufstieg. »Wenn die Welt mich nicht akzeptieren kann, dann hat sie kein Recht, etwas von mir zu verlangen«, erklärte sie kalt.
»Ein bequemer Standpunkt, hinter dem man sich verstecken kann«, erwiderte er bissig. »Und verachtenswert ist er auch!«
Sie sah ihn mit einem frostigen Lächeln an. »Was ist mit dir, Kyle? Diese Siedlung, die du baust, das *Ghetto* für Eurasier...« Sie ballte die Hände zu Fäusten. »Was ist das anderes als eine Flucht vor der Wirklichkeit? Die Welt, *diese* Welt akzeptiert auch *dich* nicht. Deshalb suchst du eine Zuflucht und machst aus der Notwendigkeit eine Tugend. Was gibt es für einen besseren Platz als einen Wald, um sich zu verstecken?«
Im blassen Mondlicht wirkte er plötzlich noch bleicher. Er starrte sie an, und sein Zorn verflog. Er fragte: »Ist es nicht mehr für dich als ein *Ghetto*? Eine Flucht aus dem normalen Leben?« Bevor sie etwas sagen konnte, beantwortete er seine Frage selbst. »Vielleicht hast du recht«, sagte er müde. »Ich sollte der letzte sein, der dich kritisiert und dich verurteilt. Vielleicht ist es die traurige Wahrheit, daß wir beide versuchen zu fliehen, daß wir beide hinter dem Regenbogen herjagen. Ich nehme an, wir sind beide Feiglinge, jeder auf seine Art. Du suchst deine Zuflucht in deiner neuen Welt, ich suche sie in meiner, die es nicht gibt.«
Er hatte sie sehr geschickt auf eine gemeinsame Ebene gestellt und aneinandergeschmiedet! Maja erkannte, daß es ein Fehler gewesen war, Hilfe von ihm zu erwarten.
»Wir haben nichts miteinander gemein, Kyle!« sagte sie und sah ihn kalt an. »Außer diesem ... diesem schrecklichen Erlebnis. Du siehst deine Zukunft hier, ich meine nicht. Ich könnte nie mehr hier leben.«
»Weil du dich schämst? Weil du dich schuldig fühlst? Weil du glaubst, du könntest niemandem mehr ins Gesicht blicken?«
Sie wich seiner Frage aus und sagte schaudernd: »Ich habe hier keine Wurzeln.«
»Du hast nirgends Wurzeln!«
»In Amerika werden sie irgendwann wachsen. Sie werden schnell wachsen und stark werden!«

»Wurzeln, von denen wir sprechen, wachsen nicht in der Erde, sondern im Herzen.«
»Ich gehöre nicht hierher.«
»Du wirst auch nirgends sonst hingehören, ... es sei denn, du akzeptierst, wer du bist.«
»Wer *bin* ich?«
»Du bist *du*. Einmalig. Unvergleichlich. Die einzige auf der Welt. Kein anderer Mensch auf der Welt ist wie du. Reicht das nicht? Amos will nicht mehr. Was um Gottes willen willst du noch?«
»Amos hat sich hier seine Wurzeln geschaffen!«
»Weil er sich akzeptiert.«
»Ich kann das nicht«, erklärte sie entschieden. »Ich will es nicht!« Ihre Augen brannten, und sie biß sich auf die Lippen. »Es ist nicht gerecht, nicht *gerecht*!«
»Niemand hat je behauptet, das Leben sei *gerecht*. Willst du ein Etikett, einen Stempel, ein Brandzeichen auf dem Hintern? Ist das so wichtig?«
»Ja!«
Er hob die Arme und fuhr sich ungeduldig mit den Fingern durch die Haare, um sich zu beruhigen. Als er weitersprach, war sein Ton freundlicher. »Was geschehen ist, ist geschehen, Maja. Es kann nicht ungeschehen gemacht werden. Weder Zorn noch Selbstmitleid werden etwas daran ändern, oder ...«, fügte er leise hinzu, »dir helfen, gesund zu werden.«
»Und was wird mir helfen?« rief sie in wachsender Qual.
»Vielleicht eine andere Kreisbahn.« Er setzte an, noch etwas hinzuzufügen, änderte aber seine Meinung. »Das mußt du entscheiden«, sagte er knapp. »Ich kann dir keinen Rat geben.«
»Ich habe mich bereits entschieden.«
»Wenn du dich irrst? Wenn du voll Bedauern zurückblickst und wiederkommen möchtest?« fragte er mit beißendem Hohn. »Man kann nicht mehr zurück, Maja, denk daran! Denk jetzt daran ...«
Sie drehte ihm den Rücken zu und ging am Rand des Felsvorsprungs ein paar Schritte entlang. Sie blieb stehen und blickte über den Fluß, der im Nachtlicht die Farbe von Zinn hatte. Als sie wieder zurück-

kam, war ihr Blick kühl und gelassen. »Nein, Kyle«, sagte sie ruhig. »Ich weiß, daß ich mich nicht irre. Ich werde nicht zurückblikken.«

»Warum zum Teufel weinst du dann?«

Sie faßte sich an die Wange und stellte erstaunt fest, daß sie feucht war. Sie hatte nicht gewußt, daß sie weinte. Sie wischte sich heftig die Tränen ab und ging davon.

Sie ließ ihn stehen, und wie sie versprochen hatte, blickte sie nicht zurück.

In dieser Nacht dachte Maja die ganzen Stunden lang und in einer Dunkelheit, die schon Ewigkeiten zu dauern schien, zum ersten Mal an Christian. Sie dachte an sein und an ihr zerstörtes Leben, das wie eine endlose, graue kalte Straße vor ihr lag und ins Nirgendwo führte. Ihre aufgestauten Gefühle brachen sich Bahn; der Schmerz überwältigte sie. Sie konnte es nicht ertragen.

Und endlich, endlich flossen die Tränen, und sie weinte über all das, was geschehen war.

*

Arvind Singh und sein Gast hatten gut geschlafen. Sie hatten frühmorgens einen angenehmen Spaziergang durch den Park des Palasts gemacht und im Freien am See in aller Ruhe gefrühstückt. Lord Ingersoll amüsierte sich über den virtuosen Tanz, den ein königlicher Pfau voll Hochmut für sie aufführte, und war von dem schillernd bunten Gefieder entzückt. Körperlich und geistig erfrischt, begaben sie sich danach wieder in das Privatgemach des Maharadscha, um die abgebrochene Diskussion vom Vorabend wieder aufzunehmen.

»Bevor wir fortfahren«, sagte Lord Ingersoll, als sie in dem bequemen Alkoven Platz genommen hatten und die gefransten Punkhas im gleichmäßigen Rhythmus über ihren Köpfen hin und her schwangen, »möchte ich Eure Hoheit auf etwas hinweisen. Was uns gestern beschäftigte, waren hauptsächlich Vermutungen. Heute sind es keine. Meine Unterlagen enthalten Tatsachen, *verbürgte* Tatsachen.« Sein Gesicht war ausdruckslos, aber in seinen wasserblauen Augen lag ein Funkeln.

Nach den dreißig Jahren seiner Herrschaft und seines Umgangs mit den Briten verstand sich Arvind Singh auf die Kunst, kaltblütig zu bleiben. Seine einzige Reaktion war ein Nicken mit dem Kopf.
Ohne weitere Vorrede kam Lord Ingersoll zur Sache. »Ich könnte mir denken, Hoheit wußten damals, daß Raventhorne von dem Nana Sahib und seinen Methoden enttäuscht war«, sagte er, und das war keine Frage, sondern eine Feststellung.
»Ja, das war mir bewußt. Jai sprach davon bei unserem letzten Zusammentreffen irgendwann im Mai, hier in Kirtinagar. Er hatte einen ehrenvollen Kampf zwischen Männern erwartet. Er lehnte entschieden die um sich greifenden Morde an Zivilisten ab und verurteilte mit aller Schärfe die bevorstehende Belagerung der Engländer in Kanpur. Er sagte wörtlich, er verabscheue das sinnlose Gemetzel auf beiden Seiten.«
»Ja, und genau deshalb vertraute ihm Lawrence.«
»Sir Henry Lawrence?«
»Ja...«
Ingersoll brach ab, um die willkommene Tasse Kaffee entgegenzunehmen, die von den Dienern serviert wurde. Sie tranken eine Weile schweigend, dann fuhr Ingersoll fort.
»Als die Meuterei in Mirat ausbrach, war Henry Lawrence Hochkommissar von Oudh und residierte in Lucknow. Er war kurz zuvor zum Brigadegeneral befördert worden und hatte die volle militärische Macht erhalten. Aus Meldungen des Nachrichtendienstes wußte er von Raventhornes Enttäuschung über seinen früheren Verbündeten. Lawrence war ein Mann von unbeugsamer Rechtschaffenheit, den das Blutvergießen auf beiden Seiten entsetzte. In einer kühnen Geste schickte er heimlich eine Nachricht an Raventhorne und schlug ein Treffen vor, um mit dem Nana Sahib in einen Dialog zu treten. Raventhorne erklärte sich dazu bereit. Angesichts der Belohnung auf seinen Kopf forderte Raventhorne natürlich die Garantie für sicheres Geleit. Außerdem machte er zur Bedingung, daß er nur mit Lawrence sprechen werde, der in Begleitung eines Adjutanten und niemandem sonst zu dem Treffpunkt kommen sollte. Die Armee dürfe in keiner Weise in die Angelegenheit verwickelt werden. Law-

rence stimmte den Bedingungen zu. Am Dienstag, dem 23. Juni, sollte ein geheimes Treffen in einem Wald am Rande von Lucknow stattfinden.«

An der rechten Schläfe des Maharadscha begann ein Muskel zu zucken. Er hatte von all dem nichts gewußt und hörte gebannt zu.

»Raventhorne war zu diesem Zeitpunkt ein schwerkranker Mann, der ständig Fieber hatte. Er ritt zwei Nächte und einen ganzen Tag und schaffte es irgendwie nach Lucknow. Nach seiner Ankunft in Lucknow brach er allerdings zusammen und war gezwungen, sich im Dschungel zu verstecken. Am 23. Juni begab sich Lawrence in Begleitung eines Adjutanten an den vereinbarten Platz. Raventhorne erschien nicht. Lawrence kam am nächsten Tag noch einmal, und dann jeden Tag bis zum 29. Juni. Von Raventhorne war immer noch nichts zu sehen oder zu hören. Am folgenden Tag, am 30. Juni, konnte Lawrence nicht zum vereinbarten Treffpunkt gehen. Die Residenz von Lucknow wurde eingekesselt, und Lawrence wurde belagert.«

»Es kam nie zu dem Treffen?« fragte Arvind Singh.

Ingersoll schüttelte den Kopf. »Das war unmöglich, aber Raventhorne wußte nichts davon. Er lag krank und allein im dichten Wald und wußte ebensowenig etwas von der Belagerung wie davon, daß Henry Lawrence am 4. Juli seinen Verletzungen erlag, die er bei dem Bombardement erlitten hatte.« Ingersoll machte eine Pause und sah den Maharadscha fragend an.

»Nein, keine Fragen ... noch nicht. Bitte fahren Sie fort.«

»Lawrence erkannte, daß die Belagerung lange dauern konnte und er sie möglicherweise nicht überleben würde. Es gelang ihm, seinem Adjutanten, der sich zufällig *nicht* unter den Belagerten in der Residenz befand, eine Nachricht zukommen zu lassen. Er wies den Mann an, den Treffpunkt so lange zu überwachen, bis Raventhorne erschien, denn er war überzeugt, daß er erscheinen werde. Der Adjutant tat, wie ihm geheißen, und setzte seine täglichen Besuche loyal und gewissenhaft auch dann fort, als Lawrence bereits tot war. Eines Tages erschien Raventhorne tatsächlich. Er war sehr schwach und konnte sich kaum auf den Beinen halten. Von dem Adjutanten erfuhr

Raventhorne nun alles – die Belagerung der Residenz, den Tod von Lawrence, die Evakuierung der Männer und Frauen in Kanpur, den Verrat und das Gemetzel am Satichowra Ghat unter den Evakuierten, zu denen auch seine Schwester und ihr Sohn gehörten. In rasendem Zorn sprang er auf sein Pferd und ritt so schnell er konnte nach Kanpur zurück.« Ingersoll leerte seine Kaffeetasse und lehnte mit einer Handbewegung eine zweite ab. »Der Tag, an dem der Adjutant Raventhorne in Lucknow schließlich traf, war ein Donnerstag. Es war der 15. Juli.«

Arvind Singh war sprachlos. Lord Ingersoll war verstummt, aber das Datum hallte wie ein Echo noch immer in der Luft. Der Maharadscha war so fassungslos, daß er nach Worten rang. »In diesem Fall...«, er schluckte, »kann Raventhorne unmöglich am Morgen des 16. Juli, als das Massaker stattfand, in dem über siebzig Meilen entfernten Kanpur gewesen sein. Woher wissen Eure Lordschaft das alles?« fragte er mit gedämpfter Stimme.

»Aus einer Quelle, die über jeden Zweifel erhaben ist.«

»Darf ich den Namen dieser über jeden Zweifel erhabenen Quelle erfahren?«

»Ja.« Ingersoll fügte nach kurzem Zögern hinzu: »Aber noch nicht, Hoheit. Zuerst muß ich kurz auf die Angelegenheit zurückkommen, über die wir gestern gesprochen haben – Thomas Hungerfords Aussage.« Ingersoll sprach von Natur aus leise, aber nun wurde seine Stimme lauter. »Ich muß Eure Hoheit darauf hinweisen, daß diese Aussage unter keinen Umständen öffentlich bekanntgemacht werden darf!«

Die Monsunwolken verzogen sich, und es wurde ein warmer Morgen. Beide Männer waren zwanglos gekleidet, aber ihre Jacken hatten infolge der hohen Luftfeuchtigkeit Schweißflecken. Ingersoll betupfte sich die Stirn, und der Maharadscha gab den Dienern ein Zeichen, neue Erfrischungen zu bringen. Ingersoll nahm den Krug kaltes Bier mit sichtlicher Erleichterung entgegen.

»Weil sie die britische Regierung in große Verlegenheit bringen würde!« Arvind Singhs Augen funkelten. Es fiel ihm schwer, seinen Zorn zu zügeln.

»Verlegenheit?« Ingersoll zuckte die Schultern und lachte leise. »Alle Regierungen, meine und zweifellos auch Ihre, Eure Hoheit, haben ein dickes Fell. Nein, wenn Hungerfords Aussage allgemein bekannt würde, hätte das für meine Regierung weit schlimmere Folgen. Die Dose mit den Würmern wäre damit im Parlament!« Er beugte sich vor und sah den Maharadscha eindringlich an. »Diese Meldungen wurden aus einem guten Grund aus den Archiven entfernt. Ich bin jetzt sehr offen zu Ihnen, Hoheit. Sehr wahrscheinlich kursierte das Gerücht am Ende der Meuterei noch einmal, als die britischen Streitkräfte den Feldzug gegen den Nana Sahib fortsetzten. Plötzlich hätte offenkundig werden können, daß niemand, zumindest kein *englischer* Soldat, den Nana Sahib seit Mitte Juli zu Gesicht bekommen hatte. Ein scharfsinniger englischer Offizier hätte sich die Freiheit nehmen und fragen können: ›Und wenn der Nana Sahib doch in dieser Nacht im Fluß ertrunken ist?‹« Ingersoll lehnte sich wieder zurück. »Wie Hoheit sich vorstellen können, packte alle Verantwortlichen bei diesem Gedanken das nackte Entsetzen, auch wenn dieser Fall X kaum eintreten würde, das heißt, wenn das Gerücht Whitehall und, Schrekken aller Schrecken, der Opposition zu Ohren kommen würde … der Presse … der britischen Öffentlichkeit. Wenn bekannt würde, daß die britische Armee in Indien gegen jemanden kämpfte, von dem das Gerücht behauptete, er sei tot? Die Vorstellung war unerträglich, daß junge britische Soldaten ihr Leben opferten, um Krieg gegen einen bereits toten Betrüger zu führen? Selbst eine vernünftige Opposition wäre bei dieser Enthüllung auf die Barrikaden gegangen. Aber unsere Opposition war, du meine Güte, schon immer radikal. Es wäre zu einer unvorstellbaren Explosion gekommen. Glauben Sie mir, wir hätten in England unsere Version der ›Meuterei‹ erlebt!« Er lächelte schwach. »Der nicht faßbare und charismatische Nana Sahib hat die britische Presse und die Öffentlichkeit immer fasziniert, und das bis heute. Selbst jetzt vergeht kaum ein Monat, ohne daß eine höchst phantasievolle Theorie über ihn gedruckt wird, um die Auflage zu steigern.« Mit grimmigem Nachdruck fügte er hinzu: »Was damals galt, gilt auch heute noch. Es hätte verheerende Folgen, Hungerfords Aussage zu veröffentlichen. Vielleicht verstehen Eure Hoheit jetzt, weshalb ich es vorgezogen habe, eine so gefährliche Angelegenheit nicht in der Stadt zu besprechen, wo jede Wand mehr Ohren hat als ein Kornfeld Ähren.«

Arvind Singh hatte schweigend zugehört. Jetzt stand er unvermittelt auf und stellte sich mit dem Rücken zu seinem Gast vor den großen prächtigen Kamin. Er war sehr zornig.

»Der britischen Regierung war das alles in den vergangenen Jahren bekannt, und es stand in ihrer Macht zu beweisen, daß Jai Raventhorne unschuldig war! Trotz allem wurde diese Ungerechtigkeit festgeschrieben?«

»Sie war nicht bekannt, Eure Hoheit, noch stand es in unserer Macht, sie zu beweisen.«

Arvind Singh drehte sich um und sah Ingersoll mit zusammengekniffenen Augen wütend an. »Nun, jetzt ist sie bekannt! Deshalb bestehe ich darauf, daß Eure Lordschaft mir den Namen des Adjutanten von Henry Lawrence nennt. Zweifellos ist er ›die über jeden Zweifel erhabene Quelle‹. Er hat sich mit Raventhorne am Vortag des Bibighar-Massakers getroffen!«

»Sein Name«, sagte Lord Ingersoll mit einem leichten Seufzen, »war Jasper Pendlebury.«

Arvind Singh kämpfte gegen seine Verblüffung und wurde langsam rot. »Jasper Pendlebury hat diese Information bewußt zurückgehalten, anstatt den Namen eines Mannes reinzuwaschen, der ungerecht beschuldigt und verurteilt worden war?«

»Ja, und ich darf hinzufügen, vielleicht verständlicherweise.« Ingersoll legte behutsam eine Fingerspitze auf die Nase. »Zum einen glaubte er, Raventhorne sei in Kanpur gefangengenommen und hingerichtet worden. Deshalb beschloß er, keine schlafenden Hunde zu wecken. Außerdem wollte er kein Geheimnis verraten, in das Henry Lawrence ihn eingeweiht hatte. Drittens war Raventhorne, soweit es Pendlebury betraf, immer noch ein Feind. Im Krieg ist kein Raum für Konzessionen, wie Eure Hoheit zweifellos zugeben wird.«

Arvind Singh hatte die Lippen zusammengepreßt. »Raventhorne ist unschuldig, Pendlebury ist tot, und die Toten sind stumm!« sagte er eisig. »Deshalb bin ich der Ansicht, die Regierung hat die Pflicht und

Schuldigkeit, Jai Raventhornes Akte für eine neue, faire und freimütige Untersuchung zu öffnen.«

Lord Ingersoll verzog das Gesicht. »Ich bezweifle, daß das möglich sein wird, Hoheit.«

»Weshalb nicht?«

»Lord Mayo ist ein Ire, Eure Hoheit, und absolut unberechenbar. Aber selbst er kann eine Dose Würmer erkennen, wenn er sie riecht! Wenn er erst einmal Hungerfords eidesstattliche Aussage gesehen hat, wäre er verrückt, wenn er zustimmen würde, daß diese Akte wieder geöffnet wird!«

Der Maharadscha starrte ihn ungläubig an. »Wollen Sie damit sagen, Eure Lordschaft, daß die Briten einen Mann auch dann noch an den Schandpfahl stellen, wenn seine Unschuld bekannt ist? Wollen Sie mir sagen, daß es keine Möglichkeit gibt, seine Unschuld öffentlich zu beweisen und anzuerkennen?« Der kalte Zorn hatte ihn gepackt, und er beherrschte sich nur mit größter Mühe. »In diesem Fall, Eure Lordschaft«, fuhr er fort, »bleibt mir bedauerlicherweise keine andere Wahl, als mir ein Vergnügen daraus zu machen, die gefürchtete Dose Würmer zu öffnen, wo immer sich mir dazu eine Gelegenheit bietet.«

»Was würde Eure Hoheit damit erreichen?« fragte Ingersoll unbewegt.

»Befriedigung. Große Befriedigung, das versichere ich Ihnen.«

»Aber es würde Jai Raventhornes Unschuld nicht *beweisen*!«

Arvind Singh sah ihn kalt an. »Jasper Pendleburys Tod ist ein Unterpfand dafür, daß Jai Raventhornes Unschuld nicht mehr zu beweisen ist, Eure Lordschaft!«

Lord Ingersoll stand auf und trat zu dem Maharadscha an den Kamin. Er zog einen Umschlag aus der Brusttasche seines Jacketts und legte ihn auf den Sims.

»Wie es sich so trifft, Eure Hoheit, gibt es immer noch etwas, das sie beweist«, sagte er ruhig. »Hoheit werden darin vieles finden, was von besonderem Interesse sein wird.«

Der Umschlag war an Lady Harriet Ingersoll adressiert. Er enthielt mehrere eng beschriebene Blätter. Arvind Singh trug den Brief zu seinem Mahagonischreibtisch, der in einer Ecke nahe am Fenster stand. Einer der Diener sprang herbei und reichte ihm ein Brokatetui, dem der Maharadscha eine goldgefaßte Brille mit halbmondförmigen Gläsern entnahm. Während Ingersoll still im Alkoven saß und geduldig wartete, las Arvind Singh den Brief mit größter Konzentration.

Der Brief beschrieb etwas ausführlicher und mit äußerster Klarheit genau die Ereignisse, die Lord Ingersoll ihm an diesem Morgen geschildert hatte. Es war ein ungewöhnliches Dokument, die völlige Bestätigung all dessen, was bereits gesagt worden war. Es war die Ehrenrettung seines übel verleumdeten toten Freundes. Die Unterschrift auf der letzten Seite stammte von Jasper Pendlebury. Der Brief war am Vorabend seines Todes geschrieben worden.

Nachdem der Maharadscha den Brief auf den Schreibtisch gelegt hatte, herrschte fünf Minuten völlige Stille im Raum. Arvind Singh war einfach zu erstaunt, um sofort sprechen zu können. Er lehnte sich zurück und starrte aus dem Fenster. Vor seinem inneren Auge sah er Jais Gesicht. Er versuchte, seine Gefühle unter Kontrolle zu bringen, und die Gedanken, die ihm durch den Kopf gingen, irgendwie zu ordnen. Er konnte nicht verbergen, daß er tief bewegt war.

»Sie sehen also, Hoheit, daß manche Tote doch nicht schweigen!« sagte Ingersoll leise.

Arvind Singh nickte stumm. Seine Finger zitterten etwas, als er den Brief wieder in den Umschlag schob. Er ging durch das Zimmer zum Alkoven, wo Ingersoll saß.

»Meine Frau hat den Brief erst vor einer Woche erhalten«, sagte Lord Ingersoll. »Offenbar hat Sir Jasper an jenem Abend mehrere Briefe geschrieben, bevor er beschloß, sich das Leben zu nehmen ... den Grund dafür werden wir nie erfahren. Ein Beamter aus dem Schatzamt hat die Briefe gefunden, als er die Papiere sortierte, die sich im Haus befanden. Der Butler hat sie anscheinend auf Jaspers Anweisung beiseite gelegt und sie dann später unter dem Schock der Ereignisse völlig vergessen. Ich glaube, darunter befanden sich auch Briefe an Pendleburys Frau, an seinen Sohn und sein Testament.«

»Aber warum sollte er plötzlich beschlossen haben, diesen Brief zu

schreiben«, fragte Arvind Singh verwundert. »Nachdem er so lange geschwiegen hatte?«
Ingersoll hob kaum wahrnehmbar die Schultern. »Wenn Menschen dem Tod ins Auge blicken, kann sich in ihrem Bewußtsein Seltsames ereignen, Hoheit«, sagte er seufzend. »Wer weiß, welche Dinge Sir Jasper in seinen letzten Stunden bewegten – oder was sie ausgelöst hat. Vielleicht wollte er nur seinen Frieden mit seinem Schöpfer machen.«
»Eure Lordschaft glauben, daß das wahr ist, obwohl es nie eine Bestätigung dafür geben wird?«
»Ja, ganz bestimmt! Ich glaube, ein Mann an der Schwelle des Todes lügt selten. Gerichte erkennen die Aussagen Sterbender als Wahrheit an. Und Jasper, der arme Teufel, brauchte keine Eigeninteressen mehr zu wahren.«
Arvind Singh gab Ingersoll den Umschlag zurück. »Darf ich fragen, was Eure Lordschaft mit dem Brief tun wollen?« fragte er mit wachsamen Augen.
Ingersoll steckte den Umschlag wieder in seine Brusttasche. Mit einem leichten Zwinkern erwiderte er: »Ich bin sicher, Hoheit haben sich die Antwort bereits ausgerechnet«, sagte er leichthin.
Arvind Singh sah ihn fragend an. »Ein Handel?«
»Ja, ein Handel, Hoheit.« Ingersoll lächelte freundlich, aber immer noch höflich.
»Unter Einbeziehung der Regierung?«
»Nein. Offiziell können wir nichts unternehmen. Ich habe bereits gesagt, die Regierung kann nicht einbezogen werden.«
Arvind Singh entging die subtile Betonung nicht. »Und *in*offiziell?«
»Inoffiziell haben wir eine Möglichkeit. Aber sie ist an eine Bedingung geknüpft.«
»Und diese Bedingung wäre?«
»Daß das Original und alle existierenden Kopien von Hungerfords eidesstattlicher Aussage mir übergeben werden. Außerdem möchte ich die Adresse des Mannes in Burdwan.«
»Zu welchem Zweck?« fragte Arvind Singh schnell.

»Nur um ihn im Auge zu behalten, das versichere ich Ihnen! Unser Handel wäre vergeblich, wenn der Mann einfach das Ganze wiederholen würde.«
»Der arme Mann ist vermutlich innerhalb eines Monats tot!« Das Lächeln des Maharadscha war immer noch gespannt. »Wie ungerecht, daß er sterben wird, ohne erfahren zu haben, von welch großer Bedeutung er unfreiwillig für die mächtige britische Regierung geworden ist! Aber um auf den Handel zurückzukommen: Was wäre der Beitrag Eurer Lordschaft?«
»Sobald sich alle Unterlagen in meiner Hand befinden, wird meine Frau mit Jasper Pendleburys Brief nach England reisen. Mit diesem neuen und unbestreitbaren Beweis wird sie Ihre Majestät bitten, in einer Proklamation Jai Raventhornes Unschuld an jeglicher Beteiligung am Bibighar-Massaker zu bestätigen.«
»Und wenn Ihre Majestät nicht dazu bereit ist?«
»Ich habe eine sehr entschlossene Frau von großer Überzeugungskraft, Hoheit«, sagte Ingersoll mit einem schiefen Lächeln. »Das weiß ich aus eigener Erfahrung! Üblicherweise erreicht sie genau das, was sie sich vorgenommen hat. Und natürlich steht sie in der Gunst Ihrer Majestät.«
»Lady Ingersoll ist bereit, eine solche Mission zu übernehmen?«
»Ja. Sie empfindet großes Mitgefühl für die eurasische Gemeinschaft und nimmt an ihren Problemen regen Anteil. Sie ist der Ansicht, daß die Eurasier eine bessere Behandlung verdienen, als sie von unserer Seite erleben. Viele von uns stimmen ihr darin zu. Da sie die Familie Raventhorne auf dem Ball der Pendleburys kennengelernt hat und entzückt von ihnen ist, will sie in dieser Angelegenheit unbedingt alles tun, was in ihren Kräften steht. Verstehen Sie, Hoheit«, sagte er mit leiser und ruhiger Stimme. »Jasper hat den Brief an meine Frau aus einem bestimmten Grund geschrieben. Das dürfen wir nicht vergessen.«
Arvind Singh überlegte. »Ja ... vielleicht.« Er nickte. »Und wie wäre die Haltung der Regierung zu all dem?«
»Wenn Whitehall und der Vizekönig Hungerfords Aussage gesehen haben und ihnen die verhängnisvolle Alternative klargeworden ist,

dann, so kann ich Eurer Hoheit versichern, wird niemand geneigt sein, Schwierigkeiten zu machen. Es wird meine Verantwortung sein, dafür zu sorgen, daß es von dieser Seite keine Probleme gibt.«

Arvind Singh war trotzdem noch nicht zufrieden. Er konnte nicht länger ruhig sitzen bleiben, sondern sprang auf und ging hin und her. »Aber dann wird die Wahrheit über Jais Tod für immer im dunkeln bleiben. Man wird glauben, daß er auf dieser Lichtung wie ein gewöhnlicher Verbrecher gehängt wurde. Ich muß gestehen, es fällt mir schwer, *das* zu schlucken!«

»Andererseits wird es zumindest den Namen Raventhorne von dem Stigma befreien! Was ich anbiete, ist unter den seltsamen Umständen doch bestimmt die beste Option.«

»Eine Option ohne Erklärungen, ohne das Eingeständnis eines Irrtums, ohne Entschuldigung für das Leid, das dieser Irrtum heraufbeschworen hat!« Der Maharadscha ging mit großen Schritten von einem Ende des Raums zum anderen und hielt die unruhigen Hände auf dem Rücken.

Ingersoll lachte. »Aber Maharadscha Sahib«, sagte er in einem gewinnenden Ton und kehrte damit zu der weniger förmlichen Anrede zurück. »Wer kann erwarten, daß eine Regierung, noch dazu eine Kolonialregierung, Erklärungen abgibt oder Irrtümer eingesteht oder sich sogar zu Entschuldigungen bereit findet? Das hieße wirklich, nach dem Mond zu greifen! Wir können nur hoffen, daß ein verständnisvoller Bürokrat damit beauftragt wird, die Proklamation abzufassen, mehr nicht. Bürokraten sind sehr geschickt mit Worten. Sie können dieselben Worte benutzen, um zu enthüllen und zu verbergen. Sie können sogar einem einzigen Satz ein Dutzend Meinungen geben. Das, was zwischen den Zeilen angedeutet wird, mag beredter sein als das, was gesagt wird.« Er trat neben den Maharadscha und zwang ihn stehenzubleiben. »Ein halber Keks ist besser als keiner, Maharadscha Sahib«, sagte er. »Besonders, da wir wissen, daß es keine Möglichkeit gibt, jemals die andere Hälfte zu bekommen. Die Raventhornes haben genug gelitten. Es ist Zeit, ihr Leiden zu beenden. Der Handel, den ich anbiete, ist ein fairer Tausch. Ich bitte Sie inständig, stimmen Sie ihm zu.«

Arvind Singh ging zu seinem Schreibtisch und blickte regungslos und schweigend auf die Platte. Dann drehte er sich energisch um und nickte. »Die letzte Entscheidung über die Annahme oder Ablehnung liegt allerdings nicht bei mir. Sie ist Sache der Familie Raventhorne.«

»Werden Hoheit sie so schnell wie möglich davon in Kenntnis setzen?« fragte Ingersoll besorgt.

»O ja, morgen! Die Maharani und ich fahren morgen früh nach Kalkutta und von dort weiter nach Kanpur, um nach Hungerfords Angaben Jais Grab zu suchen. Abgesehen davon ist es meine Pflicht, die Familie sofort von dieser ungewöhnlichen Entwicklung zu benachrichtigen.«

»Werden Hoheit den Raventhornes raten, meinem Angebot zuzustimmen, und ihnen versichern, daß es sich um einen fairen Tausch handelt?«

Arvind Singh seufzte. »Das alles kommt vierzehn Jahre zu spät. Aber besser spät als nie! Ja«, sagte er müde. »Ja, ich werde ihnen raten, das Angebot anzunehmen.«

Epilog

Es war wieder Oktober.

Der glückverheißende Monat war eine Zeit der Rituale und der Feste, in der die Hindus sich vorbereiten, der Muttergottheit Durga und ihren Inkarnationen Lakschmi und Kali zu huldigen. Die Regenzeit war zu Ende, und das Land trug ein grünes Kleid, das reiche Ernten und Fruchtbarkeit verhieß.

In der westlichen Hemisphäre färbt diese Jahreszeit das Laub rot und golden, bevor sie es für den Winter völlig entfernt, aber in den Tropen bringt sie Leben und Überfluß. Die leuchtenden Bilder der Natur wurden von einer Fülle von Farben belebt, und die Wälder hallten wider vom Gesang der Vögel. Schmetterlingswolken senkten sich über duftenden Gärten und Parks. Das Limonengrün der Reisfelder leuchtete so intensiv, daß es in den Augen schmerzte.

Alle warteten ungeduldig auf den Anfang der Festlichkeiten. Die Menschen summten bei der Arbeit leise vor sich hin. Sie würden ihre kostbaren Ersparnisse für Kleider und Geschenke ausgeben und für ehrfurchtsvolle Opfergaben, die den Geist reinigen und der Seele Frieden bringen sollten.

In den engen Gassen von Kumarthuli, im Herzen Kalkuttas, entstanden unter den geschickten Fingern von Töpfern und Bildhauern in verblüffender Schnelligkeit aus formlosen Tonklumpen wie durch ein Wunder Abbilder der Gottheit.

Im Oktober wurden in den Kontoren die alten Geschäftsbücher geschlossen. Die Schreiber schlugen als Zeichen eines neuen Anfangs eine leere Seite auf.

Die Raventhornes hielten sich bereits seit einiger Zeit in Kanpur auf.

Die vergangenen Wochen hatten ihnen Schmerzen gebracht, aber auch ein Traum war in Erfüllung gegangen. Die lange quälende Suche war vorbei. Vierzehn Jahre des Zorns und des Leidens waren schließlich zu Ende.
Thomas Hungerfords skizzenhafte Landkarte hatte sich als ausreichend erwiesen. Wenn man die vergangene Zeit berücksichtigte, war sie sogar beachtlich genau gewesen. Trotzdem hatte es lange gedauert, den Banyanbaum im dichten Dschungel zu finden, der nach dem Regen noch dichter belaubt war als sonst.
Die Zeit und das Wirken der Elemente hatten ihre Spuren an den Einkerbungen auf dem Stamm hinterlassen, und sie waren mit Flechten überwuchert. Aber Mühe und Ausdauer sollten belohnt werden, denn Olivia entdeckte mit sicherem Instinkt Hungerfords hastig eingeritzte Inschrift:
›18. Juli 1857. Jai Raventhorne. Er starb wie ein Mann.‹
Und daneben, zwischen den Baumwurzeln, wartete ein kleiner mit Moos überwachsener Hügel – eine unscheinbare Welle auf der Erdoberfläche – geduldig auf die so lange überfällige Beachtung. Auf dem Grab fanden sie die morschen und von den Termiten zerfressenen Reste des Kreuzes, das Hungerford aus zwei dicken Ästen gemacht hatte. Als sie es vorsichtig hochhoben, fiel es auseinander. Das also war Jai Raventhornes letzte Ruhestätte!
Es schien seltsam, daß eine so schlichte Inschrift auf einem so bescheidenen Grab in diesem stillen Winkel eines fernen, unberührten Urwalds am Ende eines so vielschichtigen und turbulenten Lebens wie dem von Jai Raventhorne stand. Gleichzeitig empfand Olivia es aber irgendwie auch angemessen, denn es war wie ein Symbol: Für Jai der schwer verdiente Lohn ewigen Friedens.
Olivia weinte still. Die Erinnerungen vergangener Jahre bestürmten sie. Das Vergangene tröstete, erschütterte und erneuerte den Verlust, über den sie wieder einmal nicht hinwegkommen konnte.
An ihrer Seite standen ihre Kinder und trauerten stumm. Sie waren bewegt und blickten ehrfurchtsvoll auf das Grab, während sie an den ungewöhnlichen Mann dachten, der ihr Vater war, an den sie sich kaum erinnerten.

Selbst die anderen, die Jai Raventhorne nie gekannt hatten, weinten – Edna Chalcott, David und Adelaide Pickford und ihre Tochter Rose. Die anderen, die das Band der Liebe und der Erinnerung in diesem Augenblick zusammenhielt, waren seine besten Freunde. Er hatte ihr Leben beeinflußt und ihnen vielleicht geholfen, ihrem Dasein mehr Sinn zu geben: Arvind Singh, Kinjal, Ranjan Moitra und Olivias geliebte Cousine Estelle.

Nachdem Estelle von Olivia die Nachricht mit den überraschenden Neuigkeiten aus Kanpur erhielt, hatte sie ihre selbstauferlegte Abgeschiedenheit aufgegeben und war in Erinnerung an ihren Bruder, den sie auch jetzt noch liebte, an die Seite der Familie gekommen, um das Grab zu suchen. Als das Grab entdeckt wurde, schluchzte sie heftig. Vielleicht erlebte sie noch einmal etwas von dem Entsetzen und Grauen. Noch immer konnte sie es nicht ertragen, sich daran zu erinnern oder darüber zu sprechen.

Amos veranlaßte, daß das Grab eine steinerne Einfassung und eine Grabplatte aus weißem Marmor erhielt. Sie trug die schlichte Inschrift, die Hungerford sich ausgedacht hatte. Es war eine passende Würdigung für einen Mann, der alle Übertreibungen gehaßt hatte.

Jeder von ihnen pflanzte seinen Lieblingsstrauch um das Grab – manche dufteten süß, andere waren überladen mit Blüten, und wieder andere würden lange leben und waren immergrün.

Für Olivia war es ein ungewöhnliches Gefühl, an dem geschmückten Grab zu stehen. Sie glaubte, Jai nahe zu sein, als sie die Erde berührte, die seinen Körper aufgenommen hatte. Olivia spürte ihn in der Luft und schien seine Freude darüber zu ahnen, daß der Kreis eines langen Irrwegs sich schloß. Jetzt trennte sie nur noch der schwache Herzschlag, der die Lebenden von den Toten trennt...

*

Amos blieb mit Ranjan Moitra in Kanpur, um die vielen Probleme in Angriff zu nehmen, die sich mit der Wiederaufnahme der Produktion in der Spinnerei einstellten. Er war nach wie vor entschlossen, nicht zu heiraten, bis die Proklamation der Königin offiziell und in der Öffentlichkeit klarstellte, daß sein Vater unschuldig war.

Trotzdem wußte Olivia, daß ihm Rose Pickford, die in Amos so verliebt war wie ihr Sohn in Rose, das Jawort geben würde, wann immer er sie um ihre Hand bat, und daß die beiden mit dem Segen der Eltern rechnen konnten. Olivia freute sich für Amos und war über seine Wahl glücklich.

So fuhr sie mit einem überwältigenden Gefühl der Befreiung nach Kalkutta zurück, das jedoch auch eine Leere mit sich brachte.

»Womit soll ich jetzt die Stunden des Tages füllen?« fragte Olivia ihre Freundin Edna. »Womit beschäftige ich meinen Verstand?«

»Wenn du erst in Sacramento bist, kannst du diese Entscheidung deiner Stiefmutter überlassen«, erwiderte Edna und lächelte. »Sally wird dafür sorgen, daß du viel zu tun hast. Es wird dir keine Zeit bleiben, dir darüber Sorgen zu machen!«

»Ich wollte, ich könnte mit dir in die Berge von Nilgire fahren«, sagte Olivia wehmütig bei dem Gedanken an die von ihnen schon so lange geplante Reise dorthin.

Auch für viele andere war es eine Zeit des Abschieds. Samir Goswami war während ihres Aufenthalts in Kanpur nach England gefahren. Abala konnte es kaum abwarten, ihnen die Neuigkeit zu berichten. Sie erzählte, vor Samirs Abreise hätten sie seine Verlobung mit einem sechzehnjährigen Brahmanenmädchen gefeiert. Die Hochzeit würde im folgenden Jahr stattfinden, wenn er in den Ferien zurückkam. Sarala, ihre älteste Schwägerin, habe das Mädchen ausgewählt, berichtete Abala. Sie sei sehr erleichtert, fügte sie hinzu, daß die Horoskope des Paares ideal zusammenpaßten und ihm Söhne, Wohlstand und ein glückliches Leben verhießen.

»Aber ich dachte, ihr Sozialreformer seid prinzipiell und entschieden gegen Horoskope, Abala!« rief Olivia erstaunt.

Abala errötete und war einen Augenblick verwirrt. »Ganz gleich, was man persönlich glaubt«, sagte sie verlegen. »Manchmal muß man sich den Wünschen der Älteren fügen.«

Das war natürlich eine Lüge, die man in ›reformistischen‹ Kreisen oft zu hören bekam. Maja äußerte sich nicht dazu.

Die McNaughtons waren nach Hause gefahren, um die Hochzeit ihrer Tochter in Glamorganshire vorzubereiten. Lady Ingersoll hatte endlich auch Lady Pendlebury überredet, nach England zurückzukehren, und sie waren ebenfalls abgefahren. Der immer noch schuldbewußte Tremaine hatte sie begleitet, aber zu Lady Pendleburys großem Verdruß hatte sich Monsieur Pierre dafür entschieden, in Indien zu bleiben. Die bezaubernde Mamsell Corinne hatte ihn dazu gebracht, sein langes Junggesellendasein zu beenden. Das Paar hatte beschlossen, in dem ehemals französischen Besitz Chandernagor das Haushaltswarengeschäft ihrer Mutter zu übernehmen.

Freunde wußten, daß Lady Pendlebury schließlich einen Brief von Christian erhalten hatte. Den Inhalt kannten sie jedoch nicht. Wortkarg, aber äußerlich ruhig, erklärte sie nur, es gehe ihm gut. Obwohl Christians unverzeihliches Benehmen sie noch immer tief verletzte, glaubte sie felsenfest, die unerträgliche Hitze in diesem abscheulichen Land sei schuld daran, daß er vorübergehend den Verstand verloren habe. Als zielloser Wanderer werde er früher oder später Heimweh bekommen, in den Schoß der Gemeinschaft zurückkehren und dann bereit sein, sich in England niederzulassen, um seinen rechtmäßigen Platz in der Gesellschaft einzunehmen. Mit diesem frommen Wunsch gab sich Lady Pendlebury zufrieden und dachte bereits daran, ihren Einfluß bei Freunden geltend zu machen, damit ihr Sohn *dann* eine angemessene Position in Whitehall bekommen würde. Als junger Baron mit einem gerade ererbten Titel und Vermögen wäre er sehr gefragt. Außerdem wollte sie sofort nach ihrer Ankunft in England den Kontakt mit den Worthingtons in Derbyshire wieder aufnehmen. Ihre zweitälteste Tochter sang wie eine Lerche und sollte im kommenden Jahr in die Gesellschaft eingeführt werden...

Was ihr Ehemann ihr in seinem letzten Brief enthüllt hatte, danach wagte niemand zu fragen. Lady Pendlebury sprach von sich aus ganz sicher nicht darüber. Mit blassem Gesicht, aber wie immer gelassen, machte sie sich in stoischem Schweigen daran, den Haushalt aufzulösen.

Während sich die einen darauf vorbereiteten, nach Hause zu segeln,

kamen Scharen anderer ungeduldig und aufgeregt mit glänzenden, erwartungsvollen Augen an. Manche suchten schnellen Ruhm und das schnelle Geld, andere nur englische Ehemänner. Ohne jede Kenntnis des mörderischen Klimas von Kalkutta oder der unsichtbaren Räuber, die in den Schatten des brütenden, verderblichen Subkontinents lauerten, waren sie bereits damit zufrieden, dem kalten europäischen Winter entgangen zu sein.
Es gab andere, erfreuliche und traurige Nachrichten. Saronjis Vater und einem seiner Brüder hatte man nachweisen können, daß sie für den Brand verantwortlich waren, bei dem Joycie Crum tödliche Verletzungen erlitten hatte. Sie wurden zu vier Jahren verschärfter Haft verurteilt. Ein Nachbar Hungerfords aus Burdwan überbrachte Olivia die Nachricht von Hungerfords Tod. Er war friedlich in den Armen seiner Mutter eingeschlafen, die sich bei der Familie für ihre Großzügigkeit bedankte.
Von Alistair kam ein Telegramm aus England. Er war nach einer angenehmen Reise sicher auf Farrowsham eingetroffen. Ihm und seiner Großmutter ging es gut. Lady Birkhurst ließ vielmals grüßen und Alistair ebenfalls!
Leonard Whitney berichtete strahlend: »Seit wir das Projekt unserer Siedlung bekanntgegeben haben, kommen die Leute in Scharen, um sich ein Stück Land zu sichern und ihre Hilfe anzubieten. Die Karawanen in den Norden sind endlos lang, und die Spenden fließen reichlich.« Bescheiden errötend fügte er hinzu, er sei zum Verwaltungsdirektor der Marineschule auf der *Ganga* oder vielmehr der *S.S. Jai Raventhorne* berufen worden.
»Spenden?« fragte Olivia überrascht. »Von wem?«
Whitney lachte, was sehr selten vorkam, und räusperte sich dann. »Na ja, viele gehen anonym ein, möglicherweise von ›betroffener Seite‹ wie zum Beispiel von Charles Hooper. Ich könnte mir denken, er ist überglücklich, daß er die Frau und ihre Kinder aus Molunga endlich los wird.«
Hilfe kam in der Tat überraschend von mehreren Stellen. Vor ihrer Abfahrt nach England schickte Lady Ingersoll als persönlichen Beitrag einen reizenden Brief und eine beträchtliche Summe. Offensicht-

lich auf ihre Veranlassung hatten andere Damen der Gesellschaft das gleiche getan. Lord Ingersoll hatte seine Unterstützung beim Lösen bürokratischer Probleme zugesichert. Zwei oder drei Bauunternehmen stellten kostenlose Gutachten in Aussicht; Großhändler waren bereit, Baumaterial zum Selbstkostenpreis zu liefern, und ein älterer walisischer Arzt im Ruhestand hatte sich aus Patna gemeldet. Er wollte in der neuen Siedlung eine kostenlose Praxis einrichten.

»Lady Ingersoll und einige andere ortsansässige Engländer sind der Meinung, der Plan sei Jasper Pendleburys Idee gewesen.« Whitney zuckte die Schultern. »Nun ja, was macht das schon? Kyle ist es egal, wem diese Siedlung als Verdienst angerechnet wird, solange das Projekt Wirklichkeit wird.«

»Geht es ihm und seiner Mutter gut?« fragte Olivia, die sich über die Neuigkeiten freute. »Und führen die jungen Leute die Druckerei nach seinen hohen Maßstäben weiter? Ich muß sagen, ich habe *Equality* in dieser Woche noch nicht gesehen, und du, Maja?«

Maja schüttelte den Kopf.

Whitney machte ein trauriges Gesicht. »Haben Sie es noch nicht gehört?« rief er erstaunt. »Gestern hat man die Druckerei mutwillig zerstört und dann in Brand gesetzt.«

»Großer Gott!« Olivia war entsetzt. »Ist jemand umgekommen? Einer der jungen Männer?«

»Gott sei Dank nicht. Es gab nur Verletzte, alle sind glücklicherweise mit dem Leben davongekommen. Ein ganzer Trupp maskierter Männer ist mitten in der Nacht in die Druckerei eingedrungen. Es waren eindeutig professionelle Verbrecher, die gewohnt sind, schnell zu arbeiten. Innerhalb von wenigen Minuten hatten sie das meiste zerstört – die Druckmaschinen, das Lager und einen großen Teil des Mobiliars. Dann haben sie alles angezündet.«

»Und die Bücher?« fragte Maja unwillkürlich.

»Völlig verkohlt«, antwortete Whitney unglücklich. »Mit allem anderen wird sich Kyle vermutlich abfinden können, aber die Bücher ... die Sammlung war der Stolz seines Lebens, der einzige Besitz, der ihm wirklich viel bedeutet hat.«

»Und nichts konnte gerettet werden?«

»Die jungen Männer haben ihr Bestes getan, aber sie konnten nur einen Bruchteil sicherstellen. Kyle kann als einziger das ganze Ausmaß des Schadens ermessen. Wir wissen nicht, ob er sofort zurückkommen wird. Vielleicht ist ihm die Siedlung im Augenblick wichtiger als alles andere.«

»Wer kann so etwas Schreckliches getan haben?« fragte Olivia. »Hat Clarence Twining jemanden festgenommen?«

Whitney schüttelte traurig denKopf. »Es gibt hier viele, die Kyle und seine Zeitschrift hassen, und alles, wofür er eintritt. Es könnte jeder gewesen sein.«

Maja stellte keine Fragen mehr. Aber sie machte sich mit noch größerer Entschlossenheit an die Vorbereitungen für die Reise nach Amerika.

Der Monat in Kanpur war für Maja eine Zeit der Klärung gewesen. Sie hatte die Möglichkeit gehabt, nachzudenken, sich von ihrer Verwirrung zu befreien, neue Prioritäten zu setzen. Ihre Heilung hatte begonnen. Sie hatte lange Stunden am Grab ihres Vaters verbracht und versucht, sich ihn vorzustellen. Sie wollte seine merkwürdigen Beweggründe begreifen, um dadurch vielleicht die eigenen zu verstehen. Der Ortswechsel hatte eine Spur Rosa auf ihre Wangen gebracht und einen Anflug von Glanz in ihre Augen. Daß ihre Energie zurückgekommen war, sah man an ihrem Gang und an der wiedererwachten Selbstsicherheit. Hinweise auf die Narben waren geblieben und würden immer bleiben. Doch der Schmerz war nicht mehr unerträglich und ihre inneren Wunden nicht mehr offen. Sie betete für Christian, für seine Zukunft, sie hoffte auf ein Wunder, damit es auch für ihn einen Neubeginn geben würde. Sie wünschte voll Trauer, daß er sich eines Tages mit sich selbst aussöhnen und das finden werde, was er suchte… und was sie so verzweifelt zu finden versuchte.

Kinjal war in Kalkutta geblieben. Sie wohnte in ihrem Haus in Kalighat, um mit Olivia die letzten Tage verbringen zu können, bevor sie das Schiff nach San Francisco bestieg. Doch sie stellte fest, daß Olivia seltsam in sich gekehrt war. Sie schien immer wieder dicht davor, etwas zu sagen, was ihr aufrichtig am Herzen lag. Aber sie schaffte es nicht.

»Warum sagst du es nicht einfach, meine Liebe?« fragte Kinjal unvermittelt, als sie in Olivias Wohnzimmer im oberen Stock waren. »Es liegt dir schon so lange auf der Zunge. Da kannst du es genausogut einfach aussprechen!«

Olivia räumte Kleider aus einem Schrankkoffer in einen anderen und legte sie wieder zurück. Sie schloß den Deckel eines Koffers mit einem lauten Knall und setzte sich darauf. »Du weißt, was es ist!«

»Du willst nicht fahren. Ist es das?«

Olivia nickte. »Alles, was ich liebe, bleibt hier, Kinjal. Mein Leben ist mit dieser Erde verwurzelt, der früher einmal fremden Erde, die ich mir jetzt zu eigen gemacht habe. Selbst Jai...« Ihre Kehle war wie zugeschnürt. »Jetzt, wo ich ihn gefunden habe, wie kann ich ihn verlassen, damit er allein in diesem unbekannten Wald liegt, wo er so viele Jahre vergessen gelegen hat?«

»Der Wechsel würde dir sehr guttun«, sagte Kinjal leise. »Außerdem kannst du nach einem Jahr immer noch zurückkommen.«

»Ein Jahr? In einem Jahr wird soviel geschehen, Kinjal! Amos startet ein neues Unternehmen, schafft sich ein neues Zuhause und will heiraten. Und Estelle, mein Liebling, meine unglückliche Estelle ... wir brauchen uns gegenseitig, Kinjal!« Sie hob hilflos die Hände und ließ sie langsam wieder sinken. »Wenn ich jetzt irgendwohin gehöre, dann hierher, zu Jai, in dieses Land, das sein Land war und immer bleiben wird. *Maja* sehnt sich verzweifelt nach einer neuen Welt. Für mich kann es nur die alte Welt geben, Kinjal ... das gequälte, zerschlagene, gemarterte, jammervolle Indien!«

»Aber Maja braucht dich auch, meine Liebe, ganz besonders jetzt, nach allem, was geschehen ist.«

»O ich weiß, ich weiß – und genau das ist mein Problem!«

Kinjals Blick wurde sanft. Sie verstand das Dilemma ihrer Freundin nur zu gut. Sie gab sich keine Mühe, eine Lösung anzubieten. Die mußte von Olivia selbst kommen. Aber schließlich fand Maja überraschenderweise die Lösung.

»Wenn du lieber hierbleiben möchtest, Mutter«, sagte sie beim Abendessen, »wäre ich völlig damit einverstanden, mit den Lubbocks zu fahren.«

Olivia griff sofort nach dem Strohhalm. »Bist du sicher, Liebling? Sonst...«

»Ich bin ganz sicher, Mutter.«

»Deine Großmutter Sally wird enttäuscht sein«, jammerte Olivia. »Sie hat sich so darauf gefreut, mich zu sehen.«

»Keine Sorge, Mutter«, sagte Maja beruhigend. »Ich werde mein Bestes versuchen, um sie für deine Abwesenheit zu entschädigen.«

Olivia musterte ängstlich das Gesicht ihrer Tochter. Aber wie immer war es undurchdringlich.

Es blieben noch drei Tage, bis das Schiff auslaufen sollte. Grace Lubbock war vor Aufregung völlig aus dem Häuschen und erschien ständig mit Neuigkeiten – meist über ihren geliebten Alberto. Sie stimmte ihre Pläne mit Maja ab und konnte die Abreise vor Ungeduld kaum mehr erwarten. In der Eingangshalle der Raventhornes stand ordentlich gestapelt das Gepäck und wartete darauf, im Laderaum des Trident-Klippers seinen Platz zu finden, der am Kai beladen wurde und Proviant aufnahm. Shebas Aufregung erreichte einen neuen Höhepunkt. Sie war in Tränen aufgelöst, weil sie Menschen und Dinge verlieren sollte, die sie liebte. In ihrem verwirrten Zustand lief sie völlig kopflos herum, brachte die Aufkleber durcheinander, änderte Listen und trieb den Packer und den Versicherungsvertreter mit ihren endlosen Wünschen zur Verzweiflung.

Für Maja blieb nichts mehr zu tun. Von innerer Unruhe gepackt, ging sie in Gedanken versunken durch das Haus und die Ställe. Sie war erregt und reizbar, als hätte sie einen Teil ihres Wesens verloren und könne ihn nicht wiederfinden. Sie mußte ständig an Kyle denken, an ihre letzte Begegnung, an das Haus, das inzwischen in Trümmern lag. Jedes Wort, das er in jener Nacht gesprochen hatte, schien sich wie ein lästiger Ohrwurm seinen Weg von ihrem Ohr in ihr Gehirn gebohrt zu haben und sie innerlich aufzureiben. War sie wach, hörte sie seine Stimme in ihrem Kopf. Wenn sie schlief, erschien er an den Randzonen ihrer Träume und vergiftete ihr Bewußtsein mit einer seltsamen panischen Angst. Sie haßte es, ihn Tag und Nacht und wo immer sie war ständig bei sich zu haben, aber so sehr sie es auch versuchte, sie wurde Kyle nicht los.

Doch inzwischen wußte Maja genau, aus welchem Grund sie Kyle nicht nur haßte, sondern ihn im Grunde beneidete.

*

Es war später Nachmittag. Das Wasser des Hooghly färbte sich allmählich gelb und bekam rosa- und orangefarbene Flecken wie der Himmel im Westen. Von den Hütten entlang des Kais stiegen Rauchspiralen auf: Dutzende Holzkohlefeuer wurden für das Abendessen angezündet. Bald würde der westliche Horizont in den Farben eines prächtigen Sonnenuntergangs aufflammen.

Maja schlenderte langsam über den Uferdamm. Sie wußte, es war wirklich das letzte Mal, daß sie hierher kam. Sie würde diesen Weg nie mehr gehen, denn morgen würde sie Indien endgültig verlassen.

Das Feuer lag zwar schon eine Weile zurück, aber noch immer hing der beißende Brandgeruch in der Luft und stieg ihr unangenehm in die Nase. An dem vertrauten Aussichtspunkt blickte sie auf den Felsvorsprung unter sich. Der Tunneleingang war durch Geröll versperrt; die Decke war eingestürzt. Maja sah nur noch Steine in einem tiefen Loch. Sie stieg weiter nach oben und ging an den Ruinen der Druckerei vorbei. Die Hintertür des Geländes hing schief in den herausgerissenen Angeln. Das Holz war verkohlt. Sogar die Umfassungsmauer trug rußgeschwärzte Zeichen des Feuers. Sie war an mehreren Stellen eingestürzt. Der große Innenhof lag in Schutt und Asche, und das Haus war ein Gerippe mit leeren Fensterhöhlen und einem eingestürzten Dach.

Maja stand in der ehemaligen Tür und ließ voll Entsetzen den Blick über die Ruine schweifen. Das Arbeitszimmer neben dem Wohnzimmer war nur noch das Skelett eines Raums. Der Schreibtisch, die Vitrinen und Bücherschränke lagen zerschlagen und zerstört auf dem Boden. Es war ein so entsetzlicher Anblick, daß ihr Verstand aussetzte. Sie konnte sich einen Augenblick nicht erinnern, weshalb sie eigentlich hierher gekommen war. Aber sie hatte sich schnell wieder unter Kontrolle. Sie wußte, wenn sie jetzt, bei ihrem letzten Besuch, schwach wurde, war sie verloren.

Sie blickte sich suchend um und entdeckte Kyle schließlich in einer Ecke. Er stöberte auf allen vieren in den verkohlten Überresten. Er war so konzentriert, daß er sie nicht hörte, als sie näher kam. Sie beobachtete ihn eine Weile – seine Augen richteten sich hierhin und dorthin, seine Finger wühlten hektisch im Schutt, und über sein sonnengebräuntes Gesicht liefen Tränen.

Maja stieß unabsichtlich mit der Schuhspitze an Holz, und er hob den Kopf.

»Ich bin sicher, ich finde noch manches«, murmelte er. Er nahm ihre Anwesenheit wie selbstverständlich hin und war keineswegs überrascht, sie zu sehen. »Es kann nicht alles vernichtet sein.«

»Was?«

»Omar Chajjam. *Die Rubaijat.*«

»Hast du schon etwas davon gefunden?«

»Nur den Einband und das Deckblatt.« Er wies auf einen Stapel geretteter Seiten. Sie stellte fest, daß er Blasen an den Händen und schwarze Ränder unter den Fingernägeln hatte. »Einige Bände waren in Leder gebunden. Leder brennt nicht so gut wie Papier oder zumindest langsamer.« Er griff nach einem Metallgegenstand, der völlig verbogen war. »Der Zylinder einer Druckmaschine«, sagte er und warf ihn hinter sich. »Ich wollte sie ohnedies loswerden.«

Sie ging zu ihm, ließ sich auf Hände und Knie nieder und begann, ebenfalls zu suchen. Er hielt sie nicht davon ab.

»Wer ist dafür verantwortlich?« fragte sie leise.

»Wer weiß?« Er gab einen Laut von sich, der alles und nichts bedeuten konnte. »Vielleicht eine Hand, die sich aus dem Grab emporgereckt hat!«

Ein Schauer lief ihr über den Rücken, aber er erklärte nicht, was er damit meinte.

»Sie hat die Druckerei mit ihrem Schmuck finanziert. Sie hat darauf bestanden.«

»Joycie?«

»Ja, Joycie wollte meine Mutter für alles entschädigen...«

»Hat deine Mutter sie aufgenommen, nachdem der Nawab sie verstoßen hatte?«

»Ja. In Lucknow. Meine Mutter hat den Schmuck für sie aufbewahrt. Die Familie des Nawab suchte danach, aber meine Mutter hatte ihn gut versteckt. Sie haben ihn nicht gefunden.«
»Joycie hat die Zeitschrift finanziert?«
»Ja, manchmal. Sie sagte, es mache ihr Vergnügen.«
Maja warf einen Blick über die Trümmer. »Wirst du hierbleiben und alles wieder aufbauen?«
Er wandte den Kopf ab. »Nein, ich habe jetzt etwas anderes zu tun. Das hier gehört zur Vergangenheit. Außerdem habe ich keine Lust mehr dazu.«
In seinem Gesicht zeigte sich Schmerz, als würde er um einen geliebten Menschen trauern, der bis zur Unkenntlichkeit verstümmelt worden war. Sie senkte schnell den Blick und suchte weiter.
»Ah!« Er griff schnell nach einem Buch und zog es triumphierend unter dem Schutt hervor. Dann rieb er es am Hosenbein sauber. »Thomas Paine: *Das Zeitalter der Vernunft.* Es sind die letzten Seiten, und es fehlen nur die Ecken.« Er legte die Blätter auf den Stapel neben sich. »Hast du es gelesen?«
»Nein.«
»Du mußt es unbedingt lesen. Es ist großartig. Vielleicht liegt der Rest auch noch irgendwo...«
Seine Worte klangen gepreßt, und seine Begeisterung war forciert. Eigenartigerweise tat es ihr weh, ihn so verletzlich zu erleben, so ratlos und zwischen den Trümmern seiner Zeitschrift, die durch ihn so anmaßend ehrlich, so unerschrocken und offen gewesen war. Er wirkte erschöpft und schien schutzlos dem gnadenlosen Haß der Gesellschaft ausgeliefert zu sein. Er war kein Sieger mehr, sondern auch nur ein Opfer.
Maja hatte noch nie erlebt, daß seine Lebenskraft so geschwächt war. Sie konnte es nicht ertragen, ihn anzusehen. Deshalb ging sie zu einem der verkohlten Bücherschränke und überflog einen Stapel Seiten, die ebenfalls gerettet werden konnten und in einer Ecke lagen. Die Blätter obenauf stammten aus *Don Quijote.* Sie sah, daß es die letzten Seiten waren...
»Wir waren in Kanpur.«

»Ich weiß.«
»Mein Vater ist unschuldig.«
»Das wußte ich schon immer.«
»Ich nicht. Ich dachte, er sei schuldig. Deshalb habe ich ihn gehaßt. Ich habe die Schande verabscheut, das hämische Lachen, die geflüsterten Bemerkungen und die angeekelten Gesichter.« Sie zitterte beim Gedanken an all diese Dinge. »Ich konnte nicht akzeptieren, was er aus mir gemacht hatte – einen Mischling, eine Ausgestoßene! Ich haßte ihn, weil er nie verschwand. Aber ich habe ihn aus einem anderen Grund noch mehr gehaßt.« Ihre Stimme klang dumpf. »Er war der Grund dafür, daß *sie* mich haßten...«
Kyle setzte sich mit angezogenen Beinen auf den Boden. Er sah sie aufmerksam an. »Und jetzt?«
»Jetzt?« In ihren Augenwinkeln glänzten Tränen. Sie schloß die Augen, damit er die Tränen nicht sah – oder den Gedanken, der in ihr auftauchte. »Jetzt..., ich weiß es nicht. Ich will nicht mehr hassen!«
»Soviel Haß, soviel verschwendete Gefühle!«
Auf wen bezog sich diese gemurmelte Bemerkung... nur auf sie oder auf sie beide? Maja fragte nicht, sondern begann wieder, im Schutt zu wühlen. Was sie ihm gerade gestand, hatte sie noch nie zuvor ausgesprochen. Maja staunte, daß sie es Kyle gesagt hatte und daß es ihr so leichtfiel, mit ihm zu sprechen. Sie warf ihm einen Blick von der Seite zu, aber er war wieder mit der hoffnungslosen Suche beschäftigt und wühlte verzweifelt in dem Schutt, in dem seine Füße beinahe versanken.
»Es war ein langer Weg...«, sagte sie.
»Lang? Nach Kanpur und zurück?«
»Nein, nicht das...« Sie verstummte. Sie konnte einen so persönlichen Gedanken nicht aussprechen.
Auf die Entfernung bezogen, war der Weg zum Grab ihres Vaters kaum lang, aber nicht jede Reise läßt sich in geographischen Meilen messen. In den vergangenen Wochen war sie sehr weit gereist, innerlich und äußerlich über den Raum hinaus in die Unendlichkeit, und sie war mit einer alarmierenden neuen Perspektive wieder aufge-

taucht. Aber natürlich konnte sie ihm das alles nicht sagen. Er hätte sie wahrscheinlich ausgelacht.
Sie entschied sich für eine ausweichende Antwort. »Ich meine, manche Reisen scheinen länger zu sein, als sie es in Wahrheit sind.«
»Bei meiner Rückkehr habe ich einen Brief von Christian hier vorgefunden.«
Er sagte das ganz plötzlich, ohne Vorankündigung. Sie schwieg beklommen.
»Er ist in einem Kloster irgendwo in den Bergen. Er hat nicht gesagt, wo.«
»Geht es ihm gut?«
»So gut, wie es ihm gehen kann.« Er legte ordentlich ein paar angesengte Blätter auf den kostbaren Stapel. »Er lebt mit den Schmerzen. Vielleicht wird das immer so sein. Aber er sagt, er hätte nicht anders handeln können. Die Mönche sind freundlich, schreibt er. Er lernt bei ihnen, die merkwürdigen Wege des Lebens zu erkennen und die noch merkwürdigeren Kunstgriffe des Verstandes zu durchschauen, mit denen man sie akzeptiert.«
»Hat er nicht vor, nach England zurückzukehren?«
»Eines Tages wird er das vielleicht tun. Er glaubt es nicht, weist die Möglichkeit aber auch nicht von sich. Er lernt, wie er sagt, von einem Tag auf den anderen zu leben.«
»Erwähnt er ... mich?«
»Nein.« Er griff nach ein paar Blättern und blies den Staub weg. »Seinen Vater auch nicht.«
»Oh.«
Er sah sie gespannt an. »Hast du ihn geliebt?«
Sie erstarrte. »Ich hielt Liebe nicht für notwendig«, erwiderte sie errötend.
»Und jetzt? Hältst du sie jetzt für notwendig?«
»Nein!« Bevor er etwas entgegnen konnte, gab sie ihm schnell ein Päckchen, das sie mitgebracht hatte.
»Was ist das?«
»Bücher, Farbstifte, Bleistifte, ein paar Schiefertafeln und Kreide. Für die Schule. Die Schule, die deine Mutter eröffnet hat.« Seine

großen Augen verrieten sein Erstaunen. Er nickte nur und legte das Päckchen neben sich. »Ich bin gekommen, um mich für das zu entschuldigen, was ich das letzte Mal gesagt habe. Es war nicht so gemeint.«

»Warum nicht? Es stimmte.«

»Nein, es war ungerecht. Was du vorhast, tust du selbstlos. Das weiß ich. Ich bin diejenige, die davonläuft.« Sie hatte einen bitteren Geschmack in der Kehle. »Was du sagst, ist wahr. Ich will mich verstecken. Ich kann niemandem ins Gesicht sehen. Es wäre Heuchelei, das zu leugnen. Ich war so dumm zu versuchen, das Unerreichbare zu erreichen ... obwohl es außerhalb meiner Reichweite liegt.«

»Eine Identität? Ein Etikett? Das Brandzeichen auf dem Hintern?« Er machte eine wegwerfende Bewegung. »Das gehört alles dazu, um das Ego zu stärken. Es ist eine angeborene Vermessenheit ... Teil des Herdeninstinkts, wenn du so willst. Jeder Mensch bringt bei der Geburt die Fähigkeit mit, sich nicht so zu sehen, wie er ist, sondern wie er gerne sein würde. Ich glaube, letztlich sind wir alle auf die eine oder andere Weise Lügner.«

Sie saß mitten im Schutt und ließ sich treiben. Sie schwebte wie in einer Trance hoch über dem Land und dem Fluß. In ihr gab es amorphe Gefühle, und noch ungeformte Gedanken zogen durch ihr Bewußtsein. Sie verdichteten sich und schlugen ganz plötzlich Wurzeln. Es waren beunruhigende Gedanken, aber erstaunlicherweise war sie nicht beunruhigt. Sie hörte eine Stimme, die etwas sagte. Sie erkannte die Stimme nicht.

»Ich will mit dir gehen, wenn du zurückfährst.«

Erstaunt wurde ihr bewußt, daß die fremde Stimme ihre eigene war. Hatte sie den Verstand verloren?

Kyles Kopf fuhr hoch, und die tastenden Hände wurden still. »Wie?«

Ohne ihr Zutun wurde die Stimme lauter: »Ich sagte, nimm mich mit.«

Er sah sie verblüfft an. »Wohin?«

»Zur Plantage.«

Er lachte ungläubig. »Du willst auf die *Plantage*? In ein eurasisches Ghetto mit armen Leuten?«
»Es gibt mehr als eine Art von Ar...« Sie brach ab. Sie konnte ihm nicht erklären, was sie meinte, ihm diesen großen inneren Hunger eines jungen Bewußtseins enthüllen und die Gier eines leeren, unerfüllten und richtungslosen Lebens. »Auch das hätte ich nicht sagen sollen.« Sie entzog sich damit einer Erklärung. »Ich habe nur meine Bitterkeit an dir ausgelassen. Das tut mir leid.«
Er fragte mißtrauisch: »Was soll das bedeuten? Ist es die Annahme einer Herausforderung oder nur wieder eine Marotte, eine flüchtige Laune, weil das Projekt so verlockend anders ist?«
»Mir ist gleich, was du glaubst.«
»Und deine neue Welt? Willst du sie aufgeben, ohne zu wissen, *was* du aufgibst?«
Sie hob trotzig das Kinn. »Es kann mehr als eine neue Welt geben!«
»Nein.« Er schüttelte belustigt den Kopf; er glaubte ihr nicht. »Wir haben genug Versager und brauchen bestimmt nicht noch mehr!«
»Glaubst du, ich könnte mich nicht wie alle anderen ordentlich ins Zeug legen?« fragte sie empört.
»Wenn du mich fragst, nein. Du bist nicht motiviert, und dir fehlen auch die Mittel.«
Seine Herablassung, sein anmaßend gönnerhafter Ton machten sie wütend. »Ich *kann* arbeiten!« rief sie. »Ich kann ebensogut arbeiten wie du oder einer der anderen.«
»Kannst du im Freien leben? Im Zelt? Kannst du deinen Hunger mit einer Handvoll Reis, rohen Paprikaschoten und Zwiebeln stillen? Kannst du volle Wassereimer über eine Meile weit schleppen und nur alle drei Tage ein Bad nehmen?« Er schüttelte den Kopf. »Du würdest dort keine fünf Minuten überleben und wärst am Ende doch nur eine Last. *Du* hast gesagt, es würde nicht einfach sein. Ich stimme dir zu, das ist es auch nicht.«
»Ja, und *du* hast gesagt, nichts, was lohnenswert ist, sei einfach!«
»Du meine Güte, was kannst du denn schon tun?« fragte er ablehnend. »Du kannst nicht einmal kochen!«

»Nein, aber ich kann besser Pferde versorgen als die meisten anderen!« erwiderte sie.

»Ohne Stallknechte, die du herumkommandieren kannst? Du müßtest den Mist selbst wegkarren.«

»Auch das kann ich besser als die meisten«, sagte sie, und ihre Augen funkelten. »Und wenn wir schon von ›Mitteln‹ reden. Zufällig habe ich ein Mittel, das du mit Sicherheit brauchen könntest.«

»Ha, und was wäre das, bitte?«

»Geld!«

»Geld!« sagte er geringschätzig. »Glaubst du, mit Geld kannst du alles kaufen, was du willst?«

»Im Augenblick kann ich mit Geld bestimmt alles kaufen, was *du* willst!«

»Es ist die übelste Art von Hochmut, Geld als Trumpf auszuspielen«, sagte er streng.

»Und es ist dumme Scheinheiligkeit, die Nase darüber zu rümpfen!«

Er hob hilflos die Hände. »Also gut. Du willst auf die Plantage gehen, um zu helfen, die Siedlung von Pferdemist freizuhalten. Ist es das?«

»Nein«, antwortete sie ruhig. Sie fühlte sich gedemütigt, aber sie wollte um jeden Preis seine Anerkennung gewinnen. Genau das machte sie wütend auf sich selbst. Sie ließ es sich jedoch nicht anmerken. »Wenn du es genau wissen willst, ich möchte eine Schule bauen und sie nach meinem Vater benennen.«

Er setzte sich. Im ersten Moment war er sprachlos. Sie hatte die Befriedigung, etwas in seinen Augen aufblitzen zu sehen. Diesmal war es jedoch nicht Spott.

»Behaupte nicht, daß du keine Schule brauchst.«

»Nun ja, nein ...« Er kratzte sich verblüfft mit einem schwarzen Fingernagel an der Nase. »Und das ist der einzige Grund für deinen ungewöhnlich selbstlosen Entschluß?«

Selbstlos? Wenn er nur wüßte, wie selbstsüchtig er in Wahrheit ist.

»Nein, es gibt noch andere Gründe.«

»Welche?«
»Das ist nicht von Bedeutung. Ich weiß nur, daß ich *das* will.«
»Vor einem Monat wußtest du nicht, was du willst!«
»Das war vor einem Monat. Jetzt weiß ich es.«
Ja, ich habe endlich ein Ziel!
Er stand auf, stemmte die Hände in die Hüften und runzelte die Stirn. »Du scheinst nicht zu verstehen, wie es dort draußen ist«, sagte er besorgt. »Das sind keine eleganten Leute, die jedes Wohnzimmer schmücken. Sie entsprechen auch nicht deinem Bild von den edlen Armen, die ihre Armut mit Würde tragen und in ihrer Armut stolz sind. Viele dort sind der Abschaum der Menschheit. Es sind bedauernswerte Unglückliche ohne Charme und ohne jede Bildung, die aus der Gosse, aus dem Rinnstein kommen. Die meisten können nicht lesen und schreiben. Manche haben noch nie im Leben gebadet, noch nie einen Kamm oder ein Stück Seife und ein Handtuch benutzt. Sie starren vor Schmutz und sind völlig verlaust. Sie würden dich abstoßen!« Er wirkte hilflos. »Wie würdest du das überleben?«
»Deine Mutter überlebt es. Es muß andere wie sie geben.« Sie fand einen Ledereinband mit zwei oder drei unbeschädigten Seiten. Es war Platons *Politeia.* Sie wischte das Buch an ihrem Rock ab und gab es ihm.
»Das Geheimnis des Überlebens ist es, *Kompromisse* zu schließen. Das hast du nie gelernt!«
»Du weißt, daß ich eine gute Schülerin bin«, sagte sie. »Während die Schule gebaut wird, und wenn deine Mutter zustimmt, könnten wir einen *Kompromiß* schließen und anfangen, unter einem Baum zu unterrichten.«
Er fuhr sich verzweifelt mit den Fingern durch die Haare. »Ist das die Strafe, die du dir für dich ausgedacht hast?« fragte er und schien wieder ganz der bissige und spöttische Kyle zu sein. »Willst du deshalb in Sack und Asche unter den Unreinen leben?«
Sie spürte, wie der Zorn von der Brust bis in den Kopf stieg. Seine Arroganz war unerträglich!
»Das ist keine Strafe, Kyle!« sagte sie wütend. Sie wünschte verzwei-

felt, er werde sie verstehen, und war gleichzeitig frustriert, daß er es nicht konnte – noch nicht. »Kannst du das nicht begreifen, es ist eine...«, beinahe hätte sie gesagt ›Notwendigkeit‹, aber sie verbesserte sich. »Es ist ein Entschluß!«

Er setzte sich wieder und betrachtete sie mit zusammengekniffenen Augen, aber weniger geringschätzig als vorher. »Es dauert lange, bis man gesund wird, aber es dauert noch länger, bis man lernt zu heilen, Maja. Es ist schwer, neu zu beginnen.« Sein Ton war plötzlich weniger bissig und beinahe sanft. »Es gibt keine leichten Lösungen, keine Heilmittel, die sofort helfen. Du jagst nur hinter einer Phantasievorstellung her. Die Wirklichkeit wird unerträglich sein.«

Ihre Lippen zitterten. »Die Wirklichkeit ist bereits jetzt unerträglich!«

Er seufzte. »Geh nach Amerika, Maja. Dort liegt deine Zukunft. Du wirst das ... das Unfeine dieses anderen Lebens nicht ertragen. Es wäre reine Zeitverschwendung. Und die Arbeit ist zermürbend.«

»Ich habe die Zeit, und ich habe Kraft.«

»Und das Durchhaltevermögen?«

Sie stand auf und blickte durch das Loch, das einmal ein Fenster war, in das strahlende Licht am westlichen Horizont. Die Farben leuchteten. »Kyle, ich weiß ebensowenig wie du, ob dein Projekt ein Erfolg werden wird. Aber wäre es nicht eine Tragödie, es *nie* versucht zu haben?« Sie drehte sich schnell um und sah ihn an. »Verstehst du nicht? Ich will an dem Versuch beteiligt sein, an...«, begann sie mit Leidenschaft, schluckte den Rest des Satzes jedoch hinunter.

»Woran?«

An einem Traum, diesem kleinen Traum...

Sie konnte es nicht laut sagen. Es klang albern, und er würde laut lachen. »An ... etwas. Du würdest es doch nicht verstehen.«

Er schwieg eine Weile und durchblätterte geistesabwesend die Seiten, die er in der Hand hielt. »Weißt du, manchmal mache auch ich mir vor, ich würde mithelfen, ein neues Utopia aufzubauen«, sagte er unerwartet. Unzufrieden legte er mit einer heftigen Bewegung die Blätter auf den Boden. »Weil ich es mir verzweifelt wünsche, habe auch ich mir eine Illusion von diesem Regenbogen geschaffen, den

ich für die Eurasier einfangen will. Die Frage ist«, murmelte er traurig, »weiß überhaupt jemand, wo ein Regenbogen beginnt ... oder wo er endet?«
Seine Niedergeschlagenheit, die mutlos herumtastenden Hände, die gequälten Augen und der Unterton der Verzweiflung, das alles rief einen schrecklichen Schmerz in ihr wach. Sie sah ihn an und über ihn hinaus – über den großen schlanken Körper mit dem geraden Rükken, den breiten Schultern, dem hoch erhobenen Kopf –, und sie sah die Wirklichkeit. Das verbissene, stolze Äußere war nur eine harte Schale, und diese Schale war zerbrechlich. Genaugenommen war es eigentlich überhaupt keine harte Schale, sondern nur eine Schutzvorrichtung, die etwas verbergen sollte, das ungeschützt war: ein Mann, den die Häßlichkeit seines Lebens verwundet hatte, ein verwundbarer und völlig erschöpfter Mann.
»Ist das wichtig?« fragte sie weich, denn sie wußte, wie sehr er litt. »Genügt es nicht, daß es einen Regenbogen *gibt*...?«
Er belohnte sie mit einem überraschten Lächeln. »Weißt du, daran habe ich nie gedacht! Aber ja, natürlich hast du recht.« Er versank in staunendes Schweigen. Nach einiger Zeit stand er unruhig auf und klopfte sich den Staub von der Hose. »Also gut, wenn dir klar ist«, sagte er sachlich, »daß es auf der Plantage auch nicht die geringste Bequemlichkeit gibt – zumindest noch nicht.«
Du wirst da sein.
»Ja, das ist mir klar.«
»Und daß die Arbeit nie aufhört. Siehst du?« Er zeigte ihr die Hände mit den schwieligen Handflächen. »Schwere Arbeit bedeutet *das*!«
»Wirklich?« Sie nahm seine Hand in ihre Hände, fuhr mit den Fingerspitzen zart über die rauhe Haut und ließ die Hand wieder los. »Deine Haut ist vielleicht zu dünn, Kyle«, sagte sie. »Du solltest dir eine dickere Haut zulegen.«
Er erinnerte sich und mußte lachen.

FINIS

Danksagung der Autorin

Ich muß mich bei vielen lieben Freunden bedanken, deren Gutmütigkeit und Zuneigung ich während der Arbeit an der Fortsetzung von *Wer Liebe verspricht* wieder einmal ausgenutzt habe. Nachdem ich ihnen ständig mit meinen Bitten um Kommentare und Kritik auf die Nerven gegangen bin und sie zweifellos auch ständig gelangweilt und belästigt habe, kann ich nur staunen, daß sie niemals die Geduld verloren, obwohl ich sicher bin, daß ihre Kräfte manchmal erlahmten. Ich gehöre zu den Menschen, denen die Geheimnisse der Elektronik vermutlich immer verschlossen bleiben werden, und deshalb bin ich auch der Gruppe meiner jungen, computerbegeisterten Freunde zu großem Dank verpflichtet. Sie haben sich nie entmutigen lassen und waren stets mit ihren magischen Mantras und Zauberstäben zur Stelle, um mich beim Kampf gegen die verwirrenden Mysterien künstlicher Intelligenz zu unterstützen. Ich habe viel von ihnen gelernt.

Ich danke auch meinem Agenten Robert I. Ducas für seine Ermutigung und seine Nachsicht bei überschrittenen Terminen, und ich bedanke mich bei George Witte von St. Martin's Press, der das Manuskript geduldig und mit sehr viel Einfühlungsvermögen redigiert hat. Schließlich gilt mein Dank allen, deren vielfältige Arbeit hinter den Kulissen das Manuskript auf dem Weg zur Veröffentlichung begleitet hat und das Buch Wirklichkeit werden ließen.